CH

Dictionnaire égoïste
de la littérature française

GRASSET

© Editions Grasset & Fasquelle, 2005.
ISBN : 978-2-253-12451-1 – 1re publication LGF

C'est une honte de se taire, et de laisser parler les barbares.
EURIPIDE, *Philoctète*, selon DIOGÈNE LAËRCE.

A

Action • Adjectifs, adverbes • Admirateurs • *Adolphe* • Age des écrits • Age des lectures • Age plaqué or (l') • Air d'époque • *A la recherche du temps perdu* • Alembert (d') • Allégorie, apologue, déclamation • Ame • Amers et grincheux • Amour • Anciens et Modernes • Antériorité • *Antimémoires* • Apollinaire • Approximation • A quoi ressemblaient-ils ? • Aragon • Argent et fiction • Attachées de presse • Aubigné (d') • Auteurs • Aymé.

Action : Et me voici, dans le fauteuil sur le dossier duquel mon nom est inscrit, un porte-voix au bout de ce bras qui pend avec nonchalance, regardant l'infanterie des écrivains qui discute, rit, fume, déambule en attendant la première prise. Je la lancerai par ce mot désignant une chose bien légère, mais enfin cela variera notre superproduction. Je crois que je vais les prendre comme ça, sur le vif, marcheurs, aimables. Action !

Adjectifs, adverbes : Clemenceau passe pour avoir dit aux journalistes de *L'Aurore*, qu'il dirigeait : « Faites des phrases en sujet, verbe et complément ; pour les adjectifs et les adverbes, venez me voir. » Pour certains, cette parole est devenue une règle. Claudel : « La crainte de l'adjectif est le commencement du style » (*Journal*).

Il est certain que l'utilisation la plus fine du français consiste à choisir un verbe qui *contienne* le qualificatif. Le français, si l'on peut raccourcir à ce point, est une langue de verbes. J'ajoute aussitôt qu'il en possède moins que d'autres langues, l'anglais par exemple, qui dispose d'au moins trois verbes pour l'action que nous exprimons par le seul mot « glisser » : « *slip* », « *skid* », « *glide* ». L'écrivain français qui veut inventer des verbes imagés doit le faire en transportant une comparaison d'un domaine dans un autre. Plutôt que de dire : « Ses protecteurs nommèrent Dubois précepteur d'une façon inattendue et éclatante », Saint-Simon, dans ses *Mémoires*, écrit : « Ses protecteurs se servirent du progrès du jeune prince pour ne le point changer de main et laisser faire Dubois ; enfin ils le bombardèrent précepteur. » Une défectuosité de l'outil engendre la virtuosité de l'ouvrier.

Quand on ajoute un adjectif ou un adverbe, c'est, pense-t-on, pour renforcer l'expression. « Nous avons les noms des trente-deux légions qui faisaient les principales forces de l'Empire romain ; assurément la légion thébaine ne s'y trouve pas. » Or, tout au contraire de ce que l'auteur voulait, son « assurément » introduit un doute. Ou la légion y est, ou elle n'y est pas. Son adverbe supposé renforcer affaiblit. La phrase serait plus forte (et plus nette) comme ceci : « Nous avons les noms des trente-deux légions qui faisaient les principales forces de l'Empire romain ; la légion thébaine ne s'y trouve pas. » Je prends cet exemple à l'un des écrivains français qui écrit généralement sans un mot de trop : Voltaire, dans le *Traité sur la tolérance*.

Le mauvais usage d'une chose ne la condamne pas en tant que telle. En quoi les adjectifs et les adverbes seraient-ils des mots nuisibles ? Un adverbe ne peut-il pas apporter une nuance utile : « – Veux-tu que je lui casse la g... ? proposé-je obligeamment » (San-Antonio, *De « A » jusqu'à « Z »*). Un adjectif : « Mourez au loin, Pluche, ma mie ; mourez inconnue dans un caveau malsain. Nous ferons des vœux pour votre respectable résurrection. » (Le chœur dans *On ne badine pas avec l'amour*, d'Alfred de Musset.) Plus ils sont nombreux, plus les adverbes peuvent être beaux, même ceux en *ment*, ceux me semble-t-il auxquels on pense lorsqu'on dénigre les adverbes. Est-il inutile, celui que Barbey d'Aurevilly utilise pour qualifier le génie dans le manuscrit inédit des *Omnia* ?

> Le génie prend impatiemment des flèches de partialité dans tous les carquois.

En mettrait-on deux, cela serait-il laid ?

> Humblement, tendrement, sur le tombeau charmant (Paul Valéry, « La fausse morte », *Charmes*).

Ah, je vais finir par croire que la chasse aux adverbes en *ment*, c'est du faux chic. Voyez comme « gaîment » change tout dans la phrase que répond à Edmond de Goncourt la mère de sa filleule qui vient de naître et dont la petitesse l'étonne :

« "Mais elle est très grande", me dit gaîment la mère de son lit : "Elle pèse sept livres et demie, le poids d'un gigot pour douze personnes" » (Journal, 1er juillet 1886). Cela en fait un des mots maternels les plus charmants que je connaisse. Et voici un excellent début de nouvelle tout en adverbes (l'un même un peu inventé) et locutions adverbiales :

> Lorsqu'on sonna à la porte, ce fut madame Van Meer qui alla en personne ouvrir, parce qu'elle se trouvait incidentellement dans le vestibule. Il est vrai qu'elle portait un chapeau vert et qu'elle *allait* sortir. Pour plus d'exactitude encore, elle allait ouvrir la porte lorsque la sonnette retentit, et elle continua de l'ouvrir sans désemparer : son mari ne disait-il pas qu'elle pouvait faire face à n'importe quelle situation ? (Frédéric Berthet, « Aurélie », *Simple journée d'été.*)

Nombreux adjectifs utiles :

> Son nom *[Voltaire]* sera grand et glorieux, tandis que celui de vingt rois, ses contemporains, sera effacé des fastes de l'humanité, et relégué dans ce catalogue obscur de souverains oisifs qui n'ont rien fait pour le bonheur de leurs peuples. (Melchior de Grimm, *Correspondance littéraire*, 1er février 1767 – « obscur » et « oisif », placés comme ils le sont, ne créent-ils pas un beau rythme ?)

L'adjectif peut être plus rapide qu'un verbe, puisque au fond c'est de prestesse qu'il s'agit. Albert Cohen en a un sens très fin, comme lorsqu'il décrit le chèque de Saltiel au début de *Mangeclous* : « Un véritable chèque avec fioritures, timbres et succulentes petites rayures sur lesquelles était inscrite la sainte somme ! » Et ce « succulent » résume toutes les impressions de joie des personnages devant l'argent.

Rien en matière de langue n'a de valeur en soi. C'est le résultat qui lui en donne une.

J'oubliais. Voici un exemple de la façon d'écrire de Clemenceau : « Enfin, il y a les sentiments de la commune humanité, l'amour des hommes, le besoin de servir le progrès par l'instruction répandue, la culture des sciences, l'encouragement aux découvertes » (*Au pied du Sinaï*, roman, 1898). Qu'est-ce qu'une « commune humanité » ? L'humanité n'est-elle pas une chose commune ? « L'instruction répandue. » Dirait-on : « Servir le progrès par l'instruction limitée » ? Vu le style de Clemenceau, nous pouvons sourire de l'absolutisme de ses préceptes. Le commencement du style est souvent la fin du talent.

| André Maurois (1885-1967), *Choses nues* : 1963.

ADMIRATEURS : Rien n'éloigne plus d'un écrivain que ses ennemis, si ce n'est ses admirateurs. Compagnie en rangs serrés, arme à l'épaule, elle monte la garde en chantant : *Gloi-rà-not'grantôm! — Gloi-rà-not'grantôm!* Et si l'on s'approche trop ils grognent, chiens de garde protégeant l'os qui leur donne de l'existence.

Auguste Vacquerie, dont le frère avait épousé Léopoldine, la fille de Victor Hugo, écrit de celui-ci, sans rire : « Les tours de Notre-Dame sont l'H de son nom. » (C'est Barbey d'Aurevilly qui, dans *Les Œuvres et les Hommes*, cite ce merveilleux vers, car c'est un vers.) Et Voltaire ! Comme, revenu à Paris, il avait triomphé à la représentation de sa pièce *Irène*, on eut peur de manifestations sur le refus de l'abbé de Saint-Sulpice de l'inhumer : on embauma son cadavre qu'on transporta assis sur une chaise comme s'il était toujours vivant, pour aller l'enterrer dans une abbaye proche de Troyes où il avait un neveu abbé. Quelqu'un, on ne sait qui, arracha au cadavre deux dents qu'on se transmit pieusement jusqu'à la fin du XIXe siècle, après quoi on en perd la trace. Ceux qui ont fait détester cet antisuperstitieux sont les mêmes qui en ont fait une superstition.

Quand Malraux ou Stendhal disent des horreurs sur Racine, ils sont moins irrités par Racine que par les raciniens. C'est une observation assez générale, je crois.

De même que certains politiciens modestes imitent la façon de parler de leur grand homme, de même, ses admirateurs perpétuent la façon d'écrire d'un écrivain. Ce qui était originalité chez lui devient tic chez eux. Le public commence à admettre.

Les écrivains ne sont pas responsables de leurs admirateurs. Ou si ? De ne pas les avoir découragés ?

Un excès d'attaque est favorable à l'attaqué ; un excès d'éloges fait s'en éloigner. Toute fureur indigne la raison. Léon Bloy, Huysmans, Villiers de l'Isle-Adam, à force d'aboyer la gloire de Barbey d'Aurevilly comme des molosses (sans parler de leurs querelles), en ont écarté le grand public, qui ne veut pas se faire mordre.

Un écrivain ne se juge pas sur ses admirateurs. Ni sur ses ennemis : rien ne le rend parfois plus sympathique qu'eux, mais c'est une mauvaise raison. La solidarité du dégoût est aussi fictive que la solidarité des goûts.

> Léon Bloy : 1846-1917. Joris-Karl Huysmans : 1848-1907. Auguste Villiers de l'Isle-Adam : 1838-1889.

Adolphe : Dans ce roman de Benjamin Constant, Adolphe, qui a vingt-deux ans, se trouve dans une petite ville allemande à la cour de laquelle on s'ennuie. Il fait la connaissance d'Ellénore, Polonaise qui vit avec le comte de P*** sans être mariée avec lui. Ellénore est encore belle, quoique ayant dix ans de plus qu'Adolphe. Il fréquente son salon, lui fait la cour, un peu comme ça. Ils deviennent amants. Quelques mois plus tard, Ellénore se sépare du comte ; à peu près au même moment, Adolphe a envie de se séparer d'elle. Envie ? Disons qu'il le voudrait. C'est un velléitaire, et il faut dire qu'elle est un Niagara sentimental. Il ne sait pas comment le lui dire. Ne le fait pas. N'en est pas content. Il n'est jamais content. Ils se rendent en Pologne. Scène après scène, hésitation après hésitation, Ellénore meurt. Le roman est fini.

Je ne pense pas qu'on ait mieux décrit les méfaits combinés du protestantisme et des principautés allemandes sur les classes supérieures. Protestantisme veut ici dire : se laisser tourmenter par sa conscience au point 1, a) de ne plus s'aimer et par conséquent 1, b) de ne plus aimer personne, 2, a) croire qu'on est seul à posséder une conscience et 2, b) persécuter ceux qui, non tourmentés, n'en auraient pas. Le destin d'Adolphe, c'est de devenir Calvin.

Heureusement, il n'a pas de nerf. Il s'en tient donc à la partie 1, que Benjamin Constant nous montre avec extrêmement de tact. Le roman évite le brillant, et à juste titre, puisque c'est Adolphe le narrateur de l'histoire et que, brillant, il ne l'est pas. Nous voyons d'autant mieux l'irrésolution et ses pièges, ce qu'Adolphe lui-même appelle « les ruses de l'incertitude ». Moqueur, il est aussi timide, et tout vient de là. Timide élevé par un autre timide, son père, et qui en est devenu un adverbialiste d'amoindrissement. Chez lui tout est « assez », « vaguement », il éprouve « une émotion vague », une « idée confuse ». Ménageant la chèvre de l'amour et le chou de la liberté, il n'obtient ni l'un ni l'autre (ou un tout petit peu de la chèvre). Gaston Bachelard a écrit un livre sur la philosophie du non, Adolphe pratique la philosophie du euh. Ah, s'il avait pu lire Stendhal, dont le conseil en amour était : « Dites je vous aime et sautez sur la femme » ! (Stendhal était un timide surmonté, de là sa brusquerie.)

Timidité, gêne, difficulté à exprimer ses émotions : *Adolphe* devrait être le roman préféré des Anglais.

Adolphe contient la description de l'autocensure, ou plutôt de la façon dont elle procède : « je n'envisageai plus mes paroles d'après le sens qu'elles devaient contenir, mais d'après l'effet qu'elles ne pourraient manquer de produire [...] ».

Le dernier mot en est « souffrance ». Dans une belle phrase, d'ailleurs. « On change de situation, mais on transporte dans chacune le tourment dont on espérait se délivrer ; et comme on ne se corrige pas en se déplaçant, l'on se trouve seulement avoir ajouté des remords aux regrets et des fautes aux souffrances. » Inadaptable par Hollywood.

📖 « Nous nous prodiguions des caresses, nous parlions d'amour ; mais nous parlions d'amour de peur de nous parler d'autre chose. »

‖ 1816. (Première édition en Angleterre.)

AGE DES ÉCRITS : La poésie lyrique est un type d'écrit pour la jeunesse, âge où l'on est énergiquement plein de soi ; le roman, avec sa part de comédie où il faut jouer tous les rôles et le détachement qu'il requiert par rapport à soi et aux idées, est plus tardif, après trente ans, dirais-je ; les mémoires, c'est pour vingt ou quatre-vingts ans.

AGE DES LECTURES : On ne peut bien jouir de certains livres ou de certains écrivains qu'à un âge déterminé. Jean Giraudoux est un écrivain pour quatorze ans. Il me paraît impossible de discerner toutes les saveurs de Baltasar Gracian si on n'a pas quarante ans et expérimenté diverses élégances humaines. Sans doute faut-il être nonagénaire et gaga pour apprécier le *Finnegans Wake* de Joyce.

Bien des parents se demandent quoi donner à lire à leurs enfants. La réponse est simple : ce qui n'est pas de leur âge. J'ai lu Verlaine et Musset à six ou sept ans, Baudelaire à onze, à dix-sept j'avais pas mal avancé dans Saint-Simon, et je ne m'en suis pas mal porté. En matière de fiction, j'ai lu des contes et des romans pour enfants puis, à douze ans, Zola m'a fait entrer dans les romans adultes. Cela m'a éloigné de la littérature pour adolescents : Jules Verne m'indignait, je prenais Alexandre Dumas pour un auteur gaspillant son talent dans des histoires faciles. Je ne suis pas sûr d'avoir aussi bon goût maintenant. L'éducation s'en est mêlée, m'habituant au mal écrit.

Mon grand-père maternel disait que les études emprisonnent l'homme à l'âge où il pourrait le mieux se créer du bonheur, puis qu'on cesse de rien lui apprendre à partir de l'âge où il pourrait le mieux comprendre. « Que ne m'a-t-on fait passer mes examens à soixante ans ! » De fait, ce sont les lectures des adultes qu'on devrait surveiller. On les abandonne comme des chiens aux grandes vacances sur le bord de l'autoroute, et ils avancent, désemparés, hâves, frôlant les murs pour éviter la pluie, avec des épaules d'hyène et des inquiétudes de loup, dérobant le premier os de Danielle Steel ou de Marc Lévy qui dépasse d'une poubelle. Nonchalants, les éditeurs les tirent.

Sur les Post-it d'appréciation qu'ils collent sur les livres, les libraires pourraient être plus pratiques : ils classeraient les livres par utilité. « Ecrivains pour dames. » « Ecrivains pour lecteurs qui aiment s'ennuyer. » « Ecrivains pour quatorze ans. » Ce n'est pas si mal, écrivain pour quatorze ans. Giraudoux a été un enchantement des miens. Cela s'est éventé quelques années plus tard, mais il m'avait préparé à la fantaisie en littérature. Avec mon sérieux, je n'aurais rien compris à Max Jacob. Il existe un moment où le lecteur est à point pour certains livres. Ce n'est pas celui où ses sentiments coïncident avec ceux du livre, mais plus tôt, ou plus tard : plus tôt, il apprend à imaginer, plus tard, retrouvant des émotions qui ne le brûlent plus, il ressent une très légère et agréable mélancolie. Je dirais que *Le Jardin de Bérénice*, de Barrès, est un roman pour trente-cinq ans ; que les pamphlétaires, bons pour les vingt ans et l'exaltation qu'on éprouve à cet âge, peuvent se relire à quatre-vingts, pour se rappeler qu'on n'a pas toujours été froid. Etc.

Les lectures dépendent aussi des familles. Dans la mienne, il y avait un seul Céline : *A l'agité du bocal*, son pamphlet contre Sartre. Je le lus vers quatorze ans, et cette petite créature qui hurlait des injures du fond de sa cave me laissa indifférent. Le titre m'avait longtemps intrigué : ignorant cette expression toute faite (comme tant d'autres, ce qui m'inquiétait, je craignais de ne pouvoir pénétrer dans le langage des adultes), je croyais que c'était lui, l'agité, remuant ses petits bras dans un bocal. Je me trompe. Il y avait aussi le *Voyage au bout de la nuit*. Gros livre jauni, bâillant et sentant la poussière, abandonné dans une pièce prouvant qu'il n'avait pas été aimé. C'était un chef-d'œuvre, m'annonçaient mes professeurs ; comme Sartre. Oh là ! Lisons autre chose.

|| Jean Giraudoux : 1882-1944.

AGE PLAQUÉ OR (L') : L'âge d'or n'a jamais existé, particulièrement pour les écrivains. Un jour, le duc de La Feuillade assomme Molière et manque de le défigurer. Qui le venge ? personne. Un autre jour, les hommes de main du chevalier de Rohan frappent Voltaire : aucun de ses amis nobles ne proteste, trouvant même irritant qu'il s'irrite contre un aussi haut personnage. La romancière et ancienne préceptrice de Louis Philippe Madame de Genlis, dans *L'Esprit d'étiquette*, apprend à Elisa Bacciocchi, sœur de Napoléon qui vient d'être faite princesse de Lucques et se renseigne sur la tenue d'une cour, que la plupart des écrivains pensionnés par les nobles de l'Ancien Régime avaient un rang équivalent à celui de maître d'hôtel ordinaire, et que, sous Louis XVI, Voltaire et La Fontaine étaient considérés comme de très mauvais ton. Selon les époques, les artistes sont considérés comme de la domesticité de luxe ou comme le luxe de la domesticité.

|| Madame de Genlis (1746-1830), *L'Esprit d'étiquette* : posth., 1996
|| (écrit en 1812).

AIR D'ÉPOQUE : L'air XVe siècle (je le dis par raccourci, les époques ne recouvrent pas exactement les siècles) est ardoise, venteux, violent, sent le sang. L'air XVIᵉ est vert, frais, provinces de France et d'Italie, petit cercle, cahoteux, sent le foin. L'air XVIIᵉ est joyeux, négligé, rieur, mangeur de viande, ciel de Paris quand il est bleu avec trois nuages en croupe de jument, sent la bonne cuisine. L'air XVIIIᵉ est rose et noir, osseux, sec, avec une odeur de gibier. L'air XIXᵉ est violet, charnu, copieux, bruyant, sent le ciment. L'air XXᵉ est marron, tussif, marchant les épaules parallèles au mur, col de chemise sale, sentant le bureau mal tenu.

A LA RECHERCHE DU TEMPS PERDU : *A la recherche du temps perdu* est... tout le monde sait ce que c'est, *A la recherche du temps perdu*. Peut-être ferais-je mieux de dire ce que ça n'est pas ?

A la recherche du temps perdu n'est pas trop long. Il est même si bon que j'en prendrais cinq cents pages de plus. Seul *Albertine disparue*, par moments, me lâche, mais c'est de ma faute : les considérations sur l'amour ne m'intéressent pas. Elles me semblent déjà incluses dans les considérations sur la maladie, qui précèdent. La longueur de ce livre est un élément de son succès. Chaque lecteur y trouve de quoi se satisfaire : celui-ci les réflexions sur la mémoire, celui-là sur l'amour, cet autre sur la vieillesse. C'est un palace d'excellente tenue avec jacuzzi, masseur, room service ; et cela contrevient aux axiomes selon lesquels, *dans le monde actuel, on n'a plus le temps de lire de gros livres. Harry Potter, c'est court, Harry Potter* ? Je comprends maintenant l'inouï succès de *L'Astrée*, le roman d'Honoré d'Urfé, cinq longs volumes lus, relus et adorés pendant tout le XVIIᵉ siècle : le talent de l'auteur a sans doute eu la chance de rencontrer certains désirs de l'époque. Et peut-être a-t-il su les créer. Tel, après une longue mise en route (il a fallu vingt ans pour en épuiser le premier tirage), *A la recherche du temps perdu*, lui aussi la description d'un lieu magique, avec quelque chose d'aquatique, glauque, intérieur d'aquarium. Et tel, un jour, après avoir été aussi lu, relu et adoré que *L'Astrée*, *A la recherche du temps perdu* s'éteindra comme *L'Astrée*, gros lustre relégué au fond d'une cave, qui ne sera plus visité que par les vingtiémistes dans les universités, comme *L'Astrée* ne l'est plus que par les dix-septiémistes. Le public sourira avec condescendance de notre exaltation sur ce bizarre objet rococo, comme nous du public de *L'Astrée*. Et ce sera très bien : aucun livre de littérature n'est la Bible ou le Coran, *le Livre*, vénérable et qu'on doive indéfiniment commenter. Répétition, dévotion, apprentissage : tout ce qui est qualité pour une religion est contradictoire avec la littérature, qui s'examine, se goûte, se conteste. Et un jour ultérieur on « redécouvrira » le roman de Proust, qui se rallumera et ainsi de suite.

A la recherche du temps perdu n'est pas une autobiographie. C'est que le narrateur n'est pas Proust. Proust ne le nomme pas, ce qui renforce son existence : on voit d'autres personnages s'adresser à lui en lui disant « tu », comme dans la vie, où l'on n'éprouve pas le besoin de donner perpétuellement son nom à l'autre, *puisqu'il est là* ; ce sont les auteurs de fiction peu sûrs d'eux-mêmes et de leurs personnages qui emploient le vocatif à tout propos. A la fin, il échappe à Proust un ou deux « Marcel » pour prénommer ce narrateur, mais c'est précisément à la fin, qu'il n'a pas eu le temps de corriger : s'il l'avait eu, je pense qu'il aurait supprimé cet élément de confusion. Certes, il existe des points de ressemblance entre eux : ils adorent leur mère et sont allés dans le monde, mais il y a encore plus de points de dissemblance : et par exemple, l'un est homosexuel et l'autre pas. De plus, le narrateur est un moins bon critique littéraire que Proust, auteur du remarquable article « A propos du "style" de Flaubert » : il émet l'idée fausse que Balzac est vulgaire et débine Musset. Le narrateur vit enfin plus longtemps que Proust. La première moitié du dernier volume d'*A la recherche du temps perdu* se passe entre 1916 et 1918 ; ensuite (« La maison de santé dans laquelle je me retirai ne me guérit pas plus que la première ; et beaucoup d'années passèrent avant que je la quittasse »), le narrateur se rend à une matinée chez la princesse de Guermantes (l'ex-Madame Verdurin), occasion de la célèbre scène où il ne reconnaît personne, tant les gens ont vieilli. Proust est mort en 1922. Il est impossible que ce soit l'année où cette scène se passe : non seulement l'intervalle 1918-1922 ne représente pas « beaucoup d'années », mais il ne suffirait pas à rendre les gens méconnaissables de vieillesse. Le narrateur ajoute que « moins de trois ans après » cette matinée il a revu Odette, et il évoque même le mariage de la fille de Saint-Loup et de Gilberte, probablement ultérieur à cette rencontre : tout cela doit se passer vers 1930. Proust a fait de l'anticipation dans la fin de son livre.

« Dans ce livre où il n'y a pas un seul fait qui ne soit fictif, où il n'y a pas un seul personnage "à clefs", où tout a été inventé par moi selon les besoins de ma démonstration », dit le narrateur avec exactitude pour les clefs et un certain illogisme quant au mot « livre », car il le dit avant le moment où il est supposé découvrir que ce livre, il va l'écrire. (*A la recherche du temps perdu* est la rumination d'un cerveau qui va se décider à écrire un livre. Disons qu'il cède un instant la parole à Proust.) Chaque fois qu'on nous dit que Swann, c'est Charles Haas, que Madame Verdurin, c'est Madame Straus, qu'Oriane de Guermantes, c'est la comtesse Greffulhe, on constate que ceux-ci avaient bien d'autres traits de caractère que « leurs » personnages, et vice versa. Un personnage n'est pas la projection d'une personne.

Je vous en prie, Albertine n'est pas Albert. Pour continuer sur les vulgarités, *A la recherche du temps perdu* n'est pas « la madeleine ». Je dirais même que c'est l'affirmation de ceux qui ne l'ont pas lu. Quand on l'a fait, on se rappelle que le narrateur rencontre bien d'autres déclencheurs à remémorations que le goût de la madeleine trempée dans du thé. Les pavés de Venise, la vue des clochers de Martinville, toutes les sensations qu'il éprouve dans ce roman d'aventures, celles de son cerveau et de son cœur, claquements de doigts de son esprit qui lui dit : place ce signe dans le puzzle. Cherches-en la signification. Trouves-en les lois (« il fallait tâcher d'interpréter les sensations comme les signes d'autant de lois », *Le Temps retrouvé*). Alors, tu seras devenu écrivain. Cette lente maturation d'un être est le contraire d'un roman passéiste, puisqu'elle mène à une création.

Malgré le titre et le dernier mot du livre, « Temps », avec la majuscule, *A la recherche du temps perdu* n'est pas un roman sur le temps. Lorsqu'il expose ses théories sur le temps, les phrases du narrateur deviennent moins précises : c'est dans la *mise en scène* du temps qu'il est fort, son temps pratique, qui chez lui avance comme un lombric. Une scène d'une heure peut prendre quatre-vingt-dix pages, comme la matinée Guermantes, et la croisière d'un an des Verdurin être évoquée en une incidente. Dans ce roman, le temps est si peu horloger que les seules dates qu'il donne sont celles de la guerre (événement si mythique que sa datation ne suffit cependant pas à le restreindre à une période) et qu'il précise un seul âge, celui du duc de Guermantes dans *Le Temps retrouvé* (83 ans). D'un autre personnage, Rachel, mettons, il se contentera de dire qu'elle est une « immonde vieille », expression d'une brutalité rare chez lui. Il est vrai qu'elle est la concurrente de sa chère Berma, qui est en train de mourir comme le père Goriot. Charlus, lui, finit comme un Pickwick transformé en roi Lear. Et *La Prisonnière* est captive comme dans un roman médiéval. De tout, vous dis-je, il y a de tout dans un grand livre. Le mot « recherche » importe plus que le mot « temps » : en luttant contre le temps, c'est-à-dire, non contre l'oubli, mais contre l'effacement indistinct de ce qui compte comme de ce qui ne compte pas, le narrateur recherche des lois. « [...] dans toute la durée du temps de grandes lames de fond soulèvent, des profondeurs des âges, les mêmes colères, les mêmes tristesses, les mêmes bravoures, les mêmes manies à travers les générations superposées [...]. » Genre même de spéculation que l'on ne peut ni confirmer, ni infirmer, mais qui peut être exacte et qui, pour un homme comme Proust qui n'explique sûrement pas les choses par Dieu, semble donner une logique à notre existence. Il s'agit si bien de comprendre quelle est notre place dans le grand mouvement incompréhensible où nous nous trouvons que les aventures du narrateur s'achèvent lorsqu'il a accédé à la conscience de ce qu'il est (romancier).

A la recherche du temps perdu n'est pas l'apothéose du roman psychologique, si psychologie veut dire qu'il existe des lois de l'esprit humain. Il en serait plutôt le sabotage. Chaque fois que le narrateur nous présente un personnage, il le fait méticuleusement, nous habituant à lui, à son comportement, à cette sorte de fatalité que constituerait sa psychologie (soit dit en passant, il est aussi fautif de parler de la « psychologie » d'une personne que de dire « la météo » pour « le climat » : la science n'est pas son objet) : et, chaque fois, il détruit cette croyance en finissant par montrer le personnage agissant à l'opposé de ses *lois*. Swann, homme du monde, raffiné, cultivé, sagace, qui écrit un livre sur Vermeer, devient amoureux d'une cocotte qui croit élégant d'employer des mots anglais. Mettons que ce soit la faute de l'amour, cet auteur d'attentats impunis contre la société. Nous lisons des pages et des pages de moqueries sur la conversation stupide du médecin Cottard ; eh bien, plus tard, « nous comprîmes que cet imbécile était un grand clinicien » (*A l'ombre des jeunes filles en fleurs*). D'ailleurs Cottard écrit, facteur de solidarité chez le narrateur, qui, malgré leurs platitudes, défend ses chroniques de guerre contre les dénigrements de Madame Verdurin. La loi semble que, quand nous croyons trop en elle, elle fuit en nous narguant. Dans *A la recherche du temps perdu*, on commence toujours par *se faire une idée*, puis on découvre qu'elle était fausse. Pour revenir parfois à la première impression, mais qui se révèle vraie pour d'autres raisons. « Je me trompais » est une phrase fréquente du narrateur. S'il est un saboteur de la psychologie, c'est dans la mesure où elle devient croyance. Le narrateur est le scepticisme en personne : le scepticisme créateur. On ne crée qu'après avoir détruit les illusions. Y compris celle du scepticisme. C'est un sceptique du scepticisme. Et c'est l'exacte raison pourquoi il est aussi un saboteur des réputations : qu'est-ce qu'une réputation, sinon une croyance en ce que serait une personne ? *A la recherche du temps perdu* est un grand démantèlement des croyances. C'est très remarquable dans deux expressions du *Temps retrouvé* où affleure l'indication que le narrateur a définitivement perdu ses illusions : « au temps où je croyais ce qu'on disait » et : « l'âge des croyances ». Il a découvert, puis admis la contradiction entre le dire et le faire. Les hommes sont autres qu'ils ne le disent. Et après ? Cette autre idée de soi est un élément du moi, sa part idéaliste, qui cherche à excuser ses petitesses réalistes. Ce livre nous donne une impression d'immense indulgence. Il y a sur la Lune une mer de la Sérénité, *A la recherche du temps perdu* est la mer de l'Indulgence. Les hommes sont imparfaits, mais ce sont les hommes. Comme tout grand roman, *A la recherche du temps perdu* n'est pas moraliste. Il comprend tout. Il admet tout. L'homme n'est pas un ennemi. Il est le sujet réel du livre, comme la dernière phrase, et non le seul dernier mot, le signale : « Aussi, si elle *[la force]* m'était laissée assez longtemps pour accomplir mon œuvre, ne manquerais-je pas d'abord d'y décrire les hommes [...]. » Et si le narrateur se propose de découvrir les lois des hommes dans son livre à venir, celui que nous venons de lire montre qu'elles sont impossibles à trouver. C'est le fait de les chercher qui l'a rendu si humain. Son anti-absolutisme est sa première qualité, sans qu'il verse dans un relativisme total qui serait une forme d'absolutisme : tout au fond du parc, comme à Vaux-le-Vicomte, il y a une grande statue. C'est celle de la littérature. La littérature est le sacré de Proust.

A la recherche du temps perdu n'est pas un roman dont le comique soit toujours de bon goût. Le narrateur bouffonne sur les défauts physiques des gens. Il peut en devenir monotone, parfois même passer la démesure. Dans *Sodome et Gomorrhe*, les pouffements sur les moustaches de Madame de Cambremer, à la longue, on a compris. C'est mesquin. Et assez court. Ce sont ses moments Thierry Le Luron, l'imitateur, qui était également un grand caricaturiste. La supériorité de Proust vient de ce qu'il caricature *des personnages qu'il invente*.

Le narrateur n'est pas un être aussi sensible qu'il le clame. Surprenant le baron de Charlus en train de se faire fouetter dans un bordel, il observe son corps « tout en sang, et couvert d'ecchymoses » sans la moindre émotion ; il faut vingt-cinq pages et son départ pour qu'il note : « Mais j'étais encore sous l'impression des coups que j'avais vu recevoir à M. de Charlus. » On sent que c'est par politesse, parce qu'il se dit qu'il faudrait avoir l'air choqué. Il va parfois jusqu'au manque de charité. C'est lorsqu'il se moque de la mort prochaine de quelqu'un. Apercevant un personnage secondaire, la princesse de Nassau, il s'interrompt et la décrit longuement, sur le mode comico-sentimental. Elle se donnait le genre pressé. « Même, près de la porte, je crus qu'elle allait prendre le pas de course. Et elle courait en effet à son tombeau. » Il y a la déchirante mort de la grand-mère, n'est-ce pas, mais il y a aussi cela.

Les longs passages affectueux sur la bonne Françoise qui se poursuivent par : « Elle ne perdait pas ses défauts pour cela », ou sur le jeune boucher qu'elle veut empêcher de partir pour le front, « ce garçon qui, d'ailleurs, ne ferait jamais un bon boucher », ou sur Madame Leroi, « aujourd'hui plus personne ne sait qui c'est, ce qui est du reste parfaitement juste », etc., etc., ressortissent à la souveraine insensibilité du créateur. Proust est indulgent, mais est-il bon ?

A la recherche du temps perdu n'est pas un roman où apparaisse le peuple, sinon par Françoise et quelques employés de maison ou d'hôtel. Fait non mystérieux mais que j'ai parfois vu reproché à Proust. Quel curieux critère, tout de même, que de juger un livre sur autre chose que ce qu'il propose. Appliquez ce raisonnement à la peinture : « *La Naissance de Vénus* de Botticelli ? Pourquoi n'y a-t-il pas de fusées ? »

A la recherche du temps perdu n'est pas moderne. Même si Proust a connu Einstein et la peinture cubiste, il n'en est pas question dans son roman, ces funérailles nationales du XIXᵉ siècle. Le catafalque noir, monté sur un carrosse à plumets, est tiré par douze chevaux au son de tous les hymnes nationaux du siècle : *La Marseillaise*, *Partant pour la Syrie*. Des haies de messieurs en redingote noire tenant leur chapeau claque sur le ventre se tiennent de part et d'autre de l'avenue Foch, devant de grandes cocottes aussi harnachées que des uhlans. On entend Odette qui dit : « *Very moving...* » Dans une vitrine, un libraire range d'autres romans qui enterrent des mondes : *Le Guépard*, de Lampedusa, *La Marche de Radetzky*, de Joseph Roth. Le second est la mort d'une famille en même temps que celle de l'empire austro-hongrois ; le premier est la mort d'une famille en même temps que naît la nation italienne et une famille bourgeoise qui succédera à l'aristocrate : *A la recherche du temps perdu* est la mort d'un monde et d'une famille, celle du narrateur, fils unique qui n'a pas de descendance, et la naissance d'un artiste, ce même narrateur qui engendrera des livres.

A la recherche du temps perdu n'est pas l'apothéose de l'intelligence juive, qui se caractériserait par le « talmudisme », le « pilpoul », en un mot les ratiocinations et le commentaire à la place de la création. Dans ces conditions, le chapitre « Tempête sous un crâne » des *Misérables* prouverait que Hugo était juif, et ne parlons pas de Péguy. Le « style juif » n'existe pas plus que le « style homosexuel ». Les plaisanteries du narrateur sur les défauts physiques des femmes pourraient être qualifiées de typiquement homosexuelles, mais je vois de pires horreurs dans Flaubert. On trouve dans *A la recherche du temps perdu* de rares épithètes affectées, comme « une coiffure simple et charmante », mais cette coiffure l'est peut-être, simple et charmante, et il y a bien plus de chichis dans Balzac. Je ne vois guère qu'une scène où Proust prête au narrateur, qui n'est pas homosexuel, une réaction que lui, qui l'est, aurait sans doute eue : quand, au concert de Morel, dans *La Prisonnière*, il remarque une charmante mèche sur le joli front du musicien puis se retourne pour voir l'effet qu'elle produit sur le baron de Charlus ; il devrait plutôt constater un regard excité de Charlus *puis* se retourner vers Morel. On peut aussi dire qu'il est perspicace et sait remarquer des choses qu'il n'éprouve pas. Dans le sens contraire, prenons un cogneur littéraire comme Laurent Tailhade : il était bisexuel. On pourrait dire que c'est précisément pour cela, qu'il voulait compenser, etc., mais nous tombons alors dans la psychologie, qui n'est peut-être pas fausse, mais à laquelle on ne peut répondre que : littérairement, et après ? La littérature ne se réduit pas à une combinaison de raisons.

A la recherche du temps perdu n'est pas un roman snob, dans le sens où il ne présume pas la supériorité des êtres de leur statut social, ni un roman mondain, il est même impitoyable envers ce qui s'appelle soi-même avec simplicité « le monde » : je n'en finirais pas de citer les passages où le narrateur fouette ses ridicules, sa sottise, sa lâcheté et son ignorance. Il nous fait comprendre que c'est une société qui se contente de signes en se moquant du sens. Le narrateur de cette *Iliade*, après en avoir longtemps fait le siège, a pris sa Troie sans s'en rendre bien compte puis la détruit en la décrivant : *Vie des insectes du faubourg Saint-Honoré*. Il a d'abord cru à tout cela, puis est désillusionné. Son ancienne vie de mondanités est justifiée par le livre qu'il va écrire. Dans ce sens, *A la recherche du temps perdu* raconte une rédemption. Que Proust veuille faire de son livre une mythologie se manifeste par un emploi divinisant des épithètes : Charlus vieilli ressemble à un Neptune avec une « altération métallurgique de la tête » qui le fait reconnaître comme étant de « ceux que la mort a déjà fait entrer dans son ombre ». Le narrateur voit les gens du monde comme des apparitions. A l'Opéra, les Guermantes ont l'air de Néréides dans leur baignoire, Oriane est la sirène de la matinée Guermantes, décrite dans un des plus réjouissants passages du livre : « ce corps saumoné émergeant à peine de ses ailerons de dentelle noire, et étranglé de joyaux [...] ».

A la recherche du temps perdu n'est pas un roman actif. Le narrateur emploie fréquemment des verbes au passif, en particulier pour l'amour. Il veut « être aimé », caractérise tel personnage par le fait qu'il « a été aimé ». Dans *Le Temps retrouvé*, à propos d'une pensée de La Bruyère qui commence : « Les hommes veulent souvent aimer... », il fait ce commentaire : « Que ce soit ce sens ou non qu'ait eu cette pensée pour celui qui l'écrivait (pour qu'elle l'eût, et ce serait plus beau, il faudrait "être aimés" au lieu d'"aimer") [...]. » Cela vient de ce qu'on acquiert une force héroïque lorsqu'on se sent aimé : Morel peut manipuler Charlus parce qu'il se sait aimé de lui. (Ce sadisme est-il au crédit de l'amour ? Proust croyait-il beaucoup plus à l'amour qu'à l'amitié ?) Plus généralement, les personnages subissent les actions plutôt qu'ils ne les accomplissent. Elles sont souvent rappelées au plus-que-parfait, et non montrées au passé simple, sur le vif. Les seules pour lesquelles ces oisifs dépensent une énergie considérable sont les coucheries. Du moins les homosexuels. On n'est même pas sûr que les autres s'embrassent. Une liaison, dans ce monde, a l'air d'une nouvelle voiture ou d'une nouvelle maison de campagne, quelque chose qu'on se flatte de montrer sans avoir à en jouir. Le narrateur, qui a aimé le sexe à une brève période de son existence, vit dans une inaction quasi totale, se contentant de réfléchir à ce qu'il pourrait faire. Bouddha ! *A la recherche du temps perdu* rappelle le roman de Gontcharov, *Oblomov*, histoire d'un fainéant : c'est Oblomov qui, à la fin, deviendrait Gontcharov.

A la recherche du temps perdu ne prend pas garde qu'un roman écrit à la première personne du singulier ne devrait pas contenir de mentions comme : « X... pensait... » Et pourtant Proust le fait. C'est pour aller plus vite. Au lieu de la faire déduire par le narrateur de tel geste, tel souvenir, telle chose qu'on lui aurait rapportée, on énonce la pensée. Sans cela, le livre avait cent mille pages.

A la recherche du temps perdu n'est pas un roman hâtif, et c'est sa qualité. Proust est un entrepreneur texan qui ne quitte pas ses hectares sans en avoir sucé le maximum de pétrole. Et ses personnages, grands derricks noirs, se dressent à perte de vue dans nos imaginations.

Une revue m'a un jour posé la question : n'êtes-vous pas découragé d'écrire des romans après Proust ? Ah, fortune des idées nunuches. En quoi Proust aurait tué le roman, je me le demande. En quoi un chef-d'œuvre tue-t-il l'art dans lequel il s'exerce ? La construction de Notre-Dame de Paris a-t-elle tué les cathédrales ? Seul le mauvais tue, et encore. Rien ne tue jamais rien. Quand je lis Proust, il me donne envie d'écrire.

A la recherche du temps perdu n'est pas un roman qui suive les modèles des précédents grands romans, qui n'en avaient d'ailleurs pas établi, ni eux-mêmes suivi. Il suivrait plutôt les règles scolaires, du temps où l'école apprenait qu'il faut lier les phrases entre elles et que rien n'est plus élégant qu'un « c'est pourquoi » parce que Cicéron a écrit *« itaque »*. (J'en ai connu la fin. J'allais dire : j'ai été à la charnière de deux époques, mais chaque génération se croit à la charnière de deux époques. Il est flatteur de croire qu'on est le dernier récipiendaire d'une tradition qui mourrait sans soi.) La deuxième page de la deuxième partie d'*A l'ombre des jeunes filles en fleurs* contient douze phrases. Neuf commencent par une conjonction ou par une expression qui les relie à la phrase précédente, sans parler des conjonctions à l'intérieur des phrases. A ce point, ce n'est pas une règle scolaire que suit Proust, mais une règle personnelle qu'il s'invente ; et tant pis si beaucoup d'écrivains français ont tendu à faire une règle du contraire. *Et, de même qu'il existe à l'intérieur de l'organisme un tissu que nous appelons conjonctif*, pourrais-je écrire en le pastichant, de même, il crée un mortier de conjonctions pour que les blocs de son livre n'aient aucun espace par où nous pourrions nous échapper. C'est aussi, à la fin d'un long raisonnement, le moyen de reprendre son souffle : la reine ramène sa traîne par à-coups, après quoi elle peut repartir dans un grand mouvement altier. Ainsi, dans *Le Temps retrouvé*, ayant écrit un très long passage, il ralentit par une série de phrases courtes comme destinées à conclure, « et sans doute c'était... », « mais il y fallait du courage... », « car c'était avant tout... », puis, requinqué, reprend jusqu'à :

> Plus que tout j'écarterais ces paroles que les lèvres plutôt que l'esprit choisissent, ces paroles pleines d'humour, comme on en dit dans la conversation, et qu'après une longue conversation avec les autres on continue à s'adresser facticement à soi-même et qui nous remplissent l'esprit de mensonges, ces paroles toutes physiques qu'accompagne chez l'écrivain qui s'abaisse à les transcrire le petit sourire, la petite grimace qui altère à tout moment, par exemple, la phrase parlée d'un Sainte-Beuve, tandis que les vrais livres doivent être les enfants non du grand jour et de la causerie mais de l'obscurité et du silence.

Quel français magnifique. Cette dernière partie donne à *La Recherche du temps perdu* l'air d'un roman de conclusions perpétuellement contredites et complétées, comme une symphonie de Beethoven, tandis que le long début du *Côté de chez Swann* lui donnait l'air d'un roman d'introductions perpétuellement complétées et contredites, comme des sonates de Satie, le milieu (*La Prisonnière* et *Albertine disparue*) tournant en rond comme des rengaines, puisqu'il s'agit d'amour. Et à la fin, petite, menue, jaunie et enroulée d'autant de phrases que la reine Victoria de châles, la reine du roman, ayant bien régné sur son peuple de personnages, va se coucher au fond de la ruche où elle tombe, morte, dans un petit bruit sec.

📖 « La vraie vie, la vie enfin découverte et éclaircie, la seule vie par conséquent vécue, c'est la littérature. » (*Le Temps retrouvé*.)

> *Du côté de chez Swann* : 1913. *A l'ombre des jeunes filles en fleurs* : 1918. *Le Côté de Guermantes* : 1920 et 1922. *Sodome et Gomorrhe*, I : 1922. *La Prisonnière* : posth., 1923. *Albertine disparue* : posth., 1925. *Le Temps retrouvé* : posth., 1927.
>
> ◆
>
> Ivan Gontcharov (1812-1891), *Oblomov* : 1859. Giuseppe Tomasi di Lampedusa (1896-1957), *Le Guépard* (*Il Gattopardo*) : posth., 1958 (trad. française : 1959). Joseph Roth (1894-1939), *La Marche*

> de Radetzky (Radetzkymarsch) : 1932 (trad. française : 1954).
> Honoré d'Urfé (1567-1625), L'Astrée : 1607-1628.

ALEMBERT (JEAN LE ROND D') : D'Alembert, je suis charmé que tu sois le premier écrivain de mon dictionnaire. C'est moins à cause de tes livres que de ta tête. Ce portrait gracieux qu'on trouvait dans le cabinet des pastels de l'ancien Louvre, j'aimais tant y aller, avant sa transformation en style palais des congrès dans un pays du Golfe. D'Alembert, ta bonne humeur te donnait bonne mine, ton portrait par Maurice Quentin de La Tour le montre. Il montre aussi la sienne, puisqu'il a choisi de montrer cela. Le portraitiste peint d'abord ce qui lui plaît. Ou ce qui lui déplaît, mais c'est toujours un sentiment. D'une certaine façon, les portraits n'existent pas. Il n'y a que des autoportraits involontaires. Voici le meilleur côté du XVIIIe siècle. On pouvait être un bon écrivain et ne pas prendre des mines de souffrant ou de furieux.

Or, nous savons que Quentin de La Tour n'était pas du tout de bonne humeur. C'était une sorte de Léautaud qui disait brusquement ce qu'il pensait, y compris au roi. Un jour qu'il faisait poser Madame de Pompadour, Louis XV entra dans son atelier : il range ses crayons et sort en disant qu'il ne reviendra que quand la marquise sera seule. Dans une cour aussi polie que servile, cette liberté le fit passer pour un excentrique mal élevé, puis finit par lui valoir une sorte de respect. Et il s'est toujours peint souriant. L'exposition de Versailles en 2004 a pour la première fois montré son autoportrait âgé, où on le voit un peu chauve, ridé, grand œil bleu d'enfant, d'une gaieté mélancolique, indulgent. C'est très intéressant sur l'idée que nous nous faisons de nous-mêmes. Nous projetons dans nos œuvres un moi idéal. Que nous sommes en partie, puisque nous voulons l'être. D'ailleurs, il n'y a pas de si grande contradiction entre la brusquerie et la bonté.

D'Alembert, tu n'as pas fait mentir son portrait : c'est toi qui, à un cuistre qui chipotait Voltaire en le trouvant « un peu faible en droit public », répondis : « Et moi je ne le trouve un peu faible qu'en géométrie » (Chamfort, maxime 749). Ah, avoir des amis qui nous aiment. En être un. Non que je surestime la douce fiction qu'est l'amitié, mais précisément elle est douce. C'est Voltaire qui lança Quentin de La Tour vers le succès en lui commandant son portrait en 1735. C'est Quentin de La Tour qui contribua à décupler le succès de Rousseau en faisant son portrait en 1753. Il le montra joli, doux, aimable, ce qu'il n'était pas. Le portrait plut, les copistes copièrent, et les groupies de Jean-Jacques accrochèrent le poster dans leur chambre. D'Alembert, tu as fait mentir ton portrait : ta *Vie de Montesquieu* est trop « vie des saints », dirais-je si les auteurs d'hagiographies étaient aussi prudes. Au contraire ils révèlent les vices, ne serait-ce que pour montrer que le saint les a vaincus. Dans un poème, Gilbert te traite de pédant. Tu faisais partie de la bande des philosophes, et lui de celle des prêtres. Tu t'es éloigné des philosophes. Brouillé avec Diderot. Tu étais son associé dans l'*Encyclopédie*, cette grande affaire d'argent autant que d'idées, et il paraît qu'on se brouille souvent dans les affaires d'argent. Je me demande si Diderot ne se serait pas sournoisement moqué de toi dans *Le Rêve de D'Alembert*, où il ne se sert de tes paroles que pour des insignifiances (« Vous croyez ? » « Cela est juste »). Toutes les époques sont affreuses.

📖 « La forme du gouvernement est indifférente en elle-même, pourvu que le gouvernement soit juste, que tous les citoyens aient également droit à sa protection, qu'ils soient également soumis aux lois, et également punis s'ils les violent, que les supplices ne soient pas réservés pour les petits coupables, les honneurs pour les grands. » (Lettre à Voltaire.)

1717-1783.
♦
Eloge de M. le Président de Montesquieu, en tête du 5e volume de l'*Encyclopédie* : 1755.
♦

> Nicolas Gilbert : 1750-1780. *Maurice Quentin de La Tour* :
> Versailles, appartement des bains, 2004.

Allégorie, apologue, déclamation : L'allégorie est la littérature de la peur.

L'apologue est la littérature de l'intimidation.

La déclamation est le lyrisme de la brutalité.

Ame : Ame est un mot simple dont on ne se méfie pas à cause de sa simplicité, au contraire des célèbres mots en « isme », dont tout le monde se garde à cause de ce tatouage à la cheville qui siffle : « Attention, notion ! » Il y a aussi « amour », « amitié », « vérité ». Pas si simples, puisqu'ils désignent des sentiments plutôt que des faits. Tout sentiment est personnel. « Amitié » ne veut pas dire la même chose pour moi que pour le marquis de Sade. Ce sont des mots à employer avec circonspection.

« Ame » révèle souvent l'orgueil insensé d'écrivains qui se proclament humbles, comme Villiers de l'Isle-Adam, qui écrit : « Je n'écris que pour les personnes *atteintes d'âmes* » (*Fragments divers*).

Certains écrivains emploient ces mots comme les femmes qui vont au marché avec tous leurs bijoux. D'autres, comme des joueurs qui cachent une carte dans leur manche. Qui veut-on charmer, et comment ? J'aime mieux que l'on s'adresse aux parties les plus éclairées des lecteurs et avec le même désemparement qu'eux. Un écrivain n'est pas un bonimenteur.

> Auguste Villiers de l'Isle-Adam, *Fragments divers* : posth., 1986.

Amers et grincheux : La moitié de la gloire de Baudelaire vient, non de ses grands vers, mais de ce qu'il n'est jamais content. L'amertume plaît aux auteurs en ce qu'elle réfute leur responsabilité, aux lecteurs en ce qu'elle justifie leurs rancœurs.

Elle est comique. Voyez Vigny quand il prend ses moues dégoûtées. C'est aussi un grand poète, comme Baudelaire. Cioran, l'amer en chef de la seconde moitié du XXe siècle, emploie la langue française avec un vocabulaire d'étudiant en sociologie, « échelle sociale », « la cité », et, souvent des pensées dont je me demande comment on a pu les trouver hardies : « Le christianisme eût abouti que la terre serait un désert ou un paradis. » Joint à la fréquente conclusion de ses sentences par des points de suspension, cela en fait un moraliste distendu. Un moraliste devrait assumer sa posture de tueur méprisant : une phrase, une balle, on rengaine. Les points de suspension, insinuant qu'il en sait plus qu'il ne dit, lui réservent un avantage caché. Cioran, ce sont souvent des syllogismes fondés sur des solécismes. Au moins il est resté seul, sans embêter personne, plus fâché contre lui-même que contre l'humanité.

L'aigre est une variété de l'amer. Je pense à George Steiner, le professeur qui assure que « nous savons qu'il n'y aura plus de Dante, de Proust » (entretien à la Télévision suisse romande 2, 1998). *Nous savons*. Non seulement il n'y en aura plus, mais il n'y en a pas besoin, puisqu'ils ont existé. De nouveaux talents existent déjà, qu'il faudra du temps pour génialiser : un jour avant Proust, aucun Steiner n'aurait parié sur un Proust. La littérature apparaît par surprise. Les commentateurs s'en irritent. Et puis, surtout, n'étant pas des créateurs, ils en déduisent que tous doivent être comme eux. Si tous les fruits sont secs, je suis excusé de l'être. L'aigreur est la supériorité du stérile.

Selon les grincheux, nous vivons en décadence. Comme si la décadence n'était pas là depuis le premier jour de la vie. Chassé du paradis, Adam errait en grommelant : « Tout fout le camp. » Avant c'était mieux. Après ce sera mieux. Pauvre présent ! Pauvre présent toujours injurié, présent qui est nous, présent qui n'arrive jamais à se débarrasser du chewing-gum du passé et devant qui on agite en permanence le papier brillant de l'avenir, pauvre présent, tu trouves le moyen d'admirer ceux qui t'injurient!

|| E. M. Cioran : 1911-1995.

Amour : On accorde aux mots quand on les emploie une seule valeur, positive ou négative. « Amour », par exemple. Il est convenu que c'est positif, mieux que cela, bénéfique. Or, ses maléfices sont connus : on peut aimer des êtres bas, on peut porter un amour néfaste, il existe des amours malveillantes.

L'amour est un espoir. De là sa nuance de bassesse. Seulement, c'est un espoir envers soi-même, de pouvoir être assez bien pour plaire, etc. De là sa nuance de hauteur.

Une des conséquences positives de l'amour est la vanité. Tous les efforts qu'on fait pour attirer l'attention de l'autre et qui nous améliorent.

L'amour est un chantage.

Pour notre bien, parfois.

Bien sûr, il n'y a que l'amour, et ce livre même n'est qu'un grand imprimé d'amour destiné à en créer, mais je crois qu'il ne faut pas trop le dire. Les forces de la haine en profiteraient pour enrôler dans leurs troupes les esprits irrités par l'air béat que, disent-elles, l'amour donne. Ça reste astucieux. Au XIXe et au XXe siècle, la haine n'a plus pris soin de se dissimuler. On n'avait pas vu cela depuis les pamphlets de la Révolution française et, auparavant, ceux de la guerre civile camouflée sous le nom de guerres de religion. Nous avons pu mille fois constater la séduction des livres de haine : c'est la dangereuse séduction de l'énergie. *Manifeste du parti communiste*, pamphlets de Céline, discours d'Aragon.

Amour est du féminin au pluriel, il le fut longtemps au singulier : de « La Matrone d'Ephèse », La Fontaine écrit que « son mari l'aimait d'amour folle ». C'est charmant, frais, pimpant, un air de flûte, reste des temps médiévaux qui croyaient aux fées. « Un jeune fol s'éprit d'amour folle... » Et c'est le début d'un conte.

Les femmes deviennent amoureuses espérant introduire du romanesque dans leur vie. Ayant constaté que cela a surtout introduit des emmerdements, elles lisent des romans.

On ne se cultive pas pour devenir plus savant, mais par amour. Parce qu'on veut être aimé.

Amour est un mot abstrait.

L'amour est le seul sujet sur lequel on puisse écrire n'importe quoi, car l'amour est n'importe quoi. C'est une qualité.

ANCIENS ET MODERNES : Quand il y a querelle entre les Anciens et les Modernes, choisissez les Modernes : c'est vous.

ANTÉRIORITÉ : L'antériorité n'a pas nécessairement à voir avec le talent. Comme disait le satiriste autrichien Karl Kraus, ce n'est pas celui qui invente qui importe, mais celui qui dit le mieux.

C'est-à-dire d'une manière appropriée. Non à l'objet, aucun objet ne réclame de description spéciale (cela serait du cliché), mais à l'auteur ; s'il s'agit d'un roman à la première personne, au narrateur.

Est-on jamais sûr de qui fut le premier ? J'ai longtemps cru qu'Apollinaire était l'inventeur des calligrammes, jusqu'à ce que j'apprenne qu'il en existait à la Renaissance ; et sans doute y en eut-il dans la Grèce antique, et dans les grottes. Tout existe de toute éternité. Croyant qu'il invente, l'homme redécouvre.

|| Karl Kraus : 1874-1936.

ANTIMÉMOIRES : Le voici, le grand livre de conversation de Malraux. Nehru, Mao, Chou En-laï, de Gaulle, d'autres moins connus mais tous parlant. On me dit : « Malraux, homme d'action. » Je répondrai : « Malraux, combien d'actions ? » Tourisme en Indochine (1924-1925). Six mois dans l'escadrille España (1936-1937). Dix mois de résistance (1944-1945). Le reste, des discours et des livres. C'est très peu par rapport à un authentique homme d'action. On dirait qu'il n'a vécu que pour le raconter après. Et c'est très bien. Un écrivain vit peu, mais de ce peu il tire des centaines de pages. Il a senti. Toute l'agitation de Malraux aboutit à ce livre où personne ne fait rien et où tout le monde discute. Idéal mandarin. Le Grand Bavard écoute. Il rapporte les paroles des autres avant les siennes et a la gentillesse de leur ajouter du talent. Par une légère inattention, il prête même son vocabulaire (« moche », « ébouriffé », « farfelu ») au baron de Clappique, cet extraordinaire baron de Clappique qui a l'air d'un personnage de Toulet et dont il reproduit la gouaille de grand snob aventurier parlant mal le français. Clappique est-il réel ou inventé ? Il apparaît dans *La Condition humaine*. Bernard Frank m'a dit que, quand il avait seize ou dix-sept ans, ses amis et lui en avaient fait un verbe : « As-tu bien clappiqué hier soir ? », dans le sens : « as-tu fait des dépenses extravagantes dans des endroits extraordinaires ? » Tout ce passage Clappique, c'est pour Malraux son *Neveu de Rameau*, livre de conversation s'il en est. Sa passion pour la conversation va jusqu'au récit de quatrième main : il raconte Clappique lui racontant qu'un homme lui a raconté qu'il avait connu Forain qui lui avait raconté qu'il avait croisé Villiers de l'Isle-Adam.

On retrouve dans ce livre son goût de Parisien causeur pour l'anecdote humoristique qu'on se confie dans la coulisse tout en regardant les petites danseuses passer, à la façon des deux grands bourgeois du tableau de Degas (l'un des deux n'est-il pas Forain ?), ou plutôt à la façon du hallebardier qui, sur la scène, plaisante avec le figurant d'à côté pendant que la basse chante

Don Quichotte. A ce sujet, il compare Clappique à don César de Bazan : et don César de Bazan, c'est le sympathique personnage de *Ruy Blas* qui a donné son nom à une pièce de Dumanoir et Dennery de 1844 d'où Massenet a tiré un opéra du même titre en 1872 et Riccardo Freda son premier film, *Don Cesare di Bazan*, en 1942, coscénariste : Vitaliano Brancati. Et voilà comment les personnages survivent, ou mettent du temps à mourir, c'est selon. O ricochets d'art, ô personnages continuant à exister de façon latérale, ô références de Malraux, sympathique mélange de Loti et de Lénine, de Babar et de Balthus : les *Antimémoires*, c'est le vide-grenier du xxᵉ siècle.

Malraux écrit comme Rossini. Il réutilise dans les *Antimémoires* des morceaux de ses précédents livres : qui pourrait l'en critiquer, puisque le résultat est bon ? C'est un excellent livre de mélanges : mélange de l'anecdote et du concept, du petit et du grand fait vrai (« Stendhal était sensible aux "petits faits vrais" ; pourquoi pas aux grands ? »), de l'égalitaire et du gratin (« La bonne société de Cayenne n'est pas inépuisable » ; c'était son côté Vilmorin), du rigolo et du courageux (par une sorte de bienveillance, un des mots qui me semble le mieux lui convenir. Le livre ne contient qu'une férocité, un très méprisant « Ah oui ? » à propos de Soustelle). Malraux est le mémorialiste le moins mesquin de l'histoire. Il écrit des *anti*mémoires, n'est-ce pas.

Aucun narcissisme, il est pudique. A propos de Chou Enlaï : « Je pense à l'éloignement d'un homme frappé par le malheur. Sa femme [...] est gravement malade. » Et nous ne saurons pas que lui-même vient de perdre ses deux fils, raison pourquoi de Gaulle l'a envoyé en voyage officiel en Chine. Il ne l'a peut-être pas su.

De cet acte nommé conversation qui, dans la vie, est souvent nul, Malraux fait un objet littéraire. La conversation est un rêve. Nous voudrions en avoir d'exquises, de délicieuses, d'enivrantes, comme dans les livres, et précisément elles n'existent que dans les livres. Rencontre-t-on jamais personne qu'on arrive à hisser jusqu'à ce rêve ? Peut-être les seules bonnes conversations sont-elles les épuisants monologues de quelques-uns. Et Malraux, si peu fait pour écrire des romans, se forçant à les faire, ce qui leur donne leur air forcé, trouve et crée ici son livre idéal et son type idéal de livre. « Dire que j'avais été romancier ! » Il l'est mieux ici que dans ses romans : en mettant ses conversations en scène, par exemple. Entre deux séries de répliques : « L'auto s'engageait dans les grandes avenues du quartier des ambassades. » C'est du Graham Greene.

Il y a beaucoup de transports en voiture dans ce livre : c'est le seul récit connu d'un écrivain avec chauffeur. Quand il regarde par les vitres, il voit ce que son imagination lui montre. « Distraitement éberlué, je regardais, parmi les champs au cordeau, les jolies maisons coloniales [...] une enseigne : *Epicerie, achat d'or.* » Elle lui fait choisir l'adjectif d'une manière qui rappelle Colette : « son visage de pirate distingué », « de sa meilleure voix d'inquisiteur déférent », « une simplicité de franciscain ébouriffé ». Colette aurait pu écrire ceci : « les églises de New York, il faut les chercher entre les gratte-ciel comme les crabes entre les rochers. » Le livre est une succession de scènes : scène Guyane – scène avion reine de Saba – scène chambrée – scène dîner Nehru – scène Clappique, etc. C'est le livre le plus libre de Malraux, où il laisse le plus aller son imagination. Barrès avait projeté d'écrire des *Mémoires de mon imagination* : ce que sont les *Antimémoires*, divisés en grandes parties portant d'anciens titres de Malraux. Il montre par là que la littérature a plus compté pour lui que toute autre chose, et semble vouloir justifier *a posteriori* son idée que beaucoup d'écrivains, dans leurs livres, ne font que « préfigurer leur destin ».

La moindre des qualités des *Antimémoires* n'est pas que c'est un livre écrit par un ministre qui soit si peu un livre de ministre. On devrait le donner à lire à tous ceux qui embauchent des nègres pour se faire écrire des *Invention du possible* ou des *C'est quoi la solidarité ?* (authentique). Ils n'y comprendraient rien. Seraient gênés. Ça n'est pas bien, de parler pour dire. *Surtout quand on est en exercice*. Le seul livre de mémoires d'un ministre comparable en prestige à celui-ci et qui dise des choses, les *Mémoires d'outre-tombe*, a été écrit par un ministre *à la retraite*. (Quelques phrases des *Antimémoires* pourraient être de Chateaubriand : « J'avais redescendu l'escalier monumental, confondu rêveusement les huissiers et les armures, et marchais dans la rue. » « Si j'étais lézard, j'aimerais cette inscription. ») Et quel désinvolte sens de l'Etat, que de comparer l'œil du président de la République (*le Général !*) avec celui de l'éléphant Babar ! Plus encore, de parler de soi avec familiarité ! On a des fonctionnaires à commander, tout de même ! Malraux a réussi à éviter au maximum la posture, réalisant presque son rêve de destruction de la comédie ; on n'y arrive parfaitement qu'à la condition, comme son modèle Stendhal, de ne pas faire une grande carrière terrestre, d'être consul, et non ministre.

Le livre s'achève sur une évocation des camps d'extermination et une conversation avec des rescapés. Malraux : « On ne revient pas plus de l'enfer que de la mort. » Il poursuit par quelques lignes sur une visite à Lascaux qui, cassant l'emphase, montrent sa finesse. Elles veulent peut-être signifier l'apaisement. Il y a eu chez Malraux un combat du musée et de la vie avec la conception que la vie, c'est un placement, et les musées remplacent les visites au cimetière.

📖 « Presque tous les écrivains que je connais aiment leur enfance, je déteste la mienne. »

|| 1967.

APOLLINAIRE (GUILLAUME) : Il y a quelque chose de putassier chez Apollinaire, putassier comme peut l'être un enfant. Il a le génie du câlinage. Comme on se laisse charmer par ce serveur de pizzeria déposant l'assiette d'un geste rond avec un regard langoureux pour la cliente !

Il ne laisse pas tel ou tel grand poème, mais une mélodie continue et caractéristique. Si quelqu'un illustre ma conception que l'œuvre entière d'un poète forme un seul vers, c'est bien lui. On peut découper un morceau dans ce long chouchou suave, et il aura toujours le même goût.

Pour lui, mélodie avant tout. Léautaud raconte qu'il se promenait en marmonnant des rythmes, lalalala lalalala, que rentré chez lui il remplissait de mots. Max Jacob le confirme : « Je tiens le truc d'Apollinaire. Tu n'as qu'à chantonner et mettre des mots dessus » (Yvon Belaval, *La Rencontre avec Max Jacob*). Cela explique que ses poèmes n'ont pas toujours grand sens, mais ce n'est pas ce qu'il cherche : il y a chez lui un plaisir étourdi de chanter. Toulet a expliqué je ne sais plus où que la contrerime était un rythme populaire, comme dans la plus banale chanson napolitaine, « Sa-anta Lu-ci-i-a ».

La répétition lui donne la séduction de la rengaine. « Il faudrait le demander à l'évêque/Si doux si doux avec ma mère. » La simple répétition du mot « une », dans : « Une belle Minerve est l'enfant de ma tête/Une étoile de sang me couronne à jamais. » Sauf erreur, il ne pratique pas la répétition à enjambement, comme, si je le pastichais :

> O ma jeunesse abandonnée
> Abandonnée à la saison.

Il répète en prose, ainsi dans *La Femme assise* : « La danse était à la mode, on dansait partout [...]. » Sorte de négligence stendhalienne, mais sans le désir d'irriter que peut avoir Stendhal.

J'ai employé le mot « Rhin », j'ai employé le mot « mélodie » : il y a quelque chose d'allemand dans Apollinaire, allemand aussi dans le sens ironique et enjôleur à la Henri Heine. Barrès qui, à mon avis, ne devait pas beaucoup lire mais avait du flair le qualifiait de « Heine qui fera des petits » (Maurice Martin du Gard, *Les Mémorables*).

C'est l'antipuritain par excellence. « Un territorial pissait quand nous passions » (*Lettres à Lou*). Il montre la vie avec ses mélanges, le trivial à côté du sublime, tout ce que le puritain refuse, qui veut non seulement la forcer à être parfaite, mais la forcer à l'avoir été. Rien n'est plus contraire à la littérature que le puritanisme.

Il écrit avec un plaisir qui se communique, rappelant la phrase de Degas montrant à Daniel Halévy deux Delacroix qu'il venait d'acheter : « Delacroix a fait ça comme un grand homme, que tout amuse » (*Degas parle*). Parfois il bouffonne, et c'est Mozart. Il a comme lui le goût de l'enfantillage et le plaisir de la blague à gros mots : « UNE MÈRE D'ACTRICE : — Tu p... Charlotte ? L'ACTRICE : — Non, maman, je rote. M. MAURICE BOISSARD : — Les voilà bien aujourd'hui les entrailles d'une mère » (*Le Poète assassiné*). Maurice Boissard était le nom sous lequel Léautaud signait ses chroniques de théâtre. Léautaud avait horreur des gros mots. Il est le dédicataire d'un des plus beaux poèmes d'Apollinaire, « La Chanson du mal-aimé ». Les gros mots montrent le cœur pur d'Apollinaire.

De Mozart il a le goût de la marche militaire et des petits soldats amoureux en bel uniforme. « *Non più andrai, farfallone amoroso!* » Après avoir écrit, en 1903 :

> Mais nous ne dirons plus ni le mythe des veuves
> Ni l'honneur d'obéir ni le son du canon
> Ni le passé car les clartés de l'aube neuve
> Ne feront plus vibrer la statue de Memnon (*Le Guetteur mélancolique*)

il dit, en 1915 : « Ah Dieu! que la guerre est jolie » (« L'Adieu du cavalier », dans *Calligrammes*). Celle-ci devait tuer 8 millions et demi de soldats et 10 millions de civils. Si les plus narquois des écrivains étaient devenus nationalistes pour défendre la patrie, comme Gourmont dont il parle dans *Le Flâneur des deux rives*, le nationalisme d'Apollinaire vient de ce qu'il était étranger. (Sa mère, d'origine polonaise, l'avait eu d'un Italien, il est né à Rome.) C'est à titre d'étranger qu'il s'est engagé dans l'armée française. On lui avait refusé en 1913 une naturalisation qui ne lui fut accordée que le 14 mars 1916. Il a été calculé que, mort le 9 novembre 1918, l'un des meilleurs poètes français du XXe siècle n'a donc été français que 32 mois. Blessé au front, et au front, c'est de la grippe espagnole qu'il est mort. Jean Cocteau, qui avait été se recueillir sur sa dépouille dans son appartement au dernier étage du 202, boulevard Saint-Germain, raconte que montaient du boulevard les cris d'une manifestation contre l'empereur d'Allemagne : « Conspuez Guillaume ! Conspuez Guillaume ! » L'un de ses derniers poèmes, « Simultanéités », montrait « les atroces lueurs des tirs ». Il n'était pas le seul à avoir vu des images joyeuses dans les fusées de la guerre. Le romancier anglais Thomas Hardy, à propos d'un raid aérien nocturne sur Londres durant la Première Guerre mondiale, dit : « Nous avons tout juste entendu un petit boum au loin. Les faisceaux des projecteurs étaient très jolis. Je me disais, si une bombe tombe sur cet appartement, combien d'écrivains disparaîtront ? » (Virginia Woolf, *Journal d'un écrivain*.) Disposition des esprits joviaux qui leur fait voir, dans la nouveauté, de l'aimable. Légèrement risible.

Vers l'âge de trente ans, Apollinaire avait écrit des chroniques de vieil académicien qui n'a plus rien à écrire, recueillies dans *Le Flâneur des deux rives*. Il y déploie un charme que les auteurs de ces choses-là n'obtiennent généralement qu'avec l'aide de soixante ans de souvenirs. Les deux rives sont celles de la Seine : encore l'étranger. Il s'est fait Vieux Parisien comme Grand Français, parce qu'il n'était ni Français ni Parisien ; il a grandi à Nice, qui n'était française que depuis 1860, soit vingt ans avant sa naissance, et n'a parlé que l'italien et le polonais jusqu'à l'âge de sept ans. Le poète Jean Moréas, grec de naissance, fut d'Action française ; Francis Carco, archétype de l'écrivain montmartrois, était natif de Nouvelle-Calédonie ; l'Angleterre ne compte plus ses écrivains d'origine indienne écrivant des romans nostalgiques sur la perte des châteaux par la vieille aristocratie. L'aristocratie est enchantée. Les bourgeois aussi, sans parler des ouvriers. Les Indiens s'en foutent.

Grand lecteur et grand gourmand de littérature, Apollinaire glisse des pastiches partout. Ce passage de *La Femme assise* est sûrement un hommage au *Livre de Monelle* de Marcel Schwob : « Mais aucun de ses amants désormais n'occupait son cœur qu'elle partageait entre Mavise Baudarelle et Corail la jolie rousse aux yeux noisette, dont l'aspect évoquait si bien une goutte de sang sur une épée. »

Il est attiré par l'érudition, les distractions populaires, le bon enfant, les curiosités, le pittoresque, Tallemant des Réaux. On le voit dans ses romans comme dans ses chroniques au *Mercure de France*, *La Vie anecdotique*. Elles contiennent plus d'informations que n'importe quel journal. C'est à cause du talent. Il « donne à voir ». Puisqu'il voit. C'est pour cela que les bons écrivains écrivent par images.

Il en a de splendides et à profusion : dans le seul poème « Zone », de son meilleur recueil, *Alcools* : la rue propre qu'il qualifie de clairon du soleil, les « troupeaux d'autobus mugissants », et le splendide dernier vers : « Soleil cou coupé. » J'oubliais le plus beau, le deuxième, l'une des ellipses les plus réussies que je connaisse : « Bergère ô tour Eiffel le troupeau des ponts bêle ce matin. »

Plein de joie et d'assurance, il place en plein milieu d'un poème le vers : « ça a l'air de rimer » (« Lundi rue Christine »). C'est de l'esprit, le même qui faisait Max Jacob achever un poème des *Pénitents en maillot rose* : « etc... etc... etc... (ça suffit pour Antibes...) » ou Charles Cros se moquer des gens graves, graves, graves.

Il est le premier poète à commenter l'état de poète : tout jovial qu'il soit, le poète ne demeure pas moins un être de solitude.

Les plus grands inventeurs ne sont pas les plus diplômés, car l'érudition blase ou paralyse. Mallarmé, qui invente de faire de la présentation du poème dans la page une image supplémentaire (*Un coup de dés…*), est professeur de lycée ; Sacha Guitry, qui invente la voix off au cinéma, n'a pas son bac ; non plus Apollinaire, qui s'est passé d'une règle tellement règle qu'elle paraissait aussi incontestable que les Pyrénées, la ponctuation. Il arrive, dit : il n'y a plus de Pyrénées ! et on se rend compte qu'elles étaient un mirage. Mallarmé avait déjà supprimé de la ponctuation, mais pas systématiquement. Selon Léautaud, Apollinaire, embêté par des questions de virgules, supprima tous les signes de ponctuation. C'est sans doute cela aussi, le génie, un « foutons ça en l'air » causé par l'agacement. Pas un « truc », mais quelque chose de consubstantiel à l'œuvre, à sa matière. L'absence de ponctuation constitue d'ailleurs comme un signe de ponctuation nouveau : une respiration que les autres signes étaient incapables de signaler.

Son négligé charmant peut devenir dégueulasse dans les poèmes d'amour. Si, dans les poèmes à Lou d'*Ombre de mon amour*, se trouvent des vers exquis, à la longue c'est trop, trop intime, trop dragueur, trop machinal, et je me réjouis à chaque fois que je les lis d'avoir écrit un poème contre les poèmes d'amour.

Il est d'un amoralisme tranquille. Le personnage principal de *La Femme assise* est lesbienne, comme sa grand-mère ; elle a eu un amant russe, « il aimait les femmes et les garçons » ; même sensualité souriante dans les pochades que sont *Les Exploits d'un jeune Don Juan* et *Les Onze Mille Verges*. Les érudits se gardaient les livres de Nerciat, l'Arétin, Sade, Baffo : Apollinaire les sort de l'« Enfer » de la Bibliothèque nationale et les réédite (ses préfaces ont été réunies dans *Les Diables amoureux*). Il ne nous dit pas de l'Arétin que cet auteur d'écrits licencieux et anonymes intervint pour faire recouvrir les sexes des fresques que Michel-Ange venait de peindre dans la chapelle Sixtine. L'hypocrisie n'est pas toujours du côté des prudes.

Dans *Le Poète assassiné*, on joue « une pièce morale » ; cette pièce morale contient la réplique : « Hélas ! murmurait la dame, je n'ai plus d'ovaires. » Aperçu railleur du théâtre scandinave qui venta sur Paris vers 1910. Il fait froid, en Scandinavie. On reste chez soi. L'un près de l'autre. On discute. On s'explore. On répète. Les reproches rampent. Ça finit par un divorce. Pire, par un film sur le divorce. Le divorcé sort de chez lui. Ayant tapoté la neige sur ses épaules, il entre dans la maison voisine où il se remarie avec la femme divorcée dont le mari a été épouser son ancienne femme. Un enfant naît (pas deux). Il exprime à son tour des reproches. C'était un inceste. L'homme neigeux, plein de remords, se suicide. Chaque nation a son type d'aventures, qui peuvent être utiles aux autres. Ces vaudevilles moroses, exportés en France, y ont servi d'antidote aux scandaleuses âneries de Feydeau.

Il y a dans *La Femme assise* un officier de l'armée d'Autriche qui, en 14, fait lancer sur une ville ennemie des gaz asphyxiants auxquels « il avait fait mêler des parfums très subtils qui embaumèrent la ville assiégée ». Ah oui, qu'au moins on parfume les gaz ; mais cela ferait haïr les roses.

📖 « Jeunesse adieu jasmin du temps
J'ai respiré ton frais parfum
A Rome sur les chars fleuris
Chargés de masques de guirlandes
Et des grelots du carnaval. » (« Ondes », dans *Calligrammes*.)

1880-1918.

◆

Les Onze Mille Verges : 1907. *Les Exploits d'un jeune Don Juan* : 1911. *Alcools* : 1913. *Le Poète assassiné* : 1916. *Calligrammes* : 1918. *Le Flâneur des deux rives* : posth., 1919. *La Femme assise* : posth., 1920. *La Vie anecdotique* : première éd. sous le titre d'*Anecdotiques* : posth., 1926. *Ombre de mon amour* : posth., 1947. *Le Guetteur mélancolique* : posth., 1952. *Les Diables amoureux* : posth., 1964. *Lettres à Lou* : posth., 1969.

◆

> Yvon Belaval, *La Rencontre avec Max Jacob* : 1974. Thomas Hardy : 1840-1928. Virginia Woolf (1882-1941), *Journal d'un écrivain* (*A Writer's Diary*) : posth., 1953 (trad. française : 1977).

APPROXIMATION : Quand un écrivain est approximatif, qu'il parle sans bien savoir, cela se remarque souvent à une emphase subite du vocabulaire.

A QUOI RESSEMBLAIENT-ILS ? :

Apollinaire ressemblait à un joyeux crémier à la devanture de sa boutique.

Avec ses joues replètes et son air franc, Albert Cohen aurait pu jouer Tartuffe.

Chateaubriand et Montherlant étaient si petits qu'on aurait pu les prendre pour des acteurs. Nous autres grands, qui nous tenons souvent courbés pour avoir entendu durant toute notre adolescence : « Que tu es grand ! », imaginons les élans que doivent ressentir les petits. Montherlant écrivait en lançant le menton en l'air et employait sans cesse le mot de « grandeur », qu'il finit par renier, mais pour le remplacer par « hauteur » (« [...] chez nombre de mes personnages de théâtre il y a de la hauteur, que les gens nomment à tort grandeur [...] », *La Marée du soir*). Chateaubriand passe le début des *Mémoires d'outre-tombe* à sauter sur un tabouret pour se faire voir derrière Napoléon, qui lui-même était petit. Les pamphlétaires sont souvent des petits qui aboient sans discontinuer, avides de se faire voir, alors que passent les lévriers, hautains et silencieux. Comme il n'y a pas de loi universelle du comportement humain, Jean-Edern Hallier, pamphlétaire s'il en fut, mesurait 1 m 85, de Gaulle qui était très grand n'employait pas peu souvent le mot grandeur (c'était pour hisser un peuple qu'il jugeait petit), et il y a des petits si modestes qu'on ne les voit plus.

Colette ressemblait à un renard. C'est bien sa seule absence de ruse.

Félix Fénéon avait la tête de l'oncle Sam.

Romain Gary avait une tête d'assassin dans un opéra russe.

Théophile Gautier vieux avait l'air d'un gros chien qui fait la sieste.

Portant cape et roulant ses cigarettes les avant-bras posés sur les cuisses, André Gide avait l'air d'un chevrier. Rilke avait une tête de chèvre.

Valéry Larbaud avait l'air d'un général argentin à la retraite dans son hacienda.

Germain Nouveau jeune avait un air de ténor italien.

Jean-Paul Sartre avait une petite voix pincée de présentateur d'actualités cinématographiques d'avant-guerre.

Marcel Schwob avait l'air d'une souris.

Paul Verlaine jeune avait une allure de jeune Chinois ambitieux du cabinet de Tchang Kaï-chek ou de démocrate cajun de la fin du XXe siècle : il a eu son sosie en 1992, un conseiller de Bill Clinton alors candidat à l'élection présidentielle américaine, James Carville, qu'on peut voir dans le passionnant documentaire *The War Room*. (On a revu Carville dans l'excellente série télévisée réalisée par Steven Soderbergh, *K Street*, un *M. Arkadin à Washington*.) Verlaine vieux ressemblait à Socrate. Ayant commis des sottises, il s'était fait une tête de sage.

Zola ressemblait à un setter.

Dans l'ensemble, les peintres sont plus beaux que les écrivains.

＊

> Félix Fénéon : 1861-1944. Jean-Edern Hallier : 1936-1997. Chris Hegedus et D. A. Pennebaker, *The War Room* : 1993. Steven Soderbergh, *K Street* : 2003.

ARAGON (LOUIS) : Aragon a des débuts éblouissants. Celui d'*Aurélien* : « La première fois qu'Aurélien vit Bérénice, il la trouva franchement laide. » Et les huit ou dix pages qui suivent. Que c'est nerveux, que c'est andante, que c'est bien. On a envie de tout lire, de s'enthousiasmer. Ensuite, hélas, il patine. Diderot vire à Romain Rolland. Aragon a écrit de gros romans qui sont en réalité des romans obèses, des romans de fond alors qu'il était un coureur de cent mètres. Je préfère ses essais, quoiqu'ils aient souvent le même défaut, brillants morceaux parmi des gravats. Débuts du *Libertinage* : « Je ne raconterai pas ma vie… », et surtout le passage qui, quelques lignes plus loin, commence : « Je ne me souviens pas d'un temps où je n'aie pas écrit. » Celui de ses essais qui commence par un enfantillage, le *Traité du style* (« Faire en français signifie chier », etc.), est probablement le meilleur, ou le *Pour expliquer ce que j'étais* (posthume), car en vieillissant Aragon avait perdu de cette forfanterie qui lui avait sans doute été une défense.

Intituler une anthologie de Hugo *Avez-vous lu Victor Hugo?*, c'est de l'esprit. La Fontaine, qui était en train de lire la Bible, y découvre le livre de Baruch. Il le trouve si beau que, à l'attendrissement de ses amis, il se promène partout en demandant : « Avez-vous lu Baruch? Avez-vous lu Baruch? » J'ai cherché dans Baruch ce qui avait pu emballer La Fontaine, je n'ai rien vu. Le prophétisme n'était pas son genre. Ne serait-ce pas une affaire d'édition, quelque chose comme l'arrivée de la traduction janséniste de la Bible, et n'aurait-il pas dit cela comme nous pourrions dire : « Avez-vous lu la nouvelle traduction de *Don Quichotte*? », mais je parlais d'Aragon. Pénible, l'agressivité. Fastidieuse, la forfanterie. Désagréable, le dogmatisme. Et non moins méchante la période surréaliste que la communiste. On entend souvent dire, par ceux qui tentent à tout prix de sauver quelque chose (leurs illusions), qu'il existe deux périodes dans Aragon, la période enchanteresse du surréalisme et la période où il s'était fait le voyageur de l'impérialisme. Jugez-en. Dans sa période surréaliste, il publie les poèmes de *Persécuté persécuteur*, ainsi le « Prélude au Temps des Cerises », qui contient le célèbre vers : « VIVE LE GUEPEOU » (en majuscules). On pourrait aussi citer : « J'appelle la Terreur du fond de mes poumons. » C'est le même homme qui avait écrit, dans le pamphlet collectif contre Anatole France, *Un cadavre* : « Avez-vous déjà giflé un cadavre ? » Les surréalistes ont toujours un peu l'air de fils de médecins qui ont trop bu à une noce et veulent choquer la mère du marié. Il y traitait France de « littérateur que saluent à la fois aujourd'hui le tapir Maurras et Moscou la gâteuse ». Elsa Triolet l'avait vite remis dans l'ordre. Sexuel et politique. Sexuel au moyen du politique. Vous écrirez cent lignes sur : Hétérosexualité et communisme. On trouve aussi dans *Persécuté persécuteur* : « Je ne sais pas jouer au golf », titre qu'on pourrait qualifier de populiste, ce qui n'a jamais empêché Aragon de passer ses vacances dans des datchas remplies de personnel. « Il s'agit d'assassiner Aristide Briand/ministre à vie des Affaires extérieures », dit-il, tandis que, dans « Front rouge », il appelle au meurtre de Léon Blum ; comme l'Action française ; la fameuse collusion des haines. Je passe les moqueries sur le « monde ouaté » (vilain vers) qu'Aragon devait relire dans son luxueux appartement de la rue de Varenne au retour des réunions du Comité central où l'on avait caché à ses membres les désagréables petites faillites de l'Union soviétique. L'écrivain anglais et de gauche Stephen Spender a écrit, dans un article de mai 1933 : « Ce poème *[« Prélude au Temps des Cerises »]* est de l'intimidation autant que de la propagande.[...] Avant les révolutions, les intellectuels prêchent la violence, laquelle a pour eux une signification purement picturale, mais après elles ils sont horrifiés par les forces qu'ils ont libérées. Si le bain de sang est un critère du communisme, Hitler est communiste tout autant que M. Aragon, à ceci près que sa rhétorique est plus efficace. La capacité intellectuelle de Hitler et celle de ce poète semblent tout à fait identiques » (*The Thirties and After*). Pour lire les poèmes d'Aragon, il faut aimer les harangues. Même quand il parle d'amour, il aboie. C'est qu'il se les adresse à lui-même. Il a besoin de se persuader. Eh! il s'est tellement forcé à regarder les yeux d'Elsa quand il en préférait d'autres!

> Je ne veux que voir la victoire!
> Ne me demandez pas : après ?
> Après! Je veux bien la nuit noire
> Et le sommeil sous les cyprès.

Ces vers sont un résumé d'Aragon. Le martial, la rime, la recherche du charme. Ils sont d'Edmond Rostand. (Dans *L'Aiglon*.)

Ses essais, du Péguy nasillé de Lautréamont, comme *Le Paysan de Paris* qui passe pour son chef-d'œuvre et que j'ai trouvé bien forcé, à la relecture. Migraineux. Vindicatif et voulant l'être. Il est peut-être de règle générale qu'Aragon se force. Livres, serrez ma haire avec ma discipline! Surréaliste, stalinien, toujours dans un groupe, jamais libre, et peut-être n'a-t-il jamais voulu l'être. Cela ne nous regarderait pas si cela n'avait pas de conséquences littéraires : il s'engonce.

Ses romans sont plus variés : *La Semaine sainte* est de genre Dumas, ou plutôt Hugo, *Les Communistes* de genre comtesse de Ségur, ou plutôt Rostopchine. Si l'on était aussi hargneux que lui (fallait-il qu'il ait peur, pour mordre ainsi), on le traiterait de faiseur, ce que je ne pense pas qu'il soit : Aragon est un danseur. Les danseurs reproduisent les pas que des chorégraphes ont inventés. Au cas où ce que je dis serait scandaleux, par hasard (pour la publication de sa dernière Pléiade, toute la France littéraire, droite et gauche, s'est mise au garde-à-vous), qu'on m'excuse. Il a lui-même assez fustigé, haché, tranché, protégé par ses pitt-bulls. Allons! nous ne sommes évidemment plus au temps où un étourdi qui donnerait son avis sur lui serait calomnié.

La liste de ses beaux gestes me prendrait cent pages. Il y a son discours contre un homme qui venait d'être mis en prison : « Gide, lui *[Aragon]* et moi *[Malraux]*, à Bruxelles. Gide bénissait. Et Aragon a pris comme sujet Victor Serge, à l'étonnement gêné de l'auditoire... » (Claude Mauriac, *Et comme l'espérance est violente*). Il y a sa proposition d'inscrire Jean Paulhan, résistant, sur la liste noire du Comité national des écrivains pour avoir pris la défense d'un ami (Jouhandeau) à la Libération. Le plus beau, c'est Pierre Herbart. Herbart, secrétaire d'André Gide, se rend en Espagne au moment où Gide publie son *Retour de l'U.R.S.S.* Le voici à Madrid dans un bureau de l'ambassade d'Union soviétique. Le téléphone sonne. C'est Aragon qui annonce à Koltsov la publication du livre en France et réclame qu'on fusille Herbart. « En débarquant au Bourget, je sautai dans un taxi qui me conduisit tout droit chez Aragon. Sans doute a-t-il gardé le souvenir de cette visite. » L'euphémisme et l'élégance étaient du côté d'Herbart, qui raconte l'épisode dans *La Ligne de force*. Toute une génération a vécu terrorisée par Aragon : « Je me rappelle que Sartre insistait particulièrement sur la "terreur" que les staliniens faisaient régner dans les lettres. A l'en croire, il eût été de la dernière imprudence de contester publiquement les mérites poétiques de l'Aragon du *Crève-cœur* : on risquait de ne pas s'éveiller le lendemain [...] » (André Breton, *Entretiens*). Les délires d'accusation auxquels Aragon s'est adonné avec furie devaient gêner les digérants vieillards du parti, à la fin. Tiens j'y pense, Céline, qui a attaqué Sartre, n'a, sauf erreur, jamais fait la moindre remarque sur Aragon. Il savait où se trouvait le pouvoir. Peut-être admirait-il l'aboyeur. Au fait, la peur, c'est souvent une habitude : il suffit de rire pour se rendre compte que nulle puissance littéraire n'est absolue. Roger Nimier, qui n'avait pas peur, fit une parodie des poèmes d'Aragon dans un article :

> Mauricet mon Toto toujours tu eus raison
> Thorez Thorez Thorez au cœur de notre France
> Chaque femme filant la fileuse Espérance
> Te dit qu'il fait plus chaud quand tu tiens la maison. (*Variétés*.)

La littérature agit sur Aragon comme un baume contre les coups de soleil. Lorsqu'il parle de Hugo, de Stendhal, de Chrétien de Troyes, il devient plus libre. Sans cependant s'éloigner trop de l'Oural. Dans *La Lumière de Stendhal*, il défend Barrès. Tiens ? Aragon dédaignant les coups de sifflet du parti ? Non, non, il revient à la niche : Barrès était *en réalité* un marxiste qui s'ignorait. A aucun moment il ne donne de raison *littéraire* d'aimer cet *écrivain*. O ravages de la soumission.

Elsa Triolet était sa femme. Elle l'avait épousé parce que c'était un beau parti. Cette merveilleuse arriviste avait pour sœur Lili Brik, elle-même femme du poète soviétique Maïakovski, lui-même joueur de tambour plutôt que créateur de vers. Si Aragon était un petit coquet qui se cambrait pour s'observer dans les miroirs, un zazou de la poésie, Maïakovski avait un physique de lanceur de troncs à la Mussolini. De même, le poète italien Marinetti, devenu fasciste : futuristes de tous les pays, votre esthétique de la brutalité vous a menés dans les bras musclés des dictateurs de tous genres. Ah, Aragon au pouvoir, on aurait cessé de plaisanter avec les privilèges, et on aurait condamné les moqueurs à quinze ans de prison. Aragon est l'écrivain qui n'a jamais ri.

📖 « Le sentiment de l'inutilité est accroupi à côté de moi sur la première marche. Il est habillé comme moi, mais avec plus de noblesse. » (*Le Paysan de Paris*.)

1897-1982.

♦

Les Aventures de Télémaque : 1922. *Le Libertinage* et *Un cadavre* : 1924. *Le Paysan de Paris* : 1926. *Traité du style* : 1928. *Persécuté persécuteur* : 1931. *Hourra l'Oural* : 1934. *Le Crève-cœur* : 1941. *Les Voyageurs de l'impériale* et *Les Yeux d'Elsa* : 1942. *Aurélien* : 1944. *Les Communistes* : 1949-1951. *Avez-vous lu Victor Hugo ?* : 1952. *La Lumière de Stendhal* : 1954. *La Semaine sainte* : 1958. *Théâtre, roman* : 1974. *Pour expliquer ce que j'étais* : posth., 1989.

♦

> Claude Mauriac (1914-1996), *Et comme l'espérance est violente* : 1976. Roger Nimier (1925-1962), *Variétés* : posth., 1999. Stephen Spender (1909-1995), *The Thirties and After* : 1978. Roger Stéphane (1919-1994), *Fin d'une jeunesse* : 1954. Elsa Triolet : 1896-1970.

ARGENT ET FICTION : L'inconvénient des changements de monnaie et des dévaluations est que le lecteur de fiction ne sait plus à quoi correspond la valeur nominale des choses que l'auteur indique. Cela contribue à dématérialiser les romans. Un vilebrequin valait trois francs huit sous en 1910, mais qu'est-ce que c'était, trois francs huit sous ? La valeur d'un vilebrequin. Nous pourrions nous en faire une idée d'après la valeur relative d'un vilebrequin aujourd'hui, mais la valeur relative change aussi. Il fallait peut-être l'équivalent de trente baguettes de pain pour en obtenir un, combien aujourd'hui ? C'est pour cela que, dans un de mes romans, j'ai donné des valeurs en équivalent-pain.

La monnaie est féerique. Le mot spécialisé est « fiduciaire » : basée sur la confiance. On nous donne cinquante centimètres carrés de papier encré ou une rondelle de métal commun, nous disant : cela vaut tant, et nous l'admettons. Il y a du reste le même rapport de *créance* avec la fiction : nous décidons aussi d'admettre que ce qu'un romancier nous raconte est une réalité, et cela en devient une ; une réalité intellectuelle et sensible commune aux lecteurs, de même que la fiction monétaire est une réalité pour la plupart des groupes humains. Pour mémoire, il fallut 6,55957 francs pour un euro.

Rien n'est plus irréel qu'une somme d'argent précise après cent ans ; nous n'avons plus idée de ce que les sommes que Balzac cite représentent. Cela contribue à mythifier ses si « réalistes » romans, comme quand nous lisons des écrits grecs antiques où l'on nous dit que tel otage est échangé contre quinze talents : nous savons tout au plus que c'est énorme. Le temps ayant passé, si nous perdons le sens exact des valeurs, nous conservons une notion des proportions. Qu'est-ce qui nous le fait comprendre ? Le langage alentour.

ATTACHÉES DE PRESSE : Toute maison d'édition sérieuse emploie une ou plusieurs personnes, le plus souvent des femmes, pour faire l'éloge des livres ou des écrivains qu'elle publie. C'est un métier qui est arrivé en Europe dans les jeeps de l'armée américaine en 1944 avec les chewing-gums, les cigarettes blondes et le jazz et s'est répandu dans l'édition dans les années 1950. Avant cela, on faisait comme on pouvait pour faire parler des livres ; les éditeurs glissaient dans les livres des « prières d'insérer », enfants des annonces payées de la fin du XIXe siècle et au début du XXe.

Les attachées de presse vantent le livre s'il est bon, l'écrivain s'il est connu. Tous les deux mois, elles envoient un programme des publications à venir aux critiques littéraires : une série de communiqués présentent le livre en une vingtaine de lignes, puis l'auteur en deux lignes. Equitable proportion. Les critiques étant couverts d'informations, percés d'oubli et orientés par leurs penchants, elles tentent de les persuader en leur téléphonant, e-mailant, faxant, prenant des petits déjeuners avec eux, des déjeuners, des dîners parfois. Dur métier, mais elles triomphent, car vous remarquerez qu'elles ne sont jamais grosses. Ce sont les soldats d'acier de l'édition. La retraite leur est impossible. A l'arrière, comme à Stalingrad où les officiers soviétiques faisaient tirer sur leurs troupes quand elles reculaient, les éditeurs leur demandent le maximum d'articles, certains auteurs les harcèlent. Dans l'édition, il y a une prime à l'emmerdeur : un très bon écrivain timide est moins bien traité qu'un écrivain moyen qui réclame. Le front est pire. La moitié de l'énergie des attachées de presse y est dévorée par les récriminations des critiques, leurs plaintes sur leur chef de rubrique, leur rédacteur en chef, leur salaire, la corruption de leurs confrères, etc., etc. Personne ne se plaint autant qu'un journaliste.

Pour un écrivain, il n'y a pas meilleure attachée de presse que sa femme. Elle organise des dîners en son honneur, tance les journalistes, cajole les éditeurs, crie à son génie, suggère à tel de lui commander un article, à tel autre de lui faire avoir un prix littéraire, à tel enfin de l'élire dans son académie. Cela me rappelle ce que racontait Geneviève de Gaulle sur Malraux se rendant à l'atelier de Chagall pour lui proposer de peindre le plafond de l'Opéra de Paris. « Oh ! oh ! je suis si honoré, moi humble petit immigré, de cet honneur que la République… ! » « Bien, répond Malraux, il faudra nous dire combien tu voudrais. » « Oh ! oh ! rien, rien, l'honneur me suffit ! Rien, rien, rien ! La France !… » Malraux se tourne vers la femme de Chagall pour parler ; quelques instants plus tard, il aperçoit, dans un miroir, Chagall faisant à sa femme de grands gestes des mains : vingt ! Bon petit sapeur du génie, la mère de Marcel Proust sacrifia son temps pour permettre à son grand chéri d'en gagner en traduisant à sa place *La Bible d'Amiens* de Ruskin. Je ne suis pas sûr qu'un mari ou un père en ferait autant si sa femme ou son fils était écrivain. On ne tient jamais compte de cela dans les biographies d'écrivains, et de l'infériorité de moyens dont disposent les célibataires. Ils n'arrivent d'ailleurs jamais à la célébrité : Stendhal, Mérimée, Fargue. Ou alors, c'est qu'ils sont devenus des Tartarins, comme Montherlant.

L'épouse est discrète, chuchoteuse, complémentaire. Les attachées de presse sont chargées du bruit. Elles ont remplacé les écoles littéraires, ces ligues de propagande. La dernière qui soit apparue en France, le Nouveau Roman, date précisément des années 1950, juste avant le succès des attachées de presse. Leur éloquence supplée aux manifestes.

Aubigné (Agrippa d') : Agrippa d'Aubigné est la partialité incarnée. Ses ennemis sont des serpents, des avorteurs, des suceurs de sang, des diseurs de messes noires, etc., etc. Ah, peut-on le croire ? Les protestants pour qui il combat, dans les guerres de religion, sont donc tous des anges, des guerriers en sucre, des propagateurs de miel ?

Son pamphlet est en vers, il s'agit des *Tragiques*. Enfin, vers : c'est souvent de la prose débitée en morceaux. On se dit que, après un moment, il va s'apaiser, ou varier le ton, mais non : le chevalier adore calomnier et, après huit cent cinquante vers, on en est encore à : « Et les feux de Néron ne furent point des feux/Près de ceux que vomit ce serpent monstrueux. » Le serpent est Catherine de Médicis. Ça ne le fatigue pas, d'actionner sans arrêt le soufflet ?

Comment on peut ne pas voir, autour de soi, les imbéciles et les méchants, pour la simple raison qu'il s'agit de son *camp*, m'émerveille. Cet homme qui voit tout en noir est un optimiste. Le type même du militant. Rien ne lui répugne plus que les convertis : qu'un protestant se fasse catholique, et il devient fou. Celui qu'il hait le plus est Henri IV, dont il a été l'écuyer. C'est un homme de vengeance. Il faut dire qu'il a échappé au massacre de la Saint-Barthélemy (ayant blessé un sergent du guet, il avait fui Paris trois jours avant, le 21 août 1572) et que les temps étaient comme lui : sans pardon, ni pitié. C'est d'ailleurs un grand argument contre eux qu'ils aient produit des écrivains aussi violents.

La première édition des *Tragiques* portait la mention d'édition « au désert, par L.B.D.D. », acronyme de « le bouc du désert », et on voit là le bord de folie : il a raison, seul contre tous.

Peu d'écrivains ont autant donné raison à Talleyrand, « ce qui est exagéré n'a aucune importance ». Donner raison à un modéré comme Talleyrand aurait étouffé Agrippa. Malgré lui, le lieu commun s'est imposé que les protestants sont tempérés, doux, gris, alors qu'il est passionné, dur, cramoisi. Il cherche à choquer, ce qui ne l'empêche pas de croire à ce qu'il dit. Ce n'est pas un provocateur, mais pire, un convaincu. Et comme tous, il rêve de convaincre les autres à coups de hache dans le crâne.

Au milieu de ses trépignements, de ses cris, de tables qu'il renverse, il s'arrête parfois pour exprimer une belle image. « Mes yeux de ma première vue. » « Les désespoirs sourcilleux. » « C'est l'abrégé d'enfer. » Il y a là un rapprochement de mots comme en aura Barbey d'Aurevilly et qui est l'imagination même.

Sa passion est telle qu'il intitule *Histoire universelle* un livre qui ne porte que sur les guerres de religion. En 1607, il fait échouer une tentative d'accord entre catholiques et protestants. Henri IV a renvoyé à leur potager ces furieux qui auraient sincèrement assassiné la France pour prouver qu'ils avaient raison.

Les guerres finies, et non sans avoir participé à une conjuration des Grands contre le duc de Luynes, favori de Louis XIII, d'Aubigné écrit *Les Aventures du baron de Faeneste* pour se récréer après le tragique, le verbe est de lui. C'est un livre que je n'aurais pas lu s'il n'avait pas été réédité par Mérimée. Ce baron est un Gascon et Faeneste veut dire « paraître » en grec, on voit déjà le préjugé envers les Gascons, même si l'auteur assure dans sa préface que c'est « par le conseil d'un des plus excellents gentilshommes de ce pays-là que ce personnage a été choisi ». « J'en ai parmi mes amis. » Faeneste est querelleur, hâbleur, et dit des choses comme « nous nous sommes égarés dans un bilage il y a une hure », et c'est vite pesant, d'autant que le roman est en dialogues. D'Aubigné, avec tout l'humour du vieux militaire, fait de mauvais calembours et un roman picaresque fastidieux, ils le sont généralement pour moi. Je ne me suis jamais amusé plus de cinquante pages à ces trampolines d'aventures qui ne sont que des aventures. Ils ont été tués par les séries télévisées, tant mieux. Natif de la Bigorre voisine de la Gascogne, je voudrais dire de ces frères du Sud-Ouest que je ne les ai jamais vus vantards quoi que l'ancien gouverneur de Maillezais en dise.

📖 « Au lieu de Thessalie aux mignardes vallées
Nous avortons ces chants au milieu des armées,
En délassant nos bras de crasse tout rouillés
Qui n'osent s'éloigner des brassards dépouillés. » (*Les Tragiques.*)

> 1552-1630.
> ♦
> *Les Tragiques* : 1616. *Histoire universelle* : 1618-1619. *Les Aventures du baron de Faeneste* : 1617 et 1619 ; réédition de Mérimée : 1855.

AUTEURS : Un auteur est au service de quelque chose de plus grand que lui. Dès qu'il l'a publié, son livre se détache de lui et va s'agglomérer à ceux des autres écrivains afin de former, disons, la littérature. Les bons auteurs le savent. Voilà pourquoi ils sont modestes. Les bons auteurs sont ou gênés, ou rieurs, ou maladroits, ou timides, ou bégayants, ou muets, ou courtois, enfin cherchent par tous les moyens à faire oublier qu'ils ont une singularité. Ils ont pu avoir de l'arrogance dans leur jeunesse, mais sans s'en rendre compte, c'était animal, un surcroît de vitalité, et puis cela leur est passé. Les bons auteurs sont polis.

Quand ils écrivent, ils ont convoqué toutes leurs forces, toutes leurs ruses, tout leur art, toutes leurs douleurs, toutes leurs joies. C'est un héroïsme qu'on ne peut pas tenir en permanence. Il faut s'écarter de la table pour se refaire, comme au jeu. Et puis ils ont le sentiment que, si on les poussait un peu, les gens normaux les égorgeraient. L'égalitarisme se choque vite.

Un livre, c'est plus que son auteur. D'une certaine façon, il serait plus exact de publier les livres sans nom. Ou alors :

« Un livre de… en compagnie de ses fantômes. » Le livre le plus réussi est celui à l'entrée duquel on pourrait suspendre la pancarte :

L'AUTEUR EST ABSENT

Et c'est impossible.

Un livre n'est pas fait pour servir une cause, même celle de son auteur.

L'auteur, pour créer, doit détruire : les passages qui lui ont fait le plus grand plaisir, pour commencer. Ce sont les plus mauvais. Une exaltation menteuse s'était emparée de lui.

Tout le temps qu'il l'écrit, un auteur combat avec son livre. Puis vient un moment où il sent qu'il n'y peut plus rien. Le livre est fait. « Une œuvre est achevée quand son auteur sent qu'il ne peut plus rien y ajouter, y toucher sans l'abîmer. C'est-à-dire quand il n'en peut plus, qu'il est fatigué, vaincu. Son œuvre l'a vaincu, épuisé » (Pierre Reverdy, *En vrac*).

L'intérêt du livre n'est pas nécessairement celui de l'auteur. L'un, ce sont les contentements éphémères et d'autant plus voraces de la vanité, l'autre, les joies éternelles et glaciales de l'orgueil ou du néant. Choisissons quand même le livre : il vaut mieux que nous.

Si un auteur est généralement un petit peu moins bien que son livre, c'est que, au moment où il l'écrivait, il était plus complet. Il avait convoqué son moi idéal, ses talents, ses ruses, ses élans, il affrontait des obstacles dont les héros de romans courtois n'ont pas idée. Il s'élevait. Revenu à terre, il prend un repos nécessaire, car personne ne pourrait supporter ces tensions en permanence, envoyant tout ce personnel en vacances, et se retrouve seul, avec un air de vieux maître d'hôtel fourbu dans un château abandonné.

Une fois éventé ce qu'il a dit et la façon dont il l'a dit, ce qui reste d'un livre, c'est, réduite à un tout petit caillou, l'essence de la personnalité de son auteur. C'est même ce qui se voit le plus. L'ingénuité de Stendhal, la bonté de Proust, la méchanceté d'Aragon, la ruse d'Albert Cohen, le dédain de Gourmont, la fraternité d'Apollinaire, la mesquinerie prodigieuse de Saint-Simon, l'égoïsme charmeur de Chateaubriand, l'aigreur native des Goncourt, la morbidité de Flaubert, la duplicité de Jean Genet, l'intelligence de Valéry, la timidité de Montherlant, la tristesse de Cendrars, la douceur de Charles Cros, la tendresse de Laforgue, la lenteur de Simone de Beauvoir et l'énergie de Madame de Staël, la sympathie à irritations de Sartre et la prudence à sifflements de Mauriac, le tact de Benjamin Constant, l'indulgence de Vauvenargues, la modération fouetteuse de Voltaire, la bêtise impérieuse d'Henry Bernstein et la bêtise maniaque de Raymond Roussel, l'orgueil insensé de Rousseau, la connerie à éruptions de génie d'Alfred Jarry, l'immense indifférence de Victor Hugo, la gentillesse de Cocteau et celle de Musset, la mauvaise foi sincère de Baudelaire, la cordialité de Saint-Amant, même les auteurs exclusifs de théâtre, pourtant toujours muets, puisque seuls leurs personnages s'expriment, révèlent cette personnalité profonde : Racine la douceur, ou plutôt l'envie de douceur, Corneille la colère, Molière l'arrivisme. Nous ne pouvons pas nous cacher.

Nous avons beau laisser la parole à notre moi idéal, il faut toujours que, à la fin, subrepticement, apparaisse, souriant, insinuant, glaireux, *là*, un individu. La littérature est impure.

AYMÉ (MARCEL) : Ce paysan aux yeux de varan, bottes de caoutchouc plantées dans la boue devant sa porte, c'est Marcel Aymé. Comme la plupart des naturalistes, ce n'est pas l'ampleur qui l'intéresse, quitte à ce que ce soit l'ampleur d'un désastre, mais la mesquinerie. Ses malheureux sont, non pas misérables, mais pauvres ; ils ne vivent pas dans l'horreur, mais dans la moiteur ; s'ils se révoltent, une force les ramène à leur morne point de départ, comme le personnage principal d'*Aller-retour*. Dans Aymé, ni espoir, ni désespoir, le rien. C'est un Beckett en plus épais.

Ses personnages sont de petits employés, tout au plus des petits-bourgeois. Le fatalisme plus courageux de Zola affronte des évêques, des ministres, des riches. S'il y a fatalité dans Zola, elle ne s'exerce qu'après que les personnages ont combattu, et tous n'échouent pas : assez de Rougon et de Macquart sont devenus évêques, ministres, riches. Chez Marcel Aymé, l'échec a gagné d'avance.

Il ne croit pas au désintéressement. Dans *Uranus*, il le pousse à un point tel que cela révèle un goût de l'explication basse. Tout le monde est dégueulasse : le résistant, le communiste, le collaborateur. (C'est un moyen de rabaisser les résistants.) Il est faux que tout soit noir. C'est de l'angélisme. Il existe des crapules désintéressées, tout de même. En cela, il rappelle Evelyn Waugh, chez qui personne n'est sauvé. Prenez *Le Cher Disparu*, satire des mœurs californiennes : il n'est pas vrai que tous les Américains soient des niais, tous les Anglais des parapluies. Waugh a du talent, mais court : il est juste méchant. Et donc, à la fin, ennuyeux. Ce qu'il fait très bien, ce sont les conversations des gens creux et des hypocrites. Le bon Waugh, c'est *Scoop*, sur un journaliste faiseur, parce qu'il l'écrit avec un mélange d'indulgence et de gourmandise. L'écrivain réactionnaire ne réfléchit pas, il se gratte.

Quelle envie, quelle joie mauvaise guide Marcel Aymé dans certains de ses livres ? Je me demande s'il n'a pas la haine des ternes contre les brillants.

Il apparaît parfois, dans un coin de ses livres, un enfant gracieux. Certains misanthropes s'excusent de leur détestation des hommes en professant l'amour des enfants. Cela l'éloigne de Flaubert, qui n'en a jamais mis dans ses livres, et le rapproche de Rousseau. De temps à autre, il exprime une sorte de gaieté lente.

Il professe la détestation de l'ironie, ce qui ne l'empêche pas d'en user. Quant au naturel, son fameux naturel, il l'a acquis lentement. Dans ses premiers livres, il emploie « point » au lieu de « pas ». Au XXe siècle. C'est un jurassique qui a lu Anatole France. Sans parler de Georges Duhamel, qui a influencé tant de romanciers. L'idéologie Duhamel se caractérise par une prétention à l'humanisme où l'on voit souvent plus de prétention que d'humanisme ; c'est souvent le cas des propagandistes de l'humilité, qui sont les orgueilleux les plus inhumains. Aymé est orgueilleux, sous ses airs de bon gars. (Par timidité, oui, peut-être. Ou peut-être pas.) Il se flatte de l'épaisseur de son style. La *simplicité*. Le *naturel*. Pas des trucs de précieuse. Remets-moi un petit blanc, Salavin.

Marcel Aymé ricanant de l'image « je suis belle, ô mortels ! comme un rêve de pierre » dans *Le Confort intellectuel* rappelle Jules Vallès citant le Hugo des *Chansons des rues et des bois*, « Eschyle [...] s'enivrait/Des flûtes du clair de lune/Qu'on entend dans la forêt », et s'indignant : « S'enivrer des flûtes ? — du clair de lune ! » (*Les Victimes du livre*.) Quand on fait ce genre de remarque, on s'expose à se voir reprocher des expressions comme le « néant péremptoire ». Puisqu'il refuse le principe de l'image, qu'Aymé explique en quoi un néant peut être quelque chose. On s'expose également, juge de Baudelaire pour des solécismes qui n'en sont pas (« où chacun s'est meurtri tour à tour »), à se voir opposer ses propres à-peu-près (« butiner rapidement »). *Le Confort intellectuel* n'est pas sans rappeler Clément Vautel, l'auteur de *Mon curé chez les riches*, qui décida en 40 que la France avait perdu la guerre à cause d'André Gide et de Marcel Proust. C'est une idée très ancienne : « la duchesse, qui répétait assez souvent que c'étaient les romans qui avaient perdu la France *[à la fin de l'Ancien Régime]* », écrit Stendhal dans *Lamiel*. Quand les croisés durent évacuer Constantinople, on accusa probablement les troubadours. Marcel Aymé réchauffe l'idée maurrassienne qu'il y a décadence morale en France et qu'elle est due au romantisme en général et à Baudelaire en particulier. Pauvre Baudelaire, c'était bien la peine d'être réactionnaire comme il l'était ! Dans ce livre où il n'y a que du dénigrement, nous apprenons que, en plus de Baudelaire, la littérature française se corrompt par Madame de Sévigné, écrivain nul; La Rochefoucauld, écrivain nul; Saint-Simon, écrivain nul; Apollinaire, écrivain nul; Hugo, écrivain nul; Musset, écrivain nul. On se croirait dans le journal de Claudel. Au lieu de bougonner au comptoir, Aymé aurait dû développer son inventivité satirique à la Swift, comme lorsque, dans son roman *Le Chemin des écoliers*, il pose des notes en bas de page pour nous renseigner sur le destin ultérieur des personnages de second plan. Et là, enfin, une fenêtre s'ouvre sur de la clarté.

📖 « Un mort qui ressuscite déçoit toujours un peu son monde. » (*La Jument verte.*)

> 1902-1967.
>
> ♦
>
> *Aller-retour* : 1927. *La Jument verte* : 1933. *Le Chemin des écoliers* : 1946. *Uranus* : 1948. *Le Confort intellectuel* : 1949.
>
> ♦
>
> Georges Duhamel : 1884-1966. Clément Vautel (1876-1954), *Mon curé chez les riches* : 1923. Evelyn Waugh (1903-1966), *Le Cher Disparu* (*The Loved One*) : 1948, trad. française : 1949.

Ballades de Max Jacob • Balzac • Balzacien, proustien, etc. • Balzacismes • Barbey d'Aurevilly • Barrès • Baudelaire • Beau • Beaumarchais • Beauvoir • Beckett • *Bel-Ami* • Berl • Bernanos • Bernardin de Saint-Pierre • Berthet • Bêtise • Bibliothèques • Bibliothèques de maison de campagne • Bien élevé • Biographies • Blondin • Boileau • Bon sens • Bossuet • Bouilhet *et* Péladan • Boulle • Bourgeoisie • Bourges • Breton • Brillant • Brosses (de).

BALLADES DE MAX JACOB : Cette publication posthume comprend, outre les *Ballades* proprement dites, cinq autres livres de poèmes de Max Jacob, dont *Les Pénitents en maillots roses* (les merveilleux *Pénitents en maillots roses*). L'éditeur, qui en parle comme étant « le dernier ouvrage que devait publier Max Jacob », emploie l'expression exacte, puisqu'il a refusé son ultime manuscrit, ces *Actualités éternelles* qui ne seraient publiées, par un autre, que plus de cinquante ans après sa mort. Les 274 pages des *Ballades* présentent un condensé de la poésie de Max Jacob : son goût pour les noms propres cocasses (« Léonard Asdrubal », dans *Les Pénitents en maillots roses*), ses imaginations de l'Enfer (*Visions infernales*, dédié à Pierre Reverdy), sa fantaisie (partout).

Son art de la répétition, aussi. La meilleure est, à mon goût :

> C'est l'opéra d'un Belge ! Opéra ! opéra. (« Nice », *Les Pénitents en maillots roses.*)

Elles participent de l'effet de comptine qu'il aimait créer ; de même, la suppression du pronom personnel, dans « Les deux arbres » (*Les Pénitents en maillots roses*) :

> dites-moi quand, dites-moi quand
> laisserez passer le printemps

Le vers : « Une princesse habitait un quart de poire » (*Rivage*, meilleur que la version du *Cornet à dés*) me rappelle la chanson « Il était une dame Tartine », qui me faisait tant rêver, enfant :

> Il était un' dame Tartine
> Dans un beau palais de beurr' frais
> La muraille était de farine
> Le parquet était de croquet.

Max Jacob sait aussi faire des vers splendides, qu'il mêle à des vers discrets afin d'éviter l'esbroufe, qu'il avait en horreur.

> Amour, ô mer et sans rivage (« La maison mystérieuse », *Ballades*).

C'est dans « Dimanche à Marseille : impressions en prose » (*Les Pénitents en maillots roses*), l'un des plus beaux poèmes du livre, un poème ample, chose peu fréquente chez lui, et on y trouve bien d'autres beaux vers, comme : « Ah ! ta morgue ! et le pli d'écuelle à ton bord. » (Cette façon de tordre le cou à l'éloquence en posant un point final peu après un point d'exclamation se retrouve dans Michaux, quoique chez lui elle provienne d'un tempérament pincé.) Max Jacob a-t-il sous-titré son poème « prose » par précaution, on fait cela lorsqu'un poème nous est venu facilement et qu'on ne l'a pas beaucoup travaillé, ou parce que ce sont des alexandrins ? On pourrait faufiler ceux de « Marines à Roscoff » (*Les Pénitents en maillots roses*) parmi ceux de la scène du monstre dans le *Phèdre* de Racine, ça marcherait très bien :

> Clameur des morts autour du rocher solitaire…
> Un effroyable cri sorti du fond des flots…
> L'eau baratte le vent qui fait trembler la terre…
> Arrête ses coursiers, saisit ses javelots…
> On dirait que le monde est prêt à s'écrouler…
> Jusqu'au fond de nos cœurs notre sang s'est glacé.

Dans ces ballades, on rencontre Max Jacob, habituellement peu présent dans ses poèmes. « Qu'importe l'Océan gigantesque et son drame », semble-t-il répondre à Lautréamont (« Voyages », dans *Les Pénitents en maillots roses*) : « Je suis avec le faible et je veux y rester » (« Indifférence », même livre).

📖 « Le confessionnal. La chaire à prêcher est un bol. On a transporté des bahuts à couvercles, des bancs sculptés et pendant que le surplis parle avec force gestes convaincants, les couvercles se soulèvent et des yeux ensanglantés paraissent et disparaissent et des bras verdâtres » (« La nonne sanglante », *Visions infernales*).

> Posth., 1970, comprenant : *Visions infernales* : 1924 ; *Les Pénitents en maillots roses* : 1925 ; *Fond de l'eau* : 1927 ; *Sacrifice impérial* : 1929 ; *Rivage* : 1931 ; *Ballades* : 1938.

BALZAC (HONORÉ DE) : Hercule a vécu au XIXe siècle sous le nom de Balzac. Il a effectué bien des travaux d'écriture jusqu'au moment où, son œuvre achevée, il est tombé pour mourir.

On connaît ses grands livres, *Le Père Goriot*, *Illusions perdues*, *Splendeurs et misères des courtisanes*, etc. Même les petits sont grands : *La Femme abandonnée*, le Balzac préféré de Marcel Proust, ou *L'Illustre Gaudissart*, nouvelle où un représentant de commerce hâbleur est trompé par un habitant de Tours. Elle est concentrée en une scène, selon le mot dont Balzac, qui qualifie ses séries de romans, « scènes de la vie de province », « scènes de la vie parisienne », et l'un de ses livres nous en donne la raison, *Les Comédiens sans le savoir*. Le mot roman ne lui conviendrait pas tout à fait, ni celui de nouvelle : c'est bel et bien une scène, faite d'une succession de scènes : au café de Paris, puis chez Gaillard le gérant de journal, puis chez Vital le fabricant de chapeaux, puis chez Madame Nourrisson l'usurière, puis chez Bixiou, et ainsi de suite, le tout entre onze heures et demie du matin et onze heures et demie du soir. Une folle journée où l'on déniaise un provincial en lui apprenant Paris. Scène est mot de théâtre, et une certaine pièce de théâtre se passe elle aussi en un jour, portant le sous-titre de « la folle journée » : je me demande si, en écrivant *Les Comédiens sans le savoir*, Balzac n'a pas pensé au *Mariage de Figaro*. Dès la première ligne de *La Fausse Maîtresse* (au titre si Marivaux, il dit d'ailleurs dans *Modeste Mignon* qu'il a pensé au *Jeu de l'amour et du hasard*), nous entrons sans aucune préparation dans le dialogue suivant : « – En voyage, disait-elle, à toute difficulté tu me répondais par : "Paz arrangera cela !" » Comme au théâtre. Il fait très souvent des références au théâtre, et le titre des *Comédiens sans le savoir* pourrait s'appliquer à l'ensemble de *La Comédie humaine* : Balzac fait jouer une comédie à ses personnages sans qu'ils le sachent, comme nous en jouons une dans la vie sans toujours le savoir, ou en l'oubliant. Ils donnent une représentation sur une immense scène dont seule leur partie est éclairée, tandis que sur les autres côtés, pour l'instant dans le noir, se jouent d'autres scènes de *La Comédie humaine*. L'éclairage vient quand nous ouvrons l'un ou l'autre de ses romans.

« Comédie humaine » fut une expression de Vigny, avec le léger dédain qu'il mettait en tout : « A peine / Je sens passer sur moi la comédie humaine / Qui cherche en vain, au ciel, ses muets spectateurs » (« La maison du berger »). Dans les années 1820, Balzac comme Vigny écrit des romans historiques, sous pseudonyme, comme *L'Héritière de Birague* et *Clotilde de Lusignan*. L'historique était supposé rehausser le roman. Nous sortions d'un siècle de tragédie et le roman était considéré comme bon pour les femmes de chambre. Et puis, un jour, Balzac abandonne l'historique et, patiemment, méthodiquement, génialement, arrache le roman aux lecteurs communs. Il a contribué à le transformer en un objet nouveau, non divertissant, sérieux, *littéraire*. *Corinne*, *René* et *Adolphe* avaient commencé, mais leurs titres révèlent que ce sont des romans trop personnels : Corinne est Germaine, René, François René et Adolphe, Benjamin. Le génie de Balzac, c'est d'avoir détaché des héros de l'auteur.

Et c'est parce qu'il n'est nulle part dans ses livres qu'il y est partout. Aucun des personnages n'est son reflet, aucun n'est son porte-parole : il doit donc venir en personne donner son avis, sur le droit d'aînesse, sur l'héritage, sur les Bourbons, sur le prêt à taux bonifié. Il se qualifie d'historien à longueur de roman : si novateur qu'on soit, on n'ose pas tout renverser, on ne conçoit pas de le faire, et on continue à utiliser le vocabulaire ancien. « Historien », pour lui, cela veut dire honnête. Plus tard, le mot « romancier » suffira.

Comédie dans le sens le plus général du terme, où se mélangent le comique et le tragique. En même temps que les douleurs du père Goriot, les plaisanteries niaises de la pension Vauquer. C'est l'humour de la vie plutôt que celui de Balzac, qui en a peu. Il a plutôt de la drôlerie, faite d'une bonhomie fouettée par le sarcastique : c'est un créateur si puissant qu'il peut bousculer sa création, il sait qu'elle résistera. Et il se paie la tête de ses personnages, adore leurs défauts, s'en goinfre, comme dans *Les Petits Bourgeois*, qui raconte la fabrication d'un député à Paris et enfle, enfle, enfle comme un ballon à force de gaieté bouffonne, lisez cela si vous voulez sentir la part d'amusement que comporte la création. Par cette gourmandise de personnages, il est un descendant de Rabelais.

Je ne comprends pas comment on a pu le dire bête et balourd. Ou plutôt si, je le comprends : c'est parce qu'il ne l'était pas. La calomnie qui réussit le mieux est celle qui n'a pas la moindre vraisemblance. Il est impossible de lire dix pages de Balzac sans trouver une pensée intelligente, mieux que cela, une phrase inattendue. Sauf quand il se met à avoir des idées, et alors, comme tout le monde, il n'est pas bien malin. Les *Etudes philosophiques*, par exemple. Hors de *La Comédie humaine*, Balzac devient bœuf. Il est sorti du cercle enchanté de son génie, où il était aigle : n'étant plus sur le qui-vive perpétuel, comme un stratège de petits soldats qui fait avancer ses régiments, il devient long, diffus, fuit de toutes parts, et le romancier si doué pour la comédie ne réussit pas ses pièces de théâtre. Dans *La Comédie humaine*, l'aplomb avec lequel il énonce des généralités finit par être comique, comme quand il dit qu'« autant la forme ronde est ignoble, autant la forme oblongue est majestueuse » (*L'Interdiction*). Les généralités Balzac sont des catégorisations morales en fonction des régions françaises appuyées sur des spécificités physiques : « les rondeurs caractéristiques de la Parisienne volontaire, rieuse, instruite, mais inaccessible à des séductions vulgaires » (*La Fausse Maîtresse*). Il a une fixation sur les Méridionaux : dans *Le Père Goriot*, le mot « méridional » sert cinq fois à qualifier Rastignac, principalement pour nous dire que, en tant que tel, il est « frappé d'hésitations ». Son visage est « tout méridional, le teint blanc, des cheveux noirs, des yeux bleus » : description qui ne correspond qu'à un type de Méridional, le Corse. Influence de Napoléon, seul Méridional que les Nordiques comme Balzac, né à Tours, avaient vu au pouvoir depuis les Romains ? (Selon son ethnosociologie, les Tourangeaux sont rusés.) Au fait, où est né ce Méridional de Rastignac ? A Angoulême ! Autre groupe, les roux, contre qui Balzac a une prévention : il rappelle à plusieurs reprises que, dans l'Egypte ancienne, on les tuait à la naissance ; la fille aux yeux d'or, Paquita Valdès, assassinée par son amante la marquise de San-Réal qui la séquestrait, est rousse. Ces généralités sont excusées par les particularités géniales que sont ses personnages. Ecrivant beaucoup et vite, Balzac filtre peu. Il a à avancer, son œuvre à écrire : plus que tout, ses généralités viennent d'une hâte, et leur principal défaut est esthétique : elles sont d'une matière différente de la fiction. Notez que celles que je viens de citer, je les ai *extraites*, et par là rendues plus visibles : elles sont moins visiblement risibles dans les romans. D'autre part, elles n'émanent pas nécessairement d'un préjugé : « Théodore Gaillard, jadis homme d'esprit, avait fini par devenir stupide en restant dans le même milieu, phénomène moral qu'on observe à Paris » (*Les Comédiens sans le savoir*) me semble une réflexion très fine. Enfin, parfois, l'air de suivre une catégorie, il l'invente : « Aussi ce grand artiste inconnu appartenait à la classe aimable des oublieurs, qui donnent leur temps et leur âme à autrui comme ils laissent leurs gants sur toutes les tables et leur parapluie à toutes les portes » (Schmuke dans *Une fille d'Eve*). Retour du génie.

« Dans un des plus beaux hôtels de la rue Neuve-des-Mathurins, à onze heures et demie du soir, deux femmes étaient assises devant la cheminée d'un boudoir tendu de ce velours bleu à reflets tendres et chatoyants que l'industrie française n'a su fabriquer que dans ces dernières années » (*Une fille d'Eve*). Chez Balzac, rien n'est écrit sans cause. Derrière le velours mural, l'industrie, derrière l'industrie, le système de production en France. Est extrêmement rare une mention comme : « Et il gagna sa voiture de remise, dont les chevaux donnaient de temps en temps des coups de pied au pavé de la cour silencieuse » (*Madame Firmiani*, ce prodige de virtuosité dans la présentation du personnage principal). Comment, un bruit de sabot qui résonne comme ça, *pour rien* ? C'est peut-être pour combler cette absence d'analyse qu'il ajoute aussitôt (diminuant l'effet visuel de la phrase précédente) : « Le cocher dormait, après avoir cent fois maudit sa pratique. »

Le plaisir qu'il prend à écrire se sent (et de là notre plaisir de lire). Celui de faire des portraits, en particulier. Quand un personnage lui plaît, il ne le quitte plus : plus il le décrit, plus il le découvre. Il lui suffit parfois d'un dialogue, comme avec la tante de Paul de Manerville dans *Le Contrat de mariage*. Ayant annoncé qu'elle est une « vieille femme expérimentée », il lui cède la parole et suivent quinze lignes par lesquelles nous devinons qu'elle est ferme, décidée, pim, pam, veut bien aider les gens mais déteste la reconnaissance, et tout cela sans qu'elle le dise, par la simple forme de ses phrases. (Il réussit très bien les romans de conversation, comme *Autre étude de femme*.) Parmi les fameux deux mille cinq cents personnages de *La Comédie humaine*, et on exagère toujours ce décompte, y incluant tout personnage qui ne fait que passer : ils sont cinq cent soixante-treize à apparaître dans plus d'un roman, je trouve touchants les sauvages dévoués (Paz dans *La Fausse Maîtresse*, le notaire Chesnel dans *Le Cabinet des Antiques*, Schmuke dans *Une fille d'Eve*), mais je préfère les élégants débris (le chevalier de Valois dans *La Vieille Fille*, le marquis d'Esgrignon dans *Le Cabinet des Antiques*, le vidame de Pamiers dans *La Duchesse de Langeais*, le marquis de Chargebœuf dans *Une ténébreuse affaire*) et plus encore les femmes quand, poussées par l'événement, elles deviennent tigresses, calculatrices, intrépides, et accomplissent des prodiges pour sauver leur bonheur ou leur place dans la société (Diane de Maufrigneuse, dans *Le Cabinet des Antiques*, fait tout pour sauver Victurnien d'Esgrignon, et d'une certaine façon s'en débarrasser : « Cette madone était une Messaline »). Personnages si nombreux, si vivants, avec qui nous passons tellement de temps que, comme dans la vie, il nous arrive de changer d'avis sur tel ou tel, car nous avons fini par former une famille, et dans les familles, on se brouille, on se raccommode, on se rebrouille, on se déraccommode, et puis nous vieillissons, et les jeunots nous paraissent jeunots et les vieux de plus en plus jeunes. Dans mon adolescence j'admirais l'intransigeance de Laurence de Cinq-Cygne, à présent elle me paraît bien bornée. Se pourrait-il que ces Parisiennes que j'aime tant, l'âge venant avec lequel paraît-il on se met à aimer la campagne, je les délaisse et que s'estompe ma préférence pour les « scènes de la vie parisienne » ? Balzac a subi la province, il la raille et la déchire. S'il raffole de Paris, il n'en cache pas les horreurs ni les sympathiques ridicules des Parisiens. Dans Balzac, Paris, c'est New York. Je veux dire qu'il traite sa ville, sa ville choisie, la ville où il a compris que son imagination fleurirait, avec une partialité feinte, un chauvinisme à demi cru. Tout est porté à son crédit, le bon et le mauvais, car ils sont signes de vitalité et d'avenir. Balzac était un homme de progrès.

Le début du *Lys dans la vallée* est pesant, comme généralement chez lui tout ce qui est description de la nature. Pour un passionné de la nature humaine, la nature-verdure est courte. La nature humaine elle-même ne l'intéresse que greffée sur le « social », seul endroit où elle prospère, et il n'y a guère que dans *Les Chouans* qu'il crée une nature-verdure vivante, car elle est la société de ces révoltés : un bosquet où ils se cachent est comme un coin du salon où Diane de Maufrigneuse fourbit une attaque mondaine.

Dans *Une ténébreuse affaire*, j'ai découvert à quinze ans le complot que peut être une société humaine et, plus tard, que Balzac a tendance à voir du complot partout. Et même de la conspiration. La différence avec les maniaques du complot est que Balzac pense que les conspirations peuvent servir le bien. La théorie du complot flatte l'idée des hommes que les puissances s'intéressent à eux. Pendant ce temps, les puissances rament, essayant d'avancer malgré la résistance universelle. (Elles y arrivent.) Balzac vivait à une époque où les complots ne manquaient pas. Lui qui admirait Talleyrand et Catherine de Médicis (une affection si ouverte pour des retors montre sa droiture) admire également son personnage Henri de Marsay, comploteur parmi les comploteurs, qui, dans *Le Contrat de mariage*, recrute les plus grands arrivistes de France pour réaliser un coup d'Etat à la première occasion. Ce sont des arrivistes déjà arrivés qui veulent arriver davantage.

Le fond du fond de sa conception de la société, c'est qu'elle hait le talent, et qu'il faut donc la mater. Cela peut conduire au plus parfait cynisme, celui de l'homme politique Rastignac, ou à la plus parfaite tenue, celle de l'écrivain d'Arthez. Et dans ces combinaisons réside une autre conception de Balzac : un écrivain, quand c'est sérieux, c'est ce qu'il y a de mieux. Je trouve tout de même d'Arthez trop parfait. Il me rappelle une phrase de Valéry dans les *Cahiers* : « L'idéal est une manière de bouder. »

Un autre personnage a donné en avance une définition de la société médiatique : « — Quand tout le monde aura de la gloire, comment pourra-t-on se distinguer ? demanda Gazonal. — La gloire ?... Ce sera d'être un sot, lui répondit Bixiou » (*Les Comédiens sans le savoir*).

Ce qu'il veut, c'est faire cracher ses secrets à la vie. Loin qu'il soit réaliste, même s'il le croit : il ne l'est, comme Zola, comme Flaubert, que selon ce que sa personnalité le porte à voir. Un écrivain, ce sont des obsessions acquises par hypersensibilité et il se persuade que le monde est ce qu'elles lui montrent. Or, toutes les obsessions sont exactes. Elles se complètent, et nous voyons dans la rue des opulentes de Fellini, des rêveuses quinquagénaires de Tchekhov, des barons de Charlus, etc., etc.

Balzac persuade moins dans sa spécialité, parce que c'est sa spécialité. Dans les passages sur les manipulations financières ou commerciales, il utilise trop tout ce qu'il sait avec le vocabulaire conséquent : *contrat à réméré, nantissement, répartition au prorata, trois pour cent*, etc. La fiction, comme la peinture, est une représentation, c'est-à-dire un équivalent (je dirais « symbole », si l'école symboliste n'avait donné à ce mot une allure irrationnelle). A trop vouloir prouver, elle fait douter : on croit le romancier sur parole. Et une suffit.

Comme nous sommes entre nous, nous pouvons dire que quelquefois, il barbouille. Stylise machinalement. Ne corrige pas. Pas le temps. Vingt mille pages à écrire. Il est pressé par la mort. D'ailleurs, son œuvre le tue à cinquante et un ans. Et, si l'on relève ses bâclages, on peut aussi noter cet exploit, que, dans une œuvre aussi volumineuse et aussi vite écrite, il y ait aussi peu de répétitions.

Souvent, il commence ses titres par l'article indéfini. *UN début dans la vie, UNE double famille, UN drame au bord de la mer, UN épisode sous la Terreur, UNE fille d'Eve, UN homme d'affaires, UNE passion dans le désert, UN prince de la bohème, UNE ténébreuse affaire*. Différence avec Hugo, *LES Travailleurs de la mer, LA Légende des siècles, LES Orientales*. Se tapant la poitrine comme King-Kong du haut du gratte-ciel de ses œuvres, Hugo est d'une vanité enfantine, tandis que Balzac, avec l'humilité de ses titres, est orgueilleux : ces épisodes particuliers sont rien moins que des types. Son talent, comme pour tous les bons romanciers, vient en grande partie de ce qu'*il y croit*.

Il se dit objectif, ce qui n'existe pas, mais il n'est pas partial : légitimiste et conservateur, il montre les contre-révolutionnaires chouans comme des bêtes et un noble ruiné passant du côté des égorgeurs pendant la Révolution (*L'Envers* de *l'histoire contemporaine*). Dans *La Femme auteur*, fragment inachevé de *La Comédie humaine*, il se moque d'Albertine Becker, auteur du roman *Les Deux Cousines*...

... dont le sujet est celui des deux éducations, l'éducation religieuse d'une mère qui ne quitte pas sa fille, et l'éducation des pensionnats. La fille religieuse convertit un mari libertin, voltairien, voire un peu communiste, et l'autre rend un mari vertueux très mondain.

N'est-il pas un écrivain qui défend le génie avant toute chose, lequel consiste selon lui à apporter du *nouveau*, à *modifier* les façons de penser, et même à *changer la face des Etats* ? En voilà, un conservateur. Sur les mœurs, grande obsession cachée de la droite, il n'exprime aucune de ses préventions. Il décrit l'homosexualité sans la réprouver, celle des femmes dans *La Fille aux yeux d'or* et celle des hommes dans *Splendeurs et misères des courtisanes*. Créant, il admet tout. La divine impartialité dont rêvait Flaubert, et qu'il ne pouvait obtenir parce qu'il méprisait trop ses personnages, Balzac l'a eue.

📖 « A une observation de Modeste sur l'absorption où elle voyait Canalis, il répondit qu'il se livrait à ses pensées, une excuse que les auteurs ont de plus à donner que les autres hommes. » (*Modeste Mignon*.)

1799-1850.
◆
L'Héritière de Birague et *Clotilde de Lusignan* : 1822. *Une double famille* : 1830. *Le Chef-d'œuvre inconnu* : 1831. *Madame Firmiani* : 1832. *L'Illustre Gaudissart*, *Un drame au bord de la mer* et *Les Chouans* : 1834. *La Fille aux yeux d'or* : 1834-35. *Le Père Goriot*, *Le Cabinet des Antiques* et *Le Contrat de mariage* : 1835. *Le Lys dans la vallée* et *L'Interdiction* : 1836. *La Vieille Fille* et *Une passion dans le désert* : 1837. *Béatrix*, *Une fille d'Eve* et *Le Cabinet des Antiques* : 1839. *La Duchesse de Langeais* et *Les Secrets de la princesse de Cadignan* : 1840. *La Fausse Maîtresse* et *Autre étude de femme* : 1842. *Illusions perdues* : 1837-43.

> *Une ténébreuse affaire* et *La Muse du département* : 1843. *Modeste Mignon*, *Un prince de la bohème* et *Un début dans la vie* : 1844. *Un épisode sous la Terreur* : 1845. *Les Comédiens sans le savoir* et *Un homme d'affaires* : 1846. *Splendeurs et misères des courtisanes* : 1838-1847. *Les Petits Bourgeois* : posth., 1855. *La Femme auteur* : posth., 1950 (écrit en 1847).

BALZACIEN, PROUSTIEN, ETC. : *Balzacien, proustien, kafkaïen* ? Il s'agit d'une réduction de l'écrivain à son sujet, et même à une idée préconçue de son sujet. *Balzacien* semble vouloir dire : un notaire de province vénal. *Proustien*, des raffinements psychologiques dans un salon à coussins roses. Je trouverais plus exact de les appliquer au mécanisme créateur de ces écrivains. *Proustien* pourrait vouloir dire : « d'un scepticisme universel qu'on finit par mettre en doute ». *Racinien* : « d'une douceur qui se défend par la cruauté ».

BALZACISMES : Le balzacisme est l'usage d'une généralité Balzac par un autre écrivain. La généralité Balzac est un déterminisme fondé sur un trait physique que l'on associe à un trait moral, ou sur un trait moral que l'on fait dépendre d'un trait de caractère régional. Tel homme est brun et pâle ? c'est donc qu'il est nerveux. Le balzacisme est une sorte de syllogisme contracté avec une naïveté tranchante. En voici un exemple par Pierre Boulle, dans *Le Pont de la rivière Kwaï* : « Il portait la moustache blonde, tirant sur le roux, des héros placides, et les reflets rouges de sa peau témoignaient d'un cœur pur, contrôlant une circulation sanguine sans défaut, puissante et régulière. »

BARBEY D'AUREVILLY (JULES-AMÉDÉE) : Au début du XIXe siècle, un 2 novembre, Jour des morts, le plateau d'une tombe s'écarta, arrachant au passage une touffe de mauvaises herbes. En sortit un vieux petit chevalier tout grinçant dans une armure rouillée dont le baudrier pointu lui faisait un torse en bréchet de poulet ; un triangle de barbe blanche dépassait en travers de son casque. Poings sur les reins, il se redressa en craquant puis se repencha dans le caveau. Il en ramena un enfant à cambrure d'hippocampe et au teint furieux d'écrevisse cuite qui criait avec indignation. « Je le nomme Jules Barbey d'Aurevilly », dit-il. Et Agrippa d'Aubigné rentra dans la tombe.

A l'exception de la nouvelle « Le plus bel amour de Don Juan » dans *Les Diaboliques* (« — Il vit donc toujours, ce vieux mauvais sujet ? »), Barbey a les plus ridicules débuts de la littérature française. Il n'y a pas de raison de ne pas répéter un mot si cela permet d'aller plus vite, mais ses répétitions sont si nombreuses qu'on trébuche. Sept fois le mot « prédicateur » dans les trois premières pages d'*Une histoire sans nom*. Et les *horrible*, les *atroce*, les *sans nom*, les *terrible*, afin de persuader le lecteur ; mais nous n'avons pas besoin d'être persuadés : ou un fait est atroce, et nous nous en rendons compte, ou il ne l'est pas, et il ne sert à rien de dire qu'il l'est. A moins qu'ils ne servent à persuader Barbey ?... A la vingtième page, ces exagérations passent : c'est du charbon dont il a eu besoin pour mettre la machine en marche. Cela fait, il accélère, et au Grand Guignol succède le Grand Jules. Toujours cambré, d'ailleurs, Don Quichotte, pré-Montesquiou. Comme s'il craignait de se laisser aller. S'il l'avait fait, Barbey ne serait-il pas devenu le baron de Charlus écrivant ?

C'est un Balzac sans le vaste génie : ce qu'il décrit, dans presque tous ses livres, c'est un Vautrin, un personnage monstrueux et fascinant. Par exemple le Sombreval d'*Un prêtre marié*. On pourrait balzaciser les titres de ses romans.

> *Un prêtre marié* : *J'ai un enfant, par Vautrin*
> *Une histoire sans nom* : *Le Lys sans la vallée*
> *Le Chevalier Des Touches* : *Mes Chouans*

Il n'émeut pas, n'a aucun humour. Quand il cherche à en faire, il est pataud : « dans ce boudoir fleur de pêcher ou de… péché (on n'a jamais bien su l'orthographe de la couleur de ce boudoir) » (*Les Diaboliques*). Ne demandons pas à un écrivain ce qu'il n'est pas fait pour donner : ce que Barbey crée, comme Vulcain, un maréchal-ferrant, un orfèvre mycénien, ce sont de grands plats en bronze martelé qui ne sont pas toujours égaux.

Comme certains sans-humour, il peut être comique. C'est quand il écrit des injures, d'ailleurs inoffensives à force d'exagération. Extrait d'un article sur la mode : « Delille, le poète, était laid comme une araignée malade, et il mettait de la poudre couleur de rose dans ses cheveux » (*Premiers articles*). Et lui, Barbey, se maquillait. Les airs terribles ne sont-ils pas une protection ? Charlus, Tartarin ? Les *Memoranda* contiennent une très belle phrase qui dit beaucoup sur lui : « Les autres me gâtent tout. »

On connaît : Zola, la complaisance de l'ordure, ce qui est faux. Le plus étonnant, n'est-ce pas la complaisance de l'ordure chez Barbey ? Un prêtre marié (et père), une niaise violée par un capucin, etc. La différence est que, si Zola se vautre parfois dans ses descriptions, Barbey bronche et renâcle comme un cheval, une jument, plutôt, une vieille jument maigre, d'une autre époque que la sienne, une Rossinante.

Un mot très Barbey est « corruption ». Ce sont d'anciennes pourritures dissimulées qu'il révèle dans ses romans. Ah, vous pensiez être tranquilles ? Venez, venez dans la cave, ouvrons ce coffre, découvrez les monstruosités, sous les vieilles dentelles friables !

Barbey n'est pas qu'un vieux con héroïque, un vieillard campé au bord de la falaise pensant en retenir l'écroulement de ses bras maigres. Il y a parfois tellement de pensée en lui qu'il doit s'interrompre pour s'en décharger.

> Ah ! la douleur nous rend modestes ! Elle brise jusqu'aux ambitions de nos désespoirs (*Un prêtre marié*).

Dans le pêle-mêle social qu'on appelle une société par politesse […] (*Du dandysme et de George Brummell*).

L'orgueil s'arrange souvent de ce qui devrait l'humilier. Il n'est pas fier, quoiqu'il s'appelle l'orgueil, et peut-être même que plus il est grand moins il est difficile (article sur *Les Misérables*).

Ah voilà, j'ai trouvé : Barbey d'Aurevilly, c'est le Chat botté.

Il était moins prisonnier de son personnage de « connétable des lettres », surnom qu'on lui donnait, que de ses amis, qui l'y enfermaient parce que nos amis nous aiment bien prisonniers. Nous ne risquons pas de leur échapper. Ils ont quelqu'un de pittoresque à arborer autant qu'à admirer.

Le rêve de Barbey n'est pas de jouer à la poupée, comme Pierre Loti. La société croit ce qu'elle a envie de croire. Du moment qu'on respecte certains de ses codes, elle admet Loti qui se maquille, se travestit. C'est parce qu'il est militaire et membre de l'Académie française. Et elle lui organise des funérailles nationales, et elle a bien raison. Pendant ce temps, Jean Lorrain, qui, par son comportement tapageur et ses petites méchancetés ragoteuses, l'a obligée à voir ce qu'elle ne voulait pas voir, meurt éthéromane et méprisé à Nice. Barbey est sauvé de la posture par sa posture. Au lieu de se vêtir d'une panoplie, il crée la sienne : il prend la posture de Barbey et devient Barbey.

Il a succédé à Sainte-Beuve comme critique littéraire au *Constitutionnel*. Ça a dû changer les lecteurs. Après le chuchotis, l'aboiement. C'était un timide. Les critiques de Barbey, dans ce journal et les autres, représentent quinze volumes (*Les Œuvres et les Hommes*). Quinze très intéressants volumes. Sur Stendhal, Vigny, Heine, Goethe, mais aussi Léon Gozlan, Arsène Houssaye, Emile Augier, tous ces noms en leur temps connus et du nôtre dédaignés, sur lesquels il n'y a rien, pas un livre, pas une notice de dictionnaire, à la rigueur deux dates erronées sur Internet. Eh bien, c'est sur eux que Barbey est le plus utile. Parce que c'est lui, nous lisons ce qu'il a à en dire, et cela complète le tableau du temps, dont ils formaient la couleur, plus que les génies, qui sont rares : en même temps qu'une idée de leurs livres, il nous donne une idée plus exacte de la vie.

Ce qui nous aide, c'est qu'il est partial. On n'apprend rien dans le neutre, et par exemple les articles d'Anatole France, eux aussi recueillis en volumes (cinq, *La Vie littéraire*), sont des platitudes suaves d'important qui ménage les puissants, même si, comme il est très cultivé, on trouve d'intéressants passages sur les morts, qui nécessitent moins de prudence, par exemple Barbey. Barbey a le tort de croire que les portes s'ouvrent à coups de pied, mais il a des péremptoires très amusants (à son détriment, parfois), auxquels il ne croit pas tout à fait : il joue *aussi* dans une comédie. Barbey est un grand critique de cirque.

Il est confus dans l'ensemble et exact dans le détail, comme quand, à propos du *Barbier de Séville* et du *Mariage de Figaro*, il emploie le mot de « sveltesse ». La critique de Barbey, ce sont des éclairs dans l'orage, de même qu'on aperçoit des moires de nuances sur ses matraques de romancier :

> Sa fille, qu'elle aimait sans doute, mais qui ne lui plaisait pas
> [...] (*Une vieille maîtresse*).

C'est un doctrinaire sans doctrine, ou plutôt sa doctrine ne lui apporte rien sur les conséquences. Dieu, et après ? Il n'est pas si catholique qu'il le croit, ni si moral qu'il le prétend : la littérature s'échappe de lui par tous les côtés. Un pur moraliste n'écrirait pas : « Un chef-d'œuvre est toujours désagréable aux sots, et voilà pourquoi, fût-il corrupteur, il le serait moins qu'une platitude » (article sur *Les Misérables*). Littérature d'abord ! Pour quelle autre raison cet homme de droite, catholique, royaliste, aurait-il aimé Stendhal, homme de gauche, athée, républicain ? Une phrase du *Rouge et le Noir* a dû lui plaire, lui l'auteur du « Bonheur dans le crime » (*Les Diaboliques*) : « Leur bonheur avait quelquefois la physionomie du crime. » Il y a des découvertes que les romanciers ne font qu'effleurer, comme un archéologue qui brosserait la terre sans s'apercevoir que ce qu'il croit un caillou, là, est une porcelaine. Sans doute n'était-ce pas fait pour eux : il n'est pas dans le tempérament de Stendhal de s'intéresser au masochisme.

Ses critiques de Hugo ont été recueillies dans un volume séparé, et ce *Victor Hugo* illustre la phrase de Talleyrand, « ce qui est exagéré n'a aucune importance ». Ce qui allait une fois par an quand Hugo publiait un livre en mettant en branle ses régiments publicitaires devient disproportionné et donne une impression de mesquinerie. Hugo s'est vengé par deux vers :

> Barbet d'Aurevilly, cuistre impur, fat vieilli,
> Et beaucoup plus Barbet qu'il n'est d'Aurevilly.

Quand il n'aime pas, un de ses trucs consiste à dire qu'on n'en parlera bientôt plus. Autres trucs des critiques : « Il écrit trop » (dit par des gens qui écrivent chaque semaine dans les journaux) ; « telle phrase est nulle et telle autre ridicule », la première étant extraite des premières pages, la seconde des dernières, pour faire croire qu'on a tout lu ; écrire en « on », autorité supposée objective. Eh ! s'ils sont parfois aigres, c'est qu'ils sont obligés d'écrire quelque chose sur un livre chaque semaine. *Et on n'en a pas envie.* La critique, c'est le mariage forcé. On finit par regarder tous ces livres, là, comme un tas égal et hostile qui vous empêche d'aller aux Bahamas, d'écrire un chef-d'œuvre. Comme le disait Dorothy Parker dans *Articles et critiques* : « Je ne veux plus faire de critique littéraire. Cela prend trop de temps et m'empêche de lire. »

📖 « A tout bout de passion se retrouve la lâcheté. » (*Memoranda*.)

> 1808-1889.
> ◆
> *Du dandysme et de George Brummell* : 1845, complété en 1861 et 1879. *Une vieille maîtresse* : 1851. *Les Œuvres et les Hommes* : 1860-1895. *Un prêtre marié* : 1865. *Le Chevalier Des Touches* :

1864. *Les Diaboliques* : 1874. *Une histoire sans nom* : 1881. *Memoranda* : 1883. *Victor Hugo* : posth., 1922. *Premiers articles* : posth., 1973. *Œuvre critique*, I : posth., 2005. *Omnia* : inédit, Archives départementales de la Manche.

◆

Anatole France (1844-1924), *La Vie littéraire* : cinq séries, 1888-1949. Jean Lorrain : 1855-1906. Pierre Loti : 1850-1923.

BARRÈS (MAURICE) : Père de nombreux enfants ingrats. Les plus célèbres sont Aragon et Montherlant. Le plus réactionnaire des trois est Aragon.

Il y a apparemment deux périodes dans Barrès. La première, décadentiste, énervée, symboliste, la deuxième se caractérisant par le titre sous lequel il a rangé trois de ses romans, *Le Roman de l'énergie nationale*. « Roman » va pour les trois livres en question, *Les Déracinés*, *L'Appel au soldat* et *Leurs figures*, « nationale » pour la France, et « énergie » pour Barrès. Après ses années œillet au revers et mine de gitan écœuré, ce délicat s'est dit : « Ça n'est pas sain », et a entrepris de se reprendre. A partir de cette période-là, il semble que Barrès écrive moins en style « miroir mon beau miroir » et se modèle sur Stendhal. Il lui reste néanmoins beaucoup d'imprécisions dues au souci du rythme avant celui de la pensée, créant une ivresse de phrases que Barrès a toujours eue et qui crée des affaissements dans tous ses livres. Barrès était un coquet.

Dès sa période égotiste, il avait eu un fond doctrinaire. *Le Culte du moi* (*Sous l'œil des barbares*, *Un homme libre*, *Le Jardin de Bérénice*) est plein d'invocations à la continuité dans la tradition, et *Un homme libre* contient un éloge de Benjamin Constant, « homme assez distingué pour être à la fois dilettante et fanatique ». C'est tout à fait faux, mais sans importance : ces qualificatifs montrent Barrès, Barrès et son déplorable attrait pour le dilettantisme autant que pour le fanatisme. Quelque chose de sérieux l'a toujours empêché de glisser dans le premier défaut, d'ailleurs on n'écrit pas cinquante livres en étant un dilettante. Pour le fanatisme, il l'a plus que frôlé. Il dédie sa pièce de théâtre, *Une journée parlementaire*, un mélo pamphlétaire (et donc très inférieur à deux pièces auxquelles il ressemble beaucoup, *Un mari idéal*, d'Oscar Wilde, et *What Every Woman Knows*, de J. M. Barrie), « aux républicains antiparlementaires ». S'il n'a rien d'un totalitaire, il tient beaucoup du dictatorial. En plein *Culte du moi*, il se fait élire député boulangiste (1889). C'est curieux comme certains esthètes ont des attirances pour le muscle.

Gide répondit aux *Déracinés* : « Né à Paris, d'un père uzétien et d'une mère normande, où voulez-vous, monsieur Barrès, que je m'enracine ? » (*Prétextes*.) C'est exact, mais on pourrait lui répondre : à Paris, ou à Uzès, ou en Normandie, ou dans le Pays basque, où vous voudrez. Barrès lui-même est un Vosgien (né à Charmes) qui s'est décidé Lorrain. Nouvelle tentative de résoudre un conflit. Au reste, comme enracinement ! Il vit à Neuilly, est député des Halles. Bernanos résout en partie le problème : « cette règle qu'avait bien comprise Barrès, qu'il ne faut pas déraciner les imbéciles ». Disons plutôt les faibles. D'ailleurs, Gide : « Cette doctrine de l'enracinement qu'il préconise, je la crois bonne en effet pour les faibles, la masse [...] » (*Prétextes*).

Ayant achevé sa trilogie de l'*Energie nationale* par le pamphlet romancé contre le parlementarisme *Leurs figures*, il persiste dans la littérature à thèse avec la série des *Bastions de l'Est* : *Au service de l'Allemagne*, *Colette Baudoche*, *Le Génie du Rhin*. (Le premier est un roman, le deuxième une longue nouvelle, le troisième un recueil de conférences sur la question rhénane.) *Colette Baudoche* ! Quand je pense que, une guerre plus tard, la droite reprochera à la gauche la littérature engagée ! Colette Baudoche est une jeune habitante de Metz occupée à qui un professeur allemand demande de l'épouser ; elle hésite, mais, dans la cathédrale de Metz, comprend que ce serait attenter à la France. Ça vous rendrait germanophile, ce genre d'écrits. On me dira : c'est pour la bonne cause. Je répondrai que la cause de la littérature, c'est la littérature. Si vous admettez que la démonstration, l'apologue, la propagande en font partie, vous abaissez d'un seul coup le reste, romans sans thèse, poésie, théâtre, tout. A qui parle-t-on, qui plus est, avec des livres pareils ? A quel public intelligent ? Avions-nous besoin de romans pour nous persuader que l'occupation de l'Alsace-Lorraine était déplorable ?

L'étincelle de l'idée allume des incendies divers. L'écrivain Saunder Lewis a daté sa conversion au nationalisme gallois de l'été 1916 où, dans les tranchées, il lisait Barrès. Nationalisme gallois, c'est-à-dire séparatiste de l'Angleterre ; tout le contraire de la réunion de l'Alsace et de la Lorraine à la France, n'est-ce pas ? L'idéologie a sa logique, qui n'est pas celle de la logique. « C'est grâce à lui *[Barrès]* que j'ai découvert le pays de Galles, et ma jeunesse hédoniste en fut totalement changée » (*Y Faner*, 29 janvier 1924). Pourquoi faut-il que tant de repentis tentent d'imposer leur repentir aux autres ?

Barrès utilise trop le mot « âme ». Dans « Un amateur d'âmes » (*Du sang, de la volupté et de la mort*), il ne se rend pas compte que la jeune fille est morte pour n'avoir plus à supporter les cuistreries de son mentor. A bas Pygmalion ! crie Galatée. Plutôt redevenir statue que d'avoir à l'écouter encore !

Le Jardin de Bérénice est un roman... Roman... : Barrès est moins un romancier (branche conteurs : Montesquieu ; branche créateurs : Balzac ; branche conteurs de la création : Proust), qu'un auteur d'analyses romancées. Elles sont excellentes dans ce livre, selon moi son meilleur roman. Bérénice, enfant élevée dans le musée du roi René, à Arles... Bérénice à qui un matelot débarqué à Port-Vendres a offert un singe... Bérénice qu'on a surnommée « Petite-Secousse » au bordel *L'Eden*... Bérénice qui « n'a pas de vertu, mais de l'innocence », qui couchotte avec une de ses amies, qui pourrait rencontrer Nane, le personnage de Paul-Jean Toulet... Prénommer une pute Bérénice, au pays de Racine, c'est de l'esprit. Quant à son surnom de « Petite-Secousse », il est possible qu'il vienne de

Balzac : dans *La Rabouilleuse*, un des personnages meurt d'une nuit d'amour chez une prostituée qui porte ce surnom. Ce livre a de l'humour, qui n'est pourtant pas la première qualité de Barrès. De la hauteur. De belles virgules (qui parfois deviennent des vagues, et les pages se noient). Quelque chose de tremblé, une brume d'été. Avec l'impression d'éloignement que donnent toujours les romans de Barrès, de choses vues derrière un filtre. C'est un chef-d'œuvre.

On peut y ajouter *Mes cahiers* et *Le Mystère en pleine lumière*. Livres inachevés, c'est ma raison : Barrès n'a pas eu le loisir d'y ajouter du style. Les *Cahiers* se composent de réflexions, d'ébauches de romans, de lettres, de journal intime, de mots rapportés, enfin toute une brocante d'écrivain, avec des merveilles sous la poussière, et il faut que la poussière y soit. On voit Barrès inaugurant, discourant, préfaçant, parlant, écrivant, et toujours s'ennuyant. Il a dit qu'il s'était fait élire à la Chambre des députés pour avoir quelque chose à faire l'après-midi. Et voilà. On ne peut écrire que quatre ou cinq heures par jour. Les trois quarts des sottises que font les écrivains se passent pendant les douze heures qui restent. Certains donnent un article quotidien à un journal et croient avoir une philosophie politique. D'autres ralentissent leur rythme et passent une journée entière sur un paragraphe. D'autres enfin deviennent députés. Députés ! Un homme comme Barrès parmi des paysans digérant, des avocats faisandés, dans des discussions sur des adductions d'eau ! Il en perd parfois la littérature de vue. Un jour, il prononce un discours contre Rousseau. Dans un article, dans un livre, autant qu'il le voulait ; mais, écrivain, requérir contre un écrivain au milieu de la représentation nationale est impardonnable.

Le meilleur du *Mystère en pleine lumière* est le dernier chapitre, « L'automne à Charmes avec Claude Gelée ». Il y passe des désenchantements, des regrets non feints, et je me dis : quel dommage que Barrès ne se soit pas retiré pour écrire un livre tout entier comme cela ! Seulement, lui, se passer de

Paris, de la Chambre, de l'agitation qui servait à vaguement distraire son ennui ? Barrès a toujours préféré la comédie de la chose à la chose, celle du retrait comme celle du dilettantisme, et il dorlota indéfiniment le rêve qu'il allait bientôt s'arrêter, pour mieux sucer le jus amer de ne l'avoir pas fait. Il mourut de dédain à soixante ans. D'autre part, il avait gagné la guerre de 14 (qui lui avait permis de rattraper les inepties qu'il avait dites sur les juifs en leur donnant le premier rang des *Diverses Familles spirituelles de la France*), et seul l'échec peut donner à ces écrivains-là le goût d'écrire un vrai livre, tenu, fermé, ambitieux, une œuvre d'art.

Il existe vingt-cinq pages de Barrès qui auraient dû modifier l'idée qu'on se faisait de lui, pour ou contre : un fragment posthume publié en 1929 dans la *Revue des Deux Mondes* et intitulé *Mes Mémoires*. « Si j'écris mes Mémoires, histoire de mon imagination », avait-il noté dans les *Cahiers* (vol. XI). Beau projet, et il y a de cela dans *Mes Mémoires*. Plus quantité de phrases déçues extrêmement intéressantes. On dit Barrès descendant de Chateaubriand. Chateaubriand est plus désenchanté que déçu. Et plus rusé que Barrès. C'est Barrès, c'est tout de même Barrès, qui écrit ici :

> Il m'est arrivé une singulière aventure. Je me suis aperçu que je m'étais imposé une vie que je n'aime pas.

Et :

> (Pendant mes campagnes électorales.) Je rêvais de solitude, de paysages primitifs et incultes. J'en ai gardé toute ma vie un désir constant de changer de nom, de recommencer une existence inconnue. J'ai passé mon temps à être excédé de moi.

On se doutait, qu'il avait été un désirant, un sans-plaisir, il le dit. Aurait-il achevé ces mémoires ? « Je n'aime pas parler de ce qui me tient à cœur. Il faut qu'il y joue des rayons et des ombres. » Ce harangueur a été un pudique.

📖 « Je n'ai rien près de moi que mes morts, des êtres enrichis par mes songeries. » (*Mes Mémoires.*)

> 1862-1923.
> ♦
> *Huit jours chez M. Renan* : 1888. *Le Culte du moi,* comprenant : *Sous l'œil des barbares* : 1888 ; *Un homme libre* : 1889 ; *Le Jardin de Bérénice* : 1890. *L'Ennemi des lois* : 1893. *Une journée parlementaire et Du sang, de la volupté et de la mort* : 1894. *Le Roman de l'énergie nationale : Les Déracinés* : 1897. *L'Appel au soldat* : 1900. *Leurs figures* : 1902. *Les Bastions de l'Est : Au service de l'Allemagne* : 1905. *Colette Baudoche* : 1909. *Greco ou le Secret de Tolède* : 1911. *La Colline inspirée* : 1913. *Une visite à l'armée anglaise* : 1915. *Les Diverses Familles spirituelles de la France* : 1917. *Une enquête au pays du Levant* : 1923. *Le Mystère en pleine lumière* : posth., 1926. *Mes cahiers* : posth., 1929-1956.

BAUDELAIRE (CHARLES) : Quand, dans une lettre à Armand Fraisse du 18 février 1860, Baudelaire écrit :

> Je n'ai jamais pu souffrir ce *maître des gandins*, son impudence d'enfant gâté qui invoque le ciel et l'enfer pour des aventures de table d'hôte, son torrent bourbeux de fautes de grammaire et de prosodie, enfin son impuissance totale à comprendre le travail par lequel une rêverie devient objet d'art,

j'écarquille les yeux, je secoue mon voisin par l'épaule, je téléphone au département des manuscrits de la Bibliothèque nationale : oui, oui, c'est bien de Musset qu'il parle, pas de lui-même. – Baudelaire n'a jamais trouvé de bien à dire d'aucun de ses contemporains, sinon des aînés qui pouvaient lui rendre service, et de Pierre Leroux. – Pierre Leroux ? – Pierre Leroux. Le saint-simonien, l'ami de George Sand... – George Sand, celle que Baudelaire traite de grosse bête ? – George Sand. Pierre Leroux est l'auteur d'un grand poème socialiste, *La Grève de Samarez*, je crois même que c'est lui qui a inventé le mot « socialisme ». – Tout ce qu'aimait Baudelaire. – J'oubliais :

Baudelaire dit aussi du bien de Marceline Desbordes-Valmore, poète plus geignard que Lamartine, et moins réussi. – Pourquoi les loue-t-il ? – Pour se donner l'illusion qu'il est bon. Je ne sais d'ailleurs pas s'il croit complètement à ses éloges : Baudelaire est très souvent de mauvaise foi, comme sa *Correspondance* le montre. On y découvre qu'il a fait l'éloge des *Misérables* sans en penser un mot, écrit des articles de complaisance, etc. Même s'il exagère son cynisme par désir adolescent de passer pour un monstre, il n'est pas bien glorieux : c'est sans arrêt plaintes, caprices, réclamations, envie, orgueil, égocentrisme monomaniaque, refus de la responsabilité ; enfin tout ce que Sartre a révélé avec précautions dans son *Baudelaire*, car Baudelaire est un intouchable, un dieu, un tabou.

Enfant gâté qui avait mangé son héritage, Baudelaire s'était vexé de ce qu'on eût mis sous tutelle un si grand génie de tout (« mon génie », écrit-il sans rire dans la « Chanson d'après-midi »). Par vengeance, il s'était fait dandy, pour découvrir que c'est une vengeance dont tout le monde se fout. Rien n'est plus comique que la scène où, se rendant chez Maxime Du Camp les cheveux teints en vert, celui-ci prend soin de ne rien remarquer, et Baudelaire repart enragé (Du Camp, *Souvenirs littéraires*). Avec cela très homme de lettres, candidat à l'Académie avec flagornerie à tel académicien dès que possible (à Mérimée dans un article sur Delacroix). Dans un article de 1867, Jules Vallès raconte :

> On me présenta à lui.
> Il clignota de la paupière comme un pigeon, se rengorgea et se pencha :
> « Monsieur, me dit-il, quand j'avais la gale… »
> Il prononça gale comme les Incroyables disaient chaamant, et il s'arrêta.
> [...]
> Il y avait en lui du prêtre, de la vieille femme et du cabotin. C'était surtout un cabotin (*Les Victimes du livre*).

Et un puceau, comme peut l'être Nietzsche : pas puceau physique, cela ne m'intéresse pas, puceau intellectuel. Le puceau intellectuel se caractérise par des indignations sur des choses sans importance, une prétention à tout connaître de la vie sans en rien savoir, et des éclairs de génie. C'est un astigmatisme social doublé d'une candeur qui se croit cynique. Et c'est assez sympathique. Baudelaire avait des réclamations extravagantes, par une espèce de peur d'aller chercher le peu qui l'aurait contenté. Quelle est une des manifestations de la peur ? La paresse. Baudelaire était très paresseux. Pas un jour sans une ligne, mais pas une de plus.

Mais toujours une provocation (dans la vie). La provocation provient du dépit et est un enfantillage. Quelle importance de choquer ceux que l'on méprise ? Serait-ce qu'on ne les méprise pas tellement ? Au fond, la provocation est une approbation : on est irrité contre un système où l'on n'arrive pas à entrer, où l'on espère entrer en tapant du pied.

Baudelaire ne rit jamais. Il est trop occupé à s'admirer. De temps à autre un sarcasme méprisant, à la Agrippa d'Aubigné (« Elle croit, elle sait, cette vierge inféconde »), montre qu'il prend tout au sérieux. Un signe infaillible en est qu'il n'y a aucun pastiche dans son œuvre. Parfois il oublie sa raideur de sous-officier, et ce sont les vers sur les concerts qui « versent quelque héroïsme au cœur du citadin » ; encore ne suis-je pas sûr qu'ils soient très affectueux. Ce plaintif est sans pitié. Subissant la déplorable influence conjuguée de sa fatuité et d'Alfred de Vigny (« J'aime la majesté des souffrances humaines »), il fait l'apologie de la souffrance, et il faut que ce soit lui pour que je n'emploie pas un mot très dur. La souffrance n'*anoblit* pas. La souffrance n'a jamais anobli personne. La souffrance est un abaissement.

Il badine avec la souffrance comme avec beaucoup de choses, et par exemple le diable. On dirait qu'a été écrite pour lui cette phrase de Proust que je cite de mémoire : « Le satanisme est assez court et le dandysme aussi. » Il prend une posture de junker, comme Erich Von Stroheim ou Herbert Von Karajan, qui n'étaient pas plus junkers que Von. Ce n'est pas à leur reprocher : un homme qui se réinvente, c'est le commencement de l'art. Ainsi Von, Von, Von, les petites marionnettes. Baudelaire a si peur de s'abandonner qu'un vers comme : « Les deux mains au menton, du haut de ma mansarde » nous stupéfie. S'il se protège par une posture, c'est qu'il est malheureux. Et de la plus malheureuse espèce, celle qu'on ne peut jamais consoler : les malheureux susceptibles. Baudelaire est un homme dans le genre de Julien Sorel.

« Esprit trop faible pour vaincre le paradoxalisme » (Paul Valéry, *Cahiers*). Ses carnets intimes sont pleins de remarques de Madame Irma secouant des foulards. « De la couleur violette (amour contenu, mystérieux, voilé, couleur de chanoinesse). » Et, vrai raide, faux dur, il tombe dans les bras d'une brute fascinante, Joseph de Maistre. Réactionnaire et dogmatique, de Maistre est un idéal pour les faibles. Oh les beaux muscles ! Qu'il va nous protéger ! Et puis (chut... entre nous...) il est *très* au courant... il connaît le secret... il a *l'explication du monde*. Quel dommage que Baudelaire ne se soit pas plutôt tourné vers Pascal ! Mais Pascal, c'était sans doute trop de pensée et pas assez de rage.

Baudelaire est devenu l'idole des amers, et la secte est nombreuse. Il est une telle idole que la postérité est devenue la chambre d'enregistrement de ses jugements. Nous adorons ce qu'il a adoré, nous brûlons ce qu'il a brûlé. Et, sans une réflexion, nous répétons après lui : de Marceline Desbordes-Valmore, qu'elle « fut l'extraordinaire expression de toutes les beautés de la femme », de George Sand, qu'« elle est bête, elle est lourde, elle est bavarde ». Il a eu le projet d'écrire un pamphlet intitulé *Pauvre Belgique !* : pauvre Belgique en effet, elle a eu Baudelaire. Pour lui, le Belge est l'incarnation du salaud. Tout cela parce que personne n'était venu assister à ses conférences à Bruxelles. Peu d'écrivains ont moins d'esprit que lui. Il n'en voudrait pas : le ressentiment et la jalousie lui servent de carburant.

Il est obligé de s'exciter pour *y croire*. Voyez le nombre de poèmes qu'il finit par un point d'exclamation. Il dit : « Je hais le mouvement qui déplace les lignes » ; s'il le hait, c'est parce qu'il le trouve en lui-même : « Ce qui n'est pas légèrement difforme a l'air insensible ; d'où il suit que l'irrégularité, c'est-à-dire l'inattendu, la surprise, l'étonnement sont une partie essentielle et la caractéristique de la beauté » (*Fusées*). Baudelaire est un homme divisé. Il y a en lui l'élan et le frein, l'envie de classicisme et l'élan vers le baroque, un idéal de marbre et une pratique de nervosité, une moitié impavide et l'autre grimaçante. De là sa souffrance. Comme aucune des deux moitiés ne parvient à s'accomplir, il naît un homme de désir. Le sinistre désir. Tout à l'opposé du plaisir, oh là ! pas de plaisir chez Baudelaire, il tient trop au XVIIIe expirant, le XVIIIe à voix de tête qui a produit son cher de Maistre et tant de romans cyniques et attristants.

Et c'est ce conflit qui le crée. Lui donne sa démarche de duègne espagnole gênée, sournoise, ricaneuse, *désirante*, qui lentement se redresse, progressant dans son poème (Baudelaire écrit des poèmes qui progressent, au contraire de Mallarmé, par exemple, qui fixe les siens dès le début), et se dégage, à la fin, un objet parfait. Sur des sujets Goya il a sculpté des vers Canova. De :

> Pluviôse, irrité contre la ville entière,
> De son urne à grands flots verse un froid ténébreux

à :

> Cependant qu'en un jeu plein de sales parfums,
> Héritage fatal d'une vieille hydropique,
> Le beau valet de cœur et la dame de pique
> Causent sinistrement de leurs amours défunts.

(Oui, oui, il sait qu'amour est du féminin au pluriel. C'est plutôt dans « fatal » qu'il est faible.)

Dans son article « Un mot sur la rime », Verlaine dit que « jusqu'à un certain point Baudelaire [a] rimé faiblement ». De fait, il a des rimes, mais aussi des vers faibles ou faciles, comme Racine. C'est un racinien pour cela, et pour la perception de la cruauté, et pour les grands vers simples. Et alors, quel rythme, quelle noblesse : « Sois sage, ô ma Douleur, et tiens-toi plus tranquille. » Cela pourrait être prononcé par Phèdre.

Aucune audace formelle. Il est démodé par rapport à la poésie de son temps, et c'est sa force. Sans l'appui d'une école, on tombe plus facilement, mais, si l'on reste debout, quel triomphe ! « La poésie est un des arts qui rapportent le plus ; mais c'est une espèce de placement dont on ne touche que tard les intérêts, – en revanche très gros. » (« Conseils aux jeunes littérateurs », dans *L'Art romantique*. Ce que Cocteau traduit, dans *Le Secret professionnel* : « Cent ans après ma mort, je me reposerai, fortune faite. ») Quand on est très démodé, on paraît, par contraste, nouveau.

Il a des exaltations de sédentaire sur les horizons. L'horizon, ça n'existe pas. L'horizon, c'est toujours un lieu, un lieu avec des gens, des gens avec des passions, des passions, c'est-à-dire des mesquineries. C'est moi qui le dis, parce que c'est ainsi que je l'éprouve. Baudelaire, cherchant à « créer un poncif » (*Fusées*), se conforme à une *tradition* où la poésie dévide des présupposés poétiques. Avec les mots recommandés : « dictame », « aquilon », « poudreux. » Lexique de Ronsard sur l'imagerie de Leconte de Lisle. Lorsqu'il oublie les mots « poétiques » et pense à créer une image, il devient expressif : « Et de palmiers d'où pleut sur les yeux la paresse. » Le mot le plus bluffeur qu'il emploie est « mystique ». Je l'ai compté onze fois dans *Les Fleurs du mal*. Il veut dire quelque chose comme sublime, extraordinaire, mystérieux. Baudelaire veut du mystérieux. Il lui tient lieu de profondeur. Peu importe, car le génie de Baudelaire n'est pas dans la profondeur, il est dans la splendeur. Comparez avec Pessoa, autre sédentaire, qui met toujours un double fond à ses poèmes. Ceux de Baudelaire, bas-reliefs classiques, montrent une chose et une seule. Les plus beaux ne sont pas les histoires avec une morale, presque des fables, mais ceux qui sont, et c'est là ce qu'il apporte de nouveau, des images figées.

> Derrière les rochers une chienne inquiète
> Nous regardait d'un œil fâché,
> Epiant le moment de reprendre au squelette
> Le morceau qu'elle avait lâché.

Il partage avec Stendhal sa spécialité de l'appariement d'adjectifs apparemment sans rapport : « une civilisation perspicace et ennuyée » (*Curiosités esthétiques*). Entre « perspicace » et « ennuyée », il a sauté les mots : « et qui, à la longue, en devient ». En poésie, il use de mots brutaux dans l'espoir de frapper. « Cervelle. » « Glapir. » Il crée de beaux néologismes, comme, à propos de Napoléon : « cette beauté épique et destinale » (*Exposition universelle de 1855*, dans les *Curiosités esthétiques*). Presque exclusivement tourné vers lui-même, il est peu imaginatif, mais c'est un grand comparateur : « pâles comme des cierges » ; des « baisers froids comme la lune » ; une moustache qui « pend comme de vieux drapeaux ». Ses *Salons* sont parmi ses meilleurs écrits en prose : quand il est loin de ses intérêts, de ses envies et ses rages, il est sagace. Millet, « ses paysans sont des pédants » ; Corot qui « étonne lentement ». L'imagination est dans le mot.

Une de ses particularités est l'emploi de l'adjectif possessif quand l'article défini suffirait : « Les cloîtres anciens sur *leurs* grandes murailles. » « Les hommes vont à pied sous *leurs* armes luisantes. » Cela referme l'image sur elle-même de façon très frappante. Il l'ouvre au contraire en écrivant, au lieu du partitif (des hautbois, des prairies), l'article défini : « Doux comme les hautbois, verts comme les prairies. »

« Luxe, calme et volupté » fait penser au « Tout était ruse, dessein et fausseté » de Saint-Simon (sur le cardinal de Bouillon).

Baudelaire est un écrivain pour hommes. Il raille l'amour. « Ce livre n'est pas fait pour mes femmes, mes filles ou mes sœurs » (Projet de préface aux *Fleurs du mal*). La femme est un être inférieur (*naturel*, vaginal, déformant le corps humain dans « les hideurs de la fécondité ») mais immense : « une espèce d'idole, stupide peut-être, mais éblouissante » (« Le peintre de la vie moderne », dans *L'Art romantique*). On s'humilie à son pied. La femme ne sert pas à la caresse, mais à l'humiliation. Vilain petit garçon qui a souillé ses draps, allonge-toi par terre, maman va te marcher dessus ! On y ronronnera comme un chat.

Il parle souvent d'esthétique, comme dans cette remarque sur Ingres qui est beaucoup plus qu'une remarque sur Ingres : « Sa méthode est le résultat de sa nature [...]. » Hélas, homme soumis, il emploie sans cesse les mots « morale, moral ». Et « décent », « vertu ». Baudelaire est un écrivain moral. La justice qui l'a condamné n'a pas compris l'idéalisme de ses sacrilèges : c'est un prude scandalisé par la morale pratique des *bourgeois* : « Ils assassinent la vertu » (*L'Art romantique*). Et il soumet l'esthétique à la morale. Une remarque comme : « C'est l'imagination qui a enseigné à l'homme le sens moral de la couleur, du contour, du son et du parfum » (*Salon de 1859*) est inepte. L'imagination n'enseigne pas un *sens*, et une couleur n'a pas de sens moral, sinon par mode ou par coutume, autrement dit servitude volontaire de l'esprit : du temps de Baudelaire, la couleur violette pouvait être « morale », étant celle des évêques, mais dans les pays non catholiques ? Et mille ans avant ? Ou aujourd'hui ? Baudelaire est superstitieux.

Il emploie le mot « angoisse », qui commençait une grande carrière. Les poètes découvrent en eux-mêmes des sensations. Ils les nomment. Les gens les attrapent. Freud les soigne. La médecine est une conséquence de la poésie. Un autre de ses mots est « remords ». Son aspiration à la vertu est sincère, c'est pourquoi il en met jusqu'où elle ne devrait pas être. Il voudrait tellement être apaisé, calme, normal ! Sans le vouloir vraiment : son conflit disparaîtrait, et il ne serait plus poète.

📖 « Pour devenir tout à fait populaire, ne faut-il pas consentir à mériter de l'être, c'est-à-dire ne faut-il pas, par un petit côté secret, un presque rien qui fait tache, se montrer un peu populacier ? » (« Théophile Gautier », *L'Art romantique*.)

> 1821-1867.
>
> ◆
>
> *Salon de 1845* : 1845. *Salon de 1846* : 1846. *Les Fleurs du mal* : 1857. *Théophile Gautier* : 1859. *Les Paradis artificiels* : 1860. *Les Epaves* (poèmes condamnés ou écartés des *Fleurs du mal*) : 1866. *Petits poèmes en prose* (*Le Spleen de Paris*), *L'Art romantique* et *Curiosités esthétiques* : posth., 1869, nouvelle éd. 1932. *Journaux intimes* (*Fusées, Mon cœur mis à nu, Maximes consolantes sur l'amour*) : posth., 1909.
>
> ◆
>
> Maxime Du Camp (1822-1894), *Souvenirs littéraires* : 1882-83. Jules Vallès (1832-1885), *Les Victimes du livre* : posth., 2001.

BEAU : On ne peut pas définir la forme du beau, parce que le beau est mouvant.

Le beau est une paresse.

Le beau d'hier fait rire.

BEAUMARCHAIS (PIERRE CARON DE) : « Cette charretée de charlatans qui a fait tant de bruit sur le pavé du dix-huitième siècle, Necker, Beaumarchais, Lavater, Calonne et Cagliostro », dit Hugo, qui se connaissait en charlatanisme (*Littérature et Philosophie mêlées*).

Beaumarchais est faiseur, faisan, fréquenteur d'affairistes, pense moins à ses pièces qu'à gagner de l'argent en traitant avec le gouvernement (il vend des fusils aux insurgés américains), cherche à vous enrouler dans son petit cyclone personnel de calculs, de mensonges et de rigolades, mais sa mauvaise foi est tellement rapide et charmeuse que, si on l'interrompait pour lui dire : « Hep là, jeune homme ! », on passerait pour un tatillon, et on s'en voudrait presque. Le soir de la première d'une de ses pièces, il s'assied près de Rivarol : « J'ai tant couru ce matin à Versailles, auprès de la police, que j'en ai les cuisses rompues. » « C'est toujours ça », répond Rivarol. Beaumarchais aurait mérité une fessée. Il aurait trouvé le moyen d'en tirer de la publicité.

Grâce à celui que, dans la préface au *Mariage de Figaro*, il appelle « mon Figaro sauvage », il venge le peuple. Du moins le dit-on. Figaro ne sert aucune cause, il ne s'occupe que de sa gaieté. Et Beaumarchais, le peuple ! Il est soutenu par le prince de Conti, l'un des meneurs de l'opposition aristocratique, et par ce mondain réactionnaire de comte d'Artois, plus tard Charles X. Dans la préface au *Mariage de Figaro*, il prend soin de préciser que c'est à l'existence d'une aristocratie qu'un royaume doit la liberté. Ce n'est pas qu'il y croie : insolent, il est là où il peut le plus embêter le pouvoir. Si le pouvoir avait été aristocratique, il serait du côté du roi. D'ailleurs, il est agent secret pour le compte de Louis XV et de Louis XVI.

Le Mariage de Figaro est une pièce audacieuse, même dans une royauté adoucie. Dont l'adoucissement décuple l'injustice de Beaumarchais. L'argument de sa pièce est qu'Almaviva veut exercer son droit de cuissage : ce droit tel que Beaumarchais l'entend est un fantasme. Il autorisait en réalité les seigneurs à décider des mariages de leurs féaux, et avait à peu près disparu. Beaumarchais dit dans sa préface qu'on ne l'a pas attaqué sur ce point : précisément parce que c'était inepte, et tout le monde avait compris que l'attaque portait sur autre chose. Il se fit des ennemis politiques, mais aussi littéraires : ses confrères furent stupéfaits de tant d'audace *impunie*. Si j'avais su ! Trop tard.

Quand il écrit, il lui arrive d'être aussi faiseur que dans la vie, utilisant d'épaisses astuces qui charment les demi-cultivés ; et les demi-cultivés sont plus influents que les esprits élevés.

Beaumarchais ne cherche pas l'estime des plus estimables, mais il le fait avec un tel culot, un tel entrain, que nous ne pouvons que sourire. Il ne lui en reste pas moins une petite tache de corruption.

Il traite les personnages de sa trilogie du *Barbier de Séville*, du *Mariage de Figaro* et de *La Mère coupable* comme des personnages de roman. 1) Les trois pièces se suivent, avec les mêmes personnages principaux. 2) Une note dans le premier acte du *Barbier de Séville* dit que « Bartholo n'aimait pas les drames. Peut-être avait-il fait quelque tragédie dans sa jeunesse » : Beaumarchais lui imagine un passé, ce qui n'arrive jamais au théâtre, où les personnages, apparus comme des dieux, sont des symboles, ou plutôt des témoins. 3) Dans la préface au même *Barbier*, c'est-à-dire avant d'avoir écrit, peut-être même avant d'avoir pensé à écrire une suite, il imagine la généalogie de Figaro : c'est cette généalogie qu'il met en scène dans *Le Mariage*. Et dans *Le Mariage*, l'action est ultérieure au *Barbier*, mais elle se modifie à cause d'un fait antérieur, que Figaro est le fils de Bartholo. Dans la préface à *La Mère coupable*, il dit : « le roman de la famille Almaviva ».

A la cour, il fut d'une étourderie qui rappelle les gaffes de Voltaire. Beaumarchais se sentait si proche de lui qu'il mit en épigraphe du *Barbier de Séville* un vers de *Zaïre*, que la chanson sur quoi se termine *Le Mariage de Figaro* dit : « De vingt rois que l'on encense,/Le trépas brise l'autel ;/Et Voltaire est immortel », qu'il s'est presque ruiné à publier les œuvres complètes de Voltaire, la fameuse édition de Kehl, et que la célèbre réplique du *Mariage*, « vous vous êtes donné la peine de naître, et rien de plus », il l'a peut-être prise à Voltaire, qui avait écrit dans *Le Comte de Boursoufle* : « Boursoufle s'était donné la peine de venir au monde. » Il faudrait aller voir si Voltaire ne l'avait pas prise au *Relapse* de Vanbrugh, dont sa pièce est une adaptation.

Beaumarchais doit tout à Louis XVI. Ses deux meilleures pièces, où s'épanouit sa géniale insolence, datent, *Le Barbier*, de 1775, *Le Mariage*, de 1784. (*Le Barbier de Séville* est une excellente pièce à laquelle *Le Mariage de Figaro* fait rétrospectivement monter trois marches. Je suis de l'avis du prince de Conti, qui trouvait la préface plus gaie que la pièce. On pourrait faire un recueil des préfaces de Beaumarchais, de même qu'il existe des disques d'ouvertures de Rossini.) *La Mère coupable*, même si elle est beaucoup moins mauvaise qu'on le dit, reste prudente. Et prudence est mort de Beaumarchais. Signe des temps, des affreux temps de l'esprit de sérieux au pouvoir. Sa pièce est de 1792, première année de la Terreur. L'ironie n'est plus possible. Comment le serait-elle, quand Marat guide l'esprit de Paris ? Marat qui fut un temps médecin des gardes du comte d'Artois, soit dit en passant, Artois si pro-Beaumarchais. Ainsi vont les vengeances. Madame du Barry, qui croyait avoir été très bonne envers son petit négrillon Zamore, fut dénoncée par lui et condamnée à mort. « L'ami Zamore de Madame du Barry », disait Cocteau. Sous Louis XV, Beaumarchais avait écrit des drames, *Eugénie* et *Les Deux Amis*, ainsi qu'un *Essai sur le genre dramatique sérieux* où il dit avoir été influencé par *Le Père de famille*, la pièce soviétique de Diderot. Et quel écrit en plomb, cet essai ! Il est rempli du mot morale, et semble renier d'avance tout ce qui fera le grand Beaumarchais : le rire, « qui meurt absolument sur sa victime », « l'arme badine du sarcasme », qui ne convient qu'aux « beaux esprits de société qui [...] sont comme les troupes légères ou les enfants perdus de la littérature ». Je ne trouve ça pas si mal, moi, les troupes légères et les enfants perdus de la littérature.

Forcené de succès, Beaumarchais y arrivait par l'opposition. Celle du moment. Louis XV étant à la fois jouisseur et sujet à de fortes crises de royalisme, il entraînait une opposition moraliste et libertaire, mais il n'aurait jamais laissé passer des plaisanteries comme *Le Barbier de Séville* et *Le Mariage de Figaro*. Louis XVI est de bonne volonté : c'est de bonne grâce qu'il faut être. Il cède, mais trop tard, ne faisant plaisir à personne, et s'en veut, ce qui le fait ensuite réagir avec une brusquerie qui finit par fâcher tout le monde. C'est le type même d'homme de pouvoir dont les excès de faiblesse engendrent de l'injustice. Il fait interdire la représentation du *Mariage de Figaro* : Beaumarchais, pour le forcer à changer d'avis, lit sa pièce dans des salons. On se met à parler d'une représentation à Versailles. Pas question, dit Louis XVI, qui capitule aussitôt : il autorise une représentation chez son frère Artois. Toute la cour y assiste. Cela suffira, peut-être ? Non : il permet qu'elle soit représentée au Théâtre-Français, où elle triomphe. Quelques courtisans le remontent contre Beaumarchais en qui il hait sa propre faiblesse, et il le fait enfermer ; pas à la Bastille, qui a son chic, mais à Saint-Lazare, prison des voyous de quartier ; et cinq jours plus tard, bien trop tôt selon ce qui devrait être son intérêt, il le fait libérer. Et Beaumarchais est convié à une représentation du *Barbier*, où ? à Trianon. Et le rôle de Rosine est tenu, par qui ? Marie-Antoinette, la reine arbo (aristocrate-bohème). Pauvre petite écervelée qui perdra bientôt sa cervelle !

Le culot de Beaumarchais n'est que friponnerie aux yeux de la République : on l'arrête, il réussit à fuir, émigre. Cet homme qui avait tant osé est désormais gouverné par la peur. Dès la préface de *La Mère coupable*, son vocabulaire se détériore : « Honorablement rappelé dans ma patrie... » Elle contient six fois les mots « moral » ou « moralité ». Plus « Diderot », sept. Il ne serait pas utile de recueillir celle-ci avec les autres. Ah, qu'il fût resté en exil, et y eût écrit une autre tirade de Figaro sur « les envieux, les feuillistes, les censeurs » auxquels il aurait ajouté les juges, les procureurs, les coupeurs de cou ! Précisément on les coupait, les cous, on ne les rasait pas. Sous les révolutions, pas de barbiers : des bourreaux.

Les meilleurs critiques de Beaumarchais se trouvent dans Mozart et Rossini : le *Barbier* de l'un, le *Mariage* de l'autre. Quelle chance d'avoir ces deux musiciens-là pour vous adapter ! Et il l'a créée, sa chance. Il avait écrit ces pièces.

📖 « Il y a souvent très loin du mal que l'on dit d'un ouvrage à celui qu'on en pense. Le trait qui nous poursuit, le mot qui nous importune reste enseveli dans le cœur, pendant que la bouche se venge en blâmant presque tout le reste. » (Préface au *Mariage de Figaro*.)

> 1732-1799.
> ◆
> *Eugénie* : 1767. *Les Deux Amis* et l'*Essai sur le genre dramatique sérieux* : 1770. *Le Barbier de Séville* : 1775. *Le Mariage de Figaro* : 1784. *La Mère coupable* : 1792.

BEAUVOIR (SIMONE DE) : A la fin de sa vie, on sortait Simone de Beauvoir comme une idole orientale pour qu'elle donne son avis sur tout. Hélas, elle le donnait. Comme Sartre, elle avait gardé quelque chose du professeur qui adore expliquer. Et elle n'était pas peu persuadée de savoir. La mort, qui passe sur tout, pardonne le moins ces comportements-là : qui a beaucoup pontifié sera beaucoup rejeté. C'est justice, et injuste : le bon est emporté avec le mauvais.

Ses romans sont des souvenirs plus ou moins mis en fiction où elle écrit comme Sartre, quoique sans les irrégularités, ni les brillances. Comme lui, elle a un préjugé du style parlé qui est une conséquence d'études universitaires prises au sérieux : cela lui donne un ton potache qui n'est d'ailleurs pas antipathique. On croirait entendre, dans un coin, Antoine Doinel dans les films de Truffaut. Parfois elle veut faire du style, et cela se traduit par l'emploi du passé composé : influence des traductions de romans policiers des vainqueurs de la Deuxième Guerre mondiale, comme Horace McCoy ?

Comme tant à son époque, elle est empêtrée dans la foi dans le *réel*. Le réel, c'était comme le peuple : un mot magique, et une révérence du roman à la vertu. On ne le concevait que sordide, épais, pesant. Réalité pour ces gens-là voulait dire glaise.

Ils croyaient être réalistes et n'avaient que lu Zola. D'ailleurs : « Gênée par les conventions romanesques, je m'y pliais, mais sans franchise [...] » (*La Force des choses*). Le problème n'est pas l'hypocrisie, mais qu'elle croie qu'il existe des conventions romanesques.

Le meilleur Beauvoir, ce sont ses récits et ses mémoires. On ne peut pas dire qu'ils soient surchargés de littérature : elle recense rapidement ses lectures toutes les quarante pages, comme un *nota bene* entre les choses vraiment importantes que sont la politique et la politique. Au cours d'un voyage en Amérique, elle s'arrête dans le village de Natchez sans rien dire de plus que : il a 40 000 habitants. Chateaubriand en est resté chiffon. Quand elle passe à la politique, son vocabulaire se corrompt, et elle descend de quelques marches en montant d'un ton : « Il lui révéla l'intelligibilité des rapports humains et l'arracha à sa subjectivité. » (On dirait qu'elle répète quelque chose qui n'est pas d'elle.) Ah, ce n'est pas le doute qui la freine : « L'avenir m'a donné raison », écrit-elle tranquillement (*La Force des choses*). « L'avenir m'a donné raison » ! Comme c'est hasardeux. L'avenir change souvent, et celui de 2005 donne violemment tort à l'avenir de 1963 où Simone de Beauvoir était si sûre d'elle.

Ce qui me rappelle une phrase de Madame de Staël dans les *Réflexions sur le suicide* : « Les défauts des Allemands sont bien plus le résultat de leurs circonstances que de leur caractère, et ils s'en corrigeront, sans doute, s'il existe chez eux un ordre politique fait pour donner une carrière à des hommes dignes d'être citoyens. » *Sans doute*, n'est-ce pas, *sans doute*. Utilité de la modération si on ne veut pas que l'avenir vous contredise. Et comme on est malgré soi pris dans la pensée dominante (qui n'est pas nécessairement, comme ici, la pensée du pouvoir, mais celle qu'on commente le plus) ! Cette femme si indépendante, si royaliste, si horrifiée par les abus de la Révolution, écrit dans un sens approbatif le mot « citoyen ».

Beauvoir a quelque chose de brutal. « Il ne m'intéresse pas de recourir à des appels au cœur quand j'estime avoir la vérité pour moi » (*La Force des choses*). La vérité pour elle en plus de l'avenir, maintenant. Je dois dire que cette arrogance a des qualités. Une tenue, une hauteur. Ça manque de pitié, mais elle ne s'en exclut pas. On sent bien la personne qui n'a pas gravement souffert et prospère dans un matérialisme paisible, un égoïsme calmement vorace. On doit les fabriquer sans nerfs. Plus loin, elle note avec honnêteté : « Mes essais reflètent mes options pratiques et mes certitudes intellectuelles » ; et certes elle n'a pas beaucoup de nuances. C'est un charme pour beaucoup.

Il y a dans sa façon d'écrire quelque chose de bovin. Régulier, sans surprise, uni. Ça ne lève jamais. En voici la raison : *tous les mots y sont*. Jamais un raccourci, jamais une ellipse, jamais un défaut d'explication. Il y manque juste, quelquefois, l'indispensable. Ainsi, dans *Une mort très douce*, l'expression « réduction de corps », qu'on a pratiquée sur sa mère. Elle est d'autre part honnête, autant que lourde. Elle ne dissimule pas les faits, les dires, au point que ses récits deviennent parfois, sans qu'elle s'en rende compte, des aveux. Elle révèle tout de son prodigieux égoïsme, comme lorsqu'elle écrit, à propos de sa mère malade : « Je ne tenais pas particulièrement à revoir maman avant sa mort ; mais je ne supportais pas l'idée qu'elle ne me reverrait pas » (*Une mort très douce*). Quand elle rapporte des scènes, elle ne se donne pas le dernier mot. Elle n'a pas de préjugés : le préjugé marxiste, elle s'en sert plutôt pour donner une explication *postérieure* aux choses, par application de bon élève. Souvent le professeur reste un élève.

Elle n'écrit ni bien, ni mal : elle n'écrit pas. Elle a un type de raisonnement contradictoire qui ne convainc qu'elle : « On dit A ; bien au contraire le vrai est non-A, car B » ; et B est hors sujet. Après cela elle se compare à Oscar Wilde. (Si, si, dans *Tout compte fait*.) Elle est portée au lieu commun et au cliché. *Une mort très douce* : « Un cancer. C'était dans l'air. » Ou comment, chez une femme qui n'est pas vulgaire, le cliché engendre une vulgarité. Dans le même livre, elle justifie le cliché par un cliché, sans s'en rendre compte : « "C'est bête, disait maman. C'est si bête!" Oui : bête à pleurer. » Démesurément dépourvue d'humour, elle met de l'ironie dans ses titres, *Mémoires d'une jeune fille rangée*, *Une mort très douce*, expression utilisée par le médecin de sa mère qui vient de mourir après de pénibles souffrances.

En présence de la mort, elle est, en plus du manque de sensibilité, au bord du manque de tact, comme dans *La Cérémonie des adieux*, sur la mort de Sartre. Les dernières phrases,

> Sa mort nous sépare. Ma mort ne nous réunira pas. C'est ainsi ; il est déjà beau que nos vies aient pu si longtemps s'accorder.

le relèvent. Il y a chez Simone de Beauvoir une noblesse placide.

L'impression d'insensibilité vient de l'assez lointaine distance aux autres et à elle-même où elle se place. Quelque chose l'a remuée, la vieillesse ; elle a écrit là-dessus un livre intéressant. Dès qu'elle aborde le sujet, sa façon d'écrire s'améliore : « Quarante ans. Quarante et un. Ma vieillesse couvait. Elle me guettait au fond du miroir. Cela me stupéfiait qu'elle marchât vers moi d'un pas si sûr alors qu'en moi rien ne s'accordait avec elle » (*La Force des choses*).

Elle commente ses propres œuvres, mais plus encore celles de Sartre ; et c'est cette attachée de presse de son héros qu'on a traitée de pétroleuse! Elle a beaucoup fait pour la libération des bourgeoises qui la haïssaient. D'une certaine façon, *Le Deuxième Sexe*, c'est *Simone contre le XIXe siècle*. Et elle a gagné. Elle n'a été calomniée que parce qu'elle rejetait les conventions. Les conventions ont horreur de l'opposition argumentée.

Elle est parfois d'une candeur étonnante. Autre conséquence de l'état de professeur du secondaire, qui met les gens hors de la vie tout en les persuadant d'être dedans? Dans *La Force de l'âge*, le passage où elle raconte que, aux yeux d'un ami algérien, Sartre et elle étaient « les Francaouis qu'il faisait rire » ; et elle ne voit pas, n'aperçoit pas, n'envisage même pas que cet homme puisse se foutre d'eux. Dans les mémoires d'une de ses amies, Bianca Lamblin, on voit deux farceuses leur soutirer de l'argent sous les plus fallacieux prétextes, et eux le donner avec gravité, « par rejet de la prudence financière bourgeoise ». C'est une scène de Molière.

Elle me rappelle Lamiel, l'héroïne de Stendhal qui paie un homme pour qu'il la dépucelle. On s'est souvent demandé quelle aurait été la fin de ce roman inachevé : eh bien, la vie de Lamiel, cela pourrait être Simone de Beauvoir. Lamiel devient professeur de philosophie, écrit des livres honnêtes sur la société, fait scandale, devient grand public, est oubliée. Trente ans après, des pamphlétaires féministes la traitent de bourgeoise conservatrice : on la redécouvre à la télévision, vivant toute seule dans un petit appartement sombre où elle se fait cuire des spaghettis.

Ont été publiées après sa mort ses correspondances avec Sartre, avec le romancier américain Nelson Algren, avec le critique Jacques-Laurent Bost (Gerbert dans son premier roman, *L'Invitée*; Sartre a transposé Bost en Boris dans *L'Age de raison*). En quantité, en machinal, ces lettres rappellent celles de George Sand. En sympathique aussi. Toutes deux veulent être bonnes copines avec les mecs, veulent écrire comme un mec, mais, à la différence d'un mec, prennent leur temps pour dire le plaisir qu'elles ont à être avec lui.

📖 « J'ai reçu pendant son agonie beaucoup de lettres qui commentaient mon dernier livre : "Si vous n'aviez pas perdu la foi, la mort ne vous effraierait pas tant", m'écrivaient, avec une fielleuse commisération, des dévots. Des lecteurs bienveillants m'exhortaient : "Disparaître, ce n'est rien : votre œuvre restera." Et à tous je répondais en moi-même qu'ils se trompaient. La religion ne pouvait pas plus pour ma mère que pour moi l'espoir d'un succès posthume. Qu'on l'imagine céleste ou terrestre, l'immortalité, quand on tient à la vie, ne console pas de la mort. » (*Une mort très douce*.)

1908-1986.

◆

L'Invitée : 1943. *L'Amérique au jour le jour* : 1948. *Le Deuxième Sexe* : 1949. *Les Mandarins* : 1954. *La Longue Marche* : 1957. *Mémoires d'une jeune fille rangée* : 1958. *La Force des choses* : 1963. *La Vieillesse* : 1970. *Tout compte fait* : 1972. *La Cérémonie des adieux* : 1981. *Lettres à Sartre* : posth., 1990. *Lettres à Nelson Algren* : posth., 1997. *Correspondance croisée* avec Jacques-Laurent Bost : posth., 2004.

◆

Bianca Lamblin, *Mémoires d'une jeune fille dérangée* : 1993.

BECKETT (SAMUEL) : Dans son premier livre, un *Proust*, se trouve la phrase : « L'expression "enchantements de la réalité" sent le paradoxe. » Ah, non, les enchantements, ça n'est pas pour lui. « Féerie pour une autre fois », comme dirait Céline. Samuel Beckett a montré au monde une nouvelle façon de le regarder, un nouvel humour. Un nouvel homme. Les écrivains qui ont le plus marqué la deuxième moitié du XXᵉ siècle sont ceux qui ont montré des héros pince-sans-rire. L'homme de Neandertal, l'homme de Kafka, l'homme de Beckett. Il avait été aperçu en 1943 par l'écrivain et éditeur italien Leo Longanesi, sous la forme d'un soldat de retour du front russe :

— Qu'attendent-ils ? demandé-je.
— Je ne sais pas, mais ils attendent quelque chose qui doit pourtant venir… répond le soldat. (*Parliamo dell'elefante*.)

Cet humour lugubre (Beckett a coréalisé un film où joue Buster Keaton) que les années 1950-1970, par excès de rationalisme, ont qualifié d'absurde, est enseigné dans les écoles françaises sans le mot essentiel : *irlandais*. Beckett était un de ces Irlandais protestants qui ont donné son meilleur à la littérature de leur pays, comme Yeats. On rencontre sans arrêt en Irlande des situations à la Beckett, quasi dépressives, qu'on commente vaguement. « Pourquoi ne dépose-t-il pas ses bagages ? » demande Estragon de Lucky dans *En attendant Godot* : un Irlandais vous dira qu'il est pareil à ces émigrants du XIXe siècle si fatigués qu'ils restaient debout sur le quai, leur valise à la main, car il aurait fallu se pencher pour la reprendre. Dans *Malone meurt*, un vieux chien qui ne peut plus marcher reste à sa niche :

> L'homme aussi est triste. Mais le grand air et le soleil ont vite fait de le consoler, il ne pense plus à son vieux compagnon, jusqu'au soir. Les lumières de sa maison lui souhaitent la bienvenue et un faible aboiement lui fait dire, Il est temps que je le fasse piquer.

Dans *Proust* :

> [...] ce désert où règnent la solitude et la récrimination, et que les hommes nomment l'amour [...].

Dans *Mercier et Camier* :

> Que ferions-nous sans les femmes ? Nous prendrions un autre pli.

Illusions sur rien. Une amertume lasse flotte sur le monde de Beckett. L'amitié même est une loyauté de chiens qui se suivent en se reniflant le derrière. Estragon et Vladimir, Mercier et Camier, Hamm et Clov vont par paires, mais c'est parce que leur lassitude leur rendrait encore plus pénible de se séparer.

Oui, tout cela, c'est contre l'idéologie de la « Vie ». On l'adore. Sur la foi de quels bonheurs ? « La vie aux chiottes ! » (*Mercier et Camier*) Beckett en montre les situations « ridicules », comme d'aller aux cabinets, mais pour une autre raison qu'Albert Cohen, et presque contraire : Cohen aime la vie et trouve qu'elle n'a rien de bas, Beckett la méprise et la trouve pleine de trivialités.

Dans ces romans absolument dépourvus de fabuleux, il expose un monde amoral : on n'y aime pas les enfants, par exemple. C'est dans *Premier amour*, cet *Etranger* de Camus en réussi, il y a une ironie dans cette similitude. Si le personnage principal ne se rend pas compte que la femme qui l'aborde est une prostituée, c'est que les hommes de Beckett sont à côté de la société. Non pas contre, ce serait trop s'y intéresser : simplement, ils ne veulent pas qu'on les emmerde. Ils voudraient mourir avec entêtement. « Moi je voudrais maintenant parler de choses qui me restent, faire mes adieux, finir de mourir » (*Molloy*).

Beckett est terre à terre : moins par matérialisme, d'ailleurs il croit au néant, que par combat contre l'élégie. De là encore les mots « merde », « foutre », les personnages qui pètent. Ils ont des velléités de partir, vaines. « [...] va-t-on jeter le peu de nous qu'il nous reste dans l'ennui des fuites et les rêves d'élargissement ? » (*Mercier et Camier*). Si ce roman semble la conclusion de *Bouvard et Pécuchet*, et Beckett affecté du même fatalisme que Flaubert, ses livres sont en réalité pleins d'aventures et sans action, comme ceux de Proust. Toute l'œuvre de Beckett est une protestation contre l'action.

Si Proust, c'est *Le Temps retrouvé*, Beckett est *Le Temps arrêté*. Qu'on le veuille ou le craigne : « Vladimir : — Le temps s'est arrêté. Pozzo : — [...] Tout ce que vous voulez, mais pas ça » (*En attendant Godot*).

Enfin, Irlande : personne n'y avait écrit de cette façon-là avant lui. C'est peut-être pour en éviter le piège du genre jovial que Beckett s'est exilé. Du joycisme. Il a été l'ami de Joyce, dont la fille, malade, était amoureuse de lui, il a en partie traduit *Anna Livia Plurabelle* (fragment séparé de *Finnegans Wake*), et son premier livre, un recueil de nouvelles en anglais qui raconte les aventures et les amours de l'étudiant Belacqua dans le Dublin des années 1930, *More Pricks Than Kicks*, est d'un enthousiasme joycien. Plus d'un jeune écrivain irlandais s'y est noyé en imitant Joyce. Tout en ayant beaucoup appris de lui, Beckett a fui les séductions de sa façon d'écrire, et s'est mis à écrire sans graisse, sans chair même. Que de l'os. Il le lime, le polit, le lisse, l'abandonne, là, tout seul, au milieu d'un terrain vague. La drôlerie et la vivacité sont dissimulées dans le canal médullaire de cet objet banal. C'est son génie. Le camouflage. Une phrase comme : « On va pouvoir m'enterrer, on ne me verra plus à la surface » (*Malone meurt*) pourrait être de Shakespeare. C'est une image très poétique, sous l'apparence du rien. Beckett aborde le lyrique pour mieux l'abattre. C'est un écrivain qui casse les effets, comme à la fin de ce chapitre de *Murphy* :

— Oui, dit Célia. Maintenant tu me hais.
— Non, dit Murphy. Regarde voir s'il y a une chemise propre.

Il ne s'est pas forcé : il s'est trouvé. Il a le verbe naturellement dédaigneux : « Des bosquets [...] débitent de la consolation aux affligés » (*Premier amour*). Autre image. Il a toujours aimé les images. Sans les montrer. C'est un symptôme de richesse littéraire. « De la fenêtre elle le vit sortir de la maison, [...] la tête penchée dans le pilori des épaules » (*Murphy*). Beckett est un faux maigre.

Il est drôle, habile, lourd. Parfois rabâcheur, gâtant certains passages, ceux où il a dû se trouver le plus drôle. Cet austère n'est pas dépourvu de complaisance. Il a des moments de sous-écrit surécrits, mais l'ironie le sauve de l'affectation. Les écrivains qui varient peu leur rythme triomphent parfois par leur monotonie même. Montrant perpétuellement le même genre de situation et de personnages, ils finissent par définir un type d'homme. Et même plus : ces clochards fripés, inadaptés, inaptes, ataraxiques, semblent l'Homme même.

Il lui arrive d'employer des clichés, mettons-le sur le compte de l'étranger qui a cherché à tout apprendre de sa nouvelle langue, y compris les formules toutes faites qui montrent qu'on est un vrai natif. Si on le compare à Nabokov qui, abandonnant le russe, a employé un anglais artificiel et féerique, ou à Kundera qui, au moment où je parle, n'a encore acquis aucune aisance du français qu'il écrit avec une timidité bougonne, Beckett écrit avec une souplesse de Français. (Il a écrit ses premiers livres en anglais, qu'il a traduits en français, puis a écrit les suivants en français pour les traduire en anglais.) Le français, langue rigoureuse, l'a peut-être aidé à chasser le brio irlandais. Quant à lui, il a apporté à la littérature française un déglingué sérieux, un baroque sans rubans, des exposés sans analyse. La possibilité de ne pas raisonner. Son influence a été telle, grâce aussi au despotisme de son éditeur qui à part lui n'a quasiment publié que des beckettiens, que l'académisme de la fin du XXe siècle et du début du XXIe est en grande partie un démarquage de Beckett. C'est d'ailleurs la première fois qu'une école littéraire est restée inavouée et dépendante d'une maison d'édition. Cent écrivains ont fait du Beckett sans le risque. Il s'agissait d'écrire un roman tout en ayant l'air d'en faire la parodie, de ne pas y croire, avec une petite ironie facétieuse laissant entendre qu'on est supérieur à ce qu'on raconte.

Le théâtre de Beckett ressemble à un jeu d'échecs. La femme de *Oh les beaux jours*, enterrée jusqu'au buste dans un monticule de terre avec un parapluie et un revolver, parle, son mari derrière elle. On pourrait y chercher du symbole. Je dirais qu'il ne vaut mieux pas. Prenons-le comme un air de musique, un tableau non figuratif. Dans un remarquable livre sur Beckett, son amie Anne Atik a raconté comment il avait décidé les indications de scène de *Pas moi* d'après *La Décollation de saint Jean-Baptiste* de la cathédrale de La Vallette. « Mais Watt n'était pas assez bête pour en tirer la moindre conclusion » (*Watt*).

Un Beckett réussi, c'est excellent, mais un Beckett raté, c'est une ruine. Je pense aux livres de la fin, qu'il appelait des « foirades » : *Pour finir encore et autres foirades*, *Cap au pire*. Plus il vieillissait, plus il cherchait à se dépouiller. Il ne mettait plus que des lambeaux. Cela s'apparente à une recherche de la sainteté. Voyez la lugubre maison de campagne qu'il avait construite à Ussy-sur-Marne. Une maison de route nationale. Quoiqu'en haut d'une colline. En béton. Banale. De ce genre qui a donné une nuance sinistre au mot français de pavillon. Et pas pour se vanter. Il s'y retirait régulièrement. Beckett était protestant. Il faut être catholique pour concevoir qu'on puisse être un saint *et* dans le monde. La purification protestante est calme, droite, sans ostentation. Les saints catholiques ont toujours un peu l'air de travestis de cabaret à côté de ça. (C'est ce qui les rend plus touchants.) L'homme qui avait fui Joyce après un premier livre joycien écrivit un dernier livre joycien ressemblant au dernier livre de Joyce, aussi « illisible », mais d'une façon inversée : *Finnegans Wake* implose d'excès, *Cap au pire* explose en osselets. L'« illisible » fait partie du projet, ce qui ne l'excuse pas. Il y a dans ce dépouillement une recherche spirituelle qui n'est plus du domaine de la littérature, qui ne la regarde pas, qui l'en fait sortir.

📖 « HAMM : — On fait ce qu'on peut.
   CLOV : — On a tort. » (*En attendant Godot*.)

> 1906-1989.
> ◆
> *Proust* : 1930 (en anglais, traduction française en 1990). *More Pricks Than Kicks* : 1934 (trad. française, *Bande et Sarabande* : 1995). *Murphy* : 1938 (en anglais), 1965 (en français). *Watt* : 1943 (en anglais), 1968 (en français). *Molloy* et *Malone meurt* : 1951. *En attendant Godot* : 1953. *Fin de partie* : 1956. *Oh les beaux jours* : 1961 (en anglais), 1963 (en français). *Film* : 1966 (n&b, muet, 30', coréalisé par Alain Schneider). *Premier amour* (écrit en 1945) et *Mercier et Camier* : 1970. *Pas moi* : 1975. *Pour finir encore et autres foirades* : 1976. *Cap au pire* (en anglais, *Worstward ho*) : 1984, 1991 (en français).
> ◆
> Anne Atik, *Comment c'était* (*How It Was*) : 2001 (trad. française : 2003). Leo Longanesi (1905-1957), *Parliamo dell'elefante* : 1947.

Bel-Ami : Ce livre qui a l'air lent et qui va vite est le roman des menteurs. Tout le monde ment : Bel-Ami, sa femme, sa maîtresse, son employeur, sa femme. Les femmes ne mentent que pour tromper leurs maris ; les hommes, par arrivisme, par hâblerie, par lâcheté. Il y a un seul moment de franchise en trois cent cinquante pages, lorsque Bel-Ami avoue à sa femme que ses parents sont cafetiers ; et il le paie par la mauvaise journée qu'elle lui fait passer.

C'est un roman fin en ceci que le romancier décrit sans expliquer et nous laisse conclure. Cependant, dans une fiction, tout doit être justifié et Maupassant ne le fait pas toujours. Dans la deuxième partie, Madame Du Roy dit à son mari : « J'en ai du nanan, aujourd'hui. » Jusque-là, elle avait employé un vocabulaire châtié ; ces mots laissent supposer que, maintenant qu'elle est mariée à Bel-Ami, elle va révéler sa vulgarité : or, elle ne change pas. Plus loin, Bel-Ami lui demande si elle n'est pas jalouse de le voir raccompagner Madame de Marelle. « Madame Du Roy répondit lentement : – Non, pas trop. » *Lentement* semble signaler qu'elle soupçonne une liaison : cela n'est pas confirmé par la suite.

Comme souvent dans Maupassant, à côté de descriptions banales parce qu'il vise, soit à la simplicité, soit à l'esthétisme, on trouve quantité d'images fortes (les moustaches « pareilles à des queues de scorpion », les confessionnaux, « boîtes aux ordures de l'âme »). Elles lui donnent un air de macho de saloon qui dit des horreurs entre les dents (elles mordent un cigare) tout en continuant à jeter lentement ses cartes. C'est un western, ce roman. On conquiert Paris sans scrupules, on s'arrange avec l'éditeur du journal local, on culbute les femmes. Maupassant est un excellent observateur du comportement des mâles : leur excitation après le duel de charité, par exemple. Bel-Ami est une incarnation du mâle avec ce que cela a de dégoûtant. L'équivalent de la *femelle*. Ce n'est pas pour rien que le dernier mot du roman est « lit ». Maupassant, romancier masculin, était misandre. Ils sont plus souvent misogynes. Un de ceux-là aurait montré une femme qui couche pour arriver : Bel-Ami est *un homme* qui couche pour arriver.

C'était nouveau. On n'a pas beaucoup insisté. Telle est la force du préjugé. Il oriente les têtes vers un certain point de vue : la position où l'on est sûr de trouver le sommeil. Et nous ronronnons à l'idée des femmes qui couchent, les femmes, ces êtres naturels, etc. Sans pour autant les montrer dans les romans, car il faut être *courtois*.

La vulgarité de Bel-Ami se constate à sa frivolité face aux souffrances humaines et à ce qu'il se relâche dans l'intimité : ton ancien mari qui est *crevé*, dit-il à sa femme. S'il pense du mal de quelqu'un, le seul mot qu'il trouve est : « brute ». Il en est une. (Qu'il ait si peu de vocabulaire doit en faire un mauvais journaliste. Ou non.) Et, avec tout cela, il se fait des remarques sur la mort simples et touchantes. Aux cœurs les plus boueux peut arriver la lumière.

📖 « — Pourquoi n'essaierais-tu pas du journalisme ?
L'autre, surpris, le regarda ; puis il dit :
— Mais... c'est que... je n'ai jamais rien écrit.
— Bah ! on essaye, on commence. »

|| 1885.

BERL (EMMANUEL) : On fait de tout dans sa jeunesse. Quand je découvris qu'Emmanuel Berl avait écrit un pamphlet, je fus étonné. Il m'avait tellement habitué à son quiétisme, la philosophie du calme selon Fénelon. Au reste, après l'irritée *Mort de la morale bourgeoise*, éclôt le fin et patient Berl, qui rappela au XXe siècle que Fénelon avait existé. C'était également un fin connaisseur de Voltaire. Toujours fin, Berl, peut-être trop.

Il manque de génie, mais ne s'en vante pas. Encore lui arrive-t-il d'être humble. « Monet avait vu la gare Saint-Lazare, j'y avais seulement pris le train » (*A contretemps*). Ce n'est pas un écrivain qui va chercher des choses en lui-même, mais un commentateur des autres. Cela fait de très bons auteurs quand ils vieillissent : les souvenirs sont là, les gens qu'on a connus, les idées qui ont remué les époques mortes, et votre finesse les remet en place pour les jeunes générations simplificatrices. Berl s'est empressé de vieillir, et il a très bien fait. Il est devenu le vieil oncle des Lettres françaises, qui a connu tout le monde et le raconte avec un œil qui scintille. Son français est calme et familier, jamais il ne cherche à épater. Pas la peine, il a connu Proust, Drieu La Rochelle, tant d'autres. A quoi reconnaît-on une grande littérature des petites ? Les petites ne sont composées que de génies. Trinidad et Tobago a V.S. Naipaul (génie je ne sais pas, du moins il a le Nobel) et personne d'autre. Une grande littérature a, depuis des siècles, pris le soin de cultiver des écrivains de second rayon, du troisième, du troisième et demi, enfin toutes ces choses inutiles qui montrent que, si barbare soit la civilisation dès qu'on la gratte, elle a travaillé à préserver son vernis. Qui est elle-même. Tant de couches forment une laque. Elle laisse la profondeur à ceux qui doivent creuser pour trouver des choses intéressantes. Dans cette littérature polie quoique ne brillant pas, on trouve aussi Saint-Evremond, Fontenelle, Daniel Halévy.

Ami de Proust, Berl se brouilla avec lui parce que Proust ne croyait pas à l'amitié. Proust lui jeta ses pantoufles à la figure. Scène que Berl a racontée quantité de fois. Une pantoufle de Proust, ça vaut dix prix Goncourt. Berl parle toujours de Proust avec admiration, ce qui ne l'a pas empêché d'écrire, sans l'avouer, une réponse rancunière à *Albertine disparue*, *Méditation sur un amour défunt*. Proust a eu beaucoup d'ennemis cachés. Jean Paulhan verse de l'acide à sa fourbe façon dans *De la paille et du grain (suite)* : « Et *A la recherche du temps perdu* est certes un grand roman, mais dont l'auteur se demande, à chaque page : comment se peut-il qu'un homme devienne romancier ? » *Mais!* En quoi une question pareille diminuerait-elle la valeur d'un roman ? Ce n'est d'ailleurs pas l'auteur qui se la pose, mais le narrateur, ni enfin, celle qu'il se pose, mais : deviendrai-je un jour romancier ?

Berl a écrit une des meilleures histoires des débuts du gouvernement de Vichy, *La Fin de la Troisième République*. Il était bien renseigné, étant l'auteur du fameux discours de Pétain, « je hais les mensonges qui nous ont fait tant de mal ». Berl était juif et de gauche. Pour remerciement il obtint que sa femme, la chanteuse Mireille, fût interdite de chanter (elle a écrit des chansons pour les autres). Dans *Rachel et autres grâces*, il cite la phrase d'Henri Heine : « Pauvre, juif et malade, qu'ajouter à ce trio de misères ? » Borgne, comme Sammy Davis Jr. ? C'est dans ce livre de remémoration sur les femmes qu'il a aimées ou estimées qu'il écrit, à propos des bordels de sa jeunesse : « Tout était combiné pour qu'elles parussent moins des femmes que des statues comestibles [...] ». Cela a été cela aussi, la Troisième République. On pourrait classifier les régimes selon leurs lieux de plaisirs : le Second Empire, les hôtels de cocottes de la place Pereire ; la Troisième République, les bordels à canapés rouges ; la Quatrième, les partouzes dans les gentilhommières de province ; la Cinquième, les backrooms. Comme Berl était curieux (ce qui l'a perdu pour la création), il s'est intéressé à la télévision et a été le premier écrivain français à tenir une chronique là-dessus. Il y parle de Louis XIV qui donnait l'impression d'être beau, de Richelieu qui, dans ses crises de dépression, se prenait pour un cheval, et, parfois, de télévision. « Il semble donc que le Journal télévisé soit en soi un non-sens. [...] Qu'on se croie tenu à produire un journal de trente minutes, avec les rubriques habituelles au journal imprimé, ce n'est là qu'une survivance analogue à celle qui faisait reproduire par les constructeurs d'automobiles, dans la mesure du possible, des carrosseries conçues pour être traînées par des chevaux » (*Un téléspectateur engagé*). Comme le cinéma envers le roman, la télévision est mauvaise quand elle imite respectueusement ce qu'elle vole. Un des meilleurs Berl est son recueil d'*Essais* sur Voltaire, Fénelon, Proust, la politique, l'histoire. Un fond de bibliothèque comme il y a des fonds de sauce. Un délice.

📖 « L'histoire de France est, pour les Français, un énorme magasin de rancunes, un arsenal d'arguments qu'ils se jettent à la tête les uns des autres. » (*Essais.*)

1892-1976.

♦

Méditation sur un amour défunt : 1925. *Mort de la morale bourgeoise* : 1930. *La Fin de la Troisième République* : 1968. *Rachel et autres grâces* : 1965. *A contretemps* : 1969. *Essais* : posth., 1985. *Un téléspectateur engagé* : posth., 1993.

♦

Alberto Moravia (1907-1990), *L'Ennui* (*La Noia*) : 1960, trad. française 1961. Jean Paulhan (1884-1968), *De la paille et du grain (suite)* : 1948.

BERNANOS (GEORGES) : Les romans de Bernanos sont une plaine boueuse par temps couvert. Il y passe un curé à vélo qui a de forts mollets et une soutane tachée. C'est qu'il pense à l'âme : se précipitant pour en sauver une, il n'a pas le temps de se préoccuper du jaune d'œuf. Ils rappellent ceux de Barbey d'Aurevilly sans les trente premières pages de chauffage pour se persuader de l'existence du diable. Dans Bernanos, le diable est là d'emblée. Il fera un numéro d'opéra : français, avec casquette à cornes et queue à as de pique, dans *Sous le soleil de Satan*, russe dans *Monsieur Ouine*, où il est mou, doux, blême, moite et insinuant. C'est le concierge délateur, le pédagogue sournois, le gynécologue abusif, la mère mesquine, vous, moi si nous ne nous surveillons pas. Si nous ne nous surveillons pas les coutures filent, les charnières fondent, les pieds tremblent, la morosité gagne, la fin du monde est proche. La fin du monde, c'est la Hollande par temps de pluie. J'exagère. Bernanos aussi. Le roman est-il là pour s'occuper de l'âme et du diable ? N'y a-t-il précisément pas l'opéra et le roman russes pour cela ? Bernanos a sans doute lu *Les Possédés* de Dostoïevski, mais pas les *Intransigeances* de Nabokov : « Les

Russes sont beaucoup moins nombreux que les Américains à aimer Dostoïevski, et ceux qui l'aiment le vénèrent en tant que mystique, non en tant qu'artiste. C'était un prophète, un journaliste verbeux et un comique facile. » Peut-être a-t-il aussi lu un roman symboliste qui avait frappé son époque, *Le Démon mesquin*, de Sologoub. Je ne pense pas qu'il aurait spontanément conçu une idée comme la mesquinerie du démon, car c'est une idée moderne qui correspond aux temps bureaucratiques, et Bernanos est un moujik qui vit quatre cents ans avant. Au Moyen Age. Juste avant cette Renaissance qu'il hait comme ayant apporté les premières Lumières en France. Un Moyen Age rêvé, où il accomplit une fonction de romancier courtois. Où est le dragon ? Où est le dragon ?

C'est sa force et sa limite, qu'il importe dans la fiction quelque chose qui n'a rien à y voir, la foi. Il n'a que le mot vérité à la bouche. Vérité par-ci, vérité par-là ! Il la connaît, lui, la vérité. Il est comme Alexandre tant admiré pour avoir coupé la corde : en attendant, on ne sait plus comment était fait le nœud. La vérité est une valeur, et le roman n'est pas un propagateur de valeurs : le roman constate, les lecteurs choisissent. Le roman cherche à savoir comment était fait le nœud.

Dans sa jeunesse, âge absolutiste, Bernanos avait été ébloui par l'idéologie de sourd persuadé qu'il entendait tout du monde de Charles Maurras, puis s'est brouillé avec lui, soutenant les républicains espagnols durant la guerre civile. Il paraît que, à la fin de sa vie, le comte de Paris, l'avant-dernier, celui qui a été voir Pétain puis tenté de faire croire que de Gaulle avait voulu le nommer roi de France, non sans avoir appelé à voter Mitterrand, il y a des carrières, aurait dit : « Votre Bernanos ! En attendant, en Espagne, ils ont la monarchie ! » Ce n'est pas le bien des pays qui importe aux gens de pouvoir, c'est le régime. Selon le régime ils se goinfrent ou sont à la diète.

Bernanos a dit à la droite des choses que cela l'exaspérait d'entendre et que d'ailleurs elle n'écoutait pas. Il lui en aurait fallu un dans les années 2000 pour lui dire que Berlusconi, ça n'est pas chic. La gauche fait semblant d'avoir ce genre de scrupules : pendant ce temps, elle soutient son lot de voyous. Roger Stéphane raconte dans *Fin d'une jeunesse* : « Malraux me dit je ne sais plus quoi sur Villiers, Bloy et Bernanos avant de me raconter une entrevue avec ce dernier à l'époque où il écrivait *Les Grands Cimetières sous la lune*. Il désirait que Malraux lui fournisse la réplique républicaine des atrocités franquistes ! » Il y a de la candeur, vraie ou fausse, dans la demande de Bernanos, il y en a une vraie dans ce point d'exclamation, qui est peut-être plus de Stéphane que de Malraux. Lequel ajoute : « Je lui ai répondu qu'il y avait sûrement eu des atrocités, mais qu'étant au front je n'en avais jamais vu. » Cette phrase juge une époque, il me semble.

Une des différences entre la droite et la gauche est que la droite se voit méchante et que la gauche se voit gentille. Une autre différence est qu'elles s'aiment ainsi. Les deux ont tort en tout. Des catholiques français méprisant Franco, il y en a eu, comme de la droite résistante, et de la droite bien ; seulement, elles ont trop cru à la posture de chevalier solitaire de Bernanos et aux injures de De Gaulle, qui se rêvaient en hommes de gauche qu'ils étaient bien loin d'être. Il y a une gauche profiteuse et égoïste, Bernanos était de la droite généreuse et juste. « Lorsque je rencontre une injustice qui se promène toute seule, sans gardes, et que je la trouve à ma taille, ni trop faible ni trop forte, je saute dessus, et je l'étrangle » (le curé de Torcy dans le *Journal d'un curé de campagne*). La politique est l'art de se persuader qu'on rationalise les fantasmes.

Bernanos écrivait bien à chaud, et son journalisme tient mieux que la plupart de ses romans. Ce qu'il dit de « la France potagère » ou de « la coalition des prestiges » dans *Le Chemin de la Croix-des-Ames*, par exemple. C'était pendant la Deuxième Guerre mondiale. Au Brésil. Loin de tout. Il se faisait sa politique tout seul. C'est ainsi qu'il réussit à être le seul gaulliste rooseveltien. A la Libération, Malraux étant devenu le chouchou et Mauriac le préfet des études, Bernanos aurait pu être nommé professeur de morale du lycée Charles-de-Gaulle. Il grogna et mourut.

Je me suis souvent demandé ce qu'avait pu évoquer à ses lecteurs la première phrase de *Sous le soleil de Satan* : « Voici l'heure du soir qu'aima tellement P.-J. Toulet. » Toulet n'était pas très connu en 1926, et ce « P.-J. » dut ajouter du mystère, meilleur moyen peut-être de rendre trois ou quatre personnes curieuses : s'il avait écrit « Paul-Jean », le nom aurait eu l'air d'aller de soi, et rien. Mentionner quelqu'un à la première phrase d'un roman est un grand signe d'amitié. Toulet, de la part de Bernanos, est une finesse comme en ont parfois les épais. Quittant la Russie, le premier écrivain que va voir Soljenitsyne est Nabokov. Il l'a même proposé pour le Nobel, mais Nabokov avait un défaut pour ce prix, la légèreté.

📖 « L'optimiste est un imbécile heureux, le pessimiste est un imbécile malheureux. » (*La liberté, pour quoi faire?*)

> 1888-1948.
> ◆
> *Sous le soleil de Satan* : 1926. *Journal d'un curé de campagne* : 1936. *Monsieur Ouine* : 1946. *Le Chemin de la Croix-des-Ames* : 1943-1945 au Brésil, 1948 en France, nouvelle éd., 1987. *La liberté, pour quoi faire?* : posth., 1953, nouvelle éd. 1995.
> ◆
> Vladimir Nabokov, *Intransigeances* (*Strong Opinions*) : 1973 (trad. française : 1985). Fédor Sologoub (1863-1927), *Le Démon mesquin* : 1905 (trad. française : 1922).

BERNARDIN DE SAINT-PIERRE (JACQUES-HENRI) : Le sentiment devint une idéologie vers 1760, quand on en eut assez des *Sopha* et autres romans libertins qui avaient formé le style Louis XV en littérature. Et voici *La Nouvelle Héloïse*, et voici *Paul et Virginie*, supplément à une nouvelle édition du best-seller des *Etudes de la nature*, comme *Manon Lescaut* avait été un morceau détaché des *Mémoires d'un homme de qualité*. Cette littérature fut encouragée par la timidité de Louis XVI et l'hystérie bucolique de Marie-Antoinette, la princesse Diana de l'Ancien Régime. J'ai essayé de voir si nous n'avions pas été injustes envers Bernardin de Saint-Pierre : non. Vous connaissez déjà les meilleurs passages, les chiens de deux couleurs pour qu'on évite de les confondre avec les meubles. L'intéressant est que Bernardin était un ami de Rousseau.

Comme lui, il est infecté de notions. En deux phrases et soixante-deux mots de *Paul et Virginie*, un *roman*, j'ai trouvé : « âme », « religion », « mœurs », « devoirs », « nature », « bonheur », « société ». Ces gens qui parlaient de la nature étaient bien civilisés. Ce que ce grand penseur a dû préférer chez Rousseau, ce sont des phrases comme : « Les athées n'aiment pas la campagne. » Rendons à Rousseau tous ses trésors.

Bernardin a écrit un très intéressant *Essai sur Jean-Jacques Rousseau*. Il était son seul proche à la fin de sa vie ; on ne peut pas dire « ami », Rousseau n'en avait pas. Il s'était brouillé avec tout le monde, comme Bernardin d'ailleurs. Ces amis du genre humain ! Ils le sont moins des hommes. L'*Essai* montre Rousseau comme lui-même ne se montre pas, dans les détails de sa vie autres que les flatteuses petites turpitudes ou les adorables persécutions. On le voit dans l'appartement de la rue qui porte aujourd'hui son nom à Paris, près des Halles, je crois que c'est la même où est mort La Fontaine. Il cultive des plantes vertes sur son balcon, comme un retraité. Il se promène avec Bernardin aux Tuileries. Il se vexe pour du café que celui-ci lui rapporte de l'île de Bourbon (La Réunion, où allait bientôt naître Leconte de Lisle). Rousseau se vexe en permanence. Il est pénible, comme tous les susceptibles. Et malheureux comme eux. Les susceptibles se créent leur malheur. Ils l'aiment.

Il les rend méchants. Napoléon dit de Bernardin : « C'était un méchant homme, maltraitant fort sa femme, fille de l'imprimeur Didot. » Et pas nécessairement aussi vertueux que par écrit :

> [...] et toujours prêt à demander l'aumône, sans honte. A mon retour de l'armée d'Italie, Bernardin vint me trouver et me parla presque aussitôt de ses misères ; moi [...] flatté [...], je m'empressai de lui rendre sa visite, et laissai sur un coin de sa cheminée, sans qu'on eût pu s'en apercevoir, un petit rouleau de vingt-cinq louis. Mais quelle fut ma honte, quand je vis chacun rire de la délicatesse que j'y avais mise, et que de pareilles formes étaient inutiles avec M. Bernardin [...]. Je lui ai toujours conservé un peu de rancune de m'avoir mystifié. Il n'en a pas été de même de ma famille. Joseph lui faisait une forte pension, et Louis lui donnait sans cesse (*Mémorial de Sainte-Hélène*).

📖 « En voyant des enfants jouer sur les gazons des Tuileries : "Voilà des gens que vous avez rendus heureux. On a fait ce que vous avez voulu. — Il s'en faut bien ! On se jette toujours dans les extrémités. J'ai parlé de ce qu'ils ne fussent pas tyrannisés : ce sont eux à présent qui tyrannisent leurs gouvernantes et leurs précepteurs." » (*Essai sur Jean-Jacques Rousseau*.)

1737-1814.
◆
Etudes de la nature : 1784. *Paul et Virginie*, annexe à la troisième édition des *Etudes de la nature* : 1788. *Harmonies de la nature* : posth., 1815. *Essai sur Jean-Jacques Rousseau* : posth., 1836 ; édition complétée, 1907.

BERTHET (FRÉDÉRIC) : Frédéric Berthet est mort récemment : c'est le moment de prendre la postérité au remords, et en vitesse.

Premier livre de Berthet, *Simple journée d'été* a été remarqué : voici un jeune homme qui promet ! Et on a attendu, réclamé de lui un grand chef-d'œuvre qui ne venait pas. Un nouveau livre, un autre, chaque fois on était charmé et déçu.

Il y a eu *Daimler s'en va*, roman à la Brautigan où il fait le portrait par esquisses d'un personnage dépressif (il règle immédiatement ses factures et laisse le reste de son courrier fermé). Ce qui n'empêche pas un humour las. Il a envie de courir après les pigeons dans la rue ? « C'est qu'ils manquent d'exercice. » Il meurt, et son ami Charles Bonneval, un personnage de *Simple journée d'été*, vient relater les souvenirs qu'il garde de lui. Bonneval est un jeune homme qui boit, fait la fête, est amoureux de jeunes filles de bonne famille, et c'est le problème de la population du pays nommé Berthet : si les jeunes filles y sont décidées, les jeunes gens sont des fils, bloqués à l'état de fils. On les sent incapables de devenir des maris. Ou alors fêtards et légers, comme dans *Appointment in Samara*, le roman de John O'Hara sur un couple pendant la Prohibition. Ils sont intimidés par les pères de leurs amies, des golfeurs, des *décideurs*. En un mot, ce sont des anges. Ils ne tiennent à la société que par un fil : la bonne éducation. Sans elle, ils seraient devenus des clochards. Ils ont déjà une tendance à l'alcoolisme. On boit beaucoup, dans les livres de Berthet. Il buvait lui-même. On a accusé son alcoolisme de l'avoir empêché d'écrire : je dirais le contraire. L'alcoolisme est une conséquence, non une cause, et s'il buvait c'est qu'il n'arrivait pas à écrire le grand livre qu'on attendait de lui, comme Truman Capote avait bu, menaçant d'écrire un grand roman, jurant qu'il l'écrivait, et quand il fut mort on ne trouva que des ordonnances dans ses tiroirs. Berthet écrivit un autre bon recueil de nouvelles, *Felicidad*, ainsi qu'une suite à *Bouvard et Pécuchet* et un récit mêlant des souvenirs, du journal intime et des considérations littéraires, *Paris-Berry* ; on y trouve, bien avant le conflit des intermittents du spectacle qui firent annuler le festival d'Avignon en 2003, cette remarque : les intermittents perçoivent des indemnités de chômage entre deux engagements, mais les écrivains ? « Et s'ils se pointaient aux guichets, pour réclamer leur dû, entre deux livres ? » Berthet, Berthet, où est·ton chef-d'œuvre ? demandait Paris (pas le Berry).

Sauf qu'il existait, et qu'on ne s'en rendait pas compte : c'était *Simple journée d'été*, un des meilleurs recueils de nouvelles de la fin du XXe siècle. Sous l'invocation de saint Larbaud, pour la qualité soyeuse des phrases et le léger éloignement des personnages dans une brume d'été, d'Evelyn Waugh, pour les dialogues elliptiques et moqueurs, de Scott Fitzgerald, pour le vol brisé au-dessus des fêlures. Berthet a peut-être absorbé ces influences par l'intermédiaire de Sagan (« — Il faut que je te présente Edouard, dit-elle. Edouard Janssen, Charles Bonneval. Voilà »), c'est-à-dire Guitry (« — Elle a la grippe, elle aussi ? — Pas du tout. Elle est arrivée la semaine dernière des Cévennes. » Il y a plus loin tout un dialogue en adverbes en *ment*, comme dans *Les Perles de la Couronne*). Et tout ça fait d'excellent Berthet, qui ne marche au pas de personne, qui a sa personnalité, sa voix. C'est un livre mélancolique, cultivé, drôle, désenchanté, qui pourrait être rangé dans les bibliothèques près de l'*Allen* de Larbaud. A propos du milieu de bourgeois riches qu'il décrit, enfin, n'imaginez pas des Messier, il dit : « Pendant l'année, et quels que fussent la ville et le quartier, on habitait toujours à proximité d'un parc. » Les jeunes filles sont naïves et romanesques (ce qui n'empêche pas la décision, loin de là), comme Aurélie qui, retrouvant de vieilles lettres d'amour reçues par sa mère, ne conçoit pas que l'auteur ait pu en être son père ; sa mère se prénomme Clarisse, comme le personnage de la première nouvelle de Paul Morand. Les jeunes gens, eux, sont imaginatifs. Voici comment ils deviennent amoureux : « Je l'ai vue faire *des appels de phare* en plein après-midi pour qu'une poule, qui courait devant sa voiture, dégage le chemin. » Cela rappelle Nietzsche devenant fou après avoir vu un cheval battu, fait que Berthet rappelle dans une autre nouvelle. Voilà pourquoi les hommes de Berthet sont fragiles, voilà pourquoi la plupart des hommes sont fragiles, et ce qui les fait hommes : l'imagination. Le personnage de « Regarde » a des insomnies, celui de « Simple journée d'été » est au bord de l'effondrement.

Berthet emploie souvent le mot d'ennui. On se dit, voyant ces papillons : c'est la paresse qui se pare du nom d'ennui ; oui, mais la paresse est une peur.

📖 « Les années passèrent, c'est-à-dire qu'il fallut diviser par quatre le nombre des saisons. De tout ce temps, aucun mort ne fut à déplorer, quoique régulièrement, à la fin d'une journée un peu plus silencieuse, on crut pouvoir penser qu'une période s'achevait, et elle s'achevait en effet : ainsi sommes-nous chassés lentement. » (*Simple journée d'été*.)

> 1954-2003.
> ♦
> *Simple journée d'été* : 1986. *Daimler s'en va* : 1988. *Paris-Berry* et *Felicidad* : 1993. *Le Retour de Bouvard et Pécuchet* : 1996.
> ♦
> John O'Hara (1905-1970), *Appointment in Samara* : 1934.

BÊTISE : Il y a des bêtises évidentes : la bêtise de Bernardin de Saint-Pierre, la bêtise de Simone de Beauvoir, la bêtise de Céline, la bêtise qui consiste à raisonner de manière inepte. Très reconnaissable est l'ample, la gourmande, la voracement égoïste bêtise de Victor Hugo. Si reconnaissable qu'elle n'en est peut-être pas tout à fait une : mais un leurre. Une protection. La vraie bêtise de Hugo ne se situe-t-elle pas plutôt dans son côté boulevardier, mondain, faiseur de bons mots ? Et puis la bêtise étriquée des gens fins, celle de Rivarol, de Chamfort, de Léautaud. Chaque écrivain a la sienne. Il y a aussi une bêtise des gens intelligents, comme Paul Valéry, comme Gourmont, comme Voltaire. La petite obsession conne qui forme un durillon dans son esprit. L'*idée fixe*.

L'obsession est nécessaire : un écrivain est un homme qui a un certain sentiment de la vie, clou où il suspend son tableau (et où il s'écorche). Pour Balzac, la guerre réciproque entre la société et l'homme, pour Proust, l'illusion que les êtres ont une vérité. Parfois, l'écrivain ne voit plus que le clou. Il louche. Il oublie de se méfier de son obsession créatrice.

L'obsession la plus dangereuse est celle de la bêtise même. J'ai connu un écrivain passionné par les cons. Il les guettait, il les pistait, il les chassait. Il a fini par en devenir un. C'est arrivé à de très bons auteurs comme Flaubert, lentement abruti par ses recherches sur le sujet. Il s'est débattu, incapable de terminer *Bouvard et Pécuchet*, qui l'ont assommé au coin d'une bibliothèque publique où il allait chercher de la documentation. A moins qu'il ne se soit laissé mourir de dégoût ? Celui de fréquenter indéfiniment deux cons pareils ? La bêtise est une mer de sables mouvants, fol est qui croit pouvoir la traverser. On est au bord. Elle nous fascine. Devient une passion. Une passion nous possède. On ne quitte plus ses bras puissants. A la longue, elle nous rend ressemblants à elle. Peut-être que, s'il n'était pas mort, Flaubert serait devenu fou, la folie étant une forme achevée de la bêtise, celle qui consiste à être persuadé qu'on a l'explication du monde. D'une certaine vision à l'explication. On est devenu un totalitaire.

Moments, disais-je. Oui, pour ces bons écrivains, la bêtise ce sont des moments, comme tout, car on n'est bête que par moments, on n'est intelligent que par moments, on n'est amoureux que par moments, on n'est méchant que par moments, on n'est bon que par moments, on ne vit que par moments. La vie n'est faite que de moments. Et puis, un jour, on a un moment d'absence : on est mort.

BIBLIOTHÈQUES : Ce que je pense de la littérature me conduirait à ranger ma bibliothèque par ordre alphabétique, sans tenir compte des époques ni des nationalités. Seulement, avoir une bibliothèque municipale chez soi ! Et, à la fin, mes bibliothèques finissent par prendre l'ordre qu'elles veulent, selon des rayons qui sont (1996) : littératures étrangères et langues mortes (qui ne le sont d'ailleurs pas, puisque leur littérature est lue) par ordre de temps, poésie par ordre de nationalités et vaguement de temps, mémoires et correspondances, histoire, littérature française en deux morceaux à peu près chronologiques, mais (1998) j'ai dérangé certains rayonnages pour placer aux endroits les plus accessibles les livres que je préfère sans considération de date, cela durera jusqu'à ce que j'aie envie d'autre chose. Ce qui a été fait, défait puis changé en : poésie ; littérature française par époques et par ordre alphabétique ; littératures américaine, anglaise, irlandaise, russe, allemande, tchèque et hongroise, italienne, chinoise, japonaise, espagnole, portugaise, latine, grecque par époques et par ordre alphabétique, histoire ancienne, histoire moderne et contemporaine ; philosophie mélangée avec la littérature ; poésie par nationalité (2004).

Une bibliothèque est l'univers. Enfant, dans les bibliothèques de ma famille, j'étais un explorateur, en plus hardi. On tire un livre, on n'a pas le moindre indice de ce qu'il peut contenir, on ouvre… un monde. Toutes les conversations qu'on nous interdit d'écouter à la table des grands sont là. En pire. On *s'instruit*, ce que ne veulent pas les adultes, qui nous *éduquent*. Le premier livre que j'ai lu et *qui n'était pas de mon âge* était un recueil de Verlaine. Avec quelle gloutonnerie, et quel amour. Je l'appris par cœur sur le palier qui menait aux chambres. J'avais sept ans. Il y eut, juste après, sauf erreur, les poésies de Musset. « J'ai été élevé par une bibliothèque », dit Jules Renard (*Journal*, 2 février 1908).

Je n'aime pas plus les bibliothèques publiques que je n'aime qu'on me prête des livres. Un livre, c'est à soi, non par instinct de possession, mais parce que nous y découvrons un morceau de nous-mêmes. Et puis, ça se gribouille dans les marges, sur la page de garde, comment fera-t-on avec les livres électroniques ? Et devoir attendre qu'on vous serve, ne pas pouvoir poser les pieds sur la chaise d'à côté, ni fumer, des contraintes ! *[J'ai arrêté de fumer depuis que j'ai écrit ceci, deux paquets par jour, sans insomnie ni ongle rongé. C'est moins une drogue que la lecture.]*

Où est la vie ? Qui a ordonné de transformer la lecture en travail ?

Qu'on ne dise pas que la littérature a perdu son prestige. Un été, chez une amie, au Cap-Ferret, je trouvai sur la table basse, entre des magazines, un biberon, des crèmes solaires et un journal du pays mal replié, un catalogue d'Habitat. A chaque page du chapitre « Mobilier », je pus voir, derrière le canapé *Big Sur* ou les fauteuils *Mousson*, de grands rayonnages remplis de livres. On n'en voit jamais autant chez les gens normaux.

Et, dans la grande maison de famille que je n'aurai jamais, j'aurais créé des bibliothèques annexes, rangées par thèmes. La série des Livres Agréablement Datés Qui Sont Parfois des Chefs-d'œuvre, par exemple :

Années 1970 : un album de Crumb, *L'Avenir radieux*, *Le Dernier Dimanche de Sartre*, *Rose poussière*.
Années 1980 : *La Femme assise*, *Dancer from the Dance*, *Une baraque rouge et moche comme tout, à Venice, Amérique...*, la collection complète du magazine *City*.

J'aurais aussi créé des bibliothèques de chambres d'amis, où, au lieu d'un débarras de best-sellers éventés, j'aurais mis à leur disposition des merveilles dont ils n'auraient peut-être pas encore joui, les *Moralités légendaires* de Laforgue, le *Fermina Márquez* de Larbaud, le *Méandres* de Fargue, l'*Encyclopédie nouvelle* de Savinio, les poèmes de Catulle et ceux de W.S. Graham, plus quelques catalogues de libraires d'ancien, pour la rêverie.

> Copi, *La Femme assise* : 1981. Jean-Pierre Enard (1943-1987), *Le Dernier Dimanche de Sartre* : 1978. W.S. Graham (1918-1986), *Selected Poems* : posth., 1996. Andrew Holleran, *Dancer from the Dance* : 1986. Alberto Savinio (1891-1952), *Encyclopédie nouvelle* : 1977 (trad. française : 1980). Jean-Jacques Schuhl, *Rose poussière* : 1972. Alexandre Zinoviev, *L'Avenir radieux* : 1978 (en russe et en français).

BIBLIOTHÈQUES DE MAISON DE CAMPAGNE : C'est la maison de retraite des livres, leur ultime séjour avant le cimetière. Les gens y conservent des livres qu'on ne trouve nulle part ailleurs : best-sellers lus avec le même plaisir digestif qu'on regarde une mauvaise émission de télévision, essais médiocres mais dont un intimidant succès a fait hésiter à se débarrasser, livres humoristiques dont on a vaguement honte, littérature régionale ou de chasse, un ou deux volumes en langues étrangères, oubliés par des invités à moins que le maître de maison n'ait un temps entrepris de se remettre à l'allemand, vieux livres de poche évasés comme des artichauts cuits, restes de bibliothèque de famille. Sans les bibliothèques de maison de campagne, il faudrait aller jusqu'à la Nationale pour trouver les romans de Pearl Buck et ceux de Jean Hougron, *Les Semailles et les Moissons* et *Le Palanquin des larmes*, *Naufragé volontaire* d'Alain Bombard et *Les Survivants* de Piers Paul Read (on dirait que les noms des auteurs font partie du titre), Albert de Mun et Paul de Man, André Siegfried et *Le Limousin*, *La Rage de vivre* de Mezz Mezzrow et *Pages de ma vie* de Féodor Chaliapine, *Bienvenue à l'Armée rouge* et *Les Mouvements de mode expliqués aux parents*, *Le Souffle de la langue* de Claude Hagège et *Libres et égaux* de Robert Badinter, un Paul Kenny, deux SAS, trois San Antonio, les mémoires de Michèle Morgan où le nègre lui faisait descendre les marches du palais des Festivals de Cannes un an avant qu'il n'eût été construit et un roman de Claire Chazal où le héros change de nom en cours de livre, avec à l'intérieur une interview découpée dans un journal où cette présentatrice répond qu'on trouverait aussi des erreurs dans Proust, *Maledetti Toscani* de Curzio Malaparte et *Sparkenbroke* (« *The International Bestseller* ») de Charles Morgan, *Dieu existe, je l'ai rencontré* et *Si je t'oublie, Jérusalem*, *Le Livre de l'Année 1978* et un vieux *Quid* avec une carte de l'URSS, un Marie Darrieussecq et *La Bécasse*, Raymond Tournoux et Jacques Attali, *Mes girls et moi* de Noel Coward, *Sonia, les autres et moi* de Pierre Daninos et

Toi et Moi de Paul Géraldy, *Contre bonne fortune* de Guy de Rothschild, *La Grâce de l'Etat* de Jean-François Revel et *Le Noir et le Rouge* de Catherine Nay, *Nicole Nobody* de la duchesse de Bedford et *The Diary of a Nobody* de George et Weedon Grossmith, un Modiano, un Sagan et un Colette, *Piaf*, *Papillon*, *Chocolat*. Les bibliothèques de maison de campagne, c'est plus intéressant que les balades dans la campagne.

BIEN ÉLEVÉ : Un écrivain n'est jamais bien élevé. Il impose dans ses œuvres un sentiment de la vie, et cela ne correspond jamais aux habitudes sociales et intellectuelles. Aussi snob soit-il, comme Proust, il parle par-dessus le ronron, car son sentiment s'impose à son snobisme même et lui fait oublier toute convenance. La grossièreté de Proust se remarque à sa façon d'écrire : aucun écrivain réellement respectueux des bonnes manières n'oserait écrire des phrases aussi longues : garder la parole aussi longtemps, *ça ne se fait pas*. A la longue, son mal élevé devient le bien élevé, littérairement du moins. Et une convention à son tour. Dont un autre écrivain montrera l'ineptie en étant mal élevé, etc.

La force de la bienséance est telle que, dans *Le Surmâle*, l'histoire si scabreuse (enfantinement, sympathiquement scabreuse) d'un homme au gigantesque membre qui fait 82 fois de suite l'amour à une femme, Alfred Jarry fait un personnage s'exclamer : « Et M...! » Pas « merde ». C'était au début du XXe siècle, me dira-t-on : mais quand, quarante-cinq ans plus tard, Sartre écrit une pièce de théâtre sur une putain respectueuse, il l'appelle *La P... respectueuse*. Je le comprends : il ménage les imbéciles persécuteurs. Ceux qui écrivent aux journaux, manifestent en brandissant des panonceaux devant les caméras, fondent des associations de défense, pensent aux procès qu'ils pourraient faire. Ces gens-là ne se choquent que de ce qu'ils voient : que le titre soit discret, l'auteur peut dire ce qu'il veut à l'intérieur. Dans les périodes où l'on préfère le scandale à la pensée, faire le contraire : titre tapageur pour qu'aboient les aboyeurs et prudence à l'intérieur qui permette de répliquer au procès.

En 1633, John Ford pouvait donner une pièce intitulée *Dommage qu'elle soit une putain* (*'Tis Pity She's a Whore*), car c'était la religion qu'il fallait ménager. Au début du XXIe siècle, on peut écrire « putain », « merde » et ridiculiser des dignitaires religieux à la télévision, la bienséance est ailleurs. Dans l'humanitaire, peut-être.

BIOGRAPHIES : On n'a pas le temps de lire toutes ces biographies de 800 pages. Il faut vivre, tout de même.

Si les biographies étaient des romans, on arrêterait bien souvent de les lire à la page 12.

Je me demande si la biographie d'écrivain n'est pas une invention de l'Angleterre. Un des premiers à en avoir fait n'est-il Fulke Greville, qui a écrit sa *Vie de Philip Sidney* vers 1610, suivi par Izaak Walton qui publia une biographie de John Donne en 1640 ? A la même époque, John Aubrey, que j'ai lu grâce à Marcel Schwob (les lectures par ricochet) ne collectionnait-il pas pour ses *Vies brèves* des anecdotes sur des hommes célèbres, comme les écrivains Bacon, Marvell ou Thomas Hobbes, de qui il raconte qu'il se promenait toujours avec sa canne-encrier afin de pouvoir noter toute idée nouvelle ? Un des meilleurs biographes d'écrivains n'est-il pas Samuel Johnson, dont les *Vies des poètes anglais*, un siècle plus tard, eurent un très grand succès ? Les Anglais ne sont-ils pas des antipapistes se moquant des catholiques et de leurs hagiographies ? Les biographies n'auraient-elles pas été pour eux un moyen de s'en offrir ? Nous avons les saints, les Anglais ont les biographies.

Aubrey, Johnson, c'est très bien. Et si ça l'est, c'est qu'ils écrivent littéraire, et bref. La plupart du temps, les biographies sont trop longues et peu écrites. Quand on les lit, on se dit : mais qu'a-t-il fait pour mériter un livre aussi mal fait ? Et de tourner les pages de laborieuses vies de Voltaire, de biographies de Gide sans finesse. C'est le lot du génie, sans doute, qu'il doive finir par être biographié par des gens qui n'en ont pas, comme pour le faire rentrer dans la norme.

Pour les vies d'écrivains écrites par des écrivains, nous avons en France la *Vie de M. de Malherbe* de Racan, cinquante pages de faits caractéristiques, ou, de Voltaire, la *Vie de Molière avec de petits sommaires de ses pièces*, destinée à être placée en tête d'une édition des pièces de Molière, soixante-quinze pages, quinze sur la vie de Molière proprement dite. A l'époque moderne, Mauriac, *Vie de Racine*, ou Morand, *Vie de Maupassant* ; deux cents pages. Romanciers, ils connaissent le principe esthétique du choix.

Si la critique littéraire, c'est le mariage forcé, la biographie, c'est le mariage interminable. Dans les deux cas, les regards se plissent. C'est toujours toi qui choisis le programme à la télé, impossible de rien faire l'un sans l'autre, ah, si j'avais su, je n'aurais jamais dit oui ! peste le biographe. Voilà comment des gens bien intentionnés au départ se crispent sur de minuscules particularismes irritants et produisent mille petits reproches irrités. Ils cassent la statue pour ses chiures de pigeon.

Et le plaisir de la vengeance : je me tue depuis des années à accumuler de la documentation au fond de bibliothèques à éclairage tuberculeux, et je ne la resservirais pas en entier ? Ils ressemblent aux parents qui laissent leurs enfants hurler dans les trains pour que les autres les subissent autant qu'eux.

Et je ne parle pas des juges qui mettent rétrospectivement les biographés en examen sans tenir compte de la sagesse de Montesquieu : « On ne jugera jamais bien les hommes si on leur passe les préjugés de leur temps. » Il existe une espèce d'écrivains à qui l'on peut demander des comptes biographiques : les moralistes. De ces donneurs de leçons, nous avons le droit de vérifier s'ils se les sont données à eux-mêmes. Il est équitable de raconter que Paul Claudel, qui engueulait les mauvais chrétiens et se désabonnait de telle revue parce qu'on y avait parlé de Dieu en termes légers, a accepté d'avoir sa carrière, diplomatique et mondaine, faite par le secrétaire général du ministère des Affaires étrangères, Philippe Berthelot, le Philippe Berthelot qui avait contribué, au traité de Versailles, à la destruction de la catholique Autriche-Hongrie, le franc-maçon Philippe Berthelot. (Berthelot a très bonne réputation en France grâce aux écrivains qui ont travaillé sous ses ordres, Paul Morand, Jean Giraudoux. Alberto Savinio, qui ne lui devait rien, le décrit comme une nullité pompeuse dans son *Encyclopédie interminable*. C'est à voir.) La duplicité ou l'hypocrisie d'un auteur ne prouvent pas qu'il a eu tort d'écrire ce qu'il a écrit, mais leur révélation sert à prendre sa vertu moins au sérieux.

D'autres biographes prennent tous les partis de leur biographé. Tel qui écrit sur Madame de Staël dira du mal de Benjamin Constant. Ils ne se disent jamais que, peut-être, Madame de Staël leur aurait préféré Constant.

D'où viennent les biographies obèses nées dans la deuxième moitié du XXᵉ siècle ? De la candeur, probablement. On se dit qu'on va expliquer le mystère de la création par le maximum de détails. Avec ces livres, nous sommes moins dans la réflexion que dans la psychologie. Les explications psychologiques de la littérature ne sont pas fausses. Je pense que Claudel s'est vengé dans ses écrits littéraires de la simplicité qu'il était obligé d'avoir dans les dépêches que, ambassadeur, il devait envoyer tous les matins au ministre des Affaires étrangères, mais après ? Après, il y a les livres. Les biographes d'écrivains se privent trop de l'analyse littéraire.

Les biographes tentent de *découvrir* le caractère d'un écrivain à partir de sa vie : il suffirait peut-être d'en observer le vocabulaire. Hugo, grand baiseur, en laissait passer l'indice dans ses phrases. « Ce sphinx a été une muse, la grande muse pontificale et lascive du rut universel [...] » (*William Shakespeare*). Affleure dans nos livres ce que nous pensions soigneusement cacher. Si abstraits que nous tentions d'être, notre personnalité modèle nos livres. C'est dans ce sens-là que Jean-Paul Sartre dit de Baudelaire : « Est-il si différent de l'existence qu'il a menée ? » Nos livres sont pleins de nous, mais il faut beaucoup de tact pour deviner comment.

Les biographes qui cherchent à savoir comment nos vies ont conditionné nos livres ne se demandent pas si un écrivain, à la longue, n'est pas modifié par ses livres.

Pourquoi le public lit-il des biographies d'écrivains ? Pour comprendre le mystère, sans doute ; pour éviter de lire les livres, peut-être. Curieuse paresse, curieuse modestie : il est tellement plus simple et plus agréable de lire le *Journal* de Pepys qu'une biographie de Pepys ! (La biographie d'un diariste qui ne ment pas étant le comble de l'aberrant.) Baudelaire : « L'immense appétit que nous avons pour les biographies naît d'un sentiment profond de l'égalité » (*L'Art romantique*). Il y a peut-être aussi que la plupart des lecteurs veulent qu'on leur parle dans le langage de leur temps. Ils ne sentent pas les mots du XIXe, ne comprennent pas le ton du XVIIIe. C'est comme s'ils n'achetaient de meubles que contemporains.

Un écrivain qui dit : « Ma biographie, ce sont mes livres » répète un lieu commun pour avoir la paix. Ma vie et mes livres sont deux choses différentes. Ma vie n'est pas mes livres, sauf quand j'écris, ce qui ne se produit pas tout le temps ; elle serait plutôt les livres des autres, quand on lit beaucoup. Je ne suis pas plus enfermé dans mes livres que dans ma vie. Je les quitte si je veux, comme je peux changer des choses de ma vie. Les mêmes qui répètent ce lieu commun ne se rendent pas compte que, regardée de l'autre côté, leur phrase devient le : « Sa bibliographie, c'est sa vie » de bien des biographes.

Ce qu'on sait d'un écrivain cache ce qu'on en lit.

Que les biographes ont souvent un tempérament de détective privé, on le voit à l'indifférence avec laquelle ils reproduisent les plus dégoûtants détails, comme, dans la vie de Rimbaud par Lefrère, l'expertise médicale consécutive à l'arrestation de Verlaine qui venait de tirer sur Rimbaud à Bruxelles : elle précise le diamètre de sa dilatation anale. Quelle précision dans l'enquête ! En savons-nous les négligences ? Dans *A suivre...* Sophie Calle montre comment un détective privé payé pour la suivre sans qu'il sache qu'elle le sait fait un rapport mensonger de sa journée : elle l'a fait suivre à son tour, et il a passé une partie de l'après-midi dans un cinéma érotique.

La biographie d'un biographe serait triste, car, à côté de la banalité de la vie propre à tout homme excepté quelques aventuriers, il manquerait cette chose enthousiasmante que laissent les bons écrivains, leurs livres.

> John Aubrey (1626-1697), *Vies brèves* (*Brief Lives*) : posth., éd. partielle 1797, complète 1898. Sophie Calle, *A suivre...* : 1998. Fulke Greville, *The Life of Philip Sidney* : posth. 1652. Samuel Johnson, *The Lives of the English Poets* : 1779-1781. Jean-Jacques Lefrère, *Rimbaud* : 2001. George Painter, *Proust* : 1959 et 1965 (trad. française : 1966). Samuel Pepys, *Journal* : posth., 1825 et 1893-1899 (trad. française : 1994). Honorat de Racan, *Vie de Monsieur de Malherbe* : 1672. Alberto Savinio, *L'Encyclopédie interminable* (*Torre di Guardia*) : posth., 1977 (trad. française : 1999). A.J.A. Symonds, *A la recherche du baron Corvo* (*The Quest for Corvo : An Experiment in Biography*) : 1934 (trad. française : 1962).

BLONDIN (ANTOINE) : Dans *Monsieur Jadis ou l'Ecole du soir*, un ami d'Antoine Blondin lui propose de faire une sortie du commissariat de Biarritz où ils ont été amenés : « Ce projet grandiose, ce projet de vacances... » Tout Blondin est là. S'échapper du sérieux. De la vie même. (*Les Vacances de la vie*, n'est-ce pas un titre déjà pris ? Ou que Malraux voulait donner à un livre ?) Les livres de Blondin sont peuplés d'alcooliques, de paresseux, d'hommes qui n'ont pas envie de suivre la démarche de la société, ou alors en traînant la jambe. Et quand ces inaptes entreprennent de s'adapter, c'est avec des ruses si pitoyables qu'elles ne pourront qu'échouer. Un moyen de se protéger consiste à vivre en bande. Dans la nouvelle « Gloria » (*Quat'saisons*), une bande d'amis fait croire à une vieille actrice du cinéma muet qu'elle est restée célèbre en payant des barmen et des chauffeurs de taxi pour qu'ils feignent de la reconnaître. Plutôt l'illusion que de vivre.

Les fictions de Blondin sont des fables. La mélancolie de ses personnages est adoucie par la drôlerie. Pour alléger le gluant de la vie, que faire ? Ecrire de façon lourde. Blondin est un écrivain qui insiste. Il accumule les calembours, et de cette accumulation naît quelque chose qui ressemble à la fantaisie de Max Jacob. « Le royaume s'étendait de Gibraltar aux Carpates, le roi distribuait des électorats et des grands-duchés comme des Légions d'honneur, les Kirghizes lisaient Fénelon en sanglotant » (*Les Enfants du Bon Dieu*). Ce charme volatil et les passages de *L'Humeur vagabonde* où il invente une histoire de France rêveuse me font regretter qu'il n'y en ait pas davantage, qu'il n'ait pas écrit une *Histoire de France*, cent vingt pages, cela aurait été son chef-d'œuvre. Des nuages de paresse survolent cette fantaisie. Plus encore qu'une paresse, le calembour est une peur, celle d'avoir à affronter le sérieux. Blondin a un comique de Pierrot : il est drôle quand il rapporte les extravagances des autres, et, quand il parle de lui, presque triste.

L'insistance requiert un tact sans relâche, la lourdeur une prestesse de fée, et soutenir ce rythme un grand courage. La méthode de Blondin, qui pourrait rappeler celle de Cocteau, faire déraper les expressions toutes faites pour que la phrase s'envole, tient plutôt à Willy par son manque de soin. Je trouve d'ailleurs, et je ne vais pas être populaire en le disant, que ses articles de sport (*La Semaine buissonnière*) sont beaucoup moins merveilleux qu'on le dit : à côté de jeux de mots amusants (« Il est des lieux où soufflent les sprints ») et de périphrases où il dit *intentionnellement* en trente phrases ce qu'il pourrait dire en trente mots, il y a beaucoup trop de clichés (des « volées de bois vert », « la Maison de Molière »), et c'est souvent très mal écrit. Ce sont les débuts que Blondin fait le mieux ; ensuite, n'ayant pas grand-chose à dire, il devient long. On n'aimait pas Blondin, on aimait une idée de Blondin.

Il est de ces écrivains dont les écrits ont meilleure réputation que ce qu'ils sont.

📖 « Je crois que rien n'arrive pour rien : le roi eut tôt fait de s'évader à l'aide de fausses clefs et on le remplaça par un sosie pour satisfaire les instincts des poissardes. Ainsi pour le dauphin. Ils gagnèrent Londres d'où Louis XVI devait revenir quelques années plus tard, considérablement engraissé, sous le nom de Louis XVIII, qu'il s'était donné dans la Résistance. » (*Les Enfants du Bon Dieu.*)

> 1922-1991.
> ♦
> *Les Enfants du Bon Dieu* : 1952. *L'Humeur vagabonde* : 1955. *Monsieur Jadis ou l'Ecole du soir* : 1970. *Quat'saisons* : 1975. *La Semaine buissonnière* : posth., 1999.

BOILEAU (NICOLAS) : Boileau est un esprit étroit qui ne s'éveille que pour faire des remontrances (et il s'en flatte, satire VII), prudent, quoiqu'il se pique d'être « un jeune fou » (satire IX) : allons allons, il fonctionne à la tête de Turc, sur laquelle on ne prend jamais de risque à tirer. Les siennes sont Cotin, l'abbé de Pure : jamais il ne se moquerait d'une vraie puissance. Boileau, on voit comment c'est fait. Trucs de critique. Rimes souvent faibles, pour un admirateur de Malherbe et un censeur de tous. Comme satiriste, il manque de verve. Une satire n'est pas mal, la troisième, sur le dîner fâcheux, une autre est bonne, la sixième, sur les embarras de Paris, portrait de notre capitale en 1665, avec ses cloches, ses vaches et ses embûches. Quant au *Lutrin*, il est difficile de réussir une épopée, surtout burlesque, quand Louis XIV règne. Le burlesque, c'était pour Louis XIII. La farce, pour Henri IV. La plaisanterie, pour Louis XV. Pour Louis XIV, la révérence. Le garde-à-vous arrivera avec Napoléon.

Boileau est plus fin que les habituels flatteurs des princes. « Grand roi, cesse de vaincre, ou je cesse d'écrire » (Épître VIII). Ce qui montre sa finesse est que, dans ses lettres à Racine, il est beaucoup plus admiratif : « Si quelque chose pouvait me rendre la santé et la joie, ce serait la bonté qu'a S. M. de s'enquérir de moi [...]. » A moins qu'il n'ait écrit cela en pensant que sa lettre serait ouverte par le cabinet noir, il est sans doute sincèrement attendri de ce que le roi ait condescendu à le regarder. Dans la *Vie de Racine*, Louis Racine trouve merveilleux que, son père mourant, Louis XIV ait eu « la bonté de lui faire connaître l'intérêt qu'il prenait à sa maladie ». Du snobisme.

Une autre bonne épître est celle à son jardinier : il lui dit, à ce jardinier, qui bêche, bine, sue et croit que son maître, ce scribouillard, *n'a rien à faire de la journée*, que les travaux de l'esprit ne sont pas plus méprisables que les travaux manuels. Louis Racine rapporte la réaction du jardinier, qui portait le joli prénom d'Antoine : « Antoine condamnait le second terme de l'épître qui lui était adressée, prétendant qu'un jardinier n'était pas un valet. » Antoine était un lecteur comme il y en a, un égocentrique. Ils croient que, sujets d'une œuvre littéraire, ils en sont les véritables créateurs.

Voici la forme d'esprit de Boileau. C'est à propos de Cyrano de Bergerac, qu'il aimait bien :

J'aime mieux Bergerac et sa burlesque audace
Que ces vers où Motin nous morfond et nous glace. (*Art poétique.*)

Il y a des écrivains comme ça, qui ne peuvent pas s'empêcher, au compliment de l'un, d'ajouter le dénigrement de l'autre. Ils croient montrer leur sagacité. « Compliment » est trop dire : ces deux vers sont précédés de : « Un fou du moins sait rire, et peut nous égayer ; / Mais un froid écrivain ne sait rien qu'ennuyer. » Ce n'est pas un enthousiaste, Boileau, un qui s'emballe d'amour. « J'appelle un chat un chat et Rolet un fripon » m'a paru d'un cinglant extraordinaire à quatorze ans.

Ça m'a passé. On l'a lu si souvent. Et avant lui. Boileau n'a pas de pensée personnelle : il énonce des généralités de comptoir à la Horace, ce qu'on appelle « la sagesse des nations ». On pourrait aussi bien dire « les concepts de mon concierge ».

Cotin, dans *La Satire des satires*, dit que Boileau imite Juvénal et Martial : « J'appelle Horace Horace et Boileau traducteur. » Il ne se rend pas compte que, en réutilisant la formule de son ennemi, il la solidifie, l'accrédite, lui donne raison. Si vous répondez, faites-le *autrement*.

Il a, aimé n'est pas le mot, été l'ami de Racine, et été désintéressé envers Molière, pour qui il a écrit un charmant badinage : « Molière, enseigne-moi l'art de ne rimer plus [...]. » Sans ces amitiés, parlerait-on beaucoup plus de lui que de l'abbé de Pure ?

Comme Paul Valéry, il a tagué des monuments de Paris : Valéry, sur le travail manuel, au Trocadéro, lui, en l'honneur de Louis XIV, sur la porte Saint-Denis. Je remplacerais volontiers l'inscription de Valéry par une belle phrase désenchantée de ses *Lettres à quelques-uns* :

BON OU MAUVAIS, JE N'AIME PAS LES SOUVENIRS. LES MAUVAIS SONT PENIBLES. LES MEILLEURS SONT PIRES.

Et celle de Boileau par ses « Vers à mettre en chant » :

MON CŒUR, VOUS SOUPIREZ AU NOM DE L'INFIDELE : AVEZ-VOUS OUBLIE QUE VOUS NE L'AIMEZ PLUS ?

📖 « Antoine, de nous deux, tu crois donc, je le vois,
   Que le plus occupé dans ce jardin c'est toi ? » (« A mon jardinier », *Epîtres*.)

> 1636-1711.
> ♦
> *Satires* : première éd., anonyme : 1666 ; deuxième éd. : 1668. *Epîtres* : 1669-1698. *Le Lutrin* et *l'Art poétique* : dans les *Œuvres diverses* de 1683. *Réflexions sur Longin* : 1694.
> ♦

> Savinien Cyrano de Bergerac : 1619-1655. Charles, abbé Cotin (1604-1682), *La Satire des satires* : 1666.

Bon sens : Le bon sens est le bouclier que l'intelligence brandit quand elle est fatiguée d'argumenter.

Bossuet (Jacques-Bénigne) : Quand on a cessé de croire que les dieux existaient, on trouve Bossuet comique. Nous nous moquons des Byzantins qui disputaient du sexe des anges, mais les Byzantins se moqueraient de nous disputant de la nature bi ou tripartite de Dieu ; toute croyance est sérieuse et risible.

Ses oraisons funèbres sont ce qu'elles sont parce qu'il vit à une époque de théâtre. « O nuit désastreuse ! ô nuit effroyable, où retentit tout à coup, comme un éclat de tonnerre, cette étonnante nouvelle, MADAME se meurt, MADAME est morte. » C'est aussi une époque de fables : il énonce une morale, vanité, vanité, tout n'est que vanité, Cour où vous pensez être des grands, la grandeur n'est qu'à Dieu. Cela n'eut manifestement que peu d'influence sur Louis XIV.

Servant le pouvoir monarchique comme seul un bourgeois pouvait le faire du temps de Louis XIV, Bossuet enfonce dans les têtes le clou du droit divin. Il dit des rois, dans son sermon du dimanche des Rameaux 1662 : « Vous êtes des dieux encore que vous mouriez, et votre autorité ne meurt point. » C'est la Réforme qui a inventé cet asservissement : ses théologiens ont créé le droit divin pour leurs princes, afin qu'ils consolident la nouvelle religion ; l'Eglise affaiblie, qui avait jusque-là combattu le gros désir de divinité des rois, n'osa pas fâcher les catholiques qui s'en parèrent à leur tour. « Sans Luther, pas de Louis XIV », apprenait-on en cours d'histoire du droit. La même année, prêchant au Carême, Bossuet tente de remettre le roi dans ses devoirs d'époux et de chrétien : il est éloigné de la cour et n'y prêchera plus avant 1665. Louons l'immoralité des rois, elle nous a sauvés de l'impertinence de l'Eglise.

Dans ses œuvres apologétiques, il ne convainc pas : c'est qu'il cherche à convaincre. Il martèle sans démontrer, et la raison s'indigne. La vie s'oppose à l'axiome. On comprend le succès de Fénelon, près de ces tenailles. Bossuet manque vraiment trop de pitié. Quand Fénelon exilé par Louis XIV se plaint d'être seul et que « quiconque regarde un peu son intérêt n'ose plus me connaître », Bossuet répond ces phrases terribles : « Il veut mettre pour lui la pitié. Je suis seul, dit-il. Et l'Ecriture lui répond *Vae soli*. Malheur à celui qui est seul, car c'est le caractère de partialité et de l'erreur. » Illusion de la force. Du groupe. Au lieu de favoriser l'obéissance et de convaincre, Fénelon avait encouragé l'opposition et persuadé. Et lassé lui aussi. La conviction est une maladie, la persuasion est un vice. Il y a le convaincre, le persuader et le dire ; seul le dire ressortit à la littérature.

De même qu'Agrippa d'Aubigné a écrit une *Histoire universelle* qui est en réalité une apologie des protestants pendant les « guerres de religion », de même, Bossuet écrit une *Histoire universelle* qui est une illustration du catholicisme. Les Sabins ont eu les détournements de femmes, les Européens de 1975 les détournements d'avion, chaque époque a ses détournements de mots.

Il n'y a pas de mots assez exagérés pour lui. A toute occasion apparaît l'*effroyable*, c'est dans l'*univers* que s'annonce telle action d'un prince. Il s'adressait à des gens assourdis par les canons. De là encore son style interjectif. « Chose étrange ! » « Ha ! » « Eh quoi ! » On dirait un concert de percussions. C'était le bruit de Louis XIII, de la Fronde, de Corneille, qu'on avait continué à entendre dans la première partie du règne de Louis XIV ; la génération suivante (Molière, 1622, Bossuet, 1627) l'avait gardé, mais, à mesure que le temps passait, Corneille semblait de plus en plus, non pas *né* en 1606, mais *natif* de 1606 : un pays étranger, lointain, barbare : Racine, né en 39 (Louis XIV est de 38), envoie les cymbales à la remise. Dans la vieillesse de Louis XIV, les grands auteurs de théâtre disparus, commença un certain style fourbu, celui de Massillon, prédicateur qui prononcerait son oraison funèbre. Les derniers jours de Louis XIV ! Je l'imagine, hochant la tête sur sa chaise roulante, la perruque de travers parce que Madame de Maintenon est bigleuse, et marmonnant devant les courtisans sourds : « Corneille, mort ! Molière, mort ! Racine, mort ! Bossuet, mort ! Mes ennemis même, qui me reliaient à mon passé, morts avant moi ! Fénelon !... » Fénelon meurt le 8 janvier, lui le 1er septembre 1715. Vieux sachem de la gloire de la France, dans son palais inouï qui clignote sur la courbure du globe, entouré de ducs octogénaires, d'évêques édentés, de marquises dont le fard coule dans les rides en baleines de parapluie ! Fées branlantes, elfes arthritiques, sublimes gagas !

Bossuet a du génie au sens militaire : il fortifie. Un mur à droite, un mur à gauche. Comme tous les écrivains *contre*, il a un sens très fort du vocatif. « Mais il est temps, Chrétiens... » « Eveille-toi, pauvre esclave... » On entend dans son rythme les cadenas qui se ferment : lalala, lalala, lalala, clac. Parmi ces belles fabrications, il laisse passer, dans des incidentes, ses phrases les plus intéressantes et les plus personnelles, des pensées : « Au milieu de ces desseins charitables et de ces pensées chrétiennes [...] : *et puis, quand ils sont arrivés au but, il faut attendre les occasions, qui ne marchent jamais qu'à pas de plomb, et qui enfin n'arrivent jamais* » (*Sermon sur l'ambition* ; c'est moi qui souligne).

Il a une sorte d'humour sévère à la Malherbe. Dans le *Sermon sur l'ambition*, prononcé à Versailles : « Le devoir du chrétien est de réprimer son ambition. Ce n'est pas une entreprise médiocre de prêcher cette vérité à la cour. »

Dans les *Maximes et réflexions sur la comédie*, il félicite Racine d'avoir « renoncé publiquement aux tendresses de sa Bérénice ». Grâce à quoi Racine put écrire des tendresses sur les jansénistes, ennemis de Bossuet, dans l'*Abrégé de l'histoire de Port-Royal*. Comme dit Chamfort, « c'est une chose curieuse que l'histoire de Port-Royal écrite par Racine. Il est plaisant de voir l'auteur de *Phèdre* parler des grands desseins de Dieu sur la mère Agnès » *(Maximes et Pensées)*.

📖 « Chacun s'est fait à soi-même un tribunal, où il s'est rendu l'arbitre de sa croyance, et encore qu'il semble que les novateurs aient voulu retenir les esprits, en les retenant dans les limites de l'Ecriture Sainte ; comme ce n'a été qu'à condition que chaque fidèle en deviendrait l'interprète, et croirait que le Saint Esprit lui en dicte l'explication, il n'y a point de particulier qui ne se voie autorité par cette doctrine à adorer ses inventions, à consacrer ses erreurs, à appeler Dieu tout ce qu'il pense. » (*Oraison funèbre de la reine de Grande-Bretagne.*)

BOUILHET (LOUIS) ET PÉLADAN (JOSÉPHIN) : Les seuls écrivains maudits sont ceux qu'on raille sans les lire, sur la foi d'une moquerie ancienne. Boileau a dit : « La raison dit Virgile, et la rime Quinault », et nous n'allons pas vérifier si Quinault, ça ne serait pas bon. Nous savons pourtant comment c'est fait, ces phrases, une recette de cuisine, une formule, elles ne prouvent rien. Il est convenu de trouver Louis Bouilhet ridicule à cause de son vers

On est plus près du cœur quand la poitrine est plate.

Ah que c'est bête, ah que c'est drôle ! Plus près du cœur, la poitrine plate ! Mais quel con ! Or, c'est un vers *comique* qu'il a mis dans un poème *comique* dont le titre est *comique* : « A une jeune fille manquant de charmes ». Se servir de ces vers contre Bouilhet revient à dire que Molière est un précieux à cause de la phrase : « Vos beaux yeux, marquise, d'amour mourir me font », qu'il met dans la bouche du Bourgeois gentilhomme. L'ignorance qui raille est le procureur de l'injustice.

De connaître ce vers et cet auteur donne un petit air d'érudition anecdotique. D'où vient qu'il soit devenu légendairement stupide ? Peut-être de ce que quelqu'un a lu distraitement le poème, l'a cité en riant, que d'autres se sont fondés sur la citation et son rire, les ont répétés, etc. Quoi qu'il en soit, quand la postérité, qui a toujours besoin de place dans ses placards, est sur ce chemin, tout lui sert de justification. Pour Bouilhet, elle ajoute la phrase : « L'ami de Flaubert » (il est le dédicataire de *Madame Bovary*). Un écrivain qui n'est plus qu'un ami n'est rien.

Je ne cherche pas à rétablir systématiquement des justices contre ma vieille ennemie la postérité. Bouilhet n'est pas un grand poète, mais un déclamateur. Et Péladan, tiens. On s'est beaucoup moqué de lui, entre autres pour son surnom de *Sâr*, « le Sâr Péladan », titre de chef d'une secte qu'il avait plus ou moins fondée. Un jour, dans une boîte de la Seine, je trouve un de ses livres, *Les Dévotes d'Avignon*. Je l'achète *pour voir*, espérant retourner quatre as. Voici un écrivain qui écrit, comme première phrase d'un roman : « Celui qui a quitté le nord de la France par un train du soir et qui rouvre les yeux au matin, sur la vallée du Rhône, éprouve une impression d'autant plus vive que son esprit est cultivé. » J'ai vite refermé le livre pour y conserver mon rire.

📖 « Qu'importe ton sein maigre, ô mon objet aimé !
 On est plus près du cœur quand la poitrine est plate ;
 Et je vois, comme un merle en sa cage enfermé,
 L'Amour entre tes os rêvant sur une patte ! » (Louis Bouilhet, « A une jeune fille manquant de charmes ».)

> Louis Bouilhet (1821-1869), *Festons et Astragales* : 1859. *A une femme* et *Les Fossiles* : 1859. *Dernières chansons* : posth., 1872.
> ◆
> Joséphin Péladan (1859-1918), *Les Dévotes d'Avignon* : 1922.

Boulle (Pierre) : Il n'y a pas chez Pierre Boulle le plaisir de manipuler le tissu de la langue qui caractérise l'écrivain complètement écrivain, mais, s'il lui arrive de ne raconter que des histoires, il le fait très bien. C'est notre Graham Greene.

La Planète des singes et *William Conrad* sont des romans très bien faits dans un genre mathématique, au point que, au moment où nous avons deviné ce que sera le dénouement, Boulle se dépêche de le précipiter ; ainsi, pas d'ennui. Le fort de *William Conrad* est que le personnage principal, agent double au service de l'Allemagne, devient un agent double sincère : feignant d'adorer l'Angleterre et son combat, il finit par l'adorer réellement et par se faire tuer pour elle. La vie est pleine d'agents doubles sincères. Dans la politique. Dans le mariage. Comme si, pour avancer, elle retournait ses ennemis.

La Planète des singes, c'est $1/x$: l'inversion exacte des comportements humains pour décrire ceux des singes. Le roman aurait été plus surprenant s'il y avait eu des actions hétérogènes, car le contraire ressemble à l'original, lui est même essentiellement identique. Boulle évite néanmoins la parabole. Je ne crois pas que la conclusion de ce livre soit une leçon sur la science et les machines : le Pr Antelme a organisé l'expédition parce qu'il voulait « échapper aux hommes de sa génération ». Et, quand il revient sur la Terre, plus d'hommes. C'est sa punition. Les hommes sont pénibles, mais vouloir leur échapper, et échapper à sa condition d'homme, est un orgueil. Ce livre parfaitement noué contient une grande invraisemblance : le personnage principal, qui, pour faire comprendre aux singes qu'il est évolué, leur montre qu'il connaît les règles d'Euclide, est un journaliste.

Le Sacrilège malais, que j'ai découvert après avoir découvert que *Le Sortilège malais* n'était pas de Pierre Boulle mais de Somerset Maugham (précision à *Il n'y a pas d'Indochine*), est peut-être le seul roman français décrivant les Français en Malaisie pendant la colonisation anglaise. Il faudrait que je lise *Malaisie*, d'Henri Fauconnier, prix Goncourt 1930, mais je n'en ai pas envie. Le meilleur du *Sacrilège malais*, je m'attendais même à ce que cela devienne la cause de l'action, l'action elle-même, est le personnage de Chaulette, le directeur général de la plantation qui fait construire sur un piton rocheux un bungalow dont il modifie sans cesse les plans. Il est possédé par une Idée. Cette Idée est l'Organisation. Les idées étant des modes, Chaulette est un snob sans le savoir, un snob du taylorisme, invention de 1900 qui, ce roman le montre, fit délirer des chefs d'entreprise jusque avant la dernière guerre mondiale : comme les vampires des films d'horreur, les idées mettent longtemps à mourir. *Le Sacrilège malais* montre comment une très grande entreprise capitaliste peut finir par fonctionner aussi absurdement qu'une entreprise d'Etat communiste. Celle-ci se nomme la Société d'Outre-mer Pour l'Hévéaculture Industrielle et Agricole, S.O.P.H.I.A. : et tout le monde de l'appeler *Sophia*, sans article, comme une personne, ou plutôt comme une divinité, la divinité à prétention rationnelle et capricieuse qu'elle est. Cette personnalisation des sociétés anonymes semble s'être répandue en France vers 1997 ou 1998, où de grandes entreprises dénigrées, comme *la* Générale des Eaux, se sont changées en *Vivendi*, sans article, et même sans sens très apparent du mot (c'est du latin, mais plus personne ne le parle). Nous créons des idoles.

Je pourrais mentionner d'autres écrivains anglais à propos de Pierre Boulle, comme l'autre, là, comment s'appelle-t-il, ça va me revenir, l'auteur du *Meilleur des mondes*, enfin, oui : Aldous Huxley. Boulle est un romancier anglais, non parce qu'il décrit souvent des Anglais, mais parce qu'il ne s'occupe souvent que de raconter. Huxley est un mauvais exemple : lui cherche souvent à exprimer des idées, en cela très français. Boulle a placé en épigraphe de plusieurs de ses livres des citations de Joseph Conrad et a nommé un personnage William Conrad. Ce n'est pas parce qu'un écrivain en cite souvent un autre que c'est celui dont il est le plus proche, mais c'est possible, je n'en sais rien, je n'ai jamais lu Conrad. De vagues élans, et puis non. J'ai l'impression qu'il va m'ennuyer. Ne nous forçons pas à lire un livre, cela conduit à en vouloir à son auteur.

📖 « Comme les barbares, il prenait tout au sérieux. » (*William Conrad.*)

> 1912-1994
>
> ◆
>
> *William Conrad* : 1950. *Le Sacrilège malais* : 1951. *Un métier de seigneur* : 1960. *La Planète des singes* : 1963.
>
> ◆
>
> Aldous Huxley (1894-1963), *Le Meilleur des mondes* : 1932 (trad. française : 1933).

BOURGEOISIE : La littérature française est dans sa quasi-totalité, et dans la majeure partie de son talent, une émanation de la bourgeoisie. Sans parler des apothéoses de bourgeois que sont Rabelais, Molière, Voltaire, Balzac et Proust, voici Louise Labé : bourgeoise ; Pascal : bourgeois ; Racine : bourgeois ; Rimbaud : bourgeois ; Breton : bourgeois ; Sartre : bourgeois. Etc., etc.

Dans la haute noblesse, très peu d'écrivains et peu de notables, à part La Rochefoucauld. Comment des enfants de cette classe, qui avaient vu traiter les écrivains comme des domestiques (ils mangeaient avec eux à l'office), auraient-ils pu vouloir le devenir ? Dans la petite noblesse, Montesquieu, Vigny, Chateaubriand, Musset, George Sand, Barbey d'Aurevilly, Montherlant, et c'est peu près tout. Presque à chaque fois des célibataires ou des maris sans enfants, d'ailleurs. La grande solitude qu'est la littérature ne peut qu'entraîner l'extinction d'une lignée, chose inadmissible dans l'aristocratie ; la bourgeoisie, plus nombreuse, peut se permettre de gâter de la descendance. Surtout, la bourgeoisie est la catégorie sociale la plus désintéressée et la plus idéaliste.

Des chansons comme celle où Brassens dit que les notaires préfèrent avoir des enfants notaires à des « chevelus, poètes », sont exagérées. La plupart des bourgeois ont soutenu ceux de leurs enfants qui avaient choisi la littérature. Cocteau, Proust. On se dit que l'étroitesse d'esprit concerne la toute petite bourgeoisie ? Le père boucher de Robert Desnos ne l'a pas empêché de devenir poète. Ma mère m'a raconté que, dans son lit d'hôpital, comme il allait bientôt mourir, mon père (professeur de médecine) lui demanda quels avaient été les commentaires de mes professeurs après mon premier trimestre de sixième : « Le professeur de français s'inquiète parce qu'il a lu Baudelaire, ce qui n'est pas de son âge. » Mon père épuisé s'illumina : « Quelle chance ! »

Dans l'*Histoire comique de Francion*, Charles Sorel montre la gaieté de la bourgeoisie au XVIIe siècle, et par exemple, au livre IV, ces « deux bourgeoises et des plus gausseuses de la ville », très sympathiques et qu'on essaie déjà de complexer, comme toute leur classe sociale. Qui ? les nobles grossiers de la cour. Francion : « Alors lui et ses compagnons ouvrirent la bouche quasi tous ensemble pour m'appeler bourgeois, car c'est l'injure que cette canaille donne à ceux qu'elle estime niais, ou qui ne suivent point la cour, infamie du siècle ! Que ces personnes, plus abjectes que l'on ne saurait dire, abusent d'un nom qui a été autrefois, et est encore en d'aucunes villes, si passionnément envié ! » C'est par complexe d'être des bourgeois et par faiblesse de se croire des aristocrates que bien des écrivains des siècles ultérieurs ont attaqué la bourgeoisie.

Flaubert, par exemple, bourgeois avec les vertus civiles des bourgeois : économie, probité. L'extrême droite s'est précipitée sur les railleries des écrivains antibourgeois du XIXe siècle après la Première Guerre mondiale, imitée par l'extrême gauche après la Deuxième. Les uns et les autres ont été aidés par le général de Gaulle qui a passé son temps à exprimer son mépris pour les bourgeois, qui votaient pour lui. C'est peut-être pour cela qu'il ne parle jamais de Louis XIV : non seulement Louis XIV n'est pas un chef de temps de catastrophe nationale, mais il gouvernait avec les bourgeois en leur donnant raison ; de Gaulle gouverne avec eux en leur donnant tort. Pompidou répondit à un bourgeois qui lui disait du mal des bourgeois : « Ça n'est pas mal, les bourgeois, quand ils sont du côté de la France. »

La haine de la bourgeoisie, irraisonnée, enragée, folle, a été une des causes des assassinats de masse du XXe siècle.

Les bourgeois ? Ils travaillaient pendant que les aristocrates persiflaient. La naissance symbolique de la Révolution française se passe dans la ville de Grenoble en 1769. En 1769, la mère de Barnave, bourgeoise, est chassée par le gouverneur de Clermont-Tonnerre de la loge vide où elle s'était installée au théâtre de Grenoble. Barnave avait huit ans. Elu du tiers état en 89, il se fit révolutionnaire. C'est un de ceux qui furent chargés de ramener Louis XVI à Paris après l'échec de la fuite à Varennes. Quel retour ! Le roi, la reine, leurs enfants, dans cette voiture, avec cet ennemi âgé de 30 ans. Louis XVI en avait 37, Marie-Antoinette 36. Convoi de trentenaires bientôt tous guillotinés. Sentez-vous vos têtes branler, jeunes gens ? J'imagine qu'ils se parlèrent très peu. Ils réfléchissaient. Comme Barnave était humain, il arriva royaliste à Paris. Les domestiques se sont révoltés après les bourgeois, et la Révolution est symboliquement née dans leurs cœurs, selon moi, lors de la construction du hameau de Chantilly, en 1774. Voyant cette singerie des mœurs paysannes, ils se dirent : ce sont des dégénérés.

Les bourgeois aiment la littérature, et l'inconvénient de la période actuelle est qu'elle le leur désapprend. On a cessé d'éduquer les catégories sociales comme les médecins et les cadres supérieurs, qui préfèrent aller à l'île Maurice.

|| Charles Sorel, *Histoire comique de Francion* : 1623.

BOURGES (ELÉMIR) : Il y a des malheurs dans la vie. L'un est d'être un écrivain natif de Manosque et ne pas s'appeler Jean Giono. La rareté d'Elémir Bourges réside dans son prénom, mais j'en parle à cause de sa banalité, qui est caractéristique. Elémir Bourges était membre de l'académie Goncourt, une sorte de puissance donc, et un plutôt bon romancier, du moins pour un de ses livres, *Le Crépuscule des dieux*. Un duc allemand renversé par une révolution vient vivre à Paris sous le Second Empire avec sa famille. C'est bien fait, malgré un choix des mots un ton trop haut, un emploi bizarre des virgules après le sujet, que Bourges a peut-être pris à Flaubert, et un épais naturalisme symboliste. Il utilise trop l'événement historique : le fils du duc tire sur son père au moment où les troupes françaises défilent sous leurs fenêtres, aux Champs-Elysées, quittant Paris pour la guerre contre la Prusse. Le meilleur, c'est le portrait d'une ancienne famille régnante qui tombe morceau après morceau dans une France noceuse. Ach ! Pariss !

Bourges, on a compris qu'il n'est pas un léger, énonce la morale de son histoire, qui est la perte des vraies valeurs, du sens de l'ordre et de la discipline. Son apologie de l'Allemagne s'achève par un épilogue où le duc, revenu dans son pays, assiste à une représentation de Wagner à Bayreuth : et, pendant que l'assistance acclame Guillaume II, lui, observant les *nouveaux riches* dans la salle, peste contre la décadence des mœurs et la ploutocratie. Il ne se dit pas que, tout ploutocrates qu'ils sont, ils se soumettent à ses *valeurs* en assistant à du Wagner. La ploutocratie est-elle pire que le wagnérisme ?

Ce qui montre que, dans cette scène, c'est l'auteur qui parle et non son personnage, c'est que celui-ci vient précisément de subir la dernière décadence familiale. Bourges a beau espérer nous faire croire que la corruption française en est responsable, son duc n'a rien su empêcher. Et voilà comment, faute d'avoir su se faire obéir par un fils noceur, on vante le triomphe de la volonté. Le timide est souvent nietzschéen. Je trouve déplaisant, de la part d'un écrivain français, d'écrire des choses pareilles après la défaite de 1870. Sans doute trouvait-il que la France *l'avait cherché*. Il existe une mentalité du vaincu comme il y en a une du colonisé.

📖 « Ah ! vieille idole de l'amour, qu'importe comment l'on t'adore ! Dans les dérèglements du corps, c'est toujours notre âme qui agit, et tourmentée de l'infini où elle voudrait s'amalgamer, entraîne, de bourbiers en bourbiers, son misérable compagnon. » (*Le Crépuscule des dieux.*)

1852-1925.
♦
Le Crépuscule des dieux : 1884.

BRETON (ANDRÉ) : Breton, fils de gendarme, n'a pas trahi son hérédité. Une parodie serait trop facile à écrire. « Je dis que. » « Il n'est plus question de. » En avant, marche ! Et conseil de guerre pour qui conteste le règlement !

Publicitaire de lui-même, il se mentionne, se cite, s'admire. Dans la simple plaquette *Clair de terre*, il rapporte une phrase de journal sur lui et publie la liste des Breton de Paris, un vétérinaire, un député, un marchand de vin, qu'il signe vaniteusement « Breton André ». Ah, piteuses cymbales.

Réfugié à New York pendant la Deuxième Guerre mondiale, il refusa d'apprendre l'anglais sous le prétexte que cela infecterait son français. Il en était si peu sûr ? Voltaire, Chateaubriand, Morand parlaient l'anglais, l'écrivaient même, et sont parmi les meilleurs manieurs de la langue française. Est-ce parce qu'il n'était pas très sûr de lui que Breton payait des voyous pour casser la gueule à ses ennemis, comme le critique Maurice Saillet ? Pour montrer son absence de sectarisme, je pourrais ajouter qu'il fut membre du parti communiste dans les bonnes années et homophobe, haine que cet homme éclairé partageait avec son ami Paul Claudel : « Je veux bien faire acte d'obscurantisme en pareil domaine » (*La Révolution surréaliste*).

En pareil domaine, quelle modestie ! Il est obscurantiste en bien d'autres choses. Horrifié par la raison, enchanté par la magie, il a une querelle avec l'écrivain Roger Caillois sur les haricots sauteurs de Mexique. Caillois voulait qu'on les ouvrît pour étudier leur fonctionnement. Breton était contre. Il voulait préserver le mystère. Ainsi les prêtres égyptiens ne voulaient de religion que d'*initiés*, par qui ? par eux, afin de préserver leur pouvoir. Mystère, mystification. De qui écoute. De son côté Caillois, au Collège de philosophie, théorisait une des idées les plus répugnantes qui soit, le caractère mystique et sacré du pouvoir. Mystique, mystification. Afin de maintenir son *prestige*, Breton ajoutait au besoin l'intimidation à la superstition : celui qui ne chantait pas en chœur le credo de la secte était injurié, calomnié, révoqué. Desnos déchiqueté par le caporal Aragon dans *Le surréalisme au service de la révolution*. Crevel se suicidant. A force de mystifier les autres, on finit par se mystifier soi-même, et on a vu plus d'un chef de secte devenir sincère après avoir été cynique : Breton devint le premier des croyants à sa prestidigitation.

Il a été un débutant toute sa vie. Toujours le plus grand esprit de sérieux. Publiant, à quarante-six ans, des *Prolégomènes à un troisième manifeste du surréalisme ou non*. Cherchant de nouvelles provocations pour embêter les institutions et faire oublier qu'il en était devenu une. Sautant toujours au jarret. Toujours grondant, démontrant, pontifiant, bruant. Bruant comme Aristide, Aristide Bruant, l'auteur de « Nini Peau d'chien », qui engueulait les clients des cabarets de Montmartre où il chantait (ils adoraient ça). Quand on pense qu'il a détesté Barrès parce que Barrès avait morigéné la France et appelé au soldat, et qu'il a fini en gendarme d'un quart d'arrondissement de Paris appelant au rêve !

Commentateur plus que créateur, il collectionne. Voyez au Centre Pompidou le « mur Breton », reconstitué avec les objets qu'il avait accumulés chez lui : c'est triste comme la loge d'une concierge qui conserve les souvenirs de ses voyages organisés. L'équivalent-livre du mur est *Nadja*, boîte à chaussures contenant six photos, deux sous-bocks et un collage.

Breton déploie un style noble avec le sérieux du maître d'hôtel ouvrant les rideaux de la chambre de son maître. Parfois, il saute dans le lit et dit, avec un esprit hautain et un humour glacial : « A ce propos, je voudrais louer (je ne dis pas même acheter) une propriété dans les environs de Paris. Rien de fabuleux. Seulement une trentaine de pièces… » (*Le Revolver à cheveux blancs*) Tous ses défauts relevés, Breton garde une intransigeance pour la littérature qui n'est pas rien ; dans son ridicule, il a tenté quelque chose d'héroïque.

Sa qualité est d'être un pur cérébral. Ses manifestes ont de l'intérêt par leur prétention, souvent justifiée. S'il cherche à faire du style, il y parvient parfois dans le grand genre déclamatoire (le bossuet). Il emploie exprès d'élégants archaïsmes. Elégance dépourvue de la souplesse des grands maniers du français comme Chateaubriand, car il est moins astucieux, mais cette absence d'astuce finit par être une qualité.

Ses poèmes contiennent beaucoup de baratin. Mode lyrique. Aucun tri. Il garde tout ce qu'il a écrit, en vrac, dans son petit réticule : et voici un poème. Et, soudain, dans le vrac, de belles préciosités, des sonorités splendides, des images magnifiques.

> Aube, adieu ! Je sors du bois hanté ; j'affronte les routes, croix torrides (« Age », dans *Mont de piété*).

> Les oreilles des éléphants qu'on prenait pour des pierres tombales
> Dans la vallée du monde
> Battent la mesure des siècles (« Dans la vallée du monde », *Clair de terre*).

> Les coqs de roche passent dans le cristal
> Ils défendent la rosée à coups de crête

Alors la devise charmante de l'éclair
Descend sur la bannière des ruines (« Tout paradis n'est pas perdu », *Clair de terre*).

Les titres de *Pleine marge* et de *Clair de terre* (peut-être son meilleur recueil) révèlent un de ses fonctionnements : retourner le lieu commun. Clair de lune ? Clair de terre. Une marge est latérale ? Pleine marge. S'il avait écrit ses mémoires, il les aurait sûrement appelés *Profil haut*. Ne donnez pas son nom à une rue de Paris : il y a la rue de la Pompe.

📖 « Je dis que l'imagination, à quoi qu'elle emprunte et – cela pour moi reste à démontrer – si véritablement elle *emprunte*, n'a pas à s'humilier devant la vie. » (*Le Revolver à cheveux blancs.*)

> 1896-1966.
>
> ◆
>
> *Mont de piété* : 1919. *Clair de terre* : 1923. *Manifeste du surréalisme* : 1924. *Nadja* : 1928. *Second Manifeste du surréalisme* : 1930. *Le Revolver à cheveux blancs* : 1932. *Pleine marge* : 1943. *Les Manifestes du surréalisme* suivis de *Prolégomènes à un troisième Manifeste du surréalisme ou non* : 1946.
>
> ◆
>
> Aristide Bruant : 1851-1925. Roger Caillois : 1913-1978. Maurice Saillet : 1914-1990.

BRILLANT : Le brillant est bête. Le brillant fait *nouveau riche*. Le brillant offense les ternes. (Ils le croient dirigé contre eux. Gare aux vengeances.) Le brillant est trop occupé du brillant pour regarder les autres. Le brillant est insupportable. Le brillant devient délicieux. Le brillant est le joujou rouge des enfants selon Baudelaire.

BROSSES (CHARLES DE) : Je parle de ce fameux président de Brosses qui écrivit des *Lettres d'Italie* et fait tant penser à l'autre président de tribunal écrivain, et si le Bourguignon est plus rieur et le Bordelais plus réfléchi, les récits du président de Brosses sont aussi enchanteurs que le meilleur Montesquieu. Montesquieu est son aîné de vingt ans : il a eu vingt ans dans la vieillesse de Louis XIV, où, si l'on était gai, c'était dans une époque triste. Le président de Brosses a eu vingt ans dans la jeunesse de Louis XV (Louis XV est de 1710, lui de 1709), et quel plaisir cela a dû être d'être jeune et gai en même temps qu'un roi jeune et gai ! Le président de Brosses, c'est le meilleur du style Louis XV : sens du plaisir, cordialité, allègre façon de prendre les choses, humour en somme, le mot n'existait pas encore.

On peut passer les descriptions de musées, de bâtiments (ils n'avaient pas la télévision), et courir à la vie. Le président de Brosses le fait avec fraîcheur. Il décrit les mœurs sans y ajouter de morale. C'est la moitié de la gaieté. L'autre moitié est qu'il ne respecte rien. Le récit de l'élection du pape est un bonheur. Les maçons élèvent des murs pour enfermer le conclave au Vatican. Intrigues, manœuvres, ruses pour communiquer avec l'extérieur et détruire des candidatures ennemies, paris qu'on fait en ville et Rome devenant une marmite de potins. Ce pape est Benoît XIV (Lambertini). J'ai cherché qui il était : prenant soin, comme les encyclopédies le recommandent, de ne pas le confondre avec l'antipape d'Avignon du même nom mais de quatre cents ans antérieur, j'essaierai de me rappeler qu'il a régné dix-huit ans et que, homme de son temps, il a favorisé l'enseignement des sciences à Rome. Le récit du président de Brosses est un des rares récits d'élection de pape. Il a dû le composer à partir de ragots, mais comment faire autrement ? Aucun pape n'a laissé de mémoires. Il y a aussi la scène d'élection imaginée par le baron Corvo dans son étonnant roman *Hadrien VII*. Dans mon adolescence, j'ai lu un *best-seller* qui racontait une élection de pape, comment s'appelait-il, déjà ? *Monsignore*.

Stendhal raffolait de ce livre. Son cousin Romain Colomb, celui qui disait que Stendhal devait se prononcer comme scandale, en fit une édition en 1836, supprimant les descriptions de musées. On voit pourquoi, ou plutôt comment Stendhal l'aimait : « Je m'en plains tous les jours aux gens du pays, qui se contentent de plier les épaules en disant : *poveri forestieri*, c'est-à-dire, en langue vulgaire, *les étrangers sont faits pour être volés* », écrit le président de Brosses. Forme de la phrase et donc de la pensée, elle pourrait être de Stendhal.

Le président de Brosses a rapporté d'Italie, avec son livre, le mot « dilettante ». Il a inventé le mot « fétichiste » dans son livre sur *Le Culte des dieux fétiches*, l'un des premiers à traiter des religions de l'Océanie. Il a écrit un *Traité de la formation mécanique des langues et des principes physiques de l'étymologie* où cet homme si spirituel combat le spiritualisme : les langues, selon lui, sont un produit des sensations. C'est la théorie du sensualisme, lancée en France, comme il se doit, par un prêtre, Condillac, dans le *Traité des sensations* : il dit que tout, y compris la pensée, est un produit de la sensation, et que le langage, loin d'être son expression, contribue à la former. Le président de Brosses est enfin l'auteur d'une *Histoire des navigations aux terres australes*. Qui était cet homme du XVIIIe siècle qui, entendant parler dans un salon, dit : « Voilà un sujet sur lequel je ne sais rien : il va falloir que j'en fasse un livre » ?

Autre question. Dans le *Salon de 1767*, Diderot rapporte ou invente que, se trouvant dans un bordel avec Buffon, qui avait été son condisciple au collège des Godrans à Dijon, cet homme, qui n'était « pas plus grand qu'un Lilliputien, dévoila [...] un mérite si étonnant, si prodigieux, si inattendu que toutes en jetèrent un cri d'admiration ; mais quand on a beaucoup admiré on réfléchit. Une d'entre elles, après avoir fait en silence plusieurs fois le tour du merveilleux petit président, lui dit : "Monsieur, voilà qui est beau, il faut en convenir ; mais où est le cul qui poussera cela?" »

Il descendait d'un Bourguignon qui combattit les Bourguignons alliés des Anglais pendant la guerre de Cent Ans, le maréchal de Boussac (Jean de Brosse). Ce chambellan de Charles VII se ruina en frais de guerre et son cadavre fut excommunié à la demande de ses créanciers. Ainsi le Sénat romain votait-il la *damnatio memoriae*, abolition du souvenir, pour préserver l'honneur de la ville de Rome du rappel des exactions de tel ou tel empereur défunt, comme Domitien. Ainsi les enfants donnent-ils un coup de pied au mur où ils se sont cognés. Boussac, Dunois, La Hire, Xaintrailles, clinquant cortège de Jeanne d'Arc !... Le dernier mourut en 1461 à Bordeaux, dans un lieu au nom de conte de fées, le château Trompette. Au même moment, de l'autre côté de la France, près de Thonon-les-Bains, Amédée VIII, premier duc de Savoie, recevait luxueusement et gastronomiquement au château de Ripaille, d'où l'expression « faire ripaille ». Laissons châteaux et langage : le président de Brosses fut le premier de sa famille à entrer dans la magistrature, transformant sa noblesse d'épée en noblesse de robe, ce qu'une de ses descendantes m'a signalé avec une nuance de reproche. Elle descend également de Joseph de Maistre : ainsi se sont mélangés les sangs d'un des écrivains les plus dogmatiques et d'un des écrivains les plus libéraux de la langue française.

📖 « MM. les voyageurs rarement quittent le ton emphatique en décrivant ce qu'ils ont vu, quand même les choses seraient médiocres ; je crois qu'ils pensent qu'il n'est pas de la bienséance pour eux d'avoir vu autre chose que du beau. » (*Lettres d'Italie.*)

> 1709-1777.
> ♦
> *Histoire des navigations aux terres australes* : 1756. *Le Culte des dieux fétiches* : 1760. *Traité de la formation mécanique des langues et des principes physiques de l'étymologie* : 1765. *Lettres d'Italie* : posth., 1799 (sous le titre de *Lettres historiques et critiques sur l'Italie* ; les titres ont changé selon les éditions : celle de Romain

Colomb, en 1836, s'intitule *L'Italie il y a cent ans ou Lettres écrites d'Italie à quelques amis en 1739 et 1740*).

◆

Georges-Louis Leclerc, comte de Buffon : 1707-1788. Etienne de Condillac (1715-1780) : *Traité des sensations*, 1754. Baron Corvo (Frederick Rolfe), *Hadrien VII* : 1904 (trad. française : 1952).

C

Cahiers d'Henri de Régnier • Calomnies • Camus • Caractéristique • *Carnets* de Montherlant • *Carnets* de Voltaire • Céline • Cendrars • Ce qu'il y a peu dans les romans • Ce qui a disparu des romans • Chamfort • Charlatanisme • *Chartreuse de Parme (La)* • *Chasse à courre (La)* • Chateaubriand • *Choses vues* • Cinéma • Citations • Clair, obscur, clair-obscur, obscur-clair • Claudel • Cliché • Cocteau • Cocteauïsmes • Cohen • Colette • Comédie • Comédie, tragédie • Commencer (Par quoi –) • Commentaire • Commérage • Confessions • Conjonctions • Consanguinité de rythmes • Conseils aux vieux écrivains • Constant • Conversation • Conviction, convaincus, convicteurs • Coquilles • Corneille • Corneille et Racine, Voltaire et Rousseau, Sartre et Camus, Oasis et Blur *ou* Ajoutons un troisième terme au raisonnement • *Correspondance littéraire* de Grimm • Coupes • Courier *et* Laclos *ou* Les officiers supérieurs intenables dans la littérature française • Courtois • *Creative Writing* • Critères du bon écrivain ou du bon livre • Critique littéraire dans la création • Cros.

Cahiers d'Henri de Régnier : Des poèmes bien faits, des romans vénitiens, l'Académie française, *Le Figaro*, et on devient une vapeur de thé. Comme nous sommes injustes. Ou non. En tout cas, abandonné de tous ou presque, Henri de Régnier, soixante-six ans après sa mort, a vu publier ses *Cahiers* inédits : et c'est le type de livre si bon qu'il suffit à sauver un auteur.

C'est, plus qu'un journal intime, un journal de ses pensées. On n'y trouve rien sur les infidélités, qu'il connaissait, de sa femme, une des filles de José-Maria de Heredia, avec Pierre Louÿs, et pour ainsi dire rien sur la guerre de 1914. Les trente dernières années sont moins intéressantes, car il y passe la plupart de son temps en dîners avec des princesses et en rendez-vous avec des ennuyeux. La page 460 le marque comme un coup de trompette : première page de l'année 1900 et début de ses observations sur Venise : Venise, 1900, il est perdu.

Il a connu Mallarmé, Villiers de l'Isle-Adam, Verlaine, Oscar Wilde, et sait les montrer. Combien de gens ont rencontré des génies sans être capables d'en tirer une ligne intéressante ! La brillante conversation de Mallarmé est célèbre, mais, sans ce livre, elle serait comme celle de Théophile Gautier, un souvenir. Gautier, Mallarmé et Cocteau ont été les plus brillants causeurs de notre littérature, secondés par Madame de Staël et Anna de Noailles dans un genre épuisant. Anna de Noailles s'en rend compte avec drôlerie le 4 décembre 1909, où elle dit à Régnier : « Quelle belle situation nous avons eue, Guillaume II et moi. Et nous l'avons perdue par nos bavardages ! » Ce livre, c'est comme si on décrochait un téléphone qui sonnait depuis 1898 et qu'on entende Mallarmé parler. Son merveilleux monologue sur la danse, par exemple. Régnier dit de lui que, « quand mourait un de ses chatons, il les emportait à Versailles, où on l'enterrait dans un coin du parc. Et Marras, qui, comme conservateur, avait la direction des Eaux, faisait jouer dans un coin, discrètement, un panache cristallin ». Quelle charmante scène. Le soir. Mallarmé. Enterrant son chat. Une fontaine joue. Les fantômes du château, attendris, s'essorent en torchons.

Régnier est très personnel. Ses notations sur la Seine à Paris, les portraits, comme celui de son arrière-grand-mère Madame de Léonardy, « acariâtre et spirituelle, hargneuse et harangère, qui écrivait sans orthographe des lettres de vif et gai esprit » (27 août 1894). Sur les écrivains, il est toujours brillant et équitable. « Malherbe : un esprit droit, borné, infiniment sincère » (1890).

Il décrit le souci de l'écrivain qui écrit et de la poésie et de la prose : ceux qui n'écrivent que de la prose ne s'intéressent pas à la poésie, ceux qui sont exclusivement poètes sont aussi bornés. « En somme, je suis très isolé. Combien y a-t-il de personnes avec qui je puisse parler de poésie, par exemple ? » (13 février 1907).

C'est un homme d'une grande qualité sentimentale. Le premier pignouf qui passe n'écrirait pas :

> Le jour qui, pour moi, termina mon enfance est un jour de grande colère (1887)

ou :

> Les amis devraient être plus délicats (1889).

Délicat il est, autant que triste, un autre de ses mots.

> La mort n'est pas plus triste que la vie (1889).

Les *Cahiers* ont pour dernière qualité de n'avoir rien d'intime.

> Moi, c'est le Soi qui se vulgarise. Il y a en chaque homme le Moi et le Soi et, entre eux, il y a la différence qui est entre une anecdote et la métaphysique (1er mars 1892).

📖 « L'art est une révolte contre la mort. » (Septembre 1887.)

> Posth., 2002.
>
> ◆
>
> Henri de Régnier : 1864-1936.
>
> ◆
>
> José-Maria de Heredia : 1842-1905. Pierre Louÿs : 1870-1925. Anna de Noailles : 1876-1933.

CALOMNIES : S'il a du talent, c'est un salaud ! Lucain ? Il a dénoncé sa mère pendant la guerre civile. Shakespeare ? C'est Marlowe qui a écrit ses pièces. Racine ? Il a fait assassiner Mademoiselle Du Parc. Zola ? Il mangeait son caca. Proust ? Il jouissait en regardant crever les yeux des rats. Personne ne sait d'où vient ce ragot-ci. En tout cas, il n'a été imprimé nulle part jusqu'à ce que le journaliste qui interviewait Céleste Albaret, la bonne de Proust, pour son livre *Monsieur Proust*, lui pose une question là-dessus (elle nie avec indignation) : il l'a porté à la connaissance d'un immense public qui n'en avait jamais entendu parler. Rien de tout cela n'est vrai, mais on le croit. On le croit parce que ça n'est pas vrai : la calomnie persuade qu'elle est vraie tant qu'on n'a pas démontré qu'elle est fausse. En revanche, on raffole de tous ceux qui ont réellement fait des saloperies, comme Céline ou Aragon : on pourrait soi-même être un génie.

> Céleste Albaret, *Monsieur Proust* : 1973.

CAMUS (ALBERT) : Que la littérature soit de la matière, *La Peste* m'en apporte un exemple. Ce roman est un bloc d'où rien ne dépasse, qui se suffit à lui-même, un caillou ajouté au monde. Non que ce soit le livre d'un grand artiste, il ne s'y trouve, comme généralement chez Camus, rien de brillant, pas un moment où l'on s'exclame de surprise et de plaisir, aucun maniement enthousiasmant du français. Il abuse des conjonctions en tête des phrases, en particulier du « mais », et des incidentes, il est vrai qu'elles contribuent parfois à une heureuse mollesse de sa phrase. D'autres fois, de crainte que nous n'ayons pas compris, ou pour se conforter, il prolonge la formule ou l'image par une explication. Fin d'un paragraphe de *La Chute* : « Ainsi, le censeur crie qu'il est proscrit » ; hélas, il ajoute : « L'ordre du monde est ambigu. » La chaîne du vélo ne mord plus la roue. Camus patine.

Il n'a pas le sens de la langue qui distingue les grands artistes des bons écrivains. On le remarque à son choix peu soigneux des adjectifs. Dites-moi si, dans une phrase d'*Actuelles* comme : « tout comme Himmler, qui a fait de la torture une science et un métier, rentrait pourtant chez lui par la porte de derrière, la nuit, pour ne pas réveiller son canari favori », la phrase n'aurait pas été plus forte sans « favori », qui crée une rime et éloigne l'image, étant un cliché. « Pour ne pas réveiller son canari. » Ou alors, en choisir un autre : « Son canari allemand. »

Camus a la qualité d'arriver à la simplicité sans être nécessairement plat. *La Peste* est un excellent livre comme peuvent être excellentes les nouvelles de Maupassant. C'est une rivière. Il n'y a pas d'or à l'intérieur, mais elle coule calmement, naturellement. Contrairement à ce qu'on pourrait craindre de loin, *La Peste* n'est pas un apologue. Et c'est heureux, parce qu'un écrivain n'a pas à parler comme Jésus. Camus, qui avait une licence de philosophie, oubliait ce diplôme lorsqu'il écrivait ses romans ; il le fait moins dans ses essais de morale, souvent vagues, incertains, banals, parfois insupportables de pédagogie, comme *Le Mythe de Sisyphe*. A ces moments-là, il est si scolaire qu'on dirait un écrivain pour étudiants de français langue étrangère (FLE). « La noblesse du métier d'écrivain est dans la résistance à l'oppression, donc au consentement à la solitude » (*Le Premier Homme*). Qui peut être contre ? Enfin, à condition de ne pas trop réfléchir : qu'être écrivain soit un métier se discute, ainsi que le rapport logique de la phrase. Tout ça, pour parodier Sagan, c'est *Un certain scoutisme*. Et c'est cette banalité pompeuse (« Car nous serons vainqueurs, vous n'en doutez pas », *Lettres à un ami allemand*) qui fait que Camus peut devenir ridicule lorsqu'on discute ces passages comme s'ils avaient de l'importance. C'est le triomphe de la pensée moyenne, qu'on avait déjà vu avec Rousseau. La littérature de sujet, médiocrement écrite, passionne les foules. Le « nous » y contribue fortement, qui laisse entendre qu'on n'est pas seul, comme si c'est cela qui légitimait une pensée : « Nous le savions depuis longtemps, et le monde commence à se lasser de tant d'atrocités » (*Actuelles*). Ce qui devait hérisser Sartre chez Camus, c'est, moins que ses idées, la façon de les présenter. Il est dommage que les modérés ne le soient pas plus souvent comme Voltaire.

Tout cela alors qu'il peut avoir une ironie altière, comme, dans *Actuelles*, lorsqu'il répond à une attaque de Mauriac. Camus a été influencé par Montherlant, on le remarque aux sarcasmes de son premier livre, *L'Envers et l'endroit*, ainsi qu'au nombre de fois qu'il emploie le mot « grandeur », inepte une fois sur deux. Sans parler de la barrésienne expression d'« amitié française ». Laborieux, Camus est droit. C'est ce qui, joint à son sens de la justice, l'a fait s'indigner contre le communisme soviétique. Ses réponses à Emmanuel d'Astier de La Vigerie dans *Actuelles* rappellent ce qu'a été la propagande communiste et comment elle a pesé sur l'Europe entre 1944 et 1989. Elle a disparu comme un courant d'air, et il faudra peut-être un roman pour archiver cette période où le raisonnement, le simple raisonnement, le dangereux raisonnement, était bombardé d'insinuations, de menaces, d'injures et de calomnies.

Camus cesse d'être compassé dans ses essais purement littéraires, je pense à *L'Eté*, recueil d'articles de 1939 à 1953, et en particulier le premier, « Le Minotaure ». Il était jeune, vingt-cinq ans, et à mon avis il y répond, indirectement, à ce Montherlant qui avait dû le marquer comme il avait marqué beaucoup de jeunes gens, Montherlant qui était allé en Algérie, avait écrit sur elle et ses mesquins petits colons, et qui, dans les récits des *Voyageurs traqués*, exprimait une gloutonnerie de jouissance qui avait pu le frapper. (Le simple titre de « Minotaure », n'est-ce pas ?) Camus a réédité *L'Eté* avec *Noces*, c'est un de ses meilleurs livres. Dans un des articles, « Retour à Tipasa », se trouve une phrase d'une belle mélancolie, placée au milieu d'un paragraphe, sans insister, et faisant d'autant plus rêver : « Je vivais, alors. »

L'Etranger me paraît faux pour la raison suivante : Camus prête à un esprit simple des pensées ouvragées. Cela se constate à sa façon d'écrire. Que Meursault, le narrateur, dispose de moyens très limités face au monde extérieur, il nous le signale par son style rédaction, « il y avait », « nous sommes », le passé composé. Camus l'oublie lorsqu'il ajoute des mots ou des expressions qu'il me semble impossible que Meursault, au vu de ce qu'il est, puisse employer. Une voiture « oblongue » ; un personnage « aux habits ridicules », alors qu'il est le type d'homme qui ne peut précisément pas concevoir le ridicule ; qu'il dise que Pérez évanoui ressemblait à « un pantin disloqué », cliché d'homme qui a lu. Dans ce sens, *L'Etranger* n'est pas assez platement écrit. L'art de la fiction à la première personne consiste à écrire lourdement en laissant deviner une pensée preste, à exprimer des sentiments que l'on n'éprouve pas. Ah, prouesses. Et le premier *art*, qu'on n'enseigne jamais, est le courage. Celui de couper ce qui fait plaisir, etc., etc. : de ne pas se préférer à son livre.

L'Etranger est à lire par les idéologues de la phrase courte, ils constateront que toute phrase n'est pas bonne parce qu'elle est courte. Une phrase n'a pas de valeur en soi. C'est ce qui l'entoure qui lui en donne une.

La Chute est un roman... roman ? Camus l'appelle récit. Comme *La Peste*. Tentative d'accréditer que l'histoire est « vraie », je présume. Comme si la fiction était « fausse ». Le personnage principal est un cynique décrit avec tant d'intérêt qu'il finit par être sympathique. A l'auteur lui-même, et plus qu'il ne le voulait au départ, dirait-on. Ce que c'est que d'écrire un roman. Dès qu'on a passé plus de dix pages avec un personnage, il devient une personne. Parti pour le juger, aussi bien, on voit ses raisons, qu'il est un homme, et l'on ne peut plus que le comprendre. C'est ce qui est arrivé à Flaubert avec Madame Bovary. Quoique les deux « grandes scènes », celle qui décide le personnage à changer de vie et celle où il montre le panneau volé de Van Eyck, soient moins fortes que Camus ne l'espère visiblement, *La Chute* est le plus vif de ses romans.

Son théâtre, c'est souvent du décor qui parle. *Les Justes*, sur le même argument d'une conspiration de jeunes Russes sous Nicolas II, me paraît moins sérieux que l'unique drame d'Oscar Wilde, *Véra ou les Nihilistes*. Comme pour tout écrivain qui a écrit de bons livres, nous nous contenterons de lire les bons Camus. Comme disait Voltaire dans *Le Siècle de Louis XIV* : « Mais on ne juge d'un grand homme que par ses chefs-d'œuvre, non par ses fautes. »

📖 « Vous parliez du Jugement dernier. Permettez-moi d'en rire respectueusement. Je l'attends de pied ferme : j'ai connu ce qu'il y a de pire, qui est le jugement des hommes. » (*La Chute*.)

> 1913-1960.
> ◆
> *Noces* : 1938 (réédité avec *L'Eté* en 1959). *Les Justes, L'Etranger* et *Le Mythe de Sisyphe* : 1942. *La Peste* : 1947. *Lettres à un ami allemand* : 1948. *Actuelles*, 1 : 1950. *L'Homme révolté* : 1951. *Actuelles*, 2 : 1953. *La Chute* : 1956. *Actuelles*, 3 : 1958. *Le Premier Homme* : posth., 1994.

CARACTÉRISTIQUE : Rien de ce qui est intéressant n'est caractéristique.

CARNETS DE MONTHERLANT : Je range sous le titre de *Carnets* les livres de réflexions diverses que Montherlant a publiés ou qui ont été publiés depuis sa mort. Tous ces excellents livres : les *Carnets* proprement dits, *Va jouer avec cette poussière*, *La Marée du soir*, *Tous feux éteints*, *Garder tout en composant tout*. Le dernier a été publié posthume, en 2001, dans une indifférence à peu près totale. Si je le compare au *Journal inutile* de Morand publié huit mois auparavant et dans quel fracas de la France littéraire s'adorant elle-même, je comprends que, vraiment, ce n'est pas la littérature qui intéressait les magazines, alors, mais le scandale. Heureusement, cela n'a pas duré. On n'a pas vu d'astucieux s'organiser des succès de tapage en écrivant des choses destinées à choquer les bienséants, qui se choquent, et après cela se plaindre de ce qu'on ne regarde pas leurs œuvres, soutenus, dans un monde qui n'est pas hypocrite, par des écrivains institutionnels se clamant rebelles. Non, non, il ne sera pas dit qu'en France, pays de la constance intellectuelle, on puisse être Rimbaud et Aragon à la fois, avoir la malédiction avec chauffeur ! Non, non, il ne sera pas dit que les faiseurs puissent traiter Montherlant d'imposteur sans qu'on s'en amuse !

Je prendrai mes exemples dans le dernier volume, posthume, qui couvre toute sa vie : il n'en aurait rien renié, je pense. On y trouve, comme toujours chez lui, quantité de phrases que, sans références, on pourrait croire de grands justes. « "Nous qui avons eu la chance de vivre dans une époque tragique." (Péguy) J'en ai assez de ces blagues littéraires ; nous en avons marre des époques tragiques. » Qui se moque comme lui de *la comédie* ? Pas même Malraux, dont c'était le grand mot, mais qui le faisait surtout dans la conversation. Montherlant avoue : « Ma comédie a été de faire croire que je prenais au sérieux des choses dont je me fichais (célébrité littéraire, etc.) [...]. » Et c'est sans doute vrai. Il organisait sa propagande, mais n'y croyait pas. Il le faisait parce qu'un écrivain n'est respecté que s'il s'équipe des attributs de la réussite. Et voilà sans doute pourquoi il était si hennissant : il renâclait devant sa clientèle.

Combien de pensées timides et humaines ! On l'y retrouve tout entier, rôdeur semblable au Coantré des *Célibataires*. (« Il y a deux choses dans ma vie, je travaille, ou je roule. ») Son horreur de l'action. Son cabrage pour se protéger de « tout l'effrayant de ce *qui est* ». Son amour de la préciosité arabe. Disant que l'homme…

> Un homme blessé n'est pas secouru, on le blesse davantage.

> Les hommes ne meurent pas. On les laisse mourir.

C'est la double armature de son dernier roman, *Un assassin est mon maître*.

Ce livre contient des phrases d'aveu, comme : « J'ai peur de l'eau, de l'air, de la nuit, du froid, des bêtes, et hélas, quelquefois, des hommes », qui pourraient, en plus de son talent, contribuer à le rendre plus proche de nous.

📖 « Je me foutais pas mal d'être éternel dans mon œuvre. Ce que je voulais, c'est d'être éternel dans ma vie. »

> *Carnets* (1930-1940) : 1957. *Va jouer avec cette poussière* (1958-1964) : 1966. *La Marée du soir* (1958-1971) : 1972. *Tous feux éteints* (1965-1967, 1972) : posth., 1975. *Garder tout en composant tout* (1924-1972) : posth., 2001.

CARNETS DE VOLTAIRE : Je publierai vieillard un choix des *Carnets* de Voltaire. De ses *Notebooks*, pourrais-je dire : ils sont publiés par la Voltaire Foundation (à Genève, puis Oxford). Il est très bien que les choses de l'esprit ne restent pas nationales. Du Voltaire en concentré.

> Le bonheur est un état de l'âme ; par conséquent, il ne peut être durable. C'est un nom abstrait composé de quelques idées de plaisir.

> Bassesse des gens de lettres : qu'un premier commis fasse un mauvais livre, il est excellent ; qu'un de leurs confrères en fasse un bon, il est honni.

Je cite ceci au moment où les gens de lettres de 2002 lui donnent raison : le ministre des Affaires étrangères, Dominique de Villepin, vient de publier des considérations sur la politique de la France que l'un a traitées de géniales, l'autre de sublimes, un troisième de littéraires. C'est un livre qui fait regretter Norpois. Norpois, vous vous rappelez, le diplomate d'*A la recherche du temps perdu* qui écrit des articles périphrastiques et indécis ; cent fois cela, plutôt que ce Tartarin qui déclarerait la guerre à l'univers pour qu'on entende son *Cri de la gargouille* ! Depuis que j'écrivais cette phrase, Dominique de Villepin a publié un second chef-d'œuvre, *Eloge des voleurs de feu*. Huit cents pages d'exaltations où tout est dit sur les poètes, vraiment tout, avec des frémissements d'étalon. Ce livre procède de l'intelligente conception du poète comme un illuminé qui reçoit des messages, comme la Pythie sur son trépied brasillant. Je l'ai conservé pour pouvoir un jour le montrer à mes filleuls : tu vois, mon chéri, ceci, c'était un génie. Ecoute donc Voltaire :

> Les maladies honteuses sont à présent effrontées.

> Un provincial vint à Versailles, il vit Louis XIV dans ses jardins. « Je l'ai vu, ce grand roi qui se promenait lui-même. »

> On brûlait un fanatique qui se disait le Saint Esprit. « Ils sont malheureux, de cette famille-là », dit le comte de La Ferté.

> Dominique de Villepin, *Le Cri de la gargouille* : 2002 ; *Eloge des voleurs de feu* : 2004.

CÉLINE (LOUIS-FERDINAND) :

Le 7 avril 2000, au carrefour de l'Odéon, un clochard à demi-ivre entra dans l'autobus 96. Titubant, il s'avança vers le fond. Le bus roulait. Soudain :

— Et toi ?... Tu l'as vue, ta tête ?... Plaie mondiale !...

Avant de rapporter ses dires, je me suis demandé quelle serait la manière la plus exacte : et c'est celle de Céline. Céline est un vociférateur inventif. Dans le bus, prenant soin de ne pas regarder le clochard, tout le monde souriait. Cela m'a fait comprendre la popularité de cet écrivain. Elle tient à l'originalité de ses expressions et à la banalité de son ton. Une *petite musique*, selon l'insupportable expression qu'il a inventée dans un entretien à *L'Express* du 14 juin 1957 : air de chanteur des rues bouffeur de bourgeois, bagout de bonimenteur de la Chapelle, gouaille d'Aristide Bruant engueulant ses clients dans les cabarets de Montmartre. Quelle notion un étranger, qui n'a pas dans l'oreille ce bruit de fond parigot, peut-il se faire de Céline ? Probablement, comme aux Etats-Unis ou en Angleterre où il est peu connu et, dans les librairies, rangé avec la *cult literature* pour adolescents, le considérera-t-il comme une curiosité, un petit truc bizarre, un auteur pour fanzines. Ce n'est pas aberrant, mais tout de même, Céline est plus *mainstream*. Comment vous le faire sentir, touristes ? Prenez un taxi. Céline, c'est ce chauffeur mal embouché qui rage contre les nègres et peste contre les juifs. Visez-moi ce connard !... T'avances, eh, pédale !... Flic de mes deux !... Pauvre France !... Céline a le style même du chauffeur de taxi : il écrit à coups de klaxon.

A ses débuts, c'était un écrivain naturaliste. Le *Voyage au bout de la nuit* est bon comme un kouglof : 75 grammes de raisins de Corinthe dans un kilo de matière. Entre ses excellentes scènes, comme celle de l'enrôlement, nous mâchons de la pâte. Le livre exprime un sentiment déplaisant, la lâcheté. Une lâcheté mauvaise, amère et hautaine, qui fait de son personnage Bardamu un Tartarin inversé, un Déroulède des pantoufles. Cela suinte des pages comme une obsession et ronge la prose de Céline. Elle le mènera à ses pamphlets. Que dis-je ? Il y est déjà. Au roman suivant, sa comédie est en place : « Mais je ne suis pas Zizi, métèque, ni Franc-maçon, ni Normalien, je ne sais pas me faire valoir, je baise trop, j'ai pas la bonne réputation... » (*Mort à crédit*). Il ajoute la flatterie de la gaudriole française à l'habileté de la plainte qui le met du côté des *petits*. Ne lui demandez pourtant pas de pitié à leur endroit : il veut le privilège de la mouise pour lui seul. Il vit dans le fantasme. Obtenant le prix Renaudot, vendant des centaines de milliers d'exemplaires, flatté, commenté, il se dit mal aimé, il voit du complot, il le souhaite : tout pour faire résonner son moi. Avec un sans-gêne publicitaire qu'il ne perdra jamais, il écrit des choses comme : « Il lisait le "Voyage" celui-là... », raccourcissant le titre comme si le livre se berçait déjà dans la familiarité de l'inconscient collectif. Ah, il ne faut pas avoir beaucoup de fierté pour être égocentrique ! C'est le charlatanisme bien français des Hugo, des Chateaubriand, des Voltaire, des Montherlant, qu'il assaisonne d'un jus de ressentiment. Geignardise et vantardise sont les mamelles de Céline.

Ce n'est pas un romancier, mais un chroniqueur qui imagine avec humour : « Ma mère était pas cuisinière, elle faisait tout de même une ratatouille. Quand c'était pas "panade aux œufs" c'était sûrement "macaroni". Aucune pitié » (*Mort à crédit*). On se dit : voilà du bon, ne l'excitons pas en lui parlant, comme le clochard du bus. Dans le même livre, la tirade du comédien Courtial révèle son talent pour l'injure :

— Ferdinand ! qu'il m'interpelle ! Comment ? c'est toi qui me parles ainsi ! A moi ? Toi, Ferdinand ? Arrête ! Juste Ciel et de grâce ! Pitié ! Appelle-moi ce que tu voudras ! Menteur ! Boa ! Vampire ! Engelure !

mais dure, hélas, une page. Comme Rabelais, Céline ne sait pas s'arrêter. La différence est que Rabelais ne pense pas bassement. Quand il dit *merde*, c'est joyeux, enfantin, amical ; quand c'est Céline, c'est amer, adolescent, mal digéré. (Il a d'ailleurs une passion pour la comparaison digestive.) « Les Anglais, c'est drôle quand même comme dégaine, c'est mi-curé, mi-garçonnet... Ils sortent jamais de l'équivoque... Ils s'enculent plutôt... » On dirait de l'Edith Cresson. Grands dieux, Edith Cresson !... Vous vous rappelez, ce Premier ministre qui traita les Anglais de pédés et les Japonais de fourmis ?... D'un peuple l'autre, Céline passe aux pamphlets antisémites : *Bagatelles pour*

Céline (Louis-Ferdinand) 175

un massacre, *L'Ecole des cadavres*. Ces livres, qui paraissent écrits par un ivrogne, sont le type même de l'écrit de convaincu. Aucune réflexion. Jappement perpétuel. Ça ne l'a pas lassé, de jouer toujours la même rengaine sur son orgue de Barbarie, et quand je dis barbarie... ? Dans un régime tel qu'il le rêvait, Céline aurait été mis en prison. La IIIe République qu'il haïssait lui donnait toute licence de la calomnier. La France entre les deux guerres a connu une liberté d'expression inédite depuis 1790-92, et ne l'a pas revue depuis. Tout pouvait s'écrire, sur n'importe quel ton. Et le hurlement et le dégueulage généralisés n'étaient rien par rapport au nihilisme des idéologies. La bonde était ouverte. Et l'Europe y a survécu ! Dans quel état, il faut dire : notre conscience en est encore bancale. Céline est le pendant de Stavisky (je ne dis pas la conséquence) : des faiseurs talentueux, et cupides, dans un régime faible. La démocratie qu'il hait engendre le démagogue qu'il est. Et cet homme fait pour écrire des poèmes baroques et des romans à la Scarron se perd dans le délire de ses difformes idées bondissant sur leur caillou comme Ezéchiel ou Zébulon.

Pendant la guerre, il publie un nouveau pamphlet, *Les Beaux Draps*. On pourrait se dire : l'Allemagne a gagné, les juifs sont persécutés, il est content, mais non, il faut qu'il donne son avis, son hystérique avis. Persécutez davantage ! Et, lorsque vient son tour de répondre de ses appels au meurtre, que tout est foutu, il a un coup de génie : il s'invente un moi bouffon et irresponsable. Moi, pamphlétaire ? Allons ! je déconnais ! Pigez rien à la rigolade ! Jamais été pour les idées, moi, mais pour la *musique* ! Et il écrit un roman soudainement détaché, un rien, une fantaisie (fort bourrative, car sa musique n'est pas moins péremptoire que feu ses idées), *Guignol's Band*. Le titre révèle ce que sera le reste de sa vie : un cirque. Céline a deviné qu'il lui fallait jouer une comédie pour être sauvé, et transformer sa défaite biographique en victoire littéraire. C'est la trilogie persécutée, *D'un château l'autre*, *Nord*, *Rigodon*, auxquels on peut ajouter *Féerie pour une autre fois* et *Normance*. Se réfugiant en Allemagne avec les restes du pétainisme et de la collaboration, il en fait un récit pétardier et transforme le château de Sigmaringen en scène d'une opérette d'Offenbach orchestrée par Méphisto. Deuxième acte, il s'enfuit au Danemark à travers une Allemagne bombardée dans une mise en scène devenue expressionniste, puis, troisième acte, quelques mois de prison lui permettent de se donner le premier rôle. Céline avait expérimenté que la hâblerie paie. Il avait crié qu'il était un génie, un peuple pressé l'avait cru. Il cria qu'il était persécuté, on oublia qu'il avait été du côté des persécuteurs. Sa façon d'écrire s'exagère, et c'est une façon de ne pas s'expliquer. Il tape sur les casseroles pour qu'on oublie le sifflement de sa faute. Comme quoi il existe une franchise qui est de l'hypocrisie. Avec une impudence inouïe, Céline hulule au malheur, alors que l'Europe fume des bonnes manières de ses amis allemands et que ses confrères collaborateurs sont fusillés. On ne peut pas dire que l'honneur, s'il est l'acceptation de la responsabilité, ait étouffé Céline.

Revenant d'exil, il se crée un personnage de petit médecin de banlieue à gilet de laine mité, suivant le conseil de Madame Elynne dans *L'Eventail de lady Windermere* : « Une femme qui se repent vraiment doit aller chez un mauvais tailleur, sous peine de ne pas être crue. » La voracité de son moi décuple. Sa forfanterie, amusante au début, devient pénible à force de rabâchage. Le cabotinage ne pense jamais qu'il pourrait être bref.

Céline, c'est Dante. Un partisan battu qui ne le juge pas comme le jeu normal des choses, mais de l'injustice, et qui enfle un sort banal à des proportions insensées. Céline était irrité quand on parlait de lui comme d'un génie comique et inoffensif, mais en même temps c'est ce qui le protégeait. Il est dans la situation paradoxale que ce n'est qu'à condition de ne pas le prendre au sérieux qu'on peut le prendre au sérieux. C'est ce que font ses partisans actuels pour le désinfecter, après une journée des dupes qui dure depuis soixante ans entre une certaine droite l'aimant en réalité pour son racisme et une certaine gauche pour ce qu'elle croit être sa destruction de la société bourgeoise par la destruction du langage. On voudrait conclure que Céline est un de ces écrivains ingénus qui se sont laissé assommer par les idées, mais Céline n'est pas un ingénu. C'est un homme qui a l'explication du monde. Si elle perd, il en change, car au convaincu il n'importe que de l'être. A la fin de sa vie il était passé au péril jaune.

Il avait eu le temps de nous répéter, interview après interview, qu'il avait inventé un style unique, sans prédécesseurs et sans successeurs. Or, il est sorti tout furibond de Jules Laforgue. L'emploi des points d'exclamation, des points de suspension, le style de l'« émotion », ce sont *Les Complaintes* et les *Moralités légendaires*, la tendresse en moins et les trépignements en plus. Dans les *Entretiens avec le Pr Y*, il expose son art d'écrire avec un orgueil qui se donne l'air de la vanité. Comme *il a l'air* de ne pas ressembler aux autres, il est content. S'agace de ce qu'on lui parle de sa ponctuation, mais en même temps, c'est cela qu'il vante. Et c'est cela qui le persuade qu'il est supérieur. Lucain avait un style cailouteux, Virgile un style simple ; Fénelon dit : « Lucain devait naturellement croire qu'il était plus grand que Virgile » (*Lettre à l'Académie*). Plus encore que hâbleur, Céline était coquet.

📖 « Les confidences se regrettent toujours. » (*Et je n'arrive pas à retrouver où j'ai relevé cette phrase.*)

> 1894-1961.
> ♦
> *Voyage au bout de la nuit* : 1932. *Mort à crédit* : 1936. *Bagatelles pour un massacre* : 1937. *L'Ecole des cadavres* : 1938. *Les Beaux Draps* : 1941. *Guignol's Band* : 1944. *A l'agité du bocal* : 1948. *Féerie pour une autre fois* : 1950. *Normance* : 1954. *Entretiens avec le Pr Y* : 1955. *D'un château l'autre* : 1957. *Nord* : 1960. *Rigodon* : posth., 1969.

CENDRARS (BLAISE) : Cendrars est rouge. Rouge viande, rouge sang, rouge ballon, rouge feu d'artifice, rouge coup de soleil, rouge charbon dans la soute, rouge de rire, rouge. Une grande partie de sa littérature est expliquée par un vers d'un de ses premiers poèmes, « La Prose du Transsibérien et de la petite Jehanne de France » : « Car l'univers me déborde. » Cendrars n'est pas un blasé. Il trouve « la vie pleine de choses surprenantes » (*Feuilles de routes*). En fait, c'est moins la vie qui est surprenante que lui qui a un tempérament à s'enthousiasmer. La vie n'a jamais de qualités que celles que les écrivains lui donnent. Et d'ailleurs, rouge. Avec une forte teinte de noir. Quand on les observe superficiellement, les gloutons de la vie en semblent les adorateurs, mais, souvent, ils la haïssent. « Je suis une espèce de brahmane à rebours [...] qui méprise la vie de toutes ses forces » (*Une nuit dans la forêt*). Ainsi Malraux, qui aimait Cendrars, n'accordait pas une valeur primordiale à la vie ; et, de même que les *Antimémoires* (livre que Cendrars aurait pu écrire, s'il avait été ministre) se passent souvent en voiture, bien des poèmes de Cendrars ont lieu dans des trains et des bateaux, endroits d'où l'on regarde la vie. De même encore, le voyageur Malraux adorait les musées, où ne se trouve pas non plus « la vie », et le voyageur Cendrars a écrit un des *Poèmes nègres*, « Les grands fétiches », au British Museum. L'inspiration est où nous mettons notre souffle.

Il prétend écrire des « histoires vraies », comme si les romans et les nouvelles étaient des histoires fausses ; il appelle roman un récit comme *L'Or* ; dans *Bourlinguer*, il trouve Saint-Simon plus « romanesque » que Balzac : plus qu'un romancier, c'est un conteur. Très bon conteur, surtout dans le domaine des souvenirs. Ses récits « autobiographiques » (je mets le mot entre guillemets parce qu'il n'y est pas exclusivement question de lui) pourraient être réunis en un volume : *Une nuit dans la forêt*, *Vol à voiles/Prochronie*, *L'Homme foudroyé*, *La Main coupée*, *Bourlinguer*, *Le Lotissement du ciel*, avec les recueils *Histoires vraies*, *La Vie dangereuse* et *D'Oultremer à Indigo*. On y voit Cendrars inquiet, vorace, bougeant, pitoyable, d'assez peu d'humour mais de beaucoup de gaieté, et un grand reporter, vraiment grand : au lieu de sauter dans la soute de tel énorme événement, il décrit de petits événements que son grand talent fait s'envoler. *D'Oultremer à Indigo* contient un de ses meilleurs portraits, « L'Amiral » ; il y a aussi Rossi dans *La Main coupée* et la série des aquarelles obscènes du *Plan de l'Aiguille*. Cendrars est ce qu'on appelle un homérique, c'est-à-dire un grand rusé qui prend du plaisir à raconter des histoires *épatantes* pour ses copains de table. Sur lui-même, il est d'une absence totale de pudeur. Non par provocation, naïvement, comme un enfant (roublard).

Il ne ment pas, il imagine, et c'est bien autre chose. Il range la réalité, si dérangée, selon l'ordre le plus probable à ses yeux. Tout au plus a-t-il des moments hâbleurs, un certain étalage de lectures rares comme font souvent les autodidactes, mais la hâblerie n'est pas le mensonge : c'est encore une naïveté. Souvent, vérification faite, cinquante ans après leur mort, on se rend compte que ces gens-là disaient la vérité, en gros. Ainsi a-t-on douté que Cendrars eût publié en 1909 le poème de *La Légende de Novgorode*, comme il l'inscrivait dans ses pages « du même auteur », jusqu'à ce que, en 1995, on le retrouve, dans une traduction russe, chez un bouquiniste de Sofia. De même a-t-on cru une invention le film qu'il disait avoir filmé en Italie, *La Venere nera* (*La Vénus noire*), jusqu'à ce que, en 2001, la nouvelle édition de ses œuvres complètes assure qu'il « semble bien avoir été mené à terme et même distribué en Italie ». La plupart des écrivains vivent des vies tellement chétives que, dès qu'il y en a un moins taupe que les autres, on ne le croit pas. Et d'ailleurs, les taupes sont-elles véridiques ? Que Cendrars ait vécu ce qu'il écrit est égal. Si c'était la condition de la qualité, les souvenirs de n'importe quel bagnard seraient un grand livre. Le grand livre, ce sont *Les Misérables*, non les mémoires de Jean Valjean, s'il les avait écrits.

En poésie, Cendrars, c'est Alexandre Dumas qui se serait mis à écrire du Walt Whitman. Il compose ses poèmes comme un maçon enlève son T-shirt, et en avant les moellons. Avec quelle liberté, quelle énergie, quelle gourmandise de la matérialité, quel désespoir tranquille, aussi. Voilà le mot que j'aurais dû ajouter à ma liste d'épithètes. Cendrars est un désespéré, de là sa gaieté. La gaieté est souvent un combat.

Cendrars et Apollinaire sont à la poésie moderne ce que Braque et Picasso ont été au cubisme. Même controverse sur l'antériorité de l'invention entre le « Zone » d'Apollinaire, publié en septembre 1912 dans *Les Soirées de Paris*, et « Les Pâques à New York » de Cendrars, publié dans *Les Hommes nouveaux* en novembre de la même année. (Cendrars avait envoyé son manuscrit à Apollinaire qu'il ne connaissait pas en septembre, on ne sait pas s'il l'a lu.) Vers libre, catholicisme et automobiles pour l'un, vers libre, Christ et métro pour l'autre. J'aurais tendance à dire que Cendrars comme Picasso était un voleur tranquille, prenant partout ce qui était utile à son génie, mais qui sait ? Il a écrit : « Apollinaire/1900-1911/Durant douze ans seul poète de France » (« Hamac », *Dix-neuf poèmes élastiques*), et ils n'ont pas été trop de deux à ouvrir les fenêtres de la poésie, qui sentait le renfermé, après trente ans de symbolisme. Entrèrent métros, automobiles, aéroplanes, TSF, journaux, toutes les choses de la *vie quotidienne*, comme avait dit Laforgue, et tout ce banal, n'ayant jamais été montré, devint original. La poésie n'avait pas paru aussi jeune depuis les romantiques.

Ces poètes de l'extérieur ne partent jamais sans leur « je ». Leurs voyages en sont très intérieurs : du je qui bouge. Cela produit de magnifiques ruminations dans la prose aussi bien que dans les poèmes de Cendrars, par exemple le splendide *Une nuit en forêt*. (Un de ces livres de jeunesse où nous avons l'impression d'avoir mille ans.) Il ne jette pas tout le symbolisme à la poubelle : comme Apollinaire, il a été marqué par Gourmont, de qui il parle avec affection, et « Les Pâques à New

York », outre les citations latines extraites du *Latin mystique* de Gourmont, contient le très symboliste vers : « D'étranges mauvaises fleurs flétries, des orchidées », écho du « fleur hypocrite, fleur du silence » des *Litanies de la rose* du même Gourmont. Dans l'un des derniers distiques, Cendrars dit :

> Seigneur, l'aube a glissé froide comme un suaire
> Et mis à nu les gratte-ciel dans les airs

et le XXe siècle commence. Le XXIe siècle a peut-être commencé le jour où le gangstérisme camouflé en foi religieuse a lancé deux avions sur les tours du World Trade Center, comme pour se venger du vers unique et final : « Je ne pense plus à Vous, je ne pense plus à Vous. » Nous sommes entrés dans les temps atroces de la religiosité. Ils font relever le menton des superstitions et fournissent aux assassins des troupes de crédules.

Il y a parfois plus d'éjaculation que d'art chez Cendrars, et sa prose peut avoir, comme celle d'Alexandre Dumas, un manque de réflexion qui entraîne un manque de soigné ; mais, comme Dumas, sa jovialité l'excuse. Cendrars est un écrivain sympathique, mieux que cela : amical, mieux que cela : fraternel. Comme Dumas, comme Apollinaire, comme Romain Gary. Affectueusement bourru, bourru envers lui-même, c'est un ours qui offrirait son miel.

📖 « Et c'est pourquoi l'écriture n'est ni un mensonge, ni un songe, mais de la réalité, et peut-être tout ce que nous pourrons jamais connaître de réel. » (*Hollywood, la Mecque du cinéma.*)

> 1887-1961.
> ♦
> *Dix-neuf poèmes élastiques* et *Du Monde entier* (*Les Pâques à New York, Prose du Transsibérien et de la petite Jehanne de France, Le Panama ou les Aventures de mes sept oncles*) : 1919. *Feuilles de routes* : 1924. *L'Or* : 1925. *Le Plan de l'Aiguille* : 1927.

> *Une nuit dans la forêt* : 1929. *Vol à voiles/Prochronie* : 1932. *Hollywood, la Mecque du cinéma* : 1936. *Histoires vraies* : 1937. *La Vie dangereuse* : 1938. *D'Oultremer à Indigo* : 1940. *L'Homme foudroyé* : 1945. *La Main coupée* : 1946. *Bourlinguer* : 1948. *Le Lotissement du ciel* : 1949. *Du Monde entier au cœur du monde*, première édition des poésies complètes : 1947. *La Légende de Novgorode* : posth., 1996. *Poésies complètes*, avec 41 poèmes inédits : posth., 2001.

CE QU'IL Y A PEU DANS LES ROMANS : En France, il y a peu de romans avec des étudiants et des universitaires. Les écrivains y sont très peu diplômés. Il y a peu de descriptions sérieuses des très grandes entreprises : j'ai entendu l'adjointe d'un des entrepreneurs les plus puissants de France rire d'un roman supposé acide sur la question en pariant que son auteur était tout au plus un ancien comptable de PME. Il y a peu de tourisme, alors que ces boomerangs de grandes migrations sont un des événements les plus étonnants des cinquante dernières années. Relativement à ce que nous entendons dans la vie, il y a très peu de conversations politiques. C'est avisé, car les conversations politiques, c'est comme la pluie et le beau temps, du poncif pour boucher des trous, et le roman, lui, crée des trous. (Dans l'inutile.) Et bien sûr, le roman n'est pas un échantillonnage représentatif de la société.

Si j'excepte quelques romanciers moqueurs de la fin du XIXe siècle comme Georges Courteline, les satires de la bureaucratie sont une spécialité de la Russie des derniers empereurs et de l'U.R.S.S. des derniers premiers secrétaires. Soljenitsyne fait une description lourde, impitoyable et comique des bureaucrates qui contrôlaient les écrivains dans *Le Chêne et le Veau*.

Où que ce soit, les romans montrent peu de femmes imbéciles. C'est par galanterie, même de la part des romanciers misogynes. Un reste de bienséance leur fait préférer décrire des méchantes. Le cinéaste comique Mack Sennett disait : « Nous ne nous moquons ni de la religion, ni de la politique, ni des races, ni des mères. Une mère ne recevra jamais de tarte à la crème. Une belle-mère, oui. Jamais une mère. » Eh bien, parlez-moi d'absence de préjugés ! Pourquoi une mère serait-elle moins risible qu'une belle-mère ? Et la tragédie de la belle-mère, on y pense ? Aucun groupe en tant que tel n'est sacré, aucun détestable. Il n'y a que des individus, et les individus peuvent être des saints, des pitres ou ce que l'on voudra.

> Georges Courteline : 1858-1929. Alexandre Soljenitsyne, *Le Chêne et le Veau* : 1975.
> ◆
> Mack Sennett : 1880-1960.

CE QUI A DISPARU DES ROMANS : Le struggle-for-life (avec les traits d'union). Les mouvements browniens (de la foule qu'un personnage regardait d'un étage). La pomme d'Adam saillante d'un personnage. Les *conduites intérieures* (voitures). Le shake-hand (avec trait d'union là encore) lorsque deux personnages anglais se rencontrent, alors que les Anglais ne se serrent pas la main. C'étaient les lieux communs des romans français des années 1930. A chaque période les siens.

CHAMFORT (NICOLAS DE) : Chamfort a écrit plusieurs pièces de théâtre à succès, comme *Le Marchand de Smyrne* (il ne s'agit pas d'Edouard Balladur), dont il ne reste rien. Du moins aujourd'hui, car il suffit que demain on les représente et qu'elles plaisent pour qu'elles re-existent. En attendant, nous lisons les « Maximes et Pensées » et les « Caractères et anecdotes », première et deuxième parties des *Produits de la civilisation perfectionnée*, publiés posthumes par son ami Guinguené (le titre est de Chamfort).

Moins littéraire que journaliste (il n'a aucune lecture), il recopie des commérages de troisième ou quatrième main avec une naïveté étonnante de la part d'un homme qui a connu la cour : elle vient de ce qu'il a envie d'y croire. Chamfort est un rétrécisseur. Toute époque est étroite dans l'œil de qui veut la voir telle, et tel sembla à Saint-Simon le règne de Louis XIV lui-même ; Saint-Simon met dans sa description un génie maniaque, tandis que Chamfort, dénué de la sécheresse habituelle aux auteurs de maximes, a quelque chose d'effiloché, de traînant, de déçu, qui change du stéréotype crachat et talon tourné de ce moyen d'expression. Quand c'est moins bon, c'est qu'il est amer, quand c'est meilleur, c'est qu'il est désenchanté.

> Paris, ville d'amusements, de plaisirs, etc., où les quatre cinquièmes des habitants meurent de chagrin.

S'il n'y avait que Paris !

> Un courtisan disait, à la mort de Louis XIV : « Après la mort du roi, on peut tout croire. »

Paris ou la cour, c'est un monde où

> La rareté d'un sentiment vrai fait que je m'arrête quelquefois dans les rues, à regarder un chien ronger un os.

C'est une phrase de Diogène. Et après tout, si, à force de nous parler de la stupidité de Louis XV, il nous fait conclure qu'il exagère, Louis XV n'en reste pas moins l'homme qui n'aime pas que son médecin lui dise « il faut ».

> Le roi, choqué de ce mot, répétait tout bas, et d'une voix mourante : Il faut, il faut !

C'est dans Chamfort qu'on voit le mieux la pesanteur du despotisme, la petitesse rieuse de la courtisanerie, l'insolence des titres.

Là où il est le meilleur, c'est dans les maximes où parle un certain « M… » qui doit être lui.

Dans le monde, disait M..., vous avez trois sortes d'amis : vos amis qui vous aiment ; vos amis qui ne se soucient pas de vous, et vos amis qui vous haïssent.

Chamfort était un mécontent, irrité d'être où il était, c'est-à-dire au service des nobles, qu'il méprisait. Il en devint un homme qui démissionnait en permanence (du secrétariat des commandements du prince de Condé, par exemple), ce que les gens de pouvoir n'admettent pas ; Mitterrand avait horreur de ça. Enthousiasmé par la Révolution, Chamfort adhère au club des Jacobins, mais, écœuré par les Robespierre, les Saint-Just et les Marat, il les critique : en prison. Libéré, craignant une nouvelle arrestation, il tente de se suicider, est sauvé par des amis, meurt durant sa convalescence. Cet homme plein de rancœur ne s'aimait pas, finissant par concevoir de la rancœur contre lui-même ; ne s'aimant plus, il n'aima plus rien. Je me demande si on peut se créer un caractère plus malheureux.

📖 « M. d'Ormesson, étant contrôleur général, disait devant vingt personnes qu'il avait longtemps cherché à quoi pouvaient avoir été utiles des gens comme Corneille, Boileau, La Fontaine, et qu'il n'avait jamais pu trouver. Cela passait ; car, quand on est contrôleur général, tout passe. » (*Produits de la civilisation perfectionnée.*)

1740-1794.

Le Marchand de Smyrne : 1770. *Produits de la civilisation perfectionnée* : posth., 1795.

CHARLATANISME : Il y a chez certains bons écrivains une teinte de charlatanisme qui nous les gâte. Corneille, Chateaubriand, Hugo, tant d'autres. Doués de talent, ils se sont dit : il est injuste que ce talent attende poliment qu'on lui donne la place qui lui revient. Et leur talent s'est abîmé de petites taches de malhonnêteté.

Le charlatan en chef du XVIIᵉ siècle a été Guez de Balzac. Le charlatan en chef du XVIIIᵉ siècle a été… s'il était moins fou, je dirais Rousseau. Le charlatan en chef du XIXᵉ siècle a été Hugo. Le charlatan en chef du XXᵉ siècle a été Céline. Un charlatan est déjà né au XXIᵉ siècle, mais c'est trop facile, avec notre régression vers l'émotivité, l'ignorance et la rancune : on n'a même plus besoin de génie. Il sera doublé par des chefs de secte pompeux, et les honnêtes écrivains soupireront, s'ouvrant calmement les veines sans attendre l'arrivée des Goths. On a beau nous dire que les barbares qui ont pris Rome en ont aussi pris la langue et perpétué les institutions, où est passée la littérature latine, où sont les Catulle de 300, les Sénèque de 400, les Lucrèce de 500 ? Il n'y avait plus que des charlatans, disant aux foules ce qu'elles voulaient entendre et disparaissant avec elles.

CHARTREUSE DE PARME (LA) : C'est un roman qui comporte mille qualités et le principal défaut de Stendhal : son urticaire de propagande politique. Son début, tant vanté, est pour moi une pièce d'éloquence assez bête.

> Le 15 mai 1796, le général Bonaparte fit son entrée dans Milan à la tête de cette jeune armée qui venait de passer le pont de Lodi, et d'apprendre au monde qu'après tant de siècles César et Alexandre avaient un successeur.

Comme si Charles XII de Suède et tant d'autres conquérants n'avaient pas existé depuis César. Il est ensuite question de « la masse de bonheur et de plaisir qui fit irruption en Lombardie avec ces Français », ces soldats qui « riaient et chantaient toute la journée ». Après avoir un peu pillé, sans doute, puisque malgré les restitutions il nous reste quelques tableaux au musée du Louvre. L'auteur le dit, « on affichait l'avis d'une contribution de guerre de six millions ». Et ils avaient peut-être un peu violé la Lombarde, ces libertadors ? Non, non : « dans les campagnes l'on voyait sur la porte des chaumières le soldat français occupé à bercer le petit enfant de la maîtresse du logis ». On n'a pas fait aussi impertinent jusqu'aux films soviétiques où des sosies de Staline prenaient de petites Baltes sur les genoux en leur faisant d'effrayants sourires de bon-papa. Et cela de la part de l'homme qui a écrit que la politique dans un roman est un coup de pistolet dans un concert (*Le Rouge et le Noir*, II, 22, *Racine et Shakespeare*, II, 5, *Armance*, XIV). Nous ne sommes pas toujours conséquents.

Il contredit lui-même sa prétention à écrire sans emphase. Si l'on prend les trois premières pages du livre, on trouve : « apprendre au monde » ; « miracles » ; « miracle descendu du ciel » ; « génie » ; « mœurs nouvelles et passionnées » ; « les actions héroïques ». Et, comme toujours, cela passe à la quatrième page. Ici, c'est celle où le lieutenant Robert raconte son séjour chez la marquise Del Dongo (Stendhal met del Dongo, le premier *d* minuscule, francisant l'usage italien) ; et ce qui se passe c'est que, quand le majordome voit les pauvres habits du lieutenant, *celui-ci* est « dans un mortel embarras ». Fin de la propagande, arrivent les personnalités. Les aimables, entre autres : la marquise a invité sa nièce, Gina, qui se moque du lieutenant, lequel le raconte *à son désavantage*. Il se moque de lui-même. La morgue a disparu. Nous voici dans le bon Stendhal.

C'est le roman des ragots. Un ragot calomnieux (comment Fabrice aurait tué Giletti), et s'ensuit une cascade d'embêtements qui s'épaissit d'autres ragots. Chose très française, très claire pour un Français, alors qu'à l'étranger on ne voit souvent dans *La Chartreuse de Parme* qu'un roman d'amour.

Or l'amour, je l'y vois presque accessoire, et même un peu plaqué, pour faire passer le reste auprès du grand public. Le reste : le sordide français révélé par cette Parme qui n'est pas Parme. Balzac, qui écrivit un long article élogieux sur le roman (soixante-douze pages dans la *Revue parisienne* du 15 octobre 1840 : soixante-douze pages d'un excellent écrivain de seize ans plus jeune que vous, c'est autant de vie gagnée après la mort), reprocha à Stendhal, dans une lettre, d'avoir appelé sa ville Parme. « Laissez tout indécis comme réalité, tout devient réel ; en disant Parme, aucun esprit ne donne son consentement. » C'est ce que fit Proust en inventant Combray, qui n'est pas Illiers. Cependant, lorsqu'on situe sa fiction dans une capitale, il devient compliqué de l'inventer, car rien ne peut faire que la capitale de la France soit une autre ville que Paris (cela tient au fait que Paris, ou Londres, ou Pékin, a une très longue vie de pensée), et Proust ne put pas faire autrement que d'appeler Paris, Paris. Et si Parme était la capitale du duché de Parme, elle était peu évocatrice : c'est un argument pour la garder. Peut-être Stendhal n'avait-il tout simplement pas réfléchi à la question : il situe *Lucien Leuwen* à Nancy, assez belle ville, et n'y décrit que des rues laides ; son Nancy est comme Parme, une autre ville sous le nom de Nancy. Balzac ajoute : « il est impossible de ne pas reconnaître, dans le comte Mosca, le plus remarquable portrait qu'on puisse jamais faire du prince de Metternich [...]. L'Etat de Parme et le fameux Ernest IV me semblent également être le prince de Modène et son duché ». Stendhal aurait pu répondre que, à son tour, Balzac ébranle la véracité de la fiction, et qu'il aurait enragé qu'on lui dise que son Rastignac *était* Thiers.

Pour en revenir à l'amour, il est de la logique de Clélia qu'elle devienne amoureuse de Fabrice prisonnier, mais le contraire ? D'amour de Fabrice pour Gina Del Dongo, sa tante (son épatante), il n'y a pas ; de Gina pour Mosca, non plus ; les lie un sentiment moins sauvage, la tendresse. C'est la mort et non l'amour qui achève le livre : mort de l'enfant qu'ont eu Clélia et Fabrice, mort de Clélia puis de Fabrice. Je regrette qu'ils meurent si vite, ces deux-là. Je verrais bien Clélia vieillie d'un seul coup, fripée, ternie, vivant dévote près de son mari ; Fabrice, retiré dans sa chartreuse, se serait mis à l'astrologie comme son cher abbé Blanès. Il est vrai qu'avec ce que je propose, le livre durerait cent pages de plus. Jean Paulhan disait que passé un certain âge il faut une tuberculose pour lire *A la recherche du temps perdu* : pour l'écrire aussi. Cela a moins à voir avec le travail qu'avec le plaisir, d'ailleurs. On dirait que Stendhal, à un certain moment, n'a plus eu envie d'en éprouver, qu'il a tranché pour se séparer de ce roman qui n'allait pas tarder à l'agacer, cinq cents pages de *rebondissements*, ah, assez.

Il a dit l'avoir écrit en cinquante-trois jours. J'ai compté : il y a un million de signes, que divise 53 égale 18 867 signes, que divise 1 500 signes par page égale 12,5 pages par jour. Stendhal a fanfaronné : il est impossible d'écrire douze pages et demie par jour, à moins d'être un bâcleur. Au fait, il en est souvent un. *La Chartreuse de Parme* comprend beaucoup de négligences. « Les fautes que commet M. Beyle sont purement grammaticales ; il est négligé, incorrect à la manière des écrivains du XVIIe siècle », dit Balzac dans son article. « Ces fautes assez grossières annoncent un défaut de travail. » A la décharge de Stendhal, s'il bâcle certains passages par hâte, comme les répétitions par inattention, d'autres le sont par calcul, comme les admirables répétitions qui signalent des tics de pensée des personnages. Il a écrit, dans un brouillon de réponse à l'article de Balzac : « J'ai dicté le livre que vous protégez en 60 ou 70 jours » (16 octobre 1840). Car il l'a dicté, ce livre dont nous ne possédons pas le manuscrit, sans doute à partir de notes, et il a plus travaillé qu'il ne le dit ou le pense. On croit parfois n'avoir rien fait, et on se retrouve avec deux cents pages de projets.

Dans ce curieux mélange de roman courtois et de *Scènes de la vie parisienne*, de jeu d'échecs politique et de livret d'opéra sur un jeune homme enfermé dans une tour qui correspond avec la fille de son *geôlier* (je le mets en italique comme il l'aurait fait, ce vieux mot presque kitsch), de fable et d'antifable (et c'est l'antifable qui le fait grand), qui parfois nous caresse et d'autres fois nous griffe, dans ce roman qui est un chat, j'ai une prédilection pour Ranuce-Ernest, Mosca, Gina. Quels personnages ! Le vilain Ernest, *prince qui a peur*. Mosca et sa lucidité indifférente, ni terroriste de la pureté, ni cynique de la corruption, anti-Thomas Becket et anti-Roland Dumas à la fois, sans conviction mais à principes, désabusé mais agissant, homme trop bien pour pouvoir devenir un « grand homme ». Gina et son courage. Elle est la fin de la chaîne de l'évolution vers l'*énergie gaie*, pour parler Stendhal, qui commence à Madame de Rênal dans *Le Rouge et le Noir*, une Madame Bovary freinée par une éducation aristocratique de province, et se poursuit par Mathilde de La Mole dans le même roman, une révolutionnaire qui voudrait dégrader les autres tout en gardant son titre. Je ne vois pas comment on pourrait ne pas s'enthousiasmer pour Gina.

📖 « C'est s'empêcher de mourir, se disait-elle, ce n'est pas vivre. » (Gina.)

|| 1839.

Chasse à courre (La) : Maurice Sachs, c'est Beaumarchais qui avouerait. « J'aime l'intrigue », dit-il dans ces mémoires inachevés et posthumes. Et c'est tout naturel. Quand il parle de « cette versatilité de pensée, cette légèreté de conscience amorale, ce mimétisme de milieu qui me sont propres », il ne se vante pas, ne se fustige pas non plus : il est d'un amoralisme tranquille et reposant. C'est avec une grande simplicité qu'il écrit des choses comme : « Je couchai avec lui par acquit de conscience. » Avec d'autant plus de simplicité qu'il n'a pas de conscience.

La Chasse à courre est un livre extraordinaire pour ses descriptions de moments où l'on met généralement beaucoup d'emphase. L'exode de 1940, le gouvernement de Bordeaux.

Il s'y était déjà replié en 1870 et en 1914. Défaite, capitale Bordeaux. Des milliers de Parisiens se retrouvent dans la pagaille, puis retour rapide à Paris où l'on rencontre déjà des femmes sur les genoux de soldats allemands. Sachs dit des choses qu'il ne faut pas dire :

> L'armistice était signé ; la France observait une journée de deuil où quantité d'officiers firent leur habituelle bombance dans les restaurants cotés.

Selon lui, « le gouvernement gouvernait contre le vœu de la nation [...] ». L'expression « quarante millions de pétainistes », si flatteuse aux Français, qui adorent se dénigrer, c'est une autre façon de se rendre intéressant, n'a en effet pas pu être vraie très longtemps, mécontents de tout comme nous le sommes toujours. La suite de la phrase de Sachs est : « mais, comme le moindre mot adverse dit en public apportait des sanctions, que la presse n'était ouverte qu'aux partisans de la collaboration, "laissez faire" restait le mot d'ordre ».

Ni la façon dont les peuples cèdent aux gouvernements qui eux-mêmes cèdent aux militaires, ni cette « débrouille » que lui-même pratique (« Allô, chéri, écoute, j'ai trois tonnes de sucre à soixante francs le kilo ») ne plaisent à Sachs, amoraliste à crises de moralité. Il ne devient vertueux que quand il réfléchit, il ne réfléchit que quand il s'arrête, et il ne s'arrête que très occasionnellement. Son moralisme subit se remarque à des archaïsmes de langage : « La France [...] ne se pouvait plus flatter [...]. » Après quoi, dégoûté, il fait du fatalisme politique : « Gouffre d'ailleurs fort vivable, si les Français renoncent comme il le faudra bien à de glorieuses suprématies maintenant destinées à d'autres, et se contentent de végéter [...]. » Sachs se fait trafiquant. Comme Balzac, qu'il cite beaucoup, il est pénible dans les descriptions des affaires financières. Sachs se retire dans la Creuse, puis part pour l'Allemagne ; il y écrit ce livre, auquel on a adjoint d'intéressantes lettres. Hambourg est bombardée. « Une étrange gaieté naît de l'absence de soucis. Il n'y a plus de soucis quand le drame extérieur prend cette ampleur. On attend, on rit, on fait l'amour, on s'abandonne aux risques, on parle à tout le monde. »

Sa deuxième grande affaire, c'est l'amour. Si graves que soient les circonstances, « chacun, à tout moment, tend toujours à sa norme, de confort, de débauche, de plaisir ou de quiétude ». Sa norme à lui est la débauche. Et ça couche, et ça couche, ce qui donne parfois de jolies réflexions mélancoliques, comme avec le jeune passeur dans les fougères (« "Tu n'aimes pas les femmes ?" "Oh ! si. Mais ça, ça me plaît bien de temps en temps." Je croyais déjà l'aimer. ») La débauche, quelle monotonie !... Si elle donne lieu à des réflexions comiquement insolentes, comme lorsqu'il ouvre afin de l'aérer une valise remplie de viande de contrebande, et :

> Je ne sais comment nous eûmes la santé de faire l'amour dans le seul lit qu'on avait mis à notre disposition, devant cet étal sanglant. Mais quoi ! ce n'était que du veau !

elle lasse, et il lui vient des désirs bourgeois. Il s'imagine en père de famille aimant d'amour pur, et se fait confier l'éducation d'un enfant (qui le déçoit, il le laisse). « Tout ce qui vit du vice est assez ordonné, et les masseuses parlaient beaucoup de mariages, noces, il est vrai, qui ne se célébraient jamais. » La vertu est du domaine du rêve, et le vice a l'habitude de l'organisation. (J'emploie « vice » et « vertu » pour aller plus vite, et comme Sachs lui-même.) Sachs peut être un destructeur d'amours, comme les homosexuels qui rêvent d'une humanité de solitaires malheureux *pour les consoler*, plus encore que pour se donner une éventuelle chance de coucher avec des affaiblis ; et, quand il tombe sur une petite femme laide et énergique qui défend son couple, le gras Sachs recule. Il y a en lui quelque chose de Pompée, disons qu'il devait y avoir du Sachs en Pompée.

Il donne la raison de sa conduite : « si je n'avais professé pour tous les hommes en général un profond, un absolu mépris (pour tous les hommes, dis-je, y compris moi-même) [...] ».

Le drame de Sachs est qu'il ne s'estimait pas. S'il ne s'estimait pas, c'est qu'il ne s'aimait pas. S'il ne s'aimait pas, c'est peut-être qu'il n'avait pas été aimé. Une de ses lettres d'Allemagne contient une observation très exacte sur Don Juan et très triste sur lui, avec son mot en capitales : « Don Juan lui-même n'avait sans doute jamais été AIME. »

📖 « Il accepta le projet, avec un élan de jeunesse dévotieuse et enthousiaste qui me fit mesurer combien j'avais vieilli, depuis que de semblables élans étaient les miens. »

‖ Posth., 1948.

CHATEAUBRIAND (FRANÇOIS RENÉ DE) : Lorsque Chateaubriand parut, il étonna : le public et son ami le critique La Harpe trouvèrent *Atala*, *René* et le *Génie du christianisme* prodigieux. Et nous, nous les trouvons passables, passables avec de bons morceaux. La *Vie de Rancé* et les *Mémoires d'outre-tombe*, ses derniers livres, ont roulé sur eux comme une vague et les ont rejetés au loin. C'est une des lois du talent, qu'il peut être injuste envers lui-même.

Bien sûr Chateaubriand prend une pose avantageuse, bien sûr le début des *Mémoires d'outre-tombe* est ridicule par son trépignement « Napoléon et Moi », mais il s'en rend compte, et assez vite s'interrompt et se raille lui-même. En voici un exemple dans la scène de son départ pour Prague comme ambassadeur de la duchesse de Berry : « tandis que Hyacinthe, Baptiste, le cicérone et mon excellence, nous cahotions dans notre calèche rapiécée […] » (*M.O.T.*, XLII, 3). Ce qui est d'ailleurs une autre façon d'être vaniteux. La façon des « grands seigneurs », qui se moquent de leur seigneurie mais sans oublier de rappeler qu'il y en a une.

« Je les ai parcourues moi-même, ces steppes, sous le poids de mon esprit » (*Vie de Rancé*, ce beau livre où il se fout de tout, beau parce qu'il se fout de tout). Au premier abord, c'est risible ; au deuxième aussi, mais 1) pourquoi cela serait-il un mensonge ? Il l'a sans doute éprouvé, ce poids de son esprit. 2) Il pourrait le dire autrement, mais sa manière est-elle une affectation ? L'affectation est le naturel de Chateaubriand. Le plus souvent, loin de tout ramener à lui seul, il ramène aux autres, en généralisant son sentiment. Ce qui est d'ailleurs une autre façon, etc.

Les *Mémoires d'outre-tombe* sont l'œuvre de l'empereur des égoïstes. Chateaubriand était un petit vampire avec une très grosse tête et une longue cape, une traîne, devrais-je dire, qui ramasse dans sa marche des couronnes cabossées, des hallebardes au manche moisi, des licornes mitées, des guépards auxquels il manque une oreille, des croix engrêlées, fleurdelisées, pattées, recroisetées, grenier des armoiries de tous les cadavres qu'il aime tant se remémorer. Le plus souvent, quand il parle de quelqu'un, c'est pour dire : il est mort, j'ai vu ses funérailles, hélas, hélas ! et quel plaisir de le redire, lui qui est mort, moi qui ai vu ses funérailles, hélas, hélas ! Il a toujours fait cela, même avant le vieil âge où il a écrit ses mémoires : quand il va dans le *Nouveau Monde*, en 1791, il a vingt-deux ans, c'est pour soupirer sur les Indiens, *anciens peuples* ; quand il repart en voyage en 1806, c'est pour aller voir *Jérusalem* en passant par la Grèce *des ruines* (qu'il aime, ou plutôt qu'il dit qu'il aime, car Chateaubriand n'est pas l'homme des sentiments directs : il se voit les éprouvant) ; écrivant en 1826 un roman sur *le dernier* Abencérage, etc. Ce sentiment que la mort est un élément de la vie, qu'elle n'est pas entièrement triste, qu'on est soi-même le transporteur, le dernier peut-être, de choses dont on se moquera demain, ne manque pas de noblesse. Il est humain envers les morts.

Egoïste, vous disais-je. Et que l'égoïsme lui a fait écrire de belles phrases ! « Je suis très peu sensible à l'esprit et j'ai horreur des prétentions, écrit-il dans les *Mémoires de ma vie*. Aucun défaut ne me choque. Je trouve que les autres ont toujours sur moi une supériorité quelconque. » (Voir aussi le chapitre des *Mémoires d'outre-tombe* intitulé « Défaut de mon caractère ».) Et c'est possible. De cet homme qui a été un homme politique, avec des opinions très nettes (évoluant d'un monarchisme ultra à une certaine modération), je ne dirais pas que c'est un relativiste, mais 1) il ne juge jamais les mœurs anciennes selon les mœurs modernes, 2) il relate tous les faits, y compris ceux qui semblent contredire ses démonstrations ; ainsi, dans l'*Analyse raisonnée de l'histoire de France*, que c'est sous un roi qu'il qualifie de tyran, Louis XI, que l'imprimerie s'est installée en France. Il est contre le légendaire. Et par là plus près de Voltaire qu'il ne le croyait. Ou bien il le savait très bien, mais il l'a caché pour ne pas déplaire à sa clientèle.

Ses biographes disent qu'il a menti, mais ils ne signalent pas les moments où il dit la vérité. Et qui sont les plus nombreux. Il est généralement véridique dans ce qui paraît invraisemblable : par exemple, lorsqu'il dit avoir trouvé une lettre qui avait glissé derrière un tiroir et où Talleyrand conseillait à Napoléon d'assassiner le duc d'Enghien ; cette lettre, un autre homme en a eu connaissance et en rapporte des phrases *dans les mêmes termes que lui* : Méneval, le secrétaire de Napoléon. C'est dans le croyable que Chateaubriand arrange la vérité. Il décrit le même Talleyrand prononçant un certain discours à la Chambre des pairs, alors que Talleyrand l'a écrit, ce discours, mais pas prononcé. Au reste, mensonge ? Il a pu croire se rappeler que Talleyrand l'avait réellement prononcé. Lui et Talleyrand, c'est sa vraie grande affaire, bien plus que lui et Napoléon, mais il ne l'aurait jamais avoué. (Quant à Napoléon, sa (relativement) grande affaire littéraire n'est pas lui, mais Madame de Staël, fille d'un ancien Premier ministre de Louis XVI, d'une influence mondaine certaine en Europe.) Chateaubriand ne devait pas supporter la corruption *spirituelle* de Talleyrand, mais il devait aussi être jaloux de lui : Talleyrand avait été son prédécesseur au ministère des Affaires étrangères, et y avait mieux réussi, fut son successeur comme ambassadeur en Grande-Bretagne, et y réussit mieux (c'est lui qui conclut le traité d'alliance entre l'Angleterre et la France). De là des mensonges par omission : il se garde de rapporter ses visites à Talleyrand avant sa démission du ministère, ou ses dîners avec lui chez Madame de Custine après s'être indigné de le voir sortir de chez Louis XVIII au bras de Fouché, « le vice appuyé sur le bras du crime ». Talleyrand, lui, ne devait sincèrement pas supporter sa vanité sincèrement sans bornes. « M. de Chateaubriand devient sourd », lui dit-on sous la Restauration. Lui : « C'est qu'il n'entend plus parler de lui. » Chateaubriand, c'est ce qui devait être le plus exaspérant à ses contemporains, était enragé de sa propre publicité (je ne connais que Victor Hugo pour lui être comparable). Cela le conduisait à des actes d'aussi bon goût que de publier des *Mémoires* sur l'assassinat du duc de Berry (13 février 1820) moins de trois mois après les faits : il se trouvait à l'Opéra le soir du meurtre. Cela pouvait plaire au père du duc, le comte d'Artois, qui gagnait de l'influence sur son frère Louis XVIII qu'il persuada de nommer un gouvernement réactionnaire sous la conduite de Villèle, le maire de Toulouse (c'était avant que les fées moustachues du parti radical ne transforment Toulouse en ville centre gauche, depuis centre droit). C'est Villèle qui nommerait Chateaubriand ministre des Affaires étrangères le 17 mai 1822.

Dans ses moments mesquins, il appelle Bonaparte Buonaparte, par exemple dans la brochure *De Buonaparte et des Bourbons*, publiée en avril 1814, *les troupes alliées occupant Paris*. Quoi qu'on pense de Bonaparte, il avait gagné son nom français, il me semble ; sans même dire que, français, il l'était tout à fait légalement, et qu'il n'aimait pas les Corses. C'est comme les gens qui trouvaient d'un fin mépris d'appeler de Gaulle « Gaulle » ou de prononcer « Mitterrand » « Mitran ». Si vous appelez Kim Jong-il Nanard, vous croyez que ça lui enlèvera de la nocivité ? Enfin, si Napoléon était un si ridicule petit émigré, pourquoi un écrivain tellement supérieur à lui s'en préoccupait-il ? Un écrivain qui avait dû bien s'indigner du surnom d'« Autrichienne » donné à Marie-Antoinette, n'est-ce pas. Chateaubriand augmente la mesquinerie en disant que dans Napoléon « on aperçoit l'homme de peu, et l'enfant de petite famille », comme si sa famille à lui était illustre depuis Aménophis III, et il invente que, à Fontainebleau, Napoléon avait battu le pape et l'avait traîné par terre par les cheveux ; il a dû se dire que cette énormité serait précisément la chose la plus crue dans les provinces royalistes. Ah, il avait de petites faiblesses à excuser, comme d'avoir dédié la deuxième édition du *Génie du christianisme* au *Citoyen Premier Consul*, livre dont, selon Mathieu Molé dans ses *Souvenirs de jeunesse*, il avait précédemment soumis le manuscrit à Lucien Bonaparte « dans l'espérance de se rendre le Premier Consul favorable » ; d'avoir été nommé premier secrétaire d'ambassade à Rome par le *Premier Consul* ; d'avoir, à l'Académie française, prononcé un discours où il comparait le *Premier Consul* au Grand Cyrus. Chateaubriand n'a trouvé Napoléon infréquentable qu'après l'exécution du duc d'Enghien (1804), qui est un peu l'occupation de la zone libre de l'Empire : c'est à cette occasion qu'il a donné sa première démission d'un emploi public, le secrétariat de la légation française à Rome, la dernière ayant lieu après un ultime discours anti-Louis-Philippe à la Chambre des pairs, où il démissionne de toutes ses charges et des pensions afférentes pour devenir ce qu'il rêvait de redevenir, un écrivain indépendant.

C'est par Elisa Bacciochi, sœur de Napoléon, qu'il s'est fait nommer à Rome. Il y fréquente Madame de Beaumont, fille d'un ministre des Affaires étrangères de Louis XVI qui avait été guillotiné, elle lui apporte de la vertu royaliste. Vient Madame Récamier que, dit-on, il courtisa à l'église Saint-Thomas-d'Aquin, lui disant des choses précises pendant l'élévation (un des génies du christianisme qu'il n'avait pas mentionné dans son livre). Madame Récamier, avec Madame de Duras, fait beaucoup pour sa nomination aux Affaires étrangères. Il y a du gigolo dans la carrière de cet homme, y compris l'ennui et le mépris.

Chateaubriand est un des seuls écrivains français qui ait exercé un réel pouvoir politique, avec Lamartine au moment de la révolution de 1848 (Barrès, député d'opposition, n'avait pas de pouvoir, et Malraux, ministre de la Culture, en avait infiniment moins qu'un ministre des Affaires étrangères de la Restauration), mais Lamartine s'est mieux tenu que lui, essayant à tout moment de retenir la guerre civile : Chateaubriand, que fait-il ? Une guerre. « Ma guerre d'Espagne », se rappelle-t-il avec mélancolie dans les *Mémoires d'outre-tombe*. Ce fut une expédition contre les monarchistes constitutionnels qui avaient déposé le roi Ferdinand. Elle glissa dans un ridicule que Stendhal raconte à sa manière citronnée dans une de ses chroniques anglaises (*Paris-Londres*). On y trouve un ministre de la Guerre incapable, un banquier en prison, de l'argent public dilapidé. Moyennant quoi l'armée française gagne, et l'affaire a été un tel succès que, aux élections suivantes, Paris vote à droite pour la seule fois de toute la Restauration.

Renvoyé de son ministère des Affaires étrangères le 6 juin 1824, Chateaubriand passe aussitôt à l'opposition. Il refuse une pension que le gouvernement veut lui accorder, en grande partie pour le faire savoir. Dans cet homme si grimpé sur la grandeur, on trouve souvent une petitesse secrète. En 1828, il quitte son opposition et devient ambassadeur à Rome ; le 28 août 1829, il démissionne et repousse les avances du ministère de payer ses dettes. Le règne de Charles X sentait si mauvais en 1829 que Lamartine refuse le sous-secrétariat aux Affaires étrangères que lui offrait Polignac et Hugo un poste de conseiller d'Etat ainsi qu'une augmentation de sa pension. Quand les publicitaires d'eux-mêmes lâchent le monarque, le monarque peut trembler.

Il est entendu que la guerre civile est ce qu'il y a de plus affreux, et, depuis les tragiques grecs, la littérature se lamente sur le frère dressé contre le frère : dans les *Mémoires d'outre-*

tombe (XXXIV, 4), Chateaubriand la défend d'un ton agacé : au moins on sait contre quoi on se bat, dit-il, arrêtez de faire du sentimentalisme avec ça. C'est d'un cynisme qu'on ne verra pas jusqu'à Lénine. Et étonnant, de la part d'un homme qui, dans sa jeunesse, a connu les sauvageries de la Révolution. Le mal engendre du cynisme afin de mieux se faire admettre.

Il a donc moins qu'il n'en a l'air l'amour des causes perdues. Pour commencer, il aime une cause gagnée, la sienne. C'est de tout perdre en politique qui lui fait trouver le grand ton drapé et moqueur de la fin de sa vie.

Il est littérairement très astucieux. Il le fait parfois trop remarquer, par des phrases qui se regardent elles-mêmes et illustrent l'observation de Léon-Paul Fargue : « Une grande phrase, c'est un cri de mondaine » (*Sous la lampe*). Sans parler de : « Novateur-né, j'aurai peut-être communiqué aux générations nouvelles la maladie dont j'étais atteint » (*M.O.T.*, IV, 12). Très flatteuse maladie, n'est-ce pas. La plupart du temps, il dissimule l'astuce, grâce à sa froideur et à son égoïsme. « J'ai toujours été grand dormeur » (*Mémoires de ma vie*).

Son rythme, c'est le ricochet. « Lorsque j'entrevis la chance de devenir le favori d'une des deux puissances, je frémis ; la poste ne me semblait pas assez prompte pour m'éloigner de mes honneurs possibles. » Il emploie souvent les deux-points, non pour décrire, mais pour conclure. « Buonaparte fit reconstruire les souterrains dévastés, et leur promit sa poussière en indemnité des vieilles gloires spoliées : il a déçu sa tombe. » (*Analyse raisonnée de l'histoire de France* ; c'est de la basilique de Saint-Denis qu'il s'agit.) Il tire sur les rênes du cheval, sa phrase lève la tête, regarde, et nous nous retrouvons de l'autre côté de l'obstacle sans nous être rendu compte qu'il l'avait sauté.

Enchanteur, mais pas enchanté. Le désenchantement l'enchante. Quel plaisir il éprouve de s'avancer jusqu'au bord du dégoût ! Charles X devenu roi, il s'y attache en se doutant qu'il ne mènera la France à rien de bien ; et plus Charles X tombe, plus il est tombé, plus il s'y attache. C'est beau comme de défendre les Indiens. Et il va rendre visite à l'ex-roi, son dernier Abencérage, son ultime Natchez, en exil dans son château de Prague perché comme un tipi, portant un fantôme de couronne aux rubis rouges comme des plumes. « O mon vieux Roi, que je me plais, parce que vous êtes tombé, à appeler mon maître ! » (Chateaubriand, sa ruse ; *M.O.T.*, XXXVII, 12.) On se dit : il ne va pas oser, et il ose. Et c'est réjouissant. Une phrase des *Carnets* de Scott Fitzgerald semble avoir été écrite pour ses moments dédaigneux : « Le grand art est le mépris du grand homme pour le petit art. » Chateaubriand a en partie fait ce voyage, j'en suis sûr, en prévision des belles pages que cela lui ferait dans un livre. Que dis-je ? La moitié de sa vie a été vécue en prévision du livre.

Outre l'opposition du grand mondain au grand gendarme de la France, qu'il s'appelle, pour Fénelon, Louis XIV, pour lui, Napoléon, tous deux ont la douceur en commun. Jamais Chateaubriand ne craque, même quand il tempête. Ses éclairs sont fourbis, ses nuages mus, ses pluies jetées selon l'ordre le plus noble, le plus séduisant, le plus favorable à l'auteur. O classicisme. Mais j'oubliais qu'il est le père des romantiques. Vous voyez que ces catégories ont peu de sens dès qu'il s'agit d'écrivains très personnels. N'oublions jamais sa ruse, comme dans le discours qu'il prononce à la chute de Charles X : « Inutile Cassandre, j'ai assez fatigué le trône et la patrie de mes avertissements... » Ne s'y moquerait-il pas, en passant, du discours de Benjamin Constant avant le retour de Napoléon de l'île d'Elbe, « je n'irai pas, misérable transfuge, me traîner d'un pouvoir à l'autre... », et s'y traînant ? Il y avait des femmes entre Chateaubriand et Constant, et cela a probablement adouci leurs relations. Madame de Staël, amie de l'un, maîtresse de l'autre, Madame Récamier, maîtresse des deux successivement, et Chateaubriand, dans les *Mémoires d'outre-tombe*, dit de Constant que c'est « l'homme qui a eu le plus d'esprit après Voltaire » ; ça n'est pas vrai, mais c'est gentil. Comme Fénelon enfin, Chateaubriand nous le fait parfois au charme. Il se charme lui-même, et c'est cela qui nous charme. Il ne minaude jamais.

📖 « Tout est-il vide et absence dans la région des sépulcres ? N'y a-t-il rien dans ce rien ? N'est-il point d'existences de néant, de pensées de poussière ? Ces ossements n'ont-ils point des modes de vie qu'on ignore ? Qui sait les passions, les plaisirs, les embrassements de ces morts ? » (*Mémoires d'outre-tombe*, XXII, 25.)

> 1768-1848.
>
> ◆
>
> *Atala* : 1801. *René* et *Génie du christianisme* : 1802. *Itinéraire de Paris à Jérusalem* : 1811. *De Buonaparte et des Bourbons et de la nécessité de se rallier à nos princes légitimes pour le bonheur de la France et celui de l'Europe* : 1814. *Mémoires, lettres et pièces authentiques touchant la vie et la mort de [...] Charles-Ferdinand d'Artois, fils de France, duc de Berri* : 1820. *Aventures du dernier des Abencérages* : 1821. *Les Natchez* : 1826. *Analyse raisonnée de l'histoire de France* : dans les *Œuvres complètes* de 1826. *Voyage en Amérique* : 1827. *Vie de Rancé* : 1844. *Mémoires d'outre-tombe* : posth., 1849-1850. *Mémoires de ma vie* : posth., 1874, sous le titre *Esquisse d'un maître. Souvenirs d'enfance et de jeunesse de Chateaubriand* ; édition corrigée en 1993.
>
> ◆
>
> Francis Scott Fitzgerald, *Carnets* (*Notebooks*) : posth., 1972. Jean-François de La Harpe : 1739-1803.

CHOSES VUES : Ce carnet de notes tenu par Hugo toute sa vie a une qualité extra-Hugo : il nous renseigne sur les autres. Et par exemple Louis-Philippe, qui en sort comme un homme très intelligent et non sans hauteur. Il a payé d'être arrivé au pouvoir sur un coup de triche, au bras de Talleyrand dont la manche en dentelle laissait dépasser trop de cartes, et d'avoir imposé l'alliance anglaise à une opposition ultra qui avait horreur de la liberté autant que de la modération. « Ecoutez ceci et retenez-le, le secret de maintenir la paix, c'est de prendre toute chose par le bon côté, aucune par le mauvais. » Pacifiste ! Collabo ! Poire ! Et pourtant on l'entend critiquer ses ministres de 1830 en ces termes : « Aucun goût du vrai pouvoir. » Faux centriste ! Orléans de mes deux ! D'ailleurs il ressemble physiquement à Louis XIV !

On rencontre partout dans ce livre le fonctionnement antithétique de Hugo, qui lui fait écrire des sentences « A est non-A » : « Depuis que les monarchies existent, le droit dit : *Le fils aîné du roi règne toujours*, et voilà que, depuis cent quarante ans, le fait répond : *Le fils aîné du roi ne règne jamais* » (mai 1842).

Son espèce de charité sans douceur. De rares remarques sensibles : « Gautier vient de venir pour *Ruy Blas*. Il demande sa place. Cela nous a rajeunis. C'est comme autrefois » (16 février 1872). Autre monstre d'égoïsme.

A partir de la proscription, les *Choses vues* deviennent ennuyeuses. C'est que Hugo s'ennuie. C'était un mondain, un esprit léger, et je prends léger dans le sens positif où, me semble-t-il, il peut être pris, l'opposé de lourd, même si la lourdeur a son génie, comme chez Zola : il aime raconter ses dîners, faire des mots, citer ceux des autres. Quand, tout d'un coup, il n'a plus personne à voir, il n'a plus rien à quoi penser. Exilé dans sa petite île anglo-normande, il a des occupations d'homme qui n'a rien à faire : il fait tourner les tables, visite la Belgique. C'est aussi la période où il écrit *Napoléon le Petit* (1852), *Les Châtiments* (1853), *Les Contemplations* (1856), *La Légende des siècles* (1859), *Les Misérables* (1862), *Les Travailleurs de la mer* (1866), *L'homme qui rit* (1869). Ayant perdu le sens social à force de voir moins de gens et de rester seul dans son cerveau, il perd la tête lorsqu'il revient en France. C'est une sorte de voyage triomphal, avec harangues aux arrêts de train. Le livre contient un brouillon d'acceptation de la dictature, que personne ne lui propose, et il rapporte avec bonheur les interpellations des gens du peuple qui lui crient : c'est vous le roi de France ! Heureusement, l'air de Paris chasse les brumes anglo-normandes, ainsi que l'électorat qui, après l'avoir élu député de Paris en février 1871, le repousse à deux reprises (il avait démissionné en mars). Vers 1872, le ton des *Choses vues* cesse d'être pesant, il écrit mieux. Le ratage politique est très utile à la littérature.

Hugo avait été un faible, un brillant, allant sincèrement vers chaque nouveau régime (qui brille), et il a eu la chance inouïe d'être proscrit : Napoléon III lui a infiltré l'opposition qu'il n'avait pas. S'il dit beaucoup de n'importe quoi sur le Second Empire, il a raison de rappeler la souillure du coup d'Etat, lequel ne l'avait pas choqué de la part de Louis-Philippe (il n'y avait pas eu de morts par milliers ni de déportations). Là où il est très bien, c'est quand, Napoléon III ayant levé la proscription, il refuse de revenir en France.

Il est trop imaginatif pour ne pas voir. Ceci, par exemple, qu'on ne cite jamais, car et ses amis et ses ennemis veulent qu'il n'ait été que d'un côté : « En ce moment, voici toute ma pensée en deux mots : la Commune me fait pitié, l'Assemblée me fait horreur. Pourquoi ? Parce que l'une et l'autre font rire la Prusse aux dépens de la France » (*Fragments épars*).

📖 « Je suis en deuil des vivants. » (7 avril 1856.)

|| Posth., 1887 et 1900, puis éditions complémentaires après 1952.

CINÉMA : Presque tout le cinéma se trouve déjà dans la littérature. La découverte finale du fait qu'on regardait un film en train de se faire, par exemple, c'est *L'Illusion comique* de Corneille (1636). Les prises de vues les plus wellesiennes, comme : « il voyait tout ce qui se passait dans l'église par-dessous le bras d'un cardinal que l'on a représenté à genoux dans sa tombe », nous les avons dans *La Chartreuse de Parme* (1839) ; ou encore...

Les débuts de films à grand spectacle, longs plans sur la campagne qui se resserrent sur une ville, puis sur un quartier, puis sur la maison où se passera le drame, nous le trouvons dans Zola, dont c'est un fréquent début de roman. Pour les fins de ces mêmes films, il y a *Le Crépuscule des dieux*, d'Elémir Bourges (1884), avec scène finale et catastrophique se passant dans un hôtel des Champs-Elysées qu'assourdit un orage et qu'éclairent les éclairs de la foudre, coup de pistolet, « ah ! traître ! », et on aperçoit à l'extérieur les troupes de soldats partant pour la guerre contre la Prusse.

Racine a inventé le truc des thrillers où le méchant n'en finit pas de mourir : dans *La Thébaïde* (1664), on rapporte à Antigone que son frère Etéocle est mort au cours du duel avec son autre frère Polynice ; plusieurs répliques, puis on vient lui apprendre que, en réalité blessé, il lui restait assez de vie pour faire semblant d'être mort et que, son frère approchant, il lui a donné un dernier coup et que les deux sont morts. Dans le genre *Alien*, nous avons, d'Henri Michaux, dans *La nuit remue* (1967) :

> ... Elles apparurent, s'exfoliant doucement des solives du plafond... Une goutte apparut, grosse comme un œuf d'huile et lourdement tomba, une goutte tomba, ventre énorme, sur le plancher.
> Une nouvelle goutte se forma, matrice luisante quoique obscure, et tomba. C'était une femme.

A propos d'effets spéciaux : « et des astres que singeaient les obus », d'Apollinaire, n'a-t-il pas été repris par les metteurs en scène de *La Guerre des étoiles* et de la guerre du Golfe ?

La fantaisie des dessins animés peut se trouver, disons, dans Victor Hugo en 1829 :

> Tous ces vieillards, les ifs, les tilleuls, les érables, / Les saules tout ridés, les chênes vénérables, [...] / Lui font de grands saluts et courbent jusqu'à terre / Leurs têtes de feuillées et leurs barbes de lierre [...] (*Les Contemplations*)

ou en 1865 :

> Et les mouches triomphantes / Qui soufflent dans leurs clairons (*Les Chansons des rues et des bois*).

Dans ce genre *Fantasia* de Walt Disney, je propose, de 1831 :

> L'hippopotame lourd, Falstaff à quatre pieds, / Se dressait gauchement sur ses pattes massives / Et s'épanouissait en gambades lascives (Théophile Gautier, *Albertus*)

ou, plus ancien :

> Quand le soleil lave sa tête blonde / En l'Océan… (Joachim du Bellay, *L'Olive*, 1549.)

Les scènes de chasse où l'on voit l'animal que la balle a manqué regarder son chasseur, comme dans *Voyage au bout de l'enfer*, ne les avons-nous pas remarquées dans « La Légende de saint Julien l'Hospitalier », de Flaubert, en 1877 ? Et qui nous dira si la lune éborgnée par un obus dans le film de Méliès ne vient pas du vers : « Es-tu l'œil du ciel borgne ? » de la « Ballade à la lune » de Musset ?

Le premier tableau du *Pierrot fumiste* de Jules Laforgue, écrit en 1882, contient des scènes de burlesque muet avant le burlesque muet : « Il attrape Pierrot par un pied et tire. Celui-ci se cramponne aux coussins avec des cris de merluche. On parvient à arracher Pierrot de cette voiture. Il donne, avec une tape amicale sur la joue, un louis de pourboire au cocher ébloui. On met Pierrot dans sa voiture », etc., etc.

Les réalisateurs de jeux vidéo, avec leurs personnages qui apparaissent subitement et disparaissent aussi subitement après avoir été tués, ont bien entendu tiré cette esthétique des romans de Jean Genet, comme *Notre-Dame-des-Fleurs* où les truands convoqués pour la distraction du narrateur emprisonné surgissent dans l'histoire avec la soudaineté du désir et s'en vont une fois consommés par la vorace Divine. Start. Fire. Shield down. Reload. Fire.

La focalisation sur un détail, recul caméra, et on aperçoit un élément nouveau, existe dans *Le Rouge et le Noir*, scène du bal de La Mole :

Il parlait à Julien, le corps à demi tourné. Il vit un bras d'habit brodé qui prenait une glace à côté de la sienne. La broderie sembla exciter son attention ; il se retourna tout à fait pour voir le personnage à qui appartenait ce bras.

Je crois que, si l'homme avait su écrire sous Cro-Magnon, il aurait déjà inventé des mises en scène « cinématographiques », que la peinture a également précédées, voyez l'art rupestre, ce John Ford avant John Ford. Qu'il y ait eu influence ne prouve rien contre le cinéma, loin s'en faut : l'art naît de l'art, et le cinéma n'a pas imité, il a absorbé. L'art est un grand champ d'éponges.

Il y eut au début du XXe siècle une idée sérieuse, sotte et universellement commentée : le cinéma allait tuer le théâtre ! S'il ne l'a pas fait, c'est sans doute parce qu'ils ont très peu à voir : le théâtre est une bouche, le cinéma un œilleton. La voix des mythes remontant du fond des âges se fait entendre au théâtre, et la visualité essentielle du cinéma fait que le niveau généralement misérable de ses dialogues ne lui nuit pas. Si, tout de même, le cinéma a plus ou moins tué une chose, et c'est heureux : le mélo de théâtre. Hélas, ça a été pour s'en charger lui-même. Il en a ensuite été déchargé par les informations télévisées. Tout nouvel art ôte les mauvaises herbes d'un art plus ancien.

Les coffrets collector des films en DVD (scènes coupées, commentaires) ont été inventés par les éditions critiques avec leurs notes et leurs états préparatoires. Le DVD d'*In The Mood For Love* contient un entretien avec Wong Kar-waï expliquant que son film se passe chez les Chinois de Pékin réfugiés à Hong Kong après la prise du pouvoir par les communistes. Hong Kong où ils avaient créé une société à part, parlant le mandarin, allant voir des films en mandarin, mangeant mandarin (Hong Kong parle cantonais) : on voit les personnages acheter des légumes qu'on ne trouve qu'en juin et juillet, dit-il, ce qui permet aux spectateurs chinois d'en dater la période.

Le film se suffit à lui-même et se comprend sans cela, mais il n'est pas inutile de le savoir. Grâce au DVD, le cinéma a acquis la possibilité de se feuilleter : je peux directement aller voir, dans *La Dolce Vita*, Anita Ekberg dans une des plus délicieuses scènes de danse du cinéma, éclairée par en dessous comme dans un tableau de Degas. Elle accompagne, dans mon anthologie personnelle, Brigitte Bardot dansant le cha-cha dans *Voulez-vous danser avec moi ?*, de Michel Boisrond, Donald O'Connor dansant *« Make'm laugh »* dans *Chantons sous la pluie* et Sophia Loren dansant en chemise, lavallière et canotier dans *C'est arrivé à Naples*, où un petit garçon essaie de convaincre Clark Gable, son riche oncle d'Amérique, de l'épouser ; et c'est la délicieuse idiotie du cinéma, qu'il faille persuader un homme d'épouser Sophia Loren.

Les cinéastes peuvent être cultivés. En tout cas, il me fait plaisir de penser que Coppola a mis l'air de la chevauchée des Walkyries dans *Apocalypse Now* parce que Robert de Saint-Loup, dans *Le Temps retrouvé*, compare les sirènes annonçant la défense aérienne de Paris pendant la guerre de 1914 à ce même air de Wagner, trouvant qu'elles « font apocalypse ».

Interview de James Cameron, le cinéaste américain, dans le DVD de son film *Terminator* : il raconte qu'il a eu l'idée de son film à Rome, où il était malade et souffrant de fièvre, de là son imagerie bizarre. D'autant plus que : « J'étais seul dans un pays étranger et je me sentais très séparé de l'humanité en général. » On peut donc se sentir séparé de l'humanité à Rome. C'est fascinant d'inculture, comme remarque.

Le cinéma est plus empêtré que l'écrit dans l'exposé des détails pratiques, comme la manipulation de l'argent. Dans un film, un personnage qui sort d'un taxi a toujours l'appoint ; le public l'a depuis si longtemps remarqué que les cinéastes se sont à peu près résolus à ne plus filmer de scènes de taxi. Cet appoint miraculeux continue néanmoins dans les films d'époque : dans *Gladiator*, on voit la sœur de l'empereur, dans une litière, avoir de l'argent tout prêt pour payer le renseignement qu'un serviteur de Maximus lui donne inopinément (l'adverbe inopinément est revenu dans nos vocabulaires par les ordinateurs : « l'application a inopinément quitté le système »). Il est plus difficile à un film qu'à un roman ou une nouvelle de faire l'ellipse de l'action de payer. Il est vrai qu'il peut faire l'ellipse du voyage, qui n'apporte généralement rien à l'action.

Le cinéma a l'avantage, qu'avait aussi la peinture, de montrer le décor d'un seul coup, alors que la littérature a besoin de lignes et de lignes pour le décrire. Le cinéma ne peut pas décrire longuement un objet.

Le cinéma utilise la comparaison, quoique rarement. Dans *L'Avventura*, d'Antonioni, ce beau film à la lenteur magnifiée, il y a un assez long plan où l'on voit Monica Vitti de dos, au troisième tiers droit de l'écran, sa chevelure blonde remuée par le vent, les deux autres tiers étant occupés par un grand arbre dont les branches souples sont également remuées par le vent. Cela va pour : « Sa chevelure était remuée par le vent comme les branches d'un arbre. » La métaphore qui, écrite, serait : « Ses branches de cheveux remuées par le vent », est moins aisée au cinéma : il faudrait remplacer les cheveux par des branches d'arbre, ce que le seul cinéma fantastique ou le dessin animé peuvent faire. Pense-t-on. Il suffit qu'un le fasse, et, si c'est bon, trouvant que cela va de soi, d'autres le referont, cela passera pour naturel, et l'on croira que cela a toujours existé.

Le cinéma peut, par l'accumulation de l'image et du son, apporter une ironie immédiate. Au début de *8 1/2*, après quelques mesures de l'ouverture du *Barbier de Séville*, le critique de cinéma fait signe à Marcello Mastroianni : *« Sono qua ! »*, répond-il, exactement comme Figaro dans son grand air *« Il factotum della citta »*. Pour dire la même chose, l'écrit serait plus long.

Le cinéma peut montrer *en passant* les à-côtés de la vie : quelqu'un qui trébuche derrière le personnage principal, des

« gueules », enfin toutes ces choses qui passent dans notre champ de vision, comme d'ailleurs les bruits qui traversent nos oreilles, bouts de conversation, klaxons, rires. La structure du roman, une exposition successive d'éléments, fait que l'apparition d'à-côtés peut laisser croire qu'ils auront une influence ultérieure sur l'histoire, et dérouter les lecteurs. Je ne vois pas dans un roman d'équivalent des plans où Jacques Tati, dans *Mon oncle*, utilise des bruits.

Bien des réalisateurs partent d'un scénario, d'un *écrit*, et y restent, mais les meilleurs cinéastes prennent le cinéma comme une matière en soi. En un mot, les cinéastes sont souvent trop timides. Ils ne considèrent pas toujours leur art comme autonome. De là que, en cent ans d'existence, il a produit peu de chefs-d'œuvre.

On embête beaucoup les cinéastes avec l'adaptation des œuvres littéraires, qui ne sont souvent ratées que parce qu'ils sont trop respectueux et oublient de faire du cinéma à partir de cette littérature. Ils ont affaire à de bien mauvais romans, aussi. Regardant un film de John Huston, il me semblait deviner là derrière un mauvais roman naturaliste genre Dreiser. Je rembobine : « *Warner Bros. Pictures Inc. presents Bette Davis, Olivia DeHavilland, George Brent, Dennis Morgan, in "In This Our Life" [...] Screenplay by Howard Koch based upon the novel by Ellen Glasgow* » (1942). Peut-on me dire ce que ça vaut, Ellen Glasgow ? En général, les livres moyens donnent de très bons films : ils ne contiennent pas de pensées que le cinéaste est gêné de supprimer.

A moins qu'il ait de l'audace, et les meilleures adaptations de romans que je connaisse sont celles qu'on traiterait de plus infidèles, comme *Le Temps retrouvé*, de Raul Ruiz d'après Proust, à la réserve près qu'il a donné au narrateur la tête de Proust. S'il est impossible à un film de décrire les tourments intérieurs d'un petit garçon qui attend que sa mère vienne l'embrasser avant de s'endormir, un roman ne pourrait pas montrer de façon intelligible, comme le film de Ruiz, un petit garçon jouant à cloche-pied au-dessus de cinquante chapeaux hauts de forme, qui symbolisent les chapeaux que Saint-Loup pose à côté de sa chaise chaque fois qu'il s'assied. Et puis, *infidèle* ? Qu'est-ce que c'est que ce vocabulaire conjugal appliqué aux arts ?

Le cinéma a pu avoir une déplorable influence sur la compréhension de ce qu'est la fiction par l'inscription, au début de bien des films, de la mention : *d'après une histoire vraie*. Cela insinue que ce qui est inventé est faux. Je serais charmé par un film qui nous dirait : *d'après rien*.

> James Algar & al., Fantasia : 1940. Michelangelo Antonioni, L'Avventura : 1960. Michel Boisrond, Voulez-vous danser avec moi ? : 1959. James Cameron, Terminator : 1984 ; éd. DVD : 2001. Michael Cimino, Voyage au bout de l'enfer (The Deer Hunter) : 1978. Francis Ford Coppola, Apocalypse Now : 1979. Stanley Donen et Gene Kelly, Chantons sous la pluie (Singin' in the Rain) : 1952. Federico Fellini, La Dolce Vita : 1960 ; 8 1/2 : 1963. Wong Kar-waï, In The Mood For Love (Fa yeung nin wa) : 2000. George Lucas, La Guerre des étoiles (Star Wars) : 1977. Raul Ruiz, Le Temps retrouvé, 1999. Ridley Scott, Gladiator : 2000. Melville Shavelson, C'est arrivé à Naples (It Started in Naples) : 1960.

CITATIONS : Une citation est un morceau d'écrivain dans la même mesure qu'un détail de peinture est un morceau de peintre. Elle peut ne pas être représentative.

Il vaut mieux citer correctement. C'est moins pour l'exactitude que pour la justesse. Si vous dites : « Pascal a dit : "L'homme est un roseau pensant" », vous vous trompez, ce qui n'est pas grave, mais vous lui faites dire une chose qu'il n'a pas dite de cette façon-là, ce qui l'est. C'est dans la façon de dire que réside la nuance, et dans la nuance l'exactitude de la pensée. Ce qu'a dit Pascal est : « L'homme n'est qu'un roseau, le plus faible de la nature ; mais c'est un roseau pensant. »

Si vous citez une œuvre de fiction, attribuez la citation à son auteur exact : l'auteur ou le personnage. Une pensée de Swann n'est pas nécessairement une pensée de Proust.

Qui signe change le sens. « Non, non ! pas de fantaisie ! » dit par Albert Camus, est une injonction sérieuse. Dit par Max Jacob, qui était un fantaisiste, c'est une raillerie. C'est de Max Jacob, dans *Bourgeois de France et d'ailleurs*.

D'une certaine façon, toute citation est malhonnête, car elle extrait une phrase d'un ensemble dont le rythme et les contrastes contribuent à lui donner une valeur. La photo de l'orteil d'un esclave de Michel-Ange ne donne aucune idée exacte de ce qu'est la statue complète.

Les citations les plus brèves sont les meilleures. Le lecteur, dès qu'il aperçoit les deux-points et les guillemets ouvrants, sait que nous allons reproduire une phrase qui conforte ce que nous venons de dire. Comme toute justification, la citation produit un effet paradoxal dès qu'elle dure : il a besoin de tant de mots ? et vient un doute. D'autre part, et j'aurais dû l'écrire en premier, la citation, étant la voix d'un autre, introduit un changement de son dans la page et risque, si elle dure, de produire une cacophonie.

Les citations peuvent venir à l'appui de ce qu'on dit, comme chez Montaigne, ou servir à révéler l'auteur qu'on cite, comme dans ce dictionnaire. Je les ai choisies moi-même, au contraire de tant de dictionnaires de citations qui se recopient sans vérifier. Ainsi se colporte l'erreur.

CLAIR, OBSCUR, CLAIR-OBSCUR, OBSCUR-CLAIR : Il y a des obscurités éloquentes et des clartés muettes. Pascal, tel mauvais réaliste. Il y a des clartés splendides et des obscurités ridicules. Pascal, tel mauvais symboliste. Il y a des obscurités somptueuses et des clartés aussi. Jarry, La Bruyère. Les clairs-obscurs de Balzac sont magnifiques, ainsi que les ombres de Hugo. Certains sont clairs par fadeur, d'autres obscurs par incapacité, et je ne parle pas de la sournoiserie.

Qu'est-ce qui est clair, et pour qui ? « Je sais par Paul Bourget que Taine, avant de mourir, avait demandé qu'on lui lût quelques pages de Sainte-Beuve, "pour entendre quelque chose de clair" » (Léon Daudet, *Sauveteurs et Incendiaires*). Sainte-Beuve, sinueux comme un pied de guéridon, passant pour clair ! Et après tout. Clair au goût de Taine. Taine, représentatif du public intelligent et cultivé qui jugeait Mallarmé confus. Le public était hâtif : qu'on lise Mallarmé avec attention, et tout s'éclaire. Et moins intelligent et cultivé que Taine : demi-cultivé, plutôt, ce qui le rend si décisif pour les succès rapides. Taine n'avait pas tort : Sainte-Beuve est clair, dans les plis. Il dit ce qu'il veut dire avec exactitude, sinon avec franchise. Mallarmé, invisible ou invu, en tout cas à part, se trouvait dans l'obscurité. Ce n'est pas la même chose que d'être obscur. Maintenant que des centaines d'explorateurs sont entrés dans son œuvre avec leur lampe et que mille mallarméens en sont sortis avec leur luciole, il est clair, trop peut-être. Après un siècle, les rapports s'inversent. La banalité claire a changé de façon d'écrire, l'ancienne est devenue incompréhensible, ce qui était obscur est clair. Le génie fait les oreilles à sa voix. N'appelons pas obscur ce qui irrite nos paresses.

Il est remarquable que la France, qu'on accuse d'avoir la rage de la clarté, et qui s'en vante parfois, soit le pays qui a donné et Voltaire et Mallarmé.

« J'étais, me dit un jour un marin, sur une frégate belle comme les amours »... C'est joli, non, cette frégate, on la voit, rebondie et bondissante, avec des voiles en forme de sein et des étendards en rubans sur une mer frisée, mais je m'égare, c'est par plaisir. Reprenons la citation de Rivarol : « J'étais, me dit un jour un marin, sur une frégate belle comme les amours. Si le diable, etc., il se ferait matelot » (*Pensées diverses*). C'est obscur. Et séduisant. Comme une énigme involontaire. Involontaire, en effet : qu'on se donne le genre énigmatique, et tout de suite on est risible. Rivarol, apologiste de la clarté (*Discours sur l'universalité de la langue française*), peut être obscur par excès de concision. Comme dit Boileau : « J'évite d'être long, et je deviens obscur » (*Art poé-*

tique). Rivarol ajoute : « La difficulté est de mettre de la clarté dans la précision. »

L'abscons même peut être beau. Chez certains poètes de la Renaissance, chez Lautréamont ; Morand dans ses nouvelles de jeunesse. A force d'explications supprimées, elles ont l'air de cadavres exquis qu'il a pris soin de ne pas déplier, et nous ne voyons que des petits paquets de papier soigneusement pliés où dépasse un bout de queue.

> Paul Bourget : 1852-1935. Léon Daudet, *Sauveteurs et Incendiaires* : 1941.

CLAUDEL (PAUL) : Le huitième jour, Dieu créa Paul Claudel. Il avait envie de se foutre du monde.

Il y a chez Claudel quelque chose d'un Dario Fo sublime, vous savez, Dario Fo, l'auteur de farces poétiques, et je préfère Dario Fo : chez Claudel, le sublime est trop ostensiblement sublime. Je pourrais aussi dire Wagner, même si Wagner est pour le Néant et Claudel pour le Créé : le genre mythe-feuilleton, avec fumées, pythies et confusion. Ajoutez cent kilos de cocasse laborieux, touillez avec moins de méthode que de force, vous obtiendrez la tourte à la Claudel.

Il éclate d'ignorance péremptoire. Homme à connaissances partielles, il en était très satisfait. D'ailleurs, peut-être était-il *aussi* ignorant. Comment un homme faisant carrière, et une carrière comme la sienne, ambassadeur, homme d'affaires, écrivain copieux, aurait-il le temps de lire ? Après une période de bonne réputation dans sa jeunesse, d'où il est resté le lieu commun que *Connaissance de l'Est* est un chef-d'œuvre, on a fini par se moquer de ce qu'il avait de moquable : ce sont les surréalistes, il y serait parvenu tout seul. Il a été relevé dans les années 1950, grâce à Antoine Vitez : puisque le Parti communiste l'oignait, on pouvait, on devait se réagenouiller devant lui. Un péremptoire en avait reconnu un autre. Une institution avait reconnu un respectueux : Claudel avait écrit une ode au général de Gaulle après en avoir écrit une sur le maréchal Pétain. Si la grandiose Armée rouge entrait dans Paris, on pouvait espérer une ode à Staline. Claudel était un cynique jusque dans sa religiosité, peut-être.

Dans son *Journal*, il révoque avec condescendance à peu près tous les écrivains français, et, dans les *Réflexions sur la poésie*, je vois à peine de poésie et très peu de réflexion. (Il y est bon dans les images et mauvais dans l'analyse.) Quand on expédie comme il le fait Stendhal et Flaubert, on devrait faire attention à ne pas appeler *adjectif* un *nom* (§ 13) ou à ne pas dire que Perse a placé dans une de ses satires des vers de Néron (§13, n.1 ; c'est un vieux potin indémontré qu'il a dû ramasser dans le *Discours sur la Satire* de Boileau). C'est souvent frivole, Claudel.

Il attaquait l'intelligence, par provocation. La provocation est une puérilité. Sans doute voulait-il finir d'horripiler ceux qui le disaient bête. Il réussit. Avec ça, il détestait réellement l'intelligence, par foi, et parce qu'il était avant tout un rusé. Il prend la pose de la candeur. On croirait un paysan qui essaie de vous fourguer son taureau à la foire, mentant et sachant qu'on sait qu'il ment, enfin ces fastidieuses petites comédies, et avec la même espèce de hâblerie qui consiste à dire : moi, j'n'étions point nuancé ! Il y a chez Claudel une grossièreté contente de l'être, se croyant supérieure, qui en fait une version vivante de l'Illustre Gaudissart, le représentant de commerce de *La Comédie humaine*.

Religieusement, et la religion a eu pour lui plus d'importance que tout, plus que la littérature, Claudel est un converti : il a reçu l'illumination près d'un pilier de Notre-Dame. L'inconvénient de ceux qui ont reçu une illumination est qu'ils en sortent illuminés. Ils se racontent la merveille à eux-mêmes, ils n'en reviennent pas. Les convertis forment avec les repentis l'espèce la plus dangereuse qui soit : ils mettent tout leur zèle à montrer la fermeté de leur nouvelle conviction. Convertis, repentis, zèle, conviction, voici en une seule phrase les quatre délices qui font les bonheurs de l'humanité depuis sa naissance. Venant de l'apprendre, Claudel se récite le catéchisme, ce qui, joint à ses bouffonneries, donne l'impression d'une oraison prononcée dans un cirque. Les personnages de ses pièces se jettent à la tête les leçons que l'auteur vient d'apprendre. On dirait un concours de théologie dans un monastère byzantin du Ve siècle. Enfin, évangélisateur de lui-même, *comme s'il n'était pas sûr*, Claudel devient aussi dogmatique qu'un athée prosélyte. Comme disait Léon-Paul Fargue : « La meilleure façon de gagner Dieu, c'est de bien faire ce que tu fais. Les gens qui s'occupent tout le temps de Lui me font penser à ces ouvriers qui demandent sans cesse audience au patron. Pendant ce temps-là, l'ouvrage ne se fait pas » (*Sous la lampe*). Dans le *Journal d'un curé de campagne* de Bernanos, le curé de Torcy ajoute : « La sainteté n'est pas sublime, et si j'avais confessé l'héroïne *[de L'Otage]*, je lui aurais d'abord imposé de changer contre un vrai nom de chrétienne son nom d'oiseau – elle s'appelle Sygne... » Claudel, c'est le vieil enfant caché du symbolisme. Sygne, Mesa, Ysé, noms de Claudel. Sélysette, Pelléas, Alladine, noms de Maeterlinck. Symbolisme encore, de poser des virgules pompeuses, comme dans : « Elle est étrangère, parmi nous » (*Partage de midi*), ou d'écrire Reims, Rheims (*L'Annonce faite à Marie*, *Le Pain dur*). On est tout surpris qu'il n'écrive pas Vyolayne le prénom de *La Jeune Fille Violaine*.

Il recherche parfois la vérité avec un acharnement de charrue qui doit lui venir de Péguy. Ce style est passé chez un lourd qui se croyait léger, Roland Barthes. Il me semble que Barthes aurait pu écrire une phrase comme : « [...] mais comme devant un texte, avec cette question : Qu'est-ce que ça veut dire ? » (*Réflexions sur la poésie*).

Jamais heureux mais toujours satisfait, Claudel s'admire d'être convaincu et se propose de convaincre les autres. Il transporte partout le mécanisme de la foi. Foi dans la guerre, par exemple. Pendant celle de 14-18, il écrit un long poème intitulé « Tant que vous voudrez, mon général » (*Poèmes de guerre*). Non, non, aucune ironie. C'est une spécialité de l'Europe continentale, d'avoir si peu réclamé le minimum de douceur dû à l'homme. En Allemagne, Ernst Lissauer publie un « Chant de la haine contre l'Angleterre » qui enthousiasme le pays. En Autriche, Rilke lui-même revêt un temps l'uniforme militaire. Combien d'Anglais en revanche, qui n'étaient pas pour la reddition de leur pays, les Wilfred Owen, les Isaac Rosenberg, les Charles Hamilton Sorley, ont dit la bêtise de la guerre idéalisée ! Il n'est peut-être pas la même chose d'écrire à son bureau d'ambassadeur une pièce de propagande pour encourager les petits gars qui se feront tuer demain et de s'engager, d'écrire dans une tranchée et d'être soi-même tué le lendemain, comme Sorley, comme Rosenberg, comme Owen, comme Saki encore. Les humoristes ont souvent plus le sens du tragique que les dramatiques. Ce n'est au reste pas une question d'être engagé, car Thomas Hardy, né en 1840, et qui ne se trouvait pas plus dans les tranchées que Claudel, osa écrire des poèmes ironiques sur la question, et l'on sait que l'ironie n'est pas la première chose que les gouvernements supportent en temps de guerre. « Ah, ah », dit Dieu narguant les bombardés, « il fera bien plus chaud/Quand je sonnerai ma trompette » (*Channel Firing*). Un des rares poètes français à n'avoir pas fait de démagogie à propos de la guerre est Cocteau, le papillon Cocteau haï par le bœuf Claudel, dans le *Discours du Grand Sommeil* :

> J'ai sa main qui sue, son bracelet-montre.
> *Pitié. Achevez-moi. Prenez mon revolver.*
> *Soyez charitable.* On arrive,
> Mon capitaine, on approche.

Claudel se transfigure et devient aussi comique que poétique dans le personnage de Turelure du *Pain dur* ou dans les *Conversations dans le Loir-et-Cher*, à mon sens son bon livre. Il y est brillant, moqueur, altier, sympathique et confus. Et surtout, il ne nous la fait pas au génie. Dans le long mâchouillage de grommellements pensifs réveillés par des coups de cymbales qu'est son œuvre, on trouve de bonnes images, des railleries amusantes. Dans *Partage de midi*, à côté de : « Il a des mains agréables. (Car ces choses sont comme une vache/Qui sait ne pas se laisser traire quand elle veut) » : « Et la mer, comme elle sautait sur nous, la païenne ! » Du faux ancien et du Virgile. Claudel est un éléphant qui boit dans de la porcelaine de Saxe.

📖 « Palmyre, passe-moi cette guitare hawaïenne dont tu ne fais rien. Pendant qu'il parlera, je m'amuserai avec les anges. » (Florence dans les *Conversations dans le Loir-et-Cher*.)

> 1868-1955.
>
> ◆
>
> *Connaissance de l'Est* : 1907. *Le Pain dur* : 1918. *Poèmes de guerre* (1914-1916) : 1922. *La Jeune Fille Violaine* : 1926. *Conversations dans le Loir-et-Cher* : 1935. *Partage de midi* : 1949. *Réflexions sur la poésie* : 1963. *Journal* 1904-1932 : 1968 ; 1933-1955 : 1969.
>
> ◆
>
> Paul Fort : 1872-1960. Francis Jammes : 1868-1938. Rudyard Kipling : 1865-1936. Maurice Maeterlinck : 1862-1949.

CLICHÉ : Le cliché est le plus grand ennemi de la littérature. L'ennemi de l'intérieur.

En écrivant un livre sur la question, je me suis rendu compte que tous les dictionnaires employaient des définitions quasi semblables pour « cliché », « lieu commun » et « idée reçue ». Or, il me semblait qu'il y avait là trois choses différentes : à mon sens, l'idée reçue et le lieu commun entendent exprimer une morale, tandis que le cliché prétend être une belle expression. Voici les définitions où je suis arrivé :

LIEU COMMUN : Expression répétitive d'origine littéraire qui prétend exprimer une morale. (« Tel qui rit vendredi dimanche pleurera », répété de Racine, *Les Plaideurs*.) Le lieu commun tend à transformer en proverbe, c'est-à-dire en morale valable en tous temps et en tous lieux, des propositions souvent particulières émises dans une œuvre littéraire. L'origine du lieu commun est ignorée par la plupart de ceux qui l'utilisent.

IDÉE REÇUE : Lieu commun d'origine non littéraire.

CLICHÉ : 1 – n.m. Mot ou locution formant image, et qui est répété sans réfléchir. Ne cherchant pas à exprimer une morale ou un quelconque jugement, il prétend à la beauté ou à l'originalité de l'expression. A force de répétition, l'image est devenue invisible. (Quand on utilise les expressions « blanc comme neige », « entrer comme dans un moulin », « la plume d'un écrivain », « envoyer au charbon », on ne voit plus le charbon, la plume, le moulin ni la neige.) L'origine du cliché est ignorée par la plupart de ceux qui l'utilisent. Par référence à l'idée reçue, on pourrait appeler le cliché une image reçue. 2 – adj. « Des expressions clichées. »

Remarque. Le cliché tenant à la manière de s'exprimer, une *situation* ne peut être un cliché. Jean Giraudoux a intitulé une de ses pièces *Amphitryon 38* parce qu'il en avait dénombré trente-sept sur le même sujet : cela ne fait pas de sa pièce « un cliché ».

Mon opposition au cliché n'a rien à voir avec le « beau style », mais vient de ce qu'il est une façon machinale d'écrire. L'équivalent du rite dans la littérature. L'écrivain qui utilise un cliché reprend une expression inventée par un autre et renonce à réfléchir. L'ineptie du cliché se remarque pourtant sur-le-champ. Dans *Le Rouge et le Noir*, Stendhal écrit « une femme qui, à la lettre, avait perdu la tête » : or, *à la lettre*, elle n'a précisément pas *perdu la tête*. Stendhal, qui n'a aucun sens du cliché, c'est la part la plus commune de sa prose, la moins écrivain, ne voit pas non plus que Julien, bonapartiste et jacobin, pensant de Mathilde qu'« elle a un port de reine » est *piquant*, comme il dirait. Deux clichés d'importation montrent très bien cette ineptie : « ça n'est pas ma tasse de thé », traduction d'une expression anglaise, est risible dans la bouche de Français buveurs de vin rouge, de même que l'expression américaine *« run it up the flagpole »* lorsqu'elle est employée par des Anglais. Elle vient de la phrase : *« Run it up the flagpole and see if anyone salutes »* (hisse le drapeau et vois si quelqu'un salue) et est utilisée par les publicitaires dans le sens : testons ce slogan. Or, en Angleterre, il n'y a pas de salut au drapeau. Par le cliché, l'homme donne trop souvent l'impression qu'il descend du perroquet.

Il s'emprisonne sans s'en rendre compte, et parfois en se croyant original, puisqu'il emploie une image, tout avariée qu'elle soit : une personne qui écrit qu'« il faut sortir des sentiers battus » y entre. Et moi aussi, en écrivant cela : j'utilise l'image dans son sens cliché. Le cliché est un piège gluant. Celui de croire que l'imagination est un ensemble d'accessoires dont on se pourvoirait, et non une émanation de la personnalité. Qui emploie des clichés se dupe. Ne parlons pas de sa paresse ni de sa vulgarité : je préfère attribuer des motifs élevés à ce que je combats. D'une part, ils existent, d'autre part, le plus grand danger ne réside pas dans les petites corruptions, mais dans les perversions de l'esprit. Depuis la création du temps, l'existence de l'humanité tient à une lutte de l'esprit contre l'esprit. L'esprit libre contre le cliché. Les deux sont en nous.

Il me semble avoir toujours été sensible au lieu commun et aux idées reçues : j'ai des souvenirs d'enfance précis de discours d'adultes m'irritant par ce que j'y devinais d'irréflexion, de répétition de conceptions toutes faites, de tics. « C'est le plus intelligent qui cède. » Et pourquoi ? C'est tout le contraire, me disais-je, indigné, rageant, me promettant des vengeances. « Comment peut-on être communiste et milliardaire ? » Et c'était en même temps la naïve honnêteté de la bourgeoisie de province, travailleuse et fournisseur d'artistes à la maison France. La sensibilité au cliché est venue plus tard. Lorsque j'ai écrit. Un écrivain relisant mon premier manuscrit y souligna l'expression : « roman de gare » et écrivit dans la marge : « d'aéroport ». Les volets s'ouvrirent d'un seul coup. La liberté d'expression ! C'était cela ! Depuis, je me promène dans mes manuscrits un fusil sur le bras, prêt à abattre ces nuisibles. « Vous l'auriez découvert par vous-même, mais plus lentement », me dit cet homme avec amabilité. J'ai depuis éprouvé, avec les manuscrits des autres, qu'il ne se trompait pas : les bons écrivains comprennent tout de suite ce qu'on leur conseille. Ils savaient, mais ils avaient été distraits. En écrivant ce dictionnaire, j'ai découvert ceci : aucun grand livre ne contient de cliché, de lieu commun ou d'idée reçue.

Dans une phrase supprimée de ce livre à propos de la définition d'un mot, j'écrivais que « c'est l'ambiguïté qui me chiffonne ». Ce sens d'« inquiéter » a été ajouté au verbe « chiffonner » par Balzac : ce faisant, il a créé une image qui a frappé les lecteurs d'*Albert Savarus* qui la voyaient employée pour la première fois ; ils l'ont utilisée, elle est devenue un cliché ; à force d'être lui-même utilisé, l'image a disparu derrière le mot, qui est devenu sans apparence, sans couleur, sans rien, sauf un sens, qui arrive immédiatement avec son énonciation, aucune image ne s'interposant entre ce sens et lui ; c'est ainsi que les clichés, si puissants, si tenaces, se dessèchent, meurent et rentrent dans le vocabulaire neutre. Tout mot est une ancienne image, tout mot est un ancien cliché, tout mot sorti d'un bon livre entre dans le vocabulaire courant. Et ce mouvement participe de l'amour jusque par les gens les moins cultivés, sans qu'ils s'en rendent nécessairement compte, pour le beau.

Que tout cliché soit une image morte, tout mot un cliché mort, on appelle cela, dans le langage de la rhétorique, une catachrèse. Cela dit en un mot que l'image a disparu dans le sens. « Les ailes d'un moulin. » Plus personne, le disant, ne voit d'*ailes*. Dans *Le Temps retrouvé*, l'emploi du mot « front » (de guerre) irrite le narrateur, sans parler de « limoger ». Il ne nous dit pas pourquoi, parce qu'il ne le conceptualise pas, mais le voici : ce sont des clichés. « Limoger » était un cliché journalistique venant de ce que, en 1916, Joffre avait affecté à *Limoges*, loin du *front*, des généraux incapables ; le sens s'est peu à peu déplacé en « révoquer ». Près de quatre-vingt-dix ans plus tard, nous ne voyons plus ni front, ni Limoges. Le cliché est mort et, s'il parlait des guerres et des généraux d'aujourd'hui, le narrateur utiliserait ces deux mots dont l'origine s'est tellement éloignée qu'elle est presque devenue invisible.

« Arrivé à son septième ou huitième livre, l'écrivain médiocre n'écrit plus qu'à l'aide de clichés qu'il s'est fabriqués lui-même et qui le dispensent de réfléchir, tout en lui donnant l'illusion qu'il s'exprime d'une façon personnelle », dit Julien Green (*Journal*, 25 février 1933). Tout signe peut transporter ces clichés. Les signes de ponctuation, par exemple. Le point-virgule fut un des grands clichés de la littérature du XVIIIe siècle : Vivant Denon, homme du monde voulant prouver qu'il est un écrivain (il était conservateur de musée), en piquette le début de sa nouvelle *Point de lendemain* comme un jardin potager de tuteurs. « J'aimais éperdument la comtesse de *** ; j'avais vingt ans, et j'étais ingénu ; je me fâchai ; elle me quitta. » Et il continue toute la phrase suivante. D'autres signes encore peuvent être des clichés, comme le rythme même d'une phrase, les gestes d'un être humain. Tout ce qui sert à communiquer peut se transformer en cliché. Je compléterai donc ma définition de :

> CLICHÉ : 1 – n.m. Tout signe (mot, locution, signe de ponctuation, geste, acte de langage en général) formant image, et qui est reproduit sans réfléchir.

‖ Vivant Denon (1747-1825), *Point de lendemain* : 1777.

COCTEAU (JEAN) : Anges, statues, vertige, démarche, friser, sommeil, police, reine, poète, songe, mauvais élève, accusé. Tels sont les mots de Cocteau. Il jongle avec eux en marchant sur un fil. La virtuosité est un élément de la gentillesse. Et c'est elle qui, avant toute autre raison, a fait haïr Cocteau. Elle excite les méchants. Ils y reconnaissent une faiblesse. A l'attaque ! Ce qu'il paie aussi, c'est la mondanité de sa jeunesse. Il fréquentait Anna de Noailles, écrivait des vers charmants, ne trouvait rien de plus sublime que de pouvoir mentionner un Polignac dans la conversation. Il l'a avoué une fois, une seule, dans un entretien : « Proust était comme moi, il a commencé la vie dans un grand conformisme de salon, comprenez-vous ? » (*28 autoportraits*).

Après sa période de poésie désarticulée, où l'on trouve l'excellent *Discours du Grand Sommeil*, Cocteau est passé à une poésie qu'on appelle formelle. Dans l'une et l'autre, il est à son meilleur quand, laissant l'intime, il la fait précieuse. Sèche, avec la raideur de bûchette articulée des libellules, plaintive parfois, noble comme une veuve espagnole, l'œil aux aguets, sifflotant des fantaisies à la Max Jacob sur la danse hiératique de Mallarmé. Les derniers vers de son dernier poème, *Le Requiem*, sont un calembour : « Il est juste qu'on m'envisage/ Après m'avoir dévisagé. » Il y a en lui, comme en bien des écrivains français, un faiseur de bons mots, un causeur. Ses dessins sont des mots d'esprit. Il aurait peut-être dû finir par l'avant-dernier poème, le *Cérémonial espagnol du Phénix* :

> Plus la beauté court je dois courir plus vite
> Je plains qui la veut suivre ou peine à son côté
> La mort m'est douce-amère et son amour m'évite
> Phénix l'ennui mortel de l'immortalité.

Dans le sens où la préciosité est un raccourci de l'image, Cocteau en a de merveilleuses, c'est même son chef-d'œuvre : il écrit comme un éventail *plié*. Ayant caché dans le pli l'élément de comparaison, il nous laisse avec la métaphore :

> Persiennes, vous êtes côtes
> De crucifié sur la mer.
> Fenêtres, on compte les côtes
> Entre vos bras de verre ouvert. (*Opéra*.)

C'est ce qui me rendait si malheureux quand mes professeurs disaient : « Développez. » Mais pourquoi, pourquoi ? me demandais-je. J'ai dit tout ce que j'ai à dire, et on me demande de l'allonger ? Pire encore, je ne voyais pas *comment* faire. Cocteau atteint une perfection de la pliure avec :

> Vitrier sur ton dos la ville est ivre-morte (*Prière mutilée.*)

Il plie aussi en prose. Dans *Le Potomak*, sur un feu d'artifice : « On tape des matelas dans le ciel. » C'est un écrivain conscient et sérieux. Et quel portraitiste ! Sarah Bernhardt en six lignes :

> Quel délire lorsque le rideau jaune s'écartait après la pièce, lorsque la tragédienne saluait, les griffes de la main gauche enfoncées dans le poitrail, la main droite, au bout du bras raide s'appuyant au cadre de la scène ! Semblable à quelque palais de Venise, elle penchait sous la charge des colliers et de la fatigue, peinte, dorée, machinée, étayée, pavoisée, au milieu d'un pigeonnier d'applaudissements. (*Portraits-souvenirs.*)

Il n'y a que Saint-Simon pour concentrer comme cela, à force de rage. Cocteau c'est par plaisir. Et quel critique, selon la même simple méthode de *montrer* ! Dans *Le Secret professionnel*, il dit : « C'est [...] cette manière d'épauler, de viser, de tirer vite et juste, que je nomme le style. Un Flaubert ne pense qu'à épauler. »

Il a la ponctuation maigre. C'est un écrivain de verbes. Il cherche celui qui *contienne* la qualification, au lieu d'*ajouter* un adverbe ou un adjectif. Dans *Reines de la France* : « On se représente la Grande Mademoiselle, magnifique, absurde, debout sur une montagne d'imaginations, de détritus de projets de mariage, avec une robe retroussée fièrement à la hanche, un feutre à plumes, une cravache à la main, canonnant le vide. » C'est l'écho de Chateaubriand qu'on entend là, il me semble.

Quoi qu'il écrive et où que ce soit, c'est sur l'art. Le danger est l'esthétisme. Il le frôle, le combat sans cesse : « Les plus grandes époques ne nous mettent jamais en face d'œuvres d'esthètes » (*Tour du monde en quatre-vingts jours*). Y tombe parfois, dans un bruit de quincaillerie, anges blessés (maison Lamartine, fournisseur), dieux aveugles, sang se transformant en fleurs, toutes ces peaux mortes dont Jean Genet s'est emparé pour se faire un boa.

Si l'esthétisme est le vice du beau, l'emphase est la mauvaise pente de la noblesse. Cocteau, théâtral au bon sens du terme (le seul), dans ses poèmes et ses romans tout en répliques et en postures (*Cocteau Décors*, escaliers, éclairages zénithaux, fatalité), réussit moins son théâtre, qui, malgré de beaux moments de pompe, devient parfois un jeu d'ombres chinoises. A treize ans, j'ai tapé à la machine, sur une feuille de papier, le prologue à *La Machine infernale*. « Regarde, spectateur, la machine mise en marche par les dieux pour l'anéantissement mathématique d'un mortel. » Mon Dieu que j'ai aimé cela, mon Dieu que j'ai aimé m'enivrer secrètement de théâtre, de poésie, de belles phrases. C'était intime, secret, presque sexuel. « Anéantissement mathématique » est au bord du cliché. En était-ce un quand Cocteau l'a écrit ? Il aimait utiliser des expressions toutes faites en feignant de les prendre au sérieux. *Le Secret professionnel*, *Le Cordon ombilical*, *Le Grand Ecart*, *Clair-obscur*, jusqu'au mot « terrible » dans *Les Enfants* et *Les Parents terribles*, car « terrible » était un mot que la jeunesse ravivait en lui ôtant sa nuance d'effroi. Il espérait faire cracher un sens à ces expressions toutes faites. Illusion, me semble-t-il : on ne peut pas transformer une descente de lit en lion. Lui-même a créé des expressions qui ont tellement plu qu'on les lui a volées et qu'elles sont devenues des clichés : « les monstres sacrés », « la démarche du poète ». Il y a quelque chose entre Cocteau et la marche. Il parle souvent de pieds, de boiter, dit qu'Œdipe voulait dire « pieds percés ». Lui-même marche de profil comme un Egyptien, avec les deux yeux qui nous regardent.

Il est moins un romancier qu'un graveur. Il raconte une histoire, mais en épurant au point d'aboutir à une image en deux couleurs fortement contrastée, comme dans *Les Enfants terribles*, ce bois gravé.

Une des choses qu'il réussit le mieux, c'est de clouer des papillons. Ses meilleurs livres sont des boîtes vitrées où l'on peut admirer, fichés par de longues épingles noires, des insectes de pensées attrapés du bout de la langue, car cet écrivain raide est d'une grande prestesse. *Le Coq et l'Arlequin*, « notes autour de la musique ». *La Noce massacrée*, à partir de visites à Barrès. *Maalesh*, journal d'une tournée de théâtre en Egypte.

Célèbre, il courait après l'obscurité. Fêté, il rêvait de malédiction. Reconnu, il espérait un insuccès. Heureux, il aurait presque supplié le malheur. « Je vis dans la terreur de ne pas être incompris », dit un personnage d'Oscar Wilde. Combien de fois n'a-t-il pas répété que, en littérature, *qui gagne perd* et qu'il vaut mieux parier sur le *qui perd gagne*. Il était d'une génération frappée par le triomphe posthume d'écrivains qui n'avaient eu aucun succès public, Rimbaud, Baudelaire, Stendhal. Pour la première fois depuis... depuis toujours, peut-être, les écrivains non institutionnels survivaient mieux que les autres. La plupart des grands romantiques avaient été de l'Académie française, fini : les Français ne croyaient plus à leurs élites depuis que les généraux s'étaient mis à perdre des guerres (1870) ou à ne les gagner qu'au prix de leur massacre (1914-1918).

Cocteau voulait aussi être aimé, là est sa contradiction, nous en avons tous. Ce fut aussi sa faiblesse : ses ennemis attaquèrent à cet endroit, et il eut la chance, relativement à sa conception, d'être réellement injurié, diffamé, calomnié, haï. (Il a écrit, dans le *Tableau de la littérature française*, ouvrage collectif imaginé par André Malraux, une très intéressante défense de Rousseau persécuté.) Sa façon d'appeler tout le monde « chéri » et de dessiner des affiches pour le coiffeur Alexandre pouvait agacer : d'autres faisaient pire en percevant de l'argent de l'U.R.S.S., mais eux, *c'était secret*. Un autre défaut de Cocteau est qu'il se commente beaucoup, mais je dois dire qu'il le fait sans narcissisme, pour illustrer quelque chose de plus général, d'une certaine façon. C'est peut-être la suprême ruse.

Il est généreux. Si Gide complimente toujours au-dessous de lui, si Hugo dit du bien de tout le monde par vaste indifférence, Cocteau exagère toujours les qualités de ses amis. Quand il déclare que Radiguet est meilleur que lui, ne le croyez pas. On peut dire « amoureux » à la place de « généreux ».

📖 « Rome est une ville trop lourde pour son sol mou et son ciel léger. Elle s'enfonce. Nous ne la voyons plus qu'à mi-corps. Le spectacle du Forum consterne un esprit actif. On arrive trop tard dans la chambre ; les bijoux ont disparu. Il ne reste que les malles ouvertes, les meubles à la renverse, le linge épars, les tiroirs fracturés. » (*Le Mystère de Jean l'Oiseleur*.)

> 1889-1963.
>
> ◆
>
> *Le Cap de Bonne-Espérance* et *Le Coq et l'Arlequin* : 1918. *Discours du Grand Sommeil* : 1916-1918. *La Noce massacrée* et *Prière mutilée* : 1921. *Le Secret professionnel* : 1922. *Plain-Chant, Thomas l'Imposteur* et *D'un ordre considéré comme une anarchie* : 1923. *Poésies 1916-1923* (dont le *Discours du Grand Sommeil*) et *Le Mystère de Jean l'Oiseleur* : 1925. *Opéra* : 1927. *Opium* : 1930. *Essai de critique indirecte* : 1932. *La Machine infernale* : 1934. *Portraits-souvenirs* : 1935. *L'Aigle à deux têtes* : 1946. *Maalesh* : 1949. *Reines de la France, Le Chiffre Sept* et *Gide vivant* : 1952. *Journal d'un inconnu* : 1953. *Clair-obscur* : 1954. *La Corrida du 1er mai* : 1957. *Cérémonial espagnol du Phénix* suivi de *La Partie d'échecs* : 1961. *Le Cordon ombilical* et *Le Requiem* : 1962. *Le Passé défini, journal 1951-1952* : posth., 1983 ; *1953* : posth., 1985 ; *1954* : posth., 1989. *Journal 1942-1945* : posth., 1989. *28 autoportraits* : posth., 2003.
>
> ◆
>
> Var. auct., *Tableau de la littérature française* : T. I & II : 1962, T. III : 1974.

Cocteauïsmes : Cocteauïsme avant Cocteau : « J'ai vu un boa mourir de faim enroulé autour d'une cloche de verre », écrit Maurice Barrès, dans *Un homme libre*, 1889, année de naissance de Cocteau. Cocteau dira d'un caméléon : « Son maître, pour lui tenir chaud, le déposa sur un plaid écossais bariolé. Le caméléon mourut de fatigue. » Comme Barrès est plus recueilli et plus égocentrique, il ajoute : « Moi aussi j'ai enroulé ma vie autour d'un rêve intangible. »

Cocteauïsme du temps de Cocteau : « Tous, nous sentions le moment venu de distancer nos légendes qui nous guettaient pour nous tomber dessus ; la légende est une tête de Méduse qui change les vivants en pierre ; c'est sa façon de les statufier ; mais, ce qu'elle fait, ce sont des faux, des moulages. » Paul Morand, *L'Eau sous les ponts*.

Cocteauïsme après Cocteau : « Même quand une boutade de Shakespeare nous frappe tout comme si elle venait d'être lancée, il reste dans sa vibration un élan qui prouve la longueur de sa course [...] » Jacques Laurent, *Stendhal comme Stendhal*.

|| Jacques Laurent (1919-2000), *Stendhal comme Stendhal* · 1984.

Cohen (Albert) : Le meilleur mot sur *Le Soulier de satin* n'est pas celui qu'on cite toujours, de Guitry, « heureusement qu'il n'y avait pas la paire », mais, de Max Jacob, qui se trouvait aussi à la première : « Ça fait chef-d'œuvre. » Eh bien, *Belle du seigneur*, qui a tout pour faire chef-d'œuvre, en est un. (A quelques gâtismes près.) C'est l'histoire d'une amour, comme on disait jadis, amour féminin au singulier, l'amour féminine des Arianes, celle de Racine, celle de Cohen, dont l'amour aussi fut blessée. L'extraordinaire est que Cohen, avec son air fabuleux (Ariane et Solal, qui ont la manie de l'hygiène, passent une grande partie de leur vie à prendre des bains, après quoi ils se caressent, s'admirent : leur peau n'est donc pas plissée ?), montre le tout petit réel que les autres romanciers, par bienséance ou parce qu'ils n'y avaient pas pensé, ne montrent jamais dans l'amour. Et, selon les personnages, ce tout petit réel tue l'amour. Se montrer l'un à l'autre en train de se laver, allant aux cabinets, n'être pas parfaitement propre ! Plus que de l'hygiène, c'est du tact. Ariane et Solal se cachent les fonctions solitaires du corps afin que leurs corps puissent se retrouver sans qu'une brusque petite image ne vienne les distraire du pur amour ; pur au sens où il n'est pas mélangé d'autre chose. Et cette obsession de la pureté, qui est celle d'Ariane...

... se cogne sur l'obsession de Solal, « le social ». *Belle du seigneur*, roman de huit cent cinquante pages, sort d'une seule phrase de *Solal*, premier roman de Cohen et de trente-huit ans antérieur : « Leur amour, qui avait dépassé la période où il croît par sa propre vertu, aurait dû être renforcé, soutenu par une alliance au sein de la société. » (Il y a dans *Belle du seigneur*, page 9, un passage sur les petits animaux de la forêt transporté à peu près tel quel de *Solal*, chapitre XI.) Cela, c'est ce que pense Cohen. Ce que pense Solal est le contraire. Son obsession du « social » se transforme en folie, cette raison exaltée ; Ariane est une sentimentale. Charmante sentimentale, qui cherche à *faire genre*, pour s'amuser, qui a des narquoiseries de chat, et atteint le plus profond malheur lorsqu'elle finit par ne plus comprendre Solal. « Le social », dit-il, crée des postures contraires à l'amour. Il a raison. Jusqu'au point où il a tort : quand il transforme son idée en règle de vie. A force d'isoler leur couple, Ariane et Solal s'enferment ; puis s'ennuient ; puis ne savent plus quoi se dire ; ils ont alors recours à des excitants, comme des images pornographiques ; Solal bat Ariane ; on dirait deux philodendrons qui se balancent tristement dans une serre obscure. L'isolation de ces deux comme dans une tour en fait une histoire médiévale en 1936.

Solal a une idée fixe accessoire : la babouinerie. Elle signifie que les femmes n'aiment que celui qui a les plus gros attributs. Dans *Solal*, nous l'avions déjà vu penser : « Elle avait dit "fantastique". Elle était donc tout à fait vierge. » Ce cynisme lui est un moyen d'assommer son idéalisme. Cynisme, idéalisme, l'un est souvent l'avers, l'autre le revers, et le tout un travers. Particulièrement chez Solal, qui fait de tout un système. Et il s'en rend compte, et il s'en irrite. Solal est le plus grand emmerdeur de la littérature française. Il est beau, il est intelligent, il réussit, il séduit les plus belles filles, et il n'est jamais content. De dépit, il fait des pitreries, comme le Hamlet de Laforgue dans les *Moralités légendaires*. Et il gâte tout. C'est qu'il a un complexe d'infériorité. Celui d'être juif. Personne ne le lui reproche, sinon Ariane qui, au début de *Belle du seigneur*, lui crache : « Sale juif. » Je n'y crois pas. Elle est trop bien élevée, et surtout, à aucun autre moment elle n'a une parole ni même une pensée contre quelque groupe que ce soit. Solal a dû l'imaginer. Ou le souhaiter, car dans *Solal* il a prié Aude de l'injurier, et c'est la même injure qu'elle lui a lancée où il a trouvé « une étrange volupté ». C'est sexuel. Il souffre aussi d'un complexe de supériorité, autre versant du complexe d'infériorité : Solal est très orgueilleux. Les mots « honte » et « mépris » sont les deux mots les plus fréquents de *Belle du seigneur* et de *Solal*. De Cohen en général. Comment un homme aussi intelligent que Solal peut-il être rongé ? Un homme intelligent et rongé reste-t-il intelligent ? Solal saccage son bonheur. La « babouinerie » montre son principal défaut, de ne penser que par catégories. *Les* femmes. *Les* protestants. *Les* Genevois. *Les* juifs. Son drame personnel est qu'il se pense relativement à son propre groupe, les juifs, tout en s'en sentant séparé (et, il le sait : « Malheur aux solitaires ! », se dit-il dans *Solal*). Il s'apitoie beaucoup sur lui-même sans éprouver de pitié envers les autres. Cela aussi va souvent ensemble. Les geignards sont des égoïstes. Et les plus grands costauds de l'univers.

Il n'a pas beaucoup de cœur. Ni Cohen : Adrien Deume, qui est si ridicule, au moment où il se suicide, c'est aussi le moment où il devient touchant, car enfin, il est touché : on le sent à peine dans le récit. Si peu même que, plus loin, on apprend qu'il a raté son suicide et vit très agréablement. Malgré tout son miel, Cohen n'arrive pas à cacher l'acide. Il y a chez lui, comme chez les ostensibles de la gentillesse, Verlaine, par exemple, des courants souterrains de méchanceté. « Féminin » lui est un mot injurieux, j'en aurais pour longtemps à établir la liste de ce qu'il méprise. C'est parfois drôle de partialité assumée, comme sa sortie contre les chefs d'orchestre, « tiques du génie », dans *Belle du seigneur*. Et, comme souvent les méprisants, il a de la tendresse pour les animaux. Le chien de Mrs. Forbes, dans le même livre, l'adorable petit chien de Mrs. Forbes. On croirait Yourcenar s'attendrissant sur le chien de son enfance après avoir dédaigné toute sa famille. Cohen est un snob.

Il est curieux qu'un écrivain qui déteste autant Proust, pour le motif qu'il ne s'intéresserait qu'au *social*, c'est à peu près comme si on disait que Cohen ne s'intéresse qu'à la Suisse où se passent beaucoup de ses romans, il est curieux disais-je qu'il dise d'un air de Mozart qu'Ariane et Solal adorent que c'est « leur hymne national », expression même de Proust sur la sonate de Vinteuil pour Swann et Odette, « hymne national de leur amour ». Comme quoi, Proust n'a pas toujours tort. Si peu d'ailleurs que Madame Deume est fortement atteinte de verdurinisme.

Cohen aurait pu supprimer certaines de ses nombreuses considérations sur les hommes qui vivent sans penser qu'ils seront bientôt des cadavres : la répétition est un art, le marteau-piqueur, moins. Il essaie de prévenir l'objection : « Les travers d'un écrivain nourrissent son œuvre. » C'est exact, mais quand les travers sont devenus trop conscients ? *Belle du seigneur* contient de curieuses anticipations : Solal qui pense du mal de Sartre (en 1936) et d'une romancière qui est le portrait même de Françoise Sagan : son héroïne s'ennuie, couche, boit du whisky et « va faire du cent trente à l'heure »; cette vitesse m'empêche de penser qu'il s'agirait de Marcelle Tinayre. Cohen n'écrit pas en italique les titres des livres qu'il mentionne, ni les phrases en langues étrangères. C'est probablement pour faire de son livre un bloc sans impuretés qui dévieraient, si légèrement que ce soit, la lecture. Ce parti pourrait le conduire à écrire les nombres en toutes lettres, mais il ne le fait pas, et tant mieux, car il y a de l'affectation à écrire 1936 « mille neuf cent trente-six » ; c'est si peu naturel que, précisément, cela distrairait le lecteur. Enfin, *Belle du seigneur*, seigneur petit s, il ne s'agit pas de Dieu, est peut-être le seul roman, avec *Mangeclous*, du même Albert Cohen, qui décrive la Société des Nations. Genève, ses fonctionnaires paresseux, ses journalistes de tous les pays unis pour ramasser des *tuyaux*, ses délégués de jeunes nations à antiques prétentions, ses Orientaux négociant les alliances comme les tapis (c'est l'époque où le mot « levantin » prend un sens péjoratif), ses radicaux de la Troisième République au gilet taché de sauce au vin, ses Anglais timides et longs, ses Roumains et ses Chinoises, ses employés d'Havas et ses journalistes américains, enfin son ambiance de champ de courses (Hitler gagnant).

Solal est une histoire d'amour ? Oui, celui de Saltiel pour Solal, d'un oncle pour son neveu, plus touchant que l'amour de Solal pour Aude. Que d'aimable passion a ce vieil homme pour ce jeune homme, dont il souhaite le bonheur avec une abnégation de mère. Le vieux Saltiel est assez féminin, comme beaucoup d'hommes de Cohen malgré son mépris pour cet état. A la fin du livre, Solal meurt puis ressuscite. Comme c'est impossible dans un roman, il faut le prendre comme une allégorie, pas même, un roman ne peut pas non plus contenir d'allégorie : pour une espèce de rêve qu'aurait fait Solal, ou Aude, ou le narrateur.

J'aime moins, dans *Mangeclous* et *Les Valeureux*, les moments où les parents de Solal ainsi surnommés apparaissent. Cérémonieux, bavards, superstitieux, emphatiques, amoureux de la France et de l'Angleterre, sympathiques mais pittoresques, trop exclusivement pittoresques. Je ne trouve rien de plus banal que l'excentrique anglaise qui a traversé le Sahara à dos de chameau en 1837, le vieil oncle célibataire et bougon qui possédait des plantations immenses au Dahomey, le tailleur de Lettonie devenu milliardaire en Amérique du Sud et père d'une splendide enfant elle-même devenue la reine de New York. Mangeclous emploie à propos des pets une phrase qui est du pur Saint-Simon : « J'ai entendu parler d'une grande actrice qui était si distinguée qu'elle les retenait tous. Ils se mouvementèrent tant en son intérieur qu'elle explosa et mourut. »

Cohen est trop malin pour rester dans l'élégiaque, c'est-à-dire l'odieux. Il se moque, il câline, c'est un chat qui veut plaire. Et ce sont ces moments de grande drôlerie qui rendent *Belle du seigneur* génial. Cohen préfère au fond l'affreux social : les scènes dans la famille Deume, qui se passent en trois mois, lui prennent six cents pages, tandis que l'histoire d'amour consécutive à la fuite d'Ariane et de Solal, et qui dure trois ans, ne prend que les deux cent cinquante pages suivantes. C'est le social qui élève le livre, toute cette satire sans qui il ne serait qu'une histoire d'amour féerique.

Dans son premier livre, *Solal*, Cohen a de belles images, parfois au bord de l'esthétisme : « l'ironie violette », « les fleurs admirablement écœurantes ». Charmants défauts de jeunesse, et ce roman composé n'importe comment (autre qualité) a dû changer les lecteurs du *Robert* d'André Gide, paru la même année 1930. Cohen est ample, gaspilleur, généreux. 1930 revit ces qualités avec Joseph Delteil et Blaise Cendrars : ils publièrent cette année-là *Saint Don Juan* et *Rhum*.

A la fin de sa vie, Cohen a publié des essais dégoulinants de sensiblerie, *O vous frères humains* et *Le Livre de ma mère*. Sur les mères juives, ne sont-elles pas toutes, je préfère *La Promesse de l'aube* de Romain Gary : « Il vaut peut-être mieux que tu te maries très jeune avec une bonne et douce jeune fille, dit ma mère, avec un dégoût évident. » Les *Carnets 1978* sont d'un désolant racisme. Cohen l'avait déjà frôlé : dans « Churchill d'Angleterre », il croit deviner dans les Anglais seuls en guerre de juin 1940 « une mystérieuse joie ethnique », qu'ils n'ont sûrement pas eue. Les Anglais ne se sont pas battus contre l'Allemagne avec les armes de l'Allemagne. Dont il devine le défaut profond : elle est « l'adoratrice des méchantes lois de nature ». Ce simple article contient tout Cohen : câlineries orgueilleuses, exagérations finement calculées, exaltations altières, ainsi qu'une excellente définition de Churchill et, indirectement, de Cohen lui-même : « Sa politique n'est pas celle d'un vieux monsieur timide, épouvanté à l'idée de ne pas faire de litotes. »

📖 « Enfin, ça marche pour le moment, se disait-il. Autant de pris sur le malheur. » (*Belle du seigneur.*)

> 1895-1981.
>
> ◆
>
> *Solal* : 1930. *Mangeclous* : 1938. *Le Livre de ma mère* : 1954. *Belle du seigneur* : 1968. *Les Valeureux* : 1969. *O vous frères humains* : 1972. *Carnets 1978* : 1979. *Ecrits d'Angleterre* (dont « Churchill d'Angleterre », dans la *Belgian Review* de Londres : 1943) : posth., 2002.

COLETTE : Son premier mari Willy employait des nègres, dont Colette elle-même, pour la série des *Claudine* qu'il signait. Le meilleur des nègres fut Toulet, qui lui écrivit plusieurs romans avec Curnonsky. Un jour que Willy refusait de signer une pétition, Pierre Veber, le beau-frère de Tristan Bernard, dit : « C'est la première fois qu'il refuse de signer quelque chose qu'il n'a pas écrit » (*Journal* de Jules Renard).

Beaucoup d'admirateurs de Colette parlent de Willy avec une condescendance que Colette n'avait pas, qui conserva le nom de Colette Willy pour signer plusieurs livres après leur divorce, comme les *Dialogues de bêtes*. Il y entrait du sens du commerce : Willy était très connu. Colette a dit qu'il lui avait appris à écrire. Hélas ! Son style est ce qu'il y a de plus un style, et on ne peut plus d'époque, entrée de métro, tarabiscoté, ornementant le vulgaire et torsadant la rigolade. De sa négritude, Colette garda un manque de soin, et, du journalisme, car elle écrivait aussi dans les journaux, la peur de la répétition engendrant des périphrases, l'horreur du mot simple (« il comptait seize ans et demi » au lieu de « il avait », dans *Le Blé en herbe*), et, plus généralement, l'effort vers le joli. Elle a tous les traits de l'écrivain paresseux : excès de dialogues, les siens étant plus souvent du bavardage qu'un moyen de faire avancer l'action ou de révéler un trait de caractère des personnages ; adjectif possessif quand l'article suffirait (« Un cri […] l'obligea à soulever *ses* paupières », *Le Blé en herbe*) ; clichés (dans le même livre, Vinca a « le cou blanc comme lait » et « le rire éclatant ») ; elle qualifie au lieu de montrer. Dans *Chéri*, roman qui a la vulgarité ironique des tableaux de Boucher, voici Chéri : « très beau et très jeune homme, ni grand ni petit, le cheveu bleuté comme un plumage de merle. Il ouvrit son vêtement de nuit sur une poitrine mate et dure, bombée en bouclier, et la même étincelle rose joua sur ses dents, le blanc de ses yeux sombres et sur les perles du collier ». C'est du style de publicité pour le dentifrice.

D'avoir des sujets nouveaux, comme, pour Colette, l'émancipation des jeunes filles ou les femmes mûres qui entretiennent des amants, confère une grande force aux romans : on leur sait gré d'avoir donné la parole à des types humains jusque-là ignorés. Cela ne suffit pas à en faire de grands livres. Colette est des romanciers que la publicité complète : nous suppléons aux imprécisions de leurs fictions si visiblement démarquées d'épisodes de leur vie par ce qu'ils nous ont fait savoir d'eux. Leur meilleur personnage, c'est eux-mêmes.

Son charme est en grande partie apporté par le lecteur : à cause de ce personnage, et de ces sujets, il a un préjugé admiratif. Comme, à la fin de sa vie, elle était devenue une vieille dame qui parlait de confitures, on décida de la trouver délicieuse. Cette grande rusée avait appris à cacher son égoïsme, qui n'était pas mince, et, gros bourdon, elle ne cessa jamais de penser à ses plaisirs, d'abord charnels, ensuite digestifs.

Colette est un ventre. En un mot, elle est dégueulasse. Ah, comme je comprends en la lisant les indignations de Baudelaire envers George Sand ! L'*instinct*, le lascif, le genre *femelle*, le gourmand succédant au mutin, ces pages pareilles à des draps froissés tachés de semence ou de croissant au beurre ! Vieille coquette du naturel façon Sévigné, fausse bonne, égorgeuse de poulets ! Beuh, beuh, beuh !

Au moins son égoïsme lui donne-t-il, parfois, de la légèreté. Elle est railleuse et, quand elle n'a pas l'esprit occupé à broder ses phrases, elle trouve des images : « elles s'endormirent tout aussitôt, le ventre de l'une moulé à la croupe de l'autre, comme des cuillers dans le tiroir à argenterie » (*Le Pur et l'Impur*). Je l'aime mieux en œil qu'en ventre. (Et le mot « croupe », n'est-ce pas. Notre personnalité se faufile toujours.)

Ses bons livres datent de sa maturité. Elle abaissa le rideau des spectacles où elle s'était produite nue en publiant une *Retraite sentimentale* à l'âge de trente-trois ans. Son portrait avait d'avance été écrit, l'année même de sa naissance, par Charles Cros dans *Le Coffret de santal* : « En effet, votre voix a des sons dérivés/Du parler berrichon lent et mélancolique [...] Vos yeux pleins de soleil sont prêts à toute alerte [...] Sous des aspects mondains et roués, vous cachez/Que vous n'aimez au fond que la campagne verte. »

Les fêtardes 1890 ont su vieillir, parce que c'étaient des femmes, et que les femmes sont sérieuses : pendant que les hommes mouraient, moisis d'absinthe et ruinés, Liane de Pougy épousait un prince. Colette, paralysée, utilisa son infirmité pour se créer un nouveau personnage. Lisez *L'Etoile Vesper*, l'été, sous le grand arbre d'un parc d'une maison du Midi, en mangeant des cerises. Mieux que des souvenirs, c'est un livre d'évocation. Colette raconte sa vie de vieille idole au fond de son lit du Palais-Royal. Fini, l'âge de l'amour. Voici l'art d'être grand-mère. Ses amis la promènent en chaise roulante, les décorations pour blessures sentimentales cliquetant sur sa large poitrine, maréchal Joffre des jouissances. Elle se remémore ses campagnes sensuelles et ses amis morts. « Mais ce qui date d'avant 14-18, et ne recommencera jamais plus, qui le commémore, sinon ma spéciale et bienveillante rêverie, et les collections de vieux journaux frivoles comme *Gil Blas* ? » Voilà le ton de fine câlinerie du livre. Le souvenir est plus agréable que l'acte même, somme toute. Et, si le cœur s'est racorni, la feinte suppléée à la sensation. Colette n'a rien de sincère, mais elle ne l'a jamais eu : elle n'a fait que changer de roublardise. Il finit par y avoir de l'art dans toute cette duplicité. Elle est parfois au bord du mépris : « Laissez-moi donc à mes souris de Caen et mes billes de La Rochelle. » C'est la constante de son caractère, le mépris. Elle a méprisé les gigolos, peut-être les hommes, et peut-être, pour finir, l'humanité : pourquoi tant d'amour pour les animaux et pour la nourriture ?

📖 « Assez de suavité. Je mangerais bien un hareng saur. » (*L'Etoile Vesper*.)

1873-1954.
♦
Dialogues de bêtes : 1904. *La Retraite sentimentale* : 1907. *Chéri* : 1920. *Le Blé en herbe* : 1923. *Le Pur et l'Impur* : 1941 (nouvelle édition de *Ces plaisirs...* : 1932). *L'Etoile Vesper* : 1946.
♦
Willy : 1859-1931.
♦
Willy et Colette, *Claudine à l'école* : 1900. *Claudine à Paris* : 1901. *Claudine en ménage* : 1902. *Claudine s'en va* : 1903.

COMÉDIE : Pas de bonne littérature sans comédie. J'entends par là la moquerie des gravités. Ah, je sais bien, la mèche en pinceau sur l'œil et le front penché sur des soucis (avec le regard en coin pour vérifier si la caméra enregistre), ça intimide, mais on manque la moitié de la vie. La vie, c'est le mélange. Le comique et le dramatique. Le haut et le bas. Le noble et le trivial. Le lyrique et le bouffon. La pompe et le circonstanciel. Le sérieux et l'irrespect. Et dans l'autre sens, aussi : l'irrespect et le sérieux. Le trivial et le noble. Etc.

Pas de comédie dans les régimes totalitaires. *Nuit glacée*, le roman de Pa Kin, est autorisé en 1946 par le régime nationaliste de Tchang Kaï-chek qu'il critique ; il est interdit en 1949 dès que les communistes prennent le pouvoir. Mieux, Pa Kin est interdit d'écrire et condamné à se taire il est envoyé dans une « école du 7-mai », c'est-à-dire un camp de rééducation. Et nous passerons sur les goulags de tous les pays. Oui, oui, le communisme russe a plus ou moins préservé la littérature du passé, en vénérant officiellement Pouchkine, par exemple. Ces gens étaient assez bêtes pour croire que la révélation de vieilles tartufferies ne s'appliquerait pas à eux.

Un auteur de fiction est un comédien en même temps qu'un créateur. Il invente des personnages dont il interprète les rôles afin de deviner quel est le sentiment qu'ils vont le plus plausiblement éprouver. (Cela s'appelle l'imagination.) Même chose en poésie qui peut être de la fiction comme le reste, y compris celle qui dit « je ». François Villon a inventé le personnage de François Villon.

La poésie n'exprime pas nécessairement ce que *ressent* l'auteur, la fiction ne consiste pas à exprimer ce qu'il *pense*. Un des plaisirs du roman consiste à inventer des personnages passionnés par des choses dont le romancier se fout. Je parlais l'autre jour de cette comédie qu'on crée puis interprète à X... Il s'est raidi comme un mur en souriant, posture qui signifie qu'il est indigné. C'est un moraliste. Ses fictions lui servent à illustrer, en les *dénonçant*, les mœurs de la société, car il les connaît, les voit, en a l'explication. Il ne lui reste plus qu'à fonder une religion. Des explications, ayons-en vingt, trente, cent. Soyons différents, pour le plaisir et l'intérêt de nous transformer en communiste, en romancier chinois, en femme, en chauffeur de taxi, en camé. Je dirais « je » au nom d'un tuyau de douche, si cela me permettait d'écrire une bonne page.

Le lecteur doit lui aussi avoir une imagination de comédien : pour deviner ce que l'auteur a voulu signifier.

|| Pa Kin (1904-2005), *Nuit glacée* : 1978.

COMÉDIE, TRAGÉDIE : Le destin des comédies est de finir en drames, et le destin des tragédies est de finir en ridicule.

COMMENCER (PAR QUOI –) : Beaucoup de gens qui aimeraient lire ne le font pas parce qu'ils ne savent *pas par quoi commencer*. Un explorateur ne part-il qu'à condition qu'on lui indique l'emplacement du trésor ? Et comment avons-nous fait, nous autres ? Je trouverais plus avisé de demander par quoi *ne pas* commencer. Certains écrivains ont écrit des livres si agaçants, si ratés, que les lire avant les autres pourrait nous dégoûter d'eux.

NE COMMENCEZ PAS	PAR
Honoré de Balzac	*Eugénie Grandet*
Charles Baudelaire	ses *Lettres*
Albert Camus	*L'Etranger*
Jean Giono	*Pour saluer Melville*
Arthur de Gobineau	*Les Pléiades*
Valery Larbaud	*Allen*
Stéphane Mallarmé	« Berthe Morisot » (*Divagations*)
Henry de Montherlant	*Les Jeunes Filles*
Blaise Pascal	*Les Provinciales*
Stendhal	*Rome, Naples et Florence*
Paul Valéry	*Monsieur Teste*
Emile Zola	*Les Quatre Evangiles*

Commentaire : Je me souviens comme, lycéen, les commentaires de textes me désespéraient. A quoi sert de commenter, me demandais-je, puisque l'auteur a dit tout ce qu'il avait à dire de la meilleure façon possible ? (Je ne me l'étais pas formulé, mais ce qui me paraissait important n'était pas les histoires, mais la façon de les raconter.) De plus, comment faire ? Une fable, un poème, une nouvelle sont des objets finis, fermés, des cailloux. Que tirer d'un caillou ? J'ai depuis constaté que le commentaire est agréable aux esprits stériles. Ils reproduisent les modes d'emploi de diverses chaînes hi-fi, sûrs que cela explique la musique. Les esprits créateurs, eux, sautent sur les œuvres des autres pour bondir vers d'autres pensées, d'autres phrases, d'autres images. Ils vont du créé au créant.

Commérage : Les quatre cinquièmes de la littérature sont fondés sur le commérage. Qu'est-ce qu'un romancier ? Un homme qui nous raconte que Christine a couché avec Sébastien, lequel ne rêve que de Julie, qui elle-même a fait fortune dans l'informatique grâce à Pierre qui. Qu'est-ce qu'un tragédien ? Un homme qui nous révèle des histoires d'inceste et de coucheries chez les princesses. Qu'est-ce qu'un auteur de comédies ? Un homme qui nous fait rire à partir des mêmes coucheries, de l'ambition sociale ou pécuniaire dans les classes bourgeoises. Qu'est-ce qu'un nouvelliste, qu'est-ce qu'un essayiste, qu'est-ce qu'un mémorialiste, qu'est-ce qu'un biographe, qu'est-ce qu'un diariste, qu'est-ce qu'un historien ? Je ne vois que les poètes, pour ne pas toujours être des écrivains qui, la tête passée par une porte entrouverte, se retournent vers nous pour nous chuchoter ce qui se passe de l'autre côté. Encore peuvent-ils être les potiniers d'eux-mêmes. *A la recherche du temps perdu* et *La Comédie humaine* sont des océans de commérage, l'*Histoire de France* de Michelet aussi, les nouvelles de Maupassant en sont des lacs, les poèmes de Martial des rigoles. Les livres de philosophie sont du commérage sur des concepts, les livres de mystique du commérage sur Dieu. Peut-on jamais être abstrait ?

|| Jules Michelet (1798-1874), *Histoire de France* : 17 vol., 1833-1867.

CONFESSIONS : Les catholiques se confessent aux prêtres et n'embêtent pas les autres avec leurs remords. Il y a de la complaisance dans les confessions, c'est fatal : dès qu'on passe plus de cinq minutes avec soi, on s'y vautre, parce qu'on connaît les détails. Voyez Rousseau. L'avaient précédé les saints et leur orgueil, toujours ravi de rappeler son existence, fût-ce au moyen de la mortification. Ah, la belle flagellation ! Saint Paul crie ses péchés anciens, saint Augustin les publie. Où est la fameuse discrétion de la vertu ?

Les confessions plaisent aux lecteurs sérieux, car ils se voient élevés au rang de prêtres.

Et ce genre qui passe pour la suprême franchise est peut-être la suprême hypocrisie, les auteurs prenant cauteleusement la posture de l'infériorité vis-à-vis du lecteur, sans y croire un instant.

CONJONCTIONS : L'emploi des conjonctions est souvent machinal. On le voit dans un livre inachevé et par conséquent non corrigé de Maurice Sachs, *La Chasse à courre*. Il commence : « Les événements […] ne nous pénètrent que très difficilement. » La phrase suivante, alors qu'il n'y a aucune opposition, au contraire même, commence par mais : « *Mais*, moi qui n'étais rien dans la nation […], il était tout naturel que j'allasse en toute bonne humeur vers les amours de hasard […] ».

Deux phrases de Stendhal montrent l'inutilité presque universelle des conjonctions de coordination : « Il comprit que le chirurgien était plus fier de sa croix que le marquis de son cordon bleu. Le père du marquis était un grand seigneur » (*Le*

Rouge et le Noir). La notion de conséquence est incluse dans le sens. Il est inutile d'écrire « en effet », ou même une pseudo-conjonction comme « c'est que ».

Les règles étant ce qu'on en fait et l'exagération d'un défaut pouvant devenir une qualité, Proust abuse des conjonctions, et cela donne à ses livres une saveur liée de truffade auvergnate.

CONSANGUINITÉ DE RYTHMES : Un écrivain est un danseur. Chacun a son rythme favori, celui où il est le plus habile, qui semble lui appartenir en propre et qu'on pourrait nommer d'après lui, comme le fosbury en gymnastique. On trouve parfois chez d'autres que lui des phrases selon ce rythme. L'humanité comporte un nombre limité de personnalités et ces personnalités tendent à produire des mouvements ressemblants.

Voici un vers malherbien de Racine, dans le sens où il est le premier d'une tirade et que, premier, il est au vocatif :

> Et vous mourez ainsi, beau sujet de mes feux […] (*La Thébaïde*).

Vers racinien de Stéphane Mallarmé dans « Hérodiade » (il y en a plusieurs) :

> Mais qui me toucherait, des lions respectée ?

De Paul Valéry dans *La Jeune Parque* :

> Car l'œil spirituel sur ses plages de soie
> Avait déjà vu luire et pâlir trop de jours
> Dont je m'étais prédit les couleurs et le cours.

Au début de ce poème, Valéry nous avait avertis de son racinisme :

> O ruse !… A la lueur de la douleur laissée
> Je me sentis connue encor plus que blessée,

rideau écarté qui laisse apercevoir *Phèdre* :

> Ariane ma sœur, de quel amour blessée
> Vous mourûtes aux bords où vous fûtes laissée !

On trouverait quantité de phrases à la Stendhal chez Giono ou chez Léautaud ; en voici une chez Proust, une des rares phrases étrangères chez cet écrivain au rythme si personnel, elle porte d'ailleurs sur Stendhal : « Dans *Le Rouge et le Noir*, chaque action est suivie d'une partie de la phrase indiquant ce qui se passe inconsciemment dans l'âme, c'est le roman du motif » (*Contre Sainte-Beuve*).

Phrase qu'aurait pu écrire Balzac dans Beaumarchais :

> Un certain Léon d'Astorga, qui fut jadis mon page, et que l'on nommait Chérubin… (*La Mère coupable*)

Phrase à la Cocteau écrite par Jules Renard :

> La fumée ramasse ses plis pour passer sur les toits (*Journal*, 20 décembre 1906).

Je citais, à l'article « *Vie de Rancé* », une phrase que j'imaginais enchantant Cocteau. Depuis, j'ai lu son *Reines de la France*, et j'y ai trouvé, sur Fontainebleau : « un château de Perrault – de Gustave Doré, devrais-je dire – où les volutes d'une chevelure de femme blonde se mêlaient à celle d'une ronce de pierre. » Chambord dans la *Vie de Rancé* : « une femme dont le vent aurait soufflé en l'air la chevelure ». Une même forme d'imagination parle.

CONSEILS AUX VIEUX ÉCRIVAINS : Je ne sais pas si vous êtes comme moi, mais peu de choses me rebutent comme les livres de vieux écrivains intitulés *Conseils à un jeune écrivain*. Ils les y tutoient, comme s'ils avaient gardé leurs écrits comme un cochon ensemble. Et les conseils !… Ce sont le plus souvent des regrets déguisés. Ils feraient mieux d'avoir eu du talent.

Constant (Benjamin) : Il importe d'être constant. Benjamin Constant, qui, au Tribunat, en 1802, a osé s'opposer à Napoléon, et ils n'ont pas été nombreux, qui, douze ans plus tard, écrit contre le même Napoléon *De l'esprit de conquête et de l'usurpation* (publié à Hanovre, il y est en exil), où se trouve la belle phrase :

> Il y a toujours d'ailleurs parmi nous un assez grand nombre d'écrivains, toujours au service du système dominant, vrais lansquenets sauf la bravoure, à qui les désaveux ne coûtent rien, que les absurdités n'arrêtent pas, qui cherchent partout une force dont ils réduisent les volontés en principes, qui reproduisent les doctrines les plus opposées, et qui ont un zèle d'autant plus infatigable qu'il se passe de leur conviction,

Constant qui, juste avant l'entrée à Paris de Napoléon revenant de l'île d'Elbe, dit : « Je n'irai pas, misérable transfuge, me traîner d'un pouvoir à l'autre » (*Journal des Débats*, 19 mars 1815), Constant, une fois Napoléon aux Tuileries, se laisse nommer conseiller d'Etat et écrit l'*Acte additionnel aux Constitutions de l'Empire*. Les folies où se jettent les timides.

Il s'est justifié, de manière convaincante, dans les *Mémoires sur les Cent Jours*. 1 : Empêcher Napoléon de réinstaurer la dictature ; 2 : l'étranger menaçait le pays ; 3 : barrer la contre-révolution. Quelle sympathique naïveté d'écrivain qui se dupe sur son influence.

Dans ces *Mémoires*, Constant rapporte ses entrevues avec Napoléon. Comment ? En transcrivant leurs conversations. Pas de portrait de lui-même, Constant, montant lourdement les marches des Tuileries puis faisant antichambre en songeant aux armées ennemies aux frontières, dans Paris trop calme où le seul bruit est celui des roues du carrosse de Louis XVIII repartant pour la Belgique. Pas de portrait de Napoléon arrivant. « Il était là, enfin, ce vieil ennemi… » Constant n'a pas le sens théâtral de Chateaubriand. Il est poli et modeste, qualités peu favorables aux grands morceaux lyriques.

Après un ordre d'exil du Gouvernement provisoire que révoqua Louis XVIII à son retour à Paris (« LOUIS XVIII, *ouvrant la porte côté cour en 1814* : — C'est moi ! *Dix mois et demi plus tard*, NAPOLEON, *ouvrant la porte côté jardin* : — C'est moi ! *Trois mois plus tard, ouvrant la porte côté cour*, LOUIS XVIII : — C'est moi. »), Constant se fit élire député libéral, puis, ayant été battu de huit voix aux élections de 1818 par un royaliste constitutionnel, nommer président du Conseil d'Etat par Louis-Philippe qu'il ne trouva pas usurpateur. Il en profita peu, car il est mort en décembre 1830. Il avait la passion de fluctuer.

L'Esprit de conquête contient un portrait moral de Napoléon : « très calme, malgré des fureurs qui ne sont que des moyens [...] dont l'amour-propre eût été flatté de déployer une sorte de modération comme preuve de dextérité [...] ». Napoléon n'est nommé qu'au quatorzième chapitre de la deuxième partie : si Constant ne l'a pas montré dans les *Mémoires*, c'est peut-être par dégoût. C'est un grand livre, *L'Esprit de conquête*, qui n'a contre lui que son titre modestement universitaire, comparez avec ce tapageur de Chateaubriand qui intitule son pamphlet de 1814 *De Buonaparte et des Bourbons*. Constant postule des droits peu populaires en France : ceux de l'individu.

> Une des grandes erreurs de la nation française, c'est de n'avoir jamais attaché suffisamment d'importance à la liberté individuelle.

Tous les Suisses ne sont pas aussi dictatoriaux que Rousseau.

Là où Constant est le plus écrivain, c'est dans *Adolphe*, qui suffirait à la gloire de plus d'un. Or, *Adolphe*, pour lui, ce n'était rien ou presque. Il faisait si peu de cas de ses livres de littérature qu'il en a très peu écrit, qu'il a égaré le manuscrit de *Cécile*. Et *Cécile*, c'est aussi bien qu'*Adolphe*. C'est un récit où Constant a modifié les noms de famille et que je n'ai pas pu faire semblant de prendre pour un roman, car les notes de mon volume me tapaient sans arrêt sur l'épaule : « Hep ! Cécile de Walterbourg, *c'est* Charlotte de Hardenberg, la deuxième femme de Constant ! Hep ! Madame de Malbée, *c'est* Madame de Staël ! » Personne jusqu'à Proust n'a montré avec autant de finesse « les intermittences du cœur » (l'un des titres projetés pour *A la recherche du temps perdu*). Un homme de vingt-six ans supporte un ménage à trois puis en crée un autre. Mœurs d'ennuyés Louis XV. Le narrateur vit dans une principauté allemande, ce qui est quelque chose comme une cure à perpétuité à La Bourboule. On comprend que, le jour où il rencontre Madame de Malbée, il ait une révélation. Une emportée, qui a de la conversation, de l'esprit, presque une Française ! Sans parler de ses beaux yeux. De sa belle peau. De ses beaux bras. De sa belle poitrine. « Je n'avais jamais rien vu de pareil au monde. » Il perd la tête. Nous n'avons pas idée comme ça peut être intimidant, pour certains, les choses de la France. « L'opinion française m'effrayait beaucoup, cette opinion qui pardonne tous les vices, mais qui est inexorable sur les convenances et qui sait gré de l'hypocrisie comme d'une politesse qu'on lui rend. » Et le narrateur, qui n'est pourtant pas un exalté, qui n'éprouve qu'« un sentiment presque semblable à l'amour », qu'une « espèce d'impatience », qui dit : « je fus moins ému que je ne m'y attendais », éprouve ce qu'il sait bien que Cécile prend pour d'*étranges vacillations* : il est incapable de l'épouser après l'avoir fait divorcer, incapable de se désaimanter de Madame de Malbée alors même qu'il est « révolté contre son empire et ma faiblesse ». « Avec cette mobilité funeste, il n'est pas étonnant qu'on m'ait accusé de fausseté. » Cette mobilité, d'où vient-elle ? De ce que Constant a un cœur qui lui parle, comme tout le monde, mais que, comme tout le monde ne le fait pas, il lui répond.

Ironiser sur son irrésolution en se fondant sur ses écrits, *Cécile*, son journal intime, serait malhonnête : il s'en charge lui-même, et on ne tire pas sur quelqu'un avec les armes que, sans calcul, il nous tend. Dans le couple qu'il forme avec Madame de Staël, femme à scènes, fascinante emmerdeuse, il reste raisonnable. Il a tort. On dirait qu'elle rêve de beignes. Constant la surnommait « Minette ». Cela lui va très mal, je trouve. D'autres fois il l'appelle « Biondetta », et cela lui va mieux : c'est un des surnoms du diable dans *Le Diable amoureux* de Cazotte.

La façon dont ils parlent de leurs embêtements politiques. Elle : Napoléon « m'a persécutée avec un soin minutieux, avec une activité toujours croissante, avec une rudesse inflexible » (*Dix années d'exil*). Lui, sur son ordre d'exil de cinq jours après Waterloo : « cette espèce de persécution ». (Et je n'arrive pas à retrouver le livre d'où j'ai sorti cette phrase. Les *Journaux intimes*?) Constant n'exagère jamais. Je ne veux pas dire que Madame de Staël le fasse, mais je suis l'enfant d'un vingtième siècle qui a vu des tyrans plus minutieux. Moins agité qu'elle, Constant pouvait être casse-pieds : toujours mal à l'aise, gêné, irrésolu, ou plus exactement suivant les résolutions successives de ses tempêtes intérieures, inapparentes chez ce flegmatique. Avec ça, ne le jugeons pas trop vite. Il y a des faux durs, Constant est un faux faible.

Huit pages des *Mémoires d'outre-tombe* ont été écrites par Benjamin Constant. Ce sont les extraits de sa *Vie de Madame Récamier* (inachevée) que cite Chateaubriand : le style est trop courtois pour que cela soit bon. L'amour est une passion qui fait souvent mal écrire, car une de ses preuves est la bienséance. On trouve là une phrase qui fait comprendre pourquoi Constant ne rejetait pas totalement Rousseau : « Rien de ce qui est vrai n'est ridicule. » « Vrai » dans le sens de : « senti ».

📖 « Je fais bon marché de moi-même parce que je ne m'intéresse guère. » (*Cécile*.)

> 1767-1830.
> ◆
> *De l'esprit de conquête et de l'usurpation* : Hanovre, 1814. *Adolphe* : Londres, 1816. *Mémoires sur les Cent Jours* : deux

volumes, 1820-1822. *Journaux intimes* : première éd. partielle : posth., 1887 ; éd. complète : 1952. *Le Cahier rouge* : posth., 1907. *Cécile* : posth., 1951.

◆

Jacques Cazotte (1719-1792), *Le Diable amoureux* : 1772.

CONVERSATION : Les meilleurs livres des hommes politiques sont ceux qui recueillent leur conversation. Ainsi Clemenceau, qui l'avait hargneuse et boulevardière, comme après lui, clôturant pour cela aussi le XIXe siècle, le général de Gaulle. Je pense à *M. Clemenceau peint par lui-même* et au *Silence de M. Clemenceau*, de Jean Martet, qui fut son secrétaire avant de devenir ministre sous la Troisième République et auteur de romans. Jeux de mots, reparties, brusquerie jouée, réjouissantes férocités : on entend un homme parler. Ces livres contiennent la preuve que Clemenceau ne savait pas écrire : il dit à Martet que « le style est une arabesque » (*Le Silence de M. Clemenceau*).

Même type, de Gaulle, dont les meilleurs livres sont aussi ceux qu'il a parlés : les volumes de *C'était de Gaulle*, recueillis par Alain Peyrefitte, son ministre. Il n'écrivait en effet pas aussi bien que ses admirateurs le disent ni aussi mal que ses ennemis l'assurèrent. Appliqué et lustreur, il écrit comme il croit que Chateaubriand écrivait. En moins narcissique : par une sorte de modestie de petit garçon, il cite en permanence Jeanne d'Arc, Péguy et les gloires des manuels scolaires. Dans *Les Chênes qu'on abat...*, il confie à Malraux qu'il peine à écrire. Degas s'étonnait auprès de Mallarmé de ses difficultés à écrire des sonnets, alors qu'il avait des idées ; Mallarmé : « Ce n'est pas avec des idées qu'on fait un sonnet, c'est avec des mots » (Daniel Halévy, *Degas parle*).

La conversation est une invention de la littérature. Dans la vie, il est très rare qu'on rencontre un délice comme la *Conversation chez la comtesse d'Albany* de Paul-Louis Courier, qui a dû l'améliorer en la transcrivant. Dans la vie, on rencontre tout au plus des discussions, et je ne parle pas du vilain débat où l'on se jette des enclumes de conviction à la tête. Dans la vie, certains écrivains appellent conversation les brillants monologues entrecoupés d'exclamations valorisantes qu'un monde mesquin les laisse peu souvent tenir. Dans la vie, les écrivains gaspillent des trésors d'esprit qui sont perdus une fois sur deux. Ils s'en consolent dans le monde idéal de leurs romans. Les meilleurs créateurs de conversation de la fiction française sont : Diderot, Toulet, Balzac, Cazotte et Musset.

> Jean Martet (1886-1940), *Le Silence de M. Clemenceau* : 1929. *M. Clemenceau peint par lui-même* : 1930. Alain Peyrefitte (1925-1999), *C'était de Gaulle*, trois tomes, 1994, 1997 et posth., 2000.

CONVICTION, CONVAINCUS, CONVICTEURS : L'atroce conviction, un jour, tomba sur la tête des hommes. Les hommes surent. Ils n'avaient plus besoin de réfléchir.

X... est convaincu. Il a raison, puisqu'il est convaincu. Puisqu'il a raison, il n'a pas à examiner ce qu'il écrit. On dit péjorativement : « Il n'a aucune conviction. » Si la conviction plaît, c'est qu'elle ressortit au croire, que l'homme préfère si souvent au penser. On devrait le dire avec éloges. Mirabeau aurait dit de Robespierre : « Cet homme ira loin, car il croit tout ce qu'il dit. »

Pire que les convaincus, ceux qui cherchent à convaincre, les convicteurs. N'ayant pas assez de leurs convictions, il faut encore qu'ils les imposent.

Convaincre n'est pas persuader. C'est la différence de Bossuet à Fénelon. Je ne dis pas que persuader soit mieux : il peut y avoir beaucoup d'hypocrisie dans la persuasion. Si, tout de même, c'est mieux, car l'hypocrisie est une forme de tact. Et même une preuve de faiblesse, puisqu'elle éprouve le besoin de caresser. Vive la faiblesse.

Chateaubriand est l'illustration vivante de la phrase du poète anglais C.H. Sisson : « La raison peut convaincre, mais c'est le rythme qui persuade. »

Convaincre, persuader ! Il suffit peut-être de dire. Prendra qui voudra. J'en suis, disons, persuadé, depuis 250 avant notre ère, où Han Fei, le philosophe chinois (il était bègue et sensible aux honneurs, et qu'il pouvait être pénible par son égocentrique modestie !), me communiqua une liste d'hommes qui, ayant tenté d'en faire changer d'autres d'avis, furent tués. « Ainsi, quelques-uns des plus grands esprits de leur siècle connurent une fin ignominieuse pour avoir soutenu la périlleuse gageure de convaincre des sots » (*Le Tao du Prince*).

> Charles Hubert Sisson : 1914-2003. Han Fei (IIIe s. av. J.-C.), *Le Tao du Prince* : 1999 (première traduction française).

COQUILLES : Les lecteurs les adorent. Comme dit un des personnages de Villiers de L'Isle-Adam : « Le citadin aime les coquilles, monsieur ! Cela le flatte de les apercevoir. Surtout en province » (*Contes cruels*).

Quand vous publiez un livre, il y a les gens qui vous complimentent et ceux qui ne vous complimentent pas. Parmi les derniers, il y a ceux qui ne disent absolument pas un mot, ne font pas la moindre allusion au fait que vous avez publié : ils serrent les dents de rage, car prononcer un mot, un seul, les tuerait sur place. Les autres disent, avec une mine de supériorité pincée : « J'ai lu votre livre : page 112, il y a une coquille. » Si vous voulez repérer vos ennemis, laissez des coquilles.

Les gens qui ne vous complimentent pas le font parce qu'ils savent que de se sentir aimé donne de la force.

CORNEILLE (PIERRE) : Vous m'auriez capturé à vingt-cinq ans, je vous aurais dit, avec le manque de pitié de la jeunesse :

Corneille ! Corneille ! Corneille ! Vous en auriez bâillé. Quinze ans plus tard, je le trouve pénible. Et peut-être qu'à quatre-vingts ans, las de faiblesse et de surdité, je reviendrai à lui parce qu'il parle fort. Quel tapage ! La France de 1650, résonnant du fracas des éperons et des sabres rangés et dérangés depuis cent ans, des guerres de religion à la Fronde, n'entendait les écrivains que s'ils hurlaient. Une bande de rockers donnait des concerts, avec perfectos, santiagues et jupes à volants : il y avait Rotrou, il y avait Mairet, il y avait Corneille. *The prince of gothic rock!* Il se passionne pour l'Orient et ses barbaries, comme dans *Rodogune*, ne s'intéresse aux civilisés qu'à condition qu'ils barbotent dans le meurtre, comme dans *Horace*. Ecoutez ses mots : *illustre*, *grandeur*, *gloire*, *absolu*, *horrible*, *tout*, *vrai*. Du rocker il a le rythme binaire, d'abord frappant, assez beau même, ensuite pénible : l'antithèse est son gong, qu'il martèle d'un vers à l'autre voire à l'intérieur d'un même vers. « Je travaille à le perdre, et le perds à regret » (*Le Cid*, I, 2). C'est aussi un défaut de Shakespeare. C'est un défaut des temps naïfs. Joyeux qu'ils étaient, dans leur boue, leur crottin, leurs odeurs fortes et leurs chevaux hennissants ! Evidemment, ils se poignardaient bien un peu et rotaient à table, mais leurs successeurs les raffinés n'ont plus eu que des plaisirs étriqués et méchants. Les barbares d'avant avaient de grandes finesses que les nuancés ont perdues : voyez les cascades de préciosités de Gongora. Il nous a fallu Mallarmé pour retrouver ça, et avec quel faible débit. Nous vivons si vieux que nous ne vivons plus.

Du rocker au bidasse, il n'y a qu'un pas, ou plutôt deux : les pièces de Corneille avancent sur le rythme de l'obéissance peinte en devoir. Honk, hé ! Honk, hé ! « Mais on doit ce respect au pouvoir absolu,/De n'examiner rien quand un roi l'a voulu », dit Don Diègue dans *Le Cid* (I, 3). Ah, je ne supporte plus ces fanfaronnades d'agenouillement, ce menton levé de la servilité, cet amour du désagréable, cette recherche perpétuelle de la querelle au détriment de la paix, ces oppositions fausses, cet agenouillement qui se fait passer pour la station debout. J'entends dire que Corneille est le dernier des féodaux, qu'avec lui hoquette avant de mourir le temps des seigneurs de la guerre, mais où voit-on qu'il le déplore ? Il est un des bourgeois, avec son ami Molière, qui travaillent à lustrer la monarchie, laquelle, lentement et à bon escient d'ailleurs, domestique les aristocrates : *Cinna* ne sert qu'à cela, où le conjuré marri se voit pardonné par Auguste. Enfin, je n'aime pas que les hommes de cabinet recommandent les duels aux autres.

John Kipling a seize ans à la déclaration de guerre en 1914. Son père, Rudyard, le persuade de s'engager. John est réformé pour mauvaise vue. Kipling utilise ses relations pour le faire enrôler quand même. John Kipling est tué à la bataille de Loos, le 27 septembre 1915. Kipling écrit des poèmes partagés entre le remords et la fierté. Il y a là toute l'intéressante bêtise des cornéliens.

La « querelle du *Cid* », comme toutes les polémiques littéraires en France, est un coup de publicité sur lequel s'est greffé un débat esthétique. Corneille, qui avait beaucoup d'alliés, et par exemple l'important Guez de Balzac, fut attaqué par l'Académie française : pour plaire à Richelieu qui le haïssait, elle publia de pincés *Sentiments de l'Académie française sur la tragi-comédie du « Cid »*. D'où tout cela est-il parti ? De Corneille, qui avait déclenché l'affaire par une « Excuse à Ariste », qui contenait entre autres choses non agaçantes : « Je ne dois qu'à moi seul toute ma renommée,/Et pense toutefois n'avoir point de rival/A qui je fasse tort en le traitant d'égal », ainsi que ce vers merveilleux de simplicité : « Je sais ce que je vaux et crois ce qu'on m'en dit. » La querelle du *Cid* occupa Paris plusieurs mois en 1637 et 38 ; Corneille la relança deux fois, par une *Lettre apologétique* et par l'épître de *La Suivante*. Apparurent, outre les *Sentiments* de l'Académie, des *Observations sur « Le Cid »* (anonyme, mais de Scudéry, qui publia d'autres attaques sous son nom), un *Jugement du « Cid »*, un *Discours à Cliton sur les Observations du*

« Cid », une *Epître familière du sieur Mairet*, une *Suite du « Cid » en abrégé* (par Scarron, qui menace Corneille de coups de bâton), des pièces imaginant des suites (*La Suite et le Mariage du Cid*, par Urbain Chevreau), preuve du succès comme le furent dans les années 1970 les parodies pornographiques (*Cris et suçotements*), et comme aujourd'hui, rien. Ah, temps où tout criticulet se précipitait sur le tas de polémique pour se faire voir !

Comme bien des vaniteux, Corneille est candide. De là sa franchise. Il peut être bourru, comme Malherbe, à qui il ressemble tant, et même grossier, comme dans les stances à Marquise du Pan :

> Marquise, si mon visage
> A quelques traits un peu vieux,
> Souvenez-vous qu'à mon âge
> Vous ne vaudrez guère mieux

J'aime bien la réponse de Tristan Bernard :

> Peut-être que je serai vieille
> Répond Marquise cependant
> J'ai vingt-six ans mon vieux Corneille
> Et je t'emmerde en attendant.

Ce qu'il fait de mieux, et n'oublions pas de préciser que *Le Cid*, ce grand lustre cliquetant, est une tragi-*comédie*, c'est le cirque de la grandeur, Matamore dans *L'Illusion comique*. Ainsi a-t-il eu une double descendance : celle de l'emphase sérieuse, comme le personnage de la reine dans *Ruy Blas* (« D'abord je t'ai vu bon, et puis je te vois grand »), et celle de l'emphase comique, comme Don César de Bazan dans la même pièce de Hugo. Ou Cyrano dans celle de Rostand, ou Tartarin dans le conte d'Alphonse Daudet. Ou Céline dans ses meilleurs moments, quoique à l'envers : Corneille est pour l'élévation. Et puis *L'Illusion comique* est une pièce dans la pièce : nous constatons à la fin qu'il s'agissait de comédiens jouant. *It's so last century !*, comme on disait avec un dédain comique en

Angleterre le 1ᵉʳ janvier 2001. Comme certaines nouveautés, celle-ci était si loin de la coutume du temps qu'on l'a prise pour une farce, et il a fallu le XXᵉ siècle pour en réexploiter l'idée, avec des écrivains mi-bien, mi-prof comme Pirandello et ses *Six personnages en quête d'auteur*. C'est tout ce dont raffolent les inconnus de l'académie qui décerne le prix Nobel de littérature : pas trop de riant, pas trop de brillant, pas trop de talent.

Dans *Le Menteur*, Dorante revient de Poitiers où la mode retarde : « J'en voyais là-bas beaucoup passer pour gens d'esprit,/Et faire encore état de Chimène et du Cid. » Où nous apercevons une qualité rarement reconnue à Corneille, l'esprit. (Evidemment chez lui teinté de publicité.) Il a travaillé avec Molière, il a écrit des comédies. Elles ont de merveilleux moments d'extravagance, comme la scène de panique de Matamore, « le souverain poltron », ou la folie d'Eraste, dans *Mélite*, qui se croit au bord du Styx et confond les autres personnages avec des dieux infernaux. Ce que ces comédies ont d'étonnant, dans un pays comme la France, c'est qu'elles n'ont rien de social. Aucune allusion aux manières, aux convenances, aux usages. C'est pour cela que, quand, une fois tous les vingt ans, se publie un livre démontrant que c'est Corneille qui a écrit les pièces de Molière, vous pouvez rire. Autre ressemblance avec Shakespeare, dont on nous démontre régulièrement qu'il était boucher, deux Turcs ou une femme. L'indifférence au social, qui pouvait encore convenir à l'époque Louis XIII, a projeté Corneille dans le passé en devenant un élément constitutif du pouvoir de son fils : Louis XIV a élevé les bourgeois, qui sont le social même, contre les nobles, résidu féodal. La tragédie de Corneille, c'est ce décalage des mœurs.

On peut dater le tremblement de terre qui a séparé le territoire Corneille de la littérature se faisant : 1670. Date du *Bérénice* de Racine, dont le tissu élégamment moiré a fait concevoir sa rusticité, avec ses personnages qui sont ceci ou cela, sans nuance, des blocs. Racine fait se sentir le spectateur plus fin ;

celui-ci se détourne du *Tite et Bérénice* que Corneille monte la même année, gêné d'avoir pu aimer ça. Le manque de finesse de Corneille par rapport à Racine avait pu se constater quelques mois auparavant, lors de la première de *Britannicus*, où Néron dit : « Et vous, qu'on se retire » (II, 1). Lors de son entrée dans *Cinna*, au même moment de la pièce (II, 1), Auguste avait dit : « Que chacun se retire, et qu'aucun n'entre ici. »

Corneille, c'est le gaulliste. Grognon, mais près de la niche. Dans sa pièce sur Sertorius, le général romain insurgé en Espagne, il a inventé le slogan de la France libre à Londres : « Rome n'est plus dans Rome, elle est toute où je suis. » Racine, beau, fringant, apparemment désinvolte, c'est Giscard, qui n'a même pas besoin de s'opposer de front tant la mauvaise humeur du vieux éloigne le public : un « oui, mais » suffit, et le talent. Corneille, qui croyait que, depuis la fondation des siècles, les générations se succédaient sur le rythme du jeune empanaché devenant un vieux héros bourru faisant des remontrances au jeune empanaché devenant un vieux héros bourru, voit avec stupéfaction apparaître un nouveau genre de mâle. Ainsi le parolier de Michel Sardou se répandit-il contre Alain Souchon, ainsi Frank Sinatra refusa-t-il que David Bowie joue son rôle au cinéma. *No English faggot ain't gonna play my part!*

Corneille s'entête dans sa rusticité avec hauteur. Les tragédiens de sa génération et de son genre sont morts, comme Rotrou, ou tombés dans le ridicule, comme Mairet ; au reste, il ne sait pas faire autre chose. Et il vieillit, pas si isolé qu'on aime à l'imaginer, composant des odes à la gloire du roi et traduisant des psaumes pour la reine, écrivant avec Molière la tragédie-ballet de *Psyché* et, tout seul, un *Psyché* en tragi-comédie et ballet, donnant deux pièces, *Suréna, général des Parthes*, où il se pourlèche à nouveau d'une brute orientale (« Que tout meure avec moi, Madame » ; dans sa tournée de 1667 il avait chanté *Attila, roi des Huns*), et *Pulchérie*, une comédie héroïque. Quand comprendra-t-il que, en arrivant au pouvoir, Louis XIV a nationalisé l'héroïsme, ne laissant aux tragédiens que l'amour ? – Jamais.

Sans cela, il s'appellerait Racine. Et voilà notre vieux rocker pathétique, les joues tombant comme des gourdes vides, les mèches en oreilles de cocker, l'œil souligné d'un porte-monnaie, sirotant des whiskies avec ses copains assis en rond sur des poufs démodés. Les femmes vieux style l'adorent, comme Madame de Sévigné, mais elles sont de la génération de la Grande Mademoiselle, qui canonnait les troupes de son cousin Louis XIV durant la Fronde : elles ont perdu, le savent et le regrettent. « Racine nous montre l'homme tel qu'il est et Corneille l'homme tel qu'il peut être », écrit Madame de Sévigné dans ses lettres. Je dirais : Corneille nous montre des hommes tels qu'ils n'ont jamais été, et Racine les hommes tels que les femmes voudraient qu'ils fussent. Du moins les nouvelles femmes du nouveau roi : Louis XIV n'admet plus que des maîtresses, qui ne seront précisément maîtresses de rien. Les temps modernes commencent : Etat, femmes ornementales. En 1689, il permettra à une repentie de l'ancien temps, Madame de Maintenon, ex-femme de Scarron, ex-protestante épousée en cachette, sa fée morganatique, de commander une pièce religieuse à Racine (*Esther*). En 1697, elle le persuadera qu'il faut expulser les comédiens italiens. Un roi qui avait tant aimé la danse !

📖 « Il n'est lors que la joie, elle nous venge mieux. » (Cloris dans *Mélite*.)

1606-1684.

♦

Mélite : 1629. *L'Illusion comique* : 1636. *Le Cid* : 1637. *Horace* : 1640. *Cinna* : 1642. *Le Menteur* : 1643. *Rodogune* : 1645. *Poésies choisies* : 1660. *Sertorius* : 1662. *Attila* : 1668. *Tite et Bérénice* : 1671. *Psyché et Psyché*, avec Molière : 1671. *Pulchérie* : 1673. *Suréna* : 1675.

♦

Jean-Louis Guez de Balzac : v. 1595-1654. Urbain Chevreau (1613-1701), *La Suite et le Mariage du Cid* : 1637. Rudyard Kipling :

> 1865-1936. Jean Mairet : 1604-1686. Jean de Rotrou : 1609-1650. Sévigné (Marie de Rabutin-Chantal, marquise de), *Lettres* : **posth.**, 1726, première éd. complète : 1953-1957.

Corneille et Racine, Voltaire et Rousseau, Sartre et Camus, Oasis et Blur *ou* **Ajoutons un troisième terme au raisonnement** : Racine contre Corneille, c'est des histoires qu'on se raconte. C'est si berçant, les oppositions binaires. Tic, tac. Do, do, l'enfant do... Dans la comparaison qu'en fait Vauvenargues, par exemple : Corneille est ceci, Racine est cela ; si Corneille est ceci, c'est cela qu'est Racine ; quand Racine... « quelle facilité ! quelle abondance ! quelle imagination dans l'expression ! Qui créa jamais une langue ou plus magnifique ou plus simple, ou plus variée, ou plus noble [...] ? » (*Réflexions critiques sur quelques poètes*). Et nos lents esprits se révoltent. Ah, ils se sont haïs, mais ils se ligueraient contre de si naïves flatteries !

De même pour les autres Couples bénis par le Journalisme et la Pédagogie : Voltaire et Rousseau, Sartre et Camus. Sartre a écrit un bel éloge funèbre de Camus dans *Les Temps modernes*. Oui, cyniques, je sais, la divine surprise. Et non : si j'entre dans votre point de vue, la querelle avec Camus n'était pas mauvaise pour la publicité, et la mort agréable pour Sartre avait été celle de Gide en 1951 : elle transmettait le relais de l'aîné au cadet. Du point de vue de Sartre, il ne pouvait y avoir concurrence entre Camus, né en 13, et lui, né en 5. Qui a écrit : « On nous crie que la nature humaine est essentiellement perverse, que l'homme est né enfant du diable et méchant. Rien n'est plus mal avisé [...] » ? Vous vous doutez que ce n'est pas Rousseau, mais Voltaire, oui, dans le *Dictionnaire philosophique*. Les catégorisations binaires font subir à notre esprit le supplice des brodequins : serré à gauche, serré à droite, il ne peut plus s'échapper. Ne nous laissons pas imposer des catégories de pensées. Créons les nôtres. Qui seront contestées à leur tour. Si on nous dit : Racine et Corneille, répondons, je ne sais pas moi : Racine et Champaigne, Corneille et Verdi. Et puis, surtout, ajoutons un troisième terme au raisonnement. C'est la clef qui ouvre les menottes.

> Luc de Vauvenargues (1715-1747), *Introduction à la connaissance de l'esprit humain,* suivie de *Réflexions et maximes* : 1746 ; nouvelle édition avec des *Réflexions et maximes posthumes* en 1747 ; édition Gilbert avec de nouveaux posthumes : 1857.

Correspondance littéraire **de Grimm** : Ce Grimm-ci, Melchior, n'a rien à voir avec les frères Grimm, Jacob et Wilhelm, les auteurs de *Blanche-Neige*. Lui aussi était allemand, mais il écrivait en français une *Correspondance littéraire, philosophique et critique* à laquelle étaient abonnés des nobles et des monarques étrangers comme Catherine II qui voulaient se renseigner sur Paris. Je ne connais pas de plus passionnant récit de ce qui se passait en France à la fin du XVIIIe siècle. Et il s'en passait, des choses : Voltaire, Rousseau, les jésuites, l'*Encyclopédie*. Pour toutes ces choses passées, nous sommes presque devenus des étrangers à nous-mêmes, des Catherine II. Et comme c'est à des étrangers que Grimm s'adresse, il leur donne des explications qui nous sont très utiles deux cent trente ans plus tard : la *Correspondance littéraire* est une immense note en bas de page de la pensée du temps.

En très lisible. Cet Allemand écrivait le français, non seulement sans aucune faute d'étranger, mais encore sans aucune faute de français par excès de bien écrire, comme il arrive parfois aux écrivains qui changent de langue. Son style est relativement neutre, du français standard de l'époque, et, comme le standard avait été fixé d'après Voltaire, il est excellent. Quoique ses débuts soient parfois lents, il est toujours intéressant et fin, très fin. Modéré, ne calomniant pas ceux avec qui il n'est pas d'accord et n'exagérant pas les vertus de ses amis.

Son récit de la vie d'Helvétius (15 janvier 1772) est un modèle de biographie brève. Helvétius, un nom. Le voici s'animant sous nos yeux : fils d'un premier médecin de la reine, devenant fermier général, « grâce qui ne manque guère aux fils des premiers médecins », aimant les écrivains, comme Marivaux, préférant l'amour (« lorsque M. de Buffon a dit qu'il n'y a en amour que le physique de bon, il a tiré cette maxime du code Helvétius »), se mettant à écrire en vue d'obtenir une gloire mondaine et composant *De l'esprit* par admiration de *De l'esprit des lois* de Montesquieu. Avec maladresse, et sans doute par limitation intellectuelle, il y sème des gaffes, et les pires ennemis s'allient pour saboter son livre, haïssant plus encore la liberté de publier : les jésuites, les jansénistes et le parlement de Paris. « Il est resté généralement dans les têtes que ce livre contient des principes de morale fort dangereux. Quelle platitude ! »

On trouve dans la *Correspondance littéraire* les captivants détails matériels de la vie intellectuelle de l'époque, telle une histoire de l'*Encyclopédie* par le biais de l'imprimerie ; et des faits devenus légendaires que Grimm rapporte, lui, avec toute la fraîcheur de la nouvelle. « Un maître de chapelle de Salzbourg, nommé Mozart, vient d'arriver ici avec deux enfants de la plus jolie figure du monde. »

📖 « Quelquefois, il ne suffit pas de toute sa vie pour se faire pardonner sa supériorité. » (1er décembre 1772.)

> Melchior de Grimm (1723-1807), *Correspondance littéraire, philosophique et critique* : posth., 17 volumes, 1812-1813.

Coupes : Mérimée écrit à Jenny Dacquin, qui avait été sa maîtresse. « Je suis arrivé hier soir ici, où j'ai trouvé une lettre de vous de date ancienne..
.... Mon itinéraire a beaucoup changé. Après avoir parcouru très complètement l'Oberland [...] » (25 juillet

1858). Elle me fait rêver, cette ligne de pointillés qui remplace un passage supprimé par l'éditeur. C'est le résumé sous-entendu d'un moment de la vie d'un homme. Comme nous nous aimions, alors. Depuis... Ces choses-là sont plus fortes tues. Mérimée devait dire des galanteries, ou récriminer, ou se plaindre, enfin si c'était imprimé nous le lirions à peine. Au lieu de quoi, nous réfléchissons à ce qui peut s'y trouver et, de là, peut-être, un instant, à nous-mêmes. En supprimant, l'éditeur a ajouté. C'est une leçon involontaire de style.

Courier *et* Laclos *ou* Les officiers supérieurs intenables dans la littérature française : « Destiné à la carrière du génie... », lis-je de Courier dans une notice biographique du XIXe siècle. Ah, comme si ce n'était pas le cas de tous les écrivains ! Aristocrate, Courier avait donc la coquetterie de se qualifier de « bûcheron » ou de « vigneron ». Ce sont les écrivains de naissance bourgeoise et d'esprit adolescent, comme Baudelaire, qui se déclarent aristocrates. Courier écrivait des pamphlets, comme celui qui porte le beau titre de *Pétition pour des villageois que l'on empêche de danser*. Nous sommes tous des villageois.

Elliptique comme Xavier de Maistre et vinaigre comme Léautaud, Courier détestait l'esprit de corps, c'est embêtant quand on est militaire. En 1807, capitaine d'artillerie, au lieu de rejoindre son régiment comme il en a reçu l'ordre, il se retire près de Portici pour traduire du Xénophon. Commandant, il est mis aux arrêts pour une désinvolture du même ordre. Détestant les papiers, il voyage sans passeport alors qu'un passeport est obligatoire pour traverser la France : quatre jours de prison. (C'était en 1812, au moment de la conspiration du général Mallet.) Esprit frondeur qui n'est pas rare chez les officiers, consécutif à une espèce de je-m'en-foutisme vétilleux que l'on rencontrera plus tard chez le général de Gaulle.

Aristocrate, Courier écrit le *Simple discours* contre le don du château de Chambord au duc de Bordeaux : deux mois de prison ferme, deux cents francs d'amende. J'aime bien les gens qui ne font pas ce que voudrait leur imposer leur race, leur milieu, leur moment. Voici mieux : ayant découvert à la Bibliothèque Laurentine de Florence un fragment inconnu de Longus, dont il a traduit le *Daphnis et Chloé*, il le tache d'encre après l'avoir recopié, ce qui fait disparaître une vingtaine de mots. On l'accuse de l'avoir fait exprès, et cela lui vaut la persécution de moustique d'un employé de la bibliothèque qui y voit un moyen de se faire une célébrité. On peut lire, à l'intérieur de ce manuscrit : « Ce morceau de papier, posé par mégarde dans le manuscrit pour servir de marque, s'est trouvé taché d'encre : la faute en est à moi, qui ai fait cette étourderie ; en foi de quoi j'ai signé : Courier, le 10 novembre 1809. » Et moi, cent quatre-vingt-quinze ans plus tard, je trouve son mot d'excuses touchant. Il révèle l'erreur d'un homme ; la vie. A l'image de ces manuscrits par qui nous connaissons les écrivains antiques et dont les originaux ont disparu : copies faites au Moyen Age par des moines heureux d'avoir à lire une littérature moins répétitive que les psaumes. On y remarque des lignes de travers : ils écrivaient sur les genoux et, à la fin d'une journée de copie, étaient fatigués. Frère Gondulfe, les vêpres ! – J'arrive, j'arrive ! Le mot de Courier ressemble aux anciens tickets de métro qu'on retrouve en guise de marque-pages dans les livres des bouquinistes : et l'imagination se demande à quoi ressemblait le jeune homme qui s'en est servi, en 1972, ou disons 1976, oui, 76, pour aller retrouver une jeune fille, à la station… Filles-du-Calvaire ou Bonne-Nouvelle ? Ainsi démarrent les romans.

Je citais de Gaulle : un autre officier à caractère impossible est Laclos. Lui aussi originaire de la petite noblesse, il devient officier du génie et part lui aussi pour Londres, en 1789, accusé d'avoir fomenté des émeutes ; il dessine un boulet de canon qu'il propose à l'armée française comme de

Gaulle proposa vainement l'utilisation des chars. Au service des Orléans, il fait un peu de prison, puis aide probablement Bonaparte lors du coup d'Etat du 13 mai 1958, pardon, du 18 brumaire. Napoléon le fait général. Il meurt à Tarente où les Bourbons revenus ont eu l'idée de faire raser sa tombe. Laclos n'a écrit qu'un roman, n'a même écrit qu'un seul livre, dans la mesure où le reste de son œuvre se compose d'un poème, d'un livret d'opéra, de quelques pages politiques, d'une lettre à l'Académie française faisant l'éloge de Vauban et d'une réponse à l'Académie de Châlons-sur-Marne qui avait posé la question : « Quels seraient les meilleurs moyens de perfectionner l'éducation des femmes ? » Il ne dit pas : « De leur donner à lire *Les Liaisons dangereuses* », mais nous pouvons le faire à sa place.

> Paul-Louis Courier (1772-1825), traduction de *Daphnis et Chloé* : 1813. *Pétition pour des villageois que l'on empêche de danser* : 1822. *Simple discours de Paul-Louis, vigneron de la Chavonnière, aux membres du Conseil de la commune de Véretz, département d'Indre-et-Loire, à l'occasion d'une souscription proposée par Son Excellence le Ministre de l'Intérieur, pour l'acquisition de Chambord* : 1821. *Conversation chez la comtesse d'Albany, à Naples, le 2 mars 1812* : dans les *Œuvres complètes*, posth., 1828.
>
> ♦
>
> Pierre Choderlos de Laclos : 1741-1803.

COURTOIS : Dans les romans courtois, les hommes sont des benêts portant heaume qui assomment des dragons pour plaire à des chipies à hennin. Quand ils sont revenus, la chipie (ou Dame), satisfaite, enlumine son Livre des Records. Le courtois, c'est l'héroïsme mièvre.

Et la grande ruse des femmes du Moyen Age : elles ont poussé les hommes à inventer le style courtois, qui donne un aspect viril à la politesse et la rend applicable par les enfants vieillis qui portent le nom d'hommes. Les hommes sont comme Wenceslas dans *La Cousine Bette* : « Montrez un précipice à un Polonais, il s'y jette aussitôt. » Le précipice, ce furent les croisades, pendant lesquelles les femmes gouvernèrent les châteaux.

Le style courtois a infecté la littérature française à vie. Corneille en est plein. Dans *Pompée*, Rodogune et Héraclius conquièrent afin de rapporter un os à leur *maîtresse*. Racine a tenté de saboter cet ordre, et c'est dans ce sens qu'il n'est pas féminin. Au XXe siècle, Aragon se pare du style courtois pour écrire *Les Yeux d'Elsa*.

Toute divinisation est une injustice et un esclavage. La raison s'en indigne, la modération y meurt. Le style courtois est une impertinence, envers les hommes, les femmes, l'intelligence et la sensibilité.

Tout le Moyen Age n'a pas été servile. Il existe un fabliau du XIIIe siècle, « Le chevalier qui fit les cons parler » où un chevalier reçoit de trois fées, en remerciement d'un service rendu, trois dons : « où qu'il aille il sera bien reçu ; s'il adresse la parole au sexe d'une femme ou d'une bête femelle, celui-ci lui répondra, à défaut ce serait le cul. » Il en tire fortune. C'est la télé-réalité.

CREATIVE WRITING : Voici quelques observations sur la façon d'écrire que je me suis faites en écrivant un livre. Le livre fini, s'éloignant, on cesse peu à peu de savoir comment on l'a fait. La théorie n'existe qu'en pratique.

Dans *D'un ordre considéré comme une anarchie*, Cocteau dit : « On ne risque rien à divulguer le secret professionnel. Il manque le moyen de s'en servir. » On ne risque non plus rien à divulguer le moyen de s'en servir. Tous les conseils de la terre ne servent à rien si on n'a pas le don.

On ne devient pas plus rapide en acquérant du métier, car le métier apprend qu'il n'existe pas de métier. La rhétorique n'existe pas. Oui, il y a le chiasme et la parataxe, mais ce sont des noms qu'on donne après coup à des inventions de la sensibilité. Il n'y a pas de technique, il n'y a que du cœur.

Un mot est meilleur s'il est loin de son origine.

Un génitif vaut mieux qu'un qualificatif.

Le qualificatif gagne à être remplacé par de l'action. Plutôt que de dire : « Chéri, blasé... », comme dans Colette, il vaut mieux décrire une scène où on le montre blasé, sans employer le mot. Les trente lignes qu'elle prendra seront moins longues que ce simple adjectif agaçant pour la sagacité du lecteur.

« Plus j'étais enclin à croire à mon importance, plus tu me donnais le sentiment de mon néant », dit le narrateur du *Nœud de vipères*. Paresse de Mauriac. Agacement du lecteur à qui l'on vient chuchoter un secret à l'oreille. Une explication qu'un personnage donne, c'est quatre pages de faits que l'auteur n'a pas voulu prendre la peine d'écrire. Le lecteur est privé du plaisir de deviner.

Montrez, ne nommez pas. Le lecteur intelligent comprend très bien sans cela. Nommer, c'est expliquer, et tout ce qui explique offense. Du moins les lecteurs fins. Si vous en voulez davantage, au contraire, faites le : le plus grand nombre aime être guidé. Non qu'il soit servile ou bête, mais il est parfois lambin, et souvent timide. Les livres inquiètent les hommes qui lisent peu. Ils ont peur de ne pas comprendre quelque chose. En France, qui plus est, pays catholique, pays de Louis XIV. Deux raisons de repousser le libre examen. Si un auteur explique, c'est parfois à lui-même, pour se persuader de ce qu'il écrit.

Si vous parlez d'une baleine, inutile de préciser qu'elle est grosse. C'est ce genre d'exagération qui rend *Moby Dick* si souvent grotesque.

C'est par le rythme qu'on précise le sens.

Il ne sert à rien d'expliquer.

Un mot n'est pas qu'un mot, et c'est le problème particulier de l'écrivain. Un mot est chargé de souvenirs, d'histoire, de joies, de douleurs, celles des lecteurs, de l'écrivain lui-même.

Et l'écrivain, qui le reconnaît mieux que les autres à cause du temps qu'il passe avec eux, doit élaguer le plus possible les mots de la valeur émotive que la vie leur ajoute. C'est plus honnête envers le lecteur, et meilleur pour lui : il ne laisse pas l'empois des mots dévier sa phrase.

D'écrire de la poésie aide à ne pas se laisser piéger par les mots : on s'y rend compte de façon très pratique que les mots ne sont que des objets à notre service, et qu'il ne faut pas se laisser abuser par les vulgaires tapins à colifichets sonores qui se font passer pour de grandes dames, les mots qu'on croit « poétiques ». Les bons prosateurs s'en rendent très bien compte, et si certains poètes sont bons, c'est aussi parce qu'ils sont de bons prosateurs.

Quand on ne trouve pas de bonne formulation, c'est généralement que la chose n'est pas bonne à dire.

Attention aux ricochets : à redoubler l'expression, on la divise parfois. Ainsi quand, à propos de Villemain, Baudelaire parle de son « style baveux » puis ajoute : « melliflu » (*Curiosités esthétiques*), le deuxième qualificatif amoindrit la force du premier.

Une répétition peut passer pour une inadvertance ; deux sont voulues ; trois seraient lourdes ; quinze un poème en prose.

Ce qui a l'air en trop vient souvent de ce qu'il n'y en a pas assez.

Ne recopiez pas votre documentation, ce qui est le défaut de Balzac dès qu'il s'agit d'argent. La tentation est grande, car on a travaillé à la rassembler, mais inutile : le lecteur vous fait confiance.

A l'Art Institute de Chicago, on peut voir, dans la salle des *Oiseaux de nuit* d'Edward Hopper (les trois personnages assis à un comptoir de bar, cette *Joconde* du XXe siècle), un dessin préparatoire : Hopper a dessiné de dos le personnage en costume qu'on voit de trois quarts face. Il y a des choses que l'auteur a besoin de savoir qui n'intéresseraient pas le lecteur.

Dans la fiction, l'important est de faire accroire. Une des meilleures méthodes consiste à écrire en tous points comme si la chose existait déjà. Ainsi, plutôt que : « le soleil brillait », il vaut mieux dire : « A la terrasse du café, un rectangle de sueur étincelait sur le front d'Henri. » Dans *Clair de terre*, d'André Breton : « Le soleil a beau n'être qu'une épave » est bien meilleur que : « Le soleil est une épave » ; Breton fait comme s'il était universellement admis que le soleil est une épave. Faire comme si tout le monde savait, et aussitôt tout le monde sait.

Ecrire sur les personnages comme on parle des personnes, par bribes, en les découvrant lentement, sinon jamais. On ne sait jamais rien des êtres.

Si le poème est *donné*, la fiction fait découvrir : tout y est indice au lecteur. C'est pourquoi chaque acte, chaque parole, chaque geste même doit être justifié. « Jeanne rejeta sa mèche en arrière. » Si on l'écrit, c'est que ce geste a une signification particulière pour la psychologie de Jeanne. Sinon, jetez cette épluchure à la poubelle ! Dans un de mes romans, un personnage emploie le mot « floué ». C'est un critique de cinéma présomptueux, et *flouer* un verbe ancien qui fut un temps remis à la mode par Simone de Beauvoir. Qu'il le sache ou non, ce mot, dans sa bouche, signale qu'il fait partie d'une certaine lignée. Et ne parlons pas des actes, encore plus visibles. Un acte, une parole, un geste laissés sans raison irritent le lecteur : il pense que l'auteur a abusé de son indulgence, de sa patience ou de sa confiance. Dans la vie, les faits peuvent ne pas avoir de conséquence, pas dans les romans. Ou alors, s'ils n'en ont pas, *il faut le dire*. « Cette colère d'Hippolyte n'eut aucune conséquence sur la suite de l'affaire. »

Dans un roman, ne faites jamais avoir de prémonition aux personnages : c'est une façon pesante de vous donner l'air perspicace.

Dans un roman, prenez garde d'avoir l'air plus malin que ce que vous écrivez : cela transforme vos personnages en marionnettes et, pire, on finit par vous voir tirant les ficelles. Le roman nécessite une posture de naïveté de la part de l'auteur.

S'il y en a une, ne pas révéler la généralité qui est derrière le personnage. Comme disait Pascal, « il faut particulariser cette proposition générale ». Il est même approprié de la faire disparaître, ainsi que l'intention qui a conduit à le créer, et, plus généralement, toute *raison*. Il s'agit de donner de l'existence, et cela ne se fait qu'en donnant l'illusion de l'acte gratuit. On ne fait pas d'enfant en suivant un mode d'emploi.

Je doute que la façon d'écrire doive être appropriée au sujet : écrire de façon ennuyeuse un roman sur l'ennui serait superflu. Le roman n'est pas une reproduction.

Plus le langage d'un écrivain est individuel, mieux cela vaut. En matière de couleurs, pourquoi utiliser des qualifications toutes faites, comme « bleu ciel » ? C'est un cliché, une image morte. Tous les ciels sont-ils du même bleu ? L'écrivain s'invente une langue étrangère dans sa propre langue, et les autres le comprennent. Le truc est que cette langue doit avoir l'air commune.

En prose comme en poésie, il s'agit de supprimer la distance de la chose décrite à sa description. Non pas désigner, mais faire sentir, non pas décrire, mais être. Plutôt que d'écrire : « Je songe à la désolation de l'hiver », mieux vaut montrer qu'on songe, et que l'hiver est désolé. Il y a identification entre l'auteur et l'objet. Un écrivain est moins un conteur ou un chanteur qu'un sculpteur.

Il n'y a pas besoin de longues descriptions pour « donner à voir ». *Le Neveu de Rameau* : « Le matin, il a encore une partie de son matelas dans ses cheveux. » Et nous y sommes.

La poésie est un accordéon. Le premier terme de la comparaison est caché entre les plis. Ne pas déplier.

La poésie est un éloignement de la comparaison. Plus elle éloigne, meilleure elle est. Contre-exemple dans un livre de poésie anglaise : « Le dos de ses genoux est marqué d'un H » (Matthew Francis, *Dragons*). On pourrait encore mieux dire : « Le H du dos de ses genoux… », ce qui, de plus, libère un hémistiche et permet d'ajouter du sens au vers. Mettons : « … me hache le cœur ».

Rien n'interdit de faire cela en prose, à condition que ce soit avec parcimonie. Le lecteur de poésie, prédisposé à la concentration, se trouve dans un état de vitesse supérieure, et donc plus apte à comprendre sans s'arrêter que le lecteur de prose. Mallarmé est sans doute arrivé à la limite de l'éloignement possible. Il la dépasse parfois en prose, ce qui désintègre son écrit.

Ces moments où l'on aperçoit du coin de l'œil un détail qui dépasse, dans une incise, qu'il faut attraper et vite, par surprise, car si on le regarde trop, il se rétractera. Le secret est là.

Ecrire comprend une part de senti *qu'on ne dit pas*. C'est si délicat, si frêle, si précieux ! Nos grosses voix le casseraient. Et peut-être que certaines pensées énoncées sont moins importantes que tues.

Lisez. Si tant de gens ne savent pas écrire, c'est qu'ils ne savent pas lire.

Bourrez vos livres de détails inapparents à la première lecture, de liens souterrains. On ne sait jamais. Ils pourraient être relus.

Le plus simple est d'avoir du génie.

|| Matthew Francis, *Dragons* : 2001.

CRITÈRES DU BON ÉCRIVAIN OU DU BON LIVRE : Le bon écrivain impose ce qu'il montre. Nous ne l'avions pas regardé jusque-là. Nous le voyons. Cela nous paraît évident. C'est un des critères qui permet de reconnaître le bon écrivain. Qui avait regardé les célibataires avant Montherlant ?

On reconnaît le bon écrivain à ce qu'il nous intéresse à ce qui ne nous intéresse pas. Les plaines, les Flandres, les ciels bas me rebutent, mais j'aime Verhaeren.

Un autre critère du bon écrivain est qu'il donne envie d'écrire. Pas sur lui, autre chose. Il y a une contamination de la création.

CRITIQUE LITTÉRAIRE DANS LA CRÉATION : La meilleure critique littéraire, c'est la littérature. Un roman, une pièce de théâtre, un poème ne sont jamais écrits sans que leur auteur les ait examinés, améliorés, détruits, reconstruits. La création comporte la critique.

Cela, c'est l'autocritique. La création peut comporter une part de critique des autres, qui n'est pas nécessairement exprimée, comme quand Scarron parodie le style emphatique de *L'Astrée* dans *Le Roman comique* :

> Le soleil avait achevé la moitié de sa course, et son char, ayant attrapé le penchant du monde, roulait plus vite qu'il ne voulait. Si ses chevaux eussent voulu profiter de la pente du chemin, ils eussent achevé ce qui restait du jour en moins d'un demi-quart d'heure [...] Pour parler plus humainement et plus intelligiblement, il était entre cinq et six quand une charrette entra dans les halles du Mans.

Dans *A la recherche du temps perdu*, Proust pastiche le *Journal* des Goncourt, où il a pioché des bons mots pour les mettre dans la bouche de ses personnages : plusieurs des drôleries d'Oriane ont d'abord été dites par la princesse Mathilde. Quant à la formule du duc de Guermantes pour refuser une invitation, « Impossible venir, mensonge suit », elle se trouve dans Chamfort, et le même duc s'écriant : « Mais non, on exagère » à l'annonce de la mort de son cousin d'Osmond car il a envie de rester au bal vient du maréchal de Bassompierre invitant Marie de Médicis à danser et répondant la même chose à l'annonce de la mort *de sa mère*. Le narrateur lit un passage du journal des Goncourt pastiché : Madame Verdurin y est présentée comme une femme de goût. Proust se moque d'Edmond de Goncourt, qui n'aurait pas su voir les ridicules de la patente sotte, mais précise que c'est sa vision qui a prévalu : Madame Verdurin est maintenant considérée selon le flatteur portrait d'Edmond, dit-il. Cela illustre sa conception selon laquelle la littérature transforme rétrospectivement le passé. Et son Goncourt avait-il absolument tort ? Elle est ridicule, Madame Verdurin, mais elle a l'enthousiasme.

Plusieurs écrivains ont répondu à Proust sans le dire. Alberto Moravia dans *L'Ennui*, Jean Freustié dans ses mémoires, *L'Héritage du vent*, où il prend soin de répéter que le passé est flou, nous échappe, se refuse (ce sont ses mots) ; *L'Homme pressé*, de Paul Morand, dont le personnage principal est une sorte de Swann de l'ère électrique, veut sans doute compléter la réflexion sur le temps d'*A la recherche du temps perdu*. Dans aucun de ces livres le nom de Proust n'est mentionné.

Dans *Illusions perdues*, Balzac fait la critique d'un critique : Lucien de Rubempré, devenu critique, écrit un « panorama dramatique » sur une pièce de théâtre d'un ton faussement spirituel qui est un pastiche de Jules Janin. Il a pastiché Sainte-Beuve dans *Un prince de la bohème*.

La plupart du temps, la critique est tellement intégrée à l'œuvre que l'auteur l'oublie à mesure que le temps passe et que son moi historique s'emploie à lui faire oublier l'impureté de son moi créateur. Et par exemple que l'étincelle de sa création ait été une indignation. C'est dans la préface à *Bérénice* que Racine griffe Corneille et ses exagérations, mais c'est dans *Mithridate* que, à mon sens, son irritation se mue en création. Le premier acte est si enflé, si peu de sa façon d'écrire habituelle, que je ne vois pas d'autre explication qu'une tentative de critiquer Corneille de l'intérieur : faisons du Corneille, ils verront comme c'est grotesque. Et puis, comme toujours, les intentions se transforment, ce n'est d'ailleurs qu'à cette condition que l'œuvre d'art peut vivre, et sa pièce devient du Racine.

Certains auteurs incluent dans leur livre la critique qu'on pourrait en faire. Dans *Mon amie Nane*, Paul-Jean Toulet.

Dans *Mercier et Camier*, Samuel Beckett, qui commente une énumération : « Que cela pue l'artifice. » Différence entre le joyeux et l'accablé. Beckett est un écrivain qui, au lieu de couper ce qui lui déplaît dans son manuscrit, en fait la critique ; c'est peut-être même lui qui a inventé cela, tellement imité. « Sapo n'avait pas d'amis. Non, ça ne va pas » (*Malone meurt*). On trouve souvent dans ses romans une critique littéraire du romanesque, ou des lieux communs du romanesque selon la conception 1850-1950 de la chose. « Un jour Sapo arriva chez les Louis plus tard que d'habitude. Mais sait-on à quelle heure il avait l'habitude d'arriver ? » (*Malone meurt.*)

CROS (CHARLES) : Charles Cros a écrit :

> Je suis l'expulsé des vieilles pagodes
> Ayant un peu ri pendant le Mystère. (« En cour d'assises », *Le Coffret de santal*.)

C'est le destin des écrivains honnêtes. Les non-frimeurs, qui ne respectent pas tout à fait les rites, les clans, les pour, les contre. Soyons sérieux. Rions un peu des mystères. Je créerai un jour un ordre du Hareng Saur en hommage à Charles Cros, dont je décorerai ceux de mes amis qui aiment « mettre en fureur les gens – graves, graves, graves ».

Quelle délicatesse a Charles Cros...

> Je n'ai pas d'ami,
> Ma maîtresse est morte.
> Ce n'est qu'à demi
> Que je le supporte. (« Profanation », *Le Coffret de santal*.)

... et quelle imagination charmante. A la fin d'une promenade, un soir, avec une femme, il se dit que, « à cet instant deux amants, dans Vénus,/[...] Ont, entre deux baisers, regardé notre terre » (« Sonnet astronomique »). S'il décrit un temple antique, c'est pour imaginer que les cariatides qui le portent, lassées de leur sort, s'enfuient pour Paris (« Déserteuses »). Comme souvent les poètes, il se voit en roi (« Ronde flamande »), mais encore en chef de tribu dont le chariot est porté par des nains (« Chanson de route arya », les quatre dans *Le Coffret de santal*).

Son mot le plus fréquent est « rose », et il en est un des meilleurs employeurs (comme d'un employé : les mots ne sont-ils pas à notre service ?). C'est que, pour lui, la rose est *ressentie*. Il n'y a aucune distance entre elle et lui. Quand il l'écrit, il est une rose.

Rose, c'est une fleur, et un mot simple : Charles Cros est un poète qui chansonne un petit nombre de mots simples, do, ré, mi, fa, sol, la, si, rose. Comme Verlaine, il sait écrire de beaux poèmes avec des rimes banales (« J'ai fui par un soir monotone,/Pardonne-moi ! — Je te pardonne,/Mais ne me parle de personne », « Réconciliation », *Le Collier de griffes*). Il lui arrive de feindre des enfantillages, du parler bébé. « A bas peignoir ! » (« Soir éternel », *Le Coffret de santal*.) Ce sont les écrivains peu sûrs d'eux-mêmes qui ne font jamais une plaisanterie, restent sur le qui-vive et leur quant-à-soi, marionnettes tremblant de s'effondrer si tous leurs fils n'étaient pas tendus.

Un autre de ses mots est « seins ». Il en a fait un poème très sensuel, le « Coin de tableau » (même recueil) :

> Tiède et blanc était le sein.
> Toute blanche était la chatte.
> Le sein soulevait la chatte.
> La chatte griffait le sein.

Il aime tellement les femmes qu'il les imagine dans quantité de situations. « Quittez votre robe et mettez des bagues » (« Sonnet », *Le Collier de griffes*). Combattant nues (« Dans la clairière », *Le Collier de griffes*). S'imaginant lui-même en femme, puisqu'il écrit au féminin (notamment, dans le même livre, « A tuer », où se trouve une merveille d'ellipse sur l'acte sexuel : il se produit entre la quatrième et la dernière strophe).

Quelle bonne idée on a eue de faire chanter les « Triolets fantaisistes » (*Le Coffret de santal*) à Brigitte Bardot, qui a symbolisé la liberté des sens à une certaine époque : « Sidonie a plus d'un amant,/Qu'on le lui reproche ou l'en loue/Elle s'en moque également. »

Tout gai qu'il soit, Charles Cros a des imaginations noires. La gaieté sert souvent à combattre la tristesse.

> Simulant l'insouci [...] (« Lento », *Le Coffret de santal*).

Car

> Je ne dors pas. Quel est mon mal ? (« Insomnie », *Le Coffret de santal*.)

Et les femmes...

> J'ai peur de la femme qui dort
> Sur le canapé, sous la lampe.
> On dirait un serpent qui mord,
> Un serpent bien luisant qui rampe. (« Caresse », *Le Coffret de santal*.)

Le poème finit par : « Tu m'as mangé la cervelle », et tout cela nous rappelle Théophile Gautier, le maître des poèmes macabres.

Cros a inventé un système de photographie en couleurs et, avant Edison, le phonographe, qu'il nomma paléophone. C'est un moment où il oublia d'être poète. Natif du village qui porte le beau nom de Fabrezan, dans les basses Corbières au sud de Lézignan, son nom y est prononcé *Cross, o* ouvert. Quoique arrivé à Paris à l'âge de un an et demi, il fait parfois rimer « couronne » avec « trône », « mai » avec « charmé » : sa famille avait-elle gardé l'accent de l'Aude ?

Outre des traités scientifiques comme les *Principes de mécanique cérébrale*, Cros a écrit, en prose, des contes et des monologues. Ils sont généralement comiques, l'un porte le très bon titre de « Le caillou mort d'amour » (cela se passe sur la lune), un autre semble annoncer les dérives des désœuvrés volontaires de Beckett, le « Voyage à trois étoiles », où le voyageur raconte son voyage en ne se souvenant de rien.

📖 « Je suis encombré des amours perdues,
   Je suis effaré des amours offertes. » (« Pluriel féminin », *Le Collier de griffes*.)

> 1842-1888.
> ♦
> *Le Coffret de santal* : 1873. *Le Fleuve* : 1874. *Principes de mécanique cérébrale* : 1879. *Le Collier de griffes* : 1908. *Œuvres complètes* : 1954.

Dandysme • D'Annunzio • Dard • Début, milieu, fin • Décadence et mort d'un écrivain (Bloy, Huysmans, Villiers) • Défauts • Deffand (du) • Del Dongo (Gina) • Descriptions • Détails • Détruire • Dialogues dans les romans • Dictionnaires • Diderot • Digressions • Distance aux choses • Dix-neuvième siècle • *Don Quichotte* et autres bulles • Donc, il faut, parce que • Dumas.

DANDYSME : Les dandies sont des enfants de concierges enrichis ou de ducs déchus. Ils ont une revanche de chic à prendre. Le dandysme est le fils de la honte.

Elle fait les dandies se hisser sur les talonnettes d'un génie imitatif qui se croit singulier. C'est le piège où ils tombent et qui les rend attendrissants. Ils y tombent après l'avoir reconnu, et admis. Il y a une modestie dans leur insolence.

Provocation de la honte, le dandysme est une tentative de se faire admettre en se faisant rejeter. Tous les dandies que j'ai connus, et qui revendiquaient de l'être, se trouvaient au bord extérieur de l'élégance, leur idéale élégance : vêtements pas très bien coupés, cheveux gras, mauvaises manières à table. Ecœurants écœurés ! La mauvaise qualité des tissus vient de ce qu'ils n'ont pas de sous, celle des manières d'une accentuation de dépit. Ils font de nécessité vice.

Ce sont souvent des ennuyés, et des paresseux ; mais qu'est-ce que la paresse, sinon une peur de la vie ? Elle leur fait revêtir une panoplie. Voix de tête, reins cambrés et jabots ébouriffés sont une façon de se tenir en arrière tout en se lançant en avant. (Je n'écris en oxymores que parce qu'ils en sont l'incarnation.) Un élément de leur pathétique est leur recherche désespérée ailleurs qu'en eux-mêmes de quelque chose de *bien*.

Ce sont des originaux stériles, et je connais peu de sorts plus tristes. Ayant accédé à la panoplie, ils sont généralement incapables de rien d'autre. Un écrivain ne peut être un vrai dandy : il écrit, publie, s'expose en personne et non en effigie. Le vrai dandy est stérile. C'est son penchant vers la stérilité qui rapproche Baudelaire des dandies. Rapproche. Il n'en est pas plus un que Barbey d'Aurevilly. Ce n'est pas parce qu'on écrit sur une chose qu'on est cette chose.

La honte à l'origine du dandysme peut être le manque d'amour. Combien de blessures d'enfance ou de jeunesse ont entraîné vers l'admirable et pitoyable dandysme ! Mallarmé disait que, socialement, nous sommes tous des ratés : sentimentalement, nous sommes tous des fils de concierges enrichis et de ducs déchus.

D'ANNUNZIO (GABRIELE) : Cet Italien a eu une déplorable influence sur les écrivains du XXe siècle dans le monde entier. Hétérosexuel quoique esthète, capricieux, tapageur, publicitaire, il fait partie des insupportables qu'on n'a pas arrêtés à temps par une bonne fessée. Le 12 septembre 1919, il entre dans la ville de Fiume que l'Italie revendiquait à la tête d'une milice de deux cents hommes et prononce le premier d'une série d'aboyants discours au balcon du palais du gouverneur ; quelque temps plus tard, la foule excitée par lui lynche des soldats français. C'était pendant les négociations du traité de Versailles, où les Italiens se montraient aussi menteurs que les Roumains et plus cupides que les Serbes : « Peuple d'assassins ! » s'exclama Clemenceau, nuancé. L'occupation dura quinze mois, une orgie de nationalisme : drapeaux italiens, marches, parades, alcool et coucheries. La ville était devenue une marmite d'aventuriers, de politiciens douteux, de gangsters, de joueurs de casino et de putes accourues de toute l'Italie. Les prêtres demandèrent même le droit de se marier. C'était la décadence romaine d'après l'idée que s'en faisaient les péplums : D'Annunzio avait écrit les intertitres de *Cabiria*, le film de Pastrone. On pouvait rencontrer à Fiume Mussolini, Marinetti, le poète, Toscanini et son orchestre, Marconi, l'inventeur du télégraphe sans fil. Une fois l'accord de Rapallo signé entre l'Italie et la Yougoslavie qui faisait de Fiume une ville-Etat indépendante, D'Annunzio boude et s'enferme en disant qu'il mourra plutôt que de se rendre. Il se rend : l'Italie, à qui il avait déclaré la guerre, a fait donner l'assaut. Corrompu par l'argent du gouvernement, séducteur et cocaïné, il fut peut-être assassiné pour avoir désapprouvé l'alliance entre l'Italie et l'Allemagne. Charlatanisme éditorial. Cabotinage viril. Donjuanisme politique. Quel exemple !

> 1863-1938.
> ◆
> Giovanni Pastrone (1883-1959), *Cabiria* : 1914.

DARD (FRÉDÉRIC) : Révélons un peu les secrets de la boutique. A chaque génération, un écrivain populaire est distingué par quelques auteurs beaucoup moins vendus que lui qui professent leur admiration littéraire. Dans les années 1920, Souvestre et Allain, les auteurs de *Fantômas*, ont été vantés par les surréalistes ; vingt ans plus tard, Simenon est « découvert » par Gide ; vers 1980, Frédéric Dard surgit après trente-cinq ans de publication, comme un vieux comédien de navets comiques que, après s'être foutue de lui pendant trente ans, la critique décide un jour de trouver génial.

Dans les années 1940, c'était un écrivain de romans policiers sombre-et-sarcastique. Paris ville louche, cynisme de comptoir, imitation de Céline. Il invente le personnage de San-Antonio dans *Réglez-lui son compte !*, en 1949, et, dans les années 1960, son talent devient plus personnel. Dard emploie un argot fantasmagorique, comme la plupart des argots de roman, car les écrivains fréquentent rarement la crapule, fréquentent même rarement qui que ce soit, surtout quand, comme Dard, ils publient deux romans par mois. Le sien a le goût Le Breton, l'auteur de *Du rififi à Paname*. Dans *De « A » jusqu'à « Z »*, une bouteille est une « boutanche », sortir de sa voiture se dit « déhoter de sa tire ». Le conventionnel vieillit vite : je ne comprends déjà plus, dans *Du sirop pour les guêpes* : « Je roule le long du littoral. C'est l'accalmie car les bronzés sont à la jaffe. » Il faudra au Dard de cette époque un appareil critique avant bien des écrivains réputés « difficiles ». Il s'est ensuite créé un langage plus personnel. Dard devient Dard dans les années 1970, dirais-je. Prenons *Dis bonjour à la dame*. Il modèle des mots : « Alors, 'magine ce que peut ressentir un honnête citoyen de ma trempe. » Mieux encore, il invente une coupe de phrases :

— Commissaire ! Regardez !
Je.

C'est ainsi qu'un style lourd s'envole.

Frédéric Dard n'a pas écrit *un* bon livre. Son talent est réparti dans cent ou cent cinquante romans à peu près indistincts : la postérité, qui est nous autres nous occupant du passé, manque de poignées où s'accrocher. Sur la fin, il ne pouvait s'empêcher de *produire*, et c'était désolant, mais il suffit de ne lire que les bons San-Antonio. C'est ce qu'il a écrit de meilleur, comme Balzac avec *La Comédie humaine*, et la bonne période en est 1975-1985, comme celle de James Hadley Chase est 1939-1949.

Bérurier est fastidieux, c'est son personnage « truculent ». Le commissaire San-Antonio le juge vulgaire, mais son élégance à lui est de mauvais goût : il écrit avec des stylos Mont-Blanc, porte des montres Rolex, a même possédé une aquarelle de Folon dans son bureau (*Dis bonjour à la dame*). Il serait intéressant d'étudier l'influence des romans policiers ou d'espionnage sur le goût des classes populaires, moyennes et monégasques, je pense encore à *James Bond*. Le goût gâté de San-Antonio explose dans ses innombrables déclarations d'admiration à François Mitterrand, ainsi que dans l'exhibition de ses relations dans le beau monde de la télévision.

Ce que je prenais pour une vanité candide, tout en me disant qu'il n'en était peut-être rien, car chez l'écrivain sympathique la différence est difficile à établir entre la candeur et la ruse, et celui-ci, égalant presque l'avidité des ayants droit de Saint-Exupéry qui vendent des assiettes « Petit Prince », a procédé à une exploitation de l'œuvre par l'homme qui lui a fait vendre, outre ses propres livres débités en extraits, dictionnaires et recueils de citations, des montres, des pin's et des porte-clefs, ce que je prenais pour de la vanité disais-je était peut-être de l'orgueil. Parce qu'il tutoie les lecteurs dans ses livres, parce qu'il s'emporte, parce qu'il adore écrire qu'il adore sa maman et les enfants, parce qu'il se met dans la posture de l'humble, Dard se croit bon, mais il a aussi du mépris, heureusement. Il y a des choses méprisables. Sur lui-même, voici, à la fin de *De l'antigel dans le calbute*, une publicité sur le *Dictionnaire San-Antonio* : « Depuis Rabelais, aucun écrivain de langue française n'a pu prétendre, autant que San-Antonio, être parvenu à forger un langage qui lui soit propre. [...] San-Antonio est bel et bien un auteur de génie. Un monument. » Je sais bien que c'est de la publicité, mais enfin, aurais-je une publicité sur moi-même à écrire, je ne la ferais pas si épaisse. J'aurais tort, les chiffres de ventes de Dard le montrent. Ces fanfaronnades me portent néanmoins à signaler que cet inventeur d'un langage laisse passer beaucoup de clichés (et pour commencer « forger un langage ») et a des relâchements de vocabulaire. Pas du tout par ses gros mots, ils sont très bien, ses gros mots, tout ce qu'il y a de plus naïfs, mais par des expressions de marchand de voitures, comme, dans *Foiridon à Morbac City*, « performant ». Il a d'autre part toujours conservé des célinismes : « "Beau Danubleu" toujours… » (*Les huîtres me font bâiller*), et des moments Marcel Aymé : « Les demoiselles Imbouré, à genoux, travaillent sur une traîne destinée au mariage de Mlle Fourme (d'Ambert), fille d'un gros producteur de fromages avec M. Paul Trons, fils d'un général en retraite » (*Aux frais de la princesse*). Dans l'ensemble, il ressemble plutôt à Cocteau.

Le plaisir que je prends à le lire tient à son comique, qui commence dès les titres. Titres à sentences :

> *Bouge ton pied que je voie la mer*

… en phrases à l'impératif :

Meurs pas, on a du monde

... mais c'est dans mon cher vocatif que je les préfère :

Papa, achète-moi une pute

ou

Remets ton slip, gondolier.

Ils descendent de Labiche, auteur de *Soufflez-moi dans l'œil, Otez votre fille, s.v.p.* et de *J'ai compromis ma femme*, à la différence qu'aucun d'eux n'a de rapport avec le contenu. Le contenu, mon Dieu, il y en a peu, et il faut bien reconnaître que Dard manque de pensée. De là l'indistinct de ses romans. Ce n'est pas grave, car ce sont des contes de fées. Fées vulgaires, fées quand même. Presque pas de psychologie, aucune vraisemblance ou ce qu'on appelle ainsi, ah, il a bien des qualités. Et ses personnages (notez les noms des personnages secondaires, comme Hans Kimkonssern : féerie assumée ; et du coup ce n'est plus « irréel ») se meuvent dans un théâtre de marionnettes à petit vin blanc, un Marivaux péteur, une *Astrée* à chaude-pisse, et vin blanc, pet, chaude-pisse, c'est par pudeur. C'est pourquoi, si me font rire des répliques à la Ionesco, si je trouve réussies des images comme : « Tout ça d'une voix douce, avec un sourire de bouddha qui se laisse sécher les couilles » (*Mesdames, vous aimez « ça »*), si j'approuve fortement une qualification non clichée des couleurs telle que · « le vernis rose dentier » (*Princesse patte-en-l'air*), ce que je préfère chez ce grossier, c'est sa délicatesse. Elle se remarque furtivement, par exemple dans la torsion du verbe « consacrer » dans :

Blasé par tant de splendeurs insolites, je me consacris à mon malheureux compagnon d'armes. (*T'assieds pas sur le compte-gouttes.*)

Cela lui permet de chasser la pompe que pourrait comporter sa phrase. Il décrit des mélancolies en s'en moquant, ce qui est peut-être le comble de la politesse : « Ah ! bonheur, que je n'avais pas reconnu au passage ! » (*Foiridon à Morbac City.*)

J'ai appris sa mort aux Etats-Unis où je me trouvais : selon la notice nécrologique du *New York Times*, il serait difficile à traduire. Et à admettre ! Vous imaginez l'indignation des comtés baptistes à la lecture de :

> ... une jeune fille « très bien », sachant tout du ménage (elle avait aidé sa mère à élever huit autres enfants) et religieuse jusqu'au bout des ongles.
> Cette dernière précision nous a peu enthousiasmés car nous préférions qu'elle eût un beau cul constant. (*Aux frais de la princesse.*)

Henry Miller qui écrivait des choses semblables fut longtemps interdit aux Etats-Unis, et, s'il y est maintenant publié, ce n'est que dans les librairies les plus new-yorkaises ou san-franciscaines qu'on le trouve, sous la couverture des éditeurs les plus indépendants. Il y a chez Frédéric Dard une simplicité pour les choses de l'amour (passons sur les deux pages de sexe par livre destinées à contenter certains lecteurs) qui ne peut sans doute être admise que par de vieilles religions *incluant* la contestation, comme la catholique ou la juive ; celles qui procèdent par exclusion (et se scindent perpétuellement en sectes concurrentes) rejettent par là même la possibilité de s'assouplir. L'été même où Dard mourait, l'Eglise baptiste du Sud votait sa scission, une partie ayant choisi l'interprétation littérale de la Bible et l'interdiction du pastorat aux femmes pour cause d'infériorité. Ce pays qui dispute de tout sans rien passer sous silence donne au moins à chacun le droit d'exprimer une opposition. C'est une organisation, et peut-être un moyen d'éviter la guerre civile. J'allais ajouter que les très vieilles religions comme la catholique et la juive ont l'avantage d'avoir été adoucies par mille ans d'attaques libérales, mais je m'exalte, et les protestants n'ont jamais interdit l'exposition littéraire des conflits affreux qu'ils créent à l'intérieur des êtres, comme on le voit dans les pièces de Tennessee Williams. Ce qui importe, c'est que la fiction existe, et c'est un critère de jugement des sociétés : s'y publie-t-il des livres de fiction ?

📖 « "Mais dites, vous me renversez sur ma table de massage ! Je peux vous jurer une chose : c'est la première fois que je m'y couche. On voit bien le plafond, comme je suis. Je crois qu'il se forme une lézarde, non ? Vous voyez, à partir du lustre ? C'en est une, hein ? Bien ce qui me semblait : je vais dire à Justin de venir le repeindre. Il gratte, colle une espèce de bande toilée et peint par-dessus. Dites, je vous signale que vous m'enlevez ma culotte." » (Marie-Louise Dermot dans *Aux frais de la princesse*.)

> 1921-2000
>
> ♦
>
> *Réglez-lui son compte !* : 1949. *Du sirop pour les guêpes* : 1960. *De « A » jusqu'à « Z »* : 1961. *Dis bonjour à la dame* : 1975. *Remets ton slip, gondolier* : 1977. *Meurs pas, on a du monde* : 1980. *Bouge ton pied que je voie la mer* : 1982. *Foiridon à Morbac City* et *Aux frais de la princesse* : 1983. *Laissez pousser les asperges* : 1985. *Papa, achète-moi une pute* et *Valsez, pouffiasses* : 1989. *Princesse patte-en-l'air* : 1990. *Mesdames, vous aimez « ça »* : 1994. *Les huîtres me font bâiller* : 1995. *T'assieds pas sur le compte-gouttes* et *De l'antigel dans le calbute* : 1996.
>
> ♦
>
> James Hadley Chase (1906-1985), *Pas d'orchidées pour Miss Blandish* (*No Orchids for Miss Blandish*) : 1939 (trad. française : 1946) ; *Tu seras tout seul dans ton cercueil* (*You're lonely when you're dead*) : 1949 (trad. française : même année). Eugène Labiche (1815-1888), *Soufflez-moi dans l'œil* : 1852 ; *Otez votre fille, s.v.p.* : 1854 ; *J'ai compromis ma femme* : 1861. Tennessee Williams : 1911-1983.

DÉBUT, MILIEU, FIN : Le début d'un livre me semble plus important que sa fin. Une bonne première phrase, et le lecteur est pris par la taille, comme pour une danse, et, tout enivré de bonheur, il s'élance.

Malherbe est un grand auteur de premiers vers. C'est un rideau de velours prune qu'on écarte : « Que direz-vous, races futures... » « Ils s'en vont, ces rois de ma vie... » Racine a lui aussi de merveilleux débuts. Celui de *Phèdre*, par exemple, un pas de deux entre Théramène et Hippolyte. Clic, clac, clic, clac. Dispendieux comme tous les grands talents, il fait d'excellents débuts à l'intérieur de ses pièces : débuts d'actes, comme celui de l'acte V d'*Iphigénie* (le rideau se lève, et : « Cesse de m'arrêter », dit Iphigénie à Ægine), mais encore débuts de scènes, comme le « Venez, madame, suivez-moi », d'Achille à Iphigénie (V, 2, même pièce). C'est peut-être, qui sait ? un trait d'humour de Racine, que la première phrase du premier acte de sa première pièce soit : « Ils sont sortis » (*La Thébaïde*).

Les débuts agressifs sont une manière d'attirer l'attention : « Il faut des spectacles aux grandes villes, et des romans aux peuples corrompus », assure la première phrase de la préface à *Julie ou la Nouvelle Héloïse*, de Rousseau. Et ce n'est pas une feinte destinée à disculper l'auteur de l'immoralité de son texte, comme la préface de Laclos aux *Liaisons dangereuses* : Rousseau le pense, il l'a assez dit ailleurs. Rousseau, son orgueil : il faut des romans aux peuples corrompus ? Eh bien ! je vais m'abaisser à en écrire un, puisque c'est tout ce que la racaille comprend !

Un début charmant est celui des *Mémoires* de George Sand : « Le 5 juillet 1804, je vins au monde, mon père jouant du violon et ma mère ayant une jolie robe rose. » C'est tout elle et sa façon d'écrire XVIIIe. Elle était marquise, Sand. Un écrivain qui n'est pas si loin d'elle, Françoise Sagan, a écrit un début plein de fantaisie gracieuse à *La Chamade* :

> Elle ouvrit les yeux. Un vent brusque, décidé, s'était introduit dans la chambre. Il transformait le rideau en voile, faisait se pencher les fleurs dans leur grand vase, à terre, et s'attaquait à présent à son sommeil. C'était un vent de printemps, le premier : il sentait les bois, les forêts, la terre, il avait traversé impunément les faubourgs de Paris, les rues gavées d'essence et il arrivait léger, fanfaron, à l'aube, dans sa chambre pour lui signaler, avant même qu'elle ne reprît conscience, le plaisir de vivre.

Si Sand écrivait XVIIIe, c'est avec des conceptions XIXe, comme Stendhal. Dans certains débuts, celui-ci semble chercher à se débarrasser de certains lecteurs, comme *Le Rouge et le Noir*, d'une provocation bonapartiste propre à irriter plus d'un royaliste. Un des meilleurs débuteurs de tous les arts est son cher Rossini à qui, en cela, le Diderot des romans ressemble.

> Comment s'étaient-ils rencontrés ? – Par hasard, comme tout le monde. (*Jacques le Fataliste et son maître.*)

Début du *Neveu de Rameau* :

> Qu'il fasse beau, qu'il fasse laid, c'est mon habitude d'aller sur les cinq heures du soir me promener au Palais-Royal.

Des *Regrets sur ma vieille robe de chambre* :

> Pourquoi ne l'avoir pas gardée? Elle était faite à moi, j'étais fait à elle.

Et ceux des *Deux Amis de Bourbonne*, de *Ceci n'est pas un conte*, de *Lui et Moi*! Des merveilles.

On pourrait établir une liste des meilleures premières phrases de livres.

> Le soleil brillait, n'ayant pas d'alternative, sur le rien de neuf. (Samuel Beckett, *Murphy*.)

... mais tout le monde sait cela, et Jacques Laurent en a fait une excellente utilisation dans son roman *Les Sous-ensembles flous*, où le personnage principal, rêvant qu'il va mourir, récite des phrases apprises par cœur, comme des débuts de poèmes, dont la durée retardera d'autant l'arrivée de la fin. Il serait plus instructif d'établir une liste de mauvaises premières phrases, car on apprend mieux dans le mauvais que dans le bon. Le pire début, c'est une introduction. Un livre n'a pas besoin d'être introduit, c'est-à-dire justifié : sa seule justification, c'est lui-même. S'il est mauvais, le présenter ne l'excusera pas, et, s'il est bon, une justification ne l'empêchera pas d'être admiré. Une des meilleures premières phrases de roman possible est celle des *Aventures de Télémaque*, de Fénelon : « Calypso ne pouvait se consoler du départ d'Ulysse. » Quatre éléments sont compressés en neuf mots : que deux personnages existent, l'un nommé Calypso et l'autre Ulysse, que l'un est parti et que l'autre en souffre. Nous sommes dans le fait. Il n'y a pas eu besoin d'expliquer.

Certains débuts de roman en annoncent la morale, comme si un roman était une fable. Beaucoup de romans américains commencent de cette façon-là, ça sent le cours de *creative writing*. A moins que cela ne vienne de Tolstoï, qui commence *Anna Karénine* : « Les familles heureuses se ressemblent toutes ; les familles malheureuses sont malheureuses chacune à leur façon. » Ah, en France, mère des arts, des armes et des lois, nous n'avons pas attendu ces leçons ! Un de nos écrivains a pu écrire, pour commencer un roman :

> N'arrive-t-il pas qu'un moucheron à peine visible agite davantage la surface de l'eau que la chute d'un gros caillou ?

Que dis-je ? il était belge ! C'est Simenon ! *La Vérité sur bébé Donge* ! C'est le genre même de phrase qui hèle en moi le sarcasme. Quelle sotte pompe, grands dieux. Je pourrais en citer d'autres, mais ne nous attardons pas dans les marais. Traversons, traversons.

Que la dernière phrase soit réussie, c'est souhaitable, mais un léger défaut n'est pas fatal. Souvent, la fin des romans comporte un paragraphe, c'est-à-dire une explication de trop. Prenons *A la recherche du temps perdu*. Le mot Temps, *t* majuscule, dernier mot du livre. Ça fait pour les profs. Leur assurer qu'il s'agit d'un livre sérieux, avec de l'idée, qu'ils peuvent donner à commenter à leurs élèves sans risque de perte. D'autant plus que Proust noue proprement le lacet de son soulier : le mot temps se trouve à la première phrase, dans « longtemps ». Je ne dis pas qu'il ne croyait pas à sa fin, loin de là, il y croyait, assez sentimentalement à mon avis, le vieillissement, les rides, les chers corps. Enfin, finir sur un mot voyant, dans des temps trop hâtifs pour remarquer les finesses, installe le livre. Le public moyen est toujours rassuré d'entendre des dernières répliques comme celle de l'*Electre* de Giraudoux : « Cela s'appelle l'aurore. »

Un des meilleurs finisseurs de la littérature française est Paul Morand. Je cite à la notice « Morand » la fin du *Nouveau Londres*, celle de *1900* est splendide.

> Et pourtant nous sommes les fils de ce 1900. [...] Et pourtant nous avons des reproches à lui faire : pourquoi avoir mangé et tant bu, qu'aujourd'hui nous avons la goutte ? Pourquoi nous avoir fait croire aux microbes, à l'électricité et à la race blanche ? Pourquoi le bas de laine et le *gagne-petit* ? Pourquoi nous avoir mis au monde, un soir, en revenant de la Revue ? Pourquoi parler si haut et écrire si bas ? Pourquoi avoir mené une vie de pantin, et nous faire porter sa croix ? Pourquoi étaler des cravates de chez Charvet et avoir les pieds sales ? Pourquoi, à tout propos, montrer les dents et nous avoir légué la guerre ? Pourquoi avoir été si laid, si riche, si heureux ?

Oui, voilà : quand la fin est réussie, elle compte, et quand elle est ratée, si ce qui précède est bon, elle ne compte pas. Chez les gens de talent, le bon l'emporte toujours sur le mauvais.

D'une certaine façon, il n'y a pas besoin de fin. Pourquoi faudrait-il conclure ? Le lecteur est assez grand pour le faire, et, quelle est cette conception qu'un livre est un point final à quoi que ce soit, y compris lui-même ? Malgré « le Temps », nous pouvons ajouter beaucoup d'intéressantes interprétations à *La Recherche du temps perdu*. Charles Cros fait très bien les poèmes sans fin. Cela les laisse suspendus comme des lampions chinois, se balançant au vent d'un soir d'été, dans une lumière jaune. Voici, dans *Le Collier de griffes*, la non-fin de « Vision » (celle qu'a une jeune fille dans la campagne) :

Mais l'eau, tout autour est trouble
Pleine de joncs mous et d'herbe.

Savoir finir un livre requiert de la clairvoyance, de la décision, disons le mot, du courage. Approche le moment où il faudra nous séparer de cette part de nous-même qui nous entourait si bien. Trancher. Positivement trancher. On n'en a pas vraiment envie. Deux ans de notre vie vont partir. Pour aller fricoter avec qui ? Coupons. Un exemple évident se trouve dans la *Causerie du lundi* de Sainte-Beuve sur les *Mémoires d'outre-tombe* :

> J'ai dit les défauts, je n'ai pas voulu taire le charme. De quelque nature qu'il semble, et si mélangé qu'on le suppose, il dut être bien puissant, et bien réel pour être ainsi senti et rendu en avril 1847, exactement le même qu'il avait paru cinquante années auparavant à Amélie et à Céluta.

Il aurait dû s'arrêter à « charme ». La coupe n'est pas toujours aussi évidente. J'en suis venu à me faire cette règle, qui vaudra tant qu'elle me semblera utile : dès qu'il y a doute, supprimer. Mieux vaut une phrase en moins qu'une phrase en trop. Dans son *Journal*, Arnold Bennett écrit : « Quantité de bons romans s'effondrent quelques pages avant la fin. Le lecteur dit : "L'auteur a bâclé ce dernier passage." Ce n'est habituellement pas le cas. Il était au bout de ses forces créatrices. Il avait peut-être eu, et avait probablement encore des réserves d'invention, d'ingéniosité, de persévérance et d'application ; mais sa *puissance* était épuisée. Il a été coupable d'un seul péché artistique, le péché d'avoir mal calculé ses forces créatrices. Il n'y a pas de travail au monde plus éprouvant que l'écriture créatrice *[creative writing]* » (25 septembre 1929).

|| Arnold Bennett (1867-1931), *Journal* : posth., 1932-1933.

Décadence et mort d'un écrivain (Bloy, Huysmans, Villiers) : Je me demande s'il n'existe pas un phénomène de survie de certains écrivains dans d'autres qui en perpétuent involontairement certains éléments esthétiques, lesquels se transmettent à leur tour jusqu'à disparition complète, laquelle détermine la mort réelle de l'écrivain. Balzac s'est en partie réincarné dans Barbey d'Aurevilly : par l'intermédiaire de Barbey, n'y a-t-il pas eu transmission de balzacisme à Villiers de l'Isle-Adam ? Sa phrase, dans les *Contes cruels* : « Le moral tuait le physique : la lame usait le fourreau », est du pur Balzac. Villiers serait le dernier soubresaut de Balzac. Il faudrait deux ou trois générations pour épuiser la puissance d'imprégnation d'un écrivain. C'est après cela qu'ils deviennent historiques.

La partie naïve de Barbey s'est dégradée en cabotinage avec Robert de Montesquiou, sa partie irritée en rage chez ses trois enfants naturels (et monstrueux), Villiers de l'Isle-Adam, Bloy et Huysmans. Tous trois haïssaient leur temps. Il leur a manqué une Dorothy Parker, qui dit un jour à un jeune réactionnaire : « Arrêtez de voir la vie en rose ! » Aristocrate ruiné, Villiers fut candidat au trône de Grèce, ce que certains trouvent amusant. Huysmans était employé au ministère de l'Intérieur et d'une haine méticuleuse envers tout, ce qui régale certains. Bloy, fou de fatuité, laissa mourir un de ses enfants plutôt que de consulter un médecin, et tapait de l'argent avec impertinence, ce que certains admirent. Antibourgeois tous les trois et vivant des vies de petits-bourgeois, du moins Huysmans et Bloy, le méchant et le féroce. Villiers était beaucoup plus fol, beaucoup plus rêveur, beaucoup plus sympathique. La publication posthume de son *Journal inédit* a profondément altéré l'autoportrait en paladin de la Pureté dont Bloy avait fait l'inextinguible promotion dans le *Journal* qu'il publiait de son vivant : on le voit cupide, vaniteux, manœuvrier, allant à Médan pour soutirer de l'argent à Zola contre la non-publication d'un article diffamatoire (Zola ne le reçoit pas), etc. Cela confirme Léautaud, qui, dans son *Journal littéraire*, ne le mentionne qu'avec répugnance, et Villiers, qui disait : « Il déshonore la pauvreté » (Remy de Gourmont, « Un carnet de notes sur Villiers de l'Isle-Adam », *Promenades littéraires*).

Pamphlétaires cherchant à illustrer des thèses par des apologues, Bloy et Huysmans étaient persuadés d'avoir le génie bouffon, alors qu'ils étaient tristes comme un café sans clients au bord d'un terrain vague. Huysmans, qui était crédule, écrivait comme Bouvard et Pécuchet. Il s'est un jour converti. Cela a fait dire à Jules Renard : « Huysmans s'affiche en plein boulevard avec des prêtres » (*Journal*, 19 avril 1899). Bloy est un furieux à éruptions émotives comme le sera Céline, sans la ruse. Il est persuadé d'être dans la vérité, où l'on constate qu'il est fou. Au fond de son Luna Park mystique, tout petit, moustachu, les yeux rouges, il remue les bras derrière son comptoir. Le Christ, la Sainte Vierge et tous les saints sont les boulets à tirer. Si j'étais la Sainte Vierge, moi, je n'aimerais pas qu'on m'annonce en gueulant comme un forain. Bloy écrit positivement n'importe quoi, ce qui, quand cela rencontre sa passion puérile du meurtre, donne d'intéressantes scènes gore, comme dans *Constantinople et Byzance*. Dans *L'Ame de Napoléon*, il *démontre* que Napoléon est la réincarnation de Jésus, etc., etc. Il ricane perpétuellement ; et c'est un antivoltairien ! Jean Rhys a intitulé un roman *La Prisonnière des Sargasses* : Léon Bloy, c'est le prisonnier des sarcasmes. Cela vient peut-être de ce qu'il a peur de l'amour. Il partage avec Huysmans, qu'il a attaqué, un style intestinal que Huysmans oriente vers la métaphore de la sauce tiède, et lui de la colique ; et ce sont des antinaturalistes ! La vulgarité de Bloy tient d'ailleurs moins à son style pamphlet, assez stéréotypé, qu'à l'universalité de son mépris. Un livre le sauve, l'*Exégèse des lieux communs*, rugissement de tigre contre la morale sournoise et mesquine de son temps.

Parmi l'effroyable baratin de Villiers (lisez le début de *L'Amour suprême*), on trouve d'excellents moments : « Les Plagiaires de la foudre », une des *Histoires insolites*, où il raconte une vengeance contre des perroquets odieux, ou la partie « Claire

Lenoir » de son roman *Tribulat Bonhomet*. Tribulat Bonhomet, fils d'Amour Bonhomet, dont la carte de visite porte les simples mots : « Tribulat Bonhomet, Europe », est un bourgeois athée qui déteste les poètes, parle en lieux communs, pense : « Hé ! hé ! hé ! » et se croit fin. Ces trois écrivains avaient les défauts de leur siècle, comme nous tous, même s'ils le haïssaient : la profusion, les phrases trop riches, la ceinture qu'on desserre pour écrire davantage. Au moins, avec sa sécheresse, le XVIIIe avait la taille fine. Le XXe ? Fragmenté comme une bombe.

La transmission peut se faire dans le sens de l'amélioration : les romans d'Albert Cohen sont les romans de Max Jacob en réussi.

Chaque écrivain porte en lui-même des traces de sa propre décadence. Verlaine, en vieillissant, s'était dégradé, et il a accompli tout seul son propre cycle.

> Léon Bloy, *Constantinople et Byzance* : 1906 ; *Exégèse des lieux communs*, première série : 1902, deuxième série : 1913 ; *L'Invendable*, 1909 ; *L'Ame de Napoléon* : 1912 ; *Journal inédit* : posth., 1996, 1999 et 2000. Jean Rhys (v.1890-1979), *La Prisonnière des Sargasses* (*Wide Sargasso Sea*) : 1966. Auguste Villiers de l'Isle-Adam, *Le Nouveau Monde* : 1883 ; *L'Eve future* et *L'Amour suprême* : 1886 ; *Tribulat Bonhomet* : 1887 (« Claire Lenoir » a d'abord paru dans la *Revue des lettres et des arts* en 1867) ; *Histoires insolites* : 1888.

DÉFAUTS : Un bon écrivain avec des défauts n'en est pas moins un bon écrivain. Il est simplement moins parfait qu'il aurait pu l'être. Et la perfection est la première marche vers la mort.

Au-delà d'un certain niveau de littérature, les défauts d'un écrivain deviennent une qualité. Ils sont un élément constitutif de sa façon d'écrire. Les brusqueries de Stendhal, l'affectation archaïsante de Toulet touchent à leur plus profonde personnalité.

Nous les signalerait-on que nous ne les corrigerions peut-être pas. Nous adorons nos défauts. C'est par une espèce de superstition. On se croit Samson à qui l'on couperait les cheveux. Balzac serait moins pittoresquement Balzac s'il était moins gothique dans la description du mal, mais il serait meilleur. La réussite artistique ne tient pas à la monstruosité.

Un écrivain se révèle par ses qualificatifs. Dans les *Ecrits d'Angleterre*, parlant des Anglais le lendemain des bombardements allemands sur Londres, Albert Cohen écrit : « On dit seulement, avec une charmante affectation dans la minimisation, que la nuit a été assez bruyante. » Qu'il dise : « Une charmante affectation » révèle qu'il peut trouver l'affectation charmante. De fait, lui-même est parfois affecté (affectant le genre charmant), et cela lui va bien. Défaut chez les uns, qualité chez les autres.

Certains écrivains ont la coquetterie de s'inventer des défauts pour faire croire à un grand talent.

La qualité est le défaut, le défaut la qualité.

DEFFAND (MARIE DE VICHY-CHAMROND, MARQUISE DU) : Adolescent, j'ai eu la plus vive affection pour Madame du Deffand : Montherlant avait placé une phrase d'elle en épigraphe d'un de ses livres. Un écrivain de mes amours citait un auteur ? j'achetais tous ses livres. J'ai connu pire méthode, me disait hier le général MacArthur : de l'archipel Balzac aux îles Sterne, de là Luçon, Manille, et j'ai pris Mishima. Sauf que cela n'a pas de fin. Et c'est la littérature qui a pris possession de nous.

La phrase de Madame du Deffand était : « Allez, allez, il n'y a que les passions qui fassent penser. » Je m'en suis longtemps contenté. *J'avais le livre*. Il se trouvait dans la bibliothèque de ma grand-mère. J'aurais bien le temps de le lire, quand je serais vieux. D'autres me draguaient. Des romans, avec de la vie en mieux. J'ai lu bien plus tard la correspondance de Madame du Deffand, que je n'ai pas toujours trouvée ressemblante à l'épi-

Deffand (Marie de Vichy-Chamrond, marquise du)

graphe, à laquelle Stendhal, entre-temps, était venu donner une réponse dans la *Vie de Henry Brulard* : « un peu de passion augmente l'esprit, beaucoup l'éteint. » Madame du Deffand n'a pas le plaisir, l'amusement d'écrire de Madame de Sévigné, sauf quand c'est à Voltaire. C'est un écrivain qui communiquerait de l'allégresse à un veuf. La correspondance de Madame du Deffand est intéressante si elle contient les réponses. Celle que j'ai héritée de ma chère grand-mère, Plon, 1861, établie par M. de Lescure, contient aussi les lettres que ces destinataires s'envoient entre eux, ou à des tiers. On les parcourt, quelqu'un passe, on happe un mot, une phrase, on a entendu la mélodie d'une époque.

Madame du Deffand est une femme à qui *Montesquieu* écrit : « Vous dites, madame, que rien n'est heureux, depuis l'ange jusqu'à l'huître [...]. L'huître n'est pas si malheureuse que nous, on l'avale sans qu'elle s'en doute ; mais pour nous, on vient nous dire que nous allons être avalés, et on nous fait toucher au doigt et à l'œil que nous serons digérés éternellement. » C'est une femme à qui *Voltaire* écrit : « Ce qui fait le grand mérite de la France, son seul mérite, son unique supériorité, c'est un petit nombre de génies sublimes ou aimables, qui font qu'on parle français à Vienne, à Stockholm et Moscou. » Madame du Deffand a mérité ces lettres. Elle est fine et bonne. Alliage charmant. Et puis c'est touchant, cette femme devenue aveugle au début de sa correspondance, elle n'a pas soixante ans, qui vit et dicte pendant vingt-cinq ans, qui a une liaison, avec le président Hénault, lui-même sourd, puis avec Horace Walpole, qui est de vingt ans plus jeune qu'elle, mais goutteux. Non, « liaison » ne va pas : ce sont des affections de braves vieux chiens. Ah, congrès d'exquises ruines, séminaires de déglingués délicieux ! La poésie des vieillards est là.

Passe au fond de la salle l'ombre de Julie de Lespinasse. Elle est venue flatter Madame du Deffand puis a fait carrière en la trahissant. C'est *All About Eve*, le film de Mankiewicz, avec

Anne Baxter dans son rôle de faux ange, vraie arriviste, qui renverse Bette Davis-du Deffand, antique vedette, brave fille.

Madame du Deffand, amie de Voltaire, de Montesquieu, de D'Alembert, a horreur des philosophes. Elle ne suit pas la mode, ce qui, pour une femme de son milieu, est héroïque. C'est pourtant la même qui, « étant petite fille, et au couvent, y prêchait l'irréligion à ses petites camarades ». L'insolente enfant ne fut pas embêtée, raconte Chamfort. « L'abbesse fit venir Massillon, à qui la petite exposa ses raisons. Massillon se retira, en disant : "Elle est charmante" » (*Maximes et Pensées*). Vaut-il mieux avoir de l'esprit ou être un saint ?

📖 « Tous discours sur certaine matière me paraissent inutiles ; le peuple ne les entend point, la jeunesse ne s'en soucie guère, les gens d'esprit n'en ont pas besoin, et peut-on se soucier d'éclairer les sots ? Que chacun pense et vive à sa guise, et laissons chacun voir par ses lunettes. Ne nous flattons jamais d'établir la tolérance ; les persécutés la prêcheront toujours, et s'ils cessaient de l'être, ils ne l'exerceraient pas. Quelque opinion qu'aient les hommes, ils veulent y soumettre tout le monde. » (Lettre à Voltaire, 28 décembre 1765.)

‖ 1697-1780.

DEL DONGO (ANGÉLINA-CORNELIA-ISOTA, *DITE* GINA) : Un des personnages de roman qui m'enthousiasme le plus est Gina Del Dongo, la tante de Fabrice dans *La Chartreuse de Parme*. Une entraînante, une énergique, comme dirait Stendhal, une duchesse de Berry qui ne serait pas qu'une bourrasque de maladresses. Pendant sa scène au lâche prince Ernest, alors qu'il semble sur le point de se rebiffer : « A la bonne heure, se dit la duchesse, voilà un homme. » Elle en triomphe néanmoins et retourne chez elle. Comme ses domestiques l'applaudissent : « La duchesse, qui était déjà dans la pièce voisine, reparut comme une actrice applaudie, fit une petite révérence pleine de grâce à ses gens et leur dit : "Mes amis, je vous remercie." » Viens que je t'embrasse, toi.

DESCRIPTIONS : Il ne s'agit pas de décrire, il s'agit d'être. On n'écrit pas : « douloureux », on fait comprendre, par d'autres mots, que le personnage souffre. Voyez Hugo lorsque, dans *William Shakespeare*, il imagine les réactions des Grecs au théâtre d'Eschyle.

> Les vieux sont indignés. Ecoutez bougonner les nestors. Qu'est-ce que la tragédie ? C'est le chant du bouc. Où est le bouc dans ce *Prométhée enchaîné* ? L'art est en décadence. [...] Où allons-nous ? [...] Et les jeunes éclatent de rire. Ils critiquent, eux aussi, mais autre chose. Quelle vieille brute que ce Solon ! [...] Quand laissera-t-on les poètes faire à leur guise ?

Il se met à la place de ce qu'il montre. C'est pour cela qu'il n'y a pas de genres. On écrit de la même façon un poème, un essai, un roman, du théâtre. Tout est théâtre. Et cela ne veut pas dire que cela n'est pas vrai : on n'est pas dans le domaine du vrai ou du faux, mais du senti. On sent pour faire sentir.

DÉTAILS : Dans une œuvre d'art, les détails ne prouvent rien pour ou contre l'ensemble. Des détails peuvent être ratés et l'ensemble réussi, les détails réussis et l'ensemble raté. Boucher, le peintre, est parfait dans les détails et vulgaire dans l'ensemble ; Fragonard, imparfait dans les détails, est un grand peintre dans l'ensemble, parce que ses imperfections sont le dédain d'une convention. Un livre n'est pas plus une succession de passages qu'un tableau n'est un assemblage de fragments.

DÉTRUIRE : On dit souvent : les grands écrivains construisent. Certes. Ce qui me frappe aussi, c'est qu'ils détruisent. Il construit, Dickens ? Avec sa grosse machine à vis perçante, il avance en fracassant tout devant lui, rejetant les gravats sur les côtés. De même Balzac, Proust, tous. Ils détruisent les habitudes de raconter, les clichés, les laideurs, les illusions. Et c'est ce tas de ruines qu'on appelle *A la recherche du temps perdu*, *La Comédie humaine*, *Bleak House*.

DIALOGUES DANS LES ROMANS : C'est en lisant *Le Page disgracié* de Tristan L'Hermite, où il n'y en a pas un, que je me suis dit que le dialogue dans un roman est une ancre. Il accrédite l'idée que la chose que l'on raconte se passe, puisque soudain une voix parle, la voix d'un de ces personnages qu'on montrait. De même, dans la vie, il me semble que nous gardons un souvenir plus personnel d'une personne entendue que d'une personne simplement vue.

En supprimant les tirets au début des dialogues de ses romans, Beckett assourdit les voix, les fait moins voix, les incorpore plus à sa matière. Il aurait pu, comme les anglophones, ouvrir ses dialogues par des guillemets : ils filtrent les voix. Cela correspond parfaitement à la manière anglaise de parler, tandis que le tiret rend bien le clairon de la voix française.

Les dialogues des romans de Paul-Jean Toulet sont remarquables en ce qu'ils indiquent la façon de penser des personnages et font avancer l'action en même temps. « – Jean, enfin, vous êtes fou : une mère de famille, boire ! (Voyons, laissez-moi.) C'est qu'il faut de la tenue dans la vie » (*La Jeune Fille verte*).

Le Surmâle, d'Alfred Jarry, est un bon contre-exemple de ce que les dialogues des romans ne servent pas à exposer les idées de l'auteur. Jarry s'en sert pour exposer sa documentation, et c'est maladroit. Au contraire du philosophe, qui expose la machine démontée, le romancier ne montre pas tout. Le romancier est un homme qui trie, le romancier est un homme qui cache, le romancier feint de reproduire les secrets de la vie, les dialogues des romans ne servent pas à *accoucher* d'une *notion*. Un roman est une voiture dont nous ne voyons pas le moteur.

|| Tristan L'Hermite (1601-1655), *Le Page disgracié* : 1643.

DICTIONNAIRES : Nous en avons la religion, en France. « C'est dans le dictionnaire. » Il faut que l'homme ait quelque chose à croire, même le soi-disant sceptique Français. Les dictionnaires sont faits par des hommes, comme tels faillibles, et d'ailleurs faillant. Contestez les dictionnaires, comme tout. Contestez celui-ci.

Si nous avons ce rapport aux dictionnaires, c'est précisément parce que nous sommes le pays le plus irréligieux du monde. Le dictionnaire est le seul livre qu'on trouve dans les familles qui ne lisent pas ou dans les familles françaises les plus pauvres, quand, dans les autres pays occidentaux, c'est la Bible. Ce dictionnaire est le Petit Larousse, unique exemple de dictionnaire encyclopédique dans le monde. (Les autres sont des dictionnaires de langue ou des dictionnaires spécialisés.) Il s'en vend chaque année 700 000 exemplaires. 700 000 exemplaires d'un ouvrage qu'on n'a pas à remplacer fréquemment, c'est beaucoup. Et 700 000, c'est le nombre annuel des naissances en France. Chaque bébé naît en France avec un dictionnaire.

Les dictionnaires sont une forme de zapping dont l'utilité est éprouvée depuis Voltaire, qui fut un des premiers écrivains à en écrire. N'oublions pas leur agrément. Je suis très pour l'agrément, moi. L'homme actuel et le Français de toujours sont bien des moralistes : ils désapprouvent un zapping qu'ils pratiquent. L'homme actuel déteste le présent. L'homme actuel se déteste. C'est aussi bête et plus sinistre que quand, à la fin du XIXᵉ siècle, il s'adorait. Aimons-nous. Nous sommes là.

|| Pierre Larousse : 1817-1875.

DIDEROT (DENIS) : Parce qu'il a écrit *Les Bijoux indiscrets*, on croit Diderot un joyeux moqueur : il ne l'est pas plus que son ennemi Rousseau, dont il a d'abord été l'ami. Il est très moral, n'aime pas les plaisanteries chez les autres, veut que le passé soit un modèle, le présent un exemple et le futur un ordre. N'oublions jamais que c'est un homme qui a écrit un drame sur *Le Père de famille*. Le mot « corrompu » revient souvent dans ses livres. Il aime Greuze, le peintre de la vertu, et c'est conséquent. Dans le *Plan d'une université*, il suggère que soit interdit l'enseignement de Plaute, Térence, Catulle et Ovide, réprouvables pour leur humour ou leurs allusions licencieuses. Il ne se rend pas compte qu'il préconise l'interdiction posthume de Diderot, le malheureux. Cependant, si *Les Bijoux indiscrets* est un ouvrage libertin, il y a un monde entre son libertinage et celui du temps de Théophile de Viau : plus de la licence à vocation railleuse, mais morale ! Diderot aime aussi Chardin, pourquoi ? parce qu'il fait de la peinture un instrument moral et peint *Mère courage*, pardon, *La Mère laborieuse*. Il y a du Brecht chez ces gens-là : du talent amidonné par le démonstratif. Avec tant d'ordre et de sérieux, il n'est pas étonnant que, du temps de sa puissance, le Parti communiste français se soit approprié Diderot. S'ajoutait à ces qualités l'admiration sans critique des chefs de la Russie. Vivant en France et sous Louis XV, qui sans être un génie n'était pas un tyran, Diderot trouvait qu'il n'y avait rien de mieux sur la terre que Catherine II, l'impératrice qui bloqua les réformes, assomma les paysans, passa des accords secrets avec Frédéric II, mangea à moitié la Pologne et dévora l'Ukraine. Tout cela parce qu'elle avait sécularisé le clergé. Ah, l'esprit de parti.

Pas si tendre, l'admirateur de Greuze. Voyez comme il parle du peintre Nattier : « Le *Portrait de sa famille* est flou : c'est-à-dire faible et léché. Monsieur Nattier, vous ne connaissez pas les têtes de vos enfants ; certainement ils ne sont pas comme cela » (*Salon de 1763*). Eh non : un des enfants était mort, ainsi que sa femme, et il n'avait pu achever ce tableau que longtemps après son deuil. Son crime réel était d'avoir peint des portraits de la famille royale.

Exemple tout aussi caractéristique, l'*Essai sur les règnes de Claude et de Néron*. C'est en partie une défense des philosophes par le biais de Sénèque. Et avec quels éloges. D'Alembert est « délicat, ingénieux, plaisant, ironique et hardi ». Condorcet « se fait distinguer par la force et l'art dont il présente les vertus et les défauts ». Et Malesherbes, et Turgot, et Necker. A coups de points d'exclamation. C'est un livre d'autant plus ferme qu'il est hasardeux. Le peuple romain qui, page 1049 de l'édition Bouquins, a perdu tout sens de l'honneur, porte les images de la vertueuse Octavie page 1051 ; et entre les deux se trouve une citation de Montaigne sur l'inconséquence de l'historien Dion Cassius. Si la dialectique de Diderot manque de serré, c'est à cause de sa mauvaise foi. « C'est un sublime ouvrage que *Mahomet [la pièce de Voltaire]* ; j'aimerais mieux avoir réhabilité la mémoire de Calas. » Allons, allons. Qu'est-ce que c'est que ces manières d'opposer la rectitude à la littérature ? Ne serait-ce pas parce qu'il était juste que Voltaire écrivait comme il écrivait, tout autant *Mahomet* que la réhabilitation de Calas ? (Accessoirement, n'est-ce pas grâce à son théâtre que Voltaire a acquis le poids nécessaire à la victoire sur les ennemis de Calas ?) Est-ce que, à la longue, la littérature n'a pas plus d'effets vertueux que la morale ? Moraliste avec toute son époque, Diderot croyait de moins en moins en la littérature. Alors, hélas, il la traite avec légèreté. Il s'adresse à Lucain, qu'on a accusé d'avoir dénoncé sa mère : « Tu l'emporterais sur Homère, que ton ouvrage serait à jamais fermé pour moi. Je te hais, je te méprise, je ne te lirai plus. » Evidemment, la vie serait plus simple si tous les braves gens écrivaient de bons livres et si tous les mauvais livres avaient été écrits par de sales types. Au moins Diderot dit : je ne te lirai plus, et non : j'interdis qu'on te lise.

Voilà comment j'aurais parlé de Diderot de son vivant ; seulement, il n'y a pas d'écrivain plus différent que lui entre le mort et le vif ; les livres qui font que Diderot nous est Diderot, le public du XVIIIe siècle ne les a pas connus : soit qu'il ne les ait pas publiés, comme *Le Neveu de Rameau*, soit qu'ils n'aient paru que dans des revues étrangères, comme la plupart de ses contes, qu'il appelait « mes rogatons », et *Jacques le Fataliste* (dans la *Correspondance littéraire* de Grimm, en Allemagne). En 1805, Goethe a connaissance de la copie d'une copie du manuscrit du *Neveu de Rameau* : il le traduit, le publie. « Plusieurs Allemands », selon Eckermann, ont cru que le livre était de lui. On traduit la traduction en France, si mal que les héritiers de Diderot se décident à faire paraître une version, expurgée, du livre. En 1891, un bibliothécaire de la Comédie-Française découvre un manuscrit de la main de Diderot chez un bouquiniste du Palais-Royal : publication du *Neveu de Rameau* complet. Le XVIIIe siècle a enterré un commentateur sérieux, appliqué, pédagogique, le XIXe a déterré un écrivain allègre, moqueur, brillant.

Diderot est un cas étonnant de schizophrénie littéraire. Il est arrivé à d'autres écrivains de se prendre pour autre chose que ce qu'ils étaient (surtout les mauvais : ils se croient bons) : mais enfin cela reste du ressort de l'art, tandis que le Diderot important aux yeux de Diderot était du domaine de la morale. Se prenait-il pour un écrivain ? Sans doute pas dans le sens où nous l'entendons, qui a acquis du sacré à la fin du XIXe siècle pour le perdre à la fin du XXe, et qui signifiait : l'écrivain est au service de l'art et de lui seul. D'autre part, Diderot ne pouvait pas se croire de la même nature qu'un simple philosophe, car il y a son talent, et ce talent est littéraire. Est-ce à cause de *Jacques le Fataliste* et du *Neveu de Rameau* que je le dis ? Je ne le pense pas : ce moraliste duplice à la dialectique frêle et aux démonstrations crissantes (le *Paradoxe sur le comédien*, qui devrait s'appeler *Paradoxe du comédien*, n'est paradoxal qu'en ceci qu'un homme aussi vif réussit à étirer sur quatre-vingts pages une simple pensée, tout intelligente qu'elle est, selon laquelle les comédiens ne sont pas sensibles, sans quoi ils mourraient à chaque fois qu'ils jouent ; de même s'échouent en banalités lentes la *Lettre sur les aveugles* et la plupart de ses philosophies dialoguées), cet homme a une voix : si j'avais commencé Diderot par l'*Essai sur les règnes de Claude et de Néron*, il me semble que j'aurais été assez touché pour aller lire ses autres livres.

Jacques le Fataliste, mais pas Jacques le Résigné. Quel livre intelligent, drôle, libre. *Le Neveu de Rameau* est plus réfléchi et plus lumineux, mais *Jacques* a le charme de bouger. De se déplacer, veux-je dire ; peut-être les livres de conversation ne sont-ils supportables que si on y met un décor qui change et donne du mouvement aux personnages. (Jacques et son maître vont à cheval, mais on a l'impression qu'ils font du surplace et que le paysage se déroule derrière eux.) Grâce à l'entrain de Diderot, nous voyons Jacques et le neveu vivre. L'entrain entraîne. Il se répète, plus peut-être qu'aucun auteur de prose, comme un tambour battant. Il bat une mélancolie quelquefois feinte qui complète un ton de gaieté naïve qu'il a mieux que personne. Malgré leur aspect d'essais dialogués, ces livres ne sont pas du théâtre, mais de vrais romans. *Jacques le Fataliste* est une série d'actions passées rapportées à l'intérieur d'une action elle-même passée : on nous raconte que Jacques et son maître, un jour, partirent, et, pendant leur voyage, Jacques raconte des moments de sa vie. Or le théâtre, quoiqu'il puisse contenir des scènes passées, est essentiellement au présent. Il donne l'illusion de la simultanéité au spectateur, alors qu'un roman est presque toujours au passé, donnant au lecteur l'illusion d'examiner tranquillement les pièces, comme un juge.

Jacques n'engendre pas la Révolution. Il est le fils d'une servante de Molière, et encore, pas aussi sûr de soi. Respectueux de l'autorité comme l'était Diderot, il n'aurait jamais créé un Figaro. Au reste, la révolution n'est pas arrivée par les valets, mais par leurs maîtres attendris. Les origines sociales des écrivains n'expliquent rien en soi. Le fils de coutelier Diderot fut moins impertinent que le fils d'horloger Beaumarchais. S'y ajoute la personnalité. Beaumarchais a l'audace de l'étourdi, Diderot l'ironie du réfléchi.

Et ses lettres, ses sympathiques lettres. Il est tout entier dans celle où il dit à Madame Necker que « ce ne sont pas les pensées, ce sont les actions qui distinguent spécialement l'homme de bien du méchant. L'humeur secrète des âmes est à peu près la mienne. C'est une caverne obscure, habitée de toutes sortes de bêtes, bien et malfaisantes. Le méchant ouvre la porte de la caverne et ne lâche que les dernières. L'honnête homme fait le contraire » (décembre 1768). Il parle de lui sans affectation, avec la tranquillité humoristique de l'homme qui peut exposer ses défauts, puisqu'il a bien plus de qualités. C'est de cette même Madame Necker qu'il écrivait, quelques années plus tôt, en orthographiant le nom selon la prononciation : « Il y a ici une Madame Neckre, jolie femme et bel esprit qui raffole de moi. C'est une persécution pour m'avoir chez elle. [...] C'est une Genevoise sans fortune qui a de la beauté, des connaissances et de l'esprit, à qui le banquier Neckre vient de donner un très bel état » (A Sophie Volland, 18 août 1765). Par sa descendance, sa fille Madame de Staël, puis la fille de celle-ci ses enfants Broglie, Madame Necker a peuplé la France de gens pas si mal, écrivains, savants et hommes politiques. Un toast pour Suzanne Curchod, ex-femme de l'historien anglais Gibbon, épouse de Necker, habitante du Marais !

📖 « Vous entrez en fureur au nom de Madame de La Pommeraye et vous vous écriez : "Ah ! la femme horrible ! ah !

l'hypocrite ! ah ! la scélérate !" Point d'exclamation, point de courroux, point de partialité ; raisonnons. » (*Jacques le Fataliste et son maître.*)

> 1713-1784.
>
> ♦
>
> *Les Bijoux indiscrets* : 1748. *Lettre sur les aveugles* : 1749. *Le Père de famille* : 1758. *Salon de 1763* : dans la *Correspondance littéraire*, comme ceux de 1759, 1761, 1765, 1767, 1769, 1771, 1775 et 1781 ; en volume au cours du XVIIIe et du XIXe siècle. *Le Rêve de D'Alembert* : 1769. *Les Deux Amis de Bourbonne* : dans la *Correspondance littéraire*, 1770. *Regrets sur ma vieille robe de chambre ou Avis à ceux qui ont plus de goût que de fortune* : fragment du *Salon de 1769* : 1772. *Ceci n'est pas un conte* : dans la *Correspondance littéraire*, 1773. *Plan d'une université* : envoyé à Catherine II en 1775. *Essai sur les règnes de Claude et de Néron* : 1778. *Jacques le Fataliste et son maître* : dans la *Correspondance littéraire*, 1778-1780 ; traduit par Schiller en 1785, retraduit en français en 1793 ; première édition française d'après une copie : 1796. *Le Neveu de Rameau* : traduction par Goethe d'une copie de copie en 1805, retraduite en France en 1821 ; édition princeps à partir d'une copie : 1823 ; édition d'après le manuscrit autographe découvert chez un bouquiniste du quai Voltaire : 1891. *Paradoxe sur le comédien* : posth., 1830. *Lui et moi* : posth., 1875-1877. *Correspondance* : posth., seize volumes, 1955-1970 (après plusieurs éditions très partielles au cours du XIXe siècle).
>
> ♦
>
> Johann Peter Eckermann (1792-1854), *Conversations de Goethe avec Eckermann* (*Gespräche mit Goethe*) : 1835 ; première traduction française intégrale : 1930. Suzanne Necker : 1737-1794.

DIGRESSIONS : Dans *A la recherche du temps perdu* sont suspendues des tapisseries de digressions sur l'étymologie des noms de lieux, l'architecture médiévale, les batailles de Napoléon. Balzac affiche aux murs de ses romans des digressions en grosses lettres noires sur le droit d'aînesse ou l'héritage. Le théâtre de Musset n'est que papillons de digressions autour de petites questions de tact (elles produiront des drames). Et nous lisons tout cela avec autant de plaisir que l'histoire, ne nous rendant même pas compte que cela s'en éloigne : quand l'auteur a du talent, les digressions cessent d'être des digressions. Elles sont prises dans la matière même du livre, sont le livre. Le talent fait le liant, le talent est le liant, le talent est la chose.

DISTANCE AUX CHOSES : L'écrivain établit une certaine distance entre la chose dont il parle et lui. S'il en reste trop près, elle occupe l'intégralité de son regard et il la traite de façon disproportionnée. Ces auteurs sont les passionnés, les bêtes, séduisants et dangereux passionnés.

La distance varie selon la personnalité de l'auteur. Prenons des écrivains secs : Gobineau se place parfois trop près de son objet, ce qui lui donne des bouffées d'irritation ; Mérimée se trouve plus loin, à une distance parfaite relativement à ce qu'il est ; plus loin encore, Jean Freustié, à une distance qui serait trop lointaine pour un autre mais est la bonne pour lui. Il ne s'agit pas de la divine impassibilité, mais de ne pas devenir le sujet de son objet.

Parmi les moralistes, Chamfort est au plus près de son objet ; plus loin, La Rochefoucauld, puis La Bruyère. Plus ils s'éloignent, plus ils sont impitoyables.

DIX-NEUVIÈME SIÈCLE : Le XIXe siècle s'est mépris. Il a inventé la haine de ce qu'il s'était battu pour devenir, bourgeois. Librement, allègrement, fièrement bourgeois. On l'avait été au Moyen Age, où les bourgeois, pleins de vie, se moquaient des prétentions mortifères de la noblesse, mais on l'avait oublié. Trois cents ans de monarchie française, et plus particulièrement cent cinquante de monarchie Bourbon aidée par la tragédie classique, ce projecteur exclusif sur les rois, avaient persuadé les bourgeois qu'ils ne servaient l'Etat que par faveur, et ils ont avalé un principe d'infériorité qui s'est instillé en eux alors même qu'ils accroissaient leur influence. Les écrivains du XIXᵉ siècle, au lieu de se réjouir de la fin de la monarchie et de l'esprit de caste, ont pleuré d'amertume. Ils idéalisèrent rétrospectivement l'Ancien Régime. Se rêvèrent en Racine et en Corneille auprès de rois choyeurs, comme si Racine n'avait pas subi une disgrâce, comme si Corneille n'avait pas supporté les piques méticuleuses de Richelieu. Il s'était passé ceci : avec la Révolution, les écrivains avaient subitement été éloignés de leur public. Sous la monarchie, ils l'avaient tout près, vivaient avec lui, c'était la cour. L'Empire en rétablit une, mais composée de soudards décorés qui ne savaient pas lire ; la Restauration fut l'espoir des romantiques, mais la Restauration avait trop à restaurer pour s'occuper d'écrivains. Les trois mille personnes éduquées aux choses précieuses s'étaient dispersées on ne savait où, et les écrivains se retrouvèrent seuls. (Nous le sommes encore.) Ils enragèrent contre leur classe, cette bourgeoisie qui les laissait en paix, ce qu'ils ne veulent pas tous. Tirèrent de cet isolement grandeur, en créant le mot « littérature ». C'est donc un supplétif d' « amour ».

DON QUICHOTTE ET AUTRES BULLES : Certains écrivains passent leur vie à réécrire un grand roman, un immense roman, un roman mythique. Pas besoin de l'avoir lu, l'idée qu'on s'en fait suffit. C'est ainsi que *Don Quichotte* garde son influence. Je vois trois grands écrivains qui ont passé leur vie à le réécrire, plus ou moins volontairement : Flaubert dans *Madame Bovary* et *Bouvard et Pécuchet*, Joyce dans *Ulysse*, Beckett dans *Mercier et Camier*. L'*Odyssée*, à laquelle Joyce s'est lui-même référé, est une fausse piste, la fausse piste évidente que prennent avec bonheur bien des chercheurs, comme le mot « Temps » pour Proust : l'*Odyssée*, recherche d'un être puis rétablissement de la justice, est la matrice des romans policiers. Un troisième livre universellement influent est *Les Mille et Une Nuits*. Cette ruche est la mère mielleuse des romans féeriques d'apparence réaliste, l'*Astrée*, *A la recherche du temps perdu*.

> Miguel de Cervantes (1547-1616), *Les Aventures de Don Quichotte de la Manche (El Ingenioso Hidalgo don Qijote de la Mancha)* : 1605. Homère, l'*Odyssée* : vers le VIIIe s. av. J.-C.

DONC, IL FAUT, PARCE QUE : Le donc, avec son air franc, peut être la plus spécieuse conjonction de la langue française. Un écrivain écrit une assertion, pose un donc, tire une conclusion. Or (conjonction), il peut n'y avoir aucun rapport entre son assertion et sa conclusion. Peu importe, il a écrit donc ! Nous sommes entraînés. Bientôt convaincus. Autant dire esclaves.

> L'homme invente les langues, non avec l'uniformité suivant laquelle construit le castor, assujetti par le genre fixe et borné de son instinct, mais avec les variétés possibles à l'intelligence.
> L'invention des langues est donc une industrie naturelle, c'est-à-dire commune, et, en quelque sorte, donnée à tous. (Joubert, *Pensées, essais et maximes*.)

Ces logiciens. Je ne dis pas que Joubert soit de mauvaise foi, je suis même sûr du contraire. A mon sens, il a construit la phrase à l'envers de sa pensée : il avait l'idée, il a cherché l'exemple ; les écrivains plus libres découvrent sans avoir présumé, parfois surpris des chemins où, par bonds, les images les ont menés.

J'ai toujours eu horreur des conjonctions imposantes, qui cherchent à s'imposer. Enfant, le « parce que » m'indignait. On croit que je n'ai pas compris, ou on veut me forcer à admettre ? Et « il faut » ! « "Quand je naquis, une étoile dansait", dit une héroïne de Shakespeare. Il faut toujours en revenir à Shakespeare quand il s'agit des Anglaises. » Voilà deux phrases dont je pourrais brillamment, de la même manière que l'auteur a voulu être brillant, démontrer la sottise. Pourquoi *faudrait-il* en revenir à Shakespeare ? Et d'abord, l'avions-nous quitté ? Etc., etc. Elle est de Marguerite Yourcenar, dans *En pèlerin et en étranger*.

Le « parce que » est particulièrement contraire à la poésie, qui démontre encore moins que la prose : elles montrent. Si Paul Morand n'est pas un bon poète, c'est entre autres pour des vers comme : « C'est parce que ce régiment de tueurs est strictement gouvernemental,/c'est parce que ce peuple a peur de sa révolution » (*Lampes à arcs*).

Et tout cela vient de notre spécificité de Français, de vouloir avoir raison.

DUMAS (ALEXANDRE, *PÈRE*) : Dumas est très sympathique. C'est bien le moins, quand on n'est pas très honnête. Il signait « Dumas » des livres dont il n'était pas l'auteur. – Malhonnête ? Il écrivait comme un peintre de la Renaissance, c'est-à-dire comme un cuisinier : les assistants préparent les toiles, les marmitons découpent les viandes, et on vient ajouter une touche de couleur, lier la sauce. – Sauf que la littérature n'a gagné le vague respect de la société qu'en étant faite par des solitaires. Ils triomphent seuls. C'est quand Dumas écrit seul qu'il est le meilleur.

Dumas a une grande qualité et un grand défaut. Le grand défaut est qu'il ne s'arrête pas pour réfléchir. Ainsi quand, dans *Le Comte de Monte-Cristo*, il se contente d'effleurer le lesbianisme d'Evelyne Danglars et de sa maîtresse de chant : on imagine ce que Balzac en aurait fait, en a fait dans *La Fille aux yeux d'or*, où la marquise de San-Réal séquestre et tue Paquita Valdès. Dumas est pris par l'*histoire*. D'une certaine façon, il n'a aucune imagination. Il a le sens du récit, c'est tout autre chose. Avec ça, Balzac est très incomplet sur la question, car il garde du préjugé, un préjugé à la *Basic Instinct* où la lesbienne est méchante ; dans le fait que Dumas ne s'arrête pas, il y a aussi qu'il trouve ces goûts tout naturels, n'en faisons pas un meurtre, et c'est plus civilisé. Si Dumas ne réfléchit pas, c'est qu'il n'est pas fait pour ça. « L'homme, c'est l'arbre ; l'œuvre est le fruit. Il serait injuste de demander à l'arbre un autre fruit que celui qu'il peut porter » (*A propos de l'art dramatique*). Sa grande qualité, c'est l'entrain.

Sa jovialité excuse le côté un peu rugby des *Trois Mousquetaires* (pour répondre à votre question, j'aimais d'Artagnan, Porthos moins, Athos me paraissait lointain, et, dans la cour de l'école, je prenais le rôle d'Aramis), sa flatterie du public au moyen de sujets *Paris-Match*, Cagliostro, tout ça. Il a une vanité fraîche. Elle se manifeste par la tranquillité avec laquelle il intitule ses mémoires, un de ses meilleurs livres, *Mes Mémoires*. Vaniteux, mais pas égocentrique : il parle des autres, comme pouvaient le faire d'autres hâbleurs, Cendrars, mettons. Et de façon... de façon... si Montaigne est bonhomme (c'est dire s'il peut être méchant) et Proust bon, Dumas est bienveillant.

Je déconseille de le lire après un écrivain de très grande qualité, comme Balzac ou Proust : il s'effondre, on lui en veut. Avoir gâté tant de talent à raconter des histoires qui plairont aux chambrières ! Après un écrivain « populaire », en revanche, on se dit : ah, c'est autre chose ! Il peut manquer de conscience, mais ça n'est pas Bernard Werber ! Paresseux, voilà ! On peut être paresseux et écrire des milliers de pages : la paresse consiste à ne pas passer du temps sur une phrase. Et puis, son heureux caractère, cordial, roublard, affectueux, et on lui pardonne, comme à un écolier cossard.

N'oublions pas que c'est un homme très fin : « Mais Hugo et moi avons deux caractères absolument opposés ; lui est froid, calme, sérieux, plein de mémoire du bien et du mal ; moi, je suis en dehors, vif, débordant, railleur, oublieux du mal, quelquefois du bien » (*Mes Mémoires*). Peut-être que, s'il ne veut pas voir davantage, c'est que cela porte à voir des choses laides.

On a dit que, s'il passait si souvent à la ligne, c'était pour soutirer plus d'argent aux journaux qui payaient à la ligne. A moins que cela n'ait été son style naturel ? Il avait débuté par le théâtre, jalousait par moments *Hernani* qui, dans le souvenir du public, était la première pièce romantique, alors que son *Henri III et sa cour*, d'un an antérieur, avait été un succès. Cet auteur de trente-cinq volumes de théâtre a transporté dans le roman une façon d'écrire par répliques : il tente un coup de théâtre à chaque ligne.

A son meilleur, il n'écrit pas de romans historiques, mais des romans avec de l'histoire. Dans un roman historique, l'auteur se laisse imposer son récit par ce qu'ont décidé les historiens ; dans les siens, Dumas décide. C'est sur les trois mousquetaires qu'il écrit, pas sur Louis XIII. Il dit tirer ses renseignements, non des historiens, mais des chroniques et des journaux intimes : il fait son tri lui-même. Si les chroniqueurs sont la meilleure source, c'est non seulement à cause des anecdotes, mais aussi, comme le dit Mérimée dans la préface à la *Chronique du règne de Charles IX*, parce que « le style de ces auteurs contemporains en apprend autant que leurs récits ». Et de citer L'Estoile écrivant dans son *Journal* qu'une demoiselle de Châteauneuf ayant trouvé son mari « paillardant, le tua virilement de ses propres mains ». Qu'on rapporte sans indignation, et si vite, un assassinat montre comment on considérait la vie à la cour de Henri III.

Sa gourmandise du passé de la France passera à son fils, son véritable fils, qui n'est pas Alexandre Dumas fils, mais Sacha Guitry. Dumas fils est plutôt un père : celui du cinéma mélodramatique muet. Non que *La Dame aux camélias* soit nulle, mais ce sont des stéréotypes bavards. Le muet était donc plus supportable. La gourmandise de Dumas me paraît typique dans une phrase comme : « Or, qu'était-ce pour moi que la reine Hortense ? Joséphine ressuscitée » (*Mes Mémoires*). Il a la gourmandise, mais c'est lui qui lui donne du goût.

D'être le fils d'Alexandre Dumas, ça écrase. Dumas *fils* n'a pour commencer pas eu le droit d'avoir un prénom à lui.

Flaubert raconte dans une lettre que, le soir de la première d'une de ses pièces, *Les Idées de Madame Aubray*, la salle fait un triomphe à ce quadragénaire. L'au-teur! L'au-teur! Et qui voit-on apparaître sur la scène, ayant écarté le rideau ? Alexandre Dumas *père*, soixante-cinq ans, gras, souriant, qui salue et dit : « J'en suis l'auteur. »

📖 « Je ne sais rien de plus brave en face des invasions qu'une femme laide, si ce n'est une très jolie femme. » (*De Paris à Cadix*.)

> 1802-1870.
>
> ◆
>
> *Henri III et sa cour* : 1829. *Les Trois Mousquetaires* : 1844. *Le Comte de Monte-Cristo* : 1844-1846. *Impressions de voyage : de Paris à Cadix* : 1847. *Mes Mémoires* : 1852-1853.
>
> ◆
>
> Alexandre Dumas, *fils* (1824-1895), *Les Idées de Madame Aubray* : 1867. Pierre de L'Estoile (1546-1611), *Journal des choses mémorables advenues durant tout le règne de Henri III* : posth., 1621.

Echec en politique • Ecoles littéraires • Ecrire comme on parle : parler comme on écrit • Ecrit (Bien écrit, mal écrit, pas écrit, écrit) • Ecrivains • Ecrivains de livres, écrivains de tranches • Ecrivains d'un seul livre • Ecrivains et élections • Ecrivains et voleurs *ou* Astolphe de Custine • Ellipse • Eloquence • Emotion • *Enfants terribles (Les)* • Ennui • Enthousiasme • Eponge, gong • Epoque • Erreurs peut-être utiles • Essais de Reverdy • Exagération.

Echec en politique : Je pensais que Chateaubriand avait eu tort de se mêler de politique, et c'est moi qui avais tort. A quoi sert de penser en termes de « tort » ou « raison » lorsque les choses sont accomplies depuis longtemps et n'ont plus de conséquence ? De plus, c'est son échec politique qui lui a fait écrire les *Mémoires d'outre-tombe*. S'il n'avait pas été renvoyé du gouvernement, qu'il fût devenu président du Conseil, ce grand égocentrique aurait trouvé le temps d'écrire, mais pour nous dire quoi ? J'ai augmenté le taux de rémunération du livret A de 0,2 % ? Tandis que renvoyé, c'est tout de suite les grands oiseaux du souvenir, la mélancolie, etc.

Il a tout de même été ministre deux ans. Céline a subi un total échec qui le sauve : il permet à l'homme qui avait demandé l'extermination des juifs de pouvoir se dire persécuté, et lui fait écrire ses meilleurs livres, ceux où il a perdu sa guerre. Un écrivain qui perd tout en politique multiplie ses chances de chef d'œuvre. Leconte de Lisle, délégué du gouvernement révolutionnaire de 1848, déçu par l'échec de la révolution et toute politique, devient un des chefs d'une des plus nobles écoles de la littérature française, le Parnasse. (Et ce dieu est sous-bibliothécaire au Sénat.) Ovide exilé par Auguste en Dacie (Roumanie) cesse de publier de petits livres libertins et écrit *Les Tristes*. Le malheur de Barrès et d'Aragon est qu'ils ont toujours gagné.

Ecoles littéraires : Nom bien élevé donné à l'arrivisme. Une école littéraire est une bande de jeunes gens qui se liguent contre les vieux raseurs établis et renversent leurs fauteuils pour prendre leur place et devenir de jeunes raseurs établis.

Les écoles littéraires ont une valeur littéraire marginale et une valeur sociale centrale. Ceux qui y croient littérairement sont les écrivains suiveurs, qui ont besoin de sauter dans le carrosse des autres pour avancer. Pour ces autres, les écoles littéraires sont un moyen d'obtenir plus vite le succès auquel leur talent, pensent-ils, a droit : de là la nuance de charlatanisme que comporte toujours l'état de membre important d'une école littéraire.

Les meilleurs écrivains n'ont jamais fait partie d'aucune école. « J'abomine les écoles et tout ce qui y ressemble », disait Mallarmé. (Réponse à l'*Enquête sur l'évolution littéraire* de Jules Huret.) Le problème des écoles littéraires, c'est qu'elles supposent que les écrivains sont des maîtres et les lecteurs des élèves. Ça manque de classe.

Un bon écrivain lançant une école, cela peut vouloir dire que de son talent il a fait un système. Zola a d'abord écrit plusieurs romans, *après quoi* il invente le naturalisme. L'important est de ne pas y croire. Si on le fait, on ne voit plus que le système, et on oublie le talent. Cela arrive à Zola chaque fois qu'il se rappelle qu'il est naturaliste.

Il ne faut pas trop chercher la définition précise des écoles. Dans l'*Enquête* de Jules Huret, il est curieux de voir les symbolistes s'exclamer : « Symboliste ? Je ne sais pas ce que ça veut dire. » Une école qui n'a pas positivement existé est le classicisme. C'est une dénomination rétrospective, et qualifier les classiques de classiques rappelle Cocteau souriant des pièces populaires de son enfance où les acteurs entraient en scène en s'écriant : « Nous autres, chevaliers du Moyen Age ! » Un classique aujourd'hui imite une chose qui n'a pas été. Le grand calme de Racine ? L'abstraction de soi de La Rochefoucauld ? La froideur de Tallemant des Réaux ?

Le Parnasse a été l'école la plus honnête : Leconte de Lisle et les autres ont pratiqué un retrait d'où ils pouvaient s'occuper de perfectionner leurs œuvres, trop bien élevés pour devenir leurs publicitaires. C'est pour cela que le Parnasse est l'école la plus brève et la moins célèbre.

Le seul chef d'école qui y ait vraiment *cru* est André Breton. De l'existentialisme, si peu une école, Sartre était presque tout seul l'élève et le prof.

Les écoles se succèdent en un balancement perpétuel de l'exceptionnel au banal. Les romantiques vantent le *panache*, les réalistes montrent la vie de bureau ; les naturalistes ont Nana pour héroïne, les symbolistes Lilith ; les surréalistes tiennent pour la banalité de l'exceptionnel, le Nouveau Roman a été exceptionnellement banal.

La succession des écoles est une commodité pour les manuels : tout se produit parfois en même temps, l'école et son contraire, le modernisme en 1909, le futurisme en 1910.

|| Jules Huret (1864-1915), *Enquête sur l'évolution littéraire* : 1891.

ECRIRE COMME ON PARLE : PARLER COMME ON ÉCRIT : Je me demande si, après quelques livres, un écrivain ne finit pas par parler comme il écrit : sa voix intérieure déteint sur sa voix extérieure. Paul Morand, dans le *Journal d'un attaché d'ambassade*, relate une visite chez Marcel Proust : « "Excusez cette histoire d'une vulgarité burlesque, le vaudeville qu'est la vie…", dit Proust ; et il raconte une longue anecdote, s'arrêtant en route sur d'autres anecdotes adjacentes, des commentaires sur les alliances des maisons, avec citations de Saint-Simon, etc. » Cette façon de parler de Proust, c'est sa façon d'écrire, n'est-ce pas. Il n'est pas sûr que ce soit celle-ci qui découle de celle-là : nous avons les premiers livres de Proust, et ils n'étaient pas *longue anecdote, s'arrêtant en route, etc.* L'intérieur est devenu l'extérieur, l'œuvre la vie, l'art une réalité.

ECRIT (BIEN ÉCRIT, MAL ÉCRIT, PAS ÉCRIT, ÉCRIT) : Tout le monde écrit bien, sauf les écrivains. Je pense qu'il faut distinguer plusieurs notions : le bien écrit, qui s'oppose au mal écrit, et l'écrit, qui s'oppose au pas écrit. Le bien écrit consiste à écrire sans fautes de grammaire ou de goût; mais quel goût? La littérature n'est ni bien écrite, ni mal écrite : elle est écrite.

Dans certains livres, il y a des passages très bien écrits qui signalent que l'auteur s'ennuie : il tourne à vide.

Tout ce qui est écrit devrait l'être par des écrivains. Cela serait plus agréable et plus compréhensible. Donnez-leur à récrire les modes d'emploi, tout le monde pourra mettre les machines en route. Et ne le fera peut-être pas : charmés par nos lectures, nous resterons béats, les fascicules à la main, près de chaînes hi-fi muettes.

ECRIVAINS : En France, tout le monde est écrivain. Je ne m'en plains pas. C'est un état qui présente encore quelque intérêt pour les gens.

Tout le monde, sachant former des lettres sur du papier, pense qu'il saurait écrire. « Si j'avais le temps, j'en ferais un roman ! » On est plus modeste envers la peinture ou la musique.

Du papier et un stylo suffisent à la littérature. Etre écrivain, ça ne coûte rien.

Jean-Paul Sartre, avec son fameux sens de la mesure : « Je tiens Dos Passos pour le plus grand écrivain de notre temps » (*Situations 1*). « Le plus grand écrivain de » son temps, son siècle, sa génération, français, borgne, est inepte. Aucun écrivain n'est meilleur qu'un autre : il est d'un autre ordre, de son ordre, chacun est son ordre. Balzac, « meilleur » que Hugo, Hoffmann, « meilleur » que Morante, Pouchkine, « meilleur » que Pessoa ? Les écrivains sont incomparables.

Ne tiennent pas beaucoup plus les comparatifs de sujets. Alphonse Daudet et Jules Renard, qui ont l'un et l'autre écrit l'histoire d'un enfant malheureux, se ressemblent-ils ?

Les seules comparaisons raisonnables sont celles des façons d'écrire.

Un écrivain est quelqu'un qui fait parler les mots. Sans lui, ils sont muets.

Un écrivain, à la fin, ce sont trois ou quatre phrases.

Tous les écrivains sont astigmates, mais peu le savent.

Un écrivain est le fils de ses œuvres.

S'il existe, Dieu a envoyé les écrivains ratés sur la terre pour persécuter les braves gens. Par « écrivain raté », j'entends quelqu'un qui a rêvé d'écrire un livre et ne l'a pas pu. Rien n'engendre plus le ressentiment. C'est le jugement permanent, c'est l'avis sur tout et négatif, c'est le néant qui cause. Certains s'échangent des mots d'esprit sur Internet, j'en ai vu un l'autre jour : « Auteur : écrivain qui a des amis éditeurs. » Nous oublions la haine dont on nous entoure.

Il n'y a pas de petit livre chez un grand écrivain. Il y en a éventuellement de ratés, à ceci près que, comme disait Boileau, si Praxitèle fait une faute, c'est une faute de Praxitèle. A partir du moment où il a écrit un grand livre, ses livres précédents en deviennent rétrospectivement la promesse, sont nourris par lui, sont meilleurs.

Une conséquence de l'état d'écrivain est l'admiration, par les écrivains, des dilettantes. Comme nous les aimons, ces ambulants siffloteurs, nous qui restons assis derrière nos bureaux à nous tacher les doigts d'encre ! Et comme nous ne les rencontrons jamais, nous les créons. Bonjour, Robert de Saint-Loup, les amis de Gatsby, comte Chojnicki !

|| Gilbert Keith Chesterton : 1874-1936.

ÉCRIVAINS DE LIVRES, ÉCRIVAINS DE TRANCHES : Certains écrivains écrivent des livres parfaits, fermés, se succédant les uns les autres. D'autres écrivent une œuvre assez indistincte à l'intérieur de laquelle on peut couper des tranches qui ont toujours la même saveur. Les premiers sont plus artistes, les seconds plus créateurs. Benjamin Constant, Guillaume Apollinaire. Alfred de Vigny, James Joyce.

ÉCRIVAINS D'UN SEUL LIVRE : Parmi les auteurs d'un seul bon livre, il y a des gens de plusieurs talents qu'ils n'ont appliqués qu'une fois à la littérature, et des écrivains qui ont eu un moment de grâce ou de chance. Parmi les écrivains, R.D. Blackmore, maraîcher anglais qui écrivit treize mauvais romans et l'excellent *Lorna Doone* : les Doone, une famille de brutes, terrorisent la région d'Exmoor, dans l'ouest de l'Angleterre. Ils tuent un fermier, père du narrateur, qui a douze ans au début de l'histoire. Devenu un grand costaud, John Ridd combat l'infect Carver Doone et sauve Lorna, une jeune fille que les Doone avaient kidnappée enfant. Blackmore était maraîcher parce qu'il avait dû se retirer à la campagne pour des raisons de santé ; il était diplômé d'Oxford. Parmi les non-écrivains, lus par curiosité envers leur personne et à jamais dédaignés par les manuels, histoires et dictionnaires de littérature (« C'est une soirée privée. » C'est ainsi qu'on se prive de gens charmants), je n'en citerai qu'un. George Sanders, me voici !

George Sanders est l'acteur qui jouait le rôle d'Addison De Witt, le cynique critique dramatique, dans *Eve*, le film de Mankiewicz ; vous l'avez peut-être vu dans *Voyage en Italie*, de Rossellini, du tournage duquel il fait un divertissant récit dans son livre, ou dans *Le Portrait de Dorian Gray*, d'Albert Lewin, où il joue, trop vieux et trop mâle pour le rôle, Lord Henry Wotton ; il a interprété le personnage du Saint dans une série de films tirés du roman de Leslie Charteris avant la série télévisée avec Roger Moore, que, pour son jeu parcimonieux et sa narquoiserie, j'ai toujours préféré comme James Bond au vénéré velu Sean Connery : les *James Bond* sont si sots qu'on ne peut pas les jouer sérieusement. George Sanders avait, en plus du talent de la comédie, ceux du chant, de l'écriture et, hélas, de la paresse. Enfin, si l'on peut dire ça d'un homme qui a joué dans cent dix films. Et qui sait s'il aurait pu écrire mieux que les *Mémoires d'une fripouille*? (On a ôté du titre anglais, *Memoirs of a Professional Cad*, le mot « professionnel », et *cad* est un mufle plutôt qu'une fripouille.) Quel livre sarcastique et pourtant plein d'affection pour les comédiens, quelle absence d'électoralisme envers le public, voyez les pages si drôles sur le public des théâtres, qui tousse, rit hors de propos et se fout de la pièce. « Le meilleur des mémoires de comédiens » ne serait pas un grand compliment : un bon livre, voilà, que je relirai, un soir que je serai lassé des chefs-d'œuvre, dans douze ans.

> R.D. Blackmore (1825-1900), *Lorna Doone* : 1869. Albert Lewin, *Le Portrait de Dorian Gray* (*The Picture of Dorian Gray*) : 1945. Joseph Mankiewicz, *Eve* (*All about Eve*) : 1950. Roberto Rossellini, *Voyage en Italie* (*Viaggio in Italia*) : 1953. George Sanders (1906-1972), *Mémoires d'une fripouille* (*Memoirs of a Professional Cad*) : 1960, trad. française : 2004.

ECRIVAINS ET ÉLECTIONS : Lamartine a obtenu 17 940 voix à l'élection présidentielle de 1848, ce qui, même pour l'époque, n'était pas un best-seller. Aux élections d'avril 1848, Alexandre Dumas se présenta en Seine-et-Oise et obtint 263 voix. A la même élection, dans le même département, Eugène Labiche en obtint 10 000, ce qui ne suffit pas non plus à le faire élire. Dumas se présenta à une élection complémentaire dans l'Yonne en juin 48 : 3 000 voix. Il en fallait 10 000 pour être élu. (Louis Napoléon Bonaparte fut élu dans ce même département, au scrutin de liste.) Cherchez le rapport entre la popularité littéraire d'un écrivain et sa popularité électorale.

Voici une « profession de foi » écrite par Dumas en vue d'une candidature :

> Citoyens. Je suis le fils du général républicain Alexandre Dumas, l'un des plus purs enfants de la première révolution, je suis l'auteur des *Mousquetaires*, c'est-à-dire d'un des livres les plus empreints du cachet national qui existent dans notre littérature. A ces deux titres, je sollicite votre voix comme représentant du département de l'Yonne. Ma profession de foi ne sera pas longue, pour vous qui ne prononcez pas habituellement de paroles inutiles. *Fusion éternelle du peuple et de l'armée*. La tranquillité de Paris, le salut de la France sont dans ces sept mots. Sans compter notre gloire à l'étranger. Dieu nous donne à nous la tranquillité et le salut, à vous la gloire. 29 juin 1848. A. Dumas. (*Le Grand Livre de Dumas.*)

Le cachet national m'enchante, mais la fusion éternelle n'est pas mal non plus. Elèves des écoles, vous comparerez cet écrit avec un extrait de votre choix des *Trois Mousquetaires*, et vous direz lequel vaut mieux. Un des plus beaux résultats électoraux d'écrivain est celui de Hugo, 80 000 voix à Paris en 1871 ; il reste néanmoins très inférieur au nombre d'acheteurs des *Misérables*. Autre démonstration que les écrivains n'ont aucune influence en politique. Cela me ravit.

ECRIVAINS ET VOLEURS *OU* ASTOLPHE DE CUSTINE : Pour soulager Malraux, dont on nous rabâche le vol de sculptures en Indochine, sans chercher à savoir si des sculptures ne sont pas mieux chez un homme qui les aime qu'à pourrir parmi des peuples qui s'en foutent, je signale à la morale, si inflexible quand il s'agit de corriger le passé, cette phrase de Chateaubriand : « Je n'ai pas quitté la *villa Adriana* sans remplir d'abord mes poches de petits fragments de porphyre, d'albâtre, de vert antique, de morceaux de stuc peints, et de mosaïque » (*Voyage en Italie*). Lui aussi voleur ! Mauvais écrivain ! Attendez la fin : « ... et de mosaïque, ensuite, j'ai tout jeté ». Et en plus, son genre dégoûté ! Un procès, une repentance, tout de suite ! C'était un voleur compulsif, figurez-vous : « Je pris, en descendant de la citadelle, un morceau de marbre du Parthénon ; j'avais aussi recueilli un fragment de la pierre du tombeau d'Agamemnon ; et depuis j'ai toujours dérobé quelque chose aux monuments sur lesquels j'ai passé » (*Itinéraire de Paris à Jérusalem*). Un troisième écrivain a lui aussi volé, mais ne le camoufle pas, puisqu'il emploie le mot volé : Custine, dans une lettre d'Edimbourg du 21 août 1822 (*Mémoires et Voyages*). Il l'écrit en italique distanciatrice, laissez-moi employer les mots que je veux, après quoi il dit avoir visité le palais d'Holyrood, où fut assassiné Rizzio, l'amant de Marie Stuart, sur ordre de son deuxième mari Darnley. Lequel fut à son tour assassiné, sur ordre de Bothwell. Lequel devint le troisième mari de la reine Marie, qui a eu la chance d'être décapitée sur ordre d'Elisabeth Ire, sans quoi sa réputation n'allait pas loin. Ainsi, son triste accident de voiture empêcha feu la princesse Diana de devenir une divorcée passant des bras de milliardaires égyptiens aux bras de milliardaires libanais. Enfin. Chateaubriand connaissait bien son confrère en vols Custine, c'était le fils de Delphine de Sabran. Sabran, vieille famille, tout ça.

> Entre Sabran et Parabère,
> Le Régent même, après souper,
> Chavirait jusqu'à s'y tromper,

dit Musset dans les « Trois marches de marbre rose » ; je me demande si la Laure de Pétrarque n'était pas un peu Sabran. Delphine était la belle-fille du général de Custine, commandant de l'armée du Rhin puis général en chef de l'armée du Nord, guillotiné pour trahison en 1793, une trahison inventée par les révolutionnaires ; le mari de Delphine fut guillotiné de même, et elle emprisonnée. Chateaubriand, le ronronnant vampire de notre littérature (« j'ai entendu son cercueil passer... » *M.O.T.*, XIV, 1), écrit : « Il y a bien des années qu'étant au château de Fervaques, en Normandie, chez madame de Custine, j'occupais la chambre de Henri IV ; mon lit était énorme ; le Béarnais y avait dormi avec quelque Florette ; j'y gagnai le royalisme, car je ne l'avais pas naturellement » (*M.O.T.*, XXXVII, 2). A propos de chambres et de Delphine, Chateaubriand rejoignit souvent l'une dans les autres. Le jeune Custine préférait son sexe, et c'est peut-être pour cela que, veuf comme M. de Charlus, il voyagea beaucoup. (Non, pas tout à fait comme M. de Charlus : Custine eut un fils mort à trois ans. Enguerrand. Cet homme aimait le prénom ouvragé : il a écrit un roman intitulé, du nom de son héros, *Aloys*. Dans sa critique de *Madame Bovary*, Baudelaire dit de lui qu'il est « le créateur de la jeune fille laide, ce type tant jalousé de Balzac ».) Chateaubriand, déversant de sa sainte ampoule l'huile de sa faveur, ne dit rien des livres de Custine mais précise qu'il fut « son visiteur à Londres » lorsqu'il y était ambassadeur. De son côté Custine, dans ses *Mémoires et Voyages*, ne parle pas, sauf erreur, de l'ami de sa maman. Ah, quels puits de mépris dans les silences de la littérature ! Je n'ai fait cette notice que pour le plaisir d'écrire le prénom de Custine, de notre littérature l'unique Astolphe.

|| Astolphe de Custine (1790-1857), *Aloys* : 1829 ; *Mémoires et Voyages* : 1830.

ELLIPSE : L'ellipse est un énoncé plus rapide. Quand un écrivain exprime tous les membres d'une pensée, voici sa phrase :

Ellipse

L'ellipse :

Dans *Bloompott*, roman de Sacha Guitry : « Elle a été très jolie, ou, du moins, j'ai été son amant. » Jacques Laurent : « Nous nous aimions bien tous les deux et il nous arrivait de faire l'amour quand s'en présentait l'occasion. Justement elle se présentait. Au moment où nous nous séparâmes [...] » (*Moments particuliers*). Dans les *Souvenirs imaginaires*, quinze pages après avoir décrit un voyage sur le Niger où des aigrettes venaient se poser sur les dos des buffles, Pierre Herbart résume son voyage de retour : « Aigrettes, aigrettes. » Un écrivain aussi explicatif que Balzac fait dire à Gazonal, dans *Les Comédiens sans le savoir*, que le directeur de journal Gaillard est un impertinent : « Sa feuille a vingt-deux mille abonnés, dit Léon de Lora. C'est une des cinq grandes puissances du jour, et il n'a pas, le matin, le temps d'être poli [...]. » Ce *le matin* est une merveille. Voici quatre mots de Rimbaud qui renferment tout un roman : « – Calmes maisons, anciennes passions ! » (*Vers nouveaux.*) Une ellipse peut tenir en un mot. Roger Nimier, dans un article sur Jean Anouilh : « le plus joli moment de la pièce est celui où Fouché, remarquablement imité par Henri Virlojeux [...] » (*Variétés*). Ou dans une italique, comme dans cette réplique de la *Chronique du règne de Charles IX* de Mérimée : « Adieu, monsieur de Mergy, *au revoir* ! Il prononça ces derniers mots avec une emphase particulière, puis, piquant des deux, il partit au galop. » Et on voit bien la menace que contient cet « au revoir » appuyé. Ellipse encore, deux guillemets et une majuscule : selon le narrateur d'*A la recherche du temps perdu*, Swann était de ces hommes pour qui « la "Vie" contient des situations plus intéressantes, plus romanesques que les romans »

(*Du côté de chez Swann*) ; et nous comprenons que le narrateur a une conception différente de la vie. Elliptiques, les points de suspension, comme ceux, au bord de l'être trop visiblement, du *Voyage autour de ma chambre* de Xavier de Maistre, au moment où le narrateur se rappelle « .... le .... tertre .... », celui où il avait trouvé Rosalie si jolie. La plus grande ellipse consiste à ne rien écrire, mais c'est peut-être trop bouddhiste comme génie.

Nous connaissons : « Je t'aimais inconstant, qu'aurais-je fait, fidèle ? » d'*Andromaque*, j'ajouterai, de quelques décennies antérieur, l'enthousiasmant : « Sortis, il me demande : "Etes-vous à cheval ?" » de Mathurin Régnier, dans la satire VIII.

On peut être obscur par excès d'ellipse, comme Max Jacob dans certains de ses romans : il est tellement à l'intérieur de ses personnages qu'il oublie de nous donner des précisions qui, pour nous qui les rencontrons pour la première fois, les rendraient plus visibles. De même, Samuel Beckett dans ses pièces où les personnages ruminent des bouts de sensations en fonction d'événements antérieurs dont nous n'avons pas connaissance.

Une ellipse, c'est dix mille lecteurs de moins. « Au loin, un Bouddha en pierre blanche et rose s'éloignait de la maison de ses ancêtres, suivi en courant par son valet – une autre statue. » C'est le type même de phrase que Nabokov aurait pu écrire, mais en enlevant l'incise « – autre statue – » (voire « en pierre » ; il aurait sans doute écrit : « un Bouddha blanc et rose »). Et Nabokov, à l'exception de *Lolita* acheté pour des raisons sexuelles, n'était pas un écrivain très lu. L'auteur de ces lignes explicatives avait, lui, beaucoup de succès : Graham Greene, dans *Un Américain bien tranquille*. C'est d'ailleurs un très bon écrivain. Car, une fois exposées les délices où l'ellipse m'emporte, il me faut dire que l'exagération peut tout autant me plaire.

> Jean Anouilh : 1910-1987. Graham Greene (1904-1991), *Un Américain bien tranquille* (*The Quiet American*) : 1955 (trad. française : 1956). Jacques Laurent, *Moments particuliers* : 1997.

ÉLOQUENCE : Les sportifs parlant à la télévision ont engendré un nouveau genre d'éloquence. Comme ce sont eux que le plus grand public aime le plus, les hommes politiques se sont mis à les imiter : abandonnant l'éloquence ancienne faite de menton levé et de mâle emphase, les voici qui bafouillent, parlent un mauvais français différent que les Français préfèrent et sourient.

L'éloquence ancienne se perpétue dans les endroits fermés : le jour où on ouvrira les salles d'audience judiciaire à la télévision, finis les *effets de manche*. Et les manches : la télévision refuse les uniformes. La vieille éloquence engendrait un histrionisme que, étudiant en droit, je trouvais gênant pour ceux qui l'employaient, tant il était voyant. Un de mes professeurs de droit pénal imitait Louis Jouvet dans ses interprétations les plus appuyées, et je ne comprenais pas comment les pauvretés que les *grands avocats* mettaient en œuvre, si agressivement que ce fût, pouvaient intimider des jurés. L'éloquence, qu'elle soit emphatique ou aphasique, est une boîte de « Chimie 2000 ». Une collection de trucs qui servent à *persuader*. L'éloquence sert à *persuader les peuples qu'ils sont libres* (définition de la bonne politique selon Napoléon), les jurés que la mère assassinée était une marâtre, la petite Christelle qu'il faut aller dans la chambre avec le vieux monsieur.

Et c'est pour cela qu'elle n'a rien à voir avec la littérature. Dans un livre de Roger Stéphane, Malraux reproche à je ne sais plus quel écrivain de manquer d'éloquence. Ce disant, ce sont ses propres romans qu'il juge. Ils sont aussi mauvais que son éloquence est bonne, et précisément parce qu'il les fabrique avec éloquence, au lieu d'imagination. « Il n'y a rien qui ressemble moins à un bon discours qu'un bon chapitre », dit Tocqueville (*Souvenirs*).

L'éloquence est plus provinciale que la littérature. Les Américains considèrent le discours d'Abraham Lincoln à Gettysburg comme un des plus beaux du monde : si je le trouve banal, c'est que je n'ai pas dans le sang les souvenirs d'arrière-grands-parents morts durant la guerre de Sécession. Des Américains ne seraient pas émus par le discours du 18 juin 1940 du général de Gaulle. La *Gettysburg Address* étonne d'autant plus qu'elle ne compte que deux cent soixante-six mots : la concision, c'est le caillou du roi David. Il faut dire que, juste avant le discours de Lincoln, un homme politique considéré comme le meilleur orateur du temps, Edward Everett, avait parlé pendant deux heures. Le discours de Lincoln a moins été un chef-d'œuvre qu'un soulagement.

Il existe une éloquence qui n'est pas la grandiloquence. Quand Démosthène dit aux Athéniens menacés par Philippe de Macédoine : « Eh ! que vous importe, puisque, s'il n'était plus, vous vous feriez bientôt un autre Philippe » (*Première Philippique*), non seulement il ne flatte pas ses auditeurs, mais il exprime sèchement un fait éternel, hélas, hélas, le désir d'esclavage. Je le cite dans la traduction de Fénelon. Si les mots avaient un sens logique, « philippique » ne devrait pas signifier « discours d'invective », mais : « désignation de l'ennemi. » C'est ce qui distingue Démosthène de Cassandre : les Cassandre sont des pessimistes qui *espèrent* la catastrophe.

> Démosthène : 384-322 av. J.-C. Abraham Lincoln, *Discours de Gettysburg* : 19 novembre 1863.

EMOTION : Loin de moi la conception du poète comme Pythie qui transmettrait des illuminations. Non, non, l'art est là, mais enfin la poésie s'apparente à quelque chose comme une émotion solidifiée. *Cette émotion appelée poésie*, dit Reverdy. Le poète ressent une émotion vive. Elle fait vibrer sa sensibilité. Celle-ci, comme de la cocaïne, accélère l'intelligence. A son tour, celle-ci produit un vers relatant le fait à l'origine de l'émotion. Quand c'est réussi, la poésie devient un résumé prodigieux.

Des émotions peuvent être à l'origine de phrases de roman, mais le romancier les met de côté pour continuer à avancer dans sa mine. Il a quelque chose à découvrir, et c'est avec parcimonie qu'il fait exploser des parois au moyen des images que lui ont communiquées ses émotions. Et ce n'est pas moins beau.

Enfants terribles (Les) : Il y a des miracles. Qu'un roman somme toute aussi « compliqué » soit devenu populaire, par exemple. Cela tient en partie à son sujet apparent, un frère et une sœur caressant l'inceste, en partie au film qui en a été tiré (et n'a pas été réalisé par Cocteau), en partie à son titre. Une expression toute faite. Le public reconnaît. Il a confiance.

Il est « compliqué » dans la mesure où il est hiératique et plein d'images elliptiques. Un voyage en train : « sous les cris de folle, la chevelure de folle, l'émouvante chevelure de cris flottant par instants sur le sommeil des voyageurs ». (Où ai-je lu cela ailleurs ? Larbaud ? De Roux ?) Frôlant l'emphase (« Elle l'avait épousé pour sa mort »), il n'y entre pas, et émet une poésie altière. Il révèle l'aspect égyptien de Cocteau, qui marche de profil, lentement, par saccades, en faisant glisser la pointe du pied, buste immobile, une lampe à huile sur les mains en soucoupe. Tout en marchant, cet Egyptien récite du Racine. Goût de la fatalité, histoire d'une Phèdre-sœur. Et, comme il a de l'humour, à une ou deux reprises, il fait une cabriole bouffonne avant de reprendre sa marche comme si de rien n'était. Elisabeth et Paul vont à la mer et font d'affreuses grimaces aux enfants : « Les familles traînaient des enfants au cou dévissé, aux bouches pendantes, aux yeux hors de la tête. »

Il apparaît dans cette scène un personnage très sympathique, une petite fille qui, au restaurant, résiste aux grimaces d'Elisabeth et de Paul et leur tire la langue ; puis elle disparaît.

J'aimerais bien savoir ce qu'elle est devenue, cette petite courageuse.

Aucune facilité sur l'adolescence. *Les Enfants terribles* est une sorte de mélo brûlé dont il ne resterait qu'un petit tas d'os noircis. Un théâtre d'ombres chinoises, les dialogues étant présentés sur des panonceaux noirs par des officiants en cagoule. Cela se passe dans un Paris qui a un air de Russie : « Ce soir-là, c'était la neige. Elle tombait depuis la veille et naturellement plantait un autre décor. La cité reculait dans les âges [...] ».

📖 « Et de nouveau elle enlaçait, berçait, apprivoisait les confidences, amenait par ruse à la lumière le troupeau des sentiments obscurs. »

‖ 1929.

ENNUI : L'ennui est une notion toute personnelle. Un livre comique vendu à des millions d'exemplaires, *Trois hommes dans un bateau*, de Jerome K. Jerome, m'a ennuyé à le haïr ; Samuel Beckett, qui a une grande réputation d'ennui, m'a enchanté. L'ennui est une sensation.

On peut aimer l'ennui. C'est même une façon d'aimer la société dans laquelle on vit. Dans les années 1960, les habitants de l'Europe de l'Ouest raffolaient de l'élégant ennui des films d'Antonioni, ceux de l'Europe de l'Est vénéraient le brutal ennui des pièces de Bertolt Brecht. Avaient-ils tort ? « Plutôt l'ennui qu'un plaisir médiocre », dit Gourmont (« Des pas sur le sable... », *Promenades philosophiques III*).

Il y a un ennui émanant des sujets et un ennui émanant de la forme. L'un et l'autre ont leur prestige : chez les lecteurs peu sûrs d'eux-mêmes, et ils sont à mon avis nombreux, éprouver de l'ennui est comme un certificat. Si je m'ennuie c'est que je ne comprends pas tout, si je ne comprends pas tout c'est par inculture, par conséquent si l'auteur m'ennuie c'est qu'il est sérieux. Certains auteurs en jouent. Gide, par exemple. Après des livres brillants comme *Paludes*, qui n'ont eu aucun succès, il a fini par se nobéliser et est devenu célèbre. L'héroïsme et le prodige de Victor Hugo est d'avoir obtenu son statut grand écrivain sans avoir cédé à ce truc. Quant à Chateaubriand, s'il ne cherche jamais à être ennuyeux, il prend l'air ennuyé. Ça rassure les dandies (Gide rassure les instits). Dans l'ensemble, le brio écœure le public. « Le public, que nous décevons par l'art » (Vigny, *Journal d'un poète*).

Quantité de gens se marient pour la même raison qu'ils lisent : ils s'ennuient. Aussitôt s'anéantit le romanesque de l'amour, car, marié, on se rend compte qu'on est le même avec du poids en plus. Les membres du couple s'ennuient. Ils se remettent à lire. La facilité du divorce a réduit le nombre de lecteurs de romans.

Quand on s'ennuie en écrivant, c'est mal écrit. Quand c'est mal écrit, le lecteur s'ennuie en lisant. L'ennui est commutatif. C'est sa grande force par rapport à son opposé, le plaisir : il y a des plaisirs stériles.

On ne dira jamais assez de bien de l'ennui pour la prospérité de la littérature. Un monde drogué de distractions lit beaucoup moins qu'un monde où il faut remplir les jours.

> Jerome K. Jerome (1859-1927), *Trois hommes dans un bateau* (*Three Men in a Boat*) : 1889.

ENTHOUSIASME : Ce qui, à qualité de talent égale, rend une œuvre d'art meilleure qu'une autre, ce n'est pas le travail, ce n'est pas l'art, ce n'est pas l'énergie, ce n'est pas la facilité, c'est l'enthousiasme. Je me le disais le 3 août 2002, dans les arènes de Bayonne, en regardant Hermoso de Mendoza toréer à cheval. Il y libérait un enthousiasme qui faisait se soulever l'arène entière, le plaisir nous tirant par les épaules pour nous faire applaudir debout. Enthousiasme, en grec, signifie

« transport vers les dieux ». L'auteur y est allé avant nous, en écrivant. On sent bien dans les livres ces moments où il s'est envolé : il nous élève aussi.

Quand j'admire, je m'enthousiasme : ce bondissement du cœur, je l'ai reconnu, et il y a longtemps que j'ai décidé de le suivre. Et même si, parfois, cela ne m'a mené à rien de défini, je me suis toujours retrouvé plus haut et plus complet. De là que les gens que je ne vois pas souvent me disent : comme tu as changé, et c'est eux qui sont restés sur place. L'humanité suit les bonds de son cœur, allègre et sans calcul, se perfectionnant à la rencontre de gens nouveaux et de talent, et, parfois, retrouvant à des endroits inattendus d'anciennes connaissances qui se sont elles aussi transfigurées. C'est ainsi que nous devenons meilleurs. Enfin, cela me console de le croire.

EPONGE, GONG : Un écrivain est une éponge, un écrivain est un gong. Gong : le moindre fait peut heurter sa personnalité ; il s'ensuit une phrase. Une ride sur un visage enclenchait dans Proust tout un raisonnement sur l'oubli, la reconnaissance et le temps, une corniche ébréchée lançait Chateaubriand sur le monde qu'il avait vu mourir et le vieux totem ébréché qu'il était, etc. Eponge : un écrivain s'imbibe de ce qu'il lit. Même chez un écrivain avec qui il n'a pas d'affinité, il peut trouver un rythme, une image qui correspond à sa conception de la vie, les assimiler et, aussi bien, les reproduire un jour, leur origine oubliée. Il est possible que la définition que Cocteau donne du style, un bâton plongé dans l'eau qu'on voit tordu alors qu'il est droit, vienne d'une ancienne lecture de Montaigne : « Un aviron droit semble courbe dans l'eau. Il n'importe pas seulement qu'on voie la chose, mais comment on la voit » (« Que le goût des biens et des maux dépend en bonne partie de l'opinion que nous en avons », *Essais*).

Époque : Les livres ont un air d'époque. On peut dire, après en avoir lu quelques lignes, que celui-ci est du XVIᵉ, celui-là du XXᵉ ; quant à en reconnaître l'auteur avec certitude, comme certains s'en flattent, allons ! Je pourrais me mettre sous les yeux trois lignes de Morand que j'attribuerais à Cocteau en pariant. L'individualité absolue n'existe pas.

Si indépendant qu'on se croie, on est marqué par les idées générales de son époque, ne serait-ce que si on les conteste. Que dis-je ? les observer suffit. Notre époque nous marque malgré nous, et un anticommuniste comme Morand a pu être touché (par le biais de Cendrars ?) par l'originalité des poètes soviétiques Blok et Maïakovski. A part les illuminés, les prophètes et les totalitaires, il n'y a pas d'homme qui ne tienne à son époque.

On y tient aussi par sa façon d'écrire. Et on aura la religion du style ! Il apparaît dans les bons livres, mais, dès qu'ils se relâchent, les meilleurs écrivains retombent au niveau de la littérature populaire de leur genre, et on pourrait presque toujours leur trouver un jumeau moins bien, pauvre enfant vêtu de noir qui lui ressemble comme un frère. Pour Morand, ce serait Francis de Miomandre, l'auteur des *Aventures merveilleuses d'Yvan Danubsko, prince valaque*.

Ce n'est que rétrospectivement, si une idée aberrante se réalise, parmi les milliards qui avortent, qu'on peut voir bourgeonner ce qu'elle avait d'horrible chez certains écrivains qui ne pensaient pas à mal. Dès avant la fin de la guerre de 14, chez T.E. Hulme, chez Pound, on aperçoit le fascisme qui éclora dix ou quinze ans plus tard. Il couvait depuis longtemps. Ce qu'on a cru d'après-guerre et consécutif à la défaite de l'Allemagne y existait auparavant : l'empereur Guillaume II a passé son règne à faire de délirantes déclarations de racisme antislave.

Un des préjugés les mieux assurés à chaque époque est la certitude qu'elle a d'être moralement supérieure à celles qui l'ont précédée. C'est en général par l'argument sur lequel elle fonde sa supériorité qu'elle est jugée barbare à l'époque suivante. Avant la guerre de 14, tout le monde trouvait la guerre naturelle, hygiénique, souhaitable.

A la fin du XIXe siècle et au début du XXe, tout le monde était contre son époque, tout en se croyant très original : Flaubert, les Goncourt, Barbey d'Aurevilly, Baudelaire, Villiers de l'Isle-Adam, Huysmans, Elémir Bourges. Tout cela a fortement impressionné le petit Léon Daudet, qui les voyait chez ses parents. Trapu, soufflé, il était rempli d'une colère qui pétaradait pour lui permettre de respirer, mais il se remplissait à nouveau. « Je suis tellement réactionnaire que j'en perds quelquefois le souffle » (*Paris vécu*). Le style d'époque était d'être contre l'époque. Encore aujourd'hui, il y a une certaine manière de tout mettre sur le dos de l'époque qui signale la droite la plus étriquée. D'une certaine façon, « époque » est un mot de droite. Cela durera jusqu'à ce qu'un réactionnaire de gauche l'utilise, etc.

Il est possible que ceci soit exact : chaque époque s'enthousiasme pour un niais, un illuminé et un méchant. Camus, Pound, Céline. Je sais, je sais, ils n'étaient pas que ça.

Certains écrivains sont intéressants pour l'époque qui les vénère. La nôtre aura raffolé de la forfanterie morose de l'échec qui flotte dans Cioran, et de l'esthétisme qui l'accompagne. « La fascinante souillure de l'accouplement » (*Précis de décomposition*). Cela révèle les frustrations d'une partie de la société intellectuelle.

Dans la fiction, ce qui nous renseigne le mieux sur l'époque, ce ne sont pas les romans réalistes, mais les romans d'anticipation. Jules Verne révèle, par ses espoirs et ses craintes, son temps. Zola, quoiqu'il soit un meilleur écrivain, parce qu'il est meilleur, nous montre moins l'époque que la conception (le fantasme) qu'il en a. Les chambres d'hôtel sont avec vue : les romanciers sont avec vision.

Nous vivons une époque d'arriération intellectuelle qui se caractérise par une incompréhension de plus en plus grande de ce qu'est l'art. Je dirais même que, étant la seule matérialisation durable du désintéressement humain (il n'est ni au service de l'argent, ni au service de l'Etat, ni au service de ses auteurs), l'art est intentionnellement ignoré. – C'est nouveau, peut-être ! – Notre époque est dégueulasse. – Toutes le sont. Plutôt que de pester sans cesse, contribuez à améliorer la vôtre. Sacha Guitry disait : « Préparons à la France un passé magnifique. » Préparons au futur un passé magnifique.

> Léon Daudet, *Paris vécu* : 1929-1930. Thomas Ernest Hulme : 1883-1917. Francis de Miomandre (1880-1959), *Les Aventures merveilleuses d'Yvan Danubsko, prince valaque* : 1909. Ezra Pound : 1885-1972.

ERREURS PEUT-ÊTRE UTILES : Stendhal s'est cru destiné à écrire des comédies. Balzac se disait historien. Zola s'est pris pour un Balzac plus scientifique. Flaubert se croyait un poète épique. Ils se sont trompés : Flaubert a beaucoup moins bien réussi *La Tentation de saint Antoine* que *Madame Bovary* ; Balzac, mieux qu'historien, était romancier, il agrandissait même le roman ; un bon Zola est plus proche des *Misérables* que de n'importe quel Balzac ; Stendhal, quand il écrit une scène de comédie, comme celle qui oppose Ernest-Ranuce et Gina dans *La Chartreuse*, la fait acide. Loi : il ne sert à rien de se prendre pour qui ou quoi que ce soit. D'autre part, qui sait si ces erreurs n'ont pas été utiles ? N'est-ce pas en croyant aller vers les Indes qu'on a découvert l'Amérique ?

ESSAIS DE REVERDY : Le meilleur de Reverdy, ce sont ses recueils de réflexions, qui seraient d'un moraliste s'il ne se gardait d'être inhumain. Sans enthousiasme, parfois morne, il est sévère comme un officier dont la raideur a gâté la carrière. Dans ses moments altiers, on voit sa prose devenir ferme, sèche, originale, comme lorsque, dans *Le Livre de mon bord*, il distingue entre le gâtisme mou et le gâtisme dur. Ou, dans *En vrac*, ceci :

> Ces chanteurs, ces comédiens jouissent, leur carrière durant, d'un prestige et de privilèges sans rapport avec leur valeur intellectuelle et morale et le peu de chose qu'ils doivent devenir aussitôt qu'ils tombent dans l'oubli.

Ses écrits sur la poésie et sur l'art, *Cette émotion appelée poésie* et *Note éternelle du présent*, contiennent une pensée sans cabotinage.

> Car la poésie n'est pas plus dans les mots que dans le coucher du soleil ou l'épanouissement splendide de l'aurore – pas plus dans la tristesse que dans la joie. Elle est dans ce que deviennent les mots atteignant l'âme humaine, quand ils ont transformé le coucher de soleil ou l'aurore, la tristesse ou la joie.

> Je ne crois pas que la poésie soit une arme de combat ; sans doute, le poète n'est pas par définition un être social des plus parfaits, mais enfin, s'il n'adhère pas à l'ordre, si cet ordre terriblement désordonné le révolte [...], son œuvre quelle qu'elle soit est un détour pour s'insérer, s'incorporer et, quoique au seul rang qu'il juge digne de lui, reprendre en définitive une place dans cette société.

Une conception importante de Reverdy est que « la fin de l'art n'est pas l'art – cela ne veut rien dire – elle est d'émouvoir » (*En vrac*). Une autre est qu'« il faut poser d'abord le réel ». C'était un solitaire qui, par crainte de devenir solipsiste, postulait et s'imaginait qu'il n'existe qu'un « réel ». Sur l'acte d'écrire, il est un des meilleurs observateurs que je connaisse avec Paul Valéry.

📖 « Et la mort ? Eh bien quoi, la mort, elle compte si peu. Et puis elle a un sens au moins, la mort, la fin des tourments, le repos. Bien sûr, il a bien fallu inventer l'enfer pour la rendre un peu moins attrayante à ceux que la vie commencerait à un peu trop lasser. » (*En vrac.*)

> Pierre Reverdy (1889-1960) : *Le Livre de mon bord* : 1948. *En vrac* : 1956 (nouvelle éd. : 1989). *Note éternelle du présent* (écrits sur l'art 1923-1960) : posth., 1973. *Cette émotion appelée poésie* : posth., 1974.

EXAGÉRATION : Albert Cohen imagine exagérément, et c'est très bien. Dans les *Ecrits d'Angleterre*, il parle des jeunes soldats anglais « pas embêtés par leurs énormes paquetages pleins de thé probablement » ou d'un vieux Juif qu'il croise dans le métro, « un vieux juif pessimiste (il a un paquet de poison cousu dans la doublure de sa houppelande [...] ». Autre bon exemple de métaphore exagérative, par Frédéric Dard, à propos d'un cadavre : « les dents éparpillées comme des grains de riz sur le parvis d'une église [...] » (San-Antonio, Aux frais de la princesse).

Un défaut exagéré peut devenir du génie, comme quand Saint-Simon, de façon tout à fait intentionnelle, excite sa rage à la mort du cardinal de Bouillon : « On peut dire de lui qu'il ne put être surpassé en orgueil que par Lucifer, auquel il sacrifia tout comme à sa seule divinité. »

L'exagération demande du tact. La première raison de prendre garde est qu'il y a déjà une insistance dans le fait d'écrire. Comme la grammaire, l'exagération a ses règles que chacun doit connaître et ignorer au besoin, pour en faire un art propre.

ℱ

Facile à lire • Facilité • Fantaisistes *ou* Les trois B • Fargue • Faux meilleur livre • Fénelon • *Fermina Márquez* • Fiction • Fils • Fins de vies • Flaubert • Foi • Français • France, pays littéraire.

Facile à lire : On entend parfois : Proust est difficile à lire. C'est faux : ce qui est difficile à lire, c'est Barbara Cartland, parce que c'est très mal écrit. Hélas, les lecteurs sont trop humbles.

Facilité : Comme tout ce qu'il y a de bien, la facilité est calomniée. Combien de fois n'a-t-on pas dit, d'un ton méprisant, que tel écrivain « a de la facilité » ? — Vous préféreriez qu'il ait de la difficulté ? — Mais oui. Nous avons tellement horreur du talent que nous ne pouvons l'excuser que douloureux.

Fantaisistes *ou* **Les trois B** : Le roman est local, la poésie internationale. A de rares exceptions près, la popularité des romanciers se fait d'abord dans leur pays, tandis que les poètes sont très vite connus hors de leur pays. Cela tient probablement à l'indifférence du grand public pour la poésie : elle va chercher les amis où ils sont. L'école fantaisiste en est un exemple frappant : c'est une revue anglaise qui a donné ce nom aux poètes plus ou moins rassemblés autour de Paul-Jean Toulet. Contrairement à une erreur de l'anthologie des *Poètes d'aujourd'hui* de Léautaud et Van Bever qu'on répète depuis quatre-vingts ans, il ne s'agit pas de *Rhythm*, mais de la *Poetry Review* de F.S. Flint, dans un numéro spécial d'août 1912 sur la « *Contemporary French Poetry* ».

Comme tous les poètes d'école, les poètes fantaisistes se sont définis contre ceux de l'école précédente, les symbolistes, en l'occurrence. Ils les trouvaient vagues et emphatiques : ils seraient précis et ironiques. Leur point bas sera donc la frivolité, leur point haut la légèreté. Dans cette école qui a laissé peu de livres, c'est le poète qui a écrit le moins de poèmes qui est le meilleur. Elle est du reste la seule où l'on puisse désigner un poète vraiment meilleur que les autres : Toulet, qui représente le lyrisme contre l'emphase. Le lyrisme le plus grec. On pourrait insérer un de ses poèmes dans l'*Anthologie palatine*, il ne paraîtrait pas étranger à côté de Théocrite. Il y a chez lui une qualité de gravité qui manque souvent aux autres fantaisistes. Toulet a le sentiment de la mort.

Francis Carco, frère du latiniste Jérôme Carcopino, avait le goût *Satiricon* : il est l'auteur de *Jésus-la-Caille*. En vers, cela donne : « A Montmartre, près des moulins,/Mes souvenirs entrent en scène :/Bonjour, Paris des assassins ! » Dans *Amitié avec Toulet*, il révèle qu'il n'a jamais rencontré Toulet et qu'ils ne se sont connus que par lettres, comme Marcel Schwob et Stevenson. Tristan Derème mériterait presque d'être aussi connu pour ses contre-assonances que Toulet pour les contrerimes. Jean Pellerin était comique : « Manger le pianiste ? Entrer dans le Pleyel ?/Que va faire la dame énorme ? » Léon Vérane a introduit les bars dans la poésie française : « Et le Diable, vêtu d'un chandail écarlate,/Pénétra dans le bar et dénombra les siens. » Fagus, qu'on voit souvent dans le *Journal* de Léautaud, s'amusait des grands vers des autres : « Nous aurons un lit en bois blanc, ma chère,/Des budgets profonds comme des tombeaux. » Les fantaisistes ont annexé une grande partie du contemporain à la poésie française, renversant comme tous les bons poètes de tout temps le préjugé selon lequel le noble seul est convenable à versifier. Les *Nuages cousus* de René Kerdyk contiennent ce qui doit être le premier poème avec du tennis : « Grâces franches/Qui se penchent,/Robes blanches/Du tennis. »

Les fantaisistes tiennent à Charles Cros ; en deçà, à Théophile Gautier, si je pense à ses vers de « Chinoiserie » :

> Celle que j'aime, à présent, est en Chine ;
> Elle demeure avec ses parents,
> Dans une tour de Porcelaine fine,
> Au fleuve Jaune, où sont les cormorans.

En deçà encore à la poésie de Rémi Belleau et de Vincent Voiture.

Jean-Marc Bernard illustre bien leur désinvolture (« Je suis un peu celui qui laisse/Courir les flots s'ils sont pressés »), parfois si ostensible qu'elle révèle au contraire un quant-à-soi ; Bernard laisse un *« De Profundis »* écrit dans les tranchées où il est question de la boue, fait rare dans la poésie de guerre française, généralement héroïsante, et donc obéissante. Tristan Klingsor, conformément à son pseudonyme doublement wagnérien, était pesant : c'était à force de vouloir être charmant, défaut fréquent d'un des maîtres des fantaisistes, Théodore de Banville. Jacques Dyssord, laissant les jazz-bands jouer « de ces airs/Qui font s'éveiller les gorilles », regarde parfois passer la mort : « Un soir où le vent/Poussera plus fort,/— Maintenez les contrevents —/Ce sera la mort. » Et c'est la mort qui excuse la légèreté. Philippe Chabaneix, né à bord d'un paquebot, ce qui, épuisant son goût des voyages, en fit un commis de librairie au Divan, le libraire-éditeur de la plupart des fantaisistes, a donné dans *Le Bouquet d'Ophélie* la devise de l'école : « Si je succombe avant d'avoir connu la gloire [...]/J'emporterai quand même au fond de ma mémoire/Des souvenirs d'amour, ô muse, assez brûlants/Pour sourire à la mort [...] » Si peu une école, avec des auteurs si légers et si gais.

François Mauriac disait que l'Empire, grâce à ses maréchaux, avait été la revanche du Sud-Ouest, qui n'avait pas eu d'homme d'influence depuis le traité de Paris de 1229. Pour les hommes politiques, il fallut attendre Villèle, Premier ministre de Charles X et seul Toulousain réactionnaire de l'histoire de France, d'ailleurs remplacé par un Bordelais libéral (Martignac), selon la vieille querelle des deux villes. La poésie, elle, a dû patienter jusqu'à la Troisième République. Le Sud-Ouest avait si peu eu de poètes depuis les troubadours que Toulouse s'était mise à vénérer Clémence Isaure, qui n'a jamais existé. La période fantaisiste a été le triomphe des trois B : Béarnais, Basques et Bigourdans. C'est à Tarbes, ma ville natale, que la première plaquette de poèmes fantaisistes a été publiée, en 1911 (un *Petit Cahier* de quatre poèmes de Carco, Derème, Pellerin et Vérane), un des proches de l'école, Francis Jammes, était de Tournay (prononcez *Tournail*, ville dont le Petit Robert devrait savoir qu'elle n'est pas dans le Béarn), et leur maître, Toulet, est né à Pau et mort à Guéthary. Sur sa tombe, les noms gravés de ses livres s'effacent.

> Théodore de Banville : 1823-1891. Rémi Belleau : 1528-1577. Jean-Marc Bernard : 1881-1915. Francis Carco (1886-1958), *Jésus-la-Caille* : 1914 ; *Amitié avec Toulet* : 1934. Philippe Chabaneix (1898-1982), *Le Bouquet d'Ophélie* : 1928. Tristan Derème : 1889-1941. Jacques Dyssord : 1880-1952. Fagus : 1872-1933. F.S. Flint : 1885-1960. Franc-Nohain : 1873-1934. René Kerdyk, *Nuages cousus* : 1923. Tristan Klingsor : 1874-1966. Théocrite : vers le IIIe siècle av. J.-C. Vincent Voiture : 1597-1648. Léon Vérane : 1886-1954. Jean Pellerin : 1885-1921.

FARGUE (LÉON-PAUL) : Il y a les tapageurs dont on parle, et il y a les Léon-Paul Fargue. (Les Alberto Savinio, les Oliver Wendell Holmes.) Les excellents écrivains personnels, qui n'écrivent que sur ce qui leur plaît. L'électoralisme est si fréquent dans les Lettres. Il consiste à écrire ce qui plaît au public (croit-on), romans à sujets, récits vécus bien gluants, je ne sais quoi d'autre. Parfois il réussit, et succès, et chute à la minute de votre mort. D'autres candidats sont là pour vous remplacer. Les écrivains comme Fargue, eux, créent leur monde. Ah, je vous en prie, quand je suis en leur compagnie, ne venez pas me parler de prix Nobel et autres importances, nous sommes entre gens sérieux.

Fargue, c'est beaucoup mieux que ça n'en a l'air. L'air est celui du souvenir bien parisien, *fin-de-siècle* ou *entre-deux-guerres*, bouquinistes de la Seine, je me souviens de Jean Moréas au café Vachette et de Sarah Bernhardt dans *L'Aiglon*. C'est un air de loin. Quand on se rapproche, on se rend compte que Fargue est un autre. Regardez comment, à la suite de la phrase : « J'ai vu pousser la tour Eiffel », dans *D'après Paris*, au lieu de nous servir des souvenirs, il écrit trois pages enveloppantes et inattendues. Fargue s'est construit un aquarium dans l'eau épaisse duquel il avançait lentement, scaphandrier ayant un casque à lampe à huile qui émettait une fumée grasse, tels sont les prodiges du talent qu'elle ne s'éteignait pas dans le liquide. Je dis fumée parce qu'il a le style fumeux, pourquoi « fumeux » devrait-il être une injure ?

Un certain mépris le sauve de la nunucherie que peuvent avoir les nostalgiques. Je le découvris, enfant, dans un poème qui m'enchanta :

MERDRIGAL
en dédicrasse
Dans mon cœur, en ta présence,
Fleurissent des harengs saurs.
Ma santé, c'est ton absence,
Et quand tu parais, je sors.

Il se trouve dans *Ludions*, un de ses meilleurs recueils, d'une fantaisie que Fargue abandonna ensuite pour un caillouteux Reverdy antérieur à Reverdy. Par exemple encore, les « Kiosques », où

Une méduse blonde et bleue
Qui veut s'instruire en s'attristant
Traverse les étages bondés de la mer
Nette et claire comme un ascenseur.

Le grand Fargue, ce sont les recueils de chroniques et d'articles, tout semés d'or et de pierreries, comme les chroniques sur les cactées dans *Dîners de lune*, sur les vieux garçons dans *Refuges*, le portrait de Verlaine dans *Portraits de famille*, tant d'autres. Les recueils les plus réussis sont *Sous la lampe* et, que je range dans ma « liste des merveilleux machins », *Méandres*, le merveilleux *Méandres*.

Il recherche le mot rare... non, ce n'est pas le bon qualificatif... exact, le mot exact... pas ça non plus : il s'amuse à le choisir incongru, comme ces poissons du fond de l'Océan dont avant de les voir on n'avait pas idée que ça puisse exister. Nous ne savons pas toujours ce qu'ils veulent dire, d'une certaine façon peu importe, ils sont là pour le décor (« Un taxi mélampyge », *Méandres*).

Quand le néologisme est réussi, quel prodige ! « Te voilà, zoizonin. Bonjour, Monsieur, eh imbécile. Homme, va-t'en, voici les hommes. Quand ils parlent, rien ne pousse. Anatole, tanaos et thanatos, anthropofrime, bœhme, assez de vos mots, assez de vos dieux, assez de vos cloches ! » (*Epaisseurs.*) Est-ce que ça ne pourrait pas être du Michaux, du Michaux pas aigre ?

C'est un roi des images. Il en a de surprenantes, de magnifiques, et à profusion : « les poussins de canards voguer sur le lac comme des œufs à la neige » (*Refuges*) ; « l'iris qui sort des cheminées » (*Sous la lampe*) ; « Et le pont svelte et crespelé berce son reflet comme un hamac » (*Tancrède*).

Les écrivains de génie et paresseux ont une bouée : la mémoire. Elle est le souvenir filtré par l'art. Il suffit donc de vivre, quelle injustice ! Dragueur de la sienne, Fargue en rapporte de tout, comme quand on nettoie les canaux de Paris : un fiacre, une actrice, Maurice Ravel. Il a presque toujours été vieux, un vieillard, même. Après *Ludions* et son air joujou, il est passé à *Tancrède*, à *Vulturne*, des livres d'arrière-grand-mère qui a connu Mac-Mahon, de rabbin de cent huit ans, de nain très savant qui date d'avant Mélusine. Des livres pensifs sans qu'ils cherchent à exprimer un système de pensée. (*Vulturne*, ce « joli coup de cerveau », comme dit Paul Valéry dans les *Lettres à quelques-uns.*) Cela ne l'empêche pas d'avoir trois grands dédains : celui de la politique, celui du sport et celui des idées. Et accessoirement, celui du pessimisme de la science-fiction : « Ce qui ne se conçoit pas, c'est la machine à mettre fin aux sensibilités. Il y aura toujours un adolescent qui pleure dans un coin, des ombres qui passent dans un parc, même si les arbres sont en duralumin » (*Portraits de famille*). Il a le goût des inventaires, de chercher ce que le banal peut avoir d'étonnant, des beaux moments sentimentaux parfois piqués de colères, grognements dans sa rêverie, de splendides passages obscurs. « Pauvre phrase claire ! Ça coule, ça se démaille, ça file comme du cousu machine. »

J'extrais cette phrase de *Sous la lampe*, où il exprime son esthétique :

> Les mauvais poètes sont les poètes inspirés.

> En art, il faut que la mathématique se mette aux ordres des fantômes.

> Le lecteur croit que les mots ont un sens.

Et voici, dans *D'après Paris*, un cri déchirant :

> On ne guérit pas de sa jeunesse.

Lui si amical ajoute, à la fin d'un article sur Proust, un curieux *post-scriptum* qui démolit l'hommage qu'il venait d'écrire : « C'est tout de même bien embêtant qu'il ait tant aimé des pantins, des fats et des raseurs. » Oui, sans doute. Et à lui, Fargue, ne pourrait-on pas reprocher ses *dîners en ville* ? Ah, les fréquentations. « Il a de drôles d'amis », dit le dealer de coke de l'abonné à l'Opéra. Et sa phrase : « J'ai bu le lait divin que versent les nuits blanches [...] » (*D'après Paris*), si elle me plaît, je comprends qu'elle puisse hérisser, mettons, un Claudel. Claudel dont Fargue ne trouve jamais dommage qu'il fréquente des politiciens pour sa carrière d'ambassadeur. On n'en finirait plus, de ces jugements.

Il a aimé Paris, ce qui paraîtra peut-être un jour une aberration, tant cette ville est maintenant dédaignée et accablée, comme tout ce qui rassemble des possibilités d'art et de désintéressement, à côté de tant de haine et de cupidité.

📖 « Un livre est toujours, plus ou moins, une protestation contre la mort. » (*Refuges.*)

1876-1947.

◆

Tancrède : 1895. *Epaisseurs* et *Vulturne* (formant *Espaces*) : 1929. *Sous la lampe* : 1930. *D'après Paris* : 1932. *Ludions* : 1933. « La Fontaine », dans le *Tableau de la littérature française* : 1939. *Refuges* : 1942. *Méandres* : 1946. *Portraits de famille* : 1947.

FAUX MEILLEUR LIVRE (LE) : Ce qu'on nous propose comme meilleur livre de tel ou tel écrivain m'étonne souvent. Il n'est pas exact que le meilleur Musset soit *Lorenzaccio*, le meilleur Céline *Voyage au bout de la nuit*, le meilleur Morand *Milady*, le meilleur Fargue *Le Piéton de Paris*, le meilleur Gobineau *Les Pléiades*, le meilleur Voltaire *Candide*. *Lorenzaccio* est un désordre qui n'est pas tellement un effet de l'art, *Milady* trop sec, *Voyage au bout de la nuit* trop gras, *Le Piéton de Paris* trop ordonné, *Les Pléiades* trop thèse, *Candide* trop antithèse.

Il existe une sous-catégorie, les livres que même les gens qui n'en aiment pas l'auteur déclarent un chef-d'œuvre. Parfois c'est pour se donner l'air magnanime envers un méprisé, comme Georges Duhamel dont on vante les *Vies des Martyrs*, ses souvenirs de médecin durant la guerre de 14, genre de livre pour lequel la notion la plus antilittéraire qui soit, le respect, étouffe le jugement littéraire : on aurait l'impression de dire du mal des soldats si on disait du mal des phrases. Duhamel nous force d'ailleurs à nous prosterner en mettant le mot « martyrs » dans son titre. Il veut dire « génie ». D'autres fois, on vénère par peur, tant Paris qui décide de tout est vite intimidé, et c'est ainsi qu'il applaudit *Un barrage contre le Pacifique* de Marguerite Duras, qui là comme dans ses autres livres parle un français de coureur cycliste. D'autres fois, enfin, on choisit un livre tout à fait accessoire dans une œuvre de manière à la discréditer : par exemple, de Montherlant, *Le Fichier parisien*. A moins que ce ne soit pour se donner l'air connaisseur. Dans ce cas, il faut un livre qui n'ait pas eu de succès et soit inconnu du public. On est doublement élégant.

> Georges Duhamel, *Vies des martyrs* : 1917. Marguerite Duras, *Un barrage contre le Pacifique* : 1950.

FÉNELON (FRANÇOIS DE SALIGNAC DE LA MOTHE-) : Louis XIV, autoritaire, fut vite détesté. Ceux qui voulaient se servir à leur aise mirent leurs espoirs dans son fils aîné le Grand Dauphin, mais il mourut en 1711. On transvasa les espoirs dans son fils le duc de Bourgogne, d'autant plus grands que son précepteur avait été Fénelon, qui lui avait inculqué l'idée de créer, enfin ! un royaume chrétien ; il mourut dix mois après son père, en 1712, suivi par sa femme et son fils aîné, l'hécatombe ne laissant en vie qu'un joli petit garçon arraché aux saignées des médecins par les gouvernantes, le prochain Louis XV. Si le duc de Bourgogne avait régné, n'aurions-nous pas eu Louis XVI quatre-vingts ans avant, la douceur qui se laisse engloutir sous cent mille morts ? Gorbatchev ? Le royaume s'effritant sous les yeux effarés de celui qui ne l'a pas tenu dans ses mains ? – Ou bien un conquérant capricieux, comme Alexandre le Grand qui avait eu Aristote pour précepteur ? – Ou un monstre charmeur, comme Néron éduqué par Sénèque ?

Fénelon est un chrétien qui veut sincèrement réformer l'Etat. Il ose adresser à Louis XIV une lettre de remontrances sur ses guerres incessantes où il dit qu'il a « appauvri la France entière afin d'introduire à la cour un luxe monstrueux et incurable » ; bref, « le peuple même (il faut tout dire) qui vous a tant aimé, qui a eu tant de confiance en vous commence à perdre l'amitié, la confiance, et même le respect ». Ce genre de fantaisies, avec ce roi-là, et c'était une colère sèche et l'exil de la prison de la cour qu'il avait réussi à faire prendre pour la réalisation du paradis sur terre ; à cinquante kilomètres de Versailles, plus d'un a péri de désolation. Fénelon fut envoyé s'opposer aux mauvaises herbes dans son domaine du Périgord en août 1697, avant d'être démis de ses fonctions de précepteur en janvier 1699. Avec la mesquinerie des gens de pouvoir, Louis XIV avait en 1698 exilé tous ses amis et ses parents. Lui donna raison la publication, en avril 99, par un secrétaire indélicat, des *Aventures de Télémaque*, roman éducatif que Fénelon avait écrit pour le duc de Bourgogne. En plus du chrétien, il y avait l'aristocrate. Fénelon était le descendant d'une très vieille famille, son château que j'ai vu, comme dirait Chateaubriand, est presque un château fort, et il a l'assurance insolente des fils de famille. C'est de là, au moins autant que de la concurrence ecclésiastique, que vint sa brouille avec Bossuet, bourgeois sérieux et admirant la volonté du roi. Bossuet et Fénelon, c'est Debré et Giscard sous de Gaulle.

Dans les *Dialogues des morts*, Fénelon exprime une pensée séduisante et fausse : « Quand un prince manque d'un Homère, c'est qu'il n'est pas digne d'en avoir un. » Se rend-il compte qu'il entre par là dans la conception que le pouvoir se fait de la littérature et de la dépendance qu'il lui assigne ? Sa phrase est si mal raisonnée que précisément, un prince a *eu* Homère, mais nous l'avons oublié : était-il si *digne* de lui ? Napoléon n'a eu que des opposants parmi les écrivains de son niveau intellectuel, et bien des grands écrivains ont écrit sous des princes nuls, comme les rois George en Angleterre ou les présidents de la Troisième République française. Le président Harding, cuistre corrompu, était-il *digne* de Scott Fitzgerald ? La vanité pervertie de la conception de Fénelon a été reprise par des écrivains français après la monarchie, courtisans sans cour qui n'ont toujours pas appris à dédaigner le pouvoir.

Ecrivain insinuant, câlin, imaginatif, habile, humoristique, Fénelon n'a pas laissé de grand livre : les siens sont pour la plupart pédagogiques ou apologétiques, c'est-à-dire alourdis. C'est un écrivain de phrases, de paragraphes, de passages enchanteurs. Dans *Les Aventures de Télémaque*, il a cette belle image : « Toutes ces pensées contraires agitaient tour à tour son cœur, et aucune n'y était constante : son cœur était comme la mer. » Je coupe là où il aurait coupé s'il n'avait pas écrit pour un enfant, à qui il faut tout montrer ; il a continué : « son cœur était comme la mer, qui est le jouet de tous les vents contraires ». Ce sont ces moments enfantins qui en ont fait un best-seller, sans doute, car le grand public est dans l'état esthétique des enfants. Quand il cesse de montrer ou de démontrer, comme dans ses contes de fées, le talent de Fénelon s'envole jusqu'à une fantaisie railleuse à la Max Jacob. Lisez l'« Histoire d'une jeune princesse » promise à se marier à un homme à onze bouches sous peine de devenir crapaud et pour qui se bat un prince qui a une bouche au bout de chaque doigt de la main.

Fénelon recommande la simplicité. C'est une manière de dire : Bossuet nous fatigue. Bossuet, ce Corneille. Je serai son Racine. Et il l'est, d'une simplicité virtuose, éloquente, douce et spirituelle éloquence. (La vocation des gens d'âme que sont les prélats n'est pas nécessairement d'avoir de l'esprit.) Réfléchissant sur la question dès sa jeunesse, où il a écrit des *Dialogues sur l'éloquence*, réfléchissant, mieux encore, sur la façon d'écrire ce qui ne s'appelait pas encore de littérature, dans son discours de réception à l'Académie française et dans la *Lettre à l'Académie* (« Réflexions sur la grammaire, la rhétorique, la poétique, etc. »). Il a des moments de naturel calculé qui sont de La Fontaine plus que d'un évêque : « Mais tout cela, chansons » (*Dialogues des morts*).

Le père de Chateaubriand, c'est lui. Jouant du charme (son « style flatteur », disait Voltaire) avec une astuce invincible, il écrit avec son imagination. Il était fait pour écrire des romans. Il n'y a pas pensé. Le roman n'était pas pris au sérieux. Il n'aurait tenu qu'à lui qu'il le fût. Chateaubriand cite dans les *Mémoires d'outre-tombe* une lettre de lui à Bossuet qui est un début de roman à la Albert Cohen. Il a une façon d'utiliser la virgule au lieu des deux points ou des conjonctions de coordination, comme la phrase que je cite à la fin de cette notice, qui conditionnera le rythme de Chateaubriand. Fénelon est un écrivain très attentif à la variété des cadences.

Il a écrit un traité *De l'éducation des filles* où il décide que celles-ci « ne doivent ni gouverner l'Etat, ni faire la guerre, ni entrer dans le ministère des choses sacrées ; ainsi elles peuvent se passer de certaines connaissances étendues, qui appartiennent à la politique, à l'art militaire, à la jurisprudence, à la philosophie et à la théologie ». Ah l'irréfléchi ! si on l'avait envoyé en ambassade auprès d'Elisabeth Ire, quatre-vingts ans avant, l'aurait-il traitée d'incapable ? Ah le salaud ! Croit-il... Calmons-nous. Les préjugés du temps étaient bien pires, il est même modéré. Voyez comme il conteste la morale de Molière, qui triomphait par le rire depuis un tiers de siècle : « Pour les filles, dit-on, il ne faut pas qu'elles soient savantes, la curiosité les rend vaines et précieuses, il suffit qu'elles sachent gouverner leurs ménages, et obéir à leurs maris sans raisonner. On ne manque pas de se servir de l'expérience qu'on a de beaucoup de femmes que la science a rendues ridicules. Après quoi on se croit en droit d'abandonner aveuglément les filles à la conduite des mères ignorantes et indiscrètes. »

📖 « Je le croirai s'il a raison, je ne jure sur la parole d'aucun maître. » (*Dialogues sur l'éloquence.*)

> 1651-1715.
>
> ♦
>
> *De l'éducation des filles* : 1687. *Discours de réception à l'Académie française* : 1693. *Les Aventures de Télémaque* : 1699. *Dialogues des morts pour l'éducation d'un prince* : 1712 (éd. d'après les manuscrits : 1718). *Lettre à l'Académie* : posth., 1716 (adressée en 1714). *Dialogues sur l'éloquence en général et sur celle de la chaire en particulier* : posth., 1718. *Lettre à Louis XIV*, adressée en 1693 ou 1694 : posth., dans l'*Histoire des membres de l'Académie française* de D'Alembert : 1785. *Fables et opuscules pédagogiques* : posth., 1983 (quelques fables à la suite de l'édition du *Dialogue des morts* de 1718, puis diverses éditions au XIXe siècle).

Fermina Márquez : Un nom de femme étrangère, et c'est déjà du charme, dans un roman français. Voici, dans *La Fille aux yeux d'or*, de Balzac :

> — Tenez, voici le nom de votre gibier, dit-il en prenant dans sa boîte en cuir une lettre qui portait le timbre de Londres et sur laquelle cette adresse :
>
>
>
> *A mademoiselle*
> PAQUITA VALDES,
> *Rue Saint-Lazare, hôtel de San-Réal.*
> PARIS
>
>
>
> était écrite en caractères allongés et menus qui annonçaient une main de femme.

Paquita Valdès, oui, l'amante séquestrée de la marquise de San-Réal, qui la tuera ! Je me demande si le nom de Fermina Márquez ne serait pas un lointain écho d'une lecture par Larbaud du roman de Balzac, écho qui me fait rêver, un instant, à ceci : l'art naît de l'art. Ah, on a beau dire qu'il s'inspire de la vie, c'est une politesse qu'on fait à la vie, car il feint tout au plus d'en voler des morceaux pour dissimuler que, en fait, il ne *s'inspire* que de lui-même. Et puis « la vie », laquelle ? Dans les vies d'écrivains, les événements principaux ont trait à la littérature.

Fermina Márquez est un roman dont la grande séduction tient beaucoup à la combinaison d'un très bon début et d'une très belle fin. Au début...

> Le reflet de la porte vitrée du parloir passa brusquement sur le sable de la cour, à nos pieds. Santos leva la tête, et dit :
> « Des jeunes filles. »

Quant à la fin, elle vient d'un seul coup réorienter l'éclairage, et par conséquent donner une nouvelle couleur à l'ensemble. C'est le moment où le narrateur, revenu dans son ancien collège où s'est passée l'histoire de ces collégiens et de leurs rapports avec la jeune Fermina, se demande :

Que manque-t-il encore à cet état des lieux ?

Ah ! oui : au mur de la cour d'honneur, la plaque de marbre où étaient inscrits les noms des

ÉLÈVES MORTS POUR LA PATRIE
ET POUR LES AUTELS

est fendue.

La légère brume qui recouvrait l'histoire se déchire, et nous comprenons la tragédie. Plus qu'un roman d'adolescence, *Fermina Márquez* est un roman de guerre sans la guerre. D'une jeunesse insouciante qui ne l'a pas connue. Il s'agit de celle de 1870. Pendant ses études, le narrateur avait pu voir dans le parc du collège de grands arbres dont les troncs troués par des boulets prussiens avaient été bouchés avec du plâtre goudronné. Voilà à quoi sert un roman, aussi : à nous montrer ce que d'autres âges avaient à regarder. Ce qu'il ne sait pas, lui qui visite son lycée quelques années après 1902, c'est qu'une guerre bien plus terrible s'apprête à assassiner toute une jeunesse.

Une autre part de son charme tient au fait que c'est un « nous » qui raconte. « Nous étions une bande d'effrontés, de jeunes roués », est-il dit au premier chapitre, et cela établit une proximité entre les personnages et nous. Le livre passe ensuite à la troisième personne (Santos fit ceci, Léniot pensa cela), et cela rappelle *Madame Bovary*, qui commence par une classe de collégiens, un « nous » qui voit arriver un nouveau en classe, puis passe à la troisième personne. Il y reste. Dans *Fermina Márquez*, le « nous » revient à trois reprises. Puis disparaît et laisse la place, trois fois également, à un « je ». Si ce « je » était revenu à la fin, pour faire le nœud de l'histoire, sans être précédemment apparu, la fin aurait été encore plus frappante.

Les pensées des personnages ne sont pas toujours clairement marquées.

> Joanny pensa qu'il devait, à son tour, lui confier ses plus secrètes pensées. Depuis longtemps il souhaitait de les dire à quelqu'un. Il

avait renoncé de bonne heure à découvrir son cœur à ses parents. Nos parents ne sont pas faits pour que nous leur découvrions nos cœurs. Nous ne sommes pour eux [...]

L'altière remarque, « nos parents ne sont pas faits pour que nous leur découvrions nos cœurs », n'est pas de Larbaud, mais de Léniot. Cette façon de supprimer le plus possible de « pensa-t-il » supprime en même temps une barrière, nous fait entrer plus intimement à l'intérieur des personnages ; contribue à faire du roman un bloc.

Il existe deux autres histoires de collégiens arrivant en cours d'année dans un lycée : publié deux ans après *Fermina Márquez*, *Le Grand Meaulnes*, qui me rappelle la phrase d'Oscar Wilde sur la mort de la Petite Nell dans *Le Magasin d'antiquités* de Charles Dickens : « Il faudrait avoir un cœur de pierre pour lire ceci sans rire », et, publié trente-deux ans plus tard mais écrit bien avant et semblant les annoncer tous les deux, la première nouvelle de Jules Laforgue, *Stéphane Vassiliew*, où un jeune Russe riche, pâle et tuberculeux impressionne les élèves d'un lycée qui ressemble beaucoup à celui de Tarbes où Laforgue étudia de huit à quinze ans et l'auteur de ces lignes cent ans plus tard, il n'avait pas tellement changé : même bâtiment fermé comme une prison, même « atmosphère ennuyée et sans amour ».

Le personnage principal de *Fermina Márquez* n'est ni Fermina, ni Santos, mais Joanny Léniot, l'excellent élève que gêne l'apparition de Fermina. Une jeune fille, et ses critères sacrés de bon élève lui semblent soudain une duperie. Qu'est-ce que c'est, vingt sur vingt, à côté de cette grâce ? Encore beaucoup, puisqu'il rompt l'espèce d'amitié qu'il avait réussi à créer avec la jeune fille. Par moments, Larbaud essaie de le faire passer pour un sale type, et il n'y arrive pas. Quand il lui prête une pensée d'adulte vulgaire (« Une servante ? Bah ! une fille est toujours une fille ») : nous n'y croyons pas, ou ne croyons pas qu'il l'ait sérieusement pensé, parce que ce n'est pas son genre. Ce Léniot qui rêve de triompher a des exaltations sur la Rome antique. Ça peut labourer un cœur, une enfance en province. Barrès s'en est fait élire à l'Académie française à quarante-trois ans. En plus, Léniot a des parents qui ne l'aiment pas. Ce malheureux n'aura pas eu le temps de se guérir de sa maladie de l'ambition, car il est mort au service militaire, dans une caserne de l'Est, des suites d'une épidémie.

Fermina Márquez est un roman des noms. Noms des lieux qui entourent le collège *Saint-Augustin*, Sceaux, Clamart, Robinson, et lui créent une toile de fond vert forêt sous un ciel à nuages (au loin, un néon rouge clignote : PARIS). Noms sanguins des personnages : Fermina, Pilar et Francisco Márquez, Santos et Pablo Iturria, Demoisel, Delavache, Mama Doloré, Ortega, Requena et ses sœurs Pilar, Encarnacion et Consuelo, Zuniga, Montemayor, Juan Bernardo de Claraval Marti de la Cruz y del Milagro de la Concha. Des Français? Comme s'il fallait éviter que leur nom introduise une dissonance, le bien français *Léniot* natif de la Loire se prénomme *Joanny*, et le jeune *Camille* a la singularité d'un accent circonflexe à son nom, *Moûtier*. Le seul qui ait un nom complètement et simplement français, Julien Morot, est en tout et pour tout évoqué dans une pensée de Léniot. C'est par ce goût des noms étrangers, sans parler de celui des très jeunes filles (goûts que Toulet avait aussi), ainsi que par la façon d'évoquer le souvenir de Fermina, que Valery Larbaud a eu une influence sur Vladimir Nabokov et *Fermina Márquez* sur *Lolita*. Début de *Lolita* : « Lolita, lumière de ma vie, feu de mes reins. Mon péché, mon âme. Lo-li-ta. » Chapitre II de *Fermina Márquez* : « Nous avions donc un mot maintenant, un nom à nous répéter tout bas, le nom entre tous les noms, qui la désignait : Fermina, Ferminita... »

📖 « Et de plus, sa fierté *[de Moûtier]* était si délicate, que certaines plaisanteries, que d'autres eussent supportées sans chagrin, et qu'on fait cesser en ripostant une fois pour toutes, l'affectaient comme des injures graves, dont le souvenir le torturait. Mon Dieu, nous ne pouvons pas être bon. »

> 1911.
> ♦
> Alain-Fournier (1886-1914), *Le Grand Meaulnes* : 1913.

FICTION : La fiction a l'avantage de pouvoir nous faire rencontrer et observer des gens sans que nous ayons à les fréquenter. Vous vous voyez passer des journées avec le pompeux Pecksniff de Dickens ? Et même quand il s'agit de personnages aimables, voudriez-vous assister au démaquillage de la duchesse de Maufrigneuse de Balzac ? La fiction, c'est du *best of*.

Dans un livre de souvenirs intitulé *L'Héritage du vent*, Jean Freustié raconte ses expériences avec la morphine ; et c'est beaucoup moins frappant que ce qu'il en dit dans son roman *Ne délivrer que sur ordonnance*. La fiction est, plus qu'une mise en ordre, une mise en sens de la vie. (Cette phrase vient de gagner la Pâquerette d'or des Lycées de France. A ce sujet, plutôt que de répéter « les romanciers, les nouvellistes et les auteurs de théâtre », je pourrais inventer le mot de « fictionnaires », qui me vaudrait un succès stupéfiant auprès des universitaires, mais il est vraiment trop moche.)

Un roman, une nouvelle, une pièce de théâtre ne jugent pas. Ils n'ont pas d'*opinion*. Ni ouvertement exprimée, ce qui est le défaut des mauvais auteurs de fiction de gauche, ni exprimée par contre-pied ironique, ce qui est le défaut des mauvais auteurs de fiction de droite. Même si, à son origine, se trouvent l'enthousiasme ou l'indignation, la fiction *constate*.

La joyeuse gourmandise avec laquelle Dickens crée ses personnages. On voit bien chez lui que les histoires sont des sécrétions des personnages. Et c'est cela, la fiction : ni la leçon, ni l'histoire, mais les personnages. Créer des personnages et voir ce qu'ils sécrètent, plus que ce qui leur arrive. Ce qui leur arrive, c'est pour le roman qui ne réfléchit pas : à moi, extérieur ! pense pour moi !

La fiction, c'est l'homme, parce qu'il n'y a que l'homme qui vaille.

Avec son air d'être une analyse de la vie, la fiction est une féerie. Rien dans la vie ne se passe comme elle le montre, ne serait-ce que parce qu'elle en supprime tous les moments qui sont du rien. A la fin, cette féerie influe sur la vie, non parce que les gens ont le moindre respect pour la littérature, mais parce que c'est plus amusant.

La fiction, c'est de la confiance. Du lecteur envers l'auteur. Il admet le principe de départ que c'est inventé et ne demande qu'une chose : que, à l'intérieur de cette convention, l'auteur ne le trompe pas. L'écrivain émet des valeurs d'imagination qui ont cours parce que le lecteur le sait honnête. Je ne parle pas des assignats des best-sellers, dévalués le jour même de leur émission : les lecteurs ne les utilisent que pour jouer, comme des billets de Monopoly, alors qu'ils conservent dans le coffre de leur bibliothèque, même s'ils ne les lisent pas, les 5 % Balzac et les Pétroles de Roumanie-Morand S.A.

La fiction, c'est une chambre d'appart'hôtel. Le lecteur apporte son imagination. Il lit les mots « Cayenne », « forêt » : aussitôt elle se met en branle, appelant à elle les images qui, selon lui, accompagnent ces mots. C'est un avantage pour l'auteur, s'il veut dire les mêmes choses, mais c'est un inconvénient si, au lieu de maisons délabrées et de jungle épaisse, il pense à autre chose.

La fiction, qui peut sembler enfantine, est sans doute un des outils les plus fins pour faire avouer ses secrets à la vie, dont la science pour les cacher est infinie.

En mourant, on entre dans la fiction.

FILS : Tout porte à croire à l'hérédité, sauf les familles. Dumas, Mauriac, Racine.

Racine avait pourtant dit à son fils Louis : « Il faut que vous soyez bien hardi pour oser faire des vers avec le nom que vous portez. Ce n'est pas que je regarde comme impossible que vous deveniez un jour capable d'en faire de bons ; mais je me méfie de tout ce qui est sans exemple et depuis que le monde est monde, on n'a point vu de grand poète, fils d'un grand poète » (*Vie de Racine*).

Ne soyons pas nihilistes, il y a des fils supérieurs aux pères. Léon Daudet était un meilleur écrivain qu'Alphonse. Il avait un esprit contradicteur et bombardier qui aurait pu en faire un Chesterton français, s'il avait eu une imagination moins raisonnable : ses romans sont moins des romans que des pamphlets sociologiques (*Les Morticoles*, sur les médecins, *L'Hérédo*, sur la syphilis, etc.). Le meilleur sont ses bruyants livres de souvenirs. On l'y entend, au milieu des heurts d'assiettes, dans une brasserie, à trois heures du matin, parlant de sa grosse voix à ses confrères journalistes sortant du bouclage. Bavard insupportable, il s'esclaffe à ses propres blagues en se tapant sur les cuisses ; quelqu'un entre, on s'interpelle, etc. Sa façon de déchiqueter les cynismes, c'est-à-dire de leur accorder une importance qu'ils n'ont jamais tout à fait, ne manque pas de naïveté. Il a un talent de mémorialiste exagéré avec un fort sens de l'adjectif. « De demi-heure en demi-heure, passait un sénateur-juge parlant bas à un autre, tel un crocodile confidentiel » (*L'Hécatombe*).

> Alphonse Daudet : 1840-1897. Léon Daudet : 1867-1942. Louis Racine (1692-1763), *Mémoire contenant quelques particularités sur la vie et les ouvrages de Jean Racine* (dit *Vie de Racine*) : 1747.

FINS DE VIES : Avec l'hémorragie cérébrale de Baudelaire et de Larbaud laissant le premier survivre un an sans plus rien pouvoir dire que : « Crénom ! » et le second ne pouvoir prononcer, de 1935 à sa mort en 1957, que la phrase : « Bonjour, les choses d'ici-bas ! », je connais peu de fins de vies d'écrivains plus tristes que celles de Giuseppe Tomasi di Lampedusa, Paul-Jean Toulet et Max Jacob.

L'un des meilleurs livres de poèmes du XXe siècle, les *Contrerimes*, a été refusé par l'éditeur de Toulet. Il sortait de ce qu'on jugeait sa spécialité, le roman. (Oh, le talent aurait suffi : son éditeur a bien refusé le dernier recueil de poèmes de Max Jacob. Et le malheureux est parti avec ça comme bagage dans le train qui l'amenait à Drancy.) Toulet n'a pas eu de chance avec ce livre : un éditeur marseillais, qui aurait dû publier une première version des *Contrerimes* écrite pour un recueil collectif, en avait perdu le manuscrit en 1913. Le livre ne fut publié qu'après la mort de Toulet.

Lampedusa a eu et la maladie mortelle et le refus. Et peut-être que le refus a accéléré la mort. Malade, dans une clinique de Rome, il reçoit une lettre du romancier Elio Vittorini : au nom de la maison d'édition Einaudi, il refuse son premier et unique roman, *Le Guépard*. Vittorini était communiste, Lampedusa était prince. Même type de refus que celui de Proust par Gide chez Gallimard : par préjugé social, mais on a beaucoup moins embêté Vittorini que Gide avec ça. Lampedusa meurt dans les jours qui suivent ; une des dernières nouvelles qu'il aura reçues est donc le refus de son livre. Egalement refusé par Mondadori, le roman fut publié par Giorgio Bassani chez Feltrinelli. La scénariste Suso Cecchi D'Amico raconte dans le DVD du *Guépard* (ce film de Visconti qui ressemble à un Cecil B. De Mille pas raccord) que, le roman ayant été sélectionné pour le prix Strega dont elle était juré, Vasco Pratolini, auteur de romans « sociaux », vint lui ordonner de ne pas voter pour cette racaille capitaliste et de donner sa voix aux *Ragazzi* de Pasolini, roman en dialecte romain, mais avec du « réel » : autre communiste, Pratolini. D'Amico (qui doit confondre avec *Une vie violente*) vote pour Lampedusa, et *Le*

Guépard obtient le prix. Il en faut, des efforts, pour qu'un bon livre accède à la connaissance du public.

> Giorgio Bassani : 1916-2000. Pier Paolo Pasolini (1922-1975), *Les Ragazzi* : 1955 ; *Une vie violente* : 1959. Vasco Pratolini : 1913-1991. Elio Vittorini : 1908-1966.

FLAUBERT (GUSTAVE) : Flaubert n'a écrit qu'un livre, *Don Quichotte*. Qui est Don Quichotte ? Une imagination frêle exaltée par la lecture des romans de chevalerie. Qu'est-ce que *Madame Bovary* ? Le roman des effets de la lecture de romans populaires sur une imagination frêle : Emma Bovary lit beaucoup, jusqu'à « des livres extravagants où il y avait des tableaux orgiaques avec des situations sanglantes » (des *Salammbô*, en somme). Bouvard et Pécuchet ? *Quichotte et Quichotte* : deux bonnes volontés imbéciles s'emballent sur des lectures successives. Frédéric Moreau dans *L'Education sentimentale* est un Don Quichotte incapable de se battre avec son imagination. Il a lu, tenté d'écrire des livres, a pour ami un autre grand lecteur, comme lui ombre de Quichotte. Le drame principal des personnages de Flaubert est qu'ils sont incapables de supporter les mauvaises lectures. Il est curieux qu'ils n'en fassent jamais de bonnes, mais Flaubert est un pessimiste qui pense que tous les gens sont incapables de trouver du Flaubert ; le mépris qu'il a pour ses personnages n'en fait pas un créateur généreux. Leur drame secondaire est qu'ils ne trouvent pas de Sancho Pança. Sans compagnon raisonnable, ils trébuchent dans le drame, comme Emma Bovary, au moment précis où elle s'entiche de Léon, autre grand lecteur au cerveau fragile. La différence est que l'échec de Don Quichotte le transforme en ange.

Cela, c'est Flaubert 1, auteur de romans contemporains : il y a un Flaubert 2, chineur. Il rêve au bruit du glaive frappé sur le bouclier d'airain des Romains, au noir gluant du sang qui coule du crâne fracassé par la francisque du Gaulois, au vin brillant dans la coupe mycénienne en or ciselé d'une tête de Gorgone. *Salammbô*, *La Tentation de saint Antoine*, « Hérodias », « La Légende de saint Julien l'Hospitalier ». Ce Normand descendant des Vikings avait la fascination de la barbarie. Il en passe des lueurs rouges jusque dans *Madame Bovary*, où Madame Homais admire son mari pris dans la spirale d'or de ses chaînes hydroélectriques Pulvermacher, « plus garrotté qu'un Scythe et splendide comme un mage ».

Flaubert 1 recherche la simplicité, c'est manifeste dans les descriptions (« il y avait », « était sur »), combattu par Flaubert 2, avec son goût viking, scythe, Bible : phrases sentencieuses commençant par « alors », prose poétique plutôt que poésie résultant d'une grande prose, lyrisme qui, ne correspondant pas à des états lyriques des personnages, est un échauffement de l'auteur. Et quand Flaubert 1 a trouvé quelque chose de fin, quoique au bord d'être voyant, par exemple un imparfait suivant un passé simple (« Les deux bassets, tout de suite, se précipitèrent sur eux ; et, çà et là, vivement, leur brisaient l'échine », dans « Saint Julien »), Flaubert 2 écrit, quatre paragraphes plus loin, une phrase où le procédé est repris à l'envers et nuit au premier (« Julien les assommait avec son fouet, il n'en manqua pas un »). Le combat reste parfois sans vainqueur : « Saint Julien », tout en Flaubert 2, est conclu par une phrase naïve et simple qui est du Flaubert 1 subit. Et le contraire exact d'« Un cœur simple », où Flaubert 1 ne peut pas s'empêcher de laisser Flaubert 2 prendre la parole au dernier chapitre, dans la description de la procession accompagnant l'agonie de Félicité ; au lieu de cette emphase, Flaubert 1 aurait sans doute terminé au chapitre précédent, avec une phrase du genre : « Et, pendant que la procession entrait dans le jardin, Félicité vit dans le ciel un immense perroquet. » Quel que soit le Flaubert, il ne vaut pas par l'adverbe imaginatif, l'épithète étonnante ni le verbe irremplaçable, mais par la phrase, plus encore par les groupes de phrases, plus encore par les livres en bloc. C'est un écrivain de masse. Et d'ailleurs tout ce qui, analysé, pourrait passer pour des défauts, étant pris dans la masse, devient sa qualité. Flaubert était comme ça. Nous n'y pouvons rien. Lui non plus.

Nous avons tous lu l'article où Marcel Proust, non sans une certaine coquetterie d'érudition, analyse le « style » de Flaubert, avec les guillemets, partie par méfiance du mot, partie par léger dédain envers Flaubert. J'y ajouterai un ou deux détails. Flaubert a le français latin, langue du participe présent. « Antipas attendait les secours des Romains ; et Vitellius, gouverneur de la Syrie, tardant à paraître, il se rongeait d'inquiétude » (« Hérodias »). La même phrase si Stendhal l'avait écrite : « Antipas attendait les secours des Romains. Vitellius, gouverneur de la Syrie, tardait à paraître, il se rongeait d'inquiétude. » Flaubert, lui, est ralenti par ses virgules (qui ne sont pas latines, les Romains ne ponctuaient pas) : « Plus de vingt fois, on le crut mort » (« La légende de Julien l'Hospitalier »). Il en pose très souvent avant le « et » qui suit une proposition principale, aussi courte soit la phrase : « Il loua un piano, et composa des valses allemandes » (*L'Education sentimentale*). Jamais il n'évite une transition, comme dans cette même *Education sentimentale* tout en « deux mois après », « cinq mois plus tard » (et pourquoi deux plutôt que six, cinq que deux ?), où, dans la scène de l'hippodrome, il écrit tout un paragraphe pour dire que telle et telle course n'eurent aucun intérêt. Quand je vois un raccourci, je suis tout étonné. « Il tourna le bras, et la pierre abattit l'oiseau qui tomba d'un bloc dans le fossé » (« La légende de saint Julien l'Hospitalier »). Le « et » par lequel il commence certaines phrases après avoir passé à la ligne, et plus encore celui qui suit un point-virgule, est un « et » de fatalité : il sert très souvent à annoncer un événement qui empire. Son redoublement des adjectifs ou, plus souvent, des noms à la fin des phrases n'est pas le ricochet allègre de Chateaubriand : il appuie son pouce sur le dernier mot afin de mieux écraser sa phrase, et que le lecteur n'en sorte pas. Quant à ses phrases à point-virgule, auxquelles Proust pense probablement quand il parle de ses « arceaux », elles sont un enfoncement de piliers dans le sol ; l'emploi des adverbes, du mortier. Flaubert est un architecte. Quand Proust écrit qu'il a *laborieusement accouché* d'une certaine beauté, il se révèle lui-même : il avait tendance à voir tout grand écrivain sortant des *Plaisirs et les Jours* pour monter sur *La Recherche du temps perdu*. Or, après *Madame Bovary*, Flaubert écrit *Salammbô*, presque raté, après *Salammbô*, *L'Education sentimentale*, aussi bon que *Madame Bovary* (au premier chapitre de la deuxième partie, il refait à l'envers le premier chapitre de la première partie de *Madame Bovary* : un trajet en bateau de Nogent-sur-Seine à Paris), puis *La Tentation de saint Antoine* un désastre, puis les hoquetants *Trois contes* (« Hérodias » parti *Saint Antoine* et rattrapé *Salammbô*, « Saint Julien » parti *Salammbô* et presque achevé *Saint Antoine*, « Un cœur simple » presque *Bovary*), enfin incapable d'achever *Bouvard et Pécuchet*. On dirait que certains écrivains désirent finir par une catastrophe. De ce point de vue, *Bouvard et Pécuchet* n'est pas très différent du *Finnegans Wake* de Joyce. C'est du sublime tenté. Et, dans ce sens, peu importe que ce soit achevé ou parfait. Il me paraît remarquable que Flaubert ait écrit *Madame Bovary* en mettant de côté les projets qui le passionnaient, comme *La Tentation de saint Antoine*, et que ce roman auquel il n'avait pas longtemps réfléchi soit son chef-d'œuvre. Il le doit en partie à son ami Maxime Du Camp, qui l'a persuadé de l'écrire. Deux autres de ses grands écrits ont été faits pour plaire à des écrivains qui ne lui ressemblaient pas : *L'Education sentimentale*, Sainte-Beuve, et *Un cœur simple*, George Sand (elle est morte avant qu'il ne l'ait fini). Flaubert souffrait d'un penchant à l'irréalisation, comme si un poids cherchait à l'entraîner vers le néant. Et on le voit sans cesse revenir à ses ambitions destructrices. Loin de progresser, il va par cahots, dans une perpétuelle bataille contre le nihilisme.

Sa fascination de la médiocrité est un piège artistique, et sans doute une limitation intellectuelle. La médiocrité, comme la bêtise, a été une déesse du XIXe siècle, et Flaubert les a trop adorées en les méprisant. Il y a de la complaisance dans son fatalisme, sa lenteur de lémurien, son goût du dégoût. Un de ses mots est « vague ». Un jour qu'on lui demandait ce qu'était le beau, il répondit : « Ce par quoi je suis vaguement exalté ! » (*Journal* des Goncourt.) A l'extrémité de Flaubert se trouve l'apathie. Il est extraordinaire que ce morbide ait réussi à créer. Il a vaincu son caractère. La seconde moitié du XXe siècle, contaminée par l'horreur morne des camps d'extermination et du goulag, a décidé de revenir à ses tendances nihilistes combattues par un humour lent de lion qui chasse les mouches de la tête, et il est devenu une idole.

Les laborieux ont mugi autour de sa statue. Ah, qu'il est aisément démontable ! Et clair ! Et le *gueuloir*, dites, le *gueuloir*, cette habitude de se lire ses écrits à voix haute, comme une dictée ! C'est du sûr, monsieur, de la bonne mécanique qui ne vous lâchera pas en route ! Ils ont oublié le brillant et le délicat. Son penchant *Candide*, mieux, *Atala*, mieux, *Phèdre*. A son meilleur, Flaubert est un racinien. L'usage de l'imparfait. Les raffinements de langage dissimulés par des grommellements pudiques d'adjudant-chef. Voyez, dès la deuxième phrase du pourtant clinquant *Salammbô*, comme il remplace le pédant, le latin « celui-ci » par un preste « il ».

Il se peut que, après *Madame Bovary*, il ait voulu se débarrasser du brillant. *Madame Bovary* est un livre auquel il a dû trouver des virtuosités de jeune homme, lui qui s'était créé l'idéal d'écrire des romans impersonnels qui fussent des blocs de matière, sans charme et sans ruses. Flaubert est un écrivain d'une grande probité. Sa conscience d'écrivain, sa haute exigence pour la littérature, son honnêteté doivent être ajoutées à ses livres : elles transcendent ses vulgarités.

Il n'a pas réussi à se retirer de ses livres, comme il a proclamé qu'un romancier devait le faire : dans *Madame Bovary*, le narrateur intervient pour juger tel fait ou tel personnage ; dans *L'Education sentimentale*, il apparaît dans une incise pour nous dire que la révolution de 1848 apporta « la législation la plus humaine qui fut jamais ». (Et certains, suivant Sartre, ne veulent voir en lui qu'un méchant réactionnaire.) Ce n'est pas parce qu'il a prôné l'impassibilité sans toujours l'appliquer que l'impassibilité est une erreur.

Il a apporté au roman français, ou si cela s'y trouvait ce n'était pas d'une manière aussi concertée, les à-côtés des descriptions. Là où un autre n'aurait décrit que ce qui sert à la compréhension d'un personnage, à la complétude d'une scène, il insère des détails apparemment inutiles, sauf qu'ils parachèvent le tableau. Et, de même que dans la grande *Apothéose de Marie de Médicis* de Rubens, le chiot qui jappe dans un coin confère une véracité particulière à la scène, de même, dans *Madame Bovary*, lors de la première visite de Charles aux Bertaux, nous lisons : « Les chiens de garde à la niche aboyaient en tirant sur leur chaîne. » Et ce *zoom* : dans le festin d'« Hérodias », quand le gros Aulus s'allonge sur son triclinium : « Alors, ses pieds nus dominaient l'assemblée. »

Parmi les nombreux intérêts secondaires du grand écrivain auxquels on finit par s'intéresser presque plus qu'aux nouveautés géniales dont il nous rassasie, il y a chez Flaubert l'obsession de la pâleur. « Il avait une de ces pâleurs splendides qui donnent quelque chose de la majesté des marbres aux races ardentes du Midi » (le chanteur de *Lucie de Lammermoor* dans *Madame Bovary*). Dans une lettre à Michelet à propos de son *Histoire romaine*, il le félicite pour son passage sur César mort, livide, la main pendant hors de la civière d'où on le ramène du Sénat.

J'aime bien Pellerin, le peintre de *L'Education sentimentale*. « Laissez-moi tranquille avec votre hideuse réalité ! Qu'est-ce que ça veut dire, la réalité ? Les uns voient noir, d'autres bleu, la multitude voit bête. » Flaubert ne le dit pas, mais il est sans doute mauvais peintre. Touchant, adorant son art ; artiste au point que, appelé pour faire le portrait de l'enfant mort de Rosanette, il se lamente sur le « pauvre petit ange », puis : « Mais, peu à peu (l'artiste en lui l'emportant), il déclara qu'on ne pouvait rien faire avec ces yeux bistrés, cette face livide, que c'était une véritable nature morte, qu'il faudrait beaucoup de talent [...]. » Il s'efforce d'y atteindre par l'imitation, voulant un jour refaire Titien, un autre jour Raphaël. C'est un homme qui cherche le secret. Il ne le trouvera pas. Puisque le secret, c'est le talent.

📖 « C'était un débordement de peur. On se vengeait à la fois des journaux, des clubs, des attroupements, des doctrines, de tout ce qui exaspérait depuis trois mois ; et, en dépit de la victoire, l'égalité (comme pour le châtiment de ses défenseurs et la dérision de ses ennemis) se manifestait triomphalement, une égalité de bêtes brutes, un même niveau de turpitudes sanglantes ; car le fanatisme des intérêts équilibra les délires du besoin, l'aristocratie eut les fureurs de la crapule, et le bonnet de coton ne se montra pas moins hideux que le bonnet rouge. La raison publique était troublée comme après les grands bouleversements de la nature. Des gens d'esprit en restèrent idiots toute leur vie. » (*L'Education sentimentale*.)

> 1821-1880.
> ◆
> *Madame Bovary* : 1857. *Salammbô* : 1862. *L'Education sentimentale* : 1869. *La Tentation de saint Antoine* : 1874. *Trois contes* : 1877. *Bouvard et Pécuchet* : inach., posth., 1881.

Foi : La foi sert de carburant aux écrivains dont l'émotivité s'assèche.

Il y a aussi la phrase dite par un écrivain athée des années 1970 passant à la religion : « Dieu, c'est trois cent mille. » Ce n'est pas la plus absurde des raisons. Un esprit religieux et pratique comme Pascal l'approuverait sans doute : tout ce qui attire des âmes est bon à prendre. Littérairement, tout ce qui donne du talent aussi. L'idéal, la pensée, l'indignation, bien sûr ; mais si l'on nous disait le nombre de chefs-d'œuvre nés de la cupidité, ou de la jalousie, ou de l'ambition ! Le prodige du talent est qu'il transfigure ses mauvaises qualités.

FRANÇAIS : Il y a quelque chose de *français* qui est agaçant. Comme l'est un certain quelque chose d'*anglais*, d'*irlandais*, d'*américain* : la complaisance d'un pittoresque. A propos d'un opéra de Gaveau, *Le Traité nul*, Stendhal dit : « ce *Traité nul* si sautillant, si filet de vinaigre, si français [...] ». Le genre français médiocre consiste en petit ton étriqué qui se croit brillant. De même, il existe un genre irlandais médiocre, la farce poétique, etc., etc.

Un Français cherche des raisons à tout, veut de la logique partout. Stendhal était ainsi, bien moins italien qu'il ne le croyait.

Pour un Français, tout écrivain a une intention morale. De là que, lorsque vous décrivez un personnage de façon satirique, ils croient que vous le détestez. Se moquer peut être une forme d'amour.

A cause de notre propension moralisatrice, la littérature française tend vers la fable. La poésie française tend vers la fable, le théâtre français tend vers la fable, le roman français tend vers la fable, et la fable tend vers la vertu. Romans, pièces, poèmes qui ne sont pas les meilleurs : le moralisme français est un supplétif idéologique à l'imagination.

Les Français respectent la spécialité par haine du génie. Il n'a pas été permis à Cocteau de savoir faire des romans, des poèmes, des essais, du théâtre et des films sans injures. Pour la même raison, il n'a pas été permis à Voltaire d'être lu.

Les Français ont tellement peur du jugement des autres qu'ils y soumettent d'avance leurs élans, qui de la sorte ne se produisent plus jamais. C'est peut-être aussi pour cela que nous sommes le peuple le plus casanier de la terre. Par peur.

Existe-t-il un autre pays au monde où l'on entende couramment, et sans que cela choque personne : « Que faut-il en penser ? »

« C'est un truc connu ? » m'a demandé plus d'une Française quand je lui proposais d'aller voir un spectacle, et une autre, quand nous en sortions : « C'est bon, tu penses ? » Elles n'étaient jamais sûres qu'elles avaient pris du plaisir tant que je ne leur avais pas répondu. La terreur de ne pas être *comme il faut, branchées, chic*, tel mot que vous voudrez. Terreur rendant souvent féroce envers qui ne ressemble pas à l'idéal décidé par les puissances. Les Français suivent comme des bancs de poissons.

Ils ont un sens supplémentaire pour juger leurs lectures, non pas d'après ce qu'ils pensent, mais d'après ce qu'ils sentent que les puissants pensent. Ils répètent. Pourquoi ? Ah, vous devez être belge, pour ne pas connaître les délices de la courtisanerie !

Nous répétons tout simplement pour avoir un avis à exprimer. Cette maladie également française nécessite une vigilance toujours en activité et une grande indolence intellectuelle. Que répétons-nous ? Les formules, parce qu'elles sont amusantes et faciles à retenir. Et de là la plupart des jugements injustes de notre littérature. Boileau écrit : « J'appelle un chat, un chat, et Rolet un fripon », et voilà Rolet classé. Il y a bien assez de livres à lire pour ne pas aller vérifier.

En France, nous ne savons pas écrire des romans *camp* comme *La Princesse artificielle* de Ronald Firbank, des romans fantastiques comme *Le Chat Murr* d'E. T. A. Hoffmann, des récits de voyages imaginatifs comme le *Vent du sud* de Norman Douglas, de longs poèmes trépidants et joyeux comme l'*Epithalame* d'Edmund Spenser, c'est-à-dire comme le *Chant de Thyrsis* de Théocrite, tant d'autres livres encore. Tout cela nous est rendu très difficile par notre moralisme. Il empèse tout ce qui cherche à danser. Un des rares bons auteurs de contes fantastiques en France a été l'un des plus tranquillement amoraux, Théophile Gautier.

En France, la galanterie est générale. « Vous venez de perdre votre mari ; vous ne m'aimerez plus. » Guitry ? Les *Pensées* de Montesquieu. C'est notre charme et notre étroitesse.

Il ne faut pas confondre « France » et « Anatole France ». « Français » ne veut pas nécessairement dire petit ordonnancement facétieux. Morand est français et Rabelais est français, Proust est français et Mérimée est français, Scarron est français et Racine est français, Pascal est français et Duras emmerdante. Le genre français se modifie au fur et à mesure de l'irruption de nouveaux talents.

Il existe un excellent genre français. L'alacrité, la sécheresse, l'abstraction, un goût de la plaisanterie presque boulevardière qui peut s'élever à la fantaisie.

Un Français ne peut pas s'empêcher de faire de l'esprit. Villiers de l'Isle-Adam croit qu'un titre spirituel justifie d'écrire un conte comme « Aux chrétiens les lions ! » (*Histoires insolites*). A quelques jours de se suicider, Drieu La Rochelle fait le triste aveu : « Oui, je suis un traître. Oui, j'ai été d'intelligence avec l'ennemi. » C'est pour ajouter : « J'ai apporté l'intelligence française à l'ennemi. Ce n'est pas ma faute si cet ennemi n'a pas été intelligent » (*Récit secret*). On fait une pirouette, qui ôte de la noblesse, et n'empêche pas de retomber sur la pointe du poignard.

Un caractère très français, peut-être spécifiquement français, est l'attention amoureuse que nous avons pour notre langue. Un Français dira, je dirai : « Racine écrit merveilleusement le français. » Un Américain dira : « Fitzgerald écrit merveilleusement. » De même un Allemand avec Goethe, un Russe avec Pouchkine, un Anglais avec Shakespeare. Cas où toute une nation est artiste. Vous y auriez pensé, de la part de gens aussi secs ?

Les Français sont grammaticaux. La France, c'est la gaudriole. Mélangez les deux, vous avez toute la littérature de cuisse du XVIIIe siècle.

Le géographe Vidal de La Blache écrit : « Le mot qui caractérise le mieux la France est variété. » Et moi qui pense que la variété de la vie est un des éléments essentiels de la compréhension des choses, n'est-ce pas parce que je suis français ? Ce n'est pas une conception qu'aurait un Groenlandais, sans doute. Sauf que nous sommes libres de penser, et contre nos habitudes.

Un écrivain a parfois d'autres traits nationaux que ceux de sa patrie. Jules Renard a quelque chose de japonais.

Les pays étrangers ne savent pas écrire des mémoires comme les *Mémoires d'outre-tombe* de Chateaubriand, des livres de conversation comme ceux de Diderot, des poèmes chimiques comme ceux de Mallarmé, des essais crépitants comme ceux de Jean Cocteau.

Les étrangers croient que nous voulons à tout prix nous donner le genre intellectuel. Un autre jour de 2004, ayant fait tomber des papiers par terre dans une rue de Dublin, je m'entendis dire par une amie irlandaise : « Ah, tu l'as fait exprès ! L'intellectuel français distrait ! » Elle plaisantait, bien sûr, mais cela participait d'une opinion plus ou moins répandue sur nous. Ça n'est pas fait pour arranger notre modestie.

Les Français sont persuadés de faire la réputation de tous les bons écrivains étrangers, comme Edgar Poe que Baudelaire a traduit, mais c'est Baudelaire qu'ils admirent en admirant Poe. Moyennant quoi, ils sont d'authentiques xénophiles, et une amie anglaise et peintre m'a dit : « Personne en France n'aurait fait la promotion d'un groupe de peintres en les appelant, comme nous avons fait en Angleterre, *Young British Artists*. » C'est que nous sommes sûrs de nous. Nous en devenons parfois gobeurs, comme dans les années 1970-1980 où n'importe quel roman sud-américain de quatrième ordre était traduit par des éditeurs qui l'auraient refusé avec la lettre type s'il leur était arrivé manuscrit en français, de même que les romans américains entre 1981 et 2001 ou les turqueries de 1705-1725. L'avantage de ce que, en France, tout est mode, est que celles-ci passent comme les autres et que l'ennui se renouvelle.

« La France, nous le savons, ne se spécialise ni dans le romantique ni dans la superstition, encore moins dans le mystère », dit Violet Trefusis dans ses *Instants de mémoires*. Chaque homme a sa limite. Ce qui me limite est ce qui fait monter mon niveau. Choisissons nos limites. La limite à apporter à la limite est quand elle se transforme en fierté, c'est-à-dire en préjugé. Sautons-la. Cherchons-en une plus loin qui nous permette de nous compléter. A la fin, on a construit le palais de son esprit.

> Norman Douglas (1868-1952), *Vent du sud* (*South Wind*) : 1917. Ernst Theodor Amadeus Hoffmann (1776-1822), *Le Chat Murr* (*Lebensansichten des Katers Murr*) : 1819-1821. Ronald Firbank (1886-1926), *La Princesse artificielle* (*The Artificial Princess*), 1934. Paul Vidal de La Blache (1845-1918), *Tableau de la géographie de la France* : 1903. Edmund Spenser (1552-1599), *Epithalamion* : 1595. Théocrite : IIIe s. av. J.-C. Violet Trefusis (1894-1972), *Instants de mémoires* : posth., 1992.

FRANCE, PAYS LITTÉRAIRE : Il n'y a pas cinquante kilomètres carrés de notre pays qui n'aient vu naître un écrivain. C'est trop. Il ne reste plus de place pour les lecteurs. De là notre singularité : nous avons créé une littérature sans public. Et c'est très bien. Une littérature pour écrivains est plus fine, plus élevée, plus délicieuse qu'une littérature de restoroute. Les écrivains qui essaient de tenir compte du public sont généralement méprisés en France... mais ce n'est pas cela que mes amis étrangers admirent. Ils m'en parlent sans cesse : ah, je t'assure, par rapport à chez nous, quel paradis, vous avez un milieu littéraire, qui excite les gens, et la littérature est répandue dans toutes les couches de la société. Pense aux citations et allusions littéraires dans les chansons de variétés :

J'irais bien refaire un tour du côté de chez Swann. (Dave, « Du côté de chez Swann ».)

Quel souci, Montaigne et La Boétie. (Claudia Philips, « Quel souci La Boétie ».)

J'effeuille les fleurs du mal. (Serge Lama, « Les petites femmes de Pigalle ».)

Plus charmante et plus belle. (Céline Dion, « Pour que tu m'aimes encore » [Racine, *Athalie*, III, 7 : « Jérusalem renaît plus charmante et plus belle. »])

C'était pendant l'horreur d'une profonde nuit. (Eddy Mitchell [Racine également, *Athalie*, II, 5].)

Voiles sur le Nil. (Claude François, « Alexandrie » [d'un poème de Georges Séféris].)

Et je ne parle pas du concept-album de Johnny Hallyday à partir d'*Hamlet*. Vous imaginez Dolly Parton chantant *Phèdre*?

Si ce n'était que la chanson ! T.F.1, 27 avril 1999, 23 h 52, émission *Célébrités*. La présentatrice, qui je vous le jure n'avait pas l'air d'avoir écrit un livre sur les enjambements dans *Les Fleurs du mal*, introduit un sujet sur l'Orient-Express : « De lui, Valery Larbaud disait... » Et suit une citation des *Poésies de A.O. Barnabooth*. Larbaud à la télé ! Dans une émission de show-biz ! Même en *deuxième partie de soirée* ! Valery, c'est gagné ! *Your boat is coming in* ! Larbaud qui disait :

> Un livre qui doit rester [...] a sept ou huit zones de lecteurs à traverser [...] ; en comptant cinq ans, et c'est peu, pour la traversée de chaque zone, l'auteur aura cinquante ans lorsque son livre parviendra aux lecteurs de la sixième couche. Alors il commencera à prendre de l'importance aux yeux du public, des gouvernants, de la grande presse, il commencera d'exister socialement, comme écrivain (*Jaune Bleu Blanc*).

Et il s'arrête là, ne définissant pas la septième couche : peut-être les grosses ventes ; et si la lointaine, magique et lunaire huitième était la télévision ? Larbaud avait raison : mort en 1957, il est connu sur T.F.1 quarante-deux ans plus tard.

Le média le plus commun diffuse souvent de ces phrases d'un pays sur lequel ont passé, pendant des siècles, les chants des poètes. France 2, 2004, le commentateur et ancien joueur de rugby Thierry Lacroix : « De quel désarroi fait montre cette équipe d'Irlande ! » C'était beau, ce faire montre, ce désarroi soudains. Le Moyen Age nous parlait. Arroi, charroi, désarroi. Et même, un homme nous parlait. D'il y a sept cents ans. Employant un même mot que nous. Cet homme, c'était nous. Nous ne sommes pas morts.

G

Gary • Gautier • Genet • Génie • Genre • Gide • Giono • Gloire • Gobineau • Goncourt • Goscinny, Audiard, Jardin • Gourmont • Goût • Grammaire • Green • Guerre de 14 *ou* Le grand roman de • Guitry.

GARY (ROMAIN) : On a des doutes sur l'identité du père de Romain Gary. Ne serait-ce pas Apollinaire ? Deux étrangers : Gary est né dans la communauté juive de Lituanie d'un père qu'il a très peu connu et qu'il disait avoir été un acteur célèbre ; il a vécu en Russie puis, de sept à quinze ans, en Pologne, pays natal de la mère d'Apollinaire, avant d'émigrer en France avec la sienne, dans la ville même où Apollinaire avait passé son adolescence, Nice. Comme Apollinaire métèque, comme lui Grand Français (il a été aviateur dans les Forces françaises libres), Gary fut le seul gaulliste proaméricain. Quel dommage qu'il n'ait pas eu plus d'influence, il aurait délivré son parti de l'hystérie anti-anglo-saxonne qui le fait tant bander ! Elle a rendu François Mauriac le seul Bordelais anglophobe de l'histoire de France. Gary parle du général de Gaulle avec l'adulation à teinture légèrement humoristique qu'ont eue certains écrivains à carrière sociale secondaire : « il a bâti un être mythologique connu sous le nom de général de Gaulle [...] » (*Ode à l'homme qui fut la France*). Gary n'a été que porte-parole du gouvernement français aux Nations unies puis consul général de France à Los Angeles sous la Quatrième République. Et ce petit étranger à qui sa mère, en Russie, racontait une France où « les hommes étaient libres et égaux ; les artistes étaient reçus dans les meilleures familles ; Victor Hugo avait été président de la République », se désole à la fin de sa vie que « chaque mini-Français [*puisse*] espérer posséder un meilleur système de téléphone, davantage d'autoroutes, de meilleurs logements, des salaires plus élevés, et croire qu'avec un peu de chance il appartiendra un jour à un Etat semblable au Danemark, à la Suède, ou peut-être même à l'Allemagne, touchons du bois » (*Ode à l'homme qui fut la France*).

Il a écrit plusieurs livres en anglais qu'il a ensuite traduits en français, dont un de ses bons romans, *Lady L*. La vie de cette aristocrate anglaise nous est racontée à l'occasion de ses quatre-vingts ans. Née Annette Boudin, elle est la fille d'un typographe parisien anarchiste et est devenue réactionnaire tellement elle en a eu assez d'entendre « vive la sociale ». Elle dit ce qu'elle pense, ce qui est un grand élément de comique. Enfant, comme la directrice du pensionnat élégant où on l'a inscrite lit un roman édifiant, Annette lance « dans un murmure désespéré mais nettement audible : "Oh là là, qu'est-ce qu'on s'emmerde ici !" »

Le meilleur Gary est son recueil d'entretiens, *La nuit sera calme*, meilleur encore, à mon sens, que son autobiographie, *La Promesse de l'aube* : dans l'un il y a promesse et dans l'autre désabusement. On y voit que l'impudeur de Gary, qui le rapproche de Cendrars, autre écrivain à élans fraternels et désespérés (autre étranger), est chez lui comme forcée : c'était un narcissique qui ne s'aimait pas. Il ne rêve que de pudeur et de classicisme français, mais un petit tzigane en lui réclame une reconnaissance tapageuse que, au fond, il méprise. Ce séducteur n'aimait pas la virilité et son spectacle : « Tu prends Messmer ou Mitterrand, c'est de vraies têtes romaines, du buste, du gladiateur, du pareil au même, du laurier derrière les oreilles, du millénaire... » (Son parlé rappelle celui de Frédéric Dard.) On trouve dans ce livre de réjouissants portraits de Hollywood, des députés français visitant l'O.N.U., et l'idée que rien n'ira « tant qu'on ne verra pas à la tribune de l'Assemblée nationale une femme enceinte ». Ce serait une effroyable salope, aussi bien : le XXe siècle a vu des femmes au pouvoir, et ce furent Bénazir Bhutto mettant en place les talibans en Afghanistan, Margaret Thatcher dont le droitisme ravissait Mitterrand, Jiang Qing la veuve de Mao qui fit égorger tant de Chinois, sans parler de Winnie Mandela et d'Elena Ceausescu.

Quand on lit Gary, on passe son temps à enlever ce qu'il a mis en trop : les explications, les adjectifs, les adverbes, les clichés. Dans *Les Clowns lyriques*, ce roman composé comme un film hollywoodien, en scènes successives supposées se rassembler en entonnoir à la fin : « voler en éclats », « s'accéléraient à vue d'œil » « Pedro avait une tête de boxeur », etc., etc. Dès qu'il réfléchit, Gary en voit l'idiotie : « C'était fini. La barrière du langage s'était soudain dressée entre eux. La barrière du langage, c'est lorsque deux types parlent la même langue. Plus moyen de se comprendre » (*Adieu Gary Cooper*). Ce que ces négligences montrent, ainsi que des inadvertances comme, dans *La Promesse de l'aube*, T.S. Eliot et e.e. cummings (il tenait aux minuscules) appelés T.S. Elliott et E. Cummings, c'est parfois le sort des écrivains à succès : leurs manuscrits sont envoyés sans relecture ou presque à l'impression, prêts à réchauffer pour les 100 000. On les méprise. C'est pour le vérifier que Gary a écrit d'autres livres sous le nom d'Emile Ajar. Hélas, au lieu d'obtenir de la presse littéraire qui ne fait pas vendre, il reçut le prix Goncourt. C'était pour *La Vie devant soi* ; il l'avait eu dix-neuf ans auparavant pour *Les Racines du ciel* ; et ce détail qui n'est pas beaucoup plus que curieux dégénéra en légende, c'est-à-dire en quelque chose, encore une fois, de non littéraire. Le suicide même de Romain Gary ajoute à ce dramatique *people* qu'il a voulu en épousant une actrice (Jean Seberg) et rejeté en écrivant des livres, qu'hélas il ne travaillait pas assez. Et c'est là le secret.

On n'a pas envie d'insister, à cause de son style affectueux, quelquefois brusque, qui lui sert à percer la tristesse. Et de sa générosité. Elle le met à la table des Dumas. Encore un étranger, ou tout comme ! Un fils de général métis, un bicot ! Un peu faiseur, aussi, comme les trois autres. Nous autres Français sommes plus rigoureux, mais notre plat du jour est la méchanceté. Chez Romain Gary, je ne crois pas au conflit du juif qui serait un cosmopolite désolé de ne pouvoir se trouver de patrie ou qui se détesterait à cause de la détestation des autres : il y a entre lui et la France un conflit que ne pouvait pas deviner cet homme qui adorait ce pays ou l'idée qu'il s'en faisait (ce n'est pas si différent, un pays est aussi une idée). Les

Français sont méchants, pas lui. Ça exclut. Ajoutez-y le conflit littéraire/populaire : il aurait dû vivre en Angleterre. Là-bas, ce sont les écrivains qui sont moins considérés que le succès. *« He is popular »* y est une assertion bienveillante.

📖 « — C'est le Vietnam ?
— Pas spécialement. C'est plutôt l'affiche.
— Quelle affiche ?
— Vous savez, celle que Kennedy a fait coller partout. *Ne demandez pas ce que votre pays peut faire pour vous, demandez : qu'est-ce que je peux faire pour mon pays ?* Dès que j'ai lu ça un matin à sept heures trente sur un mur, j'ai foutu le camp. Aussi vite et aussi loin que j'ai pu. » (*Adieu Gary Cooper*.)

1914-1980.
◆
Les Racines du ciel : 1956. *La Promesse de l'aube* : 1960. *Lady L* : 1963 (en anglais : même titre, 1959). *Les Clowns lyriques* : 1979. *Adieu Gary Cooper* : 1969 (en anglais : *Ski Bum*, 1965). *Chien blanc* : 1970. *La nuit sera calme* : 1974. *La Vie devant soi* (sous le nom d'Emile Ajar) : 1975. *Ode à l'homme qui fut la France* : posth., 1997.

GAUTIER (THÉOPHILE) : Le lion superbe et généreux dont il est question dans *Hernani*, c'est lui. Enfin, superbe. Théophile Gautier fut toujours un peu sommeillant, un œil fermé, l'autre à demi ouvert, digérant dans la savane. Eh ! il avait été obligé, pour nourrir sa nombreuse famille, de courir les journaux pour en rapporter des articles et des récits de voyages, et tout cela finit par ramollir le littéraire.

Gautier a eu sa période de rugissements. La préface à son premier livre, les *Poésies*, ou celle à *Mademoiselle de Maupin*, où il défend « l'art pour l'art ». Elle contient des brusqueries sur la presse : « Charles X avait seul bien compris la question. En ordonnant la suppression des journaux, il rendait un grand service aux arts et à la civilisation. » Gautier a dit du mal du journalisme, le journalisme s'est vengé. Toutes les préfaces de Gautier sont excellentes. Je viens de relire celle des *Jeunes-France*, de trois ans antérieurs à *Mademoiselle de Maupin*. Elle est un peu jeune. Elle me vieillit. Je me rends soudain compte que, arrivé à trente-cinq ans sans qu'on sache comment, on a cessé d'écrire avec cette brusquerie qu'engendre un excès de sensibilité, disons de nervosité. Jeune, et avec par conséquent le genre blasé, mais quelle finesse aussi, quel enthousiasme, quel art spontané et qui promet. Une certaine impétuosité est parfois le signe d'un talent qui prendra sa forme.

Après les préfaces, il se calme. Cela vient de son aisance naturelle, de sa souplesse, de sa tranquillité, de son humour. De sa paresse, aussi. Il a été le premier à en parler, dans la préface aux *Poésies* : l'auteur « connaît très bien ses défauts [...] il ne saurait exister sans eux ; du moins, c'est l'excuse qu'il donne à sa paresse ». Et, comme la plupart des paresseux, il écrit beaucoup. Seulement, il ne s'agit pas de vrais livres, ces choses avec un début, une fin et, entre les deux, de la tension, mais des recueils d'articles ou de souvenirs. La paresse, pour un écrivain, consiste à éviter d'affronter la création.

C'est un grand poète, « impeccable », comme a dit Baudelaire dans sa dédicace des *Fleurs du mal*, mais c'est bien le moins, d'être impeccable quand on écrit. J'aurais même fait un peu la gueule, moi. Bien mieux que cela, Gautier est imaginatif, et c'est cette imagination qui a marqué Baudelaire : Don Juan, la Mort coquette, etc. Ses romans, dont les longueurs descriptives ne sont pas toujours compensées par de la verve, sont remplis de bonnes choses. Dans *Mademoiselle de Maupin*, jeune fille travestie en homme dont devient amoureux un jeune homme que son adoration de la beauté avait transformé en ennuyé, les étonnants passages sur la grossièreté des hommes quand ils parlent des femmes, le plaisir que Mademoiselle de Maupin éprouve à se travestir (elle couche avec une femme à la fin du livre) et cela sans rien d'érotique, car c'est un roman sur les dangers de l'esthétisme. Albert dit à la fin : « J'ai désiré la beauté ; je ne savais pas ce que je demandais. » Ce qu'il demandait, c'est la destruction ou la mort, mais Gautier ne le dit pas, et son roman se termine sur un sourire. Il a montré l'utilité du « faire comme si ». Composons avec la vie, qui nous tuerait si elle apprenait que nous ne l'admirons pas.

Ses excellentes nouvelles, réévaluées vers 1960 lors d'un retour de mode du fantastique, sont fantastiques à condition de préciser que Gautier ne cherche pas un genre : c'est tout naturellement que les personnages se retrouvent deux mille ans avant, comme dans *Arria Marcella*, qui se passe à Pompéi. Dans *Un seul acteur pour deux rôles*, on voit le diable au théâtre, et *La Morte amoureuse* porte un des plus beaux titres que je connaisse. C'est Gautier qui, sauf erreur, a utilisé le premier le mot « fantastique » dans son sens littéraire, tout en reconnaissant s'être inspiré chez les romantiques allemands. Et c'est tout lui, que, quand morte il y a, elle est amoureuse. Il y a aussi que, en parcourant cinq cents kilomètres vers l'ouest, cette littérature est entrée en France. On y aime l'idée de l'amour. Et tout s'y polit, s'y raisonne, s'y mondanise et le fantastique n'a jamais pu y prendre. Le romantisme a pu devenir français, parce que, beaucoup plus que fantastique, il était ironique. L'expressionnisme est resté aux frontières.

Gautier a écrit quantité de charmantes pochades, comme *Ménagerie intime*, où il parle de ses chats, de ses chiens, de ses caméléons et de ses pies (il y dit « nous » au lieu de « je », comme souvent), ou *Le Petit Chien de la marquise*, où l'on trouve ce qu'il aime le plus décrire, une fainéante de luxe qui ne pense qu'à sa volupté. Je comprendrais aussi qu'on qualifie tout ça de répugnant. Il y a un homme de Stendhal, un homme de Montherlant, un homme de Beckett, l'homme de Gautier est une femme. Elle est jeune, à demi allongée sur un canapé où, du bout des ongles, elle gratte la tête d'un épagneul en bavardant. La femme idéale de ce Gautier qui aima tant le style Louis XIII est Madame de Pompadour.

Bienveillant, il est toujours à parler chaleureusement de ses amis, à s'enthousiasmer pour la littérature. Voyez ses pages sur Balzac dans les *Souvenirs du romantisme*, son recueil sur les écrivains du XVIe siècle, *Les Grotesques*, amical envers des morts. Il parle de Théophile de Viau, de Saint-Amant, de Scarron, avec une affection, une familiarité, un humour qui nous le font aimer, lui. Et, s'il commence son chapitre sur Villon par une sorte d'excuse sur son intérêt pour les « poètes de second ordre », n'oublions pas que personne ne s'était intéressé à Villon depuis deux ou trois cents ans, que, dans ces cas-là, on évite les trop grands éloges pour éviter d'avoir l'air aberrant, et que, ayant dit cela, il qualifie Villon de « plus grand poète de son temps ».

Gautier est né à Tarbes, ville laide qui a produit quantité d'artistes et de poètes. Ceci raison de cela, peut-être. Enfin, il y a vécu trois ans. Elève six ans de ma vie au lycée Théophile-Gautier, j'ai croisé tous les jours ou presque le buste de *Théo* dans la cour d'honneur. Je passais ma vie à lire et ne le lisais pas. Aucun de mes professeurs de français ne m'en avait rien dit, il fallut un professeur d'histoire pour que j'entende son nom. Professeur Castex, soyez-en remercié.

📖 « Que manque-t-il à Rosette pour être cette femme-là ? — Il lui manque que je le croie. » (*Mademoiselle de Maupin*.)

1811-1872.

♦

Poésies : 1830. *Albertus ou l'Âme et le péché* : 1832. *Les Jeunes-France* : 1833. *Mademoiselle de Maupin* : 1835. *La Comédie de la mort* et *Fortunio* : 1838. *La Morte amoureuse* : 1839 (dans *La Toison d'or* ; en revue, 1836). *Le Petit Chien de la marquise* : 1839 (dans *Une larme du diable* ; dans *Le Figaro*, 1836). *Les Grotesques* : 1844. *Arria Marcella* : 1852 (dans *Un trio de romans*). *Poésies complètes* et *Poésies nouvelles* : 1845. *Emaux et camées* :

1852 (complété en 1853, 1858, 1863, 1866, 1872). *Le Capitaine Fracasse* : 1863. *Ménagerie intime* : 1869.

GENET (JEAN) : Jean Genet est un écrivain très moral. Pour commencer, il ne se révolte jamais. Il accepte l'ordre de la prison, lui assigne de la grandeur, raisonne en termes de bien, de mal, de vice; il dit dans le *Journal du voleur* qu'il veut réhabiliter l'ignoble, c'est-à-dire qu'il l'accepte comme ignoble, ou ennoblir la honte, c'est-à-dire qu'il éprouve de la honte et admet la noblesse telle que les autres l'ont définie. Il est toujours perdant, Genet, d'où il tente de créer, chrétiennement, une victoire. « La mort sur l'échafaud qui est notre gloire » (*Miracle de la rose*). C'est son côté chanteuse réaliste, Damia, Piaf.

Et réalistes, ces chanteuses ne l'étaient que dans le sens où le réalisme est une forme différente de féerie. Il y a chez Genet une esthétisation, c'est sa faiblesse et, tant il l'exploite, sa force. Genet est infecté de beau. C'est qu'il est cultivé : comme Rimbaud, il est une des réussites de la défunte Instruction publique française. Au Certificat d'études, il a été reçu premier de la commune du Morvan où il avait été mis en nourrice, sa mère l'ayant abandonné à l'hospice des Enfants assistés (il est de père inconnu, comme tout écrivain, finalement). Après cela, il s'est fait voleur, souvent de livres, puis bouquiniste, métier où l'on a du temps pour lire, assis sur sa chaise pliante face à la murette qui cache la Seine. Et en prison, donc ! Il y lit les romans de Paul Féval, dit-il dans *Notre-Dame-des-Fleurs*, où il cite également Pope, le poète anglais. Dans Genet on sent les lectures. La première phrase de *Miracle de la rose* : « De toutes les centrales de France, Fontevrault est la plus troublante », n'est-elle pas taillée sur le patron de celle de *La Princesse de Clèves* : « La magnificence et la galanterie n'ont jamais paru en France avec tant d'éclat que dans les dernières années du règne de Henri second » ? Dans le même livre, les allitérations de : « Enfin, Fontevrault brille encore (mais d'un éclat pâli, très doux) des lumières qu'en son cœur le plus noir, les cachots, émit Harcamone, condamné à mort » ne seraient-elles pas l'écho de « C'était à Mégara, faubourg de Carthage, dans les jardins d'Hamilcar », d'un autre écrivain enivré de sonorités, Flaubert dans *Salammbô* ?

Une phrase du *Journal du voleur*, « Un temps je vécus du vol, mais la prostitution plaisait davantage à ma nonchalance », pourrait être de Maurice Sachs, mais c'est la seule : Sachs, réellement amoral, est vaniteux avec toute la fraîcheur que cela peut avoir, Genet est orgueilleux avec tout ce que cela peut avoir de renfermé (sur soi-même, pour commencer). Beaucoup d'écrivains ont un moi idéal, celui qui écrit : le sien est crapuleux. L'idéal n'est pas moins là. Ne confondons pas Genet avec les assassins qu'il décrit dans ses romans : il n'a été que voleur, ce qui laisse d'ailleurs imaginer le masochisme avec lequel il a dû admirer les grands criminels emprisonnés avec lui. Il ne s'aime pas beaucoup, ce Genet qui est aussi le produit d'une justice qui n'avait pas changé depuis le XIXe siècle : après son premier vol, à quatorze ans, on l'a mis en observation dans un service de psychiatrie infantile, d'où s'en est suivie une cascade de fugues, de colonie pénitentiaire et de prison (ou il n'était pas habile, ou il voulait être pris) ; ayant volé une édition de luxe de Verlaine, il risque la relégation à perpétuité, dont Jean Cocteau le sauve. Et voici le grand argument contre les gens qui se plaignent de la mauvaise influence des arts : devenu écrivain, Jean Genet n'a plus passé un jour en prison.

Nous venons de le dire : la littérature secrète de la civilisation. En doutez-vous ? Ouvrez la première statistique venue.

En voici une qui nous tombe sous la main : bagne de Toulon. 1862. Trois mille dix condamnés. [...] Dans cette foule misérable, toutes les professions machinales sont représentées par des nombres décroissants à mesure qu'on monte vers les professions éclairées, et vous arrivez à ce résultat final : orfèvres et bijoutiers au bagne, quatre ; ecclésiastiques, trois ; notaires, deux ; comédiens, un ; artistes musiciens, un ; hommes de lettres, pas un (Victor Hugo, *William Shakespeare*).

Genet, c'est le contraire de Lucien de Rubempré : en prison d'abord, écrivain ensuite ; mais comme Lucien amoureux des Vautrins. Enfermé, en prison et en lui-même, il compose des romans qui sont une évasion par le fantasme. Il écrit les yeux fermés. « Je ferme les yeux. Divine et Mignon » (*Notre-Dame-des-Fleurs*). Divine et Mignon sont deux des voyous qui peuplent le château haut perché et pointu de son roman, avec leurs noms fabuleux à la Max Jacob qu'il aime tant, comme encore ceux des Noirs dans *Les Nègres* : Archibald Abson Wellington, Adélaïde Bobo, Edgar-Hélas Ville de Saint-Nazaire. Il joue à la poupée avec ces voyous. Au lieu de Barbie et Ken, Ken et Ken. Tous les détenus de ses prisons sont homosexuels : encore de l'idéalisme. Comme Madame de La Fayette, Genet fait de la littérature avec des désirs en le sachant. « Jamais cour n'a eu autant de belles personnes et d'hommes admirablement bien faits », dit la marquise dans cette *Princesse de Clèves* où jamais n'apparaît un défaut mesquin ; ainsi Genet montre-t-il des vices, non des défauts : les vices lui paraissent prestigieux. Il est trop sensible aux prestiges et aux charmes, mais cela aussi, il le sait : « Les charmes me dominent et me garrottent » (*Miracle de la rose*) ; « [...] si des mots prestigieux, chargés, veux-je dire, à mon esprit de prestige plus que de sens [...] » (*Journal du voleur*). C'est en parfaite connaissance de cause qu'il invente une littérature qui décrit précieusement des brutes, exprime hystériquement des délicatesses : une littérature, non pas dandy, mais *camp*.

Il serait temps que je le dise, je parle du Genet génial, celui des romans. Il les a écrits entre 1942 et 1947 : *Notre-Dame-des-Fleurs, Miracle de la rose, Pompes funèbres* puis *Querelle de Brest* (sans les publier dans cet ordre). Les trois derniers sont un clonage de *Notre-Dame-des-Fleurs*, son chef-d'œuvre. Genet est un écrivain de l'expérience violente, ne pouvant écrire qu'à partir de cela, et une fois qu'il l'a fait, il s'assèche. En 1948, il publie clandestinement des mémoires, le *Journal du voleur* : « Depuis cinq ans j'écris des livres : je peux dire que je l'ai fait avec plaisir mais j'ai fini. Par l'écriture j'ai obtenu ce que je cherchais. » Même si c'est une coquetterie, c'est vrai. Les coquetteries sont souvent une manière naïve d'exprimer la vérité en disant son contraire. Genet a eu une nouvelle et brève période d'écriture en 1955 (*Le Balcon, Les Nègres, Les Paravents*), puis s'est tu trente ans, jusqu'au récit d'un séjour dans un camp palestinien, *Un captif amoureux*, livre antisémite, on a dit que c'était parce qu'il aimait les Arabes : il existe des homosexuels solidaires des juifs par persécution, qui n'empêche qu'on trouve des juifs homophobes, etc. Hélas, le malheur ne suffit pas à rapprocher les hommes.

Dans sa première période, Genet a aussi écrit des poèmes (*Le Condamné à mort, Chants secrets*), ses premières pièces de théâtre (*Haute surveillance, Les Bonnes*) et le *Journal du voleur*, où il pratique ce que, trente ans plus tard, on a appelé l'autofiction. « Ce que j'écris fut-il vrai ? Faux ? Seul ce livre d'amour sera réel. Les faits qui lui servirent de prétexte ? Je dois en être le dépositaire. Ce n'est pas eux que je restitue. » Le meilleur de ses poèmes est du plus mauvais Cocteau : bric-à-brac ange en pleurs, hiératisme en alexandrins mais sans esprit. (Et comme est Cocteau la formule du *Miracle de la rose* : « la laideur est de la beauté au repos » !) Quant au théâtre, c'est du Ionesco à message. Ainsi, *Les Nègres*. Une pièce sur des comédiens jouant. « Et ma chaise ? » Elle montre combien le théâtre est chose d'un moment. Un art d'excitation. Le jeu, les lumières, le public, les bravos, bien peu de recueillement. On voit bien les années 1960 s'excitant sur *Les Nègres* ou *Les Paravents*, de même que les années 1800 s'étaient excitées sur les traductions de Shakespeare par Ducis ou les années 1920 sur le théâtre de Bernstein.

J'excepte de cela *Les Bonnes*, ce kabuki hystérique. Deux bonnes jouent à la patronne qui martyrise ses domestiques. Elles se voient jouant leurs rôles : posture même du *camp*. La limite de la pièce est que Genet n'a pas vu l'autre aspect des patrons : qu'ils ont peur du personnel. Son théâtre est de sujet, quand son génie est de forme.

Il a des débuts qui m'irritent toujours, mais c'est parce qu'il me faut entrer dans un pays étranger à langue rare. Tout son style, et chez lui on peut parler de style dans le sens d'ouvragé, est ostentatoire. Cela lui fait d'abord écrire des phrases ridicules : « Une reine-claude gonfle son silence » (*Pompes funèbres*). Une fois entré dans ce monde et ses conventions admises, ce qui paraissait pose, méchanceté et blablabla devient génial. Genet est un exemple de ce que l'exagération d'un défaut peut devenir la qualité d'un écrivain. Ses romans ne sont pas des romans, ses pièces de théâtre ne sont pas des pièces de théâtre, ce sont des bombes de kitsch dans une dentelle d'écriture, totalement artificielle, cérébrale, précieuse, baroque, simple, exaltante. Il n'est pas kitsch, mais il utilise le kitsch, si kitsch veut dire cliché reconnu, accepté, avec lequel on joue. Il costume de clichés des personnages auxquels on en attribue conventionnellement d'autres : ses truands se comportent en Marlene Dietrich au lieu de Jean Gabin. Ses livres y prennent une allure de jeu d'images saintes. Si « honte » est un de ses mots, le sont aussi « miracle » et « divin » et, s'il y a du sacrilège dans ses comparaisons religieuses, c'est qu'il a le sens du sacré. Ainsi Buñuel était-il blasphémateur, comme seul un Espagnol peut l'être : réaction d'un pays mystique, tandis que l'Italie, plus humaine, plus aimable, oppose le scepticisme aux enragements de la foi. La sainteté comme le beau est chez Genet un superlatif absolu branché sur une excitation personnelle. Il mythifie les truands dans une perpétuelle héroïsation à la Corneille, bien qu'il en connaisse les défauts : « Ce n'était pas un surhomme ni un faune immoral :

c'était un garçon aux pensers banals, mais qu'embellissait la volupté » (*Notre-Dame-des-Fleurs*). Pour moi, je trouve que la volupté donne un regard de veau, mais à chacun ses sensations, et peut-être que cela s'appelle la foi, cette idéalisation en dépit de l'humain.

Il y a quelque chose entre Genet et les gestes. Il en décrit souvent, à la fois séduction et symbole. « Après avoir lâché un peu de fumée dans la direction de sa pensée (comme s'il eût voulu la voiler ou montrer à son égard une gentille insolence) […] » (*Querelle de Brest*). Ses personnages font des gestes de comédiens exagérés : « Puis il pria, de l'attitude et du murmure, en mettant l'accent sur l'inclinaison de la tête et la lenteur noble du signe de la croix » (*Notre-Dame-des-Fleurs*). Pourquoi ces gestes ? « Car, pour Notre-Dame, un geste est un poème […] » (même livre). Moi qui ai fait un personnage d'un de mes romans imaginer une collection de gestes disparus, moi qui ai écrit que le geste est une image au même titre que le mot, je ne saurais le contester.

Ses personnages ont de grandes délicatesses. « L'inflexion du bourreau se fit presque féminine à l'instant qu'il donnait une chiquenaude, pour chasser une minuscule brindille ou un duvet, du blouson d'Erik […] » (*Pompes funèbres*). Le vulgaire raille, la honte arrive, on se défend par la provocation : « Que j'annonce que je suis une vieille pute, personne ne peut surenchérir, je décourage l'insulte » (*Notre-Dame-des-Fleurs*). Genet a donné la parole aux tantes, selon son mot ; et de faire accéder à la littérature une partie de l'humanité qui en était éloignée n'est pas rien. La littérature en est enrichie et cette partie de l'humanité moins seule.

Il fait d'autres observations qu'on n'avait lues nulle part ailleurs sur des groupes humains peu observés, comme les prisonniers, ou les miliciens sous l'Occupation : « Le recrutement de la Milice se fit surtout parmi les voyous, puisqu'il fallait oser braver le mépris de l'opinion générale […] mais ce qui nous attirait surtout c'est qu'on y était armé » (*Pompes funèbres*). Vous vous rappelez *Lacombe Lucien* ?

Quelques merveilles de *Notre-Dame-des-Fleurs* :

> Grec, il entra chez la mort en marchant sur l'air pur.

> Votre mort est en vous ; mêlé à votre sang, il coule dans vos veines, suinte par vos portes, et votre cœur vit de lui, comme germent des cadavres les fleurs du cimetière...

> Mignon dort au pied du mur. Dors, Mignon, voleur de rien, voleur de livres, de cordes des cloches, de crinières et de queues de chevaux, de vélos, de chiens de luxe. Mignon, rusé Mignon, qui sait voler aux femmes leur poudrier [...].

Il lui arrive, moins rarement qu'on ne le penserait, d'avoir de l'humour. Sur ses personnages. Le chœur des tantes chantant pour Divine dans *Notre-Dame-des-Fleurs* : « Pitiah, pitiah, pour la Divhaïne ! » Sur lui-même : « Pour me comprendre une complicité du lecteur sera nécessaire. Toutefois je l'avertirai dès que me fera mon lyrisme perdre pied » (*Journal du voleur*). Hautain : « "Il y fait noir comme dans le trou du cul d'un nègre." Il faisait aussi noir et j'y pénétrai avec la même lente solennité » (*Pompes funèbres*). Si l'humour est une façon personnelle d'observer les choses entraînant l'étonnement plus que le rire, les romans de Genet sont d'humour.

On peut lui passer une certaine monotonie rhétorique en grande partie fondée sur l'oxymoron. « Ah ! ah ! vous êtes hideuse, ma belle » (*Les Bonnes*). « Une boue diamantée » (*Notre-Dame-des-Fleurs*). Cela peut servir à découvrir des nuances (« une conversation badine et dangereuse suivit », *Notre-Dame-des-Fleurs*), mais également mener au spécieux, qui est le sophisme cru : « Pauvre, j'étais méchant parce qu'envieux de la richesse des autres et ce sentiment sans douceur me détruisait, me consumait. Je voulus devenir riche pour être bon, afin d'éprouver cette douceur, ce repos qu'accorde la bonté (riche et bon, non pour donner, mais pour que ma nature, étant bonne, fût pacifiée). J'ai volé pour être bon » (*Miracle de la rose*). Plus il va vers la raison, plus il déraisonne, car il croit à ce qu'il dit. Le raisonnement est hors de sa portée. C'est pourquoi il a été curieux de voir certains de ses admirateurs s'indigner lors de la publication du *Captif amoureux*. Genet n'avait jamais été un ami du genre humain, ayant même été l'ami de tous les inhumains de Paris, et soutenu le groupe terroriste allemand Fraction Armée rouge (*Le Monde*, 1977). Ils ne l'avaient aimé que par esprit de parti : tant pis pour la manière, s'il peut éliminer l'ordre existant ! Et quand la manière s'est attaquée à une chose à laquelle ils tenaient, ils l'ont honni.

L'influence de Genet est considérable par sa libération de la parole « tante », comme il dirait. Il a même fait genre, en particulier dans la littérature sud-américaine : le Cubain Severo Sarduy (*Barroco*), l'Argentin Fernando Vallejo (*La Vierge des tueurs*), le Brésilien Manuel Puig (*Le Baiser de la femme-araignée*) n'auraient sans doute pas existé comme ils existent sans les romans de Genet ; ni l'Argentin devenu français Copi par son théâtre (le meilleur de Copi, ce sont les dessins de *La Femme assise*) ; ni sans doute le feuilleton télévisé américain *Oz* ni les tableaux de Pierre et Gilles. Jean Genet est mort sans avoir reçu la commande que je lui aurais faite d'une histoire de Henri III et ses mignons.

📖 « Deux photographies de l'identité judiciaire ont été retrouvées. Sur l'une d'elles j'ai seize ou dix-sept ans. Je porte, sous un veston de l'Assistance publique, un chandail déchiré. Mon visage est un ovale, très pur, mon nez est écrasé, aplati par un coup de poing lors d'une bagarre oubliée. Mon regard est blasé, triste et chaleureux, très grave. J'avais une chevelure épaisse et désordonnée. En me voyant à cet âge mon sentiment s'exprima presque à haute voix :

— Pauvre petit gars, tu as souffert. » (*Journal du voleur*.)

1910-1986.

◆

Le Condamné à mort : 1942. *Chants secrets* : 1945. *Miracle de la rose* : 1946. *Les Bonnes* : 1947 (version définitive en 1954). *Pompes funèbres* et *Querelle de Brest* : 1947 (l'édition de *Pompes funèbres* est clandestine). *Notre-Dame-des-Fleurs* : 1948. *Journal du voleur* et *Haute surveillance* : 1949 (publication clandestine du *Journal du voleur* en Suisse en 1948). *Les Nègres* : 1958. *Les Paravents* : 1961. *Un captif amoureux* : 1986.

GÉNIE : Je suis pour. C'est un mot sur lequel on met trop d'admiration et qu'on rejette avec trop de dégoût. Le génie n'est pas du bizarre, de l'hypertrophié, du maladif, de la démagogie d'écrivain publicitaire ou une notion électorale comme « âme » : le génie est l'application particulière d'une disposition particulière. Comme dans l'ancienne expression « le génie de la France ». Une aptitude à mieux faire les choses qu'un autre, en quelque sorte. Il n'y a donc pas de quoi se vanter. Le génie, c'est tout simple.

C'est bien pourquoi, seul, c'est une pauvre chose. Quantité d'écrivains géniaux ne sont arrivés à rien parce qu'ils manquaient de talent. Le génie n'est pas du talent en plus. Le génie est le produit d'un entêtement. On a su tailler, arroser, cultiver, faire croître harmonieusement son don. Le génie n'est pas fortuit. Le génie est un bonsaï de cerveau.

Le public a souvent une conception fulminante du génie. On aurait du génie parce qu'on fait du bruit. Vulcain aurait du génie, pas Raphaël ?

Le génie est intelligent. Le talent peut n'être qu'astuce.

Les génies sans talent sont déplorables. Les talents sans génie sont ternes.

Il y a du génie, mais il n'y a pas de génies. On n'est pas « un génie », mais on a des moments de génie, comme on a des moments d'amour, d'intelligence, de tout, je crois l'avoir dit ailleurs dans cette espèce de livre qui doit comprendre plus d'un rabâchage, car l'homme n'est que momentané. Tant mieux : si on éprouvait en permanence toutes ces passions, nous serions morts à seize ans !

Le génie est monstrueux. Il devient naturel. Il a même l'air de l'avoir toujours été. Ne ressemblant à rien, il a fini par avoir l'air ressemblant. Il a fait ressembler les choses à la description qu'il en donnait.

Le génie contamine. Si le talent donne envie de lire, le génie donne envie d'écrire. On lit un écrivain de génie : on a envie de créer. On prend son stylo. Pendant quelques minutes, on écrit comme lui. C'est pourquoi lire de grands livres au moment où l'on écrit fait perdre du temps : on doit s'ébrouer de sa lecture avant de retrouver sa voix.

Le génie est un aimant. Il a derrière lui, comme une traîne, ses amis, et, comme une serpillière, ses ennemis. Voltaire a Vauvenargues, et Lefranc de Pompignan, Racine a Boileau, et Pradon. Moules ! on ne peut donc jamais vous vouer au néant ?

Le génie est une barbarie. Ce n'est pas lui qui fait une civilisation, loin de là. Tout pays sans arts a un génie à montrer. Les pays civilisés, et je ne mets pas une valeur exagérée au mot, ont, en plus des génies, tout un entourage d'excellents écrivains, de bons, de moyens, de médiocres, de sincères. Un troisième rayon encore très bon et qui garde quelque chose de passionné pour la littérature, plus peut-être que le premier. C'est pour cela que je n'ai pas mis d'écrivains étrangers dans ce livre : il m'aurait fallu, par justice, descendre dans autant de détails avec les Anglais, les Allemands, les Russes, les Chinois, les Latins, les Grecs (pour autant que je connusse leurs rayons inférieurs), et j'étais mort avant d'avoir achevé mes treize mille pages.

Un certain type de génie ne devient tel que grâce au commentaire. Sans les raisonnables commentateurs surréalistes qui ont analysé son œuvre, le facteur Cheval, qui s'est construit un temple d'Angkor personnel dans la Drôme, serait considéré comme un retraité sympathiquement ridicule. Le commentaire tempère la ruse du génie.

Le génie n'est pas nécessairement monstrueux. Racine est un génie aimable. Cela tient en partie aux conditions extérieures : sous Louis XIV, pas question qu'il existe d'autre lumière que Louis XIV.

Le génie, c'est très bien, c'est le génial l'insupportable. Le génial est l'imposture du génie.

GENRE : Le roman n'est pas un genre. La poésie n'est pas un genre. Le théâtre n'est pas un genre. Ce qui est d'un genre, ce sont les formes qualifiées, et moins ambitieuses : le roman *policier*, le théâtre *de boulevard*.

Si des livres de genre sont bons, c'est généralement parce qu'ils se sont transformés en cours de route. Je pense au *Joseph Andrews* de Fielding, qui devait être une simple parodie du *Pamela* de Richardson et que, s'enthousiasmant, Fielding a laissé se transformer en vrai roman. Il est bien meilleur que la pure parodie qu'il avait précédemment écrite, *Shamela*.

On prend souvent un genre à défaut de génie. Regardez tous les « artistes » qui portent écharpe rouge, lunettes bleues ou chapeau à large bord. On dit : c'est de la publicité. C'est une modestie, aussi.

> Henry Fielding (1707-1754), *Shamela* : 1741 ; *Joseph Andrews* : 1742. Samuel Richardson (1689-1761), *Pamela* : 1740.

GIDE (ANDRÉ) : Gide, c'est moins que ce qu'on a dit de Gide. Et, non, cela n'est pas le cas de tous les écrivains célèbres de leur vivant. Avec ça, le temps de sa gloire est passé, et c'en serait une piteuse pour moi de faire semblant de croire qu'elle dure encore pour mieux la démolir. Le tort de Gide a été d'en trop prendre soin. Presque chaque fois qu'il publiait un livre, il le redoublait d'un livre de commentaire. Après *Les Faux-Monnayeurs*, le *Journal des Faux-Monnayeurs*. Après le *Retour de l'U.R.S.S.*, les *Retouches à mon Retour de l'U.R.S.S.* Querelle avec Claudel, et publication d'une *Correspondance* avec Claudel. Publication chez son propre éditeur de livres sur lui, de Roger Martin du Gard par exemple. L'un écrivait sur l'autre, l'autre sur l'un, et Martin du Gard sur Gide c'est Judy Garland, vedette de la M.G.M., chantant, dans un film M.G.M., « *Dear Mr Gable (you made me love you)* », sur Clark Gable, vedette de la M.G.M. Tout cela sans bomber le torse, plutôt comme on cire les meubles. Gide est une modeste opération de gigantesque propagande.

Sincèrement menée, disons-le. « La position de Nietzsche à l'égard du Christ est très analogue à la mienne » (*Journal*). La remarque n'est pas si ingénue : à une attaque vulgaire du polémiste Henri Béraud dans *La Querelle des longues figures* (où l'on trouve le bon mot « la nature a horreur du Gide »), Gide répondit : « il est parfaitement naturel [...] que cette élite se soit imposée » (*Les Nouvelles littéraires*, 26 mai 1923). Gide prétendait faire partie d'une élite. C'est probablement vrai. Seulement, cela ne doit pas se dire ; la position de Dieu à cet égard est très analogue à la mienne.

Un grand écrivain, c'est une question de phrases, il me semble, non de « contemporain capital » et autres galéjades. Où sont les phrases inoubliables de Gide ? « Je n'aime pas la pensée qui se farde et s'attife », dit-il dans les *Feuillets d'automne*, et éloges de Stendhal, mais il n'a rien de spontané. « Ah ! combien je plains celui qui arde et se consume en vain ! » (*Ainsi soit-il.*) Quelquefois, il glisse un mot d'un langage genre parlé qui lui donne l'air du vieil oncle qui veut faire jeune. Il a tenté le lyrisme : « Ne souhaite pas, Nathanaël, trouver Dieu ailleurs que partout » (*Les Nourritures terrestres*), pour revenir à son style amortisseur. « Ne serait-il pas plus sage de... » Il souffle des hélas, emploie un vocabulaire bien humble pour un homme qui, comme écrivain, devrait avoir pour ambition de faire parler les mots : « *Les mots sont impuissants* à saisir une émotion si profonde » (*Retour de l'U.R.S.S.*), ou : « *Indicible* langueur », première phrase du *Voyage au Congo* (on croirait un pastiche). Pierre Herbart, qui fut son secrétaire, raconte son propre voyage au Congo dans les *Souvenirs imaginaires* : « Surprenants papillons, que je poursuis en vain avec un filet sans monture, car j'ai perdu le manche à Kinshasa. » La chasse au papillon avec un filet sans manche manque à la littérature de Gide. Il se met toujours trop dans la posture avantageuse pour la photo. Oh! pas en se cambrant sur le rocher battu par les tempêtes, non, car il a inventé une nouvelle façon de poser au grand homme : la façon modeste. Le plaid serré sur les genoux, lisant toujours un livre convenable. Ça sent le scout.

En beaucoup plus rusé. S'il y a toujours chez Gide quelque chose pour plaire au pasteur, à l'instructeur, à l'esprit de sérieux, il y a aussi quelque chose qui déplace légèrement les conventions. Ça n'est pas un casseur. Il réussit d'autant mieux. Par son sérieux et sa lenteur, Gide a amené une partie de la bourgeoisie française à s'assouplir. Ses prudences couvrent des audaces. Si, au début du *Retour de l'U.R.S.S.*, il prévient : « Je pense que c'est rendre le plus grand service à l'U.R.S.S. » que de le publier, c'est une piqûre d'anesthésiant au Parti communiste, avant les critiques qu'on connaît. L'étonnant est que, dans les *Retouches à mon Retour de l'U.R.S.S.*, au lieu de dévoiler sarcastiquement les choses, après les injures que le Parti avait néanmoins déversées sur lui, il ait conservé des phrases comme : « L'immense intérêt d'un séjour sur cette terre en gésine : il semble qu'on y assiste à la parturition du futur. » Les enfants du XXIe siècle auront-ils jamais conscience de la masse de bêtise, de mensonge et d'intimidation que l'U.R.S.S. déversa sur le monde ? Et *Corydon*, sa confession sur l'homosexualité, il fallait oser le publier en 1924. Gide, ça n'est pas les grands élans, l'ampleur, la séduction : c'est un scrupuleux, et, s'il revient sur ses écrits, c'est aussi par souci de précision, de ne pas laisser de place à de fausses interprétations. « Probité » est un de ses mots, il l'a appliquée.

Gide est un chat. Contemplatif. Sans cœur. Non qu'il soit méchant, il est neutre, comme on le voit dans *Et nunc manet in te*, sur la mort de sa femme, bon livre d'ailleurs en ce qu'il exprime très peu d'émotion. Presque ataraxique. En bois ligneux. De là qu'il aimait tant Goethe ? Chat dans les titres, *Prétextes, La Tentative amoureuse, Incidences*, il frôle du bout de la patte l'eau de l'aquarium. Voyez comme, dans ses articles de critique (il a succédé à Léon Blum comme critique littéraire de *La Revue blanche*), il réussit le coup de griffe après le ronronnement, qu'aura plus tard François Mauriac.

> M. Faguet a écrit dans *La Revue* du 1ᵉʳ septembre un article sur Baudelaire ; un article si important qu'il est fâcheux qu'il ne soit pas meilleur (*Prétextes*).

Lui qui n'est pas dans le croire mais dans le réfléchir a réfléchi et conçu qu'il existait une chose supérieure, la littérature. Joint à son horreur du bluff, cela donne *Paludes*, l'excellent *Paludes*, un de ses meilleurs livres, et si influent. C'est l'histoire d'un écrivain tentant d'écrire un livre intitulé *Paludes*, c'est moqueur, brillant, plein d'observations très fines. « ... mais comme vous, vous n'avez rien à faire », dit un de ses amis à l'écrivain : si grand est le mépris de l'humanité envers la littérature. Ah ! elle en ferait autant, si elle n'avait pas à s'occuper de choses sérieuses !

Son roman *Les Faux-Monnayeurs*, c'est *Paludes* qu'on a fini par écrire. Sa façon, au moment où les personnages apparaissent pour la première fois, de les encadrer par des qualificatifs, donne l'impression qu'il a besoin de se persuader qu'ils existent. Arrive Olivier : il est « tendre », « affable » et « pudique ». Voici Lucien : il est timide, « on le sent faible ». Gide devrait le montrer au lieu de le dire. D'autres fois, ayant peur que nous ne comprenions pas ses subtilités, il les fait analyser par les personnages et c'est balourd, sinon froissant : « Mais Olivier se sent rassuré : il sait bien que ces mots ne sont dits que par affectation de cynisme. » Il s'y sent obligé parce qu'il n'est pas un très bon dialoguiste, caractérisant les voix (il fait bien le parler *estudiantin*, mais qui ne le ferait pas, c'est un pastiche). Il ne quitte jamais son ironie, faiblesse qui empêche ses romans de décoller. Ce sont des ruminations cérébrales à la Shakespeare mais sans la puissance de la fiction, car c'est toujours lui qui parle, ne s'amusant jamais à la comédie de la création, où les personnages sont libres de dire le contraire de ce que nous pensons, jusqu'à des conneries. On ne peut pas demander à une chèvre d'être un papillon. Quoiqu'il appelle *Les Faux-Monnayeurs* « mon premier roman » dans la dédicace (à Roger Martin du Gard), il est plus un facétieux qu'un romancier. Il a qualifié de « soties » certains de ses romans, reprenant un mot du XVIe siècle : « farce de caractère satirique jouée par des acteurs en costume de bouffon » (*Robert*).

« Les rapports de l'homme avec Dieu m'ont de tout temps paru beaucoup plus importants et intéressants que les rapports des hommes entre eux », dit-il dans *Ainsi soit-il* ; même si c'est son dernier livre et qu'il a pensé différemment dans sa jeunesse, on ne peut pas dire que ça prédispose à la fiction.

La plupart de ses « vrais » romans, *L'Immoraliste, La Porte étroite*, sont découpés sur l'ombre de sa vie intime, et la plupart de ses livres de non-fiction contiennent du journal intime : quand il recueille des articles dans *Nouveaux prétextes* ou dans *Incidences*, il y adjoint un « Journal sans dates » ; ce qui devrait être une réflexion sur le préjugé, *Un esprit non prévenu*, est rempli de notes personnelles. Ce sont d'ailleurs de meilleurs livres que le *Journal*, où un cache-nez dissimule le bon écrivain qui y invente d'excellentes expressions, comme : « les grands sentiments propulseurs », sans parler des observations esthétiques.

Oscar Wilde lui dit : « J'ai mis mon génie dans ma vie ; je n'ai mis que mon talent dans mes œuvres », et Gide s'empresse de le croire. (Il lui fait même introduire sa phrase par : « Voulez-vous savoir le grand drame de ma vie ? ») C'est dans une simple note de son *Oscar Wilde* qu'apparaît cette phrase si souvent citée ;

elle vient en réponse à la question de Gide : « Le meilleur de vous, vous le parlez ; pourquoi ne l'écrivez-vous pas ? » C'était commode, l'idée que Wilde n'avait pas été un si bon écrivain. Et tout de même, Gide a écrit cette plaquette. Comme il dirait, il n'a pas pu s'empêcher de lui rendre *une manière d'hommage*.

La Séquestrée de Poitiers est un recueil de documents commentés par lui sur une jeune femme que sa mère avait séquestrée comme un animal pendant des années. Au début, il cite un article indigné de journal ; qui nous indigne ; puis il dit : ne nous excitons pas, examinons ; et il cite des témoignages, des rapports d'instruction, le jugement qui disculpe le frère de la séquestrée, la plus étrange et la plus répugnante personne de l'affaire, un ancien sous-préfet conservant son caca dans des pots de chambre ; et nous nous disons : eh oui, nous nous étions excités, nous n'avions pas toutes les pièces, et maintenant, les ayant, il est difficile de juger. Juger ? Le livre est publié dans une collection que dirigeait Gide et qui s'appelait : « Ne jugez pas ». Jésus et Gide, c'est tout un. Il rappelle cette phrase du Christ au début des *Souvenirs de la cour d'assises*. Ne jugez pas. De l'indulgence. Enfin, la phrase entière est : « Ne jugez pas, et vous ne serez pas jugés. » Si c'est juste pour échapper à la justice... Avec toutes ses nuances, Gide juge quand même. Ce qu'il veut dire est : ne condamnez pas. Au pays de Voltaire, à côté du virus publicitaire qui a mené plus d'un écrivain à se chercher une bonne petite affaire Calas, il y a aussi de ces livres qui ne perdent pas la tête, ne la font pas perdre aux lecteurs, en un mot, des livres honnêtes.

Gide était aussi *Un esprit non prévenu*. C'est dans ce livre qu'il dit :

> Ce que l'on cherche le plus souvent dans la vie, c'est de quoi s'entêter, non s'instruire.

> Gardez-vous de confondre art et manière.

> L'imagination permet seule la sympathie.

Et ce bref moment de critique imaginative, précisément, l'analyse des trois *e* muets dans les « Paroles sur la dune » de Victor Hugo (« Et que je te sens froide en te touchant, ô mort... ») : « c'est vraiment, ces trois pas muets, une avancée vers la tombe ». Qu'on arrête donc de répéter son mot en réponse à la question de savoir quel était le plus grand poète français : « Victor Hugo, hélas ! » En France, le mot d'esprit remplace la pensée.

Des préventions, il en avait eu contre Proust. On parle pourtant trop de son refus de *Du côté de chez Swann* au nom de Gallimard : après tout, le livre de Proust ne fut publié qu'à compte d'auteur par Grasset, son *Contre Sainte-Beuve* avait été refusé par Vallette au Mercure de France, et c'est toute la *N.R.F* comme un seul homme qui a refusé Proust, Gide pour la maison d'édition, Copeau pour la revue (il a refusé des extraits). Gide s'est persuadé que c'était l'histoire d'un jeune bourgeois gaga de duchesses. La mondanité de Proust favorisait le malentendu. Dans un volume de correspondance avec Proust, qui lui a pardonné, on trouve une lettre de Gide à un tiers, avec ses sinuosités : « Je cherche le défaut de ce style *[de Proust]*, et ne le puis trouver. Je cherche ses qualités dominantes, et je ne les puis trouver non plus ; il n'a pas telle ou telle qualité : il les a toutes (or ceci n'est peut-être pas uniquement une louange) non tour à tour, mais à la fois ; si déconcertante est sa souplesse, tout autre style, auprès du sien, paraît guindé, terne, imprécis, sommaire, inanimé. » Notons le tact de Gide qui, dans ces derniers adjectifs, alterne les finales masculines et féminines.

Il a fait l'éloge de Simenon, ce romancier qui écrit comme un train de marchandises : à chaque génération, un auteur « littéraire » choisit un auteur de romans populaires et l'élève. Cela me rappelle ce qu'écrivait le critique anglais Cyril Connolly à propos of Raymond Chandler, que W.H. Auden s'était mis à vanter : « "Ses puissants livres, écrit M. Auden, ne doivent pas être lus et jugés comme de la littérature d'évasion, mais comme des œuvres d'art." Et quelles mauvaises œuvres d'art ils sont » (« *The Private Eye* », *Selected Works*).

📖 « Se considérer soi-même comme un moyen ; donc ne jamais se préférer au but choisi, à l'œuvre. » (*Journal*.)

> 1869-1951.
>
> ◆
>
> *Les Poésies d'André Walter* : 1892. *La Tentative amoureuse* : 1893. *Paludes* : 1895. *Les Nourritures terrestres* : 1897. *L'Immoraliste* : 1902. *Prétextes* : 1903. *La Porte étroite* : 1909. *Oscar Wilde* : 1910. *Nouveaux prétextes* : 1911. *Souvenirs de la cour d'assises* et *Les Caves du Vatican* : 1914. *Préférences, Incidences* et *Corydon* signé (première publication : 1911) : 1924. *Les Faux-Monnayeurs* : 1925. *Si le grain ne meurt* et *Le Journal des Faux-Monnayeurs* : 1926. *Voyage au Congo* : 1927. *Le Retour du Tchad* : 1928. *Un esprit non prévenu* : 1929. *Pages de journal 1929-1932* : 1934. *La Séquestrée de Poitiers* : 1930. *Retour de l'U.R.S.S.* : 1936. *Retouches à mon Retour de l'U.R.S.S.* : 1937. *Journal 1889-1939* : 1939. *Découvrons Henri Michaux* : 1941. *Pages de Journal 1939-1942* : 1944. *Journal 1942-1949* : 1950. *Et nunc manet in te* : posth., 1951. *Ainsi soit-il ou Les jeux sont faits* : posth., 1952.
>
> ◆
>
> Wynstan Hugh Auden : 1907-1973. Henri Béraud (1885-1958), *La Querelle des longues figures* : 1924. Raymond Chandler : 1888-1959. Cyril Connolly (1903-1974), *Selected Works* : posth., 2002.

GIONO (JEAN) : Par moments il est naturel, à d'autres artificiel, parfois enjoué, quelquefois amer, ici simple, là ouvragé. Ils sont plusieurs. Son nom devrait s'écrire Gionaux.

On lit souvent que, un jour, Giono a découvert Stendhal et s'est mis à faire du Stendhal. C'est vrai et à demi faux. Un jour il a découvert Stendhal et il a fait du Stendhal : la trilogie du *Hussard sur le toit*, avec le début tellement *Chartreuse de Parme* d'*Angelo*, Cavour, les cavatines, la façon d'employer le mot « gai » et les italiques, la ressemblance est encore plus stupéfiante dans le *Voyage en Italie*. Il a aussi découvert Melville et fait du Melville, l'insupportable *Pour saluer Melville*, découvert Monluc et écrit une préface à ses *Commentaires* en style chroniqueur de 1500, quant au *Désastre de Pavie* et à ses rabâchages voulus, je pense qu'avant de l'écrire il a relu Péguy. Et j'oubliais sa première manière, le prophète paysan, genre Ramuz. *Manière*, mot de peintre, lui convient mieux que *style* : il en a changé autant que Derain.

Artisan rusé, il prenait le meilleur où il le trouvait. Dans son *Journal*, à propos d'un livre qu'il est en train d'écrire, il note : « Peu à peu d'ailleurs se précise la forme Fielding [...]. » On remarque dans le *Journal* qu'il lisait beaucoup pendant qu'il écrivait, et de grands livres. Or, les grands livres déteignent. Je lis du La Fontaine et, sans le vouloir, pendant un quart d'heure, j'écris en La Fontaine. A mon avis, Giono ne laissait pas passer le quart d'heure. Voilà où mène l'assurance un peu sournoise de la ruse. Elle calcule tout, même le spontané. Cet apologiste du naturel était un coquet. De là, par exemple, ces moments où il se sent obligé d'avoir de la verve. Il fait de la littérature de fumeur de pipe.

A d'autres moments, il sublime l'artisanat et on s'exclame : quel artiste ! Cela pardonne bien des défauts. Giono a écrit des livres charmeurs (plutôt que charmants), polis avec la ruse qu'on reconnaît, mais si finement maniée que je ne peux que céder et dire : tu m'as vaincu. Ce sont ses chroniques, *Les Terrasses de l'île d'Elbe*, *La Chasse au bonheur*, *Les Trois Arbres de Palzem*, ainsi que le *Journal* et les récits de voyages où il parle moins de voyages que de lui-même, et tant mieux : Giono dans Barcelone est plus intéressant que Barcelone. Sous le *Voyage en Espagne* coule une ironie rancunière de paysan mécontent de s'éloigner de sa ferme. Il déteste Paris, sur laquelle il a écrit des pages qui sont tout ce que la bonne province attend de sarcasmes sur cette snobinarde.

J'oubliais *Le Désastre de Pavie*. Le moins amusant n'est pas la préface de l'historien très embêté par son talent, le livre faisait partie d'une collection intitulée « Les Trente Journées qui ont fait la France » où n'avaient jusque-là collaboré que des gens sérieux. C'est un match de boxe arbitré avec une partialité délicieuse par Giono. A ma droite, Charles Quint, à ma gauche, François Ier. Giono déteste Charles Quint, le traite de petit notaire chafouin, voit en lui la préfiguration de la mesquinerie des temps modernes, est amoureux de François Ier, généreux, léger, aimant les tableaux pour le plaisir et la gloriole, pas pour leur valeur, la Renaissance même. On voit à la Gemäldegalerie de Berlin un portrait de Charles Quint par Christoph Amberger qui lui donne raison : prognathe comme une baudroie, l'œil glauque, cherchant l'air, au bord de la dégénérescence ; et le doigt entre les pages d'un livre qu'on se dit être en effet de comptes. Tandis que François Ier, allez le voir dans la salle des portraits de Chantilly : il sourit, et ce pif ! Un homme avec un nez pareil est peut-être léger, mais il est sympathique.

Giono a été emprisonné deux fois. En 1939 pour ses écrits pacifistes (deux mois de prison, non-lieu) et en 1944 pour rien (il est resté en prison jusqu'en janvier 1945 sans avoir été inculpé ; il avait abrité des résistants et sa pièce *Le Voyage en calèche* avait été interdit par les Allemands). La politique avait été une telle passion pour les écrivains de tous bords entre les deux guerres qu'un esprit aussi méfiant que Giono y était tombé avec une déplaisante emphase. Participation à des congrès, articles pompeux à la première personne du pluriel. On a rarement vu pacifisme aussi vindicatif. A la longue, s'ils ne sont pas contaminés par l'électoralisme des hommes politiques, les écrivains se font utiliser par eux, qui s'empressent de faire de la vertu à leurs frais. Rien n'aura été plus instructif sous ce rapport que Mitterrand, *Mitterrand*, réclamant la « responsabilité de l'écrivain ». Elle veut dire « de l'écrivain seul », qui expie symboliquement pour les autres. Ça nous apprendra à écrire des conneries. Dans son *Journal de l'Occupation*, 13 mars 1944, Giono parle de cela avec un mépris trop tardif (il était assez mépriseur, comme bien des gens de nature) : « Eh bien moi, j'attends l'entrée en lice d'Aragon et de Malraux. Ou bien ils vont entrer persona grata dans la combinaison et peu à peu rouleront A. Gide dans un fauteuil de paralytique pendant que Guéhenno jouera de la romance à l'accordéon et que Chamson fera la quête dans l'honorable société. [...] Je ne vois pas ce que toute cette musique peut avoir de commun avec l'Art. » Pas plus que ses manifestes politiques des années 1930 : il a fallu qu'il perde sa guerre pour s'en rendre compte. Allégé de prises de position qu'on ne lui demandait plus, il a écrit des livres plus indépendants, plus moqueurs, plus vifs. C'est à cette époque que Stendhal, auteur de gauche, a été récupéré par lui et plusieurs auteurs de droite comme Jacques Laurent ou Roger Nimier qui, par un phantasme inouï, l'ont pris pour un auteur *dégagé*. Identification plus ou moins consciente avec un homme qui avait lui aussi tout perdu en politique. Comme Céline, comme bien d'autres et à d'autres époques, on peut dire de Giono que ses meilleurs livres datent de sa défaite.

📖 « Bénis soient les temps qui ont connu Mozart ! Même pour les hommes qui ne le connaissaient pas ; ils devaient avoir autre chose à respirer que ce que nous respirons puisque l'air de cette époque était capable de contenir Mozart. » (*Triomphe de la vie.*)

1895-1970.

♦

Triomphe de la vie : 1941. *Pour saluer Melville* : 1941. *Le Voyage en calèche* : 1946. *Le Hussard sur le toit* : 1951. *Voyage en Italie* : 1953. *Angelo* : 1958. *Le Bonheur fou* : 1957. *Le Désastre de Pavie* : 1963. *Les Terrasses de l'île d'Elbe* : posth., 1976. *Les Trois Arbres de Palzem* : posth., 1984. *La Chasse au bonheur* : posth., 1988. *Voyage en Espagne*, *Journal* et *Journal de l'Occupation* : posth., 1995.

♦

Blaise de Monluc (v. 1500-1577), *Commentaires* : posth., 1592.

Gloire : « La gloire était ma seule idole », dit Berlioz dans ses mémoires. La gloire est une idée qui a occupé la France des Valois à Louis XIV, c'est-à-dire du moment où la sainteté a cessé d'être un idéal enviable jusqu'à la création de l'Etat. Voilà une conception professoralement brillante que je vais m'employer à saccager. La gloire a continué après Louis XIV, et, princes gloutons de brillant ou pas, temps démocratiques ou non, la gloire réapparaît selon notre plaisir. La gloire est espagnole, wilhelminienne, israélienne, gaulliste (ce parti d'élite, sûr de lui-même et dominateur), souvent crapuleuse. La modestie est Louis-Philippe, club anglais, giscardienne, souvent droite. La gloire est clinquante, cornélienne, vaniteuse, inoffensive. La modestie est pratique, parnassienne, timide, orgueilleuse. Hugo est glorieux, Benjamin Constant modeste.

La gloire a quelque chose de médiocre. Sous son nom de célébrité, elle y ajoute le commun. Un écrivain se retrouve à la télévision l'égal du vainqueur de trois millions au Loto, de la petite chanteuse à jupette dont la voix est corrigée à l'ordinateur, de l'ancien ministre affairiste condamné en justice (je l'ai vu, et dans une émission aussi distinguée que *Qui veut gagner des millions ?*). Les descendants de Mallarmé ! C'est pourtant simple, il suffit de dire non. Je l'ai fait pour une émission de débat où l'on me voulait comme « grand témoin » sur le sujet « Ceux qui brûlent leur vie par les deux bouts ». J'avais écrit un roman dont le personnage principal fait des folies. C'est une fiction, répondis-je : croyez-vous que je possède dix-huit teckels borgnes dont j'ai remplacé l'œil mort par un calisson d'Aix ? Je sentis bien que l'objection restait incomprise. Sur le plateau où je ne me rendis pas se trouvèrent, me dit-on, un rocker camé, un travesti spécialisé dans le barebacking et je ne sais quels autres esthètes.

La célébrité s'obtient avec de l'application. Deux ou trois ans y suffisent, comme pour un B.E.P. J'ai vu un écrivain s'y appliquer avec acharnement et y parvenir, puisqu'on obtient toujours ce que l'on veut vraiment. Espérait-il se prosterner pour mieux relever le menton ensuite ? Il a été piégé par sa comédie et, quoique célèbre, doit garder des airs modestes.

|| Hector Berlioz (1803-1869), *Mémoires* : posth., 1870.

GOBINEAU (ARTHUR DE) : L'un des meilleurs nouvellistes français avec Mérimée, Schwob et Morand, et cela ne tient pas à plus de cinq nouvelles. Les *Nouvelles asiatiques* sont trop informatives (il a été ministre plénipotentiaire à Téhéran après avoir débuté comme chef de cabinet de Tocqueville au ministère des Affaires étrangères) : restent les *Souvenirs de voyages* et *Mademoiselle Irnois*. Cette histoire d'une jeune fille difforme mérite une place à côté de *L'Anniversaire de l'infante* d'Oscar Wilde ; elle est d'une compréhension (je ne dis pas une bonté) qu'on n'attendrait pas de Gobineau. La malheureuse Mademoiselle Irnois, fille d'un homme enrichi sous la Révolution, épouse un marquis homosexuel (cela nous est suggéré, entre autres, par son amitié avec Cambacérès), alors qu'elle rêvait au jeune ouvrier d'en face. Je vous laisse découvrir la suite. Elle est triste. Dans les *Souvenirs de voyages*, une jeune fille de Céphalonie fait tuer son parrain (en réalité son père) par son amoureux, que cet homme a trompé (« Le Mouchoir rouge ») ; une autre jeune fille têtue, c'est le personnage type de Gobineau, accomplit de grandes choses dans les Cyclades (« Akrivie Phrangopoulo ») ; dans « La Chasse au caribou », un jeune homme, pour épater ses amis, va chasser à Terre-Neuve où il est presque forcé d'épouser la fille d'un rustre local. On n'aura jamais vu aussi bon recueil de nouvelles porter un titre aussi plat. Trois plus une, nous n'avons pas le compte : je gardais pour la fin *Adélaïde*, cet *Adolphe* vu du côté des femmes. Adélaïde est une jeune fille qui dispute son amant à une mère qu'elle déteste, qui la déteste ; récit de leur guerre dans leur petite cour d'Allemagne. A la fin, elles en arrivent à s'estimer pour leur énergie réciproque. Quant à l'amant, qui est l'amant des deux, et un fade, elles lui accordent autant de considération qu'à un paillasson. C'est une nouvelle qui aurait sûrement plu à Stendhal, et un petit drame de Gobineau d'être né vingt ans trop tard : il était fait pour être un des amis de Stendhal. Dans *Adélaïde*, écrit en 1869, il prend le style 1750, ou plutôt l'idée 1869 du style 1750. Le narrateur est un baron de qui il ne dit rien de plus que son titre, et que j'imagine assez comme un petit débris sec d'Ancien Régime : il parle de façon « retour de chasse ». « Mais avec tout cela, il me fait exactement l'effet d'un chapeau de Paris. » *Adélaïde*, comme la *Vieille maîtresse* de Barbey d'Aurevilly, révèle un goût pour les viandes légèrement corrompues et suavement accommodées en civet du style Louis XV. Les deux livres, quoique de quatorze ans d'écart, ont été écrits sous Louis-Napoléon Bonaparte président ou empereur, et qu'est-ce que Louis-Napoléon Bonaparte, sinon un retour du louis-quinzisme ?

Les autres Gobineau, si j'excepte des œuvres de genre comme le roman picaresque *Le Prisonnier chanceux*, et rien ne m'atterre comme la gaieté forcée du picaresque, révèle la nocivité des idées en littérature. Gobineau en a une essentielle, l'inégalité des races humaines, sur laquelle il a écrit son fameux *Essai*. Elle était alors nouvelle, et donc intéressante, et donc, par le seul fait de l'examen, comme inoffensive ; comme dit Montesquieu, « on ne jugera jamais bien les hommes si on ne leur passe les préjugés de leur temps » (*Pensées*). Il n'en reste pas moins qu'elle n'était pas aimable, car elle participe d'une conception plus générale de l'inégalité qui lui fait plaisir, comme on le voit dans son roman à thèse *Les Pléiades*, un de ces romans d'*élite* qui se passent toujours dans une principauté allemande et qui finissent par être mous comme une principauté allemande. On pourrait quant à lui l'éditer en coffret avec *Les Deux Etendards* de Rebatet et *Le Crépuscule des dieux* d'Elémir Bourges. Pour un livre de *fils de rois*, il est écrit par un père de scouts : la nécessité est « indomptable » (II, 4), les jeunes filles « faites à ravir » (III, 6) et « les pinsons témoign[ai]ent leur joie dans les arbres » (II, 2). Voilà l'homme qui a écrit *Adélaïde*. Les idées, vous dis-je. Où Gobineau se révèle, c'est dans sa réflexion sur les collèges : « C'est, à mon sentiment, une chose excellente que ce contact hâtif avec la vie pratique. Les enfants apprennent d'abord, dans nos grands établissements d'instruction, à voir l'existence comme elle est. » Comme elle est *dans les collèges*. Et même : dans *un* collège. Celui de *Fermina Márquez* n'est pas celui de *Stéphane Vassiliew*. Seulement voilà, Gobineau a employé la formule magique des gens comme lui : « l'existence comme elle est. » Comme elle est, cela signifie : aigre, méchante, odieuse. On dirait que ça leur fait plaisir. Qu'ils veulent qu'elle soit comme ça. « Ils sont là, pêle-mêle avec des camarades appartenant à toutes les classes de la société ; ils assistent, sans s'en rendre compte, au petit spectacle, à la petite comédie des ruses, des vices ; ils sont victimes, ils sont trompés, ils sont battus... » (I, 7). Quand bien même elle serait entièrement comme cela, l'existence, est-ce une expérience à souhaiter pour les enfants ? – Oui, oui, il faut qu'ils souffrent !

Gobineau s'élève à la philosophie historico-mondiale dans *La Fleur d'or*. Ce sont des chapitres de présentation détachés de *La Renaissance*, pièce de théâtre où il convoque les célébrités de cette époque très claire afin de la rendre plus confuse. *La Fleur d'or* soulève les millénaires comme si c'étaient des grammes et compare entre elles des sociétés mortes qui ont autant de rapports qu'un poisson rouge et un boulon, dans un style d'autant plus enflé qu'il est vague. Une fois les faits chassés, on peut remplir par de la mystique. On pourrait dire que c'est du mauvais Malraux si ce n'était aussi un de ces livres de « grands Français » qui haïssent la France. Ils voudraient qu'elle soit l'Allemagne. Leur phantasme de l'Allemagne. De la marche au pas, de l'obéissance, du travail, et une bonne petite schlague au besoin. On en arrive à souhaiter que la France reçoive un châtiment ; et vous me mettrez un petit régime de Vichy. Gobineau est un des Français mortifiés par la victoire de l'Allemagne en 1870 qui se sont inconsciemment persuadés de la supériorité de l'Allemagne et ont fini par l'en persuader, comme le dit Hannah Arendt dans *L'Impérialisme*. Subissant en toute bonne foi le complexe du vaincu, ils ont cru qu'il fallait devenir comme le vainqueur. Ils n'ont cessé de s'en inventer des raisons. Ce sont les vingt ans où parurent des livres disant que le meilleur de la France, c'était l'Allemagne, des livres d'historiens écrivant des légendes comme celle des Francs imposant une aristocratie germanique et la fourchette à gauche aux ploucs gaulois. Gobineau s'était inventé son titre de comte, comme Balzac sa particule, et c'est assez sympathique, un idéal de gros bébé se voyant chevalier. Il faut dire que sa mère, qui vivait avec d'autres hommes que son père, voleuse, condamnée aux assises et mise en prison, se prétendait duchesse. Ça fait des enfants réactionnaires ou forains.

Malgré ses illuminations, un mot très Gobineau est « intéressant ». (Dans les nouvelles. Dans les essais, il gonfle.) Dans « La Chasse au caribou », il substantive l'adjectif « jeune » (« Une demi-douzaine de jeunes l'entoura »), son premier emploi dans ce sens, peut être. Dans *Adélaïde*, on rencontre ce qui me semble la première comparaison avec un vélo de la littérature française (la première écrite, peut-être pas la première imprimée, puisque *Adélaïde* ne fut publié qu'en 1913) : « Les gens comme Rothbanner sont comme les vélocipèdes ; ils ne roulent que sur les trottoirs ; hors des trottoirs, ça tombe. »

Ont été recueillies sous le titre de *Lettres à la princesse toquée* les lettres que Gobineau a écrites à sa fille quand il était en poste en Perse. Titre charmant, et comme titre de livre et comme titre de noblesse ; le livre l'est aussi. Ce sont les lettres d'un adulte à un enfant sans qu'il le prenne pour un arriéré. Oui, le même homme qui souhaite mater les enfants ; nous avons tous nos contradictions, heureusement.

Sa fille devint une authentique baronne, écrivit des études historiques, on la voit passer dans un livre d'Alberto Savinio, faisant un mot mondain pas très bon que je ne citerai pas, lors d'une représentation d'Isadora Duncan à Athènes : « La baronne Güldenkrone, fille du comte de Gobineau et femme du ministre plénipotentiaire de Norvège... » (*Hommes, racontez-vous.*)

📖 « J'ai horreur des gens exceptionnels et qui veulent la lune. » (*Lettres à la princesse toquée.*)

> 1816-1882.
>
> ◆
>
> *Le Prisonnier chanceux* : 1846. *Mademoiselle Irnois* : 1847. *Essai sur l'inégalité des races humaines* : 1853-1855. *Souvenirs de voyages* : 1872. *Les Pléiades* : 1874. *Nouvelles asiatiques* et *La Renaissance* : 1876. *Adélaïde* : posth., 1913. *La Fleur d'or* : posth., 1923. *Lettres à la princesse toquée* : posth., 1988.
>
> ◆
>
> Hannah Arendt (1906-1975), *L'Impérialisme* : 1951 (trad. française : 1982). Lucien Rebatet (1903-1972), *Les Deux Etendards* : 1951. Alberto Savinio (1891-1952), *Hommes, racontez-vous* : 1942 (trad. française : 1982).

GONCOURT (JULES *ET* EDMOND DE) : On peut écrire différemment de son origine sociale : les Goncourt sont aristocrates, et écrivent comme des colonels d'infanterie en retraite qui se seraient mis dans les antiquités. Après tout, c'est peut-être ça, le style aristocrate ? Chaque fois qu'on loue un écrivain pour l'aristocratisme de son style, comme Stendhal, c'est un bourgeois. Les Goncourt... les Goncourt sont agaçants. Ils pestent sans arrêt contre Zola, le vulgaire Zola qui leur vole leurs sujets de romans, et c'est possible, mais les sujets de romans n'appartiennent à personne, surtout quand ils sont aussi généraux que les prostituées ou les acrobates de cirque ; les peintres se font-ils des procès parce qu'ils peignent tous la montagne Sainte-Victoire ? Ce qui leur importe est de peindre un bon tableau. Ils sont plus artistes. Et les romans de Zola meilleurs que ceux des Goncourt. Les Goncourt décrivent,

Zola montre. Ils l'accusent de vulgarité, il n'en a pas, mais eux ! Un style qui mêle des verbes couillus (« tripoter ») à des qualificatifs au petit doigt en l'air (« angoisseux », les deux exemples dans *La Fille Elisa*). C'est destiné à montrer qu'ils sont de vrais durs mais au goût exquis. Les Goncourt, c'est un tandem de coureurs cyclistes pédalant de toute la force de leurs grosses cuisses tout en battant des faux cils.

Tout cela d'une façon forcée qui vient de ce qu'ils veulent toujours avoir l'air de bien écrire ; pire peut-être, d'écrire avec originalité. Ils confondent l'originalité et la personnalité. A cet effet, ils ont fabriqué quantité de néologismes qui n'ont pas pris dans le français courant, comme « opéradique », du mot « opéra » (*Journal*). Pourquoi inventer « parution » (*Journal*) alors qu'« apparition » allait très bien ? Par « suffisance ». Ce mot-là est resté. Et plusieurs autres, comme « talentueux » (*Journal*) ou « louchon » (*Chérie*). Je me demande s'ils ne seraient pas les inventeurs de « cochon » dans le sens de « licencieux » (« des paroles cochonnes », *La Fille Elisa*). Et puis ils ont créé « bateau-mouche ». Un écrivain qui invente bateau-mouche est, à ce moment-là, un poète. Car enfin, les Goncourt, ça n'est pas si mal.

J'ai lu plusieurs de leurs livres avec intérêt et leur *Journal* avec, finalement, passion. Il a écrasé leur œuvre. A moins que, au contraire, il ne la sauve ? Lirait-on *La Fille Elisa*, sans le *Journal* ? Nous n'en savons rien. Le leur est un monstre. Trois mille pages. Il contient des considérations sur leurs parents lorrains dont nous n'avons rien à faire (du moins moi), mais on peut les sauter. Et bien sûr les remarques misogynes, antisémites, antirépublicaines, mais le *Journal* n'est pas que cela. Le *Journal*, avant tout, c'est de la littérature. Livres partout, écrivains partout. Je pourrais faire un brillant numéro où je vous raconterais que c'est un livre qui se vend sous le tchador en Arabie Saoudite, mais ce serait un numéro qui révèle le faiseur aux gens sérieux. Il ne tiendrait pas compte de ce qu'étaient les préjugés du temps des Goncourt. Cela n'excuse pas les préjugés, mais pourrait rendre indulgents envers les hommes. Nous avons les nôtres. Nous sommes persuadés d'être très bien, mais nous nous parons des mêmes vertus que les plus grands philistins des temps modernes, les victoriens. Les victoriens avaient Florence Nightingale, nous avons Médecins sans frontières. Ce n'est pas leur prix Nobel et notre approbation qui nous rend meilleurs. Les Goncourt s'exposent à la fessée. Ils s'y exhibent, même. Cela finit par les servir. Ils font partie des écrivains méprisés par la postérité qui survivent très bien à cause de ce mépris même : elle maintient en vie une cible sur laquelle elle est sûre de viser juste à chaque coup.

Otées les conneries, le *Journal* est un trésor de renseignements. On y voit vivre et parler la plupart des grands écrivains du temps. Et ça n'est pas rien, d'entendre la voix de Flaubert, de Gautier, de Sainte-Beuve. Si irritante soit la façon d'écrire des Goncourt, si mesquin leur point de vue, c'en est une, c'en est un. Eux seuls et leur passion méticuleuse et sarcastique pouvaient noter que la princesse Mathilde, cousine germaine de Napoléon III, avait nommé un de ses chiens Rad'-soc afin de mieux pouvoir engueuler les radicaux-socialistes. Dorothy Parker, elle... « Woodrow Wilson, je crois, était le nom du chien qui se trouvait au bout de la laisse qu'elle tenait le jour où je fis sa connaissance » (Alexander Woolcott, *While Rome Burns*). Le Suisse Amiel avait tenu un journal, mais maniaquement intime, à telle heure je me suis mouché, à telle heure j'ai eu une migraine. Les Goncourt tiennent ce qui est sans doute le premier journal d'écrivain, un journal *écrit*, qui entend faire partie de l'œuvre. C'est pour cela, en plus de la publicité qu'ils en espèrent, qu'ils l'ont publié de leur vivant, en cela encore les premiers à le faire. Et quel tapage ! Ils rapportaient tout sans hypocrisie. Alphonse Daudet a la colique, Zola serait porté sur les petites filles malpropres. Les scandaleux de 2005 n'ont rien inventé. Léon Daudet raconte dans *Devant la douleur* que Maupassant les fuyait de peur qu'ils ne rapportent ses coucheries dans ce qui se révélait être le premier journal intime des autres. Il y avait d'autres réactions : « Aujourd'hui Poictevin m'apporte son livre intitulé *Double*, en me disant au cours de la conversation que si je peux dire dans mon *Journal* qu'il est un esprit mystique, il sera le plus fortuné des hommes : ce que je fais » (9 octobre 1889). Ce qu'on reproche aux Goncourt, au fond, c'est d'écrire ce que nous disons tous les jours. Ils montrent l'éternel comportement du milieu littéraire, marmite de médisances et four d'envie. Et s'il est comme cela, ce n'est pas seulement par méchanceté. Il y entre une révérence pour la littérature. On dit du mal du confrère parce qu'on pense qu'il sert mal la déesse.

Si les Goncourt ont de l'oreille, un autre de leurs talents est la mise en scène. Ils attrapent les ridicules, dit-on. Je dirais même qu'ils les créent. Leurs pièces de théâtre n'avaient aucun succès, leur *Journal* est leur revanche. Au début, les Goncourt croient à tout ce qu'ils disent, s'emportent, tempêtent, puis, peu à peu, tout cela se transforme. A force de tenir un journal, c'est-à-dire de se regarder, il s'instaure une comédie : et la mauvaise humeur est devenue plus consciente, en partie jouée, théâtrale. Le génie des Goncourt est d'avoir gonflé leur grognonnerie et de s'être créé un personnage de vieux cons. On prend généralement des postures avantageuses : ils ont pris une posture désavantageuse. Ils ont quelque chose de personnages de Corneille tout clinquants d'éperons qui se retrouvent dans un siècle de chapeaux. Après la bourrasque sanglante des révolutions, le XIXe siècle, dans sa seconde moitié, s'apaisait en farce. Déroulède et le général Boulanger clownifiaient Victor Hugo et Napoléon. Qu'est-ce même que Boulanger par rapport à Napoléon III ? Marx dit que Hegel, à sa remarque que les grands événements se répètent, a oublié d'ajouter : la première fois comme tragédie, la seconde comme farce. Il a lui-même oublié d'ajouter : la troisième, comme bide. C'est l'époque d'Aurélien Scholl et de Paul de Kock. Le temps de la blague. En 1870, Edmond de Goncourt dit à Théophile Gautier : « Mon cher Théo, lui dis-je en le quittant, mon avis est que la Blague a tué toutes les imbécillités héroïques ; et les nations qui n'ont plus de ça, ces nations sont condamnées à mourir » (26 octobre). Sachant ou croyant tout perdu, il prend le rôle du râleur. Il s'amuse à s'exclamer « nom d'un chien ! ». On l'exproprie d'un bout de terrain : « Ah ! c'est positif, je suis né maudit ! » (1er février 1894.) Assassinat de Sadi-Carnot : « Sapristi, il n'avait cependant pas une gueule à jouer les Henri IV, ce grand médiocre ! » (25 juin 1894.) Bref, il a de l'humour.

On ne l'appréciait généralement pas. Les Goncourt faisaient partie des écrivains à qui l'on ne passe rien. La critique a démoli tous leurs livres, toutes leurs pièces. « Ereintement de toute la presse. Je crois vraiment, quand je serai mort, que mes confrères viendront chier sur ma tombe » (26 décembre 1892). Cela a été fait.

Ronchons, parfois bougons, mais pas sans tendresse. Ils ont de vraies amitiés, envers Gautier, « le sultan de l'épithète » (3 mars 1862), ou Flaubert, dont ils décrivent affectueusement le gros derrière (28 mars 1880). Et c'est beaucoup, rappelons-nous le temps, là encore, un temps d'hommes, d'hommes à moustache, d'hommes sentant le tabac, d'hommes sifflant des airs militaires. Et nous qui vivons le temps des Souchon serons moqués par un temps où les hommes auront imaginé une nouvelle façon de se rêver.

Ils ont le sens de l'image. Injurieuse : « cette larve à gardénia qui s'appelle Renan fils » (8 décembre 1886). Anarchiste : « Mais la légende est en train de tomber dans la merde » (13 novembre 1889, à propos du prince Napoléon). Romanesque : « Après les grandes pestes, les grandes rafles d'êtres au Moyen Age, il naissait des gens avec des moitiés de sens : à l'un un œil, à l'autre les dents manquaient, à l'autre l'odorat, à l'autre l'ouïe. On aurait dit que la Nature, pressée de recréer, faisait de la pacotille, bouchait les trous tant bien que mal » (27 novembre 1863).

Je ne voudrais pas quitter cette notice sans avoir noté ces deux mots comiques, le premier à propos de la femme du dessinateur Forain, qui était une harpie.

Quelqu'un demandant pourquoi Forain était aussi amer, l'un répondait : « C'est qu'il avait mangé de la vache enragée ! » Un autre ajoutait : « Il n'en a pas seulement mangé, il l'a épousée ! » (18 novembre 1894.)

Ernest La Jeunesse à qui un insolent demande, d'une voix de castrat : « Monsieur, qu'est-ce que vous venez faire ici ? On n'y reçoit que des gens de talent », répond deux fois plus insolemment : « C'est pour savoir où vous avez pu déposer vos couilles » (17 mai 1896).

Oscar Wilde leur raconte que, dans les bordels du Texas, on peut lire : « Prière de ne pas tirer sur le pianiste, il fait de son mieux » (5 mai 1883). Il l'avait écrit dans un article (*Aristote à l'heure du thé*), et je parierais qu'il l'a inventé. Son imagination d'écrivain donnant du sens à la réalité.

« ... on entend maintenant dans le monde des accents de porteur d'eau du Midi, qui n'osaient autrefois pas franchir la cuisine » (26 juin 1883). Eh oui, Goncourt ! c'est la Troisième. Les accents lyonnais, toulousains et marseillais dureront jusqu'à la Quatrième. Té ! Vincent-Aurrriol !

Ils ont des délicatesses charmantes, comme quand ils parlent du « blanc si gai » des meubles Louis XVI (10 décembre 1891). Leur paradis, c'est le passé. Leurs études historiques sur Marie-Antoinette, *Les Maîtresses de Louis XV* et *La Femme au XVIIIe siècle*, quoique « petit bout de la lorgnette », sont sérieuses : ils ont procédé à des recherches, ouvrant certaines archives pour la première fois. Ce sont des livres très démaquillés de leurs afféteries habituelles, probablement parce qu'ils sont contaminés par le style sec de l'époque. Leur génie s'y régale néanmoins à retrouver des expressions si oubliées qu'elles ont l'air de néologismes : « Madame de Pompadour, se gracieusant. »

La publicité pour les livres date, non de Bernard Grasset, comme on le dit toujours, mais de Charpentier qui, soixante-dix ans auparavant, fit se promener des hommes-sandwiches boulevard Saint-Germain pour un livre des frères Goncourt. Ils n'ont jamais eu de chance avec la vente : leur premier livre, *En 18…*, fut mis en place quelques jours avant le coup d'Etat du 2 décembre, et ils n'en vendirent rien.

Je dis « les Goncourt » alors que plus de la moitié de leur œuvre est d'Edmond tout seul. Il l'a voulu. Son frère mort, il a continué à signer « Edmond et Jules ». C'est sa part la plus humaine.

📖 « Imbéciles ou fous, voici les deux classes d'admirateurs qu'un homme de lettres a de son vivant. » (*Journal*, 12 avril 1883.)

> Edmond de Goncourt : 1822-1896. Jules de Goncourt : 1830-1870.
>
> ◆
>
> *En 18…* : 1851. *Histoire de Marie-Antoinette* : 1858. *Les Maîtresses de Louis XV* : 1860. *La Femme au XVIIIe siècle* : 1862. *La Fille Elisa* : 1877. *La Duchesse de Châteauroux et ses sœurs, Madame de Pompadour, La Dubarry* : 1878-1879. *Chérie* : 1884. *Journal* : 1887-1896 (éd. complète 1956-1958).
>
> ◆
>
> Léon Daudet, *Devant la douleur*, 1915. Alexander Woolcott (1887-1943), *While Rome Burns* : 1934.

GOSCINNY (RENÉ), AUDIARD (MICHEL), JARDIN (PASCAL) : René Goscinny, le scénariste d'*Astérix*, de *Lucky Luke* et du *Petit Nicolas*, fait partie des talents littéraires qui, au XXe siècle, ont fait autre chose de la littérature en apportant du littéraire à cette autre chose. Je n'ai que brièvement aimé *Tintin*, enfant, qui me paraissait surtout valoir par quelques planches d'une élégance précise, la fusée d'*On a marché sur* *la lune*, le roi du *Sceptre d'Ottokar* et la fumerie d'opium du *Lotus bleu* ; *Alix* m'a ouvert la fenêtre antique ; *Spirou* ne m'a laissé que peu de souvenirs, ayant eu trop de dessinateurs différents ; *Lucky Luke* m'a tout appris sur le Far West ; d'amusant, *Astérix* est devenu délicieux. Il déborde de références. Les albums plus référencés sont d'ailleurs les meilleurs ; il faudra bientôt les éditer avec des notes. Quel plaisir de retrouver, comme entre nous, des allusions à des faits des années 1960 et 1970 tout aussi oubliés que la culture latine ! La culture populaire meurt comme le reste, et désormais aussi vite : je me suis vu, à quarante ans, devoir expliquer à des jeunes femmes de vingt qui étaient, d'il y a un siècle, Nini peau d'chien et Aristide Bruant, d'il y a un quart, Marie-Chantal et Jacques Chazot. L'explication « Je n'étais pas née » pour justifier l'ignorance est une explication de barbare. Elles ne l'ont pas eue. Nom du village de Mariapacum sur la carte de Corse, personnages dessinés d'après des vedettes d'alors, comme le présentateur du Disney Club à la télévision, Pierre Tchernia, je vous aime ! *Astérix* a le goût fin, non seulement parce qu'il est cultivé, mais aussi parce qu'il est intelligent : il parodie les clichés. Ainsi, dans *Astérix en Corse*, que les Corses sont susceptibles et paresseux. « — Elle te plaît pas, ma sœur ? — Mais si, elle me plaît. — Ah, elle te plaît, ma sœur !!! Retenez-le ou je le tue, lui et ses imbéciles ! »

Astérix n'est pas que malin. L'affection du goinfre Obélix pour son tout petit chien Idéfix est touchante, et les histoires ont une indulgence aujourd'hui morte. C'est toujours par le zèle que les catastrophes y arrivent ; les méchants y sont les passionnés ; le scepticisme n'empêche pas de défendre l'essentiel. Les gaullistes raffolaient de cette bande dessinée consolante : en la lisant, les Français pouvaient croire que l'Occupation avait été gaie grâce à Londres. Mes volumes préférés étaient et restent *Astérix en Corse* (la moquerie du cliché), *Astérix chez les Bretons* (l'Angleterre), *Astérix et Cléopâtre* (l'Antiquité).

Dessiné par Sempé, *Le Petit Nicolas* m'enchanta. Je sentais bien, subissant les horreurs du collège, un des lieux les plus féroces qui aient été inventés pour l'asservissement des humains, qu'on me racontait un monde idéal et moqueur, délicieux parce qu'il était moqueur : on ne me prenait pas pour un sot en me menant par l'idéal. C'est adolescent, je pense, au moment où l'on perd la connaissance instinctive du monde, que j'ai éprouvé la nostalgie des choses que je n'avais pas connues, ce qui a peut-être nourri le sentiment qu'il me fallait recueillir le meilleur du passé.

De Michel Audiard, tout le monde connaît les dialogues des *Tontons flingueurs* et de tant d'autres films célèbres. Voici une réplique de Marie Laforêt dans un film moins connu, *La Chasse à l'homme* : « Enfin ! Je ne vais pas passer ma vie en porte-jarretelles sous prétexte que je ne sais pas faire les pieds-de-mouton ! » Quand Audiard écrit pour le papier (des préfaces, un roman), il passe souvent à la ligne, comme souvent les auteurs de théâtre, ou imite Céline, comme dans cet article sur Mireille Darc, la délicieuse actrice française des années 1970, la chef des ravissantes narquoises.

— Bonjour, ma chérie, fait-on en chœur.
— Bonjour mes chéris, retourne-t-elle sans sourciller.
Elle nous connaît à fond, la Mireille. Elle se doute qu'on a débloqué sur son compte mais elle nous embrasse bien quand même. Elle sent bon. On s'adore. Et puis avec la Darc vaut toujours mieux faire gaffe, c'est une cancanière pire que nous. Si on lui faisait pas la bise, elle serait capable de raconter qu'on a tourné pédés... d'aller colporter ça dans Paris... au « Matignon »... partout.

Pascal Jardin, lui aussi scénariste, est le seul qui ait écrit de bons livres : mêlés de considérations sur les acteurs et sa propre vie, ils portent sur son père, chef de cabinet de Laval, nain bondissant et hyperactif, du moins selon la mythification qu'il en a faite. Le titre du premier des livres sur ce collaborateur, *La Guerre à neuf ans*, s'inspire de celui d'un gaulliste, Philippe Barrès, le fils unique de Maurice, *La Guerre à vingt ans*, où Philippe Barrès relate sa guerre de 14 ; il écrivit ensuite le premier livre sur le général de Gaulle qu'il avait rejoint à Londres. Dans les livres de Jardin, plus attachante que son insaisissable homme pressé de père, qui a d'ailleurs connu Paul Morand, est sa grand-mère maternelle, Madame Mère. C'est une des meilleures grand-mères de la littérature française. Pète-sec, emportée, partiale pour son petit-fils. « Pour elle, j'étais un élu, un jour je connaîtrais la gloire. Pour moi, elle était celle qui m'acceptait totalement. Celle qui tolérait que je mette sa maison à feu et à sang, que j'élève des lapins dans mon lit, que je tire le préfet à la carabine à plomb. Plus tard, elle aimera mes maîtresses, mes amis, mes chagrins, tout » (*La Guerre à neuf ans*). Les livres de Pascal Jardin sont débraillés comme un enfant qui vient de monter au cerisier dans son costume de premier communiant, pleins de drôlerie, d'élan, d'injustice, d'un pessimisme d'enfant. Si j'emploie deux fois ce mot, c'est que Pascal Jardin est l'auteur le plus enfant de notre littérature, mais sans puérilité.

📖 « J'ai connu là les derniers sursauts de la bourgeoisie de province, vieille caste privilégiée, vieille putain, aux rides encore charmantes, mais qui ne savait plus ni défendre son bien, ni faire valoir des droits arbitraires qu'elle avait pourtant inventés. » (Pascal Jardin, *La Guerre à neuf ans.*)

📖 « A la guerre, on devrait toujours tuer les gens avant de les connaître. » (Maurice Biraud dans *Un taxi pour Tobrouk*, dialogues de Michel Audiard.)

📖 « La garde se rend et ne meurt pas. » (René Goscinny, *Astérix en Corse.*)

1926-1977.

♦

Avec Albert Uderzo, *Astérix et Cléopâtre* : 1965 ; *Astérix chez les Bretons* : 1966 ; *Astérix en Corse* : 1970. Avec Sempé, *Le Petit Nicolas* : 1960.

♦

Michel Audiard (1920-1985), « Mireille Darc » : *Le Nouveau Candide*, 15 juillet 1965, dans *Audiard par Audiard* : posth., 1995. Philippe Barrès (1896-1974), *La Guerre à vingt ans* : 1924 ; *Charles de Gaulle* : 1941. Pascal Jardin (1934-1980) : *La Guerre à neuf ans* 1971 ; *Guerre après guerre* : 1973 ; *Le Nain jaune* : 1978.

♦

Edouard Molinaro, *La Chasse à l'homme* : 1964.

GOURMONT (REMY DE) : Un écrivain mort, ça n'est parfois plus qu'un lambeau de tissu pendant au crochet d'un très ancien scandale. En général, quand on se souvient de Gourmont, c'est pour dire que, en 1891, il a été renvoyé de son poste d'attaché au département des imprimés à la Bibliothèque nationale à cause d'un article intitulé « Le joujou patriotisme ». Avec une morgue d'adolescent, il y écrivait de l'Alsace et de la Lorraine : « Personnellement, je ne donnerais pas, en échange de ces terres oubliées, ni le petit doigt de ma main droite : il me sert à soutenir ma main, quand j'écris ; ni le petit doigt de ma main gauche : il me sert à secouer la cendre de ma cigarette. » Ça n'était pas aussi malin qu'il le croyait, mais il protestait contre le tapage des associations patriotiques, qui lui semblaient des tartarinades : « La question, du reste, est simple : l'Allemagne a enlevé deux provinces à la France, qui elle-même les avait antérieurement chipées : vous voulez les reprendre ? Bien. En ce cas, partons pour la frontière. Vous ne bougez pas ? Alors foutez-nous la paix. » En 1914, comme à peu près tous les écrivains français, Gourmont devint patriote et écrivit dans les journaux des articles contre les joujoux bien plus meurtriers qu'utilisait l'Allemagne. Ses articles (recueillis dans *Pendant l'orage*, *Pendant la guerre* et *Dans la tourmente*) sont bien moins « bourrage de crâne » que ceux de son vieil agacement, Barrès : il n'était pas courant, dans l'exaltation générale, d'écrire contre l'emploi des mots « boche » et « poilu ». Gourmont faisait partie des rares hommes qui, dans les circonstances les plus défavorables, tentent de maintenir la possibilité du raisonnement.

Entre ces deux dates, il y avait eu une vie d'écrivain comme on en faisait alors, une vie de sacrifice de la vie. Sans sentiment d'exploit, d'ailleurs, la littérature la remplaçant tout naturellement, devenant la vie même. Pas de femme (sinon une vieille maîtresse), pas d'enfants, pas de voyages : écrire et publier. Cela dans *Le Mercure de France*, revue que Gourmont fonda avec quelques amis, reprenant un titre du XVIIIe siècle. (C'est là qu'il a donné « Le joujou patriotisme ».) A partir de 1890, la revue et la maison d'édition associée constituèrent un des plus beaux catalogues de l'histoire de l'édition française : Gourmont, Régnier, Jarry, Léautaud, Francis Jammes, Marcel Schwob, Claudel, Gide. Le Mercure restait si chic à la fin des années 1910 que Marcel Proust voulut y être publié. On le refusa. Qui n'a pas refusé Proust ?

Des romans de Gourmont, je conseillerais *Le Songe d'une femme*. Le meilleur se trouve dans son œuvre critique : *Le Latin mystique*, *Le Livre des Masques*, *La Culture des idées*, *Le Problème du style*, l'*Esthétique de la langue française*, les *Promenades littéraires* et les *Promenades philosophiques*. Pour la plupart des recueils d'articles, montrant sa limite comme artiste : il n'a pas écrit d'essai qui soit une *œuvre*. Cependant, combien de traités frivoles comparés aux quatre-vingts pages d'« Une loi de constance intellectuelle » (*Promenades philosophiques*, II), où il essaie de démontrer que, quelle que soit l'époque, le niveau d'intelligence humaine reste le même ! Combien de thèses se noyant, entraînées par leur propre pesanteur, auprès de ses réflexions sur le cliché, que, le premier, il a tenté de définir !

Gourmont n'aimait pas les imbéciles. En littérature, ils sont souvent populaires, soit que leur enflure est prise pour du lyrisme, ou leur outrecuidance pour de la virilité. Gourmont avait des tendances à la misogynie, comme les hommes qui connaissent peu les femmes, les autres, les grands amoureux, étant généralement « indulgents ».

> Une femme n'est jamais étonnée qu'on l'aime ; c'est le contraire qui la surprend (*Sixtine*).

C'était surtout un désillusionné. Non pas d'expérience, car il l'a été tout de suite ; désillusionné de naissance, en quelque sorte. Cela le conduit à un mépris parfois trop visible, mais enfin, il y a des choses méprisables, surtout dans des époques d'émotivité populaire. Indépendant, fortement individualiste, presque farouche, dès qu'un parti s'approche, Gourmont fuit. Il fesse les religions ? C'est pour mieux chasser les libres-penseurs qui s'approchaient. Il pratique ce qu'il a défini comme la « dissociation d'idées ». Où tout le monde les associe, arrivant au lieu commun, Gourmont les désenchaîne, arrivant à la personnalité.

Son influence a été discrète et sûre. Cendrars l'admirait, ainsi qu'Apollinaire, qui le surnomma « Herpès Trismégiste » (un lupus tuberculeux lui avait rongé une partie du visage) ; à l'étranger, *The Sacred Wood* (le bois sacré), de T.S. Eliot, est fortement imprégné de gourmontisme, et Ezra Pound a eu le projet de créer une revue littéraire avec lui, comme il le rapporte dans le livre au titre gourmontien d'*Instigations*. La malchance de Gourmont a un nom : Gide. Celui-ci le détestait et a en partie fondé la *N.R.F.* contre le *Mercure*. Et puisque, le plus souvent, au lieu de lire, on fait confiance aux lecteurs, toute la maison Gallimard a de bonne foi adopté sa mauvaise foi contre Gourmont. C'est l'effet des bandes. On trouverait pourtant des traces de Gourmont chez Larbaud (l'influence de la traduction sur la littérature dans *Sous l'invocation de saint Jérôme*) ou chez Paul Valéry (la recherche de la « dissociation » dont il parle dans *Lettres à quelques-uns*). C'est Paulhan, le Gourmont de la *N.R.F.*, qui a été le plus injuste envers Gourmont.

« Remy de Gourmont – qui n'eût pas donné son petit doigt, disait-il, pour l'Alsace-Lorraine – a perdu, dans ses articles de guerre, beaucoup plus que son petit doigt : son honneur d'écrivain. » Allons, Paulhan, sois conséquent, toi qui veux tant que les écrivains le soient. Gourmont n'a pas plus perdu son honneur d'écrivain en écrivant (raisonnablement) pour la France en 1914 que Paulhan en cofondant les résistantes éditions de Minuit pendant la guerre suivante ; d'autre part, on ne peut pas en vouloir à Romain Rolland pour son pacifisme en 1914 et à Gourmont pour son patriotisme au même moment. Dans *Les Fleurs de Tarbes*, Paulhan fait aussi dire à Gourmont le contraire de ce qu'il disait à propos du cliché et le traite à peu près d'imbécile, non sans lui avoir pris des arguments, comme il a pris beaucoup de choses à beaucoup de monde sans beaucoup le dire. Ah, la littérature n'est pas toujours une affaire d'hommes droits.

📖 « Il est quelquefois beau de mentir aux autres. Il est plus beau de se mentir à soi-même. » (« Des pas sur le sable… », *Promenades philosophiques III.*)

> 1858-1915.
> ◆
> *Le Latin mystique* et *Sixtine* : 1892. *Le Livre des Masques* : 1896. *Le Second Livre des Masques* : 1898. *Le Songe d'une femme* et *Esthétique de la langue française* : 1899. *La Culture des idées* : 1900. *Le Problème du style* : 1902. *Promenades littéraires* (sept séries) : 1904-1927. *Promenades philosophiques* (trois séries) : 1905, 1908 et 1909. *Pendant l'orage* : posth., 1915, *Pendant la guerre* et *Dans la tourmente* : posth., 1916.
> ◆
> T.S. Eliot : *The Sacred Wood* : 1920. Ezra Pound, *Instigations* : 1920.

Goût : Le goût, je ne sais pas ce que c'est. Il y a le tact, qui est l'art d'arranger des agréments, et le cœur, qui remplace tout.

J'essaie de ne pas laisser mes goûts se mêler de ce que j'écris. Cela ne les regarde pas.

Contredisez un principe, on vous applaudit ; contredisez un goût, on vous égorge.

GRAMMAIRE : Wittgenstein (*Grammaire philosophique*) dit que les enfants en bas âge, à qui l'on ne fait qu'apprendre les mots de manière ostensive (« ceci : *table* »), devinent les règles de la grammaire. C'est possible : à l'âge plus tardif où on nous l'enseigne, j'eus la sensation que ses notions obscurcissaient des choses que je pratiquais naturellement. Toute définition éloigne, car elle ôte.

Il serait intéressant de procéder à une enquête sur le comportement grammatical des Français, comme il y en a sur leur comportement sexuel : et je pense qu'on se rendrait compte que 1) la plupart des gens n'ont aucun sentiment de leur langue, 2) parlent sans réfléchir, sans tact, sans soin, « mal », 3) ne comprennent pas quand on leur parle « bien », c'est-à-dire selon la raison, 4) c'est un miracle si nous nous comprenons, 5) nous croyons nous comprendre, mais ceux qui sont équipés d'un langage « soutenu » ne comprennent peut-être pas plus les catégories sous-équipées (ce qui est le premier drame social : ne pouvant pas nommer ses maux, on s'enferme dans un grommellement qui finit d'enfermer) qu'elles ne nous comprennent. Nous parlons tous des langues étrangères dans notre propre langue.

Même en France où le dictionnaire est une religion, où les chroniqueurs de grammaire dans les journaux sont les seuls qui reçoivent du courrier avec les critiques de télévision, où la langue française est une passion. Il serait intéressant de comparer avec d'autres pays. Les Anglo-Saxons, tellement *easy going* avec l'anglais et nous trouvant rigides, sont-ils plus égalitaires pour cela ? En France, la règle grammaticale s'applique aussi aux catégories « supérieures », qui sont plus ou moins obligées de parler « comme les autres ».

> Ludwig Wittgenstein (1889-1951), *Grammaire philosophique* (*Philosophische Grammatik*) : 1969, trad. française : 1980.

GREEN (JULIEN) : Ah, laissez-moi le temps ! Ça n'est pas mort depuis huit jours qu'on voudrait sa notice ! Ceci est un livre sérieux ! Avec la position que j'ai à Paris, comme je l'ai entendu dire par le journaliste-historien Jean Lacouture à la télévision, le 25 septembre 1998, je ne peux pas me permettre d'écrire sans savoir, et... Pourquoi ne lit-on pas un écrivain ? Le temps qui manque. Encore que le temps, on le trouve, si on veut. La distraction. Le devoir. Du moins pour moi. Rien ne me repousse plus d'un écrivain que le conseil de le lire de toute urgence. Un préjugé. Que nous appelons pressentiment. Il émane des livres de cet homme un fumet, nous disons-nous, qui nous déplaît. Ce fumet résulte, si l'on peut dire, de la sonorité de ses titres, d'une idée que nous nous faisons de lui d'après le bien ou le mal que tels ou tels en disent ; et qui, comme toute idée qu'on se fait, est fausse.

Un jour, presque décidé à lire Julien Green qui ne m'exaltait pas, j'ouvre le dernier volume de son journal dans une librairie. « 10 mai 1981. Election de M. François Mitterrand à la présidence de la République. » Dans le journal d'un *écrivain*, la mention d'une élection, comme ça, sans un commentaire, dans un journal supposé intime, le mot de « monsieur », je fermai le livre en moins de temps qu'il ne m'a fallu pour vous en expliquer la raison, et adieu Green.

Quelques années plus tard, je trouvai son journal de l'année 1940, *La Fin d'un monde*, je le lus, il m'intéressa. Il contient un point de vue particulier et honnête, et cette réflexion d'écrivain : « Je descendis place Jean-Jaurès ; mon regard tomba sur un journal du soir dont la première page était barrée par ces mots en grosses lettres : "Le maréchal Pétain dit qu'il faut cesser le combat." Je me demande ce qu'eût pensé, dans un roman, un personnage qui se fût trouvé dans ma situation et dont les yeux, comme les miens, eussent lu cette phrase. » Qui sait si, dans les soixante-seize autres années de son journal, qui va de 1919 à 1996, il n'y a pas des choses ?

En attendant de m'en assurer je lus un de ses romans, *Mont-Cinère*, qui se passe dans le sud des Etats-Unis. Cela s'y passe, mais rien n'en dépasse. Un étang, lisse, d'un vert uniforme, avec à peine des frémissements, et pour que ça remue il faut qu'à la fin il y jette la folie d'un des personnages. Pour employer un mot de la langue natale de Julien ou Julian Green, son style est *plain*. Uniforme comme une plaine de ce cher Sud. Dans *Mille chemins ouverts*, ses mémoires de 1917 à 1919, il emploie sans cesse les mots « péché », « mal », mais c'est comme « fièvre » pour Mauriac, qui le recommanda pour son successeur à l'Académie française : des graines d'épice. Où sont-elles, les grandes ombres lécheuses de la tentation ? Les sueurs dans les portes cochères du conscient, les recoins où on se laisse happer par les passions mauvaises ? Ce sont les bons élèves du péché. Pour la méchanceté des bonnes âmes et l'hystérie si particulière de cette région du monde, me semblent plus frappants les pièces de Tennessee Williams et le roman de Shelby Foote, *L'Amour en saison sèche*, que j'ai lu adolescent, comme tant d'autres livres, grâce à Angelo Rinaldi et ses critiques de *L'Express*. La chance de Green est qu'il a écrit ce livre bien avant eux, à une époque sans télévision ni reportages, sans même de cinéma et d'*Autant en emporte le vent*, une époque de moins de traductions, une époque où, pour se renseigner sur les mœurs étrangères, on lisait ce que les romanciers nationaux en disaient dans des livres qui étaient en réalité des documentaires. La télévision nous a débarrassés de ces livres de renseignements, et les romans sont devenus plus artistiques. L'un des derniers à en avoir fait fut Romain Gary, dans des romans comme *Chien blanc, sur* le racisme aux Etats-Unis. Les romanciers locaux, imprégnés du décor, l'expriment sans avoir à les décrire et passent au principal, les personnages. Un roman sudiste écrit par un Français, un Italien ou un Japonais décrit de la couleur locale ; écrit par un Américain, il montre des hommes. Je ne dis pas que les romanciers ne puissent bien montrer que les faits de leur pays, mais ils doivent se méfier de l'illusion sociologique, y compris sur leur pays. Le roman n'est pas « sur » la société, il est « avec » des êtres.

Longtemps avant cela, j'avais lu, je l'avais oublié, la *Suite anglaise*, sur quelques écrivains de cette langue. Ce n'est pas que Green communique un désir fou de les lire, mais il n'est pas si fréquent de lire des choses sur Charles Lamb ou Samuel Johnson.

Novembre 1998. Trouvant dans la bibliothèque de ma défunte grand-mère le journal de Green, je prends trois volumes, 1935-1939, 1940-1943, 1943-1945. Huit cents pages. Une malle dans un grenier, d'où, ôtés les dentelles jaunies et les sachets de lavande en poussière, on peut trouver de beaux tissus. Avec des imprimés parfois conventionnels : « La pensée vole et les mots vont à pied. Voilà tout le drame de l'écrivain. » Ce qui est peut-être sa gloire, aussi. Observations très justes sur le métier (« On devrait noter ses lectures. [...] Il se peut que telle page d'un roman ait été écrite en protestation inconsciente contre un chapitre lu la veille, et cette page change le cours du livre entier »), belles images personnelles : « Les avenues de la Rêverie, promenade préférée du diable. » Il y a sans doute dans Green, converti au catholicisme, un très lointain et tout petit fantôme intérieur, un fantôme écossais, protestant, fou.

Décembre 2000. Journal 1928-1934. C'est le plus intéressant de Green, son particularisme, son dada, et à la fin les écrivains ne valent que par leurs particularismes, leurs dadas : sur les choses essentielles, tout le monde raisonnable pense la même chose, c'est pour cela que les écrivains les laissent aux philosophes, qui savent camoufler la banalité sous la pâte épaisse de leur crépi. Des histoires de fantômes dans des climats chauds, des malédictions sournoises, des superstitions logiques, originalité de ce Sud des Etats-Unis à la folie si différente de celle d'Elseneur et de Haïti. Green n'en mentionne pas assez. C'est un raisonnable. Il reste à ce volume (où l'on trouve, à la date du 24 janvier 1934, un « M. Roosevelt » ; dans quelles proportions ces « monsieur » viennent-ils de la politesse, du snobisme et du respect de l'institution ?), le très intéressant récit d'un voyage à Savannah, d'où sa mère était native, et d'autres passionnantes observations littéraires.

> Chez bien des romanciers, j'en suis sûr, c'est l'accumulation de souvenirs immémoriaux qui fait qu'ils écrivent. Ils parlent pour des centaines de morts, leurs morts ; ils expriment enfin tout ce que leurs ancêtres ont gardé au fond d'eux-mêmes, par prudence ou par pudeur (1er avril 1933).

Finalement il est très bien, ce journal. Tellement moins banal que tant d'autres. Et si peu intime, grâce au tact de Green. On n'a pas l'impression de barboter dans une machine de linge sale. A ce sujet, si je signale que ses livres avaient appartenu à ma grand-mère, ce n'est pas par passion de raconter ma vie, mais pour marquer l'importance des bibliothèques de famille. Elles contiennent tous les livres que nous n'avons pas voulu lire. Tous ces trucs de vieux ! Et puis, un jour nous y allons, avec des précautions feintes, nous doutant qu'il y a là d'anciens trésors. Essayer de lire d'autres romans de Green. Son apparente platitude est peut-être de l'équanimité, son équanimité est peut-être la grande indifférence grecque. Vous voyez que, quand on n'a pas lu, on parle comme un sage.

📖 « Que font les heures que nous perdons, et où vont-elles ? Elles s'habillent des étoffes les plus riches, elles se couvrent la tête d'un voile et se coiffent d'un diadème orné d'améthystes, de sanguines et de sombres rubis, et elles attendent le jour où elles viendront témoigner contre nous ; elles diront dans les larmes que nous les avons délaissées alors qu'elles étaient belles et qu'elles méritaient nos soins, car chacune d'elles avait quelque chose à nous donner, et ces présents dont nous n'avons pas voulu, elles souffrent de les avoir conservés, inutiles, dédaignés, et pourtant magnifiques. » (*Journal 1940-1943.*)

> 1900-1998.
> ♦
> *Mont-Cinère* : 1926. *Journal 1928-1934* : 1938. *Journal 1940-1943* : 1946. *Mille chemins ouverts* : 1964. *Suite anglaise* : 1972. *La Fin d'un monde* : 1992.
> ♦
> Shelby Foote (1916-), *L'Amour en saison sèche* (*Love in a Dry Season*) : 1951, trad. française : 1976.

GUERRE DE 14 *OU* **LE GRAND ROMAN DE** : La guerre de 14, c'est notre Iliade. Huit à dix millions de morts. La fin de notre puissance, de la puissance de toute l'Europe, comme de celle de Troie. La destruction de tant de choses. Au contraire de toute autre guerre, même plus récente, elle a blessé presque chaque famille française. La guerre de 14, c'est de la douleur, de l'héroïsme lent, qui, très vite, sont devenus un mythe. Les mythes n'ont pas besoin de mille ans pour se créer : les Grecs n'avaient pas tant de siècles derrière eux quand ils ont inventé les leurs.

Et c'est ce caractère de mythe qui en fait un sujet envahissant et dangereux pour la fiction. Le mythe fige les comportements, empêche l'analyse des nuances, que dis-je ? les nie. Pas de nuances chez les marionnettes. Le grand roman de la guerre de 14 existe-t-il ? (Ou d'Hiroshima ?) Barbusse, *A l'Ouest rien de nouveau*, les romans de tranchées de Maurice Genevoix sont très honorables, mais on ne demande pas de l'honneur aux romans, on leur demande de la littérature. Et la littérature n'existe qu'à côté. A côté de l'interprétation mythique, officielle, rassurante. Il me semble que nous n'avons pas à demander de « grand roman de » quelque grand événement que ce soit, parce que le « grand roman de » procède d'une conception statistique et consolante du roman que celui-ci ne peut nous donner qu'à condition de cesser d'être un bon roman. A moins de considérer le « grand roman de » sur le modèle de *La Chartreuse de Parme*, qui serait celui de la guerre napoléonienne dans la mesure où Fabrice rate son Waterloo : il boit tellement d'eau-de-vie qu'il ne reconnaît pas Napoléon qui passe, se fait prendre son cheval, finit par se demander s'il a bel et bien participé à une bataille. Dans ce sens, le « grand roman de » la guerre de 14 serait, non pas de Radiguet, trop puérilement provocateur, mais le *Thomas l'imposteur* de Cocteau. « Le grand roman de » est le récit d'une libération : celle des conventions, qui veulent nous faire voir la vie comme elle n'est pas.

> Henri Barbusse : 1873-1935. Maurice Genevoix (1890-1980), *Ceux de 14* : 1917-1923. Raymond Radiguet, *Le Diable au corps* : 1923. Erich Maria Remarque (1898-1970), *A l'Ouest rien de nouveau* (Im Westen nichts Neues) : 1929.

GUITRY (SACHA) : Sacha Guitry est un poète. Oui, oui, je sais, il l'est parfois à la façon d'Edmond Rostand (d'ailleurs il ressemblait à Chantecler), histoire de France, jeux de mots, galanterie, enfin toute une dégénérescence de Victor Hugo qui lui fait écrire des choses comme : « Ayant conquis l'Alsace, Turenne rentre à Paris, acclamé par la France » (*Si Paris nous était conté*). Il était comme ça. Et sans ça, il ne serait pas plus Guitry que Talleyrand ne serait Talleyrand sans sa corruption. Les chipotages sont terminés ? Nous pouvons passer au génie ?

Guitry, c'est beaucoup mieux que la moyenne des comédiens de théâtre qui se sont mis à écrire : mieux qu'André Roussin, mieux que Marcel Achard, aussi bien que Molière. Molière est très agrandi par Louis XIV, Racine et cent ans d'enseignement républicain, de Jules Ferry à Claude Allègre, le ministre recalé au concours de l'Ecole normale qui en conçut la haine des matières littéraires et déclara que l'enseignement du grec ne servait à rien. Guitry est meilleur que bien des pompeux respectés de son temps, inutile que je les mentionne, laissons-les ennuyer les anges. Il a écrit des merveilles. Pas deux, pas trois, pas quatre, au moins cinq : *Mon père avait raison*, *Quadrille*, *Toâ*, *Le Roman d'un tricheur*, et *Faisons un rêve*, ce *Faisons un rêve* qui le relie à Musset et à Marivaux. Ce qui le rapproche d'Oscar Wilde, leur cousin de la branche anglaise.

De Marivaux il a le déhanché, de Musset le caressant, de Wilde l'abattage (et les fleurs au revers et les bagues au petit doigt et les pochettes dégoulinant sur le plastron et la même façon je pense de tenir la cigarette), de tous le nuage de bonté qu'avait soufflé Shakespeare. N'oublions pas Alexandre Dumas. Il a de lui les yeux bleu-blanc, la cervelle étroite... mais non, ils n'étaient pas bêtes, ils ne s'arrêtaient pas pour réfléchir : Guitry fait partie de l'espèce des gros rapides.

Avec Dumas, il partage une passion gloutonne pour l'histoire de France. Ils en retiennent tout ou presque sans juger, comme un immense tas où piocher du théâtral. Avant d'être romancier, Dumas a été un auteur de théâtre. Comme lui, Guitry passe sans cesse à la ligne dans ses romans. C'est une façon de continuer à écrire du théâtre. Si, fils d'un général de Napoléon, Dumas juge quelquefois la France en fonction de la brouille de son père avec l'empereur, Guitry est plus authentiquement napoléonien, dans le sens où Napoléon disait : « De Clovis jusqu'au comité de salut public, je me sens solidaire de tout. » Le seul personnage historique (dans l'histoire, les personnes deviennent des personnages) dont il dise du mal est Charles X. Ce grumeau craché, il mange toute sa grosse brioche d'histoire de France avec un plaisir d'enfant, qu'il met aussi dans le *jeu* des rôles de Napoléon, Louis XIV, Louis XI, Talleyrand, François Ier.

Guitry manque d'ombres. S'il écrit *La Maladie*, il s'agit d'une grippe. Livre badin, quand il aurait pu... mais non, il n'aurait pas pu. On ne peut pas demander à un écrivain ce qu'il ne peut pas donner. Un Guitry noir a pourtant existé : dans *La Poison, La Vie d'un honnête homme, Un sujet de roman*. C'est le Guitry qui avait connu, admiré Jules Renard, Henry Becque, Octave Mirbeau. Comme il n'a pas leur férocité, il ne met pas autant d'entrain dans le noir que dans le rose. Ce sont ses œuvres les plus lentes. Ainsi, *Un sujet de roman*, du Pirandello en moins mode d'emploi. C'est l'histoire d'un écrivain marié à une femme qui ne le comprend pas, ambitieuse, intéressée. Ah le plaisant portrait ! Où l'on voit que Guitry répugne au noir, c'est qu'il n'utilise pas à fond les scènes où l'écrivain, tête pendante, statue débile du Commandeur dans sa chaise roulante, rendu muet par une attaque dont sa femme profite pour solliciter une Légion d'honneur qu'il n'avait jamais voulue et pour faire écrire un livre à partir de notes qu'il a laissées. Quand il recouvre la santé, au lieu de s'ériger en la maudissant, il lui dit paisiblement : je te pardonne, car je suis déjà en train de transformer ce qui nous arrive en sujet de roman.

Il y a chez Guitry une désinvolture charmante. Comme s'il n'avait pas fait exprès d'écrire. De là, pendant longtemps, sa basse cote auprès des laborieux. Il a fallu qu'il soit mort et depuis trente-cinq ans pour qu'ils décident qu'on pouvait le prendre au sérieux, en oubliant que, la veille, ils le traitaient de pitre. Cela s'est passé lorsque Canal + a édité ses films en vidéo vers 1990.

Guitry fait ce qui l'amuse, ce qui est une des conditions de la réussite en art. On ne l'a jamais fait avant ? Eh bien, on le fera. Et il invente la « voix off » au cinéma, dans le film qu'il a tiré du *Roman d'un tricheur*.

Une des raisons de son succès au théâtre, c'est qu'on y voit de beaux meubles, me disais-je le 25 mai 2004, au théâtre de la Madeleine, en écoutant Jean-Louis Trintignant dire des poèmes d'Apollinaire à une petite table en bois dans un décor noir, vêtu d'un pull et d'un jean noirs et accompagné de deux musiciens idem. Je ne fus pas très sensible à l'intimidation qui consista à diffuser un enregistrement de sa fille Marie, tuée quelques mois auparavant par un chanteur de rock, et quand, au vers : « les femmes sont ensanglantées », il leva la tête un bref instant comme pour nous prendre à témoin, je pensai ah non, c'est trop d'ostentation, comme le décor, et, ennuyé, j'ôtai mes lunettes. Nous autres myopes avons deux visions. Grâce à la myope, j'avais devant moi un tableau de Nicolas de Staël : quelques larges plaques superposées ; la contrebasse semblait une dame en robe orange assise les jambes de côté. Même si on n'aime pas les pièces de Guitry, on peut garder sa vision corrigée et se distraire en examinant le luxe enfantin de ses décors.

Curieuse est la différence entre son style joué et son style écrit. Dans *Le Roman d'un tricheur*, le film, nous l'entendons dire, comme l'enfant est au lit : « Et ce soir-là, m'endormant seul dans la maison déserte, je me suis fait sur la justice et sur le vol une opinion peut-être un peu paradoxale, mais que quarante années d'expérience n'a pas modifiée. » A la fin de la phrase, la caméra nous la montre, écrite sur un cahier par le narrateur, ce même Guitry qui parle. Eh bien, en parlant, Guitry dit comme je l'ai transcrit : « modifiée », point final, alors que, écrite, la phrase dit : « modifiée ! », point d'exclamation. Guitry, qui utilise trop ce signe, joue mieux ce qu'il écrit qu'il ne l'écrit. A moins d'intention particulière, par exemple de montrer l'exaltation d'un personnage, l'exclamation vaut mieux si elle est *incluse* dans la phrase. Tout ce qui est à l'intérieur vaut mieux que ce qui est exhibé.

Lui si louangeur, comme certains Français très bien élevés, a ses mots vaches. A propos des *Visiteurs du soir*, le film de Marcel Carné : « Ça a l'air de la parodie d'un chef-d'œuvre luxembourgeois joué par des domestiques tristes. » (*Le Cinéma et moi*, titre qu'on a donné à un recueil posthume et qui ne lui va pas si bien qu'il semble : Guitry, qui avait la vanité souriante, n'a jamais utilisé le mot « moi » dans un titre.) Dans ses recueils d'aphorismes, on trouve des phrases que, signées La Bruyère, on jugerait sublimes : « Il y a des femmes dont l'infidélité est le seul lien qui les rattache encore à leur mari » (*Elles et toi*).

Dans *Mon père avait raison*, le père demande à son fils : « Tu n'es pas égoïste, toi ? » Le fils : « Je ne crois pas. » Le père : « Patience !... Ça viendra... heureusement ! » Cela me rappelle le prince de Ligne, cette propagande pour les bienfaits de l'égoïsme. Légers comme les anges, et moins méchants, les égoïstes ne pensent qu'à leur confort et ne font rien qui gêne, ni eux, ni les autres. Homme gai qui n'écrit pas gaiement, parce qu'il n'a pas le sens du tragique, homme qui s'est amusé et n'est pas très amusant, parce qu'il ne s'est pas assez amusé en écrivant, moraliste comme tout le monde à la fin de l'Ancien Régime, avec des vantardises de joueur de rugby (son honneur, ses campagnes), le prince de Ligne a écrit un chef-d'œuvre : l'air de nous proposer l'immonde sagesse du renoncement, le *Coup d'œil sur Belœil* décrit le repos du guerrier. Ce repos est le jardinage. Il contient un principe d'horticulture qui est un grand principe d'esthétique : « Corrigez la nature, au lieu d'employer l'art à faire la nature. » Ligne écrit avec la sécheresse d'une feuille qui craque sous le pied. Sans personnalité littéraire très forte, il ne pense qu'à ses plaisirs et avec une telle application qu'il finit par exprimer cela comme personne. Il a le talent de son vice.

Guitry aime l'art, et plus encore les artistes. Dans son premier film, *Ceux de chez nous*, un muet, il montre Renoir, Degas, Sarah Bernhardt, Saint-Saëns. Et il a fait cela toute sa vie : dans un de ses derniers films, *Si Paris nous était conté*, on voit Utrillo peindre et Paul Fort déclamer. Quelqu'un a-t-il remarqué que presque tous ses films contiennent une scène reproduisant un tableau ? Dans *Faisons un rêve*, Gaby Morlay allongée sur son lit après sa tentative de suicide est un portrait de Dante-Gabriel

Rossetti. Dans *Tu m'as sauvé la vie*, Fernandel assis jambes écartées est un Toulouse-Lautrec. Dans *Bonne chance !*, Pauline Carton bâillant est la *Repasseuse* de Degas.

Je me demande si Orson Welles avait vu les bandes-annonces de ses films, chefs-d'œuvre de court-métrage, avant de réaliser celle de *Citizen Kane*. Ecran noir. Voix grave et railleuse de Welles. « *Mesdames et messieurs, mes hommages. Ici Orson Welles. Je vous parle du théâtre Mercury, et ce qui va suivre est supposé faire la réclame de notre premier film.* »

De ses pièces en un acte, la meilleure est peut-être la première, *Le KWTZ*. C'est la première pièce qu'il ait représentée. Il avait vingt ans. *Le KWTZ* est l'histoire d'un jeune homme qui veut se suicider en même temps que sa maîtresse, parce qu'ils s'aiment. Guitry n'arrête pas de faire des jeux de mots. Un serait inaperçu, deux amusants, trois agaçants, quatre insupportables, cinquante nous emportent. Il a jeté des paquets de lest, et à la fin on s'envole.

> MAXIMILIEN : — […] Vous êtes vraiment décidée ?
> HILDEBRANDE : — Irrévocablement !
> MAXIMILIEN, *tout contre elle* : — Je t'aime.
> HILDEBRANDE : — Tenez, prenez un cachou.

Certains diraient « un petit chef-d'œuvre », ce qui, je crois, est une façon de s'excuser du plaisir qu'on a pris. Pourquoi petit ?

📖 « Tous comptes faits, je place la Fantaisie en tête des qualités humaines. » (*Jusqu'à nouvel ordre…*)

> 1885-1957.
> ♦
> *Le KWTZ* : 1905. *Jusqu'à nouvel ordre…* : 1913. *La Maladie* : 1914. *Ceux de chez nous* et *La Jalousie* : 1915. *Faisons un rêve* : 1916. *Mon père avait raison* : 1919. *Un sujet de roman* : 1923. *Bonne chance !* : 1935. *Le Roman d'un tricheur* (film) : 1936. *Quadrille* : 1937. *Elles et toi* : 1947. *Toâ* (film) : 1949. *Tu m'as sauvé la*

vie (film) : 1950 (adapté d'une pièce de 1949). *La Poison* : 1951. *Si Versailles m'était conté* et *La Vie d'un honnête homme* : 1953. *Si Paris nous était conté* : 1956. *Le Cinéma et moi* : posth., 1977.

◆

Charles-Joseph, prince de Ligne (1735-1814), *Coup d'œil sur Belœil* : 1781.

H

Halévy (Daniel *et* Ludovic) • Herbart • Héritiers • Héros *ou* Voici venu le temps des galopins • Hervieu • *Histoire sans nom (Une)* • Homme • Hugo.

Halévy (Daniel et Ludovic) : Quand j'ai lu, dans les *Mémoires d'outre-tombe*, cette phrase sur le critique La Harpe : « un homme qui appartenait à ces hommes supérieurs au second rang dans la société du dix-huitième siècle et qui, formant une arrière-ligne solide dans la société, donnaient à cette société de l'ampleur et de la conscience », j'ai pensé à Daniel Halévy. Halévy, esprit solide, droit et sévère, même s'il n'est pas complètement un écrivain, si un écrivain est quelqu'un qui, à un moment ou l'autre, déconne. Prend le risque de la fantaisie. Du roman, de la poésie, de la phrase folle.

Sur la IIIe République, il est encore mieux renseigné qu'Emmanuel Berl, car il vient d'une famille d'artistes et d'hommes politiques établis depuis longtemps. A la fin du XVIIIe siècle, un rabbin de Pologne immigre en Alsace. Cet Halévy, profitant des dispositions favorables aux juifs prises par Napoléon, devient à Paris membre du Sanhédrin. Il a un fils, Fromental Halévy, le musicien, l'auteur de *La Juive*. Les Halévy se convertissent au protestantisme. Fromental est le grand-oncle de Daniel, dont le grand-père, Léon, a été secrétaire du comte de Saint-Simon. Son père est Ludovic, ce fameux Ludovic Halévy auteur avec Henri Meilhac, entre autres comédies, de bien des livrets pour Offenbach, *La Périchole, Barbe-Bleue, La Grande Duchesse de Gerolstein, La Belle Hélène*, ces opéras bouffes vraiment bouffes (c'était avant le temps où le rire était soupçonné) et assez fins, Ludovic Halévy malgré cela de l'Académie française et malgré son soutien à Napoléon III : l'Académie était dans l'opposition, pour la première et la dernière fois de son existence à ce jour. Daniel a grandi dans les secrets du Second Empire et la fréquentation des artistes – toujours institutionnels : non seulement son père est de l'Académie, mais Fromental avait été secrétaire perpétuel de l'Académie des Beaux-Arts, et son grand-père maternel, l'architecte Hippolyte

Lebas, qui a dessiné l'église Notre-Dame-de-Lorette, enseignait aux Beaux-Arts. Halévy est également apparenté aux horlogers Bréguet et à Georges Bizet par une de ses cousines qui a épousé le compositeur. (Sa descendance politique continue, par la famille Joxe, qui a eu des ministres sous la Ve République.) Etre renseigné est peu de chose : connaissant les faits, Halévy sait les estimer ; c'est un chroniqueur sagace, ce qui le place au-dessus de l'état d'historien. *La Fin des notables* et *La République des ducs* sont passionnants. La chute du Second Empire. Le voyage secret à Versailles du comte de Chambord, prétendant au trône exilé de France, que Mac-Mahon, plus ou moins royaliste, refuse pourtant de rencontrer (vous établirez en un paragraphe la différence entre Mac-Mahon et Pétain). Le gouvernement de Broglie. La République qui, petit à petit, se faufile. Pour la période ultérieure, il y a *La République des comités*, quasi-pamphlet contre le parti radical, et qui n'est pas sans portée générale sur la façon dont, en France, on s'approprie les postes. Pour la fin de la IIIe République, on peut passer au livre d'Emmanuel Berl qui porte ce titre : on y voit le désordre peint en ordre de Vichy ; pour la brève période qui a précédé la fin du régime, le gouvernement de Bordeaux, c'est Maurice Sachs qui nous renseigne dans *Le Sabbat* et *La Chasse à courre* ; on trouve du Bordeaux dans le journal de juin 1940 de Julien Green. Dans *La Chasse à courre*, Sachs dit qu'il ne trouva à Bordeaux « de raisonnables et de lucides » que Green, Jean Hugo, Audiberti et Alice Alley. Je me demande dans quelle mesure Sachs était capable de juger du raisonnable.

Daniel Halévy a publié le journal de ses rencontres avec Degas, et les cent pages du *Degas parle*, l'air d'un journal, sont un traité d'esthétique. Il y a là quinze phrases de Degas qui m'ont marqué pour la vie, avec les *Intentions* de Wilde, *La Culture des idées* de Gourmont et *Le Secret professionnel* de Cocteau, même si j'ai appris à reconnaître le ronchon en Degas. Les Halévy et lui se sont brouillés au moment de l'Affaire Dreyfus, « cette étonnante guerre civile, menée sans une brutalité, sans une goutte de sang versé, mais avec une passion intellectuelle si vive que des hommes en moururent d'épuisement, de tristesse, de douleur, de colère » (*Pays parisiens*).

Parler du fils me donne le plaisir de parler du père. Avoir écrit des choses aussi bouffonnement charmantes que « Voici le sabre de mon père » ou : « Je suis un peu grise, peu grise, mais chut ! », ce n'est pas grand-chose, mais c'est quelque chose. Elles ont créé un esprit d'époque, que le narrateur d'*A la recherche du temps perdu* appelle « l'esprit Meilhac et Halévy » ; on peut y adjoindre la littérature frivole du Second Empire et de la IIIe République-Mac-Mahon-Broglie, des écrivains comme Aurélien Scholl, Alphonse Karr. Cet esprit, si j'avais vécu en son temps, m'aurait exaspéré, mais, cent cinquante ans après, je lui trouve le charme qu'ont les fossiles de ce qu'ont aimé des humains.

Ludovic Halévy a écrit plusieurs romans, dont un sympathique *Abbé Constantin*, et de très intéressants fragments de souvenirs sur *Trois dîners avec Gambetta*. Daniel Halévy dit que, écœuré par la défaite de 1870, son père a cessé d'écrire. Pas tout à fait et heureusement, car a suivi le moqueur *Trois coups de foudre*, sur la carrière d'un député après 1871, fluctuant du centre droit à la gauche républicaine (parti de Gambetta). Il aura « marché avec la France ». Voici les plus jolis vers de Meilhac & Halévy & Offenbach, car si Meilhac et Halévy ça va ensemble, ça va encore mieux avec Offenbach ; rappelez-vous la musique, c'est dans *La Grande-Duchesse de Gerolstein*, elle monte, la voici...

> Dites-lui
> Qu'on l'a remarqué, distingué,
> Dites-lui
> Qu'on le trouve aimable...

📖 « Tels étaient les termes de leur éloquence, car ils étaient éloquents ; l'éloquence va très bien avec un grand repos du cerveau. » (Daniel Halévy, *La République des comités*.)

📖 « Et pendant qu'Adrienne était là, au petit galop, à ses côtés, il la regardait avidement, la trouvant aussi charmante à cheval qu'à pied ; et plus jolie encore à la lumière du soleil qu'au clair de lune, car on la voyait mieux. » (Ludovic Halévy, *Trois coups de foudre*.)

> Daniel Halévy (1872-1962), *La Fin des notables* : 1930. *Pays parisiens* : 1932. *La République des comités* : 1934. *La République des ducs* : 1937. *Degas parle* : 1960, nouvelle édition 1995.
>
> ♦
>
> Ludovic Halévy (1834-1908), *L'Abbé Constantin* : 1882. *Trois coups de foudre* : 1886. *Trois dîners avec Gambetta* : posth., 1929. *Carnets* : posth., 1935.
>
> ♦
>
> Henri Meilhac : 1831-1897. Claude, comte de Saint-Simon : 1760-1825.

HERBART (PIERRE) : Herbart est l'auteur de bons romans d'un mystère sec, comme *La Licorne*, où une famille folasse, un couple, deux enfants qui ne sont pas les siens, un vieux duc se cloîtrant et le tout apparenté à une famille Blamont-Chavry qui doit être une branche tombée (avec le *u*) des Blamont-Chauvry de Balzac, vit dans une sorte de gentilhommière dépassée par le progrès, dit un notaire, et il a raison, et il y aura un meurtre. Quant à *La Nuit* (longue nouvelle de cinquante pages), c'est ce que cherche le personnage principal, parmi « ceux qui attendent le jour » : non pas les noctambules, mais les rôdeurs, les putes. Tout ça finit par créer des vies éraillées, des vies où « le sylvaner est dans l'eau tiède, les tartines sont desséchées, le beurre glacé, le clochard amnésique, et maintenant mon verre est à moitié vide ». Herbart saute les descriptions intermédiaires. « C'est beau chez toi, dit-elle », juste après leur rencontre, et nous devinons la drague, la décision, le taxi, les marches, la porte. Herbart est un romancier très fin, mais pas *trop* fin.

Meilleurs encore, ses récits, et parmi ces récits les livres de souvenirs. Son livre sur Gide, dont il a été le secrétaire, n'est pas aussi féroce qu'on dit. C'est extraordinaire, le nombre de livres supposés féroces dont Gide est sorti intact. Ce qui frappe surtout, c'est que Gide paraît assez absent de la vie. *La Ligne de force* contient trop de clichés et Herbart y fait parfois le malin, mais il reste toujours intéressant : sur son voyage en U.R.S.S., par exemple, celui-là même où il prépara le fameux séjour de Gide qui vint l'y rejoindre et en rapporta le *Retour de l'U.R.S.S.* Et là, il blesse peut-être davantage Gide, parce que son livre est plus littéraire : si audacieux que soit Gide, il reste dans l'officiel, et n'attaque pas aussi violemment l'Union soviétique qu'on le dit. Herbart montre des choses immontrables par Gide à cause de son statut, comme une scène de passeport perdu, où éclate la paranoïa des monstres. Voici la conclusion de *La Ligne de force* : « Oui, cela même, dont j'ai souvent abandonné la poursuite, pour m'occuper de riens : la colonisation, le communisme, la guerre d'Espagne, la Résistance. [...] Je ne saurais trop conseiller aux autres de perdre moins de temps que moi. » Il nous avait dit au début « que l'art seul importe, en fin de compte ». Il a fait de l'art avec son temps perdu.

Les *Souvenirs imaginaires* sont très bien, surtout la deuxième partie ; la première comprend ses souvenirs d'enfance, et ce n'est pas dans cette soupe populaire des sentiments attendris qu'on trouve de quoi écrire des choses originales. J'y ai trouvé une des meilleures descriptions de l'Afrique noire que je connaisse. Descente du Niger en bateau, le capitaine ivrogne, les coloniaux, le roi du Dahomey (se passe en 1923) initiant Herbart aux drogues. Dans *L'Age d'or*, il nous parle de ses amours avec un mannequin de chez Patou d'un grand charme calme, avec des hommes. « — Adieu, petit Français, dit-il. — Adieu, grand Amerloque, répondis-je. »

QUESTIONNAIRE

A quoi Pierre Herbart fait-il allusion dans cette phrase de *La Ligne de force* : « Mais je m'aperçois que je n'ai plus rien à dire de nos ineffables temps modernes, avec leur déstalinisation ("Tout était en l'air au château de Fleurville")... » ?

Quel écrivain téléphone à l'ambassadeur soviétique à Madrid pendant la guerre civile pour l'avertir de la présence en Espagne d'Herbart, secrétaire de Gide dont le *Retour de l'U.R.S.S.* vient d'être publié à Paris, lui recommandant de le fusiller, dont le sauve André Malraux ? La comtesse de Ségur ? Louis Aragon ? (Même livre.)

Herbart revoit son père, devenu clochard : « Mon Dieu, c'est lui. » Sans point d'exclamation. Cette ponctuation pauvre s'expliquerait-elle par la phrase : « Pas de sentimentalité » (*Souvenirs imaginaires*) ?

Herbart se décrit peu. Un écrivain ne laisse-t-il pas affleurer sa personnalité par l'ordre de ses qualificatifs : « Vous étiez bonne, charmante, ridicule, avec vos robes de mousseline dans les rizières » ? (*La Ligne de force*).

📖 « Oui, en France, l'histoire se répète. Les Anglais, eux, du moins, font des écarts. Une fois, ils lâchent les Indes ; une fois, ils évacuent le canal de Suez ; une autre fois, ils se jettent dessus. Ça met dans leur vie une certaine diversité. Nous, rien. On est seulement sûr, mais alors tout à fait, que l'irréparable sottise sera faite à l'heure dite. » (*La Ligne de force.*)

> 1904-1974.
> ♦
> *A la recherche d'André Gide* : 1952. *L'Age d'or* : 1953. *La Ligne de force* : 1958. *La Licorne* : 1964. *Souvenirs imaginaires* suivi de *La Nuit* : 1968.

HÉRITIERS : Les écrivains n'ont pas de meilleurs ennemis que leurs héritiers. Madame de Grignan détruit des lettres de sa mère, Madame de Sévigné. C'est dire si elle méritait d'en être la destinataire. Albertine de Broglie, fille de Madame de Staël, brûle les lettres « immorales » de sa mère, notamment sa correspondance avec Benjamin Constant. La veuve de Jules Renard détruit les parties du *Journal* qu'elle trouve inconvenantes ou le desservant.

En même temps, comme on écrit toujours trop, ça va. Il y a trop de papier imprimé dans le monde. Il y a des longueurs dans Proust, il y a des longueurs dans Joyce, il y en a dans des livres courts. Un peu de perte donne des rêves roses.

HÉROS *ou* **VOICI VENU LE TEMPS DES GALOPINS** : Nous manquons de héros. Vous pouvez les appeler vieux cons si vous voulez, il y a quelque chose de bête dans le héros et quelque chose d'héroïque dans le vieux con. Après une vague dans les années 1950 menée par Claudel qui tenait magnifiquement son rôle, et avec un courage que je lui reconnais, moi qui ne l'aime pas, les derniers sont morts entre 1965 et 1975 : Montherlant, Mauriac, Breton. Le plus pur des trois était Breton, Mauriac ayant gardé un côté gamin et Montherlant souffrant trop de timidité cabrée pour accepter discours et réunions publiques. Nous en voudrions bien autant, de nos jours que les rusés ont réussi à obtenir la révérence sans les devoirs ! Révérence de qui ? Certains ne voient en eux que de vieux histrions fardés.

Il me semble que, après soixante-dix ou soixante-quinze ans, un écrivain cesse d'être comptable de ses seuls livres et le devient de toute la littérature de son pays. Il la prend à sa charge, afin de la soutenir, de la transmettre, plus ou moins intacte, aux plus jeunes, qui, pendant ce temps-là, peuvent s'amuser et tenter de nouvelles choses, comme eux-mêmes l'ont fait en leur temps. Or, pour la première fois depuis que la littérature française existe sérieusement, les vieux écrivains de grand talent refusent ce rôle. Malherbe l'avait tenu, Corneille, Chateaubriand, Hugo, Leconte de Lisle. Et, tout d'un coup, des septuagénaires à la fois vieux et frivoles ne protègent plus, ne transmettent plus, ne pensent qu'à une ultime et fluette jouissance. Leur royaume pour un passage télé ! Eux qui, jeunes, avaient profité du mur de protection des Héros, à l'ombre duquel ils avaient tranquillement pissé sur les vieux styles, n'ont pas formé le mur pour nous. Et c'est nous qui sommes obligés d'être sérieux. Ils n'en sortiront pas en bon état, une fois morts.

Hervieu (Paul) : Je n'ai rien lu de Paul Hervieu, écrivain fort connu en son temps, mais j'ai lu quelque chose sur lui. Un soir, dans un salon, quelqu'un annonce la mort de Lucien Mühlfeld, critique qui avait assassiné une de ses pièces. Hervieu : « La mort, c'est trop » (Fernand Gregh, *L'Age d'or*).

|| 1857-1915.
♦
|| Fernand Gregh (1873-1960), *L'Age d'or* : 1947.

Histoire sans nom (Une) : Dans son *Abrégé de l'histoire de Port-Royal*, Racine rapporte que celui qui convainquit Marie-Angélique Arnauld d'adopter la règle de saint Benoît fut un capucin ambulant qui, de passage dans son couvent, prêcha les sœurs à la demande de l'abbesse. Ce capucin était un défroqué qui quittait la France. Comme quoi Barbey d'Aurevilly a noirci le tableau dans *Une histoire sans nom*, celle d'un capucin qui, passant dans un village, y viole une jeune fille. Il est vrai que Dieu est toujours moins noir que Barbey d'Aurevilly.

|| 1882.

Homme : L'homme est un animal artistique.

Hugo (Victor) : Hugo est un sérieux. Même quand il est fantaisiste, il fronce les sourcils : sa fantaisie est de l'imagination découlant d'une pensée. D'ailleurs, son mot, c'est pensif : « Comme il était pensif au terme du voyage ! » (« Les deux îles », 1825, dans les *Odes et Ballades*). « Vers la porte Saint-Martin, j'ai quitté le convoi, et je m'en suis allé pensif » (*Choses vues*, 26 mars 1847). Et, pensivement, il écrit, se mettant à ressembler à la pensée même.

Son dictionnaire personnel se complète de tout un vocabulaire de la virilité, *souverain, puissance, force, suprématie*. « Où est la pensée, là est la puissance » (*William Shakespeare*). On voit bien le baiseur. Et comme si c'était la question. Du reste, sa façon d'écrire, c'est l'assommoir, par moments. Ceci, cela. Cela, ceci. Les verbes auxiliaires. « Est. » « Il y a. » Le mot « chose ». Rythme binaire. Il y a ceci. Ceci est cela. Ceci remplacera cela. C'est le général Massue. En quatre simples pages de *William Shakespeare* : « L'Angleterre est égoïste. » « Carthage est dure. Sparte est froide. » « Elisabeth est vierge comme l'Angleterre est île. » Hugo aimait bien croire aux légendes pour les besoins de ses formules, voyez comme il mentionne aussi Louis XIV et « l'Etat c'est moi » qu'il n'a jamais dit, ou Caligula nommant son cheval sénateur, ce qu'il n'a jamais fait que projeter. Hugo a tendance à croire qu'une formule vaut une pensée. Il est français, très français. Tout ample, vaste, dilaté qu'il est, il a de subits rétrécissements par mot d'esprit où le porte son intelligence antithétique : « Dans cette Afrique où l'homme est la souris du tigre ! » (*Ruy Blas.*) Il y a un boulevardier dans tout Français.

Quatre mille pages de poèmes. Autant d'essais. Trois mille de romans. Deux mille de théâtre. C'est l'écrivain français qui a le plus écrit avec Voltaire. Cet homme avait de l'encre à la place du sang. Sa quantité est d'ailleurs un élément de sa qualité. Hugo, qui n'est pas du genre à perfectionner indéfiniment un poème, crée des blocs. C'est pour cela qu'il est parfois difficile de dégager tel ou tel poème, telle ou telle pièce, tel ou tel roman même, comme étant un chef-d'œuvre : Hugo est un écrivain de masse.

Et très raffiné, pas un instant « naturel », tout en étant parfois barbare. Il l'est dans le sens où, parfois, il se saoule du chant qu'il produit, n'écrit plus que pour cela et devient un pur sonore. Quand il insiste, son péremptoire fatigue, quand il ne fait pas sourire, comme dans le passage de *William Shakespeare* où il observe « la diminution des hommes de guerre, de force et de proie *[comme]* un des plus grands faits de notre grande époque » : l'époque est 1864 et Bismarck le Premier ministre de la Prusse.

D'ailleurs, ses titres. *LES Orientales. LES Feuilles d'automne. LES Chants du crépuscule. LES Voix intérieures. LES Rayons et les Ombres. LES Contemplations. LA Légende des siècles. LES Chansons des rues et des bois. LES Quatre Vents de l'Esprit. LA Fin de Satan.* Toujours un article défini. Les feuilles d'automne, les chants du crépuscule, la légende des siècles sont là et nulle part ailleurs. Tout est dans Hugo. L'Univers. L'Infini.

Tout cela va avec un égocentrisme fabuleux qui se remarque à ceci qu'il ne parle jamais, dans ses papiers intimes, des écrivains contemporains, même pour en dire du mal. Chateaubriand est altruiste à côté de lui, avec sa ruse de dire du bien d'écrivains maigrichons dont il sait qu'ils ne le gêneront pas.

A la fin de sa vie, Hugo a tranquillement étalé son ample certitude dans des livres à digressions qui commencent très bien et finissent dégoulinants. *L'Art d'être grand-père*, les fastidieuses pages sur Waterloo dans *Les Misérables*, ou ce *William Shakespeare* que je lui en veux de desservir en s'en servant : ah, les babillages fumants sur le poète éducateur, Jeanne d'Arc, Jésus-Christ, le progrès inéluctable !

En politique, Hugo a été tout, et sincèrement. Ce qui est un argument contre la sincérité. Jusqu'au Second Empire, il a soutenu tous les régimes, ne les lâchant que cinq minutes avant leur chute. Dans la préface à son premier recueil de poèmes, il fait dépendre la poésie de la religion et de la monarchie ; suivent des poèmes sur les funérailles de Louis XVIII, le sacre de Charles X, la naissance et le baptême du duc de Bordeaux, il aurait versifié sa première dent, si la révolution de 1830 lui en avait laissé le loisir. « Que t'importe, mon cœur, ces naissances des rois », écrit-il dans *Les Feuilles d'automne*, en 1831 : cela ne va pas jusqu'à l'empêcher de soutenir Louis-Philippe, qui le nomme pair de France ; républicain juste avant la révolution de 1848, il fréquente Louis-Napoléon, croit en lui, le courtise presque. A son retour d'exil (pendant lequel ses livres n'ont pas été exilés, puisqu'on a continué à les vendre à Paris), il se voit un instant dictateur de la France ; c'est très net dans les *Choses vues*. Après avoir été élu député, il démissionne et est battu à ses deux autres candidatures. C'est une des meilleures choses qu'ait faites le public avec l'achat de ses livres : un Hugo député, c'est beaucoup moins utile qu'un Hugo poète.

Il y a tout cela. Ce tapage, cette enflure, cette bêtise. Sauf qu'elle n'en est pas une. Comment serait un illuminé quelqu'un qui écrit : « Wagner. Un talent dans lequel il y a un imbécile » (*Choses vues*, notes éparses de 1874) ? Hugo s'est justifié de ses changements politiques. « Mauvais éloge d'un homme que de dire : son opinion politique n'a pas varié depuis quarante ans. C'est dire que pour lui il n'y a eu ni expérience de chaque jour, ni réflexion, ni repli de la pensée sur les faits. [...] Ce qui est honteux, c'est de changer d'opinion pour son intérêt, et que ce soit un écu ou un galon qui vous fasse brusquement passer du blanc au tricolore, et *vice versa* » (« Journal des idées et des opinions d'un révolutionnaire de 1830 », dans *Littérature et Philosophie mêlées*). La haine de la droite très à droite envers Victor Hugo ressemble à sa haine envers François Mitterrand : des enfants qui l'ont abandonnée. D'autre part, il a des constantes : contre la peine de mort, par exemple, et c'est ainsi que les premiers livres écrits contre elle l'ont été par un écrivain de droite. Son roman *Le Dernier Jour d'un condamné* est de 1828. Il a d'abord été publié sans nom d'auteur, laissant croire à un authentique « témoignage » ; c'est assez dire que c'est un livre de propagande, d'ailleurs il n'est pas très bon. Bien meilleur, son essai de 1834, *Claude Gueux*, qui ne cache pas ce qu'il veut dire derrière de la fiction, faisant de celle-ci un théâtre de marionnettes. Hugo l'a écrit à partir de comptes rendus d'audience : Claude Gueux est un ouvrier qui, condamné à cinq ans de prison pour vol, a tué le directeur des ateliers de Clairvaux parce qu'il l'avait séparé d'un autre prisonnier. Qu'aurait pensé Genet de la passion de tigre de Claude Gueux, « trente-six ans, et par moments il en paraissait cinquante », pour Albin, « vingt ans, on lui en eût donné dix-sept » ? Hugo l'explique par la faim (Albin donnait à Gueux ses rations de pain), mais tout de même rapporte des phrases de Gueux comme : « Je l'ai aimé d'abord parce qu'il m'a nourri, ensuite parce qu'il m'a aimé », mais tout de même rapporte ce geste : après avoir tué, Gueux fait porter à Albin les ciseaux avec lesquels, à son tour, il a tenté de se tuer. Hugo rapporte, mais ne voit pas. Enfin, s'il fonce à gauche par un optimisme qu'il exagère exprès en espérant forcer les faits, il discerne les horreurs en graine dans le socialisme : « Ecartons tout ce qui ressemble au couvent, à la caserne, à l'encellulement, à l'alignement. [...] Que les peuples d'Europe prennent garde à un despotisme refait à neuf dont ils auraient un peu fourni les matériaux » (*William Shakespeare*).

Si son sérieux dégénère par moments en esprit de sérieux, qu'il s'est mis à écrire pompeusement des délires, a perdu l'esprit en devenant spiritualiste, c'est parce qu'il était exilé. Aurait-il vécu à Paris, où vous heurtent dix fois par jour le scepticisme et la moquerie, il n'aurait peut-être pas non plus idéalisé le peuple comme il avait jadis idéalisé les rois : Zola ne l'a pas fait. Quant à faire tourner les tables, il n'y a rien d'autre à faire, à Guernesey ! « J'habite l'ombre », dit-il (« Ecrit en 1855 », *Les Contemplations*). Et, de cet « ici, l'ombre », il a embêté Napoléon III. Dès Paris, cessant de suivre, il s'est opposé. A l'Assemblée législative, il prononce un discours contre Louis-Napoléon, part pour Bruxelles après le coup d'Etat, et voici la grande maladresse du futur empereur : il fait prendre un décret expulsant Hugo de France. *Il l'a forcé à ne pas revenir*. Qui sait si Hugo ne l'aurait pas fait, qui sait si... Louis-Napoléon a aussi expulsé Hugo de lui-même : sorti de sa peau d'écrivain à la mode, académicien, ex-président de la société des Gens de Lettres, sorteur, coucheur, mondain, il est devenu l'ours Hugo. Et cela a duré dix-neuf ans. Les meilleures résolutions s'usent, en dix-neuf ans. On vous considère comme un excentrique, on vous oublie. Paris vous manque. Hugo a eu d'autant plus de courage que, la proscription levée, il a refusé de revenir.

L'Art d'être grand-père, mais *Les Chansons des rues et des bois*. Le mot « puissance », mais le mot « fauvette ». Ces livres où, avec une inventivité merveilleuse, il fait parler les nuages, les oiseaux, le houx, les arbres, tout le monde, car il voudrait que le monde ne soit qu'un chant. Les cinquante pages sur l'architecture par lesquelles il interrompt l'action de *Notre-Dame de Paris*, « le livre remplacera la pierre ». L'extraordinaire partie « Au bord de l'infini » des *Contemplations*. (Il a parfois perdu de vue qu'on est mieux au bord que dedans.) Et ceci n'est pas mal, non ?

> Et, si vous aboyez, tonnerres,
> Je rugirai. (« Ibo. »)

Dans la « Réponse à un acte d'accusation » des *Contemplations*, il exagère l'accusation qu'on lui avait à peine faite d'user sans bienséance de la langue française : « Je nommai le cochon par son nom. » C'est son côté Chateaubriand, qui prétendait avoir réformé l'usage du français. Hugo n'a pas inventé d'appeler le cochon « cochon », on le trouve dans La Fontaine, mais on l'avait oublié. Ce qui fait que, d'une certaine façon, il dit vrai. Il réussit très bien la grande simplicité, qui nécessite autant de soin que le grand artifice. « Un jour, vois-tu, à l'heure où blanchit la campagne,/Je partirai... » ou la « Vieille chanson du jeune temps » (*Les Contemplations*) : si l'on observe les mots à la rime, on constate qu'il a pris « arbre », qu'il a pris « perle », qu'il a pris « hanche », et il y a très peu de rimes à ces mots-là ; de ce défi au conventionnel, il triomphe en un poème charmant. Pour le charmant, voyez aussi *Les Orientales*. Quant à l'allure de récit qu'ont parfois ses poèmes, tout le contraire de ce qu'on trouve aujourd'hui poétique, c'est un résidu de l'influence de l'abbé Delille et de la poésie didactique du XVIIIe siècle, qui ne l'empêche pas d'écrire d'aussi beaux vers que : « Le bal éblouissant pâlit quand vous partez » (« A Madame D.G. de G. », c'est-à-dire Delphine de Girardin, *Les Contemplations*). Certaines vieilles dames ont la main verte, Hugo a la main d'or.

Tout ce qu'il fait, il le transforme en littérature. Avez-vous remarqué que son journal, dans les *Choses vues*, il l'écrit parfois *au passé* ? « V.H... fut nommé à l'Académie un mardi. » Et, s'il parle parfois de lui à la troisième personne, ce n'est pas par vanité (quelle serait l'utilité de la vanité dans des écrits qu'il gardait pour lui ?) mais par mise en scène, par conception de la vie comme comédie, lui devenant un *personnage* parmi d'autres ; par modestie, d'une certaine façon. « Comme il passait, il vit trois petits enfants... » (27 août 1846). Des mentions comme : « Dans l'été de 93, le thermomètre atteignit à Paris quarante degrés » (5 août 1846) : c'est déjà de la mise en ordre de la « réalité », de la phrase de livre, du roman.

Son théâtre n'est pas le meilleur théâtre romantique, tenu par Musset et Vigny. Le mauvais côté de *Ruy Blas*, c'est *Cyrano de Bergerac*. (Le bon côté de *Cyrano de Bergerac*, c'est *Ruy Blas*.) Ces rimes trop riches, cette emphase qu'on essaie de faire admettre par une bonne humeur forcée. La tirade « Bon appétit ! messieurs ! », malgré son excellent début (où l'on remarque sa manie du point d'exclamation), n'est pas beaucoup plus que de l'éloquence habile comme pourrait en avoir n'importe quel parlementaire malin. C'est un moment de prêche camouflé en vers, comme quand Chaplin arrête la comédie du *Dictateur* pour faire discourir son personnage sur le bien et le mal ; le film y perd, et non moins le « message », par conséquent. *Ruy Blas* s'élève quand il oublie de prêcher, comme lorsque apparaît Don César de Bazan, le meilleur personnage de la pièce, noble ruiné, voleur, jean-foutre, et qui en rit. D'ailleurs c'est simple, il n'y a qu'un très bon vers dans la pièce : « Le dévouement que mon amour rêva » (V, 2). Tout le théâtre dramatique de Hugo est ainsi. *Hernani* ne vaut pas une bataille, et *Marie Tudor, Marion de Lorme, Angelo, tyran de Padoue*, pièces qui voudraient être du Shakespeare, ne sont le plus souvent que du Webster. Quand il oublie le hiératique bavard, il devient excellent, comme dans les pièces moins importantes pour lui, qu'il comptait réunir dans un volume intitulé *Le Théâtre en liberté* (« Le »). Ce sont : *La Forêt mouillée, La Grand-Mère, Mille francs de récompense, L'Intervention, Mangeront-ils ?, L'Epée, Les Deux Trouvailles de Galus, Torquemada*, toutes écrites entre cinquante-deux et soixante-sept ans, comme pour illustrer d'avance la phrase de Picasso, à qui il ressemble tant par la voracité égoïste : « J'ai mis longtemps à devenir jeune. » *Mille francs de récompense* est d'une verve infernale. Il s'y fout de la gueule de ses personnages comme on ne l'a vu depuis que dans *Les Petits Bourgeois* de Balzac et dans Ionesco (qui détestait Hugo). Sans hargne, d'ailleurs, avec une espèce d'affection. Hugo a de l'humour, comme dans le quatrain des *Choses vues*, il me fait toujours sourire :

> Mac-Mahon, tant de fois vaincu,
> Es-tu donc avide de gloire
> Au point de jouer dans l'histoire
> Le même rôle que Monk eut ?

Evidemment, ça n'est pas du Hugo.
Mais si. C'en est aussi.
Sa profusion et sa prodigalité sont réjouissantes : il répand son talent dans tous ses livres, même les plus invendables, ne

se disant pas qu'il va réserver le meilleur pour le plus lu. Dans le *Promontorium somnii*, récit d'une visite à l'Observatoire, cinquante pages, il trouve le moyen, que dis-je ? il prend le plaisir de montrer, dans une feinte divagation de cinq pages, que le christianisme a apporté de la tranquillité au monde. Je me rends compte en rouvrant le livre que cette interprétation est de moi ; Hugo dit que le paganisme « est le rêve éveillé poursuivant l'homme ».

> Soyez païen et tâchez de vivre tranquille : impossible ; l'ubiquité divine vous harcèle. [...] Qu'est ceci ? c'est une pierre ; non, c'est le dieu Lapis qui peut vous changer en tortue ou en crapaud. Qu'est ceci ? c'est un arbre ; non, c'est Priape. Qu'est ceci ? c'est de l'eau ; non, c'est une femme. [...] Ne vous asseyez pas sur cette herbe ; elle vous ferait poisson.[...] Surtout, le soir, en rentrant chez vous, évitez le marais d'à côté, et n'écoutez pas le bavardage des roseaux sur le roi Midas. Cet âne est un dieu.

C'est très lui, ce genre de paragraphe. Commencer à décrire une chose, puis s'y glisser et devenir cette chose même. C'est une des définitions de l'imagination.

Sa fantaisie se révèle précisément dans les imaginations païennes : « Le soleil a beaucoup de taches », dit la chandelle (Hugo défend toujours le talent contre le mesquin), à quoi la tranche de jambon répond : « Le laurier/Fut créé pour le porc. » C'est le *« Susurrant voces »* des « Comédies non jouables qui se jouent sans cesse », dans *Toute la lyre* : il a le génie du titre-catégorie.

« Qui triomphe est vénéré. Naissez coiffé, tout est là » (*Les Misérables*). Hugo est un né coiffé qui s'est surcoiffé. Fils de général, il a fait rouler le tambour à sa gloire. Ce casse-pieds qui ramenait tout à sa personne avec une pesanteur éprouvante avait aussi de la générosité, comme de voter à l'Académie française pour Leconte de Lisle qui s'était moqué de lui (*Choses vues*, 8 août 1872 et 7 juin 1877), d'essayer d'y faire élire Balzac, pourtant politiquement opposé à lui, ainsi que Dumas : les deux derniers en vain, mais il réussit pour Vigny et Musset. C'est à lui que cette illustre institution vaut d'avoir été, au XIXe siècle, un peu littéraire. Cela a même été la meilleure Académie avec celle de 1680, qui avait Racine, Corneille, Boileau, Perrault, Bossuet. Je pourrais encore mentionner, comme beau geste, le prospectus pour le dernier livre d'Henri Rochefort qu'il accepta d'encarter dans son roman *Quatrevingt-treize* (*Choses vues*, 1er septembre 1876). Je ne crois pas qu'il existe d'exemple semblable dans l'histoire de l'édition française.

📖 « Une certaine école, dite "sérieuse", a arboré de nos jours un programme de poésie : sobriété. [...] Autrefois on disait : fécondité et puissance ; aujourd'hui l'on dit : tisane. [...] Nous aimons mieux pas assez que trop. Point d'exagération. Désormais le rosier sera tenu de compter ses roses. La prairie sera invitée à moins de pâquerettes. Ordre au printemps de se modérer. Les nids tombent dans l'excès. Dites donc, bocages, pas tant de fauvettes, s'il vous plaît. La voie lactée voudra bien numéroter ses étoiles ; il y en a beaucoup. » (*William Shakespeare.*)

> 1802-1885.
> ♦
> *Odes et Ballades* : 1826. *Les Orientales*, *Le Dernier Jour d'un condamné* et *Marion de Lorme* : 1829. *Hernani* : 1830. *Les Feuilles d'automne* et *Notre-Dame de Paris* : 1831. *Marie Tudor* : 1833. *Littérature et Philosophie mêlées* et *Claude Gueux* : 1834. *Les Chants du crépuscule* et *Angelo, tyran de Padoue* : 1835. *Les Voix intérieures* : 1837. *Ruy Blas* : 1838. *Les Rayons et les Ombres* : 1840. *Napoléon le Petit* : 1852. *Châtiments* : 1853. *La Forêt mouillée* : écrit en 1854. *Les Contemplations* : 1856. *Les Misérables* : 1862. *William Shakespeare* : 1864. *Les Chansons des rues et des bois* : 1865. *Mille francs de récompense* et *L'Intervention* : écrits en 1866. *Mangeront-ils ?* : 1867 (première représentation : 1907). *L'Art d'être grand-père* : 1877. *La Légende des siècles* : 1859 (première série), 1877 (deuxième série), 1883 (troisième série). *Les Quatre Vents de l'Esprit* : 1882. *Torquemada* : 1886. *Choses vues* : posth. 1887 et 1900. *Le Théâtre en liberté* : posth. 1886, éd. complétée : 2002.

I

Idées • Idiosyncrasies • Ignorance • Il y a un fil qui dépasse • Images • Imagination • Imposteurs • Incidentes • Inculte • Indicible • Influence • Influence de la littérature scout • Influence des bons écrivains • Influence des moins bons écrivains • Intelligence • Intérêt • Introduction, conclusion • Ionesco.

I

Idées : Nous ferions bien d'avoir un peu moins d'idées, et un peu plus de pensée.

L'idée n'est pas du domaine de la réflexion, mais de l'illumination. Celle-ci va plus vite, c'est un éclair contre un labour, mais ses séductions peuvent rendre bête : ayant subitement aperçu quelque chose de nouveau, on est charmé. Par sa propre clairvoyance. Et on s'arrête là. On a abandonné le raisonnement.

L'illuminé n'est jamais loin de l'imbécile. Illuminé, il est ébloui. Ebloui, il est aveuglé. Aveuglé, il adore son aveuglement.

Je connais peu d'hommes plus exaspérants que les hommes à idées. Rien n'arrête leur bavardise. Ils *sont à leur idée*, ils *ont leur idée*, ils sont possédés par elle, bientôt rendus fous par la certitude d'avoir raison. Quand on tient une idée, elle nous tient.

La courte portée de l'idée se remarque à l'expression « se faire une idée ». On l'emploie au passé et sur le mode de la déception : « Je m'en faisais une autre idée. »

La puissance de l'idée est un spectacle effrayant. Avec une idée, on transforme un peuple plus ou moins civilisé en une meute.

Les idées sont des coutumes. C'est pour cela qu'elles sont dangereuses : quand on contredit une coutume, elle tente de vous tuer.

Si vous vous opposez à une idée, attaquez, non pas l'argument le plus faible, mais l'argument le plus fin. Vous triompherez avec plus de gloire, du moins aux yeux du petit nombre des raisonneurs.

Quantité des erreurs commises par les gens qui écrivent proviennent de la croyance que la littérature a un rapport avec les idées. Un écrivain comme Camus s'égare littérairement par l'importance exagérée qu'il leur accorde. Il en oublie d'écrire. Cela n'arrive pas à son véritable opposant qui, sous ce rapport, est Mauriac : dans ses articles de journaux, il n'oublie pas de nous faire de l'œil en se déhanchant derrière ses voiles.

Il y a de l'idée à la pensée la différence de la magie au bricolage. L'idée est de la magie se prenant pour la vérité, la pensée est un bricolage et c'est son honnêteté.

La plupart des hommes n'ont de pensées que sur leur tombe.

IDIOSYNCRASIES : Enfant, je jouais avec un flacon de mercure qui appartenait à mon père : j'en versais une petite flaque par terre, la tapotais du bout de l'index, éclats de billes, que je rapprochais doucement, les billes s'aggloméraient et formaient une nouvelle flaque. Telle, notre pensée. Nous croyons en concevoir une nouvelle et, soudain, nous nous rendons compte qu'elle se rattache à une pensée ancienne, ou plutôt que celle-ci, sans se montrer, nous a attirés et que nous avons trouvé un argument supplémentaire en sa faveur. Dans les années 1950, on aurait dit que cela tient à une vision du monde, c'était encore plus sérieux en allemand, *Weltanschauung*. D'où vient cette *vision* ? De notre sensibilité, qui oriente notre esprit. Aimant, boomerang, élastique, notre usine d'affinage intérieure ramène tous nos raisonnements à quelques conceptions générales. Chacun a la sienne. Hélas, peut-être. Nous ne sommes jamais libérés du moi.

Rivarol ramène tout à la proportion : ainsi quand il dit qu'on ne peut pas dire avoir vu *une puce étendue de tout son long*.

Pour Camus, la pensée centrale, essentielle, têtue, est que les confessions n'existent pas. Le narrateur de *La Chute* dit : « Quand ils prétendent passer aux aveux, c'est le moment de se méfier, on va maquiller le cadavre. »

Chez Vauvenargues, c'est l'indulgence, qui le rend si peu moraliste, quand on pense à l'amertume de la confrérie.

« Quelle affreuse vertu que celle qui veut être haïe, qui rend la sagesse non pas secourable aux infirmes, mais redoutable aux faibles et aux malheureux ; une vertu qui, présumant follement de soi-même, ignore que tous les devoirs des hommes sont fondés sur leur faiblesse réciproque ! » (Maxime 393.)

Chez Paul Valéry, ce sont la mer, les arbres, les sensations de l'homme au réveil : « Au matin, secouer les songes, les crasses, les choses qui ont profité de l'absence et de la négligence nocturne pour croître et encombrer ; les produits naturels, saletés, erreurs, sottises, terreurs, hantises – » (*Cahiers*).

Chez Paul Morand, c'est l'agacement envers la confusion des années. Quelle erreur fait le présent de rassembler les années passées par paquets de dix, comme si elles avaient été les mêmes ! 1917, ça n'était pas du tout la même chose que 1925 ! « [...] l'année capitale, l'année essentielle, l'année 1917 » (*L'Eau sous les ponts*).

IGNORANCE : L'ignorance est un péché.

IL Y A UN FIL QUI DÉPASSE : Chez certains écrivains, une phrase dépasse, ne semblant pas d'eux, tant elle est différente de leur forme habituelle. Un écrivain ultérieur la relève, la tire et fait une œuvre. Baudelaire appelant Cythère l'« Eldorado banal de tous les vieux garçons » est dans un domaine affectueux où il n'est pas à l'aise et que Jules Laforgue exploitera.

N'y a-t-il pas dans la phrase de la *Saison en enfer* de Rimbaud : « Encore tout enfant, j'admirais le forçat intraitable sur qui se referme toujours le bagne », un appel à Jean Genet ? C'est un fil que Rousseau avait laissé apparaître dans les *Confessions* : « Bientôt, à force d'essuyer de mauvais traitements, j'y devins moins sensible ; ils me parurent enfin une sorte de compensation du vol, qui me mettait en droit de continuer. [...] Je trouvais que voler et être battu allaient ensemble, et constituaient en quelque sorte un état, et qu'en remplissant la partie de cet état qui dépendait de moi, je pouvais laisser le soin de l'autre à mon maître. » Rousseau reste dans le raisonnement de la morale commune et s'y soumet. S'il ne va pas plus loin, c'est qu'il ne peut pas le concevoir. La société érige des murs de morale, ils ne sont jamais démolis en une fois. Il faut d'abord les voir. Ils sont si hauts, si épais, si devant nous que nous ne les concevons même pas comme murs. Voilà pourquoi Rousseau est fourbe : il sait qu'il ne peut pas attaquer aussi frontalement qu'il dit le faire.

Quand on écrit, on tire un fil.

IMAGES : Une image n'est pas une périphrase. Elle est prise dans la phrase même, et on ne peut l'en séparer.

Les images sont des sentiments.

IMAGINATION : L'imagination, ce n'est pas décrire des personnages avec trois yeux, deux trompes et qui parcourent l'espace dans des vaisseaux en forme de flèche. Je dirais même que cela, c'est le contraire de l'imagination : la transposition d'un décor, de l'allégorie, qui procède par extrapolation. L'imagination, elle, pénètre et révèle. C'est un instrument de fouille. Dans la fiction, elle cherche à déterminer ce qui va le plus probablement se passer. Dans les essais, à deviner ce qui a pu se passer.

Elle le fait au moyen d'images. Qu'est-ce qu'une image ? Un équivalent. En approchant cet équivalent de l'original, on s'aperçoit que leurs formes coïncident plus ou moins : c'était donc ça ! On peut dire que l'imagination est une spéculation intellectuelle qui raisonne par l'image. Avec une image, une seule, Barbey d'Aurevilly nous aide à comprendre Bossuet plus vite que trente pages d'analyse : « Il relève sa soutane violette jusqu'aux genoux et marche militairement dans tous ses récits » (*Memoranda*). Ou du moins nous voyons Bossuet dans l'imagination de Barbey : l'image révèle autant celui qui l'a créée que ce qu'elle définit.

L'imagination découvre aussi au moyen du jeu. Et cet acte enfantin devient parfois très perspicace. Au lieu de *décrire* les cabrioles d'un chien, le très réfléchi Montesquieu en fait parler un : « ma maîtresse [...] me faisait tenir sur les pattes de derrière et ne me permettait plus l'usage de celles de devant [...] j'avais mes muscles en contraction, et, quand ses transports d'amour redoublaient, j'étais toujours en danger de ma vie » (*Histoire véritable*). Et puis le hasard. On peut le forcer. Si vous avez trouvé une image, remplacez-la : la nouvelle *révélera* peut-être mieux. Loin de l'allégorie, de la morale et de l'intention, l'imagination est pratique. Elle déplace, jette, nettoie, met de l'ordre, c'est-à-dire donne un sens. L'imagination est le pire ennemi de l'informe. Tout cet empirisme la rattache à la science.

La science comme recherche, non comme religion. La psychologie tend à nous imposer une vraisemblance, et la vraisemblance est une illusion : il n'y en a aucune dans la vie, où les gens font n'importe quoi. Mais voilà, dans la mesure où l'art cherche à donner un sens à la vie, il doit être plus rigoureux qu'elle, et le n'importe quoi ne lui est pas permis, *à moins qu'il ne le signale*. C'est ainsi qu'une des expressions les plus fréquentes de Balzac est : « chose étrange ». Chose étrange, Vautrin fit ceci. Et nous le tenons pour une déraison du personnage, non pour une négligence du romancier.

La séduction de l'imagination est telle qu'elle nous fait croire qu'elle est objective, oubliant qu'elle est la réfraction de la vie sur une personnalité. Il n'y a pas de vision objective, puisqu'il y a vision. L'imagination n'est ni vraie, ni fausse : elle est un fait.

L'imagination est la nuance qui sépare le conteur du romancier.

Le lecteur doit lui aussi avoir de l'imagination, par exemple quand il lit de très anciens livres. Pelle, pioche et : qu'est-ce que l'auteur a le plus probablement voulu dire, sous les gravats des temps ?

L'invention succède à l'imagination. La littérature imagine et, orientés par son éclairage, les hommes inventent. Il suffit de ramasser en l'air les images échappées des livres.

L'éloquence est la paresse de l'imagination.

Si l'imagination avait autant de pouvoir qu'elle le croit, il n'y aurait plus d'hypocondriaques. Ils seraient tous morts.

IMPOSTEURS : Il n'y a pas d'imposteurs en art, il n'y a que des publics crédules. Comment appeler imposteur quelqu'un qui prend une posture qui est crue ? On n'est un imposteur qu'à partir du moment où l'on a perdu.

INCIDENTES : C'est aux incidentes que le génie se remarque. Il est tellement riche de pensée que, en passant, alors qu'il parle d'autre chose, il en sème une accessoire, mais pleine de possibilités. Dans un article sur une adaptation de Dostoïevski au théâtre, Roger Nimier évoque Balzac : « Voilà pourquoi les romans de Balzac, avec leur immense mobilier chargé de réalité, leurs personnages mystérieux (qui vivent toujours dans un autre roman à la fois), se laissent difficilement adapter à la scène » (*Variétés*). Le plus intéressant est l'incidente : « qui vivent toujours dans un autre roman à la fois ».

INCULTE : Il n'y a pas de grand talent inculte.

INDICIBLE : Un écrivain qui emploie le mot « indicible » devrait se faire charcutier.

INFLUENCE : Les bons écrivains ont en général assez peu d'influence. Dans *Intransigeances*, Vladimir Nabokov raconte qu'il essaya de faire traduire l'écrivain belge Franz Hellens aux Etats-Unis. Nabokov, n'est-ce pas, un écrivain connu, estimé, et professeur de littérature dans une université : en vain. Ce qui a de l'influence très vite, c'est le commun. Il ressemble, on le comprend. Le talent, ne s'intéressant qu'à ses propres catégories de pensée, contrevient donc dans ses commencements à la notion même de compréhension publique. On peut en déduire qu'un écrivain dont les livres se vendent tout de suite très bien n'est pas un écrivain hors du commun.

Influence sur qui ? Jules Laforgue, connu de trente personnes, n'ayant peut-être pas vendu plus de cinquante exemplaires de son premier recueil de poèmes, eut une influence immédiate sur les esprits sensibles (comme on dirait photosensibles). C'est le prodige du beau que, si fragile, si obscur, il se projette avec une puissance de rayon laser.

Quand la presse imprime que tels assassins ont été inspirés par tel livre ou tel film, ce n'est pas inexact, mais mal hiérarchisé. Un homme fragile, stupide ou arriéré, a vu un film ou lu un livre qui a servi d'argument à son arriération, sa stupidité ou sa fragilité. Il n'y a pas de mauvaise influence, il n'y a que des cerveaux mal assurés.

Tout sert à ces gens-là, même ce qui n'a rien à voir. L'assassin de John Lennon était un lecteur passionné de *L'Attrape-cœur*, dont il a lu un passage avant d'aller tirer son coup de revolver. Et le roman de Salinger n'a rien à voir avec les chanteurs pop, le meurtre, la célébrité. Les raisons malades s'inventent des raisons.

Je donnais une conférence à l'Alliance française de Berne : Mme... (la directrice), demandai-je en la désignant dans le public, si elle lit Genet, deviendra-t-elle homosexuelle et assassin ?

On accuse surtout les livres et les films. C'est tout de même curieux, ces passionnés d'accuser, qu'ils ne pensent pas à la peinture : tous ces enfants qui regardent au musée l'assassinat de Marat par Charlotte Corday, tout de même ! Ce bain de sang ! Que font les associations ?

On accuse le plus faible : des œuvres d'art. Les films de guerre, mais la publicité pour les armes ? Les séries télévisées *violentes*, mais l'apologie de la police dans les émissions télévisées de reportage ? Les romans à mœurs relâchées, mais quand la France entière apprend à respecter un président qui entretient sa fille illégitime dans des bâtiments de l'Etat ? Ce qui rend violent dépend de chacun ; pour moi, ce serait assez des émissions comme *Les Enfants de la télé* et le parler sympa des animateurs incultes. C'est tout à fait comme la sensualité : ce qui l'éveille est si divers ! Il y a *L'Origine du monde* de Courbet, mais c'est un tableau assez con. Je voilerais plutôt les très pieux tableaux de saintes qui, montrant leur nuque, excitent les Japonais, j'enfermerais les bottes de Van Gogh à cause des fétichistes du pied et je casserais les généraux d'Empire dans les niches du Louvre avec leurs pantalons moulants. Accuser, disais-je : derrière tout cela il y a une passion suprême, celle d'interdire.

Influence, influence. Je suis prêt à les reconnaître toutes. Il me semble aussi que ce qu'on appelle influence est souvent la découverte chez les autres de choses qu'on portait en soi. Nous sommes moins *marqués* que *révélés* par les livres. En les lisant, nous découvrons en nous-mêmes quelque pensée ou quelque sentiment que nous ignorions s'y trouver. Cette révélation peut être si violente qu'elle efface le souvenir de la lecture. C'est deux ans après l'avoir écrit que je me suis rendu compte qu'un de mes romans venait d'une conception de l'artiste révélée par les lectures romantiques de mon adolescence, comme le *Stello* d'Alfred de Vigny. Dont au reste je n'avais alors lu que trente pages. Quelques gouttes de révélateur suffisent. Si on lit, c'est par égoïsme.

Il existe quantité d'influences furtives que nous oublions aussi. Ce qui excite la création est divers : l'indignation, l'enthousiasme, la vue d'un chien dans la rue, la lecture du *Monde* du jour, telle sottise lue ou tel chant entendu. J'ai essayé d'en établir la liste pour ce même roman, dont deux mois après l'avoir fini j'oubliais déjà les sources. Distraits sont les vampires.

Influencer, c'est révéler.

INFLUENCE DE LA LITTÉRATURE SCOUT : Trotski en exil lisait Anatole France. « Il n'est pas seulement un maître du style : il est aussi un penseur profond », disait-il selon Alberto Savinio dans l'*Encyclopédie nouvelle*, qui conclut que « sous l'écorce "révolutionnaire" de bien des hommes, se cachent les esprits les plus paresseux, les plus rétrogrades et les plus pantouflards ». Fidel Castro en prison lisait Thiers, l'*Histoire du Consulat et de l'Empire*, best-seller 1860 qui reste dans bien des familles françaises. Bibliothécaires des prisons, n'incluez pas dans vos catalogues des biographies d'hommes d'ordre : les persécutés qui rêvent de devenir persécuteurs y prennent des motifs de mégalomanie. Si j'avais une nouvelle à écrire avec un petit tyran local du Cambodge en 1976, je le ferais d'abord étudiant à Toulouse, tout petit, tout doux, avec un sourire de lèvres charnues aux coins en queue d'hirondelle, et passant son temps libre à lire Albert de Mun.

— Albert de Mun ! s'exclama la femme qui passait, portant un sac en plastique de supérette. J'ai lu ça il y a bien longtemps !

INFLUENCE DES BONS ÉCRIVAINS : *Le Neveu de Rameau* est le livre de Diderot qui a eu le plus d'influence. Beaucoup d'écrivains ont rêvé de réécrire, à leur façon, le monologue d'un grincheux : Thomas Bernhard dans *Le Neveu de Wittgenstein*, par exemple.

Victor Hugo est un écrivain très attentif. Raffiné, audacieux. Il ose mettre plusieurs phrases dans un même vers. « Le ciel est clair. La barque a glissé sur les sables. » Ah mais non, ça c'est

José-Maria de Heredia, « A Sextius », dans *Les Trophées*. Hugo a ouvert des portes. Beaucoup de ceux qui ont voulu le continuer ont rendu un son glacial parce qu'ils imitaient ce qui était pour eux une posture. Différence entre le péplum et Rome. Walt Whitman sort en partie de Hugo. Le grand âne vaste et généreux d'où de la poésie jaillit par cascades. Hugo a de plus grands nuages sur l'horizon que Whitman, qui ne voit que les soleils.

Maurice Barrès a eu une grande influence sur Aragon, Montherlant, Cocteau, qui l'ont beaucoup mordu pour s'écarter de ses charmes, ainsi Cocteau dans *La Noce massacrée* ou Montherlant dans « Barrès s'éloigne », avant de revenir à lui avec une sorte de fraternité. Le plus continûment fidèle à Barrès a été Mauriac. Le personnage principal de son dernier roman, *Maltaverne*, dit : « Elle m'observait, mais j'avais pris le parti d'offrir une surface lisse, d'être absent. » Le narrateur du *Jardin de Bérénice* avait dit : « Il faut opposer aux hommes une surface lisse, leur livrer l'apparence de soi-même, être absent. » Parenté d'oiseaux : Barrès le vautour dégoûté, Mauriac le héron jaloux.

Gide a eu une influence considérable et immédiate sur une jeunesse qui mettra quarante ans à faire Mai 68. Il exprimait un sentiment qui demandait à se diffuser au moment où il l'exprima : quantité de gens avaient envie de croire qu'elle ressentait du *désir* et de l'*inquiétude*. (C'est Baudelaire qui avait transmis le désir à Gide, lequel fit la passe aux années 1970.) On devint gidien comme plus tard on lut *Podium*. Les forts des halles, un demi-bœuf sur l'épaule, pleuraient en fredonnant « Les poésies d'André Walter ». La vente de viande s'en ressentit. A la hausse. Tout se vend mieux avec une marque littéraire, dans un pays comme la France. Ceci, c'est l'influence morale du Gide quinquagénaire et plus : pour l'influence littéraire, c'est le jeune Gide qui l'avait eue. De *Paludes* viennent les romans qui décrivent un écrivain écrivant, en insistant de préférence sur la difficulté à le faire ; on a souvent enlevé l'ironie de Gide pour ne garder qu'une faiblesse très fictive chez lui. La vantardise de l'impuissance dure encore en 2005. On peut trouver des traces tardives de l'influence de Gide chez un solide écrivain comme Marguerite Yourcenar : dans sa façon Nathanaël de tutoyer un interlocuteur invisible, par exemple : « Secoue (si tu veux) sur l'humanité la poussière de tes sandales [...] » (*En pèlerin et en étranger*).

Paul Valéry, trop intelligent pour la plupart des écrivains, n'a transmis que des tics. A Malraux, celui de dire : « tout se passe comme si ».

Dans les années 1920 vivaient à Paris plusieurs écrivains américains. Ces écrivains furent probablement marqués, même s'ils parlaient mal le français, par la littérature française. L'influence de Proust dans *Gatsby le Magnifique* me paraît manifeste. Dans ses lettres, Fitzgerald parle plusieurs fois du *Temps retrouvé* avec de grands éloges. Il n'y a même pas besoin de le lire pour rencontrer l'esprit d'un écrivain. Les influences se transportent comme le pollen. Quand Hemingway vivait à Paris, les livres de Paul Morand étaient des best-sellers, et sa façon de parler des choses autant que ses sujets étaient dans l'air. La boxe. La bougeotte. Hemingway vit qu'il pouvait chasser son penchant pour les sujets provinciaux américains. L'intégration par John Dos Passos d'extraits de presse dans ses romans n'a-t-il pas pu germer après la lecture des poèmes de *Blaise Cendrars*, comme : « OKLAHOMA 20 janvier 1914/Trois forçats se procurent des revolvers » ? (« Dernière heure », *Dix-neuf Poèmes élastiques*.) Ne serait-ce pas chez Charles Péguy que Gertrude Stein aurait trouvé l'étincelle de son style répétitif, même si les répétitions de Péguy sont des coups de massue et les siennes humoristiques ?

> Thomas Bernhard (1931-1989), *Le Neveu de Wittgenstein* (*Wittgenstein Neffe*) : 1982 (trad. française : 1985). Ernest Hemingway : 1899-1961. José-Maria de Heredia, *Les Trophées* : 1893. Charles Péguy : 1873-1914. Gertrude Stein : 1874-1946.

INFLUENCE DES MOINS BONS ÉCRIVAINS : *L'abbé Prévost* a eu de l'influence jusqu'en Angleterre où il avait vécu. Je parierais que Richardson l'a lu, en tout cas *Clarisse Harlowe* sort du même esprit du temps que *Manon Lescaut*; Chateaubriand aussi a dû le lire : *Atala*, c'est assez écrit comme l'arrivée à La Nouvelle-Orléans de Manon. « Après une navigation de deux mois, nous abordâmes au rivage désiré. »

L'historien *Edgar Quinet* a eu une influence considérable sur Flaubert par son roman *Ahasvérus*, épopée lyrique sur le Juif errant encore plus fastidieuse que ridicule. Les mauvais livres que nous pouvons lire à cause des bons écrivains !

Henry Bernstein, auteur de théâtre à succès de l'entre-deux-guerres qu'on joue encore, avait un talent impérieux et brutal qui en impressionna plus d'un. Je retiens de lui quelque chose de charmant, son portrait enfant par Manet. Vous savez, le petit garçon habillé en marin, mains derrière le dos, jambes écartées, énergique, déterminé, déjà prêt à tyranniser le public. Son influence sur le théâtre du XXe siècle a été très importante. (Lui-même, avec ses pièces à sujets de société, avait subi celle d'Alexandre Dumas fils.) Une pièce comme *Victor ou les Enfants au pouvoir*, de Roger Vitrac, est du Bernstein avec de vrais morceaux de symbolisme. Sartre a fait du théâtre de Bernstein après Bernstein.

Ne serait-ce pas dans *Drieu La Rochelle* que les hussards d'après la guerre ont pris leurs expressions de petit malin ? « Louis était gros, mais cultivé » (*Histoires déplaisantes*) est tout à fait le genre de phrase qui provoquait les délires de ces adolescents nasillards.

Georges Duhamel. Personne mieux que cet écrivain ne montre la séduction colossale sur le XXe siècle du banal mal écrit, surtout dans des sujets misérabilistes. Comparez *L'Etranger* de Camus et la *Confession de minuit* ; pensez à tous les Marcel Aymé sur des petits employés ratés ; à Saint-Exupéry et à son scoutisme ; aux amoureux de la glu et du gris : ils viennent de l'humble Duhamel, qui était un fat. Léautaud, dans son *Jour-*

nal, en parle à chaque page, il y en a un délicieux exemple dans *Un autre de Gaulle*, de Claude Mauriac. 7 septembre 1944. Dîner au ministère de la Guerre avec de Gaulle et Duhamel. « Je connaissais [...] ses démêlés avec les Allemands et cette superbe réponse qu'il fit à un fonctionnaire nazi un peu trop irrespectueux : "Je vous rappelle, monsieur Bremer, que vous parlez à l'un des plus grands écrivains français." Cette même phrase, Duhamel la répète de toute la force de sa voix brisée, soudain gonflée et vibrante, tandis que le général de Gaulle écoute poliment et sans enthousiasme. "Alors il se mit au garde-à-vous." Le Général sourit. » Duhamel, dans le *Mercure de France*, avait écrit une violente critique contre *Alcools*, le recueil de poèmes d'Apollinaire.

> Henry Bernstein : 1876-1953. Georges Duhamel (1884-1966), *Confession de minuit* : 1920. Edgar Quinet (1803-1875), *Ahasvérus* : 1833-1834. Roger *Vitrac* (1899-1952), *Victor ou les Enfants au pouvoir* : 1928.

INTELLIGENCE : Dans les romans fondés sur l'intelligence seule, on voit en permanence l'auteur derrière ses personnages, ombre destinée à nous faire comprendre qu'il est plus malin qu'eux. Nous nous doutons que Flaubert est supérieur à Bouvard et Pécuchet, puisqu'il les crée. D'ailleurs ce n'est pas Flaubert qui nous importe, mais Bouvard, Pécuchet, et ce qu'ils révèlent de nous.

Les créateurs de fiction ont des moments d'abandon, où, emportés par le plaisir d'écrire et l'entraînement des images, ils découvrent des choses plus vite que leur intelligence. Elle n'y suffirait pas. Dans l'écriture de fiction, l'intelligence est un élément de l'imagination.

L'intelligence ne fait pas le talent mais, quand on lit quelqu'un d'aussi bête que... on se rend compte que, quand on ne l'a pas, ça manque.

L'intelligence, l'intelligence ! C'est bien le moins, d'être intelligent !

INTÉRÊT : Ce qui nous fait nous intéresser à un livre, c'est le talent, non son sujet.

Rien n'a d'intérêt que le sentiment qu'on y met.

INTRODUCTION, CONCLUSION : Dans un de ses livres, Vladimir Nabokov raconte que, chaque fois qu'il avait fini une nouvelle, Tchekhov en supprimait le début. Je l'ai appliqué à ce que j'étais en train d'écrire : beaucoup mieux. Depuis, je le fais toujours, et, dans la plupart des cas, ça marche. Nous sommes toujours trop lents. Pourquoi donc continuer à écrire des phrases que l'on sait inutiles ? La tentation. Elles font plaisir. C'est généralement ce qui est le plus mauvais. Laissez-nous au moins avoir eu le plaisir.

Si on a besoin d'introduire un livre, c'est qu'il est mal fini.

Il est souvent bénéfique de couper la fin : les conclusions sont une explication. Et la pire de toutes, lourde, écrasante, définitive, emprisonnante. Pas d'introduction, pas de conclusion. Laissons les lecteurs comprendre.

IONESCO (EUGÈNE) : La meilleure pièce de Ionesco est la moins Ionesco : *Le roi se meurt*. Il fait partie des écrivains Gargantua, qui pètent, rotent, s'esclaffent, cassent leurs jouets en répétant vingt-deux mille fois pipicacacucu et laissent pas mal de déchets. Cela a été un penchant de la seconde moitié du XXe siècle, par réaction probable aux cinquante années précédentes, cinquante années de tueries fondées sur l'esprit d'emphase.

Comme souvent chez ces écrivains, il y a du talent et, lorsque l'auteur le découvre, il le gâte. Quand c'est raté (et c'est fréquent chez lui), c'est du n'importe quoi, quand c'est moyen, c'est du café-théâtre, quand c'est bien, c'est génial.

Ionesco a écrit du boulevard de génie. Il y a du Labiche en lui : cet humour qu'enchantent les conversations banales, celles des concierges aussi bien que des politiciens. Comme le théâtre de Labiche, celui de Ionesco n'exprime pas toute sa saveur à la lecture, à moins de le lire très vite, comme il doit être joué. Et c'est une grande limitation qu'il faille une mise en scène pour améliorer un écrit. Si Ionesco est parfois trop boulevard, il a parfois trop de génie. Genre roumain. Qui ressemble au genre irlandais. Déconnade allégorique sur le mode farceur. Mystique ouarf ouarf. Roumain ? Il y a le morose Cioran. Irlandais ? Le très réaliste Bernard Shaw. Il se rapproche d'un anarchisme pantouflard à la tchèque.

Il montre que l'*avant-garde* était une vengeance d'élèves turbulents ; et utile : ils cassaient, mais en même temps débarrassaient le château de ses vieux meubles branlants. Après quoi les meilleurs peuvent officier. En littérature, les bons élèves récupèrent les inventions des cancres.

Deux de ses personnages se prénomment Béranger, dans *Rhinocéros* et dans *Tueur sans gages* : c'est probablement le même car, chez Ionesco, l'homme, c'est Béranger. Un naïf, sans science, pas très capable de réfléchir, mais qui sait une chose, qu'il faut ne pas céder au mal. Dans un cas, sa dernière parole est : « Je ne capitule pas ! » Dans l'autre, il est assassiné ; mais sans avoir capitulé. L'homme de Ionesco résiste comme il peut au totalitarisme. Ionesco venait de Roumanie, et il n'y avait pas de quoi tellement s'étonner quand, à la fin de sa vie, il est devenu chroniqueur au *Figaro* où il a attaqué la fascination envers l'Union soviétique et ses charmes kaki.

Le roi se meurt, grâce à quoi Ionesco peut mourir tranquille. Ce roi geignard met en valeur le meilleur personnage de la pièce, la reine Marguerite, sarcastique, intransigeante, qui rappelle l'impératrice Eugénie ordonnant à Napoléon III de mourir sous les bombes pendant la guerre de 70. Elle a des répliques comme : « Beaucoup de gens ont la folie des grandeurs. Vous avez une folie de la petitesse. » Et, quand on lui dit qu'elle n'a pas de cœur : « Mais si, si, il bat. » Une espèce de moment de tendresse, quand la couronne de son mari tombe : « Je vais te la remettre, va. » Le palais, loge de concierge funèbre où l'on apprend que le monde extérieur s'est déréglé, est un réveil dont les aiguilles tournent à toute vitesse. C'est une pièce qui donne l'impression d'être à l'intérieur d'un cerveau. Il se délabre. On dirait une forêt de Max Ernst.

Quand il est question d'un roi perdant son royaume, accourt souvent le mot « Shakespeare ». Ionesco aurait-il voulu se venger de ce lieu commun ? Je pense moins au Roi Lear qu'à Macbeth, sur qui Ionesco a écrit une pièce. *Macbett* est *Macbeth* d'où il a ôté les pierreries, les prestiges et le Plutarque. Et la chair. Cette pièce est un squelette suspendu à un fil de pêche qui claque des dents en ricanant. Ionesco est un véritable anarchiste, espèce très rare : ce ne sont pas les institutions qu'il attaque, d'ailleurs lui-même est devenu membre de l'Académie française, mais les poses. Les poses vont souvent avec les postes. Quand il y a poste, le Français se prosterne. Quand il y a pose, il bée. Il nous fallait un étranger pour nous dire cela. Les étrangers servent, entre autres, à casser nos comédies.

L'Impromptu de l'Alma est *La Critique de l'Ecole des femmes* de 1956. Comme Molière, Ionesco répond à la critique. Le personnage principal se nomme Ionesco, il écrit des pièces de théâtre : trois hommes lui font des remontrances. Le théâtre doit s'adresser à *un public populaire d'élite* ! Il doit exprimer *la théâtralité* ! Etre *un témoin de son temps* ! Se *distancier* ! C'est avec ce vocabulaire qu'on fit peu après le triomphe de Ionesco. Les savants partis, « Ionesco » s'adresse au public. Il expose sa conception du théâtre : qu'il soit libre ! Plus il parle, plus son ton devient péremptoire. Sa femme de ménage lui met une robe de docteur sur les épaules. Est-ce que ces pièces ne constitueraient pas des contre-traités d'esthétique ?

Ionesco est admirable d'avoir résisté à l'admiration qui lui est tombée dessus vers 1960. Cela vient peut-être de ce que, longtemps dénigré, il s'était protégé contre les injures, ce qui finit par rendre insensible aux compliments.

Comme Anouilh, c'est un auteur de théâtre qui ne donne son talent qu'au théâtre. Il a publié un roman et des articles qui ne sont pas *écrits*. Le théâtre prend possession de certains écrivains, qui ne peuvent plus rien écrire d'autre, sinon quelques poèmes. Molière. Corneille. Racine. Le grand public les respecte d'autant plus, car la spécialisation le rassure.

📖 « Espérer, espérer ! Ils n'ont que ça à la bouche et la larme à l'œil. Quelles mœurs ! » (La reine Marguerite dans *Le roi se meurt*.)

> 1912-1994.
> ♦
> *La jeune fille à marier* : 1953. *L'Impromptu de l'Alma* : 1956. *Tueurs sans gages* : 1959. *Rhinocéros* : 1959. *Le roi se meurt* : 1962. *Macbett* : 1972.

J

Jacob • Jarry • Je ne sais pas quoi lire • Joubert • Jourdain • *Journal d'un attaché d'ambassade* • *Journal* de Jules Renard • Journalisme • Journaux intimes • Joyce.

Jacob (Max) : En prose, Max Jacob a écrit une merveille, *Le Cabinet noir*. C'est une série de lettres où des personnages font part d'événements de leur vie dans un tourniquet de portraits, comme on peut aussi en trouver dans *Filibuth ou la Montre en or*, *Cinématoma*, *Bourgeois de France et d'ailleurs*, *Le Terrain Bouchaballe*. Ici, Max Jacob le porte à un degré d'enchantement qui fait de son livre une *Comédie humaine* racontée par Charles Perrault, un *Manège enchanté* de personnages apparemment réalistes. Une école de peinture s'est appelée le réalisme abstrait, Max Jacob, c'est le réalisme-Astrée. Une fantaisie pareille, dans la littérature française, ça n'existe pas. A côté d'elle, Musset paraît instituteur, Marivaux sociologue et Scarron consultant. *Le Cabinet noir* est un lutin déguisé en vieille dame qui s'amuse à radoter, assise dans un gros fauteuil, au fond d'un vieux salon à dentelles. On s'approche : la vieille dame enlève sa perruque, le lutin bondit, rieur, lumineux, laissant par terre sa vieille robe et, dépliant un petit théâtre de carton aux couleurs vives, il monte sur la scène et joue la comédie pour nous, interprétant tous les personnages. S'occupant de la réalité la plus mesquine, la plus matérielle, la plus passionnée, ces lettres sont des trésors d'imagination. Volent entre les mains de notre nain prestidigitateur les exaltations des concierges, les rêves des fonctionnaires, les illuminations des magistrats. Max Jacob montre son goût des noms de famille fabuleux, « Riminy-Patience », « Ballan-Goujart » (lequel reparaît dans un autre livre, *Filibuth*, je crois, où l'on trouve aussi un « Odon-Cygne-Dur »). Au reste, fabuleux ? Il existe bien des villes nommées « Levallois-Perret » ou « Saint-Just-en-Chaussée ». Max Jacob remarque le fabuleux de la vie. Ou l'invente, avec des noms tout simples : « Eugénie Portefoin » (« Plus d'astrologie », poème du *Laboratoire central*). Et peut-être que si *Le Cabinet noir* révèle quelque chose, lui qui est si loin de toute pédagogie et de toute morale, c'est que chaque personne crée les bonheurs ou les tracas nécessaires à sa passion. A l'avare surviennent des histoires d'avare, au mesquin des petitesses, à l'amoureux des amours.

Le temps ayant passé, *Le Cabinet noir* est devenu le répertoire d'une société morte, où les poètes étaient chassés de leur famille, où l'on s'engageait au *bat' d'Af*, où un employé licencié pouvait hausser les épaules en disant « je retrouverai une place demain », où le ridicule résidait dans des phrases comme : « Honorons les gens qui aiment leur métier, ils sont la force de la France. » Max Jacob remonte parfois plus haut dans le temps, comme dans la lettre du temps de Henri IV, une des meilleures avec celle de la princesse russe devenue mannequin chez un grand couturier de Paris.

En demi-prose, comme il disait, il a écrit une autre merveille : *Le Cornet à dés*. En voici un qui roule, intitulé « Famille japonaise » :

> Le petit Japonais, après la mort de sa sœur, la sœur encaissée, il est parti pour la France ! le petit Japonais ! il ne pourra pas oublier sa sœur ! il dessine pour les journaux comiques mais toutes les figures de femmes sont pour lui celle de sa sœur chérie. Une vieille Japonaise de l'ambassade croit lui faire plaisir en envoyant les journaux au père, là-bas. Le père sanglote : il reconnaît sa fille chérie.

La poésie peut être comique et raffinée, bouffonne et exquise. J'aime beaucoup ce genre de livres qui alourdit l'œil des gens épais. Il faudrait le donner à lire à un ministre de la Défense, à un secrétaire général de syndicat. Si je créais mon ordre du Hareng saur, en souvenir du poème de Charles Cros, Max Jacob en serait commandeur. On voit dans ce livre Dante et Virgile inspectant un baril de harengs saurs (« Jugement des femmes »), et Charles Cros n'est pas beaucoup plus loin quand, dans *Le Laboratoire central*, Max Jacob écrit : « Madame la Dauphine / Fine, fine, fine, fine, fine. » *Le Cornet à dés* est sans exemple dans la littérature française, un coffre à joujoux qu'un vieil enfant qui connaît le cynisme et s'en moque envoie joyeusement en l'air.

En poésie, ce sont plusieurs merveilles que Max Jacob a écrites, principalement *Le Laboratoire central, Les Pénitents en maillots roses* et les *Ballades*. Ses autres livres sont plus religieux. Comme Claudel, qu'il n'aimait pas, Max Jacob était un converti. Au contraire de Claudel, il se raconte beaucoup moins à lui-même ce miracle égoïste. Il a une tendance à la mortification rétrospective, comme Verlaine dans *Sagesse*, mais Verlaine a l'avantage littéraire d'avoir vécu une vie propice au remords : Max Jacob n'a pas trompé sa femme avec un homme sur lequel il a tiré au revolver, jeté son nouveau-né contre un mur, menacé sa mère d'un couteau et encore moins jugé ses propres mœurs avec morale. Sa Sainte Vierge en est bleu assiette, souriante, genre Bernadette Soubirous, et, s'il imagine l'Enfer, comme dans les excellentes *Visions infernales*, il a l'air de cartes de tarot : « Autour de mon pauvre corps, ces flammes en artichaut. » Max Jacob recherche une naïveté de croyance médiévale selon le rêve qu'on en a, car la religion au Moyen Age était savante, méticuleuse et violente. Comme il fuit l'esprit de sérieux avec une timidité d'oiseau, il met du spirituel dans le spirituel. « Qu'il y ait Dieu, c'est à n'y pas croire » (« Ballade du perpétuel miracle », *Derniers poèmes*). Certains ont mis en doute la solidité de sa conversion au catholicisme : en poésie, il n'a jamais résisté à la tentation. Tant mieux car, lorsqu'il s'applique trop à la naïveté, qu'il écrit des poèmes trop pieux ou trop bretons (il est natif de Quimper), il est moins bon. Non, je ne vois pas pourquoi avoir de l'esprit en poésie serait condamnable.

> Le renard au corbeau demande son fromage
> Pour l'homme toute femme est d'abord un corbeau
> Donc, ne soyez pas si fières de nos hommages. (*Le Laboratoire central*.)

Comme La Fontaine, il écrit des vers réguliers si souples qu'ils ont l'air de vers libres :

> Un roman de chevalerie
> raconte que Roland, neveu de Charlemagne
> fut atteint de folie
> et courait les campagnes. (« La folie de Roland », dans *Derniers poèmes*.)

Et ce Roland me fait me ramentevoir du Moyen Age, où l'on écrivait beaucoup de ces poèmes qui ont l'air de vers en vrac, comme ce fatras de Watriquet de Couvin, « Belge » du début du XIVe siècle, qui commence :

> Doucement me réconforte
> Celle qui mon cœur a pris :
> Doucement me réconforte
> Une chatte à moitié morte
> Qui chante tous les jeudis [...].

Max Jacob fait sauter les gravités en l'air dans son drap : « Les honneurs qu'on rendait aux savants étaient tels/Qu'on les faisait mourir pour les rendre immortels » (« Les volontaires espagnols quittent Paris », *Le Laboratoire central*). Charles Trenet s'approche en chantant *La Java du diable* : « Un député pris de court/A la tribune de la chambre/Dit dans son discours : "Un, deux, trois, quatre,"/"Un, deux, trois, quatre,"/ C'est mon programme est-ce qu'il vous plaît/A coups de fusil on dut l'abattre/Il expira au troisième couplet. »

N'étant intentionnellement pas un poète classique, avec vers de bonne tenue montant régulièrement vers une conclusion, selon la médiocrité paisible qu'on appelle parfois perfection, il écrit exprès des poèmes maladroits, comme les « Vers sans art » des *Derniers poèmes*, sur deux rimes de Verlaine : « J'ai longtemps cru la vie comme un brouillard d'automne/fait de lacs éloignés coupés de sable ocreux/fait de branches séchées, de buissons monotones. » Et c'est excellent. Il lance de belles images partout. Dans ses poèmes simples :

> La lune qui s'ouvre
> qui se ferme et s'ouvre
> tout un mois comme un parasol. (« L'amour enterré », dans
> *L'Homme de cristal*.)

Et dans ses poèmes plus raffinés, où les images chevauchent des sonorités splendides. Dans le seul *Laboratoire central* :

> Les chevreaux futurs outres ont des cous de girafes. (« Honneur de la sardane et de la teñora ».)

> Les regrets opulents du soleil qui recule. (« Le citadin mort à l'amour de la nature lui adresse ses adieux ».)

« Obliquité ! légèreté ! mais moi je suis un cancre aimable,/ trop aimable, dit-on, badin » (« Confession de l'auteur. Son portrait en crabe », dans les *Derniers poèmes*). Ne soyez pas trop aimables parmi les crocodiles des lettres, ils vous déchiquetteraient, comme les surréalistes l'ont fait avec Max Jacob.

Son dernier manuscrit a été refusé par son éditeur, et *Actualités éternelles* a été publié cinquante-deux ans après sa mort : il contient, dans le poème intitulé « Bilan », le vers : « Ce que j'en ai changé de croix ! » Max Jacob (tout le monde disait « Max », et on avait compris) et Jean Cocteau (tout le monde disait « Jean », et on avait compris), quand ils ne se voyaient pas, s'écrivaient des lettres. Leur *Correspondance* est une des plus sinistres que je connaisse avec celle de Mérimée qui s'achève sur Sedan. C'est à cause des trois dernières lettres. Elles sont de Max Jacob. Elles datent de 1944. Dans la première, il écrit qu'après l'emprisonnement d'un de ses frères, on vient d'arrêter sa sœur (les Jacob étaient juifs, sauf Max qui depuis sa conversion vivait près d'un monastère à Saint-Benoît-sur-Loire). « Elle n'avait qu'un fils, il est dans un asile d'aliénés depuis des années. Elle allait le voir tous les dimanches ; on lui ôte cette douleur consolatrice, c'est inhumain [...]. Que va devenir mon malheureux neveu, mal nourri et seul dans sa cellule de malade à Villejuif ? » Il demande à Cocteau d'intercéder auprès de Guitry. Deuxième lettre, treize jours plus tard : Guitry (qui a aidé à sauver Tristan Bernard et sa femme emprisonnés) n'a rien pu faire, mais il se joint à la demande de Cocteau pour la libération de Jacob. Troisième lettre, vingt-sept jours plus tard, le 29 février :

> Cher Jean,
> Je t'écris dans un wagon par la complaisance des gendarmes qui nous encadrent.
> Nous serons à Drancy tout à l'heure. C'est tout ce que j'ai à dire.
> Sacha, quand on lui a parlé de ma sœur, a dit : « Si c'était lui, je pourrais quelque chose ! » Eh bien, c'est moi.
> Je t'embrasse.
>
> Max.

Max Jacob mourut d'une pneumonie au camp de Drancy, le 5 mars. Voilà les derniers mots qu'il écrivit. « Eh bien, c'est moi. »

📖 « Brûlez vos parchemins nous en savons assez

Pour panser la blessure et pour fondre l'acier. » (« Les volontaires espagnols quittent Paris », dans *Le Laboratoire central*.)

> 1876-1944.
> ♦
>
> *Le Cornet à dés* : 1917. *Cinématoma* : 1920. *Le Laboratoire central* : 1921. *Le Cabinet noir*, *Le Terrain Bouchaballe* et *Filibuth ou la Montre en or* : 1922. *Visions infernales* : 1924. *Les Pénitents en maillots roses* : 1925. *Bourgeois de France et d'ailleurs* : 1932. *Derniers poèmes en vers et en prose* : 1945. *L'Homme de cristal* : 1946, édition complétée : 1967. *Ballades* : 1970. *Poèmes épars* : 1994. *Actualités éternelles* : 1996. *Correspondance Max Jacob - Jean Cocteau* : 2000.

JARRY (ALFRED) : Grand poète qui a mal tourné. Quand j'avais dix-huit ans (il y en a vingt-deux), Jarry formait avec Freud et Marx la Sainte Trinité des penseurs du secondaire. On lui avait assigné une place qu'il ne pouvait pas tenir : parti Mallarmé, il était arrivé au *Canard enchaîné*.

Ce qu'il a de moins littéraire, comme tous les écrivains, c'est son « personnage ». Il est très drôle. Jarry était un jeune homme qui parcourait Paris à vélo en débitant des horreurs. Dans le *Journal* de Jules Renard, on le voit tirer à la carabine et sa voisine se plaindre de ce qu'il risque de tuer ses enfants : « Nous vous en ferons d'autres, madame. » Rachilde, la romancière, femme d'Alfred Vallette patron du Mercure de France qui le publiait, lui reproche de ne pas « écrire comme tout le monde ». « Apprenez-moi ! » répond Jarry. C'est elle-même qui le rapporte, car elle ne manquait pas d'humour (*Alfred Jarry ou le Surmâle des Lettres*).

L'une des principales qualités de Jarry est qu'il ne respecté rien. Il bombarde des idoles de son temps, l'armée, les prêtres, les médecins, la Femme, l'honneur, les pauvres. « Les accidents de métro, chemin de fer, tramway, etc., ont ceci de bon, comme les guerres, qu'ils éclaircissent le trop-plein misérable de la population » (*La Chandelle verte*). Cela ressortit au genre satanique, provocateur et rigolo de Baudelaire qui, goûtant une noix fraîche, avait dit : « On dirait qu'on mange de la cervelle de petit enfant. » (Le rigolo n'est pas ce qu'il dit mais d'imaginer la mine offusquée de la dame sérieuse qui l'entend.) *La Chandelle verte* est un recueil d'articles à lire avec parcimonie car ils sont répétitifs, grosse farce, CQFD.

Il y a curée et curés.

Le curé est le médecin de l'âme. Les médecins font la curée des corps.

Petite différence du sexe des mots !

C'est la banalité d'époque, celle des féroces, produit par rejet de la banalité écrasante des bourgeois fermement bourgeois. Elle fait dire à Léon Bloy : « Qu'est-ce que le Bourgeois ? C'est un cochon qui voudrait mourir de vieillesse » (*L'Invendable*). Très d'époque lui aussi, *Messaline* est un livre où Jarry a cherché le grand public. Mauvais calcul, car on popularise ses défauts sans réussir à anéantir ses qualités, qui sont ce que le grand public fuit : Jarry n'a pas gagné un lecteur. On ne peut pas dire qu'il ait été électoraliste en y traitant de la lubricité, le sujet le passionnait. Dans *Le Surmâle*, le personnage principal, pourvu d'un sexe énorme, se déguise en Indien, possède une femme quatre-vingt-deux fois d'affilée puis, s'arrachant à une machine destinée à lui inculquer les sentiments, est tué par la machine devenue amoureuse de lui. C'est *L'Eve future* de Villiers de L'Isle-Adam mixé avec *La Vie sexuelle de Catherine M.*, cette *Surfemelle*. Enfin, sans le génie déglingué de Jarry : ce livre reste d'ores et déjà comme un document sociologique kitsch à la façon du roman de Rachilde où une femme domine un homme, et qui avait fait scandale, *Monsieur Vénus*. Jarry était un maniaque, avec tout ce que la maniaquerie peut avoir de poétique et d'imbécile.

Je vais vous dire un secret : *Ubu Roi*, c'est moins bien qu'*Œdipe à Colone*. C'est parfois drôle, et plus souvent fastidieux. Qu'un homme de talent ait pu perdre son temps à écrire des calembours sur la *phynance* m'attriste autant que de voir des êtres humains s'esclaffer au « Ça vous grattouille, ou ça vous chatouille ? » du Dr Knock dans la pièce de Jules Romains. Le mot *phynance* avait d'ailleurs été inventé par Flaubert, un des écrivains à l'humour le plus épais de notre littérature.

Quels que soient ses défauts, on trouve toujours au moins une phrase étonnante dans chaque livre de Jarry. Dans *Le Surmâle* :

> Ce ne sont pas les plus forts qui survivent, car *ils sont seuls*.

Dans *Etre et Vivre* :

> Vivre c'est le carnaval de l'Etre.

Dans *César-Antéchrist* :

La mort est l'égoïsme parfait […].

Le truc de Jarry, c'est qu'il ne sait pas s'arrêter. Parfois l'exagération échoue, parfois elle produit des pages extraordinaires, comme l'humour de matraquage de *L'Amour en visites*, ou la poésie cocasse et parfois très altière des *Gestes et opinions du Dr Faustroll, pataphysicien* et des *Minutes de sable mémorial*, ce grand livre, le meilleur des livres symbolistes peut-être, parce qu'il est une outrance du symbolisme et que cela fait s'envoler ce style si méticuleux. Si le mauvais Jarry écrit dans un style Art déco qui rappelle les façades de l'avenue Rapp où des sirènes verdies se tordent dans des algues, le bon Jarry écrit comme une araignée qui entoilerait une cathédrale gothique, rosaces, gargouilles, saints et diables montrant leur cul compris. C'est son génie.

Les caméléons dans leurs glauques simarres
Sont des vrilles de vigne au-dessus des mares
Et du tombeau vert des amours trépassés.
Sabbatiques rosses,
Evêques renversés chevauchant leurs crosses,
Les caméléons volent aux cieux lassés.

Il y a peut-être une peur chez cet homme qui n'avait peur de rien, chez ce matérialiste absolu, voire une panique, au sens du dieu Pan, qui sait qu'il va mourir, sentant venir de loin le grand vent frais du Dieu unique.

📖 « Le livre est un grand arbre émergé des tombeaux. » (*Les Minutes de sable mémorial.*)

1873-1907.
◆
Les Minutes de sable mémorial : 1894. *César Antéchrist* : 1895. *Ubu roi* : 1896. *L'Amour en visites* : 1898. *Almanach du Père Ubu, illustré* : 1899. *Almanach illustré du Père Ubu (xxe siècle)* et *Messaline* : 1901. *Le Surmâle, roman moderne* : 1902. *Gestes et opi-*

nions du Dr Faustroll, pataphysicien : posth., 1911. *La Chandelle verte* : posth., 1969.

◆

Catherine Millet, *La Vie sexuelle de Catherine M.* : 2001. Rachilde (1860-1953), *Alfred Jarry ou le Surmâle des Lettres* : 1926.

JE NE SAIS PAS QUOI LIRE : Le 7 août 2004, chez Hatchard, à Piccadilly, je lisais les premières pages de la nouvelle traduction anglaise de Proust en la comparant à une autre, plus ancienne : pas la plus ancienne, celle de Scott Montcrieff que, au bout de quelques années, on avait fini par trouver imparfaite, ainsi que son titre de *Remembrance of Things Past*, même si Montcrieff l'avait pris à un sonnet de Shakespeare. On l'a remplacé par *In Search of Lost Time*. Eh bien, je préférais Shakespeare. C'était une jolie idée, de relier ces deux écrivains, tout dissemblables qu'ils sont. Le vers de Shakespeare était même meilleur que le titre français. Si toute première traduction semble faite pour être retraduite, de la même manière que Louis XIII commence Versailles et Louis XIV le finit, elle ne reste parfois pas moins ineffaçable. Les dieux savent si la nouvelle traduction de l'*Ulysse* de Joyce, en 2004, ne m'a pas donné tort ! La première traduction est celle par laquelle un pays fait connaissance d'un écrivain étranger, et cela marque. Sans compter que, et c'est un des mystères de la littérature, si imparfaite que soit une traduction, la voix de l'auteur passe quand même.

J'en étais là de ces byzantinismes, et je les favorise, quand je me dis que j'allais acheter *Sodom and Gomorrah* pour avoir quelque chose à lire quand, planté devant mes rayonnages, j'éprouverais la rage morne de ne pas savoir quoi lire. Il y a des moments où tous ces parallélépipèdes assez moches qui, lorsqu'on les ouvre, lâchent des oiseaux et des fleurs, ne me semblent que des parallélépipèdes assez moches. Les titres des plus grands chefs-d'œuvre, les noms des plus aimables auteurs tatoués sur leurs dos ne me disent rien, rien, rien, pire : me font hausser les épaules. Anciens, nouveaux, lire, relire, je suis comme une femme qui, dans sa penderie pleine, gémit : « Je n'ai rien à me mettre ! » Cette robe de Joseph Roth ? Peuh ! Ce roman de Manolo Blahnik ? Bah ! Yukio Mishima, Marie Mercié, Garcia Lorca, APC, Dada, marques, marques, marques ! C'est une bien pénible maladie de notre imagination qui nous empêche de concevoir ce que, porté, le livre donnera sur nous. « Je n'ai rien à me lire. »

> James Joyce, *Ulysse*, traduction d'Auguste Morel revue par Valery Larbaud et Joyce : 1937. Nouvelle traduction par huit traducteurs : 2004. Marcel Proust, *Remembrance of Things Past*, traduction de C.K. Scott Montcrieff : 1922-1930 ; dernier volume, *Time Regained*, traduit par Stephen Hudson : 1931 ; révision par Terence Kilmartin : 1981 ; révision de la révision par D.J. Enright : 1992-1993 ; *In Search of Lost Time*, par six traducteurs : 2002.

JOUBERT (JOSEPH) : De Joubert, ce faux calme adorablement nerveux dont Chateaubriand dit qu'il était « un égoïste qui ne s'occupait que des autres » (M.O.T. II, 13), ce presque stérile qui a peu produit, j'extrairai deux gouttes de parfum :

Les beaux habits sont un signe de joie.

La mémoire est le miroir où nous regardons les absents. *[Celle-là pour faire plaisir à Proust. Tu m'entends, Marcel ?]*

Et lui laisserai la parole pour cette phrase qui suffit à dire la gentillesse d'un homme :

📖 « Quand mes amis sont borgnes, je les regarde de profil. » (*Pensées, essais et maximes.*)

> 1754-1824.
> ◆
> *Pensées, essais et maximes* : posth., 1838.

JOURDAIN (MADAME) : Je n'ai aucune passion pour le bon sens, qui est si souvent le conformisme se donnant des airs débonnaires, mais j'aime l'humour des femmes mariées qui se moquent de la vanité des mâles. Le Sud-Ouest en est plein. Je me demande si Molière n'aurait pas rapporté d'une tournée à Bordeaux le personnage de Madame Jourdain, qui, à son Bourgeois gentilhomme de mari venant de réciter : « Vos beaux yeux, marquise, d'amour mourir me font », répond : « Oui, vraiment ! nous avons fort envie de rire, fort envie de rire nous avons. »

JOURNAL D'UN ATTACHÉ D'AMBASSADE : Livre rempli de snobs écrit par un snob sauvé du snobisme par la littérature. Différence avec les *Souvenirs du Second Empire* du comte de Maugny, qui fut comme Morand fonctionnaire des Affaires étrangères : il s'extasie sur de faux bons mots, répète avec extase des férocités inoffensives (celles qui consistent à se moquer de l'inobservance des usages) et emploie des expressions aussi vulgaires que : « On n'est pas plus Régence. » Ce qui distingue Morand et Maugny, ce sont deux choses. L'une est Proust. Dans Morand il y a Proust, dans Maugny il y a Haas. Charles Haas, l'une des personnes à qui Proust a pris certains traits pour créer son personnage de Swann. Morand va voir Proust parce que tous deux sont écrivains. Maugny voit Swann parce que tous deux sont mondains. Je me demande s'il n'est pas le père du Clément de Maugny qu'on voit dans la correspondance de Proust, couvert de soucis et à découvert d'argent, que Proust plaint, « par ce besoin de sangloter sur tant de misères », dans une lettre à qui ? Morand (27 mai 1922). Proust, vie et œuvre, c'est une histoire de lacets. On croise quelqu'un en 1891 ou à la page 30, on le recroise en 1905 et page 817, revoici son fils en 1922 et page 2099. (Dans Proust, la littérature est exponentielle au temps.) Le nœud est fait. Et la généalogie, dans cette pliure d'Ancien Testament qu'est *A la recherche du temps perdu*. Maugny ne dit rien de notable sur Haas, parce qu'il est incapable de le rendre intéressant. Et voici une troisième chose qui distingue les Morand des Maugny : le talent, même s'il n'éblouit pas dans le *Journal d'un attaché d'ambassade*, premier livre de Morand. S'il était mort juste après, Morand aurait laissé le souvenir d'un de ces auteurs charmants et lointains qu'on pourrait appeler les opusculaires. Le *Journal d'un attaché d'ambassade* contient la petite chose dure nommée littérature. Elle fait éclater le talent de Morand dans ses livres ultérieurs, lesquels relèvent celui-ci.

📖 « Berthelot raconte que quand Clemenceau est assailli dans les couloirs par des quémandeurs qui lui murmurent à l'oreille quelques mots de sollicitation, Clemenceau, sans s'arrêter, crie à haute voix : "Vous voulez coucher avec Madame Poincaré ? Entendu, mon cher ami, c'est fait !" »

1947 (éd. complétée : 1996).
♦
Comte de Maugny, *Souvenirs du Second Empire* : 1889.

JOURNAL DE JULES RENARD : Dans son *Journal*, Jules Renard exhibe une agaçante contrition. Je suis mesquin, je suis calculateur, etc. Qu'il le soit ou non (et il n'est pas coquet comme Rousseau), ce n'est pas parce qu'il en fait l'aveu que cela l'excuse. A la longue, ou l'on change, ou l'on se tait. Il y a aussi la solution d'aller voir un prêtre. C'est une des utilités de la religion catholique pour la littérature : elle fournit le confessionnal. Et l'écrivain n'a plus à attrister l'humanité en exhibant son confortable malaise. « Ici, ma pingrerie. Là, ma méchanceté. Ah la belle aisselle douteuse sous la manche du T-shirt ! » Hélas, il reste la joie de raconter son repentir. On ne peut rien faire avec ces gens-là.

Renard ne va pas jusqu'au dolorisme. C'est un ironiste. Du moins il s'en pique. C'est un homme qui rapporte les mots de ses enfants. Lui qui passe pour l'incarnation de la lucidité a de forts moments de scoutisme : « Je n'aime lire que les livres qui m'appartiennent : le livre de la vie, par exemple » (9 juin 1902). Comme bien des passionnés de la nature, il est artificiel et cela lui fait écrire de jolies préciosités japonaises : « La chauve-souris qui vole avec son parapluie » (1er décembre 1906). Parfois ce sont des définitions de mots croisés : « Le kangourou, puce géante » (30 avril 1902), ou des phrases d'enfant calculateur : « Vache : un tonneau avec deux cornes » (20 août 1906). Rappelons-nous que c'est un journal, qui n'est pas une œuvre d'art. On y range des bouts de phrases dans l'idée de s'en servir un jour dans un livre, des esquisses, des crottes ; de plus, pour tout ce qui touche l'intime, ne nous avançons pas : sa veuve a supprimé des passages entiers du livre.

Le *Journal* contient d'autres choses que l'amertume, la faiblesse de citer le bien qu'on dit de lui, la spirituelle conversation de ses marmots et les choses vues mais peut-être pas tellement à voir de son village. Il y a de beaux moments de libéralisme, de belles phrases humaines.

> Une vérité, c'est un préjugé qu'on affirme trop. Il y a des vérités partout, mais il ne faut pas trop y croire, ni surtout y tenir (25 septembre 1908).

> On ne devrait rien dire, parce que tout blesse (20 mars 1909).

On rencontre Barrès, Schwob, Gourmont, Catulle Mendès, Hugues Rebell, l'excellent romancier des *Nuits chaudes du Cap français*, fils de famille ruiné qui, raconte Léautaud dans son journal à lui, faisait masturber sa chatte au moyen d'un crayon à papier finement aiguisé par son maître d'hôtel, Alfred Capus, Loïe Fuller, Sada Yacco, Rodolphe Salis, l'époque. Ou une partie. Quand bien même, c'est plus instructif que les journaux quotidiens, les journaux d'écrivains.

Quelquefois, Jules Renard s'exalte pour le sublime : et c'est son adoration d'Edmond Rostand, comme une fable qui pourrait s'intituler « Le parapluie amoureux du paon ». Il trouve Rostand l'égal de Victor Hugo, on n'a rien vu d'aussi grandiose au théâtre que *L'Aiglon* ! C'est vrai, ça n'est pas vrai, mais c'est touchant. Les écrivains n'expriment pas si souvent de l'amour. Il a une pointe d'idolâtrie pour Sarah Bernhardt. Ce Poil de Carotte qui n'a pas été aimé enfant et s'en trouve tout petit a une amitié pleine d'admiration pour l'infernal et comique Lucien Guitry, le comédien, le père de Sacha. C'est dans le *Journal* de Renard qu'on le voit répondre à un homme qui lui demande s'il connaît l'Italie : « Pas même de nom. » Renard a une amitié plus égalitaire avec Tristan Bernard, qui l'amuse avec son esprit et ses voitures de luxe. Quelqu'un lui annonçant que Léon Blum promène en Italie sa grand-mère aveugle, Tristan Bernard répond : « Ce serait si facile de la promener sur le chemin de fer de Ceinture en ayant soin d'y faire crier les noms de Venise, Florence, etc. » Il y a dans Jules Renard une carrière de fastueux contrariée par un petit corps timide.

Alors que la plupart des hommes de la IIIᵉ République étaient des dilatés, Renard est un pincé. Il est maire de son village, décoré de la Légion d'honneur, mais ne laisse pas tomber des cendres de cigare sur un gros ventre taché de sauce au vin. Il est maigre, roux, pâle, avec des yeux de homard. Après 1904, son journal contient de plus en plus de politique. Et l'homme indépendant, l'homme qui, rencontrant Clemenceau en 1895, avait écrit :

> Comment ! C'est ça, le grand Clemenceau, ce monsieur qui parle d'une voix saccadée, une main dans la poche, et qui vous sort une vieille phraséologie ? Ce scalpel ne servait-il pas déjà à couper la carotide aux mammouths ? Dieu ! que ces gens-là sont loin de nous !... « Bon ouvrier... République sociale... » Zut ! Zut ! Monsieur, vous êtes chez des hommes de lettres, et vous nous prenez pour des électeurs.

se laisse entraîner dans les cynismes électoraux, participe à des « comités républicains », répond à Léon Blum qui vient de lui dire que Jaurès est un grand écrivain : « Oui, c'est un homme de génie », enfin, n'a plus envie d'écrire.

Le *Journal* est meilleur au début, quand Jules Renard n'est pas encore blasé, et à la toute fin (il est mort malade à 46 ans), avec ses notes hâtives, dramatiques, migraineuses. « Selon Mirbeau, B… commis voyageur, recherche les manuscrits où il y a une faute. Claretie le fait reculer. Clemenceau, buté, amusant. La peau du crapaud est belle comme certaines étoffes orientales. Rodin est intelligent. Monet est intelligent. » A la fin, il note qu'il a fait pipi au lit, et : « Ça séchera dans les draps, comme quand j'étais Poil de Carotte. » Est-ce la vraie dernière phrase, ou bien celle que sa veuve a choisie ? Si c'est le cas, elle avait le sens de la mise en scène.

📖 « Les murs de province suent la rancune. »

> Jules Renard (1864-1910), *Poil de Carotte* : 1894 ; *Journal* : posth., 1925-1927.
> ♦
> Hugues Rebell (1867-1905), *Les Nuits chaudes du Cap français* : 1902.

JOURNALISME : Ce qu'un écrivain dit dans un journal, seul un journal lui donne parfois l'occasion de le dire. Si un journal ne lui avait pas demandé des chroniques, Vialatte aurait-il écrit son meilleur livre ?

Ce qu'un écrivain écrit dans un journal y paraît moins bon que cela n'est. Un journal, un magazine est un chœur qui recouvre sa voix et la rend presque ressemblante à lui. Une fois ses articles recueillis en volume, l'écrivain se réindividualise. A moins que d'être publié à part donne une illusion de personnalité ?

Trois très bons livres de journalisme littéraire : le *Bloc-notes*, où Mauriac se rêve émotif et griffe, le *Tour du monde en quatre-*

vingts jours, par un Cocteau avide d'admirer, *Hollywood*, que révèle un Cendrars dieu de la Jovialité. Allez, un quatrième, de Truman Capote : *Les Muses parlent*, où il relate une tournée de *Porgy and Bess* en Union soviétique. *De sang-froid*, oui, *De sang-froid*, nous sommes d'accord, un chef-d'œuvre. D'objectivité ? *Il a l'air* d'un chef-d'œuvre d'objectivité. Sous son apparence de neutralité absolue, des phrases s'échauffent : celles où Capote parle de celui des deux criminels qui l'émeut. Un livre n'est bon que s'il a cette part d'émotion, même combattue. Tennessee Williams disait qu'il ne pouvait écrire que s'il était amoureux d'un de ses personnages. Si Gide, dans les *Souvenirs de la cour d'assises*, recommande de ne pas *juger*, il n'en reste pas moins qu'il a été *touché*. Ce que sont rarement les journalistes professionnels, obligés de se recouvrir de cynisme pour se protéger de dix, vingt, trente ans d'assassinats.

Un écrivain qui écrit périodiquement dans un journal renonce à l'espoir que ses livres aient du succès.

Ce qui empêche le journalisme d'être tout à fait au niveau de la littérature, à talent égal, c'est la mort. Tout est possible comme littérature dans le journalisme, comédie, emphase, fiction, tout, sauf la mort. Le journalisme admet et même adore *les morts*, dont la quantité crée du mélodrame et annule la réflexion sérieuse qui ferait fuir la masse, la littérature s'intéresse à *la mort*, dont l'unicité crée le drame sans mélo et les réflexions désagréables.

Le journalisme donne aux écrivains plus d'importance qu'ils n'ont d'influence. Quand on voit ce que nous vendons comme livres, c'est-à-dire l'intérêt réel que le public nous porte, et la place que nous occupons dans les journaux, elle est disproportionnée. C'est le cas pour tout : on accorde beaucoup de place aux gens de finance, et je ne suis pas le seul à ne pas m'y intéresser. La presse respecte le talent. Si on veut des articles vraiment représentatifs, lire la presse professionnelle, pas la presse nationale et généraliste, cette féerie. C'est en tant que féerie qu'elle se rattache à la littérature.

Le journalisme connaît son public, et c'est ce qui corrompt sa qualité littéraire.

Le journaliste moyen qui vous a posé une question n'écoute pas votre réponse : il écoute son préjugé. Il écrira nécessairement autre chose que ce que vous avez dit. Quoique pas *totalement* autre chose : il ne veut pas être démenti. Il ajoutera un adjectif destiné à vous brouiller avec votre employeur ou vos amis, le commentera d'un adverbe pernicieux par vengeance d'avoir à recueillir vos paroles et donc à implicitement concéder que c'est vous l'intéressant.

Les journalistes colportent des inepties sur l'édition et, je présume, sur tous les métiers. A mon avis, ils analysent tout selon le leur. J'ai rencontré des généraux, j'ai rencontré des assureurs, j'ai rencontré des musiciens de l'opéra, j'ai rencontré des garagistes, jamais je n'ai vu comme chez les journalistes cette plainte éternelle et ce dénigrement infini. Le chef de rubrique est un con, la secrétaire de rédaction une nulle, le propriétaire un mufle, le journal minable, le journal nul, le propriétaire con, le chef de rubrique... C'est très curieux.

> Truman Capote (1924-1984), *Les muses parlent* (*The Muses Are Heard*) : 1956 (trad. française : 1959) ; *De sang-froid* (*In Cold Blood*) : 1965 (trad. française : 1966).

JOURNAUX INTIMES : Le journal intime est une assurance sur la mort que souscrivent certains écrivains. Une espèce de modestie. Si mes romans n'étaient pas bons ?

On appelle « intime » la forme d'écrit qui l'est le moins : c'est dans ses romans, ses poèmes, son théâtre qu'un créateur met le plus de lui-même. Là, il parie souvent sur ce qui lui est extérieur : ses rencontres, ce que lui ont dit les autres.

Ne les prenons pas au pied de la lettre. Pas même dans leur franchise. Les journaux intimes sont souvent des crises d'urticaire, et figent dans une espèce d'éternité ce qui n'a été qu'un moment. « 5 avril : Sartre est un abruti. » Or, le 5 avril a été composé de beaucoup d'autres pensées, sentiments, irritations, élans, et le 6 on en pensait déjà autrement.

La franchise envers soi-même n'est pas plus généralisable. Dans son *Journal*, Jules Renard montre ses mesquineries. Sans affectation. Il en prend l'habitude. Il se diminue : or, il vaut mieux que les mauvais penchants qu'il lui arrive de noter.

Si un auteur écrit dans son journal : j'ai commis telle mauvaise action, gardez le silence. Il n'est pas honnête d'opposer à quelqu'un les défauts que lui-même reconnaît. (Il y a évidemment la façon de le faire, on peut avouer un vol pour éviter d'avouer une calomnie, etc.) Si l'auteur écrit du bien de lui, ne l'utilisez pas davantage.

Peut-on aimer un homme qui se montre entièrement ou presque ? On a toujours l'air un peu con, dans un journal.

Et en même temps, ce sont les braves types qui les tiennent. Les salauds, les calculateurs, les tartufes se gardent bien de prendre le risque de rien dévoiler de leurs manœuvres ou de leurs sentiments. Si affreux que paraisse un diariste, n'oubliez pas qu'il est un naïf.

« Les journées les plus intéressantes sont précisément celles où le temps manque pour rien noter », dit Gide dans le *Voyage au Congo*. De là l'air d'ennui qu'ont parfois les journaux intimes. Comme le disait Tallulah Bankhead, l'actrice américaine : « Ce sont les honnêtes filles qui tiennent un journal. Les autres n'ont pas le temps. »

Il est frappant que presque tous les journaux intimes, à leur début, se récrient : non, ceci n'est pas un journal ! J'écris que tel jour j'ai fait telle chose, mais je le répète, ce n'est pas un journal ! Ce n'est pas par honte de révéler des secrets, mais par idéalisme esthétique : on sait que le journal n'est pas une œuvre d'art, et on espère faire autre chose.

Les journaux sont la plupart du temps beaucoup moins *écrits* que les autres livres d'un écrivain. Quand bien même ils le seraient, ils ont une défectuosité par rapport à un roman, une pièce, un poème : ils n'ont pas de fin. Un livre ne peut être parfait (de sa perfection propre) que s'il a une fin : c'est à partir d'elle que l'on recorrige le début et le milieu afin de donner un sens au tout. Voilà pourquoi, dans son *Journal*, Drieu La Rochelle dit des journaux : « Le journal, c'est la lâcheté de l'écrivain. »

Si leur auteur écrit aussi de la fiction, certaines phrases de journal peuvent être des sentiments d'autrui qu'il imagine. Si Jules Renard dit (je cite de mémoire) : « Ce n'est pas tout d'être heureux, il faut encore que les autres ne le soient pas », ce n'est pas nécessairement qu'il l'éprouve. Ou bien cela l'a été, il l'a reconnu en lui, un instant, puis l'a chassé en l'exprimant. D'ailleurs, il le rapporte sur le mode impersonnel.

Un journal, dans la mesure où son auteur pense qu'il restera, est une espèce de mise au passé du présent.

Les journaux intimes sont des livres écrits pour les jeunes gens archi-littéraires. La littérature est une particularité rare, comme les yeux vairons ou un orteil en plus, dont ils aiment à vérifier qu'ils ne sont pas les seuls à en être affectés. Et puis ils ont le sentiment d'entrer dans un milieu lointain, fermé, prodigieux.

Cette vengeance contre l'insuccès, cette assurance contre la postérité peut si bien réussir qu'un journal dévore parfois posthumément le reste de l'œuvre. Est-ce équitable ? Est-ce injuste ?

Placement sur l'avenir, mais courage en partie inconscient : en écrivant un journal, un écrivain abandonne la chance du mystère.

D'un écrivain qui a pris une très grande place, la postérité considère la moindre ligne de journal comme permettant de le juger au même titre qu'une phrase de livre qu'il a passé des mois à écrire. C'est en partie à cause de la superstition, très prospère dans la période ab-historique que vit la France, que l'*intime* recèle la *vérité*. Tout écrivain serait un dissimulateur. Or, d'une certaine façon, un écrivain ne cache jamais rien.

Sa personnalité se révèle malgré lui. Les biographes oublient trop souvent l'élément urticaire du journal intime. L'écrivain y gratte quelque chose qui l'irrite, puis passe au grand poème indulgent et souverain. Lequel n'est pas moins *vrai*.

Tenez un journal, il vous tiendra. On arrive vite à mille pages, et on n'a pas le temps de corriger et de recorriger une masse pareille au gré des brouilles et des enthousiasmes. La longueur d'un journal est généralement la garantie de sa sincérité.

Certains peuvent mentir. Cocteau raconte que Gide « venait gentiment assister à toutes les répétitions d'une de mes pièces. Il écrivit ensuite dans son *Journal* qu'il ne l'avait jamais vue, et qu'on lui avait refusé des places au contrôle » (*Gide vivant*). Qui sait si, haïssant tel confrère, un écrivain n'inventera pas, des années durant, des horreurs sur lui dans son journal ? C'est un sujet de nouvelle.

JOYCE (JAMES) : Je parle de ce métèque pour son influence considérable sur certains écrivains français. Il l'a eue à partir des années 1960, en même temps que la réaction formaliste du Nouveau Roman : Joyce est apolitique. Cette influence ne s'est-elle pas multipliée à mesure que s'écroulaient l'Union soviétique et ses sagas réalistes ?

J'ai commencé par le détester. Les professeurs en parlaient trop, et vous savez ce qu'est l'enseignement en France : il ne s'agit pas de donner à l'élève le meilleur moyen de savoir ce qu'il pense, mais de lui imposer une bienséance. D'autre part, Français, et littéraire, j'étais snob, et j'avais entendu parler de Laurence Sterne. « Joyce sort de *Tristram Shandy* », disais-je d'un ton cassant. Et quand j'eus appris l'existence d'Edouard Dujardin, j'ajoutai : « Et des *Lauriers sont coupés*. » Je ne me tenais plus d'arrogance. Qu'on me pardonne, j'avais quinze ans. Je ne crois d'ailleurs pas que, à mon âge, Joyce, ou Yeats, aient été des modèles de gentillesse, de tolérance et de douceur. Je disais aussi des horreurs sur Yeats : il avait reçu le prix Nobel. Effectuant mes petits coups d'Etat personnels dans le Parnasse, je lisais ce que j'avais envie de lire quand j'avais envie de le lire. C'est la meilleure méthode pour aimer un écrivain. Quand son tour est venu, j'ai lu *Ulysse*, tout frais d'ignorance, et cela a été un plaisir. On pourrait me féliciter : ce roman, comme *Don Quichotte*, *A la recherche du temps perdu* ou *Hamlet*, est tellement commenté qu'on pourrait passer toute une vie à le vénérer en se contentant de l'impression de l'avoir lu. Ce qui est la preuve de la gloire.

Enfin, lu : par morceaux, après m'être souvent arrêté après dix pages, rassasié, mais jamais d'un bout à l'autre. Joyce a le grand avantage d'être sympathique. Il se dégage de ses phrases quelque chose de cordial qui fait que, tout de suite, on l'aime bien. Tellement qu'on le lit peu. Si la suite allait être fastidieuse, ou ratée? Admirons-le de confiance. Et on lui passe tout, comme à un enfant insupportable mais brillant. A commencer par sa complaisance : que de passages interminables dans *Ulysse*, dont on voit bien que ce sont ceux qui lui ont donné le plus de plaisir! Joyce a rencontré le problème des écrivains exilés : ils écrivent enfermés dans leur langue et n'ont plus d'étalon esthétique. Ces Français, direz-vous, toujours à ratisser, tailler, jardiner, vouloir transformer des forêts en place de la Concorde! Oui, et non. Je n'aime pas le *classicisme* par principe, car c'est une caserne construite pour protéger un régiment qui n'a jamais existé, et Joyce a été francisé par un romantique, Albert Cohen : *Belle du seigneur* est l'*Ulysse* français, quoiqu'il se passe en Suisse. Cohen a contenu sans corseter ; voyez comme le monologue d'Ariane, sans points ni virgules, est celui de Molly Bloom en moins long. Je crois que le XXe siècle, le plus technique, a le plus donné dans l'illusion du naturel, au contraire du XVIIIe, qui a le plus parlé de la nature tout en créant les œuvres les plus dessinées. De là Joyce, Céline, et le retour au Shakespeare original, ou du moins cru tel : il y a dans Shakespeare une naïveté de grand créateur dont les metteurs en scène qui insistent sur le *gore* le privent. Et, s'il est bon qu'on ouvre les vannes, il n'est pas moins bon qu'il existe des barrages : le niveau monte. Joyce est un écrivain qu'on aime et qu'on ne lit pas, au contraire des écrivains qu'on n'aime pas, les Goncourt, Jules Renard, Sainte-Beuve, ou Stendhal, d'une certaine façon, et qu'on n'arrête pas de relire.

Non qu'*Ulysse* soit compliqué. Il n'est que bordélique. Mal fagoté, mal peigné, il ne lui manquerait que d'être mal écrit pour devenir la Bible. S'il n'en était une. En Irlande, Joyce est devenu un supplétif à la religion, abattue par les Irlandais à grands coups de crosse laïque. On se croirait en France en 1905. Je parle de 2004, année où nous avons célébré le centième anniversaire du jour où se passe *Ulysse*, 16 juin 1904. C'est l'anniversaire le plus intelligent que j'ai connu : celui d'une *fiction*. Quelle confiance dans la littérature ! De son vivant, Joyce avait été considéré comme anti-irlandais : son œuvre est un combat contre le provincialisme, et l'Irlande idéalisait le sien, puisqu'il l'opposait à l'Angleterre. Une fois libérée, elle était devenue une république obscurantiste. Ils n'avaient conquis l'indépendance que pour obtenir la convention. Pour la liberté d'expression, rien ne vaut les vieux empires. Ronflants à tous les sens du terme, ils sont poussifs, indulgents, aimables. On pouvait dire ce qu'on voulait dans l'Autriche-Hongrie du vieux François-Joseph, pensez à la méchanceté des jeunes nations fraîches et pures comme la Hongrie. Dans ce sens, la France est un petit empire de Bretons, de Basques, de Parisiens, de Marseillais qui se méprisent mais aiment bien être ensemble pour pouvoir exprimer ce mépris et bien d'autres choses encore. (L'aberration française a été l'empire *extérieur* de Napoléon.) Quelle horreur pour les arts serait une puritaine petite république basque ! Dans l'Irlande indépendante, Oliver St John Gogarty, ami de Joyce, a eu un roman interdit pour obscénité ; Sean O'Casey, qui avait osé ironiser sur l'insurrection de 1916, fut obligé de se réfugier à Londres. « Nous étions bien plus indépendants sous les Anglais. D'esprit », dit la grand-mère 100 %

irlandaise et catholique d'une de mes amies 100 % irlandaise et catholique. Il semble que, depuis une dizaine d'années, l'Irlande soit devenue une démocratie européenne, c'est-à-dire mélangée et tracassée.

La comparaison que Joyce fait d'*Ulysse* avec l'*Odyssée* me paraît une de ces choses à demi vraies qu'on dit pour la promotion. Elles fournissent des sujets d'examen aux universitaires et permettent aux critiques de briller aux yeux du public. Joyce cherche à donner l'impression que son livre a une colonne vertébrale alors que, par son désordre et sa jovialité, c'est un roman de Rabelais.

La bonne influence de Joyce est qu'il nous a appris à bien écrire mal : comme il avait créé avec *Ulysse* un roman génial pas bien fichu, on a pu plus aisément voir que les règles sont ce qu'on veut qu'elles soient (à partir du moment où on a du génie). Selon le mouvement de balancier propre à la création littéraire, les bons écrivains du XXIe seront très structurés.

Joyce a commencé par la trouvaille et fini par la recherche. C'est *Finnegans Wake*, qu'il a travaillé pendant des années pour arriver à un résultat intéressant et illisible, comme dans *Le Chef-d'œuvre inconnu* de Balzac, où un peintre passe des années à perfectionner un tableau qu'il cache à tout le monde, et, quand il meurt, on découvre un barbouillis. Je me demande s'il n'y a pas eu chez Joyce, saisi par l'orgueil, un désir de catastrophe. Il a essayé d'inventer un langage. Or, le langage est plus fort que toute tentative sur le langage. A cause de la gloire qu'a acquise Joyce, *Finnegans Wake* a eu la plus déplorable influence : inversant les termes, bien des auteurs ont essayé le n'importe quoi pour acquérir la gloire.

Dans un article sur James Joyce, en 1941, le critique Cyril Connolly dit qu'il était « le dernier des mammouths »...

> ... et par mammouths je veux dire ces habitants géants de la classe moyenne qui croyaient en la vie pour l'art *[life for art's sake]*, et étaient prêts à lui vouer soixante ou soixante-dix ans de patience

et d'énergie ininterrompues, tout leur temps, tout leur argent et tout leur esprit (*Selected Works*).

Mais non, il y en aura d'autres.

> Edouard Dujardin (1861-1949), *Les lauriers sont coupés* : 1887.
> Edward Morgan Forster (1879-1970), *Howards End* : 1910.
> Oliver St John Gogarty : 1878-1957. Sean O'Casey : 1880-1964.
> Laurence Sterne : 1713-1768. Evelyn Waugh, *Une poignée de cendres* (*A Handfull of Dust*) : 1934.

K

K : « Leibniz, dans une communication à l'académie des sciences de Berlin, affirmait que les Allemands usent du K parce que le K est signe de puissance : *können* (pouvoir). Gérard de Nerval haïssait le K » (Paul Morand, *Journal d'un attaché d'ambassade*). Je ne sais si Leibniz a eu une idée aussi courte ou si Morand traduit hasardeusement, mais le verbe *können* signifie pouvoir dans le sens « avoir la capacité de » ; l'affreux pouvoir auquel Morand pense est *die Macht*. Cela devait être un des arguments spirituels contre les Allemands qu'on se répétait pendant la guerre : Morand le note le 17 février 1917. En 1915, un écrivain mobilisé, Henry de Forge, avait écrit à l'Académie française pour lui demander de supprimer la lettre K du vocabulaire français comme étant allemande et inutile. A quelles sottises la guerre entraîne la pensée ! Qu'est-ce que ça peut bien faire, qu'une lettre soit inutile ? C'est une fantaisie de plus. Et donc est-elle inutile ? Quant au mérite local, si on se limitait à ce que nous ont apporté les campagnes, nous n'aurions pas beaucoup de raffinement, en plus des carottes. Et il faudrait écrire « quiosque » le mot kiosque, d'ailleurs turc ? On dirait ces écrivains français écrivant New York « Nouillorque », selon le même *raisonnement* que les députés américains qui, en 2003, ont changé en *freedom fries* la dénomination des *french fries* qu'on servait à leur buvette pour punir la France de son opposition à la guerre d'Irak. Encore des naïfs qui croient que les mots ont un pouvoir. La naïveté va jusqu'à croire que l'Académie française a le pouvoir ou le droit de supprimer une lettre du vocabulaire. C'est du ressort des tyrans, toujours passionnés par la réforme des langues. D'ailleurs, quand on commence une purge, on finit dans l'holocauste : le *w* n'est pas d'un français bien ancien non plus, et on pourrait lui substituer *v* ou « ou » ; quant au « ph », un *f* le remplacerait rationnellement, etc. Un réformateur est un homme qui trouve un coffre en or rempli de bijoux et vous rend une caisse en bois vide.

Les romans français pourraient déclarer un moratoire sur les personnages qui s'appellent « K » ou quelque autre iniiale que ce soit ; c'est un moyen puéril de donner du mystère. De même, et cela dans toute la littérature occidentale ou d'influence occidentale, les titres d'œuvres de fiction comprenant le nom de Kafka. Entre tant ont été publiés, en 2004, au Japon, un roman intitulé *Kafka sur la berge* ; en 1998, en Allemagne, un roman intitulé *Au château de Kafka* ; en 1997, en Afrique du Sud, un roman intitulé *La Malédiction de Kafka* ; en 1996, en France, pays du goût, un roman intitulé *J'irai faire Kafka sur vos tombes*. Kafka est devenu une marque.

Labé • La Bruyère • La Fontaine • Laforgue • Lamiel • Langue française • *La Plus Mignonne des petites souris* • Larbaud • La Rochefoucauld • La Ville de Mirmont • Léautaud • Leconte de Lisle • Lecteurs • Lecture • Lecture (Haine de la –) • Lectures (bonnes, mauvaises) • Légendes • Légitimité • Lettres • Levet • *Lewis et Irène* • *Liaisons dangereuses (Les)* • Librairies à l'étranger • Lire • Lire le théâtre • Littéraire, littérature • Littérature (Tentative de définition de la –) • Littérature coloniale et d'espionnage • Littérature et société • Livre • Livres de chevet • Livres qui tuent • Long, court • Louis XIV et la littérature.

Labé (Louise) : Voici du Paul Valéry : « Du large Rhin les roulantes arènes... » Du Platon : « Lorsque plus souef [*doucement*] il me baiserait,/Et mon esprit sur ses lèvres fuirait... » Du Racine : « Sémiramis, reine tant renommée,/Qui mit en route avecque son armée/Les noirs squadrons des Ethiopiens [...]/Trouva Amour, qui si fort la pressa,/Qu'armes et lois vaincue elle laissa. » Du Simone de Beauvoir : « les sévères lois des hommes... ils ont prétendu être toujours supérieurs quasi en tout... je ne puis faire autre chose que prier les vertueuses dames d'élever un peu leurs esprits par-dessus leurs quenouilles et fuseaux... » Le tout est de Louise Labé (Elégie II, Sonnet XIII, Elégie I, préface aux *Œuvres*). C'est dire qu'elle a de la finesse, de l'habileté et de l'indépendance ; quant à l'appeler féministe, comme on le fait parfois, cela n'est exact qu'à condition d'oublier tous ses poèmes d'amour, on a vu plus libre que l'amour. Elle parle fièrement, et avec humour : Louise Labé donne envie de connaître ces Lyonnaises de 1550 qui se moquaient de tout et embobinaient la ville. C'était peut-être juste elle et trois amies (dont Clémence de Bourges à qui elle dédie ses *Œuvres* et Pernette du Guillet maîtresse de Maurice Scève, Louise ayant sans doute été celle d'Olivier de Magny, le poète de la Pléiade), mais quatre suffisent à la distraite postérité à faire le tout. A propos d'amants, les talents de ceux-là sont croisés : Scève est un meilleur poète que Pernette, tandis que Magny est un moins bon poète que Labé. Il y a peut-être une étude à faire, aussi, sur le bien que François Ier a fait à la femme française.

Les élégies de Louise Labé sont des comédies mélancoliques pour personnage féminin de Musset. Musset lui-même y mettrait du sarcasme, tandis qu'elle est railleuse à la façon de Colette : « Tant de flambeaux pour ardre une femelle ! » (Sonnet II.) Comme Colette, elle a de la sensualité, moins lascive.

Elle ne parle que d'amour, mais sans la mièvrerie pétrarquisante et néoplatonicienne à la mode en son temps. Dans le « Débat de Folie et d'Amour », elle trouve un bon argument en faveur de l'amour : poussant les hommes à plaire, et par là même à se modifier, « Amour cause une connaissance de soi-même ». Rappelant les lubies des philosophes, elle se demande : « étaient-ils si sages ? » Et s'il n'y avait qu'eux ! « Combien y a-t-il d'autres sciences au monde, lesquelles ne sont que pure rêverie ? » Cela ne diminue pas les sciences, mais leur illusion de la rationalité : le monde ne progresse que grâce aux songes.

Elle a dû connaître Sappho. C'était l'époque où l'on redécouvrait la littérature antique : on avait déjà retrouvé Longin, Sappho se trouvait dans une anthologie au moins, en tout cas on connaissait le passage des *Héroïdes* où Ovide écrit des passages saphiques et laisse entendre l'importance de Sappho.

Elle peut bien écrire en prose, ce qui n'est pas gagné avec le français de ce temps-là : « Ils disent que ce sont gens mornes, sans esprit, qui n'ont grâce aucune à parler, une voix rude, un aller pensif, un visage de mauvaise rencontre, un œil baissé, craintifs, avares, impitoyables, ignorants, et n'estimant personne : loups-garous. » (Ceux qui sont « exemptés d'amour ».) C'est en vers qu'elle est la meilleure, d'une simplicité très calculée qui lui fait écrire des vers splendides :

> Luth, compagnon de ma calamité.

> Bien je mourrais, plus que vivante, heureuse.

> Et si jamais ma pauvre âme amoureuse
> Ne doit avoir de bien en vérité,
> Faites au moins qu'elle en ait en mensonge.

📖 « Amour de toi t'a estrangée. » (Elégie I.)

v. 1522-1566.

◆

Œuvres de Louise Labé, Lyonnaise : 1555.

La Bruyère (Jean de) : Extérieurement, La Bruyère est un hérissé. Un porc-épic immobile, un collier de bouledogue, un buisson de barbelés. Il ne fait pas envie. On entre. Il est comme absent. On ne sait pas bien où l'on se trouve. On continue. On est étonné. On continue encore. On est pris entre ses bras de fer.

Il n'est ni méchant, ni bon. Ni sec, ni doux. Ni amer, ni enthousiaste. Ni blasé, ni exalté. Ni froid, ni chaud. Ni déplaisant, ni aimable. Ni spirituel au sens religieux, ni spirituel au sens mot d'esprit. (Il pense que l'ironie est impossible à un homme né chrétien et français.) Il n'exprime aucun sentiment. Est-ce un homme ? Même de la sentence 80 sur les femmes, « Ne pourrait-on point découvrir l'art de se faire aimer de sa femme ? », je ne dirais pas que c'est, enfin ! un cri du cœur. Ou alors très lointain. Venu du fond d'on ne sait quelle forêt d'ermites (elle est touffue, immense et sombre, ils y vivent loin les uns des autres en se croyant seuls). Comme s'il parlait d'un autre. Sentence 65 sur le cœur : « Qu'il est difficile d'être content de quelqu'un ! » Elle a l'air d'un soupir, mais, quand on la lit parmi les autres, dans le mouvement, elle semble elle aussi parler d'un autre, ou de tout le monde, d'une manière indifférente. La Bruyère est une machine d'acier qui écrase quelque chose sous sa patte, puis fait un lourd pas en avant, en écrase une autre, continue.

Lui qui disait imiter les Anciens… c'était l'idée de tout le monde à l'époque… ou la précaution… Lui qui disait imiter les Anciens, non seulement ne leur ressemble pas, mais ne ressemble à personne de son époque ; ni d'aucune autre. Par moments il a un air Léautaud, mais Léautaud parle souvent de lui-même. Ne cherchant jamais à briller, La Bruyère exprime comme platement les choses, et n'est jamais plat. Pas une phrase qui soit banale ou réversible. Il assène les siennes sans intention de blesser, ni d'imposer, ni de persuader, au contraire de ce qu'il laisse entendre dans sa préface. Loin d'être dogmatique, il dit ce qui est parce que cela doit être dit. Il n'a pas plus d'intention que de sentiment.

La Bruyère n'est pas à proprement parler un écrivain. Un homme qui publie un seul livre à quarante-trois ans (de façon anonyme), ce qui doit correspondre à soixante d'aujourd'hui, n'est pas la même chose qu'un homme qui écrit depuis l'enfance et publie son premier livre entre vingt et trente. Et n'est vraiment pas une remarque d'écrivain la première phrase de son livre : « Tout est dit et l'on vient trop tard depuis plus de sept mille ans qu'il y a des hommes et qui pensent. » Quel écrivain s'est jamais dit que, puisqu'une chose avait été dite, il devait ne pas la redire ? L'homme est si ignorant, et si inconséquent : on ne perd rien à lui répéter les choses. L'écrivain l'est aussi, ignorant, et peut redire sans le savoir ; inconséquent non moins, car, que tout a été dit, cela a déjà été dit, et sans doute dès le deuxième écrivain de l'histoire. Enfin, il est impossible que tout ait été dit : non seulement les circonstances changent et l'homme de 2005 n'est pas celui de 1688, mais la façon de dire fait que deux écrivains, sur le même sujet, ne diront pas exactement la même chose. Dans sa préface, il écrit : « mais comme les hommes ne se dégoûtent point du vice, il ne faut pas aussi se lasser de le leur reprocher ». Telle est sa conception du livre, qu'il sert à faire des reproches ; il trouve les romans nuisibles quand ils montrent des crapules ou des canailles. Il ne voit pas que décrire n'est pas prôner, et qu'il y a des façons crapuleuses de décrire des personnages vertueux.

Lui si détaché a des moments presque nerveux, comme dans la sentence 7, qui commence : « Que dites-vous ? Comment ? » On dirait du Diderot. Ouf, ça n'est pas Terminator !

Il a eu un contradicteur qui ne pouvait pas lui être plus opposé. Il écrit : « On guérit comme on se console : on n'a pas dans le cœur de quoi toujours pleurer et toujours aimer » (sentence 34). Edith Piaf chante : « On n'a pas dans le cœur de quoi toujours aimer/Et l'on verse des pleurs en voulant trop aimer [...] Mais moi j'ai dans le cœur de quoi toujours aimer,/J'aurai toujours assez de larmes pour pleurer. » (Parolier : Charles Dumont.)

📖 « Les vues courtes, je veux dire les esprits bornés et resserrés dans leur petite sphère, ne peuvent comprendre cette universalité de talents que l'on remarque quelquefois dans un même sujet : où ils voient l'agréable, ils en excluent le solide ; où ils croient découvrir les grâces du corps, l'agilité, la souplesse, la dextérité, ils ne veulent plus y admettre les dons de l'âme, la profondeur, la réflexion, la sagesse : ils ôtent de l'histoire que Socrate ait dansé. » (*Les Caractères.*)

> 1645-1696.
> ♦
> *Les Caractères de Théophraste, traduits du grec, avec les Caractères ou les Mœurs de ce siècle* : 1688. Première édition complète : posth., 1845.

La Fontaine (Jean de) : Peu d'écrivains parlent un français aussi fin sans que cela se remarque.

> Un homme chérissait éperdument sa chatte ;
> Il la trouvait mignonne, et belle, et délicate,
> Qui miaulait d'un ton fort doux.

Et quels rythmes étonnants ; à la fin de « L'ivrogne et sa femme » :

> Tu ne leur portes point à boire ?

Enjôleurs :

> Amour, amour, quand tu nous tiens,
> On peut bien dire : Adieu prudence.

Variés :

> Les beautés de ces lieux, les mœurs des habitants,
> Et le gouvernement de la chose publique
> Aquatique.

Quand son pas l'ennuie, il en change. Quel danseur ! Virtuose, mais dissimulant sa virtuosité : les envieux ne l'aiment pas. Il est temps pour moi de rappeler que Stendhal a soutenu Tartuffe dans ses œuvres intimes. Face à d'épais ignorants ou à une société fermée comme une boîte à sardines, l'ouvrir ou le bouclier peut être la dissimulation : l'adorable La Fontaine était le prince des Tartuffes. Il avait été un génie étourdi auprès de son ami Fouquet, et Louis XIV avait mis Fouquet en prison. Et voilà La Fontaine obligé d'écrire des fables pour l'éducation du dauphin. Malgré sa disgrâce, il était resté fidèle à Fouquet. Tout le monde n'a pas eu cette élégance, et le roi lui en a un temps voulu.

Il y a beaucoup de recherche dans ses écrits, et si cela ne se voit pas, c'est parce qu'il trouve. Il a l'art d'avoir l'air « naturel ». Contre les pompeux voici du potage et des poireaux, bien voyants, à la rime :

> Le pis fut que l'on mit en piteux équipage
> Le pauvre potager ; adieu, planches, carreaux ;
> Adieu chicorée et porreaux ;
> Adieu de quoi mettre au potage [...].

Faux naïf, vrai astucieux. Se mettant dans la position de la naïveté. C'est aussi cela qui permet de découvrir. Sans préjugés, tout nous arrive. On pourrait dire que le vers libre a été inventé par La Fontaine, si tant est que rien ait jamais été inventé. Libre non de la rime, mais des formes fixes, rondeau, sonnet, villanelle. De la variété avant toute chose : il fait suivre un alexandrin par un vers d'un seul mot de trois pieds. Fait des enjambements à un moment où cela n'est pas bien considéré, et en montre l'effet de plongeon. L'époque la plus réglée, qui marche derrière la perruque de Louis XIV sous la direction du bâton de Lully, a admis ces fantaisies parce qu'elles avaient l'air sans importance : non seulement La Fontaine était seul à les accomplir, mais encore il le faisait dans des fables écrites pour enfants. La Fontaine a montré, mais on n'a pas vu tout de suite.

La Fontaine, c'est Gene Kelly. Et voilà pourquoi, enfant, nous ne croyions pas qu'il servait à énoncer des *morales*. Elles se trouvaient dans ses poèmes, il y avait bien une leçon à la fin, mais cela semblait une sorte d'obligation : ce qui comptait, c'était l'histoire, non, c'étaient ces rythmes enchanteurs. D'autre part, c'est peut-être à la suite de l'enseignement de La Fontaine par l'école républicaine, qui n'a jamais détesté les écrivains royalistes qui ne contestaient pas le régime, que de nombreux petits Français ont inconsciemment penché vers la fable quand ils se sont mis à écrire de la poésie. Plusieurs et de très bons écrivent des poèmes qui sont en réalité des fables, comme Robert Desnos. Le plus grand opposant à la doctrine de Mallarmé de la perfection du poème naissant de sa forme, du poème autonome, du poème tableau, était né deux cent vingt et un ans avant lui.

Poète malgré la fable, la moralité qui les conclut, La Fontaine écrivait ses poèmes dans un but éducatif sans doute, mais d'abord en cherchant à les réussir. Il n'est pourtant jugé qu'en fonction du *fond*. L'un des plus grands artistes français est vu comme un moraliste.

Une différence entre La Fontaine et un moraliste est qu'il n'est pas amer. Il connaît les faits, il en sourit. Ainsi, le peu de cas que la société fait de ses artistes : « Une avait pris un peintre en mariage,/Homme estimé dans sa profession ;/Il en vivait : que faut-il davantage ? » (« Les Rémois », dans les

Contes et nouvelles.) C'était un grand indifférent. N'est-ce pas ce qui lui a donné le détachement nécessaire à la comédie de la création ?

Ses contes et ses nouvelles, où il réussit à rendre la polissonnerie gracieuse, comme dans « La Vénus Callipyge », et dont la sensualité caressante fait paraître froids les libertinages du siècle suivant, comme « Comment l'esprit vient aux filles », sont de forme moins inattendue. Ce serait assez un argument pour son incroyance à la morale de ses fables : libre, il s'amusait à en varier les formes. (Il n'y aurait du reste rien de scandaleux à ce qu'il y crût.) On n'a jamais bien compris pourquoi le quatrième volume des contes avait été interdit par la police pour « termes indiscrets et malhonnêtes », il n'est pas plus licencieux que les précédents. Dans ces cas-là, le plus probable est l'activisme d'un jaloux. Qui ?

La Fontaine a écrit onze pièces de théâtre qui, d'après Léon-Paul Fargue, « ne présentent aucun intérêt » (*Tableau de la littérature française*). C'est faux, elles ont au moins celui d'être de La Fontaine. Qui les a lues ? Fargue ? Les phrases les plus expéditives révèlent souvent une flemme. Parmi les onze, il y a une tragédie, *Achille*. La Fontaine écrivant une tragédie. D'ailleurs, elle est inachevée. Il faudra que je lise tout ça.

📖 « Ceci s'adresse à vous, esprits du dernier ordre,
   Qui n'étant bons à rien cherchez surtout à mordre. »
(« Le serpent et la lime ».)

1621-1695.
◆
Fables : 1668-1694. *Contes et nouvelles* : 1665-1674 et posth.

LAFORGUE (JULES) : Dès le premier recueil de poèmes qu'il publie, à vingt-quatre ans, il apporte une voix nouvelle à notre littérature. Personne n'avait jamais parlé comme cela, personne n'avait émis une mélodie semblable. Si tout bon écrivain a son vocabulaire, le sien est tellement personnel que, si j'énonçais une simple liste de mots, par exemple : cosmogonie, ineffable, idéal, falot, hosties, dimanches, célibat, lune, vous ne pourriez que vous écrier : Laforgue !

Déprimé par la banalité de la vie, il emploie le mot « quotidien » dans un sens méprisant : « Dimanches citoyens/Bien quotidiens. » C'est à cause de son vers : « Ah ! que la vie est quotidienne... » (*Les Complaintes*) que nous utilisons l'expression « la vie quotidienne ». Comme c'est curieux, la poésie : lue par soixante personnes du vivant de l'auteur, soixante ans après, ses inventions sont reprises par soixante millions.

Les néologismes, de l'espèce que nous appelons aujourd'hui mots-valises, ne sont pas ce qu'il fait de mieux dans ses poèmes : « violuptés », « sexciproques », pas plus que les quelques expressions toutes faites qu'il pense pouvoir poétiquement détourner : « à rêve que veux-tu » (*Les Complaintes*) : le cliché, c'est sa grande force, est inchangeable. Laforgue réussit mieux quand il ne joue pas sur le langage, mais sur la langue. Il utilise la gouaille, par pudeur : « Je suis-t-il malhûreux ! » (*Les Complaintes*.) Si, dans les *Moralités légendaires*, son Hamlet a « le moi minutieux, entortillé et retors », lui l'a minoratif, élégant et railleur. Il l'emploie avec de grandes notions, par sarcasme sentimental. « Les morts/C'est discret,/Ça dort/Trop au frais » (*Les Complaintes*). Connaissant ses dangers, il a pris l'élégie et lui a tordu le cou.

Il a des raccourcis bouleversants qui, par moments, le mettent au bord de la langue étrangère, et on comprend que Mallarmé ait écrit que « Laforgue [...] nous initia au charme certain du vers faux » (*Divagations*). N'a pu que le séduire un vers comme : « Cygnes d'antan, nobles témoins des cataclysmes » (*L'Imitation de Notre-Dame la Lune*). Laforgue a écrit un poème joli à l'œil comme l'est aussi le *Coup de dés* de Mallarmé, l'un des « Dimanches » des *Fleurs de bonne volonté* : on dirait des voiles vues d'en haut dans une régate.

Il a des gamineries charmantes, mais qu'il applique à des remarques extrêmement perspicaces. Cela lui donne l'air d'un bébé à très gros cerveau. Ainsi écrit-il des choses à enchanter les psychanalystes, comme, dans la « Complainte du fœtus de poète » : « Déchirer la nuit gluante des racines, / A travers maman, amour tout d'albumine. »

Et tant de chefs-d'œuvre : « Rigueurs à nulle autre pareilles » (*Des fleurs de bonne volonté*) ; « Climat, faune et flore » (*L'Imitation de Notre-Dame la Lune*), qui annonce la géniale description de l'aquarium dans son chef-d'œuvre en prose qui est un chef-d'œuvre tout court de la prose française, les *Moralités légendaires* ; la « Complainte d'un certain dimanche » (« [...] les destins ont des partis-pris si tristes, / Qui font que, les uns loin des autres, l'on s'exile, / Qu'on se traite à tort et à travers d'égoïstes ») ; l'extraordinaire « Grande Complainte de la Ville de Paris » ; la « Complainte des voix sous le figuier bouddhique »... A propos des *Complaintes*, on pourrait étudier leur rapport avec les chœurs d'*Athalie*.

Chœur des communiantes, Laforgue :

> Ah ! ah !
> Il neige des cœurs,
> Noués de faveurs,
> Ah ! ah !
> Alleluia !

Chœur des filles, Racine :

> Rions, chantons, dit cette troupe impie ;
> De fleurs en fleurs, de plaisirs en plaisirs,
> Promenons nos désirs.

C'est dans cette même complainte que Laforgue dit que

> La lune en son halo ravagé n'est qu'un œil
> Mangé de mouches, tout rayonnant des grands deuils.

Amoureux de la lune, et il a écrit plusieurs poèmes sur Pierrot, il raille le soleil : « – Le Soleil est mirobolant/Comme un poitrail de chambellan » (*Les Complaintes*). Au début de *L'Imitation de Notre-Dame la Lune*, il lui adresse même une engueulade : « Soleil ! soudard plaqué d'ordres et de crachats ». Soleil... Crachats... Il était tuberculeux.

Son imagination éclate dans ses images (où mieux ?) :

> Les mares de vos yeux aux joncs de cils (*L'Imitation de Notre-Dame la Lune*)

> Moucherons, valseurs d'un soir de soleil

> O Robe aux cannelures à jamais doriques

> Ciels trop poignants à qui l'Angélus fait : assez ! (*Les Complaintes.*)

Dès que l'effusion s'apprête à se répandre, une narquoiserie, elle trébuche. (Elle n'est pas moins passée.) Laforgue est le prince du croc-en-jambe. Quelle délicatesse ! Si le qualificatif *adorable* a été inventé, ce doit être pour lui. J'allais dire : il est le premier à avoir exprimé cette personnalité-là, mais Shakespeare, Shakespeare ! Laforgue est, non pas shakespearien, mais un personnage de Shakespeare. Et même plusieurs personnages en un : Ophélie qui gémit, Lady Macbeth qui voit des fantômes, la reine Mab qui change de sentiments quand ça lui chante, Béatrice et Benedick qui se narguent et s'adorent. C'est la part fée Clochette de Shakespeare : il est en effet loin de sa part noire, Jules César, le roi Lear et Falstaff. Laforgue est du côté du Romain Gary qui, dans *La nuit sera calme*, dit : « Rien que du mâle, là-dedans, pouah... Des belles têtes de *machos* sur pied. [...] Pas une voix féminine dans le concert des voix de l'Europe... » Laforgue a cette définition de la femme : « Nous jouissons, Elle demeure » (*Des fleurs de bonne volonté*).

De 1881 à 1886, il a été lecteur français de l'impératrice Augusta, femme de Guillaume Ier de Prusse et grand-mère de Guillaume II, l'empereur au bras atrophié qui voulut prouver qu'il était un homme, neuf millions de morts. Laforgue a commencé un livre sur Berlin où il montre les Allemands, rustauds de bonne volonté faisant un succès au *Nana* de Zola (quelle idée de nous ce peuple a-t-il pu en tirer ?), et décrit une colonne d'affiches : « Fête à Sedan [...] Discours par le député prédicateur de la Cour [...] Pyrotechnies militaires. Fête dans un vaste jardin à bière. *Le Bombardement de Strasbourg*, en deux parties. » Dans un poème, il écrit : « Walkyries des hypocondries et des tueries ! » (*Derniers vers.*) Avant 14 et avant 40, n'est-ce pas.

Laforgue a le premier traduit Walt Whitman en français, dans *La Vogue*, en 1886. L'Amérique et l'Angleterre l'admirent encore, T.S. Eliot et Ezra Pound en ont écrit de grands éloges, et nous ne le savons pas. La mode, qui passe sur la France en bourrasques, y a renversé Laforgue au profit de Rimbaud. Cocteau raconte que, dans sa jeunesse, il se promenait dans Montmartre avec Picasso et Max Jacob en criant : « A bas Laforgue ! Vive Rimbaud ! » Or, si Rimbaud a une influence morale colossale, ce qui d'une certaine façon est catastrophique pour un écrivain, Laforgue a une profonde influence littéraire.

Et colossale influence posthume de ce jeune mort ayant laissé si peu de livres. Max Jacob ne serait sans doute pas le même sans lui, et la part « farfelue » d'André Malraux lui doit beaucoup. Valery Larbaud, dans les *Poésies de A.O. Barnabooth* (où il s'amuse aussi à être influencé par Walt Whitman), le pastiche : « Nevermore !... Et puis, Zut !... » Qu'il l'ait lu ou non, les expériences sont identiques et les sensibilités peu variées, Pessoa écrit parfois en Laforgue, le Laforgue de : « La Nature est en moi. J'ai levé tous les voiles ; / Je sais l'Ennui des grands nuages voyageurs » (*Le Sanglot de la terre*, poèmes de jeunesse publiés après sa mort). Sa plus belle pièce de gibier est Louis-Ferdinand Céline, qui se vantait d'être absolument nouveau mais était le fils de Laforgue et d'une chanteuse de beuglant.

Un charme annexe de Laforgue tient pour moi à l'Anglaise qu'il épousa, elle portait un nom de comédie musicale de Gilbert et Sullivan, Miss Leah Lee. Mariés le 31 décembre 1886 à Kensington ; Laforgue meurt à Paris le 20 août 1887 (vingt-sept ans) ; elle repart pour l'Angleterre où elle meurt le 6 juin 1888 (vingt-sept ans) ; est enterrée à Teignmouth, sur la côte du Devon. Il y a des vies, comme ça, pleines de bonheur.

📖 « Quand j'organise une descente en Moi,
 J'en conviens, je trouve là, attablée,
 Une société un peu bien mêlée,
 Et que je n'ai point vue à mes octrois. » (« Ballade », *Des fleurs de bonne volonté*.)

> 1860-1887.
> ◆
> *Les Complaintes* : 1885. *L'Imitation de Notre-Dame la Lune* et *Le Concile féerique* : 1886. *Moralités légendaires* : posth., 1887. *Derniers vers* (*Des fleurs de bonne volonté, Le Concile féerique, Derniers vers*) : posth., 1890. *Berlin* : posth., 1922. *Stéphane Vassiliew* : posth., 1943 (écrit en 1881). *Le Sanglot de la terre* : posth., 1970. *Œuvres complètes* : trois vol., 1986-2000.

LAMIEL : Ce personnage du roman inachevé de Stendhal méprise l'amour. « Ce qui déconsidérait l'amour à ses yeux, c'est qu'elle voyait les femmes les plus sottes du village s'y livrer à l'envi. » Pour savoir enfin ce que c'est, elle paie dix francs un jeune répétiteur d'école pour qu'il la dépucelle, ce qu'il fait dans un bois. « Il n'y a rien d'autre ? dit Lamiel. » Elle lui donne cinq francs de bonus. Une fois qu'il est parti : « "Quoi ! l'amour ce n'est que ça ? se disait Lamiel étonnée ;

il vaut bien la peine de le tant défendre. [...]" [...] Puis elle éclata de rire en se répétant : "Comment, ce fameux amour ce n'est que ça !" » Elle rappelle Madame de Merteuil racontant sa nuit de noces dans *Les Liaisons dangereuses* : « Cette première nuit, dont on se fait pour l'ordinaire une idée si cruelle ou si douce ne me présentait qu'une occasion d'expérience : douleur et plaisir, j'observai tout exactement, et ne voyais dans ces diverses sensations que des faits à recueillir et à méditer » (Lettre LXXXI). C'est un personnage de 1970.

LANGUE FRANÇAISE : Une des qualités de la langue française vient de ce qu'on lui reproche le plus, sa non-musicalité, et de la spécificité du *e* muet. « La nature pour lui n'est plus qu'une chimère,/Il méconnaît sa sœur, il méprise sa mère » (*La Thébaïde*, II, 3). Il faut ne pas avoir lu Racine (je dis bien lu, pas entendu) pour penser que la langue française n'est pas musicale.

Secret : le *e* muet n'est pas muet. Dans le magnifique vers de Mallarmé, « Que son ombre dans l'eau vue avec atonie » (« Hérodiade »), qui peut dire que « vue » et « atonie » sont prononcés de la même façon que s'ils n'avaient pas de *e* final ?

LA PLUS MIGNONNE DES PETITES SOURIS : Dans le stupéfiant livre intitulé *Mémoire à deux voix*, de François Mitterrand et Elie Wiesel, à la question du second sur les premiers romans qu'il a lus, Mitterrand répond : ceux de la bibliothèque de mon père, Balzac, Stendhal, Flaubert. Comme on peut oublier, à moins qu'on ne soit poseur, vis-à-vis des autres ou de soi-même ! Le premier roman qu'on lit, c'est Zénaïde Fleuriot, pour prendre un exemple de la génération de Mitterrand. Le premier roman que j'ai lu, je ne m'en souviens pas, mais un de mes premiers livres avec de l'écrit, c'est *La Plus Mignonne des petites souris*. C'est en tout cas celui que j'ai le plus aimé entre cinq et sept ans. Dans ce « conte populaire raconté et illustré par Etienne Morel », une petite souris, l'héroïne, prend l'hélicoptère. Cela me paraissait très poétique. On me chantait aussi Malbrough, j'étais un petit garçon pâle, dans un loden à carreaux. *La Plus Mignonne des petites souris* se trouve dans ma bibliothèque, je l'ai racheté voici quelques années. Non par sentimentalisme, mais parce que je n'aime pas le bluff.

> 1953.
> ◆
> Zénaïde Fleuriot : 1829-1890. François Mitterrand et Elie Wiesel, *Mémoire à deux voix* : 1995. Etienne Morel : 1924-1969.

LARBAUD (VALERY) : Larbaud est snob. Il est humble. (Il montre qu'il l'est.) Quelquefois affecté : cette manière d'écrire « Benjamin Johnson » pour un écrivain que toute l'humanité appelle Ben Johnson ! Et sa coquetterie de qualifier de prodigieux le petit truc rare : Jean de Lingendes, c'est très bien, mais, je vais vous dire, Victor Hugo, ça n'est pas mal non plus. La manie de citer de longs passages en langue étrangère sans les traduire et, quand il n'y aurait pas besoin de le faire, quand il ne le faudrait même pas, comme pour l'expression *to the happy few*, créée et popularisée par Stendhal, il écrit : « l'heureux petit nombre » (*Pages retrouvées*). Il lui arrive d'être plus érudit que lettré. Il a extrêmement peu d'humour. Et parfois un étonnant mauvais goût. Placer au-dessus de tout Walter Savage Landor, l'*Erewhon* de Butler, Coventry Patmore, Paul Claudel ! Il n'a pas de pensées très personnelles, il manque de phrases éclatantes, il est prudent. Je dirais même que c'est son défaut majeur. Il explique beaucoup de ceux qui précèdent. Voyez comme il hésite à dire nettement ce qu'il pense sur ce qui est français et de son temps, à part ses amis, tandis que pour les étrangers et les Français d'avant le XIXe siècle (qui sont des étrangers, pour la connaissance que souvent nous en avons), comme il ose, tranche, décide, juge ! Et cet écrivain pourri de tout petits défauts est un des meilleurs écrivains français du XXe siècle. Car enfin, au lieu de prudent, je pourrais le dire poli, car enfin, s'il parle tant d'étrangers et d'anciens, c'est qu'il est cultivé, car enfin, s'il manque de phrases éclatantes, c'est qu'il est un grand artiste discret, car enfin, agaçants, nous le sommes tous.

Larbaud est aussi l'homme qui traduit l'*Ainsi va toute chair* de Samuel Butler, qui le premier en France traduit Joyce, qui, dans une revue londonienne, découvre les fragments d'un inconnu et fait traduire en volume les merveilleux *Trivia* de l'Américain devenu anglais Logan Pearsall Smith, qui, loin de toute pédanterie, s'écrit des pense-bête (comme ce personnage d'*Allen* qui cite : « – *We few, we happy few, we band of brothers.* » Puis, à la ligne : « Shakespeare, *Henri V*, la pièce où paraît Bourbon. » Et le dialogue reprend, nous ayant indiqué au passage où Stendhal a peut-être pris sa célèbre dédicace), qui ne vit que de littérature, qui a des phrases comme : « C'est le Grand Siècle, le siècle des Classiques, ces jeunes, ces révolutionnaires ennemis de la Tradition française » (*Ce vice impuni, la lecture. Domaine français*), un amoureux, en un mot. L'auteur de tant de beaux livres, comme *Ce vice impuni, la lecture, Jaune Bleu Blanc*, les *Poésies de A.O. Barnabooth*, et *Fermina Márquez*, dites, *Fermina Márquez*. Quel artiste maniement de la langue, quelle prose onctueuse !

Il est calme, uni, vert mousse. S'il était un tableau, je l'intitulerais *Monologue avant la sieste sur le transat de la maison de campagne*. S'il était un vêtement, ce serait un pantalon des années 1920, au pli dessiné, mais souple. Larbaud n'a pas de ligne morale : ni idéologie, ni concept, aucun de ces amidons de l'art. Il a d'admirables moments de grand style invisible. Il a du tact, est perspicace, sait que la vérité est une notion qui n'a rien à voir avec l'art, qui n'est pas mensonger pour cela : il est d'un autre domaine que celui du vrai et du faux.

Il y a un secret dans Larbaud. Il affleure dans certains de ses livres. Ce secret, c'est sa richesse. Larbaud, fils du propriétaire de la source Saint-Yorre à Vichy, a connu le difficile sort des enfants de riches qu'on essaya d'*intégrer* dans la société entre 1880 et 1980, avant que la richesse ne devienne insolente. Leurs parents leur expliquaient : *tu dois être deux fois plus gentil, puisque que tu es comme ça.* Leurs camarades d'école les méprisent. Ainsi a-t-on vu des enfants accusés des fautes de leurs pères, si faute il y avait : sincèrement, pour leur bien, afin de mieux solidifier l'injustice. Un petit de riche rejeté comme tel peut être aussi malheureux qu'un petit de juif, qu'un petit d'Arabe, nous le voyons dans « La grande époque », une des nouvelles d'*Enfantines*, où le malheureux Marcel est snobé par les enfants du régisseur. « "Fils de patrons…" » Bien sûr, il lui restera les moyens matériels de se panser. Matériels.

Là réside le cœur de Larbaud, comme il a découvert un cœur de l'Angleterre. Cela explique sa prudence, les moments où il parle en retrait, en « nous », se neutralise. Il frôle la question dans *Fermina Márquez*, derrière le double bouclier d'un grand écrivain et d'une citation en langue étrangère : « Vous me faites songer », dit Léniot à Fermina, « à l'*Espagnole anglaise* de Cervantes ; vous savez, il dit qu'elle était remarquable "por su hermosura y por su recato". » (« Remarquable par sa beauté et par sa richesse » ; *recato* est une forme archaïque de *riqueza*.) Il n'a pas été facile de parler de la richesse au XXe siècle. Rappelez-vous les calomnies lancées par Hemingway sur Fitzgerald pour avoir commis le simple crime de montrer des riches. Il y a des époques où il vaut mieux vivre richement et être invité par de riches despotes antiriches, à Cuba, par exemple. Fitzgerald dit à la fin de *Gatsby le Magnifique* que les riches Buchanan sont des frivoles qui jouent avec l'existence des autres, mais cela ne compte pas : il a *montré*. Montrer, c'est approuver ! Larbaud se rapproche de la question dans *A.O. Barnabooth. Ses œuvres complètes c'est-à-dire un conte, ses poésies et son journal intime*, où Barnabooth, un milliardaire, écrit : « Je hais les pauvres. »

> M'ont-ils assez piétiné, m'ont-ils assez craché au visage, les immondes pauvres ! Comme leurs sourires m'ont percé le cœur, et comme ils savent bien me renvoyer tout de suite à mes milliards, sans me donner le temps de parler, de m'excuser un peu, de montrer que, malgré tout, je suis un homme comme eux. (Donc haïssable.) Ils me dénient tout : la faculté d'aimer, de comprendre les choses, de penser par moi-même, de posséder des amis sincères. [...] j'aurais beau avoir le génie de Dante et la science de Pico de la Mirandole, – je serais toujours pour eux « le milliardaire américain, le jeune oisif », un niais, un grotesque sans esprit et sans talent [...].

Larbaud casse le lieu commun du milliardaire américain à chapeau texan qui se gratte les fesses dans les salons. Il ne répond pas à une question importante, celle de la richesse quand elle est immense (A. Olson Barnabooth dispose de 10 450 000 livres sterling de rentes, ce qui n'était tout de même pas le cas des Larbaud, très riches, mais pas à s'acheter *la propriété foncière du globe*) : comment a-t-elle été acquise ? Quels *robber barons* étaient les premiers Barnabooth ? Peut-on ne pas demander de comptes sur les malhonnêtetés par lesquelles une immense fortune a nécessairement été acquise, sous prétexte que ses héritiers subventionnent des hôpitaux ?

Le meilleur de *Barnabooth*, ce sont les poésies. C'est le livre des trains. Ils parcourent l'Europe et les pages. C'est le livre des villes. « O ma Muse, fille des grandes capitales ! tu reconnais tes rythmes/Dans ces grondements incessants des rues interminables. » C'est le livre de la fin d'un chateaubriandisme, celui de la découverte de l'Amérique par les Européens (il perdurait un an avant dans « Les Pâques à New York » de Cendrars, 1912, le *Barnabooth* complet étant de 1913). Les Américains découvrent l'Europe. Ils sont civilisés, ils sont mélancoliques. Pessoa naît. Il est frappant comme plusieurs vers de Barnabooth pourraient être signés de lui, et plus particulièrement de son hétéronyme Alvaro de Campos.

ma vie
D'enfant qui ne veut rien savoir, sinon
Espérer éternellement des choses vagues.

On dirait que, par périodes, tout le monde écrit bien de la même façon. Comme si un état commun de l'humanité, quelle que soit la dissemblance des sociétés, engendrait un état commun de la littérature. De grandes pensées nous traversent. Un sédentaire portugais désargenté aussi bien qu'un jeune grand bourgeois français voyageur. (Larbaud n'est pas Barnabooth, mais Pessoa n'est pas non plus Alvaro de Campos ; un autre point de rapprochement est qu'ils se sont choisi un hétéronyme. Sainte-Beuve l'avait déjà fait avec le *Vie, poésies et pensées de Joseph Delorme*. Quel article Larbaud aurait pu écrire sur Pessoa !) Unique livre de poèmes de Larbaud, qu'on publie parfois séparément du reste de *Barnabooth*, les *Poésies de A.O. Barnabooth* sont bien meilleures que leurs cousins, les poèmes de Morand. On y trouve deux grands poèmes, « Alma Perdida » et « Vœux du poète », et, dans presque chacun des autres, un grand vers :

J'ai donc vécu, jadis, en Basilicate

Tandis que derrière les portes laquées, aux loquets de cuivre
[lourd

Vous avez l'imprécis grandiose des horizons urbains

Toi, Rose Auroy, dans les jardins de l'ambassade

Le bus multicolore, le cab noir, la girl en rose.

Il y a plus d'un rapport entre Larbaud et Vladimir Nabokov : le goût des noms étrangers et celui des très jeunes filles. Et de plus sérieux. Ces grands subtils portent la même attention aux détails qui distraient notre attention et frappent notre esprit. Première phrase, toute première phrase de *Fermina Márquez* : « Le reflet de la porte vitrée du parloir passa brusquement sur le sable de la cour, à nos pieds. » Ils aiment noter le cheminement apparemment illogique de la pensée, avec ses arrêts, ses réminiscences, ses enfantillages : « (Adieu, Saint-Germain-l'Auxerrois, déchiquetures de pierres bleu-noir et de ciel bleu tendre ; adieu, joli vent frais qui as choisi, pour y demeurer tous les étés, la pelouse de la Colonnade...) » (*Enfantines*), et sa manière de se mouler sur une image : « Cinq heures sept... Oh! plus vite, le Temps, plus vite. Dix petites pensées vont s'atteler à la grande aiguille et tâcher de la faire descendre un peu plus vite vers sa petite sœur qui l'attend tout en bas, entre V et VI... » (*Enfantines*). Larbaud, c'est de la moire.

📖 « Les notions simples qu'ont les gens. Ils disent : un militaire, un industriel, un homme du monde, un journaliste... et cela leur suffit. Le monde est pour eux une espèce de jeu de massacre : le Maire, le Gendarme, la Belle-Mère, dont eux-mêmes font partie. Inga et Romana y figurent en maillot rose et en jupe de gaze blanche. Ah, ah, voilà de jolies personnes qui ne doivent pas "engendrer la mélancolie". Ils les voient aussitôt s'asseoir sur les genoux du Banquier. Comme c'est simple. Et moi j'oublie trop que c'est aussi un aspect dont il faut tenir compte. » (*Amants, heureux amants.*)

> 1881-1957.
> ◆
> *Fermina Márquez* : 1911. *A.O. Barnabooth. Ses œuvres complètes c'est-à-dire un conte, ses poésies et son journal intime* : 1913 (édition revue et complétée des *Poèmes par un riche amateur, ou Œuvres françaises de M. Barnabooth* : 1908). *Enfantines* : 1918. *Amants, heureux amants...* : 1923 (précédé de *Beauté, mon beau souci...* et suivi de *Mon plus secret conseil...*). *Allen* et *Jaune Bleu Blanc* : 1927. *Ce vice impuni, la lecture. Domaine anglais* : 1936 (nouvelle édition suivie de *Pages retrouvées* : 1998). *Aux couleurs de Rome* : 1938. *Ce vice impuni, la lecture. Domaine français* : 1941. *Sous l'invocation de saint Jérôme* : 1944. *Le Cœur de l'Angleterre* : posth., 1971. *Le Navire d'argent* : posth., 2003.
> ◆

> Samuel Butler : 1835-1902. Walter Savage Landor : 1775-1864. Jean de Lingendes : 1580 ?-1616. Coventry Patmore : 1823-1896. Logan Pearsall Smith (1865-1946), *Trivia* : 1902 (trad. française : 1921).

LA ROCHEFOUCAULD (FRANÇOIS, DUC DE) : A quoi mène le ratage ? Aux maximes. Chamfort rate sa naissance : maximes. Vauvenargues rate sa carrière militaire : maximes. La Rochefoucauld rate la Fronde : maximes.

De retour de la guerre, avec sa longue épée qui lui bat les jambes, le soldat La Rochefoucauld se transforme en Petit Poucet et, mélancolique, change de route. Il y sème des cailloux, ses *Réflexions ou sentences et maximes morales*. Elle a plus de chances de le conduire à la postérité que le Mai 68 qu'il vient de perdre. Un auteur de maximes renonce au succès, mais pas à la revanche. L'échec l'a mené à la concision : après tant de balles tirées en vain, il en veut qui tueront à chaque coup.

La Rochefoucauld atteint d'autant mieux sa cible qu'il a beaucoup de maximes relatives : « il y a des gens qui... », « telle chose vient davantage de... », « telle autre est souvent... », etc. La cible du moraliste, qui est l'homme, bouge. La Rochefoucauld bouge avec elle. Enfin, l'homme. Ce que le moraliste imagine être l'homme. L'homme du moraliste est un idéal de vice. Il ne réussit jamais à le tuer, car il est imparfait : il comprend du bien ! Salaud d'homme ! Avec les douilles tombées par terre, le moraliste se fabrique une planche à clous où il se couche pour se meurtrir et se prouver qu'il avait raison.

Si le moraliste appelle « l'homme » son ennemi, l'homme n'est pas l'ennemi de tous les moralistes. La Rochefoucauld n'est pas inhumain comme La Bruyère, ni amer comme Chamfort. Il n'a pas de ressentiment : ni contre les autres, ni contre lui-même. Une si vieille famille ! (C'est Bossuet qui lui donnera l'extrême-onction.) Il me rappelle un mot de la maréchale de Brissac que rapporte Voltaire dans ses *Carnets* : « Dieu y pensera à deux fois à damner une personne de ma qualité. »

La plupart du temps, La Rochefoucauld commence sa maxime par la moralité, qu'il explique ensuite (55, 116, 175, 277) : contraire des moralistes bonshommes que sont les fabulistes, et des fabulistes secs que sont les autres moralistes. Pour eux, la vie est une fable noire, un conte de fées à l'envers, un Alice au pays des vermines. Or, ils la connaissent souvent par ouï-dire, ayant vécu dans leur bureau, comme La Bruyère, secrétaire du duc de Bourbon. La Rochefoucauld est sorti, a connu la guerre civile, les femmes, cette autre guerre civile. Il écrit d'expérience quand les autres écrivent d'ennui. Cela ne lui donne pas plus raison, mais, ayant ajouté la réflexion, il a pardonné. De là un grand beau ton désenchanté, un détachement plein de politesse. Son recueil est intéressant et triste comme une boîte à papillons. Je me demande si le plus beau n'est pas : « Quelque bien qu'on dise de nous, on ne nous apprend jamais rien de nouveau. »

S'il n'est pas amer, c'est qu'il n'a jamais réellement *cru*. De ses compagnons de Fronde, il dit : « Pour mon malheur, j'étais de leurs amis, sans approuver leur conduite » (*Mémoires*). Avez-vous jamais éprouvé la séduction de gens que vous méprisiez ? Ce sont ceux avec lesquels il est le plus difficile de rompre.

Dans les *Mémoires* se trouve une de ces listes qui m'enivrent. Les noms, les noms ! Des condensés de roman. La Rochefoucauld énumère des emprisonnés à la Bastille :

> J'y vis le maréchal de Bassompierre, dont le mérite et les agréables qualités étaient si connus ; j'y vis le maréchal de Vitry, le comte de Cramail, le commandeur de Jars, Le Fargis, Le Coudray-Montpensier, Vautier, et un nombre infini de gens de toutes conditions et de tous sexes, malheureux ou persécutés par une longue et cruelle prison.

(Lui-même y reste huit jours.) Emprisonnés de vingt-cinq ans ; Condé allait gagner Rocroi à vingt et un : que la France était jeune ! Pendant les guerres révolutionnaires et d'Empire, même jeunesse. Et beaucoup de sang. Ne croyons pas que les vieillards soient moins féroces : les généraux de 14 étaient vieux. Les femmes, que certains espérèrent voir apporter la paix universelle, ont fourni parmi les plus théâtraux assassins du XXᵉ siècle, comme Jiang Qing. Quand il s'agit de lui rapporter du sang frais, la mort n'est regardante ni sur le sexe, ni sur l'âge.

Les *Mémoires* de La Rochefoucauld sont plus exacts que ceux de Retz, l'idole des mauvais garçons, comme dit Chateaubriand. Moins factieux que fripon, bouffon comme Cohn-Bendit et cynique comme Bernard Tapie, Retz écrit d'une façon pâteuse qui en fait également l'idole des faux prestes. Il se dégage de ses mémoires un fumet de corruption qui rend d'autant plus éclatante la droiture de La Rochefoucauld qu'il le juge : « Il a toujours voulu se mêler d'intrigue [...] et dans un temps où il ne sentait pas les petits intérêts, qui n'ont jamais été son faible, et où il ne connaissait pas les grands, qui d'un autre sens n'ont pas été son fort. Il n'a été capable d'aucune affaire [...] il n'a jamais été bon homme de parti quoique toute sa vie il y ait été engagé. » Et tout ce que ce malhonnête lui reproche nous semble aussitôt des qualités charmantes.

📖 « Les fous et les sottes gens ne voient que par leur humeur. » (*Réflexions ou Sentences et maximes morales.*)

> 1613-1680.
>
> ◆
>
> *Réflexions ou Sentences et maximes morales* : 1664. *Mémoires* : posth., 1804.
>
> ◆
>
> Paul de Gondi, cardinal de Retz (1613-1679), *Mémoires* : posth., 1717.

La Ville de Mirmont (Jean de) : Jean de La Ville de Mirmont est un des écrivains tués par la guerre la plus tueuse d'écrivains de l'histoire de l'Europe, celle de 14. En voici d'étrangers, des Anglais, des poètes. Charles Hamilton Sorley, né en 1895, tué en 1915. Edward Thomas, né en 1878, tué en 1917. T.E. Hulme, né en 1883, tué en 1917. « Toute stipulation générale sur la vérité, etc., n'est que l'amplification de l'appétit d'un homme », disait-il (*Cinders*). Wilfred Owen, né en 1893, tué en 1918. Il avait vécu en France et été l'ami de Laurent Tailhade. Isaac Rosenberg, né en 1890, tué en 1918. Rupert Brooke, né en 1887, a enchanté l'Angleterre pour avoir écrit : « Si je meurs, qu'on ne pense que ceci de moi :/Qu'il y aura toujours un coin de terre étrangère/Qui sera pour toujours l'Angleterre », qu'elle a fini par le croire mort au combat, alors qu'il est mort de maladie, en 1915, au large des Dardanelles. A part Brooke, et, dans une certaine mesure, Edward Thomas, les poètes anglais se sont généralement mieux tenus que les Français, les Allemands et les Autrichiens en matière de *bourrage de crâne*. Il est vrai que certains se sont laissé duper par la propagande pacifiste allemande qui ne laissait croire qu'elle proposerait la paix que pour mieux continuer la guerre. Si l'on ajoute les prosateurs, et les écrivains italiens, australiens et ceux des autres pays alliés, les Allemands même, et les Autrichiens, cela en fait, de l'encre asséchée. Le dernier poème de Jean de La Ville de Mirmont (ce nom de bateau), tué le 28 novembre 1914, commence par les vers : « Cette fois mon cœur, c'est le grand voyage,/Nous ne savons pas quand nous reviendrons. »

Le seul livre qu'il a publié de son vivant, et publié est beaucoup dire, cinq Japon et trois cents Vergé chez un petit éditeur de la rue de Condé, est un roman, *Les Dimanches de Jean Dézert* : et *Les Dimanches de Jean Dézert*, si nous étions sérieux, serait un roman célèbre. Pour commencer, c'est un très bon livre. Jean Dézert est un employé de ministère qui « considère la vie comme une salle d'attente pour voyageurs de troisième classe ». Mesquin, frugal, il rencontre une jeune fille qui l'éconduit au bord du mariage, essaie de se consoler par la débauche mais ne résiste que quinze jours, après quoi « il ne lui restait plus qu'à préparer son suicide » : cela aussi, il y renonce. Fin du roman. Il est écrit de façon personnelle et fine, sans excéder la dose de cynisme qui le tuerait (il est très difficile d'écrire un roman dont on méprise le personnage principal). Sa malchance, c'est qu'il ne se soit pas trouvé un écrivain célèbre qui dise un jour : je lui dois tout, comme *Les lauriers sont coupés* d'Edouard Dujardin, où James Joyce a dit avoir pris l'idée du monologue intérieur. Les gens de génie sont gentils : il l'aurait trouvé tout seul, Joyce, quoique plus lentement. Ils sont d'autre part honnêtes : ne craignant pas qu'on puisse mettre leur matière en doute, ils citent leurs sources. Cela sert à quelques pincés à mettre leur talent en doute. Ah, si Beckett avait écrit quelques mots sur *Les Dimanches de Jean Dézert* ! Nous en verrions, des thèses et des colloques ! *Vacuité et attrait du néant chez Jean de La Ville de Mirmont — une archéologie beckettienne* (Paris III). *Jean de La Ville de Mirmont, précurseur du postmodernisme* (Toulouse II). On sent les prémices d'un certain détachement postmoderne de la fiction dans la première phrase de cette œuvre de fiction : « Ce jeune homme, appelons-le Jean Dézert. » Elle est sans doute une conséquence des troisième et quatrième phrases de *Paludes*, d'André Gide, 1895 : « Il dit : "Tiens ! tu travailles ?" Je répondis : "J'écris *Paludes*." » Le mot de « postmoderne » a été inventé par le poète américain Charles Olson.

Ont été recueillis (au Divan, l'éditeur de Toulet), ses *Contes*, comme « Le piano droit », histoire d'une vieille dame professeur de piano qui déménage et dont on ne parvient pas à installer l'instrument dans son nouvel appartement. Elle y perd ses clients et finit dans une maison de vieux, comme on disait alors, c'est aussi triste que le « Un cœur simple » de Flaubert sans être aussi fastidieux que le *Rhinocéros* de Ionesco.

Comme bien d'autres, Jean de La Ville garde le sarcasme pour la prose et donne la mélancolie aux vers, même s'il a des moments d'orgueil et de théâtral rimbaldiens. Sa poésie

(*L'Horizon chimérique*) est essentiellement un baudelairisme de départs qu'on rêve :

> Car j'ai de grands départs inassouvis en moi.

Pour les images de lieux qu'il ne connaissait pas, il s'est fourni chez Leconte de Lisle :

> Peuplier de la Caroline,
> Je répandrais d'un geste doux
> Mon ombre fine
> Sur les flots plats et sans remous.

Beaux vers liquides, et d'ailleurs, Jean de La Ville est un poète liquide. Voyez cette strophe d'un de ses moments fantaisistes, toute en *r* et *l* :

> Nous voulons vivre dans les marges ;
> Il ne faut pas nous déranger.
> Promenons-nous de long en large
> Et sifflotons des airs légers.

📖 « Il pleut partout, sur Paris, sur la banlieue, sur la province. Il pleut dans les rues et dans les squares, sur les fiacres et sur les passants, sur la Seine qui n'en a pas besoin. Des gens quittent les gares et sifflent ; d'autres les remplacent. Des gens partent, des gens reviennent, des gens naissent et des gens meurent. Le nombre d'âmes restera le même. Et voici l'heure de l'apéritif. » (*Les Dimanches de Jean Dézert.*)

> 1886-1914.
>
> ◆
>
> *Les Dimanches de Jean Dézert* : 1914. *L'Horizon chimérique* : posth., 1920. *Contes* : posth., 1923.
>
> ◆
>
> Edouard Dujardin, *Les lauriers sont coupés* : 1886. Charles Olson : 1910-1970.

Léautaud (Paul) : Léautaud ne se mouille pas. C'est facile, de ricaner, de faire un mot, d'être le vieux libertin d'Ancien Régime revenu de tout et railleur, le chevalier de Valois écrivant. (Balzac me sonne : selon lui, si son personnage avait écrit, cela aurait été une plaquette de souvenirs allusivement *leste* et écrite dans le français parlé de sa caste, pas bonne.) Eh non, ce n'est pas facile, et Léautaud se mouille à sa façon : celle d'un chat qui trempe le bout de la patte dans l'aquarium et le retire en crachant.

Il a des éternuements de cynisme pour se protéger. C'est un tendre rentré, un vieux petit garçon que sa mère n'a pas aimé. Explication psychologique qui n'aurait pas d'importance littéraire s'il n'était lui-même le sujet de ses livres et n'y effleurait ces choses (comme le chat qui, etc.). Et tout de même, cela ne nous regarde pas. Ce qui nous regarde et nous intéresse, ce sont les résultats plus que les raisons. Les livres. Dans les trois meilleurs, *In memoriam, Amours, Le Petit Ami*, on ressent d'abord une fanfaronnade de sécheresse. Puis on se rend compte que c'est une sécheresse de mots, tandis qu'il est lyrique dans la forme même des phrases. Il me tuerait, s'il entendait cela. Pourtant, ce lyrisme, sa ponctuation le révèle. Voici un point d'exclamation dans un paragraphe qui commence : « Alors, quel roman, qui va certainement me demander bien des pages, sans compter l'émotion. » Sarcasme. Une phrase plus loin : « Jeanne savait si bien pousser tout le monde à me faire venir, sans en avoir l'air, et j'avais moi-même de si bonnes raisons ! » (*Amours.*) Cinq mots du même livre condensent cela : « Dix-sept ans ! Ah ! jeunesse. » Dix-sept ans, point d'exclamation de mélancolie, ah, point d'exclamation de réflexion, jeunesse, point final et d'arrêt. Prends l'émotion et tords-lui le cou. Celui de ses livres où le sentiment est le plus exprimé est *In memoriam*. Du coup, il redouble d'ironie protectrice, allant jusqu'à la vulgarité quand il décrit de son père agonisant : « Un souffle très de circonstance sortait de sa bouche. » C'est également le livre où il écrit : « J'aimais déjà les choses légères, vives, railleuses, *ce qui est triste avec gaieté*, sensible sans emphase. » (C'est moi qui souligne.) Léautaud fut le dédicataire d'un grand poème sentimental, « La Chanson du mal-aimé » (mais Apollinaire était aussi un moqueur). Il fut l'homme qui, apercevant Verlaine à la terrasse d'un café, rue Soufflot, lui fit porter incognito un bouquet de violettes. Cœur sec !

Ses éloges funèbres sont sans apitoiement, pleins de tact. Schwob, Gourmont, Van Bever, Fagus. Sa chatte Lolotte, dans « Ménagerie intime ». A propos d'animaux, le portrait de « Mademoiselle Barbette », la chienne qui adore déchiqueter du papier (tous ces écrits dans les deux *Passe-Temps*). Léautaud lui donne à manger ses volumes de Paul Fort. « Elle a été enchantée. Pas un feuillet n'a subsisté. On a rarement vu une œuvre littéraire appréciée à ce point. » Ce qui est rare, aussi, c'est de rire quand on lit.

Léautaud parle en dessous. Cela le fait l'auteur d'une des phrases les plus sexuellement évocatrices que je connaisse. Dans un hôtel, avec une certaine Jeanne : ils se contentent de jeux de mains. Au moment de partir, il la voit « s'amuser à rafler toutes les bougies qui restaient de la cérémonie, pour lire en cachette le soir dans sa chambre, me dit-elle ». Il me semble qu'il y a une forte allusion, dans ce « me dit-elle ».

Il est probable qu'il a contribué à répandre l'expression « petit ami » dans le sens d'« amant » qui n'existait pas avant lui (Littré ne la mentionne pas) et qu'il a peut-être même inventée.

On dit souvent : ah, les critiques dramatiques du *Théâtre de Maurice Boissard*, cette façon qu'il avait de parler de ses chats, et non des pièces dont il devait rendre compte ! et c'est faux. Il l'a fait dans un très petit nombre de chroniques et, pour le reste, il est extrêmement scrupuleux : il voyait cinq ou six pièces par quinzaine dont il rendait compte ponctuellement. On a aimé mettre du pittoresque sur Léautaud, comme sur beaucoup d'autres écrivains. C'est pour pouvoir les reconnaître sans avoir à les lire. On lit encore ces chroniques de théâtre avec plaisir alors que, pour la plupart des pièces, nous ne savons plus de quoi il s'agit. Il y expose fréquemment cette idée illogique : tels auteurs français sont fidèles ou contraires au caractère français. Corneille le hérisse : pas *français*. Dieu sait s'il y a à dire sur les aboiements de Corneille, mais enfin on ne peut pas dire qu'il n'était pas français, puisqu'il l'était, ni qu'en tant que tel il ne participe pas à la formation de ce qui est français.

Si Léautaud avait écrit le théâtre de Paul Léautaud, et non celui de Maurice Boissard, il aurait probablement ressemblé à celui d'Anouilh.

Dans son *Journal littéraire*, Léautaud est le Saint-Simon du trois fois rien. D'ailleurs Saint-Simon est assez le Léautaud de Versailles. Mêmes méchancetés courtes mais drôles, même rage potinière sur un petit milieu, l'un la cour, l'autre ce qu'on n'appelait pas encore l'*édition*. Qui cela regarde-t-il ? Ceux qui sont capables de ne pas y trouver de motifs de mépriser la littérature. Cela peut aussi passionner les très jeunes gens amants de la littérature, en leur montrant comment cela se passe à l'intérieur. *Avec des écrivains*. Ce journal est un œilleton. Les jeunes gens en question ont cette étrangeté d'aimer la littérature, que le monde écarte, qui les écarte du monde. Ils se rendent compte qu'il existe d'autres personnes comme eux. Ils pourront vivre.

Une des supériorités de Léautaud, avec son air rapetisseur, c'est qu'il est exclusivement littéraire. Il ne juge jamais en fonction de la politique, de la religion, des mœurs. Eh ! (comme il dirait) : mais tout le monde n'a pas cette liberté. Par ses marottes de : « On ne commence pas une phrase par "mais" », de : « Ce Paulhan qui commence une phrase par : "L'on l'a lu", "l'on l'a lu" ! », son horreur du point-virgule qui devrait être remplacé par un point final, son analyse de Barrès « dont la séduction vient de ce qu'il emploie des pronoms démonstratifs à la place d'articles définis : "nous étions arrivés sur *ce* flanc de la Butte Montmartre… notre passion commune pour *ce* musée du roi René […]" », il attire notre attention, peu importe s'il a raison ou tort, sur des questions auxquelles bien des commentateurs de la littérature n'en accordent pas, comme si elle était faite par hasard ou par miracle, non par langage. Où il rejoint son ami Paul Valéry quoiqu'il se soit éloigné de lui pour (jugeait-il) pédantisme. Barrès a peut-être pris cet emploi du démonstratif à Stendhal, qui commence « Vanina Vanini » : « C'était un soir de printemps de 182*. Tout Rome était en mouvement : M. le duc de B***, ce fameux banquier, donnait un bal dans son nouveau palais de la place de Venise. » Emploi qui irrite Larbaud comme étant du parler commun dans *Sous l'invocation de saint Jérôme*.

Il est donc curieux que Léautaud se soit autant buté sur les images. Sans le nommer ni mentionner le livre auquel il se réfère, l'anthologie *Poètes d'aujourd'hui* que Léautaud avait compilée avec Van Bever, André Breton écrit dans *Point du jour* : « Il s'est trouvé quelqu'un d'assez malhonnête pour dresser un jour, dans une notice d'anthologie, la table de quelques-unes des images que nous présente l'œuvre d'un des plus grands poètes vivants ; on y lisait : *Lendemain de chenille en tenue de bal* veut dire : papillon. *Mamelle de cristal* veut dire : une carafe. Etc. Non, monsieur, *ne veut pas dire*. […] Ce que Saint-Pol Roux a voulu dire, soyez certain qu'il l'a dit. » Non, André Breton, pas malhonnête : court. Et Saint-Pol Roux est une mauvaise preuve : s'il a de belles images, il manque totalement de jugement, et nous torture en nous plongeant la tête dans un coffre à bijoux aux trois quarts faux. Et en prose, quel grotesque ! « Monsieur, votre épistole m'arrive en Provence, corbeille de jolies filles », répond-il à l'*Enquête sur l'évolution littéraire* de Jules Huret. Léautaud est contre l'image, pour le naturel. Or, le naturel est un langage travaillé, or, je pourrais citer plusieurs images de Léautaud, or, il me suffira de dire qu'il n'y a pas besoin de métaphore ni de comparaison pour créer une image : tout mot est une image. « Amour », par exemple. C'est le symbole en lettres prononçables d'un certain état de l'être humain.

Léautaud ne détestait pas tellement Mallarmé et ce qu'il appelait ses rébus puisque, en 1950 et 1951, à la radio, il en récitait des poèmes par cœur. « Ne me croyez pas si fermé que j'en ai l'air » (Henri Michaux, *Ecuador*).

Les *Entretiens* radiophoniques avec Robert Mallet ont été publiés en volume et en CD : les lire est un plaisir, les écouter une joie. On y entend Léautaud parcourir son octave, du grommellement au glapissement, en passant par le « oui ! » suraigu qui précède un pouffement de rire, tandis que le « non ! », plus grave, s'accompagne de tapotements agacés de la canne ou des doigts sur la table, tandis que Mallet, Robert Mallet, écrivain lui-même, plus tard recteur de l'académie de Paris, et le meilleur des intervieweurs : cultivé, déférent et sans flatterie, têtu également, ne le lâche jamais, lui faisant dire des choses qu'il ne voulait pas dire. Des choses de lyrisme, d'idéalisme et de « littérature d'abord » qu'il dissimulait par détestation du bluff et des poses. « Ce cabotin de Chopin, ce cabotin de Liszt, ce cabotin de Baudelaire, ce cabotin de Vigny – ce savetier de Péguy » (*Propos d'un jour*).

A cause de lui, j'ai lu le roman de Taine, *Vie et opinions de M. Frédéric-Thomas Graindorge*, dont il fait grand cas dans son journal, lui qui ne fait pas cas de grand monde, et ce n'est pas un très bon livre. De même, *Les dieux ont soif*, d'Anatole France, cet aérosol pour automobile au parfum cuir. On voit dans son journal que Léautaud ne lisait pour ainsi dire jamais de romans. Il n'en avait pas le goût, ni la connaissance. Cela qualifie mal pour les juger. En poésie, on peut contester ses avis, mais il la connaissait et la lisait.

Sa lecture a été pour moi un bonheur. J'avais, quoi ? vingt-quatre ans, j'habitais Montmartre, je ne faisais qu'écrire et lire, de retour de la librairie où j'achetais les rééditions de ses livres sous jaquette grise par le Mercure de France de Simone Gallimard ; Gallimard, maison de la *Nouvelle Revue française* en grande partie fondée par Gide contre Gourmont et le *Mercure de France*, avait acheté le Mercure après la guerre. Je m'arrêtais sur un banc du square Emile-Goudeau, puis, au bout d'un quart d'heure, toujours lisant, je me levais et reprenais ma montée, avec les fantômes, qui sont rieurs.

Il est mort à la Vallée-aux-Loups, ancienne maison de Chateaubriand où se trouvait alors une clinique, ironie qui l'aurait sans doute amusé. Chateaubriand l'horripilait. Si Robert Mallet, dans leurs *Entretiens*, le lui avait fait remarquer, on aurait entendu Léautaud pousser le cri aigu et féminin par lequel il marquait la surprise amusée. Il y a aussi des grommellements, pour : « Mouais, je ne suis pas très sûr, je ne sais quoi vous répondre », et des : « Non ! » lorsqu'il était indigné.

📖 « Comme sa mère serait heureuse, alors, sa mère, une femme si admirable, comme il me disait sans cesse, en me faisant de sa vénération pour elle un étalage monstre, tant il est vrai que les gens qui ont une mère en abusent toujours. » (*Amours.*)

> 1872-1956.
> ♦
> *Les Poètes d'aujourd'hui* : 1900-1929. *Le Petit Ami* : 1903. *Passe-Temps* : 1928. *Amours* : 1939. *Propos d'un jour* : 1947. *Entretiens avec Robert Mallet* : 1951. *Journal littéraire* : 1954-1956. *In memoriam* : 1956. *Le Théâtre de Maurice Boissard* : posth., 1958. *Passe-Temps II* : posth., 1964.
> ♦
> Robert Mallet : 1915-2002. Hippolyte Taine (1828-1893), *Vie et opinions de M. Frédéric-Thomas Graindorge* : 1867.

LECONTE DE LISLE : Leconte de Lisle a de l'esprit dans le péremptoire. « Les Chrétiens, Catholiques et autres, se refusent à brûler les morts. Par suite d'une pieuse coutume, ils aimeraient mieux nous brûler tout vifs. » L'esprit n'est pourtant pas sa première qualité. Il pose des majuscules à « chrétiens » et à « catholiques ». Elles ne sont pas ironiques. De même, il adore la lettre *k*, les accents circonflexes, finir étymologiquement certains mots par un *h* et remplacer les *v* par des *w*, se créant une sorte de lexique viking qui me laisse tout surpris quand, dans un poème, je trouve sur le mot « France ». Comment ça, « France », « France » comme ça, pas « Phrânce » ? Mais revoici les Djihan-Arâ, les Hu-Gadarn, les Hénokh, les Korthobah, les Yggdrasill et les Gorgô, et les émyrs, les vérandahs et les khalyfes. *Poèmes barbares*, eh, c'est le mot, souvent. Et cette orthographe procède d'un scrupule : rendre les noms comme ils étaient prononcés. Dans sa traduction d'Homère, qui était encore lue par ma cousine Jeanne, 25 ans en 1965, il appelle Clytemnestre Klitaïmnestra. L'historien Augustin Thierry faisait la même chose dans ses *Récits des temps mérovingiens* où il appelle les Francs « Franks » et se vautre avec les Galeswinthe, les Gonthramn et les Chlodowig (Galswinthe, Gontran, Clovis). Leconte de Lisle utilise souvent ces noms à la rime. La poésie pourrait affronter de plus grands obstacles. Faire rimer « Assur » avec « Thur », « Bath-El » avec « Jézréhel », c'est du gong. Ce n'est certainement pas dans la rime qu'il faut chercher son grand art (noms communs : « monde » avec « immonde », « parla » avec « roula »), le corps des poèmes contient des strophes entières sur la même allitération qui donnent l'impression d'un employé méticuleux qui range les 43 avec les 43, les 7 1/2 avec les 7 1/2, et ce manque de nuance se retrouve dans son vocabulaire hyperbolique (« immense », « formidable », « horrible »). Et tous ces détails ne font pas un mauvais ensemble. Leconte de Lisle est un bon mauvais poète. Une énergie altière rassemble cette troupe de petits défauts et lui donne de la tenue. L'exagération même, intentionnellement exagérée (« toujours, jamais »), lui sert à exprimer des choses qu'il ne pourrait pas exprimer autrement, comme dans « L'Ecclésiaste » (*Poèmes barbares*), qui finit : « Moi, toujours, à jamais, j'écoute, épouvanté,/Dans l'ivresse et l'horreur de l'immoralité,/Le long rugissement de la vie éternelle. »

Il essaye le génie. Il a l'entêtement nécessaire. Il en arrive au bord. Ce qui l'empêche d'entrer est qu'il essaye une certaine idée du génie, au lieu de découvrir le sien. Quand on lit sa prose, on se dit qu'il a peut-être tué un sarcastique pour se plaquer sur deux grandes ombres aînées, celles de Vigny et de Hugo. Une grande partie de sa poésie, c'est « Oceano Nox ». Et tout de même, ce n'est pas Hugo, ce n'est pas Vigny, mais c'est Leconte de Lisle. Un grand intermédiaire. Il annonce l'idéal baudelairien de la statue de marbre chaud. Et il a eu une importance, et même de l'influence. Est-ce que Max Jacob, dans des vers du *Laboratoire central* comme : « On fut reçu par la fougère et l'ananas/l'antilope craintif sous l'ipécacuanha », ne tient pas un peu de lui ?

Ses poèmes sur les animaux sont très évocateurs. Ainsi, la bête des « Jungles » (*Poèmes barbares*) : maigre, affamée, elle flaire le sol puis, « se levant dans l'herbe avec un bâillement,/ Au travers de la nuit miaule tristement ». Il est très fort dans les fins, car il arrête un vers avant là où la plupart des poètes s'arrêteraient. *Avant la conclusion.* Avant la fable. Au lieu de moraliser, Leconte de Lisle peint. Le voilà, son grand art.

Il voit les animaux, comme on ne les avait jamais vus avant lui. Et voir ce que les autres n'ont pas vu, c'est l'imagination. Leconte de Lisle a apporté une matière nouvelle à la poésie française. Il était né à la Réunion, y avait vécu toute son enfance et son adolescence et avait plus voyagé qu'aucun écrivain français de son temps. Leconte de Lisle personnalise volontiers les animaux. Les éléphants : « Ils reverront le fleuve échappé des grands monts,/Où nage en mugissant l'hippopotame énorme » (*Poèmes barbares*). La jungle est morne, mais Leconte de Lisle en enlève le machinal. Il donne des passions à ces féroces ; c'est Corneille racontant *Les Animaux du Monde*.

Ce parnassien est le poète de la violence. Même quand tout est calme, une menace couve. Bientôt les animaux s'égorgent, les chevaliers se hachent. « Le combat homérique » (*Poèmes barbares*) n'a rien de la raillerie d'Homère quand il parle des dieux : « L'aboyeuse Gorgô vole et grince des dents/Par la plaine où le sang exhale ses buées. » Encore un poème qui finit comme un tableau : « Et voici que la troupe héroïque des dieux/Bondit dans le combat du faîte des nuées. »

Décor de violence, forme tranquille : le sujet n'a rien à voir avec son traitement. Voilà comment le voyant de la violence peut être un parnassien, école qui prône le détachement et la hauteur. Il les a pratiqués dans la vie. Après avoir écrit un *Catéchisme populaire républicain* sans rire, publié un manifeste en faveur de l'abolition de l'esclavage, ce qui est très bien mais agaça son papa qui possédait des esclaves à la Réunion et l'entretenait, il aurait pu devenir un quarante-huitard perdu pour la poésie : la révolution ayant échoué, il se transforme en poète. Ça manque de hauteur, ces agitations, montons au Parnasse. « Malheur au Poète, ou à l'écrivain, qui dédaigne de flatter les goûts grossiers de la foule, de se faire l'écho servile et intéressé de ses caprices et de ses engouements ineptes, de ressembler à quelque trompette publique pendue à l'angle des rues, et dans laquelle souffle le vent qui passe. Il est d'ailleurs de toute justice que la foule ne comprenne, n'applaudisse et ne paye que ceux qui parlent sa langue et s'appliquent à être aussi bêtes qu'elle » (*Cahiers*). Ce grand dédain froid du Parnasse, au milieu d'un siècle si déclamatoire, a contribué à élever la littérature dans l'esprit public.

Quand il décide, contre son tempérament, d'être simple et doux, il arrive à une sorte de charme glacial. Ce sont « Les Roses d'Ispahan » : « Les roses d'Ispahan dans leur gaine de mousse,/Les jardins de Mossoul, les fleurs de l'oranger/Ont un parfum moins frais, ont une odeur moins douce,/O blanche Leïlah ! que ton souffle léger. » (*Poèmes tragiques.*) Quand il veut bien ne pas en surcharger ses poèmes comme Gustave Moreau ses déesses de pierreries, il réussit des allitérations parfaites : « Au tintement de l'eau dans les porphyres roux/Les rosiers de l'Iran mêlent leurs frais murmures,/Et les ramiers rêveurs leurs roucoulements doux » (« La vérandah », *Poèmes barbares*).

C'est lui qui a dit que Hugo était bête comme l'Himalaya. (Ce qui peut aussi être pris comme un compliment.) Hugo trouva son injure « pas désagréable » (*Choses vues*, 8 juillet 1872), et elle ne l'empêcha pas de voter plusieurs fois pour Leconte de Lisle à l'Académie française. Leconte de Lisle ne sera élu qu'en 1885, à son fauteuil, l'Académie considérant que la voix de Hugo à sa précédente candidature, où il n'en avait eu que deux, le désignait comme son successeur. C'est parce que Hugo l'a rapporté que nous connaissons ce mot qui sert à se foutre de lui depuis cent ans. Ne rien consigner qui nous soit défavorable. Ce qui nous est favorable sert assez à nous faire haïr. Leconte de Lisle écrivit un poème d'hommage à la mort de Hugo, dans *Le Figaro*. C'était un temps où les journaux publiaient des poèmes. Cela n'existe plus, à ma connaissance, que dans l'*Irish Times*.

📖 « Tous les imbéciles ne sont pas des excentriques, mais il est fort rare qu'un excentrique ne soit pas un imbécile. » (*Cahier Godoy*.)

> 1818-1894.
> ♦
> *Poèmes antiques* : 1852. *Poèmes barbares* : 1862. *Poèmes tragiques* : 1884. *Derniers poèmes* : posth., 1895. *Œuvres diverses* : posth., 1978.
> ♦
> Augustin Thierry (1795-1856), *Récits des temps mérovingiens* : 1840.

LECTEURS : Il n'est pas rare que les écrivains parlent du lecteur comme d'un hypocrite ou d'un vaniteux :

Hypocrite lecteur, mon semblable, mon frère [...] (Baudelaire, *Les Fleurs du mal*).

[...] c'est la vanité du lecteur qui va subtilisant sur la mienne [...] (Rousseau, *Mon portrait*).

D'ailleurs, est-ce que la littérature le regarde ?

Publier un livre, c'est parler à table devant les domestiques (Henry de Montherlant, *Carnets*).

C'est pourquoi

Les œuvres des grands poètes n'ont jamais encore été lues par l'humanité, car seuls peuvent les lire les grands poètes (Thoreau, *Walden ou la Vie dans les bois*).

Les lecteurs mettent souvent dans leur lecture ce qu'ils désirent y voir. Ils ont un préjugé sur le sujet, ou bien sur l'auteur, et les y greffent. C'est de ce type de lecteurs que naissent les scandales. Les scandales sont créés, non par les expéditeurs, mais par les destinataires. Simone de Beauvoir dit du *Deuxième Sexe* : « J'y tenais à ce livre et j'ai été contente de vérifier – chaque fois qu'on l'a publié à l'étranger – qu'il avait fait scandale en France par la faute de mes lecteurs, non par la mienne » (*La Force des choses*). Il y a beaucoup de pervers dans les associations de vertu : le vice est dans leur esprit, que leur moi hypocrite les incite à pourchasser chez les autres.

Si les lecteurs ont un défaut, c'est de ne pas se reconnaître de responsabilité. Ils ne se disent jamais que, s'ils ont trouvé un livre mauvais, c'est peut-être qu'ils le lisaient dans un moment de mauvaise humeur. Ou qu'ils lui demandaient une leçon (comme on le leur avait appris à l'école), et qu'ils l'ont obtenue. Rien n'est plus décevant que de trouver ce qu'on attendait.

Le lecteur n'est pas si extérieur au livre que, peut-être, il le pense. Il éveille la création, qui agit sur lui. Paul Valéry : « Mes vers ont le sens qu'on leur prête. Celui que je leur donne ne s'ajuste qu'à moi, et n'est opposable à personne. C'est une erreur contraire à la nature de la poésie, et qui lui serait même mortelle, que de prétendre qu'à tout poème correspond un sens véritable, unique, et conforme ou identique à quelque pensée de l'auteur. » (« Commentaires de *Charmes* », *Variété III.*)

Quand vous travaillez dans une maison d'édition et que vous y publiez un livre, les autres éditeurs lisent votre manuscrit. C'est une expérience rare. On ne rencontre pas si souvent des lecteurs fins qui prennent du temps pour vous parler de ce que vous avez écrit. Pour un de mes romans, six personnes. Toutes m'ont intéressé. Tel mettait en avant une remarque sur la mort, tel autre une phrase sur les réputations. Et, me disant ce que ces phrases révélaient de moi-même, et qui était peut-être exact, ils se révélaient par leur choix. La lecture révèle le lecteur.

Et, lecteurs, dites-vous que, dans l'étrange animal que vous formez avec l'écrivain, vous êtes autant soupçonné que lui. De même que, comme le disait Stendhal, Racine est un assassin parce qu'il a écrit *Phèdre*, de même, un lecteur est homosexuel parce qu'il lit Jean Genet.

> Henry David Thoreau (1817-1862), *Walden ou la Vie dans les bois* (*Walden, or Life in the Woods*) : 1854.

LECTURE : Ce qui distingue l'homme de la brute, c'est la lecture. Ce qui rend une brute insupportable, c'est quand elle a de la lecture.

LECTURE (HAINE DE LA –) : La lecture est un acte grave qui crée des remous dans tout notre être. Le premier drame en a été écrit par Cervantes : Don Quichotte est un homme infecté par la lecture des romans chevaleresques ; greffée sur

Lecture (Haine de la —) 549

son cerveau sentimental et sur son cœur idéologue, cela produit la poétique aventure qu'on connaît. Deux cent trente ans plus tard, à quinze ans d'intervalle, trois romans montrent des personnages dont la vie est bouleversée par la lecture : *Lamiel* (Stendhal, 1842), *Modeste Mignon* (Balzac, 1844), *Madame Bovary* (Flaubert, 1857). Quatre-vingts ans passent, et Montherlant, dans la série des *Jeunes Filles* (1936-1939), crée le personnage d'Andrée Hacquebaut, lectrice exaltée de l'écrivain Costals. Toujours des femmes et, à l'exception de Lamiel, pas bien malignes. La France, et l'Europe, prenez encore la nouvelle de Thomas Hardy, « Une femme imaginative », n'auront pas connu de période plus misogyne que les cent cinquante ans entre la mort de Madame de Staël (1817) et les années 1970.

Les hommes lisent moins que les femmes et la lecture est souvent pour eux, au mieux, de l'excentricité, au pire, un délit. Une occupation asociale. Une séparation ostensible des intérêts du monde, où ils se débattent, eux. Si l'organisation du snobisme public par l'Etat (Louis XIV, l'école républicaine) n'avait pas inculqué aux Français que cette aberration devait être considérée comme *bien*, il y aurait des crevaisons publiques d'yeux de lecteurs sur les places du pays. Elles seraient précédées d'exécutions d'écrivains, auxquelles assisteraient certains de leurs confrères.

J'ai souvent éprouvé la haine envers la lecture. Je lis en marchant. Dans mon adolescence, des non-lecteurs qui m'ont vu marcher le nez dans une Pléiade m'ont pris pour une espèce de séminariste. Tout le temps que j'ai été éditeur aux Belles Lettres, j'ai descendu la rue de Rennes de Montparnasse à Saint-Placide plusieurs fois par semaine ; une fois par semaine au moins, sur le trottoir en face de la Fnac, j'étais interrompu : « Un petit sondage ? » On m'interrompait alors que je lisais, on m'interrompait parce que je lisais : lire est non seulement une distraction qu'on peut interrompre sans gêne, mais un acte scandaleux qui, nous séparant de la pensée commune de la société, *doit* être interrompu ; je hais les sondeurs de la rue de Rennes. Ajoutez-y les pétitionnaires et les distributeurs de tracts qui agitent leur feuille de papier devant notre visage comme un torero sa cape et se pincent quand le taureau poursuit sa marche et sa lecture. Le 6 juillet 2002, remontant l'avenue Bosquet pour prendre le 63 qui me mènerait au Grand Action où j'allais revoir *My Darling Clementine* (« John, tu as déjà été amoureux ? – Non, j'ai toujours été barman »), je lisais le déchirant article *« Afternoon of an Author »* de Francis Scott Fitzgerald, quand un homme me croisa qui me dit d'un air doucereux : « Attention à la route ! » Vieux con. Dans un monde gouverné par des mandarins, ce serait cela le délit. Ce sont les Mongols qui dirigent : dans l'émission du *Loft*, où l'on filma des jeunes gens dans une maison trois mois durant, ceux-ci avaient la permission de baiser dans la piscine, mais pas de lire. La lecture est l'acte obscène d'une société de voyeurs.

> John Ford (1895-1973), *La Poursuite infernale* (*My Darling Clementine*) : 1946. Thomas Hardy, « Une femme imaginative » : 1893.

LECTURES (BONNES, MAUVAISES) : L'effet vertueux de la littérature est à peu près aussi nul que l'effet vicieux. Sans cela, depuis le temps qu'elle existe, l'humanité serait moins hideuse.

LÉGENDES : La légende est l'apothéose du pittoresque. Elle peut être ou flagorneuse, ou calomnieuse. Les légendes flagorneuses sont pires, car elles supposent que la littérature est une petite chose qui a besoin de joli pour plaire et de mensonges dorés pour survivre. On dit depuis 1677 que le *Phèdre* de Racine a chuté devant le *Phèdre* de Pradon : c'est faux. La pièce de Racine a même eu plus de succès que celle de Pradon, après un démarrage plus lent.

La légende se crée immédiatement. Le lendemain de la mort de Proust, on raconte que, « au bord de l'agonie, il corrigeait le passage de la mort de Bergotte, et qu'il est mort la plume à la main » (Maurice Sachs, *Au temps du Bœuf sur le toit*).

La calomnie donne à la légende l'air indépendant. Si vous demandez leurs sources aux légendaires, ils répondent : « Tout le monde le sait. » Insistez, ils se fâchent. C'est qu'on ne les trouve nulle part. La légende tient beaucoup à la paresse. Quelque chose se dit, pas besoin de lire. La paresse est la main sur les yeux du préjugé.

|| Jacques Pradon (1644-1698), *Phèdre* : 1677.

LÉGITIMITÉ : La seule légitimité en littérature, c'est le talent. C'est une légitimité qu'on fait souvent semblant d'ignorer, car elle est scandaleuse. Elle s'oppose au mérite, au pouvoir, etc.

LETTRES : Vous vous rappelez, les lettres ? Ces suites de phrases écrites sur une ou plusieurs feuilles de papier que l'on pliait à l'intérieur d'une enveloppe, c'est-à-dire une pochette de papier, que l'on insérait elle-même dans une boîte grumeleuse et jaune et posée sur un pied comme un héron, qu'on trouvait dans les rues, ces chemins des lieux qui s'appelaient villes ; un préposé des Postes arrêtait sa petite automobile et en relevait le contenu afin qu'il fût porté à ses destinataires. La jeune femme se tapotait le menton du coin de l'enveloppe en rêvant à ce qu'elle venait de lire, le voyou s'épongeait le front d'angoisse, le consigné à huit jours d'arrêt passait son index rugueux sur la fleur qui achevait la signature, l'écrivain pensait à sa postérité. C'est fini.

Le grand siècle de la correspondance littéraire est 1850-1950 : Flaubert, Sand, Mérimée, Gide. Les premiers écrivent des lettres, le dernier une correspondance. Voltaire les deux : des lettres pour les amis, d'autres pour la carrière. Le minuscule nombre d'écrivains qui écrit des lettres de nos jours fait que la postérité affamée fera des triomphes aux leurs.

Pour les écrivains qui ont autre chose en tête que les placements d'assurance vie, les lettres sont un plaisir et un brouillon. Le meilleur brouillon reste la publication en revue : c'est seulement quand elles sont imprimées que certains écrivains voient certaines choses. Les mauvaises. Une espèce de séducteur intérieur nous disait : laisse, c'est très spirituel, très intelligent, très bon ! J'ai beau avoir fini par comprendre que, lorsque je doutais, il fallait couper, je ne sais pas toujours m'y résoudre. J'ai laissé un « aimer de » dans une préface qui m'agace depuis dix ans.

Une lettre d'écrivain, s'il l'écrit sans penser à la publier, est moins *écrite* que n'importe quelle ligne qu'il destine à la publication, et on ne peut la juger littérairement comme ses livres. C'est dommage : tant d'écrivains se guindent lorsqu'ils publient et sont meilleurs dans leurs lettres ! D'autres y prennent une posture de familiarité, elles en deviennent parfois vulgaires. C'est le moment dégueulasse, où l'on cherche à plaire. Et c'est en cela qu'elles ne sont pas tout à fait de la littérature, qui ne cherche pas plus à plaire qu'à déplaire, ces deux faces d'un même déplorable intérêt pour le public. D'autre part, l'écrivain qui ne pense pas à la publication, ça existe assez peu, passé trente-cinq ans.

Si, dans un livre, un sujet est nécessaire, comme squelette, dans les lettres, le contenu a très peu d'intérêt, et seule la façon dont elle est écrite les fait tenir. De sorte qu'elles sont peut-être la seule forme de littérature pure.

On est piégé par ce qu'on a imprimé : d'une certaine façon, les articles mensongers de Baudelaire sont plus vrais que les lettres où il les renie. Au fait, ces lettres disent-elles absolument la vérité ? N'y fanfaronne-t-il pas *pour une seule personne*, ne s'y venge-t-il pas *pour lui-même* d'un éloge forcé, mais qu'il croit tout de même assez exact ? Dans son article dithyrambique sur Hugo, renié dans une lettre, il a laissé passer des réserves, peut-être malgré lui : « Il m'apparut toujours comme un homme très doux, très puissant, toujours maître de lui-même, et appuyé sur une sagesse abrégée, faite de quelques axiomes irréfutables. »

Les lettres entre écrivains sont des dialogues de sourds.

Un monde où l'on ne répond pas aux lettres est un monde barbare. On nie l'existence de l'autre.

Meilleures lettres d'un père à sa fille : les *Lettres à la princesse toquée* d'Arthur de Gobineau à sa fille. D'un père à son fils : celles de Lord Chesterfield (elles ont enseigné le *cant* à l'Angleterre : « A mon sens, il n'y a rien de plus rustre et de plus mal élevé qu'un rire qui s'entend »). D'une mère à sa fille : celles de Madame de Sévigné à Madame de Grignan, quoiqu'elles deviennent vite des lettres publiques : Madame de Sévigné sait qu'elle sera lue par d'autres. D'un adulte à un enfant : celles de Jean Cocteau à Carole Weisweller annexées à *Je l'appelais Monsieur Cocteau*. (« Ma chère Carole, Ici le couronnement de la Princesse se prépare activement. Couturiers et cuisiniers sont sur le gril. La couronne de la Princesse est faite en crottes de rat et en arêtes de sole. C'est magnifique. » On voit bien comment Cocteau aimait le *Monsieur le Vent et Madame la Pluie* de Paul de Musset.) D'un frère à une sœur : Stendhal. (Elle était plus jeune, et cela les rapproche des lettres à une nièce, comme celles de Flaubert à Caroline Commanville.) D'un cousin à sa cousine et vice versa : lettres entre Madame de Sévigné et Bussy-Rabutin.

> Lord Chesterfield (1694-1773), *Lettres à son fils* : posth., 1774 (trad. française : 1842). Carole Weisweller, *Je l'appelais Monsieur Cocteau* : 1996.

LEVET (HENRY JEAN-MARIE) : Les œuvres complètes de Levet tiennent en quatre-vingts pages ; dans ces quatre-vingts pages, vingt-quatre poèmes ; sur ces vingt-quatre poèmes, dix sont vraiment bons ; ils suffisent à sa perpétuité. Ce sont les *Cartes postales* (les trois « Sonnets torrides », « Possession française », « Afrique occidentale », « Algérie – Biskra », « République argentine – La Plata », « Côte d'Azur – Nice », « Japon – Nagasaki » et « Egypte – Port-Saïd – En rade ») que Valery Larbaud et Léon-Paul Fargue réunirent en volume après la mort de Levet avec quelques autres poèmes. On pourrait dire qu'avant eux Ernest d'Hervilly avait utilisé des mots anglais dans des poèmes français, et avant lui Paul Verlaine, qu'une certaine fantaisie, etc., mais un écrivain n'est pas une somme d'influences. Levet a sa voix, et il n'y en a pas deux comme elle dans la littérature française.

Elle est douce, légèrement railleuse, avec un air anglais qui tient moins aux mots anglais qu'il emploie qu'à la pudeur qui lui fait manger ses fins de vers, ou leur début, leur donnant quelque chose de saccadé, d'effiloché, de conversation à la table du club où, à force de laisser parler l'autre, on ne dit presque plus rien. A quoi bon les détails, ou plutôt l'essentiel ? Tout cela va voleter comme un bout de papier, s'échapper par un hublot et tomber dans l'Océan. On voyage chez Levet, à bord de paquebots où des jeunes filles jouent au tennis sur le pont supérieur. Elles regagnent les colonies avec leur maman. Le jeune attaché d'ambassade, qui va rejoindre un poste peu prestigieux, les regarde de l'air sournois que donne la timidité. Qu'est-ce qui compte dans la vie ? Un sentiment éprouvé, de-ci, de-là, un espoir inatteignable comme le coucher de soleil orange à l'horizon... Levet, c'est du style télégraphique mélancolique.

Le titre de *Cartes postales* va très bien à ces poèmes, à condition de comprendre par là le verso de la carte, ce qu'on y écrit, et non la photo, le *cliché* du recto. Avec ce titre, Fargue et Larbaud ont eu un coup de génie de plus. Ils ont découvert celui de Levet. Oui, ce sont les plus belles cartes postales qu'on ait jamais écrites, leur sublimation, leur apothéose. Si on lisait davantage la poésie, on en aurait fait un genre.

Je suis l'obligé de Levet, non seulement pour le plaisir qu'il m'a offert, mais aussi parce que je lui dois le titre d'un de mes romans, *Confitures de crimes*. Il vient du premier des « Sonnets torrides », « Outwards » :

> L'Armand-Béhic (des Messageries Maritimes)
> File quatorze nœuds sur l'Océan Indien...
> Le soleil se couche en des confitures de crimes,
> Dans cette mer plate comme avec la main.
>
> — Toi, Rose Auroy, dans les jardins de l'ambassade...

mais je mélange : le dernier vers vient des « Voix des servantes », dans *Les Poésies de A.O. Barnabooth* de Larbaud, ami de Levet. Le vers suivant d'« Outwards » est :

> — Miss Roseway, qui se rend à Adélaïde...

Dans l'édition Larbaud-Fargue, Levet est appelé « Henry J.-M. », par une sorte de méticulosité coquette que j'attribuerais à Larbaud. La notice biographique en tête du volume nous apprend qu'il se nommait Henry Jean-Marie Etienne. Fargue l'appelle plus simplement « Henri » (avec un *i*) : « Mon ami le poète Henri Levet, qui est mort à Menton, vice-consul retour de Manille, et dont je ne reparlerai jamais assez [...] » (*Refuges*). L'usage, si l'on peut parler d'usage avec si peu de lecteurs, a retenu « Henry Jean-Marie ». L'édition est précédée de vingt-cinq pages de dialogue entre Fargue et Larbaud, le 2 mars 1911, au retour de l'enterrement de Levet, à « l'intérieur d'une limousine en marche sur la route nationale, entre Montbrison et Saint-Etienne ». C'est l'un des meilleurs qui soient, bourré à ras bord de littérature. On devrait l'ajouter à l'examen de conversation des chauffeurs de taxi parisiens.

📖 « Dans la vérandah de sa case, à Brazzaville,
   Par un torride clair de lune congolais
   Un sous-administrateur des colonies
   Feuillette les "Poésies" d'Alfred de Musset… » (« Afrique occidentale », *Cartes postales*.)

> 1874-1906.
> ◆
> *Poèmes, précédés d'une conversation de MM. Léon-Paul Fargue et Valery Larbaud* : 1921. *Cartes postales et autres textes*, posth. : 2001.
> ◆
> Ernest d'Hervilly : 1839-1911.

LEWIS ET IRÈNE : Morand d'excellente récolte. Un peu de dépôt, reste des images tapageuses de ses années de jeunesse, qu'en rachète un bouquet d'excellentes, n'en voici qu'une : « Lewis se vit sur une route blanche de Sicile, poussant du pied son ombre longue vers un champ […]. »

C'est un roman d'une grande poésie de description. On dirait des photographies projetées à toute vitesse par un cylindre à images. Très souvent, les chapitres commencent par une description, d'un endroit de Sicile, de Fleet Street, d'une île des Sporades, et cela importe plus que l'histoire, qui reste extérieure, la cimaise où Morand a accroché ces belles lettrines enluminées.

Irène, femme d'affaires, rachète à Lewis, homme d'affaires, une mine de soufre et de sel gemme en Sicile. Ils deviennent amants. Ils veulent essayer l'amour comme une nouvelle transaction, lui surtout : Irène voit arriver avec méfiance ce grand heurt nouveau, et le craint d'autant plus qu'elle devine que Lewis n'a pas assez d'ampleur pour les protéger. Tentant de préserver cet « amour », ils s'exilent en Grèce, pays natal d'Irène ; quelque chose les y frôle, qui emprisonnera plus tard Aude et Solal dans le *Belle du seigneur* d'Albert Cohen, une sauvage féodalité d'amour. Ils l'évitent : Lewis n'a pas le génie d'emmerdeur de Solal, et surtout, il a un endroit où revenir. Les voilà repartis pour Paris. « Je sens que je vais devenir fou si je ne peux pas voir un nuage, vous comprenez ? »

Histoire extérieure, sans beaucoup de cœur, comme tout ce qu'écrit Morand, et tout de même, en passant, une phrase pathétique : « Il s'aperçut tout d'un coup, avec regret, que personne ce soir ne l'attendait nulle part. » C'est la fatalité de l'homme de Morand, et *Lewis et Irène*, c'est le *Trente ans avant* de son roman *L'Homme pressé*, comme *Vingt ans après* succède aux *Trois Mousquetaires*. Des gens qui n'aiment pas ce qu'ils font et qui, au lieu de se morfondre, s'agitent. L'homme de Morand est un insatisfait agissant. Il est dans la société mais, un jour ou l'autre, après sa mort peut-être, comme dans la nouvelle *Feu M. le duc*, au moyen de son testament, il cassera l'ordre social où, jusque-là, il avait faufilé ses nerfs.

Il m'est arrivé de regretter que les romanciers aient si peu décrit l'avion : il y a dans ce roman d'avant les temps de l'aviation commerciale deux pages où Morand décrit un trajet Le Bourget-Croydon dans un avion à hélices. « Soutenus par un centimètre cube de voile, des bateaux rentraient, six mille pieds plus bas, à Boulogne. »

Sa rapidité enchanteresse : « En descendant du train, ils s'étaient embarqués la veille au pont de Galata. » D'ailleurs, c'est simple, il n'y a aucune transition dans ce livre.

Proust se trouve deux fois dans *Lewis et Irène* : par l'influence, en personne. Influence, le personnage d'Elsie Magnac, qui tient une espèce de salon avec des manières à la Verdurin, et plus encore le qualificatif *gras* appliqué au soleil (première partie, chapitre 2). En personne, Proust vient donner son avis sur un autre personnage, le prince de Waldeck, qui marche en sautillant de côté : « Il a l'air d'un perdreau raté, disait Proust. » (Le « disait Proust » est compris dans la citation, comme si le narrateur de *Lewis et Irène* citait quelqu'un citant Proust.)

📖 « Ils prirent un biais à travers les herbages de Kensington, coupés de grands arbres aux branches régulières comme des branches généalogiques ; des Anglaises à collier de faux ambre remontaient, un roman relié en toile verte sous une aisselle humide, accompagnées de longs compagnons mous qui marchaient les genoux ployés, le chapeau à la main. »

‖ 1924.

*L*ɪᴀɪsᴏɴs ᴅᴀɴɢᴇʀᴇᴜsᴇs *(L*ᴇs*)* : La mode était aux romans impitoyables : *Les Liaisons dangereuses* ligote ses personnages (et le lecteur) sur une chaise : et qu'ils n'en bougent plus ! Les personnages sont des blocs. S'il y a des nuances de méchanceté chez Madame de Merteuil, il n'y a pas de nuance à sa méchanceté. Valmont est un cynique et rien d'autre ; Cécile Volanges, toujours un cygne, jamais une oie, sûrement pas un aigle. *Les Liaisons dangereuses* manquent de la dose de bienveillance envers au moins un des personnages qui rend les romans aimables : le narrateur (et le lecteur) se trouve dans une position de supériorité dédaigneuse. C'est assez la singularité des romans fin XVIIIe, ce que je raconte là. Des romans cyniques écrits par des Feydeau sinistres. Le cynisme est un aussi grand piège que l'idéalisme. Et, au fond, les deux sont des paresses. Ils refusent de regarder la variété de la vie.

Officier du génie, Laclos a un génie de construction. Il fabrique son roman comme un viaduc : un pilier, un autre, et pas un interstice ! *Les Liaisons dangereuses* sont une équation dont voici l'énoncé :

Si M = une méchante, F = un frivole et Bp = une brave petite :
$$(M + F) \times Bp = ?$$

Ingénieux roman d'ingénieur. Voilà pourquoi je n'ai jamais pu le relire. Il est éventé à la fin de la première lecture. Et peut-être que, lorsque j'aurai quatre-vingts ans et que mes papilles fourbues ne sauront plus apprécier que les saveurs faisandées, je me mettrai à en raffoler.

Malraux disait que les Français s'admirent eux-mêmes dans Racine pour son élégance, mais lui qui a préfacé une édition des *Liaisons dangereuses*, ne s'admirait-il pas en tacticien dans son goût pour le roman de Laclos ?

Le complot de Madame de Merteuil et de Valmont n'est pas une chose qu'on décide par courrier, il me semble. Objection psychologique majeure mais à peine opposable à Laclos, qui ne veut que résoudre son équation, sa machination : l'éloignement de l'action que sont les lettres y contribue merveilleusement. J'aime beaucoup les 33 (Merteuil à Valmont) et 105 (Merteuil à Cécile). Merteuil, cette Merteuil si décidée qu'on la croit vieille et qui a, quoi ? vingt, vingt-deux ans ? Vingt-deux ans, et déjà La Rochefoucauld :

> Cette marche peut réussir avec des enfants, qui, quand ils écrivent « je vous aime », ne savent pas qu'ils disent « je me rends ».

> A force de chercher de bonnes raisons, on en trouve ; on les dit ; et après on y tient, non pas tant parce qu'elles sont bonnes que pour ne pas se démentir.

> Hé ! tranquillisez-vous ; la honte que cause l'amour est comme sa douleur : on ne l'éprouve qu'une fois.

D'autres fois c'est Valmont qui fait des maximes, plutôt Chamfort :

> Voilà bien les hommes ! tous également scélérats dans leurs projets, ce qu'ils mettent de faiblesse dans l'exécution, ils l'appellent probité.

Nous sommes des sots par rapport à ces gens-là.

La lettre 33 contient une critique littéraire de Valmont par Madame de Merteuil :

> […] il n'y a rien de si difficile en amour que d'écrire ce qu'on ne sent pas. Je dis écrire d'une façon vraisemblable : ce n'est pas

qu'on ne se serve des mêmes mots ; mais on ne les arrange pas de même, ou plutôt on les arrange, et cela suffit. Relisez votre lettre : il y règne un ordre qui vous décèle à chaque phrase. Je veux croire que votre Présidente est assez peu formée pour ne s'en pas apercevoir : mais qu'importe ? l'effet n'en est pas moins manqué. C'est le défaut des romans ; l'auteur se bat les flancs pour s'échauffer, et le lecteur reste froid.

Intéressante est son opinion sur les romans, plus intéressante encore son opinion sur la lettre de Valmont. Il n'est pas tout à fait vrai que cette lettre, ni les autres, soit très caractéristique de sa personnalité, car précisément elles ne sont pas très différentes des siennes, mais l'important est qu'elle le dise, que Laclos le lui fasse dire : elle nous conduit à déduire que chacun des épistoliers a une façon d'écrire propre. Quel talent a l'auteur, puisque ses personnages en sont éblouis !

Une autre ruse de Laclos sont les notes en bas de page. On pourrait les imprimer à part, en les rangeant dans l'ordre croissant de finesse :

1) La note de la préface où Laclos dit : « J'ai supprimé ou changé tous les noms des personnes dont il est question dans ces lettres. » Des *personnes*, n'est-ce pas : il ne s'agit pas de *personnages*. Nous sommes « comme dans la vie ».

2) Les notes avertissant qu'on a supprimé des lettres inutiles, inutiles comme le fatras de la vie (lettres 7, 34, 61, 75), ainsi que la note signalant qu'une lettre a été perdue, comme ça arrive « dans la vie » (lettre 51).

3) La note apportant une précision de vocabulaire (que les mots « roué » et « rouerie », en train de se démoder, ne l'étaient pas *à l'époque*) : on date, c'est une ancre dans l'ayant existé (lettre 2).

4) La note signalant un mensonge de Danceny : il est donc comme pris sur le vif (lettre 65).

5) La note relevant une erreur de citation faite par Valmont : qu'y a-t-il de plus humain, de plus « dans la vie » qu'une erreur ? (lettre 58).

6) La note où l'auteur s'exclame : « Madame de Tourvel n'ose donc pas dire que c'était par son ordre ? », et celle qui finit par se demander, à propos des mauvais vers que Madame de Merteuil n'arrête pas de citer, s'ils ne seraient pas d'elle : légère hypocrisie de l'une, faute de goût de l'autre, l'auteur n'y peut rien, elles sont comme ça, « c'est la vie » (lettres 22 et 81).

Et tout cela participe de ce vieux truc du roman de dire qu'il n'en est pas un. C'était au temps où il sortait de l'enfance, tout barbouillé de maladresses, et il a fallu du temps pour faire comprendre au public intelligent qu'il était un art complexe et abstrait. Nous pouvons maintenant écrire dans un roman : « Nous sommes ici dans un roman profondément réaliste où chacun étale son âme sur la table sans plus de manières », comme Roger Nimier dans *Perfide*, sans qu'il perde du crédit.

📖 « Dites-moi donc, amant langoureux, ces femmes que vous avez eues, croyez-vous les avoir violées ? »

> 1782.
> ♦
> Roger Nimier, *Perfide* : 1950.

LIBRAIRIES À L'ÉTRANGER : Pour évaluer l'état de sérieux d'une ville, il faudrait étudier ses libraires. Depuis 1995 que le gouvernement anglais a aboli le prix unique du livre, Londres est dévastée par la médiocrité au néon. Les grandes chaînes ont assommé les librairies indépendantes à coups de discount, et on n'y voit plus que Dillons, Foyles et Waterstone, toutes identiques, et toutes pareilles à des boutiques de baskets dans des centres commerciaux. En 2005, on voyait à la vitrine des Waterstone des livres comme *Les hommes viennent de Mars, les femmes de Vénus*, paru en janvier 2003. Si le best-seller, qui est un consommable, se met à avoir de la postérité, nous sommes foutus.

Et, plutôt que de déplorer l'assèchement en librairies de nouveautés des endroits où j'aime aller, autant que de Paris où, dans mon quartier, le Champ-de-Mars, dix librairies ont fermé en dix ans, je passerai aux bouquinistes, ces analgésiques de la postérité. Istanbul dispose d'un marché aux livres près de la mosquée de Beyazit, disons plutôt de l'université ; quoique, au Sahaflar Carsisi (*sahaflar charcheuzeu*), on trouve de moins en moins de livres et de plus en plus d'objets-souvenirs, j'y achetai un jour le très oublié *Théâtre de poche* de Paul Morand, où j'eus le plaisir de lire l'adaptation de la plus humaine histoire de l'Antiquité, *La Matrone d'Ephèse*. Contrairement à ce qu'on croit généralement, ce n'est pas un mythe, mais une des histoires du *Satiricon*, lequel a donc réussi à transformer sa fiction en universel. En août 1986, d'après la page de garde de ce livre que je n'ai toujours pas lu, ce furent les *Souvenirs littéraires* de Félix Duquesnel, Plon, 1922 ; en a glissé un faire-part de décès comme on les fait là-bas, épais filet noir, photo sombre, semblable à ceux qu'on affiche sur les murs, car en Turquie la mort n'a pas été chassée de la vie. Parfois, c'est un vieux ticket de métro, une carte postale, un coupon pour des cours par correspondance où une jeune blonde en robe vichy rose et blanc sourit à l'idée de devenir secrétaire de direction en vingt leçons... De vieux livres français introuvables en France, on en trouvait dix ans plus tard dans les librairies d'ancien de Budapest, rue... rue... j'ai oublié le nom. Romans mondains 1910, mémoires de diplomates du Second Empire, restes, qui sait ? des bibliothèques d'employés d'ambassade s'ennuyant comme on ne pouvait s'ennuyer que dans les régimes communistes. L'ennui remplaçait alors toute chose dans la société : les discours des dirigeants étaient ennuyeux, les livres étaient ennuyeux, les restaurants étaient ennuyeux, les vêtements étaient ennuyeux, les divertissements étaient ennuyeux, tout le monde s'ennuyait, y compris les dirigeants, que rien ne serait plus faux que de s'imaginer champagnant dans les datchas.

L'ennui était devenu une valeur. Il est sans doute un excellent supplétif à la police. Et, s'ennuyant, nos employés d'ambassade lisaient des livres français moyens devenant passionnants à cause de l'ennui du Bloc communiste, qui, le rendant opaque, le rendait également passionnant à l'étranger.

LIRE : De même que tout le monde, sachant former des lettres sur une feuille de papier, croit savoir écrire, tout le monde, sachant reconnaître les lettres imprimées, croit savoir lire. Or ni l'un, ni l'autre ne sont cette fonction naturelle qui s'apparente à la digestion. Lire s'apprend, comme écrire, et il y a de plus ou moins bons lecteurs comme il y a de plus ou moins bons écrivains. D'autre part, dans le lire comme dans l'écrire, il entre une part de don. Certaines personnes ont du talent pour ça.

Savoir écrire entraîne généralement qu'on sait lire, mais savoir lire n'entraîne pas nécessairement qu'on sache écrire. Il ne s'ensuit pas nécessairement une frustration : j'ai connu de grands lecteurs heureux et qui n'ambitionnaient pas d'écrire. Ce sont les meilleurs amis des écrivains, que les écrivains ne connaissent pas, car les bons lecteurs n'écrivent jamais de lettres. Si, les jeunes gens exaltés par la littérature, les écrivant en réalité pour eux-mêmes ; et c'est le devoir des destinataires de répondre dans leur sens, car ce sont des appels au secours. Chaque écrivain aîné doit à son cadet un coup de torche dans la bonne direction.

Valery Larbaud, dans *Jaune Bleu Blanc*, dit que le nombre de bons lecteurs est de deux à trois mille personnes dans toute l'Europe. Lord Byron prétendait qu'il existe quinze cents lecteurs de poésie *dans le monde*. Byron est sans doute exact, Larbaud serré : comptons les trois mille bons lecteurs pour la France et l'Angleterre réunies, ce pays idéal que Churchill rêva de créer en 1940 lorsqu'il proposa de façon folle la fusion des deux nations et l'échange des nationalités. Il n'y manquait que l'Italie, et mon paradis était fait.

> George Gordon, Lord Byron : 1788-1824.

Lire le théâtre : Un de mes étonnements aura été d'étonner des auteurs de théâtre par mon goût de lire le théâtre. Estiment-ils qu'une pièce ne vit vraiment que représentée ? Quelle étrange modestie ; quels soupçons sur notre imagination ! Nous sommes capables de comprendre qu'un romancier désapprouve son personnage même s'il ne le dit pas, et nous aurions besoin de gestes pour comprendre le sens d'une phrase ?

Quelques auteurs de théâtre perdent à être lus, ceux qui font parler plusieurs personnages à la fois ou faire une chose à l'un pendant qu'un autre en fait une autre plus loin, les Labiche, les auteurs de « comique de situation ». La mise en scène est alors plus légère que la lecture.

Lire un poème nous fait sortir de nous-mêmes et entrer dans l'auteur. Lire un roman nous fait sortir de nous-mêmes et entrer dans tous les personnages. Lire du théâtre nous fait sortir de nous-mêmes et entrer dans les personnages et dans un théâtre : nous les imaginons *sur la scène*. On ne connaîtrait pas complètement le théâtre, si on ne faisait qu'aller le voir.

Avantage accessoire : lire nous épargne les mises en scène et le public qui bouge, tousse et pouffe.

Littéraire, littérature : Mots injurieux.

> Autre cause de manipulation, les sources qui nous présentent le personnage du roi sont essentiellement des sources littéraires (Jacques Le Goff*, *Saint Louis*).
> * Historien.

[…] c'est là l'un des caractères fondamentaux de la pseudo-Renaissance, qui suit des mouvements sentimentaux plus que rationnels, cédant à l'impulsion de divagations d'un genre que l'on qualifie aujourd'hui de littéraire et non fonctionnel […] (Federico Zeri*, *Renaissance et Pseudo-Renaissance*).
* Historien d'art.

— Reste que vous êtes très critique à l'égard de Claude Lévi-Strauss. Pouvez-vous préciser vos réserves et vos divergences, notamment sur l'analyse des mythes ?
— […] je ne suis pas convaincu que l'usage des catégories binaires soit la meilleure façon de procéder. A mon sens, j'ai essayé de le démontrer, ce binarisme est très souvent un précipité d'analyse littéraire plutôt que le fruit d'un usage oral, etc. (Jack Goody*, *L'Homme, l'Ecriture et la Mort*).
* Anthropologue.

Faut pas faire de littérature (Jacques Dutronc et Etienne Daho*, *Tous les goûts sont dans ma nature*).
* Chanteurs.

Aux pires moments, ses lettres gardent un côté littéraire, c'est-à-dire de clinquant, si ce n'est le brillant que l'on trouve dans ses articles, ces inventaires loufoques, comme *Auction Model 1934*, ou la fantaisie sur les hôtels (Roger Grenier*, *Trois heures du matin, Scott Fitzgerald*).
* Ecrivain, éditeur.

Et je passe les peintres disant pour la dénigrer qu'une peinture est littéraire, oubliant, les malheureux, que sans l'encre que les écrivains ont déversée pour leur gloire, ils seraient encore considérés comme des décorateurs, et je passe les écrivains même qui, pour signifier « bavardage », emploient ce mot qu'ils devraient protéger. Je me demande s'il existe d'autre activité humaine aussi injuriée que la littérature. Dit-on « artisanal » dans un sens dépréciatif ? « Médical » ? Ajoutez que, pour dire du mal d'une chose, on la qualifie de « théâtrale », qu'on ajoute : « il romance », qu'on conclut : « Tout un poème. » On y adjoint les arts para-littéraires, « tout ça c'est des chansons » ou : « du cinéma », excluant la peinture et la musique, pour la raison probable que, tout le monde sachant plus ou moins écrire, ce monde s'estime autorisé à juger ce qui utilise l'écrit. Et on reprend sans le savoir le vers d'un poème en en chassant le sens ironique :

> Et tout le reste est littérature (Paul Verlaine, « Art poétique », *Jadis et naguère*).

> Jacques Dutronc et Etienne Daho, *Tous les goûts sont dans ma nature* : 1996. Jack Goody, *L'Homme, l'Ecriture et la Mort* : 1996. Roger Grenier, *Trois heures du matin, Scott Fitzgerald* : 1995. Jacques Le Goff, *Saint Louis* : 1995. Federico Zeri (1921-1998), *Renaissance et pseudo-Renaissance* (*Rinascimento e Pseudo-Rinascimento*) : 1983, trad. française : 1985.

LITTÉRATURE (TENTATIVE DE DÉFINITION DE LA –) :

Tout le monde en parle, personne ne la définit. Ni Valéry, ni Sartre, ni Reverdy, ni Pound, ni tant d'autres écrivains qui ont pourtant spécifiquement écrit sur elle. Quelle est donc cette étrange forme d'écrit qui n'a reçu son nom qu'au XIXe siècle ?

Arrachons les mauvaises herbes. Qu'est-ce que la littérature *n'est pas* ? Pour commencer, je dirais qu'elle est une forme d'écrit non utilitaire (ouvrages pratiques, textes de lois, correspondance commerciale ou administrative, publicité) ou cérémoniale (proclamations, ouvrages religieux et juridiques). Dans ce sens, elle n'a aucune utilité sociale, politique, institutionnelle, morale. Elle peut avoir des conséquences morales, je pense même que, à la longue, elle a des effets vertueux sur la moralité des lecteurs de bonne volonté, mais ce n'est pas ce qu'elle cherche. Sans compter que ce n'est pas automatique : de même que des salauds peuvent *aussi* avoir du talent, de grands lecteurs sont des monstres. La littérature ne peut rien contre la perversité. Elle n'est pas plus un soin pour le lecteur qu'une thérapie pour l'auteur.

Un écrivain et un lecteur sont des êtres solitaires au moment où ils écrivent et lisent. Seuls avec une pensée, un chant, sans contrôle. En littérature, un individu parle à un individu. Ou plutôt, il ne parle à personne et, si quelqu'un écoute, c'est soi-même ; les résonances du chant de l'auteur en lui-même. La littérature a des lecteurs, pas un public. C'est même une de ses antidéfinitions. Tous les écrivains vous diront, après Malraux : « Au-delà de dix mille, tout succès est un malentendu. » (Et nous ajoutons généralement : « Vive le malentendu ! ») Si la littérature obtient éventuellement un public, elle n'est pas faite pour lui. Une preuve en est qu'elle ne dépérit pas quand elle n'en a pas. Un livre peut rester fermé pendant cent, deux cents, mille ans, il ne meurt pas plus qu'un caillou. La littérature est un caillou. Elle n'est faite pour personne.

Littérature : n.f. Seule forme d'écrit à n'être faite pour aucun public.

Elle ne *parle* donc pas. La littérature n'est pas le discours, à savoir un langage ayant une intention d'influence. C'est une muette qui utilise un langage de signes. Cela ne se voit pas au premier abord, car il a la même apparence que le langage courant. A la différence du langage courant, la littérature n'est pas immédiate. Au lieu de dire directement ce qu'elle veut dire, elle utilise un équivalent : les images, et cela même si elle n'est pas métaphorique, puisque tout mot est une image ; le style le plus sec est infiniment artiste par rapport à une analyse chimique. La littérature, ce sont des idéogrammes en alphabet.

Gourmont opposait les écrivains musicaux aux écrivains visuels. Dans la mesure où ils s'enivrent de sonorités sans se préoccuper du sens, il les trouvait plus bêtes. Sans doute, mais un bon écrivain est les deux : il exprime des choses sensées au moyen de signes *et* prend soin de leur harmonie. (En cherchant à être disharmonieux, aussi bien, ce qui reste une façon d'être attentif à l'harmonie.) L'écrivain, si nous appelons ainsi l'auteur de littérature, est un chef d'orchestre dont la baguette est un pinceau.

Littérature : n.f. Seule forme d'écrit à n'être faite pour aucun public. Elle utilise le langage courant et s'exprime par images en prenant soin de l'harmonie.

On n'est pas auteur de littérature parce qu'on le veut. Je ne pense pas qu'aucun écrivain se soit jamais dit : « Aujourd'hui, je vais écrire de la littérature. » Il se trouve qu'il en écrit. J'ai employé le mot talent. On pourrait dire que la littérature est une forme d'écrit sur laquelle s'applique un talent. Ce talent ne s'apprend pas, car la littérature n'est pas un langage spécialisé : pas besoin de diplôme ou d'appartenir à un club pour la pratiquer et l'entendre. La littérature est une singularité d'écrire provenant d'un don cultivé.

Elle ne cherche pas à démontrer, ni à prouver, ni à avoir raison. Elle ne consiste pas davantage à montrer, ni à décrire : elle consiste à *être* la chose décrite. Je dirais que son but, c'est elle-même. De devenir un objet. La littérature serait un acte de l'esprit se réalisant en un objet immatériel. Un objet parfaitement fermé où l'on ne peut pas plus entrer que dans une sculpture. On l'observe en tournant autour.

Sa spécificité par rapport aux autres formes d'écrit se remarque particulièrement chez les moralistes. Il y a chez eux quelque chose d'inhumain qui peut devenir très humain lorsque l'homme qu'ils sont transparaît dans leurs écrits, malgré eux. Cela ne se produit pas parce qu'ils se confient, mais par la forme d'une phrase où, grâce à un simple déplacement de virgule, mettons, un sentiment se faufile. C'est la singularité de ce qu'on appelle le style et qui fait que, même si l'auteur vise à une réflexion abstraite, sa personnalité s'exprime.

Littérature : n.f. Seule forme d'écrit à n'être faite pour aucun public. Elle utilise le langage courant et s'exprime par images en prenant soin de l'harmonie, sans autre intention que sa propre perfection. Elle est l'expression d'une individualité.

Toute littérature est une transformation. Elle s'accapare ce qui lui est extérieur et le modifie. L'épure, le complète, l'élève, l'abaisse, le déplace. Il y a quelques jours (2004), j'ai, par erreur, transporté une photographie dans un texte de mon ordinateur : tiens ? écrivons un poème autour d'elle, de manière qu'elle soit incorporée dans le texte. Je l'ai fait. Le résultat était sexy, brillant, moderne. Et puis j'ai enlevé la photo : c'était bien mieux. Mon écrit cessait d'être du commentaire, la photo de l'illustration. La littérature est un éloignement de la vie pour mieux nous la faire comprendre.

La littérature, c'est contre l'injustice. Elle expose des faits ou des sentiments qui, sans elle, seraient dédaignés par l'utilitarisme général.

La littérature est une insurrection. C'est toujours ça que l'oubli, la négligence, le pouvoir, la vulgarité et autres forces du néant n'auront pas. Au moins pendant cinq minutes.

La littérature est une prison. Salope de littérature.

LITTÉRATURE COLONIALE ET D'ESPIONNAGE : La France a eu une littérature coloniale inférieure à celle de l'Angleterre. Cela tient sans doute à ce que nous avons colonisé des pays moins intéressants. L'Algérie, ça n'est pas l'Inde. D'ailleurs, l'intéressant de l'Algérie, *bandits d'honneur* et chefs rebelles, nous l'avons déjà avec la Corse, et un écrivain aussi fait pour Abd el-Kader que Mérimée a préféré Colomba. C'est au point que les meilleurs romans coloniaux français se passent dans les colonies anglaises, comme *Le Sacrilège malais* de Pierre Boulle.

Le grand écrivain des colonies anglaises, Kipling, me paraît plus intéressant que ses équivalents français, Pierre Loti, Claude Farrère. Nous avons le génie casanier, en France. Et après tout ! Versailles, le climat tempéré. Notre plus grand critique littéraire est peut-être Vidal de La Blache, le géographe qui forma la conception que les Français se firent de la France pour toute la durée du XXᵉ siècle. Le dernier qui l'exprima, et l'enterra, comme tant d'autres choses, est François Mitterrand : « De la France je n'ai pas une idée, mais une sensation, celle que me donnent un être vivant, ses formes, son regard » (*Mémoires interrompus*).

Il y a les caractères nationaux : les Anglais, fuyant la musique de Haendel, allèrent fonder l'Empire britannique. Ils ne s'y s'intéressèrent pas un instant aux coutumes. Cela donne des romans où il n'est pas question des *locaux* (comme ils disent), mais des problèmes des Anglais à s'adapter, etc., etc. ; et E. M. Forster, qui le montre dans *La Route des Indes*. La fiction contient tout : le fait, sa critique, et même la critique des critiques. En France, où tout est plus partisan, on a souvent l'impression de desservir une cause en décrivant des faits. Et Montherlant retarde la publication de son roman « anticolonialiste » *La Rose de sable*, et on s'interdit souvent de parler de l'U.R.S.S. du temps conquérant du communisme. De plus, un Français n'est généralement pas peu intéressé par son moi, et, visiterait-il la lune, c'est de lui qu'il parlerait d'abord, comme Barrès dans l'*Enquête aux pays du Levant*.

Autre raison possible, la grande période coloniale française fut aussi celle où la Reconquête de l'Alsace-Lorraine nous préoccupait plus que la Conquête du Tonkin. Sans l'Allemagne, Péguy aurait peut-être écrit un livre sur Lyautey au Maroc.

La littérature d'espionnage est en France cantonnée à des livres populaciers, sans doute à cause de la piteuse qualité de nos services secrets. Aucun Somerset Maugham n'en a été l'employé, aucun Graham Greene. En Angleterre, il est tout à fait estimable d'être au service de Sa Majesté, lequel n'est donc pas assuré par les seuls Ian Fleming. Le contre-espionnage anglais a cependant été en partie créé à cause des romans populaires que lisaient les militaires : exaltés par des auteurs comme William Le Queux, auteurs d'histoires d'anticipation apocalyptiques, ils le préfacèrent parfois (*L'Invasion de 1910, avec un compte rendu complet du siège de Londres*, préfacé par le maréchal comte Roberts), et on créa en 1909 le Secret Service Bureau, qui devint, en 1916, le MI5.

> E. M. Forster (1879-1970), La Route des Indes (A Passage to India) : 1924 (trad. française : 1927). William Le Queux (1864-1927), The Invasion of 1910, With a Full Account of the Siege of London : 1906. François Mitterrand (1916-1996), Mémoires interrompus : posth., 1997.

LITTÉRATURE ET SOCIÉTÉ : Que la littérature soit un intérêt très secondaire de la société, je le remarque au critère essentiel de celle-ci, l'argent. Consultons la liste des mille personnes les plus riches du Royaume-Uni en 2001, la *Rich List* du *Sunday Times*. Après quantité de ducs, de marquis ou de barons possédant des quartiers entiers de Londres ou du pays, après quantité de propriétaires de supermarchés, de cabinets de consultants, d'entreprises d'électronique et de banques, après quantité de chanteurs de rock et de créateurs de mode, après la reine d'Angleterre elle-même qui, première de rang, n'est que cent cinquième de fortune, pour ce que ce journal peut en savoir, après tous ces gens que la société reconnaît à l'argent, nous trouvons, enfin, un écrivain. C'est Barbara Taylor Bradford. 418e, 80 millions de livres sterling. Selon le *Times*, c'est moins par ses ouvrages qu'elle a gagné tellement d'argent que par les adaptations cinématographiques et télévisées qu'on en a fait. Pas d'autre écrivain dans la liste. A supposer que Barbara Taylor Bradford soit de la littérature, et pourquoi pas, celle-ci ne serait représentée qu'à proportion de un pour mille dans un pays qui sait ce que c'est que l'argent et la hiérarchie sociale. Dans les sociétés qui ont d'autres critères que l'argent, comme l'Ancien Régime et ses titres de noblesse, on ne les plaçait pas mieux : on n'a jamais vu roi de France, d'Angleterre, d'Italie ou de Prusse nommer baron un poète, comme ils le firent de tant de banquiers.

C'est pour cela que les écrivains siègent dans des académies : ils ne croient pas à leur importance intellectuelle, mais savent que les sociétés les respectent. Un bicorne vaut génie. Et voilà pourquoi Baudelaire se présenta à l'Académie française.

Livre : Un livre est une flèche.
Un livre est un tableau dont la vitre reflète le visage du lecteur.
Un livre est une tombe.
C'est toujours ça que la mort n'aura pas.

Livres de chevet : Je n'ai pas de livres de chevet : je ne m'endormirais jamais.

Livres qui tuent : Certains livres sont tellement bons qu'ils rendent inutiles les livres précédemment publiés sur le même sujet. Et parfois même tout un genre, comme *Candide*, qui assomme le roman picaresque, qui existait depuis *La Vie de Lazarillo de Tormes*; quelques années plus tard, Thackeray l'achève en Angleterre avec *Barry Lyndon*. C'était un vieillard de deux cents ans que ces satires, d'une pichenette, ont renversé dans la tombe.

Au reste, « tuer » : rien ne tue jamais rien, personne ne tue jamais personne, et tant mieux. Qu'est-ce que ça peut nous faire, que vivote quelque part un pas très vieux roman, une pas très bonne vieille pièce de théâtre ? Il est très bien qu'ils existent. Cela nous donne quelque chose à lire dans les maisons de campagne. Et l'on pourrait dire que, loin de tuer, ces livres revivifient ceux qui portaient sur le même sujet, les rappelant à notre mémoire.

> Anonyme, *La Vie de Lazarillo de Tormes* : 1554. William Makepeace Thackeray (1811-1863), *Les Aventures de Barry Lyndon* (*The Memoirs of Barry Lyndon, Esquire, by Himself*) : 1852.

LONG, COURT : Il y a des livres de cent pages qui sont longs, et des livres de huit cents pages qui ne le sont pas. La longueur est souvent un défaut de clarification. On peut y remédier en supprimant, mais aussi en allongeant. C'est ce qu'a fait Proust, qui a passé des années de sa vie à *allonger* sa première version d'*A la recherche du temps perdu*. Les idéologues de la phrase courte n'hésitent pas à répéter cent fois qu'il ne faut pas être long. Ils ne pensent jamais au trop court. « J'évite d'être long, et je deviens obscur » (Boileau, *L'Art poétique*).

« Et toi, reine, ta crypte a-t-elle été fouillée par les pilleurs de tombeaux et ne reste-t-il de ta momie vendue qu'un œil tombé, os et lapis, comme celui de la pharaonne du musée du Caire retrouvé dans un escalier funéraire plein de momies d'alligators et de chats aux grandes oreilles ? » (André Malraux, *La Reine de Saba*.) Cette belle invocation me semble gâtée par la sous-phrase : « et de chats aux grandes oreilles ». On sent l'effort vers le poétique, la métaphore homérique (« la mer couleur de vin »). La phrase aurait été meilleure si Malraux s'était s'arrêté à temps.

Certes, certes ; mais j'ai tellement entendu ça dans mon enfance que je me demande si ce n'est pas faux. La phrase de Malraux ne pourrait-elle pas être allongée ? Une breloque en toc, c'est piteux, quinze, cela peut devenir un bijou. Vialatte a cet art de prolonger l'image là où d'autres l'équeuteraient. Cela donnerait, avec la phrase de Malraux : « ... un escalier funéraire plein de momies d'alligators, de chats aux grandes oreilles, de chauves-souris remontant effrayées des tréfonds de la crypte dans un battement d'éventails, comme si se tenait, en bas, un congrès de squelettes en robe de soie noire, qui, dans des chichis macabres, cachent leurs chicots derrière des éventails ouverts, les os des coudes en équerre ». La quantité peut servir à améliorer la qualité. Il faut savoir continuer. Ah, la littérature, toujours choisir !

LOUIS XIV ET LA LITTÉRATURE : Dans les *Carnets* de Voltaire, on trouve cette opinion commune :

> Quelle cour, où l'on voyait à la fois Condé, Turenne, Louvois, Colbert, Racine, Despréaux, Mansard, Bossuet ; que voit-on aujourd'hui ?

Ah, séductions du passéisme ! Sous Louis XV, il y a lui, Voltaire, et Diderot, Montesquieu, Marivaux. C'est sous Louis XV qu'il écrit *Le Siècle de Louis XIV* : sous Louis XIV, il aurait écrit un *Siècle d'Henri IV*. Que cet homme-là ait écrit ce livre-là a d'ailleurs beaucoup contribué à la gloire posthume de Louis XIV, parachevée par la République. Louis XIV a appris aux courtisans à faire semblant de respecter la littérature, son descendant Jules Ferry l'a appris au reste du pays.

Louis XIV rend le développement du roman impossible. Il nomme trop de bourgeois aux postes de commande pour laisser en plus le *genre bourgeois* triompher. Qui plus est, le ballet correspond mieux à la vie réglée qu'il s'impose. Dans ce siècle ornemental et hiératique, le plus grand maître de ballet du siècle de Louis XIV, c'est Louis XIV. Il a adoré danser, comme on l'a vu dans la célèbre fête des *Plaisirs de l'Ile enchantée* qu'il donna à Versailles, après quoi il a mis en scène le spectacle qu'il imposa à la cour de jouer selon des mouvements réglés : 8 h 30, grand lever, 10 h, messe, 11 h, conseil, 13 h, dîner au petit couvert, etc. Un de ses génies a été l'organisation de l'ennui.

De là que ses *Mémoires* sont plats. On ne peut pas se permettre du génie littéraire, c'est-à-dire de la personnalité, quand on a réglé sa cour sur un protocole qui vous transforme en statue.

Il a été bien avec les écrivains, et sans lui les brutes aristocratiques et les hypocrites jansénistes auraient tué Molière ; d'autre part, comme le fait remarquer Hugo, il donnait « quatre cent mille livres à l'évêque de Noyon, parce que cet évêque était Clermont-Tonnerre, qui est une maison qui a deux brevets de comte et pair de France, un pour Clermont et un pour Tonnerre ; cinq cent mille livres au duc de Vivonne et sept cent mille livres au duc de Quintin-Lorges, plus huit cent mille livres à monseigneur Clément de Bavière, prince-évêque de Liège. Ajoutons qu'il donna mille livres de pension à Molière » (*William Shakespeare*. En réalité, mille livres est le montant de la première pension, que le roi porta ensuite à sept mille puis à douze mille livres ; on n'en connaît pas bien la régularité). Molière n'avait pourtant pas rechigné sur la flagornerie.

La Fontaine, ex-ami de Fouquet, est élu à l'Académie française : le roi attend que Boileau soit élu pour accepter qu'on le reçoive. Où l'on voit la méticulosité de sa rancune.

Poussé par Maintenon, Racine écrit un mémoire sur les malheurs publics : le roi l'exile. N'écoutez jamais les maîtresses. Même épousées. Est-il vrai que Louis XIV a interdit qu'on poursuive Racine soupçonné d'avoir fait empoisonner Marquise Du Parc ? C'était bien le moins, Racine était innocent.

Avec tous ses défauts, ses ennemis sont pires.

Machins • *Madame Bovary* (Qui est le narrateur de – ?) • Maistre (Xavier *et* Joseph de) • Malherbe • Mallarmé • Malraux • Mama Doloré • *Manon Lescaut* • Marivaux • Matière • Maupassant • Mauriac • Mauvais livres (Utilité des –) • Maximes, sentences, pensées et graffitis *Méandres* • Mémoires, souvenirs • Mensonge • Mérimée • Métaphores et comparaisons • Michaux • *Misérables (Les)* • Modèles des personnages • Mœurs • Moi, je • Molière • Monologue intérieur • Montaigne • Montesquieu • Montesquiou • Montherlant • Morale • *Moralités légendaires* • Morand • Morceau de bravoure, tour de force, originalité • Morts inhabituelles d'écrivains • Morts, vivants • Mot (Qu'utiliser le –, c'est presque admettre la chose) • Mots (Aimer les –) • Mots (Magie des –) • Mots (Sens des –) • Mots à aérer, à créer • Mots calomniés, mots révérés • Mots courts • Mots de passe • Mots des écrivains • Mots poétiques • Musset (Alfred de) • Musset (Paul de) • Musset, l'institutrice et moi • Mystère.

Machins : « Ces pages, ce machin », dit Valery Larbaud dans *Jaune Bleu Blanc*. Le machin se rapproche de l'essai, au sens Montaigne, qui inventa d'en qualifier son livre : essai, dans le sens de tentative. Le machin est cependant moins raisonnable. Alors que les essais ont une unité, il appartient à l'espèce qu'on appelle volontiers « ni fait ni à faire » et que l'on pourrait transformer en « ni fait mais à faire ». Apparemment pas construits, menés par le caprice de l'auteur, partie récit, partie chronique, quelquefois fragments de fiction mais surtout pas poèmes en prose, ce sont des récits d'imagination où l'auteur se parle à lui-même. Radotage merveilleux ! Il s'amuse, varie le ton, satisfaisant à l'observation de Boileau, « un beau désordre est un effet de l'art ». Le machin est l'ordre du désordre. Ne démontrant rien, faits avec rien, ces livres précieux pour le contentement des raffinés ne sont pas compris par ceux pour qui la littérature doit servir à quelque chose.

LISTE DE MERVEILLEUX MACHINS

Méandres, Léon-Paul Fargue
Journal des erreurs, Ennio Flaiano
Jaune Bleu Blanc, Valery Larbaud
Voyage autour de ma chambre, Xavier de Maistre
Antimémoires, André Malraux
Les Garçons, Henry de Montherlant
Le Livre de l'intranquillité, Fernando Pessoa
Ville, j'écoute ton cœur, Alberto Savinio
Trivia, Logan Pearsall Smith

> Ennio Flaiano (1910-1972), *Le Journal des erreurs* (*Diario degli errori*) : posth., 1976, trad. française : 1999. Alberto Savinio, *Ville, j'écoute ton cœur* (*Ascolto il tuo cuore, città*) : 1944 (trad. française : 1982).

Madame Bovary (Qui est le narrateur de — ?) : J'ai d'abord vu dans *Madame Bovary* un livre profondément humain. Aux lectures suivantes, j'ai trouvé moins de cœur, et une inexorable merveille. Inexorable comme une tragédie, la différence étant que la fatalité qui mène Madame Bovary à la mort ne vient pas des dieux mais d'elle-même.

Inexorable, ce livre l'est littérairement. Chaque chapitre est une arcade. Il s'élève, forme une courbe, plonge vers le sol, une arcade solidaire s'accole à lui, etc. (Fin du troisième chapitre de la première partie : « Il y eut donc une noce, où vinrent quarante-trois personnes, où l'on resta seize heures à table, qui recommença le lendemain et quelque peu les jours suivants. » Début du chapitre suivant : « Les conviés arrivèrent de bonne heure... ») *Madame Bovary* est une rue de Rivoli tournant en escargot sur elle-même, les murs se rapprochant toujours plus près de la maladroite Emma, à qui il ne reste plus qu'à se tuer pour ne pas être écrasée.

Mérimée a intitulé une de ses pièces *Une femme est un diable* ; *Madame Bovary*, au lieu de son sous-titre : « Mœurs de province », pourrait porter celui de : « Une andouille est une femme. » Et même un homme. Car enfin, si méprisant qu'ait été Flaubert au départ, si passionné de décrire une peuplade d'imbéciles et de lâches tournant autour d'une sotte, son livre les comprend finalement plus qu'il ne les juge. Et si je le trouve, aujourd'hui, moins pitoyable envers Emma qu'il ne m'avait paru, il l'est envers les humbles, comme la paysanne qu'on récompense à la foire d'Yonville ou le malheureux pied-bot que Homais convainc de se laisser opérer par Charles Bovary. Aperçu sur une partie de l'humanité que le roman ne commencera à regarder sérieusement qu'avec Zola. Il la regardait en riant au XVIIIe siècle, ce temps impitoyablement gai. Nous serions plutôt indifféremment cruels.

Flaubert montre le mécanisme de la mauvaise foi (au moment où elle rêve de coucher avec Léon, la placidité de vache de son mari exaspère Emma, et elle se trouve généreuse de ne l'avoir pas encore fait, elle qui l'a déjà trompé avec Rodolphe), mieux encore celui de l'illusion (Charles, à la mort d'Emma, se refuse à admettre son cocuage), toutes choses que refouillera Proust, mais *Madame Bovary* reste insurpassé par la description de ce qu'on appelle « la force des choses » et qui n'est le plus souvent que la force que nous leur donnons, par passivité, comme Charles, par maladresse, comme Emma. C'est surtout un grand drame de la lecture. Emma Bovary est une exaltée, rusée mais sans intelligence, dont le cerveau incomplet et le cœur cabossé sont inaptes à assimiler la grande quantité de lectures qu'elle fait. Ce ne sont pas les livres les responsables, mais elle. Emma se fait cette réflexion d'inculte qui a dépassé la quantité de lectures coutumière à son milieu : « J'ai tout lu. » Elle a tout au plus lu des romans standard. Si cela avait été du Victor Hugo, le narrateur nous l'aurait d'autant plus dit qu'à un certain moment il se réfère à *Notre-Dame de Paris*, et il emploie à deux ou trois reprises un adverbe mis à la mode par Hugo, *confusément*. Combien elle reste pourtant supérieure à son entourage, un mari qui est un bœuf, un pharmacien qui est un serpent ! Son petit cerveau étroit ne lui donne pas les moyens de son ambition. La malheureuse rencontre un autre niais exalté par la lecture, et c'est lui, beaucoup plus que le cynique Rodolphe, qui la démolit. Leurs deux niaiseries s'entre-pourrissent. Si Emma avait compris que la littérature n'est pas du domaine du rêve, elle aurait eu plus de chances de réussir : la connaissance livresque constitue des années d'expérience gagnées.

Et voici le seul de ses livres où Flaubert se donne l'autorisation d'être brillant, brillant comme Racine ou Chateaubriand, avec des ironies à la Voltaire. Voltaire : « – Quelle épouvantable catastrophe ! s'écria l'apothicaire, qui avait toujours des expressions congruantes à toutes les circonstances imaginables. » Chateaubriand : « Alors elle se rappela les héroïnes des livres qu'elle avait lus, et la légion lyrique de ces femmes adultères se mit à chanter dans sa mémoire avec des voix de sœurs qui la charmaient. » Racine : « Emma s'étendit beaucoup sur la misère des affections terrestres et l'éternel isolement où le cœur reste enseveli. » Quel majestueux maniement de notre langue. Tout cela disparaîtra de ses autres livres et je le regrette car, en se débarrassant du brillant pour moins briller, rester extérieur à ses livres et mieux les travailler, visant une impartialité quasi divine, Flaubert n'a plus écrit d'aussi grand livre que *Madame Bovary*.

Le roman commence à la première personne du pluriel : « Nous étions à l'Etude », dit un narrateur qui voit arriver Charles Bovary au premier chapitre, ce premier chapitre qui ressemble à un épilogue. On passe ensuite à la troisième personne du singulier : « Une jeune femme, en robe de mérinos bleu garnie de trois volants, vint sur le seuil de la maison pour accueillir M. Bovary », sans qu'il soit plus jamais question du mystérieux « nous ». Il me semble pourtant que le narrateur de *Madame Bovary* ne disparaît pas, et que même il continue à raconter. Cette mention, dans la deuxième partie : « Jamais Madame Bovary ne fut aussi belle qu'à cette époque », on la dirait écrite par quelqu'un qui l'a *vraiment vue*. Et me frappent des tournures de phrases qui ne sont pas du genre Flaubert, j'en ai compté seize à partir du moment où je les ai remarquées, il doit y en avoir d'autres : la robe d'Emma qui *s'ériflait* au pantalon du vicomte (I, 8), Hippolyte le pied-bot qui *s'écorait* sur les gros ouvrages (II, 11). Ne s'agirait-il pas d'idiotismes normands ? Le narrateur parle de *docteurs* illustres (III, 1), après nous avoir dit que la convalescence de *Madame* fut longue (II, 14) ; Flaubert aurait dit *Madame Bovary* et *médecin* plutôt que ces mots d'humble ; il n'aurait pas non plus dit qu'Emma *tournait une rue* (III, 5). Cet éventuel Normand qui raconte serait-il un domestique, un paysan ? D'origine, peut-être, car à côté de cela il se moque des bourgeois d'une façon « artiste », a des passages lyriques et un moment de vulgarité (Homais, le vin de Pomard *lui excitait les facultés*, III, 6) qui sentent le potache (le Flaubert). L'avant-dernière phrase même : Homais *fait une clientèle d'enfer*... Oui, vraiment, il me semble que le narrateur est de là-bas, un proche des Bovary ou en tout cas quelqu'un qui a assisté à l'aventure d'assez près, même si, n'ayant pu tout voir, il l'a nécessairement complétée de ragots et de psychologie (c'est souvent la même chose). La dernière phrase sur Homais qui *vient de* recevoir la croix d'honneur indique que c'est une affaire récente. Il peut être de Yonville, mais je verrais plutôt quelqu'un qui y a un parent, un deuxième ou troisième clerc de l'étude où travaille Léon, à Caen.

Un mot frappant du livre est « prostitution » ou « se prostituer ». Et on le qualifia d'immoral.

📖 « Parce que des lèvres libertines ou vénales lui avaient murmuré des phrases pareilles, il ne croyait que faiblement à la candeur de celles-là ; on en devait rabattre, pensait-il, les discours exagérés cachant les affections médiocres ; comme si la plénitude de l'âme ne débordait pas quelquefois par les métaphores les plus vides, puisque personne, jamais, ne peut donner l'exacte mesure de ses besoins, ni de ses conceptions ni de ses douleurs, et que la parole humaine est comme un chaudron fêlé où nous battons des mélodies à faire danser les ours, quand on voudrait attendrir les étoiles. »

‖ 1857.

MAISTRE (XAVIER *ET* JOSEPH DE) : J'ai lu très jeune le *Voyage autour de ma chambre*, et je crois bien me souvenir de mon étonnement. Mon plaisir, aussi. J'en éprouve chaque fois que je relis ces soixante-dix pages prestes et pourtant calmes qui me disent à l'oreille que, écrivant sec, on peut néanmoins être tendre. Cette raillerie douce... Et fine, qui ne grince pas... Un abrasif très fin, n° 000... *Le Voyage autour de ma chambre* sort en partie du *Tristram Shandy* de Laurence Sterne, ce que de Maistre signale en mentionnant « mon oncle Tobie », qui est un personnage du roman de Sterne, et que Sterne écrit lui aussi en italique. Intrigante façon de souligner les noms des personnages. Est-ce pour rappeler que nous sommes dans des livres de souvenirs rêveurs, et que les personnages, trop vivaces, doivent être tenus au bout de pincettes ? Est-ce au contraire un moyen de les rapprocher, comme si nous les serrions dans nos bras ? Tristram Shandy vaut probablement moins que l'affection que nous lui portons, et qui tient autant à la rareté de son public qu'à l'originalité de sa forme.

EXTRAIT DU CATALOGUE
D'UNE BIBLIOTHEQUE STERNIENNE

Laurence Sterne, *Vie et opinions de Tristram Shandy, gentilhomme*
Xavier de Maistre, *Voyage autour de ma chambre*
Henri Heine, *Tableaux de voyage en Italie*
Oliver Wendell Holmes, *The Autocrat of The Breakfast Table* (qui sait trop qu'il est sternien, mais bon)
et le *Coup d'œil sur Belœil*, du prince de Ligne, par des phrases comme : « [...] mille pensées là-dessus, des regrets, des joies, des souhaits, c'est ce que vous éprouverez à la fois ; des combats... votre imagination... le cœur... des souvenirs... ».

Madame de Hautcastel, personnage important du livre, nous en entendons seulement parler ; de même, nous n'y voyons nul autre personnage que le narrateur. Et ce narrateur, que fait-il ? Il songe. Les romans n'ont pas besoin d'action, ils ont besoin de pensée. Celui-ci décrit les réflexions d'un soldat mis aux arrêts pendant quarante-deux jours. Plus précis, il perdrait du charme. Le sien provient aussi de la pensée. La pensée peut avoir un grand charme.

Roman, dis-je, car rien n'indique que le narrateur soit de Maistre, même s'ils ont quelques traits communs. Le narrateur est un rare mélange de cynisme et de sentimentalisme.

L'homme, dit-il, se compose d'une âme (sentimentalisme) et d'une bête (cynisme). L'âme donne des instructions à la bête, mais celle-ci, à un moment ou l'autre, pense à autre chose : et la malheureuse, qui grillait du pain, se brûle les doigts. Une autre fois, elle se promène machinalement, et voilà qu'elle se retrouve à la porte de Madame de Hautcastel! Ce n'est pas que l'homme soit très compliqué : il est varié. Il a des vertus, et des plaisirs. Des pensées, et des distractions. En un mot, l'homme est humain. Ce livre est un modèle d'indulgence.

Une suite n'est pas nécessairement moins bonne qu'un original, mais il y a de fortes chances que ce soit le cas, car elle est moins fraîche pour l'auteur. Ce qui était imagination, allégresse, floraison, lui devient procédé, pesanteur, Lego. L'*Expédition nocturne autour de ma chambre* a, du moins au début, quelque chose de forcé. Le narrateur y décrit quatre heures d'une nuit dans une chambre à Turin ; il passe un long moment à cheval sur le vantail de sa lucarne à rêvasser. Il s'imagine en prince régnant, ce qui signale souvent les esprits doux, inventorie les femmes qu'il aimerait aimer, et il y a un beau passage sur ce qu'il appelle « les beautés malheureuses ». A un certain moment, il adresse une phrase à une « ma chère Marie », sans en rien dire de plus, et cela nous donne à voir un interlocuteur, un personnage inattendu passant au fond du paysage, comme le fait parfois Diderot.

Xavier de Maistre a écrit trois nouvelles. Ecrivain-furet, je te salue pour ta discrétion. – Oh! elle provient sans doute d'une vitalité moyenne. « Le Lépreux de la cité d'Aoste » est bigote, mais contient une excellente scène où le chien d'un lépreux est assassiné par une foule enragée. « La jeune Sibérienne » est l'histoire d'une Jeanne d'Arc de ses parents. Deux Russes vivent exilés en Sibérie par l'empereur. Leur fille se rend à Saint-Pétersbourg à pied, où elle finit par obtenir leur grâce du nouvel empereur. Une volonté calme obtient généralement ce qu'elle cherchait. C'est effrayant. On croise un personnage qui *s'imaginait être un incrédule*. C'est un sujet de nouvelle à lui tout seul, voire d'une pièce de théâtre. Dans « Les Prisonniers du Caucase », un major russe et son ordonnance prisonniers de bandits tchétchènes réussissent à s'évader grâce à l'opiniâtreté du soldat. C'est la meilleure des trois nouvelles, noire sans emphase.

Je dis « de Maistre » et non « Maistre » car l'usage demande qu'on mette la particule aux noms de moins de deux syllabes ou de plus de deux syllabes commençant par une voyelle ; j'aurais pu écrire systématiquement son prénom, car il avait un frère écrivain. Joseph de Maistre suivait la politique d'Alphonse Allais, « contre tout ce qui est pour et pour tout ce qui est contre », avec un tout petit peu moins d'humour. Si les dictionnaires des noms communs utilisaient des portraits, on mettrait celui de Joseph de Maistre en face du mot « réactionnaire ». Il en a l'amertume qui s'autosuffit. Rejetant la société, le réactionnaire est rejeté d'elle, ce qui lui prouve qu'il avait eu raison de la rejeter. Niant tout de son temps, il se nie avec lui. Il finit en bouffon d'un monde qu'il flatte en lui donnant plus de noirceur qu'il n'en a. Il n'est pas vrai qu'il soit cette universalité de la bassesse, de la corruption et du mal. Non seulement la réaction a toujours tort, mais elle perd toujours. En 1637, les puristes de l'Académie française se prononcent contre la conjonction « car », ordonnant qu'on conserve « pour ce que ». Où est la raison là-dedans ? Qui a dû céder ? Et quel temps à perdre à décréter sur des sujets pareils ! Mais le bonheur d'emmerder le monde. Les réactionnaires sont des gens qui ont le goût du vinaigre et veulent forcer les autres à en boire.

Voici le raisonnement de Joseph de Maistre : « On ne cesse de répéter : *Jugez du temps qu'il a fallu pour savoir telle ou telle chose!* Quel inconcevable aveuglement ! Il n'a fallu qu'un instant » (*Les Soirées de Saint-Pétersbourg*, deuxième entretien). Pensée probablement exacte, *qu'il a eue en contestant ce que tout le monde dit*. Il n'a jamais de pensée créatrice. Contre, contre, contre. Dans quelle prison intérieure il a dû vivre ! Il a beaucoup d'observations incontestables. De celles qu'exprime le proviseur dans un ancien pensionnat. Il est cinq heures du matin, les élèves ont été convoqués dans la cour, il fait froid, on s'inquiète. Tout n'est que douleur, peine et expiation. *Méritées*. Il justifie le malheur. « *Tout homme, en qualité d'homme, est sujet à tous les malheurs de l'humanité* ; la loi est générale ; donc elle n'est pas injuste. » (Même livre.) Ce « donc » est effrayant. Un écrivain nous dit « donc », et c'est la Loi. En quoi la généralité d'un fait le rend-il juste ? Et quand bien même aurait-il raison, où est la consolation dans l'absence d'injustice ? Taisez-vous ! L'homme a fauté ! Châtiment ! « [...] le mal a tout souillé, *et l'homme entier n'est qu'une maladie* ». Il faut oser écrire des choses pareilles. Alfred de Vigny, dans *Stello*, traite Joseph de Maistre de sophiste pour avoir écrit que « la guerre est divine » et qu'on gagne le « salut par le sang ». Il ose même dire (septième entretien des *Soirées de Saint-Pétersbourg*) : « La guerre est donc divine en elle-même, puisque c'est une loi du monde. » Encore un *donc*. Et voilà un monde immonde, où le mal a tout souillé, qui se trouve en même temps divin. Les logiciens. Joseph de Maistre est une brute par certitude d'être un civilisé. Avec l'impudence des brutes, cet homme qui écrivait que les rois de France devaient être soumis au pape était franc-maçon. C'est cette assurance qui a attiré les nerfs et la culture fragiles de Baudelaire. Sans parler de l'air de mystère. Il donne l'impression de connaître les secrets. Jamais la preuve, c'est la condition du pouvoir.

📖 « J'ai remarqué, dans les voyages ordinaires que j'ai faits parmi les hommes, qu'à force d'être malheureux on finit par devenir ridicule. » (*Expédition nocturne autour de ma chambre*.)

> Xavier de Maistre : 1763-1852. *Voyage autour de ma chambre* : 1795. *Le Lépreux de la cité d'Aoste* : 1811. *Les Prisonniers du Caucase, La Jeune Sibérienne* et *Expédition nocturne autour de ma chambre* : 1825.

> Joseph de Maistre : 1753-1821. *Les Soirées de Saint-Pétersbourg* : 1821.
>
> ♦
>
> Oliver Wendell Holmes (1809-1894), *The Autocrat of the Breakfast Table* : 1858. Laurence Sterne (1713-1768), *Vie et opinions de Tristram Shandy* (*The Life and Opinions of Tristram Shandy*) : 1759-1767.

MALHERBE (FRANÇOIS DE) : Malherbe avait raison. Et Dieu sait s'il aimait ça. Faire rimer deux verbes conjugués au même temps, deux adverbes en *ment*, etc., est une facilité. Ce n'est pas une question de devoir, mais de tenue : on se néglige, et par conséquent on néglige les autres. Ce grand législateur n'ayant pas publié d'art poétique, c'est grâce à son ami le poète Racan que l'on sait, si on ne l'avait pas compris en lisant ses poèmes, qu'il ne voulait pas « que l'on rimât les mots qui dérivaient les uns des autres, comme *admettre*, *commettre*, *promettre* », ni « les noms propres les uns contre les autres, comme *Thessalie* et *Italie* », et même qu'il voulait des rimes pour l'œil. (*Tarbes* qui prend un *s* ne devrait pas rimer avec *barbe* qui n'en a pas.) Ordres sévères, mais utiles : en tapant dans ses mains, Malherbe a rassemblé le petit troupeau des vers français qui rôdaillaient dans les buissons avec les dames et en revenaient tout dépeignés. « Enfin, Malherbe vint. » Ce n'est pas qu'avant on n'ait pas su faire de la poésie sérieuse, mais on l'aimait surtout comme objet charmant. Il est normal qu'en retour on ait jugé Malherbe emmerdant, pour ensuite revenir à lui, etc., dans le perpétuel balancement de la poésie française entre chanson et rigueur.

La raison qu'il disait pourquoi il fallait plutôt rimer des mots éloignés que ceux qui avaient de la convenance est que l'on trouvait de plus beaux vers en les rapprochant qu'en rimant ceux qui avaient presque une même signification. Et s'étudiait fort à chercher des rimes rares et stériles, sur la créance qu'il avait qu'elles lui faisaient produire quelques nouvelles pensées, outre que cela sentait son grand poète de tenter les rimes difficiles qui n'avaient point encore été tentées.

Paul Valéry ne dira pas autre chose : tout ça, ce sont des pense-bête. Installez un obstacle devant vous, vous sauterez plus haut.

Il faut régulièrement sortir la poésie du préjugé du son. Les poètes ne sont pas des troubadours, et leur art s'est affiné par l'imprimé, qui leur a apporté un degré d'abstraction. La poésie s'adresse à une oreille abstraite, à un œil qui écoute, comme disait Claudel. Malherbe a voulu lui redonner de la fierté.

Qui a déconseillé les mots en « ion » de plus de trois ou quatre syllabes « car de tels mots sont languissants et ont une traînante voix, et, qui plus est, occupent languidement la moitié d'un vers » ? Ronsard, dans son *Abrégé de l'art poétique*. Tiens, on a réfléchi avant Malherbe ! Lui et sa très méchante bande se sont employés à le grandir en rapetissant ses prédécesseurs. Malherbe a inventé la légende que Ronsard abusait de néologismes grecs et méticuleusement démoli Desportes, oncle de Mathurin Régnier, excellent poète, galant, railleur, très bon sur la fin des amours. « Adieu chansons, adieu discours,/Adieu nuits que j'appelais jours/Et tant de liesses passées,/Mon cœur, où logeaient les amours,/N'est ouvert qu'aux tristes pensées » (*Cléonice*). Desportes l'avait précédé comme poète de cour, Ronsard l'avait été avant lui. Malherbe était le genre d'écrivain qui veut réussir dans un champ de ruines plutôt que dans un champ de roses.

Malherbe est mieux qu'un poète utile. Il est injuste de lui attribuer ce rôle de cuistre en chef de la poésie française qu'il n'a jamais voulu prendre. C'était un bougon, pas un théoricien. D'ailleurs, quand on cultive des pensées pareilles, ce n'est pas pour la *correction*. Chez Malherbe, l'ordre est une passion. Il avait quelque chose de fou. Dans la *Vie de M. de Malherbe*, Racan le montre sérieux, préoccupé, maniaque, brusque ; dans les

Historiettes, Tallemant des Réaux le dit même « rustre et incivil ». Il ne pensait qu'à la poésie. Cela n'oblige pas à être un butor.

Il pensait que *les ouvrages communs durent quelques années*, et que *ce que Malherbe écrit dure éternellement*. Tous les poètes le disent. Dont moi. Je l'ai supprimé dans une réédition. Stupéfait de l'avoir écrit. Compensation du peu de lecteurs que nous envoie l'humanité, sans doute. Et Malherbe, encore une fois, n'a pas eu tort. Puisqu'il l'a dit, et qu'on le répète.

Il disait, selon Racan, qu'« un bon poète n'est pas plus utile à l'Etat qu'un bon joueur de quilles ». C'est une ironie, mais il le pense aussi. Il le pense, mais c'est une ironie aussi. Il ne prend pas la poésie pour un divertissement, puisqu'il veut sans cesse l'élever. Sa phrase est hautaine. Les « hommes d'Etat » nous méprisent, mais nous valons mieux qu'eux. C'est peut-être pour cela qu'il a pu les flatter sans gêne. Il a été le poète pour ainsi dire officiel d'Henri IV, puis de Marie de Médicis régente, puis de Louis XIII, c'est-à-dire qu'il n'oublia pas de glorifier Richelieu. Etait-il obligé d'être aussi péremptoire dans l'éloge ? Henri IV aurait admis un sourire, sans doute. Sourire n'est pas le genre de Malherbe. A Louis XIII allant assaillir La Rochelle, il dit : « Marche, va les détruire, éteins-en la semence. » Voilà le genre. Le genre Agrippa d'Aubigné, où l'on calomnie l'ennemi en recommandant son assassinat. Le genre des temps.

Qu'il ait appelé « consolations » les poèmes à ses amis sur un mort de leur famille m'éblouit. Au président de Verdun, il dit : quand tu pourrais faire revivre ta fille, « la voudrais-tu remettre en un siècle effronté » ? Mais oui ! En tout siècle ! Et même de plus effrontés, des vicieux, des bien pires ! A du Périer : « Et rose elle a vécu ce que vivent les roses,/L'espace d'un matin. » Précisément, un matin. Je l'aurais bien gardée l'après-midi. Il ne s'épargne pas lui-même : dans le sonnet sur la mort de son fils, il admet cette mort même. La seule chose qu'il n'accepte pas est qu'elle ait été causée par *deux marauds*. Snob jusque devant la tombe.

Il n'a aucun humour. Je n'en parlerais pas s'il ne voulait en faire. Ses épigrammes sont des kilogrammes.

Il est impeccable, et je me rends compte en l'écrivant que je lui fais perdre dix mille lecteurs. Malherbe a une spécialité, le splendide premier vers.

> Que direz-vous, races futures…
>
> Beauté, mon beau souci…
>
> Ils s'en vont, ces rois de ma vie…
>
> O Dieu je vous appelle, aidez à ma vertu…

Je me trompe, car le dernier est le premier vers du tercet final d'un sonnet : « O Dieu je vous appelle, aidez à ma vertu,/Pour un acte si doux allongez mes années,/Ou me rendez le temps que je n'ai pas foutu. » Malherbe pouvait donc se moquer ! Allez, en voici d'autres :

> Les funestes complots des âmes forcenées…
>
> Allez à la malheure, allez, âmes tragiques…
>
> Âmes pleines de vent que la rage a blessées…
>
> Revenez, mes plaisirs : ma dame est revenue…

Malherbe, c'est le grand rythme. Il est du reste meilleur dans les stances et les odes que dans le sonnet, rose qu'il manipule avec un gant de fer. Il engueulerait l'amour, si les temps lui permettaient d'y penser. Parfait dans le vocatif, la harangue, il hèle plutôt qu'il ne chante. C'est le grand poète pas aimable de notre littérature.

📖 « Tout beau, pensers mélancoliques,
   Auteurs d'aventures tragiques,
   De quoi m'osez-vous discourir ?

Impudents boutefeux de noise et de querelle,

Ne savez-vous pas bien que je brûle pour elle,

Et que me la blâmer c'est me faire mourir ? » (« Plainte sur une absence. »)

> 1555-1628.
>
> ◆
>
> *Recueil des plus beaux vers de MM. de Malherbe, Racan, Monfuron, Maynard, Boisrobert, L'Etoile, Lingendes, Touvant, Motin, Mareschal et autres* : 1627. *Les Œuvres de M. François de Malherbe* : posth., 1630. *Œuvres poétiques* : 1968.
>
> ◆
>
> Philippe Desportes (1546-1606), *Cléonice* : 1583. Honorat de Racan (1589-1670), *Vie de M. de Malherbe* : 1672. Pierre de Ronsard (1524-1585), *Abrégé de l'art poétique* : 1565.

MALLARMÉ (STÉPHANE) : Voici ce qui m'agaçait dans Mallarmé. *Ce* : « je ne vois, et ce reste mon intense opinion […] » (« Crise de vers », *Divagations*). *En le* : « il se flattait de les rencontrer en le bazar d'illusion des cités » (« Arthur Rimbaud », *Divagations*). *Là, de l'espace si* : « car un Salon, surtout, impose, avec quelques habitués, par l'absence d'autres, la pièce, alors, explique son élévation et confère, de plafonds altiers, la supériorité à la gardienne, là, de l'espace si, comme c'était, énigmatique de paraître cordiale et railleuse ou accueillant […] » (« Berthe Morisot », *Divagations*) ; et la phrase continue, ressemblant à un nain difforme s'emmêlant dans les membres en plastique d'un mannequin qu'il essaierait d'installer dans une vitrine.

Et il m'a suffi de le lire un peu continûment pour me rendre compte que Mallarmé n'est pas un écrivain qui remplace une expression simple par une expression rare pour avoir l'air élégant, avec la légère vulgarité petit doigt en l'air que ces manières confèrent. A une époque de naturalisme triomphant, la littérature prenait, à son estime, une accessibilité dangereuse. Pour elle : on se diminue en s'abaissant. Mallarmé est une tentative d'éloignement de la littérature de la foule, cette foule alors si menaçante et dont il emploie toujours le nom avec dégoût. Il n'est pas obscur, il est loin. Sa difficulté est une légende. C'est simplement un écrivain qui doit se lire en trois fois. La première, on ne « comprend » pas. La deuxième, la buée se rétracte, on aperçoit des contours d'images. La troisième, lumière. Le mallarméisme consiste à éloigner au maximum le fait à décrire au moyen du vocabulaire et, plus encore, de la syntaxe.

C'est en cela qu'il a choqué. Lui si français, si galant, si Louis XV, fut accusé d'écrire en moldo-valaque, comme disaient les esprits boulevardiers du temps. C'était les débuts de l'instruction publique, et la grammaire devenait un absolu. Ajoutez-y le caractère français qui veut que tout soit expliqué. Et avec ça, il n'était possible qu'en France.

Pour le vocabulaire, quand il remplace un mot usuel, c'est par un mot, non pas savant, mais archaïque. « Méchef. » « Frérial. » « Nénie. » Mettez « cil » au lieu de « celui », dans : « Voici la date mystérieuse, pourtant naturelle, si l'on convient que celui, qui rejette des rêves [...] » (« Arthur Rimbaud »), et nous sommes en 1550 : Mallarmé écrit comme Maurice Scève. Pour la syntaxe, inversant les règles de Vaugelas, il éloigne du verbe le complément d'objet et le sujet, plaçant parfois un complément indirect avant le complément direct, ou supprimant le pronom personnel sujet (« et me plais à l'affirmer »), rejette l'épithète le plus loin possible de ce qu'elle qualifie, place la métaphore avant son objet. Tout cela, n'est-ce pas du latin ? Cette langue avait des désinences pour permettre de relier intellectuellement ses mots baladeurs ; c'est plus compliqué en français, même s'il dispose de quelques accords. « Instituer une relation entre les images exacte [...] » (« Crise de vers ») : nous comprenons qu'« exacte » se rapporte à « relation ». Le latin n'employait pas de signes de ponctuation : Mallarmé a été le premier à les supprimer en poésie. Au contraire, en prose, il les multiplie, créant même un signe à lui, les deux points horizontaux (..), dont le sens n'est pas très apparent.

Il refuse le langage courant, en ce qu'il piétine. Il associe machinalement telles images à tels mots : « quelle déception, devant la perversité conférant à *jour* comme à *nuit*, contradictoirement, des timbres obscur ici, là clair » (« Crise de vers »). C'est en fait au cliché que Mallarmé s'oppose, même s'il n'emploie pas le mot. Dans la mesure où tout langage est une fiction qu'un certain nombre de personnes s'accorde tacitement à croire, le langage parlé n'étant que la plus répandue, la façon d'écrire d'un écrivain (ce qu'on appelle « style ») est une langue étrangère que tout le monde peut comprendre. Celle de Mallarmé a été une création plus ostensible que les autres.

Le mallarmé (le français, le verlaine, le mallarmé) aurait été mieux compris dans des temps très anciens où existaient un langage hiératique et un langage démotique, le premier pour les prêtres (les écrivains et les lecteurs), le second pour le peuple (les autres). Les pages de Mallarmé donnent l'impression d'hiéroglyphes marchant de profil, nobles et lents, tâtant d'un balayé de l'orteil le terrain devant eux. Cela en prose aussi bien qu'en poésie. « Mais, en vérité, il n'y a pas de prose : il y a l'alphabet, et puis des vers plus ou moins serrés, plus ou moins diffus. » (Réponse à l'*Enquête sur l'évolution littéraire* de Jules Huret.) S'il avait été absolument conséquent, il aurait écrit en mallarmé jusque sa correspondance. Or, il y change de façon d'écrire selon les destinataires : avec Swinburne, écrivain, il écrit en mallarmé, ou peu s'en faut ; avec Méry Laurent, sa maîtresse, il est charmeur et poète d'amour, c'est-à-dire pas tout à fait poète ; avec la femme de chambre de Méry Laurent, il écrit lisible pour elle, en français « normal ».

Il ne réussit pas toujours, et c'est là qu'il est irritant : ne réussissant pas, il donne prise aux brutes. Ceux qui sont fiers de *ne pas comprendre*. « Mallarmé ? Comprends pas ! » Cela rappelle la réponse de Mendelssohn à une femme qui lui disait ne pas aimer Mozart : « Mais, chère madame, cela n'a aucune importance. » Hélas, le tranchant de ces gens-là peut séduire les faibles et les paresseux, qui pourraient tout aussi bien se plaire et s'améliorer dans Mallarmé. Comme chez tous les très bons écrivains, ses échecs sont beaucoup plus visibles que ceux des écrivains moyens, qui ont des échecs moyens, d'ailleurs peu différents de leurs réussites. L'échec de Mallarmé se produit en prose, dans des puzzles où il semble vouloir nous forcer à résoudre une énigme dont le résultat est banal. (L'effroyable essai sur Berthe Morisot dans *Divagations*, la préface à *Vathek*.) Ils en feraient oublier ses réussites, ses grandes réussites de prose, fines, altières, humoristiques, détachées pas tellement. Sous la surface en porcelaine de Mallarmé se trouve un pamphlétaire.

S'il n'a pas la poésie au bout des doigts comme La Fontaine ou Apollinaire, il la réussit merveilleusement. Lettré chinois dans une des cours de la Cité interdite le travail du jour fini, assis en tailleur, il lance des osselets en l'air. Ils y restent. Les poèmes de Mallarmé sont des idéogrammes dans le ciel, contenant un secret qu'il est inutile de déchiffrer. L'important est le jet.

Il y emploie parfois des provocations, comme telles enfantines. Commencer un vers par « yeux » (« Le pitre châtié »), mot gênant à prononcer, c'est finalement lui ajouter de l'importance. De même, écrire « Indomptablement a dû » (« Petit air II »), qui prononcé régulièrement donne : « indontablementadu », ou « Fantôme qu'à ce lieu son pur éclat assigne » (« *Le vierge, le vivace et le bel aujourd'hui...* ») qui, soit qu'on prononce le *t* de liaison, soit qu'on l'élide, produit un son aussi éblouissant à l'oreille que grinçant à l'œil (sonpuréclahassigne, sonpuréclatassigne). La poésie n'est pas la concurrente de la banalité.

Mallarmé n'est pas un poète musical dans le sens mélodieux ni même sonore du terme, mais dans le sens rythmique. Il écrase la fin des sons. « Suffoquant de chaleurs le matin frais s'il lutte » (« L'après-midi d'un faune »). Et rien n'est plus *traditionnellement* français. Sa poésie a été longtemps marquée par Baudelaire, comme on le remarque à une certaine brutalité de vocabulaire : « guignon », « cervelle », « génie », le « bétail ahuri des humains », ainsi qu'à : « désir », « maladif », « remords », « vice », « stérilité » (« bouquin », vulgarité qu'il emploie à deux reprises, étant un flaubertisme). Très bons poèmes d'ailleurs, moins poing montré au ciel que ceux de Baudelaire, d'un matérialisme tranquille. Il s'est sorti du baudelairisme par le racinisme, avec « Hérodiade », qui a fait chuter ce vocabulaire d'un coup. Après quoi, ôtant ses gants en caoutchouc, il a inventé une langue proprement mallarméenne : « abolir », « silence », « inanité », « vacant ». Il avait trouvé sa pensée.

Ces mots et cette pensée aboutissent naturellement à : « Muse moderne de l'Impuissance, qui m'interdis », etc. (« Symphonie littéraire », dans les *Pages diverses*.) C'est, attention ! une muse à laquelle il reste sourd : loin d'être un impuissant, Mallarmé en a rempli, des *pages blanches*. Pensez-y lorsque vous lirez les auteurs de volumes sur l'*impuissance* et l'*échec* : ils ont *réussi* à *créer* des livres. Ce qui n'annule pas leur propos. La coquetterie peut n'être qu'un vilain maquillage à la vertu. Et il ne manque pas d'écrivains qui fanfaronnent sur leur réussite sans se rendre compte qu'ils sont des ratés qui ont réussi des livres de peu d'intérêt.

« Toutes les fois qu'il y a effort au style, il y a versification » (*Enquête sur l'évolution littéraire*). *Effort*, n'est-ce pas. Mallarmé est un travailleur, et non le précieux (sens péjoratif) que raillaient ses détracteurs : il lui manque la part d'hystérie des précieux (sens non péjoratif), qui fait que leur torsion de la langue, accomplie sans effort, cesse d'être un calcul. De même, quand il dit de Villiers de L'Isle-Adam qu'il a « une adoration pour la vertu des mots » (*Divagations*) : Mallarmé pensait que les mots ont une vertu. Laquelle, il aurait dû le préciser. Appliquer au langage le vocabulaire de la morale, de la part d'un écrivain dont toute l'œuvre montre qu'il s'en fout, doit être une inadvertance.

Dans *Un coup de dés jamais n'abolira le hasard*, il met, comme il le dit à Huret, un pianoté autour de l'alexandrin ; c'est vrai aussi de *L'Après-midi d'un faune*. Le mallarméisme a consisté à secouer la vieille prosodie pour en faire tomber les fruits morts. *Un coup de dés*, premier poème français moderne à avoir modifié la présentation habituelle des vers, se lit comme une partition : grands blancs, passages en italique, d'autres en capitales, d'autres en tout petits caractères, des zigzags, le tout étant une indication sur la façon de dire ou de se dire le poème, à voix plus ou moins haute, en chuchotant, en hésitant, etc. « On a touché au vers », dit Mallarmé avec humour (« La Musique et les Lettres », *Pages diverses*). *On* a également touché à la foi française dans une certaine perfection des poèmes. Si *Moby Dick*, privé d'enflure, avait été un poème, il aurait pu être celui-ci.

C'est parce qu'il a peu à dire que Mallarmé a tellement pu raffiner sur la diction. Chez lui, pas d'idées sur la société, les mœurs, le gouvernement, ah quelle haleine fraîche ! Même en matière de langage, sa principale préoccupation, il n'apporte pas infiniment de choses. Oui, je sais, écrire le livre absolu, le livre avec un *L* majuscule, « le Livre, persuadé au fond qu'il n'y en a qu'un, tenté à son insu par quiconque a écrit, même les Génies » (lettre à Verlaine, 16 novembre 1885), mais enfin c'est une chose qu'il a plus rêvée que créée, laissant aux commentateurs le soin de se donner 20/20 à eux-mêmes en les lui donnant, selon la vieille tactique de laisser parler l'examinateur afin que, content de lui, il vous donne une bonne note. Mallarmé est un écrivain qui montre, ou plutôt, qui évoque, et même, qui indique. Pas des sentiments, ni même des pensées : des faits. De la matière. Et le fait de montrer est l'objet de sa réflexion. C'est ce que Paul Valéry appellera la « poésie pure » (Mallarmé parle de « la notion pure » d'un fait, dans « Crise de vers »). Merveilleux attentat contre la littérature de sujet.

Elle n'en est pas morte, elle ne peut pas mourir, car le public moyen en voudra toujours, mais elle a son bonnet d'âne.

C'est en raison de cette horreur fondamentale du sujet que *Pour un tombeau d'Anatole*, poème que Mallarmé voulait écrire sur la mort de son jeune fils, est resté inachevé : l'intime aussi est un sujet. Et ces notes non mallarméennes sont déchirantes, car Mallarmé se rendait responsable de la mort (par rhumatisme articulaire et hypertrophie cardiaque) de son enfant.

Mallarmé est l'apothéose de Racine. Après lui, nous sommes devenus vulgaires. C'était pour nous sauver. Il était impossible de perfectionner sa rosace de sucre. La littérature française en aurait expiré comme une tuberculeuse élégante de roman douceâtre. Arrive Proust, très romancier, très maçon, relevant ses manches et touillant sa matière, vulgaire, de ce point de vue : il redonne de l'énergie à la littérature française pour des décennies.

📖 « Une nation a le droit d'ignorer les poètes de l'autre, du fait qu'elle néglige les siens. » (« Tennyson vu d'ici », *Divagations.*)

> 1842-1898.
> ♦
> *L'Après-midi d'un faune*, illustré par Edouard Manet : 1876 (éd. définitive en 1887). *Album de vers et de prose* : 1887. *Vers et prose* : 1893. *Divagations* : 1897. *Poésies* : posth., 1899. *Œuvres complètes* : posth., 1945. *Pour un tombeau d'Anatole* : posth., 1961.

MALRAUX (ANDRÉ) : Cinq fois j'ai essayé de lire *L'Espoir*. C'est dire si on est sensible au tapage ; un autre, ça aurait été deux. A la page 10 cela n'existe plus pour moi. C'est de l'*Intervilles* politisé, et vraiment, vraiment pas soigné. De même, *La Condition humaine* est une politisation des romans de voyages à la mode dans les années 1930 : au lieu du *Kama-sutra*, Maurice Dekobra feuillette Lénine avec une jeune femme originaire *des colonies*. Moins romans que tentatives de fiction, l'air de reportages d'Actualités cinématographiques projetés trop vite, ces romans succèdent à des livres fantaisistes que Malraux a supprimés de sa bibliographie, *Lunes en papier* et *Royaume farfelu* : plus encore que Barrès, qu'il aimait, il a eu deux périodes. Le passage s'est fait par *La Tentation de l'Occident*, roman par lettres avec de vrais morceaux de Toulet. Le roman ne convenait pas à Malraux, mais que serait-il devenu s'il était resté dans le farfelu et son guilleret?

Que Malraux soit un romancier peu romancier, me semble le confirmer cette phrase : « Vraiment, les opinions politiques de Madame Verdurin ou de la duchesse de Guermantes vous intéressent? » (Roger Stéphane, *André Malraux, entretiens et précisions.*) Quel mépris! Il me semble que les opinions politiques de Madame Verdurin nous intéressent autant que les opinions de, comment s'appelle-t-il, déjà? Garine. Nous intéressent non seulement les opinions politiques des personnages, mais encore leurs sottises. C'est même un des curieux effets des romans réussis, que nous acceptions de passer autant de temps avec des gens que nous fuirions dans la vie. Il dit à Claude Mauriac : « Vous rencontrez pas assez de cons dans la vie? Il vous en faut aussi dans les romans? » (*Et comme l'espérance est violente.*) Objection que je comprends mieux, il y a une trop grande complaisance de certains romanciers à décrire les cons, mais c'est une position idéaliste pour le roman, et on ne peut pas écrire de roman en étant idéaliste. On trouve dans les *Six entretiens avec André Malraux sur des écrivains de son temps* de Frédéric Grover une indication sur ce que Malraux pensait de la façon d'écrire : il juge Drieu « un styliste de premier ordre ». Drieu qui écrivait si négligemment, au bord du manque de conscience. (J'ai souvent remarqué que, quand on dit d'un écrivain qu'il est un styliste, il écrit très mal.) Comme ce sont des phrases que Malraux a *dites*, pas écrites, je ne m'en servirai pas plus longtemps; au reste, plus loin, à propos de leur conversation, il dit à Stéphane : « Proust aurait eu envie de rigoler. Il aurait dit : "Qu'est-ce que c'est que ces calembredaines?" » Voici une chose sur le roman qu'il a écrite et qui me semble très exacte, une de ces antidéfinitions comme il les aime : « Un personnage n'est pas un individu, en mieux. » (*Les chênes qu'on abat*...)

Il est parfois hasardeux, on le constate dans *Lazare* et dans *L'Homme précaire et la littérature*, où il fonde d'intéressantes généralités sur quelque chose de très lui, la précision vague. C'était aussi le grand défaut de Barrès. Tous deux aiment s'enivrer, Barrès de rythme, Malraux de notions. N'ayant pas eu son bac, il ne cesse de nous présenter un bulletin d'appréciations sur lequel on a envie d'écrire : « Trop de connaissances. » Les autodidactes veulent prouver qu'ils savent. Et, de même que le converti s'éblouit de sa conversion, l'autodidacte s'émerveille de choses banales et va par les rues criant que la lune est ronde. Par goût ou par ruse, Malraux a un penchant pour les sujets *people* : et le voici discourant sur César et Cléopâtre, Napoléon et Marie-Louise, Hammourabi et son code. Enfin ! il n'avait pas le principal défaut des autodidactes, la susceptibilité.

Il débite moins de n'importe quoi que ses ennemis ne le disent. Longtemps, il fut convenu de trouver ses écrits sur l'art très bêtes, mais cela participait de la croyance en la spécialité, qui tend à exclure toute personne non diplômée d'un domaine. De la part des historiens d'art, si souvent doués pour la banalité en parler cuistre, c'était comique. Malgré des généralisations hasardeuses, Malraux conçoit des idées générales plus intéressantes qu'il n'en émane de trois générations de spécialistes. En particulier dans *Les Voix du silence*, où il réfléchit à ce qu'est un musée, à ce qu'a changé la photographie dans la compréhension de l'art ou aux conditions matérielles du spirituel. Malraux était un esprit pratique. « Le peintre qui se veut le plus attaché à la nature ne dit pas devant un tableau : "Quel beau spectacle !" mais il dit devant le paysage qu'il a choisi : "Quel beau tableau !" Cézanne n'aimait pas la montagne Sainte-Victoire comme un ascensionniste, mais pas davantage comme un contemplateur. »

Il n'est pas celui qui a fait du ministère de la Culture, créé pour lui par le général de Gaulle, un ministère de la propagande.

Ce n'est pas si mal, d'avoir gratté la peau des immeubles de Paris et enlevé au Marais ses furoncles de boutiques. Noiraude et pustuleuse, Paris est devenue l'Acropole. « Ça ne m'est pas du tout égal d'avoir changé la couleur de Paris et surtout d'avoir transformé une ville triste en une ville gaie » (Stéphane, *Entretiens*). De même, d'avoir fait creuser les fossés de la colonnade du Louvre d'après les dessins de Claude Perrault. En 1999 eut lieu aux Cordeliers, à Paris, une exposition où l'on voyait dans une vitrine une note adressée à son adjoint Bernard Anthonioz : le tapis de table du Conseil des ministres est d'un vert hideux, lui disait-il ; faites-le changer. Que, dans un endroit aussi solennel, un homme ait pensé à une chose pareille, ça n'est pas mal. C'est la France quand elle prend les bons côtés de François Ier. (Cela pourrait aussi être la Chine, le Japon ou l'Italie.) Malraux, coude sur la table, poing relevant la peau de la joue vers un œil ennuyé, attend que ces tuantes parlotes se passent et, tout d'un coup, *voit* la table avec son vilain tapis.

Dans *De Gaulle*, François Mauriac écrit que Malraux rêve d'être ministre de l'Intérieur. Malraux en a ri (*Grover*), mais ce n'était peut-être pas si perfide. « — Nous étions en 58, ne l'oublions pas. Vous aviez souhaité l'Intérieur... — Non, je ne l'avais pas souhaité. Je l'aurais accepté, en attente, si le Général me l'avait demandé » (Mauriac, *Espérance*). Malraux à l'Intérieur, on se serait poilés. Il aurait fait réciter des vers de Nerval aux agents de la circulation. Il n'aurait pas été mal non plus à l'Education : dans les *Antimémoires*, il raconte que, à la Libération, il eut le « dada » de se servir de la télévision pour transformer l'enseignement. C'est un dada qui n'a pas été très chevauché. Un écrivain a été ministre de l'Intérieur avant Malraux, Chateaubriand ; par intérim, auprès de Louis XVIII réfugié à Gand pendant les Cent Jours.

Malraux est supérieur dans un genre inférieur, l'éloquence. Ses *Oraisons funèbres* forment un livre remarquable. Il dit « je ». Crée des images. Et splendides, comme dans son discours sur la translation (et non *transfert*, comme il le dit) des cendres de Jean

Moulin au Panthéon, ou dans son discours de 1948 à Pleyel : « Il n'était pas entendu que les lendemains qui chantent seraient ce long ululement qui monte de la Caspienne à la mer Blanche, et que leur chant serait le chant de bagnards. » Il y a encore des gens pour vous dire qu'il était communiste. Quelqu'un qui l'a très bien connu m'a raconté que, un jour, à propos des gaullistes, il a dit à un chef du Parti communiste français : « Entre vous et nous, il y a une chose en commun : les cons. »

Cet écrivain quelquefois trop général est précis sur le Général. *Les chênes qu'on abat...* est un de ses meilleurs livres. (Les trois points à la fin du titre, signe que Malraux utilise souvent sans qu'on puisse en discerner la raison exacte, sont une trace de Laforgue.) Certains se sont étonnés des longs développements de Malraux de ce livre : de Gaulle avait-il un tempérament à écouter aussi longtemps ? Mais sans doute. Les politiciens parlent beaucoup, car ils estiment tout savoir, puis, tout d'un coup, se taisent. Non qu'ils écoutent, mais ils se méfient : une phrase d'eux pourrait être considérée comme un engagement. Dans les *Antimémoires*, Malraux dit qu'il est frappé par le silence de De Gaulle.

On a prétendu qu'il avait beaucoup arrangé ce que de Gaulle lui avait dit. « On dressera une grande croix de Lorraine sur la colline... Elle incitera les lapins à la résistance. » Cette phrase était tout à fait le genre de De Gaulle : s'il ne l'a pas dite, Malraux l'a inventée avec exactitude. Il crée ce livre de reportage avec de l'imagination, comme une œuvre d'art. Comme le dit Clappique dans les *Antimémoires* : « J'ai eu pas mal de renseignements vrais, et j'essaie d'imaginer le reste dans le sens de la vérité. » Traduit en grec ancien : « La poésie est plus philosophique et d'un caractère plus élevé que l'histoire » (Aristote, *Poétique*).

Il y a au début des *Chênes qu'on abat...* des passages de goût chevaleresque comme il les aimait et avec la défectuosité du vocabulaire qui le caractérise parfois. Il s'en rend compte : « Qui dans cent ans pourra supporter sans rire des mots tels que "démystification", "structure", "frustration" ? » Eh ! déjà moi. Sa frivolité à lui, c'était l'Univers. Qui est d'autre part ce qui le sauve du cabotinage. Malraux, c'est Guitry. Un Parisien à anecdotes, ne croyant à rien, indulgent et moqueur et poétique. « Salut, moucheur de chandelles inconnu qui fixas deux lattes en croix pour y planter les lumières [...] » (*L'Homme précaire et la littérature*). Antonin Artaud et Georges Bataille divinisés par critique ? Il appelle ça *des nanas* : « Je l'entends au sens Niki de Saint-Phalle » (Mauriac, *Espérance*). On pourrait faire un recueil de ses dires.

De Gaulle : un « ruminant prodigieux » (Claude Mauriac, *Et comme l'espérance est violente*).

C'est lui qui a créé l'expression « politique politicienne » (Claude Mauriac, *Et comme l'espérance est violente*).

Hemingway, c'est un fou qui a la folie de la simplicité. (Bruce Chatwin, *Qu'est-ce que je fais là?*)

Entre dix-huit et vingt ans, la vie est comme un marché où l'on achète des valeurs, non avec de l'argent, mais avec des actes. La plupart des hommes n'achètent rien (Julien Green, *Journal*, 27 mars 1930).

Je crois que ce sont toujours les mêmes qui reçoivent les beignes (Roger Stéphane, *Fin d'une jeunesse*).

Là où il est le meilleur, c'est quand il parle des écrivains. Plus que sur la littérature. Avec quelle affection sans affectation, quelle indulgence, quelle vivacité et quelle drôlerie souvent. Quelle familiarité. C'étaient des gens de sa famille. De temps à autre il lui échappe une divagation : « Or le vrai dialogue, le vrai conflit de Barrès n'est pas avec l'Allemagne mais avec l'Asie. Le vrai ennemi de Barrès c'est l'Inde », qui a à peu près autant de sens que si je disais : « Le fond de la pensée de Cocteau, c'est la cuisine au beurre », mais ça n'est pas grave. Il y a Céline à qui il trouve « quelque chose du chanteur anarchiste de café-concert », ou, encore mieux : « Proust a un style parlé. » Sur Aragon : « Non, non, et non. Aragon est un con » (Stéphane, *Entretiens*).

La divagation lui évite d'être court. Il cherche à aller plus haut. C'est dans les *Antimémoires* qu'il réussit le mieux la fusion du parisianisme et du germanisme, et c'est un chef-d'œuvre. Sa meilleure œuvre d'imagination, dans le sens où l'imagination n'est pas fantasmagorie, mais mise en ordre de la vie par l'image. Il n'y apparaît que comme scribe de grands notables. Il n'y a pas moins narcissique que Malraux.

📖 « Voici le fracas des chars allemands qui remontent vers la Normandie à travers les longues plaintes des bestiaux éveillés : grâce à toi, les chars n'arriveront pas à temps. Et quand la trouée des Alliés commence, regarde, préfet, surgir dans toutes les villes de France les commissaires de la République – sauf lorsqu'on les a tués. Tu as envié, comme nous, les clochards épiques de Leclerc : regarde, combattant, tes clochards sortir à quatre pattes de leurs maquis des chênes, et arrêter avec leurs mains paysannes formées aux bazookas l'une des premières divisions cuirassées de l'empire hitlérien, la division *Das Reich*. » (« Translation des cendres de Jean Moulin au Panthéon », *Oraisons funèbres*.)

1901-1976.

◆

Lunes en papier : 1921. *La Tentation de l'Occident* : 1926. *Royaume farfelu* : 1928. *La Condition humaine* : 1933. *L'Espoir* : 1937. *Les Voix du silence* : 1951. *Lazare* : *Antimémoires* : 1967. *Oraisons funèbres* et *Les chênes qu'on abat...* : 1971. *L'Homme précaire et la littérature* : posth., 1977.

◆

Bruce Chatwin (1940-1989), *Qu'est-ce que je fais là ?* (*What Am I Doing Here*) : 1989 (trad. française : 1991). Frédéric Grover, *Six entretiens avec André Malraux sur des écrivains de son temps* : 1978. Roger Stéphane, *Fin d'une jeunesse* : 1954 ; *André Malraux, entretiens et précisions* : 1984.

Mama Doloré : C'est la tante de Fermina Márquez dans le roman de Larbaud, une Créole qu'on croirait de soixante ans et grasse si le narrateur ne nous apprenait que c'est une paresseuse indifférente de quarante : « Elle était singulière, trop bien habillée, trop parfumée, et mal élevée, et charmante : elle fumait nos cigarettes et, quand elle s'adressait à l'un d'entre nous, elle l'appelait "Queridín", avec le ton d'une amoureuse. » Malgré cela, et même si elle donne trop d'argent de poche et de friandises au petit Márquez, elle n'est pas une corruptrice : un jour que Fermina revient d'une promenade avec Léniot, elle la gifle. Réflexe qui ne vient pas de la morale, mais de ce que cette promenade, l'inquiétant un instant, a dérangé sa paresse. Elle a un sens anglais du confort, et je l'imagine célibataire, une Joséphine de Beauharnais qui n'aurait pas eu le moment d'énergie pour épouser.

Manon Lescaut (Histoire du chevalier des Grieux et de –) : Le succès de *Manon Lescaut* dans les temps contemporains vient sans doute de ce qu'un chanteur et quelques cinéastes ont bien adapté ce roman mal fait. C'est un squelette en morceaux au fond d'une boîte : pas de chair, pas de sang, pas de nerf, pas une description de lieu, de personne, que d'os, que d'os ! Quelques tendons les relient, les innombrables adverbes.

Il y a très peu de progression dans les faits ni surtout dans les sentiments : dès le début du roman, on se doute de ce que sera la fin. Quant aux situations... Bah, des situations, tout le monde en trouve. Elles dépendent de la vitalité des personnages. Laquelle tient à une vue précise qu'en a l'auteur. Elle lui donne une voix. Prévost a la voix de tout le monde en 1730.

Il s'y trouve au moins une phrase chantante : « Crois-tu qu'on puisse être bien tendre lorsqu'on manque de pain ? » Elle chante, non grâce à l'abbé Prévost, mais à Meilhac et Halévy et à Offenbach, qui l'ont mise dans le « O mon cher amant je te jure » de *La Périchole*. Soyons justes, la suite de l'opérette, « A quels transports peut-on s'attendre/En s'aimant quand on meurt de faim ? », est moins senti que ce qu'ajoute Manon dans le roman : « La faim me causerait quelque méprise fatale ; je rendrais quelque jour le dernier soupir, en croyant en pousser un d'amour. » Il y a de belles phrases dans ce livre. Ce sont les phrases immorales. « C'est Lescaut, dit-il, en lui lâchant un coup de pistolet ; il ira souper ce soir chez les anges. » Si Racine avait écrit un roman, il aurait été quelque chose comme *Manon Lescaut*.

📖 « J'étais bien aise, au contraire, de m'appliquer à quelque chose d'honnête et de raisonnable, autant que ce dessein pourrait s'accorder avec mon amour. »

‖ 1731.

MARIVAUX (PIERRE DE) : C'est un vol de roses, cet homme. Il crée avec une gaieté tendre des personnages sans malice. Tous honnêtes. S'ils mentent, c'est tout au plus dans l'intérêt de l'amour. On peut dire que c'est un monde d'églogue, de pastorale, de virgileries : oui, mais c'est un monde. La voracité de bassesse est grande, tant chez les auteurs que chez les lecteurs, mais par quel moralisme la littérature s'interdirait-elle de s'occuper des gens comme ça ?

Marivaux est un morceau de Shakespeare. Le morceau féerique. *Le Jeu de l'amour et du hasard*, où Silvia joue à être Lisette qui joue à être Silvia pour tromper Dorante qui joue à être Arlequin qui joue à être Dorante pour tromper Silvia, c'est *La Comédie des erreurs* où les frères jumeaux et leurs valets également jumeaux feraient exprès de tromper au lieu de se tromper. Silvia de *La Double Inconstance*, Silvia qui dit : « Je ne veux qu'être fâchée », pourrait être l'adorable Béatrice qui trépigne d'amour dans *Beaucoup de bruit pour rien* ; dans la même pièce, ces Etats d'un prince où se résolvent des tracas d'amour, c'est *Comme il vous plaira* dans la forêt des Ardennes sans le duc usurpateur et méchant ; sans le méchant. Il n'y a que de la gentillesse dans Marivaux ; il survole ? Si gracieusement ! Et cela n'empêche pas les aperçus frappants. Il me semble qu'il y a beaucoup de choses, sous cette phrase de son roman *La Vie de Marianne* : « Estimez mes qualités tant qu'il vous plaira, vous diraient tous les hommes, vous me ferez grand plaisir, pourvu que vous m'honoriez, moi qui les ai, et qui ne suis pas elles... » *Et qui ne suis pas elles.* Marivaux n'insiste pas. Certaines pensées délicates deviennent balourdes dès qu'on commence à les expliquer. C'est également vrai dans ses pièces de théâtre, qui ne sont jamais, au contraire de tant d'autres, des aguicheuses épaissement parfumées à l'œil qui traîne.

Ses personnages se nomment presque toujours Frontin, Angélique, Lisette, et qu'est-ce qui nous empêcherait de penser que la Lisette de *L'Ecole des Mères* et celle de *La Mère confidente* sont la même personne ? Ils parlent tous de la même façon légère. Marivaux n'employait-il pas le langage de l'aristocratie de l'Ancien Régime ? Un langage, idéal ou réel, qu'utilisait l'ensemble de la société ? D'une certaine façon, toute société parle comme sa classe dominante. Madame de Pompadour, Lisette. Vous, moi. Contrairement à ce que notre vanité pense, ce n'est pas toujours l'individu qui parle par notre bouche. Il est d'ailleurs plus probable que Marivaux ait inventé un langage imité ensuite. Les fictions que nous croyons les plus réalistes ne sont souvent que des obsessions féerisées de l'auteur. En retour, les fictions les plus féeriques sont peut-être des plus réalistes. L'argot *tante* des romans de Jean Genet est-il si éloigné du parler des truands ?

« Bon », disent les personnages, ou « crac », ou « moi ». « Bon c'est que je les examine, moi, voilà pourquoi » (*La Double Inconstance*). Le naturel ressortit à l'art au même titre que le pantoum ou le rondel. Dans Marivaux, il tient aussi beaucoup à l'utilisation de la virgule. Sa présence dans de longues répliques sans conjonctions de coordination, à peine ralenties par un point-virgule, leur donne quelque chose de légèrement haletant, comme une haleine sortant en phylactères de bande dessinée du petit groupe de dames en robes à paniers qui approchent, là-bas, à petits pas crissants sur le gravier du château.

> Mettez-vous à ma place : c'était le garçon le plus passable de nos cantons, il demeurait dans mon village, il était mon voisin ; il est assez facétieux, je suis de bonne humeur, il me faisait quelquefois rire, il me suivait partout, il m'aimait, j'avais coutume de le voir [...] (*La Double Inconstance*).

Même s'il y entre la part d'inattention à ces choses au XVIIIe siècle, Marivaux ponctue aussi légèrement qu'il donne peu d'indications de scène. Que le soulier pose à peine la pointe !

Ce qui rend ses pièces plus féeriques qu'elles n'étaient, c'est la République. Elle nous a fait perdre les nuances pratiques et psychologiques des titres de comtes, princes, marquises. Cette société nous est devenue l'Egypte des pharaons. La France, de ce point de vue, est plus proche de la République populaire de Chine que de l'Italie ou de l'Angleterre.

Un élément de la séduction de Marivaux est la naïveté avec laquelle certains personnages expriment leurs pensées à voix haute. Un autre est qu'ils ont presque tous seize ans. Quand arrive un oncle présenté comme un prodige de vieillesse, celui de *La Mère confidente*, il a trente-cinq ans. Marivaux est l'inventeur de la jeunesse polie et fraîche. Quel paradis ! Musset l'a visité.

Marivaux n'explore pas certaines failles, qu'il n'a peut-être pas aperçues. On ne voit pas nécessairement toutes les conséquences de ce qu'on écrit. Dans *L'Ecole des Mères*, celle d'Angélique lui vante sa stricte éducation, qui lui a conféré une « simplicité qui ne [lui] laisse ignorer que le mal ». Angélique : « Qui ne me laisse ignorer que le mal ! Et qu'en sait-elle ? Elle l'a donc appris ? Eh bien, je veux l'apprendre aussi. » Elle est au bord de la Merteuil, cette petite. Vingt ans après, ce sera même une perverse qu'on devra prénommer Juliette. Cependant tout s'arrange, c'est-à-dire se range, et le mariage idéal a lieu. Marivaux ne peut pas lui faire découvrir le mal, car il ne le voit pas. Il n'est ni Laclos ni Sade. Il nous procure l'enivrant bonheur de voir le tact mis en pratique. (Nous savons bien que c'est sa partie non réaliste, va!) Dans *Les Acteurs de bonne foi*, les domestiques jouent la comédie, confondant ce qu'ils jouent avec la vie, la pièce s'emballe, dévie, des personnages jouant aux acteurs, Pirandello? Les maîtres interviennent, et tout se range à nouveau. Chez Marivaux, on bouscule souvent l'ordre social. Voici le projectile : naissance et argent ne sont rien face au mérite et à la prédilection. Le mérite? Le mariage d'amour? On frôle la révolution! La pièce qui s'en approche le plus est *Le Jeu de l'amour et du hasard*, où les maîtres prennent la place des domestiques, les domestiques celle des maîtres, et l'amour survient sans tenir compte des différences de rang; *mais rien ne se passe*. C'est le moment de tout foutre en l'air, pourraient se dire les domestiques. Ils ne se le disent pas. L'ordre social reprend sa place. Arlequin conclut (c'est la dernière réplique) : « Saute, marquis! » Ils sauteront bientôt, sur un petit tas de poudre.

La pièce que jouent les domestiques dans *Les Acteurs de bonne foi* a été imaginée par le valet de chambre Merlin, également auteur de chansons anacréontiques. Son maître : « D'anacréontiques, oh! puisque tu connais ce mot-là, tu es habile, et je ne me méfie plus de toi... » Tu as tort, maître! Cette manière de te payer d'esprit te coûtera un jour la tête! Un valet qui écrit des pièces de théâtre, c'est Figaro, qui avant de se faire barbier à Séville a été auteur de théâtre à Madrid.

Je comprends que Louis XIV ait expulsé les comédiens italiens de Paris : dès sa mort, le Régent autorise leur retour, et voici Marivaux, dont les nobles renoncent à leur rang jusqu'à cinq minutes du baisser de rideau. Moins cinq, c'est tout près de 89. Oui, Marivaux nous conduit doucement vers la Révolution.

Sans qu'il s'en rende bien compte, quoique, dans la querelle des Anciens et des Modernes, il ait été du côté des Modernes.

On ne *voit* plus les titres des œuvres célèbres. *La Surprise de l'amour*, c'est excellent. Rendu bon par le contenu. S'il était d'un mauvais écrivain, il serait bête. En même temps il est ambigu. Si l'amour prend les personnages de Marivaux par surprise (« ceci est une affaire de surprise, ma fille », *La Vie de Marianne*), il ne les étonne pas. Ils le connaissent : il est le plus fort. « Que je suis à plaindre d'avoir livré mon cœur à tant d'amour », dit Dorante dans *La Mère confidente*, la délicieuse *Mère confidente* qui a ceci de supérieur à *L'Ecole des Mères*, dont l'argument est identique, que la mère, au lieu de sévère, est douce : des fées, des fées, des fées !

📖 « ARLEQUIN. — Et quand il serait aimable, cela empêche-t-il que je ne le sois aussi moi ?

LISETTE, *d'un air doux*. — Non : mais enfin c'est un prince. » (*La Double Inconstance*. C'est une merveille, ce « d'un air doux ».)

> 1688-1763.
> ♦
> *La Surprise de l'amour* : 1722. *La Double Inconstance* : 1723. *Le Jeu de l'amour et du hasard* : 1730. *L'Ecole des Mères* : 1732. *La Mère confidente* : 1735. *La Vie de Marianne* : 1731-1741. *Les Acteurs de bonne foi* : 1757.

MATIÈRE : L'art est une production de l'esprit humain. Qu'est-ce qui ne l'est pas ? Un fauteuil est une production de l'esprit humain, puisqu'il a été conçu en imagination avant de l'être par la main. Un meurtre est une production de l'esprit humain. (Une naissance, moins. Elle est une conséquence de l'acte le moins pensé qui soit.) L'esprit, qui serait contre ? Or, ça peut être dégoûtant, l'esprit. C'est l'esprit qui a conçu la shoah, le goulag et le sado-masochisme (la sexualité couve des trésors de cérébralité). Quant à la matière, la pauvre matière conspuée pour sa vulgarité, elle se débrouille pour maintenir la vie. D'autre part, c'est grâce à l'aberrant orgueil de l'esprit et à ses dégoûtants plongeons dans la boue de l'imagination que la matière ne stagne pas. L'art est une production de l'esprit qui devient de la matière. Ainsi, bien sûr, la sculpture. Un poème, un roman, un essai ne sont pas moins une sorte de matière. Une fois achevée, l'œuvre littéraire se ferme, devient dure, immuable, et, dans ce sens-là, matérielle : du matériel immatériel. Encore qu'un livre soit un objet fort tangible, avec son papier et sa couverture. Voilà pourquoi bien des écrivains estiment qu'un livre n'existe pas réellement tant qu'il n'est pas imprimé. Le talent existe dans un manuscrit de Baudelaire, mais c'est parce que Baudelaire espère le voir imprimé. Il faut que la pensée littéraire soit comme fixée par l'impression pour pouvoir être communiquée. Ce n'est pas tant une question de diffusion ou de pérennité que d'existence. L'impression est le dernier stade de la création. Homère n'est devenu un grand poète que lorsqu'il a été imprimé, des siècles après sa mort. Jusque-là, on récitait ses chants en public, et il était considéré comme une sorte d'animateur de la tournée des plages RTL.

Au contraire des pratiques matérialistes, qui sont très idéales, l'art, pratique spirituelle, devient matière. Cette matière, cette pensée prise, inerte, ne reste pas moins du spirituel. Enfermée dans un livre, mettons, comme Cendrillon, il suffit qu'un lecteur la regarde pour qu'elle se remette à émettre de la pensée. On voit bien dans les natures mortes de Morandi que la matière redevient de l'esprit quand elle est regardée. Par les spectateurs réfléchis, comme elle l'a été, avant, par le peintre.

MAUPASSANT (GUY DE) : Maupassant, pas beaucoup d'art. Rien de brillant, aucune grande belle phrase. Ni même de grande laide. Cherchant à être simple, il peut être banal. Il ne serre pas assez ses romans. Il se met dans la dépendance de Flaubert. Qu'on trouve un flaubertisme dans *Bel-Ami* (« Et son sommeil fut peuplé de visions ») peut se comprendre, c'est son deuxième roman, mais qu'il en reste dans ses romans d'écrivain adulte (« Juste à ce moment-là la lune se leva derrière la ville ; et elle avait l'air du phare énorme », *Pierre et Jean*), je ne me l'explique que par un manque de personnalité littéraire. Il le reconnaît dans une phrase dégoûtante d'humilité de la préface à *Pierre et Jean* : « Les hommes de génie portent en eux une force créatrice universelle. Les autres, nous autres qui sommes simplement des travailleurs conscients et tenaces [...]. »

Ce n'est pas un imaginatif, mais un raconteur d'histoires. Il l'est souvent à la façon du pêcheur qui, dans sa barque, attend que ça morde. Pendant ce temps, Balzac prospecte sous l'eau, d'où il remontera couvert de coquillages et de trésors. Les nouvelles qui, si j'excepte *Bel-Ami*, sont ce que Maupassant écrivait le mieux, sont parfois de simples anecdotes, défaut que put avoir son plus grand admirateur au XXe siècle, Somerset Maugham. Si Maupassant plaît tellement aux Anglo-Saxons c'est que, dans la fiction, ils préfèrent à tout le *plot*, l'intrigue. Je me demande si Maupassant n'est pas pour quelque chose dans la réputation de séducteurs que nous avons dans ces pays : il raconte souvent des coucheries, il montre des putes, comme Toulouse-Lautrec, qu'ils aiment aussi. La France est le pays légal de la luxure. Ce que le monde entier n'ose pas faire, il vient le chercher dans le supermarché de livres. Nous nous en flattons, dindons que nous sommes !

Maupassant a découvert un type d'homme : l'homme léger, comme il y a la femme légère. Léger est un mot mal choisi : il est lourd, prêt à se laisser tomber dans un lit aux draps toujours froissés, vaguement tièdes. Maupassant, obsédé sexuel, est le contraire d'un misogyne. C'est rare chez les écrivains de son genre et de son temps.

Ses meilleures nouvelles sont les nouvelles obsessionnelles, car il sort du sujet pour entrer en lui-même. L'obsession est souvent physique, sujet qu'il fut un des premiers à oser annexer à la littérature. Dans « L'inutile beauté », une femme fait croire à son mari qu'elle l'a trompé parce que, écœurée de grossesses, elle ne supporte plus de coucher avec lui. Autre caractéristique des obsédés sexuels : ils comprennent mieux que les autres certaines choses des femmes. On pourrait qualifier ses autres nouvelles de nouvelles de reportage. Il a également été l'un des premiers à en écrire en France. Aux Etats-Unis, Ambrose Bierce écrivait des nouvelles de reportage sur la guerre de Sécession. (Les grands courants qui, à un moment donné, semblent conduire le monde vers le même type d'œuvres.) Dans ces nouvelles-là, Maupassant nous renseigne comme personne sur la guerre de 1870, qu'il rapporte ses détails ou les invente, comme dans « Boule de suif » (dans le recueil collectif des *Soirées de Médan*) ou dans « Les Idées du colonel » (*Yvette*).

Son savoir-faire est sa limite en même temps que la cause de son succès. Il sait où il va et ne se laisse jamais doubler par ce qu'il écrit. Cela convient à la classe moyenne des lecteurs, qui déteste les livres trop rapides. Sans qu'il écrive bien, il n'écrit pas mal, et ses livres tiennent très bien debout. J'ignore à quoi cela tient. Sa perspicacité psychologique, le fait qu'il utilise un nombre limité de mots bien à lui, un sens de l'image. Oui, les images. « Un remorqueur gros comme une mouche. » (« Le Horla. ») « Je vis des prophètes à cheval sur des pasteurs manger des œufs à la neige sur des têtes de mort. » (« Nos Anglais », dans *Toine*.) Dans ces moments-là, il existe fortement.

Il y a dans sa fiction un parfum de fatalité. Ses histoires finissent mal, et lui-même a mal fini, syphilitique et fou. A-t-il décrit l'obsession sexuelle et la folie parce qu'il les reconnaissait en lui, ou s'est-il créé ce destin à force de le décrire ? Un bon écrivain ne vit que d'imagination. Elle finit peut-être par modifier sa vie. « Les professions délirantes », dit le Monsieur Teste. C'est moi qui délirerais de superstition en pensant qu'il a été entraîné par ses livres.

Il aimait la littérature, enfin le côté gueulard de la littérature que Flaubert, qui passait pour son père adultérin, avait brandi contre une certaine France digérante : « Parce qu'on n'apprendra jamais aux Français à parler ni à écrire leur langue ! Parce qu'ils lisent chaque jour la prose stupéfiante dont les journaux sont pleins, et qu'ils la savourent avec délices ; parce qu'ils considèrent M. Thiers comme un grand écrivain, et M. Manuel, auteur des *Ouvriers*, comme un poète ! » (« Styliana », article de *Choses et autres*.) Il parle avec justesse des écrivains contemporains, comme Zola : « Il est surabondant et impétueux comme un fleuve débordé qui roule de tout. »

Il était amical. Nous souviendrions-nous des quelques vers de Louis Bouilhet que nous connaissons s'il ne les avait cités à plusieurs reprises dans ses livres ? Flaubert, autre ami de Bouilhet, n'en a pas fait autant. La littérature passait pour lui avant l'amitié : il n'a peut-être pas voulu gâter la sienne en citant Bouilhet qu'il devait considérer comme un écrivain médiocre. Et pourtant Flaubert a préfacé un bien mauvais recueil de poèmes de Maupassant (*Des vers*). Lui qui se bidonnait des sottises de Bernardin de Saint-Pierre sur les melons dont les côtes semblent les destiner à être mangés en famille, trouve excellent ce livre-ci, qui contient : « l'oreille/Est le chemin de l'âme », et ce n'est rien à côté de : « Je ne sais pas quel feu son œil sur moi darda », qui pourrait concourir dans la compétition du plus mauvais vers du monde. Flaubert aimait trop les péplums pour avoir le sens de la poétique. Sa préface est exclamative, suffoquante, pré-Céline, et teintée d'une légère vulgarité qui lui fait appeler La Fontaine « le père La Fontaine ».

Maupassant ne voulait pas qu'on publie son portrait : « Nos œuvres appartiennent au public, mais pas nos figures » (*Littérature et Beaux-Arts*). C'est la position du Docteur Noir, dans le *Stello* d'Alfred de Vigny : « Qu'ils [*les poètes*] jouissent de ce bonheur de ne pas être confondus dans une société qui se presse autour de la moindre célébrité, se l'approprie, l'enserre, l'englobe et lui dit : NOUS. » Soixante-dix ans plus tard, le grand poète irlandais Patrick Kavanagh écrira : « Le poète ne fait pas partie des gens. Il est détaché, lointain, et la vie des petites discussions sur le football n'est pas faite pour lui. Il peut participer, mais ne saurait faire partie » (*Collected Pruse*).

📖 « Quand donc cessera-t-on de discuter les intentions, de faire aux écrivains des procès de tendance, pour ne leur reprocher que leurs manquements à leur propre méthode, que les fautes qu'ils ont pu commettre contre les conventions littéraires adoptées et proclamées par eux ? » (*Choses et autres.*)

> 1850-1893.
> ◆
> *Des vers* et *Les Soirées de Médan* (avec Emile Zola, Joris-Karl Huysmans, Léon Hennique, Henry Céard, Paul Alexis) : 1880. *Yvette* : 1884. *Bel-Ami, Contes divers* et *Toine* : 1885. *Le Horla* : 1887. *Pierre et Jean* : 1888. *L'Inutile Beauté* : 1890.
> ◆
> Ambrose Bierce : 1842-v. 1914. Patrick Kavanagh (1904-1967), *Collected Pruse* : 1967.

MAURIAC (FRANÇOIS) : Les romans de Mauriac, au tableau ! Vous croyez que nous n'avons pas remarqué votre paresse et vos trucs ? Vous introduisez les personnages de façon que, dès la première ligne, on sache qui est qui et ce qu'il éprouve. Dans *Genitrix*, par exemple : « Ainsi chuchotaient, au chevet de Mathilde Cazenave, son mari et sa belle-mère [...]. » Ne manquent que le poids et la taille ! Vous définissez au lieu de montrer, comme dans *Le Sagouin*, ce *Sagouin* qui commence comme le *Moderato cantabile* de Marguerite Duras : « Elle ne luttait plus contre ce dégoût. » Dans *Thérèse Desqueyroux* qui, lui, commence comme un feuilleton télé, c'est-à-dire comme du Simenon, avec un avocat apparaissant dans le couloir du palais de justice et disant à Thérèse : « Non-lieu », vous dites :

« L'étrange est que Thérèse ne se souvient des jours qui suivirent [...] que comme d'une époque de torpeur. » *L'étrange est que*. Vous nous orientez vers ce que nous devons penser. Et ces tavelures de clichés ! Dans une simple page de *Genitrix* : « rendre les armes », « passer la bride », « le gros poisson avait donné [...] dans la nasse ». Le cliché est un substitut à la réflexion. Non pas sentis, mais écrits avec des souvenirs de sensations et de lectures, romans de Mauriac, vous *rapportez*. Or, vous aviez des capacités. Approche-toi, *Baiser au lépreux*, et fais-nous la description... oui, de ce vilain petit personnage au nez « long, au bout pointu, rouge et comme usé, pareil à ces sucres d'orge qu'amincissent, en les suçant, de patients garçons ». C'est très bien, cela, pourquoi faut-il qu'en suivant tu parles de ses « dents mauvaises » au lieu de les qualifier précisément ? Paresse vous dis-je et c'est bien moins pardonnable que la nullité quand on a du talent.

Mauriac est un racinien. C'est même un racinien qui a raté son théâtre. Aucune de ses pièces n'a eu de succès. Il ne les avait pas non plus réussies. C'est sans doute charmé par l'analytique binaire de Racine que Mauriac écrit des phrases comme : « Plus j'étais enclin à croire à mon importance, plus tu me donnais le sentiment de mon néant » (*Le Nœud de vipères*). Le raccourci du dramaturge est la longueur du romancier. Le personnage devient ridicule d'omniscience et le lecteur a l'impression d'être un élève à qui l'on explique ce qu'il allait comprendre. Le romancier conséquent, au lieu d'expliquer, montre, car le mouvement des faits *comprend l'explication*. Sartre a déchiqueté le Mauriac romancier dans un article des *Situations*, Mauriac lui a répondu, on répond généralement aux attaques illustres : l'illustre rehausse l'attaque. Il l'a fait à sa façon de vieux lévrier mourant, comme dans un tableau mélodramatique de 1880. Mauriac était le mourant le plus solide du monde.

Son génie est d'être un chat. Il en a les alternances de caresses égoïstes et de coups de griffes indifférents, qu'il s'étonnait qu'on lui reproche (« De la méchanceté en littérature », dans *D'un bloc-notes à l'autre*). Il a écrit une *Vie de Jésus* ; si Jésus avait écrit une *Vie de Mauriac*, il aurait dit que Mauriac avait les mains jointes, selon le titre de son premier et vaporeux recueil de poèmes, et qu'il y cachait un stylet. Ses plus belles phrases sont celles, douces comme une lame, dont on ne se rend compte qu'après coup qu'elles vous ont coupé. Où se trouvent-elles ? Dans son journalisme. Au contraire de bien des écrivains, le journalisme est ce qu'il reste de meilleur de Mauriac. Le journalisme *est* la littérature de Mauriac. Le moiré, la finesse, le Racine qu'il cherchait dans ses romans, il les obtient dans le *Bloc-notes* et dans *La Paix des cimes*, mais aussi dans le *Journal* et les *Mémoires politiques*, composés à partir d'articles. Les voici, le ronronnement dangereux, la finesse séduisante, la pompe douce.

Des moments fastidieux sans doute, ceux où il distribue des tracts pour l'Eglise catholique. Encore peuvent-ils intéresser d'autres lecteurs que moi. C'est l'avantage de ces gros supermarchés d'articles : chacun prend ce qu'il veut dans les rayons. Pour moi ce sera d'abord la littérature, ensuite la politique, quoique pas toute : pas la politique morale, camusienne, vertueuse, dissertant sur la décolonisation et la justice, qui ne serait d'accord ? Non, non, la politique politicienne, si méprisée, si méprisable, mais une comédie sociale, que Mauriac fouette avec un humour pompeusement moqueur qui produit ses meilleurs moments. Il y est au service de son Dieu suppléant, le général de Gaulle, sur qui il a aussi écrit un livre d'adoration. Mauriac, qui ressemblait à une tulipe, a toujours cherché un tuteur. Il a soutenu Pierre Mendès France, mais son amour, ce fut de Gaulle. Le gaullisme de Mauriac, surtout son gaullisme de 1958, était original par rapport au milieu littéraire et intellectuel. La gauche et l'extrême droite s'y rencontraient d'autant mieux dans la détestation de De Gaulle que la première recyclait des repentis de la seconde, comme l'écrivain Maurice Blanchot qui, en 1958, fonda un Conseil national de la résistance pour s'opposer au retour de De Gaulle au pouvoir. Ou : comment se ridiculiser pour se faire pardonner de s'être trompé. Mauriac, qui avait clandestinement publié un *Cahier noir* résistant pendant la guerre, vénère de Gaulle en se méfiant parfois du gaullisme. On le voit au moment du référendum de 1962, où ses arguments pour le oui s'adressent au moins autant à lui-même qu'aux lecteurs du *Bloc-notes*. L'élection du président de la République au suffrage universel direct devait rappeler de mauvais souvenirs à un homme dont les parents avaient vécu sous le Second Empire. Politiquement, Mauriac, c'est la droite tempérée, la droite humaine, la droite qui a pour principal ennemi la droite inhumaine. Celle qui a toujours haï Voltaire, Benjamin Constant, Tocqueville, Hugo. Elle a traité Mauriac de lâche, pendant que la gauche, selon l'axiome que ce qui est bien ne peut être que de gauche, a tenté de l'annexer, lui qui, page du *Bloc-notes* après page du *Bloc-notes*, ne cesse de se réclamer de la droite.

Ses articles ont permis à Mauriac de dire le maximum de choses possible à un public souvent borné. Il y est en tout cas mieux arrivé que son cher Barrès, qui le suivait, lui, son public, et a peut-être été entraîné par lui. On a rarement vu sinueux plus droit que Mauriac. C'est un dur peint en mou. Il frétille quand on l'attaque (c'est un verbe qu'il s'applique à lui-même dans *D'un bloc-notes à l'autre*). Il fustige Aragon à la sortie de la guerre, quand Aragon est une puissance malveillante. Il se moque de Sartre, quand Sartre s'assied dans le fauteuil de Gide. Ce n'est pas sans fraternité. Entre ici, grand gamin ! semble lui dire Mauriac de l'estrade sur laquelle il se trouve depuis si longtemps. Il polémique avec un calme rare dans une après-guerre aboyeuse. Sur Camus, l'un des rares à avoir essayé de maintenir ce calme, Mauriac fait un charmant aveu dans les *Mémoires politiques* : « Chaque fois que je vous ai rencontré [...] je devenais un camarade pour vous, pareil à tous les autres, nous parlions librement et je savais bien vous faire rire. » Non, tous les aveux ne sont pas des aveux de Tartuffe, tous les souvenirs des vieillards ne sont pas de la coquetterie. Bien sûr, quand on a si longtemps vécu et tant de monde connu, le charme est presque gagné d'avance. Presque. Il faut le talent. Mauriac en a tous les tours, y compris celui de la sincérité. Comme les meilleurs esprits, qui n'ont pas besoin de ces talonnettes, il ne pose jamais au grand homme. Il est parfois trop astucieux, mais avec une telle finesse qu'on ne peut que sourire de plaisir.

> Les fleurs d'Ophélie, où le courant les a-t-il emportées ? Que deviendront les vers effacés dans toutes les mémoires et que nous avions raison pourtant de croire immortels ? (*La Paix des cimes*.)

Le plaisir de se remémorer. Le goût des enterrements, où, long, mince et courbé, un parapluie à la main, il chuchote des souvenirs à son voisin avec la voix de Marlon Brando dans *Le Parrain*. Le lien mitterrandien avec un passé classique, dont on ne met pas les valeurs en cause (Mitterrand a été comme lui collégien chez les maristes du 104, rue de Vaugirard). La fidélité aux fantômes. Barrès, Francis Jammes, André Lafon, Jean de La Ville de Mirmont. Le cœur désenchanté et jouant à l'être. Ce sont ses *Mémoires d'outre-tombe*, ce journalisme. Quoique sans début et sans fin, il est *écrit*, le plus *écrit* que des articles de presse puissent l'être. Mauriac prend un soin particulier de la cadence. « Je ne suis plus dupe du vieil enchantement, et si je respire au réveil, penché à la même fenêtre qu'il y a cinquante ans [...] » (*Mémoires intérieurs*). Comme tout très bon écrivain, il aime les moments de parodie presque invisible, ce signe *entre nous* aux connaisseurs. Dans les *Mémoires politiques*, cette parodie du style XVIIe : « M. Hervé s'imagine-t-il que le communisme serait seul à en recueillir les déplorables restes ? » Mauriac avait beaucoup d'humour. Plus il vieillissait, plus il rajeunissait.

Il caresse souvent l'éloquence. « [...] j'aurais déjà eu l'occasion d'entendre, du fond de mon éternité [...] » (*Mémoires politiques*). Qu'il l'emploie finement, ce français magnifique. Parfois, un atroce coup de griffes, comme ce qu'il écrit sur

Cocteau dans *La Paix des cimes* ou *D'un bloc-notes à l'autre*, et qui est, ni plus ni moins, dégueulasse. Quand il parle de littérature, il est toujours intéressant. Plus encore quand il parle d'écrivains, qu'il est le dernier à évoquer, parce qu'il est le dernier à les évoquer. Il a toujours défendu Paul Bourget malgré sa disgrâce, et c'est peut-être un jugement à réviser, Bourget. *Le Disciple*, qui commence par l'excellente description du philosophe Sixte dans son petit appartement au dernier étage d'un immeuble surplombant le Jardin des Plantes, est un bon roman pour un roman à thèse, moins simplet en tout cas que sa préface, qui le présente comme un livre de régénération morale : ce philosophe aura mauvaise influence sur des jeunes gens. Bourget est antiphilosophe par antigermanisme, je pense, et par réaction à la position de penseurs comme Renan qui, après la défaite de 1870, avaient dit : nous avons perdu parce que nous sommes intellectuellement les plus faibles, essayons de comprendre ce qui les a faits plus forts. De ce temps date l'apprentissage généralisé de l'allemand en France et de *leur* philosophie. Il faudrait voir si ce n'est pas cette assimilation de valeurs méthodiques par une nation qui n'aimait que les petites guerres gaies qui aurait conduit à l'interminable holocauste de la Première Guerre mondiale : après apprentissage de la boucherie par les Allemands de Napoléon. Enfin de la masse, se dit Hegel en voyant l'empereur traverser Iéna.

Mauriac cliquetait d'honneurs : Académie française, prix Nobel, Grand-Croix de la Légion d'honneur. C'était un grand notable des Lettres ; et c'est très bien. La littérature française se compose d'écrivains hippies comme Germain Nouveau et d'écrivains qui ont une place importante dans la société comme François Mauriac. Ce sont les Mauriac qui contribuent à faire admettre les Nouveau. La société française est la seule au monde qui accorde cette place aux écrivains. Quant au *complexe des Chartrons* de Mauriac (n'être pas reçu par la grande bourgeoisie de ce quartier de Bordeaux), ah, je vous en prie, laissez les autres être *au courant* ! Je ne dis pas qu'il n'a pas ressenti une vexation à l'âge où l'on ressent violemment ces choses, l'adolescence, mais bien autre chose le caractérisait. « Le livre était mon adoration » (*D'un bloc-notes à l'autre*). Cela fait des petits garçons différents, qui ne seront pas médecins, vignerons, professeurs, artisans. « Mais moi j'étais d'une autre race d'esprit ; je n'avais pas cours à Bordeaux ; tous mes défauts m'y paraissaient irrémissibles ; et ce par quoi je valais échappait aux regards » (*La Rencontre avec Barrès*). La littérature triomphe, et ce sont les Bordelais qui ont le complexe de Mauriac.

📖 « Ils resteront vivants tant que je serai là pour les écouter. » (*La Paix des cimes*.)

> 1885-1970.
>
> ◆
>
> *Les Mains jointes* : 1909. *Le Baiser au lépreux* : 1922. *Genitrix* : 1923. *Thérèse Desqueyroux* : 1927. *Le Nœud de vipères* : 1932. *Le Mystère Frontenac* : 1933. *Journal* : 1934. *Vie de Jésus* : 1936. *Journal*, II : 1937. *Journal*, III : 1940. *Le Cahier noir* : 1943. *La Rencontre avec Barrès* : 1945. *Le Sagouin* : 1951. *Bloc-notes* 1952-1957 : 1958. *Mémoires intérieurs* : 1959. *Nouveau Bloc-notes* 1958-1960 : 1961. *De Gaulle* : 1964. *Nouveau Bloc-notes* 1961-1964 : 1965. *Mémoires politiques* : 1967. *Nouveau Bloc-notes* 1965-1967 : 1970. *Derniers Blocs-notes* 1968-1970 : posth., 1971. *La Paix des cimes* : posth., 1999. *D'un bloc-notes à l'autre* : posth., 2004.
>
> ◆
>
> Paul Bourget (1852-1935), *Le Disciple* : 1889. Marguerite Duras, *Moderato cantabile* : 1958. Marcel Jouhandeau : 1888-1979.

MAUVAIS LIVRES (UTILITÉ DES —) : Loués soient-ils, eux qui nous apprennent comment ne pas écrire ! Les bons livres sont beaucoup plus mystérieux sur la question : comme ils sont réussis, tout l'art que nous voudrions apprendre y est dissimulé, et nous n'arrivons pas à comprendre exactement comment ils sont faits. Les causes de l'échec sont toujours claires, celles de la réussite restent obscures.

L'erreur d'un bon livre montre ce qu'il ne faut pas faire d'une façon plus générale que l'erreur d'un mauvais livre : du fait de sa médiocrité, celui-ci ne parle que pour lui-même.

Dans *Trente ans de dîners en ville*, Gabriel-Louis Pringué dit que les frères Tharaud « ont porté la gloire de la littérature française à travers l'Univers tout entier ». Il a raison. Les livres médiocres, qui sont les premiers exportés, sont ceux par lesquels les étrangers se font une idée d'une littérature. Dans *Ecce Homo*, Nietzsche mentionne comme grands psychologues Pierre Loti, Gyp et Jules Lemaitre. (Je ne sais plus qui a dit que c'était parce qu'on les trouvait à la gare de Sils-Maria. Heureux temps où l'on trouvait des livres français dans les petites gares de la Suisse alémanique.) Dans ses *Cahiers*, Barrès raconte que *La Faustin* des Goncourt et le *Monsieur Vénus* de Rachilde étaient les livres préférés de Louis II de Bavière. Le mauvais goût de cet homme s'étendait donc à la littérature.

> Jules Lemaitre, sans accent circonflexe s'il vous plaît : 1853-1914.
> Gabriel-Louis Pringué, *Trente ans de dîners en ville* : 1948.

MAXIMES, SENTENCES, PENSÉES ET GRAFFITIS : Il y a Pascal, il y a La Bruyère, et il y a les autres. Ni Pascal ni La Bruyère n'écrivent des maximes : ils écrivent *en maximes*. La Bruyère, par nature ; son moteur s'enclenche, et han ! avance le grand monstre à pattes d'acier. Quand il quitte ce rythme, dans ses dialogues ou son discours de réception à l'Académie, il perd de la force. Au fait, ce sont des sentences que La Bruyère entend écrire. Quelque chose de définitif, d'écrasant, qui ne demande ni approbation, ni contestation, pas même de commentaire. La sentence *est*. Quant à Pascal, ni maximes, ni sentences, il écrit des phrases auxquelles on a donné le nom de pensées et qui sont les résurgences du fleuve souterrain de sa réflexion.

La Rochefoucauld, Vauvenargues et les autres écrivent des maximes. Intention morale, raisonnement en thèse-antithèse. Une maxime est souvent un solipsisme transformé en généralité par un écrivain qui croit son expérience universelle. « Je » ou « elle » sont appelés « l'homme » ou « les femmes ». Quand les moralistes ont du talent, ils oublient la morale et trouvent le sentiment.

Les maximes plaisent car elles décrivent des défauts. Le moraliste accuse un homme abstrait avec lequel le lecteur ne s'identifie jamais ; et il se sent très vertueux.

La généralité de la maxime frappe comme extrêmement exacte dès le point final lu. Elle paraît souvent inepte un instant plus tard. Puis de nouveau exacte. « Nos nerfs sont la corde de l'arc d'où la pensée est décochée » (Joubert). C'est vrai pour les nerveux, mais il y a aussi des gens qui ont des pensées de l'estomac, etc. Et puis : il y a de ça.

On entend parfois dire : une maxime est fausse si, l'ayant retournée, elle reste vraie. Prenons la phrase de Vauvenargues : « C'est la preuve qu'une innovation n'est pas nécessaire lorsqu'elle est trop difficile à établir. » Je dirais qu'elle est précisément fausse parce que son contraire n'est pas vrai.

C'est un autoportrait que fait l'auteur des maximes en peignant l'Homme. Par la façon dont il l'observe. La sienne révèle le sérieux de Joubert. Quand il dit : « Ecrire serait cent fois moins pénible que converser avec ces gens qui sont perpétuellement occupés à passer la pierre ponce sur ce que vous pensez [...] », il montre, en employant le conditionnel (*serait*), non une sorte d'impuissance à écrire, puisque après tout il écrit, mais sa difficulté à *y croire*.

Il est exagéré de toujours rapporter la généralité que le moraliste expose à sa personne : ce n'est pas parce qu'il fustige les vicieux qu'il en est un. Le moraliste veut révéler ses conceptions morales ; son ton révèle sa sensibilité.

Qu'est-ce qui empêche de décrire ce que l'homme a de grandeur sous forme de maximes ? La peur d'avoir l'air niais. C'était une maxime sur les auteurs de maximes.

Il y a beaucoup de déchet dans ces recueils. « La fausse modestie est le plus décent de tous les mensonges. » Bon. S'il le veut. Cette banalité est nécessaire aux recueils de maximes. Si elles étaient toutes géniales, ils seraient illisibles. Nous reprenons notre respiration. Et celle que je viens de citer permet à Chamfort d'écrire : « La France, pays où il est souvent utile de montrer ses vices, et toujours dangereux de montrer ses vertus. »

Il y a dans la rage des graffitis à exprimer des idées sur les murs comme une vengeance de manuscrits refusés.

MÉANDRES : C'est un berlingot à lianes de sucre, une friandise, un délice, le chef-d'œuvre de Fargue et un chef-d'œuvre tout court. Comme la plupart de ses livres de prose, il est en forme de carriole de brocanteur. On y voit Fargue, à la fin de sa vie, paralysé, écoutant de son lit la rumeur de Paris libéré et convoquant ses souvenirs pour « le vagabondage débordant qui me retient dans le creux de moi-même ».

> On écoutait une valse de Berger et l'on voyait le talon wood milne de l'ami de la maison quand il passait la jambe gauche sur la jambe droite. Mais comment retrouver le nom, même les initiales du tabellion, dans ce fouillis charmant qui me corne aux oreilles avec d'autres romances ; l'alcool de menthe de Ricqlès, qui fut une sorte de whisky de Bibliothèque rose, le bijou Fix, le cacao des bonnes maisons, la bicyclette payable neuf francs par mois pendant trois ans, le phonographe qui ressemblait à un plumeau monté sur pain d'épice, les collections de timbres-poste, honneur des soirées, l'album de Sem, les cheveux de Sarah Bernhardt, la guérison des chauves par l'électricité, la canne, le melon, le costume rayé, ô familles de Paris, beauté des poitrines, bourgeoisie française...

Souvenirs, souvenirs, on en grommelle, parfois.

On n'en aura donc jamais fini avec ces tiroirs ?

Il remonte de sa jeunesse un ton interpellant au bord de la colère : dans le monde mal recousu d'après la Deuxième Guerre mondiale, il se méfie d'un avenir passionné de machines, tout en crises, pédagogique et politisé. La fulmination n'est pas son genre, et il redevient étale, lac à marées imperceptibles. Et :

Encore un autre jour qui réclame le cordon ! On a envie de lui demander : qui es-tu ? Et il répond : souviens-toi.

« Le carrosse aux images » lui rapporte les souvenirs. Il a souvent l'image de la traction, de quelque chose qui jaillit :

… le métro aérien qui fendait les nuages et ramenait au ras des toits le bruit de la vie souterraine…

… la flamme du Soldat inconnu sortir de son glorieux nombril…

D'entre ces pages qui ressemblent à des ailes de papillon de nuit s'échappent des tendresses :

Mais qui frappe à nouveau ? La difficulté des temps présents, la victoire, les légendes et archives de la Bastille ? Ou toi qui m'aimes ?

📖 « Les paroles nous entourent de notre propre bruit, nous persuadent de notre hypocrisie et font entrer en nous des arguments vains dont nous ne nous servions que par malice. Après avoir inventé quelque histoire, on est tout surpris d'y croire à son tour quand la mémoire renvoie sur le bord de la vie, comme cadavres de mer démontée, les choses autrefois dites. »

‖ 1946.

Mémoires, souvenirs : Le côté dégoûtant des souvenirs, j'ai connu Mumu, ah les dîners chez Titi, quel esprit avait Zozo, le goût du bon pain chez tata Lolotte ! Les mémoires, eux, sont des livres de sorciers. Ils hèlent les sensations éclairantes, les détails révélateurs, mettent en scène. Voilà pourquoi on leur reproche d'être mensongers. C'est l'injure qu'on adresse à l'imagination quand elle donne du sens à la vie.

Une partie morte sitôt écrite de ces livres-là sont les souvenirs d'enfance. Heureuses ou douloureuses, toutes les enfances me paraissent les mêmes. Je conçois le plaisir que peut éprouver le grand public à les lire, qui cherche ce qui *ressemble*, mais, précisément, ce sont les souvenirs de tout le monde. La sensibilité est le génie de tous les enfants ; ce qui est intéressant est qu'on continue à en avoir adulte. Là commence la littérature, là devraient commencer les mémoires.

Les meilleurs mémoires ne sont pas ceux qui enchaînent des événements successifs, mais ceux qui décrivent des scènes, comme les *Souvenirs d'égotisme* où, après une partie fine qui succède elle-même à un procès de conspirateurs, Stendhal décrit la visite d'un académicien français, et ainsi de suite. A la façon des bons romans.

Les mémorialistes n'ont rien d'exceptionnel : dès qu'on a un peu de génie, le souvenir, ça fait des livres gagnés d'avance. Evidemment, il faut le génie.

Il est fréquent que le mémorialiste soit un homme d'importance secondaire qui se venge. La règle en a été fixée par Procope, historiographe à la cour de Byzance, qui en a écrit l'*Histoire secrète*. Cracher dans la soupe, dites-vous ? Il crachait la soupe. Elle avait été amère. Tant de misérables puissants, d'incultes dirigeants ! Méfiez-vous du petit homme insignifiant, là, derrière le troisième pilier. Il prend des notes.

|| Procope : fin ve s. - v. 562.

Mensonge : Par une finesse dépravée, certains écrivains répètent la phrase de Cocteau : « Je suis un mensonge qui dit toujours la vérité » (*Opéra*) ou la formule d'Aragon, « le mentir-vrai ». Oxymore, à quelles faussetés tes lourds clins d'œil nous mènent ! On ne ment pas quand on écrit. On ne peut pas le faire, car ce sont deux actes appartenant à deux catégories différentes : la fiction, puisqu'il s'agit d'elle, n'est pas plus du domaine du mensonge et de la vérité que la cuisine n'est du domaine de l'équitation. La fiction est du domaine des faits. La fiction invente des faits qui sont ce qu'ils sont, ni vrais, ni faux, mais qui se produisent dans une histoire. Cette erreur participe d'une conception erronée de l'imagination, considérée comme de la fantasmagorie.

Mérimée (Prosper) : Serré, le café. Mérimée est la conclusion parfaite d'un dîner riche, jambon persillé Rabelais, veau à la crème Cohen, millefeuille Hugo. C'est un de nos meilleurs écrivains secs.

Ce qui m'enchante, chez lui, ce sont ses contradictions ou ce que, nous simplifiant rétrospectivement l'analyse de la vie, comme si nous-mêmes ne vivions pas, nous appelons ainsi. Mérimée est toujours deux choses : un Anglais qui peindrait du Goya, un romantique voltairien, un sceptique chevaleresque, un nihiliste académicien. Je ne sais pas si vous vous rappelez Maurice Couve de Murville, le ministre des Affaires étrangères, un temps Premier ministre de De Gaulle... non ?... Yves Guéna, ministre aussi, puis président du Conseil constitutionnel... non plus ? Un socialiste, alors, Pierre Joxe, président de... Bon : Mérimée avait ce genre *homme d'Etat* austère, protestant et homme du monde à la fois, et, à l'intérieur de ce politicien lugubre, il y avait un ricaneur. On pourrait lui appliquer un mot que nous réservâmes de façon clichée aux Anglais des années 1920 aux années 1950, des *Silences du colo-*

nel *Bramble* d'André Maurois aux *Carnets du Major Thompson* de Pierre Daninos : flegme. C'était un flegmatique lyrique ; le flegme cachait le lyrisme. Mérimée était asthmatique, maladie de l'angoisse.

De même le sénateur, plus encore que l'académicien français et que l'inspecteur général des Monuments historiques, cachait l'artiste. Il a été nommé sénateur par l'impératrice Eugénie, de la mère de qui il était l'ami. Il avait refusé. Elle avait ordonné. Il fallait des gens de lettres pour dorer l'Empire. Sainte-Beuve fut également nommé sénateur. Mérimée refusa des fonctions officielles bien plus importantes, on se souvient de celles qu'il accepta. On est toujours desservi par ses amis, et ce sont finalement nos ennemis qui nous sauvent, en exagérant nos défauts. Les siens, et c'est bien naturel, étaient les tapageurs, comme Hugo. A côté d'eux, Mérimée repose. Il est léger, au contraire de ceux qui, avec lourdeur, prétendent l'être. Jamais il n'a fait sonner en sa faveur les trompettes de ses amis (il était discret) et de ses obligés (il n'en avait pas). Mérimée est un écrivain jugé sur sa seule valeur.

Peut-être a-t-il une légère affectation de sang-froid. C'est ce qui a dû plaire à Stendhal. Le genre ogre était à la mode dans leur petite bande. En vieillissant, il feignit de regretter une jeunesse tapageuse : elle l'avait été bien peu. Mérimée aimait trop le confort. Le plaisir est une carrière, et nécessite des efforts d'esclave.

A seize ans, avec son ami Jean-Jacques Ampère, il traduit les poèmes d'Ossian, l'un des canulars des plus réussis de l'histoire littéraire ; ces supposés poèmes d'un barde du Moyen Age, en réalité écrits par un certain Macpherson, étaient un grand succès. A vingt-six ans, il compose son propre canular, *La Guzla*, recueil de « poèmes illyriens » si réussis que Pouchkine les croit et les traduit en russe. Entre-temps, il avait publié le *Théâtre de Clara Gazul*, où il se moque des bigots, de l'Inquisition, etc. C'était de l'opposition à Charles X et à sa réaction religieuse. Mérimée était orléaniste.

Rationaliste, il se méfie quand même : trois soi-disant sorcières lui ayant prédit qu'il allait mourir, il rassemble ses nouvelles en recueil (*Mosaïque*). Il écrit une *Vision de Charles XI*, le roi de Suède, matérialiste qui a eu ou cru avoir une vision prophétique. Si quantité de ses écrits montrent la sottise des superstitions, bien d'autres sont frôlés par les fantômes. Edgar Poe, et plus encore Ambrose Bierce, ressemblent à ça ; si l'on compilait une anthologie de nouvelles par façon de voir la vie, un chapitre pourrait comprendre *L'Enlèvement de la redoute*, de Mérimée, *La Lettre volée* de Poe et, de Bierce, *La Brèche de Coulter*.

Colomba est une tragédie grecque. Tout au long du livre, Mérimée nous conduit à penser que Colomba a tort : à la fin, nous découvrons qu'elle avait raison. Elle était entourée de lâches. C'est une Antigone, Colomba, avec tout ce que les Antigones ont de sublime et de buté. Et puis c'est une histoire de vengeance, l'une des grandeurs de l'homme, une grandeur civilisée, quand elle est accomplie par d'autres. Colomba n'éprouve jamais le bas petit sentiment qui s'appelle haine. Elle avait l'air fanatique, elle était juste. Montrant l'honneur, Mérimée en montre aussi la barbarie. « Nous accusons les barbares, mais ils ont fait moins de mal que les agents de la civilisation, qui détruisent avec suite et méthode » (*Mémoires historiques*).

Dans ses allusions ironiques et ses monstruosités dites avec froideur, il y a une forfanterie très parisienne. (Il était parisien.) Le narrateur d'*A la recherche du temps perdu* le range à tort dans « l'esprit Meilhac et Halévy » : association d'idées, sans doute, Meilhac et Halévy ayant adapté pour l'opéra *Carmen* et *Le Carrosse du Saint-Sacrement*, devenu *La Périchole*. Ils ont dévié *Le Carrosse du Saint-Sacrement* vers la plaisanterie, et *Carmen* vers le cirque. On peut juger de leur dissimilitude par leur décadence : le successeur de Meilhac et Halévy, c'est *Phi-Phi* (« C'est une gamine charmante, charmante, charmante,/Elle répond au joli nom d'Aspasie »), celui de Mérimée, l'humour noir, d'ailleurs ni aussi noir ni aussi drôle qu'il le dit. Il se peut que Proust n'ait pas lu Mérimée et l'ait classé en fonction d'une observation sociale, Meilhac, Halévy et Mérimée étant tous des impérialistes de cour, commettant ainsi la même sorte d'injustice qu'André Gide déconseillant la publication d'*A la recherche du temps perdu* parce qu'il avait entendu parler de ce petit Marcel flagorneur de duchesses.

Mérimée commence vite ses nouvelles, ne donne pas d'explication, finit tout aussi rapidement, de façon presque invisible. Il est preste. Stendhal, qui l'a plagié par morceaux entiers dans ses récits de voyages et dont *Le Rouge et le Noir* finit presque comme l'*Histoire de Rondino*, a un art du précipité final assez semblable quoique plus lent, c'est normal pour des romans : continuant quelques pages après la résolution de l'intrigue, donnant des nouvelles de protagonistes secondaires, il écrit des épilogues, et c'est encore une trace chez lui du Moyen Age et des romans courtois. Stendhal devait se dire : « Il a le même intérêt que moi pour les bandits d'honneur et les assassinats en Italie, mais sans mon ampleur. Tout Mérimée est un petit bout de moi. Je peux honnêtement le voler. » Mérimée jugeait Stendhal excentrique, comme on le voit dans sa plaquette *H.B. par l'un des Quarante* (Henri Beyle par l'un des membres de l'Académie française). Vers 1855, au moment où il le relit pour préfacer ses œuvres complètes, s'il déconseille à Romain Collomb de tout republier parce qu'il y trouve bien du bâclé, il lui vient l'idée que l'*originalité* de Stendhal n'était pas seulement du paradoxe. Un fantôme grandissait.

Dans la *Chronique du règne de Charles IX*, qui se passe pendant la Saint-Barthélemy, Mérimée évite le plus grand danger du roman historique : la croyance au décor. Il décrit peu, nous remplissons. « L'auberge du Lion-d'Or était remplie de soldats. A leur accent étranger, à leur costume bizarre, on les reconnaissait pour ces cavaliers allemands nommés *reîtres* qui... » Les mots *bizarre* et *reîtres* suffisent. Pour le premier, nous avons vu des gravures, pour le second, si nous connaissons le mot, nous avons l'image. Et sinon, il y a le dictionnaire.

Ou l'imagination. Qui n'a pas besoin d'être très précise. Les romans ne sont pas des planches d'anatomie.

Dans la préface à ce roman, il rappelle qu'on ne peut bien juger les faits et les hommes que selon les temps et les lieux : suivant l'humaine maxime de Montesquieu que je peux bien répéter pour la troisième fois en mille pages de ce livre, ce ne sera pas trop dans la période de justiciers jamais jugés où nous vivons : « On ne jugera jamais bien les hommes si on ne leur passe les préjugés de leur temps. » Mérimée est un homme à qui l'absolutisme fait horreur. Il est au fond pour l'équité plus que pour la justice, comme Voltaire. Comme lui, il est économe des signes de ponctuation.

« Il n'y a rien de si dangereux que les convictions profondes chez les hommes d'un esprit médiocre appelés à exercer un grand pouvoir » (*Mémoires historiques*). Il parle de Philippe II d'Espagne, mais on pourrait l'appliquer à bien des politiciens illuminés que la fin de l'athéisme d'Etat d'U.R.S.S. a laissés naître. Quand on combat un ennemi, à moins de viser sa destruction totale, on lui concède ceci et cela et, en partie, on finit par lui ressembler. Une fois qu'il est vaincu, on est libre de tout. On voulait libérer le capitalisme, on a lâché la religiosité ; n'ayant plus à s'occuper des troncs, on fonce vers les cultes.

Mérimée parlait le russe, l'anglais, l'espagnol, et très bien des Latins. Il a écrit des *Etudes sur l'histoire romaine* composées d'un *Essai sur la guerre sociale* et d'une *Conjuration de Catilina*. Bien avant celle qui donna le pouvoir à Napoléon, il s'est intéressé à la tentative de coup d'Etat de ce Catilina qui se moquait de Cicéron en le traitant de locataire (*inquilinus*), comme dans *The Shop Around the Corner*, le film de Lubitsch. Il ne nous dit pas que Catilina est un fainéant et très hautain fils de grande famille « troyenne », de ces Italiens qui prétendaient descendre d'un compagnon d'Enée. Les Sergii étaient pourvus d'un héros en la personne de l'arrière-grand-père de Catilina, Sergius Silus, blessé vingt-trois fois pendant la guerre contre Annibal et qui s'était fait faire une main en fer pour pouvoir continuer à combattre. On imagine le libéral. Catilina n'avait que mépris pour Cicéron qui, tout grand avocat qu'il était, venait d'une famille de province – Arpinum ! – et dont le père, de santé chétive... L'homme profondément bien élevé qu'était Mérimée a toujours été attiré par les crapules d'Etat. Dans les *Mémoires historiques*, il s'intéresse aux imposteurs, une fausse Elisabeth II d'Angleterre, un faux Démétrius en Russie. Ce livre contient aussi le très intéressant compte rendu d'une biographie de Jules César par Napoléon III, qui avait publié ce livre pour justifier son coup d'Etat ; livre que Mérimée avait corrigé, sinon en partie écrit. Dans une lettre, il imagine que César est devenu amoureux de Cléopâtre parce que, ne connaissant que de sérieuses matrones romaines, il a été ébloui par cette femme de conversation, cultivée, entêtée, brillante, *une Grecque*. L'érudition tirait Mérimée par la manche pour le sortir de la littérature. Peut-être le cherchait-il. Il n'avait pas la gourmandise de la création, et se trouvait très bien à écrire des rapports administratifs et des charades pour distraire les invités de l'empereur à Compiègne.

Sa correspondance est un délice. Il a connu beaucoup de monde et du plus divers, hommes politiques, femmes de salons, écrivains, archéologues, empereur de France, bibliothécaires anglais, et nous livre un instructif compte rendu des modes successives de Paris (surtout dans les lettres à son amie Madame de Montijo, mère de l'impératrice, qui vit en Espagne). Deuxièmement, c'est lui : avoir vu des choses et connaître des gens ne suffit pas, encore faut-il savoir écrire. Troisièmement, il a un sens politique constamment nul. Chaque fois qu'il prédit un événement, le contraire se passe. Deux révolutions, un coup d'Etat, cinq régimes n'ont rien appris à cet homme. Je trouve cela très bien. Il a vécu dans son cerveau naïf et désintéressé. Notez qu'il est resté célibataire. Le célibat est la réalisation de l'angélisme sur terre.

Cette correspondance, et c'est peut-être la seule, a un développement romanesque grâce à ses dates : elle progresse lentement vers le drame de la guerre de 1870 et, dix-neuf jours après la défaite de Sedan, le 23 septembre, Mérimée meurt. Je suis allé sur sa tombe, à Cannes. Il se trouve près d'un fils de Picasso, dévasté comme tous ses enfants le furent par le génie vorace de ce peintre. Mérimée avait compris que les artistes ne devraient pas avoir de descendance.

📖 « Trouvez-vous vraiment que ce soit un grand homme ? Il me semble que s'il avait été un gentleman on n'en aurait pas fait tant de cas. » (Lettre à Madame de Circourt, novembre 1856 *[c'est du poète écossais Robert Burns qu'il parle]*.)

> 1803-1870.
>
> ♦
>
> *Théâtre de Clara Gazul* : 1825. *La Guzla* : 1827. *Chronique du règne de Charles IX* : 1829. *Mosaïque* et *La Double Méprise* : 1833. *Colomba* (avec *Les Âmes du purgatoire* et *La Vénus d'Ille*) : 1841. *Études sur l'histoire romaine* (*La Guerre sociale* et *La Conjuration de Catilina*) : 1844. *Carmen* (avec *Arsène Guillot* et *L'Abbé Aubain*) : 1847. *Nouvelles* : 1852. *H.B. par l'un des Quarante* : 1850. *Dernières nouvelles* : posth., 1873. *Mémoires historiques* : posth., 1927. *Lettres à la comtesse de Montijo* : posth., 1930 ; éd. complète : 1995. *Correspondance générale*, dix-sept volumes : 1941-1964.
>
> ♦
>
> André Maurois, *Les Silences du colonel Bramble* : 1918. Pierre Daninos (1913-2005), *Les Carnets du Major Thompson* : 1954.

MÉTAPHORES ET COMPARAISONS : « Pour des raisons qui seraient trop longues à développer ici, je crois que la métaphore seule peut donner une sorte d'éternité au style », écrit Proust (*Essais et articles*). J'ai longtemps pensé comme lui, et on en trouvera sans doute plus d'une trace dans ce livre. Je le pense toujours. Alfred de Vigny est avec nous : « Les hommes du plus grand génie ne sont guère que ceux qui ont eu dans l'expression les plus justes comparaisons » (*Journal d'un poète*).

La littérature est une barbare qui arrive à la civilisation par le moyen le plus rudimentaire, et transmet la connaissance par le moyen le plus expérimental et le plus efficace à la fois, le dessin sur les parois de la grotte. Seule l'image donne de l'éternité, car l'image est la pensée de l'œuvre d'art.

MICHAUX (HENRI) : Il y a chez Michaux quelque chose d'étroit et de sec à la Léautaud. Comme lui, il a une tendance au lyrisme qui se manifeste par un emploi fréquent du point d'exclamation qu'il étrangle aussitôt. Une phrase narquoise suit la phrase exclamative. Ah, tu t'exaltais ? couic.

> Ah ! la femme ! Les amis ! Enfin, nous pourrons aimer autre chose (*Ecuador.*)

Antisentimentaliste, il se méfie de la duperie. Il exagère sa méfiance, en joue, et arrive à un comique de mauvaise humeur. Les femmes, les amis, les enfants, les animaux (là il n'est pas du tout Léautaud), il ne voit aucune raison de les aimer *en tant que tels*. Michaux est un homme qui écrit en haussant les épaules.

> Etre citoyen de la Terre. Citoyen ! Et la Terre ! (*Ecuador.*)

Il en devient parfois pincé. C'est un rapetisseur. Insecte têtu, il enfonce sa trompe aux endroits qui l'intéressent, et qui ne sont pas ceux qui intéressent tout le monde. C'est un écrivain qui écrit un livre sur les conséquences d'un bras cassé (*Face à ce qui se dérobe*) ; un descripteur de sensations. Il a d'autre part une imagination de contes de fées sans fées mais avec les monstres, comme les animaux fantasmagoriques de *La nuit remue* ; voyez aussi, dans le même livre, les moments où il joue avec les mots comme un enfant avec ses cubes. « Eborni, tuni et déjà plus fignu que fagnat. » Lui qu'on a dit surréaliste a une qualité que les surréalistes avaient très peu, l'humour, rien n'est d'ailleurs plus frappant que ce pauvre André Breton ajoutant à ce mot le qualificatif « noir » pour le rendre, dans son esprit, admissible : je connais peu de livres moins humoristiques que son *Anthologie de l'humour noir*.

Michaux aime le monotone : la mer, la pampa, les drogues.

> L'éther et l'amour sont deux tentations et deux attentats de l'homme contre le temps. Le temps est chassé durant les saccades de la jouissance (*La nuit remue*).

Il ne parle qu'à lui-même ; peu d'écrivains sont plus éloignés de la notion de public. Se parler à soi-même ne diminue pas ses chances d'être entendu, car cela donne aux autres l'impression d'écouter des secrets aux portes. A lui, cela donne parfois un genre de paysan grommeleur. Quoiqu'il écrive en parigot. (Il est belge.) Ou en lycéen vaniteux. Ou en inculte. Et tout cela exprès, pour ne pas faire « bien écrit ». Il peut être *singulier* de façon ostentatoire. Lisez-le par gouttes car, et là il ressemble aux surréalistes, il lui arrive d'être mécanique. Et là on se demande en quoi c'est écrit. Que veut dire : « Soudain, je sentis par ailleurs, et aujourd'hui ma virginité de vue, d'observation pour ainsi dire, je constate une fois de plus, le *mimétisme des choses...* » (*Ecuador*) ? Il aime parodier discrètement le grand style : « Ah, je commence à être bien las de tout cela. Combien mieux d'autres choses m'intéresseraient » (*Face à ce qui se dérobe*). C'est très lui, cette lassitude posée. Comme un élan vers l'ampleur qu'il ne prendrait pas.

C'est un écrivain à l'écart, indépendant, avec de beaux éclats d'indignation. « Espions ! Police ! Sabords des horizons ! », dit le poème « In memoriam ». Sans moralisme, libre. S'occupant de sujets qu'il choisit. Sans expliquer. Il s'attaque à la coutume, comme Beckett, comme Montaigne.

> Prier est organique. Le culte est une fonction. Adorer est une faim. [...] Glandes à dieux, toujours à essaimer (*Idoles*).

Je ne suis pas sûr qu'il ait bien fait de mélanger ses poèmes à de la prose, car ses poèmes y perdent l'aspect ballon au bout d'un fil qu'ils ne peuvent avoir que dans les livres de poèmes seuls, et sa prose, qui tend assez au morose sans cela, a l'air de lest. Les meilleurs poèmes se trouvent dans *Plume*, comme « Vieillesse » : « Poussé ! Partir poussé ! »

📖 « Ne me laissez pas pour mort, parce que les journaux auront annoncé que je n'y suis plus. Je me ferai plus humble que je ne suis maintenant. Il le faudra bien. Je compte sur toi, lecteur, sur toi qui vas me lire, quelque jour, sur toi lectrice. Ne me laisse pas seul avec les morts comme un soldat sur le front qui ne reçoit pas de lettres. Choisis-moi parmi eux, pour ma grande anxiété et mon grand désir. Parle-moi alors, je t'en prie, j'y compte. » (*Ecuador*.)

> 1899-1984.
>
> ◆
>
> *Ecuador* : 1929. *La nuit remue* : 1935. *Plume* précédé de *Lointain intérieur* : 1938. *Idoles* : en revue, 1938 ; dans les *Œuvres complètes*, I : 1998. *Face à ce qui se dérobe* : 1975.

MISÉRABLES (LES) : J'ai ouvert *Les Misérables* vers l'âge de trente-cinq ans, et je me suis retrouvé avec les anges. Si je l'avais lu à treize ans ? Ce n'est pas le genre de livre qu'on relise volontiers. Neuf cents pages ; on se rappelle bien l'histoire ; tant de chefs-d'œuvre et même de nullités nous attendent ! Ce n'est même pas le genre de livre qu'on *lise* volontiers. On nous l'a tellement raconté, nous avons tellement vu de films, il est devenu une sorte de mythe, comme *Don Quichotte*. Ce sont les livres qu'on a l'impression de connaître d'avance.

Mais voilà, la littérature n'est pas du mythe. Je me rappellerai longtemps (surtout maintenant que je l'ai écrit) la nuit d'août 1997 où, ayant quitté un instant *Les Misérables*, je m'aperçus que je souriais. Je venais de finir le « Chapitre où l'on s'adore », qui se termine par la phrase de Favourite : « et puis, tu vois, c'est une horreur, nous dînons dans un endroit où il y a un lit, ça dégoûte de la vie ».

Si vous ne devez n'en lire que cinq pages, laissez Cosette, laissez Javert, lisez « Sagesse de Tholomyès ». C'est un chapitre merveilleux de drôlerie où, l'air de décrire les déblatérations d'un homme saoul, Hugo fait la critique littéraire du romantisme et de la critique du romantisme. Qu'il a dû s'amuser à écrire cela. On y trouve la célèbre phrase : « Le calembour est la fiente de l'esprit qui vole », qu'on cite souvent en tronquant la fin : « *qui vole* ». Il y a fiente, mais il y a vol. Tholomyès rappelle que Dieu a fondé son Eglise sur un calembour (« Tu es Pierre et sur cette pierre je construirai mon Eglise »), comparaison familière à Hugo, qui fréquentait Dieu quotidiennement, et pour qui le vaste faisait preuve. Quand, dans *William Shakespeare*, il louange Eschyle, c'est entre autres pour le calembour : « Il fait des jeux de mots sur Prométhée, sur Polynice, sur Hélène, sur Apollon, sur Ilion, sur le coq et le soleil [...]. » Si le calembour est à battre, le jeu de mots a sa féerie. La rime n'est-elle pas un jeu de mots ?

Hugo interrompt son roman pour y insérer le récit, long, d'une visite aux champs de bataille de Waterloo. Il est une des raisons de regretter que Napoléon ait perdu cette bataille. C'est lui qui m'a fait arrêter ma lecture à la page 272 de mon édition (Bouquins). Ce que j'en dis ne doit donc être exact qu'au cinquième. Ah, l'exil ! Nous isolant, il nous donne trop de temps pour écrire. A cette digression qui se remarque, je préfère et de loin celle qui, ne se remarquant pas, cesse d'en être une, le chapitre sur l'année 1817. Hugo y fait le détail des petits événements qui, cette année-là, passèrent pour grands, et des grands événements qui y furent invisibles, des grands hommes et des grands sots, etc. Quelle verve ! Quel portrait d'un *moment* !

Son humanité, par moments même sa bonté. Et sans cynisme. Il y a des cyniques de la bonté comme il y a des niais de la méchanceté. Au reste, il est moins bon que juste.

Il n'a pas envers ses personnages l'universelle indulgence de Dickens : Hugo est un froid à la Tolstoï. Tous deux ont une origine sociale qui les place à une distance de maître du peuple.

Les deux monstres du livre sont des lecteurs. Le monstre calculateur, Madame Thénardier, a beaucoup lu de « vieux romans qui se sont éraillés sur des imaginations gargotières », ce qui lui a conféré un air penché de rêveuse, celui que devait avoir Emma Bovary ; quant au monstre machinal, Javert, « à ses moments de loisir, qui étaient peu fréquents, tout en haïssant les livres, il lisait ». Un homme qui hait les livres nourrit sa haine en lisant.

Les Misérables est un de ces romans-tagine où il y a et le mouton, et les oignons, et les raisins secs, et les olives, et les pignons, et... ma ceinture ! mon col ! de l'air ! Comme le dit Gore Vidal de Truman Capote : « Je ne peux pas le lire, parce que j'ai du diabète » (*Conversations with Gore Vidal*).

📖 « ... l'arbuste avait l'air d'une chevelure pouilleuse de fleurs. »

|| *Conversations with Gore Vidal* : 2005.

MODÈLES DES PERSONNAGES : A force de lire, on peut rire. Voici quelques jours (avril 1999), je lisais un livre dont l'auteur expliquait avec assurance que Madame Straus avait été *le modèle de Madame Verdurin*. C'est là que j'ai ri. Si nous faisons le compte, de combien de modèles incontestables de Madame Verdurin disposons-nous ? Cinq ou six plus ou moins grandes bourgeoises parisiennes qui eurent soixante ans vers 1910 postulent à cette décoration. Silence, silence ! Le plus minuscule indice suffit aux croyants. Madame Straus était brune, Madame Verdurin l'est aussi, *donc* Madame Verdurin est Madame Straus. Ils rappellent les gens qui croient aux prémonitions : pour une supposée prémonition réalisée, il y en a un million d'avortées, mais pas question de l'envisager, ils nient tout ce qui contredirait leur foi. Que Madame Straus ait bien plus de traits étrangers que de traits communs avec Madame Verdurin, qu'importe, puisqu'elles ont une ressemblance ! Ah, *proustiens* qui avez des *clefs* ! Vous avez l'air de geôliers de prison médiévale dans les films. Vous êtes les créations posthumes de Proust.

Oui, oui, il a pris un bout de ceci à telle personne, un bout de cela à telle autre, mais il y a ajouté sa matière. Il a fabriqué ses personnages au fur et à mesure de ce qui se passait dans son livre, devinant ce qu'ils devaient être. On peut prendre à la vie pour créer un personnage : à la fin, on ne sait plus dire ce que c'était. Le romancier n'a pas de modèles, il rapine.

C'est en s'éloignant du modèle que le livre devient littérature. « Je ne peux lire *Suite française* sans voir tels amis de mes parents », me disait Denise Epstein, la fille d'Irène Némirovsky. Nous, ignorant les dessous de la fabrication, voyons ce que ce roman peut apporter d'universel.

On dit que, pour *Le Rouge et le Noir*, Stendhal s'est inspiré d'un fait divers. Antoine Berthet, fils de maréchal-ferrant, est placé par un curé au séminaire de Grenoble. Quatre ans plus tard, un notable de Bragues le nomme précepteur de ses enfants et le chasse un an après : il avait eu une intrigue avec sa femme. Renvoyé de plusieurs séminaires, Berthet adresse des lettres accusant Madame de La Tour de ses mécomptes. Il trouve une place de précepteur chez M. de Cordon, qui lui aussi le congédie. A nouveau renvoyé d'un séminaire, il menace à nouveau Madame de La Tour. Pendant une messe, il tire deux balles sur elle et une sur lui. Aucune n'est mortelle. Il est condamné à mort. Julien Sorel, fils d'un charpentier, étudie la théologie pour entrer au séminaire. Pris comme précepteur chez les Rênal, il est dénoncé par lettre anonyme comme l'amant de sa femme ; une bonne le dénonce au curé, qui le fait envoyer au séminaire à Besançon. Là, il est choisi par un autre prêtre pour devenir le secrétaire du marquis de La Mole, proche du roi. Julien couche avec sa fille. Elle écrit à son père. Il donne une position à Julien en le faisant passer pour le fils naturel d'un noble. Madame de Rênal, poussée par son confesseur, envoie une lettre où elle le dénonce comme séducteur : refusant le mariage, le marquis lui donne de l'argent pour qu'il parte. Julien va à Verrières, église, Madame de Rênal, tire sur elle, elle est sauve. Il est condamné à mort.

On veut trop prouver qu'il est facile d'écrire un chef-d'œuvre.

|| Irène Némirovsky (1903-1942), *Suite française* : posth., 2004.

MŒURS : En France, ce sont les mœurs qui jugent. La critique d'un écrivain dépend secrètement de ce qu'on sait de sa vie. Un Français se console de tout s'il peut analyser les mœurs. Même Pascal : « La science des mœurs me consolera toujours de l'ignorance des sciences extérieures. » Pays de moralistes !

MOI, JE : Dans une période où la société est publicitaire, c'est-à-dire fondée sur le scandale au lieu de la réflexion, le moi sert de déclencheur. Rien n'est plus facile : tout moi exposé choque une coutume. De là ces écriveurs de livres qui sont des phénomènes de foire : la femme racontant ses fausses couches, l'homme débitant ses maladies. Et la coutume, dont c'est la nature, se scandalise ; les réactionnaires aboient ; l'écrivain fait une danse de plaisir devant leur cage où, s'étranglant, ils tirent sur leur laisse ; il devient célèbre ; quelques mois plus tard, il est remplacé par un autre phénomène de foire.

Le scandale est hypocrite. Il n'agit pas pour la liberté, mais pour le moi. L'égocentrisme est tel qu'il suffit qu'un moi s'exprime pour que tous les autres s'imaginent que cela a un rapport avec eux. De là le caquetage universel que provoquent, ne serait-ce qu'un instant, la plupart de ces livres :

excitation d'oisillons croyant qu'une ombre passant au-dessus d'eux vient leur donner la becquée. « Moi ! » dit l'auteur, sûr qu'on va se passionner pour sa biographie. « Moi ! Moi ! Moi ! » hurlent les lecteurs. Ils ont reconnu l'oisillon sous la panoplie du paon.

Une fois enclenchée la notoriété, elle s'entretient par les écrits intimes. Un écrivain qui raconte son moi, c'est gagné d'avance. Le lecteur se reconnaît. On lui dit « moi », et il pense au sien.

La complaisance de l'intime est un spectacle curieux. Et sans aucune vanité, surtout. En 2005, une essayiste a publié un livre où elle commentait des photographies de ses sous-vêtements après l'amour. Tant le moi est un des supplétifs à l'incapacité à créer.

La fiction utilise peu l'intime. Sartre écrit, dans une des nouvelles du *Mur* : « Il ne changeait pas assez souvent de caleçon ; quand Lulu les mettait au sale, elle ne pouvait s'empêcher de remarquer qu'ils avaient le fond jaune à force de frotter contre l'entrejambe. » Je n'en vois pas beaucoup d'autres exemples. Il est même frappant de constater que, dans la description de l'acte le plus intime, l'amour, loin de donner des détails, les romanciers passent au vocabulaire précieux, qui est une pudeur. Le signalement d'un être ne se fait pas par l'intime. Toutes les petites crasses, toutes les petites jouissances sont les mêmes. *Elles n'expliquent rien*. L'intime n'est pas l'essence. Il n'est que le commun.

Ce qui justifie le moi, c'est le talent. Là, c'est le moi qui devient supplétif, accessoire, moyen : une honnêteté *esthétique*. L'ayant laissé, avec son énorme gloutonnerie, dans un petit coin, nous pouvons espérer nous élever et lui, petit éclat de verre sur une route, refléter un instant un rayon de soleil.

Nous sommes au service de quelque chose de plus grand que nous et, soi-disant « créateurs » que nous sommes, nous payons son existence de notre absence. C'est ce que je me dis lorsque, étant resté trop longtemps dans les draps tièdes des écrivains intimes, j'ouvre la fenêtre sur l'hiver en criant : « Vive Pascal ! » Et je me rappelle que Pascal était une personne. Prisonniers, toujours prisonniers de nous-mêmes ! Alors, autant ne pas trop mal nous tenir, et nous rappeler qu'il s'agit de parler des autres en parlant de soi. La littérature atteint à l'universalité par le filtre de l'individu, cet individu écrivant qui n'est que le représentant plus émotif d'un type humain. Le chant d'une personne, et c'est la parole de beaucoup.

L'exhibition du moi provoque par contrecoup un élan vers l'art « pur ». Pur de la personne. Face à tant de satisfaction du petit être, on rêve des marbres blancs de Canova. C'est ce qu'a apporté Valéry. Cependant, tout n'est peut-être que solipsisme, Valéry comme Proust. Nous ne pouvons pas le savoir. Proust fait se poser la question : « Y a-t-il des solipsismes généreux ? », Valéry : « Y a-t-il des universalismes égoïstes ? »

Le je n'est pas nécessairement du moi. Le je est le type même du moyen d'aller plus vite. Comme le disait Stendhal, il permet d'éviter des périphrases. Il est surtout honnête. On dit « je », et cela signifie : « ce n'est que moi ». Une personne avec des passions, même si elle essaie de s'en départir, un jugement affecté par une sensibilité, même si l'intelligence la pousse à observer *derrière*, et qui ne cherche pas à abuser le lecteur par l'apparence d'une impersonnalité qui n'existe pas.

Nous finissons nos livres, ils nous achèvent. Un peu plus de nous ici, un peu moins là. Ce nous n'est pas fait de moi. Il faudrait pouvoir arriver à dire : « Ce livre de moi n'est pas de moi. »

L'impertinence du moi est punie par la ressemblance des styles. On se croit très personnel, singulier, unique, et on se rend compte que les façons d'écrire en « moi » sont très peu variées. Quelle est la différence entre le « moi » de... et le « moi » de... ? Ils sont aussi peu personnels que les personnalités. Les hommes se rattachent à quelques types psychologiques, et le seul moyen de se sortir de la prison des catégories est de réfléchir à autre chose qu'à soi. Plus j'écris, plus je pense que la meilleure façon d'écrire consiste à renoncer à son moi. On ne peut y arriver, mais l'important est d'essayer.

Le moi est haïssable, comme a dit Pascal, Pascal, un des rares écrivains non cabotins de notre littérature avec Samuel Beckett, si les Irlandais me le prêtent un instant. Et c'est l'anglicane Virginia Woolf qui écrit :

> Je voulais dire ceci : il faut écrire classique ; il faut respecter l'art. [...] Si on laisse courir l'esprit à sa guise, il devient égoïste, personnel, ce que je déteste. Mais en même temps doit brûler le feu capricieux. Pour lui donner libre cours, peut-être faut-il commencer par être chaotique, mais cacher cet aspect de soi-même au public (*Journal d'un écrivain*, 18 novembre 1924).

C'est à tout le XXe siècle qu'elle parlait, la chère femme ; à son joycisme, elle qui n'aimait pas Joyce. « Je ne peux m'empêcher de penser à quelque galopin d'école primaire, plein d'esprit et de dons, mais tellement sûr de lui, tellement égoïste qu'il perd toute mesure, devient extravagant, poseur, braillard et si mal élevé qu'il consterne des gens bien disposés à son égard et ennuie sans plus ceux qui ne les ont pas » (6 septembre 1922). Telle est la limite du génie qui ne comprend pas que l'intérêt de l'auteur n'est pas tout à fait le même que celui du livre, à cause d'un moi mal dressé. Et ces deux opposés que sont Joyce et Woolf ont eu les mêmes dates de naissance et de mort : 1882-1941. Moins ennemis qu'on pourrait le croire, ils s'uniraient contre vous qui utiliseriez leurs arguments pour attaquer la littérature. Le génie de Joyce est plus sportif, celui de Woolf plus spirituel. C'est une phrase, non, « il faut respecter l'art » ? Le moi n'est pas le je. Le moi est un garnement, le « je » peut être une discrétion, un allégement, une politesse. Moi est bruyant, je ne suis rien.

MOLIÈRE : Molière est une canaille. C'est Stendhal qui l'a dit. Il désignait par là le cynisme de l'homme intelligent qui met son talent au service du pouvoir. Relisant Molière en 2002, j'ai été enchanté par *Tartuffe*, jusqu'à la dernière scène, où l'exempt annonce que le roi Louis XIV a deviné et puni les méchants. Eh bien, j'ai jeté le livre par terre. Et je n'ai pas pu rouvrir Molière avant deux ans, aujourd'hui, où je reprends ma notice. Je ne pensais à lui qu'avec irritation. Tomber si insolemment dans la flatterie ! Le chef de l'Etat venant rétablir la justice dans une œuvre de fiction ! C'est un de ces moments rebutants comme en ont d'autres cyniques, Barrès, Claudel, Montherlant, Aragon. Ils se disent : mon talent me permet tout. C'est le moment où ils se perdent.

Je l'avais oublié, ce passage. Il ne m'avait donc pas choqué. Enfant de l'Education nationale et de la Cinquième République, personne ne m'avait montré le scandale de l'obséquiosité. Au demeurant, je ne connais pas d'enfant anarchiste. Et puis une telle cabale s'acharnait contre Molière qu'il s'est couvert en écrivant cette scène. Voyez qui est avec moi, signalait-elle à ses ennemis.

« Molière est un coquin qui n'a pas voulu représenter le courtisan, parce que Louis XIV ne le trouvait pas bon », précise Stendhal à Mérimée (*H.B. par l'un des Quarante*). Là, il charrie. Pensait-il que Louis XIV lui aurait permis de représenter le courtisan ? Et Molière en avait-il envie ? Et Tartuffe, à sa façon... ? Et lui, Stendhal, a-t-il publiquement écrit ce qu'il notait dans ses écrits intimes, que, après la campagne de Russie, « on était las de l'insolence des préfets et autres agents de Napoléon » ? (*Projets d'autobiographie* annexés aux *Souvenirs d'égotisme*.) Ah, les courageux de cinquante ans après ne manquent jamais. Là où Stendhal est exact, c'est quand il qualifie Molière de « ministre de l'opinion » du roi (*Paris-Londres*). Avant lui et après jusqu'à la comtesse de Ségur, on n'a pas vu d'écrivain plus conservateur : que le bourgeois ne cherche pas à devenir gentilhomme, que la jeune fille de province ne cherche pas à faire la Parisienne ! Et il joue de cette angoisse si française, la peur du ridicule.

On dit souvent que *Dom Juan* est son chef-d'œuvre, par une sorte de complexe à la Woody Allen qui voudrait qu'*Intérieurs* soit meilleur qu'*Annie Hall*. Or, *Dom Juan*, c'est le diable francisé. Nous sommes trop polis pour le dostoïevskisme, nous autres. Et tant mieux. Cela veut dire que nous ne vivons pas dans un pays où l'on gémit sous les encens. Au bord des jardins à la française, pas d'enfer. *Dom Juan* est un grand sujet pour professeurs sages ; la grande pièce de Molière, à mon sens, reste *Tartuffe*, malgré sa fin. Une quintessence de France dans son défaut, dans la description d'un de nos défauts et dans la façon de s'en moquer. Alors que, dans ses autres pièces, les personnages sont une chose et une seule, statuettes qui disent ce qu'on attend d'elles en claquant de leur petite mâchoire en bois, Tartuffe est nuancé, sinueux, moiré, surprenant, dangereux, et là, bien plus que dans *Dom Juan*, on frôle l'abîme. On n'y tombe pas parce que Molière est un esprit positif, romain, avocat de formation (métier romain s'il en est), et que la folle assurance de ce temps rendait inconcevable à ses hommes d'envisager quelque chute que ce fût. L'homme de Louis XIV, sous une cloche de nœuds et de rubans, avance calmement à cheval vers la gloire.

Je regrette que Molière ait donné la duplicité à Tartuffe, mais c'était une protection : s'il ne l'avait pas fait, ce n'est pas à interdire sa pièce qu'aurait cherché le parti religieux, mais à le tuer. Il ne peut pas être dit que Tartuffe est sincère. Or, Tartuffe est fourbe, mais pas hypocrite. L'hypocrisie est une huile sociale, la fourberie un miel d'arriviste. L'homme parfaitement franc, et c'est un tome II à Tartuffe, le Misanthrope, provoquerait des assassinats pour pouvoir continuer à dire ce qu'il pense. Qu'il estime être la Vérité. Le Misanthrope est un cousin des personnages de Corneille, auteur avec qui Molière a travaillé et dont il a joué certaines pièces. Toutefois, si les personnages de Corneille, tout cliquetants de chevalerie rêvée, ont la franchise des fols à la Don Quichotte, Alceste a la franchise aigre. Ce n'est pas un mauvais homme : c'est un blessé par des riens, le prince au petit pois. Un de ces adultes restés adolescents qui n'ont pas appris à feindre que tout ne va pas si mal. Il se gâte la vie par une mauvaise expérience qu'il a généralisée en morale. Il est malheureux. Son comique est triste. Molière aime aussi la franchise de la droiture agacée qui, elle, est comique : « Dorante : — Comment se porte-t-elle ? Madame Jourdain : — Elle se porte sur ses deux jambes » (*Le Bourgeois gentilhomme*, III, 4). L'hypocrite ne cherche pas nécessairement à nuire. Tartuffe, si. Il a la réplique même de la fourberie, son apothéose chuchotée : « Pour être dévot, je n'en suis pas moins homme. » Tartuffe est un gigolo qui veut devenir ministre.

Molière fesse les fourbes à la façon de Larry Flint qui, en 1998, demanda à toute personne ayant couché avec des politiciens conspuant le président Clinton de le raconter dans son magazine érotique *Hustler*, forçant le vertueux *speaker* de la Chambre des représentants à reconnaître des relations adultères et à démissionner. Il suffit, pour faire tomber la fourberie, de la montrer. Ce n'est pas poli, mais c'est le seul moyen : on sort du piège où elle nous enferme en nous faisant confondre la forme utile d'hypocrisie qu'est la politesse et l'impudence de l'obséquiosité.

Tartuffe a été interdit à plusieurs reprises : par le Parlement et par l'Archevêché de Paris en 1667, puis sous Charles X, puis pendant la guerre de 14-18, enfin sous l'Occupation. Ne voyant pas ce que Tartuffe a à voir avec la défense de la patrie, je suppose que des grands hommes se sont sentis visés. Molière a été soutenu contre les faux dévots par Louis XIV, qui lui a obtenu l'enterrement que refusait l'Eglise (à cinq pieds sous terre, soit un pied au-dessous de la profondeur réservée aux bons chrétiens). Molière convenait esthétiquement à Louis XIV : le roi avait des goûts simples et voulait être distrait.

Molière, c'est Spielberg : un grand talent mis au service du succès public qu'il obtient au détriment du génie. « C'est une étrange entreprise que de celle de faire rire les honnêtes gens »

(*La Critique de L'Ecole des femmes*, sc. VI). Il y a donc entreprise. Il *cherche* à faire rire. Pour cela, il procède simplement, mettant tout au premier plan, sans allusions ni rien qui puisse inquiéter les spectateurs peu raffinés. C'est avec Corneille qu'il a travaillé, pas Racine. Au reste, il ne saurait pas faire les finesses : ce n'est pas un grand artiste comme La Fontaine. Il s'élève à la poésie dans ses bouffonneries féeriques, *Le Bourgeois gentilhomme, Monsieur de Pourceaugnac*, parce qu'il y sort de la prison sociale. Molière est l'auteur le plus exclusivement social de notre littérature : à l'exception de *Dom Juan*, tout chez lui est fonction du comportement des personnages envers la société, dans un sens favorable à celle-ci. Chez Molière, l'individu a tort, la société a raison. Il raille M. Jourdain et M. de Pourceaugnac parce que, se croyant autre chose que ce qu'ils sont, ils perdent leurs qualités. Et leurs ridicules touchants, à force d'enfler, les transforment en montgolfières. M. Jourdain est, très exactement, un ange.

Le seul moment où les individus peuvent avoir raison et la société, tort, c'est l'amour. Molière a fait une déplorable propagande pour le mariage d'amour. En même temps, il ne fait pas de l'amour un drame, mais des comédies. Comme Regnard, comme tout le monde en ce temps-là. Ce sont les romantiques qui ont pris au sérieux ce petit dieu quelconque.

Molière a écrit l'une des meilleures réponses qui soient à une tentative de destruction d'une œuvre littéraire : *La Critique de L'Ecole des femmes*, encore meilleure que *L'Ecole des femmes*, que la critique avait huée. Elle contient la devise de l'honnêteté intellectuelle, exprimée par Elise : « Je regarde les choses du côté qu'on me les montre, et ne les tourne point pour chercher ce qu'il ne faut pas voir. » *L'Impromptu de Versailles* est une illustration de son théâtre : impromptu, mais aussi pièce sur le théâtre et le théâtre en train de se faire. Il y est dit de Molière que « son dessein est de peindre les mœurs sans toucher aux personnes ». (De là le risque qu'il a pris dans *Tartuffe* : s'il avait caricaturé un faux dévot en particulier, tout le monde l'aurait reconnu et les autres auraient pu ne pas se tenir pour attaqués.) *L'Impromptu de Versailles* est aussi une pièce où il défend la noblesse. « Le marquis aujourd'hui est le plaisant de la comédie ; et comme, dans toutes les comédies anciennes, on voit toujours un valet bouffon qui fait rire les auditeurs, de même, dans toutes nos pièces de maintenant, il faut toujours un marquis ridicule qui divertisse la compagnie. » Ah, je connais cet esprit d'irritation contre l'inéquité. Peut-être fait-il faire des défenses exagérées.

Les femmes, c'est son habileté et son triomphe. Il est aussi injuste qu'ignare de lui reprocher de se moquer des femmes qui pensent : il se moque de la prétention à la science sans la science chez les hommes tout autant que chez les femmes ; le pays de Molière est peuplé de perruches, mais aussi de perruchons, de bas bleus, mais aussi de chaussettes bleues. Qu'elle est sympathique, cette Elise railleuse, qui dit à Climène : « Ah ! mon Dieu, obscénité. Je ne sais pas ce que ce mot veut dire ; mais je le trouve le plus joli du monde. » Et Madame Jourdain, Dorine, Frosine, Aristione ! Ce sont des pommes. Elles rient sur la berge, se moquent des hommes qui se croient importants. Molière montre bien la niaiserie du mâle en face de la femme. La Femme, comme dirait Laforgue. Cet objet raffiné.

Dans *Les Précieuses ridicules*, ce n'est pas tant la préciosité qui est ridicule, que les deux jeunes filles. Elles veulent avoir l'air au courant, lancées, et ce sont des pécores. Rêvant d'être snobs, elles reproduisent un parler à la mode, celui qui consiste à dire : « Voilà un nécessaire qui demande si vous êtes en commodité d'être visibles » pour : « Voilà un laquais qui demande si vous êtes au logis » (sc. VI), auquel s'ajoute l'éternelle exagération des qualifications ; de gants qu'on lui tend, Magdelon dit qu'« ils sentent terriblement bon » (sc. IX).

Molière lui-même peut être précieux. Quand, dans *Dom Garcie de Navarre*, Done Elvire dit que « les premières flammes ont des droits si sacrés sur les illustres âmes » (III, 2), qu'est-ce d'autre que de la périphrase noble ? C'est quand même sa passion de se moquer de ces choses. Dans *La Comtesse d'Escarbagnas*, le vicomte lit ses vers à Julie : « *"C'est trop longtemps, Iris, me mettre à la torture."* Iris, comme vous le voyez, est mis là pour Julie. » (« Et j'aperçus Lycoris, / c'est-à-dire Turlurette » Victor Hugo, *Les Chansons des rues et des bois*.) Souvent, Molière fait de la critique littéraire dans ses pièces. Le quatrain de Mascarille dans *Les Précieuses ridicules*, le sonnet d'Oronte dans *Le Misanthrope*, celui de Trissotin dans *Les Femmes savantes*, le poème du vicomte dans *La Comtesse d'Escarbagnas*, c'est pour se moquer des gens qui écrivent mal en croyant écrire bien.

Quand Cathos dit à Magdelon : « Que ton père a l'intelligence enfoncée dans la matière ! », elle est beaucoup moins ridicule que Molière ne le pense, et les critiques que fait Alceste du sonnet d'Oronte en lui préférant les bonnes vieilles chansons de Paris sont aussi obtuses que *Le Confort intellectuel* de Marcel Aymé. Molière a souvent la mauvaise foi du bon sens.

Il confond les pédants et les cuistres. Il les appelle tous pédants. Une des seules fois où il utilise le mot « cuistre », c'est pour lui donner le même sens qu'à « pédant » : quand, dans *Le Bourgeois gentilhomme*, le maître de musique et le maître à danser traitent successivement le maître de philosophie de « bélître de pédant » et de « cuistre fieffé » (II, 3). Les dictionnaires donnent à « cuistre » la même date de naissance que Molière, 1622 ; c'était un mot d'étudiant venu de l'ancien français *quistre*, « marmiton », qui désignait les surveillants de collège ; de là, les pompeux faisant étalage de connaissances qu'ils ont ou pas. (Tandis que, à mon sens, les pédants savent.) Cuistres sont les médecins du *Malade imaginaire* avec leur latin grotesque : les précieuses, elles, ainsi que les femmes savantes, avec tout leur galimatias, expriment un rêve de poésie. Pour les premiers le langage est un moyen, pour les autres un idéal.

En entrant dans un musée, on reconnaît de loin l'époque des tableaux : pareil pour les livres. Molière a l'air XVIIe, est

XVIIe, tout XVIIe, rien que XVIIe. Il a l'alacrité du temps. (On pourrait dire que le XVIe est joyeux, le XVIIe allègre, le XVIIIe gai, le XIXe humoristique et le XXe ricaneur.) Sa posture de bonne franquette. Son absence de réflexion, aussi. On peut mettre le théâtre de Molière à côté d'un roman comme *L'Histoire comique de Francion* de Sorel, avec ses servantes insolentes et triviales (« Vous nous la baillez belle ! [...] vous prenez donc Laurette pour une déité ? Voulez-vous voir ce qui est dans sa chaise percée, et si vous auriez bien le courage d'en manger ? ») et ses moqueries du style boursouflé (« Mademoiselle, votre mérite, qui reluit comme une lanterne d'oublieux, est tellement capable d'obscurcir l'éclipse de l'aurore qui commence à paraître sur l'hémisphère de la lycanthropie qu'il n'y a pas un gentilhomme à la cour qui ne veuille être frisé à la Borelise pour vous plaire »). Toute la personnalité du monde n'empêche pas que nous soyons l'extrait d'une époque.

📖 « ELISE : Et la complaisance est trop générale, de souffrir indifféremment toutes sortes de personnes. » (*La Critique de L'Ecole des femmes.*)

> 1622-1673.
>
> ◆
>
> *Les Précieuses ridicules* : 1659. *Dom Garcie de Navarre* : 1661. *L'Ecole des femmes* et *La Critique de L'Ecole des femmes* : 1662. *L'Impromptu de Versailles* : 1663. *Le Tartuffe* : 1664 (chez la princesse Palatine ; en public : 1669). *Dom Juan* : 1665. *Le Misanthrope* : 1666. *L'Avare* : 1668. *Monsieur de Pourceaugnac* : 1669. *Le Bourgeois gentilhomme* : 1670. *La Comtesse d'Escarbagnas* et *Les Fourberies de Scapin* : 1671. *Les Femmes savantes* : 1672. *Le Malade imaginaire* : 1673. (Dates des représentations.)
>
> ◆
>
> Charles Sorel (1600-1674), *Histoire comique de Francion* : 1623.

MONOLOGUE INTÉRIEUR : Ce qu'on appelle monologue intérieur consiste à supprimer les mots « pensa-t-il » dans le compte rendu des pensées d'un personnage de fiction. Cela fut systématisé par Edouard Dujardin dans son roman *Les lauriers sont coupés* (1888), entièrement composé des pensées et songeries d'un personnage. Si nous nous en souvenons, c'est probablement parce que James Joyce a reconnu avoir repris l'idée du monologue intérieur à ce roman et dédié un exemplaire d'*Ulysse* « à Edouard Dujardin, annonciateur de la parole intérieure. Le larron impénitent ». C'était gentil. Et dissimulait peut-être qu'il s'était inspiré d'un très bon romancier de son pays, George Moore : Moore a longtemps vécu à Paris, collaboré à la *Revue indépendante* de Dujardin et, dans le recueil de nouvelles *Celibates*, de sept ans ultérieur aux *Lauriers sont coupés*, utilisé ce moyen narratif. George Moore a tenu un passionnant journal intime, ainsi que deux très bons volumes de mémoires, *Mémoires de ma vie morte* et les *Confessions d'un jeune Anglais*, mauvaise traduction de *Confessions of a Young Man* : il était anglo-irlandais. Dans ce livre, Moore explique l'origine d'une des institutions les plus admirées d'Angleterre : le club « est sorti de la respectabilité que la femme a voulu imposer au mari » au début du XIXe siècle, et a remplacé la taverne : « et leurs fauteuils de cuir ont donné M. Gosse, tandis que la taverne avait donné au monde Villon et Marlowe ». Quant à Dujardin, outre *Les lauriers sont coupés* et quelques poèmes dont l'un ressemble par son titre à une chanson de Gainsbourg, « Loulou, Black Loulou », il a fondé *La Revue wagnérienne*, où collabora Houston Stewart Chamberlain, le théoricien anglais du racisme qui épousa la fille de Wagner. Devenu germanophile, Dujardin publia en 1943 des *Rencontres avec Houston Stewart Chamberlain*. Léautaud prétend dans son journal que, après la guerre, il fit de l'édition pornographique. Aurait-il vécu jusque dans les années 1960, il faisait fortune, comme ce rééditeur de Sade qui s'en fit une, ainsi qu'une réputation de résistant à la censure, alors qu'il a surtout résisté à l'honnêteté. Malveillant, calomniateur, vénal, cet homme s'est insinué d'une maison d'édition française à l'autre, vidant les caisses tout en débitant des compliments d'une petite voix flûtée ; avec son sourire de serpent, il a mis les Classiques Garnier en faillite et failli ruiner les Belles Lettres non sans avoir tenté d'y renverser l'un et l'autre, disant des horreurs sur l'un à l'autre et sur l'autre à l'un, et à tous proposant des alliances secrètes, croyant que cela ne se saurait pas. Il a eu une réaction typique d'éditeur envieux à la mort de Sagan, racontant à *L'Express* (24 septembre 2004) qu'elle ne rechignait pas à la correction, sous-entendu : c'est moi qui ai écrit la moitié du livre d'elle que j'ai publié, *La Femme fardée*. Ce qui compte est la création, pas le toilettage. En conseillant une correction à un auteur, on ne fait tout au plus que lui faire voir plus vite ce qu'il aurait découvert seul. Et comme corrections ! S'il avait été bon éditeur, il lui aurait fait supprimer les clichés. Je me demande si le deuxième tome de ses mensonges, pardon, de ses mémoires, sera aussi admiré que le premier.

Si Dujardin a systématisé, c'est qu'on trouve avant lui des fictions où l'on entre dans la pensée des personnages sans « pensa-t-il » ni guillemets. Par exemple, *Le Rouge et le Noir* :

> Quand Julien aperçut les ruines pittoresques de l'ancienne église de Vergy, il remarqua que, depuis l'avant-veille, il n'avait pas pensé une seule fois à madame de Rênal. L'autre jour, en partant, cette femme m'a rappelé la distance infinie qui nous sépare […].

Il n'y a pas eu de méthode de la part de Stendhal, qui écrit plus par brusquerie qu'après réflexion : il reste des « pensa-t-il » dans ses recensions de pensées. Leur suppression totale, nous faisant pénétrer sans intermédiaire dans l'esprit des personnages, a été un progrès romanesque, peu importe la paternité de l'invention. Tout existe de tout temps, seulement on ne le voit pas, ou on ne s'y intéresse pas. *Le Rouge et le Noir*, 1830. *Les lauriers sont coupés*, 1888. Cinquante-huit ans. Après un temps de latence, les choses surgissent, par une sorte de nécessité vitale à la régénération de la littérature. La même raison fait qu'elles disparaissent, et dans cent cinquante ou deux cents ans, les audaces de Joyce sentant le renfermé, on passera à autre chose, et ainsi de suite.

« Monologue intérieur » : d'une certaine façon c'est un *dialogue*, entre le personnage et lui-même, voire, en pensée, avec d'autres. « Si elle continue à me persécuter, je lui dirai : tu verras, emmerdeuse ! », qui peut aussi se dire : « Si elle continue à te persécuter, tu lui diras : tu verras, emmerdeuse ! » Joyce emploie, en français, l'expression de « parole intérieure », qui est plus exacte. En tout cas tout vaut mieux que le « courant de conscience » (*stream of consciousness*) nommé par William James, le frère d'Henry. L'expression « monologue intérieur » vient d'un essai de Paul Bourget, *Cosmopolis*.

Le monologue intérieur peut être une simple phrase au milieu d'un récit. « Jean fit un sourire charmeur à son patron. Pauvre tyran, j'ai envoyé des C.V. partout. Le dossier était compliqué, et il... » Les cent cinquante pages des *Lauriers sont coupés* sont en monologue intérieur, exploit qu'on félicite ; la critique littéraire n'est pas toujours éloignée de la critique sportive. Comme tous les exploits, celui-ci est monotone, d'autant que le personnage se parle à peu près exclusivement en points de suspension. D'autres auteurs y ont remédié en supprimant toute ponctuation, mais est-ce plus approprié ? Quand je me parle, j'utilise des points d'exclamation, d'interrogation, finaux, des virgules et des points-virgules.

Les monologues intérieurs de *Belle du seigneur*, d'Albert Cohen, sont parmi les meilleurs qu'on ait écrits en français. Mes préférés sont ceux de Mariette, la bonne d'Ariane qui fait des cuirs (« l'amour est enfant de poème comme dit la chanson »), et ceux d'Ariane, Ariane qui s'amuse, Ariane qui papote avec Jean-Jacques son ours en peluche, « et puis et puis » on pourrait faire un recueil des *Pensées d'Ariane* comme il y a des *Pensées* de Pascal :

Papa affreux sur Maman la maniant aussi comme une bête Papa poussant aussi des cris de chien haha haha comment est-ce possible évidemment tous les gens puisqu'il y a tout le temps des naissances monsieur et madame Turlupin ont la joie de vous part de la naissance faire part de la naissance de leur petite Turlupette quel toupet d'avouer ainsi publiquement et tout le monde trouve naturel convenable cet avis de naissance oui tous font ces horreurs et neuf mois après ils n'ont pas honte de l'annoncer

une fois j'ai entendu un ouvrier sur la route dire bordel de Dieu ça m'a donné des rêveries charmantes

les anges leur musique ça doit être du César Franck en pire

Les pensées d'un personnage n'expriment pas plus sa vérité que ses actes. Nous nous mentons parfois.

> Paul Bourget, *Cosmopolis* : 1893. William James (1842-1910), *Principles of Psychology* : 1890. George Moore (1852-1933), *Celibates* : 1895 ; *Mémoires de ma vie morte* (*Memoirs of my Dead Life*) : 1906 ; *Confessions d'un jeune Anglais* (*Confessions of a Young Man*) : 1888.

MONTAIGNE (MICHEL DE) : Ce sera pour ma vieillesse, Montaigne. Huit fois j'ai décidé de lire les *Essais* : allez, cette fois-ci, en entier, jusqu'au bout ! Huit fois j'ai abandonné, la plus longue après deux cents pages. Il ne me parle pas beaucoup ; ou je ne l'entends pas beaucoup. Pour tout dire, il m'emmerde. Ce potinage universel. Je le trouve frivole. C'est toujours « un grand » qui lui fait un conte [I, 3], ou Jacques Amyot « grand aumônier de France » [I, XXIV], ou « une fille, la première de nos princesses » [I, XXV], et c'est à des dames nobles qu'il dédie des chapitres, puisque après tout il vit « en assez bonne compagnie » [I, XIII]. Il est snob, il est fat.

Et astucieux, oh, ça ! Entre les barrières de son égoïsme, de son dédain, de son fauteuil, il se donne l'air bonhomme, et c'est un gros chat lové dans un vieux creux du coussin qui griffe si on l'en écarte.

Quel fastidieux narcissisme ! « Le sot projet que Montaigne a de se peindre », dit Pascal. Qui ne se peint pas moins, mais par défaut, sans le vouloir, loin de toute coquetterie. Heureusement, le narcissisme de Montaigne est imparfait. Son moi est un paravent derrière lequel il réfléchit, de même que ses interminables citations du grec ou du latin sont des précautions pour justifier un humanisme scandaleux en des temps de guerre civile. Ces phrases d'Homère, de Plutarque, d'Horace, de Cicéron ou de Dante ajoutent à l'air de babillage des *Essais*.

Il écrit comme une noix. On reproche à Sainte-Beuve les emmêlements de son style, mais pas à Montaigne. Nous avons décidé que Montaigne est sympathique et Sainte-Beuve pas. Montaigne a pour sa défense une langue française encore barbare. Ne restent pas moins sa prudence, son patelinage, sa cuisine. Il touille, ajoute, épaissit. Entre deux expressions, Montaigne choisit les deux.

Il a peu d'imagination du français. Le français des poètes était plus indépendant du latin, plus vif, et il y a plus de progrès de Marot à du Bellay que de Rabelais à Montaigne, de ce point de vue-là. Quand il oublie Cicéron, il trouve des images, avec des mots pratiques : « à l'endroit d'un tel nez que celui du roi français » ; « les joues avalées ».

Je lui suis redevable d'une malice. Etudiant, j'eus une thèse à écrire. En droit, en droit. Le droit c'est des études parfaites pour les jeunes gens qui veulent avoir du temps pour lire ; si j'étais entré en hypokhâgne comme prévu, je n'aurais jamais pu lire Proust à dix-huit ans. Je m'étais tué toute mon adolescence à apprendre sans retenir afin d'avoir mon bac : maintenant que je l'avais, je voulais profiter de la littérature. Et c'est en droit que j'ai développé une espèce de talent pour lire sans retenir au-delà des examens. Tant d'articles du Code civil, tant d'arrêts du Conseil d'Etat ayant traversé mon cerveau sans que je me rappelle même leurs noms ! Un jour, je m'amuserai à recenser les écrivains juristes, Perrault, Molière, Marivaux, Mérimée. J'y ajouterai les médecins, car dans ma famille il n'y a presque que cela, et rien ne sera expliqué. Mon fastidieux labeur accompli, je citai en épigraphe de ma thèse une phrase du chapitre des *Essais* sur la coutume qui paraissait donner une importance colossale aux travaux qui allaient suivre ; avant la conclusion, je plaçai une autre épigraphe, autre phrase du même chapitre qui raillait ce qui venait de précéder. Un des membres du jury, fils d'écrivain d'ailleurs, de José Cabanis, l'auteur de *La Bataille de Toulouse*, ville où je présentais ma thèse et que je fuis ensuite par orgueil ou par nécessité, coupant mes racines pour créer les miennes, le releva avec un sourire et j'eus ma mention. Ah les bons profs !

📖 « Je veux qu'on agisse et qu'on allonge les offices de la vie tant qu'on peut, et que la mort me trouve plantant mes choux, mais nonchalant d'elle, et encore plus de mon jardin imparfait. » (*Essais*.)

> 1533-1592.
> ◆
> *Essais* : 1580, 1582, 1588 ; posth. 1906-1933 (édition dite de Bordeaux).
> ◆
> José Cabanis (1922-2000), *La Bataille de Toulouse* : 1966.

MONTESQUIEU (CHARLES DE SECONDAT, BARON DE LA BRÈDE ET DE) : Si je m'écoutais, je me ferais le Johnny Hallyday des dictionnaires, je lui chanterais trente-six fois *Que je t'aime !* Mais enfin il faut avoir du cœur.

Sa plus grande qualité, c'est le calme. Il ne l'empêche pas d'être vif. La façon d'écrire de Montesquieu me rappelle le pas de cavalerie appelé galop lent. Quel noble rythme, et avec un esprit éclatant sans qu'il le brandisse. Il éclate bien assez. Et d'autant plus. Montesquieu est un écrivain qui réfléchit, je dirais même mieux : qui raisonne. Ou plutôt : qui a raisonné.

Voltaire raisonne en écrivant, Montesquieu raisonne avant d'écrire. Chapitre XVIII des *Considérations sur les causes de la grandeur des Romains et de leur décadence* : « Si une seule bataille a suffi pour accidentellement ruiner un Etat, c'est que ce n'était pas un accident, qu'il y avait une cause générale qui faisait que cet Etat devait périr par une seule bataille. »

Ses sujets, esprit des lois, lettres persanes, grandeur et décadence des Romains, avaient été traités par beaucoup d'autres avant lui : il cherchait le best-seller. Il l'a trouvé. Plusieurs de ses livres ont été des succès. Comme ils sont meilleurs que ceux de ses prédécesseurs, il prouve l'observation de Karl Kraus : « L'imitation précède quelquefois l'original. »

Nous connaissons bien les *Lettres persanes* pour les avoir apprises au collège, et nous les connaissons mal pour la même raison : loin de n'être qu'une satire camouflée de la cour de France, c'est un authentique roman. Il y a des personnages, à qui il arrive des aventures, intellectuelles ou physiques, et à la fin du livre ils sont modifiés. Les moments qui se passent en Perse ne sont pas un contraste habilement (c'est-à-dire malhabilement) conçu pour éclairer les vedettes françaises sur scène, mais la partie la plus humaine : la Perse est l'endroit où ces gens qui voyagent avec leur tête ont laissé leurs sentiments. Ces Rica et ces Usbek montrent des faits particuliers d'application universelle, par exemple comment un maître devient peu à peu l'esclave de son esclave.

Il aime bien les généralités sur les nations. Les Romains étaient ceci, les Français sont cela, les Anglais cela d'autre. Il aime les généralités sur beaucoup de choses. Cependant, sa généralité frappe d'autant plus qu'il la modère. Ce n'est pas « tous », « toujours », mais « ordinairement » « il me semble » : « *La plupart* des législateurs ont été des hommes bornés, que le hasard a mis à la tête des autres, et qui n'ont *presque* consulté que leurs préjugés et leurs fantaisies » (*Lettres persanes*). Dans les *Pensées*, il exprime cette grande loi de l'entente humaine :

On ne jugera jamais bien les hommes si on ne leur passe les préjugés de leur temps.

Les *Pensées* sont un recueil posthume de réflexions, de paroles, de notes de lecture, de restes ou d'ébauches de livres (on en retrouve des passages dans les *Lettres persanes*), le bric-à-brac d'un esprit supérieur. C'est une forme qui nous laisse plus libres, nous autres lecteurs, enfin. Nous comblons les trous, nous rêvons à l'homme qui a écrit et dont nous avons l'intelligence sous les yeux.

Voici une phrase très simple et très caractéristique de Montesquieu : « La campagne de Rome inhabitable, parce qu'elle n'est point habitée » (*Voyage de Gratz à La Haye*). Il y a des faits. Ne nous laissons pas enfumer par les emphases. Il recueille quantité de faits dans le *Spicilège*. Les bons écrivains font souvent cela. Les faits sont des meules servant à broyer les préjugés. De là l'impression d'équité que Montesquieu communique.

Bordelais, il est anglophile. « L'Angleterre est à présent le plus libre pays qui soit au monde [...] » (*Notes sur l'Angleterre*). Bordelais, il n'est pas trop snob. Tout de même : « J'aime les paysans : ils ne sont pas assez savants pour raisonner de travers » (*Pensées*). Marie-Chantal a eu des ancêtres à Bordeaux ?

Son seul rival international, c'est Voltaire. Et Voltaire savait que son seul rival international, c'était Montesquieu. (Voltaire, Montesquieu. Elle n'est pas si mal, la littérature Louis XV.) De là qu'il parle peu de lui. Il y a aussi que Montesquieu, de cinq ans son aîné, est mort vingt-trois ans avant lui : en vingt-trois ans, on a le temps d'oublier un mort. Quand Voltaire en parle, c'est quand même assez en bien : et quand un très bon écrivain parle d'un autre en ces termes, cela veut dire qu'il sait qu'il est très bon. Si Montesquieu est un calme et Voltaire un nerveux, ils s'accordent sur la droiture du raisonnement. Lorsqu'il apprend que le chevalier de Rohan a fait bâtonner Voltaire, Montesquieu est indigné. Lui qui ne note presque jamais le jour commence : « A Paris, ce 6 février 1726. » Il sent que c'est une espèce de moment. Avec l'assurance de l'aîné, en âge un peu et en célébrité surtout, à ce moment-là, de l'ex-président de parlement, de l'homme riche et installé, Montesquieu dit que Voltaire *n'est pas beau, qu'il n'est que joli*, mais qu'il faut l'élire à l'Académie française, ce qui pour un Bordelais n'est pas une petite chose. Voltaire n'a probablement rien su de tout cela ; le *Spicilège* ne fut publié qu'en 1944. S'y serait-il attendu ? S'attend-on jamais à l'endroit d'où viennent les compliments ?

Montesquieu dit aussi que Voltaire « écrit pour son couvent ». Comme lui. Bien moins que lui, même, car le couvent de Voltaire, ce solitaire très entouré, c'est lui seul, tandis que celui de Montesquieu c'est la magistrature, où il fait carrière (président à mortier du parlement de Bordeaux). Et, pour elle, il invente la théorie des trois pouvoirs : l'exécutif, le législatif, le judiciaire. Il ne dit pas qu'il l'invente, il la pose habilement comme évidente, quasi préexistante. Si vous annoncez une invention révolutionnaire, tout le monde sera contre vous à l'exception des exaltés, qui ne servent à rien. Montesquieu a donné des raisons intellectuelles aux prétentions des juges, qui s'opposaient *politiquement* aux rois en prétextant de la *morale*, éternelle méthode. Cela avec l'appui du vocabulaire, qui ne démontre rien mais impressionne beaucoup : comme elles s'appelaient « parlements », les chambres de justice réclamaient un pouvoir législatif. Voltaire s'est assez moqué de leurs prétentions et de leurs censures. Et tel est le motif secret de l'irritation de Montesquieu contre lui. Dans le *Siècle de Louis XIV*, il réplique : « Le principe d'une monarchie ou d'une république n'est ni l'honneur ni la vertu. Une monarchie est fondée sur le pouvoir d'un seul ; une république est fondée sur le pouvoir que plusieurs ont d'empêcher le pouvoir d'un seul. » Dans le *Dictionnaire philosophique*, il s'indigne de la défense que Montesquieu fait de la vénalité des charges en monarchie : « Quoi ? parce que les folies de François Ier avaient dérangé ses finances, il fallait qu'il vendît à de jeunes ignorants le droit de décider de la fortune, de l'honneur et de la vie des hommes ! [...] mais pardonnons-lui. Son oncle avait acheté une charge de président en province, et il la lui laissa. »

Si Montesquieu critique la monarchie, cela ne le rend pas plus républicain que les philosophes.

> Il n'y a rien dans le monde de si insolent que les républicains [...] (*Voyage de Gratz à La Haye*).

> [...] et, pour règle générale, toutes les fois qu'on verra tout le monde tranquille dans un Etat qui se donne le nom de *république*, on peut être assuré que la liberté n'y est pas (*Considérations sur les causes de la grandeur des Romains et de leur décadence*).

Il croit en Dieu, modérément, et comment être papiste quand on sait les brigues, les intrigues et les coucheries des papes ? (« Un pape étant couché avec sa maîtresse [...] » *Spicilège*.) De même qu'il a fait de l'esprit sur les lois dans *L'Esprit des lois*, selon un mot de Voltaire qui pourrait être de Madame du Deffand (lettre au duc d'Uzès, 14 septembre 1752), il fait de l'esprit avec la métaphysique : « Je suis très charmé de me croire immortel comme Dieu même » (*Pensées*). Français, va !

« Un jeune Anglais, croyant qu'un de ces deux était une femme, en devint amoureux à la fureur, et on l'entretint dans cette passion pendant plus d'un mois » (*Voyage de Gratz à La Haye*). Cela ne pourrait-il pas être une phrase de Stendhal ? Ils ont souvent la même manière d'emboutir des morceaux de phrases, ce qui leur donne une vitesse extraordinaire. Il appelait cela « omettre les idées intermédiaires », et Stendhal a repris et l'expression et la méthode ; de ce point de vue, Montesquieu est le lien entre Stendhal et Pascal.

> Pour bien écrire, il faut sauter les idées intermédiaires, assez pour n'être pas ennuyeux ; pas trop, de peur de n'être pas entendu. Ce sont ces suppressions heureuses qui ont fait dire à M. Nicole que tous les bons livres étaient doubles (*Pensées*).

Ses notes de voyages pourraient être du président de Brosses. Il observe plus attentivement, est plus recueilli, mais a de la drôlerie, tout en restant plus sur son quant-à-soi.

📖 « La raison pourquoi les sots réussissent ordinairement dans leurs entreprises, c'est que, ne sachant et ne voyant jamais quand ils sont importuns, ils ne s'arrêtent jamais. » (*Pensées*.)

> 1689-1755.
> ♦
> *Lettres persanes* : 1721. *Considérations sur les causes de la grandeur des Romains et de leur décadence* : 1734. *L'Esprit des lois* : 1749. *Notes sur l'Angleterre* : posth., 1818. *Pensées* (commencées vers 1720 et écrites jusqu'à sa mort) : posth., 1899-1901 (par ordre thématique), 1950 (dans l'ordre du manuscrit). *Histoire véritable* : posth., 1892. *Spicilège* (commencé en 1718 et écrit jusqu'à sa mort) : posth. 1944, première édition intégrale 1991. *Voyage de Gratz à La Haye* : posth., 1949, d'après les *Voyages de Montesquieu* : 1894-1896.

MONTESQUIOU (ROBERT DE) : Rappelez-vous ces vers de Baudelaire :

> Dans votre belle forme une pensée égale
> Mêle à l'éclat du jour la tristesse des soirs
> Et vous ne vous penchez avec des nonchaloirs
> Que pour vous redresser plus fière et plus royale.

Ils sont de Robert de Montesquiou. « Et tant de beaux vers et cætera », comme dit Verlaine qui les citait (*Articles et Préfaces* ; ils sont extraits du *Chef des odeurs suaves*). Je pourrais ajouter :

> Voici les Pères blancs qui reviennent de vêpres
> Avec l'immense clé pendue au-dessus d'eux.
> Voici les hérauts gris : enfin voici sa lettre
> Ou sa lèvre : mon cœur est un coucou pour Dieu.

Mais non, c'est d'André Breton, dans *Clair de terre*.

Montesquiou est jugé. C'est un nul, c'est un idiot. Tout le monde le dit. Pauvres morts que nous serons, jugés par les fainéants que nous sommes ! On a aussi décidé que le baron de Charlus, c'était lui, et donc lui un grotesque. Or Charlus n'est pas écrivain, ni tout le temps grotesque, et d'être grotesque empêche-t-il le talent ? On juge Montesquiou sur des rêves. On pourrait le lire avant d'en parler, peut-être. Je vais le faire (septembre 1997).

(Deux mois plus tard.) J'ai trouvé par hasard du Montesquiou dans des boîtes de la Seine. Ses mémoires, *Les Pas effacés*. C'est une prose extrêmement ouvragée. Qui lui était sans doute extrêmement naturelle : il parlait stylisé, et écrivait comme il parlait. Après s'être mis à parler comme il écrivait, aussi bien. En tout cas, je possède une lettre de lui, sur papier bleu, écrite dans le sens de la largeur : les lettres à l'encre noire ont l'air de ferronneries de mur. Il a le parler typique des poseurs qui croiraient inélégant de ne pas dire *lequel* au lieu de *qui* (outre cuistre, c'est le plus souvent fautif), de ne pas faire des sous-entendus pesamment légers, de ne pas placer trois incidentes entre le sujet et le verbe et de ne pas étirer en vingt phrases ce qui pourrait être dit en une afin de retarder l'annonce du bon mot final, et tant de fatuité d'esprit finit en bêtise. Et il n'empêche qu'on sent derrière cela un homme intelligent. Comme quoi, l'intelligence est un indispensable loin d'être suffisant. Ajoutez la brutalité que ces gens-là croient le comble de la hauteur, et vous obtenez la vulgarité des grands snobs. Ils sont comme les truands : langage de milieu, posture de milieu, coquetterie de milieu. Entre un snob qui écrit : « il connaissait la terre entière » et un truand qui dit : « il était branché sur tous les coups », il n'y a pas de différence esthétique.

De temps à autre, il semble que Montesquiou veuille combattre sa passion du raffinement par une image violente. A moins que ce ne soit une méchanceté native ? Elle s'adresse souvent aux femmes, de préférence vieilles, dont il dénigre le physique. Et voilà comment, pensant qu'on prendra cela pour du style « joyeuse chronique à la Tallemant des Réaux », un homme bien élevé devient un mufle. Montesquiou, c'est l'écroulement de Barbey d'Aurevilly.

(Plus tard encore.) Sa poésie est beaucoup moins contournée, et il a écrit de bons poèmes ; je citerais « Eucharis », où il décrit une première communion : « Des anges qui n'éprouvent/Qu'un grand mal d'estomac », un vieux général tout décoré qui « Pense un peu tout de même/Honorer Jéhovah » et, « La cérémonie faite,/Chacun s'en fut luncher » (*Les Hortensias bleus*). Il a encore plus écrit de bons passages que de bons poèmes, et il me semble comprendre pourquoi Verlaine a cité des *extraits* et dit : « tant de beaux *vers* ». Humoristiques, mélancoliques, féroces.

> J'habite mon châtel de Bonneveau, réduit
> Tout mérovingien, que mon souvenir cote...
> Mon oncle Childebert et sa femme Ultrogothe
> Y passèrent l'hiver de cinq cent trente-huit.

> O mes chers objets que j'ai tant aimés,
> Pourquoi, loin de vous, courir aux fenêtres ?

> Les cimetières accrus,
> En dalles de buis frangées,
> Me font l'effet de rangées
> De dents, pour nous manger crus.

> Ecoliers libérés de l'ennui du dimanche,
> Ignorants de l'ennui qui s'attache aux plaisirs.

> La première communiante
> Dont défile la queue leu leu
> Entortille mon farniente
> Dans son nuage blanc-bleu.

A l'avant-dernier exemple près, cela pourrait être des poèmes de Georges Fourest, auteur de la célèbre parodie du *Cid* où Chimène dit : « Qu'il est joli garçon, l'assassin de papa ! » (*La Négresse blonde.*) Ce poète féroce, l'espèce est rare, écrit des poèmes qui commencent par la moquerie et finissent en farces étranges. On dirait de gros poissons à épines volant dans le ciel. Dans « Renoncement », un monstre naît avec « trois mille dents/et des favoris bleus » et urine « dans les cent trente bouches/du grand Baal-Zebuth, archi-baron des mouches ». Comme parfois les grossiers, Fourest est un délicat. Il rugit mais cite Laforgue, il égorge mais aime Watteau.

> Pour corbillard, je veux un très doré carrosse
> conduit par un berger Watteau des plus coquets,
> et que traînent, au lieu d'une poussive rosse,
> dix cochons peints en vert comme des perroquets. (« Epître falote et testamentaire pour régler l'ordre et la marche de mes funérailles ».)

D'ailleurs, celui qui a réussi la poésie de Montesquiou, d'une certaine façon, c'est Jules Laforgue. Et Montesquiou, avec ses effluves de fatuité, est passé à côté d'une œuvre comique.

📖 « La bonté de la nuit étanche les blessures
    Quand, sous l'effacement de toutes les couleurs,
    Nous recherchons la place où nos mains sont trop sûres
    De retrouver la plaie où vivent nos douleurs. » (« After Glow », dans *Les Chauves-Souris*.)

> 1855-1921.
> ◆
> *Les Chauves-Souris* : 1892. *Le Chef des odeurs suaves* : 1893. *Le Parcours du rêve au souvenir* : 1895. *Les Hortensias bleus* : 1896. *Les Pas effacés* : 1923.
> ◆
> Georges Fourest (1867-1945), *La Négresse blonde* : 1909.

MONTHERLANT (HENRY DE) : Son cas est désespéré, son cas est perdu. Montherlant est un nazi, un bœuf, une dent creuse.

La chose est jugée, je vous le dis, enfin ! Or, je vous en narrerai les détails au fur et à mesure, Montherlant est tout autre chose que ce qu'on raconte. Et c'est très intéressant. Comment un écrivain peut-il être ainsi déformé ? Que paie Montherlant ?

Il paie la propagande qu'il a faite, et c'est bien mérité. La propagande est une des choses les plus fastes aux écrivains de leur vivant, car le public, n'ayant pas le temps de lire, croit ce qui lui est affirmé avec aplomb, et l'une des plus néfastes une fois qu'ils sont morts : enfin ! de l'air ! Le problème est que le premier est le grand public, et l'autre le public fin. A la longue, les « Montherlant, ce grand écrivain... » dont il enluminait ses quatrièmes de couverture, et les livres de prosternation qu'il suscitait de jeunes dévots, lui ont fait s'exclamer : eh merde ! Puisque c'est décidé sans moi, qu'il reste à se faire admirer par les grossiers ! C'était bien la peine de se moquer des « gendelettres » ! Disons à la décharge de Montherlant qu'il était célibataire : l'organisation de sa propagande est très visible parce qu'il s'en chargeait lui-même, au lieu que, dans la comédie littéraire courante, les Grands Hommes font suggérer l'article, recommander l'éloge et combiner les dîners de candidature par leur femme, ce qui leur permet de garder l'air détaché et rougissant lorsque l'oliphant paraît. *« Est-il admissible qu'un auteur gouverne ses œuvres selon une idée fausse qu'on se fait de lui ? »* (Postface à *Demain il fera jour* ; c'est lui qui souligne.) Il l'a fait.

Il paie les commentaires et les citations qu'il fait de sa propre *œuvre*. « En 19..., je disais... » Il le fait par scrupule : pour éviter de se répéter. Et il se répète deux fois plus. Et il a l'air de s'admirer.

Il paie d'avoir menti à son public avec cynisme. Après sa mort, les dames bien n'ont pas été contentes d'apprendre qu'il couchait avec de petits Arabes et en ricanait dans des lettres à Roger Peyrefitte qui n'étaient pas son genre. Et, tout d'un coup, il a perdu sa circonscription imprenable de Passy. Comme d'autre part il n'avait pas renié ses écrits dans des papiers intimes qui en auraient fait un magnifique insincère, il ne gagne pas une voix dans le XIe.

Il paie d'avoir déçu les partisans. Ayant écrit entre 1930 et 1932 un roman où il critiquait les colons français d'Algérie, *La Rose de sable*, il a renoncé à le publier afin de ne pas gêner la politique de la France, puis, avec l'espèce de timidité et de prudence qui le caractérisait sous ses hennissements, il en fait une publication partielle et sous pseudonyme en 1938, puis une autre en 1954 où il ôtait les passages les plus critiques, l'édition intégrale advenant en 1968, la décolonisation accomplie. Entre-temps, en 1948, dans *Le Maître de Santiago* : « Les colonies sont faites pour être perdues. Elles naissent avec la croix de mort au front. » Trop pour la droite, pas assez pour la gauche. Le report de publication montre une différence entre les écrivains de droite et les écrivains de gauche : les derniers, qui n'ont jamais hésité à publier des livres critiques, croient au gouvernement, les premiers croient à la France. Je ne dis pas que les uns ont plus raison que les autres. A chacun l'illusion qui l'élève. *La Rose des sables* est aussi emmerdant que tout autre roman à thèse. C'est généralement un défaut des romans de Montherlant que le personnage principal soit lui, ou un lui tel qu'il se rêve, désinvoltement méprisant, tranchant, pas timide, enfin ! Quand il y met de l'humour (c'est la distance), il est bien meilleur, par exemple dans *Les Célibataires*.

Il paie la vengeance d'un de ses dévots, qui après sa mort a publié une biographie *disant tout*. « De nos jours, tout grand homme a son disciple, et c'est généralement Judas qui écrit sa biographie » (Oscar Wilde). Cette biographie qui lui a aliéné son public traditionnel fut une bonne chose : les légendes sont haïssables, et tout autant la légende Montherlant Homme debout qu'on nous racontait jadis que la légende Montherlant homme de boue qu'on nous a racontée depuis.

Il paie ses héritiers, qui ne le défendent pas. Quand Jean Giraudoux était calomnié, son fils se précipitait sur les journaux et obtenait un droit de réponse. Avec Montherlant, faites l'essai : vous pouvez le traiter de proxénète dans *Le Monde*, rien ne se passera. Rien ne s'est passé en 1998 quand un livre sur *La Comédie-Française sous l'Occupation*, se fondant sur une calomnie attribuée à Jean Paulhan dans un article des *Lettres françaises* clandestines, a assuré que Montherlant avait été « l'hôte d'Hitler » pendant la guerre. C'est un fait connu, quoique ignoré de tous les historiens, que Hitler, entre l'invasion de sept ou huit pays d'Europe et six millions d'assassinats, recevait Montherlant. C'était pour l'engueuler, sans doute : Montherlant avait refusé de faire le voyage de Weimar où l'on avait vu Brasillach, Chardonne et Drieu La Rochelle, avait, dans *Les Célibataires*, c'est-à-dire en 1941, raillé le stéréotype antisémite de la prostituée juive, n'était, au contraire de Céline, de Jouhandeau, de qui sais-je encore, ni collaborationniste, ni collaborateur, ni même vichyssois.

Il paie ce qu'il est. Comme chacun. Et ce qu'il était, c'était, souvent, un agaçant. On ne comprend généralement pas que, si les agaçants le sont, c'est qu'ils ont été agacés. La brusquerie est leur réponse à la blessure. L'agacement rend comique, aussi. Lorsque Stendhal, à qui Montherlant ressemble tellement, tranche pour la cent deuxième fois que tous les Italiens sont des condottieres, lorsque Montherlant reproche aux mêmes Italiens de ne pas être des Espagnols, je souris. C'est leur préjugé. Et puis, quand on aime un écrivain comme celui-ci, on aime jusqu'à ses balourdises, qui le font humain. Chez Montherlant, elles résident dans son humour de colonel de province : « Niçoises, du grec *niké*, une bien jolie étymologie, surtout pour quelqu'un qui connaît l'argot du rivage nord-africain [...] » (*La Petite Infante de Castille*). S'il y a chez lui une certaine brutalité de vocabulaire, « couillons », « piaulements », « imbéciles », que cela ne nous cache pas que ses mots les plus fréquents sont « panique » et « anxiété ». « On me reproche d'être égoïste. Mais comment vivrais-je si je ne mettais pas des œillères ? Tout ce qui est mal me blesse, et, d'être trop blessé, on meurt. » Plus qu'égoïste, il était hâbleur.

La hâblerie est le torse en avant de la timidité, destiné à prévenir l'attaque, laquelle n'y pensait pas, et qu'il provoque. Tous ceux qui l'ont connu attestent cette timidité, il suffit d'ailleurs de le lire pour s'en rendre compte. Seulement, il y a des gens à qui l'on passe tout et d'autres rien. Présentent-ils des défenses, c'est sans effet : il y a l'habitude de l'injustice. Il y en a le goût. Ils ne peuvent que perdre. Pas la peine de les lire. Ça laisse du temps pour les autres, et posture morale à peu d'effort.

Personne n'étant logique, Montherlant est un homme qui s'est cabré pour ne pas être caressé tout en espérant qu'on serait quand même tendre avec lui. On l'est déjà si peu quand nous sommes aimables !

Je ne nie pas qu'il ait écrit des choses déplaisantes. Des mufleries sur les femmes dans la série des *Jeunes Filles*, encore que le dernier volume, presque apaisé, *Les Lépreuses*, rachète les trois précédents ; et il a écrit : « Les hommes jugent plus sévèrement les femmes qu'elles ne les jugent, eux » (*Carnets*). Des inhumanités sur la guerre dans sa préface à un essai d'un certain Maxime Quinton qui eut un temps sa cote, les *Maximes sur la guerre*, ce genre de livre où comme justification de la guerre entre les hommes on disait que les fourmis font pareil ; mais c'était une époque où la guerre était à la mode, elle l'est d'ailleurs à chaque fois qu'elle revient. En aurai-je vu, dans mon âge encore jeune, des penseurs frémissant de plaisir au pas sonore des régiments ! Epoque où c'était l'antibelliciste le salaud, le dégueulasse, le réprouvé, où un socialiste comme Anatole France écrivait (avant la guerre précédente) : « Plus j'y songe et moins j'ose souhaiter la fin de la guerre. J'aurais peur qu'en disparaissant, cette grande et terrible puissance n'emportât avec elle les vertus qu'elle a fait naître et sur lesquelles tout notre édifice social repose encore aujourd'hui. Supprimez les vertus militaires et toute la société civile s'écroule [...] » (préface au *Faust* de Goethe). Ce qui ne veut pas dire qu'ils aient eu absolument tort. « La France est pacifiste jusqu'aux dents », disait Churchill. Qu'aurait-il dit de notre faiblesse aboyeuse ?

D'autre part, Montherlant : « L'apport de la guerre : zéro, ici comme ailleurs. Quoi donc ? Dans le *Chant funèbre*, j'ai dit le contraire ? Oui, mais, comme les camarades, en me targuant d'une prétendue âme nouvelle que la guerre m'aurait créée, je ne cherchais sans doute qu'à me faire donner des droits » (*Aux fontaines du désir*). Qui nous dit que Montherlant a écrit cela ?

Son plus grand défaut est le manque de pitié. Et sa forfanterie de virilité. En même temps, des délicatesses, et un âge mûr passé à déplorer les tristesses que les hommes se créent. « Chacun sait le mot qu'il faudrait dire pour vous sauver, mais ne le dit pas, et ne vous dira pas » (*Un assassin est mon maître*). Cette phrase l'explique presque entièrement. Pour lui, l'homme est un être aussi seul que féroce, et « on meurt des autres ». C'est le sujet de deux autres de ses bons romans, *Les Célibataires* et *Le Chaos et la Nuit* (on pourrait réunir les trois sous un titre général du genre « Largage et Grandeur des solitaires »). Philosophie encore des *Garçons*, où Madame de Bricoule meurt sans avoir dit à son fils ce qu'elle aurait dû lui dire, son fils ne l'ayant pas fait non plus. C'était sous-entendu, mais le sous-entendu crée des malentendus, et l'homme en meurt. Il meurt d'avoir mal aimé. Il s'est raidi, il s'est *tenu*. La tenue nous maintient et nous tue.

Les Garçons, ce *Fermino Márquez*. Sans filles, et donc plus pur, en quelque sorte. Infiniment moins scout que la pièce de théâtre qui est son écho, *La Ville dont le prince est un enfant*, ce roman qui pourrait n'être que l'histoire d'un gamin qui se fait renvoyer de son collège pour une histoire de tripotage est plus que cela parce que Montherlant a montré la montagne de sentiment que cela représentait pour son héros ; et cette montagne élève son livre. Le plus intéressant me paraît les rapports d'Alban de Bricoule et de sa mère. Elle est de vieille petite noblesse et élève son fils en conséquence. C'est-à-dire ? Conservatrice ? Réactionnaire ? Bigote ? Anarchiste. Par force, d'une certaine façon, puisque c'est une classe qu'on a écartée du pouvoir. Comme il n'est pas question d'abandonner toute place dans la société, elle inculque à Alban l'observance des conventions *sans y croire*. Ce sont des gens qui ont dû réapprendre l'arrivisme, qui n'est pas réservé à ceux « d'en bas ». Veuve, malade, envahissante, mais qui se refrène, Madame de Bricoule veut qu'Alban soit libre. Elle a ceci de rare chez une mère, qu'elle respecte son fils. Et c'est touchant, cette femme raide, cet enfant qui se cabre, cette affection qui ne sait pas s'exprimer. La bienséance ou, pourquoi pas, l'amour, ont retenu Montherlant de traiter un sujet où il aurait été plus violent et avec plus de savoir que dans *Les Jeunes Filles* : *Les Mères*. « Le seul endroit du corps où Achille était vulnérable était celui où il avait été tenu par sa mère » (*Garder tout en composant tout*).

Un Montherlant qui n'écrit pas pour un public, plus libre, se trouve dans les *Carnets*, les excellents *Carnets*, détachés, désillusionnés, car il a eu des illusions. « Mon esprit est réfractaire au politique et au social. [...] Ça a été mon erreur, que d'écrire des livres où j'effleurais ces questions » (*Service, Equinoxe, Solstice*).

Chateaubriand et Barrès ont *agi*, lui pas, qui répète assez qu'il préfère la pensée à l'action. Il y a chez Montherlant un penchant pour la sagesse orientale. Tout est vrai, dit-il, et : « Mais tout ce que j'ai affirmé, on peut aussi bien affirmer le contraire : tout cela est égal » (*L'Etoile du soir*). S'il circule du sang d'un écrivain à lui, c'est à mon sens celui de Vigny. Tous les deux ont le goût du *service inutile* et de la tenue non moins inutile, à ceci près que rien ne vaut mieux, du renoncement à l'action, du théâtre en toge où des femmes de pouvoir meurent (*La Maréchale d'Ancre / La Reine morte*) et du théâtre en pantalon qui cache la tendresse sous la raideur (*Quitte pour la peur / Celles qu'on prend dans ses bras*), méprisent la politique (*Stello / Carnets*) et raillent l'aristocratisme, ce qui est peut-être le comble de l'aristocratisme (*Journal d'un poète / Carnets*). D'autre part, Vigny éprouve un dégoût qui n'est absolument pas dans Montherlant. Et voici Stendhal qui s'approche : même jugement des Français vaniteux et sans enthousiasme, même apologie du plaisir, du naturel, et ces conceptions communes se matérialisent par des façons d'écrire approchantes. Les « etc. » (en avant, et ne m'embêtez pas avec vos explications), les italiques (je ne touche ces mots-là qu'avec des gants), les répétitions (vous croyez que j'écris mal ? je le fais exprès : je ris de vos règles du bien écrire, moi). Montherlant ajoute une certaine ostentation à se teinter de gouaille, où l'on trouve le Henry *de* Montherlant : le comte qui trouve amusant d'employer le langage de son chauffeur.

Quel artiste, quand il le décide, quel manieur de la langue française, altier et moqueur. Quand je composerai mon anthologie de prose française j'y inscrirai ce passage d'*Aux Fontaines du désir* :

> Ah ! je sens bien que c'est ici qu'est la grande « scène à faire », le finale pour anthologie. Mais voici l'heure où j'appartiens aux êtres, c'est-à-dire à cela seul qui m'importe. Il faut n'avoir rien de bien prenant dans l'âme pour être curieux et critique. Ou seulement pour voir. Les paysages où j'ai vécu comme il faut, je ne les voyais pas, je serais incapable de les décrire : une passion vous met des taies aux yeux. Si *mon Tolède est manqué*, qu'on en accuse les pas que j'entends se rapprocher sur la route. Un jour où j'aurai le cœur glacé, les entrailles inertes, je reviendrai ici m'intéresser au Greco.

La période sportive de Montherlant (j'y range la guerre), *Chant funèbre pour les morts de Verdun, Les Olympiques*, n'est pas son meilleur, ni ses poèmes ; j'excepte « Iphigénie aux cils battants » dans *Encore un instant de bonheur* : « Je l'ai vue au bord de la rivière,/Iphigénie aux cils battants./Elle était claire, claire, claire./Elle battait des paupières/comme je fais quand je mens. »

Son théâtre est ce que tout le monde s'accorde à trouver en carton. Eh bien, gardons-le pour nous. Je cajolerai *La Guerre civile* dont, adolescent, je relisais avec passion le deuxième acte, « *Castra Tristitiae* » (les campements de la tristesse). Si je l'aimais tant c'est sans doute que j'y transportais mon intérêt pour Pompée, César, la fin de la république. Je veillerai *La Reine morte*, ce ballet de corbeaux autour d'une colombe, je garderai au chaud *Un incompris* et *Celles qu'on prend dans ses bras*, j'épaulerai *Don Juan* (second titre, et moins bon, de *La Mort qui fait le trottoir*), vieil homme cherchant gaiement la chair mais incapable de chasser la mort : la goinfrerie est sa fuite. Qu'un homosexuel écrive sur Don Juan ? Il y a une panique dans le donjuanisme et son passage perpétuel d'une femme à l'autre. Si Don Juan séduit toutes les femmes, c'est pour éviter d'avoir à en aimer une seule. Il ne le pourrait pas, il le pressent, il ne veut pas s'arrêter : il serait obligé de s'avouer d'autres goûts. Qu'il n'a donc pas. Les grands séducteurs sont souvent efféminés. C'est Sacha Guitry qu'on devrait distribuer dans le rôle de Don Juan.

Il y a *Le Maître de Santiago*, cet Alvaro si proche de Montherlant. Il n'aime pas les temps nouveaux, et Montherlant croit que c'est par noblesse : c'est aussi par peur. Montherlant était un homme mené par la peur. Petit garçon élevé hors de la vie par une mère seule et le vénérant, homme petit de taille, homosexuel craignant tant l'efféminement qu'il se jette dans la corrida et, un temps, dans la guerre, sociétés à règles fortes et claires, au contraire de cette effrayante vie où il se faisait mille complications de commander un taxi. Montherlant, comme Alvaro, est un désemparé qui s'étonne lorsque quelque bien lui arrive : « Tu m'aimais, chose étrange ! Pourquoi m'aimais-tu ? » Il a repoussé les autres, qui font mal.

Il a rangé *La Petite Infante de Castille* dans ses « œuvres de fiction non théâtrales » (à cause d'une phrase comme : « Je faisais d'elle ma maîtresse », je suppose). A part ça c'est un récit, et un très bon livre, comme la plupart de ses essais. Avec *Un voyageur solitaire est un diable* et *Aux fontaines du désir*, il fait partie de la série des « Voyageurs traqués » (et traqueurs, peut-être ?). Livres d'une extraordinaire tension ; *Aux fontaines du désir* est un de ses livres les plus fiévreux. Sainte Thérèse donne une épigraphe à un chapitre : « Notre désir est sans remède. » Le premier paragraphe de *La Petite Infante de Castille* m'éblouissait, enfant, dans le volume illustré, sous emboîtage, cinq cents exemplaires sur vélin de Rives (Henri Lefèbvre, 1947) (l'exemplaire de ma grand-mère) :

> Barcelone est une ville de six cent mille deux cents âmes, et elle n'a qu'un urinoir. On devine si à certaines heures il a charge d'âme. Mais je sens qu'il vaut mieux commencer d'une autre façon mon récit.

Ce qui doublait mon éblouissement est que la première page, sous un grand dessin de Mariano Andreu (couple sur le quai d'une gare), portait le début de la première phrase, « Barcelone est une ville de six cent mille âmes » en très gros caractères, et que, la page tournée, on avait la suite, en caractères normaux, « et elle n'a qu'un urinoir ». Cela me paraissait le comble de l'esprit comme mise en page. D'ailleurs, ça n'était pas mal. La phrase me semble aujourd'hui trop ricanante, je préfère que le trivial soit joyeux à la façon de Scarron, mais je l'ai aimée. Je ne voyais pas derrière elle ce que, adulte, j'ai deviné, la petite ombre d'un buste cambré s'éloignant d'une muraille en tôle verte, l'ombre de Henry Marie Joseph Frédéric Expédite Milon de Montherlant.

Bonjour, Henry de Montherlant. Enfant, j'avais un placard où je camouflais mes trésors : au dos de la porte, « La vie antérieure » de Baudelaire recopiée au verso d'un poster ; au fond, contre le mur, cachés par des livres, des graffitis : les initiales de *mes* écrivains. Mon secret. Mes amours. Parmi ces initiales, « H. M. ». Amoureux perpétuel, à coups de foudre incessants et cependant fidèle, si je romps, je reviens souvent. C'est moi, là, sur mon île de Pâques, qui marche parmi mes grandes têtes. « O.W. » « J.L. » « F.S.F. » Ta tête, Montherlant, est renversée à terre. Au moins elle regarde le ciel.

📖 « Je pardonne parce que je m'en fous. » (Alban de Bricoule dans *Les Garçons*.)

> 1895-1972.
>
> ♦
>
> *Les Olympiques* et *Chant funèbre pour les morts de Verdun* : 1924. *Aux fontaines du désir* : 1927. *La Petite Infante de Castille* : 1929. *Encore un instant de bonheur* et *Les Célibataires* : 1934. *Service inutile* : 1935. *Les Jeunes Filles* : 1936. *Pitié pour les femmes* : 1936. *Le Démon du Bien* : 1937. *Les Lépreuses* : 1939. *La Reine morte* : 1942. *Un voyageur solitaire est un diable* : 1945. *Le Maître de Santiago* : 1948. *Demain il fera jour* et *L'Etoile du soir* : 1949. *Celles qu'on prend dans ses bras* : 1950. *La Ville dont le prince est un enfant* : 1951. *Le Fichier parisien* : 1952. *Carnets* : 1957. *Don Juan* : 1958. *Le Chaos et la Nuit* : 1963. *La Guerre civile* : 1965. *Va jouer avec cette poussière* : 1966. *La Rose de sable* : 1968 (publication partielle sous le titre de *Mission providentielle*, hors commerce et sous pseudonyme en 1938, puis sous le titre d'*Histoire d'amour de La Rose de sable* en 1954). *Les Garçons* : 1969, éd. complète en 1973. *Un assassin est mon maître* : 1971. *La Marée du soir* : 1972. *Tous feux éteints* : posth., 1975. *Garder tout en composant tout* : posth., 2001.

MORALE : A la longue, les erreurs disparaissent. Pour être remplacées par d'autres. C'est moins la politique qui menace la littérature en 2005, comme elle l'avait fait précédemment, que la morale. La morale est d'ailleurs l'échec de la politique : quand elle n'a rien réussi, la politique recule d'un pas et se statufie en vertu. Pauvre vertu, c'est à cause de gens pareils qu'on la déteste.

Il est piquant de voir des chefs de parti, des présidents d'association, des ministres, qui ont menti, dupé, trahi, crevé le ventre de cinq cents adversaires, réclamer de la morale à la littérature.

La morale est la justification de tout ce qui a un intérêt. « Je sentais bien confusément mais bien vivement et avec un feu que je n'ai plus que tout but moral, *c'est-à-dire d'intérêt dans l'artiste*, tue tout ouvrage d'art » (Stendhal, *Vie de Henry Brulard* ; c'est moi qui souligne). La morale concerne les mœurs, dont elle est la réglementation par le moyen de la coutume. Qu'est-ce que la littérature a à voir avec ça ?

La morale change. D'un pays à l'autre, d'une région à l'autre, d'un quartier à l'autre. En nous-mêmes, d'une époque à l'autre. Je suis tout à fait pour le respect des choses qui se font et ne se font pas, la politesse, l'honnêteté, la tranquillité publique et la mienne propre, mais en les séparant de la littérature, comme l'Eglise de l'Etat. C'est très bien, la morale, dans le domaine des mœurs. Il y a l'organisation de la société, et il y a l'étude de la vie. « La morale est le système des valeurs dans le domaine de l'*activité sociale*. Comme, en art, *en tant qu'art*, il n'y a pas d'activité sociale, son système de valeurs n'est pas moral, mais différent » (Fernando Pessoa, *Un singulier regard*). En mélangeant la littérature à la morale, on asservit l'une sans servir l'autre. J'ai entendu un écrivain expliquer à la télévision que la littérature servait à apprendre la citoyenneté. Sous la monarchie, il aurait expliqué qu'elle sert à faire de bons sujets ? Servir, toujours servir.

Moralités légendaires : Un livre comme les *Moralités légendaires*, ça me transporte, ça me ravit, ça me fait sourire, des hauteurs heureuses où il m'a transporté. De tous les livres dont je parle ici, c'est un de mes préférés.

C'est un recueil de six... six quoi ? Six contes, six légendes, six mythes réinterprétés par Jules Laforgue : Hamlet, le miracle des roses, Lohengrin, Salomé, Pan, Persée, auxquels on a ajouté, en les recueillant après sa mort, la nouvelle « Les deux pigeons ». C'est une prose qui ne prend pas la précaution habituelle de la prose, d'être comparative : elle est métaphorique. Elle ne prend du reste aucune précaution, ne faisant rien pour être « lisible ». Hiatus. Mots rares. Néologismes (*losangé, sofalesque, cataplasmé*). Mots-valises, qui seraient d'ailleurs mieux nommés mots gigognes, et qu'on appelait alors des à-peu-près (le mot est dans le livre) : « O rancœurs ennuiverselles ! expériences nervicides, nuits martyriséennes !... » Un serait ridicule, deux douteux, trois est du génie. C'est un des cas où la quantité est un élément de la qualité. Allitérations. Adjectifs nombreux. Adverbes idem. *Et c'est simple.* Et c'est bon.

Il multiplie les anachronismes qui, l'air de blaguer, expriment une grande tendresse pour le passé, tous ces morts : « Pauvre Ophélie, pauvre Lili. » C'est le livre le plus idéaliste qui soit, mais qui se méfie aussi le plus des risques assassins de l'idéalisme. « Un bulbul dégorgeait des garulements distingués. » Un bulbul, je ne sais pas ce que c'est, des garulements non plus, mais je l'imagine, et le mot *distingués* me signale qu'il s'agit de se moquer d'une posture, d'une affectation, d'un cliché. Laforgue, c'est la sentimentalité et la raillerie de la sentimentalité, l'effusion et la raillerie de l'effusion, la tendresse et les sentiments brusques. Dans ce livre, il invente quelque chose comme l'angélisme cynique.

L'un des plus beaux contes est « Hamlet », de qui il donne une interprétation si séduisante que j'ai désormais de la peine à voir ce personnage autrement qu'à sa façon. Un cabot génial, un théâtral sincère, un gamin de mille ans, un cœur pur à l'esprit impur. Laërtes venu se recueillir sur la tombe de sa sœur Ophélie lui dit : « Quand on finit par la folie, c'est qu'on a commencé par le cabotinage. » Hamlet : « Et ta sœur ! » C'est un livre où l'on rit en plus de s'émerveiller.

Lohengrin et Salomé sont aussi des moi, de forts moi, des moi contre la société : comme Hamlet, ce sont des très jeunes gens qui ont un problème, entrer dans la vie. Elle risque d'être moins parfaite qu'ils ne l'ont rêvée. Leur moi, plus fort qu'eux, s'emploie à créer des avalanches pour éviter de voir ça. Plutôt le pire que le plat. Si Nietzsche, à la gare de Sils-Maria, avait pu acheter les *Moralités légendaires*, il y aurait trouvé des arguments pour une réédition du *Cas Wagner*. Car enfin, cette mythologie réécrite par un Offenbach rêveur, c'est plus sérieux que l'esprit de sérieux avec lequel Wagner étale ses dieux. Vous l'imaginez, ce vieil étudiant à faluche toujours en train de potasser son doctorat, mettre de la musique sur :

> [...] et voici que l'oreiller, changé en cygne [...], chevauché du jeune Lohengrin s'enleva, et [...] cingla sur les lacunes désolées de la mer, oh, par-delà la mer ! vers les altitudes de la Métaphysique de l'Amour, aux glaciers miroirs que nulle haleine de jeune fille ne saurait ternir de buée pour y tracer du doigt son nom avec la date !...

Et Flaubert ! Comme *Salammbô* et *La Tentation de saint Antoine*, à côté de ces deux cents pages, ça fait scout !

C'est un livre écrit comme Odilon Redon peint, c'est-à-dire comme du mimosa. Léger, gai, vaporeux.

Laforgue avait vingt-cinq ans. Plus perspicace qu'un vieillard de fond de cave de Rembrandt, il ramène dans son filet de pêche mille truites brillantes, comme la description de l'aquarium dans « Salomé », le coucher du soleil de « Persée et Andromède », des enfantillages adorables... oui, c'est un livre de génie.

📖 « Kate est une de ces apparitions qui, dans la rue, vous clouent là, sans qu'on songe à la suivre (à quoi bon ? se dit-on, ce que sa vie doit être prise, à celle-là) et que dans un salon on regarde, non d'un air beau, fou ou tendre, mais indifférent et lointain (ce qu'elle doit être habituée aux têtes qui se retournent ahuries ! pas la peine d'en grossir la cohue, pense-t-on). Puis on apprend qu'elle vit comme une autre, ou mariée, ou seule, ou par-ci par-là. Et l'on s'étonne qu'elle ne soit pas la fameuse une telle, une accablée de drames internationaux malgré ses vingt-cinq ans et son air de monstre qui a toujours bien dormi la veille. » (« Hamlet. »)

‖ Posth., 1887.

MORAND (PAUL) : Morand est un excellent descripteur de la nouveauté. Dès ses premiers livres, les recueils de nouvelles *Tendres stocks* et *Ouvert la nuit*, il a regardé et décrit une part de la société qui n'avait pas l'habitude d'être décrite : le monde des affaires. Je ne sais pas si celui-ci en a été enchanté : passé le moment de gloriole, aucun milieu n'aime être décrit. Un écrivain montrant les banques, les cheminots, les amours saccadées, cela choque les amours saccadées, les cheminots et les banques. Chaque secteur de la réalité est pudique. Il ne veut pas qu'on montre aux autres ce qu'il est en train de faire. Surtout s'il est un secteur de puissance cachée.

Morand utilise la nouveauté pour créer des images (ce sont les mauvais écrivains qui redistribuent les cartes truquées que sont les vieilles images, les clichés), en forçant parfois la comparaison. Il l'a toujours fait : de son premier roman, *Lewis et Irène*, où Lewis dit à Hélène, qui est triste : « Vous avez l'air d'un chèque sans provision », au dernier, *Tais-toi*, où l'on trouve : « un œil vigilant comme une loge de concierge ». Parodie de Morand par Reboux et Muller dans *A la manière de...* : « Ses dents étaient aussi blanches que les feuilles de comptabilité du mois qui vient. » Il y a dans *Montociel, rajah aux Grandes Indes* : « La belle saison revenue, ces mêmes gaspilleurs font méticuleusement le budget de leurs reins. » Morand était non seulement riche, mais attentif à la richesse. On le voit à la fin de sa vie, dans le *Journal inutile*, faire le décompte de ses dividendes autant que de ses éjaculations. *Lewis et Irène* reste un très bon livre, et *Tais-toi* aussi, cette étrange enquête sur les malheurs d'un puissant qui n'a pas été assez aimé dans son enfance, un *Citizen Kane* reconstitué par un Borges moins méticuleux. Quand on est un chercheur d'images, il arrive qu'on remonte des impuretés dans le tamis. L'important est qu'on trouve.

Les tout premiers livres de Morand, des poèmes, sont, à l'image de ceux d'un autre très bon auteur de nouvelles dont il a écrit la vie, Maupassant, de la prose tranchée avec du blanc au bout, que ce soit l'« Ode à Marcel Proust » (*Lampes à arc*) plus snob qu'affectueuse, ou le : « Bleu, blanc, rouge, / ces couleurs m'exaltent, car / ce sont celles des coiffeurs américains » (*USA*), où il se donne le genre moderniste, lequel se caractérisait par un ton sentencieux joint à l'emploi du mot électricité. Morand y imite probablement Cendrars, mais celui-ci, avec son ample jovialité, n'aurait pas écrit qu'« un studio c'est ce qui ressemble le plus / à une administration soviétique » (*USA*) : ce n'est pas de la poésie, mais du moralisme français. Son tout dernier livre, le *Journal inutile*, a été publié, comme il l'a voulu, vingt-cinq ans après sa mort. Inutile, je ne sais pas : on en a plus parlé qu'aucun de ses livres depuis ses best-sellers 1925. Il faut croire qu'il suffit d'écrire des âneries pour que les médias s'intéressent à vous : dans ces quinze cents pages, on a l'impression de voyager derrière un chauffeur de taxi qui ronchonne contre les pédés, les juifs, les femmes, dispose de généralités sur tout, et, quand il juge quelque chose en bien, ne cesse pas d'être comique : « Les vraies lesbiennes, les terribles, sont très bonnes conductrices d'auto » (7 janvier 1974). Quand ce journal a été publié, la critique vraiment cultivée a découvert la lune. Morand antisémite ! Morand homophobe ! Quand on pense que... ! Si on avait su... ! A moi la Résistance ! Sans doute ils avaient oublié, dans la grande quantité de leurs connaissances, ses nouvelles de *Magie noire*, où affleure une haine des Noirs, tous au bord d'être des cannibales, son roman *France la Doulce*, sur le cinéma français infecté par les producteurs juifs, ou le recueil d'articles d'après-guerre, *L'Eau sous les ponts*, où il écrit : « Un homme à femmes renonce parfois aux femmes, mais une vieille tante ne renonce jamais aux hommes. » (Qu'en sait-il ?) Tout cela est très con, mais le principe, l'injuste principe de la bonne littérature, c'est qu'elle chasse la mauvaise, et qu'on oubliera à peu près le *Journal inutile* comme on a à peu près oublié *L'Eau sous les ponts*, déjà pardonné par les bons livres de Morand, de même que *Son Excellence Eugène Rougon* fait fermer les yeux sur *Le Rêve*. Les défauts de ce journal viennent principalement de ce qu'il n'est pas *écrit*, est de l'émission de mots non modifiée : s'il avait tant soit peu fait de la littérature, au lieu d'éjaculer de simples irritations, son livre aurait été moins mesquin.

Tout en étant prodigue d'images, c'est un sec, un mince, un serré, un fouetteur. On devrait le faire lire aux Andalous. Vous savez, ces phrases qui se terminent par deux coups de castagnettes, on croit que quelque chose va suivre, et c'est fini. Combinaison rare : les secs sont souvent avares. Je ne vois que Cocteau pour avoir cette même double qualité de sécheresse et de prodigalité. Leurs façons d'écrire se ressemblent. Une phrase comme : « Diaghilev a compris le premier qu'il fallait porter la main sur les chefs-d'œuvre », n'est-elle pas typique de Cocteau ? (Non pas à cause de « Diaghilev », mais de « porter la main sur les chefs-d'œuvre ».) Elle se trouve dans *L'Allure de Chanel* de Morand.

Sa sécheresse lui permet d'écrire des moments de lyrisme *qu'on croit*. Et, de temps à autre, des phrases de conte de fées, comme : « Regardez là, à droite, monsieur : c'est la plus petite île du monde ; elle est habitée par sept souris blanches qui dansent la gigue tous les soirs, à vêpres » (*Bug O'Shea*). Balzac a des comparaisons comme celle-là, par la veine Laurence Sterne.

Balzacismes de Morand : son intérêt pour les masses, auxquelles il cherche à donner un ordre. Il pense que les rousses sont comme ceci, les banquiers comme cela, remarque que le dimanche trois millions de Parisiens font telle chose et cinq millions de New-Yorkais telle autre, etc. Morand a les préjugés antimétèques d'une époque qui admettait que nous colonisions, mais pas qu'ils immigrent. Ce sont ceux, en Angleterre, d'Evelyn Waugh. Enfin. C'était aussi l'époque de l'internationalisme de Larbaud, et c'est une limite intellectuelle, quelle que soit l'époque, de haïr un groupe en tant que tel ; c'est peut-être parce que, dans la nouvelle « Clarisse » (*Tendres Stocks*), on trouve une mention comme : « des juifs reniflent les perles », que Proust a préfacé ce livre en parlant d'autre chose. La préface est meilleure que le livre. Il se peut aussi que Proust ne l'ait pas lu. Un jeune homme qui l'admirait. On se contente de feuilleter et de renifler le talent. Il arrive à Morand d'effleurer la vulgarité et d'assumer la muflerie, non sans ressemblance avec Montherlant. Il aimait bien choquer : dans *Bouddha vivant*, il parle de chiens « à yeux métalliques ». *A yeux*, hiatus. Il sait que « aux yeux » serait plus euphonique, mais, dans son dédain, il écrit *contre* la conception logique, non *pour* la fluidité de sa phrase. Cela produit d'excellentes pages de roman où il se débarrasse du romanesque, ou plus exactement la partie « feuilleton » du romanesque, avec une artificialité et une obscurité rapide bien plus intelligibles que les pâteuses explications qu'aurait écrites un écrivain moyen. Il teinte les balzacismes et en fait des morandismes : si le balzacisme *veut* rattacher toute chose à une tradition, le morandisme *constate* qu'elles en sont détachées, dans le nouveau monde massifié, vilain mot, vilain fait. Montreur du contemporain (les objets, télégraphes, avions, et leur organisation, comme le droit commercial), parfois au bord du reportage mis en fiction, Morand ne suit qu'apparemment la ligne balzacienne. Il y a de la naïveté dans Balzac, qui n'est réaliste que dans son rêve d'avoir tout compris de l'*envers* de la société et qui en fait un Manège enchanté ; Morand, qui a plus d'expérience sociale (son père, directeur des Beaux-Arts, lui, fonctionnaire au ministère des Affaires étrangères sous la direction de Philippe Berthelot, secrétaire général du ministère et « vrai » ministre des Affaires étrangères de la Troisième République), connaît le danger de dire trop précisément ce qui se passe : il montre par esquives. Ses personnages sont des marginaux de l'ordre industriel et financier, d'où ils se retirent à un moment ou un autre, que ce soit dans *Lewis et Irène, Tais-toi* ou *L'Homme pressé*. La plupart des hommes de Morand le sont ; ils fuient comme des lézards tout ce qui pourrait les attacher. Au contraire de ses personnages, Morand a eu beaucoup d'attaches, sa carrière, son mariage avec une Grecque princesse et milliardaire, leurs biens.

En fiction, sa devise, excellente devise, pourrait être : « Sans commentaire. » Dans *Flèche d'Orient*, à propos des opérateurs radio d'avion, le narrateur dit : « Tous avaient passé cette journée quelque part en Europe, à Londres, à Anvers, à Vienne, à Marseille, à Hambourg, et ils attendaient l'heure du cinéma, boulevard Rochechouart. » Pas un mot de plus. L'image suffit. Lui ajouter des commentaires la rendrait banale, moins exacte, même, d'une certaine façon. Trop dire fait parfois fuir le sens.

Il y a dans Morand un naturaliste qui fuirait la glu du sujet. Il a plusieurs fois raconté qu'il a été élevé par les romans naturalistes de la bibliothèque de son père. Il aimait Zola. Il a écrit une *Vie de Guy de Maupassant*. C'est un formaliste qui a eu la ruse de se faire passer pour un reporter, métier à la mode (création de *Tintin*, Cendrars écrivant sa « poésie documentaire »). On peut trouver un concentré de son style novateur dans « La nuit romaine » d'*Ouvert la nuit* :

— dès la première phrase, il choque le bon goût par une allitération chuintante : « Dans le jardin de l'hôtel des chats chantaient » ;

— choc d'images (d'où les étincelles) : « de ces chats couleur pierre ponce, frères de ceux qui dorment autour de la colonne Trajane. Je n'ai pas oublié ses lunettes posées comme deux gros glaçons sur son front [...] » ;

— effleurement de la vulgarité à force de chercher l'image frappante : « Elle restait des heures ainsi, cynique et génitale » ;

— généralisations : « elle était sans esprit, sinon, comme toutes les femmes, dans ses lettres » ;

— cocteauïsmes : « ses ongles comme des gouttes roses arrêtées au bout des doigts » ;

— pas d'histoire, mais une série de vignettes, avec des bouffonneries et une fin naturaliste (l'héroïne est retrouvée étranglée par son amant noir) ;

— souffle de muflerie sur l'ensemble, qui est néanmoins excellent.

Dans une deuxième époque, Morand enlève ses colliers d'images, adopte un pas plus lent et ne sort plus de l'Europe. Nous avions une Nancy Cunard aux avant-bras couverts de bracelets anguleux, nous avons une Gabrielle Chanel au tailleur sobre. Le changement date, dirais-je, des *Extravagants*, à moins que le livre-charnière soit le très peu mentionné *Bucarest*, l'année précédente : Bucarest, la ville de sa femme.

Cet observateur du présent est un très bon chroniqueur des choses passées. Le présent l'irrite. (*Rond-point des Champs-Elysées, Propos des 52 semaines.*) Il a le malheur d'avoir été enfant, adolescent et jeune homme dans un monde délicieux et apparemment immortel comme la Chine, et d'avoir vu ce monde cassé par la guerre de 14. Son irritation est adoucie par le « je me souviens », car en vieillissant, certains hommes oublient qu'ils n'ont pas aimé l'époque de leurs vingt ans, car c'était l'époque de leurs vingt ans. Et ce sont *1900*, les récits de voyages ou les livres sur les villes, *Londres, Paris, Venise. Paris*, qui contient une observation insupportable à toute une France se cherchant des raisons de mépriser sa capitale, que le climat y est généralement bon, est le livre qui ferme définitivement la porte de la douce France du président Fallières : on y parlait de notre ville avec une fierté naïve et joyeuse qu'on a retrouvée ensuite à New York et qui signale les capitales du monde.

Dans *Fouquet ou le Soleil offusqué*, Morand manifeste une telle haine pour Louis XIV qu'il a dû le confondre avec de Gaulle. Fouquet destitué par le roi, c'est assez Morand interdit d'Académie française par de Gaulle, non ? De Gaulle ne leva son opposition qu'en 1968 ; Morand fut élu, c'était sa quatrième candidature. Dans tous ses livres de conversation de Gaulle reste très circonspect envers les écrivains, qui complètent la gloire de la France, sauf Morand, le seul dont il dise ouvertement du mal. Morand, en poste à l'ambassade de France à Londres, fermée par le gouvernement de Vichy, est revenu en France en juin 1940 : « Sa femme avait du bien. Quand on a du bien, on le fait passer avant la patrie » (Alain Peyrefitte,

C'était de Gaulle, 2). Morand passait pour si vénal que le gouvernement suisse faillit refuser son accréditation comme ambassadeur de Vichy. Quelle malchance ! Il reprenait contact avec Elisabeth de Miribel, sa secrétaire à Londres qui, devenue celle de De Gaulle, avait tapé à la machine l'appel du 18 Juin. Elle lui envoyait une auréole de résistance par exprès. Morand déjeunait avec de Gaulle et Duhamel à Paris en septembre 1944. Il était élu à l'Académie française à sa candidature de 1957. En mai 68, il signait une pétition contre la chienlit. Malraux reniflant prononçait son oraison funèbre. De Gaulle ajoute : « *[Morand]* était très introduit dans la société anglaise, cette oligarchie dont se moquait Napoléon. Quelques centaines de lords et de banquiers exerçaient le vrai pouvoir. Nous ne connaissions personne. Vous imaginez de quel prix aurait été son ralliement ! » Le capital a du bon quand on l'a de son côté, on dirait.

📖 « Au mois de mars 1909, il y a cinquante-trois ans, un *punt* descendait la Tamise, à Oxford ; le jeune homme qui poussait son bateau y mettait tant d'énergie que sa perche demeura engravée dans le fond ; il y resta suspendu, pendant que le *punt* continuait sa route... Ce jeune homme, c'était moi. Ainsi continue le cours du temps, alors que je reste seul, suspendu dans le vide, avant de tomber dans l'eau. » (*Le Nouveau Londres.*)

1888-1976.

◆

Lampes à arc et *Feuilles de température* : 1920 (repris et augmenté dans *Poèmes* : 1924). *Tendres stocks* : 1921. *Ouvert la nuit* : 1922. *Fermé la nuit* : 1923. *Lewis et Irène* : 1924. *L'Europe galante* : 1925. *Bouddha vivant* : 1927. *Magie noire* et *USA 1927* : 1928 (repris dans *Poèmes*). *1900* : 1931. *Flèche d'Orient* : 1932. *Londres* : 1933 (éd. complétée de *Londres revisité* : posth., 1990). *France la Doulce* et *Rond-Point des Champs-Elysées* : 1934. *Bucarest* : 1935. *Bug O'Shea* et *Les Extravagants* : 1936. *L'Homme pressé* : 1941. *Vie de Guy de Maupassant* et *Propos de 52 semaines* : 1942. *Montociel, rajah aux Grandes Indes* : 1947.

> *Journal d'un attaché d'ambassade* : 1948 (éd. complétée : posth., 1996). *L'Eau sous les ponts* : 1954. *Fouquet ou le Soleil offusqué* : 1961. *Le Nouveau Londres* : 1962. *Tais-toi* : 1965. *Paris* : 1970. *Venise* : 1971. *Les Ecarts amoureux* : 1974. *L'Allure de Chanel* : 1976. *Journal inutile* (1968-1976) : posth., 2001.
>
> ♦
>
> Alain Peyrefitte, *C'était de Gaulle*, 2 : 1997. Paul Reboux (1877-1963) et Charles Muller (1877-1914), *A la manière de...* : 1908, 1910, 1913.

MORCEAU DE BRAVOURE, TOUR DE FORCE, ORIGINALITÉ : Dans un roman, le morceau de bravoure est presque toujours hors sujet et agréable à lire. Par exemple, le portrait de l'empereur François-Joseph qui forme un chapitre entier de *La Marche de Radetzky* de Joseph Roth. On le voit vieillard alerte, indifférent, froid, rancunier, admiré, et cela ne change rien à l'histoire.

Le tour de force est le morceau de bravoure appliqué au roman entier. Ce qui était une bonne idée pour un passage devient de l'haltérophilie aux hormones. C'est la piteuse descendance du *Finnegans Wake* de Joyce, comme *a*, roman d'Andy Warhol qui se passe en vingt-quatre heures, et presque tout en conversations, si l'on peut appeler ainsi des parlotes sur des émissions de télévision avec mauvais calembours, gloussements, rosseries et toutes les limites du style *bitchy* : amusant cinq minutes, atterrant ensuite. Pour faire ce livre, Warhol a transcrit des cassettes enregistrées, de la même façon qu'il a filmé un homme dormant pendant six heures. C'est pour nous montrer qu'il ne fallait pas le faire. Par moments c'est de la satire, par moments il y croit, jamais il ne choisit. Ambiguïté habile, car auprès d'un grand public il gagne et sur le rouge et sur le noir, mais cette amorphie orgueilleuse et peureuse l'empêche de réussir en tant qu'œuvre d'art, qui est choix, pari, risque.

En littérature, ce qu'on croit le plus original est souvent le plus banal. On s'excite à écrire de brefs chapitres en italique décrivant les pensées d'un personnage secondaire, puis on se rend compte que ça a été fait cent fois (ce qui d'une certaine façon n'est pas assez : il faut bien de l'usure pour qu'une façon de raconter cesse de paraître aberrante au public), et, surtout, que c'est une façon bien ostensible, bien scolaire de faire remarquer un tour. Ce n'était donc qu'un tour ! La façon de raconter doit être une émanation des personnages dans le roman, du sentiment qu'on éprouve, en poésie.

|| Andy Warhol (1928-1987), *a* : 1968.

MORTS INHABITUELLES D'ÉCRIVAINS : Je veux dire d'écrivains qui ne soient pas morts de mort naturelle, enfin, de vieillesse, ou de jeunesse, ou de maladie.

Morts écrasés ou renversés par un véhicule. Catulle Mendès (1841-1909), poète, gendre de Théophile Gautier, dont on trouve un portrait dans les *Portraits-souvenir* de Jean Cocteau (il ressemble à un lion frisé) est écrasé par un train à Saint-Germain-en-Laye après avoir essayé de descendre en marche ; comme il buvait beaucoup d'absinthe, on a supposé qu'il était saoul. Egalement renversé par un train, Emile Verhaeren, en 1916, à Rouen. Roland Barthes (1915-1980), essayiste, fut renversé par une camionnette de livraison, en sortant d'un déjeuner avec François Mitterrand, à Paris. Fagus (1872-1933), poète dont Léautaud a fait un portrait dans *Passe-temps II*, est renversé par un camion, à Paris, étant ivre, tout comme Robert de La Vaissière (1880-1937), qui signait Claudien ses poèmes en prose, du nom d'un poète latin du IVe siècle.

Morts dans un accident de transport. Je ne connais pas d'écrivain mort dans un accident de train, comme Dumont d'Urville, ni dans un accident d'avion ou d'hélicoptère, où ont été tués un boxeur, une violoniste, un guitariste et un chanteur de variétés ; les peintres ont peut-être le seul artiste mort dans l'explosion d'une poudrière, Carel Fabritius, en 1654, à

Delft. Gobineau n'est pas mort dans un accident de voiture, mais d'un accident en voiture : il se trouvait à Turin, et eut une crise cardiaque dans une voiture à cheval. Roger Nimier et Albert Camus ont été tués dans un accident de voiture. Le *Paris-Match* de la semaine où est mort Nimier (28 septembre 1962) contient un reportage de six pages avec la photographie de son cadavre sur son lit de morgue, linceul tiré pour montrer son visage. Il ressemble à Pascal. Tout mort ne ressemble-t-il pas à Pascal ? Le poète Nicolas Gilbert (1750-1780) passe pour s'être étouffé après avoir avalé une clé, dans un moment de folie consécutif à son accident de cheval. D'où les vers de Toulet, qui ferment les *Contrerimes* :

> Si vivre est un devoir, quand je l'aurai bâclé,
> Que mon linceul au moins me serve de mystère.
> Il faut savoir mourir, Faustine et puis se taire :
> Mourir comme Gilbert en avalant sa clé.

Morts pendant des guerres. La guerre qui a le plus tué d'écrivains est celle de 1914-1918. Parmi les premiers se trouvent Ernest Psichari, le petit-fils de Renan, le 22 août 1914, Charles Péguy, le 5 septembre, Alain-Fournier, le 22, et Louis Codet. Né à Perpignan en 1876, Codet est élu député de la Haute-Vienne en 1909, puis est battu en 1910 à cause de son roman *La Petite Chiquette* (1908) qui décrit les peintres de Montmartre : ses adversaires s'en sont servis pour effrayer les électeurs. Le 5 novembre 1914, sous-lieutenant d'infanterie, il est blessé à la carotide à la bataille de Steenstrade, dans les Flandres, et meurt à l'hôpital du Havre le 27 décembre. Tué également Louis Pergaud, l'auteur de *La Guerre des boutons* (1912), qui me touchait, enfant, par le gentil petit garçon qui offrait de se contenter des queues de sardine à l'huile. Tué, Emile Clermont, à qui Jean Giraudoux rend hommage dans *Littérature*, parlant du « rôle de végétal qui attachait chaque soldat à un champ précis ». Tués, Sylvain Royé, René Dalize, l'ami d'Apollinaire, Charles Muller, le *coauteur* avec Paul Reboux des parodies *A la manière de*... Un autre humoriste disparu dans cette guerre fut l'Ecossais Saki, qui s'engagea en 1914 à l'âge de quarante-trois ans comme simple soldat, refusa plusieurs fois d'être promu officier parce qu'il ne voulait pas commander d'hommes sans l'expérience du combat et fut tué en 1916 à Beaumont Hamel. Tué, Jean de La Ville de Mirmont, qui a sa notice ici. Autre Bordelais tué et ami de Mauriac, André Lafon (1883-1915), auteur de *La Maison pauvre*, de *L'Elève Gilles* et de *Poèmes* doux : « Les massifs endormis, par la lèvre des fleurs,/Exhalent des parfums »; il est mort d'une scarlatine contractée au camp de Souge. Tué, Louis de la Salle, sur qui Toulet écrivit un article, et pour qui j'ai une certaine affection sans avoir lu aucun de ses livres (*Vaines images*, poèmes, *Le Réactionnaire*, roman, *Impressions de voyage et autres*), parce qu'il est mort un 7 octobre, jour où je suis né. Lui c'était en 1915, et en Champagne. Toulet a écrit un autre article sur un poète mort à la guerre, Jean-Marc Bernard (1881-1915). Morts aussi pour la France, Robert d'Humières (1868-1915), les poètes Paul Drouot (1886-1915), Pierre Fons, Toulousain (1880-1917), Emile Despax, Dacquois, Gérard Mallet (1877-1918) : « Comme deux ennemis trop las, trop haletants/Pour proférer un mot, s'enlacent près d'un gouffre,/Allemands et Français luttent depuis longtemps. » 560 en tout. Eurent lieu en avril 1919 des cérémonies au cours desquelles Barrès procéda à l'appel des noms des disparus ; en 1927, on grava leur nom au Panthéon. On aurait pu y ajouter les écrivains étrangers morts pour la France, comme le Colombien Hernando de Bengoechea, auteur de poèmes en français sur qui Léon-Paul Fargue a écrit un livre. Et les autres artistes, comme le musicien Albéric Magnard, tué en 1915, ou le sculpteur Gaudier-Brzeska, Français exilé à Londres qui, indigné par le bombardement de la cathédrale de Reims, s'engagea dans l'armée française et fut tué à l'âge de vingt-trois ans, en juin 1915. 197 écrivains français ont été tués pendant la Deuxième Guerre mondiale, selon François Mauriac (*La Paix des cimes*).

Morts déportés. 120 000 soldats français ont été tués durant les brefs combats de 1940, et c'est l'« étrange défaite », comme a dit Marc Bloch. Ne serait-elle pas étrange au regard de notre vanité ? Comment, la France vaincue en 39 jours ? Le vainqueur de 18, etc. ? Il n'avait fallu que 8 jours en 1870. Si étrangeté il y a, c'est par la vitesse avec laquelle toute l'Europe s'est effondrée : la Pologne, 27 jours ; le Danemark, 23 ; la Grèce, 21 ; la Belgique, 18 ; la Yougoslavie, 12 ; la Hollande, 5. Pendant que l'Angleterre résiste, les camps fonctionnent. Max Jacob est mort au camp de Drancy, le 5 mars 1944, d'une pneumonie ; sans cela il serait mort à Auschwitz, où il était destiné. Tristan Bernard serait probablement mort à Drancy si Guitry n'avait obtenu sa libération. (Jean-Marc Bernard, dans le livre sur son père, évite d'en faire état. Guitry n'a rien pu pour Max Jacob.) Après avoir transité par Auschwitz et Buchenwald, Robert Desnos est mort du typhus au camp de Terezin, en Tchécoslovaquie, en 1945, qui venait d'être libéré par les Américains. Morts dans les camps : Jean Vaudal, Benjamin Fondane, Benjamin Crémieux, François Vernet, déporté à Dachau, où il meurt à 27 ans, Irène Némirovsky, déportée à Auschwitz, où elle meurt en 1942, étant née à Kiev en 1903.

Assassiné. Paul-Louis Courier. Le 10 avril 1825, un dimanche, me dit la bibliographie Hoefer, et même un dimanche en fin d'après-midi, selon la bibliographie Michaud, on trouve Courier mort dans son bois de Lançay, en Touraine. Sa femme accuse le garde, Frémont, mais on ne peut rien prouver. Cinq ans plus tard, à la suite d'un témoignage, Frémont est reconnu coupable. Michaud précise qu'il y aurait eu trois hommes, deux procédant à l'assassinat : le premier fait un croc-en-jambe à Courier, qui tombe sur le dos ; le deuxième le tue d'un coup de fusil à bout portant. On n'a jamais su qui avait commandé le meurtre ni même s'il l'a été. Dans la *Vie de Rancé*, Chateaubriand fait une allusion atroce à la femme de Courier : « D'un autre côté, à demi vêtue, la veuve de Courier (c'était lui dont on avait retrouvé le cadavre), âgée de vingt-deux ans, descend la nuit parmi des personnages rustiques, comme une ombre délivrée. » Se renseignant sur Rancé, qui avait été propriétaire du bois de Lançay, a-t-il recueilli un ragot de paysan ? On a depuis ouvertement dit que Courier avait été tué par l'amant de sa femme. En 1974, l'écrivain anglais James Pope-Hennessy a été assassiné dans sa maison de Ladbroke Grove par trois voleurs à la recherche d'une avance de 150 000 £ que, dans une interview, il avait dit avoir perçue d'éditeurs américains pour écrire une biographie de Noel Coward. Soyez lyonnais : ne révélez jamais combien vous gagnez.

Morts mystérieuses. Rejoignant le Service du travail obligatoire pour fuir les créanciers qu'il avait escroqués à Paris, Maurice Sachs se retrouve à Hambourg où, quoique juif par sa mère, il travaille pour les nazis, dénonçant des artistes allemands antinazis que le photographe Herbert List lui avait présentés. Mis en prison, il y aurait amélioré sa condition en rapportant les propos de prisonniers sortis des interrogatoires qui se laissaient aller auprès de lui. Lors de l'abandon de la prison par les Allemands à l'arrivée des troupes alliées, il aurait été battu par les prisonniers puis pendu, et son corps donné à manger aux chiens. Cette version a été contestée. L'écrivain-agitateur Arthur Cravan (1887-1918 ?), neveu par alliance d'Oscar Wilde, parenté dont ce hâbleur s'est prévalu comme de tant d'autres choses, a voyagé, s'est marié à New York avec la poétesse américaine Mina Loy, à ne pas confondre avec l'actrice Mirna Loy. Ils quittent le Mexique avec un couple d'amis : les maris n'ayant pas les moyens de payer deux billets de bateau, les femmes partent les premières ; disparition des deux hommes. Je ne connais pas de mort dans un attentat.

Morts exécutés. Jacques Cazotte (guillotiné, 1792). André Chénier (guillotiné, 1794). Louis de Champcenetz (guillotiné, 1794). Réfugié à Meaux, Champcenetz était revenu à Paris pour voir sa bibliothèque. Les écrivains ! Il était pessimiste, et Rivarol disait de lui : « Il bâtit des cachots en Espagne. » Robert Brasillach (fusillé, 1945). Je trouve triste qu'on exécute un écrivain plutôt qu'un industriel qui a fait travailler ses ouvriers pour l'ennemi, ce qui est un pire exemple, car la plupart des gens se foutent des écrivains mais font des idoles de leurs patrons, même si c'est pour les contester. Brasillach avait écrit des choses immondes, appelant par exemple à la déportation des enfants juifs avec les adultes, et il devait répondre de ces écrits-là. Si on considère que les écrits politiques d'un écrivain n'ont pas de conséquence, quel crédit donner à ses écrits littéraires ? Et pourquoi les a-t-il écrits, si c'est pour rien ?

Morts torturés. Jean Desbordes, romancier, ami de Jean Cocteau, auteur du roman *J'adore*, devient résistant. « Le 5 juillet 1944 [...]. Jean Desbordes est arrêté à trois heures de l'après-midi, place de la Madeleine. [...] Conduit rue des Saussaies, puis rue de la Pompe, il a été torturé pendant treize heures, sans livrer le nom des agents de son réseau. Le 6 au petit jour, des camarades arrêtés la veille le verront mort, jeté nu dans un couloir, brûlé au fer rouge sur tout le corps, les mains déchiquetées, les yeux crevés » (Kihm, Sprigge et Behar, *Jean Cocteau*).

Mort d'apoplexie. La Bruyère. On transforme parfois cela en : mort d'une crise de colère. Horrible façon de finir. J'ai entendu parler d'un homme mort de rire : quelle panique, au sens exact du mot ! Le dieu Pan rit, et tout d'un coup suffoque : il a aperçu la mort. Ainsi le philosophe Chrysippe, qui serait mort de rire en voyant un âne manger des figues, et du peintre grec Zeuxis, qui serait mort de rire en peignant une vieille femme ridée. C'était galant pour la vieille, et ces philosophes rient d'un rien. Les Grecs adoraient donner des morts extraordinaires à leurs grands artistes : ils faisaient semblant de croire qu'Eschyle était mort la tête cassée par une tortue lâchée par un aigle.

Morts dans une catastrophe naturelle. Pline l'Ancien, le seul écrivain dans ce cas, est mort dans une éruption du Vésuve, en 79.

Suicides forcés. Cette hypocrite férocité romaine et soviétique n'a pas eu cours chez nous. La douce France sait cependant très bien « assassiner à coups d'épingle par le mépris », comme dit Stendhal dans les *Souvenirs d'égotisme*. Un jour, tout le monde a décidé de se moquer de l'excellent peintre qu'était le baron Gros. Les *rieurs*, qui n'ont d'audace qu'en groupe, se serraient de plaisir : ah quel plouc, ah quel ringard ! Le baron Gros s'est jeté dans la Seine en 1835. Le matin, on retrouva sa canne plantée sur la berge, avec son chapeau.

MORTS, VIVANTS : Pitié pour les vivants. Les vivants, c'est nous. Il est si facile d'aimer les morts ! Ils ne nous contredisent jamais, bien rangés qu'ils sont, eux et leurs désordres mêmes, définis, classés, sans surprise. Les morts ont tous les avantages, à commencer par celui d'être morts. Ils sont complets, prêts à l'étude. Nous nous occupons d'eux, avec délicatesse, avec amour, avec passion. Et eux ? Oh, il n'y a pas plus égoïstement repu qu'un mort.

Les morts ne font rien pour nous. Nous nous tuons pour eux. Sans un geste, ils nous regardent. Mauvais parents !

Il est facile de parler des morts avec la supériorité des vivants, la légèreté que donne la vie. Les morts sont paralysés dans la tombe, sans pouvoir se défendre. Nous vivons des morts. Nous pompons leur art, leurs découvertes, exhibons leurs malheurs, trouvons des raisons misérables à leur bonheur. Nous ne nous rendons pas compte que nous sommes les futurs morts. Sots vivants !

Les vivants sont morts. Les morts sont vivants. Il n'en reste que des chansons.

Il n'y a pas de morts, il n'y a pas de vivants, il y a des livres.

MOT (QU'UTILISER LE MOT, C'EST PRESQUE ADMETTRE LA CHOSE) : Dans *Bananes de Kœnigsberg*, recueil d'articles d'Alexandre Vialatte sur l'Allemagne, on voit apparaître, à la fin des années 1920, les mots « Reich » et « nazi ». Ils surprennent. L'auteur explique ce que c'est. Peu à peu, leur emploi devient naturel : non seulement on n'a plus besoin de le définir, mais on oublie d'examiner ce qu'il désigne. Utiliser le mot, c'est presque admettre la chose. Elle est là. On en prend son parti. On se retrouve enchaîné sans presque s'en rendre compte.

L'installation au pouvoir de cette bande de gangsters est une illustration parfaite de ce que dit Plutarque sur l'influence de César :

> Mais, quand elle eut grandi, fut devenue difficile à renverser et marchait droit vers une révolution totale de l'Etat, ils s'aperçurent trop tard que nulle entreprise à son début ne doit être tenue pour insignifiante, car il n'en est aucune que la continuité ne puisse rendre vite considérable, lorsque le mépris qu'on a pour elle empêche d'en arrêter les progrès.

Et c'est par le vocabulaire qu'ils durent savoir qu'ils avaient gagné. L'homme devient un courtisan quand il se met à employer les mots de l'homme qu'il admire.

Mots (Aimer les –) : Un écrivain n'aime pas plus les mots qu'un menuisier les clous. Un mot est un objet dont il se sert pour créer un autre objet nommé phrase, laquelle donnera son utilité au mot ; un mot inusité n'a pas d'utilité. Les mots ne sont pas aimables, ils sont à notre service. Ce qui les rend aimables, c'est l'écrivain, par l'usage qu'il en fait. Dix coryphées boutonneux et blafards se retrouvent dans un pas de danse qui les transfigure.

Les mots n'ont pas de valeur en soi. Ils ont un sens, ou plusieurs, et c'est encore une fois l'écrivain qui leur donne une valeur.

Les mots sont faits pour cacher la pensée.

Mots (Magie des –) : Certains écrivains se laissent séduire par ce qu'ils appellent la « magie des mots ». Flaubert a louché sur ce serpent en écrivant *Salammbô*. Très sensible à la sonorité et sans pratique de la poésie, cet excellent vaccin, il s'est laissé ensorceler par le cliquetant comme un bébé par son lustre à musique. Il aurait sans doute été émerveillé par ce passage traduit de l'*Histoire de l'hellénisme* de l'historien et idéologue allemand Droysen : « Ptolémée lui-même, le chiliarque des hypaspistes Addacos [...] » Chiliarque ! Hypaspistes ! Quelle jouissance ! Seulement, en traduction totale, cela donnerait : « Michon lui-même, le chef de brigade Tripard... » Les mots n'ont de pouvoir « magique » que celui que notre sensibilité, notre superstition ou notre ignorance y mettent.

Et parfois notre ennui, quand je pense au prestige du mot « fête » par rapport à la glu qu'est la chose. La « magie des mots » participe de notre éternel besoin de consolation.

Mots (Sens des –) : La formule du président Roosevelt lors de sa prestation de serment : « Une seule chose doit nous faire peur : la peur », venait probablement d'une publicité pour un grand magasin. Celui qui parle donne la couleur, l'inclinaison, un sens. Une table est une table, mais le mot « table » employé par Rabelais ou par Léautaud, même s'ils ne la décrivent pas, même s'ils ne la qualifient pas, ne désigne pas tout à fait la même chose.

Tout mot est une image. Chaque homme en a une provision. Nous croyons que, lorsque nous nous parlons, nous nous entendons, mais c'est une illusion : chacun a son image en tête. Elle ne correspond pas nécessairement à celle de l'autre. C'est ce qui engendre les procès, les haines, les crimes passionnels ; mais aussi la joie, le plaisir, la vie. Le malentendu n'est pas forcément à notre désavantage. On ne pense le contraire qu'à cause de la trop nombreuse descendance de Kafka, qui a semblé prouvée par les tyrannies bureaucratiques du XXe siècle.

On fait comme si on s'entendait. Résultat : on s'entend. Jusqu'au jour où l'on décide que ce faire semblant est intenable, et, pour réduire la distance devenue trop grande entre les sens des mots, on déclare la guerre.

Quand je pense à la rage où peut nous mettre de ne pas retrouver un mot, ou de l'ignorer, les querelles créées par les ignares qui prennent en mal un mot anodin, etc., etc., je me dis que la première matière à enseigner est le vocabulaire. Or, c'est la seule dont il est admis qu'elle soit apprise par imprégnation.

Le commerce torture la langue avec l'aisance de l'inculture. Ça m'est égal, à ceci près que, avec l'hypertrophie actuelle de l'écrit, c'est une mauvaise langue que nous avons sans cesse sous les yeux. Loin de moi l'idée qu'elle va chasser la bonne, selon la croyance des moroses qui transportent le prétendu principe d'économie que « la mauvaise monnaie chasse la bonne » : et quand bien même ? Puisque nous vivons avec la nouvelle monnaie, eh bien ? On change ce qu'on veut changer quand on le veut, c'est pour cela que nous sommes des hommes. Des mots en remplacent d'autres. Les anciens sont sales et gras comme de vieux billets de banque. C'est par jeu, aussi. Pour le plaisir d'une nouvelle sonorité ou d'en retrouver une plus ancienne. Les écrivains se débrouillent pour écrire de beaux livres avec ça ; Montherlant n'est pas un moins bon manieur du français que Racine.

Le Premier ministre Lionel Jospin disait à l'Assemblée nationale lors de je ne sais quelle guerre : « Nous bombardons au nom de la civilisation. » Je comprends qu'il y a des décisions à imposer et des peuples (nous) à persuader, mais enfin, on pourrait manipuler la langue avec plus de tact. Un homme politique dévalue les mots avec autant de prestesse que la monnaie.

Programme de France 3, 5 mars 1999 :

> 0 h 10. *Tapage*. Magazine de société.
> *Tapage*, débat bimensuel, a la vocation de faire comprendre à chaud les mutations de notre société, sans se soucier du paraître ni

des contraintes de l'image. Les divergences peuvent s'y exprimer librement et s'éprouver mutuellement. De l'éthique du sport à la crise de l'emploi, de la culture techno aux clivages politiques, en passant par les nouveaux faits de société, *Tapage* se propose de mettre à l'épreuve les valeurs habituellement admises dans la société française.

Après quoi passent nos livres, dans le cerveau des braves gens. Et pourtant nous comprenons ce langage, et nous comprenons Proust. Et notre voisin, et même l'assistante qui répond à la hotline de notre compagnie de téléphone portable. Qui ne connaît qu'une langue est un polyglotte qui s'ignore.

Toute langue est étrangère. Tant mieux. La langue unique d'avant Babel, ça devait être insupportable ! Tout comprendre de ce qui se disait, toutes les manœuvres, les ruses, tous les bombardements au nom de la civilisation ! Nous avons créé les langues étrangères pour nous préserver. Enfin, heureusement, tout cela n'a jamais existé.

Mots à aérer, à créer : De vieux mots sont au grenier qui nous rendraient service. « Souloir », par exemple, qui voulait dire « avoir l'habitude de » : un mot au lieu de quatre. Et puis un verbe en oir, dont nous nous appauvrissons. « Ramentevoir » (« appeler au souvenir de »), quoique long, aurait son utilité. Le destin des mots est de disparaître : les langues changent leurs draps. Il leur arrive de revenir, des siècles plus tard, frais, sentant bon, comme le verbe « flouer » dont je reparlerai ailleurs (je le sais, j'ai déjà écrit le passage), né au XVIe siècle, puis disparaissant, puis repris au début du XIXe quand les romantiques sortaient du grenier les écrivains du XVIe, disparaissant de nouveau, revenant dans les années 1950 pour périr une quarantaine d'années plus tard, etc.

Un mot qui meurt, c'est une langue qui vit. « Endimanché », qu'on employait naguère, est mort, et c'est normal : on ne s'endimanche plus le dimanche. C'est même tout le contraire ; on pourrait inventer « enjogger ». Rien ne me paraît plus stérile que la nostalgie du mot ancien, ah! coquecigrue ! ah! calembredaine ! Sans compter qu'il y a eu bien de vieux mots moches, qui ont mérité qu'on les tue. Rutebeuf et Villon n'avaient pas notre chance de disposer d'un lexique ébarbé.

Nous manquons d'un verbe transitif qui dirait « avoir un heureux résultat », un équivalent du *« to succeed »* anglais. Le transitif est plus simple. Il évite une préposition, et de craquantes charnières lorsqu'il est employé dans une complétive. Je viens de vérifier, ce verbe existe en français. C'est « succéder ». On l'a employé dans ce sens jusqu'au XIXe siècle. « Tout succède, madame, à mon empressement », dit Achille à Clytemnestre dans *Iphigénie*. Si je l'utilisais, on m'accuserait d'anglicisme ? Un équivalent au mot *« successful »*, qui nous manque aussi, pourrait être « heureux », comme jadis, mais je crois qu'on ne le comprendrait pas, ou après un effort, et il passerait pour une préciosité.

Inventons donc des mots, en faisant en sorte qu'ils aient l'air déjà porté, ils seront mieux admis. J'ai essayé « glasnostir », de la *« glasnost »* de Gorbatchev, mais on ne peut pas se fonder sur les hommes politiques : ils chutent avant même que nos livres ne paraissent; les verbes « euhir », de « euh », au sens de « hésiter, tergiverser en émettant le son *euh* »; « couscousser » au sens de « se moquer perpétuellement de » et « fatwaïser » pour « édicter (ou fulminer) des condamnations morales », du mot fatwa, vous vous rappelez, le plus grand prix littéraire du monde, celui que le gouvernement de l'Iran a attribué à Salman Rushdie. Ne disons pas de mal des néologismes. Cela veut simplement dire « nouveau mot », et un nouveau mot est la manifestation de la vie qui se renouvelle. Les écrivains en ont toujours inventé. Parfois ça prend. De Beaumarchais : « politicien. » Parfois cela ne prend pas, et c'est dommage. J'aimais bien le moqueur « ricombre » inventé par Apollinaire dans *Le Guetteur mélancolique* (« Quand trembleront d'effroi les puissants les ricombres »). Dans le même livre, il nous rappelle que c'est Clément Ader qui a inventé le mot « avion », étant donc doublement inventeur, et poète à sa façon (de là que je lui ai dédié un poème de mon livre *A quoi servent les avions?*) ; Victor Hugo, imaginant les avions avant leur invention, en 1867, les avait appelés « airnavires » (préface au *Paris-Guide*). C'est le Tchèque Karel Capek qui, dans son roman *La Guerre des salamandres*, a inventé le mot « robot ». Il est resté tel dans la plupart des langues, ayant l'air naturel dans toutes.

Les écrivains sont qualifiés pour inventer de nouveaux mots, ce qui n'est le cas ni des ministres, ni des journaux. Qu'est-ce qui légitime qu'un ministre se mêle de réformer la langue, comme cela arrive aux plus désœuvrés d'entre eux tous les quinze ou vingt ans ? Les livres qu'ils se font écrire par des nègres ? Certains journaux s'en mêlent depuis que quelques femmes ministres du gouvernement Jospin (1997-2002) ont prétendu moraliser la langue française. *Libération* et *Le Monde* ont désormais la procureure et l'écrivaine. Que feront-ils du métier d'estafette exercé par des hommes : un estafet ? La conception selon laquelle les langues ont été inventées pour le pouvoir est vulgaire. Les langues se sont créées en brinquebalant comme une diligence surchargée, sous la conduite contradictoire du sérieux, de la hâte, de la pédanterie et du jeu, accélérés par l'ignorance. Les langues ont été inventées par les anges.

Le mot « message », comme dans « littérature à message », est dans Proust. « Elle *[l'intelligence raisonneuse]* sacre prophète à cause de son ton péremptoire, de son mépris affiché pour l'école qui l'a précédé, un écrivain qui n'apporte nul message nouveau » (*Le Temps retrouvé*). De même, « militant » dont le sens est légèrement obscur. « Chez un autre, la barbe blanche [...] le faisait paraître seulement plus rouge et plus militant [...] » (*Le Temps retrouvé*). Des mots apparaissent à certaines époques et dans certaines œuvres qui mettent des années à se dégager, à acquérir un sens précis. Les mots sont avides de sens, car ce sont des notions qui veulent naître.

> Karel Capek (1890-1938), *La Guerre des salamandres* : 1936 (trad. française : 1960).

MOTS CALOMNIÉS, MOTS RÉVÉRÉS : Qu'un mot comme « précieux » soit péjoratif, j'en vois la raison, sans la trouver suffisante. Et « livresque » : le livre est-il si méprisable ? Il y a des gens pour qui le mot « cérébral » est une injure : ils n'ont pas de cerveau ? N'y a-t-il pas dans ces dépréciations des productions de l'esprit une démagogie renforcée par le complexe du cultivé ?

Je ne veux rien insinuer, mais c'est chez une actrice qu'on trouve pour la première fois le mot « cérébral » dans un sens péjoratif. « Ozy disait, en parlant du peu de fonds amoureux qu'il y avait chez Gautier et chez Saint-Victor : "Ce sont, vous savez, des cérébraux !" » (*Journal* des Goncourt, 28 janvier 1885.)

Les bonnes réputations sont généralement aussi exagérées que les mauvaises. Les mots révérés méritent un aussi sérieux nettoyage que les mots calomniés. Raclons dorures comme chiures.

Le principal défaut de tous ces mots est qu'ils sont répétés. Répéter ! La raison s'en écœure. Tout ce qui se répète finit par devenir de la magie, et la sensibilité comme l'intelligence s'enfuient comme des pigeons à l'approche de ces crécelles. La littérature n'est pas une religion.

MOTS COURTS : La poésie, sauf cas contraire où elle veut s'amuser à jouer sur des mots longs, a besoin de mots courts. Ils permettent de dire plus de choses dans un vers. Quel dommage que nous ayons perdu « pieça », qui voulait dire « depuis longtemps » (« Elle est pieça dévorée et pourrie », disent les pendus de Villon dans leur *Ballade*), deux syllabes au lieu de quatre ! La poésie anglaise utilise les mots courts à merveille. Voici un exemple dans Walter Raleigh, Raleigh le navigateur, répondant à un poème de Marlowe, *« The Passionate Shepherd to His Love »*, le berger passionné à son amour :

> *Times drives the flocks from field to fold,*
> *When rivers rage and rocks grow cold,*
> *And Philomel becometh dumb ;*
> *The rest complain of cares to come.* (*« The Nymph's Reply to the Shepherd ».*)

> Le temps ramène les troupeaux du pré à l'enclos,
> Tandis que la rivière enrage et que le roc refroidit,
> Et que Philomèle se tait ;
> D'autres se plaignent de soucis à venir.

Maximum de cartouches dans le barillet.

Le mouvement de la langue consiste à raccourcir les mots : de cinématographe, on passe à cinéma. En français et en anglais en tout cas, car l'italien raffole des mots longs, comme le bel adjectif *indimenticabile*, « inoubliable » : longueur et accent permettent de théâtraliser l'expression. Les mots courts donnent à l'anglais, du moins celui du Sud-Est, l'apparence de bafouillage qui correspond si bien à une politesse fondée sur la disparition du moi. Les mots courts pour les Français ? Joint à l'absence d'accent tonique, notre sécheresse abstraite, sans doute.

Christopher Marlowe (1564-1593), *« The Passionate Shepherd to His Love »* : 1599-1600. Walter Raleigh (1552-1618), *« The Nymph's Reply to the Shepherd »* : 1600.

MOTS DE PASSE : Le seul fait d'employer ce qu'on appelle des mots de passe me semble révéler des lacunes. De Malraux, on répète la rengaine : « Intelligent comme Stendhal. » Elle est très sympathique, mais ne veut pas dire grand-chose ; elle n'est même pas essentielle pour comprendre Malraux. Pour Mallarmé, c'est : « les mots de la tribu ». Pour Proust, le mot de passe varie selon les degrés de connaissance de l'œuvre : « la madeleine » est pour les gens qui ne l'ont pas du tout lue ; « le petit pan de mur jaune » est pour les étudiants qui se rappellent les extraits où l'écrivain Bergotte meurt devant la *Vue de Delft* de Vermeer ; « la femme de chambre de la baronne Putbus » est pour les astucieux qui ont lu des commentaires qu'ils savent jugés enivrants sur cette femme de chambre dont on parle toujours mais qu'on ne voit jamais. De même certaines scènes, comme l'assassinat d'Astinée Aravian dans *Les Déracinés* de Barrès ou la mort de Lucien de Rubempré dans *Splendeurs et misères des courtisanes*. Ils les mentionnent, et font partie d'un club. Ah, le bonheur d'être en groupe.

Le mot de passe Balzac serait assez le : « A nous deux, Paris ! » de Rastignac dans *Le Père Goriot* ; sauf que Rastignac dit exactement : « A nous deux maintenant ! » De la même façon, Sherlock Holmes n'a jamais dit : « Elémentaire, mon cher Watson. » Mené à sa perfection, le mot de passe nous éloigne de l'œuvre pour nous faire entrer dans le légendaire. Conséquence du regroupement et de la répétition incantatoire. La gloire est le danger le plus grave.

MOTS DES ÉCRIVAINS : Chaque écrivain a son mot approbateur et son mot réprobateur. Le mot approbateur de Stendhal est « gaieté ». Son mot réprobateur est « platitude ». Le mot approbateur de Zola est « blancheur ». Son mot... je cherche dans mes notes et je reviens.

MOTS POÉTIQUES : Certains mots nous abusent, ou plutôt nous nous abusons sur certains mots à cause de l'emploi nombreux qu'en ont fait les poètes : ils brillent comme les pieds de statues caressés par les touristes et nous, pies naïves, les volons, les prenant pour des diamants. Le mot « page », par exemple, si souvent employé par Ronsard. Il évoquait en moi quelque chose de charmant, un adolescent en tunique tenant les rênes du cheval de son maître avant le tournoi, jusqu'au jour où… « M. d'Orléans a l'esprit un peu page. Un jour qu'il vit un des siens qui dormait la bouche ouverte, il lui alla faire un pet dedans » (Tallemant des Réaux, *Historiettes*). Et bien sûr ! Un page, c'était une espèce de palefrenier, un petit bonhomme trapu aux cheveux coupés aux ciseaux à bouts ronds, sentant le cheval, avec de grosses mains rêches et bourré le samedi soir. Les mots ne sont rien par nature. Dans ses *Notes sur le rire*, Marcel Pagnol écrit : « Il n'y a pas de sources du comique dans la nature : la source du comique est dans le rieur. » La nature n'est rien par nature. C'est l'homme qui lui invente des sens divers et changeants, au gré de sa fantaisie, avec ses bourdes et ses triomphes.

|| Marcel Pagnol (1895-1974), *Notes sur le rire* : 1947.

MUSSET (ALFRED DE) : Il y a peu de bons écrivains aussi injuriés qu'Alfred de Musset. J'exagère ? J'exagère ? « Dandinements de commis voyageur » (Baudelaire, « *Les Martyrs ridicules*, par Léon Cladel »). « Le coup d'œil d'un coiffeur sentimental » (Flaubert, lettre à Ernest Feydeau, 22 novembre 1858). Même Proust : « Quand Musset, année par année, branche par branche, se hausse jusqu'aux *Nuits*, […] n'y a-t-il pas quelque cruauté à préférer […] : *A Saint-Blaise, à la Zuecca* […] » (*A la recherche du temps perdu*). Je me demande ce que les coiffeurs et les commis voyageurs avaient fait à Baudelaire et à Flaubert, et Proust a une curieuse façon de comparer l'écrivain à un singe ; il est vrai que, des *Plaisirs et les Jours* à *La Recherche du temps perdu*, il s'était élevé au chef-d'œuvre avec presque autant de labeur que Flaubert. Les laborieux ne peuvent pas aimer un écrivain qui a la facilité de Musset. C'est pour cela qu'ils ont inventé d'employer « facilité » dans un sens péjoratif. A part ça qu'en sait-on, de sa facilité à écrire ? S'il ne récrivait pas vingt fois ? Il suffit qu'il ait commis le crime *d'avoir l'air* facile. Ces gens-là jalousent l'art preste. Si vous voulez qu'ils vous louangent, dites au moins que vous souffrez.

On n'est pas nécessairement léger par incapacité d'être sérieux. La légèreté n'est pas la frivolité. Les dieux sont légers, il y a des philosophes frivoles. La légèreté peut survoler des gouffres. D'autres préfèrent y descendre et nous la faire au malheur. Il est là sans eux, le malheur, s'exprimant autrement qu'eux, et c'est une offense à nos souffrances que la pompeuse affectation avec laquelle ils posent dans leurs coquets haillons.

Et aussitôt il me faut dire que Musset a eu cette faiblesse. « [...] les pleurs seuls sont vrais » (« Simone »). Il dit plus noblement dans « La Nuit de mai » : « Les plus désespérés sont les chants les plus beaux », quoique le vers suivant replonge dans la larme : « Et j'en sais d'immortels qui sont de purs sanglots. » Octave, dans *La Confession d'un enfant du siècle*, dit : « Pour la première fois, j'étais heureux ; Dieu bénissait mes larmes, et la douleur m'apprenait la vertu. » Et voilà pourquoi la vertu est si repoussante : on veut toujours que nous l'apprenions par la douleur.

Nous nous trouvons ici dans la partie adolescente de Musset. Octave prend tout des deux bras avec le plus grand sérieux. Sa *Confession* se compose de deux romans mal liés : 1) les soucis d'un débauché, 2) sa rencontre avec une veuve. Si Octave est parfois dupe, pas Musset, qui, dans sa présentation de l'époque, au début du livre, a écrit : « Ainsi les jeunes gens trouvaient un emploi de la force inactive dans l'affectation du désespoir. » Il a doublé Octave du cynique Desgenais, qui n'a pas nécessairement raison, mais montre que Musset connaît tous les points de vue. Desgenais rappelle le Docteur Noir du *Stello* d'Alfred de Vigny, paru quelques années auparavant. Ces deux livres donnent sans doute une idée assez exacte de ce qu'était une certaine jeunesse de la fin de la Restauration. Un des mots les plus fréquents du livre de Musset est *ennui*. Un conformisme nouveau qui se disait traditionnel gouvernait le pays, ombragé par des prêtres en nuées et puni par le pétainisme de Charles X : « ce gouvernement qui traitait la France en accusée, en criminelle, et lui faisait sans relâche son procès » (Victor Hugo, *Littérature et philosophie mêlées*). De plus, Octave est un désœuvré. Il n'a pas à travailler tous les jours pour gagner sa vie, et cela lui laisse du temps pour s'apitoyer.

Une chose étonnante est l'inversion de la posture masculine chez lui. Voilà un jeune homme qui nous dit : « Quant à moi, je ne concevais pas qu'on fît autre chose que d'aimer [...] » (I, 4). C'est rare chez un homme, voici plus étonnant : « Il m'était arrivé un des plus grands bonheurs, et peut-être des plus rares, celui de donner à l'amour ma virginité » (I, 8). Passons sur le fait qu'il s'évanouit devant la dépouille de son père (III, 1), et qu'il dise : « Si j'étais joaillier, et si je prenais dans mon trésor un collier de perles pour en faire présent à un ami [...] » (III, 10). Une danse le bouleverse : « Lorsque la valse fut finie, je me jetai sur une chaise au fond d'un boudoir ; mon cœur battait, j'étais hors de moi » (II, 4). Paragraphe suivant : « Le professeur Hallé a dit un mot terrible : "La femme est la partie nerveuse de l'humanité, et l'homme la partie musculaire." » Et il ne se dit pas qu'il est l'illustration du contraire. Tout cela est si troublant que, lorsque la femme avec qui il a valsé, et qui porte un nom à consonance masculine, Marco, l'emmène chez elle où il rêvasse au lieu de la jeter sur le lit, et qu'elle lui dit, à plusieurs reprises : mais enfin, qu'attendez-vous ?, on s'attend à ce que, soulevant sa robe, il découvre qu'elle est un homme.

Cette sensibilité « féminine » explique en partie pourquoi Musset a eu tant de dénigreurs. Non seulement elle ne pouvait pas plaire à un misogyne comme Flaubert, mais elle créait des jaloux, car les femmes sont les lecteurs les plus nombreux. En 1836, Musset avait vingt-six ans. C'était presque vieux pour rester aussi jeune, mais c'était une nouveauté, et l'un de ses charmes : il a inventé de retarder l'entrée dans l'âge adulte.

De toutes les injures, j'admets celles de Rimbaud, dans la « Lettre du voyant » : « Musset est quatorze fois exécrable pour nous, générations douloureuses et prises de vision, – que sa paresse d'ange a insultées ! » Paresse, mais d'ange. La paresse est une forme de peur. Peut-être Musset n'a-t-il pas osé s'affronter à ses propres chefs-d'œuvre, qu'il avait écrits si jeune : et s'il allait être incapable de faire mieux ?

Dans ses poèmes, ses beaux poèmes raconteurs, il va du satirique au sentimental. Le satirique est représenté par « Dupont et Durant », ce *Bouvard et Pécuchet* en vers. La principale cause de nos malheurs est que

> [...] dès qu'il nous vient une idée
> Pas plus grosse qu'un petit chien,
> Nous essayons d'en faire un âne (« Simone »).

Dans le sentimental, il évite le niais, principalement parce qu'il n'utilise pas le rythme cliché de la chose. Il alterne les vers de huit pieds et de quatre comme une Andalouse agite en hachoir le bas de sa jupe : « Si vous croyez que je vais dire/Qui j'ose aimer » (« Chanson de Fortunio »). Je réhabiliterai même « A Saint-Blaise, à la Zuecca/Vous étiez, vous étiez bien aise », qui porte le titre modeste de « Chanson » et ne prétend à rien de plus. C'est trois fois rien, un tintement de triangle, mais c'est déjà quelque chose. Dans sa façon d'être à la fois humoristique et mélancolique, il me fait penser à e.e. cummings : « tout ce qui n'est pas chant est simple parler/et tout parler est parler à soi-même » (*73 Poems*).

Un des poèmes les plus réussis de Musset est « Sur trois marches de marbre rose ».

> Je ne crois pas que sur la terre
> Il soit un lieu d'arbres planté
> Plus célèbre, plus visité,

> Mieux fait, plus joli, mieux hanté, [...]
> Que l'ennuyeux parc de Versailles.

Ces trois marches (« En allant à la pièce d'eau/Du côté de l'Orangerie,/A gauche, en sortant du château ») ont été piétinées par Montespan ou La Vallière, par Louis XIV ou par Voltaire, mais enfin, marbre, « Lorsque la pioche et la truelle/T'ont scellé dans ce parc boueux [...]/Mansard insultait Praxitèle » : on aurait mieux fait d'en sortir une statue. « Est-ce que l'absurde vulgaire/Peut tout déshonorer sur terre/Au gré d'un cuistre ou d'un maçon ? » Et évidemment les *Nuits*, les splendides et espagnoles *Nuits*, nuits de mai, de décembre, d'août et d'octobre, combat d'un poète contre la fébrilité, et dont la lente renaissance se fera par la littérature.

Lorenzaccio n'est pas sa meilleure pièce. C'est sa meilleure pièce *visible*. Celle qui a eu le plus de succès, dont le nom vient d'abord à l'esprit, elle semble un résumé de son œuvre, mais elle est trop évidente, et Musset plus à l'aise dans les pièces apparemment réalistes qui sont en fait des féeries. Un jeune étourdi, une jeune fille à marier, un barbon qui s'y oppose, des sujets de Molière, un traitement de comédie de Shakespeare ; et voilà pourquoi je place au sommet de son théâtre, et parmi les sommets du théâtre, *On ne badine pas avec l'amour*. Ce drame des enfants gâtés. De l'orgueil. Celui de ne pas vouloir céder à ce qui pourrait créer notre bonheur. Toute la scène 3 du deuxième acte, ravissante, malgré la dernière réplique forcée, peut-être. La quatrième du troisième acte. Ce sont des scènes *à côté*. Il réussit aussi les autres : la réplique de la bague à l'eau entre Perdican et Rosette, ou le chœur qui dit tendrement à Perdican : « Seigneur, vous ressemblez à un enfant que nous avons beaucoup aimé. » Vient le drame, en huit répliques. Ça transporte au paradis, ces choses. Et cette pièce qui mêle l'enchantement humoristique de *Beaucoup de bruit pour rien* et le drame impitoyable de *Richard II* est quelque chose de tout à fait unique dans le théâtre français.

Les pièces de Musset ont un tremblé spécial. Funambule sur son fil, la barre penche, le funambule s'arrête, la pièce va-t-elle tomber dans le mélodrame ? Non, elle repart, légère. Et, juste à la fin, quand nous sommes persuadés que nous aurons bientôt assisté à une comédie légère, voici le drame, comme une flèche. Quelle grâce, vraiment. Ce théâtre a peut-être été lu par Tchekhov. Dans *La Cerisaie*, Lioubov ne serait-elle pas un peu parente avec la baronne d'*Il ne faut jurer de rien*, étourdie et rêvassant à l'ancien temps ? En tout cas, par cette pièce, Tchekhov a inventé quelque chose en littérature, la comédie de larmes.

Musset, lui, a inventé un certain type de jeunes filles. A la fin du XIXe siècle, une jeune Russe tint son journal, y acquérant une certaine notoriété. Parle, Marie Bashkirtseff : « Le monsieur n'a pas précisément les manières du Grand Siècle, mais il chante bien, et puis on dit qu'il est si beau » (*Journal*, 26 septembre 1877). Cet « et puis on dit qu'il est si beau » est du pur Musset. Les premiers personnages de jeunes filles de Françoise Sagan sont des personnages de jeunes gens de Musset transformés en femmes.

Le féerique de Musset tient à des comportements très humains. Un personnage parle sans juger ; un autre exprime ses pensées à voix haute, sans se soucier de son interlocuteur ; comme si le monde n'existait pas, ou ne devait pas avoir de réaction. De là le drame. La société n'aime pas la spontanéité.

Ses titres en forme de proverbes avaient été inventés par Regnard (*Attendez-moi sous l'orme*) et resurgirent avec Cocteau (*Le Secret professionnel*). Cocteau, un jour, mit une fausse barbe et joua le rôle de Musset dans un film de Sacha Guitry, *Si Paris nous était conté*. Musset crée ses proverbes plutôt que d'en prendre d'existants : *On ne badine pas avec l'amour*, ça n'existait pas avant lui, pas plus qu'*Il faut qu'une porte soit ouverte ou fermée*. Et c'est très habile, car cela donne au public l'impression de déjà connaître l'œuvre. Formule qui a fait le succès des films de James Bond. D'abord parodiques, *On ne vit que deux fois, Vivre et laisser mourir, Les diamants sont éternels*, ils posent depuis à l'authentique proverbe, *Le monde ne suffit pas, Demain ne meurt jamais* ; c'est ce qu'ils ont de meilleur.

Ce théâtre qui nous paraît tellement aller de soi, comme souvent le génie cent ans après, n'a presque pas été représenté du vivant de Musset. En 1830, *La Nuit vénitienne*, sa première pièce, s'arrête après la deuxième représentation ; à la suite de cet échec, Musset se contente d'imprimer ses pièces. Il faut attendre 1847 pour trouver *Un caprice* à la Comédie-Française ; en juin 1848, *Il ne faut jurer de rien* est interrompu à cause des journées insurrectionnelles. Musset venait d'être révoqué de son poste de bibliothécaire au ministère de l'Intérieur par Ledru-Rollin, à qui il n'avait rien fait, et qui grâce à ce bel acte a obtenu un grand boulevard dans Paris et ma détestation particulière. Musset avait commis le crime d'être orléaniste. Il avait fait ses études à Henri-IV avec Ferdinand-Philippe, le fils aîné de Louis-Philippe, premier enfant des rois à être envoyé au collège, celui qui a été tué dans un accident de cabriolet près de Neuilly.

Il existe une tradition orale de Musset. Dans sa délabrée fin de vie, buvant beaucoup et n'écrivant plus, il improvisait des poèmes qu'on se répétait. Ludovic Halévy en a noté un dans ses *Carnets* :

> Quand Madame Waldor à Paul Foucher s'accroche,
> Montrant le tartre de ses dents,
> Et dans la valse en feu, comme l'huître à la roche,
> S'incruste à ses muscles ardents […]
>
> Alors le ciel pâlit, la chouette siffle et crie,
> Les morts dans leurs tombeaux se retournent d'horreur,
> La lune disparaît, la rivière charrie,
> Et Drouineau devient rêveur.

📖 « Insensés que nous sommes ! nous nous aimons. Quel songe avons-nous fait, Camille ? Quelles vaines paroles, quelles misérables folies ont passé comme un vent funeste entre nous deux ? Lequel de nous a voulu tromper l'autre ? Hélas ! Cette vie est elle-même un si pénible rêve ! Pourquoi encore y mêler les nôtres ? O mon Dieu ! Le bonheur est une perle si rare dans cet océan d'ici-bas ! Tu nous l'avais donné, pêcheur céleste, tu l'avais tiré pour nous des profondeurs de l'abîme, cet inestimable joyau ; et nous, comme des enfants gâtés que nous sommes, nous en avons fait un jouet. » (Perdican dans *On ne badine pas avec l'amour*.)

> 1810-1857.
>
> ♦
>
> *La Nuit vénitienne* : 1830. *On ne badine pas avec l'amour et Lorenzaccio* : 1834. *Il faut qu'une porte soit ouverte ou fermée* : 1835. *Il ne faut jurer de rien* et *La Confession d'un enfant du siècle* (à lire dans l'édition de 1840, où Musset a fait d'excellentes corrections) : 1836. *Un caprice* : 1837. *Premières poésies* et *Poésies nouvelles* : 1853.
>
> ♦
>
> Anton Tchekhov (1860-1904), *La Cerisaie* : 1904. Marie Bashkirtseff (1860-1884), *Journal* : 1885. e.e. cummings (1894-1962), *73 Poems* : 1963. Jean-François Regnard (1655-1709), *Attendez-moi sous l'orme* : 1694.

MUSSET (PAUL DE) : Quand on se souvient de Paul de Musset, c'est généralement pour dire qu'il a écrit, sur les amours de son frère et de George Sand, un *Lui et Elle* répliquant au *Elle et Lui* de George Sand qui fut suivi par un *Eux brouillés* de je ne sais plus quel spirituel. Ah, si toute la littérature pouvait être expliquée par *Gala* ! Il a suffi à Paul de Musset d'être frère pour se faire auteur. Cette prétention a été remboursée par un conte charmant, *Monsieur le Vent et Madame la Pluie*. Monsieur le Vent, *un peu fatigué* d'avoir eu à souffler sur toute la Bretagne et une partie de l'Océan, trouve à se reposer dans la maison mal protégée du meunier Jean-Pierre, qui se lamentait de ce que son moulin ne pouvait pas tourner faute de vent. Il se plaignait aussi du manque d'eau, et arrive chez lui une longue dame *au visage défait* et au nez enflé par un rhume, toujours repoussée par le soleil, Madame la Pluie. C'est du Beckett allègre.

📖 « LE ROI : — Hélas ! quelle aventure ! Encore s'il ne s'agissait que de vous voir muette, on pourrait s'en consoler ; mais avoir pour fille une statue ! cette idée est tout à fait pénible. Je me sens accablé de douleur, et je vais essayer de pleurer dans mon cabinet. »

> 1804-1880.
> ◆
> *Lui et Elle* : 1859. *Monsieur le Vent et Madame la Pluie* : 1880.
> ◆
> George Sand, *Elle et Lui* : 1859.

MUSSET, L'INSTITUTRICE ET MOI : Me goinfrant de poésie, en particulier Musset que je dérobais dans la bibliothèque de mon père, j'en savais plusieurs poèmes par cœur. L'institutrice écrivait au tableau un poème de lui. J'avais sept ans. Les vers apparaissaient sur le tableau, comme des fleurs. Quelle fierté de les reconnaître pendant qu'elle écrivait, et même de la gagner à la course ! Soudain, je levai le doigt : je pense que c'est une erreur, madame, ce n'est pas tel mot, mais tel autre. C'était une pincée, et de la plus vindicative espèce. Parlez-moi des *hussards noirs de la république* ! Mon Education nationale a été une guerre avec la plupart de mes professeurs à cause de haineux pareils. Celle-ci était une communiste qui haïssait en moi la bourgeoisie dont j'étais le fils. Coupable de la faute de mes pères ! Je sentis jour après jour ce qu'étaient le pouvoir absolu, la volonté d'écraser l'anormal, la volupté de mater le faible. Les plus odieux de ces tyrans étaient ceux qui nappaient l'injustice de miel : quand nous nous élancions trop vers la liberté, ils retournaient sans attendre à la gifle, à la colle, à l'envoi chez le censeur. Grande est la passion de l'ordre des révolutionnaires en théorie. L'institutrice consulta son cahier, maintint le vers et me menaça de punition avec discours à la classe sur l'arrogance des *nantis*. Le lendemain, j'arrivai avec mon exemplaire et lui montrai l'erreur. Allez vous asseoir. Convocation des parents. Elle fut hautaine, cassante, indignée. Mon insolence. Ses diplômes. Qui commande ? Enfin, l'argument fatal : « Et vous laissez votre fils avoir des lectures aussi peu de son âge ? » Ce fut un cours de logique, en plus de l'expérience de l'injustice.

MYSTÈRE : Le dernier livre de Barrès, publié posthume, s'intitule *Le Mystère en pleine lumière*. Bon titre. La définition même de l'art, peut-être. C'est une notion que, avant d'avoir lu ce livre, j'ai cru avoir découverte. Un jour qu'on me parlait d'un certain écrivain qui pillait la conversation des autres pour faire ses livres, je répondis : « Cela n'est pas grave, nous le faisons tous plus ou moins, ou plutôt nous le faisons en ayant oublié que nous le faisons, tant notre modestie nous persuade que ce qui est bon ne peut qu'être à nous. Décidant de s'approprier tout de suite les paroles des autres, il raccourcissait le délai : c'était un pirate honnête. » Comme je parlais, mes mots se firent grappins : dis donc, ton truc sur la frime du mystère et le secret des choses se trouvant devant nous, si grand, si évident qu'on ne conçoit même pas de le formuler, tu ne l'aurais pas pris à Cocteau ? J'allai vérifier et retrouvai la phrase que je vais citer dans un instant. Sédimentaire, j'y avais ajouté ma réflexion, et... et, reprenant mes carnets de citations, je retrouve cet extrait des *Cahiers* de Barrès : « Après que l'on vient de nous réciter "La Martyre" de Baudelaire, Forain me dit : "Le mystère dans le noir, c'est malin ! Ce qu'il faut, c'est le mystère dans le clair." » 23 mars 1917. Barrès le note. Y réfléchit. L'oublie. N'ayant sans doute aucun souvenir d'où cela vient, il en fait le titre de son prochain livre.

Un écrivain qui joue du mystère est comme un politicien qui s'appuie sur la peur. « Le mystère est une position trop favorable pour qu'un esprit bien élevé s'y maintienne », dit Cocteau (*De l'ordre considéré comme une anarchie*). Il ne s'agit pas de bonne éducation, il s'agit d'honnêteté.

Les cyniques détruisent au napalm de leurs formules le faux mystère, qui est le plus fréquent, mais, lorsqu'ils s'approchent du vrai mystère, ce sont eux qui se fendillent comme des personnages de dessin animé et tombent en morceaux. Le mystère est plus dur que tout. Chaque fois qu'il nous semble nous approcher de l'explication centrale, nous nous heurtons à une chose que nous ne pouvons nommer. Elle est noire, dense, à portée de la main : tout d'un coup, elle s'enfuit au plus lointain de l'espace, nous laissant plus savants et aussi ignares que devant. C'est notre devoir de chercher la connaissance ; les gens de littérature le font d'une façon à mon sens habile, latérale, métaphorique, l'air distrait, cherchant simplement à savoir *comment* certains faits fictifs, pour ainsi dire anodins, se produisent ; ils nous laissent induire les généralités. A l'instant où nous ouvrirons la porte du mystère, nous mourrons.

Naissance • Nane • Napoléon (Influence de – sur la littérature française) • Narcissisme • Narrateur, Auteur • Nationalité • Nationaux pour étrangers *ou* Le moi idéal • Naturalisme • Naturel • Nécessité • *Ne délivrer que sur ordonnance* • Niaiserie • Niveaux de littérature • Noël • Nos livres nous tuent • Notes en bas de page • Nous et les autres et les autres et nous • Nouveau.

Naissance : Un écrivain naît à son premier livre. De là qu'il a souvent l'air plus vieux que son âge. Si vous saviez quelles bourrasques il traverse quand il écrit ! Dans ses mémoires, Bill Clinton cite ce mot à propos d'un très vieux sénateur américain : « C'est le seul homme de quatre-vingt-onze ans du monde qui fasse deux fois son âge. »

Cela nous avantage parfois en vieillissant. Si nos livres ne nous ont pas tués et que nous ayons décidé de triompher de la société, alors, quel air juvénile ! Rappelez-vous l'espièglerie de Mauriac à quatre-vingt-quatre ans de son âge civil. Son âge littéraire était de vingt-quatre ans inférieur.

|| Bill Clinton, *Ma vie* (*My Life*) : 2004 (trad. française : même année).

Nane : « Je vis quelque chose de clair, de blanc, de rose, qui décrivait une parabole : c'était Nane. » Elle tombait de l'omnibus *Batignolles-Clichy-Odéon* et devint notre amie Nane, le personnage du roman de Toulet. Amie de tout le monde, en bonne courtisane. Le narrateur de *Mon amie Nane*, son amant, veut nous la « montrer sous le linge ». Lui-même ne se montre pas, mais je l'imagine long, patient, fumeur, le regard malicieux, la mine ensommeillée. Il ne prend rien au grave. Du plaisir, du plaisir ! Et le plaisir lui-même, bah ! L'un des moyens d'atteindre à l'ataraxie est un long excès de sexe.

Nane 1900, « au ventre presque concave », qui ressemble « aux léopards des Plantagenêts », Nane qui se polit les ongles avec une peau de chamois frottée de corail. Je l'ai vu, cet objet, ma grand-mère en avait un. Que les choses mettent de temps à mourir ! C'est ce qui nous maintient jeunes. Le monde contemporain l'a compris, qui renouvelle incessamment les objets et empêche toute chose de durer afin de nous rendre plus vulnérables. La seule justification de la tradition est qu'elle protège les individus contre les brutes organisées. Nane est républicaine, mécréante, bornée, fataliste comme la pute qu'elle est. Lassement narquoise. Fait ce qui lui chante. Ça change des mères de famille, je vous le dis. Elle sort en partie de Zola, comme pas mal de choses dans Toulet, et d'ailleurs, ce nom ?... Nane pourrait être une nièce de Nana, par je ne sais quel Macquart établi dans la banlieue parisienne d'où elle est native.

Mon amie Nane est un roman à trous très complet. Ainsi, la succession de vignettes formant le voyage à Venise. Nane s'indigne que le paysage ne change pas. Elle ne sait pas que rien ne change jamais, que, en voyage, c'est soi que l'on transporte et que l'on retrouve ailleurs. Et partout des hommes, avec les mêmes passions, les mêmes défauts, le même génie que nous. L'exotisme n'existe que pour les inhumains.

On pourrait extraire de ce livre huit pages sur japon impérial, trente exemplaires numérotés de I à XIX et un hors commerce réservé à moi, si le japon impérial existait encore, un

Recueil des dires de Nane
(Nane-Ana)

Elle est, naturellement, incapable de raisonner. C'est un beau réflexe, qui dit quelquefois des choses, par simulation. (Le narrateur.)

« Je vous prie de me lâcher le coude, avec vos grossièretés. » (A sa bonne.)

« Il y a des moments où je me demande si vous n'êtes pas un peu idiot. » (A son amant qui venait de dire une chose d'homme, un scepticisme : « Mais vous ne crachez pas chaque fois qu'un homme vous approche, il me semble. »)

« — Ah ! Nane ! Toujours indulgente aux amis.
— Qu'est-ce que vous voulez ? Il y en a de si plats qu'on y met les pieds. »

« Si vous saviez ce que ça rend vil, d'être mère ! Pour ses enfants, elle ramasserait de l'argent avec sa bouche – dans la boue. »

« — A qui avez-vous tout dit, jamais ?
— Mon cher, il n'y a pas un homme dans ce cas qui resterait couché une minute de plus. »

Images : « Le vautour du désir. » « A l'époque où j'habitais votre garno de cœur. » « Et, tout l'après-midi, j'ai été comme une herse. »

Si, dans d'autres livres, on voit parfois Toulet en train d'écrire, dans *Mon amie Nane* on le voit s'amuser à écrire. Les moments où il se critique, par exemple : « — ... Mais mon Belge, excédé d'avoir ce témoignage sans cesse devant les yeux... — Oh ! sans cesse. » Toulet, ayant fait dire à Nane « sans cesse », aura pensé : « Sans cesse, sans cesse, expression exagérée » et, au lieu de la rayer, fait interrompre Nane par son amant qui la raille. Ailleurs, il se moque de la façon d'écrire des autres : « Au reçu de cette agréable lettre, je tombai dans mille perplexités et une perplexité : telle la branche caduque, entraînée au fil de l'eau, et dont se jouent, etc. » Nane envoie une lettre si bien écrite que son amant se met à « soupçonner que Nane prenait depuis quelque temps des leçons de style ». Je parierais que Toulet a trouvé cette lettre si bonne qu'il a inventé une explication pour n'avoir pas à la récrire à la manière de Nane. Evelyn Waugh a proposé une conclusion de rechange à la fin d'*Une poignée de cendres* : au deuxième chapitre, Toulet propose deux versions de la rencontre du narrateur avec Nane.

Nane a des opinions sur les Beaux-Arts. Avec une fierté d'ignare, le genre qui dit : « Picasso ? comprends pas », elle aime la peinture « qui veut dire quelque chose », comme celle d'Henri-Martin. Elle l'a dit, cinq ans avant la publication du roman, dans un article de Toulet intitulé « Esthétiques » où il relate un dîner à Montmartre : « Eliburru dînait avec moi, ainsi que Nane. » Trois ans après le roman, nous retrouvons Nane dans le premier dizain des *Contrerimes* : « Nane, as-tu gardé souvenir/du Panthéon-Place Courcelle », puis dans les maximes posthumes des *Trois Impostures* : « Il faudrait être heureuse, Nane, sourire et mourir. » Plus encore que d'un personnage, *Mon amie Nane* est la description d'un âge de la vie, celui du plaisir. Beaucoup d'hommes décident de se le faire bref, et le remplacent par la maussade satisfaction de se ranger dans le tiroir du mariage.

📖 « Jacques, d'autre part, lui avait juré que son bonheur dépendait de ce mariage ; et peut-être firent-ils bien de ne pas chercher à s'entendre trop exactement sur le sens du mot bonheur. »

> 1905.
>
> ◆
>
> « Esthétiques » : 1900 (recueilli dans les *Notes de littérature posth.*, 1926).
>
> ◆
>
> Evelyn Waugh, *Une poignée de cendres* (*A Handful of Dust*) : 1934.

NAPOLÉON (INFLUENCE DE – SUR LA LITTÉRATURE FRANÇAISE)

Napoléon a vieilli un des livres de Voltaire en étant plus étonnant que lui, l'*Histoire de Charles XII*. C'était un sujet extraordinaire, Charles XII de Suède : le retour des Romains, un tremblement de terre dans une société civilisée, on pouvait croire qu'on ne le reverrait jamais. Voltaire en fait un livre. Soixante-dix ans après, Napoléon : Charles XII paraît fade, tout d'un coup, et le livre aussi. D'une certaine façon, c'est tout Voltaire que Napoléon a desséché. Avant lui, Voltaire avait le monopole de l'universalisme : philosophie, sciences, littérature, histoire, commerce, il se mêlait de tout. Napoléon arrive, et règle l'organisation de la Comédie-Française pendant que Moscou brûle : Voltaire est une mouche. Il faut attendre Victor Hugo, sur un terrain aménagé par Chateaubriand, pour voir un autre poète écraser la politique. Comme Hugo est le dernier à l'avoir fait, le public tend à voir en lui le poète « universel » absolu, et, qui sait, à imaginer physiquement le Poète avec un large ventre et une barbe blanche. Or l'écureuil Voltaire, devenu le cep de vigne sur lequel il s'était posé, a écrit plus de pages que Victor Hugo.

Chateaubriand est resté jeune toute sa vie en ceci qu'il gardait, à quatre-vingts ans, les sentiments blasés qu'on a à dix-sept ; et c'est à cause de Napoléon : « Le temps s'est écoulé, j'ai vu mourir Louis XVI et Bonaparte ; c'est une dérision de vivre après cela » (*Vie de Rancé*). Tout le contraire du sentiment qu'éprouve Madame Vauquer, propriétaire de la pension Vauquer, rue Neuve-Sainte-Geneviève, après qu'elle a assisté à l'arrestation de Vautrin : « Car, vois-tu, nous avons vu Louis XVI avoir son accident, nous avons vu tomber l'Empereur, nous l'avons vu revenir et retomber, tout cela c'était dans l'ordre des choses possibles ; tandis qu'il n'y a point de chances contre des pensions bourgeoises : on peut se passer de roi, mais il faut toujours qu'on mange ; et quand une honnête femme, née de Conflans, donne à dîner avec toutes bonnes choses, mais à moins que la fin du monde n'arrive... Mais c'est ça, c'est la fin du monde » (*Le Père Goriot*).

Une des sentences de dictateur qui m'amuse le plus est de Napoléon : « Si Corneille avait vécu, je l'aurais fait prince » (*Mémorial de Sainte-Hélène*). A part ça il exile Madame de Staël et met la littérature française sous la surveillance de la police. Quels sont les grands livres publiés sous l'Empire ? Les grands livres libres ? Et la peinture, à part les tableaux à sa gloire du baron Gros (qu'il avait fait baron parce qu'il le peignait glorieux ; Gros était d'ailleurs un bon peintre). La musique ? Pendant quinze ans, la France a été muette. Elle déplorait les centaines de milliers d'hommes que Napoléon lui dévorait. On se serait cru dans un régime musulman contemporain. Pas de roman, pas d'art, juste de la décoration. On n'aurait jamais dû l'envoyer en voyage organisé en Egypte, cet homme.

Le *Mémorial de Sainte-Hélène* est un des livres de propagande les plus comiques qui soient. Napoléon tombé, la famille Bonaparte a couvert l'Europe d'images pieuses dont on peut voir des exemples au Museo Napoleonico de Rome. Et ce livre a fait la fortune de Las Cases, qui a loti la rue de Paris portant aujourd'hui son nom. On pourrait ajouter en note à la blague de Napoléon sur Corneille cette phrase de Victor Hugo : « Un membre célèbre de l'Académie des sciences, Napoléon Bonaparte, voyant en 1803 dans la bibliothèque de l'Institut, au centre d'une couronne de lauriers, cette inscription : *Au grand Voltaire*, raya de l'ongle les trois dernières lettres, ne laissant subsister que *Au grand Volta* » (*William Shakespeare*). Hugo, lui-même blagueur, a très bien pu inventer cette anecdote, mais elle va dans le sens de la vérité : Napoléon haïssait Voltaire. Pas bon pour pouvoir, Voltaire. Et si les écrivains s'exilent eux-mêmes comme lui à Ferney, on en arrivera bientôt à Victor Hugo refusant de revenir de l'exil décrété par mon neveu !

Une phrase de Napoléon merveilleuse de cynisme larmoyant se trouve dans son testament : « Je désire que mes cendres reposent sur les bords de la Seine, au milieu de ce peuple français que j'ai tant aimé. » Et tant envoyé à la mort, peut-être. Remarquez que sa façon d'écrire vantée pour sa concision est hasardeuse : la Seine au milieu du peuple français ? Il y a de lui des vulgarités bien plus terribles. En voyant les morts de la bataille d'Eylau : « Une nuit de Paris réparera tout ça. » (Dans un brouillon de *Servitude et grandeur militaires* recueilli dans les *Mémoires inédits*, Vigny attribue la phrase au Grand Condé.) Mieux encore : « Le pouvoir n'est jamais ridicule. » Comme on sent l'homme qui a l'habitude qu'*on lui cède* et qui en conçoit une vue méprisante de l'humanité.

Quand il dit : « Quel roman que ma vie ! », il pense probablement à sa gloire. Or, ce qu'il a de romanesque, c'est sa chute. Personne n'a envie de raconter la vie des pharaons repus.

La réponse à Napoléon et à son effrayante passion de la volonté a été donnée par Jules Laforgue : « Vouloir, toujours vouloir ! Ah ! gouffre insatiable/N'as-tu donc pas assez englouti d'univers ? » (*Le Sanglot de la terre.*) L'Europe a été malade de volonté de Napoléon à Hitler. Je ne dis pas que Napoléon est Hitler, loin s'en faut, son gouvernement de mess d'officiers n'a rien à voir avec un régime fondé sur la mort, je dis qu'ils ont souffert de la même maladie. A l'époque moderne, le seul pays d'Europe à ne jamais avoir eu de militaire pour chef d'Etat ou de gouvernement est l'Angleterre. O civilité !

> Emmanuel de Las Cases (1766-1842), *Mémorial de Sainte-Hélène* : 1823.

NARCISSISME : L'égocentrisme est puéril, l'égoïsme inconscient, le narcissisme funèbre.

Il est impossible aux narcissiques de concevoir qu'ils froissent les autres en leur niant tout intérêt, puisqu'ils n'ont pas de notion des autres.

Rien n'humilie le narcissique. Une engueulade ? C'est toujours parler de lui. Et il recommence, tranquille, à vous recouvrir du bitume de son moi.

Il y a des gens capables de parler d'eux-mêmes pendant des heures sans se soucier une seconde de qui se trouve près d'eux. Enfermement admirable. Un que je connais, si la conversation file sur un autre que lui, prend la parole d'une voix alternativement basse et couinante qui couvre toutes les autres et, peu à peu, enfonce l'assistance sous l'eau de ses phrases qui expriment un moi blessé.

Tout leur est miroir. Chateaubriand rencontre un chef indien : c'est lui qu'il voit. Il regarde l'Océan : c'est son propre chant qu'il entend. Ils avancent dans la vie, impartiaux, intacts, immiscibles.

Ils ne peuvent bien écrire que la poésie lyrique et les mémoires, où ils remplacent parfois avec génie l'imagination par la ruse. Ils y mentent, le font savoir et cessent donc de mentir, y prennent une posture en la montrant et ne la prennent donc pas tout à fait, y dissimulent et exhibent leur moi alternativement sournois et franc, font de leur personne un personnage. C'est moi et ça n'est pas moi, semblent-ils dire : mon moi et sa comédie. Fonctionnement qui a été montré avant même d'avoir été pratiqué, par Jules Laforgue dans le « Hamlet » des *Moralités légendaires* (1887). Bien des années plus tard, Jean Genet publie le *Journal du voleur* (1949), mêlant faits actuels et faits rêvés, et tirant ces mémoires vers la fiction. Plus tard encore, on a donné à cette pratique le nom honnête et pataud d'« autofiction ». L'important est qu'il y ait fiction, c'est-à-dire travail artistique. L'« auto » est le moyen utilisé pour mettre l'écrivain en route, entre tant.

Rousseau a écrit un *Narcisse* où un jeune homme devient amoureux d'un portrait de lui en femme où il ne s'est pas reconnu : drôle de Narcisse ! La confusion mentale de Rousseau et sa perversité se manifestent non seulement par le fait que, narcissique, il écrit une comédie pour se moquer des narcisses, mais par la préface où il écrit : « Ce n'est donc pas de ma pièce, mais de moi-même qu'il s'agit ici. » Et il nous fait le détail du mal qu'on lui veut, etc. Aucune plaisanterie n'aurait arrêté ce fou.

Le dieu des Narcisses devrait être saint Augustin, qui a écrit ses *Confessions* sans avoir rien fait. C'est un terrible avantage dont ils n'hésitent pas à abuser.

NARRATEUR, AUTEUR : Le narrateur d'un roman n'est pas nécessairement l'auteur. Combien de romans écrits en « je » signés Stendhal, Zola ou Dumas et dont le « je » n'est ni Stendhal, ni Zola, ni Dumas! Même Proust. Le narrateur d'*Adolphe* lui-même, type supposé du roman autobiographique, n'est pas exactement Benjamin Constant : le mot « roman » est écrit sur la couverture. — Crédule, va! — Mais non, confiant. Sans doute *Adolphe* est-il en partie fondé sur des expériences de Constant mais, quand bien même il aurait voulu dissimuler un récit derrière le mot roman, lorsqu'on écrit roman, cela dévie notre intention. Il y a « roman ». Et du coup on peut couper, friser, faire la raie à gauche ou pas de raie du tout. Le simple fait que le personnage féminin, Ellénore, porte un autre prénom que celui de Madame de Staël, la maîtresse de Constant, peut lui avoir fait faire des choses qui ne se sont pas produites dans la vie : non par prédestination des noms, mais parce que, inventée, elle a sa logique. D'ailleurs, Constant est beaucoup moins indécis qu'Adolphe. Il écrit ce livre. Il devient député. Il s'oppose à Napoléon.

D'une certaine façon, un écrivain écrivant une œuvre de fiction à la première personne est le « nègre » de son narrateur. Frédéric Dard a poussé ce raisonnement à son terme : il a cédé à son personnage San Antonio, narrateur de ses histoires, sa place sur la couverture. « San Antonio, *Y en avait dans les pâtes.* » C'est esthétiquement logique : « Je n'écrirais jamais comme ça, moi! » aurait pu s'exclamer Frédéric Dard.

On est sûr que le narrateur est l'auteur quand, comme dans *Solal*, ce « je » qui vient nous dire, de tel ou tel personnage : celui-ci, je l'aime.

Dans son réquisitoire contre Flaubert, l'avocat impérial Pinard décrit longuement les pensées et les actions d'Emma Bovary. (Sans s'en rendre compte, à force de la citer, il finit par la considérer comme un *personnage* aussi réel qu'une *personne*.) *Madame Bovary* : « Non! le front haut, elle rentra en glorifiant l'adultère. » Pinard : « Ainsi, dès cette première faute, dès cette première chute, elle fait la glorification de l'adultère, elle chante le cantique de l'adultère, sa poésie, ses voluptés. Voilà, messieurs, qui pour moi est bien plus dangereux, bien plus immoral que la chute elle-même ! » Il confond les opinions de l'auteur et celles de son personnage. C'est Emma Bovary qui glorifie l'adultère, non Flaubert qui s'en fout bien, il décrit un comportement, de même que Racine *doit* montrer que Phèdre est contente de ses crimes.

Et je ne me lasserai jamais de répéter la phrase de Stendhal : « Racine était un hypocrite lâche et sournois, car il a peint Néron ; tout comme Richardson, cet imprimeur puritain et envieux, était sans doute un admirable séducteur de femmes, car il a fait *Lovelace* » (Préface à *Lucien Leuwen*). Théophile de Viau avait dit, deux cents ans auparavant : « Parler de la douceur de la vengeance n'est pas assassiner son ennemi ; faire des vers de sodomie ne rend pas un homme coupable du fait : poète et pédéraste sont deux qualités différentes » (*Apologie de Théophile*).

Dans *Lewis et Irène*, de Paul Morand, Irène s'emporte : « Dire que nous avons été si près de revenir, nous les gardiens de la chrétienté en Orient et qu'une fois encore voilà ici ces Turcs fanatiques, abrutis, concussionnaires, qui n'ont jamais su », etc. A la fin de la phrase, Morand insère une note : « L'auteur n'est aucunement responsable des propos tenus par son personnage. » Prudence ironique et exacte : on ne peut tenir un auteur pour responsable des propos de ses personnages, que, en quelque sorte, il ne fait que rapporter. Madame Verdurin dit des sottises, Proust n'est pas un sot. Le racisme antiturc d'Irène n'est pas imputable à Morand : Irène n'est pas son porte-parole. Comment reconnaître qu'un personnage est le porte-parole sournois de l'auteur ? Eh bien, le roman change de tonalité : tout d'un coup, il se met à parler fort. Comme s'il se transformait en porte-voix. Il prend la tête d'un cortège militant. Il est plus mal écrit.

Pour mettre ses romans en marche, Stendhal a besoin de les écrire à la première personne. Cette personne disparaît sans un mot vers la page 30, à l'exception de *Lamiel*, où le charmant narrateur nous apprend qu'il écrit cette histoire après avoir été faire prospérer un héritage à La Havane ; « ainsi, ô lecteur bénévole, adieu ; vous n'entendrez plus parler de moi ».

La puissance de persuasion de l'homme qui raconte à la première personne est très grande. On lui fait confiance très longtemps, ce qui permet à certains auteurs de créer de grandes surprises, comme Agatha Christie dans *Le Meurtre de Roger Ackroyd*, où le narrateur se révèle être l'assassin.

Même en poésie, qui peut paraître la forme la plus intime de littérature, le « je » n'est pas nécessairement l'auteur. Nous avons trop tendance à confondre l'homme Verlaine et le Verlaine des poèmes, Villon et le Villon des poèmes. Bien souvent, ils inventent un personnage qui dit « je ». La poésie peut être de la fiction au même titre que le roman.

Un poète peut essayer tout autant que le romancier de deviner l'effet de sentiments qu'il n'éprouve pas. Pourquoi est-ce seulement à l'auteur de théâtre qu'on accorde cette séparation ?

> Agatha Christie (1890-1976), *Le Meurtre de Roger Ackroyd* (*The Murder of Roger Ackroyd*) : 1926.

NATIONALITÉ : Beaucoup d'hommes et toutes les nations se font une idée d'eux-mêmes. Ils créent un pittoresque auquel ils pensent avec affection et, parfois, se conforment. Les littératures aussi se regardent dans un miroir où une image d'elles est peinte. C'est un cliché. Celui de la littérature irlandaise la fait se voir avec un misérabilisme orgueilleux. Un chômeur alcoolique maudit le clergé qui l'a brimé à l'orphelinat, pendant que sa femme, qui a avorté pour mieux pouvoir écrire une tragédie lyrique où Médée s'étire sur la scène en hurlant ses liens charnels avec la nature (un esprit celte lui répond). La littérature française s'admire dans un cliché XVIIIe où elle se trouve délicieuse et spirituelle. La littérature allemande clichée écrit dans un style minimaliste qui semble le repentir d'une histoire maximaliste. Et tout cela est lié à l'histoire des pays, à leur idéal social, à leurs souffrances, à leur jeu, à leur plaisir.

Nationaux pour étrangers *ou* **Le moi idéal** : Une amie iranienne dont l'oncle avait été directeur du festival de Shiraz du temps qu'il y avait un festival à Shiraz me disait qu'il raffolait d'André Maurois : si délicat, si fin, si français ! Eh bien, c'était congru : Maurois est le type de l'écrivain français pour étrangers, comme Anatole France avant lui. Des gens estimables mais qui ne nous semblent pas si caractéristiques de notre génie.

Et les Français qui adorent Evelyn Waugh, qu'ils prennent pour la quintessence de l'anglicité, ne se trompent-ils pas dans la même mesure ? Waugh était un natif de la classe moyenne qui vénérait l'*upper class* : se pourvoyant des accessoires de son rêve blasonné, il a écrit des livres qui, sous ce rapport, ne trompent pas les Anglais. Et Mishima ? Ne serait-il pas un Japonais pour Occidentaux, lui si nationaliste ? Il ne le devint que parce qu'il se voyait filer vers le cosmopolitisme (on aperçoit Yves Saint Laurent dans un de ses romans), ce qui effrayait en lui le petit garçon élevé dans la peur. Et peut-être que les écrivains vivants symboliques d'un pays à l'étranger sont ceux qui en imitent un modèle plus cliché qu'authentique afin de compenser ce qu'ils jugent une faiblesse. Anatole France était un fils de bouquiniste qui avait voulu s'élever socialement. André Maurois, un juif assimilé, selon la digestive expression de l'époque, il est vrai qu'une nation est une sorte d'estomac. L'un des grands propagateurs du style thé en Angleterre fut Henry James, Américain naturalisé ; il est actuellement illustré par un écrivain né au Japon et arrivé en Angleterre dans son enfance, Kazuo Ishiguro, dont *Les Vestiges du jour* racontent la vie d'un majordome anglais qui devient amoureux d'une gouvernante. Collabo ! – Collabo d'un rêve. – Comme tous les collabos. Danger du rêve. Allons, allons. Parmi tous les moi qui agissent pendant qu'un écrivain écrit, le moi idéal, d'importance variable selon les auteurs, est aussi celui qui nous aide à nous élever au-dessus de nous-mêmes.

> Kazuo Ishiguro : *Les Vestiges du jour* (*Remains of the Day*) : 1989 (trad. française : 1990). Henry James : 1843-1916. Yukio Mishima : 1925-1970.

NATURALISME : Il est facile de dire du mal des naturalistes : ils ont eu la vantardise de leurs défauts. Amoureux de leur pessimisme, de leur lenteur, de leur façon glaiseuse d'écrire, ils se vautraient dans le morne. Leur école a été immédiatement haïe. Et attaquée. Non seulement de son vivant, cela arrive à toutes, mais après sa disparition. Je ne vois que le romantisme d'aussi méprisé, encore a-t-il eu quelques représentants et quelques défenseurs charmants, jeunes et traînant tous les cœurs après eux. Avec les naturalistes, on avait l'impression que le fils du concierge se mêlait d'esthétique. Et c'est bien la première cause des attaques, qui est restée cachée : un préjugé social.

Le pessimisme n'est pas un état favorable à la création. Zola, le meilleur des naturalistes, ne l'était pas. (Il est fataliste, d'où la théâtralité de ses romans.) Il a servi l'école. L'école l'a desservi. On l'a comparé aux autres, qui lui étaient généralement très inférieurs, et comparer un aigle à des pigeons ne mène jamais qu'à dire : il est mieux qu'un pigeon.

Le premier naturalisme comprend de bons écrivains, comme Maupassant, et il a eu une remarquable descendance lorsqu'il s'est greffé sur des écrivains légers. Oscar Wilde, Scott Fitzgerald sont des écrivains naturalistes sans le style. Les romans naturalistes étaient des fables grasses : les naturalistes légers enlèvent le gras et gardent la fatalité. Chefs-d'œuvre.

Et la dégénérescence du naturalisme s'est faite par la conservation des sujets et la stylisation de la forme. Dans *Jésus-*

la-Caille, de Francis Carco : « devant *Le National* qui baignait la chaussée d'un large flamboiement [...] » ; « les premières lueurs éblouissaient l'ombre » ; « avril bourgeonnait aux marronniers des squares ». On pourrait dire que ce sont des verbes d'anthropomorphisation, ce sont surtout des verbes faux (ce n'est pas avril qui bourgeonne, mais les marronniers) ; il semble que, en écrivant de la sorte, ces écrivains cherchent à se faire pardonner le cru de leurs sujets.

A cause de Zola, on voit le naturalisme comme une chose de prolétaires, de mineurs et de masses qui lèvent, comme dans le tableau des ouvriers en marche de Giuseppe Pellizza (*Il Quarto Stato*, Le Quart-Etat, 1901), dont l'apothéose est, trois quarts de siècle plus tard, le film de Bertolucci, *1900*. Or, les marxistes ont critiqué Zola pour la vision contre-révolutionnaire qu'il donnait des ouvriers, et la descendance immédiate du naturalisme est généralement de droite. La littérature française de 1871-1900 est pleine de romans sur la décadence écrits d'une façon épaisse, comme ceux de J.K. Huysmans ou d'Elémir Bourges.

Du symbolisme apparaît dans Zola : à la fin de *La Faute de l'abbé Mouret*, par exemple, avec toute la fantasmagorie sur le jardin. Le symbolisme s'est en grande partie créé contre le naturalisme, qu'il haïssait.

Si les naturalistes avaient écrit de la poésie, cela aurait été celle d'Emile Verhaeren.

|| Bernardo Bertolucci, *1900* : 1976.

NATUREL : Le naturel est une convention au même titre que la préciosité, sauf que, postulant qu'elle est naturelle, elle cache la convention.

Quel naturel, et pour qui ? N'y a-t-il pas des gens qui, dans la vie, emploient un parler aussi ouvragé (« artificiel ») que celui de Jean Genet (et qui par là même cesse d'être « artificiel ») ?

Le précieux des uns est le naturel des autres. Tout langage est précieux. Le naturel n'est pas dans la nature. A moins qu'on n'appelle naturel le grognement et le borborygme.

Le naturel n'est pas la reproduction de la nature. Reproduction de la nature, cela se dit : « inepte ».

Qu'est-ce qui est beau dans un fleuve ? Ses ponts. (Qu'est-ce qui est beau dans la nature ? L'art. De l'ingénieur, du paysan, etc. Pourquoi expliquer ? Parce que ceci n'est pas un recueil de maximes.)

Le naturel existe. Il consiste à trouver la façon la plus souple de parler ou d'écrire relativement à sa personnalité. Il faut beaucoup d'art pour être naturel.

Ce n'est pas en écrivant « à la diable » qu'on est naturel. Certains écrivains écrivent spontanément de façon raide : écrivant, ils pensent à des lecteurs précis, à un prix littéraire, à je ne sais quoi d'autre qui leur fait prendre une pose qu'ils croient avantageuse.

Stendhal dit qu'on doit toujours choisir le sens au détriment de la forme, mais sa formulation est un piège : pourquoi pas les deux ? Et pourquoi abandonner une phrase parce qu'elle rend inexactement ce qu'on veut dire ? Jean Genet ne le fait jamais : pour le plaisir de l'oreille, il en garde d'ineptes, et son passage tourne à vide. Et après tout. Cela fait partie de ce qu'il est. Il y a les chefs-d'œuvre classiques et les chefs-d'œuvre baroques.

La recherche acharnée de l'expression exacte pourrait exister en prose comme en poésie, mais les prosateurs sont souvent beaucoup plus paresseux que les poètes. Ils n'aiment pas traverser la forêt de couteaux qui mène à l'abolition totale de la distance entre la phrase et la pensée.

Ce n'est pas parce qu'on fait très attention à sa façon d'écrire qu'on devient raide. Voici un exemple de charmant naturel étudié, d'étudié devenu naturel : « Mes lents coursiers, tâchez à aller de compagnie : je vois d'ici le bout de la route. » C'est de Colette à la fin de sa vie, dans *L'Etoile Vesper*.

Colette et Giono, écrivains qui passent pour les plus naturels de la littérature française. Ils sont très étudiés. Leurs sujets, paysans et poules, cachent leur façon d'en parler : ils se regardent souvent dans un miroir en train de les plumer. La nature est une mode française qui date d'une reine autrichienne (campagnarde), Marie-Antoinette. – La nature est une passion. – L'objet de la passion n'importe pas, mais le fait qu'il y ait passion : la passion de la nature ne diffère pas en soi de la passion des vases Ming ; elle a simplement l'impression d'être plus pure. Les passionnés de la nature ne se rendent pas compte qu'il s'agit d'un phénomène exclusivement humain. Les animaux n'ont pas la passion de la nature. Pourquoi je raconte tout ça, je me le demande.

NÉCESSITÉ : Il y a des trucs d'éditeur comme il y a des trucs de critique. Un éditeur, pour refuser un livre, dira volontiers : « Il n'a pas de nécessité. » Soupçon qui me paraît encore plus spécieux que celui de l'insincérité. Qui peut juger de la nécessité ? Ce qui compte, dans un livre, c'est qu'il soit bon. Nécessité est un mot poli pour ne pas dire qu'on a trouvé mauvais. C'était un truc d'écrivain, aussi bien, au départ, pour épater l'éditeur.

NE DÉLIVRER QUE SUR ORDONNANCE : Ce roman de Jean Freustié pourrait s'intituler *Brume de chaleur au-dessus du désert*. Sa voix semble neutre, molle parfois, lourde aussi, presque répétitive, mais il est sensible, très fin. Il dit tout et sans juger, sans ostentation de la sincérité non plus. *Proche est la mer* est l'histoire d'un homme qui a plusieurs femmes, tout calmement, sans que ça les affole, lui ou elles. (La page 219 m'a rappelé la scène de *8 1/2* où Mastroianni rêve que son harem le *comprend*.) Romans pleins d'une sensation de la fatalité. Elle engendre un humour déçu. « Je m'étais trop avancé ; j'avais voulu savoir ce que cachait Henriette. J'étais bien avancé maintenant. Henriette nue ne cachait rien. »

Freustié a écrit plusieurs bons livres, comme *Les Collines de l'Est*, où se trouve la nouvelle « Le verre de mirabelle » : un alcoolique va rendre visite à sa grand-mère malade, qu'il quitte sous des prétextes spécieux pour aller boire verre sur verre au café du coin. Il n'y a pas de fatalité, il n'y a que la lâcheté des hommes. *Le Droit d'aînesse* raconte l'histoire qu'on dit autobiographique, comme la plupart des fictions de Freustié, des relations entre un écrivain vieillissant et un écrivain plus jeune, boudeur et morgueux, qui s'impose à lui, et à sa femme. « On eût dit qu'une équipe de déménageurs pressés par le temps s'était installée dans ma tête, et quand ça n'allait pas assez vite ils jetaient tout par la fenêtre. » Son chef-d'œuvre, c'est son premier roman, *Ne délivrer que sur ordonnance*. Pendant la Deuxième Guerre mondiale, un médecin militaire se trouve en Algérie. Il est désœuvré. Il a des maîtresses. L'une se drogue. Il l'imite. Calme et sinistre description de l'annihilation du sens moral chez cet homme. Sur la drogue, il y avait eu des livres 1880, comme *A rebours*, de Huysmans, où l'on se drogue par dandysme, comme on crapaute, et des livres 1900, ainsi les *Propos d'un intoxiqué* et le *Fumeurs d'opium* de Jules Boissière, où l'on se drogue parce qu'on a de la drogue, car cela se passe en Indochine, parmi les militaires français qui s'intoxiquent cent ans avant les Américains du Vietnam et à peu près exactement comme eux. Peut-être cela a-t-il été la vengeance des colonisés, la drogue. Le roman de Freustié est un des premiers qui décrive cette expérience à la première personne. Peu ont aussi intimement montré comment un drogué peut être menteur, voleur, pervers, s'apitoyant sur soi autant que sur les autres. Il y a la préface de William Burroughs au *Festin nu* ; pour le rendu de la sensation physique, je mentionnerais les dessins de Cocteau dans *Opium*.

Et puis, en passant, une mention frappante comme : « les journaux du temps de la défaite avec la guerre en deuxième page ». Elle m'a rappelé *Corinne et Corentin*, le roman de Tristan Bernard, qui se passe durant la guerre précédente : on y voit comment les hommes jeunes non mobilisés étaient soupçonnés. Un écrivain de fiction révèle mieux l'histoire que les historiens. Comme tous les bons romans, *Ne délivrer que sur ordonnance* est aussi un livre d'images : « une baignoire aux pattes griffues, le ventre à terre comme un chien basset » ; « Suzanne arriva, plus mouillée que les herbes [...] ».

Le titre du livre de souvenirs de Freustié, *L'Héritage du vent*, m'a fait me demander s'il avait pensé au film de Stanley Kramer, *Inherit the Wind*, United Artists 1960, avec Spencer Tracy, Fredric March et Gene Kelly, sur le procès de Scopes « Monkey » en 1925, un professeur du Tennessee arrêté pour avoir enseigné Darwin, en français, *Procès de singe*.

📖 « Comme ils sont heureux ceux qu'aucun bonheur ne menace ! »

> 1952.
> ♦
> Jean Freustié (1914-1983), *Les Collines de l'Est* : 1967. *Le Droit d'aînesse* : 1968. *Proche est la mer* : 1976. *L'Héritage du vent* : 1979.
> ♦
> Tristan Bernard (1866-1947), *Corinne et Corentin* : 1923. Jules Boissière (1863-1897), *Propos d'un intoxiqué* : 1890 ; *Fumeurs d'opium* : posth., 1909. William Burroughs (1914-1997), *Le Festin nu* (*The Naked Lunch*) : 1959 (trad. française : même année). Stanley Kramer, *Inherit the Wind* : 1960.

NIAISERIE : La niaiserie est le délassement des monstres. A Sainte-Hélène, Napoléon relisait *Paul et Virginie*, qu'il avait adoré dans sa jeunesse (*Mémorial de Sainte-Hélène*).

La niaiserie crée-t-elle des monstres ? Fabre d'Eglantine, ainsi surnommé parce qu'il avait reçu l'Eglantine d'or de l'Académie des jeux floraux de Toulouse, c'est comme si nous avions appelé Hervé Bazin *Bazin de Lénine* pour le prix Lénine qu'il avait reçu du gouvernement soviétique, Fabre disais-je fut l'auteur de la douce chanson « Il pleut, il pleut, bergère », puis, pendant la Révolution française, membre de la commune insurrectionnelle, qui eut plutôt tendance à les égorger, les bergères.

|| Hervé Bazin : 1911-1996. Fabre d'Eglantine : 1750-1794.

NIVEAUX DE LITTÉRATURE : Chaque écrivain a plusieurs niveaux de littérature selon lesquels on doit le juger différemment. On ne peut le faire avec justice que sur ses livres, à l'exclusion des posthumes. C'est ce à quoi il a apporté le plus de soin. Viennent ensuite les articles de revues et de journaux, qui sont généralement tout aussi travaillés mais ne constituent pas, même réunis en volume, un livre au même titre qu'un roman ou un essai, dans le sens où ils n'ont pas de forme en tant que livre. Enfin, les écrits intimes et les lettres, le plus souvent sans forme ni soin. Quelle qualité cela peut être ! Chez les écrivains guindés, c'est le meilleur. L'équité, sinon la justice, consiste à juger ceux-là à l'envers : du moins soigneux au plus soigneux, où ils sont le moins bons. On juge le mieux un écrivain sur ce qu'il a de meilleur.

NOËL (MARIE) : Marie Noël a beau ne pas être un poète catholique, mais un poète qui est catholique, elle écrit beaucoup de poèmes catholiques. A intention catholique, je veux dire, et c'est de l'apologétique, en tant que telle loin de la littérature. Et cela même si, à la différence de Max Jacob, de Verlaine ou de Claudel, ces convertis, ces interminables pécheurs, elle nous épargne l'engueulade ou le remords avec la tranquillité joyeuse du croyant de toujours.

Elle parle d'elle-même avec un mélange de naïveté franciscaine et de finesse de vieille fille qui fait d'elle une Emily Dickinson française. Elle appelle ses peurs et les craint. Une voix intérieure vient la contredire. Hésitations, remords avant l'acte, « je suis folle ». Et cette narquoiserie envers elle-même. Dans « Attente », elle écrit vingt et une strophes sur le thème : « vous allez voir ce que je ferai d'ardent quand l'Amour sera là ! », et, au dernier vers : « S'il allait ne pas venir !... » Dans la « Petite chanson » (les deux dans *Les Chansons et les Heures*), elle décrit son bien-aimé qui descend la colline ; qu'il ne la regarde pas car, si son regard n'était pas assez doux, elle en mourrait ; qu'il ne lui parle pas car, si sa voix n'était pas assez douce, elle en mourrait. Dernière strophe : il passe « sans rien me dire, hélas ! sans me voir et j'en meurs ». La poésie des vierges, quand c'est réussi, c'est aussi bon et plus doux que la poésie des puceaux.

Si l'archange de la cathédrale de Reims sourit, c'est parce qu'il vient de lire un livre de Marie Noël.

D'une certaine façon, sa poésie, c'est *L'Art d'être grand-tante*. Elle aurait fait un couple délicieux avec Germain Nouveau. Le hippie et la vieille rêveuse, vivant de poulet rôti et de chansons. Elle lui aurait imposé de se laver, il l'aurait fait danser, au crépuscule, sur le perron de la maison, au son de la musique venant de l'intérieur.

Son roman, *Le Chemin d'Anna Bargeton*, semble avoir été écrit par un personnage secondaire de Bernanos (si Bernanos pouvait décrire des personnages de femme adulte). Une vieille fille vit près d'une mère revêche qui confond franchise et vertu. *Les Célibataires*, de Montherlant, avaient révélé le secret du célibat des hommes : la crainte d'avoir à se gêner ; *Le Chemin d'Anna Bargeton* révèle le secret du célibat des femmes : elles n'osent pas parler à voix haute.

> Anna fit un grand effort de gourmandise :
> — De l'oie. *(Mais vite, mère, dépêchez-vous,* suppliait-elle sans rien dire, *choisissez vite, on m'attend. Il faut que je retourne là-bas dans le bonheur d'autrefois, sur la petite place.)*

— De l'oie ? Oui, peut-être. Une oie aux marrons. Ou encore une dinde truffée. Et comme entrée ?

— Un pâté. *(Laissez-moi aller, mère, laissez-moi. Le bonheur s'en va pendant que je vous parle.)*

Au fond du fond, ce qu'exprime Marie Noël, c'est comment on passe à côté de la vie. Ainsi, *Anna Bargeton*, ou un vers comme : « J'ai vécu sans le savoir / Comme l'herbe pousse... » (« Attente »). Là, elle serait plutôt Jane Austen. Marie Noël, c'est la mélancolie gaie jointe à une malice de bonne sœur.

📖 « L'Amour n'aura pas su comme j'étais charmante » (« Fantaisie à plusieurs voix », dans *Les Chansons et les Heures*).

> 1883-1967.
> ◆
> *Les Chansons et les Heures* : 1921. *Le Chemin d'Anna Bargeton* : 1944. *Notes intimes* : 1959.

Nos livres nous tuent : Notre sang est de l'encre et la littérature le pompe. Vampire de lui-même, l'écrivain nourrit sa littérature de sa substance vitale, et elle le suce, le suce, le suce et l'empêche de vivre pendant qu'il écrit. On ne peut vivre que quand on cesse d'écrire. Voyez Racine. Il arrête d'écrire après la chute de *Phèdre*, en février 1677, et se marie le 1er juin. Si ce n'était que le mariage ! Les grands monstres de la création meurent une fois qu'ils ont achevé leur œuvre : elle les achève. La gloutonne presse Balzac, elle en veut toujours plus, du sang, du sang ! de la volupté ! et de la mort : *La Comédie humaine* terminée, il meurt, âgé de cinquante et un ans. Proust, Hercule autant que lui, quoiqu'on le remarque moins, pompé de même, meurt au même âge, ayant mis le mot fin à *La Recherche du temps perdu*. Molière, cinquante et un ans lui aussi, est pris d'un malaise pendant *Le Malade imaginaire* et meurt chez lui, rue de Richelieu, près de la jolie fontaine qui lui est dédiée, je détourne souvent les taxis, la nuit, pour la voir. Joyce meurt à cinquante-huit ans après avoir fini *Finnegans Wake*. Ce que nous créons nous détruit.

Notes en bas de page : L'universitaire américain Anthony Grafton a publié une intéressante étude sur les notes en bas de page, *Les Origines tragiques de l'érudition*. La période hystérique de l'annotation des livres est passée, elle était concomitante à la période d'écriture en galimatias dont Roland Barthes reste l'archétype bouffon : bouffon, mais archétype. Ainsi se rappelle-t-on des extravagants romans précieux du XVIe siècle, comme *Le Grand Cyrus*, qui sert de résumé à un type français, la sottise maniérée.

Il existe deux sortes de notes : les notes utiles au lecteur et les notes utiles à l'annotateur. Les secondes sont les plus distrayantes. J'ai jadis écrit sur elles un article intitulé, et je ne le cite que parce que cela résume ce que j'en pense, « Comment devenir écrivain sans l'être ». (Un de ces articles de mon fameux recueil *Journal des idées, des opinions et des lectures d'un jeune jacobite de 1819*.) J'y montrais des universitaires injuriant des écrivains qu'ils étaient supposés expliquer dans des notes qui avaient l'air de graffitis sur des portes de chiottes. « Vigny conart. » Nous finirons un jour par considérer comme *collector* ces éditions-madrépores, où les lignes de l'auteur se balançaient aquatiquement au-dessus d'une mousse de commentaires.

Exemple d'annotation offensante dans le *Phèdre* de Racine et Picard, chez Folio. Œnone vient de dire : « je vois Thésée », et Phèdre d'ajouter : « Ah ! je vois Hippolyte. » Picard annote : « Thésée revient et Œnone l'aperçoit. Mais Phèdre, elle, n'a d'yeux que pour Hippolyte. » Toutes ses notes expliquent ce que nous venions de comprendre. Un lecteur est un élève, un élève est un âne.

L'opinion commune est exprimée par l'acteur américain John Barrymore : « Lire une note en bas de page, c'est se précipiter dans l'escalier pour répondre à la porte lors de sa nuit de noces. » On peut aussi aimer descendre à la cave pour y découvrir des trésors oubliés. Et à la millième nuit, on n'est pas mécontent de descendre.

> Anthony Grafton (1950-), *Les Origines tragiques de l'érudition* (*The Footnote : A Curious History*) : 1997 (trad. française : 1998).

NOUS ET LES AUTRES ET LES AUTRES ET NOUS : La différence entre la façon dont un pays considère sa littérature et la perception qu'en ont les autres est étonnante. Et je ne parle pas de la littérature française vue de la Mongolie extérieure, non, mais vue de l'Angleterre (mettons), et vice versa. Que Valery Larbaud soit un des plus importants prosateurs du xxe siècle, tous les connaisseurs français l'admettent. Que W.H. Auden soit un des plus importants poètes du xxe siècle, tous les connaisseurs anglais l'admettent. Eh bien, il suffit de trente-cinq kilomètres de Manche pour que Larbaud soit inconnu en Angleterre et Auden en France. Larbaud, qui a fait traduire quantité d'écrivains anglais et écrit sur l'Angleterre, n'y est pas traduit, à part quelques pages sur *Ulysse*, par T.S. Eliot, qui l'a plus traduit pour Joyce que pour Larbaud. (C'est l'extrait d'une conférence de 1921 recueilli dans *Ce vice impuni, la lecture – domaine anglais*. La traduction d'Eliot, dans *The Criterion* d'octobre 1922, n'est pas signée, on en a deviné l'auteur après sa mort, grâce à sa correspondance.) Auden, si populaire en Angleterre et aux Etats-Unis où il s'était exilé, a pour toute traduction française un volume de poèmes choisis. Nous vivons dans un monde où les marchandises circulent dans des quantités inouïes d'une courbure de la terre à l'autre, où les hommes se déplacent avec plus de facilité que jamais, où les ordinateurs permettent de diffuser les idées à la vitesse de la conversation, mais, pour la littérature, nous ne sommes pas beaucoup plus avancés que dans la Rome antique.

A quoi est-ce dû ? Le chauvinisme ? Il existe peut-être pour les Anglais, qui n'ont aucun intérêt pour ce qui n'est pas eux, mais les Français en sont absolument dépourvus en matière artistique ; tout au contraire, nous sommes le pays qui traduit le plus d'étrangers. Si la France en est à délaisser Auden (qui, lui, a un volume traduit), imaginez les autres. Les genres ? Cette catégorisation falsificatrice mais commode ? Comme on peut difficilement absorber une littérature étrangère en plus de la sienne, on se contenterait d'un représentant dans chaque *genre* ? Shakespeare serait l'effigie du théâtre élisabéthain tout entier, nous faisant abandonner Marlowe, Dekker, Peele, Webster, Middleton ? Les raisons raisonnables sont en grande partie illusoires : les choses se font principalement sans réfléchir, négligemment, *comme ça*. Et le *comme ça*, qui est l'indifférence de la majorité, préfère au littéraire le commun.

Ce qui s'exporte ou s'importe d'abord, c'est le gros bestseller, qui n'est jamais un livre de littérature. S'y ajoute, dans l'économie mondialisée, la spécialisation impartie à chaque pays : à l'Angleterre revient la satire sociale à sarcasmes sur les politiciens libéraux, à la France le récit sexuel, que les autres pays n'oseraient jamais écrire mais sont ravis de pouvoir importer. C'est suivi par les livres laborieux, honnêtes, à *sujets*, bêtes à Nobel, ce prix qui récompense la morale et donne aux lecteurs le sentiment de ne pas dépenser de l'argent pour de la rigolade. Ces livres s'incrustent à l'étranger, où ils représentent pour longtemps l'idée qu'on se fait de la littérature de leur pays. Combien de temps a-t-il fallu pour que Théodore Dreiser ou Sinclair Lewis cessent d'être considérés comme de grands écrivains en France, combien en faudra-t-il pour que John Steinbeck les accompagne dans une juste lassitude ? Combien de temps a-t-il fallu pour que Georges Duhamel, Charles Morgan, etc. ? C'est peut-être cela, la littérature universelle : des romans moyens écrits sans trop de talent, apologues sur le Devoir, la Fidélité, le Travail, la Foi, perpétuation enfin, sous une autre forme, des livres sacrés.

Et c'est peut-être pour cela que le meilleur s'exporte plus difficilement. Le meilleur, c'est singulier, ça ne s'occupe pas des catégories de pensée imposées par la société, ça crée les siennes. Il met du temps à s'imposer dans son propre pays. En quantité du moins, car, en qualité, il va assez vite : Larbaud, de son vivant, était très estimé du public lettré, pour lequel il n'existe pas de talent méconnu. La poésie, puisque je parlais d'Auden, en est un exemple extrême : si le grand public n'a quasiment pas conscience qu'elle existe, si elle est en grande partie ignorée du public moyennement cultivé, elle est très bien connue par un minuscule groupe de lecteurs passionnés. Minuscule, mais attentif, bien plus savant et plus international que les autres, sachant vite qui écrit et quoi et où. C'est sans doute dû à l'indifférence du reste de l'humanité : on se tient chaud. Et la poésie, même non traduite, circule mieux que les romans et les essais. Des clochards royaux colloquent par le monde.

Valery Larbaud, *Ulysses, translated by T.S. Eliot* : posth., 2001 (Translation Ireland, hors commerce).

NOUVEAU (GERMAIN) : Nouveau est un poète doux et inoffensif, et... C'est étonnant, quand j'y pense, un écrivain qui ait aussi peu encombré le monde, sans jamais rien écrire contre quelqu'un ou pour lui-même. On peut trouver de la forfanterie dans « Je suis pédéraste dans l'âme... » (il a été l'amant de Rimbaud, et Verlaine publia par erreur un poème de Nouveau, « Poison perdu », dans les *Œuvres complètes* de Rimbaud en 1895), mais c'est celle que peuvent avoir, dans leurs écrits, les discrets dans la vie. Et il finit son poème : « Et maintenant... si je pétais ! » Il a beau avoir écrit un poème intitulé « Humilité », je trouve faux le nom d'Humilis sous lequel ses amis ont publié, sans le prévenir, les poèmes de *La Doctrine de l'amour*. Il porta plainte mais, comme il était vagabond, la justice ne donna pas suite. La justice est aveugle à qui ne porte pas le costume. Costume égale coutume. Même mot, même puissance. Est-ce pour narguer cela que, quelques années plus tard, Nouveau signa le seul livre qu'il publia du pseudonyme de La Guerrière ?

Il a quelque chose de Verlaine sans les élans de méchanceté. Dans ses poèmes religieux, il ne réclame pas le pardon : il est comme il est et le raconte, sans aucune inquiétude, tranquillement amoral. Il préfère Jésus à Dieu. Chante un grand hymne panthéiste, « L'amour de l'amour », qu'on aurait pu diffuser à Woodstock. « Aimez l'amour, riez ! Aimez l'amour, chantez ! [...]/Amour sur l'Océan, amour sur les collines ! [...]/ Amour dans tous les seins et dans toutes les fièvres ! [...] » Ça change des écrivains citoyens, n'est-ce pas ? Marie Noël n'est pas si loin, qui parle partout de Dieu, pour elle, sans chercher à l'imposer aux autres. La différence est que Marie Noël a une connaissance pure des choses, étant restée vierge : elle n'aurait pas pu condamner le plaisir avec la violence de Nouveau (« Père des sommeils lourds et des mornes ennuis [...]/Pourvoyeur de la mort, qui n'est jamais content [...]/Fils lugubre de l'homme, et sa punition [...] »), et il ne lui serait sans doute pas venu à l'esprit de louer la chasteté (« Louez la chasteté, la plus grande douceur,/Qui fait les yeux divins et la lèvre fleurie,/Et de l'humanité tout entière une sœur » ; les deux poèmes dans *La Doctrine de l'amour*).

Personne n'a usé de façon aussi imaginative des trois points que Germain Nouveau. Je dis « trois points », car « points de suspension » limite trop l'usage qu'il en fait, à savoir :

— points d'hésitation : « Toutes, toutes, sont bienheureuses/D'élargir leurs grottes ombreuses/D'où l'amour a fichu la peur/Par la fenêtre... déchirée » (« Sphynx ») ;

— points de réflexion : « Je le taille *[le marbre]* et puis je l'étale/Dans ta pose d'Horizontale/Soulevée... un peu... sur le flanc... » (« La Statue ») ;

— points d'attente : « Mettez votre robe/Et votre chapeau préféré.../J'ai votre parole, il me semble ? » (« Le dieu ») ;

— points de calembour : « Mistral (pas celui…) » (« Dizain ») ;

— points d'interruption, où il écoute une objection dont il ne nous fait pas part : « Tu sais le grec… si… comme un ange » (« Avant-propos »).

— « La Rencontre » (dans *Valentines*, comme tous les poèmes que je viens de citer) contient à lui seul trois nuances. A la deuxième strophe, il feint de chercher une comparaison : « Comme au temps… des lansquenets gris. » A la quatrième, il réfléchit soudain : « Vous étiez belle, et… s'il vous plaît/ Comment nous trouvions-nous ensemble ? » A la dixième, il se met à songer : « Vos yeux splendidement ouverts/Dans leur majesté coutumière…/Etaient-ils bleus ? Etaient-ils verts ? »

On pourrait le ranger parmi les fantaisistes pour ses poèmes mélancoliques et légers, comme « Les colombes » : « Les ifs balancent des colombes,/Et cela réjouit les tombes. » Professeur remplaçant dans un lycée de Paris, il eut une crise mystique, fut interné, puis voyagea, vivant de mendicité, visitant des pays, s'installant à soixante ans dans une masure de sa Provence natale où on le découvrit mort neuf ans plus tard ; on l'a enterré dans une fosse commune. Tous les poètes pourraient y être, puisqu'ils appartiennent à tout le monde : une fosse commune de luxe, sur un promontoire, avec jardins, urnes d'or et gardes à shako.

📖 « Ce qu'il faut avoir dans la femme

N'est pas la femme, c'est l'amour. » (« La fée », dans *Valentines*.)

> 1851-1920.
> ◆
> G.N. Humilis, *Savoir aimer* : 1904 ; deuxième édition sous le titre *Les Poèmes d'Humilis* en 1910. B.N. La Guerrière, *Ave Maria Stella* : 1912. *Valentines et autres vers* : posth., 1922. *Œuvres poétiques* : tome 1, 1953, tome 2, 1955.

Observation • Œnone • Œuvre • On • « On publie trop » • Opposable à l'écrivain • Oubliés • Où sont les bons livres ?

OBSERVATION : « Comment voulez-vous que j'aie le temps d'observer, j'ai à peine le temps d'écrire », dit Balzac à Raymond Brucker, auteur du *Chas de l'aiguille*.

ŒNONE : Œnone est une servante de Molière dans Racine. Je parle de l'Œnone de *Phèdre*, suivante de la reine qui la précède dans la méchanceté. C'est elle qui conseille à Phèdre, quand revient son mari Thésée qu'on croyait mort, de lui dire que son fils Hippolyte l'a courtisée, alors que c'est le contraire qui s'est produit. Elle lui donne bien d'autres conseils fondés sur le plus grand esprit pratique. Phèdre s'étant plainte de son dangereux amour pour Hippolyte, elle lui répond : qu'est-ce que c'est que ces chichis ? Etes-vous la première à avoir été amoureuse ? Assez de conscience, prenez le pouvoir pour votre fils ! A la fin de la pièce, Œnone se suicide, première d'une avalanche de morts (Hippolyte, Phèdre). Dure, sans pitié, éprouvant une passion d'animal domestique pour Phèdre (désintéressée, elle ne fait rien pour elle-même), elle a un rôle plus développé que les autres suivantes de tragédie, murs de chistera où rebondit la balle des répliques. Bien plus intéressante qu'Aricie, dont Hippolyte est amoureux, plus intéressante qu'Hippolyte même, je regrette que Racine ne lui ait pas donné plus de place. On pourrait écrire une pièce intitulée *Œnone* où cette pousse-au-crime raconterait, très calmement, ses solides certitudes face aux trop délicats princes.

ŒUVRE : L'œuvre est ce qui tue l'intime.
Une œuvre d'art est quelque chose avec un début, un milieu et une fin, dans le sens où, ayant eu la vue d'ensemble

d'un tout, l'auteur en a modifié les parties. Quand elle est réussie, « ça fait la pyramide », comme dit Flaubert dans sa *Correspondance*.

ON : Théophraste Renaudot interdisait aux journalistes qui écrivaient dans *La Gazette* de commencer un article par « on ». Règle honnête : le « on » est une puissance cachée au service du locuteur, et d'autant plus à son service que, souvent, il invente ce que cet on dit.

La Rochefoucauld : « On renonce plus aisément à son intérêt qu'à son goût. » Qui, on ? Lui, son cuisinier, le roi de France, les ascètes ?

Victor Segalen, l'écrivain symboliste, adorait se donner des airs de mystère, à quoi le « on » est fort utile. Il lui permettait de trancher avec une dialectique de la menace qui sera adorée des surréalistes, ces symbolistes en treillis : « On peut à volonté fermer ce livre et s'affranchir de ce qui suit. Que l'on ne croie point, du même geste, s'affranchir de ce problème » (*Equipée*). Que le « on » soit de l'ordre de l'intimidation, on le voit dans la phrase de Rimbaud : « L'amour est à réinventer, on le sait » (*Une saison en enfer*). Trois minuscules mots, et qui n'est pas d'accord ou s'en fout est un ignare, bientôt un ennemi.

Le petit « je » prend ses responsabilités, au moins. Avec lui, pas de menace d'une entité cachée à laquelle nous ne pouvons répondre. Le « on » n'est personne, le « je » est une personne. Eternel combat de la liberté contre la mystification.

> Théophraste Renaudot : 1586-1653. Victor Segalen (1878-1919), *Equipée* : posth., 1929.

« **ON PUBLIE TROP** » : Les critiques disent qu'on publie trop. Ils ont raison. On publie trop leurs livres.

Voilà deux cent cinquante ans que je l'entends dire. Voltaire s'en plaint dans sa correspondance : si on continue à publier autant, j'arrête d'écrire ! Vous imaginez ça, Voltaire arrêter d'écrire. Nous publions plus que de son temps, mais la population française a doublé et appris à lire. Et à écrire ! Si on publie, c'est que les gens écrivent. Un jour de bonté, Paul Léautaud a dit : « On ne trouve plus de femmes de ménage. Elles écrivent toutes » (*Journal littéraire*). Elles écrivent parce qu'elles aiment les livres. Ne trouveriez-vous pas sinistre de vivre dans un pays où il ne se publierait que trente livres par an ?

Opposable à l'écrivain : Ce qu'on peut opposer à un écrivain, c'est ce qu'il a écrit. Ce qu'il a *dit* est moins sûr.

Vérifiez qui le rapporte : si c'est un ennemi ou un ami, et, parmi les amis, un qui vous aime, un qui vous hait ou un qui s'en fout. Un écrivain, ou un pas écrivain. Lady Gregory, l'amie de Yeats, donne une interview. Surprise par la façon dont les journalistes rapportent ses propos, elle dit : « Quand je leur dis cochon, ça devient saucisse. » Et en effet, les journalistes ne mentent pas, ils transforment, par une sorte de vengeance inconsciente : ils se trouvent moins intéressants, puisqu'ils parlent des autres. Sans parler de l'idéalisme qui les fait transformer les histoires pour les rendre passionnantes, et qui est le moment où ils se rêvent romanciers.

Ne parlons pas du manque d'oreille. Certains qui ne nous veulent que du bien nous font employer, dans les interviews, des mots que toute notre œuvre renie. Et l'on croira, dans cent ans, si par hasard on feuillette les journaux, que nous parlions comme des marchands de voitures.

On peut se fier aux interviews à condition que l'auteur y ait répondu par écrit ou les ait corrigés, ainsi qu'aux livres d'entretiens écrits.

Les publications posthumes ne peuvent pas être opposées à un écrivain quand elles ne sont pas bonnes. Il n'a pas eu le temps de mettre tout son soin à ce qu'il écrivait. Le bon n'est pas que fortuit.

OUBLIÉS : Personne n'est oublié. Tout le monde se souvient de tout le monde. Chacun a son écrivain protégé, maigrelette plante verte à laquelle la bourrasque des temps n'a laissé qu'une feuille et qu'il entretient avec affection, la couvrant de son petit engrais d'amour. Pauvres petits frères! Vous serez vivants tant que nous penserons à vous. Quand un écrivain meurt, on referme le couvercle de son cercueil sur beaucoup plus qu'un mort. Un autre est là, debout, à l'écart, sur le gravier, long et pensif, qui attend son tour de réincarnation.

Et des critiques qui l'ignoraient jusqu'à la veille de sa réédition ouvrent leur article par : « Qui se souvient de… ? » Mais moi, mais vous, mais nous. Si je vous disais les noms des seuls Français qui me sont passés sous l'œil ces derniers mois, en m'occupant de ce livre!

Binet-Valmer, Moncrif, Philippe Hériat, Henri Lavedan, François Ponsard, Madame Riccoboni, Dorat, Pradon, Jules Janin, Louis Dumur, Aurel, Jacques Rivière, Judith Gautier, Pierre Courtade, Minou Drouet, Willy de Spens, Abel Hermant, Emmanuel Roblès…

Assez, assez, je me repens, je me tue pour qu'on ne m'oublie pas! cria le critique, avec des larmes d'encre.

OÙ SONT LES BONS LIVRES? : Il est rare qu'on voie de bons livres dans les transports en commun. Je me le disais, en avril 2000, dans un bus où je voyais un assez jeune homme lire *La Conscience de Zeno*, le roman d'Italo Svevo. Où en voit-on?

Pas sur les plages, ni dans les cafés, ni, quand on va chez les gens, dans leurs rayonnages de dix-huit volumes. Où sont les bons livres ?

> Italo Svevo (1860-1928), *La Conscience de Zeno* (*La Coscienza di Zeno*) : 1923 (trad. française : 1927).

Paradoxe • Pascal • Passé, présent • Pastiche, parodie • Pas un mot • Pédants, cuistres • Perfection • *Pernacchia* • Perrault • Personnages • Personnages truculents • Personnalité • Pessoa • Philosophie • Pinard • Pittoresque • Poèmes d'amour • Poèmes de Théophile Gautier • Poèmes en prose • Poésie • Poésie (Promotion et détestation de la –) • Poésie (Son de la –) • Poésie et chanson • Polar • Politique • Pompe, emphase • Ponctuation • Portrait • Position du moraliste • Positions du mémorialiste • Postérité • Postérité particulière des auteurs de théâtre • Posthumes (Influence des publications –) • Pouvoir politique et écrivains • Précieux • Préfaces • Préjugé • Premier • Premier livre, dernier livre • Prestige de la littérature • *Princesse de Clèves (La)* • Prononciation • Propriété littéraire • Proust • Public • Punk • Pyrénées.

P

Paradoxe : Nos amis appellent paradoxe celles de nos pensées qui leur déplaisent, par une espèce de gentillesse.

Pascal (Blaise) : C'est lui, le Ténébreux, – le Veuf, – l'Inconsolé. Le penseur même de l'inconsolation. Non qu'il s'en plaigne : dans la *Prière pour demander à Dieu le bon usage des maladies*, il se repent d'avoir pensé un jour : « Heureux ceux qui sont consolés. » Il n'y a jamais de motif de l'être. L'homme vit dans le malheur.

Pascal écrivait cela après sa « conversion » : chrétien, mais mauvais pratiquant, il avait fini par s'en vouloir et, comme souvent dans ces cas-là, s'était jeté dans le parti extrémiste opposé, le jansénisme. De saint Augustin à Charles X, il n'a pas manqué d'anciens fêtards se jetant dans la fête du repentir. Pascal, esprit fiévreux, a dû exagérer ce qu'il appelle ses vices. Les jansénistes convenaient à un homme persuadé qu'il avait manqué de rigueur dans sa vie, conséquence possible de sa formation de mathématicien.

On a publié les *Pensées* après sa mort, à partir de fragments retrouvés : cela n'en fait pas un recueil de maximes. C'est un essai dont il lui restait à remplir les intervalles. L'aurait-il jamais écrit ? Tel quel, avec ses liaisons souterraines, il est en partie fini.

On voit assez sa méthode, ou plutôt, un écrivain n'a pas de méthode, le pas de danse de son esprit, dans la pensée : « En un mot, l'homme connaît qu'il est misérable. Il est donc misérable puisqu'il l'est, mais il est bien grand puisqu'il le connaît. » (113 ; je suis l'édition Le Guern ; voir encore la pensée 86, « Nous avons donc montré [...] Nous avons montré ensuite [...] Mais il convient de détruire maintenant cette dernière proposition [...] ».) Le bon raisonnement n'est jamais à deux coups. Celui-ci n'est pas sans rappeler le narrateur d'*A la recherche du temps perdu*, qui expose un axiome qu'il s'emploie ensuite à ridiculiser pour enfin lui redonner une part de probabilité. Pour Pascal, la cause s'en trouve dans la pensée 554 : « Nous ne sommes que mensonge, duplicité, contrariété, et nous cachons et nous déguisons à nous-mêmes. » C'est un absolutiste relativiste.

Trois pensées moins commentées que celles sur le pari, l'imagination, la religion :

> A mesure qu'on a plus d'esprit, on trouve qu'il y a plus d'hommes originaux. Les gens du commun ne trouvent point de différence entre les hommes (465).

> Le mal est aisé, il y en a une infinité, le bien presque unique (469).

> Nous sommes plaisants de nous reposer dans la société de nos semblables, misérables comme nous, impuissants comme nous ; ils ne nous aideront pas : on mourra seul (141).

C'est comme créateur d'expressions qu'il est le plus écrivain : « mendier le tumulte » (126) ; « la pensée de derrière » (83, 84, 659). Par la dernière, on voit le sang qui circule de lui à Stendhal en passant par Montesquieu. Deux mécréants ? je parle de forme de la pensée. Voyez encore sa façon hâtive d'écrire en virgules : « La chose la plus importante à toute la vie est le choix du métier, le hasard en dispose » (541). Comme le montre la pensée 37 : « Quelle vanité que la peinture qui attire l'admiration par la ressemblance des choses dont on n'admire point les originaux ! », il a un faible sentiment de l'art, et de ce que représentation n'est pas décalque. Un pas de plus, et nous l'avions déclamant contre le théâtre.

Pascal est un écrivain pour apprendre à écrire. Dans la seule pensée : « Qu'on ne dise pas que je n'ai rien dit de nouveau, la disposition des matières est nouvelle. Quand on joue à la paume, c'est une même balle dont joue l'un et l'autre, mais l'un la place mieux » (590), à la fois grammairien et écrivain, il montre qu'entre les deux phrases peut se faire l'ellipse d'« en effet » (la liaison, faite en pensée, n'a pas besoin d'être écrite), et qu'on peut employer un verbe au singulier avec l'expression « l'un et l'autre ». Sur son lit de mort, Vaugelas à qui l'on demandait comment il allait répondit : « Je m'en vais, ou m'en vas, l'un et l'autre se dit ou se disent. » Enfin, *aurait répondu*, car cette parole me semble le type même de l'invention amusante : selon Pellisson, dont on peut voir l'affreuse tête à verrues à Vaux-le-Vicomte, et aussi bien il était doux comme le mimosa, ses derniers mots furent à son valet, un abcès venant de lui crever dans la bouche : « Vous voyez, mon ami, ce peu que c'est que l'homme. » Qui n'est pas pascalien, au moment de mourir ?

Une pensée banale, la seule : « Les rivières sont des chemins qui marchent, et qui portent où l'on veut aller » (610), montre que les *Pensées* étaient un brouillon. Il note une image qu'il vient de concevoir en se disant qu'il serait dommage qu'elle se perde, à la façon de Jules Renard dans son *Journal*.

Il a quelques postulats exagérés. « Tous les hommes recherchent d'être heureux » (138). Ah ! j'en connais qui recherchent le contraire. Ils adorent leur malheur, en ayant même l'orgueil. « Nous connaissons qu'il y a un infini [...] » (397). Nous *imaginons* qu'il y en a un. « Misère de l'homme sans dieu » (4). Il y a des agnostiques tranquilles. Là où, croyant ou non, on ne peut que s'entendre avec lui, c'est sur la bêtise du blasphème, plus bête encore que la bigoterie, car elle empile la vulgarité sur la niaiserie. « Qu'ils laissent donc ces impiétés à ceux qui sont assez mal nés pour en être véritablement capables [...] » (398).

Le fort, relativement à ce qu'il est : il n'écrit ni en style Bible, ni en prédicateur. Du reste : « L'éloquence continue ennuie » (646). Il n'est pas non plus exagérément infecté de vérité, même s'il écrit souvent « le vrai ceci », « le vrai cela ». Il n'existe pas une vraie chose et une chose fausse, il existe une chose avec plusieurs faces. Aucun dandysme du mysticisme non plus. Sauf : « Joie, joie, joie, pleurs de joie » (711). C'est un lieu commun. Il me semble, à moi, que la joie fait sourire. Les peintres le savent mieux que les écrivains.

« [...] ils sont dans le péril de l'éternité de misères » (399) : mais si Dieu pardonne ? Il n'y aurait personne en Enfer. Indulgence inconcevable aux jansénistes. Dans toutes les *Pensées*, on trouve une seule mention de Dieu comme amour ; partout ailleurs, un dieu punisseur, méchant, mesquin. Sa terrible conception de la maladie comme punition, dans la *Prière pour le bon usage des maladies*, a tellement séduit un pays pourtant aussi peu puritain que la France, mais qui a précisément eu les jansénistes, que nous l'avons vue refleurir avec le sida. Les maux du corps sont l'image de ceux de l'âme, dit-il en oubliant sa vieille méfiance envers l'imagination, « maîtresse d'erreur et de fausseté » (41). Il est pris dans un système de pensée asservissant, comme le montre une autre phrase de la *Prière* : « Je ne demande pas aussi, Seigneur, d'être dans une plénitude de maux sans consolation ; car c'est un état de judaïsme. » Ce *car* est merveilleux. Le grave n'est pas d'être malheureux, mais hérétique. (Pascal plaint ici les juifs, qu'il admire, par exemple dans la pensée 421.) Quelle pitié de se *consoler* de cette *punition* par l'orgueil : « [...] je me glorifie dans mes souffrances ». Et tous ces excès donnent lieu à la phrase splendide : « Ouvrez mon cœur, Seigneur ; entrez dans cette place rebelle que les vices ont occupée. »

Les pensées sont la plupart du temps des commentaires de la Bible, d'autres écrivains. La pensée pure n'existe pas : toute pensée est un rejet, une greffe, un surgeon. Parmi les écrivains qui le mettent en marche, Descartes, Pierre Charron, Montaigne. C'est sa grande affaire, Montaigne. Son agacement, sa jalousie, son mépris. D'une certaine façon, les *Pensées* sont un pamphlet amoureux contre Montaigne. Quelquefois il le paraphrase (en le raccourcissant : « Qu'est-ce que nos principes naturels sinon nos principes accoutumés ? », 116), d'autres fois il le commente, sans toujours le nommer, et, s'il lui arrive de l'approuver, le plus souvent il s'en irrite. « Le sot projet qu'il a de se peindre », dit-il, mais n'oublions pas la suite : « et cela non pas en passant et contre ses maximes, comme il arrive à tout le monde de faillir, mais par ses propres maximes et par un dessein premier et principal » (653). Pascal ne condamne pas le « je », mais le « moi ». Le moi est haïssable pour deux raisons : « il est injuste en soi en ce qu'il se fait centre de tout ; il est incommode aux autres en ce qu'il veut les asservir [...] » (509). Il sait bien que, même s'il ne parle jamais de lui, il se décrit, mais ce n'est pas une intention. Et il est vrai, du point de vue de Pascal et même du nôtre, que Montaigne est un narcissique.

Si les Français sont avant tout des moralistes, Pascal est français. « Il est indubitable que, l'âme soit mortelle ou immortelle, cela doit mettre une différence entière dans la morale [...] » (519). Sa conception même du pari sur Dieu : « vous y gagnerez en cette vie » (397), est un argument sur des mœurs améliorées. (Le côté récompense et enfance perpétuelle de l'homme dans la religion catholique.) Pour un Français, la foi a une utilité principalement morale : les parents irréligieux inscrivent leurs enfants au catéchisme parce que cela leur apprendra à plier leurs vêtements avant de se coucher. Moyennant quoi, Pascal se trouve le plus souvent dans la réflexion hors morale. « Toute notre dignité consiste donc en la pensée » (186). La sienne est si forte qu'elle a imposé ses catégories ; et nous disputons encore selon la distinction entre esprit de finesse et esprit de géométrie, la vérité selon le côté des Pyrénées, le nez de Cléopâtre. Altier, solitaire, Pascal n'est pas de ces penseurs qu'on admire plus qu'on ne les aime. On éprouve de l'affection pour lui, car il est un combat : un combat entre une pensée forte et une institution qui veut la plier, un combat entre lui et lui. S'il écrit : « Vanité des sciences », il écrit aussi, sur l'imagination : « Cette superbe puissance ennemie de la raison. » Les *Pensées* retentissent des chocs de ces sabres.

Les *Provinciales* sont un fastidieux pamphlet contre les jésuites. C'est qu'il y parle de grâce efficace et de grâce suffisante, de pouvoir prochain, enfin de sujets dont nous ne savons plus rien, dira-t-on. Je n'en suis pas sûr : d'où vient que je ris en lisant l'*Histoire du docteur Akakia*, de Voltaire, où je ne reconnais rien des querelles, mieux, d'où vient que je m'y intéresse (un peu) ? Ricaneuses plus que rigoureuses, stéréotypées dans l'ironie, les *Provinciales* éloignent Pascal de l'important. Il met ses armes au service du combat janséniste, et son intelligence devenue partisane s'abaisse à des tactiques. Il en aurait sans doute ri. Oui, c'est son moment de cynisme, et donc de baisse. Ah ! je ne lui reproche rien. Qui pourrait soutenir la tension perpétuelle de sa pensée bouillonnante ? Il se détend en laissant aller son irritation. N'avez-vous pas des bouffées de jansénisme en voyant le comportement de certains ? Le jansénisme, où se retrouvaient bien des vaincus de la Fronde, était un parti politique autant que religieux : on faisait de l'opposition à Louis XIV dans le rêve d'établir un régime théocratique où, nouveaux cathares, les parfaits auraient guidé le gouvernement. Mauriac, qui savait son catholicisme, son gouvernementalisme et son Pascal, a dit : « Les jésuites avaient raison contre Pascal. C'est une bénédiction qu'ils l'aient emporté sur lui » (*Mémoires intérieurs*). Et Voltaire, lorsqu'on expulsa ses vieux ennemis les jésuites de France, en 1764, dit qu'on allait remplacer les loups par des hyènes. Ayant utilisé Pascal pour un pamphlet, les jansénistes laissèrent en lambeaux son esprit à demi asservi : les *Pensées*. Comme il a dû être malheureux, pour en cacher le manuscrit sur lui ! *Midnight Express* à Port-Royal-des-Champs. Ils ont profité de l'inquiétude d'un homme. Ces gens-là étaient contre la vie. Ils l'en avaient convaincu. Dans la *Prière pour le bon usage des maladies*, il dit que vivre avec joie dans le monde, c'est « chérir le meurtrier de son père », puisque « le monde » a crucifié Jésus. Si l'esprit janséniste fait du bien aux talents sinueux qu'il redresse, comme Sainte-Beuve dont le meilleur livre est le *Port-Royal*, il nuit aux talents indépendants : voyez encore Racine. On dirait que les jansénistes n'ont voulu qu'une chose, les empêcher d'écrire de la littérature. Quelle bizarre possessivité ils ont eue de leur génie ! Comme une envie. Ils n'en avaient pas. Arnauld, tout « grand » qu'il était surnommé, était un faux grand écrivain, et n'est passé pour tel que parce qu'il avait sur les faibles le charme du dogmatisme.

Celui qui a le mieux expliqué l'esprit janséniste, et même puritain, est Mallarmé :

> Luxe, ô salle d'ébène où, pour séduire un roi
> Se tordent dans leur mort des guirlandes célèbres,
> Vous n'êtes qu'un orgueil menti par les ténèbres
> Aux yeux du solitaire ébloui de sa foi.

Guerre des orgueils où l'orgueil en haillons a, assez vite, l'avantage moral sur l'orgueil en brocart.

Paul Valéry s'est intéressé à Pascal : assez contre, dans sa « Variation sur une *Pensée* » (*Variété I*), et injustement quand il l'accuse d'avoir « exagéré, grossièrement, l'opposition de la connaissance et du salut » : il le confond avec Claudel. Pascal est, avec Rimbaud, un des écrivains les plus manipulés de la littérature française. Après sa mort, sa sœur Gilberte Périer et les jansénistes orientent les *Pensées* dans leur direction en les éditant dans un ordre apologétique et colportent une biographie hagiographique, ce à quoi Valéry répond en réalité : ils ont voulu faire croire que Pascal avait abandonné toute occupation scientifique ou profane après sa « conversion » (1654), et c'est faux. Les lettres et les écrits sur la cycloïde datent de 1658, la *Lettre sur la dimension des lignes courbes* de 1659 et, en 1662, l'année même de sa mort, il organisait le premier système de transports en commun de Paris, les carrosses à cinq sols. Ces carrosses à cinq sols (on disait « sous »), à peu près dix euros, parcoururent Paris sur cinq lignes, et l'entreprise dura jusqu'en 1691. Cela avait été un pari, commercial.

On a répété aux petits Français les découvertes ou redécouvertes de Pascal, de la trente-deuxième proposition d'Euclide à l'âge de onze ans, à la machine arithmétique, en y reliant ses migraines. Pour les gens du commun, comme il dirait, on se fatigue à réfléchir. Certes : à leur faire comprendre. « Ce travail *[la machine d'arithmétique]* le fatigua beaucoup, non pas pour la pensée ni pour le mouvement, qu'il trouva sans peine, mais pour faire comprendre aux ouvriers toutes ces choses » (Gilberte Périer, *Vie de Monsieur Pascal*).

📖 « Il est injuste qu'on s'attache à moi, quoiqu'on le fasse avec plaisir et volontairement. Je tromperais ceux à qui j'en ferais naître le désir, car je ne suis la fin de personne et n'ai pas de quoi les satisfaire. Ne suis-je pas prêt à mourir ? Et ainsi l'objet de leur attachement mourra. Donc, comme je serais coupable de faire croire une fausseté, quoique je la persuadasse doucement, et qu'on la crût avec plaisir, et qu'en cela on me fît plaisir, de même, je suis coupable si je me fais aimer et si j'attire les gens à s'attacher à moi. » (*Pensée* 375.)

> 1623-1662.
>
> ◆
>
> *Lettre écrite à un provincial par un de ses amis, sur le sujet des disputes présentes de la Sorbonne* : 1656-1657. *Prière pour demander à Dieu le bon usage des maladies* : 1659. *Pensées* : posth., première édition : 1670 ; puis, notamment, éd. Brunschvicg : 1897 ; éd. Lafuma : 1951 ; éd. Le Guern : 1977.
>
> Antoine Arnauld : 1612-1694. Paul Pellisson : 1624-1693. Gilberte Périer : *Vie de Monsieur Pascal*, 1684.

PASSÉ, PRÉSENT : Les temps présents, c'est leur principe, sont persuadés d'être plus astucieux que les temps passés, et ce n'est jamais sur cette prétention qu'ils seront jugés, puisque les temps futurs auront la même. Ainsi, notre époque estime que la poésie didactique est ridicule, pire, antipoétique, congédiant par là cinquante années d'écrivains et de lecteurs qui avaient réfléchi à une conception de la poésie, sans se rendre compte que, peut-être, une autre haussera les siennes à l'énoncé de nos noms, de nos œuvres et de leurs principes. Je ne défends pas la poésie didactique, je demande de la conséquence.

Le passé, le passé ! Où avez-vous vu que cela existe, le passé ? Le passé est le chewing-gum sur la semelle des temps. Le tatouage sur l'épaule de Milady de Winter. Le papier collant sur l'index de Lazlo Carreidas. Il est là, en permanence, se rappelant à nous, étant nous. Pour l'oublier, certains rêvent d'avenir, oubliant de le préparer, puisqu'il se produit à chaque seconde, le gâtant donc. Malheureux présent ! Tout infecté de nostalgie, tout dédaigné pour le rêve. Passéistes, futuristes, vous ne l'aimez pas, vous n'aimez rien, sauf peut-être la mort. Alors le peuple des écrivains disparus qui ne le sont pas, puisque nous les lisons, s'assied, tout arthritique et craquant de colère, dans ses monuments, et, d'une voix chantante et douce, nous dit : estimez-vous.

PASTICHE, PARODIE : Le pastiche, c'est l'essence, la parodie, le parfum. Dans le pastiche, on se trouve à l'intérieur, la parodie reste à l'extérieur. La parodie se fonde sur le sujet et exagère les opinions, le pastiche pénètre dans la façon d'écrire et la prolonge. Le pastiche est la forme la plus aboutie de la critique (après la création elle-même), la parodie la forme la plus sympathique de la moquerie.

Les écrivains qu'on peut pasticher sont rares. Ceux qui ont un style. On ne peut que parodier les autres. Encore faut-il qu'ils aient un minimum de tics, de maniaquerie, de ridicule, de personnalité en un mot.

Le pastiche parfait n'a jamais été écrit, car personne n'a résisté à l'amusement d'insinuer dans son pastiche un moment de raillerie qui installe une distance. D'autre part, c'est cette distance qui révèle le pastiche : sans elle, nous serions dans le pastiche absolu, qu'il serait impossible de distinguer de l'original. Le pastiche absolu, c'est l'œuvre.

Je ne crois pas qu'on ait inventé le pastiche d'écrits qui n'existeraient pas. Cela consisterait à inventer un personnage de très mauvais écrivain, mettons, dont on citerait le pastiche qu'en ferait un de ses confrères. Inventer un personnage qu'on pastiche aussitôt est un assez bon moyen de l'accréditer, il me semble : s'il est imité, c'est qu'il existe.

Des pastiches peuvent être pris pour authentiques, c'est arrivé à Verlaine. Le poème : « Je suis l'Empire à la fin de la décadence,/Qui regarde passer les grands Barbares blancs » (*Jadis et naguère*) a été si bien *cru* qu'on en est venu à qualifier ses amis de « décadents ». Il n'a pas dit, comme pour les autres poèmes de la série « à la manière de », qui il pastichait dans celui-ci : il y pastiche moins un poète précis qu'un genre. Dans « Nevermore » (*Poèmes saturniens*), il procède à une double allusion. Dans le premier vers,

Allons, mon pauvre cœur, allons, *mon vieux complice*,

« mon vieux complice » (avec l'italique) est le rappel d'une phrase assez vulgaire prêtée à Voltaire ; le quatrième,

Sème de fleurs les bords béants du précipice,

est la citation presque mot pour mot d'un des plus beaux vers d'*Athalie*,

Je leur semai de fleurs les bords des précipices.

Les grands pasticheurs, c'est-à-dire les grands moqueurs, sont souvent des imitateurs. Boileau imitait ses amis, apprenons-nous dans la *Vie de Racine*, Proust aussi. Dans *A la recherche du temps perdu*, il y a des moments où il s'amuse à imiter Madame Verdurin.

Au XXe, les deux meilleurs recueils de pastiches sont le sien et celui de Jean-Louis Curtis. Dans les *Pastiches et Mélanges*, Proust prend prétexte d'une affaire d'escroquerie à la fabrication de diamants pour pasticher, entre autres, Balzac, Flaubert, Henri de Régnier et les Goncourt, qu'il pastiche aussi dans *A la recherche du temps perdu* ; dans *La Chine m'inquiète*, Curtis part de mai 68 pour pasticher Proust, Léautaud, Julien Green, Malraux, ainsi que Claudel et Céline dont les styles sont déjà une forme de pastiche. Curtis met sous la lumière le bégaiement de généralités internationales de Malraux, la coquetterie et l'autopromotion discrète de Green dans son *Journal*, les protestations de faiblesse mêlées de moqueries du narrateur de *La Recherche*. Le plus drôle est Léautaud, qui peste contre tout, étudiants comme de Gaulle, et finit porté en triomphe par des étudiants de la Sorbonne (il en profite pour toucher les seins d'une jeune fille). Plus qu'un livre de pastiches, *La Chine m'inquiète* est une satire contre les postures. Curtis est l'auteur d'un bon livre un peu trop sage de mémoires, *Une éducation d'écrivain*. A quinze ans, il lit *Du sang, de la volupté et de la mort*, de Barrès : « K.O. » On n'a pas le sens des postures, à quinze ans.

La qualité essentielle, et du pastiche, et de la parodie, est la brièveté. Balzac a écrit trois cents pages de pastiches de contes médiévaux, les *Contes drolatiques*, ils sont fastidieux.

Si l'œuvre n'est pas de premier ordre, sa parodie peut durer plus longtemps qu'elle. J'ai jadis entendu un de mes oncles chanter en bouffonnant une chanson qu'il avait entendu chanter par son père, « J'aime tes grrands yeux, tes grrands yeux de vacheu ». Bien des années plus tard, j'ai découvert que c'était une parodie en retournant un disque dans le bac d'un grand magasin : d'une chanson de Lys Gauty, « J'aime tes grands yeux ».

La parodie est une activité de vieil écrivain paresseux, le pastiche une exaltation de jeune écrivain lettré.

> Jean-Louis Curtis (1917-1995), *La Chine m'inquiète* : 1972 ; *Une éducation d'écrivain* : 1985. Georges Fourest (1867-1945), *La Négresse blonde* : 1909 ; *Le Géranium ovipare* : 1935. Lys Gauty, « J'aime tes grands yeux » : 1933.

Pas un mot : Dans le chapitre « De la littérature sous Bonaparte » de ses *Considérations sur la Révolution française*, Madame de Staël ne dit pas un mot de Chateaubriand, et, dans le chapitre sur le retour de l'île d'Elbe, elle ne parle de Benjamin Constant que par allusion : « Quelques amis de la liberté, cherchant à se faire illusion à eux-mêmes, ont voulu se justifier de se rattacher à Bonaparte en lui faisant signer une constitution libre… » Féroce allusion, puisque Constant, jusque-là opposant, était en train d'écrire à Napoléon l'Acte additionnel aux Constitutions de l'Empire. La phrase continue : « … une constitution libre ; mais il n'y avait point d'excuse pour servir Bonaparte ailleurs que sur le champ de bataille ». Là, elle est de mauvaise foi, et, en tant que femme dispensée de combat, elle pourrait avoir le champ de bataille moins facile. Enfin, tout cela ne nous regarde pas, c'est le règlement d'une histoire d'amour.

Chateaubriand ne dit pas un mot sur Stendhal, pourtant diplomate en Italie et écrivain comme lui : tout petit diplomate, et écrivain passant pour excentrique. Quand on lit les *Mémoires d'outre-tombe*, on a l'impression qu'il n'existe pas d'autre écrivain que Chateaubriand en France ; il ne fait d'éloge que de La Harpe, le critique, qui avait écrit du bien de lui. Dans le reste du monde, il se choisit avec condescendance un petit nombre de concurrents élégants. Ainsi compare-t-il Byron, qui avait osé être plus glorieux que lui alors qu'il avait vingt ans de moins, à sa personne : « il avait été élevé sur les bruyères de l'Ecosse au bord de la mer, comme moi dans les Landes de la Bretagne, au bord de la mer ; il aima d'abord la Bible et Ossian, comme je les aimai ». Gide n'est pas moins fat, à sa façon modeste : « la vie du poète anglais a été mêlée à de moins grands événements que la mienne » (*Journal*).

Malherbe n'a jamais dit un mot de Théophile de Viau. C'était pourtant un cadet de trente-cinq ans avec qui il aurait pu avoir la tactique, sinon le cœur, d'être chevaleresque, et d'écrire en sa faveur alors qu'il était en prison. Mais voilà, Malherbe était un de ces écrivains de la grandeur qui ont des mesquineries de petit homme.

Voltaire montre par le contre-exemple qu'il est habile de ne jamais mentionner son ennemi. Il n'a cessé de piquoter les siens de libelles et de pièces de théâtre, grâce à quoi nous connaissons Lefranc de Pompignan, Fréron et tous ces gens qu'il aurait voulu voir anéantis. En même temps, nous sommes bien amusés de les voir moqués. Ils n'y gagnent pas un lecteur. Ce sont les fantômes ridicules.

Ce que nous esquivons revient. Ce dont un auteur ne parle pas ne compte pas autant que ce qu'il dit, mais cela le complète. Et n'a de valeur qu'en ce qu'il le cache. Les aveux s'éventent.

Pédants, cuistres (avec une défense de la pédanterie chez les jeunes gens)

Le cuistre est un homme qui exhibe ses connaissances avec assurance. L'assurance révèle en général des connaissances mal assurées ; je n'ai jamais rencontré de vrai savant qui soit un cuistre. Le savant est modeste, le cuistre est cramoisi, bombé, homard.

Le pédant est un homme qui exhibe ses connaissances avec passion. J'aime bien les pédants quand ils sont jeunes. S'ils exposent leurs connaissances, même incomplètes, c'est moins par vantardise que par amour de l'art. J'ai bien connu un de ces discoureurs de cour de lycée : Stendhal a dit ceci, on trouve dans Baudelaire, rappelle-toi que Sénèque... Jeunes gens maladroits, vous étiez estimables, car vous vous offriez à des choses désintéressées, quand tant de vos hideux camarades rêvaient de pouvoir ou de pognon. Le cuistre est un pompeux narcissique, le pédant un rêveur altruiste.

PERFECTION : La perfection en art ne s'estime pas en fonction de critères absolus (qui les édicterait ?), mais relativement à ce que l'auteur a prétendu faire.

Adolphe et *A la recherche du temps perdu*, pour prendre un exemple de cent pages et un autre de trois mille, sont parfaits en ceci que, à la fin, ils se trouvent remplis de ce que, au fur et à mesure, ils promettaient. *Le Jardin de Bérénice* est imparfait à cause des affaissements où son ivresse de phrases a conduit Barrès. Même *Fermina Márquez* a une tache : avec sa propension à se laisser charmer par les virgules, Larbaud laisse passer une phrase affreuse : « Ainsi Léniot songeait, en fumant, dans le parc, sa cigarette d'après déjeuner. » Rien, n'est-ce pas, un détail, lequel n'annule jamais l'ensemble.

La recherche de la perfection peut mener à l'impuissance, au suicide, au meurtre, dans les ordres.

Paul Valéry est un écrivain de fragments. S'il ne restait de lui, comme de certains écrivains antiques, que des morceaux et que ce fussent les bons, on le prendrait pour un des génies du monde. Et c'est peut-être cela sa perfection.

L'idée de la perfection dans l'art français date de Louis XIV, et peut-être plus précisément de son architecte Perrault, le frère de l'écrivain : rien n'approche plus de l'image de la perfection que la colonnade du Louvre, spontanément appliquée à beaucoup d'arts de représentation, comme la musique. Et qu'elle est sinistre !

La recherche de la perfection peut être une forme de barbarie.

PERNACCHIA : Que le mot nous manque, et la chose ! En italien, cela désigne ce qu'en français on pourrait appeler un pet de bouche. Vous vous rappelez *Amarcord*, le film de Fellini ? Le professeur, pédant à écharpe, raconte de façon interminable l'histoire du village. Il n'est pas antipathique. Il aime le village et voudrait le faire aimer. Une *pernacchia* l'interrompt. Il reprend son discours. Autre *pernacchia*. Il s'arrête. Revoyant le film, je me rends compte que les *pernacchie* s'adressent à un autre personnage. L'intention reste ; en France, le raseur ne rencontre jamais de *pernacchia*. Je pense à l'un d'eux, très vieil écrivain qui a réussi à... Mais comment... ? Oh, il suffit d'avoir beaucoup publié et que les autres soient morts. Si j'en racontais davantage, on ne me croirait pas. Comme dit Balzac dans *Ferragus* : « c'est grande pitié que de raconter une histoire à un public qui n'en épouse pas tout le mérite local ».

|| Federico Fellini, *Amarcord* : 1974.

PERRAULT (CHARLES) : Perrault, c'est *Barbe-Bleue*, ou *La Belle et la Bête* ? Ou aucun ? A moins que... Les frères Grimm ? Madame Leprince de Beaumont ?... Andersen ?... J'ai également mis du temps à me rentrer dans la tête que c'est son frère Claude qui a bâti la colonnade du Louvre, l'Observatoire de Paris et le château de Sceaux. Les Perrault sont invisibles, cachés derrière leurs œuvres.

C'est à cause d'un discours de Perrault à l'Académie française que s'est déclenchée une querelle qui a empêtré la littérature du temps, celle des Anciens et des Modernes. « Moderne », à l'époque, avait un sens moins vaudou qu'il ne l'a eu de 1906 (Péguy invectivant contre le mot dans les *Situations*) à 2005 (triomphe du film *Les Choristes* en France), et signifiait « contemporain » : Perrault y a versé du jugement, estimant que les modernes étaient aussi bons que les antiques. Il avait bien raison. Nous avons des Sophocle, ils avaient des Jean-Christophe Grangé. Qu'est-ce que c'est que ces humilités sinistres, ces amers bonbons pour professeur Steiner ? Il n'y a plus de Proust, il n'y a plus de Shakespeare, il n'y a plus de Dante, déplore celui-ci. Evidemment, il n'y a plus de Proust ; il y a autre chose. Le Portugais Antonio Lobo Antunès, peut-être. (C'est la mort qui, arrêtant nos œuvres, décide de notre ampleur.)

Derrière ce genre de querelle intellectuelle se dissimule souvent une soupe moins pure. Perrault avait l'intention de nuire et de se venger. Il oublia de déclarer Boileau moderne : il avait été au service de Colbert, Boileau restait l'historiographe de Louis XIV. Boileau se transforme en loup et croque Perrault d'un coin de gueule dans ses *Réflexions sur Longin*. Perrault s'en venge en ne rangeant pas Boileau parmi ses *Hommes illustres qui ont paru en France dans ce siècle*. Comment, feignant de s'occuper d'idées, on fait de la tactique. Elles ont bon dos, les idées.

Perrault avait quelque chose d'ancien, le plagiat. J'ai remarqué que, dans la vie de Pascal qu'il raconte dans ses *Hommes illustres*, il a recopié presque mot pour mot plusieurs endroits de la *Vie de Monsieur Pascal* de Gilberte Périer, la sœur de Pascal.

Ses contes et leur joliesse le sauvent en le peignant en rose et bleu. Sous le pastel, on ne voit plus l'écrivain mafieux comme on en trouve à chaque génération en France, plaçant le pouvoir avant la littérature. C'est lui et non elle qui le fit élire à l'Académie française. Il était membre d'un clan puissant : le château de Sceaux était celui de Colbert, au service de qui il était entré par la recommandation de son autre frère Pierre, lui-même receveur général de finances. Il devint contrôleur général des bâtiments du roi. Argent, pouvoir, influence, plagiat : et nous-mêmes, qui sommes les modernes de ces anciens modernes, les admirerions ? C'est parce que, à la mort de Colbert, il a été évincé du pouvoir par Louvois que Boileau a pris le risque atténué de l'attaquer. Comment disait Chamfort ? « Amitié de cour, foi de renards, et société de loups » ?

Comme cela arrive souvent, Perrault croyait qu'il resterait pour ses œuvres en majeur : il ne publia pas ses contes sous son nom. *Barbe-Bleue, Cendrillon, Riquet à la houppe*, tout cela est de lui, je viens de le vérifier, et m'a rappelé ma vieille affection pour *Le Chat botté*, qui tient beaucoup à sa dernière phrase, virgule avant le « que » comprise : « Le chat devint grand seigneur, et ne courut plus après les souris, que pour se divertir. » *La Belle et la Bête* est de Madame Leprince de Beaumont, qui était quelque chose comme une arrière-grand-tante de Mérimée, auteur d'autres formes de contes.

Ma mère, en juin 2000, relisant les *Contes* : « Que c'est méchant ! Je me rappelle que mon grand-père me les lisait en les modifiant, parce que sans cela je pleurais, et j'ai fait pareil pour toi. » Il y a des familles où l'on se fait un point d'honneur de terroriser les petits enfants parce que *la vie est comme ça*. Pourquoi ne leur tord-on pas les chevilles, puisqu'un jour ils se feront une entorse ? Pauvre enfance qui sert à la vengeance de certains adultes !

📖 « [...] il n'est point de laides amours ». (*Le Labyrinthe de Versailles*.)

> 1628-1703.
> ◆
> *Parallèle des Anciens et des Modernes en ce qui regarde les arts et la science* : 1688. *Contes de ma mère l'Oye* : 1697. *Les Hommes illustres qui ont paru en France dans ce siècle* : 1696-1700.

PERSONNAGES : La réalité se compose de la réalité matérielle et de la réalité littéraire, qui ont des populations différentes : dans la réalité matérielle, les gens s'appellent des personnes ; dans la réalité littéraire, des personnages. Les personnes ont rarement assez de personnalité pour pouvoir devenir des personnages : nous devons prendre tel trait de caractère à celui-ci et tel à celui-là, etc., pour composer un personnage. Balzac dit que quelques rares personnes ont une personnalité si puissante que les écrivains sont obligés d'en retrancher pour créer un personnage : de quelque façon qu'on la prenne, la réalité matérielle est imparfaite, et la réalité littéraire vient lui donner du sens. Les personnages aident à comprendre les personnes.

Et ils ont autant d'existence qu'elles. Même si nous ne lisons pas beaucoup, quantité de personnages de fiction occupent notre esprit, et nous finissons par mieux connaître Harpagon, Gatsby ou Lady Bracknell que tel cousin éloigné que nous ne voyons jamais. Comme dit Alexandre Dumas : « Force me fut alors de leur raconter qu'Ange Pitou pas plus que Monte-Cristo, pas plus qu'Athos, Porthos et Aramis, n'avaient jamais existé, et qu'ils étaient tout simplement les bâtards de mon imagination reconnus par le public » (*Le Pays natal*). Ne connaissons-nous pas mieux certains personnages que nous-mêmes ?

Les personnages de chaque œuvre forment la population d'un pays particulier. Ces populations ne correspondent en rien à celles des pays de la vie : dans les romans, pas de 50-50 hommes/femmes, pas d'espérance de vie F80/H72, pas d'agriculteurs 4 % pop. active ni fonctionnaires 25 %. La population du pays Frédéric Berthet se compose principalement d'étudiants, de vieux jeunes gens dépressifs et d'adultes plus sûrs d'eux que des colonels de l'armée des Indes. Balzac lui-même n'est pas représentatif. Les 3 500 personnages qu'il a créés dans *La Comédie humaine* ne reflètent pas la société française de l'époque. Ils reflètent la pensée de Balzac.

Les personnages des romans pourraient avoir une descendance dans des romans d'autres auteurs, puisqu'ils existent. Dans un des miens, j'ai apparenté un personnage au Finot de Balzac.

Stendhal, inconscient de la portée vertigineuse de son acte, a mis en épigraphe d'un chapitre du *Rouge et le Noir* une phrase d'un de ses personnages, Valenod. Ce qu'il a dû considérer comme de l'*esprit*, un écrivain du XXe siècle en aurait tiré une nouvelle sur le personnage sortant du livre pour devenir une personne, genre Borges.

D'un roman écrit à la première personne, on pourrait dire que le créateur en est le romancier, tandis que l'auteur en est ce personnage.

Un personnage peut être entièrement imaginé. D'autres sont composés à partir d'éléments disparates de la vie, et par éloignements successifs. Sur le premier brouillon, la grande rousse de la vie qui a hérité une entreprise de maroquinerie en Italie devient une grande brune. Sur le deuxième, elle redevient rousse, mais est bulgare et a été la maîtresse d'un avocat soupçonné d'avoir fait assassiner la fille de l'ancienne propriétaire du Palais de la Méditerranée à Nice. Sur le troisième, c'est une petite Française rousse et décidée qui est diplômée de Polytechnique et prend le secrétariat général d'une entreprise d'armement ; le seul lien qu'elle garde avec ce qu'on appellera abusivement son *modèle* est qu'elle a la passion des chaussures et prend régulièrement l'avion pour aller en acheter en Italie.

Méfiez-vous du talent, il persuade de la psychologie des romanciers. Comme le dit Romain Gary : « il va sans dire qu'un romancier se trompe plus facilement qu'un autre sur la nature des êtres et des choses, parce qu'il les *imagine*. Je me suis toujours imaginé tous ceux que je rencontrais dans ma vie ou qui ont vécu près de moi. Pour un professionnel de l'imagination, c'est plus facile et cela vous évite de vous fatiguer. Vous ne perdez plus votre temps à essayer de connaître vos proches, à vous pencher sur eux, à leur prêter vraiment attention. *Vous les inventez*. Après, lorsque vous avez une surprise, vous leur en voulez terriblement : ils vous ont déçu. En somme, ils n'étaient pas dignes de votre talent » (*Chien blanc*).

Le vocabulaire courtois, qui a tellement imprégné les affaires d'amour, a laissé à la littérature le nom de *héros* pour qualifier les personnages des romans. Cette appellation laisse croire qu'elle a une fonction morale.

Placer une personne près d'un personnage est un moyen d'accréditer la véracité du dernier. Un personnage de roman rencontre Jacques Chirac : il acquiert quelque chose d'incontestable. Cependant, dans *A la recherche du temps perdu*, la grande actrice, c'est la Berma, la Berma seule, et pas une fois Proust ne met Sarah Bernhardt à côté d'elle ; et elle vit très bien toute seule. Proust avait suffisamment mis de personnes de la vie dans son livre. Je me demande si, vivant plus longtemps, il n'aurait pas procédé comme Balzac qui, au fur et à mesure de ses progrès dans *La Comédie humaine*, reprenait les anciennes éditions et remplaçait les noms de personnes par des noms de personnages. Félicien Marceau fait remarquer dans *Balzac et son monde* que, arrivé au roi de France, cela lui devint impossible. Louis-Philippe ne peut pas être transformé en Osdewald XXXVIII. Si banal que soit un chef d'Etat, il est le chef de l'Etat : un symbole matérialisé. Il en devient une espèce de fait, un fait de la nature. En France et en 1821, le roi était aussi matériellement Louis XVIII que les chênes ont une écorce.

Les personnages de Balzac sont des épouvantails. Les personnages de Dickens sont des tics. Les personnages de Beaumarchais sont des gifles. Les personnages de Proust sont les pattes ultrasensibles prolongeant le cerveau en poulpe du narrateur. Les personnages de Marivaux sont des papillons. Les personnages de Cocteau sont des ombres chinoises. Les personnages de Beauvoir sont les poupées d'un ventriloque. Les personnages de Tchekhov sont une vapeur de thé. Les personnages de Pétrone sont des éclats de rire. Les personnages de Nabokov sont des vices.

Dans *A la Recherche du temps perdu*, Madame Verdurin est tout poncif, Norpois tout lieu commun et Brichot tout cliché.

Dans *Le Schpountz* de Marcel Pagnol, un frère écrit à son frère longtemps après son départ pour les colonies : « Cher Jean-Baptiste. C'est moi. » Plus touchant encore que le « c'est moi » est la signature : « Je t'embrasse. Ton frère. Edmond Fabre. » Pas « ton frère » tout seul, ni même : « Ton frère. Edmond », mais : « Ton frère. Edmond Fabre. » Il y a là bien plus que la naïve façon d'écrire des gens peu éduqués, il y a un monde de pudeur. Cette pudeur si fréquente chez les personnages de Pagnol, chez Marius par exemple, qui engueule pour ne pas s'épancher, cette pudeur qui peut être un sentiment ridicule, peut être une forme supérieure du tact.

Les auteurs sont souvent malveillants envers leurs personnages. Méprisés, levez-vous ! Et voici devant moi, squelettes flasques qui sortent péniblement des cimetières, des mémoires, des manuels, Emma Bovary, Humbert Humbert, Petchorine, Barry Lyndon ! Giflés, fouettés mais contents : la vanité des personnages vaut la nôtre. Et aussi bien ils méprisent les personnages aimés, comme ceux de Rabelais, qui pique-niquent au bord des rivières en buvant du sancerre rouge et chantant des chansons.

Dans *La Brûlerie*, Emile Ollivier, écrivain haïtien ayant vécu au Canada, décrit la vie d'anciens révolutionnaires désillusionnés sans jamais dire qu'ils sont noirs. Il ne décrit que les jaunes, la fiancée chinoise de Virgile. A chacun son nègre. Ce que nous sommes paraît aller de soi. Et va de soi. Blancs, nous éprouvons les sentiments de ces noirs. « Je suis juif. Un juif n'a-t-il pas d'yeux ? de mains, d'organes, de proportions, de sens, de sentiments, de passions ; ne mange-t-il pas les mêmes choses, n'est-il pas blessé par les mêmes armes, sujet aux mêmes maladies, guéri par les mêmes remèdes, réchauffé et refroidi par le même été et le même hiver qu'un chrétien ? » (Shakespeare, *Le Marchand de Venise*.) L'homme est universel.

Quand, dans une série de romans, l'auteur se met à ajouter des personnages, c'est généralement qu'il a perdu son imagination. A la fin de sa vie, dans les derniers *San Antonio*, Frédéric Dard avait mis un chien qui parle.

Les « caractères », ceux de La Bruyère, de Vauvenargues ou de qui que ce soit d'autre, sont, soit une généralité présentée comme un personnage, soit une personne présentée comme un type. Un auteur de caractères veut montrer les effets de l'avarice : ou il découpe la forme d'un corps dans une page de réflexions générales sur l'avarice, ou il décrit un avare en particulier en laissant entendre qu'ils sont tous comme lui. Je le déduis de la façon qu'il a de nommer son caractère : c'est toujours « Thyeste » ou « Cloris », noms mythologiques, a-réels, et qui avouent l'être. Le personnage est une création, le caractère une déduction.

Un personnage dit : « Disons la vérité » ; et il ne la dit pas. Ne croyons pas tout ce que les personnages disent, même si c'est le narrateur. On accorde une grande confiance à qui dit « j'ai dit, entendu, dit, fait telle chose », mais il peut mentir, ou simplement interpréter ce qui s'est passé dans un sens qui lui est favorable ; rappelez-vous Barry Lyndon, le personnage du roman de Thackeray. Le préjugé de sincérité en faveur du « je » offre aux romanciers une possibilité supplémentaire de jeu. Jeu avec le lecteur qui ne s'en doute pas de prime abord : par exemple, en faisant de ce « je » un fourbe, et le lecteur se rendra peu à peu compte qu'il a trahi, ou un timide, et il se rendra compte qu'il a diminué sa position, ou un imbécile, et il se rendra compte que tous ses jugements sont à prendre autrement.

Les personnages d'écrivains sont apparus dès que le roman est devenu sérieux : la création s'intéressait à ses créateurs. Un des premiers est Balzac, dont *La Comédie humaine* est bourrée de gens de lettres et apparentés : écrivains, journalistes, critiques, feuilletonistes, sans parler de continuelles références à des œuvres littéraires. *Illusions perdues* en est la quintessence, où l'on voit fonctionner la société littéraire, avec ses apprentis écrivains, ses journalistes en voie de corruption et son prolétariat de médiocres serviables et médisants. Ce roman contient aussi le personnage du grand écrivain de *La Comédie humaine*, Daniel d'Arthez. C'est l'un des moins enthousiasmants. Balzac passe son temps à nous dire que c'est un pur, un sage, en un mot il le définit par un trait de caractère unique : la vertu. Sans nuance, d'Arthez avance de profil, hiératique et pompeux. Balzac l'a plus ou moins consciemment déifié. Il a fait d'un écrivain génial un pasteur puritain, alors que lui-même n'était pas comme ça. Parce qu'il ne l'était pas ? Parfait, d'Arthez est un niais. Sa façon de se laisser duper par Diane de Maufrigneuse, la rusée des rusées, dans *Les Secrets de la princesse de Cadignan*, anéantit la propagande de finesse que Balzac fait pour ce double idéal.

Illusions perdues contient enfin le *wannabe* écrivain de *La Comédie humaine*, le jeune ambitieux de province Lucien de Rubempré, ambitieux mais velléitaire : il n'a ni l'entêtement, ni le courage nécessaires à son ambition. On dirait le personnage de Marcello (Marcello Mastroianni) dans *La Dolce Vita*, écrivain qui, peu à peu, a renoncé à la littérature pour le plus bas journalisme. Le personnage du vertueux écrivain Steiner (Alain Cuny), lui, rappelle d'Arthez. Il est grave et se suicide. C'est le moment Antonioni de ce film de Fellini. Par quelle modestie les joyeux assimilent-ils la vertu à l'ennui ?

Raoul Nathan, qui apparaît dans *Illusions perdues, Une fille d'Eve* et *La Muse du département*, est un écrivain plus intéressant que d'Arthez : il a des défauts. Il ne doit pas y tenir plus que ça à pontifier, d'Arthez, mais Balzac l'y force ; en fait, d'Arthez boude. Brillant et brouillon, Nathan travaille sans constance ni patience, dit Balzac, et il finit dans le plaisir. Chez Balzac, le génie est un sacrifice. Il faut faire l'offrande de sa vie à son œuvre si l'on veut que celle-ci acquière de l'existence. Sang contre encre.

Dans *La Muse du département* apparaît une femme écrivain ; et la femme écrivain, chez Balzac, c'est la femme à barbe. Il y a bien Félicité des Touches, belle femme à l'intelligence despotique qui écrit du théâtre et des romans sous le pseudonyme de Camille Maupin (*Béatrix, Une fille d'Eve*, etc.), mais l'essentiel de ce qui intéresse Balzac se rapporte, non à sa création littéraire, mais à l'amour qu'elle porte à Calyste du Guénic. Et elle a un début de moustache : décidément, la bonne littérature est une affaire d'hommes. Ce que Balzac trouve d'inconvenant, c'est la femme écrivant de la littérature féminine. Dinah de La Baudraye ! Elle est *La Muse du département*, publiant des sottises à Sancerre (on n'écrit bien qu'à Paris), qui devient amoureuse de Lousteau, le journaliste crapuleux et fainéant : elle s'installe avec lui à Paris, l'aide à écrire ses articles. Voilà ce que devient Madame Bovary quand elle se mêle de littérature : nègre.

Je me trompais en disant que Balzac a été le premier à décrire des écrivains : comme souvent, c'est Vigny, dans *Stello*. Pour ce qui est de la condition de poète dans la société, et comme, en réalité, celle-ci désire la mort du poète, il y a ce livre, et sa version authentique et bouleversante racontée par Victor Hugo : la vie d'Ymbert Gallois (*Littérature et philosophie mêlées*). Cet Ymbert Gallois était un jeune Genevois « de ces classes intelligentes et humaines qu'on est convenu de désigner sous le nom vague d'*artistes* » venu à Paris pour y triompher dans la littérature : de plus d'intention que de talent, dans Paris la féroce, il devient vite un impuissant qui désespère. Hugo cite une longue et triste lettre où Gallois expose ses espoirs et son échec : « la lettre que nous venons de citer, celui qui l'a écrite en est mort ». Et en effet, sans avoir réussi à écrire de livre, Ymbert Gallois est mort peu de temps après l'avoir envoyée, en 1828, à vingt ans, d'épuisement.

Cinquante années se passent sans personnages d'écrivains dans la fiction française : il n'y en a pas chez Flaubert, il n'y en a pas dans les *Rougon-Macquart* de Zola (où l'on trouve des peintres), il n'y en a pas chez les bâtisseurs. Ils ont les bras dans le plâtre et s'en tacheraient le front s'ils se mettaient à réfléchir aux problèmes du métier. (Ce qui montre la plus grande ampleur de Balzac : il fait les deux.) On retrouve des écrivains chez les ironiques de la création qui apparaissent une fois le travail de terrassement du roman accompli, tel André Gide dont un des premiers livres, *Paludes*, a un écrivain pour personnage principal et narrateur. Il écrit un livre intitulé *Paludes* ; c'est un livre sur le roman plus que sur le romancier, et cela le rend très intéressant : « J'arrange les faits de façon à les rendre plus conformes à la vérité que dans la réalité ; c'est trop compliqué pour vous expliquer cela maintenant, mais il faut être persuadé que les événements sont appropriés aux caractères [...]. »

Il n'y a que chez les historiens qu'une catégorie succède à l'autre, prouvant leur génie d'analyse : en même temps que les ironistes écrivait un grand bâtisseur, Marcel Proust. *A la recherche du temps perdu* est un livre sur le romancier plus que sur le roman, et cela le rend très intéressant. Ce romancier, c'est le narrateur, et il est moins écrivain qu'il ne le devient, tout à la fin du livre, lequel aura été sa découverte de son destin de créateur. Pour qui le lit pour la première fois, son métier n'a pas d'importance, il peut être regardé comme un oisif qui réfléchit aux choses ; et c'est peut-être ce qui fait que le lecteur va jusqu'au bout, car il n'est pas dit qu'un non-écrivain s'intéresse à ce qui fait qu'on le devient. Après s'être intéressée aux créateurs, la fiction s'intéressait au processus de création.

Le critique américain H.L. Mencken et son associé George Jean Nathan interdisaient aux collaborateurs de leur revue *The Smart Set* de prendre pour personnages des peintres, des musiciens ou des écrivains – « peut-être parce que ces catégories-là sont supposées s'exprimer pleinement dans leur travail et ne sont pas destinées à être portraiturées », dit leur ancien auteur Scott Fitzgerald (*Afternoon of an Author*). C'est exagéré, comme toute règle, et à ce compte nous n'aurions pas *A la recherche du temps perdu*, dont le narrateur est écrivain. Tout narrateur n'en est-il pas un, puisque le résultat est un livre ? Quel talent littéraire ont ces médecins, marins-pêcheurs, prêtres, soldats, notaires qui racontent des histoires ! Au cinéma, si les personnages d'écrivains sont de vertueux raseurs, les personnages de peintres des enragés couverts de taches, comme dans le sketch de Scorsese dans *New York Stories*, les musiciens... les musiciens ? les films n'en montrent plus depuis les Chopin pâles et toussant en cinémascope. Pour les peintres, ceux de Zola sont intéressants, mais on ne peut pas dire qu'ils se caractérisent par leur état de peintre : chez Zola, les personnages sont moins caractérisés par leur métier ou leur classe que par leur hérédité. Il est difficile de créer un personnage d'artiste, disons de créateur intéressant, car l'intéressant, c'est la création, le résultat plus que le processus. Ce que H.L. Mencken et George Jean Nathan, directeurs du *Smart Set*, auraient pu conseiller à Fitzgerald, c'était de se méfier des personnages de psychanalystes, comme celui de son roman *Tendre est la nuit* : les psychanalystes sont comme les prêtres, ils savent tout ou donnent l'impression de tout savoir, et cela tue souvent l'élément de surprise nécessaire au roman.

Le stade ultérieur se trouve dans *La Vraie Vie de Sebastian Knight*, de Vladimir Nabokov, où l'on enquête sur l'écrivain qui porte ce nom. Plus qu'un livre sur le roman ou le romancier, c'est un livre sur son biographe. Le frère de Sebastian Knight, qui enquête, relève ses malhonnêtetés ; il y a une allusion par l'absurde sur la façon d'écrire de Nabokov lui-même, car un chapitre commence : « L'étranger qui venait de prononcer ces mots s'approcha – oh, comme je rêve parfois d'écrire un roman bien huilé ! », dans le sens « un roman traditionnel à aventures et rebondissements », ce qui est le contraire de Nabokov.

Il arrive que des auteurs transportent leurs personnages dans des essais. Paul-Jean Toulet fait donner une leçon de littérature à Nane, le personnage de *Mon amie Nane*, dans un article des *Notes de littérature*. Bérénice, le personnage du meilleur roman de Barrès, *Le Jardin de Bérénice*, se retrouve dans des « Excuses à Bérénice » de son essai *Du sang, de la volupté et de la mort*. C'est dire si nous les aimons.

> Federico Fellini, *La Dolce Vita* : 1960. Francis Scott Fitzgerald, *Afternoon of an Author* : posth., 1957 ; *Tendre est la nuit* : 1934 (trad. française : 1973. 1973!). Vladimir Nabokov, *La Vraie Vie de Sebastian Knight* : 1941 (trad. française : 1951). Emile Ollivier (1940-2002), *La Brûlerie* : posth., 2004. Marcel Pagnol, *Le Schpountz* : 1938. Martin Scorsese, Francis Ford Coppola, Woody Allen, *New York Stories* : 1989.

PERSONNAGES TRUCULENTS : Les personnages truculents, comme Falstaff ou Pickwick, sont posés sur la pile des livres de

Shakespeare et de Dickens à la façon du bonhomme Bibendum sur les guides Michelin. Le public les adore. Il les reconnaît de loin. Certains romanciers se laissent piéger par le caractéristique de leur obésité : Albert Cohen par Mangeclous, Frédéric Dard par Bérurier, Alexandre Vialatte par le M. Panado des *Fruits du Congo*. A moins que ce ne soit une solution de panique, leur grosseur visant à suppléer la minceur de l'histoire : et, figurines en carton découpé, ils vont et viennent au premier plan du livre en balançant le buste. Ils sont une chose et une seule, la même au début et à la fin. Le roman étant l'histoire d'une modification advenue au héros, cela les limite aux seconds rôles.

PERSONNALITÉ : Ce qui nous rapproche ou nous éloigne d'un écrivain ne sont pas ses idées, mais sa personnalité. Et nous n'y pouvons rien. De tel qui m'irrite, j'ai beau me dire : oui, mais il a du talent, eh bien, je ne peux quand même pas le lire. Sa façon d'écrire me rebute, comme je le rebuterais sans doute. C'est parce que c'est lui, c'est parce que c'est moi.

Ce qui dans Montaigne exaspère Pascal, et qui entraîne que, s'il peut l'estimer, il ne pourra jamais l'aimer, n'est-ce pas qu'il parle sans passion ? Ce qui dans Péguy exaspère Proust, n'est-ce pas sa manière péremptoire de se persuader lui-même, alors que Proust, très viril, sait très bien ce qu'il pense et a une manière nuancée de nous y amener ? Les incompatibilités entre artistes proviennent d'un hérissement mutuel de personnalités inconciliables.

Ce n'est pas une raison pour laisser les personnalités gouverner. D'ailleurs, la *personnalité* !

Certains confondent narcissisme et personnalité. Si l'art ne dure que par la personnalité, celle-ci ne s'exprime pas nécessairement par les roucoulements du moi. Croit-on qu'un grand sculpteur impersonnel comme Canova n'a pas de personnalité ?

Un créateur est invisible à l'intérieur de son œuvre, ce qui fait qu'on croit le voir partout.

Les personnalités influencent-elles les façons d'écrire ? D'après ce que l'on connaît d'eux, il y a identité entre celle, brutale, de Julien Benda, et son comportement, entre les livres doux et sifflants de Mauriac et le sien. Un élément de la personnalité de Mauriac n'apparaît pourtant pas dans ses écrits, la jalousie, et ceux de Benda n'ont pas la drôlerie de ses propos tels que Maurice Martin du Gard les rapporte dans *Les Mémorables*. On pourrait concevoir un homme au style brutal et aux manières exquises, un homme aux manières brutales et au style exquis. On le pourrait si bien que cela a existé. Montherlant, parfois si brusque à l'écrit et délicat dans la vie, Genet, au style suave et parfois si méchant. Et tant d'autres variétés. Je ne pense pas qu'il existe de styles prédéterminés par l'origine sociale ou ethnique, le sexe ou les goûts sexuels, la religion ; en tout cas ces prédéterminations peuvent être surmontées par la personnalité. On ne peut pas dire en lisant une page si elle a été écrite par une femme ou par un homme, un homosexuel ou un hétérosexuel, un protestant, un catholique ou un juif. D'une page de Marguerite Duras, ne dirait-on pas qu'elle est « d'un homme » ? Je pose des guillemets parce que le style masculin est un préjugé, comme le style féminin. L'homme emploierait des adjectifs *virils*, la femme ou l'homosexuel des mots *précieux*, le juif touillerait *talmudique*. Or du *talmudique*, j'en vois dans le Grec Platon, dont le *Protagoras* comprend onze pages (sur quarante-trois) de commentaires interprétatifs sur le sens éventuel d'un poème de Simonide, du *précieux* dans l'amant des femmes René Char, du *viril* dans l'amant des jeunes garçons Montherlant, et ainsi de suite. Le protestant au style *austère* ? Le joyeux Tallemant était protestant, et Bossuet n'est pas badin. Et le style puceau ? Nietzsche l'a, Baudelaire aussi, Nietzsche l'était peut-être, mais sans doute pas Baudelaire. Les seuls cas où l'on puisse dire qu'un juif a le supposé style juif, un homosexuel le supposé style homosexuel, c'est quand, écrivant, ils veulent illustrer leur religion, leur goût, et sortent de la littérature pour entrer dans l'apologétique.

Les personnalités expliquent tout et ne sont la raison de rien. Peu d'écrivains se ressemblent plus que Tennessee Williams et Yukio Mishima, par leur sensibilité à l'hystérie, leur attirance vers une sensualité moite que refoule le protestantisme de l'un et l'idéologie martiale de l'autre, la compréhension des femmes, si du moins un homme peut le dire : et le théâtre de Tennessee Williams est aussi bon que ses nouvelles sont pâteuses, quand c'est tout le contraire pour Mishima.

Vous seriez venus il y a dix ans, je ne vous aurais pas dit cela. Plus je vais, plus je pense que la plus grande gloire de l'écrivain consiste à s'abstraire de son moi. Dans « La tradition et le talent individuel », T.S. Eliot dit que le poète n'a pas à exprimer sa personnalité. De fait, elle s'exprime assez malgré lui. Un jour, je défendrai les *classiques*. Et sans doute ai-je laissé une traîtresse pudeur s'emparer de ma personne, et sans doute ai-je voulu m'éloigner des cascades gluantes de moi qu'une armée de modernes belles-mères de Blanche-Neige déverse sur nos têtes depuis quelques années. « Miroir, miroir, dis-moi si j'ai le plus beau point noir ! » Les lectrices sont heureuses. Toutes égales dans le bobo. C'est du Barbara Cartland inversé. Madame Bovary lit de l'autofiction, satisfaite d'être insatisfaite. Elle en écrit. Soupçonneuse. « Moi ! Moi ! Moi ! » comme on aboie. Ce sont les troupes supplétives de la fiction.

> T.S. Eliot, *« Tradition and the Individual Talent »*, dans *The Sacred Wood* : 1920. Maurice Martin du Gard, *Les Mémorables* : trois tomes, 1957, 1960 et 1978.

PESSOA (FERNANDO) : Un écrivain naît plusieurs fois. La première, à son premier livre ; la deuxième, à son premier succès commercial (s'il en a un) ; une autre quand, oublié après sa mort, il est réédité et aimé ; une autre encore quand on le découvre à l'étranger. Je me rappelle la date de naissance de Fernando Pessoa en France. En 1985, le supplément littéraire de *Libération* reproduisait la première page de la deuxième traduction d'un de ses grands poèmes. Le titre de : « Le plus beau texte du monde » n'avait pas de sens, mais frappait. « Je ne suis rien./Je ne serai jamais rien./Je ne peux vouloir être rien./A part ça, je porte en moi tous les rêves du monde », disaient les premiers vers de *Bureau de tabac*. Et, alors que les quelques traductions des années 1950, 1960 et 1970 étaient restées sans conséquence majeure, la décennie suivante découvrait des chefs-d'œuvre posthumes comme *Le Livre de l'intranquillité* et nous avons vu cet habitant d'un pays auquel on ne pensait plus comme à un grand pays littéraire grandir et prendre place en vingt ans aux côtés de Marcel Proust et de William Shakespeare.

Cette construction a été, pour certains, plus importante que la destruction du mur de Berlin. Elle montre l'inutilité merveilleuse de la littérature. Qu'apportait Pessoa à la compréhension du monde moderne ? Nulle opinion sur les Etats-Unis, pas une notion sur la transformation du capitalisme, aucune recommandation sur l'Europe ; mais une sensibilité inédite (ou oubliée, la conséquence est la même). Un Pound qui ne serait pas devenu fou, un Whitman neurasthénique, un... c'était désormais d'autres que l'on comparerait à Pessoa. Après le lent travail d'accouchement, ou plutôt d'acceptation de la non-médiocrité par le public, la France, l'Espagne, l'Italie, la France, l'Angleterre, les Etats-Unis, le monde entier qui n'attend jamais rien et accepte finalement tout se berçait au chant mélodieux de cette sirène moustachue enfermée depuis un demi-siècle dans une chambre meublée sur la rive du Portugal. Les premiers charmés avaient été les écrivains. Comme le dit T.S. Eliot, les sirènes chantent, les unes pour les autres. Et le prodige de la littérature s'accomplissait : la voix d'un devenait celle d'un grand nombre. Voilà ce que j'ai voulu dire, de portée générale, sur un écrivain dont je garderai pour moi la portée particulière.

📖 « Si l'on me parlait de vivre, j'écoutais à peine. » (*Le Livre de l'intranquillité*.)

> 1888-1935.
> ♦
> *Bureau de tabac* : posth., 1952 (trad. française : 1955) ; *Le Livre de l'intranquillité* (*Livro do Desassossego*) : posth., 1982 (trad. française : 1988 et 1992) ; *Un singulier regard* (*Escritos autobiográficos, automáticos e de reflexão pessoal*) : posth., 2003 (trad. française : 2005).

PHILOSOPHIE : Dans *Par-delà le bien et le mal*, les premières phrases de Nietzsche ont pour objet de débiner tous les philosophes qui l'ont précédé. Occupation courante chez ses confrères. Comme s'ils ne pouvaient exister qu'en détruisant tout ce qui a philosophé avant eux. De Platon, Diogène Laërce dit : « Il est le premier à avoir contredit presque tous ses prédécesseurs. » Tactique, aussi bien. Elle réussit souvent. La pose du justicier est admirée. Les livres de philosophie, supposément détachés, pensée pure, que Nietzsche dans ce même livre appelle des autobiographies déguisées (et quels portraits de hargneux, souvent) sont aussi, et très ouvertement, des pamphlets contre des personnes.

J'ai longtemps rêvé d'écrire, c'est-à-dire que je ne voulais pas l'écrire, un récit intitulé *Comment je ne suis pas allé en Engadine*. Et pourtant Engadine, quel joli nom. On dirait les contes de fées, le sucre d'orge, le palais de dame Tartine. Je me trouvais à un colloque. Le président de la fondation qui administre la maison de Nietzsche à Sils-Maria vint me dire, mon intervention finie : « Vous êtes invité quand vous voudrez. Je vous donnerai la chambre de Nietzsche. » Il fallut voir les mines au déjeuner. « Vous avez bien de la chance, me dit un professeur. Moi, ça fait des années que j'attends ! » Je me trouvais dans la délicieuse position de l'usurpateur qui a réussi sans avoir rien demandé. Tous ces invités pluriannuels à des colloques qui se tiennent à San Francisco, Canberra, Buenos Aires, ne rêvaient que d'une nuit dans un chalet suisse. « C'est un jaloux », me dit à l'oreille un professeur allemand ; « il crève d'envie d'être invité », me dit un vingtiémiste français de celui-ci. Il ne me restait plus qu'à réserver ma place d'avion, mais j'ai si bien remis que je ne suis jamais parti. D'ailleurs je n'aime pas la montagne. On m'a depuis appris que c'est plat, Sils-Maria. D'accord, mais est-ce que ça a des librairies, des cinémas, des théâtres ? L'idée enfin de coucher dans la chambre de Nietzsche me déplaisait. Un grand homme est mon égal, et je ne vois rien de glorieux à dormir où il a dormi. Je préférais imaginer Nietzsche, petit comme un acteur et moustachu comme un labri, posé au sommet d'un lit haut et bombé comme une tourte du Moyen Age, m'attendant.

> Diogène Laërce, *Vies et doctrines des philosophes illustres* : IIIe s. ap. J.-C. Frédéric Nietzsche (1844-1900), *Par-delà le bien et le mal* (*Jenseits von Gut und Böse*) : 1886.

PINARD (ERNEST) : L'avocat impérial Ernest Pinard est l'homme pour qui 1857 fut la plus belle année de sa vie : il y requit et obtint la condamnation par le tribunal correctionnel de Paris, 6e chambre, de Gustave Flaubert pour *Madame Bovary* (février) et de Charles Baudelaire pour *Les Fleurs du mal* (août). C'était au nom de la morale publique et des bonnes mœurs. L'avocat impérial Pinard est aussi un homme qui écrivait des romans pornographiques vendus en secret. Et donc n'attentait-il pas à la morale *publique*.

L'ancien Premier ministre anglais John Major, qui avait la singularité d'être le fils de saltimbanques de cirque (c'est moins courant que le contraire : la fille de Winston Churchill devint actrice ; le plus beau serait un Premier ministre se retirant pour se faire, non moine comme Charles Quint, mais clown), lance en 1993 une grande campagne de moralisation : *back to basics*, retour aux valeurs. On découvrit en 2002 que, quelques années auparavant, il avait eu une liaison de quatre ans tout en étant marié. Les méfaits du repentir.

Il est dommage que Pinard ait été ce Tartuffe, car ce n'est pas sa duplicité qui prouve que Tartuffe a tort.

Outre la sincère indignation des lecteurs qui prennent la littérature au pied de la lettre, ce qui conduit à mettre les Lettres au pied, on a fait son procès à Baudelaire parce que c'est dans la *Revue des Deux Mondes* que ses poèmes avaient paru, revue orléaniste dans un régime bonapartiste, et aussi parce que son nihilisme contredisait un XIXe siècle adorateur du progrès.

Dans le procès Flaubert, Pinard a prétendu que *Madame Bovary* corrompait ses lecteurs. Le drame de certains juges est qu'ils croient ou font semblant de croire que décrire, c'est approuver. Cela leur permet de beaux effets rhétoriques contre des gens dont la parole est plus répandue et plus libre que la leur. Ni le talent, ni le raisonnement ne peuvent rien contre l'entêtement d'un homme qui se croit du côté de la vertu parce qu'on lui a délégué le pouvoir de juger.

PITTORESQUE : Tout ce qui sert à enlever de la littérature à la littérature est adoré. Le pittoresque en est un des moyens les plus efficaces. Proust dans sa chambre. Voltaire à Ferney. Les beaux yeux de Madame de Staël. Molière mourant dans son fauteuil. Le gilet rouge de Théophile Gautier à la bataille d'Hernani. Colette et ses confitures. Sagan et son accident de voiture. Vous verrez, quand vous comparerez, comme vous me remercierez de ne vous avoir pas servi de ces anecdotes !

Certains écrivains se donnent eux-mêmes un pittoresque. Tel ne se montrera qu'avec des lunettes bleues, tel autre portera un chapeau à larges bords. Quelle modestie ! Et quelle prison !

Le pittoresque n'existe pas plus que l'exotique. Il n'y a que des êtres humains. C'est pour cela que, à l'auteur de fiction, rien n'est bizarre. Il accepte tout parce que tout existe. Il regarde ce qu'il crée sans jamais être choqué.

POÈMES D'AMOUR : Une des plus jolies phrases sur les poèmes d'amour a été écrite par un prosateur, un scénariste, celui, avec Fellini, de ses meilleurs films, *La Dolce Vita*, *La Strada* et *8 1/2*, auteur également de l'excellent machin qu'est *Le Journal des erreurs*, où l'on trouve donc cette phrase d'Ennio Flaiano :

> Les vers du poète amoureux ne comptent pas.

Ils sont pourtant nombreux : même si vous commencez aujourd'hui, vous mourrez avant d'avoir recensé tous les vers où les poètes se prosternent au pied des femmes. Je me demande si elles y croient vraiment. Cette comédie est une hypocrisie : le mâle ronronnant qualifie la femelle de maîtresse afin de mieux s'en rendre le maître. Elle le sait. En joue. Et tout le monde s'amuse. Où est la littérature ?

POÈMES DE THÉOPHILE GAUTIER : Les poèmes de Théophile Gautier sont un condensé de sa littérature : il y fait du roman, du récit de voyage, du souvenir, du sarcasme, et même de la poésie. Et si son principal défaut, une certaine mollesse, s'y retrouve comme dans sa prose, c'est quand même un grand poète.

Dans son premier recueil, qui est aussi son premier livre, les *Poésies*, il est maladroit, rime parfois lourdement, manque de serré comme un vieillard ; on n'a jamais vu bon poète avoir d'aussi peu prometteurs débuts. Comme on est vieux, quand on a cet âge ! Ce n'est que dégoût, j'ai tout vu, les femmes sont des traîtresses, « avec ce siècle infâme il est temps que l'on rompe ». Il y a ceci d'inattendu de la part d'un jeune romantique : il se moque des dandies. « Gens qui savent ôter le galbe à toute chose ;/Les dandys, avec les banquiers. » Et puis la préface, arrogante, contre la politique en art. Si on n'est pas comme ça à vingt-neuf ans, on ne le sera jamais. Les préfaces sont une des grandes réussites de Gautier.

Il peut y avoir progrès en art : à l'intérieur de chaque artiste. Dès *Albertus*, son deuxième recueil, Gautier est excellent. Il nous couvre de vers splendides.

> La caravane humaine au Sahara du monde (« La caravane »).

Si l'on jouait à : quel est son « Les souffles de la nuit flottaient sur Galgala », son grand vers allitératif voyant, on hésiterait, il y en a vingt. Il fait très bien aussi les vers-sentence :

> Il est des cœurs épris du triste amour du laid (« Ribeira », dans *España*).

Il a quelque chose de bien à lui, et qu'est-ce que c'est, le quelque chose d'un mol, d'un calme, d'un voluptueux ? Le cadavre. Gautier était un faux paisible, ou un grand artiste, qui sait décrire ce qu'il n'éprouve pas. Dans les *Poésies* se trouvait déjà un « Cauchemar » où il mangeait le « cœur demi-pourri dans la poitrine ouverte » d'un pendu. Dans *Albertus*, poème en cent douze douzains, une vieille sorcière hideuse se transforme en une ravissante jeune fille et va vivre parmi les humains. A l'Opéra, elle devient amoureuse du peintre Albertus ; dans son lit, elle se retransforme en hideuse vieille ; Albertus est choqué. Elle le conduit à balai à un congrès de cadavres présidé par le diable, un dandy à fine moustache. Bacchanale. Le diable éternue. « Dieu vous bénisse », lui dit Albertus. Maladroite politesse : monstres, sorcières et fantômes le tuent. Six ans plus tard, Gautier publie *La Comédie de la mort* (quel bon titre !), qui s'ouvre par le splendide « Portail » :

> Mes vers sont les tombeaux tout brodés de sculptures ;
> Ils cachent un cadavre, et sous leurs fioritures
> Ils pleurent bien souvent en paraissant chanter

et mène à l'étonnant « La vie dans la mort », où un ver de terre discute avec une morte dans son tombeau.

On cite *Emaux et Camées* plus que tout autre recueil de Gautier, scolairement. Je ne dis pas que l'école ait tort : elle met au premier plan un livre des plus homogènes, à peu près exclusivement composé de quatrains en octosyllabes. Il a la délicatesse de doigts de femme voletant en l'air, et la paresse de Gautier lui permet d'expliquer des choses inexplicables par d'autres, par exemple ce que peut ressentir l'obélisque de la place de la Concorde, avec sa lente nostalgie de la plaine de Louxor où, sous le soleil, jadis, il voyait passer les ibis.

Ce que Gautier a de génial, sa part Goya, *La Comédie de la mort*, l'orgie du « Souper des armures », l'hermaphrodite de « Contralto », ou, dans « Le poème de la femme » : « Elle est morte de volupté ! » (*Emaux et Camées*), a sans doute plus influencé Baudelaire que son impeccabilité. Celle-ci a en revanche influencé un poète qui passa pour le virtuose des virtuoses, Théodore de Banville. Il écrit dans *Mes Mémoires* : « J'ai vu Théophile Gautier la veille de sa mort, et il m'a paru exactement semblable à un dieu. » On n'est marqué que par ce qui nous ressemble.

Il est possible que des vers comme

> De leur kandjar il me semble
> Sentir le contact glacé ! (« La fuite », *Poésies diverses*, 1838-1845)

aient eu une influence sur Leconte de Lisle (d'autant plus que les fuyards portent les noms sonores et gutturaux de Kadidja et Ahmed), et que ceux-ci, où le soleil dit à la lune :

> Des planètes équivoques
> Et des astres libertins

> Croyant que tu les provoques,
> Suivront tes pas clandestins (*España*)

aient plu à Verlaine. Qui n'est pas le premier à avoir écrit un poème à partir de Watteau, mais Gautier (« Watteau », dans les *Poésies diverses, 1833-1838*). Charles Cros, auteur d'une « Morale pour le tombeau de Théophile Gautier » (*Le Coffret de santal*), a dû lui aussi aimer ses poèmes macabres, et quant à Toulet, il a pu être touché par la strophe d'*Emaux et Camées* où « Arlequin, nègre par son masque,/Serpent par ses mille couleurs,/Rosse d'une note fantasque/Cassandre son souffre-douleur ».

📖 « Mon cœur, ne battez plus, puisque vous êtes mort. » (« Ténèbres », dans les *Poésies, 1833-1838*.)

> *Poésies* : 1830. *Albertus ou l'Ame et le péché* : 1832. *La Comédie de la mort* et *Fortunio* : 1838. *Poésies complètes* et *Poésies nouvelles* : 1845. *Emaux et camées* : 1852 (complété en 1853, 1858, 1863, 1866, 1872).

POÈMES EN PROSE : Certains poèmes en prose sont des paresses de poètes qui ne sont pas allés au bout du travail de réduction en cristaux qu'est la poésie ou une inaptitude de prosateurs qui pensent dissimuler le descriptif en le plaçant dans la brume. Le poème en prose, qui devrait être autre chose, n'est alors que de la même chose maquillée. Comme s'il existait un moyen poétique préexistant à la poésie même, une couleur qu'il suffirait d'appliquer, comme le terre de Sienne ou le magenta. Et comme si la prose n'était pas assez chic, qu'il fallût lui mettre du fard aux paupières.

Toute forme d'art nouvelle s'invente des façons de dire propres, ce que le poème en prose a peu fait. Ce sont souvent des contes pas finis, des nouvelles mal foutues, du journal intime déchiqueté ou de la recension de rêve, et d'un art bien pauvre. On croit regarder les restes d'un pique-nique laissé sur l'herbe par le talent qui est parti, sifflotant, cueillir des cerises.

Quand ils sont réussis, quels chefs-d'œuvre ! On pourrait inscrire à l'entrée du *Cornet à dés* de Max Jacob : « Vous qui entrez, laissez toute logique. » C'est par préjugé qu'on attend de la logique de la prose. Elle y bénéficie d'un léger favoritisme : comme si la raison n'était que chez elle. Le plus raisonnable de tous les siècles, le XVIIIe, était moins borné, puisqu'il a fait la poésie didactique. *Le Cornet à dés* a l'air d'une parodie de roman populaire (on y croise Fantômas), mais ça n'est pas ça. Il a l'air d'une série d'énigmes (elles ne sont jamais résolues, ni même complètement posées), mais ça n'est pas ça. Il a l'air de fables battues en jeu de cartes, mais ça n'est pas ça. Il a l'air... ah, surréaliste, sûrement pas. Ce sens dessus dessous fixé en l'air n'a rien du *voulu* surréaliste. Seuls quelques romantiques allemands ont créé une fantaisie pareille :

> Dans un pré, sous les arbres, est assis le roi, en jupe de drap, pendant qu'on prépare un festin de langoustes. Sa femme de ménage, Madame Casimir, fille naturelle d'un grand et de grandes manières, le salue à sa manière, avec sa bosse et ses quatre-vingts ans : « Eh ! bien, ça va, madame Casimir ? — Oh ! vous savez, moi, Sire, dit la vieille Parisienne, tant que j'ai quarante sous, je rajeunis. » Cependant le festin de langoustes donnait lieu à des entrées par les toits, à des conversations, jambes pendantes aux lucarnes et à des incendies de poêles à frire.

Vous aurez deviné que *Le Cornet à dés* est aussi drôle que gai. « En temps de famine, en Irlande, un amoureux disait avec ardeur à une veuve : "Une escalope de vô, ma divine ! — Non ! dit la veuve, je ne voudrais pas abîmer ce corps que vous me faites la grâce d'admirer !" » Il est aussi rare de faire rire en poésie qu'en danse ; je ne pourrais pas mieux comparer ce livre incomparable qu'avec Donald O'Connor chantant et dansant *« Make'm laugh »* dans *Chantons sous la pluie* ; sa bouffonnerie est encore plus folle.

L'appellation « poème en prose » semble préjuger d'un résultat poétique. « Timbres » irait mieux. Cette habitude de donner des noms, aussi !

Poésie : La poésie est l'art littéraire le plus arriéré. Celui que, pour autant que nous le sachions, les hommes ont pratiqué le premier. Ce n'est pas la station debout permanente qui a séparé l'homme du singe, c'est la poésie. Un jour, un velu à front bas, cessant de se gratter les aisselles, a grimpé sur un rocher et, indifférent aux barrissements des diplodocus, en bas, a chanté : « Le vierge, le vivace et le bel aujourd'hui... »

C'est ce mélange d'arriération et de grand perfectionnement de ses tours qui rend la poésie intéressante. Le poète sculpte des figurines de Saxe dans des fossiles.

La poésie n'existe pas à l'état naturel. Loin d'être un fait qui préexisterait à l'homme et que celui-ci découvrirait, elle est sa création et son triomphe. Quand Balzac parle de poésie du commerce, ce n'est pas qu'elle s'y trouve, c'est qu'il l'y met. Sa sensibilité lui fait transfigurer certains éléments du commerce que les autres ne regardaient même pas. La poésie est la forme supérieure de l'imagination. C'est pour cela qu'on la croit apparentée à la divination.

Or, elle n'a rien à voir avec la Pythie, les mystères d'Eleusis, Dr Imbéné Ravalavanavano amour argent examens. La poésie, c'est du travail. Il en résulte un chant faisant croire qu'elle se passe dans le ciel. Le poète marche sur une corde. Elle est posée par terre.

La poésie ne se trouve pas que dans les vers. Elle est où le talent la met. La poésie est le résultat de toute bonne littérature. Mallarmé : « Mais, en vérité, il n'y a pas de prose » (réponse à l'*Enquête* de Jules Huret).

Le poème est l'objet ; la poésie, éventuellement, le résultat.

La poésie est même le résultat de tout art réussi : un beau tableau est de la poésie, un beau vêtement bien porté est de la poésie, etc. Est poésie le résultat de toute activité humaine menée à bien. Un geste gracieux est de la poésie, un mouvement de troupe bien accompli est de la poésie. Dans ce sens, il existe une poésie de la destruction.

Je n'oublie pas la part intime de la poésie. Là, elle est pêche au harpon. En soi-même. De nuit.

La poésie ne *décrit* pas le sentiment ou la chose, elle l'*est*. C'est ce qui l'apparente à un objet : une émotion devenue objet. L'insensibilité du poète écrivant peut être une conséquence de ce processus. L'homme qui a été le plus sensible devient le plus insensible parce qu'il doit, s'il veut en décrire, en devenir tous les éléments, même les plus violents (douloureux ou joyeux), s'éloigner de la sensation qu'il a ou que les autres ont éprouvée. Regarder de loin pour être au plus près.

La poésie est la combinaison d'une forme étudiée et d'une émotion communiquée. Il n'y a pas d'opposition entre forme et émotion : une belle forme peut procurer une émotion, une forte émotion peut être traduite dans une forme parfaite.

La poésie est précision. Un poème qui utilise les mots « âme », « quintessence » ou « ineffable » est probablement un poème malhonnête. Loin de chercher à enfumer la connaissance par des mots vagues et intimidants, la poésie la perfectionne. La poésie sert à mieux voir, et plus vite.

Elle a beau suivre, en grande partie, des règles d'harmonie auditive, les poètes qui ne sont que sonores sont courts. La poésie fait comprendre au moyen de l'image. Remplaçant l'acte par son écho, l'image, elle supprime le principal. La poésie est un contour qui dit le contenu.

La poésie qui ne sait que jouer est la plus indigne des facéties, comme l'oulipo. La poésie n'est pas du Rubik's Cube. Le penser est une injure envers ceux qui y ont mis leur vie.

Un jour qu'un présentateur de télévision demandait à un écrivain célèbre de justifier d'anciens et passionnés écrits d'amour à Mao Tsé-toung, l'écrivain répondit avec un petit geste méprisant : « C'était de la poésie ! » On ne peut pas plus franchement avouer que, pour soi, la poésie, c'est de la connerie.

Les hommes vivent de poésie, mais ils ne le savent pas. Ils en inventent des formes rudimentaires, comme les slogans publicitaires, pleins de références et de rimes, les produits cosmétiques, tout en noms fantaisistes, les sports collectifs, avec leurs règles aussi aberrantes et amusantes à suivre que la prosodie.

POÉSIE (PROMOTION ET DÉTESTATION DE LA —) : La France a eu des « princes des poètes ». Créé à la fin du XIXᵉ siècle, le titre a été attribué, par un collège d'écrivains et de critiques, à Verlaine puis à Mallarmé, qui ne l'ont accepté qu'en marmonnant, puis à Léon Dierx, Paul Fort et enfin Jean Cocteau. C'était une opération montée par le propriétaire de *La Plume*, qui y avait trouvé le moyen de faire de la publicité à sa revue et de ne pas payer les écrivains qu'il faisait primer, selon Laurent Tailhade dans *Les « Commérages » de Tybalt*. « Prince des poètes » était un titre ridicule, et c'est très bien qu'il ait disparu. Que, dans un monde publicitaire, la poésie survive dans des conditions non publicitaires est excellent pour elle. En Angleterre, il existe un poète-lauréat. Choisi par le Premier ministre et approuvé par la reine, nommé pour dix ans après l'avoir été à vie, il est chargé d'écrire des poèmes sur les événements importants de la nation et de la cour. Il rend la poésie visible au gros public, mais quelle poésie ? Quelle conception de la poésie peut-il en tirer ? Que c'est une manière un peu plus ouvragée que d'habitude de célébrer les mariages et les accidents de train ?

Je ne suis pas sûr que le « Printemps des poètes », institué par un ancien ministre de la Culture, soit très malin, mais ça !

Nous avons fini par prendre un petit air kitsch soviétique, avec nos scoutismes d'Etat, Printemps des Poètes, Fête de la Musique, Paris-Plage ; en 2002, le Printemps des poètes a recruté des « brigades poétiques intervenant dans des lycées ». Pour abattre les enfants ? En faire des adjudants versificateurs ? Grâce à cette manifestation, les journaux parlent de poésie une fois par an, après quoi ils sont tranquilles.

Platon haïssait les poètes pour les raisons les plus intelligentes, entre autres qu'ils ignorent la politique, la médecine, la stratégie et les sciences. Toutes choses que Platon connaissait par cœur, bien sûr. Il écrivait des poèmes, très mauvais. Raison possible de sa haine des poètes. Je lui connais deux bons vers :

> Lorsque j'embrassais Agathon, j'avais mon âme sur les lèvres.
> Elle y était venue, la malheureuse, comme pour passer en lui.

« J'avais mon âme sur les lèvres » est presque une vulgarité, d'une hystérie à peine retenue qui aurait enchanté Jean Genet, Jean Lorrain.

Le talent, la ruse de Platon, c'est de s'être le plus souvent dissimulé et d'avoir mis Socrate en scène. Quand il se montre, dans *La République*, les bonheurs commencent. Expulsion des poètes de la cité, invention du communisme, ah, lui dictateur, on n'aurait jamais eu de dimanches ennuyeux, grâce à des spectacles dans les stades où de jolis petits garçons en short auraient formé les lettres de son nom. Et des Printemps des Philosophes avec discours de sept heures trois quarts plaza de la Revolución.

L'empereur Domitien a répondu à Platon en bannissant les philosophes de Rome et de l'Italie. Ce n'était pas par sagesse. Il voulait assassiner sans entendre le bourdonnement des raisonneurs.

Ce qu'on peut entendre comme mufleries sur la poésie, parfois. Je préfère ne pas citer. Elles proviennent de l'envie.

Thomas Hardy, l'auteur de *Jude l'obscur*, de *Tess d'Urberville*, de *Retour au pays natal*, est un cas peut-être unique d'abandon du roman à l'âge de cinquante-cinq ans pour écrire de la poésie. D'habitude, les écrivains publient un ou deux volumes de poésie dans leur jeunesse puis l'abandonnent. Elle a été leur acné littéraire.

Mallarmé et Rimbaud sont devenus au cours du XXe siècle les poètes de ceux qui n'aiment pas la poésie. De ne pas l'aimer donne une réputation d'esprit fort dans le milieu littéraire, mais les lecteurs, dans leur sainte naïveté, s'en méfient : de là que ces prosateurs se sont donné l'air de l'aimer en transformant Mallarmé en mécanicien supérieur de la *langue*. (Le chant, ça, jamais !) D'autres, les moralistes, ont fait de Rimbaud un Gavroche, l'éloignant à tout prix, lui aussi, du moment gracieux, de l'échappée, de l'envol. De ces deux poètes on a publié des manuscrits en fac-similé, des éditions diplomatiques (c'est-à-dire absolument identiques à l'originale, avec coquilles et défauts, du grec *diploma*, tablette ou papier plié en deux) et génétiques (présentant les différents états et brouillons avant la forme définitive, du mot *genèse*) : scolarisation de la poésie et création de reliques.

Aristote a répondu à Platon dans la *Poétique*, qui contient cette si agréable phrase : « La poésie est plus philosophique et d'un caractère plus élevé que l'histoire, car la poésie raconte plutôt le général, l'histoire le particulier. » L'historien raconte ce qui est arrivé, le poète imagine ce qui pourrait arriver. Si le poète commet une erreur scientifique, dit Aristote, « la faute n'en revient pas à l'art poétique en soi ». C'est l'inconvénient de répondre aux sottises : on énonce des truismes.

Et avec tout cela, le génie littéraire est Platon, à peine un philosophe, tant il écrit imaginativement, comme Nietzsche, Kierkegaard, ces gens-là. Le génie philosophique est Aristote, déjà allemand, Kant, Heidegger, ces gens-là. Me voici bien savant.

Dans *Qu'est-ce que la littérature ?*, Sartre écrit : « La poésie, c'est qui perd gagne. Et le poète authentique choisit de perdre jusqu'à mourir pour gagner. » Il est curieux qu'un homme qui, avant ces lignes, a parlé de la poésie comme peu de poètes ont su en parler, énonce un axiome aussi scout et commode pour les indifférents. Ce n'est évidemment pas son intention, mais il n'empêche que, par cette conception du poète crevant dans un galetas, il rejoint le désir secret qu'il y crève. *Après*, on se donnera l'élégance de le déplorer. La réussite est désolante, parce qu'on se rend compte qu'elle n'est rien, mais l'échec est pire, parce qu'il devient tout.

> Thomas Hardy, *Retour au pays natal* (*The Return of the Native*) : 1878 ; *Tess d'Urberville* (*Tess of the D'Urbervilles*) : 1891 ; *Jude l'obscur* (*Jude the Obscure*) : 1896.

POÉSIE (SON DE LA —) : Pensant que la littérature n'est écrite pour personne, j'ai longtemps éprouvé les plus grandes réticences envers les lectures publiques de poèmes. La poésie est une production de solitaire et sera mieux reçue solitairement, me disais-je. Elle nécessite du recueillement. De plus, les lectures publiques tendent à la faire confondre avec l'éloquence dans l'esprit du public. Et qui sait si, à la longue, l'auteur ne deviendra pas un bluffeur en écrivant pour satisfaire cette confusion ?

Que, anciennement, la poésie ait été lue en public est une preuve puérile. Le nouveau peut être meilleur que l'ancien.

Enfin, pas de souci : le public de ces lectures est le plus souvent composé d'autres poètes.

POÉSIE ET CHANSON (CINÉMA ET THÉÂTRE, ETC.) : Dans la mesure où le résultat de toute bonne chose est de la poésie, une bonne chanson est de la poésie, mais les chanteurs ne sont pas des poètes.

Cinéma et théâtre, photographie et peinture, chanson et poésie se ressemblent, mais ne sont pas du même ordre. C'est pour cela que ceux qui ont prédit la mort des uns à cause des autres se sont toujours trompés. Ce qui tuera la poésie, si la poésie doit être tuée, c'est la poésie elle-même. Si elle devenait nulle. La chanson n'a à être accusée de rien. Il y a beaucoup trop de convention et de respect dans ces affaires. Et de timidité, aussi. Trop de chansons imitent encore la poésie, de même que trop de films restent *fidèles* aux romans qu'ils adaptent.

Toute nouvelle forme d'art débarrasse l'ancienne forme à laquelle elle ressemble de ses éléments populaciers. Grâce aux chansons d'amour, des recueils comme le *Toi et Moi* de Paul Géraldy, énorme succès qu'on a dû trouver dans les bibliothèques des familles françaises jusqu'en 1970, ont disparu de la poésie. La chanson (je parle de la chanson enregistrée et conservée dans l'objet disque comme il y a l'objet livre) a également débarrassé la poésie de sa partie chansonnière. Elle était représentée à chaque génération par un satiriste sentimental à la Béranger, le dernier ayant été Jacques Prévert. Aujourd'hui c'est, mettons, le chanteur Renaud. Un autre art en débarrassera à son tour la chanson, etc.

Un chanteur engueula un jour à la télévision un autre chanteur qui se disait poète, et je fus ravi que Gainsbourg eût claqué son beignet à Guy Béart. Hélas il est inclaquable. Je m'en suis rendu compte au déjeuner du prix Nimier, le jour où je le reçus, en juin 2001, au Fouquet's : les yeux fureteurs, ce chanteur s'insinua à ma gauche à table. Et aussitôt, les yeux écarquillés de ravissement, il prit la parole en tapant d'un couteau sur son verre, genre le mariage de son beau-frère. S'ensuivit un calembour sur le nom de Manuel Carcassonne et quelques fines remarques qui stupéfièrent la tablée. Une fois qu'il fut éteint j'eus le tort, pour complaire à la veuve de Roger Nimier qui, à ma droite, m'en avait prié, de lui adresser la parole, ce qui remit une étincelle dans l'œil globuleux de notre poète : il tapa derechef sur son verre et entreprit, *pour me flatter*, une lecture de quelques lignes de mon livre.

Ah quel début ! ah quelle fin ! ah ce jeune homme est-il *fou* de publier un livre qui commence par le mot « bonheur » et finit par le mot « amour » ! C'est faux pour le premier et, pour le second, je répondis qu' « amour » signifiait « coucher » au sens le plus matériel du terme, mais rien n'arrête l'esprit quand il a commencé de souffler : « Vous appellerez votre prochain roman *Ejaculations précoces* ! » Je ne lui dis pas que j'avais écrit des poèmes, sinon j'avais un confrère et j'étais foutu. Le surlendemain, je reçus une invitation pour une vente de bijoux qu'il organisait pour une de ses filles ; l'autre n'est pas mal non plus comme fâcheuse.

La poésie est si peu la même chose que la chanson que les chanteurs s'adressent à des prosateurs pour leur écrire des textes.

> Pierre-Jean de Béranger : 1780-1857. Paul Géraldy (1885-1983), *Toi et moi* : 1912.

POLAR : Les polars sont des romans à thèse. Il n'y a pas plus moral : la saleté du monde, personnifiée par un patron de P.M.E. de province partouzeur, un chef de clinique politicard et un évêque pédophile, est méticuleusement dénoncée par un inspecteur morose et mal rasé qui a pris une cuite la veille. Populaires, très bien traités par la critique, ils se croient subversifs.

Le mot polar est laid. C'est Balzac qui, à ma connaissance, a employé pour la première fois l'expression « roman noir », dans un sens finalement pas si lointain du sens actuel. C'est dans *Modeste Mignon*, qui raconte la tentative de faire épouser un écrivain célèbre par une jeune héritière de province : elle lit énormément, puis se représente dans toutes les situations possibles. « Devenue l'héroïne d'un roman noir, elle aimait, soit le bourreau, soit le scélérat qui finissait sur l'échafaud, ou, comme sa sœur, un jeune élégant sans le sou qui n'avait de démêlés qu'avec la Sixième Chambre. »

C'est curieux, cette épidémie de romans policiers. Cette vision populiste du monde. Elle a influencé les romanciers normaux, et la littérature a été peu à peu infectée d'esprit policier, cette paresse de l'imagination : combien y a-t-il de narrateurs qui *enquêtent* sur un personnage, détectives soupçonneux à la posture modeste ? Ça n'arrange pas l'entente du monde avec lui-même, tout ça.

POLITIQUE : La politique est un objet extérieur que la littérature peut observer, commenter et révéler au même titre que la parfumerie (Balzac, *César Birotteau*), les deux ne servant qu'à montrer le mouvement des passions. Autre chose est d'utiliser le roman pour faire de la propagande (Aragon, *Les Communistes*). Cela mène à convaincre les convaincus et à froisser les autres.

Certains écrivains ont la naïveté de penser qu'ils peuvent influencer les crocodiles que sont les hommes politiques : à peine s'ils réussissent à leur plaire. Le roi Henri II se dispute avec le pape Jules III, élu en 1550 avec l'appui des cardinaux français. Une campagne gallicane est organisée en France en 1551, Rabelais fait une satire de la cour romaine dans *Le Quart Livre* en 1552. Sitôt le livre publié, le roi se réconcilie avec le pape. Le livre de Rabelais est condamné par la Sorbonne et interdit de vente par le parlement de Paris.

Stendhal, qui a très bien dit que la politique dans un roman est « un coup de pistolet dans un concert » (*Le Rouge et le Noir*), passe son temps à tirer des coups de pistolet pour la cause bonapartiste. Les « hussards » (Nimier, Blondin, Laurent) ont passé leur vie à prôner le dégagement tout en ne parlant que de politique. Prôner est de l'engagement. Le dégagement, c'est de s'en foutre.

La politique est le sujet des écrivains qui s'ennuient.

Il y a un esthétisme de la posture politique qui ravit les chanteurs de rock. Chez les écrivains, il se manifeste souvent par une hypocrisie qui n'est pas si contradictoire que cela avec l'engagement, mot dont la franchise belliqueuse cache l'aspect tacticien. Les *Carnets* de Proust contiennent une phrase sur *La France en guerre* de Kipling si concentrée qu'elle en paraît mystérieuse, mais qui ne dit pas autre chose : il voit dans ce livre « un parti pris artiste auquel le nationalisme et l'impérialisme ont préparé la voie en ôtant les scrupules ».

« Tout est politique », objectent certains. N'ayant pas, comme dit Malraux dans les *Antimémoires*, « le sentiment d'infériorité du Girondin devant le Montagnard, du libéral devant l'extrémiste, du menchevik devant quiconque se proclame bolchevik », je leur répondrai qu'ils sont des terroristes, des totalitaires, des inhumains.

‖ Rudyard Kipling, *La France en guerre* : 1915.

POMPE, EMPHASE : Au XVIIe siècle, où la gloire était à la mode, on aimait la pompe. Au XXIe siècle, où la France est un pays faible qui flatte les plus faibles qu'elle croyant s'y procurer de la grandeur, on la méprise. Et moi aussi du reste. Ma toquade anglaise, sans doute. Le mot *pompous* est une injure courante là-bas. On sait en même temps très bien y faire la pompe, car c'est un pays à cérémonial. Le carrosse de la reine, doré comme un cartel et rond comme une noisette sur des roues de draisienne, traverse Londres parmi les taxis noirs, les téléphones portables argent et les Pakistanais violets. L'Angleterre est partie pour vivre aussi longtemps que la Chine.

Une certaine pompe n'est pas désagréable, et j'ai connu de belles phrases pompeuses. C'était chez Racine et chez Chateaubriand. Elles avançaient, glamour et outrageuses, parmi un troupeau intimidé de petites phrases toutes simples. La pompe est d'autant plus réussie qu'elle est parcimonieuse, et resplendit d'autant mieux qu'elle advient dans un discours non grave, où on ne l'attend pas, un article de journal, par exemple. François Mauriac faisait cela très bien : « Ici je ravale ce que j'aurais à dire, et, par exemple, qu'il existe un snobisme des grands Ordres. Sans doute étonnerait-on beaucoup certains religieux de certaines abbayes si on leur démontrait que leur état d'esprit n'est pas tellement différent de celui des membres du Jockey » (*La Pierre d'achoppement*). C'est le plus souvent dans ce sens qu'il actionne la pompe : d'abord le bel élégant morceau de phrase, puis la raillerie. Sacha Guitry agirait plutôt en sens contraire.

L'emphase moqueuse est aimée de Marcel Proust, comme dans ce portrait de la princesse d'Orvillers : « Elle s'avançait, grande, inclinée, dans une robe de soie blanche à fleurs, laissant battre sa poitrine délicieuse, palpitante et fourbue, à travers un harnais de diamants et de saphirs. Tout en secouant la tête comme une cavale de roi [...] ». C'est dans *Sodome et Gomorrhe*, qui contient aussi le célèbre et pompeux passage sur l'homosexualité, « race sur qui pèse une malédiction et qui doit vivre dans le mensonge et le parjure [...] ».

L'emphase est la maladie sénile de la pompe. Parmi les grandes inventions du XXe siècle, on compte l'emphase aphasique, bien représentée par le poète René Char.

Comme ce fut un grand siècle littéraire, il eut son grand emphatique classique, récompensé par le prix Nobel de littérature. On dit que c'est un prix de gauche, non : c'est un prix pour les gauches. Voici un extrait de Saint-John Perse :

> Toutes et quantes fois que l'ombre d'un oiseau passe à mes pieds, je m'arrête, et, posant ma valise par terre, je m'essuie le front, voyageur hagard ! Alors je reste oppressé sous le poids d'une inquiétude nerveuse, – pitoyable ! – du ciel et de la terre, des vivants et des morts. Et, malgré moi, je me surprends à vociférer : « [...] – L'univers est-il oiseux ?... L'Univers dévorateur – chaîne indéfinie où les pieds de l'un craquent entre les mâchoires de l'autre – est-il destiné lui-même à la voracité de quelque Eon ?

Quel sera son ver de terre ? Réponds-moi, bruit du vent, oiseau qui passes !... et toi qui le sais, ô Silence ! ».

Mais non, je me trompe, cela, c'est de Tribulat Bonhomet, le personnage d'imbécile créé par Villiers de l'Isle-Adam. Voici Saint-John Perse :

> C'étaient de très grands vents sur toutes faces de ce monde.
> De très grands vents en liesse par le monde, qui n'avaient ni d'aire ni de gîte,
> Qui n'avaient garde ni mesure, et nous laissaient, hommes de paille,
> En l'an de paille sur leur erre... Ah ! oui, de très grands vents sur toutes faces de vivants ! (*Vents*.)

On l'a traité de charlatan. Les gens sont malveillants : charlatan de lui-même, tout au plus. Saint-John Perse est un écrivain de conviction, sincère, exalté. C'est ainsi que se crée le kitsch. (Le kitsch est involontaire. Le kitsch volontaire, cela s'appelle le *camp*.) Saint-John Perse fait partie de la succession d'écrivains du ministère des Affaires étrangères qui ont pollué la littérature française de leur coquetterie de 1910 à 1950, Claudel, Giraudoux, tous les protégés de Philippe Berthelot (sauf Morand), le secrétaire général du ministère, à qui Saint-John Perse succéda sous son nom d'état civil d'Alexis Léger. Je me demande si Saint-John Perse ne s'est pas choisi ce nom d'écrivain parce que, léger, il ne voulait pas l'être, et qu'il admirait Perse, le plus biscornu des poètes latins.

Pendant la Deuxième Guerre mondiale, réfugié aux Etats-Unis, Saint-John Perse envoyait à Roosevelt lettre de débinage de De Gaulle sur lettre de débinage de De Gaulle, après avoir été, comme secrétaire général du ministère des Affaires étrangères, un des responsables de la brillante politique étrangère de la France face au chancelier Hitler. Il était le protégé d'une Américaine influente qui fit beaucoup pour son prix Nobel, en remerciement de quoi il réécrivit, avant de les publier, toutes les lettres qu'il lui avait envoyées, réduisant son rôle à rien. L'habitude de faire disparaître les archives, sans doute. La veille de l'entrée des Allemands dans Paris, on voyait le ciel tout noir au-dessus du ministère des Affaires étrangères : Alexis Léger faisait brûler les dossiers. Que n'y a-t-il joint ses manuscrits !

|| Saint-John Perse (1887-1975), *Vents* : 1946.

PONCTUATION : La ponctuation, pas plus que le style dont elle est une composante, n'est un ajout. Elle donne le rythme, cette cadence de la pensée en marche.

Je suis généralement pour une ponctuation maigre. Peu de rythmes m'enchantent comme cette phrase de Stendhal dans les *Souvenirs d'égotisme* : « Ses yeux petits et sans expression avaient un air toujours le même et cet air était méchant. » La ponctuation est libre, même s'il existe des signes apparemment impératifs : quand la pensée contenue dans une phrase est exprimée, *il faut* un point final, mais qu'est-ce qui m'interdirait de poser un point avant qu'elle ne le soit, d'écrire une série de mots-phrases pour en marquer la progression hachée dans l'esprit d'un personnage, par exemple ? « Au son de cette voix, il prit soin de ne pas se retourner. Regarda fixement une bouteille de whisky suspendue par le pied au-dessus du comptoir. Réfléchit. Essaya. Se retourna. » Les seuls impératifs sont ceux de l'histoire que nous racontons.

Les points de suspension en fin de paragraphe rappellent les gens qui vous donnent un coup de coude quand ils en racontent une bien bonne. Laforgue, par l'exagération même avec laquelle il en use, en fait un système esthétique. Toulet est un des rares écrivains à placer des points de suspension *au début* des vers ou des phrases, et cela produit des effets surprenants.

Les tirets sont pour moi des hoquets. « Lucien – qui avait enlevé sa cravate, se tourna vers Ludivine – elle se regardait la cheville – et ils… » Certains correcteurs d'imprimerie ou secrétaires de rédaction ont la manie de vouloir les mettre à la place des virgules entourant les incises : trop dansant ! La pensée est un labour !

Un reproche que l'on pourrait faire aux éditeurs de la nouvelle Pléiade de Stendhal (2005) est le changement de la ponctuation. Ils modifient toutes les phrases comme celle-ci : « Tu veux donc la mort de mon âme immortelle, lui dit Inès ? » (*Le Coffre et le Revenant*) en : « Tu veux donc la mort de mon âme immortelle ? lui dit Inès. » Or, la version de Stendhal, faisant porter l'interrogation sur le dernier mot, comme on le fait dans la conversation, a l'air plus *naturelle*, ce à quoi il tenait beaucoup.

Il semble qu'apparaît dans la littérature française, vers 1830, un remplacement des deux points par la virgule, dans des phrases du genre : « Astolphe était trop soucieux, il but un verre de vodka. » Stendhal en est rempli (« Elle n'avait aucune idée de telles souffrances, elles troublèrent sa raison »), on le trouve dans Balzac et dans Chateaubriand. Cette accélération ne leur aurait pas été apprise par Saint-Simon, dont les *Mémoires* venaient d'être publiés posthumes ?

Virgules, serpents charmeurs : si on les laisse proliférer, elles engourdissent les phrases. Rares, elles nous procurent des ivresses de nuances, comme celle-ci, dans le *Journal* de Jules Renard (4 novembre 1908) :

> Bourges se croit un peu méconnu, comme Barbey d'Aurevilly.

La ponctuation est un raffinement récent. Sortie du latin qui ne ponctuait pas, la langue française ne l'a perfectionnée que lentement. Jusqu'au XVIIIe siècle, outre que les usages de la ponctuation n'étaient pas les nôtres, les écrivains les plus personnels n'en avaient pas un grand souci. Flaubert est un des premiers à en prendre un grand soin, mais, après lui, Proust ne ponctue pas avec beaucoup de conséquence. (Son frère, qui a corrigé ses épreuves après sa mort, lui a ajouté des signes de ponctuation.) Cela tient en partie à ce que, pressé par la mort, il lui importait de noter l'essentiel de son œuvre.

Pierre Albert-Birot a entièrement supprimé la ponctuation de son roman *Grabinoulor*. Il s'en explique dans une préface peu convaincante à l'une de ses rééditions. « La ponctuation est une invention assez récente et que dans une certaine mesure on peut attribuer à une époque de décadence. » De moins en moins de lecteurs seraient capables de lire sans l'*aide* de la ponctuation, mais elle ne reste pas moins un progrès dans le sens où elle épargne le temps de montage que réclame la lecture du latin, par exemple, si naturel ait-il été aux Romains sachant lire. Enfin, lier le raffinement à la décadence : et la décadence des brutes ? Voyant qu'on pourrait lui objecter qu'il défend la non-ponctuation dans une préface ponctuée, Birot dit : « ne voit-on pas la différence essentielle entre un écrit que je qualifierai de logique et une conception poétique ? ». Comme si le poétique était le vague, l'aberrant, le mou. Birot absolutise une pratique qui nécessite du tact. Par moments, il est nécessaire de ponctuer, à d'autres il peut être utile de ne pas le faire. De ce que nous ne lisons pas à voix haute, Birot conclut : « la question respiration n'est donc pas à poser. » Mais si, car on respire des yeux ! Nous l'avons tous expérimenté, à lire des livres non ponctués, où notre pauvre œil haletant cherche un point, une virgule, le moindre bout de banc où s'asseoir.

Birot est plus modéré qu'il ne le croit : dans son livre, il maintient des chapitres, des blancs et des alinéas, alors que la parfaite absence de ponctuation consisterait à écrire toutes les lignes à la suite. Certains écrivains des années 1960 l'ont fait : livres imprimés de la première à la dernière page, comme si on les avait découpés dans de la matière. C'était intéressant et puis, passé quelques pages, on avait l'impression de regarder des athlètes de foire. Eux non plus n'étaient pas si hardis : ils conservaient les majuscules au début de ce qui était, dans leur esprit, le début d'une nouvelle phrase. Il y a dans ces recherches comme un désir de régression, dans ce qu'on appelait l'avant-garde comme un rêve d'arrière-garde. Et les couvertures ? Sans elles, les livres seraient plus exactement ce qu'ils sont : un objet, une sculpture. Par une sorte de pudeur, nous montrons nos phrases derrière un drap. A moins que ce ne soit par désir de théâtralité.

Un grand argument en faveur de la ponctuation est que son absence, qui engendre d'abord de la gaieté, quelque chose de hop là, finit dans la monotonie. La ponctuation amène de la variété dans le rythme. Je parle de prose : la brièveté de la plupart des poèmes fait qu'on y supporte l'absence de ponctuation.

Paul Valéry, qui mettait entre virgules ou entre points-virgules les parenthèses incises (« aux choses qui l'entourent, (qu'il s'agisse de la nature matérielle ou des êtres vivants), il tend à [...] », V*ariété III*), a réutilisé les deux points horizontaux de Mallarmé sans en éclaircir la signification. Raymond Queneau a inventé un point d'ironie qui n'a heureusement pas pris, c'était une aberration autant qu'une inutilité : l'ironie ne cesse-t-elle pas d'en être une dès qu'on la marque ? Je lis que ce signe aurait en réalité été inventé par Alcanter de Brahm, poète, auteur de *L'Ostensoir des ironies*, titre qui suffit à dire qu'il est né en 1868. Je ne peux pas plus l'assurer que la date de sa mort.

Péguy a montré qu'on pouvait assourdir le coup de cymbale du point d'exclamation en le remplaçant par un simple point. De même, le tirage par la manche que constitue le point d'interrogation. La ponctuation peut être sous-entendue. Cela donne une sorte d'assurance calme à la pensée, me semble-t-il.

Un même signe peut avoir divers sens, il suffit de décider lesquels. Max Jacob pose parfois un point d'exclamation après le sujet, ce qui lui donne un air de petit soldat de bois dans un film de Walt Disney. « Nous ! chantons la petite baleine couleur cadavre » (*Le Laboratoire central*).

La typographie est une forme de ponctuation. Les espaces entre les paragraphes, les alinéas, le type même des caractères et les symboles participent au rythme. Charles Cros sépare les strophes de certains de ses poèmes par des étoiles, comme Valery Larbaud les paragraphes de certains essais. Par ce signe différent de l'astérisque, ils semblent demander une plus longue pause, un recueillement.

Et tout cela compte à peine, car, cent ans après notre mort, s'il vient à quelqu'un l'idée farfelue de nous rééditer, nous passons sous le râteau des correcteurs, le haussement d'épaules de bien des éditeurs et loin du regard des ayants droit tourné vers les feuilles de comptes. Bah ! la chansonnette passera malgré ça !

> Pierre Albert-Birot (1876-1967), *Le Premier Livre de Grabinoulor*, 1921 ; *Grabinoulor* (avec la préface citée) : 1964.

PORTRAIT : Un portrait est aussi celui du peintre. Lorsque nous lisons Saint-Simon, nous ne connaissons pas nécessairement la personne dont il parle, et nous nous écrions pourtant d'enthousiasme : comme ses portraits sont ressemblants ! A qui, puisque nous n'en connaissons pas les modèles ? A Saint-Simon. Cette furie, cette rage, ce comique involontaire, mais oui, c'est le petit duc fou de son rang, potinier, malveillant et juste.

Quand, dans *Greco ou le Secret de Tolède*, Barrès écrit : « La Castille étonna, domina le Greco », qu'en sait-il ? Il spécule. C'est le droit de son imagination. En même temps, sa personnalité le porte à employer le verbe « dominer ». Greco, étant grec, a peut-être été *séduit* par la Castille, où il aurait alors simplement *découvert* quelque chose qu'il portait en lui ; mais Barrès dit dominer, et s'il le dit c'est parce que lui-même, toute sa vie, s'est employé à dominer un tempérament fiévreux, sensuel, désirant. La phrase montre Greco, Barrès et Barrès regardant Greco.

On fait le portrait des êtres, non tels qu'ils sont, mais tels qu'on les rêve. Dans ses dessins, Cocteau sexualise Picasso.

(Voyez p. 176 du catalogue de l'exposition Cocteau au Centre Pompidou.) Il le fait ressembler à Dargelos, son condisciple chéri au lycée Condorcet qui ouvre *Les Enfants terribles*. (Voyez sa photographie p. 341.) Il devait en être amoureux, à la façon dont je pense que Henri III a été amoureux de Navarre (Henri IV), son cousin velu, riant, aillé.

|| *Cocteau*, Centre Pompidou : 2003.

POSITION DU MORALISTE : C'est la même que celle du tireur couché qu'on m'a apprise durant mon service militaire, où je me suis bien ennuyé. Le moraliste est allongé dans une position protégée et tire des maximes sur une cible à découvert.

Cette cible, c'est l'homme, comme si lui-même n'en était pas un. Le moraliste est souvent quelqu'un qui a eu une déception avec son supérieur hiérarchique. Amer, mais secret, il a généralisé son expérience en l'appelant l'homme, puis, par un syllogisme inconscient, est passé de cet ennemi appelé l'homme à l'homme devenu l'ennemi. Voilà comment on se transforme en misanthrope. Le moraliste est un mémorialiste homéopathe qui vendrait des granules mortels.

Un moraliste, c'est le solipsisme cru universalisme. De son voisin il fait l'Homme, de lui-même il fait Dieu. Un Dieu calviniste, souvent.

On dirait que les moralistes ont envie que les gens soient malheureux, afin de donner rétrospectivement raison à leurs sentences.

Seuls les Français, peuple abstrait et raisonneur (je note cela comme des qualités), pouvaient inventer ces écrivains qui ont mis la vie en équations. Ah, nos enfants haineux !

POSITIONS DU MÉMORIALISTE : La plus courante est le chateaubriand, d'après l'auteur du même nom, qui présente le passé en fonction des événements du présent. Il rencontre une jeune Anglaise : « Je n'imaginais pas que trente ans plus tard, à l'ambassade de Londres... » Il crée un coup de théâtre anticipé. Ces mémorialistes-là, comme encore Rousseau, sont des auteurs de théâtre procédant à des entrées, des sorties, des répliques. Ils dirigent les répétitions de la salle, montant sur la scène pour jouer le rôle de leur personnage.

La deuxième position est le casanova. Casanova a écrit ses mémoires (en français) à la façon d'un auteur de fiction. Quand il rencontre une jeune femme, il le dit et c'est tout ; il attend que, dans son récit, les trente ans aient passé pour raconter qu'il la retrouve. Il a compris un grand secret de la fiction, que l'auteur ne doit pas avoir l'air d'en savoir plus que le lecteur. C'est une position bien rare parmi les mémorialistes.

La troisième position est le saint-simon, qui raconte au jour le jour et avec une telle passion qu'il abolit toute distance avec ce qu'il décrit. Ces mémorialistes sont des cuisiniers pelant, vidant, coupant, hachant, suant et faisant sauter leur histoire dans la poêle brûlante de leur livre.

|| Giacomo Casanova (1725-1798), *Histoire de ma vie* : 1826-1838.

POSTÉRITÉ : La postérité est la religion la plus sotte que je connaisse. La postérité, c'est nous. Pourquoi serions-nous plus exacts que nos pères ?

Son côté revanchard. On dirait qu'il faut toujours jouer Baudelaire contre Somerset Maugham. Elle console les écrivains dont on ne parle jamais : placés sur le zéro, ils se persuadent qu'ils vont toucher trente-six fois la mise. A ceci près que Baudelaire n'était pas du tout un inconnu contre le génie duquel aurait été organisé un complot. La postérité est un élève qui, d'un doigt irrité, ordonne à ses anciens maîtres de descendre l'escalier.

Son côté lot de consolation. Les écrivains, ça réussit après leur mort ! Dans une société juste, tout talent aurait aussi le succès, et l'écrivain le bonheur. Il y a dans l'idée de postérité trop de désir rentré qu'il expie ce talent qui le *distingue*.

La postérité se simplifie exagérément la réflexion. On dirait que chaque écrivain qu'elle conserve a été seul comme une statue dans un square plat. Or Malherbe, écrivain personnel et qui paraît si original avec les kilomètres de distance du temps, l'était moins de son vivant. Il existait des poètes de même famille. Mgr du Perron, par exemple.

> Au bord tristement doux des eaux, je me retire,
> Et vois couler ensemble, et les eaux, et les jours,
> Je m'y vois sec et pâle, et si j'aime toujours
> Leur rêveuse mollesse où ma peine se mire
> [...]
> Ils s'en vont ces beaux yeux, ces soleils de ma vie,
> Et je demeure, hélas ! couvert d'obscurité [...]

D'où vient qu'on conserve Malherbe en laissant du Perron ? Le plus de talent, le génie ? Nous en gardons de moins bons. C'est que du Perron était moins écrivain. Calviniste converti, nommé lecteur de Henri III, il écrivit, fut remarqué par Henri IV, qu'il contribua à convertir, et y gagna une carrière ecclésiastique. Je ne connais pas d'autre poète devenu cardinal.

Pour quantité d'écrivains, la postérité, c'est tout de suite. Ce sont les écrivains nuls. Tout le monde les connaît.

Ce que certains écrivains paient après leur mort, c'est la propagande. Ils ont fatigué, on les écarte. Encore plus vite s'ils ont utilisé l'intimidation. Il y a aussi la cupidité. Elle est connue et punie très vite, par le mépris. A leur mort, qui est le moment de la séparation du marketing et de la littérature, une espèce de jansénisme immanent leur arrache la palme en leur laissant l'or.

La postérité varie selon l'utilité. Quand on a évidé un écrivain, raclé la coquille et sucé les pattes, on le jette. Parfois, longtemps après, un pêcheur le retrouve et dit : il en restait !

Et ça reprend. Cas de Shakespeare, cas probablement futur de Proust.

Chaque nouvelle mode éveille des fantômes différents. Notre période aime le scandale et la célébrité, donc elle pense à Colette et à Sade; quand la mode sera à la chasteté et à la discrétion, nous aimerons Marceline Desbordes-Valmore et Marie Noël.

Certains écrivains parlent de la postérité d'une façon qui révèle une vanité qui voudrait se perpétuer après la mort. Ils accrocheraient la Légion d'honneur à leur squelette, s'ils le pouvaient!

Et puis, et puis, tout cela dit, la postérité est aussi un « au cas où ». Pensant que je peux mourir tout à l'heure, je fais le lit de mes phrases. Qu'on ne me retrouve pas avec un drap troué. Il y aura bien assez des mites. Cette tenue qui nous préoccupe, cette idée que nous risquons d'être lus après nous, cette espèce d'autre nom de la conscience professionnelle, c'est une façon de narguer la vie.

|| Jacques Davy du Perron : 1556-1618.

Postérité particulière des auteurs de théâtre :

La postérité est aidée par le support de l'œuvre. Un livre est facilement transportable et se réimprime à peu de frais; une pièce de théâtre coûte beaucoup d'argent à monter et il n'y a que quatre-vingt-dix théâtres à Paris. Depuis quand Sedaine n'a-t-il pas été représenté à Paris, Dancourt, Tristan Bernard, le *Venceslas* de Rotrou? On peut facilement relire un mauvais roman, on peut difficilement revoir une bonne pièce. Les voyant moins, on en parle moins. Les écrivains de théâtre ont une postérité plus hasardeuse que les autres. On peut les lire.

|| Jean de Rotrou (1609-1650), *Venceslas* : 1638.

POSTHUMES (INFLUENCE DES PUBLICATIONS –) : Baudelaire n'aurait laissé que *Les Fleurs du mal*, nous aurions une vision très différente de lui. Sa correspondance posthume, apportant de la biographie, a montré quel égocentrique emmerdeur il avait pu être. Le posthume peut aussi apporter de la littérature : on a réuni ses *Salons*, qui n'avaient paru qu'en revue, et nous avons constaté quel esprit fin il avait pu être.

Certains organisent la publication de leurs posthumes, comme Paul Morand n'autorisant celle du *Journal inutile* que vingt-cinq ans après sa mort. Croyait-il que les passions seraient éteintes ? Cela se rallume on ne sait comment, les passions, c'est si bête ; et cette publication l'a fait injurier. A quel prix revit-on ! Enfin. C'est toujours mieux que d'être mort, dit le fantôme passant avec un soupir devant les vivants qui rient à la terrasse.

Les plus copieux publieurs posthumes français sont Saint-Simon, Sachs, Vialatte. On peut même dire de Saint-Simon qu'il est né après sa mort, puisque, excepté une brochure politique, il n'avait rien publié de son vivant. Sachs et Vialatte sont devenus des écrivains mieux considérés après leur mort : Sachs passait pour un faisan, Vialatte pour un paresseux (qu'ils étaient *aussi*), et les excellents romans du premier, les très bonnes chroniques du second les ont élevés.

Stendhal est mort jeune, de façon inattendue, et on ne sait pas comment il aurait transformé ses projets de livres de souvenirs ou s'il aurait publié son journal. Lui qui disait : « mes compositions m'ont toujours inspiré la même pudeur que mes amours » (*Vie de Henry Brulard*) est depuis cent ans exposé à l'impudeur. Avec qui il a couché, comment il a composé ses livres. La publication de ces posthumes a engendré une esthétique nouvelle. *La Chartreuse de Parme, Le Rouge et le Noir* étaient d'une forme reconnue ; en voyant les enthousiasmants fragments des *Souvenirs d'égotisme*, la littérature s'est dit : moi aussi je peux écrire par fragments. Et le XXe siècle s'est mis à publier des livres fragmentaires exprès.

Les publications posthumes de journaux intimes et de correspondances modifient avec injustice la vision que nous avons d'une époque ou d'un être. L'injustice vient de ce que le talent persuade beaucoup plus que la statistique, qui n'est pas aussi fausse qu'on le dit. La correspondance posthume de Flaubert nous fait regarder le XIXe siècle avec le dégoût de Flaubert, le *Contre Sainte-Beuve* de Proust nous fait considérer Sainte-Beuve comme un âne. Au moins est-ce une injustice qui revivifie : si Proust avait écrit un *Contre Alphonse Karr*, c'est de cet écrivain que nous parlerions, et Sainte-Beuve végéterait parmi la tribu des doumics. Les doumics, d'après René Doumic (E.N.S., agr. Let., Acad. Fse, cdeur L. hon.) sont les écrivains honorés de leur vivant pour leur importance plus que pour leur talent.

La publication posthume des écrits intimes des grands écrivains, ou qui le deviennent avec le temps, ramène dans son filet, à côté du gros thon, un banc de plus petits poissons qui se remettent à frétiller avec lui. Si je prononce les noms de Romain Collomb, d'Angelina Pietragrua, de Sutton Sharpe, aussitôt nous disons : Stendhal ! Agostinelli, Bibesco, Chevigné, Caraman-Chimay : Proust ! Tout homme avance dans la vie parmi un cylindre d'amis et de relations aussi obscurs que lui, sauf s'il a du génie, et alors, lumière.

|| René Doumic : 1860-1937. Alphonse Karr : 1808-1890.

POUVOIR POLITIQUE ET ÉCRIVAINS : *Henri III*, par superstition, ne donnait pas d'argent aux auteurs de tragédies. Cela ne l'a pas empêché d'être assassiné.

Louis XIII, sournois, fainéant et avare, « raya après la mort du cardinal toutes les pensions de gens de lettres, disant : "Nous n'avons plus affaire de cela" » (Tallemant des Réaux, *Historiettes*).

Richelieu faisait écrire ses pièces de théâtre par des nègres, dont Corneille. Cela le rendait jaloux, et il essaya de faire tomber *Le Cid* en instituant une commission chargée de faire des remontrances littéraires à Corneille.

Napoléon Ier. Il n'y eut de bon écrivain bonapartiste que Stendhal, qui n'avait aucune influence et que Napoléon ne connaissait pas, ainsi que, de loin et jusqu'à l'exécution du duc d'Enghien, Chateaubriand, puis, au début du Tribunat et pendant les Cent Jours, Benjamin Constant. Croyant que seul l'intérêt mène les hommes, Napoléon ne pouvait comprendre le désintéressement au fond de la littérature. Goethe a laissé le récit de sa rencontre avec lui, qui est très comique, comme tous les rapports de Napoléon avec les hommes supérieurs. « L'empereur me fait signe d'approcher. Je reste debout devant lui à une distance convenable. Après m'avoir regardé attentivement, il dit : "Vous êtes un homme." Je m'incline. Il demande : "Quel âge avez-vous ? — Soixante ans. — Vous êtes bien conservé." » Il est tout dans ses trois phrases : les compliments de caserne (vous êtes un homme !), la goujaterie brusque (quel âge avez-vous), le compliment enragé (vous ne les faites pas). Il avait beau jeu de dire qu'il aurait fait Corneille prince. Corneille était mort.

Napoléon III. Alors que Lamartine, ruiné, avait été son concurrent en 1848, Napoléon III lui fit verser une pension. Le procès fait à Flaubert pour *Madame Bovary* le rendit furieux. Pendant que Victor Hugo le vomissait de Jersey et de Bruxelles, il lui donnait l'autorisation (que Hugo demandait) de représenter ses pièces et de vendre ses livres à Paris. Avec ses épaules d'amphore, son cou de tulipe et son caractère d'acier, l'impératrice Eugénie attira à l'Empire bien des écrivains qui n'étaient pas bonapartistes : Mérimée, ami de sa mère qui l'avait connue petite fille, Théophile Gautier, Edmond de Goncourt, Flaubert qui devint amoureux d'elle (« *Je L'aime* », souligné, et avec le *l* majuscule. Lettre à Jules Duplan, 8 mai 1865). Terrorisée par la catastrophe et ayant un penchant secret pour elle, Eugénie était séduite par l'opposition : après sa fuite, on trouva dans ses appartements des Tuileries un buste de Marie-Antoinette et les œuvres de Victor Hugo avec son nom inscrit sur la couverture, « Eugénie », comme une collégienne. (Jules Claretie, *Paris assiégé*.)

Dans nul autre pays que la Chine on n'a vu autant de politiciens impressionnés par la littérature. Le contraire est vrai, et l'on voit des écrivains béant face au pouvoir. Pascal : « La grandeur des gens d'esprit est invisible aux rois, aux riches, aux capitaines, à tous ces grands de chair » (*Pensées*).

|| Jules Claretie (1840-1913), *Paris assiégé* : 1871.

Précieux : Je ne sais plus où, Larbaud s'indigne qu'on puisse employer le mot « précieux » dans un sens péjoratif. Les poètes précieux ont été d'excellents poètes, à toute époque, et je ne sais pourquoi on a décidé de confondre préciosité et afféterie. Molière, peut-être, qui se moque des précieuses ridiculisant la préciosité de laquelle il fait usage dans ses comédies-ballets.

Les précieux d'origine, ceux qui fréquentaient l'hôtel de Rambouillet, n'étaient pas tous des précieux au sens moderne. Tallemant des Réaux, ou Voiture, si vifs et si rieurs.

La préciosité est l'art supérieur de la métaphore : elle éloigne le plus possible l'image de ce qu'elle représente, sans l'en détacher. Lorsque, dans *L'Après-midi d'un faune*, Mallarmé écrit : « Ainsi, quand des raisins j'ai sucé la clarté », l'image de la clarté, trop éloignée du jus du raisin, est moins réussie que, dans le même poème, « chaque grenade éclate et d'abeilles murmure ». Voici un bel exemple de préciosité dans Proust, qui n'en est pas coutumier. Le narrateur prend une voiture avec Albertine. « Nous repartîmes escortés un moment par les petites maisons accourues avec leurs fleurs » (*Sodome et Gomorrhe*). La préciosité est donc une forme d'ellipse.

Et c'est cela, à l'origine de si grandes beautés, qui sert aussi à fabriquer des euphémismes ridicules. L'euphémisme est trop machinalement méprisé. Dans le langage parlé, il peut être une politesse ; à l'écrit, servir à amener une violence. Il n'y a pas de raison de se priver de façons de parler si elles améliorent notre art. L'euphémisme, c'est la pudeur qui s'est emparée de la métaphore. « Le vase d'élection », par exemple, pour : « l'homme ». Le premier qui l'a employé (saint Paul, dans une épître) faisait œuvre de poète. Le second, qui l'a répété, œuvre d'admirateur. Les suivants, de faiseurs. L'euphémisme devient alors une forme du cliché, le cliché prude. Le créateur de l'image n'y est pour rien. Ou plutôt si : son talent est responsable de l'avoir offerte aux hommes qui, admiratifs du beau et impuissants à en produire, l'imitent. La préciosité clichée qui se rapporte à l'amour est le plus immuable des styles : un lecteur de Byzance en 800 ne serait pas étonné en lisant un poème d'amour de 2005.

Ceux qui l'attaquent oublient généralement la préciosité comique : Céline, Blondin, Frédéric Dard, Albert Cohen. Ils sont horripilés par la galanterie de la préciosité. « Ma femme à la taille de loutre entre les dents du tigre […]/Au sexe de glaïeul », d'André Breton (*L'Union libre*), est-ce galant ? La préciosité n'est-elle pas ce que les surréalistes ont eu de meilleur ?

Exemple de préciosité dans *Phèdre* : « Les ombres par trois fois ont obscurci les cieux/Depuis que le sommeil n'est entré dans vos yeux. » On pourrait dire que cela signifie : « Vous n'avez pas dormi depuis trois jours », mais, comme c'est bien dit, cela ne signifie pas exactement cela : c'est sous-entendu, mais *derrière* l'image des ombres entrant dans les yeux du personnage. De même, il serait inepte de traduire le vers : « Sur la traîne des rois, de virgules semée » de Jean Cocteau (« Habile est une hermine », dans *Neiges*) De *croire* le traduire : « Une hermine tachetée de noir » ne serait en aucun cas la même chose, car l'image fait partie intégrante de la phrase, et nous *voyons* les virgules. Les opposants à la préciosité l'accusent d'être une périphrase. Qu'est-ce qui n'est pas périphrase ? Il n'existe pas de phrase absolue, de noyau de phrase. La phrase est un électron. Enlevez l'image d'une phrase réussie : de bondissant lapin, celle-ci devient écorché à la devanture d'une boucherie.

Le précieux est cultivé. Le précieux est imaginatif. « Le précieux rappelle que les choses sont susceptibles d'une quantité d'expressions très diverses et l'on croirait sans eux que les mots et les locutions sont une nécessité – une valeur absolue » (Paul Valéry, *Cahiers*).

La Révolution française a tenté de tuer la préciosité. « L'Assemblée nationale voulait commencer une adresse au roi par la phrase : l'Assemblée apporte aux pieds de Votre Majesté une offrande, etc. La majesté n'a pas de pieds, dit froidement Mirabeau » (Hugo, *Littérature et philosophie mêlées*). Et c'est effrayant. Le mufle approche. Quand il est là, en 93, il s'accompagne de l'hypocrisie, et l'image revient, *précieux* aide de camp. C'est elle, pompeuse et morte, car il parle en clichés, qui orne les discours de Robespierre. Ce n'est pas son style qui est tranchant, mais la guillotine. On chasse les terroristes et, respirant, on revient à l'ancienne préciosité de salon. C'est ainsi que, si nous y prêtons attention, nous parlons comme les Précieuses ridicules. Comme elles, nous disons « car enfin », comme elles nous disons « chose » à tout propos (mot que Hugo se vante abusivement d'avoir introduit dans la littérature, il se vantait abusivement de beaucoup de choses), comme elles nous disons « aux antipodes de… ». En se moquant de ce langage, Molière l'a porté à la connaissance d'un grand public. Nous avalons ce que nous méprisons. Ainsi, les suffixes en « issime » venus d'Italie avec Catherine de Médicis : ils faisaient s'esclaffer les courtisans français, qui les ont singés pour s'en moquer, puis ont oublié de s'en moquer et, trois cent cinquante ans plus tard, on nomme le maréchal Foch maréchalissime des armées alliées. Nous faisons les mots, puis nous nous faisons à eux. Tout langage précieux devient naturel. Nous créons incessamment de nouvelles formes de préciosités. Le journaliste Alain Pacadis disait qu'il s'était fait un temps gauchiste pour la préciosité du langage.

Pour se naturaliser, le langage précieux passe par le stade du cliché, cet effaceur d'images. « A l'antipode » avait été inventé par un écrivain, Guez de Balzac, puis repris par les mondains, et de là s'est répandu dans le reste de la société. Une fois celle-ci entièrement contaminée, plus personne n'est malade et l'expression devient neutre. D'autres images se créent, dans un mouvement vital. Hugo écrit, contre la préciosité : « J'ai dit au long fruit d'or : Mais tu n'es qu'une poire ! » La nécessité répond : « J'ai dit à la poire : mais tu n'es qu'un fruit d'or ! » Image → préciosité → cliché → neutralité → nouvelle image, etc.

Il n'y a pas de langue littéraire qui ne soit précieuse, dans le sens où elle fait attention aux mots. Tout bon écrivain est un précieux, mais cela ne se voit pas. Beckett est un précieux. Tout le monde étant précieux, personne ne l'est. Il n'y a que des façons de parler différentes.

|| Vincent Voiture : 1598-1648.

PRÉFACES : Les préfaces servent aux critiques à écrire de brillants articles sans mentionner le nom du préfacier.

PRÉJUGÉ : La force du préjugé vient de ce qu'il ne se fait pas connaître. Dans la *Vie de Henry Brulard*, Stendhal raconte qu'un certain Tourte s'était insinué comme subalterne chez ses parents, où, entre autres, il donnait des leçons d'écriture à sa sœur Pauline, « ne s'offensant de rien, bon flatteur de tous » (on dirait une phrase de Molière). Un jour, Stendhal imite la signature de son grand-père sur un billet demandant qu'on l'incorpore aux bataillons d'Espérance, une organisation jacobine de Grenoble. Il est découvert, puni. Tourte s'en mêle. Je n'ai pas dit que Tourte était bossu.

Le petit Tourte voulut faire son métier :

— Mais, monsieur Henry, il me semble...

— Vous devriez avoir honte et vous taire, lui dis-je en l'interrompant. Est-ce que vous êtes mon parent pour parler ainsi ? etc..., etc.

— Mais, monsieur, dit-il, devenu tout rouge derrière les lunettes dont son nez était armé, comme ami de la famille...

— Je ne me laisserai jamais gronder par un homme tel que vous.

Cette allusion à sa bosse énorme supprima son éloquence.

Ce qui me frappe n'est pas tant qu'un enfant de dix ans réponde ainsi à un bossu, mais qu'il le fasse en présence d'un adulte, son grand-père, dont il ne note à aucun moment la réprobation, et plus encore que, quarante-deux ans après la scène (il écrit en 1835), l'adulte qu'il est la rapporte sans un frémissement. « Je ne me laisserai jamais gronder par un homme tel que vous. » Et le grand-père de Stendhal n'était pas un monstre. « Cette allusion à sa bosse énorme supprima son éloquence. » Et Stendhal, non content de ne pas être un monstre non plus, était rousseauiste, faisait l'éloge de la sensibilité, et réfléchissait. Eh bien, aucun de ces deux adultes n'a conçu l'injustice qu'il y a à incriminer un homme de quelque chose dont il n'est pas responsable, la cruauté qui consiste à le mépriser pour une infirmité, l'inintelligence en somme d'une telle remarque, sans parler du manque de cœur. L'esclavage n'indignait pas les Grecs, pourtant civilisés, ni les juifs, car Philon d'Alexandrie le justifie, comme les premiers chrétiens d'ailleurs, saint Paul, saint Augustin, et... Ah, de nos jours, nous ne ferions plus cela ! Nous réprouvons ces brutalités, nous n'humilions plus les bossus ! Nous avons bien raison. Cela nous rend-il supérieurs ? J'engage toute personne de 2100, mettons, si par hasard il s'en rencontrait une pour trouver un exemplaire à demi moisi de ce livre dans une cave, à y chercher une chose que j'aurais dite en l'estimant naturelle et qui serait, à ses yeux, aux yeux de son temps et à ceux de l'humanité, une monstruosité. Quelle peut-elle être ? Le lecteur de 2005 et moi l'ignorons. Elle est énorme, face à nous, et nous ne la voyons pas. C'est parce qu'elle est énorme et face à nous. L'énormité se laisse voir un instant, puis, grâce à sa puissance, admettre aussitôt. La puissance tend à rendre impossible toute réflexion sur elle. Elle veut empêcher qu'on la conceptualise afin de se conserver intacte. Réfléchir sur les handicaps, pour un homme de 1835, cela aurait été comme de réfléchir sur la couleur verte. Et pourtant la couleur verte est intéressante. Il survient toujours un homme pour le dire : hep, et le vert ? Scandale. Réflexion. Querelle. Disparition du sentiment inhumain. L'humanité va de bond en bond vers la douceur. Il reste toujours une couleur à conquérir, il reste toujours en nous un sentiment monstrueux. Nous sommes des puits d'horreurs qui progressons vers une perfection jamais atteinte. Tant mieux sans doute, cette perfection nous rendrait inhumains.

Premier livre, dernier livre : Ce que fait le plus souvent un écrivain dans son premier livre, c'est de dégorger ses lectures. Tout en pensant orgueilleusement exprimer sa personnalité. J'ai été comme cela, mais ce n'est pas mon expérience qui me fait parler, c'est l'observation : j'ai fini par reconnaître dans bien des premiers livres un ton légèrement archaïque et parfois présomptueux qui avait été le mien. On emploie des mots, des tournures datés. On est très sérieux, quand on a dix-sept ans. On a vécu tant de lectures ! Un jeune écrivain est un homme qui, pendant des années et des années, s'est goinfré de lectures. (Il cherchait la littérature mais il ne le savait pas.) Si elle veut prendre forme par la suite, il faut que cette jeune éponge recrache. Elle le fait avec orgueil, car la littérature intéresse beaucoup moins que le football, comme le jeune homme s'en est rendu compte au lycée. C'est une défense. Quant à la présomption, il faut n'en pas manquer pour écrire, c'est-à-dire s'imaginer que nos histoires peuvent intéresser le monde.

Il apparaît dans le premier livre, mélangé au dégorgement, à cette érudition physiologique, ce que l'écrivain sera plus tard. Non pas dans la façon d'écrire, puisque ce n'est pas exactement la sienne, mais dans les centres d'intérêt ; et peut-être que si l'on posait tous les livres d'un écrivain mort à côté de son premier livre, on les y retrouverait en germe. Dans une parenthèse, au coin d'une incidente, derrière un adverbe. Un premier livre est éclatant de qualités dans un magma de maladresses.

Un premier livre est bon s'il a des défauts. Un premier livre sans une faute de *goût*, c'est-à-dire contre les habitudes de la littérature, est le signe d'une grande banalité à venir.

Du premier Camus, *L'Envers et l'endroit*, le critique Brice Parain disait que c'était le meilleur. Le compliment perfide, truc de critique. Et ici faux, car, précisément, pour un premier livre, il manque de défauts. Imprimé à Alger à 350 exemplaires (1937) et réédité par Camus sans enthousiasme en 1958, il doit céder sa place d'authentique premier livre à *Noces* (1938). Camus s'y affiche au bras de peintres italiens dont il ne parlera plus jamais, prend des poses du genre : « Ici encore la vérité doit pourrir et quoi de plus exaltant ? », enfin a la plaisante forfanterie des jeunes ambitieux littéraires. Dans un essai de 1939 de *L'Eté*, il évacue un mépris à la Montherlant et une ironie à la française, comme dans la phrase : « Dans cette heureuse barbarie, ce sont les marques regrettables de la civilisation. » Elle pourrait être de Mérimée.

Le Repos du guerrier de Christiane Rochefort est une sorte de *Liaisons dangereuses* réécrit par Benjamin Constant. Premier roman « bien écrit », et même presque style noble, dont Rochefort se débarrassera au livre suivant, libérant son esprit insolent. On y trouve déjà des moments personnels (que je connais pour tels grâce aux lectures ultérieures), comme l'absence de virgule dans la phrase : « Tant qu'il s'agissait de la mort des autres pourquoi se presser ? » Sur la façon d'écrire, elle a publié un excellent essai, *C'est bizarre l'écriture*.

Un premier roman, c'est une histoire personnelle de la littérature.

Ce premier livre dégorgeur peut être autre qu'un roman. Un livre de poèmes, un essai, une pièce de théâtre. Premier livre, naïf premier livre qui servira aux définitions qu'on fera de l'écrivain toute sa vie. Le premier livre de Cocteau s'intitulait *Le Prince frivole* : on le traita de frivole jusqu'à son dernier livre (pas prince, vous pensez bien) ; aurait-il écrit *Le Banquier rusé* qu'on l'aurait traité de rusé. Paris a toujours besoin de *se faire une idée*, et il se la fait vite.

Le premier Fargue est excellent, c'est *Ludions*, et le dernier aussi, c'est *Méandres*. *Méandres* est même un chef-d'œuvre. Si souvent les derniers livres des très bons écrivains sont l'inverse exact du premier, un triste tas où brille une pauvre lumière, dernier éclat d'un talent qui s'éteint. La fin dégoûtante de Victor Hugo, l'art d'être grand-père et grand-père n'a plus beaucoup d'art. Nous ne savons pas nous arrêter d'écrire. La *Vie de Rancé* est un argument contre la généralisation de cette observation.

De même que les *Epigrammes* de Verlaine, rusés, joueurs et fiers. C'est là que, regardant les jeunes poètes qui commencent à écrire des vers libres, il dit : « — Et moi-même que fais-je en ce moment/Que d'essayer d'émouvoir l'équilibre/D'un nombre ayant deux rythmes seulement ? » Il écrit un poème en octosyllabes dont le premier vers se compose du seul mot : « L'incompréhensibilité », en achève un autre par un vers de dix-sept pieds, le seul de son œuvre (« Je prendrais l'oiseau léger, laissant le lourd crapaud dans sa piscine »), et commence le suivant : « J'ai fait un vers de dix-sept pieds. » Qui ne l'empêche pas de créer le bon alexandrin : « La ville que Vauban orna d'un beau rempart. » Et tout cela est peut-être plus important que de régler des choses plus importantes. Même si une voix l'interpelle : « "Vieux fou, songe plutôt au jour/Où tu devras régler ton compte" », le destin d'un poète n'est-il pas d'imaginer un dernier beau vers ?

Il y a aussi l'*Attila* de Corneille, un de ces livres mal foutus parce que l'auteur s'en fout, chefs-d'œuvre faits avec la grande désinvolture du génie. La mort approche, adieu vivants tous mes cadets qui n'avez rien connu des temps de ma jeunesse où tout s'est décidé, ma réputation est faite, j'écrirai ce qui me chante. A moi la liberté, enfin, à moi l'impérial gâtisme ! Il en résulte un ton d'un certain comique. Il n'est pas à exclure que les vieillards se foutent de nous. Le ramollissement cérébral (ou le durcissement ? le cerveau ne durcit-il pas ?) n'est pas à écarter comme cause, ou plutôt si, il l'est, comme toute, seul le résultat compte. L'aigle, las de voler, reste dans son nid et se remémore de vieilles chasses. Il en rêve une dernière, seul dans son nid mité, le bec mâchouillant l'air. C'est un grand écrivain.

> Christiane Rochefort (1917-1998), *Le Repos du guerrier* : 1958 ; *C'est bizarre l'écriture* : 1970.

PRESTIGE DE LA LITTÉRATURE : Je répéterai jusque sous la torture de leur lecture que je suis pour les livres d'hommes politiques, de chefs d'entreprise, de comédiens, de couturiers : s'ils publient, c'est parce que la littérature a conservé du prestige en France. La raison des livres de Clemenceau, ce sont les poèmes de Baudelaire.

PRINCESSE DE CLÈVES (LA) : Chaque époque a son chef-d'œuvre médiocre que la postérité admire, le croyant élégant. Il est caractéristique. Pour le XVIIe siècle, c'est *La Princesse de Clèves*. La reine Mathilde a fait, croit-on, la tapisserie de Bayeux ; Madame de La Fayette a fait quelques romans. De l'influence du désœuvrement des nobles sur la création artistique.

Les personnages de *La Princesse de Clèves* sont à peu près tous les mêmes et de genre hyperbolique. Le plus beau, le plus d'éclat, le plus de ceci, le plus de cela, sa valeur et son mérite. C'était le parler mondain de l'époque et sa vulgarité. Il nous en est resté quelque chose dans la correspondance, avec ses formules codifiées ; lorsque nous adressons à une femme nos plus respectueux hommages, nous écrivons en Madame de La Fayette. Malgré l'hyperbole, la galanterie reste glaciale.

Les dialogues sont eux aussi faits de la façon la plus conventionnelle. On interrompt celui qui parle lorsqu'il commence à être long, en lui faisant dire : mais je vous ennuie ; alors l'autre : oh non ! je suis tout impatient de connaître la suite ; et le premier reprend. Ainsi pense-t-on avoir laissé respirer le lecteur.

La fin est un disque rayé où les mêmes actions se répètent. Je te vois, je rougis, je te voudrais, va-t'en, je te revois, je re-rougis, etc. La scène de la lettre serait la meilleure si l'auteur la résumait à cinq lignes puis en décrivait les conséquences dans l'esprit des personnages. Au lieu de quoi, inversant les rapports, elle tricote du dialogue, en précisant vaguement ce que pensait tel ou tel. Elle ne montre pas, elle décrit.

Même si on fait semblant d'y croire, ce livre n'a pas de logique intérieure. L'auteur dit : la cour était pleine de ragots et de perfidies, et il n'y a personne pour adresser un billet anonyme au prince de Clèves l'avertissant que l'amoureux est Nemours ?

De temps à autre, la tricoteuse s'interrompt pour raconter une anecdote historique, comme la vie d'Anne Boleyn. Je me demande vraiment comment ce livre peut passer depuis trois cents ans pour un modèle de finesse. Madame de La Fayette avait des relations, Madame de Sévigné, La Rochefoucauld, qui l'ont vantée ; elle avait été l'amie d'Henriette d'Angleterre, dont elle a écrit une *Histoire*.

Ce théâtre de marionnettes dans la cour d'un musée Renaissance un matin d'hiver peut passer pour un échantillon de l'époque. *La Princesse de Clèves* est devenue une convention.

Trois étoiles dans les Michelin littéraires, moins regardants que le Michelin de cuisine.

📖 « L'humeur ambitieuse de la reine lui faisait trouver une grande douceur à régner [...]. »

> 1678.
> ♦
> Marie-Madeleine, comtesse de La Fayette : 1634-1693.

Prononciation : Un bon lecteur de Proust se reconnaît à ce qu'il prononce « Viparisis » le nom de Madame de Villeparisis. Un bon lecteur de Balzac saura que « Troisville » se dit « Tréville » et « Casteran », « Catéran », que « Nucingen » se prononce « Nucineguène », sauf par Nucingen lui-même, qui, avec son fort accent allemand, dit quelque chose comme « Nichineguène ». Pour Rubempré, aucune indication de Balzac : je le prononce Rubampré, comme il me semble qu'on le dirait dans sa Charente natale, mais un des meilleurs connaisseurs de Balzac, Félicien Marceau, dit Rubimpré. Le Costals des *Jeunes Filles*, de Montherlant, se dit « Costa » à Paris et « Costalss » dans le Sud d'où il est originaire et où toutes *les lettres sont faites pour être prononcéeuss*. Au cas où vous le rencontreriez dans une lecture symboliste, Lugné-Poe, le directeur de théâtre, celui qui monta Ubu Roi en 1896, se prononce « Luggnépo ».

Propriété littéraire : Dans *De Mlle Sedaine et de la propriété littéraire*, Alfred de Vigny demande le maintien illimité des droits d'auteur aux héritiers des écrivains. La propriété littéraire cesse en effet soixante-dix ans après la mort de l'écrivain (c'était encore plus bref du temps de Vigny), après quoi son œuvre passe dans le domaine public. Et « passer dans le domaine public » signifie ni plus, ni moins : « nationalisée ». Quel est l'autre groupe humain que les Etats oseraient priver de sa propriété, eux qui reculent comme un roquet à la moindre réunion de trente poids lourds sur une autoroute ? Sur quel raisonnement se fondent-ils ? Leur sentiment artistique ? Cette attitude est uniquement due à l'isolement des artistes : les voyant faibles, l'Etat les mange. C'est une barbarie. Je ne comprends pas que, dans un milieu si prompt à pétitionner, personne n'ait publié une lettre à ce sujet dans un journal.

PROUST (MARCEL) : Romancier austro-hongrois ayant écrit en français. Il est psychologue, ironique, apparemment pernicieux, radiologue de fin de monde, citeur de musique légère et en déduisant l'utilité du leitmotiv en littérature, amateur du style crémeux. Et, dépassant ces caractéristiques autrichiennes, il a, comme tous les grands artistes, modifié la conception qu'on se faisait de son art.

Il a aussi, comme la plupart des artistes, dû enjamber des abîmes sans y tomber. Il a pu le faire grâce à l'amour et à l'admiration de sa mère, qui lui ont donné une force prodigieuse. L'abîme, pour lui, était la mondanité. Dans sa jeunesse, Proust sortait dans les salons. Les maîtresses de maison le prenaient pour une petite chose décorative. « Alors, mon petit Marcel, ce roman, ça avance ? » Elles ne se doutaient pas qu'il accumulait de l'observation. Lui-même faisait tout pour rester assorti au tissu des canapés : il publiait des articles sur le salon de la princesse Mathilde, la traduction de *La Bible d'Amiens* de l'esthète anglais Ruskin, un recueil de jolies nouvelles préfacé par Anatole France et illustrée de lavis par un peintre non moins joli, Madeleine Lemaire. Un jour il s'enferme, et paraît *Du côté de chez Swann* : cris de rage. Il révélait les secrets de la tribu ! La rage fut proportionnelle à la servilité : pendant des années, il leur avait écrit des lettres où la moindre particule était l'égale de la lune. « Et ce qui tombera de votre cerveau sera toujours précieux comme sera toujours fine l'odeur des fleurs d'aubépine. » (A Anna de Noailles, mai 1901.) J'allais dire que ce qu'écrit Proust dans son livre montre rétrospectivement sa fourberie, mais, au moment où il écrivait ses compliments, il les pensait. C'était un snob, qui cessa de l'être pour écrire son roman. D'autre part, était-il ce fourbe petit juif courbé ? Dans une lettre à la même Anna de Noailles, il signale la part de raillerie de lui-même qu'il y a dans ces excès : « Et si cela vous fâche un peu d'être une encore meilleure Sainte Vierge, je dirai que vous êtes comme cette déesse carthaginoise qui inspirait à tous des idées de luxure et à quelques-uns des désirs de piété » (3 décembre 1903). Dans une autre encore, il montre qu'il n'est pas dupe et écrit exactement la même chose qu'il écrira à propos des Guermantes dans *A la recherche du temps perdu* : « [...] la politesse qu'on a appris aux enfants excessivement riches à observer vis-à-vis des gens pauvres, pour remercier le "Créateur" de les avoir mis dans une bonne position sociale, en leur recommandant toutefois de ne pas se lier avec eux, de leur apporter des bols de pruneaux mais de ne pas les inviter au bal, ce qui fait qu'une personne comme la Princesse de Wagram a pu passer sa vie à la fois tendue vers les Grands et courbée "vers les humbles" et aurait pu prendre pour devise "Snobisme et Charité" ». Et il le disait à l'un d'entre eux, Anna Bessaraba de Brancovan, épouse Noailles, toujours elle (le 9 janvier 1904). De purs mondains disent aujourd'hui : « Proust n'était pas reçu », autrement dit dans le « monde », et n'y connaissait donc rien. (Les plus malins l'*adorent*, comprenant qu'il a mythologisé leur milieu.) Proust faisait la même critique à Balzac parce qu'il fait dire « Madame la duchesse » et non « duchesse » à ses personnages lorsqu'ils s'adressent à une duchesse. Tous ont plus ou moins raison : les romanciers décrivent moins qu'ils ne réinventent, et le font bien parce qu'ils viennent de l'extérieur. De l'intérieur, on est mécanisé par les rites et affadi par les prudences. Une abeille n'écrira jamais un bon roman sur les ruches.

Les mondains enragèrent aussi parce que Proust leur avait fait ce qu'ils font habituellement les premiers : *il les avait abandonnés!* Un écrivain, un musicien, un peintre, pour les mondains, c'est un bibelot. Une fois qu'ils ont fait joujou avec lui, ils le jettent. Voyez les dédains de Madame d'Epinay sur son ex-cher Jean-Jacques Rousseau dans ses mémoires (*Histoire de Madame de Montbrillant*), rappelez-vous Cocteau congédié par la riche Francine Weiswciller qui l'hébergeait dans sa villa du Midi.

Les enragés ne peuvent pas concevoir que, si on continue à parler d'eux une fois qu'ils ont disparu, c'est parce que les romanciers les montrent. Tout s'effondre, sauf l'art et ce qui l'a touché. Il ne reste aucun souvenir de grands empires, mais nous en avons gardé celui des statues de Phidias, même disparues ; de la vie, on oublie tout, sauf les très grands assassins et les guerres, c'est-à-dire ce qui nous a fait beaucoup souffrir, mais de l'art, qui nous console, nous élève et nous rend heureux, nous conservons, tant bien que mal, davantage : un fragment de poème de Sappho, un Apollon étrusque sans bras et, dans cinq cents ans, qui sait, un chapitre de Proust réchappé des ruines.

Tremblements enfin sous les bonnets des écrivains sérieux. *A la recherche du temps perdu*, cela a été l'épouvantable surprise. Eux aussi avaient pris Proust pour un inoffensif. De là l'erreur d'André Gide. Gide a refusé le manuscrit de *La Recherche* chez Gallimard parce qu'il le trouvait snob, vraie raison qu'il cacha derrière la fausse explication d'une phrase qui parle des *vertèbres* au *front* de Swann, genre de point minuscule où notre irritation trouve légitimement à s'accrocher. La rive droite de Proust (rue Hamelin, XVIe), celle de la Bourse, passait pour bourgeoise et Second Empire, et répugnait à la rive gauche de Gide (rue Vaneau, VIIe), celle des éditeurs et de l'Université. Des aristocrates du faubourg Saint-Germain également, mais ils y étaient enfermés dans leurs hôtels comme dans des Bastilles, ayant perdu le pouvoir. Le drame dans le jugement littéraire, c'est qu'on connaît les gens. Nous devrions vivre inconnus et publier anonymes.

Proust a survécu à ce refus. Les jeunes bons écrivains survivent à tout. De même qu'on est injuste envers Gide de rappeler sans cesse son refus, ce qui permet d'exhiber de l'indignation et du goût, de même, on l'est envers Sainte-Beuve, à la suite de la publication posthume du *Contre Sainte-Beuve*, brouillon d'*A la recherche du temps perdu* où Proust dit des choses justes contre lui. Même destin encore que celui de George Sand après les imprécations de Baudelaire. Quand un écrivain met du temps à triompher, nous prenons ses partis en même temps que son talent.

Proust a été l'objet d'une haine puissante et plus ou moins camouflée de la part de trois écrivains aussi différents qu'Albert Cohen, juif homophobe, Louis-Ferdinand Céline, antisémite homophobe, et Paul Claudel, antisémite, homophobe et grand chrétien, qui traite Proust de « vieille juive fardée », dans *Les Mémorables* de Maurice Martin du Gard. C'est la gloire.

On ne croyait pas que Proust allait mourir. Cela faisait tant d'années que, dans ses lettres longues et humides, il gémissait ! Je souffre, je vais mourir ! et il ne mourait jamais. Il allait jusqu'à l'écrire dans des préfaces, comme celle du *Tendres Stocks* de Paul Morand :

> Une étrangère a élu domicile dans mon cerveau. Elle allait, elle venait ; bientôt, d'après tout le train qu'elle menait, je connus ses habitudes. D'ailleurs, comme une locataire trop prévenante, elle tint à engager des rapports directs avec moi. Je fus surpris de voir qu'elle n'était pas belle. J'avais toujours cru que la Mort l'était. Sans cela, comment aurait-elle raison de nous ? Quoi qu'il en soit, elle semble aujourd'hui s'être absentée. Pas pour longtemps sans doute, à en juger d'après tout ce qu'elle a laissé.

Ah, non, vraiment, quel coquet ! Cette préface date de 1921. L'année suivante, il était mort. Cinquante et un ans. Comme Balzac. Vidé de l'intérieur par tout ce qu'il avait mis dans son livre. « Cette nuit, j'ai mis le mot "fin" », dit-il à sa bonne Céleste Albaret. C'est au début du printemps de 1922. Il meurt le 18 novembre. Le narrateur l'avait bien dit : « Comme la graine, je pourrais mourir quand la plante se serait développée [...] » (*Le Temps retrouvé*). C'est un fait physique que les médecins étudieraient s'il y avait suffisamment de personnes atteintes : on appelle cela les maladies orphelines, je crois. Tout écrivain est une maladie orpheline. Il invente une créature qui le tue.

Proust est un écrivain qui a beaucoup progressé. Ce qu'il a publié avant *A la recherche du temps perdu* ne la vaut pas. Il y est à un doigt de l'affectation, l'auriculaire que certains trouvent *distingué* de lever avec leur tasse. « Parfois, un matin de printemps égaré dans l'histoire, où la crécelle du conducteur de chèvres résonne plus claire dans l'azur que la flûte d'un pasteur de Sicile *[comme on le voit bien ici, descendant, avec une certaine maladresse, des longs cheveux de Chateaubriand !]*, je voudrais passer le Saint-Gothard neigeux et descendre dans l'Italie en fleurs » (*Contre Sainte-Beuve*). Comment a-t-il progressé ? En allongeant. Il s'est mis à observer toutes les faces de l'objet qu'il décrivait, à ruminer sa pensée, à la digérer lentement, à extraire des images qu'il n'abandonnait qu'après les avoir dépliées, prolongées, épuisées. Le contraire de Voltaire. Et c'est cela, une littérature. Voltaire, et Proust. Hugo, et Guitry. Cendrars, et Valéry.

Proust, c'est la Patience. Avec l'aide de cette déesse, il a fait la guerre à la mémoire. Il a cherché à l'empêcher, elle faite de tant d'oublis, de tout rejeter dans les ténèbres, où l'instinct, ensuite, doit lancer aveuglément ses pattes et tâtonner pour en rapporter des sensations équivalentes au fait. La patience est sans doute ce qu'il a apporté de plus important au roman français.

Il a un rythme d'une infinie souplesse. Il le varie au moyen de phrases courtes, car l'idée populaire que Proust n'est composé que de phrases longues est fausse (comme si d'ailleurs les phrases longues étaient un vice), mais encore de dévidages de raisonnement aussi rusés que réfléchis. Voici l'un des plus fréquents modes de résolutions de problème chez Proust. Soit N, le narrateur, et X, un personnage qu'il ne connaît pas encore. N pense : X = sottise vaniteuse. N fait la connaissance de X. Longue révision de l'équation. N se dit : finalement, avec tous ses défauts, X = aussi gêne sociale + brusquerie par timidité. Que de nuances, nous disons-nous, comme c'est chavirant ! C'est alors que le narrateur procède à un précipité qui finit par une phrase du genre : « Or *[si on classait les écrivains par conjonctions, Proust irait avec « or »]*, cela n'empêchait pas X... d'être aussi grossier que son père. » Au début de *Jean Santeuil*, il montre l'écrivain comme un être désintéressé qui ne songe qu'à son art, vénéré par le narrateur et son camarade, puis nous fait découvrir que, quand personne ne l'observe, il s'amuse à chasser les oies vers la mer pour qu'elles se noient. « Ce qui prouve qu'il n'était pas aussi bon que ces gens le croyaient. » Et on verra plus tard qu'il n'était pas si méchant non plus. Ce n'est pas une méthode de la part de Proust. C'est lui. Sa sensibilité le pousse à conclure que, dans la vie, tous débits et crédits appliqués, tout est vrai. Et cette multitude de portraits s'étalant en petites coupoles parmi les minarets de réflexions sur l'art donne à *La Recherche*, avec son écriture sinueuse et moirée comme un tapis de soie, ses flux, ses reflux et ses doux tangages de mer proche, l'apparence de la mosquée de Soliman à Istanbul ; d'ailleurs, lire Proust, c'est traverser la mer. Assez déconné.

Le seul écrivain de qui Proust, si complimenteur, dise du mal, c'est Péguy. Le style derviche de Péguy froissait le lent dépeçage de Proust : « C'est le reproche qu'on pouvait faire à Péguy, pendant qu'il vivait, d'essayer dix manières de dire une chose, alors qu'il n'y en a qu'une. » Et s'il dit : « pendant qu'il vivait », c'est pour ajouter aussitôt : « La gloire de sa mort admirable a tout effacé. » (Préface à *Tendres Stocks*.) Ah ? Une mort glorieuse efface des erreurs littéraires ? C'est la pensée en temps de guerre. Qui s'étend assez longtemps après la guerre. On aurait l'air d'attenter à la mémoire d'un million et demi de morts si on critiquait les livres d'un seul. L'asservissement du raisonnement est un argument de plus contre les temps de guerre.

Il y a, dans le *Contre Sainte-Beuve*, le mot « snob » (« la couleur irréelle – seule réelle – que le désir des jeunes snobs met sur la comtesse aux yeux violets […] ») : je me demande s'il se trouve une seule fois dans *La Recherche*. Que Proust y décrive tant de snobs sans employer le mot montrerait sa progression vers la finesse, le plus grand art consistant à montrer sans nommer. On s'aperçoit de ce que le narrateur d'*A la recherche du temps perdu* est un snob à ce qu'il parle sans arrêt d'intelligence. Il n'a cependant pas la stérilité imitative de ses semblables, puisqu'il crée. De plus, il précise que l'intelligence est incapable de procéder à la résurrection du passé qui est pour lui l'objet même de la création, et que seul l'instinct peut atteindre : « Car les vérités que l'intelligence saisit […] ont quelque chose de moins profond, de nécessaire que celles que la vie nous a communiquées en une impression […] », dit-il dans *Le Temps retrouvé* ; déjà la préface au *Contre Sainte-Beuve* commençait : « Chaque jour j'attache moins de prix à l'intelligence. » Et, comme il est très intelligent, il précise dans *Le Temps retrouvé* : « On éprouve, mais […] on ne sait pas ce que c'est tant qu'on ne l'a pas approché de l'intelligence », ayant dit dans le *Contre Sainte-Beuve* : « Et cette infériorité de l'intelligence, c'est tout de même à l'intelligence qu'il faut demander de l'établir. » On peut progresser esthétiquement en ayant été intellectuellement prêt. La littérature n'est pas une mise en scène d'idées.

Un gène de Proust qui apparaît dès ses premières fictions est l'admiration par le personnage principal d'un personnage mieux que lui. « Alexis, qui […] rêvait à un avenir où il serait élégant comme une dame et splendide comme un roi, reconnaissait en Baldassare l'idéal le plus élevé qu'il se formait d'un homme […] » (*Les Plaisirs et les Jours*). Le narrateur adorera Swann, Saint-Loup, d'autres, jusqu'au moment où il se décidera à être écrivain. Et comme ce fut une conquête, cela n'aura pas été une résignation. Au reste, pour Proust, rien n'est mieux que l'état d'écrivain, il n'existe pas d'entité supérieure à la littérature. Proust a contribué à transmettre au XXe siècle ce que Voltaire avait entrepris, les romantiques poursuivi et les Grands Totems de la deuxième moitié du XIXe siècle réalisé, l'imposition à la société du prestige de la littérature.

Après tant d'années de triomphe, tout ce qu'*A la recherche du temps perdu* a conquis a l'air d'avoir toujours existé, mais c'est comme le parapluie, importé en Europe par des hommes qui en avaient découvert l'usage en Asie : on les huait dans les rues. C'est Proust qui a parachevé l'annexion à la littérature des faits comme le snobisme et l'homosexualité, abordée avant lui par Francis Carco dans *Jésus-la-Caille* et par Jean Lorrain dans *M. de Bougrelon*; il a apporté à la fiction le personnage de l'écrivain, ou plutôt celui de l'écrivant : le narrateur raconte des pages et des pages durant ses hésitations, son impuissance à écrire, et pour finir décide qu'il écrira son livre. Cette œuvre qu'il fera est faite, puisque nous la lisons. *A la recherche du temps perdu* n'est pas le livre qu'écrira le narrateur, mais sa maturation ; la radiographie d'un cerveau, avec toutes ses circonvolutions, et d'un cœur, avec ses palpitations (plus la photocopie d'un carnet d'adresses). Comment le futur livre pourrait-il être meilleur que cela ? Il ne pourra même pas être différent, car le narrateur a fait la découverte finale que la recherche est le livre. Sous ses airs de souffrance et sa propension à lui accorder trop de valeur, *A la recherche du temps perdu* est un chant sur la jouissance de la création.

Proust ne croyait pas à l'amitié. Le narrateur : « l'amitié qui est une simulation puisque, pour quelques raisons morales qu'il le fasse, l'artiste qui renonce à une heure de travail pour une heure de causerie avec un ami sait qu'il sacrifie une réalité pour quelque chose qui n'existe pas (les amis n'étant des amis que dans cette douce folie que nous avons de la vie [...] » (*Le Temps retrouvé*). Double tautologie : l'amitié est une simulation parce qu'elle n'existe pas, et elle n'existe pas parce que croire qu'elle existe est une folie. Le narrateur a oublié *sa* raison, qu'il avait énoncée à la suite du passage sur la « race maudite » dans *Sodome et Gomorrhe* : un homosexuel, selon lui, ne peut avoir d'amis, car ils le soupçonnent toujours de motifs douteux.

Il y a le Problème des Nationalités, et le Problème des Prénoms dans Proust. Dans *Les Plaisirs et les Jours*, a-t-il choisi le prénom de Baldassare à cause de Baldassare Castiglione, l'auteur du *Livre du courtisan* ? Dans *A la recherche du temps perdu*, a-t-il donné à la duchesse de Guermantes le prénom d'Oriane pour rappeler la chipie qu'Amadis, dans le roman *Amadis de Gaule*, regarde avec les yeux du snobisme courtois (ce serait assez son genre de moquerie pouffante) ?

Il a si bien modifié la conception qu'on se faisait de son art que le *roman proustien* est devenu un genre, jusqu'au jour où un autre grand romancier en a cassé la routine, etc. Proust nous fait de l'usage depuis quatre-vingts ans. Viendra un jour où il sera asséché, et nous le laisserons de côté, d'un seul coup et sans même nous en rendre compte. Cela durera vingt, trente, deux cents, trois cents ans ; après quoi il reviendra peut-être, dans le calme, rafraîchi, éternisé, comme c'est arrivé à Shakespeare et d'autres grands artistes. Le risque, alors, est que ce soit à l'état de statue dorée et froide, vénérée dans l'ennui, comme, je ne sais pas, moi, Dante. Une génuflexion, un bâillement, si on allait au café ? Ils n'auront pas été à plaindre.

📖 « Les écrivains que nous admirons ne peuvent pas nous servir de guides, puisque nous possédons en nous, comme l'aiguille aimantée ou le pigeon voyageur, le sens de notre orientation. » (*Contre Sainte-Beuve*.)

1871-1922.
◆
Les Plaisirs et les Jours : 1896. *A la recherche du temps perdu* : 1913-1927. *Lettres à André Gide* : posth., 1949. *Jean Santeuil* :

> posth., 1952 puis 1971. *Contre Sainte-Beuve* : posth., 1954. *Correspondance* : posth., 1970-1993.
>
> ♦
>
> Baldassare Castiglione (1478-1529), *Le Livre du courtisan* (*Il libro del cortegiano*) : 1528. Madame d'Epinay (1726-1783), *Histoire de Madame de Montbrillant* : posth., 1818. Jean Lorrain, *M. de Bougrelon* : 1897. García Ordóñez de Montalvo, *Amadis de Gaule* : 1495 (version imprimée d'un texte connu depuis le xive siècle ; trad. française : 1540).

PUBLIC : On analyse parfois ce qu'écrit un écrivain relativement au public : le public est une entité abstraite envers laquelle, par conséquent, on ne peut avoir d'intention. On peut dire que le public est un idéal. Comme tous les idéaux, il est très dangereux.

Le public, ce sont les lecteurs qu'on courtise. Ceux qui écrivent pour le flatter y gagnent parfois une popularité. Ils sont devenus prisonniers. C'est peut-être dans ce sens que Jules Renard a dit : « du côté de l'ennemi, le public » (*Journal*, 22 septembre 1908).

Stendhal écrit pour lui-même ses papiers intimes, de là le son si particulier des *Souvenirs d'égotisme* ou de la *Vie de Henry Brulard* : une voix résonnant dans une pièce vide. On sent bien qu'il ne pense à aucun lecteur, sinon d'anciens lui-même dont il regrette la disparition : lui enfant à Grenoble, lui avec Mathilde Viscontini à Milan, lui chez telle dame de Paris où il salonnait en se moquant trop gaiement des sots... Comparez à Chateaubriand qui, quand il écrit, parle pour deux dames assises admirativement près de lui qui se tient nonchalamment debout.

Quand un auteur parle à quelqu'un d'autre qu'à lui-même et vise un public, il donne à ses livres, selon qu'il veut en vendre beaucoup ou épater par son originalité, un petit tour pédagogique ou démagogique. Il sort de la littérature pour entrer en campagne. En bon homme politique, il piétine la sensibilité de l'électorat acquis pour gagner les marges. « Ils sont obligés de voter pour moi. » Et il cherche à convaincre, et il cherche à séduire des gens pas tout à fait bien. C'est ce qui donne à tant de bons écrivains, Chateaubriand, Hugo, une teinte légèrement impure.

Un livre, ça n'est pour personne. Ni pour le public, ni pour soi. Un livre c'est pour les anges.

Punk *ou* **La descendance de Des Esseintes** : Il était une fois un petit écrivain barbu, aigre et très méchant qui travaillait au ministère de l'Intérieur. Il disait des saletés sur tout le monde, de préférence ses amis. Ce grand cœur était pieux. Avant de l'être, il avait écrit des horreurs sur un dévot illuminé, Ernest Hello (le soleil brille, brille, brille). Mais voilà, Huysmans s'était converti, et ces choses-là, qui devraient rester pour soi, sont trompetées aux oreilles de la société que, en fait, on a trouvé un nouveau moyen d'emmerder avec son moi. Qui sait s'il n'y entrait pas aussi l'espoir de toucher, enfin, un public plus vaste ?

Huysmans est l'auteur d'épais romans naturalistes et surtout d'*A rebours*, roman collé à son personnage sans la moindre indépendance d'esprit, un décadent du nom de Des Esseintes. Des Esseintes est un aristocrate selon le cliché « fin de race », c'est-à-dire Gilles de Rais dans le corps de Valentin le Désossé. Pour se divertir de son ennui et fuir une époque qui l'écœure, il expérimente des passions les unes après les autres : le latin, la gemmologie, les parfums, la religion, la drogue, le jardinage. Des Esseintes, c'est Bouvard et Pécuchet en un seul homme. Et écrit par eux. On a rarement vu de livre *culte* aussi grotesque : « cruelles désillusions », « style incisif », « comme un feu de paille » et « l'impérieux besoin » alternent avec le vocabulaire le plus outrancier : il n'est question que de quintessence, d'extraordinaire, d'atroce et d'exécrable, à quoi s'ajoute une préciosité vulgaire, « médicastres », « dégobiller », en un art de la nuance qu'on ne verra plus jusqu'à Céline. Et c'est le même écrivain qui qualifie Hello d'outrecuidant. Huysmans appartient à une espèce d'hommes qui, somme toute, n'est pas rare, celle des cuistres anticuistres. Son style exagéré s'anéantit par son exagération même, et il est si ridicule dans sa prétention sans moyens qu'il finit toujours par me faire sourire : on dirait un nain qui saute sur un tabouret en criant qu'il est un géant.

Le livre reste intéressant pour sa partie de critique littéraire. Il relève que, parmi toute une génération d'écrivains haïssant leur époque, « chez Zola, la nostalgie des au-delà était différente. Il n'y avait en lui aucun désir de migration vers les régimes disparus [...] il s'était rué dans une idéale campagne, où la sève bouillonnait en plein soleil ; il avait songé à de fantastiques ruts de ciel, à de longues pâmoisons de terre, à de fécondantes pluies de pollen tombant dans les organes haletants des fleurs ; il avait abouti à un panthéisme gigantesque [...] ». Interprétation et mots qui révèlent Huysmans. Le critique se lit dans la critique et vous me lisez dans ce livre qui est également une autobiographie, hélas.

Croyant Des Esseintes admirable, Huysmans montre un être ridicule et pathétique, comme souvent les malheureux qui se parent du nom de dandy. C'est donc très légitimement qu'ils ont raffolé de ce catalogue des Trois Suisses des postures. Les dandies punks en particulier, provocateurs, laids, sales et buvant de la bière au litre, y ont trouvé l'équivalent de leur esthétisme antisocial. (Le meilleur chez les punks c'est le sarcasme, comme dans le *My Way* des Sex Pistols.) Et le fait que Des Esseintes ait été un des premiers personnages de fiction à essayer la drogue, bien sûr. Descend d'*A rebours* un des seuls livres français réellement punks, le *NovöVision* d'Yves Adrien, sous-titré, en référence à Musset, « Les Confessions d'un cobaye du siècle ». On pourrait démontrer que les romantiques étaient des punks à leur façon. (On peut tout démontrer.) Adrien qualifie son livre de « récit initiatique de série B », ce qui reste encore assez vaniteux, et la vanité est dandy. Livre de genre, mal fait, avec des poses adolescentes que je trouve charmantes, en vieillissant, après les avoir haïes, les ayant prises : « Mais Orphan, en ce début d'année, se sentait las de Mozart. » Je les avais prises, mais à l'adolescence. Et je fus poussé vers moins de morgue par un professeur de musique qui nargua ma réponse à sa dissertation : « Je ne commente pas Beethoven, je l'écoute. » Ah, paresseux pédantisme, adolescence idéaliste, moi ! Adrien sait être narquois, à la Laforgue, c'est-à-dire une narquoiserie qui vénère ce qu'elle nargue : « Quant à l'art, oh, l'art... » Etant punk, il a été marqué par le symbolisme (« s'assortissait au privilège »), et voici d'autres moments Laforgue : « Un personnage pareil à d'autres : périphérique et confus, égoïste surtout. » Moments Burroughs : « précipitant de nouveaux perdants dans la, *splaash*, piscine des ténèbres ». Belles images, comme celle-ci, sur le monde occidental qu'il dit obsédé de supériorité : « On eût dit un ballet de girafes myopes sur fond de savane monochrome. » Et puis la brocante habituelle : la chanteuse Nico, le Chelsea Hotel, cette bergerie des hagards de la célébrité qui cherchent à en acquérir une en rôdant dans son entrée, Amanda Lear 1976, John Cale, les Stinky Toys, la drogue qui vous fait lire les tabloïds avec passion et ingurgiter la télévision des nuits entières (« La TV et moi, nous étant beaucoup regardés... »), la 42e Rue, Iggy Pop, Pacadis, dandy exact : sale et laid, se détestant, aimant cette détestation, malheureux, le Palace, une certaine crédulité, le Palace, Pacadis, la came, le Chelsea, Nico...

Yves Adrien a tenté d'écrire d'autres romans, dont il a été incapable et cette stérilité fait partie du dandysme ; il est même extraordinaire qu'il ait réussi à écrire deux livres. (Le second est une sorte d'essai, *2001, une apocalypse rock*.) Le dandy publiant est en partie raté, puisqu'il a réussi à écrire. Les inédits d'Yves Adrien, *F pour Fantomisation*, sont le vide-poches des dandies 1980 : esthétisme de la conversion religieuse et du suicide (ils n'ont jamais prétendu écrire des traités de logique), références, non pas personnelles, car ces grands individualistes reproduisent des modèles : ici celles des symbolistes, comme les Enervés de Jumièges. Plus la drogue, des tendances fascistes rock et un personnage de début de roman nommé Edgeworth de Firmont qui est l'ombre de Des Esseintes, on dirait un bébé de 1884 (publication d'*A rebours*) transporté en 1976 (premier single des Sex Pistols, *« Anarchy in The UK »*). Les postures, qui protègent, finissent par tuer.

> Yves Adrien (1951-2001), *NovöVision* : 1980 ; *2001, une apocalypse rock* : 2001 ; *F pour Fantomisation* : posth., 2004. Sex Pistols, « *My Way* » : 1978.

PYRÉNÉES : Les Hautes-Pyrénées sont un département français. J'y connais une ville banalement laide s'intéressant très peu à la littérature qui reste néanmoins une ville de poètes : naquirent à Tarbes Théophile Gautier, Tristan Derème, Laurent Tailhade. Enfin, Gautier y a vécu jusqu'à l'âge de trois ans. Quant à Jules Laforgue et Isidore Ducasse (deux noms bien du pays), qui y ont leur rue, ils sont nés à Montevidéo, étant de famille tarbaise et vivant à Tarbes leur enfance et leur adolescence. Dans ses poèmes, Laforgue a une rime qui révèle l'accent du Sud-Ouest, « gaz » avec « strass » (« Complainte des crépuscules célibataires », dans *Des fleurs de bonne volonté*) : on y dit aussi « Saint-Jean-de-Luss ». Tarbes est la ville natale du maréchal Foch et du conventionnel Bertrand Barère, dont nous apprenions en classe qu'on l'avait surnommé l'Anacréon de la guillotine, ce qui me permit d'apprendre qui était Anacréon.

Frontalier est le département qui changea quand j'étais enfant son nom de Basses-Pyrénées en Pyrénées-Atlantiques. Ainsi les Côtes-du-Nord devinrent-elles d'Armor, croyant cela plus attirant. Les Basses-Pyrénées furent un substitut de colonie entre 1871 et 1914. Alors que Bismarck, pour nous faire oublier la perte de l'Alsace et de la Lorraine, nous poussait à manger l'Indochine, ce que des écrivains comme Claude Farrère approuvaient dans des romans comme *Les Civilisés*, d'autres s'en détournèrent, jusqu'à Pierre Loti, qui délaissa un instant les spahis et le Maroc pour le berger basque Ramuntcho ; Toulet, qui voyagea en bateau, ne trouva rien d'intéressant dans les colonies (anglaises) sinon lui-même, puisqu'il s'expédia des cartes postales pour les lire à son retour ; Francis Jammes, au lieu de faire le Père blanc au Sénégal, catholicisa les ânes du Louron. Francis Jammes, ce faux humble astucieux, comme le fut après lui Paul Guth, l'auteur du *Naïf aux quarante enfants*, lui aussi Haut-Pyrénéen, d'Ossun, tandis que Jammes est de Tournay. Il s'établit à Hasparren et écrivit un essai intitulé *Basses-Pyrénées*. Il y a trop de bigoterie et d'adjectifs dans ses romans, encore que j'aie une faiblesse pour *Pipe, chien*, histoire d'un petit chien qui s'enfuit d'un cirque pour Bayonne, et, dans la masse élégiaque et bernardinesque de ses poèmes, il en a écrit de très bons à ses débuts, notamment l'excellent recueil *De l'Angélus de l'aube à l'Angélus du soir*, qui suffit à le sauver. En voici quelques débuts :

> Lorsque je serai mort, toi qui as les yeux bleus

> La maison serait pleine de roses et de guêpes

> La vallée d'Almeria. La vallée d'Almeria
> doit être une vallée en tubéreuse aux eaux d'argent

Quant à *Ramuntcho*, sa première phrase mériterait d'être aussi célèbre que celle de *Salammbô* (« C'était à Megara, faubourg de Carthage, dans les jardins d'Hamilcar »), en la privant de son ultime adjectif :

> Les tristes courlis, annonciateurs de l'automne, venaient d'apparaître en masse dans une bourrasque grise, fuyant la haute mer sous la menace des tourmentes prochaines.

Loti était de Rochefort, mais il est mort à Hendaye.

> Claude Farrère (1876-1957), *Les Civilisés* : 1905. Paul Guth (1910-1997), *Le Naïf aux quarante enfants* : 1959. Pierre Loti, *Le Roman d'un spahi* : 1881 ; *Au Maroc* : 1890 ; *Ramuntcho* : 1897. Francis Jammes (1868-1938), *De l'Angélus de l'aube à l'Angélus du soir* : 1898 ; *Basses-Pyrénées* : 1926 ; *Pipe, chien* : 1933.

Q

Quantité • Quantité et type de diffusion • *Qu'est-ce que la littérature ?*

Quantité : La quantité est un élément de la qualité. Prenons Hugo. C'est le palais impérial de Vienne, vaste, ouvragé, dans un parc planté d'arbres. D'autres écrivains sont un petit appartement en ville. Cela n'entraîne pas que Hugo soit meilleur que l'écrivain-appartement. Celui-ci peut être de proportions idéales, meublé de façon parfaite. La postérité s'y installe plus facilement. Plus de confort, moins d'entretien. Les œuvres complètes de Hugo remplissent quinze volumes de la collection Bouquins. On les lit rarement en entier. Seulement, on les a. Un jour, j'y ai trouvé son « Mirabeau », dans *Littérature et philosophie mêlées*, et j'ai été transporté. C'est l'avantage de la quantité : elle peut recéler plus de trésors. Léautaud, Constant, c'est très bien, mais il n'y a pas une image, une pensée en plus. Le désavantage de la quantité est qu'elle s'accompagne souvent, à la longue, d'un manque de tenue.

Quantité ou pas, le talent décide. Tel qui a écrit des milliers de pages comme Victor Hugo ne l'égale pas pour cela : il est simplement aussi gros.

Une phrase courante du bon goût : « Il écrit trop. » Et c'est 1599, année où Shakespeare écrit *Henri V, Jules César, Comme il vous plaira*, et la première version de *Hamlet*.

Il y a une panique chez les écrivains qui publient énormément. Ils croiraient mourir s'il n'y avait pas, tous les six mois, un livre d'eux dans les librairies. Quand l'écrivain qui publie peu se dit présomptueusement : ma qualité suffira, l'écrivain qui publie beaucoup pense modestement : dans le lot, il restera bien quelque chose.

C'est la quantité, les millions d'entrées pour tel film, les centaines de milliers d'exemplaires vendus de tel livre, qui signalent la couleur esthétique d'une période. On devrait éditer des *Livres de l'année* des quantités. Telle année, tant d'entrées pour tel et tel film. Tant de milliers de paires de baskets. Tant de disques de rap. Le portrait serait fait.

Quantité et type de diffusion : Une quantité de diffusion qu'on connaît d'avance entraîne une modification de la pensée. C'est le problème de la télévision hertzienne : comme on s'y adresse à des millions de personnes, on affadit son propos pour éviter de choquer les prudes et les sots, qui ne sont pas les moins nombreux, ni les moins braillards.

Qu'une forte quantité de diffusion engendre de la pruderie se remarque grâce à *La Planète des singes*. Dans le roman, le personnage principal est mis en cage en compagnie d'une femme pour qu'ils fassent l'amour et que les singes puissent procéder à des études sur le comportement sexuel des humains ; lorsque la guenon, ayant compris qu'il est civilisé, accepte de le faire sortir, il lui demande des vêtements : non, répond-elle, vous auriez l'air aussi étrange que, sur la terre, un singe marchant habillé dans la rue. Dans le film, on ne voit pas Charlton Heston faire l'amour, ni autrement qu'en pagne. Autre adaptation de Pierre Boulle, *Le Pont de la rivière Kwaï* : à la fin du film, le colonel anglais fait sauter le pont ; à la fin du livre, il le sauve. Cela modifie le personnage : ce colonel Nicholson, dont nous espérions qu'il serait un sublime vieux con qui s'arrangerait pour faire triompher sa patrie n'est qu'un vieux con borné.

Les best-sellers, romans faits pour se vendre à deux cent mille exemplaires (non qu'ils y parviennent tous, loin de là, la plupart d'entre eux vivent les poussifs débuts de *Du côté de chez Swann* sans en avoir la fin), outre de ne pas être écrits, ne disent que des banalités, et il y a moins de férocité sur les manipulations juridiques dans un roman signé par John Grisham que dans dix lignes de Balzac. Les romans de Balzac finirent par se vendre, mais il ne les avait pas écrits pour cela.

Qu'est-ce que la littérature ? : *Qu'est-ce que la littérature ?* est un livre passionnant, incomplet, léger, où le péremptoire supplée aux trous d'air qu'engendrent les légèretés, peu philosophique en ceci qu'il ne définit jamais les notions examinées, très sympathique en ceci qu'il est pour les vivants et parsemé de brillants morceaux ; un livre sartrien, en somme.

Inconséquences de Sartre : 1) il dégage la poésie de l'engagement, comme s'il n'y avait pas eu Agrippa d'Aubigné, Victor Hugo, Louis Veuillot, Voltaire ; 2) il engage « la prose ». Qu'est-ce que c'est, « la prose » ? Le roman, l'essai, le théâtre sont des choses différentes. Ou bien elles sont les mêmes, mais dans ce cas-là les mêmes que la poésie aussi. Il a pour le dégagement de la poésie des arguments qui pourraient convenir à la prose. A la fin c'est condescendant, cette façon de lui refuser ce à quoi il tient le plus : il la réduit à l'état de bibelot.

Jamais il ne dit ce que c'est pour lui, cette « littérature ». Jamais ne se vit titre plus abusif. Dans l'ensemble, il n'en voit que la possibilité discoureuse. C'est son côté homme de monologue, professeur. Pour lui, la littérature, c'est la harangue.

Or, ce qu'il dit de la peinture : « Cette déchirure jaune du ciel au-dessus du Golgotha, le Tintoret ne l'a pas choisie pour signifier l'angoisse, ni non plus la provoquer ; elle est angoisse, et ciel jaune en même temps », et qu'il concède à la poésie, existe aussi pour « la prose ». Quand il décrit un chien qui dort, le passage d'un roman est ce chien qui dort. C'est également le cas pour la littérature de non-fiction : dans un essai littéraire ou les mémoires d'un écrivain, un portrait de Kennedy est Kennedy, la description de l'Acropole est l'Acropole. L'écrivain de littérature cherche à créer, à partir d'images qui durciront dans l'esprit des lecteurs, une matière.

📖 « Au fond, on ne paie pas l'écrivain : on le nourrit, bien ou mal selon les époques. »

‖ 1948.

Rabelais • Racine • Raison • Réalisme • *Récit secret* • Redécouvertes • Réel • Règles • Régnier (Mathurin) • Relire • Répétitions • Ressemblance • Rêve, songe • Rimbaud • Rites et cérémonies • Rivarol • Romains • Roman • *Roman comique (Le)* • Romanesque • Roman français, anglais, américain • Roman, société • Romans à la deuxième personne du singulier • Romans d'amour • Romans d'anticipation • Romans historiques • Romantiques • Rostand *et* Dumas fils • *Rouge et le Noir (Le)* • Rousseau.

Rabelais (François) : Médecin, sceptique, railleur, Rabelais est contre les excès, sauf les siens. C'est un enfant très intelligent et insupportable : quand il a trouvé une bonne blague, il est si content qu'il la répète cent fois sans s'arrêter. C'est le moment où il ne ressemble pas au Voltaire qu'il est intellectuellement : littérairement, Rabelais est un Voltaire non jardiné.

Il est une des cinquante ou cent personnes qui, en leur temps, ont sauvé les libertés de la France. Je n'ai pas besoin de rappeler la tradition que suivait l'Université de pourchasser les écrivains : Rabelais pouvait le voir avec Clément Marot, né la même année que lui, et ses grands-parents avaient dû lui rappeler que Cauchon, le célèbre Cauchon qui fit condamner Jeanne d'Arc, avait été nommé évêque sans être prêtre pour services rendus à la faculté de théologie, la Sorbonne dont il était l'employé. Et notre mangeur de viande, avec courage, s'attaque à la cuistrerie.

C'est l'époque où la Sorbonne interdit l'étude du grec : l'esprit d'examen naissant lui paraît un danger de luthérianisme ; on confisque à Rabelais ses livres de grec, il est plusieurs fois interdit par la Sorbonne. *Gargantua* pour obscénité, le *Tiers Livre* pour hérésie, le *Quart Livre* pour des raisons en réalité politiques. Une traduction de l'allemand a connu une grande fortune, celle du mot *Humanismus*. Récent d'ailleurs, vers 1840, pendant la Renaissance qui ne s'appelait pas non plus Renaissance on disait « lettres humaines », « lettres d'humanité », « humanités ». Quant à la Renaissance, son raffinement a fait oublier la formation si rudimentaire de son nom : dirait-on « remort » ? C'est Hugo qui a inventé le mot. Cela va bien avec son intelligence à la recherche de la naïveté.

Les romans de Rabelais sont un mélange de roman et d'apologue, et je me passerais de l'apologue. Il faut voir d'où il part :

plutôt que d'avoir ajouté de l'apologue, il en enlève à la fiction et développe la part roman. La fiction était une décharge de contes extravagants ; avec sa grossièreté de déménageur, Rabelais vide la vieille maison fabuleuse. Et avec des délicatesses de déménageur pour transporter les porcelaines. Ses excès lui donnent parfois de la poésie. Ils ne sont pas, surtout après le *Pantagruel*, des trivialités pour la trivialité, mais des balles lancées en rafale sur la tête des pontifiants en chaire, un jeu de massacre. Il a fabriqué les balles à partir de leur propre sottise. On cite dix fois une phrase pompeuse et, sans qu'il soit besoin de la commenter, son ridicule apparaît.

Il fait partie de ces écrivains joviaux, talentueux et bordéliques, de qui l'on voudrait qu'ils s'ordonnent, comme Dylan Thomas. Ils ne le peuvent pas. Le bordélique est leur nature. Dissocier le délicat du grossier, le nerf du gras, leur est impossible. Ils ne comprendraient même pas de quoi on leur parle. Rabelais n'en est pas moins un raisonnable. Exagération n'est pas déraison.

Il est prodigieux que, vu l'état du français en prose de son temps, non dégrossi, mal attrapable, sa personnalité transparaisse et sa finesse s'entende. C'est dire son génie.

Il est contre le parasitisme des moines, le culte des saints, les pèlerinages, mais il n'a jamais approché du protestantisme, qui pense avec Marguerite de Navarre (à qui le *Tiers Livre* est dédié) que le vrai chrétien doit aimer la mort comme la vie et que l'homme est une créature incapable de faire le bien sans le secours de la grâce. Rabelais, qui a l'honneur d'être traité d'impie par Calvin, a confiance en l'homme. Nous n'élèverons jamais assez de statues à ces hommes qui ont contribué à nous redonner de la fierté.

Selon Hugo, « la laitue romaine a été apportée d'Italie en France par Rabelais ». (*Choses vues*, 9 avril 1848.) Eh bien, ça n'est pas mal. Tous les écrivains n'en font pas autant. Et non seulement nous lui devons la laitue, en plus de bien de la gaieté, mais aussi le platane, dont il envoya une graine de Rome à

Geoffroy d'Estissac, évêque de Maillezais dans le Poitou, du neveu duquel il avait été le précepteur.

📖 « Pour ce que gens libres, bien nés, bien instruits, conversant en compagnies honnêtes, ont par nature un instinct et aiguillon qui toujours les pousse à faits vertueux et retire de vice, lequel ils nommaient honneur. » (*Gargantua*.)

> 1494-1553.
> ◆
> *Gargantua* : 1535. *Gargantua-Pantagruel* : 1542. *Tiers Livre* : 1546. *Quart Livre* : 1548 et 1552.
> ◆
> Dylan Thomas : 1914-1953.

RACINE (JEAN) : Parmi les trois écrivains sur lesquels j'ai eu envie d'écrire un livre, il y a eu Racine, je l'aurais intitulé

Ce que la France doit à Racine.

Elle ne le reconnaît pas de si bon cœur, allez : Racine est avec Alfred de Musset le grand écrivain le plus injurié de France. En dire du mal est le certificat d'indépendance des esprits forts. Montherlant, dans ses *Carnets*, se donne le ridicule de compter les bons vers dans ses pièces et de n'en trouver que dix. (Il changera d'avis dans son dernier livre, *La Marée du soir*.) Malraux : « Les Français aiment Racine, parce qu'ils ont posé une fois pour toutes qu'il incarnait la France. Or, la France ne peut pas s'incarner en quelque chose de médiocre. Ça les amène à dire que Racine est admirable. » (*In* Roger Stéphane, *Fin d'une jeunesse*.) Claudel : « Assisté à *Bérénice* avec un ennui écrasant ; ce marivaudage sentimental, cette casuistique inépuisable, le tout dans un ronron élégant et gris » (*Journal*). Le plus beau étant Rosny aîné, vous voyez ça, Rosny aîné, un des élégants néonaturalistes du début du XXe siècle, qui dit : « Racine, oui, mais ça manque de beaux vers » (Jules Renard,

Journal, 1ᵉʳ mars 1908). Cela rappelle l'intelligente remarque de l'empereur Joseph II à propos de la musique de Mozart : « Il y a trop de notes. » S'il est probable que Racine, c'est la France s'admirant elle-même de son bon goût, cela n'empêche pas qu'il soit Racine.

Il était à la mode, dans les années 1980, de parler de la triple qualification chez Racine. Je crois que c'était pour embêter Sagan, dont on disait qu'elle la lui avait volée (« ce goût d'ennui, de solitude et parfois d'exaltation » *Un certain sourire*). A part : « Je me trouvais barbare, injuste, criminel » (*Bajazet*, III, 4), on en chercherait beaucoup d'exemples dans Racine. C'est Proust qui a le premier qualifié triplement à un point presque maniaque, de là peut-être Sagan, et cette légende sur Racine, très souvent cité dans *A la recherche du temps perdu*. Et qui sait si Proust ne le tient pas du préfacier de son premier livre, Anatole France ? Racine a de bien plus réelles particularités. L'emploi du verbe « traîner », par exemple. Phèdre parlant célèbrement de son beau-fils,

> Charmant, jeune, traînant tous les cœurs après soi (*Phèdre*, II, 5).

ou encore :

> Tout l'âge, et le malheur que je traîne avec moi (*Mithridate*, III, 5).

ou :

> Traîner de mers en mers ma chaîne et mes ennuis (*Andromaque*, I, 1).

Chez Racine on traîne, car Racine est une traîne. Quelque chose de très élégant, de très souple et de très charmeur. Et de très simple, aussi, ce qu'il veut être avant tout. Il n'hésite pas à répéter un mot plutôt que d'employer une périphrase, pudeur qui tourne souvent à la vulgarité. Si je me rappelle bien, il a écrit à un de ses fils une lettre où il lui reproche d'employer le verbe « guetter » au lieu de « faire le guet ». (Le mot n'est peut-être pas *guet*, mais la notion est celle-là.) Racine était pour la répétition et pour le verbe *faire*, ce que nos professeurs de français nous déconseillaient. Ils enseignaient Racine, mais pas sa façon d'écrire. Simple, vous dis-je : « Ce n'est point une nécessité qu'il y ait du sang et des morts dans une tragédie » (préface à *Bérénice*). Déclaration qui vient en partie de ce que Corneille était venu pontifier à la première de *Britannicus*, et en plus grande partie encore de ce que c'était son tempérament : il avait horreur du tapage. Et donc de Corneille. Il déclencha une guerre de haute couture en faisant défiler des modèles à la Yves Saint Laurent. Admirez le tombé ! Six mètres de tissu seulement ! Gris si discret si chic ! Tandis que les défilés Corneille ! Excès de matière ! De couleurs ! Colifichets ! Vêtements de Frédégonde ! Grotesque Galliano ! Plus tard, bien plus tard, recevant Thomas Corneille à l'Académie française, Racine lui fit des compliments sur son frère, à qui il succédait. Ce n'est pas dans un discours à l'Académie française qu'on dit exactement ce qu'on pense, mais là, qui sait ? On s'attendrit souvent à se rappeler un ancien ennemi. Notre jeunesse... Et puis, trente ans de querelles, on peut appeler ça un mariage. Et Racine de reprendre sèchement son fils Louis sur le respect qu'il doit à Corneille (*Vie de Racine*). On se fait trop d'idées sur Racine à partir de ses pièces, comme sur tout écrivain, finalement : Louis Racine rapporte que son père éclatait de rire à la lecture du *Virgile travesti* de Scarron. Ce qui irritait Boileau, le satirique.

Racine a un art envoûtant de la répétition. Répétitions d'insistance :

C'est moi, prince, c'est moi dont l'utile secours
Vous eût du labyrinthe enseigné les détours (*Phèdre*, II, 5).

De supplique :

Daigne, daigne, mon Dieu... (*Athalie*, I, 2)

De rage :

> Reprenez, reprenez cet empire funeste… (*La Thébaïde*, V, 6)

De mépris :

> Retournez, retournez à la fille d'Hélène… (*Andromaque*, I, 4)

Il montre sans dire. Quand Titus apparaît dans *Bérénice*, il a pour première phrase : « A-t-on vu de ma part le roi de Commagène ? » et pour quatrième : « Et que fait la reine Bérénice ? » (II, 1) On comprend qu'on a affaire à un homme préoccupé par les rangs. Dans la même pièce, Bérénice s'exclamant :

> Pour jamais ! Ah ! seigneur, songez-vous en vous-même
> Combien ce mot cruel est affreux quand on aime ?
> Dans un mois, dans un an, comment souffrirons-nous,
> Seigneur, que tant de mers me séparent de vous ?

avec son jeu du « vous-on-nous-me », ne révèle-t-elle pas un égoïsme du malheur ? Dans *Iphigénie*, les six vers de la tirade d'Eriphile, à partir de la délicieuse litote : « Je le vis. Son aspect n'avait rien de farouche » (II, 1), tous commencés par « je » : nous la comprenons possédée par son amour. Racine emploie le plus souvent des mots courts : cela permet de dire plus de choses dans son vers, que des noms propres comme Agamemnon lui mangent au tiers. Il emploie peu de mots en *tion*, ces sifflements de la poésie démonstrative. L'abus s'en répandra cinquante ans plus tard, dans le pédagogue XVIIIe siècle.

C'est un vertige de finesses. Comme il fait bien sentir l'ironie blessée ! « L'hymen va succéder à vos longues amours ? » (Antiochus dans *Bérénice*, I, 4.) C'est le moment où ses personnages vertueux, qui sont des naïfs, expriment une surprise. Ils viennent de découvrir quelque chose sur eux-mêmes. Ils se persuadent par syllogismes (Hermione dans *Andromaque*, III, 4), ont des coups d'orgueil (le : « Qui, moi ? » de Clytemnestre à qui Agamemnon propose de ne pas accompagner sa fille à son supposé mariage, *Iphigénie*, III, 1). Le simple mot « et » dans « Et la sultane est-elle en état de m'entendre ? » d'Acomat (*Bajazet*, IV, 7), en réponse à une question débutant par : « Et pourquoi donc », veut dire : allons, naïf, réfléchis ! Si Racine était un tissu, il serait de la moire.

Il trouve extrêmement bien les méchancetés. C'est là que la calomnie s'est fournie en engrais : s'il le fait, c'est qu'il est méchant ! Elle ne se dit pas qu'il a pu l'éprouver. Ou qu'il a de l'imagination. Un sommet est atteint dans *Phèdre* lorsque Aricie demande : « Dit-on quelle aventure a terminé ses jours ? » (II, 1) Elle veut en jouir. Quand la cruauté est jointe au pouvoir, elle se justifie par ses excès mêmes : « A force d'attentats perdre tous mes remords », dit Mathan, le prêtre apostat d'*Athalie* (III, 3). Et, s'il fallait des alibis :

> Faites périr le frère, abandonnez la sœur.
> Rome sur ses autels prodiguant les victimes,
> Fussent-ils innocents, leur trouvera des crimes (*Britannicus*, IV, 4).

Racine sait comment le pouvoir fonctionne. C'est à se demander comment Louis XIV a admis qu'il le révèle.

Racine dit discrètement des choses audacieuses. La confusion d'amour qu'éprouve Andromaque entre le fils et le père : « Cent fois le nom d'Hector est sorti de sa bouche./Vainement à son fils j'assurais mon secours :/C'est Hector, disait-elle en l'embrassant toujours ;/Voilà ses yeux, sa bouche, et déjà son audace./C'est lui-même ; c'est toi, cher époux, que j'embrasse. » Cela devient frôlement d'inceste dans *Phèdre*, lorsque Phèdre courtise Hippolyte en lui parlant de son père. D'ailleurs, jeune homme, il vous ressemble physiquement ; pourquoi n'êtes-vous pas allé à la guerre avec lui ? « Que de soins m'eût coûté cette tête charmante ! » Hippolyte, intimidé : mais enfin... c'est mon père ! Alors Phèdre, avec le coup de talon de l'orgueil pris en flagrant délit de bassesse :

qui vous permet de supposer que je l'oublie ? (« Aurais-je perdu tout le soin de ma gloire ? ») De la folie, fréquente chez Racine, Marcel Proust déduisait qu'il était une folle refoulée, un Tennessee Williams non *outé* : « Et sans doute une hystérique de génie se débattait-elle en Racine, sous le contrôle d'une intelligence supérieure, et simula-t-elle pour lui dans ses tragédies, avec une perfection qui n'a jamais été égalée, les flux et le reflux, le tangage multiple, et malgré cela totalement saisi, de la passion. » (Préface aux *Tendres Stocks* de Paul Morand.) Cela me paraît un désir de Proust plus qu'une réalité de Racine : Racine est un calme.

Il rime parfois platement, et c'est exprès (la coupe Saint Laurent) ; d'autres fois, et c'est moins volontaire, il rime faiblement, appariant des mots de même famille (« désir » avec « plaisir », dans *Britannicus*) ou versifiant uniquement sur la dernière voyelle (« Pasiphaé », la fameuse fille de Minos et de, avec « envoyé » dans *Phèdre*), sans parler de vers presque prosaïques, sans que je donne de sens péjoratif à ce mot (quasi-prose, Hippolyte disant dans *Phèdre* : « Cependant vous sortez. Et je pars. Et j'ignore/Si je n'offense point... », mais quasi seulement ; il finit : « ... ces charmes que j'adore ». Il y a rime). Cela vient probablement de ce qu'il écrivait d'abord ses pièces en prose, mais on pourrait aussi dire que c'est un début de révolte contre l'habitude alors centenaire de faire les tragédies en vers. Au lieu de se révolter vraiment, il a préféré les porter à la perfection, ce qui est un autre moyen de tuer.

Ce n'est pas dans la rime qu'il faut chercher un génie qu'il n'a pas eu l'intention d'y mettre, mais dans le rythme. Et là, quelle musicalité. On pourrait en faire un disque compact.

JEAN RACINE – Les plus beaux airs pour femmes. *Extraits. Highlights. Auszüge.* « CHOC. » « Un événement exceptionnel. » « **** » « Livret à l'intérieur. » 1. « Oui, prince, je languis, je brûle pour Thésée... » (*Phèdre*) 2. « Ah ! c'en est trop, Seigneur. Tant de raisonnements offensent ma colère... » (*Andromaque*) 3. « Poursuis, Néron : avec de tels ministres... » (*Britannicus*)

4. « O monstre, que Mégère en ses flancs a porté ! » (*Iphigénie*) 5. « Dieu des juifs, tu l'emportes !... » (*Athalie*) 6. « Non, je ne veux plus rien... » (*Bajazet*) 7. « Hé bien ! régnez, cruel ; contentez votre gloire... » (*Bérénice*)

Belles voix d'hommes, aussi : Oreste dans *Andromaque*, Acomat dans *Bajazet*, Néron dans *Britannicus*, il est vrai que ce Néron est assez féminin. « Mais je mettrai ma joie à le désespérer. Je me fais de sa peine une image charmante. » Il est fréquent chez Racine que les hommes soient féminins et les femmes viriles. Dans *Iphigénie*, c'est Clytemnestre l'homme, dans *Britannicus*, Agrippine. Si du moins on attribue l'esprit de décision au mâle et au mot « féminin » les raffinements de la méchanceté. Ils sont aussi bien masculins, n'est-ce pas, puisque c'est Néron, puisque ce sont des hommes. L'opposition chez Racine n'est pas entre le masculin et le féminin, mais entre le doux et la brute. Le combat contre la brutalité, qu'il appelle barbarie, c'est celui de *Bajazet*, c'est celui d'*Iphigénie*, c'est celui de *Britannicus*, où Agrippine se dresse devant Néron, c'est celui de *Mithridate*, où le barbare, Mithridate, finit par combattre contre lui-même. Voilà ce qu'il a apporté à la France. On trouvait tout naturel de s'esclaffer au-dessus des tripes fumantes de ses ennemis, il fait ranger les sabres des Horaces au fourreau. Pour lui, la mort n'est pas la solution : « Vivez enfin », dit Monime (*Mithridate*, IV, 2). « Vivez donc », crie Œnone (*Phèdre*, I, 3).

Avec cela arrive la cruauté, mais au moins la cruauté est un calme. L'amour ? Il n'en est pas enivré. C'est une sensation à laquelle il accorde avant tout une valeur, très utilement théâtrale, d'anarchie. Il n'analyse pas ses conséquences sentimentales, mais le conflit qu'il engendre avec l'ordre établi. Je me demande s'il existe une littérature plus éminemment sociale que la littérature française.

Il émerge dans ses pièces des notions qui n'écloront que bien plus tard. Une révolte de la tendresse contre l'Etat (« tendresse » est un de ses mots les plus fréquents), de l'intime contre la convention, de l'individu contre le groupe. « J'allais, seigneur, pleurer un moment avec lui », dit Andromaque à propos de son fils. La tentation du suicide. Plusieurs personnages l'envisagent, certains l'accomplissent, comme Atalide dans *Bajazet*. Racine n'insiste pas. Nous ne voyons pas nécessairement l'importance de ce que nous déterrons. Cela n'en a sans doute pas encore. Nos successeurs, une fois que nous avons mangé la viande autour des os, s'en emparent et les vident de leur moelle. La première en France à écrire un livre sur le suicide sera Madame de Staël.

Tout le monde était jeune, du temps que Racine écrivait, y compris le roi, qui était de 38, lui de 39. On s'intéressait naturellement à cet âge. L'originalité de Corneille avait été de s'intéresser aux vieux dans un temps de jeunesse. A l'exception de Mithridate, père de famille, et d'Athalie, grand-mère, les rôles-titres de Racine sont tenus par les jeunes : Iphigénie, Bajazet, Andromaque, Bérénice, Britannicus. Ils tentent de desserrer les tenailles d'un ordre instauré par les anciens. Ils ne gagnent pas. Mai 68 venait d'avoir lieu sous le nom de Fronde et avait échoué.

Si Racine a pris à l'Antiquité la vieille idée de la haine des dieux envers les humains, il invente la neuve idée du malheur des rois. Ils sont prisonniers de la prison qu'ils ont créée :

Et je l'ai vue aussi cette cour peu sincère... (Titus dans *Bérénice*, II, 2)

et qui les trompe :

Tous ceux qui, comme toi, par de lâches adresses,
Des princes malheureux nourrissent les faiblesses (Phèdre dans *Phèdre*, IV,6).

Prisonniers aussi de la tenue qu'ils sont obligés d'avoir :

Triste destin des rois ! Esclaves que nous sommes
Et des rigueurs du sort, et des discours des hommes,

> Nous nous voyons sans cesse assiégés de témoins,
> Et les plus malheureux osent pleurer le moins ! (Agamemnon dans *Iphigénie*, I, 5).

Voilà sans doute pourquoi Louis XIV a laissé passer les révélations sur les férocités du pouvoir. Racine en montre aussi le fardeau.

Dans *Bérénice*, Titus se plaint. « Pourquoi suis-je empereur ? Pourquoi suis-je amoureux ? » On dirait le duc de Windsor, celui qui a dû renoncer au trône pour épouser une Américaine divorcée. J'imagine sa nièce, la reine Elisabeth II, dans les conseils de famille, se raidissant et citant le vers d'Hermione dans *Andromaque* (III, 2) à la princesse Diana :

> L'amour ne règle pas le sort d'une princesse.

Ni sa voix de poupée ni son aimable accent ne convainquaient la malheureuse inculte. Le regard sous la mèche, Diana-Bérénice répliquait :

> Rome a ses droits, seigneur. N'avez-vous pas les vôtres ?
> Ses intérêts sont-ils plus sacrés que les nôtres ? (*Bérénice*, IV, 5).

En vain : la reine, baissant les yeux sur la télécommande, appuyait sur une touche et, sur le grand écran de télévision, apparaissait l'enregistrement de Windsor-Titus :

> Il fallait, cher Paulin, renoncer à moi-même (*Bérénice*, II, 2).

Tout sentiment, toute affection, tout lien nous est interdit, conclut sèchement la reine en regardant son fils qui, engoncé dans un costume plus cintré qu'un sablier, a quatre doigts de la main droite chiquement glissés dans la poche de la veste :

> Mais il ne s'agit plus de vivre, il faut régner (*Bérénice*, IV, 5).

Je m'en fous bien, pensait le prince Charles, qui venait de voir entrer, ébouriffée comme une salade, Mrs. Parker-Bowles retour du cheval. Elle avait un brin de paille dans les cheveux. « Moins connu des mortels, je me cacherais mieux », lui avait-il dit la veille au téléphone, comme Thésée (*Phèdre*, V, 7), mais elle n'avait pas cru un instant qu'il se préférerait dans l'obscurité où nul Racine ne s'intéresse à vous.

En prose, comme dans l'*Abrégé de l'histoire de Port-Royal*, Racine écrit très bien, pas plus. Aucun raffinement de rythme, pas de phrase enchanteresse. Le sujet poussait à la prudence. On trouve dans ce livre un raisonnement de bonne foi comme en donne l'esprit de parti. C'est à propos de Jansenius. « Ainsi, quand même il aurait avancé quelque hérésie, on ne serait pas en droit pour cela de dire qu'il fût hérétique. » Avec leurs séductions de repentir, les jansénistes en auront distordu, des intelligences. Racine comme Pascal était un ancien fêtard. Le jansénisme vous dégoûterait de vous amender.

On s'était lassé d'admirer Corneille, qui arrêta d'écrire du théâtre après *Suréna* (représenté en 1674, et il vécut neuf ans encore). On calomnia Racine : il est mêlé à l'affaire des poisons ! il a fait assassiner Du Parc ! Après *Phèdre*, il renonce au théâtre pendant douze ans, au bout desquels Madame de Maintenon lui commande *Esther* pour son institution des demoiselles de Saint-Cyr. Ayant à se repentir d'avoir été protestante, mariée au joyeux Scarron et descendante du poète pamphlétaire et protestant Agrippa d'Aubigné, elle en rajoutait dans la bigoterie à mitaines. *Esther* n'est pas une pièce du niveau habituel de Racine, et c'est lorsqu'il eut recouvré son génie que, de nouveau, on le fit tomber : la pièce suivante, *Athalie*, fut interdite à la suite d'une cabale du parti dévot. Je répète : *Athalie* interdite à la demande des *dévots*. Ecœuré par tant de logique, Racine renonce définitivement au théâtre. Il avait quand même gagné.

Une des plus grandes élégances de Racine est qu'il ait écrit tant de chefs-d'œuvre sans la pose du génie. Pose qui n'était pas concevable sous Louis XIV. « Le génie, c'est moi. »

📖 « Quoi, tu ne mourras point ? Quoi, pour punir son
[crime...
Mais où va ma douleur chercher une victime ?
Quoi, pour noyer les Grecs, et leurs mille vaisseaux,
Mer, tu n'ouvriras pas des abîmes nouveaux ?
Quoi, lorsque, les chassant du port qui les recèle,
L'Aulide aura vomi leur flotte criminelle,
Les vents, les mêmes vents si longtemps accusés,
Ne te couvriront pas de ces vaisseaux brisés ? » (Clytemnestre dans *Iphigénie*.)

> 1639-1699.
>
> ♦
>
> *La Nymphe de la Seine à la Reine* : 1660. *La Thébaïde* : 1664. *Alexandre le Grand* : 1666 (première représentation 1665). *Andromaque* : 1668 (pr. r. 1667). *Les Plaideurs* : 1669. *Britannicus* : 1670. *Bérénice* : 1671 (pr. r. 1670). *Bajazet* : 1672. *Mithridate* : 1673. *Iphigénie* : 1675 (pr. r. 1674). *Phèdre et Hippolyte* (prenant le titre de *Phèdre* à partir de l'édition des *Œuvres* de 1687) : 1677. *Esther* : dans les *Œuvres* de 1697 (pr. r. 1689). *Esther* : 1689. *Athalie* : dans les *Œuvres* de 1697 (pr. r. 1691). *Abrégé de l'histoire de Port-Royal* : posth., 1742 et 1767.
>
> ♦
>
> Joseph-Henri Rosny aîné : 1856-1940.

RAISON : Un vice français est de vouloir avoir raison. Il est stupéfiant que, avec cela, nous ayons de bonnes fictions. Un romancier, un nouvelliste, un auteur de théâtre n'est pas quelqu'un qui cherche à avoir raison. Il cherche à être ce qu'on croira qu'il décrit : une fleur, un hippopotame, un sentiment.

RÉALISME : Le réalisme est une féerie comme une autre. En 600 av. J.-C., les Béotiens sculptaient des femmes à corps plat et à face d'oiseau. Tout le monde comprenait. C'était le réalisme de l'époque. Le réalisme ne se rend pas compte qu'il est une autre stylisation.

C'est souvent un préjugé boueux, qui sert de flambeau aux pessimistes. « Je suis un réaliste, moi, monsieur, je n'y peux rien si la vie est comme ça ! » Le réalisme est l'idéalisme des grincheux.

Le bon réalisme est une transformation. Léautaud, avec son air de présenter les choses telles quelles, les a transformées pour leur donner une allure mélancolique et moqueuse. Il n'a pas recopié, il a fait une *œuvre d'art*. Il dit qu'il n'a pas travaillé, qu'il a écrit de chic ? C'est sa coquetterie, son illusion nécessaire.

RÉCIT SECRET : Drieu La Rochelle est sauvé par le *Récit secret*, cent pages publiées après sa mort où il raconte l'histoire de son suicide, car après cet écrit il s'est suicidé. Avant lui, il avait publié des livres caractéristiques de l'homme non savant qui se mêle d'avoir des idées générales en politique étrangère, comme put en écrire Simone de Beauvoir, le perspicace auteur de *La Longue Marche*, sur Mao Tsé-toung et ses douceurs. Et voilà *Mesure de la France*, *Genève ou Moscou* et *Socialisme fasciste*. Il découvre avec exaltation explication du monde sur explication du monde. Cela a été le fascisme, les philosophies indiennes, le fédéralisme européen, juste avant son suicide il s'était fait communiste. Intellectuel de droite, intellectuel de gauche, peu importe le côté, la péroraison reste. Et la conception qu'un livre *sert*. Descendant avec plus d'amusement le toboggan des idées que travaillant ses phrases, Drieu publia des romans déplorablement écrits. J'en connais peu d'aussi bâclés qu'*Une femme à sa fenêtre*. La négligence est dangereuse, car elle est d'abord envers soi : des tempéraments moroses comme celui de Drieu se reprochent cet arrangement avec la conscience, mais, au lieu d'y renoncer, persévèrent pour se prouver qu'ils avaient raison de ne pas s'aimer. Je ne pense pas qu'il soit nécessaire d'insister, Drieu ayant reconnu ses défauts. « Mon œuvre romanesque est manquée d'abord à cause de mon manque d'imagination créatrice de personnages et de situations. Au fond, je ne porte qu'un intérêt fort intermittent aux gens et à leurs histoires. Je lis fort peu de romans. Je suis plus un idéologue qu'un imaginatif » (*Journal*).

Il y eut, il y a un romantisme Drieu qui est un romantisme dévoyé : quand Vigny chante Stello, quand Hugo déplore Ymbert Gallois, ce ne sont pas des gens qui ont dansé au bal avec le mal. Ils sont morts pour l'art, soit par dépit de ne pouvoir l'atteindre, soit parce qu'ils visaient cet idéal sans en avoir le moyen pratique qu'est le talent. Drieu : « Quand même, j'aimerais mieux mourir en S.S. » (*Journal*, 8 novembre 1942). Il est de ces hommes dont les gens qui aiment la France ne devraient pas faire une image pieuse, de même que les Français de gauche devraient en vouloir à tous ceux des leurs qui ont fait du chantage à l'espoir avec l'U.R.S.S.

Quand il s'agit de fictions autobiographiques, il est meilleur. C'est un écrivain de la confession. Dans *Etat civil*, il raconte l'ère de peur que peut être une enfance. Dans le *Récit secret*, il ajoute le penchant au suicide. On voit un homme qui fait des choses qu'il n'aime pas. Cela augmente son dégoût. Un mot très Drieu est « fatigue », qui a chez lui un sens très fort, presque américain. Il se tue, dit-il, à cause de l'ennui qu'il éprouverait à son procès. On voit l'enfant de Barrès. A ceci près que Barrès était beaucoup plus solide, *grâce à la littérature* : ce n'est pas la Lorraine et le nationalisme qui l'ont préservé, mais de vouloir écrire de belles phrases. Drieu n'avait que les idoles délétères de l'idéologie. S'il avait continué à écrire des poèmes, peut-être aurait-il évité bien des sottises.

Le *Récit secret* montre un sceptique se précipitant dans la conviction, un solitaire adhérant à un parti, un idéaliste barbotant dans l'abjection. C'est un récit de naufrage. Un nuage de tristesse le surplombe, qui lui confère quelque chose de mélancolique et d'assez romain, au point que Drieu se suicide.

Comment un homme poli et élégant a pu déraper dans le délire, on le comprend dans son *Journal* de 1939 à 1945, qui parut quarante ans après le *Récit secret* (lequel en comprenait quarante pages inédites et lui est désormais annexé). La semaine où il fut publié, les résistants de la 420 480ᵉ heure hurlèrent, comme lors de la publication du *Journal inutile* de Morand neuf ans plus tard : Drieu était fasciste ! Découverte inouïe ! Et ils se dressèrent courageusement devant un homme enterré depuis quarante-sept ans. Ces fanfaronnades finirent par créer un préjugé presque favorable à quelqu'un qui ne le méritait pas. Drieu n'était ni si poli, ni si élégant. Cet idéologue a pour argument la vie privée : ceux qui ne pensent pas comme lui sont homosexuels ou impuissants. A ce point d'obsession, il doit exprimer une haine de sentiments refoulés : comme Don Juan, *L'Homme couvert de femmes* ne veut pas s'arrêter à une seule. D'ailleurs, il les juge toutes faciles ou lesbiennes. Dans la vie, elles le quittaient. A côté d'expressions exactes (« les méchants ne sont pas les forts ») et de généralités sur la *littérature* apparemment séduisantes qui sont en réalité n'importe quoi et deviennent intéressantes quand il parle d'*écrivains*, comme son ami Malraux, voilà un homme dont la faiblesse lui fait admirer la force et qui, enferré dans l'erreur, embrasse le désastre. La défaite de l'Allemagne devenue évidente, il se persuade que le fascisme était pantouflard. Dieu sait pourtant qu'il avait élaboré des plans pour réorganiser l'administration de la France, interdire l'Académie Goncourt, « poursuivre les demi-juifs », etc. (21 juin 1940) ! Par le même « raisonnement » que les corrompus qui ont renoncé à la littérature pour le pouvoir, il meurt avec la certitude qu'« il n'y aura plus de littérature française après cette guerre » (18 mai 1940) et que la France est morte. La France est là, et ses écrivains.

📖 « Suprême notion sociale qui semble le bien propre des femmes, car au fond, la société n'existe que par elles et pour elles, ce sont leurs travaux qui la renouent sans fin, elles en sont les ouvrières et les reines, les gardiennes acharnées ; sans elles, les hommes, qui sont des anges pris au piège, seraient depuis longtemps montés au ciel. »

> Posth., 1951.
> ♦
> Pierre Drieu La Rochelle (1893-1945) : *Etat civil* : 1921 ; *Mesure de la France* : 1922 ; *L'Homme couvert de femmes* : 1925 ; *Genève ou Moscou* : 1928 ; *Une femme à sa fenêtre* : 1930 ; *Socialisme fasciste* : 1934 ; *Histoires déplaisantes* : posth., 1963 ; *Journal (1939-1945)* : posth. 1992.

REDÉCOUVERTES : Le mot redécouverte est généralement employé à l'occasion de la réédition d'un écrivain que tout le monde connaissait très bien. Il existe des écrivains *redécouverts* tous les quinze ans, comme Paul-Jean Toulet. On le réimprime, on en parle comme d'une *redécouverte*, on l'empêche d'accéder à la grande notoriété. Si on le redécouvre, c'est qu'on l'avait découvert, si on l'avait oublié, c'est qu'il y a de l'oubliable ?

RÉEL : Le réel ! Le réel ! Le réel est ce que les grincheux opposent à toute fiction qui leur déplaît politiquement. Ils vous reprochent de ne pas voir le réel quand ce n'est pas leur côté que vous regardez. Leur raisonnement : « Vous avez esthétiquement tort parce que vous êtes quantitativement minoritaires. » C'est curieux, d'ailleurs, parce que, de droite ou de gauche, ils n'ont jamais réussi à se faire élire. Leur réel est un fantasme.

Le réel ! Le réel ! Il y en a vingt, cent, un million deux cent six mille. Le réel du natif de Paris par rapport à celui de Toulouse, et encore, quel Paris, celui du VIIe, mais quel VIIe, le Gros-Caillou ou rue du Bac, et Toulouse, Toulouse-rue Ozenne ou Toulouse-La Ramée, et… Il y a autant de réels que de songes.

On ne peut pas opposer le réel à la fiction, car la fiction est aussi réelle, dans nos esprits, que ce qu'on appelle « le réel » et qu'on confond avec la vie matérielle. La réalité artistique s'ajoute à la réalité matérielle pour composer la vie, spirituelle plus matérielle.

Le réel de l'art est si réel que l'art ne naît pas de la vie, mais de l'art.

L'espèce de maniaquerie qui fait voir à chaque écrivain des détails que les autres ne voient pas le persuade parfois qu'il est le seul à décrire « le réel ». Or, le monde est fait d'évidences que les autres ignorent, et chacun ne décrit que les siennes. Balzac est un réel, Tolstoï est un réel, Beckett est un réel, Moravia est un réel, la littérature a plusieurs réalités, comme la vie. On devrait dire : les réalités.

D'ailleurs, Balzac. C'est un des plus féeriques. Les grands réalistes, comme lui, ou Zola, écrivent des romans où la vie est *remplacée*. Dans Zola, elle finit même par devenir un symbole.

Dans la bouche des adorateurs du réel, la plupart du temps, le réel est de la boue. Or le réel peut être gai, léger, mercurien, aussi. Chut, ils accourent en aboyant : « Le réel ! Le réel ! »

RÈGLES : L'histoire de la littérature est une succession de règles renversées et d'irrégularités devenues régulières jusqu'à ce qu'elles-mêmes soient renversées pour le grand bien de tous. La terre est un cerveau qui s'arrange pour éviter la nécrose.

La règle disait : il est impossible d'inclure de l'essai à l'intérieur d'un roman. Hugo écrit *Notre-Dame de Paris* et *Les Misérables* : c'est possible. La règle disait : il est impossible d'écrire un roman presque tout en dialogues. Balzac écrit *Les Employés* : c'est possible. La règle disait : il faut que l'entrée dans un roman soit brève. Balzac écrit *Le Père Goriot*, dont l'entrée a cent dix pages : c'est possible. La règle disait : pas de digressions, et d'autant moins dans les livres courts. Dans *Fermina Márquez*, sur cent cinquante pages, Larbaud en offre huit au personnage de Léniot pour une tirade sur la latinité : possible. La règle disait : pas de vers de plus de douze pieds, pas d'hiatus, de la rime. Laforgue fait l'opposé des trois : trois fois possible. Le curieux est que, après cela, il reste des gens pour dire qu'il existe des règles, soit qu'ils les prônent, soit qu'ils les attaquent. Les règles ou les antirègles n'existent que pour ceux qui y croient. Ça fait du monde.

Qui édicte les règles ? Quelle est la raison esthétiquement démontrable de l'interdiction d'introduire un nouveau personnage dans la dernière partie d'un roman, par exemple ? L'admiration. Tel bon livre procède de telle façon, et nous voulons que tous les autres l'imitent. L'habitude. La paresse. L'irréflexion. L'indifférence. La passion d'obéir. Résumé : l'amour.

Certains hommes adorent se soumettre à l'arbitraire. Ce sont ceux qui écrivent les romans *bien construits* que je ne peux pas lire. Aucun bon roman n'a jamais été *bien construit*. *A la recherche du temps perdu* n'est pas *bien construit*. *Gatsby le Magnifique* n'est pas *bien construit*. *Le Père Goriot* n'est pas *bien construit*. Les romans *bien construits* sont souvent admirables à la première lecture : on applaudit le tour de force. A la deuxième, on se dit qu'on préfère la danse à l'horlogerie.

Les règles, c'est la mode. Pendant cent ans, elle veut que les tragédies aient trois actes (avec toutes les raisons pour) ; ensuite, qu'elles en aient cinq (avec autant de raisons) ; depuis, qu'il n'y en ait plus (*idem*).

« Les formes et les mots qui conviennent à la poésie », dit Valéry dans les « Fragments des mémoires d'un poème » (*Variété V*) : mais il n'y a rien qui convienne préalablement à la poésie. L'idée qu'il existerait des mots poétiques par essence, comme certains le croient qui remplissent leurs vers d'or et de cortèges, conduit au cliché. Ce qui convient à la poésie est ce qui se révèle bon une fois qu'elle est écrite.

Les poèmes automatiques. Qui peut croire que le poème du *Manifeste du surréalisme*, aux vers qui tombent souvent si bien (« Un éclat de rire/De saphir dans l'île de Cuba »), n'a pas donné lieu à un choix ? Et c'est mieux. Qu'on laisse venir, qu'on tente de moins contrôler, puis qu'on trie. Tout moyen est bon pourvu que le résultat soit bon.

Les règles peuvent servir de pense-bête. Je trouve utile d'avoir dans un coin de la tête que Malherbe s'opposait aux rimes entre mots de même famille : cela peut permettre d'éviter une paresse. A condition de se rappeler que le contraire de cette règle peut produire une excellente rime :

J'entends Philis, son visage me rit.
Le souvenir de ses yeux me guérit (Théophile de Viau, élégie « Chère Philis, j'ai bien peur que tu meures »).

Chaque bon écrivain se crée ses règles, jusqu'à ce qu'il se rende compte qu'il est absurde de les considérer comme telles et qu'il les chasse. Pas de contraintes. Ni des autres, ni de soi.

La seule règle, c'est de réussir.
Le succès crée la règle.
L'œuvre est sa règle.

RÉGNIER (MATHURIN) : L'unique Mathurin de notre littérature, comme Custine en est le seul Astolphe et Larbaud le seul Valery, est un satiriste droit, calme, sans amertume et libéral. C'est rare. Et, s'étant moqué des « faux insolents » qui

Pissent au bénitier afin qu'on parle d'eux (*Satire II*),

il attaque les écrivains qui sonnent les trompettes de la guerre. « Penses-tu que le luth et la lyre des poètes/S'accorde d'harmonies avecques les trompettes,/Les fifres, les tambours, le canon et le fer,/Concert extravagant des musiques d'enfer ? » Déroulède, Aragon, vous me le recopierez cent fois.

C'est un artiste de l'enjambement :

> Car, puisque la fortune aveuglément dispose
> De tout, peut-être enfin nous aurons quelque chose (*Satire IV*)

et de l'apposition :

> Et selon, plus ou moins qu'elle était belle ou laide,
> Sage, elle sut si bien user d'un bon remède [...] (*Satire VII*)

doué d'un sens du rythme qui produit une musicalité délicieuse :

> Mais aux jours les plus beaux de la saison nouvelle
> Que Zéphyr en ses rets surprend Flore la belle ;
> Que dans l'air les oiseaux, les poissons en la mer,
> Se plaignent doucement du mal qui vient d'aimer [...]
> (*Satire XV*).

Il sort plein d'images de son jeu de cartes. A la satire X, il dit d'un homme sale aux « ongles de velours » qu'« un mouchoir et des gants [...]/Lui pendaient au côté, qui semblaient, en lambeaux,/Crier en se moquant : Vieux linges, vieux drapeaux ! » Arrive un souper où l'on présente un potage « d'où les mouches à jeun se sauvaient à la nage » ; ayant fui, le narrateur se retrouve, pour avoir voulu se protéger de la pluie, au bordel. Il n'en sortira qu'à la fin de la nuit et de la satire XI : « Lors, dispos du talon, je vais comme un chat maigre », et il se dépêche de rentrer chez lui.

Le triomphe d'une image, et sa mort en même temps, c'est de devenir un cliché ; à force d'être utilisé, le cliché peut devenir un nom commun (et donc réutilisable). Contrairement à ce que je lis dans le *Grand Robert*, l'expression « pince-sans-rire » ne date pas de 1774, mais de la Satire II, publiée en 1608 : « Or, comte, pour finir, lis donc cette satire,/Et vois ceux de ce temps que je pince sans rire [...] »

Le « Dialogue » entre Cloris et Phylis est une scène d'amour en Molière. « J'aime, hélas ! Non, Cloris, non, non, je n'aime point », dit la perturbée coquette, et suit toute une scène en reparties d'un vers. Même raillerie dans la satire XI, avec ce pastiche du parler d'une prostituée : « Non, pour ce que j'en dis, je n'en parle pas, voire ». Et cet auteur de comédie est, dans le même poème, l'auteur de ces beaux vers de tragédie :

> CLORIS : — Avec toi mourront donc tes ennuis rigoureux !
> PHYLIS : — Mon cœur est un sépulcre honorable pour eux.

Régnier est du temps où, génie subjuguant un public de mille personnes, Racine n'avait pas encore séparé le théâtre français en comédie et tragédie.

On voit chez Régnier que les mots « classique » et « romantique » ne sont pas des absolus. Classiques pourraient être dits les vers : « Comme s'il importait, étant ombres là-bas/Que notre nom vécût ou qu'il ne vécût pas » (*Satire IV*), mais ne qualifierait-on pas de romantique : « En ces songes profonds où flottait mon esprit » (*Satire X*) ? Ce vers, on dirait du Hugo ; il pourrait aussi avoir été prononcé par Phèdre. Les romantiques qui détestaient Racine auraient pu trouver du romantisme dans Racine.

Comme Verlaine avec *Sagesse*, Régnier a écrit des poèmes pour se repentir d'une jeunesse libertine : chose inouïe, de très bons poèmes, pas geignards.

Il a défendu le souvenir de son oncle, Philippe Desportes, que Malherbe avait débiné. Il a insisté sur la liberté de l'écrivain contre ce qui le contraignait alors, la cour et les protecteurs. La courtisanerie n'a pas été inventée par Louis XIV, le parrainage n'est pas que sicilien.

📖 « Et qu'il n'est crocheteur ni courtaud de boutique
   Qui n'estime à vertu l'art où sa main s'applique,
   Et qui, paraphrasant sa gloire et son renom,
   Entre les vertueux ne veuille avoir du nom. » (*Satire V.*)

1573-1613.

◆

Les Premières Œuvres de M. Régnier : 1608. *Les Satyres du Sieur Régnier* : 1609. *Satyres* : 1612. *Satyres* : posth., 1613. *Œuvres complètes* : posth., 1965.

RELIRE : Je ne croyais pas ma grand-mère, quand elle me disait que le plus grand bonheur de ma vie consisterait à relire. Lisant, je nageais sous l'eau du bonheur, et j'étais sûr qu'on ne pouvait pas en éprouver de plus grand ; et puis je me méfiais de la sagesse. J'avais tort. J'avais raison. J'ai éprouvé, à l'âge de 35 ans, le plaisir de relire, ou, plutôt, la propension à avoir envie de relire tel ou tel livre. Ah, descendre à la cave pour rouvrir une malle en sachant qu'on va y retrouver tel objet aimé, et en retrouver d'autres, oubliés ! Ce n'est plus l'élan, mais c'est déjà la tendresse. Quel dégoût, d'une certaine façon.

La première fois que j'ai lu *Madame Bovary* et *A la recherche du temps perdu*, je n'y ai rien compris. Je les ai néanmoins lus jusqu'au bout, me disant : il doit y avoir quelque chose, puisqu'on me le répète. (Et on me disait indocile !) Pour *Madame Bovary*, je me revois, sur la plage de Nice, à la fin des jours, essayant de traverser de l'esprit cette masse épaisse. J'avais pourtant seize ou dix-sept ans. Quand je l'ai repris, quelques années plus tard, j'ai été enchanté. Ma peine avait peut-être été consécutive à celle que l'auteur avait fournie pour l'écrire. La première lecture que je fis d'*A la recherche du temps perdu*, j'avais dix-huit ans, je m'en souviens, c'était dans l'appartement de la rue Caffarelli à Toulouse, si vous y allez c'est au coin des allées Jean-Jaurès, l'immeuble rouge à mascarons blancs qui représentent des têtes de mousquetaires, ce que nous avons pu boire et danser, dans cet appartement, cette première lecture fut claire et rien de plus. Je comprenais les aventures des personnages, leurs pensées, mais je ne voyais pas à quoi cela servait. La deuxième fois, une porte s'est ouverte, et je suis entré : c'était un monde ! Il faut parfois du temps pour que nous nous ouvrions à un livre.

J'en ai récemment eu l'expérience avec le *Pétersbourg* d'André Bély, un des romans préférés de Nabokov. Deux ou trois fois je l'avais commencé, lui restant aveugle. Et puis là, pop, je me suis ouvert comme une fleur. Notre humeur, notre incapacité, des événements extérieurs, l'incompatibilité de notre caractère avec le celui qui émane du style de l'auteur, nous tiennent parfois éloignés des livres. Et puis certains d'entre eux, comme précisément *Pétersbourg* ou *A la recherche du temps perdu*, sont des mondes, et les mondes sont d'abord fermés.

Relire, c'est bien, car on peut laisser l'histoire, qui est principalement là pour le public inattentif, et profiter du sens, qui se trouve dans les détails.

> André Bély (1880-1934), *Pétersbourg* : 1916, version définitive en 1922.

RÉPÉTITIONS : Un des grands secrets de la bonne littérature, c'est la répétition. Apollinaire. Racine. Baudelaire.

> La gloire du soleil sur la mer violette,
> La gloire des cités dans le soleil couchant (« Le voyage »).

C'est une des principales différences entre la façon d'écrire des journalistes et celle des écrivains. Les journalistes ont une terreur de répéter qui les conduit au désastre littéraire. L'une de ses principales conséquences est la périphrase. Au lieu d'une chose nettement dite, un mille-pattes de mots marche en se mélangeant les pieds.

Charme de la répétition en poésie : « Je vis ce beau Lyon, Lyon que tant je prise » (du Bellay, *Les Regrets*) ; en prose, dans le *Madame Firmiani* de Balzac :

> DEUX VIEILLES DAMES (femmes d'anciens magistrats). LA PREMIÈRE [...] : « Qu'est-elle en son nom, cette Madame Firmiani ? »

LA SECONDE [...] : « Une Cadignan, ma chère, nièce du vieux prince de Cadignan et cousine par conséquent du duc de Maufrigneuse. »

Madame Firmiani est une Cadignan. Elle n'aurait ni vertus, ni fortune, ni jeunesse, ce serait toujours une Cadignan. Une Cadignan, c'est comme un préjugé, toujours riche et vivant.

Valery Larbaud, dans les *Poésies de A.O. Barnabooth*, emploie beaucoup de répétitions et pas seulement dans une intention litanique, ni pour donner une apparence de la naïveté. Dans des vers comme :

> Quand je serai mort, quand je serai de nos chers morts

ou lorsqu'il prie qu'on le laisse chanter un certain vers

> Sur un air de valse entendu je ne sais où, un air de tziganes,
> Chanter en sanglotant sur un air de tziganes !

la répétition apporte une nuance, et on voit comme une apparente lourdeur allège.

Effet comique de la répétition. Molière l'emploie souvent : le « Qu'allait-il donc faire dans cette galère ? » des *Fourberies de Scapin*, Harpagon répétant que sa fille restera « sans dot » dans *L'Avare*. Sans dot ! Sans dot ! Pour se foutre de son vieil ennemi Fréron, il suffit à Voltaire d'écrire un poème intitulé *Les Fréron* où il répète son nom en permanence :

> Fi, dit-on, quel ennui ! quel style !
> C'est du Fréron, c'est du Fréron !
> [...]
> On le découvre, il prend la fuite.
> Tout le quartier à sa poursuite
> Criait Fréron, Fréron, Fréron.

RESSEMBLANCE : Les gens qui sont décrits dans les fictions ne se trouvent jamais ressemblants. Ils ont raison. Les auteurs de fiction ne prennent pas de modèles, ils prennent des morceaux. Les œuvres d'art ne ressemblent qu'à l'imagination de leur auteur.

RÊVE, SONGE : Décrire un rêve dans de la fiction me semble dangereux : faisant tout d'un coup sauter le récit d'un plan à un autre, celui de la réalité à celui de l'irréalité, il introduit un doute chez le lecteur, qui a déjà assez tendance à croire que tout ça n'est pas « vrai ».

Si j'en crois les miens, les rêves manquent scandaleusement de talent. C'est sans doute pour cela qu'ils essaient de nous mystifier en combinant les éléments de notre vie quotidienne de manière à leur donner une apparence saugrenue. Ils me font penser à la cabine d'une diseuse de bonne aventure au marché de Dublin où j'aperçus, par le rideau entrouvert, des bougies, des châles, des breloques et, sur une chaise, un magazine de potins. Elle ne les connaissait donc pas ! Les rêves tirent les cartes de la réalité en se gardant de rien prédire avec précision. La littérature, étant une mise en ordre, ne peut pas se contenter de les recopier.

Les auteurs les plus précis nous l'ont assuré, comme Jean Cocteau : « Le poète ne rêve pas : il compte » (*Le Secret professionnel*).

Un rêve peut produire de la bonne littérature, mais par hasard, comme ces premiers romans qui tiennent par l'énergie, l'enthousiasme, la vitalité : cela ne suffit pas au deuxième. La littérature n'existe pas *par hasard*. Elle n'*advient* pas. Il y a un don, puis un travail.

Le songe me paraît plus intéressant que le rêve. Un personnage songe, et c'est la « tempête sous un crâne » de Jean Valjean dans *Les Misérables*. Le songe est la pensée s'arrachant des brumes.

Le français est peut-être la seule langue à disposer des deux mots : l'espagnol, l'italien, l'anglais, l'allemand, n'ont que *sueño, sogno, dream, Traum*. Ils ont le sens « rêve », sans la nuance d'acte volontaire qu'a « songe ». Nous avons apporté la rationalité jusque dans l'inconscient.

RIMBAUD (ARTHUR) : C'est pour les raisons les moins littéraires que la gloire de Rimbaud s'est faite : l'anarchie pour les surréalistes, la religiosité pour Claudel, « le dérèglement de tous les sens » pour les soixante-huitards, etc. Il est actuellement la médaille de la révolte dont se décorent les institutionnels. On a vu un homme politique intituler un livre à partir de son expression du poète « voleur de feu » puis devenir aussitôt ministre de l'Intérieur. Pauvre Rimbaud ! Il a tellement servi qu'on dirait une vieille poupée avec une robe en lambeaux, un œil arraché et deux bras en moins.

Ce n'est jamais parce qu'on est un immense poète qu'on devient populaire, d'ailleurs Rimbaud n'est pas un immense poète. Ce que je ne lui reproche pas, il a écrit de quinze à vingt ans. Tout le monde a plus ou moins de génie à quinze ans. L'important est d'en avoir à cinquante. La petite part littéraire de sa popularité vient de ce que, chez lui, on trouve de tout. Du Laforgue en quantité (la trivialisation du beau : « la mélancolique lessive d'or du couchant », *Poèmes*), du Céline (« c'est oracle ce que je dis », *Une saison en enfer*), du François Coppée (« Les étrennes des orphelins », *Poèmes*), du slogan de mai 68 avec ce que ça a de rigolo et d'inepte (« il faut être absolument moderne », « l'amour est à réinventer »). De même, dans l'ordre des opinions, comme il n'a rien expliqué, rien démenti, il offre de quoi contenter la gauche, les surréalistes, les chrétiens, tout le monde jusqu'à l'extrême droite : « Maintenant que je suis maudit, j'ai horreur de la patrie » (*Une saison en enfer*) aurait pu servir de devise aux miliciens de 1945. En réalité, il ne croit à rien (« Ah ! passez,/Républiques de ce monde ! Des empereurs,/Des régiments, des colons, des peuples, assez ! »), ce qui rend malhonnêtes les récupérations qu'on en a fait. On pourrait dire que les moins abusifs ont été les surréalistes, à ceci près que Rimbaud est un farouche et qu'il aurait probablement détesté leur esprit de meute.

On ne se le serait pas approprié s'il n'avait pas eu de talent. Ce talent, cette séduction, se manifestent par une attitude plus que par un grand art. Rimbaud est le premier adolescent insolent de notre littérature. Villon ? C'est un poète adulte et moqueur et nous ne savons pas quel homme il a été. Rimbaud, si : un petit arriviste provocateur et brutal, quoique juste envers les faibles. Verlaine le fut envers lui. Plus que cela, subjugué. Et quand, ne sachant plus comment s'en débarrasser, il finit par tirer deux coups de revolver sur Rimbaud (un seul le blesse), notre anarchiste appelle la police. Verlaine est condamné à deux ans de prison. A sa libération, un an et demi plus tard, il va voir Rimbaud en Allemagne, mais Rimbaud s'enrôle comme mercenaire dans diverses armées et se fait commerçant. On a créé envers lui une dévotion tout à fait kitsch qui a persuadé certains qu'il suffisait d'avoir des mauvaises manières pour avoir du talent.

Il a eu du talent puis une crise de génie puis s'est éteint. D'abord ses poèmes scolaires, comme « Le dormeur du val », excellent exercice adolescent avec son coup de théâtre final, la découverte que le dormeur est mort : dans « Demain, dès l'aube... », Hugo révèle que sa promenade le mène au cimetière à *l'avant-dernier* vers. C'est plus fin, plus doux, mais on n'apprend cela qu'en vieillissant, et on ne peut reprocher à quelqu'un les défauts de son âge. (Au fait, l'adolescence n'est pas qu'une question d'âge : Corneille adulte utilise le même coup d'éclat d'un soldat cru endormi et mort.) Rimbaud écrit aussi des poèmes pamphlétaires, disons goyesques. Il a l'absence de pitié de la jeunesse, ou des réactionnaires, qu'il est, de gauche. En bourgeois de province idéaliste, comme Zola (et c'est une catégorie admirable), il s'imagine que le Second Empire est un trampoline de partouzes et de billets de banque. Bourgeois il cesse de l'être par ses fugues, sa

« Bohème » : « assis au bord des routes [...] Comme des lyres, je tirais les élastiques/De mes souliers blessés, un pied près de mon cœur ! ». On dirait le *Tireur d'épine* du musée des Conservateurs à Rome. Il a déjà de grands beaux vers. Ce sont des tableaux :

> Ce furent des pays noirs, des lacs, des perches,
> Des colonnades sous la nuit bleue, des gares.
>
> Et dès lors, je me suis baigné dans le Poème
> De la Mer, infusé d'astres, et lactescent,
> Dévorant les azurs verts ; où, flottaison blême
> Et ravie, un noyé pensif parfois descend [...]

Sa crise de génie date du printemps 1872, où il écrit ses derniers et plus beaux poèmes, plus tard recueillis sous le titre de *Vers nouveaux* (ou *Derniers Vers*). Ils sont remplis d'allusions d'homme qui a vu des choses obscures, à la Nerval : « Mon Esprit ! Tournons dans la Morsure. » Leurs conclusions sont macabres : « Pourrir dans l'étang,/Sous l'affreuse crème [...]. » Non qu'il approuve : « Tout roule avec des mystères révoltants. » Et ce jeune homme à l'intransigeance de jeune homme sait néanmoins que : « O saisons, ô châteaux/Quelle âme est sans défaut ? »

« On n'est pas sérieux quand on a dix-sept ans. » Tout au contraire et Rimbaud le montre. Il ne rit pas, il raille, il n'a pas d'esprit, mais parfois mieux, de la hauteur. (L'humour est une qualité acquise. Un enfant n'a pas d'humour.) Je pense à *Une saison en enfer*, livre qui le modifie, le transporte, l'élève, le fait Rimbaud. Cet étrange écrit exhausse ce qu'il a d'étroit, de mesquin, de sans charme, d'Uriah Heep écrivant (le roux méchant de *David Copperfield*) : une douleur s'exprime ; il a survolé des gouffres. C'est le discours de l'intelligence absolue. Il a tout compris ou cru tout comprendre, et s'est dégoûté de tout, à commencer de lui-même. Destruction de la comédie qui intéressait tant Malraux, et ici plus que nulle part ailleurs. Y compris la comédie du poétique, de l'illumination, de tout ce que vénéreront plus tard les rimbaldiens nunuches.

C'est dans cet écrit qu'il magnifie son insolence. A côté de lui, Genet est inoffensif, on voit bien qu'il joue à la poupée, tandis que Rimbaud les casse. Phrase de Genet dans Rimbaud : « Encore tout enfant, j'admirais le forçat intraitable sur qui se referme toujours le bagne [...] » Ils ont eu Rousseau pour grand-père. Rimbaud ne croit à rien, ni à l'armée, ni aux patries, tout ça nous en avons l'habitude, encore que ça passe, le monde revient à droite, cela ne le rend pas meilleur, mais il ne croit pas non plus à la résignation : « L'honnêteté de la mendicité me navre. »

Quand tant d'écrivains sont amoureux de leur enfance, lui s'est révolté contre la sienne, matérialisant sa révolte par des actes anodins mais qui le dégoûtent, comme de coucher avec Verlaine. Avec ces deux fils de capitaine, du génie, pour Verlaine, d'infanterie, pour Rimbaud, ç'a été l'hystérie en campagne. « O pureté ! pureté ! » On se dit alors que ce sont les claudéliens qui ont le moins abusé, en éclairant le remords qui paraît émaner de ces lignes ; mais ils ont omis le sarcasme. Le desséchant sarcasme. C'est lui qui a fait arrêter Rimbaud d'écrire.

Selon la légende dorée, il a écrit son dernier poème connu à 21 ans, en 1875, comme tant d'écrivains pour qui la poésie est une éruption d'adolescence concomitante à l'éruption sexuelle, et qui passent au sage mariage avec la prose ; mais il n'a pas totalement arrêté d'écrire, si peu même qu'il a publié un récit de voyage, douze ans plus tard, dans *Le Bosphore égyptien*. Ne serait-il pas mort si jeune qu'il serait peut-être devenu un Lord Alfred Douglas français, l'amant d'Oscar Wilde qui renia sa jeunesse et écrivit des livres nature, chasse, pêche et tradition.

La légende, qui sert à consoler les rêveurs n'arrivant pas à écrire, est mensongère ici comme ailleurs : loin d'être un cancre, Rimbaud a été une des plus grandes réussites de l'Education nationale française avec Jean Genet. Très bon élève, il saute la classe de 3ᵉ, reçoit des prix, est nommé au palmarès du Concours académique à l'âge de quatorze ans. D'où la facilité avec laquelle il devient un poète officiel de cette même Education nationale après sa mort, peut-être. Quelques horreurs qu'il écrive, il dit « le ciel vineux » comme Homère et « les bords » comme Racine, et, tout révolté qu'il est, il reste *sérieux*, comme Sartre. Il est plus facilement rattrapable par la gloire administrative que Jules Laforgue, Charles Cros ou Max Jacob.

Il a écrit deux lettres dites « du voyant » (à son professeur de rhétorique Georges Izambard et à son ami Paul Demeny, les 13 et 15 mai 1871) : les visions ne sont-elles pas le nom qu'on donne à des imaginations plus enflammées que les autres ? Comme tout ce qu'il écrit, cette lettre n'est obscure que pour ceux qui ont besoin de toutes les phrases. S'il écrit « Je est un autre », ce n'est pas par mystification, mais parce que « j'assiste en écrivant à l'éclosion de ma pensée : je la regarde, je l'écoute : je lance un coup d'archet : la symphonie fait son remuement dans les profondeurs, ou vient d'un bond sur la scène ». Rimbaud en a contre les narcissiques, les bouffons dont les grosses voix passent pour du chant. Comme s'il s'agissait d'exprimer un moi ! Il s'agit d'être *voyant*. Il souligne. Et c'est là que son raisonnement défaille, à mon sens. Selon lui, un poète est une personne qui, étant arrivée à la parfaite connaissance de soi, doit en chercher d'autres par le fameux *dérèglement* de *tous les sens* (c'est toujours lui qui souligne) : expérimenter tout, n'est-ce pas encore le monstre nommé Moi qu'on fournit en viande ? Dans ces lettres, il est le cousin de Pascal.

A trente-sept ans, cet homme qui avait tant marché est amputé de la jambe droite. Il meurt cinq mois plus tard. Verlaine qui ne l'avait pas revu depuis l'Allemagne s'occupe de le publier, écrit article sur article. Ah ! il s'est plus occupé de lui que de son fils. D'une certaine façon, Rimbaud a été son fils idéal. Georges Verlaine, lui, chef de gare de métro, est mort alcoolique à cinquante-cinq ans, en 1926. Cinquante-cinq ans plus tôt, au cours d'une scène de ménage avec sa femme au sujet de Rimbaud, son père l'avait jeté contre le mur. Ça n'est pas un cadeau, d'être le fils de Verlaine ! Vous me direz que ça n'est pas un cadeau d'être le père du fils de Verlaine : Georges Verlaine n'était pas brillant. Qu'est-ce qui compte le plus, que les hommes soient brillants, ou heureux ?

📖 « Pendant que les fonds publics s'écoulent en fêtes de fraternité, il sonne une cloche de feu rose dans les nuages. » (*Illuminations.*)

1854-1891.
♦
Une saison en enfer : 1873. *Illuminations* : 1886. *Le Reliquaire. Poésies* : 1891. *Poésies complètes*, préface de Verlaine : posth., 1895. *Œuvres complètes*, avec la correspondance : 1972.

RITES ET CÉRÉMONIES : Peu de choses dans ma vie m'auront mis hors de moi comme les rites. Enfant, la messe m'indignait : non pour ce qu'elle disait, mais parce qu'il fallait reproduire des gestes sans qu'ils eussent été justifiés. Et, dans le couvre-livre en cuir qu'on m'avait offert pour ma première communion et supposé contenir un missel, je dissimulais *Le Rouge et le Noir*. J'utilisais sans le savoir la littérature pour ce qu'elle est : la libération des rites.

Le rite est une série de gestes inventée pour légitimer une puissance par l'anéantissement du raisonnement. Puisqu'on nous dit : reproduis les gestes, tu n'as pas besoin de comprendre. Et il y a des écrivains pour justifier cela.

L'antinomie entre littérature et rite fait que la fiction n'a pas à décrire les cérémonies. Si, dans un roman, à propos d'un mariage, je dis « le mariage », tout le monde verra une église, la jeune fille au bras de son père, le prêtre, et cela suffit. Il n'est pas utile de décrire les rites, car les rites sont de l'ordre de l'immuable, et la littérature est l'ennemie de l'immuable. La littérature est l'ennemie de tout ce qui voudrait limiter la liberté de l'homme. De ce point de vue, le livre le moins littéraire du monde est le fascinant *Livre des cérémonies* de l'empereur Constantin Porphyrogénète, qui décrit minutieusement le cérémonial de la cour de Byzance, pour l'armée, le clergé, le sénat, les Verts, les Bleus (la ville était divisée en deux camps dont on connaît mal le fonctionnement et les raisons), leur ordre d'entrée dans telle circonstance et quel chant les accompagne, etc., etc. C'est le catalogue de la mort à l'usage des vivants.

A peine vivants. Il fait penser à tous ceux qui se tiennent à côté de ce prestige destiné à paralyser (« grâce à un ordre louable, le pouvoir impérial paraît plus majestueux, grandit en prestige et, par là même, fait l'admiration et des étrangers et de nos propres sujets »), les cochers, les joueurs de dés à l'ombre des platanes, les amoureux, les vivants, enfin. Ceux que la littérature montre. Si du moins elle ne s'est pas *engagée* à chanter la gloire de l'Empire. Chacun des livres de Constantin est accompagné dans l'édition française d'un volume de commentaires. Et là, c'est le dictionnaire de la vie. Ils expliquent les termes avec quantité de détails pratiques, et vous voici tout d'un coup, scaramanges, toufas, ostiaires et vous, drongaires de la flotte, qui vous redressez, prenez contours et couleurs, et Byzance d'il y a onze siècles apparaît sous nos yeux, vivante comme dans un film.

Sophocle, dans *Œdipe à Colone*, fait longuement décrire un sacrifice par le coryphée : cela ne servant pas à ralentir l'action pour provoquer une surprise ensuite, me semble une erreur. Une erreur de Sophocle, ça n'est rien, je sais, sauf qu'en tant qu'erreur de Sophocle, c'est-à-dire plus que rare, elle éclate et nous instruit. (Je n'oublie pas de tenir compte du préjugé de l'époque, qu'il ne voyait pas et que je ne peux lui reprocher. Je subis ceux de la mienne, que je ne peux pas voir.) Cette pièce est l'une des plus belles de mon répertoire personnel, avec la déchirante réplique :

> ŒDIPE : — Quel sujet t'amène, ma fille ?
> ISMENE : — Le souci de toi, père.

> Constantin VII Porphyrogénète (905-959), *Le Livre des cérémonies* : dernière traduction française, 1935 et 1939. Sophocle, *Œdipe à Colone* : 406 av. J.-C.

RIVAROL (ANTOINE DE) : Ce fils d'un aubergiste et d'une roturière devint plus royaliste que le roi. C'est ce qu'on appelle un parvenu. Comparable au converti, le parvenu veut sans arrêt prouver qu'il possède bien les accessoires de sa nouvelle classe. Il l'aime au point de la vouloir pure de tout nouveau venu : personne n'est plus méprisant du parvenu que le parvenu. Voyez Saint-Simon, dont le duché vient de son père et qui se tient grimpé sur ses talonnettes rouges comme s'il datait de Moïse. Les parvenus sont très sympathiques. Ils ont de l'énergie. Maladroitement, mais avec enthousiasme, ils apportent du sang frais à une société qui sans eux s'enchanterait de pourrir.

« Plus royaliste que le roi » n'est pas un cliché : au timide Louis XVI, qui lui demandait, au début de la révolution : « Que dois-je faire, Rivarol ? », Rivarol aurait répondu : « Votre métier, Sire. » (Répondre aussi insolemment à un descendant de Louis XIV ?) Rivarol, d'origine italienne, qui se nommait peut-être Rivaroli ou Rivarola, s'était alloué une particule, comme le fera Balzac, autre bourgeois royaliste. Et c'est touchant, ces auto-anoblissements : une preuve de l'idéalisme. Bronstein se donnant le nom de Trotski, ce n'est pas pour camoufler qu'il est juif, mais pour commencer à créer le personnage magnifique qu'il veut devenir. On change de nom parce qu'on croit à l'esprit.

Rivarol a été un intransigeant de la cause monarchiste. Heureusement qu'il était paresseux, il serait devenu idéologue. Ainsi a-t-il voulu écrire un dictionnaire de la langue française, comme le Dr Johnson l'avait fait pour la langue anglaise. Ecrire un dictionnaire de la langue, cet acte de législateur, peut être un acte de poète : la poésie des esprits brusques. Seulement Rivarol n'était pas assez gros, comme l'avait été Johnson, ni assez coléreux, comme le serait Larousse, et sa volonté resta velléité. Rivarol était des hommes qui, au lieu d'écrire leurs livres, les parlent. Et voilà son principal inconvénient comme écrivain : il n'a jamais écrit de livre.

Mais des plaquettes, du journalisme, des recueils de pincements. Rivarol est l'homme qui, le fabuliste Florian lui donnant un distique à juger, répondit : « C'est bien, mais il y a des longueurs. » A la fin, ces phrases deviennent une mécanique. Rivarol lui-même a écrit : « Il n'y a rien de si absent que la présence d'esprit. » Il n'a jamais un enthousiasme. Il a projeté d'écrire un livre de critique littéraire intitulé *Morts-vivants et vivant-morts* : il oubliait les vivants-vivants, c'est bien lui. C'est un amer, comme Chamfort, quoiqu'on ne puisse pas l'appeler un Chamfort de droite : il n'a ni la mélancolie, ni la bonne mauvaise conscience de Chamfort. Rivarol est amer de naissance. Dans le *Petit Almanach de nos grands hommes*, il raille le prolétariat littéraire, mauvais écrivains dédaignés, journalistes ragoteurs, tout ce qui tourne autour des créateurs en persiflant, et c'est très original. S'attaquer aux grands puissants, tout le monde le fait, mais aux petits nuisibles ?

Ce tempérament est la force et la limite de Rivarol. Il perd du temps avec des inutilités, comme Voltaire, mais sans la création parallèle d'un Voltaire. Dans le *Petit Dictionnaire des grands hommes de la Révolution* et le *Journal politique national*, on est ravi de lire des ironies sur des linottes comme La Fayette ou des brutes comme Marat, mais, pour d'autres, la musique est fausse. Danton, Mirabeau et Robespierre ont quelque chose de vaste, de vastement grossier, de vastement culotté, de vastement glacial, qu'on ne peut pas expédier par un *mot*. Escrocs, mufles, monstres, mais pas petits hommes. Cet affreux mot de *petit* qu'aiment tant les soi-disant spirituels. C'est eux qu'il définit. Le Dr Johnson a dit : « Le patriotisme est le dernier refuge du voyou » (Boswell, *Vie de Johnson*, 7 avril 1775). Voyez aujourd'hui le secrétaire général d'un parti politique condamné pour emplois fictifs : le samedi suivant, à la tribune, il crie : « Vive l'amour de la France ! » (Authentique, février 2003.)

Rivarol confirme Chamfort sur la bassesse de snobisme où était tombée la société monarchique : un jeune homme envoyant du secours à son père demande le secret à un ami « parce que, disait-il, le malheur d'avoir un père pauvre pouvait lui faire plus de tort que sa piété filiale ne lui faisait d'honneur » (*Pensées diverses*). Désapprouvant l'émigration, Rivarol a émigré, tard, fin 1791, à la demande de Louis XVI qui, selon lui, pensait que son talent « pourrait être utile à ses frères ». Désillusion immédiate, et la célèbre formule sur les émigrés : « Ils ont tout oublié, et rien appris. »

Il ne manque pas de noblesse dans son entêtement à ne jamais céder face à la révolution victorieuse. Il a vu l'erreur du « faire son métier, Sire », qui voulait dire prendre les armes contre ce qui était après tout une partie de la nation : « Si tous ceux qu'on appelle aristocrates n'avaient fait la grande faute de vouloir résister, sans moyen, au torrent de la révolution, ils auraient, comme le roi, arboré la cocarde de toutes parts, prêté le serment, brigué et obtenu facilement toutes les places, ils seraient aujourd'hui à la tête des districts, mèneraient le peuple à leur gré, etc. » (*Premier Mémoire à M. de La Porte*). Aurait-il vécu plus vieux, Rivarol serait sans doute devenu quelqu'un comme le marquis d'Esgrignon, le personnage du *Cabinet des Antiques* de Balzac, qui descend des carrosses tout ratatiné et branlant et raconte avec un sourire rêveur les plaisirs de jadis, vieux petit Sèvres fendu qu'on va bientôt jeter à la décharge.

Il a parfois l'intuition de choses auxquelles on ne s'intéressera que cent ans plus tard. Cette comparaison sexuelle du moi, par exemple : « Le moi dans l'homme est l'effet d'une convergence dans toutes les facultés, d'une véritable érection. La plupart du temps l'homme agit sans le *moi*, et son corps va sans penser comme un vaisseau sans pilote, par le seul bienfait de la construction, etc. Enfin ce moi, cet état d'énergie fatigue comme toute autre érection, lorsqu'on veut dormir, c'est-à-dire perdre connaissance, etc. » (*Pensées diverses*). Et ceci : « Les habitudes corporelles sont des économies de la mémoire, souvent aux dépens de l'imagination et du jugement, comme les préjugés » (*Pensées diverses*). Il a le je rare, car il est poli, et il l'a intéressant. « Que m'importe que quelques oisons femelles me jugent nonchalamment en trichant au loto ? » (Même livre.) Vous voyez qu'un adverbe peut embellir une phrase.

Sa sécheresse peut avoir du charme, comme quand, pour conclure une maxime, il écrit : « Ceci raison de cela. » Ça n'est pas tendre, mais ça produit un petit son gai. Ces moments d'extrême tension de la langue le rendent parfois mystérieux comme un poète de la Renaissance ou comme Mallarmé.

📖 « L'esprit de critique est un esprit d'ordre : il connaît des délits contre le goût et les porte au tribunal du ridicule ; car le rire est souvent l'expression de sa colère ; et ceux qui le blâment ne songent pas assez que l'homme de goût a reçu vingt blessures avant d'en faire une. » (*Le Génie et le Talent*.)

1753-1801.
◆
Petit Almanach de nos grands hommes : 1788. *Petit dictionnaire des grands hommes de la Révolution* : 1790. *Premier mémoire à M. de La Porte* : 1791. *Pensées diverses* : posth., 1998.

> James Boswell (1720-1795), *Vie de Johnson* (*Life of Johnson*) : 1791. Samuel Johnson (1709-1784), *Dictionary of English Language* : 1755.

ROMAINS (JULES) : C'est la SOFRES. Quand il écrit un roman, il y met tant pour cent d'ouvriers, tant pour cent de femmes, de sujets de société et de styles de vie. Pour analyser la société qu'il nous présente, il a élaboré une méthode d'analyse. Il l'a appelée unanimisme. Certains écrivains vous présentent leur enfant, elle est jolie comme une fraise et se nomme *Les Caprices de Marianne*, d'autres vous présentent la petite Unanimisme. Ce sont les parents disgraciés.

Ces concepts veulent dire quelque chose à condition de ne pas trop les analyser. L'« expression de la vie unanime et collective » a donné son nom au premier livre de poèmes de Jules Romains, *La Vie unanime*, successeur volontaire et optimiste des *Villes tentaculaires*. Chassant la noirceur de croix brûlée que Verhaeren avait vue flotter sur l'humanité nouvelle, Romains rassemble les voix des hommes et en fait un grand foc bombé vers l'avenir. Il est si confiant que la Première Guerre mondiale ne le fait pas se rétracter :

> EUROPE ! Je n'accepte pas
> Que tu meures dans ce délire.
> Europe, je crie qui tu es
> Dans l'oreille de tes tueurs.[...]
> Ils auront beau mener leur bruit ;
> Je leur rappelle doucement
> Mille choses délicieuses (*Chants des dix années*).

Eh bien, ça n'est pas mal. Le pessimisme antifoules des écrivains de la génération antérieure qui croyaient combattre Zola, lequel n'était pas plus pro-foules qu'eux (Zola n'est ni pour, ni contre les foules, il constate leur levée), était maniaque et démoralisant. Romains fait un choix nouveau :

la grande éponge à la Walt Whitman. Plus tard, il élaborera une prosodie pour accompagner ce chant. Prosodie d'abord, cela aurait été de l'esprit de dogme, et, contrairement à ce qu'il console certains de croire, la règle suit l'invention. De pas beaucoup, car l'écrivain réfléchit, et en lui la raison succède à l'émotion dès que celle-ci a apparu, pour *la nourrir*. Emotion, raison, émotion. C'est le balancement de la création. Dans le *Petit Traité de versification*, écrit avec Georges Chennevières, lui-même auteur d'un bon *« De profundis »* à la mémoire des morts de 1914-1918 (« Vieillard jaloux, bourreaux tremblants et sans merci,/O vous, qui vous vengiez de votre âge sur nous »), Jules Romains recommande les vers longs : ils correspondent mieux au rythme de gastéropode de son monde nouveau. Il critique la prosodie classique (en 1923, c'était déjà tard), et le vers libre (c'était nouveau), qui à son sens manque de structure : il recommande l'assonance et les échos à l'intérieur des vers. Sa poésie a de l'ambition, parfois de l'ampleur, mais elle décrit plus qu'elle ne montre et montre plus qu'elle n'est : « J'écoute dans mon cœur comme une écluse/Affluer, avec un immense clapotis,/Les rêves, les désirs des hommes [...]. » Le poème correspondrait mieux à ce qu'il cherche, s'il avait écrit : « Dans mon cœur comme une écluse résonnent... » Encore mieux : « Dans l'écluse de mon cœur accostent... »

Son roman en vingt-sept volumes, *Les Hommes de bonne volonté*, est un rôti prétranché qui se passe entre 1908 et 1933, six cents personnages et tous milieux sociaux sous vide, sauce « montée des périls » (vers la guerre de 40). L'inconvénient de ces romans est qu'ils soumettent les personnages à l'événement, au lieu de faire de l'événement une conséquence du personnage. Il me semble que, au contraire, le roman permet de découvrir le général à partir de l'individuel. Sartre dira que nous sommes illusoirement des individus, et réellement les produits d'une superstructure. En partie sans doute. Cette superstructure me paraît tout de même bien déiste.

Jules Romains ne manque pas d'imagination dans les détails. Jerphanion, un des principaux personnages, lit un journal : « La Bulgarie a proclamé hier son indépendance. » Suivent des pensées de Jerphanion. Il lit un autre titre : « Wright enlève les poids lourds. » Autres pensées. « M. Dujardin-Beaumetz prend des mesures contre le feu à Versailles et au Louvre. » Etc. Cela donne une très bonne idée de l'homme pris dans une époque d'information, qui se crée une religion de ce qu'il appellera plus tard l'*événement*, comme si c'était un fait qui s'impose divinement à elle, alors que d'autres hommes le choisissent pour lui. Au même moment, aux Etats-Unis, John Dos Passos écrivait des romans selon le même principe. Légèrement avant. Jules Romains en avait-il entendu parler ? Je ne peux que constater à nouveau ces moments dans l'histoire de l'humanité où des formes émergent, semblables, à des endroits différents. Des sensibilités éprouvent, des cerveaux réfléchissent au monde qui change.

A la suite de : « La Bulgarie a proclamé son indépendance » pourrait se trouver un article, non pas recopié d'un journal, mais imaginé par Romains. La fiction est un acte d'*interprétation* qui procède à des *choix* pour donner un *sens*.

Jules Romains a du génie pour évoquer la matière. *Les Hommes de bonne volonté* sont pleins d'excellents passages, lents, pesants, lourds, qui rappellent les films où Andy Warhol montrait Joe Dalessandro en train de dormir. Si les naturalistes décrivaient bien les masses d'hommes, ou peu d'hommes, mais massifs, Romains communique la sensation de l'inerte, cette femme qui dort, le mobilier, les vêtements.

Cette qualité de pesanteur devient un défaut dans ses comédies, *Knock, Monsieur Le Trouhadec saisi par la débauche*, et dans son « roman comique », *Les Copains*, qui n'est pas comique mais facétieux, très Ecole normale. Je reste stupéfait que des hommes intelligents puissent écrire : « Ça vous grattouille, ou ça vous chatouille ? » et trouver ça drôle. C'est la naïveté de jeunes gens qui ont été cloîtrés dans leur *turne* comme des bureaucrates chinois et trouvent un excellent travail tout de suite après : ils n'ont pas vécu, un rien les fait pouffer.

📖 « Germaine dort, la bouche entrouverte. Le bruit de la respiration est assez fort, et se complique d'une sorte de rumeur du haut de la bouche, qui n'est pas un ronflement, mais qui y fait penser. Le corps est un peu tordu sur lui-même. Les jambes et les fesses reposent presque à plat sur le lit, une jambe à demi repliée ; tandis que le haut du buste se tourne sur la droite, et que la tête, maintenue par l'oreiller, s'y appuie à la fois par la nuque et par la joue droite. Les bras ronds, potelés, sont hors des couvertures. Le sein droit s'écrase à demi contre le bras. » (*Le 6 octobre*, *Les Hommes de bonne volonté*.)

> 1885-1972.
>
> ◆
>
> *La Vie unanime* : 1908. *Les Copains* : 1913. *Petit Traité de versification*, *Knock ou le Triomphe de la médecine* et *Monsieur Le Trouhadec saisi par la débauche* : 1923. *Chant des dix années* : 1928. *Les Hommes de bonne volonté* : 1932-1946.
>
> ◆
>
> Georges Chennevières (1884-1927), *Le Cycle des Fêtes* : 1940.

ROMAN : Le roman est le récit d'une modification. Celle du personnage principal, le plus souvent, ou bien, s'il est un monstre d'indifférence, celle des personnages qui l'entourent. Quoi qu'il en soit, dans un roman, quelque chose s'est transformé à la fin. C'est la différence avec la nouvelle, qui peut décrire un état fixe.

Il existe de bons romans dont le héros soit le même à la fin qu'au début, mais il a changé au milieu. C'est le sujet d'*Aller-retour*, de Marcel Aymé. Je ne parle pas des romans d'apprentissage, dont le scolaire, que révèle leur appellation, me fait fuir.

Dans un bon roman, les aventures sont une excroissance de la personnalité du héros. Il lui arrive ce qu'il est. C'est dans la tragédie qu'elles sont extérieures, une fatalité surgissant comme un orage.

Dans la mesure où les événements sont une extension du caractère des personnages, on peut dire que, dans un bon roman, il n'y a pas d'événements. Il n'y a pas même d'histoire : il n'y a que des hommes.

L'action dans un roman n'est pas le mouvement : des personnages peuvent parcourir dix mille kilomètres en cinq jours et le roman rester figé. L'important est d'expliquer ce qui les fait agir. Dans la mesure où elle révèle la pensée et le sentiment du personnage, la description d'une haie d'aubépines est une action dans le grand roman d'action qu'est *A la recherche du temps perdu*.

Plus il y a de mouvement, moins il y a de réflexion. On peut même dire que, chez les romanciers moyens, les aventures sont un substitut à l'analyse. Comme ils n'ont aucune idée de ce que peuvent être leurs personnages et ce qu'ils pourraient faire, ils les agitent. Un assassinat, une bombe, un viol, tout plutôt que de s'arrêter et de constater que son histoire ne sert à rien ! Et le roman fait des moulinets pour éviter de tomber dans le lac.

Le roman se compose majoritairement de fiction. Je le dis parce qu'on appelle parfois romans des autobiographies que l'on croit camoufler en donnant paradoxalement au personnage principal le même prénom que l'auteur, rouerie qui vise la bonne vente en flattant le voyeurisme de certains lecteurs. Si quelque action déplaisante du personnage est attribuée à l'auteur, il peut toujours se récrier : « Mais c'est du roman ! », montrant par là le peu de cas qu'il en fait, du roman. Ce mélange d'impertinence et de refus de responsabilité est bien français, et, peut-être, une conséquence indirecte de la loi limitant la divulgation de la vie privée dans la presse. Les romanciers auraient inconsciemment assimilé cette censure ou joueraient sur les comportements qu'elle entraîne dans le public. En tout cas, on ne lit pas un livre de la même façon selon qu'il est de la fiction ou non. Quand il se rend compte que ce qu'il est en train de lire n'en est pas, le lecteur est irrité : il a perdu du temps à se mettre dans la position de confiance que réclame la fiction. Il s'en est rendu compte parce qu'elle n'est pas écrite comme le reste : elle-même se met dans une position de naïveté qui est son génie, et qui serait niaiserie dans des biographies. La fiction est l'honnêteté du roman, vis-à-vis du lecteur, vis-à-vis de lui-même.

La forme du roman est très libre. Il existe : des romans par lettres (les *Lettres persanes*, Montesquieu); des romans en dialogues (*Les Employés*, Balzac); des romans en vers (*Eugène Onéguine*, Pouchkine); des romans sans histoire (*A la recherche du temps perdu* ; très peu d'histoire, mais beaucoup d'action); des romans où l'auteur n'apparaît jamais, comme ceux de Flaubert, et des romans où il surgit sans cesse, comme ceux de Balzac; dans certains même il se nomme en tant que personnage (« Ah, c'est une misérable ruse que j'ai empruntée à un écrivain, M. Beerbohm, qui se trouvait assis près de moi un soir à quelque dîner », lit-on dans le *Zuleika Dobson* de Max Beerbohm); des romans dont le narrateur est un animal (*Les Mémoires d'un âne*, comtesse de Ségur); des romans... Le premier roman occidental est là pour nous indiquer la liberté consubstantielle de ce qui n'est donc pas un *genre*, le *Satiricon* de Pétrone, très souple récit des tribulations de deux jeunes Romains. Souplesse si nouvelle qu'on ne l'a pas vue, que le livre est probablement passé pour une pochade, et il a fallu quinze cents ans pour que cette liberté réapparaisse. Je pense moins à Rabelais, dont les romans se rattachent précisément à un genre, il y avait beaucoup de fatrasies en son temps, ou au premier roman français raconté, comme le *Satiricon*, à la première personne du singulier, *Le Page disgracié* de Tristan L'Hermite, qu'au premier roman qui se dégage des conventions... Il est frappant que ce soit la convention qui existe d'abord. Ou presque. Un *Satiricon*, et aussitôt le banal. L'habitude vient à la première fois. Elle tient à la banalité au moins autant qu'à la répétition. Comme s'il fallait que la dépendance d'esprit rattrape le pouvoir que menaçait cette langue tirée tout au fond de la classe. Et cela a été la fastidieuse série des romans courtois. Quel a été le premier roman libéré en France ? *Jacques le Fataliste* ? Il n'a pas été publié par Diderot, et tant qu'un livre n'est pas *vu*, il ne compte pas. Si c'était *Adolphe* ?

« La formule nouvelle du roman, c'est de ne pas faire de roman. » Jules Renard, *Journal*, 6 avril 1892. Il n'y a pas quarante ans que le roman est devenu adulte, grâce à Balzac, et on se plaint qu'il n'y ait pas de règles. Que le roman soit menacé. Il l'est de naissance. Tout ce qui est bon est toujours menacé. C'est par miracle qu'il survit, si nous appelons miracle la petite chose dure qui réside en son centre. Ce n'est pas tant qu'on veuille l'assassiner, mais il risque la noyade dans le conventionnel. La formule éternelle du roman a été de ne pas faire de roman. Le bon roman n'a jamais ressemblé à un roman, parce que *le roman*, on ne sait pas ce que c'est. *Le roman*, ce n'est pas *un sonnet*. D'ailleurs, un sonnet, ce n'est pas nécessairement de la poésie. Rien de bon n'a jamais ressemblé à un modèle. Par réaction probable au roman conventionnel du moment, Henry Céard, l'un des confrères de Jules Renard à l'académie Goncourt, écrivait une sorte de nouveau roman quatre-vingts ans avant le Nouveau Roman, *Une belle journée* : histoire de deux personnages qui vont canoter sur un lac, et rien ne se passe. Un roman, c'est une histoire de fiction avec plusieurs personnages.

Un roman n'est pas de la sociologie. On s'extasie de ce que Balzac aurait fait « concurrence à l'état civil » en créant plus de deux mille personnages dans *La Comédie humaine* : pauvre concurrence ! Il crée le nombre d'habitants d'un village, et c'est le ministre de l'Intérieur ? Ce qui compte, c'est qu'il ait réussi à rendre vivants si peu de personnages que ce soit. Tom Clancy, combien de marionnettes ? Quelle illusion d'ailleurs de penser qu'un romancier, qui n'est qu'un homme, puisse comprendre l'ensemble de la société. Quel est ce solipsisme universel, cette superstition sur la divination des romanciers ? Un roman est la matérialisation d'un moment d'obsession, entraînant, quand l'auteur en écrit plusieurs qui soient bons, le dévoilement d'un monde. Un. Le monde de Balzac s'ajoute au monde de Zola qui s'ajoute au monde de Flaubert, etc., et il faudrait accumuler les mondes que montrent tous les romanciers d'un pays donné à un moment donné pour obtenir, peut-être, une indication de ce qu'est sa société.

La poésie, c'est ce qu'on veut, le roman, c'est ce qu'on peut.

Un danger pour le roman est le poétique, ou ce que certains romanciers pensent être poétique : l'affectation dans la description. Il ne s'agit pas nécessairement de fioritures : Jean Giono, dans ses romans paysans, affecte un lyrisme brut qui est une stylisation plus exaspérante que la stylisation ornée, car elle postule l'*authenticité*. Dans *Belle du seigneur*, d'Albert Cohen, voici un adorable monologue d'Ariane : « l'autre soir quand je lui ai reproché cette chose affreuse qu'il m'avait dite au Ritz que les seins c'est des blagues et toujours molles, il m'a demandé pardon m'a dit que j'ai les plus beaux du monde, c'est vrai d'ailleurs je n'en souhaite pas de pareils à ma meilleure amie [...] oui ce serait agréable qu'il me plie, me mette dans une valise et quand il a besoin de moi il me sort et il me déplie [...] ». Voilà comment, en évitant le poétique, un roman peut atteindre à la poésie.

Les romans érotiques sont des élégies funèbres.

Les romans sont souvent très verrouillés. L'auteur découvre tout, sait tout, rien ne lui échappe, à la fin il rassemble les morceaux, et ouf, c'est colmaté. Le monde peut continuer. Il est expliqué. L'auteur encaisse l'admiration des crédules. Et le monde se tient à côté, mains sur les hanches, regardant avec un sourire ce petit objet applaudi qui prétend être lui.

Montrer, c'est faire disparaître. En montrant quelque chose, on lui fait perdre de son mystère, et par là de son pouvoir. Le roman est un petit anarchiste ennemi des impostures.

Je dirais même que montrer, c'est détruire. Tout se cache et aime à rester caché : pour cacher, pas nécessairement des corruptions, mais l'imperfection. L'idéalisme est le moteur secret de l'humanité. On dit que Proust a décrit la fin d'un monde : n'a-t-il pas contribué à l'anéantir ? En montrant les faits, il a détruit les illusions. Ce qui est bénéfique, car on peut ensuite aimer en connaissance de cause. La connaissance n'entraîne pas nécessairement le dépit. C'est même une des grandes découvertes du narrateur d'*A la recherche du temps perdu* : quand il ne les connaissait pas, il idéalisait les Guermantes ; une fois qu'il les a rencontrés, il les aime avec leurs défauts. Le romancier détruit ce qu'il a de plus cher, son idéal. Voyez Balzac, royaliste, montrant les vieux royalistes de province après la Révolution, fidèles, chancelants et abandonnés, et, en les montrant ainsi, scellant leur défaite.

Ce que le roman montre, c'est l'humain. A la signalétique idéaliste du monde il ajoute le graffiti, le mur qui s'écaille, le chambranle que l'héroïne heurte de la tête après le moment dramatique de la rupture (Sagan, *La Chamade*), l'incongru qui est le congru, l'impureté qui est l'essence même de l'homme. Vision de près apportant la compréhension et l'indulgence. Le puritanisme refuse l'impur. Il ne peut pas y avoir de bon roman puritain. La bienséance veut des légendes, non des romans. Aucun bon roman n'est bien élevé. Le roman est un peu palefrenier.

Dans *Le Rouge et le Noir* (II, 19), Stendhal interrompt sa narration pour dire de Mathilde : « Ce personnage est tout à fait d'imagination, et même imaginé bien en dehors des habitudes sociales qui, parmi tous les siècles, assureront un rang si distingué à la civilisation du XIXe siècle. » Dix-huit lignes plus loin, il dit qu'« un roman est un miroir qui se promène sur une grande route. Tantôt il reflète à vos yeux l'azur des cieux, tantôt la fange des bourbiers de la route ». (Il avait cité en épigraphe du treizième chapitre de la première partie une phrase de l'abbé de Saint-Réal qu'il a ce faisant sauvée de l'oubli : « Un roman :

c'est un miroir qu'on promène le long d'un chemin. » Il doit citer de mémoire, car c'est une ponctuation bien Stendhal.) Comment le roman peut-il n'être qu'un miroir, si Mathilde est entièrement imaginée ? Le miroir reflète aussi, par moments, une mèche de l'auteur.

Stendhal poursuit : « Et l'homme qui porte le miroir dans sa hotte sera par vous accusé d'être immoral ! Son miroir montre la fange, et vous accusez le miroir ! » Oui, bien sûr, et il pourrait ajouter que le tempérament du romancier le porte à ressentir certains faits plus que d'autres, et qu'il croit qu'il dévoile. Un roman est l'interaction d'un fait et d'une sensibilité ; la sensibilité peut exagérer le fait. La plupart des romanciers de la fin du XIXe siècle, qui étaient royalistes, bonapartistes ou de droite, diraient que c'est le cas de Zola. Et c'est vrai, mais il n'est pas moins vrai que Zola, et d'autres, ont ressenti comme Zola montre. Un roman est un électrocardiogramme.

Tout roman pourrait porter en épigraphe cette autre phrase de Stendhal, dans *Lamiel* :

> [...] et dont je demande la permission de dire des horreurs, c'est-à-dire une partie de la vérité.

Tout bon roman est un pastiche.

Tout roman, même dramatique, est une comédie.

On n'écrit jamais le roman qu'on aurait voulu écrire. Ça devient assez vite de la matière qui résiste.

Le roman est une usine qui consomme beaucoup d'énergie. Il assimile quantité de choses vues et ressenties par l'auteur : la scène d'un homme trébuchant sur le bord d'un trottoir, un nez long et de travers comme une voile fouettée par le vent, la mesquine envie d'un faux ami, la sensation inextinguible d'un ancien chagrin d'amour-propre, l'élan récent vers un corps, et de ce bric-à-brac il fait un quart de page qui sera, éventuellement, un chef-d'œuvre.

Comment certaines femmes pourraient-elles être de bons romanciers ? Elles ne regardent qu'elles-mêmes, ne s'intéressent qu'à elles-mêmes, ne se posent de questions sur le monde qu'en tant qu'il a un lien avec elles, sont stupéfaites quand on a remarqué quelque chose qui n'est pas leur obsession. Le seul sujet qui les passionne à part elles est l'amour, et l'amour, c'est encore elles. Le roman, lui, est tout extérieur. Il faut être désinvolte et indifférent envers soi-même comme un homme pour s'intéresser aux autres et en écrire. Les physionomies reflètent les psychologies : le sexe de l'homme est extérieur et celui de la femme intérieur. On voit que je commence à délirer. C'est que je viens de passer deux heures avec une bavarde. Et on a fait de Narcisse un homme ! me disais-je, attaqué par ce moi tranquille et doux qui s'analysait sans discontinuer et aurait à peine été troublé de me retrouver mort, les yeux exorbités d'épuisement, la langue pendant sur le transat. C'est alors que je me rappelai que, même s'ils sont rares, il existe des romanciers analystes de leur moi, comme Benjamin Constant, et des romancières extérieures, comme Simone de Beauvoir.

Comme Zola montre des ouvriers méchants et des prostituées alcooliques, certains à gauche ne l'aiment pas : ils l'accusent de démoraliser Billancourt, selon la formule de Sartre, comme si *Billancourt* était dans un état d'enfance nécessitant qu'on lui mente. Le roman n'est là ni pour moraliser ni pour ne pas démoraliser, il n'est même pas là pour démontrer, il constate. Il le fait en étant créé par une personne qui a ses sentiments, ses pensées, ses enthousiasmes, ses indignations. Un roman n'est pas objectif, mais il croit l'être au moment où il est écrit. C'est ce qui importe. En écrivant des romans, on est dans la position d'un auteur de théâtre qui jouerait tous les rôles de la comédie qu'il est en train d'écrire. Cela entraîne une sorte d'indulgence générale. Le romancier admet tout.

Tout roman est un symbole. Les plus grands romans symbolistes sont ceux des grands « réalistes », Zola, Balzac. Le grand roman des milieux littéraires symbolistes, le *Sixtine* de Remy de Gourmont, est un roman réaliste. Etant à clefs, il renonce à la prétention à l'universalité où peuvent atteindre certains personnages. Non parce qu'ils ont une ressemblance statistique, mais une vie. La prétention est une grande chose, parfois. Elle oblige à atteindre.

Tout roman est un pamphlet. Pas ceux qui cherchent à l'être, ceux-là sont des farces, mais ceux qui contiennent des scènes de descriptions méticuleuses, d'un milieu, d'un sentiment. *A la recherche du temps perdu* est un pamphlet. *Adolphe* est un pamphlet.

Le roman est une guerre contre les coutumes.

Le romancier est impérialiste. Il s'empare de territoires.

Le résultat du roman est de la poésie, comme c'est le résultat de tout art.

> Henry Céard (1851-1924), *Une belle journée* : 1881. Tristan L'Hermite (1601-1665), *Le Page disgracié* : 1643.

ROMAN COMIQUE (LE) : Tout le monde connaît le début du *Roman comique* :

> Il était à peu près onze heures du matin, on arrivait à la mi-octobre et, sous le soleil voilé, l'horizon limpide des collines semblait prêt à accueillir une averse carabinée.

Mais non. Ça, c'est le début du *Grand Sommeil*, de Raymond Chandler. Scarron dit :

> Le soleil avait achevé plus de la moitié de sa course, et son char, ayant attrapé le penchant du monde, roulait plus vite qu'il ne voulait. Si ces chevaux eussent voulu profiter de la pente du chemin, ils eussent achevé ce qu'il restait de jour en moins d'un demi-quart d'heure ; mais, au lieu de tirer de toutes leurs forces, ils ne s'amusaient qu'à faire des courbettes, respirant un air marin qui les faisait hennir, et les avertissait que la mer était proche, où l'on dit que leur maître se couche toutes les nuits. Pour parler plus humainement et plus intelligemment, il était entre cinq et six quand une charrette entra dans les halles du Mans.

Le Roman comique est le vrai père de Marcel Proust. Avec de la bonne graisse Rabelais (débarrassé de la mauvaise, par conséquent), et un comique bon enfant, il raille affectueusement cette troupe de comédiens de troisième ordre qui fait une tournée en France. De même qu'*A la recherche du temps perdu* est un roman sur le processus de la création littéraire, *Le Roman comique* est, derrière les aventures de la troupe (un curé est enlevé, un comédien a le pied pris dans un pot de chambre, un autre est dragué par une coquette de village, on s'interrompt pour se raconter des histoires mauresques), un roman sur le théâtre. Il est plein de considérations passionnantes sur l'évolution de cet art et le métier de comédien, qui commençait à être mieux considéré, quoique attirant encore « des filous, des pages et des laquais ». C'est aussi un roman avec des idées sur le roman. Roman-roman, roman sur la façon d'écrire un roman, antiroman précieux. Et comique. Il n'y a pas besoin d'être lugubre pour être sérieux.

Roman sur une France qui s'en est allée. Il se passe en province, les héros sont des comédiens mités, des aubergistes, des femmes de chambre, des curés, des chirurgiens de village. Pas de cour, pas de roi. Pas de roi ? Nous le devinons très loin, petit point de grande influence, par ce qu'expriment les personnages de leur idéal : avoir de bonnes manières et de l'esprit. Les règles de la cour commençaient à s'étaler sur la France. L'allégresse Henri IV fermait la porte. On en ouvrait une autre. A deux battants. Messieurs, Versailles !

Ces comédiens en tournée, avec des vies réglées autrement, d'autres soucis que les nôtres, une autre liberté, cela me fait rêver. Cela a fait rêver Théophile Gautier, qui a écrit *Le Capitaine Fracasse*, ce Chat botté qui subirait les aventures du *Roman comique*. Le baron de Sigognac... *Le Capitaine Fracasse*... Le baron de Sigognac... Quel joli titre ! Quel joli nom ! Il me rappelle le marquis de Carabas chanté par Béranger : « sur son coursier décharné », il doit être son cousin. Le baron de Sigognac laisse son château ruiné près de Mont-de-Marsan pour suivre une troupe de comédiens qui se rendent à Paris, « l'œil et le nombril du monde, le rendez-vous des beaux-esprits et des vaillants, l'Eldorado et le Chanaan des Espagnols français et des Hébreux chrétiens, la terre bénite éclairée par le soleil de la cour ». Trois cents ans exactement après *Le Roman comique*, Truman Capote a publié dans trois numéros du *New Yorker* puis en volume un reportage intitulé *Les Muses parlent* : il raconte la première tournée d'une troupe de théâtre américaine en U.R.S.S., elle va jouer *Porgy and Bess* à Moscou et à Leningrad. Cent personnes, chanteurs, décorateurs, assistants, Capote. La femme d'Ira Gershwin. La bureaucratie et le sérieux soviétiques. Les caprices. La vodka. Les ridicules touchants des cabots terrorisés que sont les acteurs. Cabots parce que terrorisés. Les *Amerikansky* chez les Soviets. « Les parents, par exemple, étaient soucieux pour leurs enfants. Y aurait-il du lait pasteurisé ? » Qui me commandera un tel livre ?

📖 « Mais c'est une des grandes incommodités du métier, laquelle, jointe à celle d'être obligé de pleurer et de rire lorsqu'on a envie de faire tout autre chose, diminue beaucoup le plaisir qu'ont les comédiens d'être quelquefois empereurs et impératrices, et d'être appelés beaux comme le jour, quand il s'en faut plus de la moitié, et jeune beauté, bien qu'ils aient vieilli sur le théâtre, et que leurs cheveux et leurs dents fassent une partie de leurs hardes. »

> 1656.
> ◆
> Raymond Chandler, *Le Grand Sommeil* (*The Big Sleep*) : 1939 (trad. française : 1948).

ROMANESQUE : On emploie souvent « romanesque » dans le sens : plein d'aventures ébouriffées. Cela, c'est « rocambolesque », de Rocambole, le personnage de Ponson du Terrail, et un des aspects du roman. Il y a Beckett, dans le roman, aussi. Exemple de la force du cliché.

> Pierre-Alexis Ponson du Terrail (1829-1871), *Les Drames de Paris* : 1857-1860 ; *La Résurrection de Rocambole* : 1865-1866 ; *Le Dernier Mot de Rocambole* : 1866-1867 ; *Les Misères de Londres* : 1867-1868 ; *Les Démolitions de Paris* : 1869-1870.

ROMAN FRANÇAIS, ANGLAIS, AMÉRICAIN : Dans *Rencontre au sommet*, titre lourdement donné à la transcription française d'un entretien à la télévision suédoise avec Isaac Bashevis Singer, Anthony Burgess dit à propos du roman : « Je crois que les Français n'ont jamais été de bons narrateurs. » J'aimerais savoir quel est le mot qu'il a employé en anglais, mais il me semble voir ce qu'il veut dire. C'est un Anglais qui parle, n'est-ce pas, un du pays de Fielding, de George Eliot, de Dickens, de Stevenson, de Graham Greene, de J.G. Farrell. De romanciers qui sont d'abord des conteurs. Des gens qui éprouvent du plaisir à raconter une histoire, quitte à ce que cette histoire ne soit qu'une histoire. Et il est vrai que nous autres Français écrivons des romans qui ne sont pas tout à fait comme cela ; notre romancier le plus conteur (dans le sens où Barrès disait de lui : « C'est le conteur arabe dans la loge de la portière »), qui se roule dans son histoire comme une voluptueuse dans ses coussins de soie, Marcel Proust, n'équilibre pas les éléments de son récit, c'est le moins qu'on puisse dire. Balzac, qui pourrait passer pour un romancier selon le goût anglais, procède à beaucoup trop de variations de forme : il écrit des romans tout en conversations, et l'un des livres qu'il mentionne le plus souvent dans *La Comédie humaine* est le roman anglais le moins ressemblant au roman anglais, le *Tristram Shandy* de Laurence Sterne. Ce n'est pas à moi, Français, de le dire, voici donc un Américain : « Les Français sont à ma connaissance le seul peuple qui envisage l'écriture comme un art d'écrire. Les Anglo-Saxons pensent d'abord au sujet, puis, si tant est que cela se produise, à la qualité » (Raymond Chandler, lettre du 26 janvier 1944). Nous aimons l'intelligence ; ce qui n'est pas si bête ; les Anglais ont la petite affectation de se dire bêtes ; et cette peur de passer pour des poseurs les éloigne de tout ce qui pourrait avoir l'air intellectuel, et de là, parfois, intelligent. C'est sans doute pour cela qu'un des romanciers français les plus estimés en Angleterre, et l'un des plus méprisés en France, est quelqu'un qui ne fait que raconter, Maupassant. Nous avons tous tort : Maupassant n'est ni si grand, ni si vulgaire, mais voilà, nous sommes ainsi faits que la simplicité nous est une offense, et à eux la complication. Ou ce que nous appelons simplicité et eux complication. Et qui n'empêche pas qu'un des très bons romanciers « simples » soit un Français, ce Maupassant, et l'un des premiers romanciers « compliqués » un Anglais, Laurence Sterne. Il y a des exceptions aux règles, tant mieux, les règles servent en général à taper sur les doigts.

Maupassant n'est pas sans raisonner, tout simple qu'il est. Nous devons tenir cela de nos ancêtres gaulois avec l'œil bleu blanc, et malgré leur cervelle étroite. Quand les romanciers anglais s'intéressent surtout aux conséquences d'un fait (ce qu'on appelle une histoire), les Français aiment aussi en connaître les causes, mais je fais peut-être le Français en écrivant cela. Le défaut que cela confère aux uns est le court, aux autres le lourd. Au moins les Anglais, voulant qu'on leur raconte une histoire et rien qu'une histoire, se moquent de la morale en littérature, et cela les rend meilleurs lecteurs de romans. Ils prennent le roman pour un objet, qu'à mon avis il est, un produit manufacturé de l'esprit, et ne le critiquent jamais pour ce qu'il n'est pas. Mettons que le roman soit un abat-jour. Il se trouvera toujours un Français pour lui reprocher de ne pas être une banane. Si chaque peuple est à tuer pour un motif particulier, les Français le sont parce qu'en toute circonstance ils cherchent des *raisons*. Et s'ils les cherchent c'est parce qu'ils veulent *avoir raison*. Et sans doute que si l'on transporte cette observation dans le roman, on trouvera que les romans que les Français ratent le sont parce qu'ils ont essayé d'y démontrer quelque chose.

France-Angleterre de rugby, 2 mars 2002 : « Après avoir fait deux matchs moyens, les Français gagnent brillamment : espérons que nous en avons fini d'être inégaux. » Mais non, et il en va peut-être des arts comme des sports : si les Anglais sont réguliers mais sans surprise, nous sommes irréguliers mais surprenants, à cause de notre inventivité, de notre goût du changement, de notre horreur de refaire les choses. Notre qualité est notre défaut, notre défaut est notre qualité. C'est le cas de tous les peuples, de tous les êtres. (Ne changerons-nous donc jamais ? Sommes-nous obligés de rester prisonniers de ces comédies ?)

On exagère parfois la qualité générale du roman américain par rapport au roman français, au roman anglais, à tous les romans : le gouvernement américain est le plus puissant du monde. Norman Mailer est plus sympathique et jovial que génial et artistique, Tom Wolfe un journaliste qui se croit satirique, Philip Roth un romancier joyeux devenu commentateur moral, Gore Vidal tourne parfois au Roger Peyrefitte, mais nous ne manquons pas de gloires exagérées en France, qui ne sont pas non plus une preuve contre sa littérature. Les romanciers américains sont souvent « intellectuels », Chandler exagérait. Gertrude Stein me semble moins lue que connue, il est temps de nous y mettre. Pour les émotifs, je ne peux que renvoyer à Scott Fitzgerald, Carson McCullers, Tennessee Williams, mais fermons ces portes ouvertes que je commence à enfoncer.

On dit : les romans de cinq cents pages, c'est fini. On n'a plus le temps. Or, les Américains, qui n'ont ni les trente-cinq heures ni cinq semaines de vacances, en lisent des quantités.

Anthony Burgess dit aussi dans ce livre (je l'imagine, avec sa tête de grenouille mâchant un cigarillo) : « Je crois que beaucoup de gens aiment s'adonner au désespoir. C'est un aspect de leur amour du divertissement. *[Entre ces deux phrases, j'en ai enlevé quatre d'explications, comme il l'aurait sans doute fait s'il avait revu la publication (elle est posthume). Un livre de conversation n'est pas un livre de phrases.]* » Pour moi, je ne pense pas qu'un roman consiste seulement à raconter une histoire. Nous ne sommes pas des enfants qu'il faudrait endormir. Et c'est ce que je reproche à la littérature de *plot*, d'intrigue : un roman qui ne sert qu'à résoudre une énigme, qu'elle soit de faits ou psychologique, me paraît peu de chose.

Le moralisme français s'entend bien avec le puritanisme américain, c'est un des nombreux points de ressemblance entre nos deux pays. Remarquez comment les romanciers réactionnaires des années 2000 adorent Bret Easton Ellis, puritain *gore*. Les uns et les autres croient que le roman sert à réformer les gens. Ellis, dans les années 1990, n'était pas encore ainsi, c'est rétrospectivement que *Moins que zéro* s'est transformé en roman puritain. Il n'était jusque-là que satirique, à un passage près où l'on sent une sorte de haine de l'auteur contre ses personnages. Elle a l'air d'une haine contre ce qu'il est, ou a été. Un fêtard. Il s'en veut. Le remords fait le romancier fustigeant. Ellis aurait pu devenir un romancier indulgent, à la Sagan. Sa personnalité ne l'a pas voulu. Elle lui a imaginé un moi écrivant plus violent, plus grotesque aussi, moins romancier que prêcheur. Nos livres ultérieurs réorientent nos livres antérieurs.

> Bret Easton Ellis, *Moins que zéro* (*Less than Zero*) : 1985 (trad. française : 1986). Isaac Bashevis Singer et Anthony Burgess, *Rencontre au sommet* : 1998. Raymond Chandler, *Papers* : posth., 2000 (précédente édition : *The Selected Letters* : 1981). Flann O'Brien : 1911-1966.

ROMAN, SOCIÉTÉ : Le roman, c'est l'homme dans la société. Sa personnalité, ses sentiments, mais tels qu'elle les modifie. On ne pourrait pas écrire de bon roman sur Adam et Eve avant la chute. Après, il deviendrait passionnant. D'ailleurs, après, c'est nous.

Il ne peut pas exister de roman à un seul personnage. Dans un roman aussi concentré sur la personnalité de son personnage principal qu'*Adolphe*, Adolphe n'est pas seul, il n'est même pas seul à deux dans le monstre qu'il forme avec Ellénore : son égocentrique personnalité est transformée par les conditions que la société impose à son amour. On pourrait écrire *Le Roman d'un solitaire*, mais il comprendrait le monde entier tout autour qui prendrait beaucoup plus d'importance que pour un non-solitaire, et on y ajouterait un chat qui prendrait une grande importance. Le roman à un seul personnage, c'est la nouvelle. La nouvelle est indifférente à la société. Une nouvelle pourrait décrire Adam et Eve avant la chute.

La société refuse d'être décrite. Elle qualifie de faux les romans qui le font. Les mondains protestent contre Proust, les Chouans contre Balzac, les Corses contre Mérimée, Dublin contre Joyce, le monde entier contre les bons romans. J'ai souvent remarqué que, lorsqu'un clan prétend qu'un écrivain a fait de lui un portrait caricatural, le portrait est exact. Lorsque le clan adore son portrait, celui-ci n'est que flatteur. Et, cent ans plus tard, quand le bon roman haï s'est fait une place, c'est grâce à lui que les clans survivent dans notre souvenir.

ROMANS À LA DEUXIÈME PERSONNE DU SINGULIER : Encore plus difficiles à réussir que les romans au présent, ils sont dépourvus de la force immédiatement évocatrice du « je ». Un roman qui commence : « J'entrai à la morgue un matin de printemps », on y est. « Il entra à la morgue un matin de printemps » requiert plus de précisions pour que le lecteur accepte de voir : la description de ce « il », de la morgue. « Tu entras à la morgue un matin de printemps » introduit une distance supplémentaire : le « tu » est prononcé par quelqu'un qui connaît mieux le héros que le lecteur, lequel est légèrement exclu. Si le narrateur n'est ni décrit, ni caractérisé, le lecteur peut finir par entrer en lui et se croire le seul à observer le héros. De la plus grande exclusion à la plus grande exclusivité. Une des plus brillantes réussites contemporaines en est le *Journal d'un oiseau de nuit* de Jay McInerney (vulgaire traduction de *Bright Lights, Big City*. C'était une chanson de Van Morrison, *Bright lights, big city went to my baby's head*).

> Jay McInerney, *Journal d'un oiseau de nuit* (*Bright Lights, Big City*) : 1984 (trad. française : 1986).

ROMANS D'AMOUR : C'est bien commode, parce qu'il n'y a pas besoin de documentation, ni même d'imagination. Comme dit Chamfort : « En amour, tout est vrai, tout est faux ; et c'est la seule chose sur laquelle on ne puisse pas dire une absurdité » (*Produits de la civilisation perfectionnée*).

Ils plaisent souvent aux femmes, qui lisent plus que les hommes.

Les romans cherchent à expliquer l'amour par la raison, alors que, tout au plus, l'amour se cherche des raisons. Mais enfin ne disons pas de mal d'un sentiment vénéré.

ROMANS D'ANTICIPATION : Un roman d'anticipation est souvent un roman historique du futur. Il a alors le défaut du roman historique du passé, de mettre le décor au premier plan ; et de décrire les gigaskrubls à laser et les tuniques en tagabold aussi méticuleusement que l'autre, le vertugadin et les mâchicoulis. Autre chose éloigne souvent les romans d'anticipation des bons romans : quand ils sont des apologues ou des prophéties. Nous réinscrivant au catéchisme, ils prophétisent le passé. Si l'avenir avait été tel que les prophètes l'ont annoncé, nous serions depuis longtemps des esclaves en uniforme de tergal au service d'un pharaon universel. Les deux genres sont suffisamment illustrés dans la Bible, le Coran et tous les livres de foi, eux aussi très mal écrits.

ROMANS HISTORIQUES : Je pense impossible d'écrire un bon roman historique, ou alors il n'est pas historique.

Par historique, j'entends les romans qui veulent montrer une époque plus que des personnages. Ils mettent le décor au premier plan. Ce roman se passe au XVe siècle : on nous décrit la hallebarde, le pourpoint, les aiguillettes. Est-ce que, dans un roman se passant en 2005, l'auteur passerait autant de temps à décrire une voiture, un pistolet, un jean ?

Les dialogues de ces romans sont encore de la hallebarde. « Tudieu ! dit le capitaine des gardes, il ne me la fallait point bailler belle ! »

Ils reconstituent l'époque à partir des jugements de la postérité. Dans un roman ayant lieu en 1869, et qui ne se passe pas dans les milieux littéraires, ils se sentiront obligés de mentionner à un moment ou l'autre les Goncourt ou Flaubert, quand ce qui intéressait tout le monde cette année-là était un roman publié anonyme dans la *Revue des Deux Mondes, Le Péché de Madeleine*, et alors que les écrivains dont tout le monde parlait, Victor Hugo mis à part, étaient Nestor Roqueplan, Victor Cherbuliez, Arsène Houssaye ; on allait plus nombreux aux « mardis » d'Houssaye que dans le grenier des Goncourt. Ces romans historiques sont des vues du paradis.

La quintessence de l'échec dans le roman historique est *Salammbô*. Je ne dis pas qu'il est mauvais, je dis qu'il est raté. C'est même un glorieux ratage. La première phrase, « C'était à Mégara, faubourg de Carthage, dans les jardins d'Hamilcar », est très belle (on entend le battement d'ailes de Chateaubriand qui s'éloigne), mais je ne suis pas sûr qu'un roman gagne à commencer (et même à continuer) par de la prose poétique. Ici, l'allitération des liquides, comme on l'entend ! L'attention du lecteur est attirée par le son. Il regarde moins. Je comprendrais celui qui, ayant lu cette phrase, dirait : « C'est parfait », et fermerait le livre. Il le compléterait par ses souvenirs de lectures sur l'Antiquité.

Flaubert s'est énormément documenté, mais *sa documentation est de deuxième main*. Il n'y peut rien : les historiens antiques dont les écrits nous sont restés n'ont pas connu la Carthage de cette époque. L'auraient-ils connue qu'un historien est une source dangereuse : c'est quelqu'un qui a déjà procédé à un tri, et l'impose au romancier. (Je ne parle pas de partialité, au contraire même, un historien partial nous aide à deviner : il suffit d'enlever son éclairage ingénu.) La meilleure documentation, ce sont les chroniqueurs, les mémorialistes et les épistoliers. Là la matière, là les détails, parmi lesquels le romancier, et lui seul, choisit ce qu'il juge caractéristique. Reste la rigoureuse honnêteté de Flaubert. Il a complété les trous par son imagination, méthode si juste que les lecteurs croient souvent que ces moments-là sont recopiés de la vie. Cela ne veut pas dire que l'imagination a raison, mais qu'elle est probable.

Le roman historique, dit-on, date en Europe de Walter Scott, qu'a suivi Alfred de Vigny avec *Cinq-Mars*. Ils ont réinventé la *Chanson de Roland* et les chansons de geste. De l'Antiquité nous est parvenu plus d'un *Roman d'Alexandre*, l'un d'eux étant un roman byzantin qui daterait du IIIe siècle. La Grèce avait perdu sa puissance depuis longtemps. Le roman de Vigny est écrit dix ans après la défaite de Napoléon. Y aurait-il un lien entre l'affaiblissement d'un pays et l'apparition du roman historique ? Walter Scott écrit dans l'Angleterre triomphante, mais il est écossais et sa nation défaite. Vigny écrit un roman historique à un moment où il a le sentiment que l'histoire s'aplatit. Dans quelle mesure *Cinq-Mars* est-il un roman ? A part quelques personnages secondaires, tous ont existé dans la vie : c'est plutôt un roman de l'histoire. Vigny leur y prête trop de prémonitions rétrospectives, et ils prophétisent 1789 en 1642, mais à part ça pas de musée des arts et traditions populaires, ni l'hypermétropie rétrospective du talent : dans la magnifique scène où Milton lit le *Paradis perdu* chez Marion de Lorme, il montre le poète anglais raillé par les beaux esprits du temps, qui n'étaient pourtant pas bêtes ; mais ils étaient sots. Vigny est plus fin en esthétique qu'en politique. Comme presque tout ce qu'il écrit, *Cinq-Mars* est un livre sur la destinée du poète. Et sa prééminence : les derniers à avoir la parole, au dernier chapitre, sont Corneille et Milton, ce qui sous-entend qu'ils triompheront un jour. Mettre un écrivain dans un roman, cela s'était-il vu ailleurs que dans le *Satiricon* ? Serait-ce cela qui a éveillé dans Victor Hugo l'idée de mettre le poète Pierre Gringoire dans *Notre-Dame de Paris* ?

Dans la préface à *Cinq-Mars*, les « Réflexions sur la vérité en art », Vigny distingue la vérité qu'exprime l'œuvre d'art du « vrai » qui s'est produit. Il se serait mieux fait comprendre s'il avait dit « réel » au lieu de « vrai ». Le romancier choisit l'essentiel dans ce vrai, dit-il, ce qui en lui est révélateur de la vérité, et c'est son art de la fiction qui le met au jour. Ce qui importe est « la vérité d'observation sur la nature humaine, et non l'authenticité du fait ».

C'est un écrivain, Voltaire, qui a le premier utilisé les principes de la méthode historique : examen et comparaison des sources. Soit qu'ils se fassent confiance, soit paresse, certains historiens prennent souvent leurs exemples, non plus à la source, mais dans les ouvrages d'autres historiens. C'est ainsi que nombreux sont les livres d'histoire dont seul le nom d'auteur change. C'est ainsi que se colportent les légendes.

ROMANTIQUES : Deux cents ans après, barbus comme des banquiers de la Renaissance, les romantiques sortirent de l'hôtel de Rambouillet. Ils tentèrent de prendre Paris à force d'émeutes, mais n'y réussirent jamais tout à fait. C'est la ville natale de Molière et de Voltaire.

Par quelle aberration les prend-on pour des pleurnichards ? Ils n'ont pas arrêté de conquêter, s'emparant de la poésie et du théâtre, de l'Académie française et de la mode avec une allégresse comme on n'en avait pas vu depuis Corneille et Molière. A la fin de *Stello*, le Docteur Noir établit un programme pour le poète si désespéré de ne pas avoir de public qu'il s'apprête à *se dévouer pour une opinion politique* : « Séparer la vie poétique de la vie politique. Seul et libre, accomplir sa mission. Eviter le rêve maladif et incessant. » Sans doute pense-t-il à Lamartine, auteur souvent niais. Dans son roman *Graziella*, on trouve la sentence : « On ne peut jamais frapper un peu fort sur le cœur de l'homme sans qu'il en sorte des larmes. » Faut-il être insensible pour écrire des phrases pareilles. Henri Calet en a écrit une semblable : « Ne me secouez pas, je suis plein de larmes » (*Peau d'ours*). Larmes est, avec les verbes pleurer et sangloter, le mot le plus fréquent de *Graziella*. Aller en Italie pour en rapporter ça, ça ne devrait pas être permis.

Bon poète, d'ailleurs. « Adieu », « Le Lac », « Souvenir », « La Foi » (« O néant ! ô seul dieu que je puisse comprendre ! / Silencieux abîme où je vais redescendre, / Pourquoi laissas-tu l'homme échapper de ta main ? ») Lamartine n'exprime qu'un sentiment, la plainte, et n'utilise qu'un moyen, les consonnes liquides, mais il le fait bien. Plutôt que : « Pour qui sont ces serpents qui sifflent sur vos têtes ? », il écrit : « Animal de l'Eden à la langue grondante ! » Lamartine est un liquide. Où a mené la réaction au cynisme du XVIIIe siècle et à ceux que, dans la préface à la réédition des *Méditations poétiques*, il appelle ses hommes géométriques. Du moins selon l'idée qu'il s'en faisait et dont les romantiques ont persuadé la France, avec l'aide de leur chère et antiphilosophique Restauration. Le XVIIIe siècle n'a pas manqué d'élégiaques, comme Gilbert, qui a écrit « Le poète malheureux ».

Lamartine a eu pour descendance un certain rock américain, qui a exploité son image de la chute de l'ange ; le rock-punk était plutôt Rimbaud. Certains de ses vers sont des lieux communs si nationaux que *Libération*, qui a remplacé *Le Hérisson*, journal sur papier vert que lisaient les moniteurs d'auto-école de mon enfance, pour se fournir en calembours, a pu titrer, pendant la guerre du Kosovo, en 1999 : « OTAN suspends ton vol. »

Ils avaient assez peu d'humour en tant qu'école, seuls les individus ont de l'humour. Le romantisme a été une réaction catholique de droite. Encore y trouvait-on, un pas à l'écart, Stendhal qui lui a donné son premier nom dans *Racine et Shakespeare*, où il dit « romanticisme », et Mérimée, trop narquois pour marcher en rang sans sourire. Ils étaient sarcastiques. Signe d'une inquiétude.

Les romantiques se sont opposés à l'isolement de l'artiste dans la société. Ils ne l'ont pas subi, entrant en quantité à l'Académie française. Ce fut grâce à Hugo qui y a été élu le premier et les a fait suivre. Ils étaient contre le malheur. En réussissant, avec leurs livres déplorant l'échec, ils ont contribué à imposer à la France le prestige de l'écrivain. Voltaire avait commencé. Hugo a continué. Fils de général. Académicien. Pair de France. Au Sénat, qui a succédé à la Chambre des pairs, une plaque en bronze marque l'emplacement de son pupitre. Il ne lui manquait qu'une traîne portée par douze rois renversés. L'instabilité politique est excellente pour les écrivains. Rien ne nous a plus porté tort que la Cinquième République.

C'est l'école qui a eu le plus d'excellents écrivains, et une foule de brillants seconds. Ils étaient dans l'ensemble très rusés et très intelligents. En quantité de talent, c'est la meilleure école qu'ait vue la France.

> Henri Calet (1904-1956), *Peau d'ours* : posth., 1958. Alphonse de Lamartine (1790-1869), *Méditations poétiques* : 1820 ; *Graziella* : 1852.

ROSTAND (EDMOND) ET DUMAS FILS (ALEXANDRE) : La gloire ne s'obtient en aucun cas par le seul talent : il y faut une organisation, de la force, de l'intimidation. Une fois mort, gare à la vengeance ! Je ne vois guère que Victor Hugo qui, grâce au soutien de la République, ait échappé à la destitution posthume. Rostand n'est pas si différent de lui. Académie française, grand-croix de ci et de ça, compliments des maréchaux de France, sa maison de Cambo, sa femme Rosemonde Gérard (Rosemonde et poétesse), et le Théâtre. La différence est que n'importe quel reste de Hugo serait vendu à la Biennale des Antiquaires, tandis que Rostand, c'est la brocante. Un jour de novembre 1996, à une vitrine sale de la rue de Maubeuge, je vis une statuette en bronze représentant Sarah Bernhardt dans *L'Aiglon*. Tout cela est tombé sous les ricanements.

Sauf que, de même qu'Alexandre Dumas *fils* n'en finit pas de ne pas mourir parce que, tous les vingt-cinq ans, une grande actrice en perte de popularité joue *La Dame aux camélias*, de même, Rostand revit chaque fois qu'un acteur *de caractère* décide de redonner *Cyrano de Bergerac*. Ce ne sont pas de mauvaises pièces. Du charme trop cherché, de l'enthousiasme trop peint en rouge pour l'une et du dramatique trop peint en bronze pour l'autre, des bonnes idées trop bonnes idées, des personnages qui sont parfois des automates, des sentiments délicats gâtés par les calembours pour *Cyrano* (« beau... ah ? vous souffrez ? Non c'est ce bobo ») et par du déclamatoire plutôt que du lyrique pour *La Dame aux camélias*, mais la délicatesse y est, et elles font souvent oublier leurs astuces. *La Dame aux camélias*, pièce de théâtre, est meilleure que le roman original, car Dumas *fils* a dû en ôter les explications banales sur la souffrance et la vertu. *Cyrano* est plein de jolies choses, comme la scène de la lettre. C'est déjà ça. Cette petite carte à jouer espagnole avec des volants collés dessus a passé pour un énorme chef-d'œuvre il y a cent ans, mais lui donner une plus juste place ne veut pas dire l'anéantir. Ce serait d'ailleurs impossible. Il s'est agrégé à elle toute une croûte d'enthousiasme. *Cyrano, La Dame aux camélias*, c'est comme *La Marseillaise*. Des œuvres dont il ne faut pas trop faire la critique littéraire, ni oublier qu'elles sont éclaboussées par le sang ou la joie de nos grands-pères. A chaque génération la grande niaiserie qu'elle adore. Quelle est la nôtre ?

A sa création, *Cyrano* fut un courant d'air qui renversa tout dans la sacristie à fleurs pourrissantes du symbolisme. Par son succès, elle repoussa pendant quelques années le préjugé selon lequel les poètes sont des souffreteux, et donc doivent souffrir ; il avait été installé par les *Scènes de la vie de bohème* de Murger. Cela excuse son genre nez au vent, si fréquent chez nous autres Français lorsque nous quittons l'étriqué. Orson Welles : « Je pense que Cyrano doit être tout petit – un petit coq *lançant* son nez en l'air vers tout le monde » (*Moi, Orson Welles*).

Ah, ces calembours ! Dans *L'Aiglon*, le duc de Reichstadt, fils de Napoléon, dit à sa mère : « Que voulez-vous ? je ne suis pas un aigle ! » On sent que Rostand a *d'abord* pensé à la chute. Son plus grand vice, c'est la rime riche, vraiment trop riche, nouveau riche. Un exemple entre cent : « fini » rimant avec « ad usum Delphini » (*L'Aiglon*). Il y a dans Rostand un premier de la classe hystérique qui, ne sentant rien, monte au mélodrame. Et *L'Aiglon* a aussi de très bonnes répliques. A l'ex-impératrice Marie-Louise qui parle à son fils de son titre de duc de Reichstadt, il répond : « Pourquoi n'a-t-on pas mis : né de père inconnu ? » Rostand est si théâtral qu'il a aussi le sens du bon théâtre. Au début de la pièce, Marie-Louise regrette la mort « du général ». Le général... Nous pensons que c'est Bonaparte. Il s'agissait de Neipperg, avec qui elle a vécu après l'abdication de Napoléon.

Les poèmes de Rostand, couleur pastel, ont l'air d'avoir été écrits par Odette de Crécy, la cocotte d'*A la recherche du temps perdu* qui prend des airs penchés. Ils ont eu une forte influence sur Cocteau jeune. Son théâtre, sur Cocteau vieux. *L'Aigle à deux têtes* n'est pas si loin de *L'Aiglon*.

📖 « FLAMBEAU : — Reichstadt, c'est pas un duc : c'est pas une victoire ! » (*L'Aiglon*.)

Alexandre Dumas *fils* (1824-1895), *La Dame aux camélias* : 1848 (roman), 1852 (pièce).

◆

Edmond Rostand (1868-1918), *Les Musardises*, poèmes : 1890. *Cyrano de Bergerac* : 1897. *L'Aiglon* : 1900.

◆

Henri Murger (1822-1861), *Scènes de la vie de bohème* : 1847-48. Orson Welles et Peter Bogdanovich, *Moi, Orson Welles* (*This is Orson Welles*) : 1992 (trad. française : 1993).

ROUGE ET LE NOIR (LE) : Le début en est bâclé et agressif à un point qui fait se demander si Stendhal n'a pas cherché à se débarrasser des lecteurs qui risqueraient de lui déplaire, comme les antibonapartistes. Mais non : c'est du manque de soin. Il se remarque à l'adjectivation machinale, aux répétitions inattentives, aux négligences de fabrication.

Les adjectifs sont souvent exagérés : « son terrible père », « une invincible timidité », « l'angélique douceur », « sa mortelle angoisse » ; dans les substantifs, le mot « âme », dont Stendhal nous bombarde. Pour les répétitions, quatre mêmes vers de Shakespeare servent à deux reprises d'épigraphe à un chapitre ; le début du chapitre 23 de la deuxième partie reprend exactement ce qui vient d'être dit au chapitre précédent ; il dit que « Julien se sentait humilié », et, huit lignes plus loin, qu'il subit le « silence le plus humiliant » (I, 7) ; « son œil regardait sans voir » et, quatre lignes plus bas, « il regardait sans voir » (I, 28) ; etc. Je ne suis pas contre les répétitions, Stendhal en fait d'excellentes (dans le premier billet de Mathilde à Julien : « J'ai besoin de vous parler ; il faut que je vous parle, ce soir... »), mais ce livre en contient trop. On peut admettre que, en deux cents pages, l'auteur ait oublié l'absence totale de machisme de Julien Sorel ou que celui-ci ait changé d'avis là-dessus (I, 22 : « ma vanité est choquée, parce que M. de Rênal est un homme ! illustre et vaste corporation à laquelle j'ai l'honneur d'appartenir » ; II, 13 : « Et pour lui, indigné des outrages faits à la dignité masculine, il redoublait de froideur envers elle »), mais une caractérisation du personnage principal telle que sa « grande pâleur » (I, 4) devenant de « fraîches couleurs » (II, 5) ? Mais Julien étonné par le parfum de Madame de Rênal en « pauvre paysan » qu'il n'est pas, son père étant propriétaire d'une fabrique de charpentes ? Je passe, Stendhal s'en étant rendu compte après la publication (« style haché à corriger »), sur la brusquerie de sa façon d'écrire, à la longue aussi monotone qu'elle a été fatigante. Quelles sont les causes de tant de défauts ?

Il écrit trop vite. Dans une lettre à sa sœur Pauline, il lui conseille : « Ecris vite, comme moi, sans chercher la phrase. Le premier des mérites, c'est la simplicité. » Mais quel est le sens exact de : « Sa Majesté se précipita plutôt qu'elle ne se jeta sur le prie-Dieu » (I, 18) ? C'est un premier roman. A quarante-huit ans. Il n'y a pas d'âge pour les erreurs de jeunesse. Stendhal est trop dans le personnage de Julien, qu'il laisse à peine respirer à force de ventriloquie. Dans son bonapartisme de provocation, c'est Stendhal qui parle. Que Julien soit bonapartiste est logique, une grande partie de la jeunesse de la Restauration l'était, mais nous n'avons pas besoin d'en subir les raisonnements incessants, et le bonapartiste Stendhal devrait, pour la portée de sa propagande, sans parler de l'amabilité de son roman, la faire plus légère. Il n'y a pas assez de distance entre son personnage et lui. Julien dit sarcastiquement : « Il est vrai que Danton avait un désavantage énorme aux yeux de la beauté, il était fort laid. » C'est si incongru de la part d'un jeune homme de vingt ans, qui plus est joli garçon, que Stendhal est obligé de faire donner une explication à Mathilde : « Lui, qui est réellement si beau [...] faire un tel éloge de la laideur ! jamais de retour sur soi-même ! », qui n'a d'ailleurs pas beaucoup de sens. Les « pensa-t-il » de Julien sont plus d'une fois des commentaires du romancier. Lorsqu'il apprend que la maréchale de Fervaques a fait retoucher les tableaux supposés indécents de son salon (II, 27) : « *Siècle moral !* pensa-t-il. » Mais non, pas « pensa-t-il » : « pensé-je » ; et si Julien l'a pensé il n'y a pas à le dire, car nous avons compris le ridicule de l'acte dès qu'il a été décrit. Stendhal n'est pas toujours agile.

J'oubliais ce qui peut rendre *Le Rouge et le Noir* dégueulassement écrit : les clichés. « Ce sourire a porté un jour fatal dans l'âme » (I, 1) ; « glaçait son imagination » (I, 5) ; « il fondit en larmes » (I, 15) ; « ivre de colère » (I, 21) ; « ses jambes se dérobaient sous lui » (I, 25) ; « comme une brebis galeuse » (I, 27). On en trouve jusqu'à trois par phrase : « La cruelle nécessité, avec sa main de fer, plia la volonté de Julien » (I, 23). Pourquoi Stendhal verrait-il que le cliché fait des personnages des marionnettes, puisqu'il le justifie ? Dans *De l'amour*, il commence le chapitre « Des coups de foudre » : « Il faudrait changer ce mot ridicule ; cependant la chose existe. »

Tout cela venant d'un homme prompt à railler l'emphase chez les autres, qui parle sans cesse de tact et se moque de ceux qui écrivent « destrier » pour « cheval ». A propos de langue, quand il invente un mot, il le fait mathématique : « antisympathie » (*Le Rouge et le Noir*) ou « romanticisme » (*Racine et Shakespeare*). Sa formation de polytechnicien, sans doute. Il n'a pas le goût sensuel de la langue et du rythme qui distingue les artistes. Et, à la fin, son charme est dans sa sécheresse. Il crépite.

Lorsqu'il oublie de faire le moraliste, c'est-à-dire de délivrer des considérations générales sur les mœurs, il écrit un roman de romancier, c'est-à-dire qu'il fait vivre des individus. Le livre s'arrange à partir de la visite du roi à Verrières (I, 18). Enfin de la finesse, enfin un instant pour respirer ! Les bonnes scènes se succèdent. Celle où les Rênal se parlent des lettres anonymes ; le dîner Valenod ; il signor Geronimo (le personnage le plus sympathique du roman, le seul même qui le soit, jovial, gai, léger, il n'est que cela, de la chantilly, c'est tout d'un coup comme si Dumas venait de traverser la pièce). A ces moments-là, j'ai des frissons de plaisir, et je défendrais *Le Rouge et le Noir* contre toute personne qui me dirait ce qui précède. La demoiselle du comptoir au café de Besançon ; les débuts de Julien au séminaire parmi les hargneux et les envieux, je me croirais accomplissant mon service militaire un siècle et demi plus tard ; le bal, avec les progrès de l'idée de condamnation à mort dans l'esprit de Mathilde. Et comme il est bien que, à la fin, quand Julien est condamné à mort, ni Stendhal ni Mathilde ne se rappellent qu'elle a eu cette idée, évitant le coup de la prémonition ! Stendhal a de grandes finesses de non-explication. Lorsque Julien revient en cachette à Verrières et demande à Madame de Rênal de lui faire apercevoir ses enfants : « Il les trouva fort grandis, mais ils avaient pris l'air commun, ou bien ses idées avaient changé. » Julien en prison ennuyé par le prêtre fanatique, son père, les avocats, est aussi excellent. La fin est magnifique, un précipité très Stendhal. « Madame de Rênal fut fidèle à sa promesse. Elle ne chercha en aucune manière à attenter à sa vie ; mais, trois jours après Julien, elle mourut en embrassant ses enfants. » Ils m'ont fait rêver, ces enfants Rênal. Quelle a été l'influence de Julien sur eux ? Leur père a-t-il réussi à leur cacher sa liaison avec leur mère ? Qu'est devenu celui qu'il préférait ?

Les moments où Julien et Mathilde se demandent s'ils s'aiment me paraissent du baratin sentimental, mais c'est sans doute moi. Ces restes d'amour héroïque viennent peut-être de Corneille, que Stendhal aimait beaucoup, et qui a inventé le mot d'espagnolisme pour qualifier ces êtres qui sortent leur sabre pour demander l'heure. Encore du roman courtois, comme Fabrice enfermé dans sa tour dans *La Chartreuse de Parme*. *Le Rouge et le Noir* cite un grand nombre de pièces de théâtre, dont *Tartuffe*. Julien, c'est Tartuffe. Un homme intelligent et sans relations qui cherche à réussir.

Stendhal n'est pas aussi comique qu'il le pense (nommer un personnage d'aristocrate mademoiselle de Sainte-Hérédité, j'aurais peut-être fait ça en classe de troisième), mais il a des scènes de raillerie très fine, comme l'abbé Chas parlant des étoffes ornementales de la cathédrale à Julien. Il est si niais que Julien se méfie ; à tort ; l'abbé ne se moquait pas de lui. Julien est un susceptible, c'est son malheur. Je me demande si un susceptible a jamais réussi. Il faut avaler tant de couleuvres pour cela ! Julien les crache. On le hait.

Le Rouge et le Noir est le roman des malentendus, comme souvent chez Stendhal, malentendus entraînant des actions différentes de ce qu'elles devraient logiquement être. Et la vie avance, d'erreur en erreur.

Stendhal n'est pas un écrivain visuel, étant trop occupé d'analyse, mais on trouve quelques beaux tableaux dans *Le Rouge et le Noir*. Au café, les joueurs de billard : « Des flots de fumée de tabac, s'élançant de la bouche de tous, les enveloppaient d'un nuage bleu. » On dirait un Manet. Quand Julien s'enfuit par la fenêtre de chez Madame de Rênal : « les chiens couraient en silence à ses côtés » (ils l'ont reconnu). C'est « La chasse » d'Uccello à l'Ashmolean Museum d'Oxford. Les deux, détachés, donnent une impression de Flaubert, ne trouvez-vous pas ?

Le bien du mal écrit de ce livre, ce sont les pensées sans « pensa-t-il », les dialogues sans tirets et une façon d'écrire en deux points comme des indications de scène : « Dans les jours de méfiance : Cette jeune fille se moque de moi, pensait Julien. » Le cahoteux arrive à sa perfection dans une phrase comme : « Ils étaient braves, et voilà tout. Et encore, comment braves ? se disait-elle : en duel. » Moments splendides qui font pardonner les autres, qui les rendent impardonnables.

📖 « Malheur à qui se distingue. »

|| 1830.

ROUSSEAU (JEAN-JACQUES) : Cet écrivain conventionnel a réussi à se rendre intéressant à force d'obsession. Rousseau n'a pas un talent très personnel : il écrit dans la bonne moyenne supérieure de l'époque, avec une tendance à l'emphase. Je le trouve plus intéressant par ce qu'on a à lui répondre que par ce qu'il dit. Et alors là, même, passionnant.

Ecrivain de sujets plus que de création, journaliste plus qu'artiste, il a plu aux salons, qui ont les mêmes centres d'intérêt que les campings : il pourvoit en sujets de discussion pas fatigants. L'éducation des enfants, l'influence du théâtre sur les mœurs, tout le scoutisme de l'époque. Aujourd'hui, il disserterait sur l'influence des jeux vidéo sur le comportement de la jeunesse. Il a écrit son premier essai, le *Discours sur les sciences et les arts*, pour répondre à cette question de l'Académie de Dijon : « si le rétablissement des sciences et des arts a contribué à épurer les mœurs ». Eh non. Rousseau répond que « si la culture des sciences est nuisible aux qualités guerrières, elle l'est encore plus aux qualités morales ». Quant aux arts, ils consistent à contraindre la nature humaine et à plaire, dit-il. Arts ? Arts ? Pour lui, il ne s'agit pas de tableaux, de poèmes ni de chant, mais de bienséance et de bonnes manières. Ce Suisse a toujours craint de commettre une bévue à Paris (c'est pour cela que Stendhal l'a aimé). Dès ses débuts, il décidait de confondre art et morale, et Paris, dans un des balancements de mode qui aère son goût exténué, s'est entichée du jeune petit puritain qui, mieux que les prêtres, la fouettait délicieusement pour son libertinage.

Rousseau est un cas typique où l'impuissance à imaginer est suppléée par l'exposition du moi. Quand il écrit des romans, il ne peut les faire que démonstratifs. *Emile ou de l'Education*. *Julie ou la Nouvelle Héloïse*. Après cela, il s'expose dans des *Confessions*. *Après* : il n'est pas né dans la civilisation publicitaire, où la provocation confère le statut. Même si c'est de travers, Rousseau réfléchit. Les *Confessions* de ce protestant ne l'ont pas rendu plus catholique. A propos d'une aussi petite chose que d'avoir frémi en apercevant le sein d'une femme, il fait cinq pages de remords. Les catholiques sont plus libérés, sans doute parce qu'ils ont l'avantage du vide-ordures nommé confessionnal, comme dirait Maupassant, rincé à l'eau de Javel de l'absolution. Rousseau n'en voudrait pas : il raffole de son remords, rêve de faire passer ses défauts pour des vices. Il crée un personnage idéal dont il raconte l'histoire. Que le personnage soit vicieux, selon sa conception, est un élément de l'idéal. Nous devons comprendre qu'il est un saint, puisqu'il avoue. N'a-t-il pas repris le titre des *Confessions* à saint Augustin ? Quel courage ! Quelle audace ! Sa finesse, c'est d'avoir révélé les petites erreurs que jusque-là on dissimulait, auxquelles on pensait à peine. Qui sait s'il n'a pas fait pire ? Peu importe : il invente la culpabilité rassurante. Rousseau est un homme qui préfère le remords au bien.

Rousseau, et je n'en parle que parce qu'il est lui-même son sujet, est un complexé, susceptible, jamais content de rien, pas aussi franc qu'il le croit, plutôt fourbe même, un fourbe de bonne foi. Sa susceptibilité est une passion. Ce qui la rend inextinguible. Elle lui crée en permanence les conditions d'être vexé, et fait grandir en lui un orgueil insensé. « Je vous conjure [...] au nom de toute l'espèce humaine, de ne pas anéantir un ouvrage unique et utile. [...] Je forme une entreprise qui n'eut jamais d'exemple et dont l'exécution n'aura point d'imitateur.[...] un exemple unique depuis qu'il existe des enfants » (*Les Confessions*). Il se déclare « le plus sociable et le plus aimant des humains » (*Les Rêveries du promeneur solitaire*). Dès ses premières lignes publiées, la préface du *Discours sur les lettres et les arts*, il avait affirmé qu'il était le seul pur contre tous : « Heurtant de front tout ce qui fait aujourd'hui l'admiration des hommes, je ne puis m'attendre qu'à un blâme universel. » Position du persécuté qui plut au public amer, qui est nombreux, et au public gobeur, plus nombreux encore. Il ne heurtait en réalité que ce qui faisait l'admiration des philosophes, et d'autres d'écrivains détestaient les Lumières, comme le parti religieux et son poète Gilbert. Quant au blâme, il l'a souhaité : il serait utile à son raisonnement pervers et à sa publicité. On n'a jamais vu de Diogène chercher davantage la gloire. Un tonneau, face caméra !

Baltasar Gracian lui avait répondu cent ans avant : en face de *L'Homme de cour*, *Les Confessions* s'effondrent. L'objection était connue, mais Rousseau apparaissait dans un monde qui n'avait plus envie d'être sage. Des mondains las de tout, en partie à cause du désœuvrement où les avait emprisonnés Louis XIV en les transformant en courtisans, le prirent pour joujou. Et aucun ne lui traduisit de l'espagnol : « Se louer, c'est vanité ; se blâmer, c'est bassesse. » Ces gens finissent toujours par se sentir coupables de leur frivolité, et ils ont les premiers fait son succès. C'était avec *Julie ou la Nouvelle Héloïse*, écrit pour illustrer la thèse : « Je veux être chaste, parce que c'est la première vertu qui nourrit toutes les autres », autrement dit, contre la conception que Rousseau se faisait de la cour de France, une auge de vices. Les nobles y coururent, car la posture du puritain intimide les snobs.

Et notre rustique, notre homme des bois, notre apologiste de la simplicité des mœurs, de fréquenter duchesse sur marquise, débitant sa rengaine « moi plus ». Il l'affiche par les titres de ses livres, *Les* Confessions, *Les* Rêveries, espèce d'emphase égocentrique qu'il partage avec Hugo, mais Hugo a une jovialité introuvable chez Rousseau. Rousseau est un timide. Il hait le brillant des Parisiens qu'il croit dirigé contre lui, montrant là que, en plus d'être orgueilleux, il est vaniteux, de la vanité des gens qui croient qu'on n'arrête pas de penser à eux. Cela gâte ses rares moments de moquerie. « O vous, lecteurs curieux de la grande histoire du noyer de la terrasse, écoutez-en l'horrible tragédie et vous abstenez de frémir si vous pouvez ! » (*Les Confessions*)

Les Confessions, c'est *Les Malheurs de Sophie* avec une Sophie emmerdante au lieu d'être emmerdeuse. Loin d'être instruit par les leçons, Rousseau récidive, en partie parce qu'il est persuadé d'avoir raison (cela s'appelle la folie), en partie par masochisme.

Les Confessions sont supérieures aux *Rêveries du promeneur solitaire* dans la mesure où il y est question de son enfance et où il n'applique jamais son humour à lui-même adulte. Vous pensez bien, un penseur si important ! *Les Rêveries* sont un deuxième service de plaintes et un seul suffisait, peut-être. Il a écrit un excellent et court essai sur lui-même, *Mon Portrait*. « Je suis observateur et non moraliste. » C'est tout le contraire. Entre sa cauteleuse vanité et son geignant orgueil, se faufile parfois, enfin ! de la fierté : « Il est vrai que je ne fais rien sur la terre ; mais quand je n'aurai plus de corps je n'y ferai rien non plus, et néanmoins je serai un plus excellent être, plus plein de sentiment et de vie que le plus agissant des mortels » (*Notes écrites sur des cartes à jouer*). Cela parle plus que de lui : de la littérature.

L'homme est naturellement bon, mais Rousseau est méchant. On peinerait à trouver un seul contemporain qui ne dise pas le plus grand mal de lui. Voltaire, Marmontel, Morellet, Diderot. Une pareille unanimité est généralement bon signe, et d'ailleurs, parmi ses ennemis, on trouve quantité de critiques, de commentateurs, d'assassins secondaires, mais il n'y a pas qu'eux. Voltaire, disais-je. Et des faits. Ils montrent que Rousseau ne s'est pas bien tenu. Son petit moi glouton sautait sur tout ce qui pouvait amplifier sa voix. A force d'utiliser ses amis, ce Rousseau qui n'était pas plus sauvage que bon finit par ne plus voir qu'une personne, et c'était un niais arriviste : Bernardin de Saint-Pierre, l'auteur de *Paul et Virginie*.

Comme souvent les paranoïaques, il crée les conditions qui justifient une persécution. Par là même, il la crée. Dès qu'on met un doigt sur ces hommes-là, on se trouve englué dans un tourbillon d'emmerdements. L'important n'est pas que les persécutions aient été réelles ou explicables, mais qu'il les a aimées.

La guerre entre les Philosophes et lui est aussi une guerre entre la politique et la morale : ils faisaient de la politique, Rousseau de la morale. N'appelons pas littéraires des querelles d'où la littérature est loin. La littérature se fait toujours à côté de ce dont on parle en quantité.

D'une certaine façon (la façon de celui qui est persuadé d'avoir raison tout seul), il était fou. Et cynique, pour exhiber si complaisamment sa sincérité. « BOSWELL : — Mais, monsieur, Rousseau ne dit-il pas lui aussi n'importe quoi ? JOHNSON : — C'est exact, monsieur ; mais Rousseau *sait* qu'il dit n'importe quoi, et rit du monde qui le bade » (James Boswell, *Vie de Johnson*).

Il nous a légué des idées fausses que nous prenons la peine de discuter depuis deux cents ans ; et si on les discute c'est qu'elles sont fausses. Dans le goût scout. Le scoutisme captive les laborieux. Rousseau n'en a pas été avare. La société corrompt l'homme. Il existe une « volonté générale » (ne dites pas qu'elle est la sienne rêvée en volonté universelle). « Il n'y a plus aujourd'hui de Français, d'Allemands, d'Espagnols, d'Anglais même, quoi qu'on en dise ; il n'y a que des Européens » (*Considérations sur le gouvernement de Pologne*). La langue italienne « se prête à la musique », pas la française. (*Essai sur l'origine des langues* ; et il compose *Le Devin du village* en français.) Les jardins anglais sont supérieurs aux jardins français. Rousseau fait partie d'un type particulier d'être humain, l'homme qui déteste la France. C'était un rongé. Le rongé est un homme qui énonce des paradoxes dont il se persuade, parce qu'il a besoin d'être spécieux pour nourrir son malaise. Quel homme malheureux il devait être, pour tordre ainsi son intelligence dans un sens opposé à son bonheur !

Il accuse sans arrêt les autres de mauvaise foi. Ainsi voit-on des alcooliques en traiter d'autres de pochetrons.

Moins écrivain que censeur (on croirait un journaliste), il a approuvé la censure du théâtre, suivant en cela une tradition qui n'est pas nécessairement protestante, on la retrouve chez

Bossuet. C'est dans la *Lettre à d'Alembert sur les spectacles* : il y répond à l'article « Genève » de l'*Encyclopédie* où d'Alembert recommandait l'ouverture d'un théâtre dans cette ville. Rousseau : « Un spectacle est un amusement : et s'il est vrai qu'il faille des amusements à l'homme, vous conviendrez au moins qu'ils ne sont permis qu'autant qu'ils sont nécessaires. » Qui jugera de leur nécessité ? Quel Rousseau ? (Lui-même a écrit un ballet, un opéra et une comédie ; c'était bon pour ces corrompus de Français !) Et, après Racine, Corneille, Robert Garnier, que dis-je ? après Euripide, voilà un homme qui définit le théâtre comme un *amusement*. Il poursuit : « L'état d'homme a ses plaisirs, qui dérivent de sa nature. [...] La nature même a dicté la réponse de ce barbare à qui l'on vantait les magnificences du cirque et des jeux établis à Rome. Les Romains, demanda ce bonhomme, n'ont-ils ni femmes ni enfants ? Le barbare avait raison. »

Et je prie ici que, une fois qu'on aura fini de rire, on s'arrête et relise la phrase :

Le barbare avait raison.

Un écrivain aura écrit cela. Rousseau, pour l'obscurantisme éclairé. Si éclairé qu'il incendie les livres. Le calife Omar, prenant la ville d'Alexandrie, en brûle la bibliothèque, qui contenait des manuscrits uniques de Platon et de tous les grands écrivains de l'Antiquité. Il faisait de la place pour les traités de mystique. Dans les tragédies, ajoute Rousseau, il est bien connu que « bien que les criminels soient punis, ils nous sont présentés sous un aspect si favorable que tout l'intérêt est pour eux ». L'insidieux Racine devrait être interdit : ses pièces « accoutument les yeux du peuple à des horreurs qu'il ne devrait pas même connaître et à des forfaits qu'il ne devrait pas supposer possibles ». — Pourquoi, Monsieur Rousseau ? Il pourrait les commettre ? Ne les a-t-il pas subies ? — Je suis un théoricien du peuple, Monsieur le Président. A la différence de mon jeune confrère Hugo, dont j'admire le génie publicitaire, et qui, dans sa jeunesse de droite, a été contre la peine de mort, puis, dans sa vieillesse de gauche, un propagandiste de l'instruction, moi, j'ai toujours été un apologiste de l'ignorance : « nos âmes se sont corrompues à mesure que nos sciences et nos arts se sont avancés à la perfection » (*Discours sur les sciences et les arts*).

Ces sottises sont inhumaines. Pour ce pastoral tyrannique, ce libéral terroriste, ce Petit Prince égorgeant le mouton, l'homme est un être qui a tort. Alors que « tout est bien sortant des mains de l'auteur des choses » (*Emile*), il a créé la société et s'est transformé en monstre. Il est donc naturel que le système qu'on fabrique pour le réformer soit monstrueux. Le totalitarisme est une conséquence extrême du rousseauisme. Et l'extrême n'est pas loin de Rousseau. Dans *Emile*, il qualifie *La République* de Platon, d'où les poètes sont exilés, de « plus beau traité d'éducation qu'on eût jamais fait ». Dans *Le Contrat social*, il justifie la peine de mort, mieux encore, s'oppose aux grâces : « Les fréquentes grâces annoncent que bientôt les forfaits n'en auront plus besoin, et chacun voit où cela mène. » (*Chacun voit où cela mène*. La menace, maintenant.) La censure est, nous le savions, délicieuse : « La censure maintient les mœurs en empêchant les opinions de se corrompre. » Elles se corrompent quand elles s'opposent à elle, comme on sait. Rousseau aurait trouvé des justifications au goulag. Vous direz : c'est fini. Robespierre est mort et le goulag fermé. Oh ! ces douceurs se remettent en circulation en un instant. « La liberté n'étant pas un fruit de tous les climats, n'est pas à la portée de tous les peuples » (*Le Contrat social*) servit il n'y a pas si longtemps aux maoïstes français à justifier les meurtres de leur idole sous le nom d'*altérité*. Etant *autres*, ils ont d'*autres* besoins que nous. Non, pour ma femme de ménage, pas de lotte, vous me mettrez un filet de limande.

Rousseau a écrit un livre sur l'éducation après avoir abandonné ses enfants. On le blâme. Pas moi : il a privé des enfants d'un père comme lui. Si j'écrivais la suite à l'*Emile ou de l'Education*, le personnage d'Emile se trouverait dans une clinique psychiatrique : ce livre est un mélange de considérations pratiques et de réflexions confuses et parfois contradictoires. Rousseau, qui est contre la raison, veut tout le temps avoir raison, et pour cela varie sans cesse ses définitions, tout en disant qu'il n'a jamais varié. Selon l'idée qu'il ne faut pas contrarier la nature, il dit : « Exercez-les *[les enfants]* aux atteintes qu'ils auront à supporter un jour. Endurcissez leur corps aux intempéries des saisons, des climats, des éléments, à la faim, à la soif, à la fatigue : trempez-les dans l'eau du Styx. » C'est *J'attends un enfant* écrit par la Mère MacMiche. L'homme n'a jamais vécu aussi longtemps depuis qu'il s'en est remis à l'artifice, à la médecine, à lui-même, mais taisez-vous : les mères n'allaitent plus, l'humanité est perdue, a démontré Rousseau !

Il n'a pas toujours tort, il n'aurait pas été exploité aussi longtemps : les raisons ont servi à justifier les torts. Ainsi, il est probable que « la première invention de la parole ne vient pas du besoin, mais des passions » (*Essai sur l'origine des langues*), pensée que les esprits mathématiques de l'époque n'auraient pas pu concevoir. Rousseau a donné un coup de pied dans le tronc sec de la littérature de son temps : il a remis la naïveté dans les livres quand il n'y avait plus que du calcul. On l'a haï pour cela. Les sentiments réellement éprouvés étaient montrés sans être couverts d'une couche de peinture sociale. « Ils prétendent que c'est par vanité qu'on parle de soi. Hé bien, si ce sentiment est en moi, pourquoi le cacherais-je ? » (*Mon portrait*). En cela, oui, il était un sauvage. Un animal non plus ne cache rien de ce qu'il est. Enfin, il n'a pas révélé *tous* ses sentiments, comme la causticité qu'il avait dans la vie, et que montre Bernardin. Il faut dire qu'on devait être vite caustique, aux yeux d'un Bernardin.

📖 « Je suis sur la terre comme dans une planète étrangère où je serais tombé de celle que j'habitais. » (*Les Rêveries du promeneur solitaire.*)

1712-1778.

♦

Les Muses galantes, ballet : 1745 (publ. posth. 1781). *Discours sur les sciences et les arts* : 1751. *Le Devin du village*, opéra : 1752. *Narcisse ou l'Amant de lui-même* : 1753. *Lettre à d'Alembert sur les spectacles* : 1758. *La Nouvelle Héloïse* : 1761. *Le Contrat social* et *Emile ou de l'Education* : 1762. *Les Confessions* : posth., 1782-1789. *Les Rêveries du promeneur solitaire* : posth., 1782.

S

Sachs • Sagan • Saint-Amant • Saint-Simon • Sainte-Beuve • Sartre • Sauvé • Scandale • Scarron • Schwob • Sedaine • Ségur • *Servitude et grandeur militaires* • Shakespeare (Influence de – sur la littérature française) • Sincérité • Sorel (Julien) • Staël • Stendhal • Style • Styles (Les différents –) • Succès, échec • Sujet • Sujet apparent, sujet caché • Supprimer • Sur, avec, contre • Surréalisme • Symbolisme.

Sachs (Maurice) : Maurice Sachs était un receleur, un voleur, un maître chanteur, un menteur, un délateur, un traître ; juif, il se mit au service de l'Allemagne et serait mort à Hambourg en 1945. Il a eu une période de conversion qui l'a fait assez chrétien pour diriger une collection catholique chez Gallimard et se faire dessiner une soutane par Chanel. C'était l'imitation de son seigneur Cocteau, qui avait fait tailler par Lanvin son uniforme d'ambulancier des fusiliers marins en 1915. Assez connu comme sorte d'ami de plusieurs écrivains, par exemple ce Cocteau à qui il volait des éditions rares pour les revendre, Sachs avait une petite notoriété dans le milieu littéraire en tant que traducteur de romans généralement sans intérêt, si j'excepte *La Princesse artificielle* de Ronald Firbank, romancier comme on joue à la poupée, étourdissant de sérieux dans l'artifice et doué d'un art supérieur du dialogue, que de grands écrivains comme W.H. Auden créditent d'avoir fait évoluer l'anglais littéraire au même degré que Joyce ; traduction et Firbank que Jean Paulhan refusa chez Gallimard. La quasi-totalité des livres de Sachs est posthume. Comme certains pique-assiettes qui écrivent en cachette dans leur studio, il a fait une grande carrière mort.

Il est le contraire de Jean Genet, dont la littérature est un cri provocateur vers la morale : Sachs n'a que le moralisme blasé des viveurs après quarante ans. Décrivant leurs turpitudes, ils le font avec style, ce qui reste une façon d'être vicieux. Le style est l'ultime posture de ceux qui ne peuvent plus goûter que les pilules amères que les moralistes ont tirées de leur expérience. Si Genet se vante de ses vices, Sachs déplore toujours les siens (j'emploie leur mot). De là le ton de ses livres, ce ton si intéressant d'idéalisme crapuleux. Il éprouve une sorte de remords, se juge, juge les autres. Et, lui ou les autres, c'est par formules. Des antithèses ou des chiasmes, le plus souvent, figures habituelles des moralistes. « Parce qu'ils sont dissolus ils ne se croient pas pédants, et parce que pédants (c'est érudits qu'*ils* se pensent) ils ne se croient point dissolus » (*Chronique joyeuse et scandaleuse*). Moraliste encore par le mot *point*, en 1941, quand on écrivait *pas* depuis près de cent ans, et dans un livre qui contient d'autre part le verbe *enculer*. Sachs, homme mal cultivé et vertueux en rêve, devait, dans les taxis où il traversait Paris pour aller revendre des autographes volés, feuilleter avec passion les livres les plus commodes à lire à la hâte, les recueils de maximes. Il est très bon dans *Derrière cinq barreaux*, recueil de citations et d'anecdotes :

> J'aimais Paris parce que j'avais moins besoin d'y mentir qu'ailleurs.
>
> Le bien est si imparfait qu'il ne m'intéresse pas.
>
> On ne trahit bien que ceux qu'on aime.
>
> La prière m'était si naturelle qu'il m'arrivait de prier Satan.
>
> J'aimerais habiter Versailles ou Chantilly, mais je préférerais encore un petit yacht.

Et tout cela est une tentative de se sauver par la littérature. Les canailles absolues n'écrivent pas de livres.

Il est frappant d'observer le cheminement de la passion dans les livres de Sachs. La façon dont, tout d'un coup, mais sans doute après un long travail intérieur, elle le réoriente. Après chaque période de repentir, de mortification, d'effort vers la vertu, il se tourne tout d'un coup de côté, comme un automate, et retourne au vice. Ces livres pleins de libertins sont pleins de l'idée de fatalité. « Mais je pense qu'il me faudra payer à l'épilogue » (*La Chasse à courre*). Il l'a fait. S'engageant dans le Service du travail obligatoire, il part pour l'Allemagne où il aurait travaillé pour la Gestapo, au salaire probable de doses de drogue. Ceci est rapporté par un homme qui l'a connu là-bas, un certain Philippe Monceau, dans un livre fascinant s'il est vrai, *Le Dernier Sabbat de Maurice Sachs*. Hambourg 1943-1945. Bombardements. Trafics. Nazis. Français traîtres. Ils ont tous le mot « sentimental » à la bouche : les traîtres, les nazis, les trafiquants, Sachs. Ils sont contre ; cela nous rend pour. La mort supposée de Sachs, battu à mort par les détenus d'une prison où il a été enfermé, rappelle celle de Miklós Radnóti. Ce Hongrois, traducteur de grands écrivains français et excellent poète, est réquisitionné par le Service du travail obligatoire et envoyé dans un camp en Yougoslavie. Lors de l'avance des Alliés, les Allemands vident le camp et emmènent les prisonniers avec eux. Journées de marche. Arrêt. Travail dans une usine hongroise. Nouveau départ. Trop fatigué pour continuer, Radnóti est abattu. Plusieurs mois plus tard, on retrouve son corps dans un charnier avec un cahier contenant ses derniers poèmes. L'un d'eux, écrit dans un autre cahier confié à un ami, contenait un magnifique poème à partir de cette expérience, « Marche forcée ».

Certains écrivains atteignent à une sorte d'éternité parce qu'ils sont les premiers à exprimer un sentiment particulier, ou du moins à l'exprimer avec talent, car cela seul reste. Ainsi Sachs avec la lâcheté. Ça n'est pas réjouissant à lire. Mais si, ça l'est, puisque cela nous fait comprendre quelque chose de l'homme. Notons que, quand il accomplit quelque chose d'estimable, Sachs ne le dit pas. Impudique du mal, pudique du bien. Ainsi, il a financé l'édition d'un livre de Reverdy. On ne peut jamais être sûr de l'homme, même dans le mal. On croyait tenir un salaud absolu, on a peut-être un pervers candide. L'absolu n'existe pas en l'homme, c'est ce qui le sauve (quand c'est le mal), et sauve les autres (quand c'est le bien).

Quand il oublie de moraliser, Sachs décrit, et avec quel allant. Bordeaux-1940 bourré de Parisiens cherchant des chambres et se saluant à la terrasse des cafés où l'on croise des actrices et des ministres, car le gouvernement s'est replié là-bas, dans *La Chasse à courre*. Dans la *Chronique joyeuse et scandaleuse*, il décrit un milieu généralement très protégé par le silence du roman, celui des marchands d'art : les galeristes du faubourg Saint-Honoré, les courtiers, les milliardaires, les mythomanes et les escrocs insolents, enfin cette marmite bouillante et hystérique ; une chronique plutôt qu'un roman, comme l'annonce le titre. Sachs n'a écrit que des chroniques.

Il publiait ses livres en deux versions, l'une excellente, l'autre plus guindée : dans l'une il *dit*, dans l'autre il moralise. *Tableau des Mœurs de ce temps* et *Derrière cinq barreaux* (c'est d'ailleurs dans les marges du premier qu'il a écrit le second), *La Chasse à courre*, son grand livre, et *Le Sabbat*. En 1939, année sinistre, il publie un livre qui commence en 1919, année gaie, et finit en 1929, année de crise : *Au temps du Bœuf sur le toit* décrit donc une des périodes les plus heureuses de Paris. « Il fallut dix ans pour que s'écoulât ce flot d'êtres humains, de bonheur, d'optimisme. » Dans le livre qui forme la paire, il appelle ces dix ans *La Décade de l'illusion*. *Au temps du Bœuf sur le toit*, malgré son titre (peut-être un titre d'éditeur), est le meilleur des deux : moins « souvenir », plus montreur, ne cherchant pas à déterminer des types, c'est une chronique romancée. Le « je » qui raconte n'est pas Sachs, puisqu'il rencontre un certain « Maurice » et « Blaise Alias », double de Sachs (il a écrit une autre chronique romancée intitulée *Alias*), et, surtout, qu'il sort avec des femmes et fréquente le célèbre bordel *Le Chabanais*. Par le « on » des mondains, puissance cachée du Goût, nous apprenons ce qui était alors considéré comme chic : « Les films qu'on préfère sont américains. » Par des expressions que nous voyons naître et utilisons encore quatre-vingt-cinq ans après, nous constatons la force des modes : « tout est relatif », venu de la célébrité d'Einstein. Par certains noms (car *Au temps du Bœuf sur le toit* est aussi un livre de noms : « — Qui est ce jeune homme ? — C'est Christopher Wood avec Tony de Gandarillas »), nous reconnaissons la loi de la reconnaissance rapide du talent par le talent, et lente par le public. Christian Dior est mentionné parmi les jeunes gens prometteurs de 1921, Henri Michaux parmi ceux de 1928. Moins paresseux, *Au temps du Bœuf sur le toit* aurait pu être le livre de la tragédie de la frivolité : « Je crois être heureux parce que je m'amuse. »

📖 « Il faudra bien un jour se décider à vivre. » (*Au temps du Bœuf sur le toit.*)

> 1906-1945 (?).
>
> ◆
>
> *Alias* : 1935. *Au temps du Bœuf sur le toit* : 1939. *Le Sabbat* : posth., 1946. *La Chasse à courre* : posth., 1948. *Chronique joyeuse et scandaleuse* : posth., 1948. *La Décade de l'illusion* : posth., 1950. *Tableau des Mœurs de ce temps* : posth., 1954. *Derrière cinq barreaux* : posth., 1952.
>
> ◆
>
> Nicolas Machiavel, *Discours sur la première décade de Tite-Live* : 1513-1520. Philippe Monceau, *Le Dernier Sabbat de Maurice Sachs* : 1950. Miklós Radnóti : 1909-1944.

SAGAN (FRANÇOISE) : On meurt deux fois : la première, physiquement, la seconde, symboliquement. La mort de Françoise Sagan, le 24 septembre 2004, fut la mort définitive du président Pompidou. La clôture d'une époque. Les DS noires… Castel… « Les Pompidou se lancent avec les artistes et ça donne un genre qui n'est pas fameux »… Les pull-overs… Dani devant se retirer de l'Eurovision avec sa chanson « Y a pas d'mal à s'faire du bien », qui troubla tant mon enfance… Françoise Sagan a été enterrée sous un torrent de banalité. On eut l'impression que tout ce qu'elle avait fait dans sa vie était de conduire des voitures et de picoler. Les temps sont tels qu'on y ajouta la cocaïne : un être vient de mourir, et le délai de décence précédant la révélation des actes qui n'ont au reste que peu d'intérêt n'est pas respecté. Cela vient du fait que la consommation de drogue est interdite, que la loi empêche de rien dire des gens de leur vivant et que c'était Sagan. Ah, on n'aurait pas fait ça à Yourcenar, même morte !

On a toujours préféré le pittoresque à la littérature : Beauvoir a été enterrée sous son turban, Colette dans ses confitures et Madame de Staël sous son papa ministre. La mort de Sagan fut intéressante en ce qu'elle a montré ce que la mort doit faire avec les écrivains : un travail de femme de ménage. Elle balaie les anecdotes, époussette les manuscrits, range au fond les moins bons livres, donne au défunt sa place *littéraire*. Voilà pourquoi il n'y a pas de vivants dans ce livre. Par esprit de justice. Un vivant a la chance de l'être, et donc de pouvoir changer, n'étant pas figé puis rangé par la mort, amoindri souvent, agrandi parfois.

Sagan a, de façon fortuite, bien encadré son œuvre. Premier livre, *Bonjour tristesse*, qui se trouve avoir un grand succès, dernier livre, *Derrière l'épaule*, où elle commente son œuvre. Mot qu'elle n'emploie pas et n'aurait pas employé, elle avait du tact, mais nous pouvons le faire pour elle. *Bonjour tristesse* est l'exemple type du premier livre où l'auteur dégorge ses lectures : en l'occurrence, celle de Musset ; *Derrière l'épaule* réussit à éviter la complaisance. « Je n'ai pas voulu écrire l'histoire de ma vie », dit-elle au début : c'est une authentique idée d'écrivain d'écrire celle de ses livres. Quand elle en fait la critique, c'est en passant et pour en relever, sans forfanterie, quelques défauts. Elle les raille, ce qui ne les excuse pas entièrement. D'autant moins que ce sont des défauts de paresse : elle omet de respecter son talent en ne se corrigeant pas. En voici un exemple dans un de ses meilleurs romans, *La Chamade* : « Ils s'étaient trop liés cette nuit-là, ils étaient allés trop loin ensemble dans l'amour, ils étaient devenus les deux servants d'un même culte et ce culte existait à présent en dehors d'eux, quels que soient les caprices de l'un ou de l'autre. » Observation intéressante, et négligence dans l'accord du subjonctif. Cela et trop d'expressions toutes faites l'empêchent d'arriver à sa propre perfection. La désinvolture exige une vigilance incessante.

Elle est comparative, pas métaphorique. De là un plus grand public, car la métaphore est la suppression d'une explication, qu'exprime le mot « comme » : « [...] ces petites pensées glissantes et glaciales comme des poissons » (*Un certain sourire*).

On l'a toujours critiquée du point de vue de la morale. Cela vient de ce que son premier livre passa pour provocateur, comme tout ce qui heurte une habitude des mœurs. Cet élément supposé de *Bonjour tristesse* s'est évaporé comme les romans de Pierre Loti qui paraissaient si osés à nos grands-mères. Qu'est-ce aujourd'hui qu'une jeune fille qui pousse son petit ami à feindre une liaison avec la maîtresse de son père ? Qu'était-ce comparé aux *Liaisons dangereuses* ? Que seront les romans *trash* de 2005 en 2055 ? *Bonjour tristesse* valait mieux que le scandale qu'on a cru que Sagan cherchait.

Elle était bien trop paresseuse pour avoir combiné un *coup*. D'ailleurs, elle s'empressa de s'éloigner de tout ce qui pouvait avoir l'air opposé à la morale, c'est-à-dire à l'utilité. Elle créa des personnages paresseux, fuyants, aimables, qui ont été des gardes du corps très efficaces. Le pays formé par une œuvre romanesque tient moins à la géographie qu'à sa population, et ils ont peu à peu créé la Saganie.

Leur créateur s'est gardé de les juger. Sagan est la romancière de l'indulgence. (Il n'y a guère que pour les gigolos qu'elle montre du mépris : « immorale » ?) Longs comme une fumée de cigarette, élégants, désenchantés (ses mots : « légèreté », « tact », « douceur », « gaieté », « distraction »), n'ayant de blessures que sentimentales, ils feraient estimer l'ennui. Ils sont caractéristiques d'une époque, la même que décrit Sempé dans un de ses meilleurs albums, *Saint-Tropez*. Chez Sagan, rien n'est grave. Ou on feint de le penser. Pour éviter le drame. Et, s'il est là, évitons d'en faire un. Sagan est un philosophe stoïcien, avec la raillerie un peu languide que peuvent avoir ces gens-là. Il faut dire qu'ils sont généralement très riches, comme leur premier chef, Sénèque, qui était milliardaire.

Sagan, dont les personnages secondaires sont très riches, servant d'appui aux héros, généralement fauchés, ne fait pas une complication de l'argent ; ni un sujet de réflexion, comme Scott Fitzgerald qui, à la fin de *Gatsby le Magnifique*, relie la méchanceté des Buchanan à leurs millions. Elle est plus critique envers les mondains. « La mondanité tue tout, même les vices » (*La Chamade*). Lorsqu'elle publia un roman qui se passait dans les corons, *Le Chien couchant*, elle fut attaquée avec autant de haine que Fitzgerald l'avait été par Hemingway. Elle avait cru à la liberté du romancier, la malheureuse ! Il est libre dans la cage que lui assigne l'habitude. Comme Sagan était sorteuse et fréquentait des snobs, elle n'avait pas le droit de parler des ouvriers ; elle n'en avait pas même la capacité. C'est, ni plus, ni moins, la haine de l'imagination.

La nonchalance a été sa défense, ainsi qu'une modestie charmante. Trop nonchalante peut-être, elle n'a jamais été jusqu'à l'affrontement des douleurs qui fait que, parfois, on écrit un grand livre. Un exemple frappant est *Un chagrin de passage*, sur une femme à qui l'on annonce qu'elle a un cancer et qui découvre à la fin que le diagnostic était faux ; et tout redevient comme avant, comme si les choses n'avaient pas de conséquence. La fin pirouetteuse est le signe de l'écrivain frivole. Dans ses moments faibles, Sagan se range à côté de Noel Coward, de George Cukor et de P.G. Woodehouse plutôt que d'Oscar Wilde, de Mankiewicz et de Tennessee Williams. Dans ses romans qui parlent de cinéma, elle penche vers l'Isherwood de *La Violette du Prater* et de *M. Norris change de train* ; lisez *M. Norris change de train* plutôt qu'*Un sang d'aquarelle*, mais préférez *Le Garde du cœur* à *La Violette du Prater*. Il est peut-être même meilleur que le *Je hais les acteurs* de Ben Hecht.

Bien des personnages de Sagan sont anglais : anglais de convention, volontairement, comme le montrent les noms de Henry-James Chesterfield (*Les Violons parfois*) ou de Percy Westminster (*Les Faux-fuyants*), de même qu'elle n'a cherché aucune authenticité suédoise pour Agathe et Hugo dans *Château en Suède*, le délicieux *Château en Suède*. La nationalité saganienne ne s'acquiert ni par le sol, ni par le sang, mais par le sentiment.

Un nom comme Edouard Maligrasse (*Dans un mois dans un an*) fait penser à Balzac ; il y en a tant d'autres, avec une nuance de comédie, comme Armand Bautet-Lebrèche (*La Femme fardée*) ou le vicomte Charles-Henri de Val d'Embrun (*Musiques de scènes*)... On pense toujours aux influences prestigieuses, mais celle des moins bons écrivains ? Quelle a été sur Sagan l'influence d'une romancière satirique et bâcleuse comme Gyp, l'arrière-petite-nièce de Mirabeau, copine de Barrès, qui acheta son château ?

Pour finir, des noms pareils, comme encore Coriolan Latelot (*La Laisse*), c'est une façon de nous dire : ne prenez pas ces livres trop au sérieux.

Elle se fait une idée stendhalienne de l'amour : même s'il blesse, il convient d'en parler de façon détachée. « Elle [...] parlait gaiement de l'amour en femme que ça n'intéresse plus mais qui en garde de bons souvenirs » (*La Chamade*) pourrait être dans les *Souvenirs d'égotisme* de Stendhal. Sagan est une femme qui est du côté des hommes. Elle nous comprend, elle nous excuse, elle nous passe tout. C'est une amie.

Les femmes pétardières l'amusent. Elle en a pris une pour personnage principal de sa pièce *L'Excès contraire*, interprété à la création par Dominique Lavanant, qui en faisait une aristo loufe à grandes enjambées. Sagan a toujours eu un élément comique. Il est devenu franchement farce à partir du *Garde du cœur*, et s'élève au chef-d'œuvre dans *Les Faux-fuyants*, sur des mondains bloqués dans une ferme au moment de l'exode de 1940. (« Une partie de campagne », nouvelle de *Musiques de scènes*, raconte la même histoire.) On y voit un homosexuel vieillissant et gentil, « un couple très âgé et très haineux », des oies qui « piétinaient la boue de leurs grands pieds plats », tout cela dans une artificialité voulue qui n'exclut pas la tendresse.

Que serait devenu Musset si ses premières pièces avaient eu du succès ? Un auteur comique, comme Sagan. C'est fou ce que le succès fait de bien lorsqu'il arrive tôt.

 « Ah ! je ne dirai jamais assez les charmes de la vie quand on l'aime. » (*Le Garde du cœur.*)

> 1935-2004.
>
> ♦
>
> *Bonjour tristesse* : 1954. *Un certain sourire* : 1956. *Dans un mois dans un an* : 1957. *Château en Suède* : 1960. *Les Violons parfois* : 1962. *La Chamade* : 1965. *Le Cheval évanoui* : 1966. *Le Garde du cœur* : 1968. *Le Chien couchant* : 1980. *La Femme fardée* et *Musiques de scènes* : 1981. *Avec mon meilleur souvenir* : 1984. *Un sang d'aquarelle* et *L'Excès contraire* : 1987. *La Laisse* : 1989. *Les Faux-fuyants* : 1991. *Un chagrin de passage* : 1994. *Derrière l'épaule* : 1998.
>
> ♦
>
> Ben Hecht (1884-1964), *Je hais les acteurs* (*I Hate Actors!*) : 1944. Christopher Isherwood (1904-1986), *M. Norris change de train* (*Mr. Norris Changes Train*) : 1935 ; *La Violette du Prater* (*Prater Violet*) : 1945. Sempé, *Saint-Tropez* : 1968.

SAINT-AMANT (MARC-ANTOINE DE) : Saint-Amant se lève. Il se frotte le visage d'eau fraîche, regarde, de sa fenêtre du cinquième étage, Paris et ses toits couleur de pigeon, branche la cafetière électrique.

> Mon Dieu ! Quel plaisir incroyable !
> Que l'eau fait un bruit agréable,
> Tombant sur ces feuillages verts ! (« La Pluie »)

Il se rappelle, coudes sur le balcon et menton dans les mains, ce qu'il disait hier soir à une femme :

Saint-Amant (Marc-Antoine de)

> Les oiseaux, tirés par l'oreille,
> Allongeant le col pour m'ouïr,
> Se laissaient presque évanouir,
> Tout comblés d'aise et de merveille. (« La Jouissance »)

Et pour finir, il se recouche. Comme bien des gros buveurs et des goinfres, il est attaqué par la mélancolie. Il se soigne par la raillerie.

> *Accablé de paresse et de mélancolie,
> Je rêve dans un lit où je suis fagoté,
> Comme un lièvre sans os qui dort dans un pâté. (« Le Paresseux »)

La joie est sa limite : dans ses poèmes bacchiques, et tous ceux qu'il ne peut s'empêcher de finir par une grossièreté. Seulement, à force d'excès, certains ont l'air d'avoir été écrits par Vulcain en personne. Lorsqu'il remonte tout suant de la mine, le dieu réclame une bouteille d'une voix de caverne.

> Sus, sus, enfants ! qu'on empoigne la coupe !
> Je suis crevé de manger de la soupe.
> Du vin ! du vin ! cependant qu'il est frais,
> Verse, garçon, verse jusqu'aux bords,
> Car je veux chiffler à longs traits
> A la santé des vivants et des morts. (« Orgie »)

De même que certains, cent ans plus tard, se sont mis à faire des tragédies pour avoir du succès quand leur talent était ailleurs, de même que d'autres, depuis cent ans, font des romans pour la même raison, Saint-Amant a écrit de longs poèmes mythologiques. Leurs interminables débuts, avec invocations à la muse et autres conventions, montrent qu'il n'est pas très sûr de ses alexandrins et de ce genre noble. Eh bien, n'en parlons plus.

S'il n'est pas le plus raffiné des versificateurs, sa vitalité lui fait ramener quantité d'images dans son filet :

> J'ai vu notre fou de poète
> Avecque ses yeux de chouette,
> Sa barbe en feuille d'artichaut,
> Et son nez en pied de réchaud [...] (« La Gazette du Pont-Neuf »)

Il écrit une « Plainte sur la mort de Sylvie » où l'on pleure presque autant que chez Lamartine, mais, à la fin de « La nuit », il lève le menton : « O toi ! dont l'œil est mon vainqueur,/Sylvie, eh ! que t'en semble ? » Scandale, il se moque des poèmes d'amour : « Je n'ai pas sitôt dit que j'aime/Que je sens que je n'aime plus. » (« Inconstance ») Que je sens que je n'aime plus... Cette douce finesse... La mélancolie après la goinfrerie... La raillerie... Le ronronnement de chat qui s'étire... Mais oui, c'est l'ombre de Musset qui se lève !

Cet homme qui a l'art de l'imprécation et de l'injure, cet homme qui s'est moqué des Anglais (*L'Albion*), de Rome (*Rome ridicule*), cet homme, dans l'« Epître diversifiée » (troisième partie des *Œuvres*), dit :

> Quand j'ai tout vu, je trouve, à le bien prendre,
> Que peu de chose au monde est à reprendre,
> Et que l'usage en chaque nation
> Porte avec soi son approbation.

C'est une pensée qu'on pourrait graver dans les salles d'embarquement des aéroports. Cordial, bordélique, grand Saint-Amant ! Trois cent cinquante ans, et toujours jeune.

📖 « Je me suis souvent étonné comme, parmi tant de grands esprits qui ont pris plaisir à tirer de l'ancienne poésie des préceptes pour enrichir la philosophie morale, pas un n'ait remarqué ce qui se peut dire de l'aventure de Deucalion et de Pyrrha, lesquels se sauvèrent de l'inondation générale de toute la terre sur le mont Parnasse, qui seul fut respecté du déluge. Cela ne fait-il pas voir clairement, MONSEIGNEUR, que ceux qui aiment les Lettres ne périssent jamais ? » (Dédicace des *Œuvres* de 1629.)

> 1594-1661.
> ♦
> *Les Œuvres du Sieur de Saint-Amant* : 1629. *Rome ridicule* : 1643.
> *Les Œuvres du Sieur de Saint-Amant. Troisième Partie* : 1649.
> *L'Albion* : posth., 1855.

SAINT-SIMON (LOUIS, DUC DE) : Saint-Simon est un des écrivains les plus comiques de la littérature française. Il l'est volontairement dans ses portraits, dont les *Mémoires* sont une enfilade. Je l'imagine, la nuit, penché sur un bureau éclairé d'une chandelle, salivant de bonheur du sang tiède qui coule sur les pages grâce aux meurtres de sa plume. Il est enchanté de méchanceté. C'en est le spectacle qui l'amuse : de lui-même disant de gens chez qui personne ne va que « l'herbe poussait chez eux », par exemple. C'est un galopin. Plus féroce que méchant, sans intention, comme un animal. Cela lui évite de tomber dans le numéro de la *démolition*. Voici le portrait de Madame, femme du frère de Louis XIV, cette Palatine qui écrivit des lettres presque aussi drôles que celles du président de Brosses :

> Madame était une princesse de l'ancien temps, attachée à l'honneur, à la vertu, au rang, à la grandeur, inexorable sur les bienséances. Elle ne manquait point d'esprit, et ce qu'elle voyait, elle le voyait très bien. Bonne et fidèle, amie, sûre, vraie, droite, aisée à prévenir et à choquer, fort difficile à ramener ; grossière, dangereuse à faire des sorties publiques, fort allemande dans toutes ses mœurs et franche, ignorant toute commodité et toute délicatesse pour soi et pour les autres, sobre, sauvage et ayant des fantaisies.

Et certains diront qu'il ne faut pas employer d'adjectifs. C'est étourdissant.

Il est involontairement comique quand il se laisse entraîner par sa passion. Cette passion, c'est le snobisme. Saint-Simon est d'autant plus cramponné à ses privilèges de duc et pair que l'anoblissement de sa famille date de son père ; et de rappeler son rang, de réclamer ses droits, de faire des procès, de casser les pieds de l'univers. C'est un des inconvénients de la fraîcheur : Saint-Simon ne sait pas s'en foutre. Et de se plaindre enfin que la vieille aristocratie se meurt, piétinée par Louis XIV. C'est exact : il nomme ministre bourgeois sur ministre bourgeois, et transforme les aristocrates, tigres qui avaient humilié sa jeunesse sous la Fronde, en caniches vénérant les règles qu'il a édictées pour les domestiquer. L'étiquette est une laisse que les aristocrates se passèrent eux-mêmes autour du cou de peur qu'un autre ne s'y attache. Et quand Louis XIV en prive les courtisans, comme le cardinal de Bouillon à qui il interdit de se trouver à moins de trente lieues de Versailles, ils sont mortifiés. Cette politique met les élites de la France dans un état d'infantilisation, et voilà les descendants de gens qui avaient conquis Constantinople et gagné tant de batailles en train de jeter des boules de neige dans le lit de la vilaine princesse d'Harcourt, « en sorte que la nymphe nageait dans son lit ». Comme elle est peureuse, on met des pétards sur son passage ; et qui est cet « on » ? le duc de Bourgogne, petit-fils du roi.

Un humoriste du XXᵉ siècle, Cami, a écrit un livre intitulé *Le Voyage inouï de Monsieur Rikiki*. C'est exactement les *Mémoires* de Saint-Simon. Versailles est quelque chose d'inouï, une luciole sur la courbure du globe qui réussit à s'en faire admirer, sauf de Saint-Simon. Mesquin, rancunier, jaloux, ragotant, indiscret, bavard, protocolaire et vétilleux, il rapetisse à peu près tout ce qu'il voit, trait commun à ceux qui prétendent avoir connu *les dessous*. Ils les ont vus, c'est un fait, mais connus ? Saint-Simon n'a jamais reçu le moindre poste important de Louis XIV, qui n'a pas dû lui parler dix fois dans sa vie (on pourrait en faire le décompte d'après les *Mémoires*). On ne peut pas se fier à lui pour avoir un portrait exact de la cour. Il décrit ce qu'il n'a pas vu, parle sans savoir, sans même se rendre compte qu'on pourrait s'en rendre compte. Lorsqu'il relate le mariage du vidame de Chartres, il rapporte en détail une entrevue entre Louis XIV, Monsieur et la Palatine, avec non seulement ce qu'ils se sont dit, mais encore les mines qu'ils ont prises. Or, il ne s'y trouvait pas. Le roi lui en aurait-il fait le rapport ? Son frère ? Sa belle-sœur ? Saint-Simon arrachait des ragots aux domestiques. (Il l'avoue à propos de la mort de Monsieur.) Il a la passion de la petitesse en croyant avoir celle de la grandeur.

Quand cela rencontre les intérêts de son parti, il devient rose et sucré. Qu'il loue ou qu'il dénigre, sa partialité est comique, car elle est franche. La franchise est toujours comique, aux dépens du franc : il croit que, parce qu'il est franc, il dit la Vérité. Sur le prince de Conti :

> Il fut aussi les constantes délices du monde, de la cour, des armées, la divinité du peuple, l'idole des soldats, le héros des officiers, l'espérance de ce qu'il y avait de plus distingué, l'amour du Parlement, l'ami avec discernement des savants, et souvent l'admiration de la Sorbonne, des jurisconsultes, des astronomes et des mathématiciens les plus profonds.

Pourquoi aime t-il quelqu'un, lui à qui le verbe aimer va si mal ? Parce qu'il entre dans son préjugé. Son cher Conti « connaissait les généalogies, leurs chimères et leurs réalités » (« réalités » *après* « chimères », n'est-ce pas). De Toussaint Rose, un des secrétaires du cabinet du roi : « Il m'avait pris en amitié, se moquait très librement des princes étrangers, de leurs rangs, de leurs prétentions [...]. » Le narrateur d'*A la recherche du temps perdu* remarque que, traitant Louis XIV d'ignorant, Saint-Simon n'en donne que deux exemples : qu'il ne sut pas de quelle famille étaient Renel et Saint-Herem. Son snobisme éclate dans ses tics de langage. « Le premier » est le meilleur compagnon, et ne parlons pas de se trouver dans un endroit avec « ce qui était là de plus principal ». Ses célèbres raccourcis lui servent à aller plus vite vers l'admiration du plus noble que lui et le mépris des autres. Sur la duchesse d'Arpajon : « Elle ne l'était qu'à brevet. »

Il a des expressions de milieu, par exemple « il était fort du monde ». Comment répartir chez lui les expressions stéréotypées et les autres ? Des « gens avec qui il n'y avait à partager que des plaies » était peut-être alors toute faite, mais « le temps de poupée » (« pour en pouvoir amuser le Roi sans crainte qu'après le temps de poupée passé ») ? Le plus souvent, il est patent qu'il invente. Dans « sa fadeur naturelle, entée sur la bassesse de courtisan et recrépie de l'orgueil du seigneur postiche », il est on ne peut plus écrivain : son expression est une *prolongation de l'écriture*. On écrit, on écrit, et la fleur surgit de la fin de la phrase. Possible définition de la littérature. L'écriture est là où tout le monde s'arrête, la littérature là où continue l'écrivain. Saint-Simon découvre en écrivant. Sa fadeur naturelle, entée... Ah, ah ! Recrépie !... Et quel plaisir il y prend ! Ecrivain de milieu, Saint-Simon a triomphé de son milieu, au moins par le langage.

C'est lui qui, évoquant une série de nominations de maréchaux par Louis XIV, a le premier employé le verbe « bombarder » dans le sens d'« élever à un grade ». Ou encore « pomper l'air » dans celui de « fatiguer », « se remplumer » pour « se ragaillardir ». C'est un écrivain de verbes. Bien d'autres de ses expressions auraient pu être volées par le langage courant : « chamarré de ridicules » ; « agir par les fentes » ; « une mine de chat fâché » (qui rappelle la description de Robespierre par Balzac, « le chat qui boit du vinaigre »), etc., etc.

Ecrivain, il l'est par la passion d'écrire, la maniaquerie de sujet, la précocité : on imagine un vieillard entêté, mais il avait dix-neuf ans quand il a commencé les *Mémoires*, en 1694. Pour les reprendre en 1739 et les achever en 1749 ou 1750. Soit environ quatre mille jours pour sept mille pages : 1,75 page par jour. C'est peu. Saint-Simon est un écrivain conscient. Le bâclage de bien de ses phrases, où le sujet se perd en route ou n'est pas accordé au verbe, pourrait donc résulter, comme le dit Montherlant, d'une morgue : moi, duc de Saint-Simon, j'écris comme ça me chante, et si ça vous déplaît cela m'amuse.

Sans parler de l'ignorance qui frappait si souvent sa caste. Rien ne montre qu'il fût très cultivé. D'ailleurs, il ne s'intéresse pas à la littérature. Quand il parle de la mort de Racine c'est pour nous dire qu'il a été tué par une faute de protocole qui l'a fait bouder du roi (Racine aurait nommé Scarron, ancien mari de Madame de Maintenon, en sa présence), de Madame de Sévigné c'est pour rappeler qu'il avait été l'ami de son petit-fils (le snob connaît toujours quelqu'un de relié à la célébrité du jour). Et puis il ne dit pas qu'il a passé son enfance à lire.

Son génie, ce sont ses défauts, comme souvent. Une fois portés à ébullition, ce qui semblait laideur devient séduction : le rikiki, le mesquin, le mauvais caractère, cette rapidité par sécheresse qui me fait rire (car il ne se dépêche pas seulement pour aller plus vite). Il est beau comme un poivron. Et si sa passion le rend bête, comme tout le monde, elle lui donne, comme à peu, une énergie de vengeur loin de nuire à son rythme. Cahin-caha, sur une diligence giclant d'objets et bondissant sur les cahots des souvenirs que ramène en lui la lecture du *Journal* de Dangeau, dont il se sert pour écrire son livre, il court à la poursuite de son rêve féodal, ricanant et étoilé.

Quand on le lit, on le voit écrire. Chose très rare. Elle est le fait des écrivains à la fois passionnés et peu soigneux, comme Stendhal, qui lui a peut-être pris le qualificatif « plat » (« un mariage fort plat »), et aimait sa vitesse. La suppression des conjonctions entre les relatives dans la phrase suivante a dû l'enchanter : « Peu de jours après, nous fûmes d'un voyage de Marly, qui fut pour moi le premier, où il arriva une terrible scène [...]. » On sent que, au début de son paragraphe, Saint-Simon a en tête la chose à dire. Il écrit, écrit, dévide des généalogies, fait des portraits, a donné du mou à son souvenir mais ne l'a pas lâché, il est là, à quelques pas de son maître, en train de flairer un coin de mur, il le surveille par instants, continue à bourrer sa phrase puis, soudain, coup sec sur la laisse, le souvenir est là. Exemple de bourrage : « Le premier et fameux duc d'Epernon avait un frère aîné, tué sans enfants devant Roquebrune de Provence qu'il assiégeait, 11 février 1592 […]. » Et non pas : *le* 11 février 92. On voit vraiment où Stendhal a appris certaines choses. « Elle donnait son bras à son mari, qui ne l'était que depuis quinze jours » (*Le Rouge et le Noir*). Il l'avoue : « Les épinards et Saint-Simon ont été mes seuls goûts durables » (*Vie de Henry Brulard*).

A l'écart du pouvoir, Saint-Simon a eu des idées. C'est l'inconvénient d'en écarter les hommes. Ils élaborent des dictatures. Saint-Simon préconise un gouvernement d'aristocrates spécialisés, secret, conseillant un prince qui ne rendrait de comptes qu'à eux. Etant dans l'opposition, on a appris comment ça se bride, une opposition, sous Louis XIV. On devient ce que l'on hait.

Saint-Simon a cru réaliser son système lorsque le Régent succéda à Louis XIV, mais « l'homme le plus charmant de France » (Voltaire) se débarrassa de lui. Le grand homme politique se reconnaît à son ingratitude : elle est le seul moyen pour lui de se libérer de ses partisans.

📖 « Le prince d'Orange, étonné que le feu continuel et si bien servi de son canon n'ébranlât point notre cavalerie, qui l'essuya six heures durant sans branler, et tout entière sur plusieurs lignes, vint aux batteries en colère, accusant le peu de justesse de ses pointeurs. Quand il eut vu l'effet, il tourna bride, et s'écria : "Oh! l'insolente nation !" »

> 1675-1755.
> ◆
> *Mémoires* : posth., 1788 (en trois volumes), puis 1816 et 1829-1830 (vingt et un volumes) et 1879-1928 (quarante et un volumes).
> ◆
> Cami : 1884-1958.

SAINTE-BEUVE (CHARLES-AUGUSTIN) : Tout ce qui est à dire contre Sainte-Beuve a été dit. C'était un concierge se prenant pour une duchesse à *jours* (ses *lundis*). Un envieux. Un hypocrite. Il écrit comme un chat joue avec une pelote de laine. Jalousant Hugo, il l'a fait cocu, vengeance que ne pouvaient pas accomplir ses livres. Il a méprisé Balzac, dénigré Vigny, sermonné Flaubert, chipoté *Adolphe*, mentionné Baudelaire en passant. Il… mais laissons la parole à quelqu'un qui reprochait aux critiques de ne pas savoir reconnaître les grands écrivains.

> La même rencontre, la même méprise se reproduit presque toutes les fois qu'un homme de génie apparaît en littérature. Il se trouve toujours sur son chemin à son entrée, quelques hommes de bon esprit d'ailleurs et de sens, mais d'un esprit difficile, négatif, qui le prennent par ses défauts, qui essayent de se mesurer avec lui avec toutes sortes de raisons dont quelques-unes peuvent être fort bonnes et même solides. Et pourtant ils sont battus, ils sont jetés de côté et à la renverse : d'où vient cela ? c'est qu'ils ont affaire à un *Génie*.

Quel est cet homme qui a fait le portrait de Sainte-Beuve ? Sainte-Beuve.

On pourrait ajouter que, chez lui, la jalousie a tué la finesse ; que, avec ses airs modestes, il était persuadé d'être un écrivain supérieur qui n'avait pas le temps d'écrire des chefs-d'œuvre parce qu'il se sacrifiait à la critique. Sur Musset : « Je ne suis pas un moindre poète » (Ludovic Halévy, *Carnets*). Tout cela est vrai ; mais en parlerions-nous avec autant d'aplomb si, sortant de sa tombe, Marcel Proust n'était venu le bombarder dans un posthume intitulé *Contre Sainte-Beuve* ? Même mort, on ne peut pas dormir tranquille !

Sainte-Beuve s'est souvent trompé, mais quels critiques ont deviné que *Madame Bovary* était un chef-d'œuvre ? Il a fait comme tous ses confrères à l'apparition d'un livre : c'est un plat cuisiné parmi des centaines d'autres, et, à force d'en manger, de chercher à les trouver pas si mauvais pour ne pas se démoraliser, le goût se perd. Au mieux, devant le génie, le critique dit : pas mal. Et c'est déjà ça. Il n'a pas l'avantage de la mort et du temps qui a chassé les parasites, comme moi. Sainte-Beuve a-t-il été le cancre qu'on dit ? Relativement à son époque et à son milieu, il est assez juste sur Stendhal. Bien sûr, il ne prononce pas le mot de chef-d'œuvre, mais qui le pensait ? Stendhal passait pour à peine mieux qu'un excentrique. Lui-même aurait été étonné de devenir célèbre, car il se voyait comme le satiriste d'une société compassée, ce qui offre peu de chances à la gloire. Et Sainte-Beuve l'avait connu dans sa jeunesse : il est presque impossible à quelqu'un qui nous a connu jeune de nous voir grand. Enfin, tout tempéré qu'il soit dans l'éloge, Sainte-Beuve revient trois fois sur Stendhal, et trois feuilletons successifs de Sainte-Beuve, ça valait beaucoup.

Sainte-Beuve était fait pour le feuilleton, à moins que le feuilleton ne l'ait fait à lui. C'était un homme très cultivé qui s'adressait à des lecteurs de journaux : il s'est légèrement abaissé pour les élever à lui. Cependant, les lecteurs du *Constitutionnel* n'étaient pas si bas : croyez-vous que ceux de *Libération* supporteraient qu'on leur parle sur plusieurs colonnes du poète latin Térence ? Sainte-Beuve s'intéresse plus aux mémorialistes, aux épistoliers et aux femmes célèbres qu'aux écrivains. Et là, une fois passé le paragraphe de chatteries de prélat pour introduire son sujet, il est excellent. Sur les salons, il est bien plus instructif que Proust, et pas plus prosterné. Sainte-Beuve a eu la chance et la malchance d'être d'une génération de grands monstres.

Il a une manière hypocrite d'être franc, comme Mauriac ; à la différence de Mauriac, il est lent. Sous ce rapport, il ressemble plutôt à Henry James, mais je ne voudrais pas le comparer plus avant à ce maître d'hôtel qui se prend pour le maître de maison.

Proust lui reproche d'avoir conseillé à Baudelaire de retirer sa candidature à l'Académie française. Comme si cela nous regardait, comme si cela avait de l'importance ! Cela en avait pour Proust, qui, s'il avait survécu à *La Recherche*, se serait sans doute présenté à l'Académie. Alfred de Vigny avait donné le même conseil à Baudelaire. Ses pavanes l'auraient fait repousser des académiciens, qui n'aiment rien tant que la courtoisie et la discrétion.

Sainte-Beuve a eu un souci presque désintéressé, presque un amour, Chateaubriand. *Chateaubriand et son groupe littéraire sous l'Empire* est un livre très intéressant, résultat d'un cours qu'il avait donné en 1848-1849 à l'Université de Liège où il s'était plus ou moins réfugié après la révolution de 1848. Il y a inclus des souvenirs inédits de Chênedollé, poète et amoureux éconduit de la sœur de Chateaubriand, qui avait rencontré Rivarol en émigration. « Le reste de la conversation se passa en un feu roulant d'épigrammes lancées avec une verve intarissable sur d'autres renommées politiques et littéraires. […] Chabanon, "qui a traduit Théocrite et Pindare de toute sa haine du grec" […] Condorcet, "qui écrit sur de l'opium avec des feuilles de plomb". »

Son *Port-Royal* est son livre le plus franc, car il n'a pas de vivants à ménager et n'est pas religieux. Si, dans la transcription de ce cours qu'il a donné à Lausanne en 1837, il annonce un peu universitairement son plan au début de chaque livre, en résumant, au livre suivant, ce qu'il a écrit dans le précédent, éventant par là son propos (un écrivain avance en agitant derrière lui une languette parfumée, nous entraînant où nous ne nous attendions pas), il dit « je », et cela lui enlève de cette apparence d'objectivité qui est une illusion. C'est Sainte-Beuve qui parle, choisit, montre, et nous, sachant que c'est lui, pouvons (tenter de) départager le fait du moi. Il parle théologie, mais aussi littérature, mais encore politique, réfutant la conception que le jansénisme fut un parti politique camouflé d'opposition à Louis XIV : simplement, après leur défaite, plusieurs anciens frondeurs se sont réfugiés à Port-Royal-des-Champs. S'ils l'ont fait, c'est aussi qu'ils y trouvaient, différente de la leur, qui avait été aristocratique, sportive, anarchique, une haine de l'Etat puritaine, raisonnée, à la Thomas Becket. Motifs différents, même désir de dissoudre l'ordre civil ? Un sujet passionnant est la place des femmes à Port-Royal. Le temps de la Grande Mademoiselle et de Madame de Longueville est fini : on passe du siècle des cousines et des sœurs au siècle des épouses et des bonnes sœurs. Sœur Sainte Euphémie (Jacqueline Pascal, la sœur de Blaise), sœur Catherine de Sainte Suzanne (la fille de Champaigne), mère Angélique, dans quelle mesure toute cette féminité a séduit Racine, dont la grand-mère et la tante étaient religieuses à Port-Royal ? Ce fut un des rares doux à y entrer. Pour traverser tant de dureté (comme il dit à propos de Saint-Cyran : « attendons-nous aux épines et aux broussailles »), le style sinueux de Sainte-Beuve est le meilleur possible.

📖 « La sauvagerie est toujours là à deux pas ; et, dès qu'on lâche pied, elle recommence. » (« De la question des théâtres », *Causeries du lundi*.)

> 1804-1869.
> ◆
> *Port-Royal* : 1840-1859. *Causeries du lundi* : 1851-1862. *Chateaubriand et son groupe littéraire sous l'Empire* : 1861. *Nouveaux lundis* : 1863-1869.
> ◆
> Charles de Chênedollé : 1769-1833.

SARTRE (JEAN-PAUL) : Sartre est un fatras. Je ne crois pas qu'il existe un seul livre de lui qui ne soit encombré de bouts, de restes, d'imperfections. Il ne trie pas, imprime tout ce qu'il écrit : c'est le type même d'écrivain duquel tirer une anthologie à l'américaine, un *Portable Sartre*. Ce serait son chef-d'œuvre.

On extrairait les meilleures pages de ses essais obèses sur Gustave Flaubert et Jean Genet, *L'Idiot de la famille* et *Saint Genet, comédien et martyr*, mais aussi de livres brefs et néanmoins longs comme le *Baudelaire* : après un enthousiasmant début, arrive un moment où il patine, s'embrouille, tourne sur place. Nouveaux excellents passages. Nouveau patinage. Etc. On a beaucoup accusé les excitants qu'il prenait pour écrire, mais ce sont les excités qui prennent des excitants. Sartre était naturellement emporté et, s'il ne s'est pas rassemblé, c'est qu'il avait besoin de se répandre. On pourrait le dire au bord de la graphomanie. Il s'exprimait sur tout. Pourquoi ? Comme ça. L'entraînement. On commence par une pétition, et on meurt entouré de tomes de journalisme politique. Et le goût de la célébrité, sans doute. Pour la maintenir, il faut occuper le public en permanence avec soi. Et le Bip Bip de dessin animé de zigzaguer dans la prairie sans s'arrêter une seconde.

Comme l'autre Bip Bip qu'est Voltaire, Sartre est un sec, un précis, et le meilleur chez lui c'est (mais si) sa lucidité. Il ne se laisse pas duper par les emphases. L'humanisme dégoulinant provoquait ses sarcasmes, et il s'est opposé à Camus. Non par manque de pitié, lui qui a écrit *L'Existentialisme est un humanisme*, mais parce que son intelligence était offensée par le scoutisme. Camus devait lui rappeler les niaiseries qu'il avait entendues à table dans son enfance, dans sa famille petite bourgeoise. Sur la nature des régimes politiques, il s'est plus trompé que lui, qui d'ailleurs ne s'est pas trompé : harangues contre les Etats-Unis (après avoir été très pour), pour l'U.R.S.S. (où, en 1966, Soljenitsyne refusa de le recevoir), Cuba (avant de se fâcher, mais cet avant venait après bien des hourras), la Chine maoïste, la Fraction Armée rouge, aurait-il vécu plus vieux qu'il aurait soutenu l'ayatollah Khomeiny et fini dans l'humanitaire pour s'excuser. Comment peut-on dire intelligent un homme qui s'est si souvent trompé ? Précisément parce qu'il était intelligent. De l'espèce raisonneuse. Dans l'*Autobiographie de tout le monde*, Gertrude Stein écrit : « Pendant la guerre la nation la plus activement belliqueuse les Allemands réussissait toujours à convaincre les pacifistes de devenir pro-Allemands. C'est parce que les pacifistes étaient des êtres si intelligents qu'ils pouvaient suivre ce que n'importe qui disait. » A tout envisager, tout paraît possible. Peut-être y avait-il aussi la peur d'être dupe d'opinions qui auraient pu être celles de son milieu d'origine. Vouloir éviter d'être dupe est un des chemins les plus sûrs vers la duperie. Le ressentiment social mena Sartre à des hystéries au moment de l'affaire de Bruay-en-Artois, en 1972 : un juge d'instruction incapable et retors et à très bonne mine d'enfant sage instruisait à charge contre un notaire et sa petite amie accusés à tort du meurtre d'une enfant. Notaire, et de Bruay-en-Artois : c'était assez pour le trouver coupable, au pays où Voltaire avait défendu un marchand de tissu toulousain. Et quelle arrogance, aussi. Sans parler de la hâte. Sartre était tellement pressé de parler qu'il n'avait pas le temps d'examiner. Sans compter le gros péché français de vouloir avoir raison. Voilà comment un pareil homme a pu dire et rétracter autant de sottises, qui d'ailleurs le gênaient, puisqu'il était si agressif envers ceux qui pensaient autrement. C'était un homme qui, par moments, avait la passion de se tromper. Sartre, c'est Voltaire *et* Rousseau.

Il assène plutôt qu'il ne démontre. Ah, les philosophes. Ils ont le *coup de marteau* d'autant plus facile qu'ils sont gens de cabinet. Et cela les rend parfois frivoles au point de publier un livre intitulé *Qu'est-ce que la littérature?* qui ne contient pas de définition de la littérature. Son penchant pour l'absolutisme est la cause du succès de Sartre : le grand public aime les catégories simples et être guidé. « L'enfer c'est les autres. » « L'homme n'est que ce qu'il se fait. » « Dos Passos est le plus grand écrivain du XXe siècle. » « C'est l'antisémite qui fait le juif. » Comptez le nombre de fois où il écrit en « on » (« on sait bien que »), en « il faut » (notamment dans cette phrase merveilleuse des *Situations*, « *Il faut* revenir à *la liberté* », c'est moi qui souligne). Eruptions pamphlétaires, propension à dire n'importe quoi avec emportement qui rappellent Léon Daudet, le polémiste d'Action française et l'une des gloires journalistiques de sa jeunesse : on est toujours plus ou moins marqué par le style de son époque. Ainsi, dans les *Réflexions sur la question juive*, sa phrase sur Céline qui aurait été payé par les Allemands : celui-ci s'y précipite dans *A l'agité du bocal* où, les deux pattes bien plantées sur cette calomnie inespérée, il aboie son indignation sans avoir à répondre du principal, son pronazisme. La phrase exacte est : « Si Céline a pu soutenir les thèses socialistes des nazis, c'est qu'il était payé. » Elle a également fait sermonner Sartre par les socialistes dogmatiques, qui avaient remarqué que passent bien des choses dans ces mots, « les thèses socialistes des nazis ». Sartre donne des coups de massue pour aller plus vite, ne se rendant pas compte que le poids de sa massue le ralentit. Ainsi s'explique son théâtre, si marqué par Henry Bernstein, le despotique théâtre d'Henry Bernstein. Il est journalistique, à sujets : pièces sur le divorce, la jalousie, et non sur un couple qui divorce, un homme jaloux. Bernstein et Sartre imposent le *type* que le spectateur devrait déduire du *personnage*. Molière a écrit *Tartuffe*, non *L'Hypocrite*. Comme le disait l'écrivain polonais Stanislaw Lec : « Les pièces dialectiques sont également celles qui désapprennent à penser. »

On n'a jamais vu libéral si dogmatique. On n'a jamais vu dogmatique si libéral. Avec lui, c'est quand même Voltaire qui gagne. Ses moments de péremptoire nasillard sont balancés par une finesse narquoise. « Tout le monde milite aujourd'hui, c'est la règle : j'ai vu de vieilles rosses éreintées se rengager pour dix ans dans "l'Art pour l'Art" afin de militer contre "l'Art engagé" » (*La Reine Albemarle*). Et quel bon écrivain, quand il veut. Des expressions comme, dans *Baudelaire* : « la grande liberté des constructeurs » (qui en dit d'ailleurs plus sur lui, Sartre, que sur Baudelaire). Dans *Qu'est-ce que la littérature ?* : « une actrice américaine [...] longue comme un long gant de bal ». Dans *La Reine Albemarle*, la description du Palais communal de Sienne, « un grand coup de poing sur la table qui fait sauter un plat en l'air, qui fait jaillir une tour de cent mètres ».

Dans sa fiction, il est l'un des nombreux écrivains de son siècle à avoir été influencés par Georges Duhamel et ses romans de vieux chien obèse qui ronfle sur un paillasson devant la porte d'un appartement meublé en pitchpin avec sous-verre en dentelles et globes à corolle. Combattant leur fatalisme, Sartre y ajoute de l'énergie, disons une volonté d'énergie : si *La Nausée* conserve du duhamélisme, la trilogie des *Chemins de la liberté* aurait pu entrer dans la Série noire de Marcel Duhamel. La prose en fiction de Sartre est moins tenue que celle des essais : il s'y efforce au naturel, et pour cela écrit négligé, en particulier dans les dialogues. Le meilleur est son recueil de nouvelles *Le Mur*. « Le mur » a l'air du *Dernier jour d'un condamné* de Hugo récrit par Malraux, tandis que « L'enfance d'un chef », où il montre comment un raté devient un fasciste, peut être lue après les *Mémoires d'un jeune homme rangé*, le roman de Tristan Bernard. Le personnage de Tristan Bernard, Daniel Henry, est un jeune incapable, faible et lâche, qui rêve d'avoir de l'aisance, du brillant et de la conversation. Il se ment à lui-même, réarrangeant dans son esprit ses piteuses actions de manière à se donner le beau rôle. Son peu de sensibilité est épuisé par la réalisation de l'ambition qu'il s'est donnée, d'épouser Berthe : on sent que, sitôt marié, apparaîtra le mufle. On voit bien ce qui, chez lui, à la faveur de circonstances défavorables, une période de déflation, la dégringolade d'une famille, un chômage, pourrait le faire dégénérer en petit chef fasciste à la Lucien. Tout est bon dans la nouvelle de Sartre, y compris les personnages secondaires, comme le surréaliste Bergère qui drague Lucien : elle est à mettre dans une anthologie des meilleures nouvelles françaises.

Une version autrichienne en est le roman de Joseph Roth, *La Toile d'araignée*, dont le personnage principal, un petit-bourgeois autrichien incapable et désemparé par la perte de la guerre, devient national-socialiste. Des Algériens m'ont assuré que les intégristes du FIS étaient des ratés. C'est une explication de gens qui ont réussi. Condescendante, d'une certaine façon. Et rassurante : des gens comme nous ne peuvent pas devenir comme eux. Or, Mengele était docteur en médecine et en philosophie. Or, Lénine vient d'une famille bourgeoise anoblie et a fait de brillantes études. Or, Fidel Castro est un fils de planteur élevé chez les jésuites et devenu avocat. Il me semble que, dans l'explication par le ratage, on reproduit la carrière d'Hitler. Je passe sur l'explication annexe fournie par des auteurs vraiment intelligents, que ces gens-là sont des déviants sexuels (variante : sexuellement insatisfaits). Roth insiste trop sur les coucheries de son personnage avec les chefs du parti : ça sent le fantasme, c'est-à-dire l'ignorance excitée par la peur. (Tel, l'antisémitisme de son personnage.) Il est illusoire de penser que les monstres ne peuvent pas être de bons pères de famille.

Sartre est un critique tenace et réfléchi. Dans le remarquable article « M. François Mauriac et la liberté » (*Situations*), il ne laisse pas les romans de Mauriac debout. On y rencontre un des aspects les plus agréables de Sartre, qu'il n'est absolument pas moraliste ; et, s'il critique Mauriac, ce n'est pas par « athéisme », mais parce que « l'introduction de la vérité absolue, ou du point de vue de Dieu, dans un roman, est une double erreur technique : tout d'abord elle suppose un récitant soustrait à l'action et purement contemplatif [...]. En second lieu, l'absolu est intemporel. Si vous portez le récit à l'absolu, le ruban de la durée se casse net [...] ». C'est peut-être pour éviter son propre penchant à découper des personnages sur des patrons idéologiques (d'une autre théologie) que Sartre a écrit des romans bourrus.

Les Mots, oui, je sais, *Les Mots*. Je ne suis pas sûr que ce soit son meilleur livre. C'est son *Poil de Carotte*. Sartre aimait Jules Renard. Il a écrit sur lui une « situation » où il tente de démontrer que Renard est un écrivain à thèse et parle de sa phrase « ronde et pleine », Dieu sait pourtant si elle est pointue. Par moments, il écrit serré et imagé comme Renard : « Les maisons étroitement boutonnées » (*Carnets de la drôle de guerre*). Il y a dans *Les Mots* un ton qui rappelle les petits romans cyniques de la fin du XVIIIe siècle. Sartre y emploie un ton presque sarcastique, quoique ce soit lui-même qu'il raconte. Il se noircit. C'est une autre façon de fanfaronner. Timidité, peut-être. Les bons passages sont ceux où il oublie l'examinateur : « J'étais fou de joie : à moi ces voix séchées dans leurs petits herbiers, ces voix que mon grand-père ranimait de son regard [...]. »

Mobilisé, il réfléchit. Et les *Carnets de la drôle de guerre* (septembre 1939-mars 1940) sont passionnants. Il pèse ses sentiments, ses réactions, cherche à comprendre, sans comédie. C'est, comme on peut le dire de certains livres de Gide, un livre *honnête*. « Ces notes qui ne parlent que de moi, elles n'ont pourtant rien d'intime. » C'est juste. C'est un livre général.

Les années 1950 furent celles des renards qui allaient se faire adouber chez les Sartre : Violette Leduc, Jean Genet. Comme souvent les premiers à Normale, Sartre rêvait de mauvaise conduite ; institutionnel, il voulait la révolte, je ne sais pas si Camus pensait à lui lorsqu'il raillait les académiciens qui se disent anarchistes. Dans les années 1970, il était un dieu à adorer, et j'ai beaucoup souffert par lui au lycée. Sartre ici, Sartre là, commentez « l'existence précède l'essence », Sartre *bis*, Sartre *ter*, Sartre *again*, vous me referez trois tours de Sartre, Sartre, Sartre ! L'enfer, c'était Sartre. Il resta longtemps sacré : en 1991, j'ai publié un essai qui contenait une moquerie sur lui, pas deux, pas trois, *une*, très accessoire du reste et accompagnée d'une autre sur les ignares qui le haïssaient, deux lignes sur deux cents pages, le critique du *Monde* me les reprocha. Les choses se sont calmées. On peut parler de Sartre comme de tout écrivain ancien, sorti de la marmite des passions.

📖 « Il faut se rappeler que la plupart des critiques sont des hommes qui n'ont pas eu beaucoup de chance et qui, au moment où ils allaient désespérer, ont trouvé une petite place tranquille de gardien de cimetière. » (*Qu'est-ce que la littérature ?*)

1905-1980.

◆

La Nausée : 1938. *Le Mur* : 1939. *Huis clos* : 1944. *Les Chemins de la liberté* (I – *L'Age de raison* : 1945 ; II – *Le Sursis* : 1945 ; III – *La Mort dans l'âme* : 1949). *La P... respectueuse*, *Réflexions sur la question juive* et *L'Existentialisme est un humanisme* : 1946. *Situations, I* et *Baudelaire* : 1947. *Qu'est-ce que la littérature ?* et *Les Mains sales* : 1948. *Saint Genet, comédien et martyr* : 1952. *Les Mots* : 1964. *L'Idiot de la famille* : 1972. *La Reine Albemarle ou le Dernier Touriste* : posth., 1991. *Carnets de la drôle de guerre* : posth., 1995.

◆

Tristan Bernard, *Mémoires d'un jeune homme rangé* : 1899. Stanislaw Lec : 1909-1966. Joseph Roth, *La Toile d'araignée* (*Das Spinnennetz*) : 1923 (trad. française : 1970). Gertrude Stein, *Autobiographie de tout le monde* (*Everybody's Autobiography*) : 1937 (trad. française : 1978).

SAUVÉ : Le monde vit toujours en pleine turpitude, cliquetant d'argent, ébloui de haine, amoureux de traîtrises, glorieux de lumière, et toujours sauvé par un petit nombre d'individus qui maintiennent tant bien que mal la minuscule chose dure qui s'appelle l'esprit. Moines du Moyen Age recopiant, entre laudes et vêpres, les manuscrits des auteurs antiques pendant que, dans les champs, les hordes s'égorgeaient, poètes du XIXe retirés dans des greniers que, pour les diffamer, on appelait tours d'ivoire, savants qui cherchent des choses inutiles avec méthode et conséquence pendant que les intellectuels courent la célébrité, romanciers chinois écrivant au verso d'étiquettes de boîtes de conserve qu'ils recollent en attendant que la police politique frappe une nuit à la porte pour les expédier au laogaï, obscurs têtus, ratés sublimes, vous perpétuez l'éternelle société secrète, sans statuts et sans réunions, des hommes qui maintiennent.

Scandale : Les gens pour qui le scandale est la preuve de la qualité ne se rendent pas compte qu'ils appliquent le même raisonnement, à l'envers, que les puritains. De plus, qui a été scandalisé ? Les imbéciles ? L'avis des imbéciles vous importe ?

Le scandale n'est pas dans la faute, mais dans le bruit qu'elle fait : il oblige à la regarder. Du moins dans les sociétés protestantes, où est érigé en principe moral de se mêler de ce qui ne vous regarde pas. Cela produit des romans très exotiques pour un catholique, comme *La Lettre écarlate* : au XVIIe siècle, les habitants d'un Boston puritain marquent de la lettre A d'« adultère » une femme qui a eu un enfant d'un autre homme que son mari, ce qu'elle préfère à avouer qui est le père (c'est un pasteur). Hawthorne, l'auteur, descendait d'un des juges au procès des sorcières de Salem en 1692. La fiction décrivant le plus souvent un conflit, entre l'homme et la société, l'homme et un ennemi, l'homme et lui-même, une société puritaine est un bon sujet pour le romancier. Deux grands écrivains de la Nouvelle-Angleterre puritaine furent amis de Hawthorne : Emerson, fils d'un pasteur unitarien, et Thoreau, qui disait que « la plupart des hommes mènent une vie de désespoir tranquille » (*Walden*).

Un grand argument contre le scandale en art, si le déchaînement des imbéciles ne suffisait pas, est qu'il s'arrête sur ce qu'il y a de moins bon d'un auteur. *Ubu*, par exemple, qui n'est vraiment pas ce qu'Alfred Jarry a écrit de meilleur. Le scandale détourne l'attention de l'essentiel.

> Ralph Waldo Emerson : 1803-1882. Nathaniel Hawthorne (1804-1864) : *La Lettre écarlate* (*The Scarlett Letter*) : 1850.

Scarron (Paul) : Le style Louis XIII en littérature était meilleur qu'en meubles. Ah, bien sûr, il arrive à Scarron d'être cacaboudin, mais c'est comme un enfant, sans penser à mal, et il sait être comique. D'un comique qui se moque de la niaiserie (ce comique si européen, si chinois, si russe, mais pas américain du Nord ni du Sud), fondé sur une moquerie large, joyeuse, affectueusement féroce. C'étaient des gens assis sur la berge de la rivière, mangeant pâté et buvant vin frais, col de la blanche chemise ouvert, rapière à portée de main, et riant, toutes dents dehors. Prêts à déchiqueter un ennemi, sans plus de souci sur le fait de tuer un homme. (On croyait fortement en une vie après la mort, ou plutôt après la vie.) Et Scarron était difforme, à cause d'une maladie qui l'avait ratatiné. Il riait deux fois plus. Il se moque de sa bosse et de ses jambes torses. Il ne respecte rien. Quelle fraîcheur ! A bas l'élégiaque ! Chassez le bucolique !

> A l'ombre d'un rocher, sur le bord d'un ruisseau,
> Dont les flots argentés enrichissent la plaine,
> Le beau berger Daphnis, amoureux de Climène,
> Faisait de ses beaux yeux distiller un seau d'eau. (« Sonnet »)

Il prend les choses, voilà, de bon cœur. Et, dans son foutoir d'écrits bourré de mauvais goût, se trouvent quantité de poèmes qui n'ont pas fini de me faire sourire. La poésie peut *aussi* être drôle. Ne le fuient que les esprits adolescents qui, ayant des émotions soucieuses, les prennent pour l'unique raison des vers, et les versificateurs peu sûrs d'eux-mêmes qui, sans les cannes anglaises de la gravité et de la plainte, craindraient de s'effondrer. La drôlerie de Scarron contient de la critique littéraire : elle lui sert à se moquer des Malherbe et des Vaugelas qui veulent bien dégager la langue française autour des oreilles. (Ils l'ont aussi mouchée et débarbouillée.)

Il a écrit l'un des meilleurs romans les mieux nommés qui soient, *Le Roman comique*. Quant aux *Nouvelles tragi-comiques*, elles sont exactement, selon une mode d'époque qui avait fait Corneille écrire *Le Cid* d'après Guillem de Castro, des *Nouvelles tragi-comiques, tournées de l'espagnol en français*. Scarron y fait des observations qui ne se trouvaient pas dans les originaux, sans doute : « Il eut le crédit, je ne sais pas comment, d'être reçu page chez un prince (condition qui, en Espagne, n'est pas si heureuse que celle de laquais en France, et qui n'est guère plus honorable) » (« Châtiment de l'avarice »). C'étaient les débuts des temps de la France et du reste du monde, succédant aux temps qui avaient tellement irrité Joachim du Bellay de l'Italie et du reste du monde.

Dans les nouvelles de Scarron, ce plaisir, des vengeances. On y punit les méchants et les sots par le ridicule. Si, dans la comtesse de Ségur, la vengeance est accomplie par devoir, Scarron le fait par bonne santé. On pourra dire ce qu'on voudra, il est de bonne humeur, et la bonne humeur est sainte.

Je me demande à quoi Madame de Maintenon pensait, quand son mari Louis XIV créait une duchesse. Se rappelait-elle avoir entendu chez son précédent mari Scarron les « Stances » à son amie Marie de Hautefort, « Votre cul, qui doit être un des plus beaux culs de France,/Comme un cul d'importance,/A reçu chez la reine enfin le tabouret » ? Jamais, sans doute : quand nous changeons de vie, notre présent efface (pour nous) notre passé.

📖 « — Et comment une sotte sera-t-elle honnête femme, repartit la belle dame, si elle ne sait pas ce que c'est que l'honnêteté, et n'est pas capable de la connaître ? Comment une sotte pourra-t-elle aimer, n'étant pas capable de vous connaître ? » (« La précaution inutile », *Nouvelles tragi-comiques*.)

1610-1660.
◆
Le Roman comique : 1651. *Nouvelles tragi-comiques* : 1655.

SCHWOB (MARCEL) : L'érudition tue souvent la création : l'érudition sait, la littérature veut découvrir. Marcel Schwob est un rare exemple du contraire. Il parlait plusieurs langues et des mortes, connaissait on ne peut mieux la littérature anglaise, l'argot du bas Moyen Age et bien d'autres choses encore ; on sent par instants dans ses livres l'homme qui a lu de la philosophie, mais sa culture est plus littéraire, Dieu merci, et il ne l'a pas laissée infecter sa prose. Comme les meilleurs, c'est un écrivain d'imagination, c'est-à-dire qui procède par images : « Ses poignets ridés comme le cou d'un lézard » (*Cœur double*). Il voit.

Il a écrit des contes, des nouvelles, un roman, un libelle sur le style des journalistes, recueilli des articles sous le titre de *Spicilège*, qui veut dire recueil d'écrits, d'après le latin *spicilegium*, glanage. (C'est un titre qu'avait utilisé Montesquieu pour un livre qui n'a paru que posthume, près de quarante ans après la mort de Schwob.) Choisir un titre pareil montre le mépris du public qu'avaient les écrivains sérieux de la fin du XIXe siècle. C'étaient des hommes. Le livre n'est pas « compliqué » pour autant, il est même extrêmement lisible, comme tout ce qui a du talent. Schwob y parle de François Villon et des criminels, deux intérêts qu'il partageait avec Robert Louis Stevenson, de qui il parle aussi avec beaucoup de perspicacité. Que Stevenson ait été enfermé dans une réputation de romancier pour enfants cent ans durant est une légende. Il a très vite été jugé équitablement et Schwob, sans doute le premier Français à parler de lui, a immédiatement reconnu la spécificité de son talent. Il n'emploie pas un mot que nous n'écririons cent six ans plus tard. Nous excusons d'avance nos erreurs de jugement en nous protégeant derrière la postérité. Il nous faudrait du *recul*. Or, le recul dépend moins du temps que de la culture du commentateur. Un écrivain comme Schwob a cultivé un terrain où il peut *reculer* sans risque, s'appuyant sur des connaissances qui lui permettent des comparaisons ; le critique moyen, reculant, tombe dans le vide de son ignorance. La spécificité des bons écrivains très cultivés et très intelligents, les Schwob, les Gourmont, les Paul Valéry, ceux dont la culture lance ses racines dans les à-côtés, et pas seulement, comme Gide, dans les références connues du plus grand public, est quelque chose de dur qui les rend immédiatement durables :

ce qu'ils écrivent est solidifié par de la pensée. Même s'il est dans le détail, surtout s'il y est, Schwob cherche à établir une leçon plus générale, une loi, un sens.

Il a dédié à Stevenson son recueil de nouvelles *Cœur double*, qui contient tant de chefs-d'œuvre. « Spiritisme », « Un squelette », « Le papier rouge », « Pour Milo » et « Les sans-gueule », histoire de deux soldats défigurés durant la guerre de 70 qu'une femme recueille chez elle, se demandant lequel était son mari ; on peut en retrouver l'origine authentique dans le *Journal* des Goncourt. Edgar Poe n'a pas écrit de conte plus tranquillement atroce, et rien n'est plus loin de la tendre raillerie de Stevenson. Schwob et lui furent amis de la façon la plus littéraire, et donc la plus parfaite qui soit : ils ne se sont connus que par lettres. Sept ans après la mort de Stevenson, Schwob, malade, accomplit une belle chose triste : ce casanier qui n'avait presque jamais quitté la France prit un bateau et fit une traversée de deux mois pour aller se soigner à Samoa, en réalité pour se recueillir sur la tombe de Stevenson, qui y était mort. Il relate son voyage dans des lettres à sa femme qu'on a recueillies sous le titre de *Voyage à Samoa*. (Sa maladie se remarque à certains moments de prose poétique.) J'ai associé ces deux écrivains dans ma vie en dirigeant une édition des *Œuvres* de Schwob et en publiant la première traduction française des *Chants du voyage* de Stevenson : je l'ai fait égoïstement, pour le plaisir de me sentir relié à de la littérature que j'aime et en me disant que, tant soit peu, je contribuais à les maintenir vivants. Et tout cela, c'est peut-être pour se créer une famille idéale où se réconforter quand la vie massacre tout autour de nous.

Sa femme était Marguerite Moreno, l'actrice, l'amie de Colette, qu'on peut voir dans bien des films, et par exemple dans *Le Roman d'un tricheur* de Sacha Guitry. Bonne actrice, mais ce n'est pas un métier de peu de narcissisme qui prédispose à gérer l'œuvre d'un mari mort : Moreno n'a jamais beaucoup fait rééditer Schwob. Comme Gourmont et les symbolistes indépendants, il a été rejeté dans les ténèbres extérieures par Gide et les gidistes qui ont étouffé de silence ces écrivains meilleurs qu'eux, avec d'autant plus d'application envers Schwob qu'il avait accusé Gide d'avoir plagié *Le Livre de Monelle* dans *Les Nourritures terrestres*. Jusque-là, les écrivains se contentaient d'être amoureux des actrices, comme Voltaire ou Vigny. Schwob est le premier à en avoir épousé une. Il a inventé quelque chose de plus important, un genre littéraire. Sans le savoir. Ce sont les autres qui transforment en genre ce qui n'était qu'une manière nouvelle d'écrire. Et ils la banalisent rétrospectivement. Schwob avait beaucoup aimé les *Vies brèves* du biographe anglais John Aubrey et leurs détails réalistes, comme le fait qu'Erasme, lors de son séjour à Oxford, avait eu une chambre avec vue sur la rivière : dans les *Vies imaginaires*, il imagine comment ont pu vivre des personnes illustres dont nous ne connaissons quasiment pas la vie, Empédocle, Pocahontas, Paolo Uccello, ou des personnages de fiction, comme « Katherine la dentellière, fille amoureuse ». Dans le deuxième cas, il s'agit d'évoquer le Paris du XVe siècle en quelques pages, en quelques images ; dans l'autre, en quelques images aussi, parfois parodiques, des génies. « Cyril Tourneur naquit de l'union d'un dieu inconnu avec une prostituée. On trouve la preuve de son origine divine dans l'athéisme héroïque sous lequel il succomba. » Le procédé a été repris par Jorge Luis Borges, qui n'existerait pas sans Schwob, quoiqu'il y ait plus d'une différence : Schwob imagine, Borges fait de la géométrie ; Borges joue du mystère et n'a pas de voix, alors que le style de Schwob est paisiblement noir, comme une acceptation glaciale de la violence. Si l'on excepte, à ses débuts, une certaine façon d'employer le mot « artiste », les « masques », enfin une bimbeloterie d'époque, Schwob ne s'est jamais laissé imposer des catégories de pensée. Il a décrit les siennes, avec constance. L'intéressaient : la foi, le crime, les prostituées, l'avenir. Borges fait partie des gens excellents en interview, comme Orson Welles, Sagan, Fellini ou Malraux, et il vaut mieux lire ses recueils d'entretiens que ses livres (mais nous ne les lirions pas sans eux). Comme Ezra Pound, Borges est un Américain qui déplore l'incivilisation de son continent et qui, dès qu'il croise un Européen, s'en entiche et le commente avec juvénilité. La différence ici est que dans Pound réside un enthousiasme, et dans Borges un potinage. Schwob, lui, est un guide dans les caves tragiques du cœur humain.

C'est à cause de tout cela qu'il a traduit *Hamlet* (avec le père de Paul Morand, Eugène, alors directeur des Beaux-Arts) aussi bien que le roman de Daniel Defoe, *Moll Flanders*, « qui fut douze ans prostituée, douze ans voleuse ». Et c'était un homme de cabinet. L'imagination d'un écrivain ne ressemble pas nécessairement à sa vie. C'est une grande fille indépendante. Elle n'en fait qu'à sa tête. C'est la duchesse de Berry, toujours à cheval, fomentant des romans. L'influence de Schwob a été très importante tout au long du XXe siècle. Outre Borges, sorti tout armé de sa tête, *Le Livre de Monelle* (« Bonaparte le tueur, à dix-huit ans, rencontra sous les portes de fer du Palais-Royal une petite prostituée ») et son charme obscur ont dû marquer Jean Genet ; son éloquence serrée et son goût pour les Anglo-Saxons, Larbaud. La drôlerie n'est pas dans sa nature, mais les connaisseurs savourent depuis cent ans une satire qui n'a pas bougé, les *Mœurs des Diurnales*. Et si elle n'a pas bougé, c'est à cause de son sujet : la façon d'écrire des journalistes. Autant la littérature est mouvante et moirée, sujette à mille interprétations et réutilisations, autant le journalisme est figé dans le cliché. Schwob a le premier relevé ses facilités fondées sur l'absence de réflexion. Plus qu'un pamphlet, son livre est un traité d'esthétique par le contre-exemple. Il connaissait d'autant mieux le sujet que son père avait été propriétaire du *Phare de la Loire*, journal nantais où il avait lui-même publié ses premiers articles, et qu'il avait dirigé le supplément littéraire de *L'Echo de Paris* avec Catulle Mendès, l'alcoolique époux de la fille de Théophile Gautier, Judith, qui fut la maîtresse de Wagner. Quel dommage qu'elle n'ait pas évincé Cosima ! L'histoire du monde en aurait été changée : sans cette Walkyrie flattant sa vanité et son hystérie, moins de déclarations sur l'extermination nécessaire des juifs, pas de Bayreuth recevant Hitler, peut-être pas de tétralogie ! A ce sujet, si Schwob est le dédicataire d'*Ubu Roi*, Paul Valéry lui retira sa dédicace de l'*Introduction à la méthode de Léonard de Vinci* au moment de l'Affaire Dreyfus : il était antidreyfusard. Nous autres, le temps ayant passé, pouvons aimer deux écrivains qui se sont brouillés pour des raisons capitales : la littérature survit aux causes.

Schwob réussit très bien les nouvelles d'anticipation, lui qui aimait bien calculer ce que serait l'avenir. Le résultat n'est pas le bonheur. En homme cultivé, il connaissait l'éternel retour des choses stupides. Je voudrais attirer l'attention sur le passage suivant, écrit en 1893. On a beau vouloir chasser le pessimisme, quelle prescience, dirait-on. Quelle triste merveille !

« Chacun se retranchait dans un égoïsme très doux. Toutes les passions étaient tolérées. La terre était comme dans une accalmie chaude. Les vices y croissaient avec l'inconscience des larges plantes vénéneuses. L'immoralité, devenue la loi même des choses, avec le dieu Hasard de la Vie ; la science obscurcie par la superstition mystique ; la tartuferie du cœur à qui les sens servaient de tentacules ; les saisons, autrefois délimitées, maintenant mélangées dans une série de jours pluvieux, qui couvaient l'orage ; rien de précis, de traditionnel, mais une confusion de vieilleries, et le règne du vague » (« L'Incendie terrestre », dans *Le Roi au masque d'or*).

1867-1905.

♦

Cœur double : 1891. *Le Roi au masque d'or* : 1892. *Le Livre de Monelle* : 1894. *Vies imaginaires* et *Spicilège* : 1896. *Mœurs des diurnales* : 1903. *Voyage à Samoa* : posth., 1930 (éd. définitive dans les *Œuvres* de 2002). *Œuvres* : posth., 2002.

♦

Jorge Luis Borges : 1899-1986. Daniel Defoe (1660-1731), *Moll Flanders* : 1722 (traduction de Schwob : 1894). Judith Gautier :

1850-1917. Catulle Mendès : 1841-1909. Robert Louis Stevenson (1850-1894), *Chants du voyage* (*Songs of Travel*) : posth., 1896 (trad. française : 1999).

SEDAINE (MICHEL) : C'est grâce à Vigny que j'ai lu Sedaine, dont il parle avec affection dans *Servitude et grandeur militaires*. Sedaine était un homme charmant, qui fit le bien toute sa vie. Ça n'aide pas à se faire une réputation dans les Lettres. Il était également charmant comme écrivain : s'ils manquent de phrases éclatantes, *Le Philosophe sans le savoir* et *La Gageure imprévue* sont des blocs de théâtre très bien faits. En particulier dans les riens.

LA MARQUISE : — […] Gotte, donnez-moi mon sac à ouvrage.
GOTTE : — Le voilà.
LA MARQUISE, *rêveuse* : — Donnez-moi donc mon sac à ouvrage.
GOTTE : — Eh ! le voilà, madame.
LA MARQUISE : — Ah ! (*La Gageure imprévue*)

Il est charmant parce qu'il est tendre.

Dans *Le Philosophe sans le savoir*, M. Vanderk père, tout en étant d'origine aristocratique, défend les vertus des commerçants. C'est rare en France, où le commerçant imbécile est un lieu commun de la fiction. Il y a aussi une fort sympathique tante pète-sec à préjugés nobiliaires : vivant dans un monde rêvé, elle a une cage à oiseaux à la place de la tête. Sedaine montre une égalité naturelle entre les êtres. Aucune rancœur sociale. Délicatesse de sentiments. Et une politesse qui nous rend ces temps stupéfiants.

L'avantage des œuvres qui ne sont pas très personnelles est qu'elles révèlent mieux que les autres l'esprit du temps. La liste des livrets d'opéra et d'opéra-comique de Sedaine en est l'album de photos. Première période, on garde de l'esprit à la Boileau : *L'Huître et les plaideurs* (1759), *Le Jardinier et son seigneur* (1761). Déjà s'y mêle, avec *Blaise et le savetier* (1759), ce qu'on appelle dédaigneusement de la bergerie, mais les bergeries s'intéressaient avec sincérité, si c'est avec naïveté, aux pauvres. Quelques années plus tard, on devient sentimental : *Le Déserteur* (1769), *L'Enfant trouvé* (1770). La cruauté approche. Bientôt finis, les temps charmants : l'affreux nationalisme est là, qui cadenasse la fantaisie et réclame ses œuvres de propagande : en 1791, treize ans avant Schiller, Sedaine écrit un *Guillaume Tell*.

J'oubliais Diderot. Dans l'*Epître à mon habit* et les *Regrets sur ma vieille robe de chambre*... Que fait-il, Diderot, je me le demande, aujourd'hui que je reprends cette notice, à New York où je n'ai rien pour vérifier. Bah, un trou, ce sera du repos pour le lecteur. De l'air ! De l'air ! crient les phrases.

📖 « M. VANDERK PERE. — Ah, mon fils, pourquoi n'avez-vous pas pensé que vous aviez un père ? Je pense si souvent que j'ai un fils. » (*Le Philosophe sans le savoir*.)

> 1719-1797.
> ◆
> *L'Huître et les plaideurs* et *Blaise et le savetier* : 1759. *Le Jardinier et son seigneur* : 1761. *Le Philosophe sans le savoir* : 1765. *La Gageure imprévue* : 1768. *Le Déserteur* : 1769. *L'Enfant trouvé* : 1770. *Guillaume Tell* : 1791.
> ◆
> Friedrich von Schiller (1759-1805), *Guillaume Tell* : 1804.

SÉGUR (SOPHIE ROSTOPCHINE, COMTESSE DE) : Elle fonce, la plume à la main. Elle ne réfléchit pas beaucoup. Elle est remplie de préjugés. C'est une fille d'incendiaire. Nous avons tous appris que son père est l'homme qui a mis le feu à Moscou pour embêter Napoléon, même si, dans *La Vérité sur l'Incendie de Moscou*, le comte Rostopchine s'est défendu d'avoir attenté à cette ville, dont il était le gouverneur militaire. Le titre de ses mémoires aurait enchanté le prince de Ligne : *Mémoires écrits en dix minutes*. Par son mari, la comtesse est aussi la petite-nièce d'un homme qui vit Moscou brûler, ce général de Ségur que Stendhal, dans les *Souvenirs d'égotisme*, qualifie d'« un des sabreurs les plus stupides de la garde impériale ».

Dans les *Mémoires d'un âne*, Cadichon s'enfuit. « Le lendemain, après avoir mangé et bu, je songeai à mon bonheur. » Il ne le trouvera qu'au château de la grand-mère. Chez la comtesse de Ségur, la nature n'est pas douce. Il n'y a de bonheur possible que dans la domestication, des hommes comme des ânes. Elle croit à la société, sans illusions, ce qui est son génie. Elle dirait que c'est la pire des organisations humaines à l'exception de toutes les autres.

Elle en a une conception très claire : les aristocrates ont raison et les roturiers tort. Cela se constate essentiellement aux manières. Les uns en ont, les autres pas, et il faut les leur apprendre. La comtesse de Ségur est altruiste.

Elle n'est d'ailleurs pas aussi réactionnaire qu'on s'amuse à le croire pour la vivacité du portrait. Dans *Un bon petit diable*, la bonne de Charles maltraité par Madame Mac'Miche se dit : « S'il était mené moins rudement, le bon l'emporterait sur le mauvais... » Ses personnages, et c'est une de ses expressions les plus fréquentes, ont souvent le « regard courroucé ». Courroucés, mais pas méchants. Madame MacMiche elle-même est moins une malveillante qu'une vieille folle qui croit aux fées. Un type idéal de la comtesse de Ségur est le général Dourakine : cramoisi et bon.

Comme chez tous les écrivains sans style, on voit bien ses idées. L'éducation, la tenue, etc. Elle écrit des romans à thèse, c'est-à-dire du théâtre de marionnettes. C'est d'autant plus frappant qu'elle présente ses dialogues sous forme théâtrale. (« SOPHIE : — ... PAUL : — ... ») Cela lui permet, dans des récits au passé, de faire soudainement surgir du présent. Je ne sais pas si elle était très consciente de l'originalité de cette forme.

Elle fait aux enfants l'hommage de considérer qu'ils sont accessibles à la raison. Ils parlent comme des adultes. Est-ce si illusoire ? Dans le milieu qu'elle décrit, le langage était très tenu, et on rencontre aujourd'hui encore des enfants qui parlent de cette façon-là. Ceux qui ont lu la comtesse de Ségur. La fille de mon amie Anne, par exemple, dix ans en 2004, qui dit : « Cesse, maman, de m'embêter ! »

Sophie, des *Malheurs de Sophie* (quel joli nom pour un personnage : Sophie des Malheurs !), se nomme Sophie *de Réan* : ses malheurs ne sont pas risibles pour cela, ni ceux d'aucun des enfants aristocrates que la comtesse décrit. Une fleur que Georges de Néri interdit à sa sœur de garder, c'est une catastrophe sentimentale au même titre que pour Jacques Vingtras, dans *L'Enfant*, de Jules Vallès, l'interdiction de faire de la balançoire, et, de même que Jacques Vingtras est blessé par l'injustice d'avoir été battu par sa mère parce que son père s'est blessé, de même l'est un enfant puni pour la faute d'un autre dans quelque famille de Fleurville.

Sophie devenue adulte, c'est Gabrielle Chanel. Chanel se décrit enfant : « Je fus méchante, voleuse, etc. » (Paul Morand, *Chanel*.)

📖 « Les enfants, arrivés déjà au nombre de trois, sont parfaitement élevés. L'aînée, qui est une fille, annonçait une fâcheuse ressemblance avec sa mère, mais une répression ferme et sage efface tous les jours les aspérités d'humeur dont s'alarme Giselle. » (*Quel amour d'enfant !*)

> 1799-1874.
>
> ◆
>
> *Les Malheurs de Sophie* : 1858. *Les Mémoires d'un âne* : 1860. *Le Général Dourakine* : 1863. *Un bon petit diable* : 1865. *Quel amour d'enfant !* : 1866.
>
> ◆
>
> Fédor Vassiliévitch, comte Rostopchine (1765-1826), *La Vérité sur l'Incendie de Moscou* : 1823 ; *Mémoires écrits en dix minutes* : 1853. Jules Vallès, *L'Enfant* : 1879.

Servitude et grandeur militaires : Est-ce un roman? Est-ce un essai? Des nouvelles? Vigny le présente comme les souvenirs d'un vieux militaire, et c'est une œuvre d'imagination. La scène où Pie VII traite Napoléon de *commediante* et de *tragediante*, connue de tous les Français et admise comme une scène authentique, a été inventée par lui.

Vigny montre la vieille histoire de la religion qui ne cède pas devant l'Etat, la vieille histoire de Thomas Becket et d'Henri II, peut-être plus frappante parce qu'elle se passe à une époque où le chrétien n'a plus derrière lui d'Eglise qui puisse excommunier en grondant. Elle a été giflée par la Révolution. Pie VII a l'air d'un mouton tondu. Malgré cette accumulation de faiblesses, il gagne devant l'irrité, le violent, le puissant Napoléon. *Servitude et grandeur militaires* montre cela plus finement que *L'Otage*, de Claudel.

Vigny a la frime en horreur. *Servitude et grandeur militaires* contient l'expression : « les âmes sans charlatanisme ». Il écrit avec une grande politesse. Il ne donne pas un coup de cymbales chaque fois qu'il vient d'enchâsser une pierre précieuse. Dans la merveille discrète qu'est la partie intitulée « La veillée de Vincennes », il fait raconter à l'adjudant l'éblouissement de sa fiancée devant le carrosse de Marie-Antoinette avec ses « deux petits postillons poudrés de rose, très jolis et si petits qu'on ne voyait de loin que leurs grosses bottes à l'écuyère ». Charme de conte de fées, qui vient de ce que le narrateur décrit avec des mots simples une très jolie chose. C'est au moment où la poudrière du fort de Vincennes explose que se rencontre une des phrases les plus misogynes que je connaisse : « Un singulier spectacle nous frappa : toutes les femmes se pressaient à la porte, et en même temps tous les chevaux de la garnison. » Montrant le raffinement de civilisation qu'incarnait Marie-Antoinette, il montre aussi Marie-Antoinette faisant joujou avec la vie de la jeune Pierrette. Au moins la reine dote-t-elle la jeune roturière et lui fait-elle épouser l'homme qu'elle aime. Vigny est de droite, mais indépendant. Quand il s'agit de camps politiques, le seul qu'on puisse croire est l'indépendant de ce camp. Lorsqu'il décrit les ouvriers du Second Empire, Zola ne dissimule pas leurs faiblesses. Nous souffrons bien assez de partialités inconnues pour ne pas en ajouter de connues.

La personnalité de Vigny forme chaque page. Un homme qui voit l'inanité des grandes choses mais les accomplit quand même ; qui les accomplit mais les déplore ; qui a fait son devoir mais n'en fait pas une terreur ; qui aime les hauts faits mais se méfie des héros ; qui sait qu'il a été dupe de ses opinions mais ne se renie pas ; qui éprouve de la pitié mais ne s'apitoie jamais sur lui-même ; qui raconte ses mauvaises actions mais sans fanfaronnade ; qui est humain mais ne s'en vante pas ; qui a de la tenue mais aucune pose ; qui parle de lui mais pour parler des autres ; l'auteur enfin de ce livre plein de tact, ce livre de qualité, comme on disait « un homme de qualité », mieux, ce livre honnête.

📖 « Quelquefois, l'esprit tourmenté du passé et attendant peu de l'avenir, on cède trop aisément à la tentation d'amuser quelques désœuvrés des secrets de sa famille et des mystères de son cœur. »

|| 1835.

SHAKESPEARE (INFLUENCE DE – SUR LA LITTÉRATURE FRANÇAISE) : Shakespeare en France date de 1769, où Jean-François Ducis donne avec succès sa traduction bien peignée de *Hamlet*. Il continue avec plusieurs pièces sous l'Ancien Régime, puis, en pleine Révolution, *Othello*. Sous Napoléon, la liberté de Shakespeare est dédaignée. Il devient donc un auteur de la Restauration. 1821, Guizot, *Essai sur la vie et les œuvres de Shakespeare* ; 1821-1822, révision par le même

Guizot et par Pichot de la traduction de Le Tourneur ; 1823, Stendhal, *Racine et Shakespeare*, et Nodier, *Pensées de Shakespeare suivies de quelques extraits de ses tragédies* ; automne 1827, l'Odéon joue du Shakespeare en anglais (une représentation avait été annulée en 1822 à cause de manifestations nationalistes). La période est anglophile : Vigny épouse une Anglaise (Miss Lydia Bunbury), comme Lamartine (Miss Eliza Birch) ; Nerval, sans bien savoir l'anglais, s'enthousiasme pour ce Shakespeare qu'il avait comme tout le monde connu par les traductions de Ducis, ces traductions-adaptations dont on dit beaucoup de mal, mais que Ducis a le mérite d'avoir faites. Malgré ses corrections, Shakespeare passe. « En somme, comme l'*Hamlet* de Ducis ne pouvait pas perdre dans mon esprit par la comparaison, puisque je n'avais jamais entendu parler de celui de Shakespeare, l'*Hamlet* de Ducis, avec son entrée fantastique, son apparition visible à lui seul, sa lutte contre sa mère, son urne, son monologue, le sombre interrogatoire adressé par le doute à la mort ; l'*Hamlet* de Ducis me parut un chef-d'œuvre, et me produisit un effet prodigieux » (Alexandre Dumas, *Mes Mémoires*). Nerval parle de Shakespeare à ses amis romantiques. Delacroix prend des sujets dans Shakespeare, Vigny...

Vigny, dans le passage de *Cinq-Mars* où il montre deux brigands dans les Pyrénées, annonce qu'il veut faire du Shakespeare. Il le traduit : en 1828 *Roméo et Juliette*, en collaboration avec Emile Deschamps, traduction non jouée car Mademoiselle Mars se trouve trop âgée pour le rôle, puis *Othello* devenu *Le More de Venise* et représenté à la Comédie-Française, enfin *Le Marchand de Venise*, non joué. Vigny, homme de tant de tenue, traduisant Shakespeare ! Mais oui, et rappelez-vous que c'est Voltaire, la sécheresse, l'ironie, la France même, qui avait été le premier à amener Shakespeare en France en traduisant un passage de *Hamlet* dans les *Lettres philosophiques*. Il adapta ensuite *Jules César* en trois actes : *La Mort de César*. Adapter veut dire rajuster la chemise qui dépasse son pourpoint, moucher son nez, décrotter ses yeux et lui apprendre le menuet : tout en reconnaissant son génie, Voltaire le traite de barbare. Les Anglais ne se sont agacés de cet avis que parce qu'il était donné par un étranger. Le 16 octobre 1769, le grand acteur Garrick (de qui Shakespeare était « le dieu de son idolâtrie ») s'emporte contre Voltaire, mais, le 20, Samuel Johnson dit : « Shakespeare n'a jamais pu écrire six vers d'affilée sans faire une faute. Vous en trouverez peut-être sept, mais cela ne réfute pas ma proposition » (Boswell, *Vie de Johnson*). Le même Johnson trouve qu'« une admiration aveugle pour Shakespeare a exposé la nation britannique au ridicule ». On ne le jouait que dans des versions arrangées, comme le *Richard III*, une de ses pièces les plus populaires là-bas, dans une adaptation de Colley Cibber, coupée et piquetée de passages d'autres pièces de lui ; *et avait-on tellement tort ?* Il y a dans Shakespeare des lourdeurs et des insistances faites pour toucher un public encore rustre. La façon systématique qu'il a de faire s'exprimer tous ses personnages par opposition : « Manants, posez ce cadavre, ou par saint Paul, je transforme en cadavre celui qui désobéit ! » dit Richard III, ou, dans la même scène, le ridicule moment où le cadavre d'Henri VI se met à saigner. On ne revint au Shakespeare original qu'au cours du XIXe siècle. Vigny le polit encore beaucoup, comme le fera encore le fils de Victor Hugo, François-Victor ; nous n'aurons eu de traductions exactes de Shakespeare, avec les longueurs et les gros mots, que dans la deuxième moitié du XXe siècle.

Dans *Racine et Shakespeare*, Stendhal prône le second au détriment du premier. Les grands écrivains finissent toujours par devenir des marteaux au service des thèses des autres. Le livre de Stendhal est un pamphlet en faveur de l'école romantique à peine née. Un écrivain est aussi un déclencheur, et l'enthousiasme de Stendhal pour *Comme il vous plaira*, outre de le révéler lui-même, justifie son enthousiasme pour Shakespeare en général, même si c'est un Shakespeare rêvé. Toute critique n'est-elle pas un rêve ?

Shakespeare a apporté un grand bol de sang frais à la littérature française après que les Anglais ont vaincu Napoléon : on admire les vainqueurs. De plus, la littérature française, anémiée de perfection après Racine, Marivaux et Voltaire, ne savait plus que fabriquer des porcelaines de Saxe. Quelle est l'utilité des porcelaines de Saxe au temps de la campagne de Saxe ? Shakespeare, produit d'une société violente, montre des temps violents dans ses tragédies et ses drames historiques, et en fournit le baume dans ses comédies, qui sont des contes. Shakespeare est un génial auteur de livres pour enfants.

Dans *William Shakespeare*, Victor Hugo écrit de Hamlet : « Il représente le malaise de l'âme dans la vie pas assez faite pour elle. » Lui comprenant cela. Cela annonce les malaises à venir. Laforgue, Pessoa, Kafka. D'ailleurs, quelques pages plus loin, à propos du roi Lear, il parle de « la clairvoyance sublime de l'égarement » : Jarry, Artaud. Non, pas marteaux : ouvre-boîtes. Hugo a essayé de faire du Shakespeare, mais il est trop terrien. Quand il s'envole, ce n'est jamais très haut, et l'on entend claquer ses ailes. Sa pièce *Mangeront-ils ?*, visiblement inspirée du *Songe d'une nuit d'été*, est éloignée de la haute fantaisie de Shakespeare par son intelligence lourdement antithétique. C'est une pièce qui contient le réjouissant hémistiche :

> Ah ! quel chef-d'œuvre, un sot !

Jules Laforgue est peut-être le seul Français à ne pas refroidir le shakespearisme dès qu'il le touche. Il a la raillerie sentimentale qui manque à Vigny. Devinant Hamlet, il s'empare de lui et, le berçant, le moquant, en fait un personnage de Laforgue.

Le vers de Paul-Jean Toulet : « Parle plus bas, si c'est d'amour » vient peut-être de : *« Speak low, if you speak love »* (*Beaucoup de bruit pour rien*). D'une phrase typiquement shakespearienne, sentimentalité + calembour, il a fait du Racine. Ainsi sont réconciliées les deux étoiles que Stendhal avait opposées. Si j'avais à écrire un essai sur la question, je l'intitulerais *Et Racine, et Shakespeare*.

Un dictionnaire anglais équivalent à celui-ci comprendrait un article *Montaigne (Influence de – sur la littérature anglaise)*. Florio, le traducteur des *Essais* en anglais, était un protégé du comte de Southampton, comme Shakespeare, à qui il les a probablement fait connaître. Dans un passage de *La Tempête*, Shakespeare semble s'inspirer de l'essai sur les cannibales, et les considérations de ses personnages sur le stoïcisme, le scepticisme, etc., ont fait dire qu'il avait été très influencé par Montaigne ; mais ces considérations sont des idées, et les idées, tout le monde les a. Il faudrait voir en quoi Shakespeare a été *artistiquement* influencé.

Le 16 novembre 2002, comme nous quittions l'Oxford and Cambridge Club, dans Pall Mall, pour aller au cinéma, mon vieil ami Nicholas Powell me demanda si j'étais de ceux qu'avait agacés *Shakespeare in Love* : je l'ai trouvé drôle et charmant, lui dis-je, au défaut près qu'il donne de Shakespeare et, partant, des autres écrivains, l'idée d'un distrayeur de foules ; évidemment, il est difficile de faire un film à succès en montrant qu'écrire est une question de vie ou de mort. Il me trouva bien shakespearien.

> Colley Cibber : 1671-1757. Jean-François Ducis, *Roméo et Juliette* : 1775 ; *Le Roi Lear* : 1783 ; *Macbeth* : 1784 ; *Othello* : 1792. François-Victor Hugo, traductions des pièces de Shakespeare : 1857-1872. Pierre Le Tourneur, *Shakespeare traduit de l'anglois* : 1776-1782.

SINCÉRITÉ : On peut écrire avec du sentiment qu'on éprouve, mais la littérature réussie est de la sensation qu'on transmet. Le poète Gilbert est généralement froid, et pourtant il était malheureux ; dans son poème sur « Une charogne », Baudelaire nous en fait éprouver la présence, et pourtant on ne sait pas s'il en a même vu une. En art, c'est le résultat qui compte, et la sincérité est un argument pour le moins incomplet.

Avant Rousseau, personne n'avait songé à en faire un argument de la qualité littéraire. Il passe son temps à dire : je suis sincère, cela peut vous déplaire, au moins suis-je *vrai*. En quoi d'être *vrai* prouve-t-il qu'un livre est bon ? On me dira : le point de vue de Rousseau est moral. Du tout, du tout : le point de vue de Rousseau est moral quand ça l'arrange, et son ambition est littéraire. Bien sûr qu'il est mieux d'être sincère quand on écrit, mais s'en prévaloir, c'est se vanter de la moindre des choses.

Comme tant de sottises que Rousseau nous a léguées, celle-ci a été transformée en argument terroriste. On entend dire : « Cet écrivain n'est pas sincère ! » afin de le discréditer. Je ne suis pas contre la sincérité, je suis contre son utilisation pour juger des œuvres dans lesquelles son utilisation n'est pas requise. Personne ne se demande si une sculpture est sincère.

Que sait-on de la sincérité d'un écrivain ? – On peut connaître sa vie et constater les contradictions avec ce qu'il a écrit. – Comme chez Rousseau ; mais si Rousseau a écrit quelque chose de bon à un moment de sa vie où il était méchant, cela montre que, au moment où il écrivait, il cherchait à être meilleur. L'homme qui écrit n'est pas le même que l'homme qui vit. Il tente de s'élever.

Les biographes appellent cela duplicité. Ils font de la vie le critère de l'art, alors que le critère de l'art, c'est l'art. Qui sait si ce n'est pas dans la vie que l'écrivain manque de sincérité ? Afin de préserver la petite chose en lui à laquelle la plupart des hommes sont indifférents et que, parfois, ils haïssent ?

SOREL (JULIEN) : Une fois que Julien Sorel, le personnage du *Rouge et le Noir*, s'est libéré de la camisole de sa ressemblance avec Stendhal, il devient passionnant. C'est un enfant blessé, Julien, un enfant dont la mère est morte, un enfant que ses frères brutalisent parce que leur père le méprise. Ce père est *un manuel*, comme disent parfois ces gens-là avec un orgueil plein de ressentiment envers ceux qui, comme Julien, lisent des livres.

D'être embauché comme précepteur des enfants Rênal va lui faire rencontrer un nouveau milieu social ; et lui qui avait commencé à être hypocrite, ayant choisi pour arriver le noir (être prêtre) plutôt que le rouge (l'armée), en fait sa carrière. Seulement, il ne connaît rien au fonctionnement de la société et a le malheur d'être susceptible. Julien, c'est Jean-Jacques Rousseau. Il l'a lu : les *Confessions* sont « le seul livre à l'aide duquel son imagination se figurait le monde ». Pauvre Julien. Partir dans la vie avec une imagination aussi trompée. Que fait la méfiance jointe à l'ignorance ? Un malheureux. « C'était l'homme malheureux en guerre avec toute la société. » De madame de Rênal, il se dit : « Elle est bonne et douce […] mais elle a été élevée dans le camp ennemi. » La barbarie politique est partout dans ce livre, comme dans le temps.

Les autres blessent Julien. Il a une réflexion typiquement Rousseau : « Ici, dit-il avec des yeux brillants de joie, les hommes ne sauraient me faire du mal. » C'est pour une raison bien plus que sociale. Sa personnalité même. Ses qualités. « Je vois en toi quelque chose qui offense le vulgaire, lui dit l'abbé Pirard. La jalousie et la calomnie te poursuivront. » De là qu'il dissimule. En sortant du dîner à conversation immonde de platitude et de bassesse mondaine chez les Valenod, il s'écrie : « Ah ! canaille ! canaille ! » Cela m'est arrivé, exactement de la même façon, c'est arrivé à Stendhal, je comprends ce qu'ils ont éprouvé. Les enfants Rênal sont les seuls êtres humains avec qui l'ultra-sensibilité de Julien s'abandonne un instant : quand madame de Rênal les lui amène en cachette, « il fit bon accueil à tous, même au lapin » (leur lapin domestique). Pour le reste, toujours sur le qui-vive. Il joue un rôle (le mot est de Stendhal). Malgré la peine qu'il se donne, il ne peut pas toujours empêcher que, par un regard, une posture, son dédain de la vulgarité s'exprime. Redoublement de la haine des autres. Julien est susceptible, mais pas paranoïaque.

Violent à cause de sa susceptibilité, il n'hésite pas à calomnier la femme de chambre Elisa. C'est le roman d'un Tartuffe raté, et qu'il soit raté le rend moins antipathique. L'hypocrisie est un hommage que le vice rend à la vertu, dit La Rochefoucauld. Ces moralistes qui ne voient que le vice ! Elle peut aussi être la précaution que prend la vertu contre le vice. On pourrait écrire l'histoire d'un homme à l'air fourbe et parfaitement honnête qu'on mettrait en prison à cause des manœuvres d'un homme à l'air franc et jovial.

📖 « Eh bien, j'ai assez vécu pour voir que *différence engendre haine*, se disait-il un matin. »

Staël (Germaine Necker, baronne de Staël-Holstein) : Madame de Staël a écrit des livres qui commencent toujours bien et finissent souvent mal. Rien n'est plus brillant que la première moitié de son roman *Corinne*, et rien n'est plus pesant que la suite. Rien n'est plus enthousiasmant que la première partie du *De l'Allemagne* et le début du *De la littérature*, et rien n'est plus pédagogique que la suite. Rien n'est plus intéressant que les *Considérations sur la Révolution française*, et rien n'est plus un autre livre (un *De l'Angleterre*) que la dernière partie. Comme l'homme de Montaigne qui portait un veau au début de sa vie et un bœuf à la fin, Madame de Staël ne lâche jamais le paquet de notions qu'elle transporte. Elle était pareille dans la vie. Avec Benjamin Constant, timide qu'il devait être agréable à cette impérieuse d'aimer. Avec Napoléon, mâle incapable d'admettre qu'une femelle puisse décider en politique. C'est le côté mongol de ce Corse, le premier chef d'Etat français depuis les Carolingiens à avoir été grossier. Cela dit, sa réponse à Madame de Staël qui lui demandait de définir la femme supérieure (sous-entendu : elle-même) est assez drôle : « Celle qui a eu le plus d'enfants. » Lui à une autre femme : « Vous aimez toujours les hommes ? »

La femme : « Oui, Sire, quand ils sont polis. » Ce qui me rappelle cette « chose vue » de Victor Hugo : « Madame de Staël regardait un jour M. de Barante dans une sorte de contemplation rêveuse. Tout d'un coup, elle s'écria : — Quand je pense que j'ai aimé ça ! »

Avec une sorte de candeur, car elle avait beau être fille de ministre (Necker), avoir écouté dans un salon où ses parents recevaient des écrivains et appris comment les choses se passent à Paris (les Necker sont suisses), elle avait cru qu'elle pourrait influencer Napoléon. Elle comptait lui conseiller d'établir la liberté en France. Résultat, les planches de son livre *De l'Allemagne* furent saisies par la police et pilonnées, elle fut interdite de séjour à Paris, puis, comme elle n'avait pas obéi, exilée. Elle s'était opposée très tôt, avec Benjamin Constant, lequel avait en plus à s'occuper de sa tyrannie à elle. Chateaubriand est plus tardif dans son opposition, qui date du lendemain de l'assassinat du duc d'Enghien. De ces trois personnes, la seule qui n'ait jamais rien écrit de flatteur sur le régime est Madame de Staël. Elle aurait pu être achetée, son père ayant en fuyant la Révolution laissé en gage deux millions au Trésor public. Lucien Bonaparte lui rapportait que Napoléon disait d'elle : « Qu'est-ce qu'elle veut ? Le paiement du dépôt de son père ? Enfin, qu'est-ce qu'elle veut ? » Et elle : « Il ne s'agit pas de ce que je veux, mais de ce que je pense. » Cela ne manque pas de hauteur. Autre chose que Napoléon était incapable d'admettre, lui qui ne savait raisonner qu'en termes de pouvoir ; il avait vu tant de bassesses qu'il ne croyait plus qu'au cynisme. C'est une vulgarité qui atteint souvent les gens de pouvoir.

Son roman *Corinne* est plein de scènes évocatrices qui n'ont pour défaut que de ne pas être plus longues. L'incendie d'Ancône, par exemple, que regardent les fous en riant, « de ce rire déchirant qui suppose ou l'ignorance de tous les maux de la vie, ou tant de douleur au fond de l'âme, qu'aucune forme de la mort ne peut plus épouvanter ». Cinquante lignes de plus, et ces scènes devenaient illustres, comme l'ouverture du grand magasin dans *Au bonheur des dames* ou Adrien Deume taillant ses crayons à la S.D.N. dans le *Belle du seigneur* d'Albert Cohen. Au moment où elle montre son tempérament de romancière, Madame de Staël l'abandonne, parce qu'il lui tarde de placer des idées générales. Son héroïne s'en trouve parfois au bord du scolaire : « — Notre âme et notre esprit n'ont-ils pas la même patrie ? répondit Corinne. » C'est l'ornière d'une fille intelligente. Corinne n'y trébuche jamais complètement : elle sait se moquer. Les idées générales ne sont pas interdites au roman, ce sont même elles qui en sauvent certains que cela fait penser, mais les vraiment bons romans ne séparent pas la pensée de la description : ils les mêlent en une sorte de matière insécable. Dans les meilleurs romans, la description est la pensée.

Quoique entière et laissant très peu à la déduction du lecteur, il lui arrive de nous faire sourire par de fines esquives de sole, comme : « toujours est-il vrai qu'on doit avoir pour le sort *un genre de respect.* » (*Réflexions sur le suicide* ; c'est moi qui souligne.)

Le meilleur de Madame de Staël, c'est l'observation des faits et des mœurs. Elle y a un air Stendhal avant Stendhal. Sur l'Italie : « c'est le pays où l'on s'occupe le moins de ce qu'on appelle ailleurs le *commérage*, chacun fait ce qu'il veut sans que personne ne s'en informe, à moins qu'on ne rencontre dans les autres un obstacle à son amour ou à son ambition. » (Stendhal aurait enlevé le « ce qu'on appelle ».) Ou ce relevé d'une expression locale dans une note en bas de page, et qu'elle le fasse en note n'est pas le moins « stendhalien » : « Un postillon italien, qui voyait mourir son cheval, priait pour lui et s'écriait : *O sant' Antonio, abbiate pietà dell' anima sua !* O saint Antoine, ayez pitié de son âme ! » Plus encore, cette interprétation de la vie : « Il n'y a que les âmes sensibles qui savent se ménager réciproquement. » « Ames sensibles », expression qu'emploiera souvent Stendhal. Les trois phrases viennent de *Corinne*, où se trouve aussi une visite à l'atelier de Canova, un des artistes préférés de Stendhal. Dans *De l'Allemagne*, ce qu'elle appelle la « pédanterie de frivolité » des Français.

Cette Suissesse est un des écrivains qui a le mieux étudié les Français, et ses *Considérations sur la Révolution française*, si on en ôte les partialités religieuses et politiques, si exagérées qu'elles s'anéantissent elles-mêmes, contiennent des observations comme celle-ci, à propos de l'Assemblée Constituante, qui étudiait le modèle de la Constitution anglaise :

> Mais une manie de vanité presque littéraire inspirait aux Français le besoin d'innover à cet égard. Ils craignaient, comme un auteur, d'emprunter les caractères ou les situations d'un ouvrage déjà existant.

Voici un secret éditorial rarement révélé :

> Se publie-t-il un livre sur la politique, avez-vous de la peine à le comprendre, vous paraît-il ambigu, contradictoire, confus, traduisez-le par ces paroles : Je veux être ministre ; et toutes les obscurités vous seront expliquées. En effet, le parti dominant en France, c'est celui qui demande des places […].

Ceci est resté exact :

> C'est une grande erreur que l'on commet en France, de se persuader que les hommes immoraux ont de grandes ressources dans l'esprit.

Les *Considérations sur la Révolution française* contiennent en outre : – un remarquable portrait par esquisses de Napoléon ; – le mot d'hypocrite appliqué à Robespierre ; – une raison de ne pas nommer de ministre trop jeune (Pitt « n'avait pas eu le temps d'exister comme homme privé, et d'éprouver ainsi l'action de l'autorité sur ceux qui dépendent d'elle ») ; – une scène de Tintin sous la Terreur : la présence d'esprit avec laquelle elle sauve Narbonne réfugié chez elle, à l'ambassade de Suède, en disant aux commissaires venus fouiller « que la Suède était une puissance qui pouvait les menacer d'une attaque immédiate, parce qu'elle était frontière de la France ».

Si elle logeait à l'ambassade de Suède, c'est que l'ambassadeur était le mari de cette fille d'un Suisse qui avait été ministre d'Etat en France, temps heureux où l'on prenait la compétence sans se soucier de la nation. Du temps où elle était Mlle Necker, elle avait refusé de se marier avec William Pitt. Lamartine, dans le *Cours familier de littérature*, décrit la comédie qu'avait été le salon Necker, comédie de pureté, modestie, Madame Necker en dévote du génie de son mari et la petite Germaine admirée comme Jésus parmi les docteurs ; comme il le dit, il est extraordinaire que, avec une éducation pareille, Madame de Staël ne soit pas devenue une chipie. Elle a tendance à présenter son père comme un génie persécuté, mais c'était son père, et elle parle des malheurs de la France, qui n'est pas son pays, avec générosité.

Dans les *Considérations sur la Révolution française*, elle a essayé le mot « impressif » (à propos de Mirabeau : « Rien n'était plus *impressif* que sa voix, si l'on peut s'exprimer ainsi »), mais c'est « impressionnant » qui, inventé auparavant par Rétif de La Bretonne, a été retenu. Elle a mieux réussi avec « colosse aux pieds d'argile », expression si frappante qu'on l'a réutilisée, ou avec un autre mot : « J'ai la première employé un mot nouveau, *la vulgarité* [...] » (*De la littérature*) Les dictionnaires le confirment. Hélas, ils nous apprennent aussi que le mot « culture » dans le sens magique où nous l'employons aujourd'hui provient d'un faux sens qu'elle fit dans une traduction de Kant : elle a traduit par « culture » le mot « Kultur », qui en allemand signifie quelque chose de plus proche de « civilisation ». Madame de Staël passe pour germanolâtre, idée reçue. « Le goût des écrivains allemands pour l'esprit de système se retrouve dans presque tous les rapports de la vie ; ils ne peuvent se résoudre à vouer toutes les forces de leur âme aux simples vérités déjà reconnues ; on dirait qu'ils veulent innover en fait de sentiment et de conduite comme dans une œuvre littéraire » (*Réflexions sur le suicide*). De là un autre de mot utile qu'inventa cette femme pleine de tact sous ses airs de char d'assaut : « sentimentalité ». « Parmi ces pièces allégoriques il faut compter *Le Triomphe de la sentimentalité*, une petite comédie de Goethe » (*De l'Allemagne*), et elle le reprend (en italique, c'est-à-dire qu'il n'est pas encore admis) dans les *Réflexions sur le suicide* : « il ne doit plus être question de *sentimentalité* maladive [...] ». Le titre de la pièce de Goethe est *Der Triumph der Empfindichkeit*. *Empfindichkeit* correspond plutôt à « sensibilité », et c'est *Empfindsamkeit* qui serait « sentimentalité ». Approximation ou non, ce mot a permis d'éclairer un état humain jusque-là enfoui. En le nommant, elle lui a donné une réalité, une importance qu'il n'avait pas jusque-là. Ainsi se renouvelle la vie.

📖 « On aurait tort d'accuser les Français de flatter la puissance par les calculs ordinaires qui inspirent cette flatterie ; ils vont où tout le monde va, disgrâce ou crédit, n'importe : si quelques-uns se font passer pour la foule, ils sont bien sûrs qu'elle y viendra réellement. On a fait la révolution de France en 1789 en envoyant un courrier qui, d'un village à l'autre, criait : *Armez-vous, car le village voisin est armé*, et tout le monde se trouva levé contre tout le monde, ou plutôt contre personne. » (*De l'Allemagne*.)

> 1766-1817.
>
> ◆
>
> *De la littérature* : 1800. *Corinne* : 1807. *Réflexions sur le suicide* : 1812. *De l'Allemagne* : 1813. *Considérations sur la Révolution française* : 1818.
>
> ◆
>
> Alphonse de Lamartine (1790-1869), *Cours familier de littérature* : 1856-1869.

STENDHAL : Stendhal est partial, de mauvaise foi et veut souvent faire le malin. Cela lui donne un genre je suis au courant de tout, parlant sans bien savoir, un peu arrangeur des faits, un peu plagiaire, journaliste sans scrupules ; Malraux l'aimait beaucoup. C'est aussi dire qu'il a quelque chose de très sympathique.

Le malin, il le fait parfois en paradoxant, pour choquer le bourgeois de Grenoble, l'ombre contre laquelle il jappera toute sa vie. Il ne peut s'empêcher de glisser des provocations jusque dans ses romans, qu'il pique de phrases bonapartistes pour agacer la France de Louis-Philippe (qui s'en fout). Dans ce domaine, il a quelque chose de puéril, quoiqu'il soit un écrivain tardif : il publie son premier livre à trente-quatre ans (l'*Histoire de la peinture en Italie*), et en a quarante-quatre lorsque paraît son premier roman, *Armance*. Infecté de politique, il mentionne les complots réactionnaires, mais pas les complots de l'autre côté. La Congrégation, jamais la Bande noire. Les complots réactionnaires existaient, et il était authentiquement indigné par la monarchie de Juillet : son ton de provocation n'empêche pas que ce qu'il dit, il le pense *aussi*.

De la provocation vient sa prédisposition aux héros antipathiques. Il a même eu le projet d'écrire un roman sur Robert Macaire. Tous luttent contre l'ordre social, on pourrait dire mondain, car il écrit toujours plus ou moins le même roman : un jeune homme passionné qui ne supporte ni sa famille ni son milieu fait des calculs maladroits et emporte l'amour d'une femme plus âgée et d'une meilleure position sociale ; à cause de sa maladresse et de malentendus, le jeune homme, détesté pour la singularité de son caractère qui le rend incapable de flatterie, finit emprisonné dans une tour ou dans une prison qui fait face à un beau paysage et il meurt. Tour, prison, beau paysage au loin, impossible amour, tout cela sent le Moyen Age. La littérature courtoise a contaminé le roman français pour des siècles : et par exemple, chez Stendhal, la femme est supérieure à l'homme, soit en tendresse, comme Mathilde dans *Le Rouge et le Noir*, soit en *énergie* (mot très lui) comme Gina dans *La Chartreuse de Parme*.

A ce sujet, il a dans *De l'amour* le petit ton fat qui accompagne souvent ces livres et leur affectation de traité de conquête militaire ; il y joint le chimique, lui qui a étudié la chimie (la fameuse « cristallisation »). Et, s'il évoque « la tyrannie des hommes », il expose des généralités avec un aplomb qui fatigue : « Voici ce qui se passe dans l'âme : 1° L'admiration. 2° On se dit [...] 4° L'amour est né. » Dans *Le Rouge et le Noir*, Julien Sorel applique les recettes que lui communique le prince Korasoff pour conquérir la maréchale de Fervaques. Et toute cette fatuité est naïve : une amie a un jour ri devant moi de ces tacticiens et m'a relaté quelques manœuvres où, les laissant croire qu'ils la conquéraient comme l'Irak, elle menait, tout en feignant la plus ronronnante soumission, des doubles ou triples vies pour le plaisir de se foutre de leur gueule. D'ailleurs Stendhal raffolait de ces femmes-là, la Sanseverina dans *La Chartreuse de Parme* en est une.

Avec ses conseils de cynisme, Stendhal est un ingénu. C'était un étourdi qui ne pouvait s'empêcher de s'exalter en parlant, de contredire les sots importants, d'écrire des imprudences jacobines sous les Bourbons revenus. Il en rate sa carrière administrative : même s'il a été nommé auditeur au conseil d'Etat et inspecteur général du mobilier de la couronne, il finit consul de France à Civita-Vecchia, quand les grandes âmes absolument pures et tout à Dieu étaient au moins ambassadrices. « Rater », au fait, ne l'a-t-il pas voulu ? N'a-t-il pas dansé le ballet des écrivains méfiants, qui consiste à esquiver, et la misère, et une trop grande réussite sociale ? Il a toujours préféré un plaisir à une flatterie, et donc à une promotion. Ah, ne touchez à lui qu'avec précautions en ma présence, si moi-même je le pique. Je suis comme Barrès qui disait : « Oui, Stendhal commence à m'ennuyer, mais, si j'en pense moins de bien, je ne veux pas qu'on en dise du mal devant moi » (*Journal* de Jules Renard, 7 novembre 1891).

Il ne se soucie pas d'être charmant, au contraire de Chateaubriand, qu'il déteste. Il lance son caillou sans qu'on voie la fronde à la façon de Pascal ou de Montesquieu. Comme Pascal, il commence presque toujours en étant péremptoire : sorte de protection. On dirait qu'il veut éviter d'avoir à donner des raisons. Question de rapidité, aussi. Stendhal est un écrivain qui prend des raccourcis. Chez lui, peu de conjonctions de coordination. Pourquoi écrire « en effet », « donc », « c'est pourquoi » ? Le rapport de causalité entre deux phrases peut se comprendre sans elles. Et, s'il a le tort d'en commencer trop par « mais », il le supprime là où d'autres l'auraient mis. Dans *Le Rouge et le Noir*, quand Mathilde pense à ses soupirants : « de tels êtres ne lui semblaient pas faits pour la comprendre ; elle les eût consultés s'il eût été question d'acheter une calèche ou une terre ». N'ajoutant pas : « mais leur avis sur sa conduite avec Julien lui était égal », il écrit : « Sa véritable terreur était que Julien fût mécontent d'elle. » Quelle enchanteresse musique. « Par bonheur, il se croyait fort envié, non sans raison » (*Le Rouge et le Noir*).

Il ne nomme pas tout de suite les nouveaux arrivants. Cela donne quelque chose comme : « Entra une jeune fille, d'un air impétueux qui fit se retourner le baron de Périgarde. » Nous n'avions jamais entendu parler de ce baron de Périgarde, et c'est un personnage de troisième plan. Puis aussitôt : « Constance dit à Laurent... » Qui sont les personnages principaux. Nous avons évité la sous-phrase : « Une jeune fille, qui se prénommait Constance... » Premier chapitre d'*Armance* : il nous présente Octave, sa mélancolie. A l'imparfait. Tout d'un coup : « Le commandeur de Soubirane, son oncle, dit un jour devant lui qu'il était effrayé de son caractère. — Pourquoi me montrerais-je autre que je ne suis ? répondit froidement Octave. » Le dialogue continue quelques lignes, le commandeur sort. Stendhal passe à la ligne et, sans autre présentation : « Octave regarda sa mère avec tendresse », mère dont nous n'avions pas plus entendu parler que du commandeur quelques phrases plus haut. Cela me ravit, ces choses. Par l'ellipse de la présentation des personnages, il nous les rend plus existants. S'il avait dit : « Cette femme se trouvait là et qui était sa mère... », cela donnerait moins l'illusion de la vie, nous ferait même douter, tant ce serait enfantin. Dans la vie, ou bien nous savons qui sont les gens autour de nous, et il est inutile de nous les présenter, ou bien nous ne le savons pas, et il se passe toujours un certain temps avant que nous apprenions qui ils sont.

Autre raccourci, le « etc. » à la place d'une énumération. Guez de Balzac l'employait beaucoup, au dédain de Tallemant des Réaux : « Ses derniers ouvrages ne sont pas si exactement écrits, pour le langage même, que les premiers, et il prend quelquefois la liberté de mettre un *etc.*, tout comme ferait un notaire » (*Historiettes*). Ce que lui-même fait, plus loin, dans son historiette sur Scarron. Autre suppression et très moderne, celle des guillemets dans le compte rendu des pensées ou des dialogues : nous sommes à la porte de chez Joyce. « Quand il reparut : Dieu sait, maudit paresseux, lui dit son père [...] » (*Le Rouge et le Noir*). Il y entre de la recherche, de la désinvolture et de la négligence. Stendhal ne se relit pas, et c'est son plus grand défaut. Toutes ses boiteries viennent de là et de la trop grande quantité de pages qu'il écrit à l'heure, même s'il se vante dans ce domaine, lui si dépourvu de vanité dans d'autres, la carrière, l'amour, la littérature même.

Il supprime conjonctions de coordination, présentations des personnages, explications, supprime, supprime, supprime, et fait comprendre que la création se compose pour une bonne part de suppressions. A la différence de Balzac, Zola, Proust, qui transportent des masses de terre et sculptent patiemment des montagnes, il a l'air de Woody Woodpecker, le pivert du dessin animé, qui tourne à toute vitesse autour d'un caillou et hop, voici le général Grant.

C'est le seul bon écrivain que je connaisse à écrire autant de clichés, ce qui le rend alors beaucoup moins bon. Ayant décrit Vanina Vanini dans les *Chroniques italiennes* par « l'éclat de ses yeux et ses *cheveux d'ébène* », il inverse la place des clichés quinze lignes plus loin en précisant que c'est une jeune fille « aux cheveux noirs et à *l'œil de feu* » (c'est moi qui souligne). Préciosité amusante de la part d'un écrivain qui passe son temps à prôner le naturel, pardon, le *naturel*. D'où viennent les clichés ? Du préjugé. Stendhal est un homme libre plein de préjugés. De sa hâte à écrire, de sa paresse à corriger. Encore que je n'en sois pas si sûr : il écrit les *Souvenirs d'égotisme* à raison de trente pages par jour (dit-il) et c'est son livre le moins taché de clichés, il n'y en a même aucun et je n'y connais qu'une phrase à la Joseph Prudhomme comme il peut en écrire, car, s'il se méfie de la duperie au point de voir du charlatanisme partout, qu'il repère à l'emphase, cela ne l'empêche pas d'être parfois emphatique : « Sans travail, le vaisseau de la vie humaine n'a point de lest. » *Elle est à la première page.* Au début d'un livre, on imagine sa publication. Après, heureusement, on l'oublie. On cherche moins à bien écrire. Il se peut que, loin de la négligence, les clichés de Stendhal viennent de l'attention. On veut être simple et, malgré soi, on se guinde. On ajoute du style. Ne prenant aucune pose, pas même celle de la contradiction, Stendhal a fait un chef-d'œuvre de ce livre inachevé où il se parle à lui-même. Quels portraits ! Celui de La Fayette ou, en vingt mots, celui de son ami Edwards : « Il avait une grosse tête, de beaux yeux d'ivrogne et les plus jolis cheveux blonds que j'aie vus. »

Les quatre-vingts premières pages de *Lamiel* sont parmi les meilleures qu'il ait écrites. Du Balzac de gauche : la Normandie-pleine-de-rusés, une duchesse plus ou moins ultra. Ce qu'il y a de proprement Stendhal, c'est Rousseau. L'homme (en l'occurrence un médecin bossu et une jeune fille adoptée) en révolte contre la société et qui s'en console en faisant des promenades solitaires. C'est son seul livre qui contienne de la comédie, de la fantaisie même, au sens élevé du terme : moins dans la scène du docteur Sansfin brinquebalé sur son cheval, qui me fait penser à maître Blazus arrivant dans *On ne badine pas avec l'amour*, que dans une phrase comme : « La réponse à cette déclaration impertinente fut empruntée à *Bajazet* ; elle consista dans ce seul mot : — Sortez ! »

Phrase caractéristique de son rythme : « *J'empoignerais* l'esprit de ce fils, je m'en ferais adorer, se disait Sansfin, en se promenant solitairement sur la colline de Sainte-Catherine, qui domine Rouen » (*Lamiel*). Italique. Ponctuation rare ; il utilise volontiers la virgule là où un autre poserait un point-virgule ou même un point, et elle remplace souvent chez lui autre signe, jusqu'à la parenthèse. Il remplace le participe présent par un temps actif. « Les souvenirs [...] je les ai oubliés, les événements de la Restauration absorbaient mon horreur et mon dégoût » (*Vie de Henry Brulard*). « Absorbaient » et non « absorbant ». Stendhal est un écrivain de verbes, et de verbes à l'actif. Il est un des premiers à sortir totalement de l'enchaînement latin. L'un des derniers aussi, car son influence là-dessus a été à peu près nulle : c'est si frappant qu'on aurait l'impression de le copier en le faisant après lui. Un certain emploi de l'imparfait à la place du parfait lui vient peut-être de Rétif de La Bretonne. Celui-ci écrit, dans *Monsieur Nicolas*, à propos de sa découverte de Térence dans son enfance et de l'événement que cela fut pour lui : « j'admirais le naturel, moi qui n'avais encore rien lu, la Bible exceptée, que de sottes bouffissures, ou des *idéalités* [...] ». Et d'ailleurs, cet italique...

L'italique stendhalien est 1) une insistance plus ou moins discrète ; 2) une ironie rapide ; 3) une pince avec laquelle il prend les notions qui le dégoûtent ; 4) parfois la raison reste obscure.

Cet italique, ainsi qu'un autre de ses mots, « esprit », pourrait venir de Madame de Staël, qui se réfère en permanence aux *hommes d'esprit* et manifeste elle aussi une énergie pré-XIXe dans un style post-XVIIIe. Il y a des phrases d'elle qu'on pourrait croire de lui. George Sand a aussi ce tempérament nouveau exprimé dans un style ancien. Et combien sont XVIIIe les mots si Stendhal de gaieté et de platitude ! On les trouve partout dans la *Correspondance littéraire* de Grimm. Y voici une phrase étonnamment Stendhal : « Cette idée [...] avait l'avantage d'être une folie gaie [...] » (15 juin 1762). La province ayant en ce temps-là vingt ans de retard sur Paris, ne serait-ce pas des mots que le père de Stendhal, royaliste snob, employait avec la jouissance de Madame Deume disant « potage » au lieu de « soupe » dans *Belle du seigneur* ? Style 1770 avec des pensées 1799, et même 1793 : Stendhal est le seul bon écrivain français qui ait approuvé la décapitation de Louis XVI. Il devait apparaître démodé et vaguement inquiétant à ses contemporains.

Ses personnages ont une façon très personnelle de penser. Il s'agit souvent d'une réaction vive qu'ils dissimulent. « L'impertinent ! pensa Julien. » D'autres fois c'est une réaction illogique, comme nous en avons tous, comme celle de Julien à l'énoncé de la sentence de mort : « C'est aujourd'hui vendredi, pensa-t-il. » Je ne crois pas qu'on avait noté ce genre de choses avant Stendhal. Si les personnages dissimulent, c'est sous peine de mort. La société chez Stendhal est meurtrière. Et si l'homme de Stendhal, du moins le jeune homme, car il y a aussi chez lui un homme mûr, avisé et fin qui tente de conseiller le jeune homme, est écrasé, c'est qu'il n'a su dissimuler ni sa singularité, ni sa sensibilité, qui le rendent si faible, en termes de survie. Le jeune homme devient d'une maladresse qui le rend agressif : l'agressivité adverse est plus forte, car elle a une tradition et est plus froide. Le jeune homme essaie de dissimuler au mieux. L'hypocrisie est le squelette des fictions de Stendhal, qui a écrit une intéressante défense de Tartuffe. Dans sa jeunesse il rêvait d'écrire des comédies à succès comme Molière (il dit bien, et à deux reprises, dans la *Vie de Henry Brulard*, « comme Molière », pas « à la Molière » : il veut son succès, pas son style), et *Le Rouge et le Noir*, carrière d'un hypocrite, est son *Tartuffe*. Stendhal regrette, et nous aussi, son échec. Son hypocrisie n'a pu résister à la fourberie de la société. Ses personnages sont attaqués sur le flanc par l'hypocrisie (Fabrice), décident de l'affronter plus ou moins finement (Lamiel de face, Gina Del Dongo de face, puis de côté, elle a compris), ou d'en jouer (Mosca). Les malheurs arrivent parce qu'on ne se méfie pas assez des brutes. Et c'est le merveilleux chapitre XXVI du premier livre du *Rouge et le Noir*, où Julien se décrit à lui-même les moyens d'arriver. S'il le fait, c'est qu'il n'a pas l'hypocrisie naturelle : Tartuffe écrirait un *Traité de la franchise*.

L'essentiel de la vision de la vie qu'a Stendhal provient de l'expérience de la province. Grenoble lui a appris qu'être un adolescent sensible, en province, est un combat. Ce n'est pas qu'il y ait tellement moins de brutes à Paris, mais on peut y trouver des endroits où les éviter. Au reste il n'aimait pas les Parisiens, ni les Français en général. Il nous trouve vaniteux, courtisans, agissant selon ce que fait ou pense le voisin, cachant l'enthousiasme par peur du ridicule. Il préfère les Italiens, qu'il idéalise.

Crissant et gai, saccadé et mélodieux, irritant et irrité, paradoxal et sincère, se croyant connaisseur et naïf, écrivant parfois honteusement et enthousiasmant dialoguiste, il écrit comme il était. Voici Mérimée le décrivant politiquement dans *H.B. par l'un des quarante* : « Tour à tour il était frondeur comme Courier, et servile comme Las Cases. » Il dit lui-même dans les *Souvenirs d'égotisme*, ce chef-d'œuvre : « mes jugements varient comme mon humeur ».

Il n'est pas très bon dans l'ironie, ce qui fait honneur à son cœur. Il est trop enthousiaste pour conserver le rythme froid de l'inversion de ce qu'on pense.

Il y a beaucoup de lecture dans ses romans. Lamiel lit les *Quatre Fils Aymon*, qui « fit des ravages incroyables dans l'âme de la jeune fille ». Julien lit sans arrêt, c'est même une des premières scènes du *Rouge et le Noir* : son père le réprimande parce que, lisant, il a oublié de surveiller les machines (« chien de *lisard* »). Lectures politiques, la pieuse littérature bonapartiste, comme le *Mémorial de Sainte-Hélène*, « il n'avait pas même lu de romans ». Quand d'autres personnages ne lisent pas, cela nous est presque présenté comme un manque. Fabrice, par exemple, si mal élevé qu'on ne lui apprend pas à lire, jusqu'au jour où son père ordonne qu'on lui apprenne le latin dans une généalogie des Valserra, livre qui enchante l'enfant. La lecture est si importante qu'elle sert à qualifier des personnages secondaires, comme la maréchale de Fervaques dans *Le Rouge et le Noir* : « Son grand bonheur était de parler de la dernière chasse du roi, son livre favori les *Mémoires de Saint-Simon*, surtout pour la partie généalogique. » Il y a là-dessous comme la préparation du drame de la lecture qui explosera dans *Madame Bovary*.

Dans les *Mémoires d'un touriste*, il a volé à Mérimée des morceaux entiers de ses rapports d'inspecteur général des monuments historiques. Plus curieux, voici la fin de la nouvelle de Mérimée intitulée « Histoire de Rondino » (19 février 1830) : « Il attendit son jugement pendant près de deux ans ; il écouta son arrêt avec beaucoup de sang-froid, et subit son supplice sans faiblesse ni fanfaronnades. » Cela ne rappelle-t-il pas l'exécution de Julien Sorel dans *Le Rouge et le Noir*, « tout se passa simplement, convenablement, et de sa part sans aucune affectation » (probablement écrit après juin 1830) ? Ce n'est pas nécessairement un vol : la nouvelle de Mérimée a paru dans *Le National*, où Stendhal écrivait aussi, il en a dit du bien dans une lettre, et qui sait si ce n'est pas lui qui, un jour, a dit à Mérimée : cela ne serait pas mal de montrer un condamné qui monte à l'échafaud sans emphase ? Soit dit en passant, n'est-ce pas ainsi qu'ils font tous ? Stendhal et Mérimée ont pu composer leurs personnages d'après les aristocrates de 1793 qui étaient montés à l'échafaud avec une réserve parfaite. Jean Genet ne me paraît pas moins véridique quand il décrit le procès de l'assassin Notre-Dame dans *Notre-Dame des Fleurs* : « Il faillit être naturel. Or, naturel, en cet instant, c'est être théâtral, mais sa maladresse le sauva du ridicule et lui fit couper sa tête. Il fut vraiment grand. Il dit :

— L'vieux était foutu. Y pouvait seument pu bander. »

Stendhal est un écrivain de gauche, ils ne sont pas si nombreux, et adoré par la droite, ils le sont souvent : par Balzac, le premier à avoir écrit son éloge, Barbey d'Aurevilly, Barrès, Léautaud, Gourmont, Malraux, Montherlant. De même, ce sont Roger Nimier et Jacques Laurent, écrivains d'extrême droite, qui ont relancé la popularité d'Alexandre Dumas, républicain, dans les années 1950 ; Charles Péguy a écrit l'éloge de *Victor-Marie, comte Hugo*, que devraient lire tous les gens de droite qui ont des préjugés contre Hugo. La gauche raffole des écrivains de droite, en a parfois même le complexe. La droite cajole chez les écrivains de gauche le rêve d'un humanisme qui, souvent, lui manque. Et ce sont ceux d'un camp qui sauvent ceux de l'autre. Et tout ça n'est pas mal, car ce sont les moments où la littérature fracasse l'angle obtus de la politique. Il n'y a guère que Zola qui soit et haï par la droite et détesté par une grande partie de la gauche, qui le trouve fataliste et inélégant : à cause de son complexe, la gauche littéraire ne s'estime elle-même que lorsque, avec les Roger Vailland, elle imite une façon rapide qui passe pour le style, par imitation, qui sait ? de Stendhal, lequel en parle d'autant plus qu'il est moins consciencieux.

Il adorait faire des prédictions, et on l'admire pour avoir deviné qu'il serait lu en 1930, mais c'est bien la seule qui se soit réalisée, avec celle de l'abbé Blanès dans *La Chartreuse de Parme* : « Je prévois des orages étranges ; peut-être dans cinquante ans on ne voudra plus d'oisifs. » Il prédit par exemple que Chateaubriand ne sera plus lu en 1913. *Wishful thinking*, comme aurait pu dire cet amateur d'expressions anglaises qui dédie *Lucien Leuwen* aux *happy few* : Chateaubriand est une de ses grandes irritations ; un pompeux, un faiseur, un fat !

Stendhal a moins lentement accédé à la gloire que nous ne le croyons : on la voit exploser dans le *Journal littéraire* de Léautaud, vers 1905, avec la création du Stendhal-Club, et Gourmont publiant *Les Meilleures Pages de Stendhal* au Mercure de France, mais elle avait été semée bien avant. Une première édition de ses *Œuvres complètes* a été publiée chez Lévy en 1854-1855, et j'ai lu *Armance* dans une réédition de 1856 préfacée de façon condescendante par Charles Monselet, un de ces écrivains institutionnels qui se trouveraient bien étonnés, après leur mort, de se voir doublés par des Stendhal, des Baudelaire et des Charles Cros. Ils le pressentent parfois, et Monselet emploie un ton agacé.

Je parle de Stendhal comme j'en parle parce que je voudrais éviter de ne l'aimer que pour ce qu'il me « ressemble ». Ce qu'il dit sur l'utilité des livres lus en cachette. Les variations de ses jugements. Une phrase comme : « l'amabilité que je voulais était la joie pure de Shakespeare dans ses comédies, l'amabilité qui règne à la cour du duc exilé dans la forêt des Ardennes ». Les *Souvenirs d'égotisme*, le livre qui n'est pas de moi où il y a le plus de moi. L'étrange fin de la *Vie de Henry Brulard* : « Rien ne peut empêcher ma folie. » Il y a d'autres raisons d'aimer un écrivain que les raisons d'intimité.

📖 « Après lui avoir donné l'habitude de raisonner juste et de ne pas se laisser payer par de vaines paroles, il avait négligé de lui dire que, chez l'être peu considéré, cette habitude est un crime ; car tout bon raisonnement offense. » (*Le Rouge et le Noir.*)

> 1783-1842.
> ◆
> *Histoire de la peinture en Italie* et *Rome, Naples et Florence en 1817* : 1817. *De l'amour* : 1822. *Armance* : 1827. *Le Rouge et le Noir* : 1830. *Mémoires d'un touriste* : 1838. *La Chartreuse de Parme* : 1839. *Chroniques italiennes* : posth., 1855. *Vie de Henry Brulard* : 1832-1836, publ. posth. 1890. *Lamiel* : inach., 1839, publ. posth. 1889. *Lucien Leuwen* : édition posth. de la première partie sous le titre du *Chasseur vert*, 1855 ; 1894 ; 1929. Stendhal, *Journal* : 1888 (puis plusieurs éditions complétées jusqu'en 1981). *Souvenirs d'égotisme* : posth., 1893.

STYLE : Certains écrivains n'ont que ce mot-là à la bouche. Style ! Style ! Avoir du style ! Cela finit par avoir l'air d'une conjuration. Ils ont si peur d'en manquer, pour en parler autant ?

La croyance au style est souvent une manifestation du narcissisme.

Il n'est pas vrai qu'on puisse reconnaître un écrivain à l'aveugle, par son style. C'est à ses dadas, ses rengaines, ses pensées têtues, qu'on le reconnaît le plus souvent. Le style n'est jamais seul. Il est la peau, la pensée le muscle. Ceci est incomplet, pouvant donner l'idée que les deux sont distincts sous la commande de l'un : le style se compose de la façon d'écrire et de la pensée, chacune menant la marche tour à tour. Quand la pensée se met à somnoler, la façon d'écrire, cette demi-folle, l'entraîne vers des chemins inattendus où elles trouvent des surprises. La pensée naît de la fantaisie autant que de la réflexion.

Le style n'est pas un ajout, parce qu'il n'y a ni forme, ni fond. Un de mes professeurs de droit s'opposait à la notion de personne morale : « Vous avez déjà serré la main d'une personne morale ? » Vous avez déjà rencontré un fond et une forme, se tenant par la main au salon du Livre ? Le fond est la forme, la forme est le fond.

Styles (Les différents –) :

Le style Bible. Il consiste à commencer une phrase par « et » et à l'écrire à l'imparfait. Flaubert en a beaucoup usé, Proust l'a parodié. (Après une longue description de la bonne entente du duc de Guermantes et de son frère : « Et Madame de Guermantes en était tourmentée » *Sodome et Gomorrhe*.) Verbe *savoir* dans le sens de « comprendre » à la troisième personne du passé simple. « Frédégonde sut qu'elle avait perdu Gondulphe. » Plus ouvragé : « Alors elle sut qu'elle l'avait perdu. » Biblissime : *connaître* à la place de *savoir*. « Elle connut qu'elle s'était trompée. » Tout éditeur sérieux, s'il recevait la Bible, la refuserait.

Le style « Ça ». Ecrire « ça » à la place de « cela », de « celui-là » et même de « il » : raccourci à la fois brut et dédaigneux, le « ça » cherche à intimider le lecteur en postulant l'authenticité. Il va souvent avec des phrases au passé composé ou à l'imparfait (rien ne doit être très défini). Jean Giono l'emploie dans *Solitude de la pitié*, Sartre dans « Le mur ». On trouve un « ça » d'une belle nuance dédaigneuse dans la *Vie de Rancé*, à propos d'un badinage de Madeleine de Scudéry : « Pellisson avait trop de goût pour parler de ça. » Toulet est un grand employeur sarcastique du ça, en général devant les grands mots. Dans un article sur « M. Clemenceau et l'orthographe », il a cette belle phrase : « Et tout ça n'est pas fait pour nous faire oublier les tristesses de la vie. »

Le style Code civil. On répète que c'est un modèle de style parce que Stendhal a dit que, en écrivant *La Chartreuse de Parme*, il lisait tous les matins deux ou trois pages du Code civil « afin d'être toujours naturel » (Lettre à Balzac, 30 octobre 1840). Il a dû se vanter, et il faut ne jamais avoir ouvert un Code pour le croire. Le droit n'apprend pas à écrire, mais à ne jamais accepter quelque écrit que ce soit sans en avoir vérifié la source.

Le style Ecole normale. Tous les normaliens ne l'ont pas, mais ils l'ont parfois et le symptôme en est l'érudition facétieuse. On expose des connaissances en plaisantant, mais on les expose. Aucun abandon. Le normalien moyen a peur de rater l'examen qu'il croit passer en permanence. Il veut avoir l'air plus malin que ce qu'il écrit. Astucieux, mais pas si astucieux que ça, somme toute, puisqu'il se remarque, le style Ecole normale produit souvent de brillantes démonstrations de banalités. Il est si insinuant que certains ne s'en sont sortis qu'au prix des plus dangereux efforts, comme Charles Péguy avec son style de derviche tourneur.

Le style des Journalistes. Il consiste à avoir peur de répéter. C'est ainsi que nous lisons dans leurs articles des « demeurer » qui viennent après un « rester », des « avouer » après un « dire », et parfois même à leur place. Il consiste également à vouloir faire du style selon le préjugé que certains mots sont élégants. De là, dans des articles de 2005, des expressions de 1655, comme « fleurer bon », et des métaphores mortes, comme « la plume d'un écrivain », quand plus aucun n'en utilise depuis Paul Léautaud. Le style supposé le plus actuel est le plus vieux, ce qui est du jour est du jour d'il y a quatre siècles. Les journaux français interdisant à leurs journalistes de dire « je », leur style est lent.

Le style des Journaux. *Libération* a longtemps écrit en style Marguerite Duras. Consciemment par les calembours sur *Son nom de Venise dans Calcutta désert* (« Son nom de Tabarly dans l'Océan désert », authentique), inconsciemment par l'emploi des adverbes de conviction, *forcément, évidemment*. *Le Monde* écrit volontiers en Proust, c'est frappant dans son emploi des mots uniques entre guillemets. *Le Monde* : « M. Chirac a déclaré vouloir "l'indépendance" de la justice. » Proust : « Chez Madame Verdurin, parmi toutes les nouvelles qu'on commentait, il y avait celle des généraux "limogés" […] » (*Le Temps retrouvé*).

Le style maritime. Vergues, hauban, cacatois, drisse, écoutilles. Il plaît aux lecteurs parce qu'il est spécialisé : ils ont l'impression d'entrer dans un secret. Tous les styles spécialisés, celui-ci, le médical, le philosophique, le notarial, sont les descendants admis de l'héraldique.

Le style pamphlet. Il se subdivise en style pamphlet gras et style pamphlet maigre. Le style pamphlet gras consiste à déverser calomnies et injures. Sa variante d'extrême droite se spécialise dans les attaques physiques (« Avec son bras atrophié et sa gueule de raie… »), tandis que la variante d'extrême gauche préfère l'injure précieuse de style arabe (Sartre traité de « vipère lubrique » par un journaliste communiste). Très courant en France au moment des guerres de religion, il a émigré en Hollande, d'où sont clandestinement venus la plupart des libelles ordurices contre les Bourbons ; la Révolution lui a permis de reparaître dans des journaux comme *Le Père Duchesne*, et il a fallu cent ans pour que sa furie ose ressurgir chez certains écrivains comme Léon Bloy. Le style pamphlet maigre se croit *cinglant*. Il donne du « Monsieur » à la personne qu'il attaque, probablement que Monsieur est un terme injurieux. Incises entre tirets avec « souffrez que ». « Streijnezoom, dites-vous – souffrez que je tienne Streijnezoom pour un foutriquet... » Il s'agit d'imiter une certaine idée du français XVIIIe. Quel que soit leur genre, il y a chez les pamphlétaires une naïveté qui fait que leur style pourrait s'appeler le style Léon Dadais.

On n'a pas assez célébré la chute du style structuraliste. Le ministre de l'Education nationale aurait dû ordonner des feux d'artifice. Nous sommes revenus à un style universitaire calme où les faux savants ont beaucoup moins la possibilité de se camoufler. Vous voyez que tout ne va pas toujours plus mal.

Le style Voltaire. A ne pas confondre avec le style de Voltaire. C'en est l'imitation grossière, et chaque génération a un écrivain qui s'y applique avec succès. Le style Voltaire se caractérise par un petit ton facétieux et l'utilisation avec un sourire fin d'expressions estampillées XVIIIe. « Prendre langue » paraît à ces auteurs d'une élégance éblouissante. Ils emploient l'imparfait du subjonctif avec une maniaquerie que n'a jamais eue Voltaire. Au fait, Voltaire était allègre, pas guilleret.

SUCCÈS, ÉCHEC : On croit toujours connaître les raisons des échecs, on ne découvre jamais les causes des succès. On dit : ça n'a pas marché parce que c'était mauvais, mais il y a aussi des livres qui marchent parce qu'ils sont mauvais. On dit : ça n'a pas marché parce que le sujet n'est pas intéressant, mais assez de livres de grand talent nous ont intéressés dont les sujets étaient inintéressants. C'est même une preuve de leur talent. On dit : ça a marché parce qu'on a fait de la publicité, mais parfois la publicité n'y peut rien.

Dans mes mauvais moments, je me dis : plus c'est bête, plus ça marche. *La Fin de l'histoire*, par exemple. Le Mal ayant été anéanti par la chute du communisme, nous allons nous figer dans un bonheur perpétuel. C'était un livre, non du Dr Pangloss, mais d'un certain Francis Fukuyama. *La Société du spectacle*, également. C'était le « concept » d'un publiciste qui s'est gardé de le définir afin de conserver l'air de mystère indispensable à la constitution d'un lectorat crédule et fanatique : si Guy Debord lui avait donné son nom de « télévision », il aurait eu l'air de ce qu'il était, un grincheux qui écrit au courrier des lecteurs de *Télé 7 Jours* parce que les émissions commencent en retard. Comme tireur sur l'élite, Bourdieu fut plus sérieux dans *La Distinction*. Debord n'aimait pas que l'on parle raisonnablement de ses cachotteries d'arrière-salle de café, et, comme souvent ceux qui se disent persécutés, son rêve était de devenir persécuteur. Ah, ce genre de chafouins, si la société vacille, cachez-vous !

L'histoire de la littérature à l'âge démocratique préfère ceux qui n'ont pas publiquement réussi aux autres : Baudelaire, Mallarmé. Manifestation inconsciente du conflit entre l'art, qui serait aristocratique, et la société, qui a cessé de l'être. Et c'est une grande illusion. L'art n'est pas aristocratique, il est même très égalitaire dans le sens où tous les milieux et toutes les classes y accèdent, quant à la société, même démocratique, elle sécrète des aristocraties, enfin Voltaire n'était pas moins bon écrivain parce qu'il était profondément dans la société. Ce qui se passe, c'est que, après la mort des écrivains, les universitaires repêchent ceux d'entre eux que les critiques avaient collés. La vie, c'est la session de juin, la postérité, la session de septembre.

Une bonne recette consiste à persister dans l'insuccès populaire. Joyce, dont le premier livre, un recueil de nouvelles, *Dublinois*, n'avait pas marché, a cherché le succès avec d'autres types de livres, comme le *Portrait de l'artiste en jeune homme*, une autobiographie, puis une pièce de théâtre, *Les Exilés*, puis *Ulysse*, un roman, enfin *Finnegans Wake* : l'insuccès l'a toujours rattrapé, et ce n'est qu'après sa mort qu'il a publiquement gagné. Sa victoire est d'ailleurs relative, comme celle de tous les bons écrivains : son éditeur français annonce, toutes éditions confondues, 400 000 exemplaires vendus d'*Ulysse* de 1937 à 2004. Cette année-là, le livre de la mère d'une actrice assassinée se vendait à 300 000 exemplaires en trois mois et était mise en vente la traduction du *Da Vinci Code*, 1 million 500 000 un an après. La cause de l'échec, c'est souvent parce que c'est bon.

> Pierre Bourdieu (1930-2002), *La Distinction* : 1979. Guy Debord (1931-1994), *La Société du spectacle* : 1967. Francis Fukuyama, *La Fin de l'histoire* (*The End of History*) : 1992.

SUJET : Ce n'est pas le sujet d'un livre qui prime, mais la façon de le raconter. Il existe quantité de mauvais livres à bon sujet, et quantité de bons romans à sujet faible. Quand on voit une jolie personne on ne pense pas à ses os.

Certains vont jusqu'à en conclure que le sujet n'existe pas ; c'est exagéré. Le sujet est le déclic qui ouvre le fichier « Imagination » de l'écrivain. C'est cela sans doute qui faisait dire à Léautaud : « Quand on écrit, l'intérêt pour son sujet, le plaisir qu'on y trouve, donne le style » (*Le Petit Ouvrage inachevé*).

C'est le talent qui, le justifiant, donne son intérêt au sujet. C'est le génie qui fait que nous nous intéressons à un sujet qui, a priori, ne nous intéressait pas. Ce que le talent de l'un ne parvient pas à me faire admettre, le génie de l'autre m'en fait raffoler. Les romans de Mauriac et ses avares qui tricotent ne me passionnent pas ou pire, avec leurs mots comme « lavabo » au début du *Nœud de vipères* ; donnez-moi un avare enveloppé dans des phrases de Balzac, il me passionne.

Le sujet n'est pas l'« histoire ». Qu'est-ce que c'est, l'« histoire » ? On la confond souvent avec les aventures, et rien n'est plus monotone à mon sens que cette agitation pour faire *rebondir*. Tout est histoire : *A la recherche du temps perdu* est histoire. Les romans de Beckett sont histoire. Un sentiment, un détail suffisent à devenir un sujet, c'est-à-dire un déclencheur.

L'histoire, qu'on croit la structure même du livre, est une excroissance des personnages. Loin de n'arriver que de l'extérieur, les événements sont aussi créés par nos personnalités.

Il y a de bons sujets, parfois de trop bons, il y en a de mauvais, ce sont les mêmes. Le rêve, qui fait sortir la fiction de la réalité qu'elle tente d'accréditer. Le jeu, passion presque toujours mélodramatiquement traitée : *Le Joueur* de Dostoïevski, cette affiche de cirque. Autre sujet dangereux pour le roman, la maladie mortelle. C'est un sujet envahissant qui fige rapidement l'histoire, la rend monotone, courue, lue, presque écrite d'avance. Avec elle, on écrit trop « sur », pas assez « avec ». La maladie est ce par quoi la fiction contemporaine se rattache à la tragédie la plus antique : l'idée de fatalité. Or, la fiction, c'est l'homme dans sa liberté. A la rigueur, le sujet peut être, non « la maladie », mais « un malade » : différence entre *La Dame aux camélias* et *A la recherche du temps perdu*.

De même, certains personnages, ombres portées de cette idée de fatalité, me semblent à éviter dans les rôles principaux : les médecins, les psychanalystes et les prêtres. Ils *savent*. Et un personnage qui a tout compris, avant même le lecteur, c'est la perdition du roman, dont un des arts consiste à laisser croire que, comme dans la vie, le narrateur et les personnages ignorent ce qui va se passer. Sans compter que ces médecins, ces psychanalystes et ces prêtres ont une forte tendance à la bienveillance et au sermon. Le romancier n'ose plus raconter les horreurs qui, disait Stendhal, sont une partie de la vérité.

Sujet électoral : la mort de la mère. Le public est attendri, la critique coincée ; en dire du mal laisserait croire qu'elle n'aime pas les mères. Sujet vertueux de 2005 : la visite en usine. Inutile d'avoir du talent. Sujet pour écrivain de 60 ans : comment j'ai retrouvé Dieu. Sujet impopulaire en France : l'impuissance. L'*Armance* de Stendhal et le *Volupté* de Sainte-Beuve n'ont jamais plu.

Le sujet plaît parce que c'est du mérite.

Notre monde, dépendant au débat, produit de plus en plus de romans à sujets. Il s'agit d'attirer des catégories ; qu'on puisse dire d'un roman, non qu'il est sur un obèse, mais sur l'obésité.

Lewis Carroll a écrit de « La chasse au snark », dans une lettre à Alice Liddell : « J'ai écrit un poème sur rien. » Ce n'est pas tout à fait exact. Fantasmagorique ou non, son snark est là ; qui plus est, on le chasse. Il y a sujet et histoire. Un poème sur rien serait un poème purement sonore ou purement visuel. Encore que sa forme même deviendrait son sujet.

On réduit souvent l'écrivain à son sujet. « Balzac, écrivain du capitalisme. » Oserait-on dire Cézanne, « peintre de pommes » ?

Les sujets sont peu variés. Situation de boulevard : une belle-mère amoureuse de son beau-fils. Quelle poilade ! Quel Feydeau ! Et c'est *Phèdre*. Gourmont cite un historien qui avait dénombré vingt-sept situations, pas une de plus, dans tout le théâtre du monde.

Je ne pense pas que le style d'un livre doive être approprié à son sujet. Un roman qui se passe en banlieue n'a pas plus à être écrit en style banlieue que les romans historiques se passant au XVIIe ne devraient être écrits en style « morbleu ». C'est souvent erroné, superflu, et maladroit : en adoptant le vocabulaire, on admet les préjugés.

Quand on y réfléchit, il n'y a pas de sujet dans Racine. Il y a des événements, des choses qui se passent, mais pas de sujet à proprement parler. Quel est le sujet de *Phèdre*? D'*Iphigénie*? Oui, bien sûr, c'est l'histoire de la fille d'un roi menacée de sacrifice ; mais, à la fin, comme tout le monde connaît cette histoire et sa conclusion, c'est à autre chose que nous nous intéressons. Aux personnages. Racine, c'est du théâtre de personnages. Tout bon théâtre est du théâtre de personnages. Tout bon roman, toute bonne nouvelle. C'est de personnages qu'il est question, de personnes, de nous. De l'homme.

SUJET APPARENT, SUJET CACHÉ : Souvent, dans les œuvres de fiction, il y a un sujet apparent et un sujet caché. Si le sujet apparent de *Madame Bovary* sont les malheurs d'une bourgeoise de province, le sujet caché en est les dangers de l'imagination pour les cerveaux exaltés. Le sujet de *Lolita* n'est pas la pédophilie, mais la satire d'une certaine *american way of life* des années 1950, où rien ne paraissait plus idéal que de posséder une voiture et de manger des glaces.

SUPPRIMER : Un jour, à l'Opéra, on a supprimé les récitatifs. Quelle bonne idée ! Que c'était ennuyeux, maintenant qu'on ne les a plus ! Et c'était si simple ! Un jour, au théâtre, on a supprimé les scènes d'exposition. Comment n'y avions-nous pas pensé plus tôt ? Un autre jour, dans les dialogues de romans, on a supprimé les « dit-il ». Qu'inventer consiste en bonne partie à supprimer, c'est somme toute naturel : l'art est une affaire de tri.

Les dialogues de Toulet sont remarquables par tout ce qu'ils ne contiennent pas. Quel talent dans la suppression ! Et ce que Toulet supprime, ce ne sont pas les détails, mais l'essentiel. Un personnage prononce le début d'une phrase ; l'autre, qui a compris, répond avant que le premier n'ait fini ; chacun suit plus ou moins ses pensées, et parfois même celle de l'autre. C'est enchanteur.

Sur, avec, contre : On n'écrit pas de bon roman, de bonne pièce de théâtre ou de bon poème « sur » quelque chose, on l'écrit « avec » quelque chose. A n'écrire que « sur », on devient un âne suivant sa carotte. Le sujet est devenu le maître. Quand on le tient de côté, comme un bon chien, il marche avec nous, et nous sommes libres d'aller siffloter dans un champ si l'envie nous en prend.

Une des causes de la création est la contradiction. Elle ne doit pas s'illusionner sur son originalité. La chanson des Manic Street Preachers, « *Miss Europa disco dancer* », est une chanson antidisco. Sur un rythme disco. Sans s'en rendre compte, le groupe admet la catégorie imposée par ceux qu'il pensait contester. Le contre égale le pour. D'une certaine façon, le contre est le pour. Il lui donne de l'importance, le justifie par opposition, ne peut plus se passer de lui, est son ombre, lui est devenu consubstantiel.

Combien de livres ont-ils été écrits contre une sottise que l'auteur avait lue ! Il le garde souvent secret, car il ne veut reconnaître que des motifs purs : il finit par se le dissimuler à lui-même et l'oublie. Il y a aussi que l'opposition n'est pas nécessairement d'idées, loin de là, même, et qu'on ne sait plus, en le transformant étape après étape, contre quoi l'on s'était élevé, si même on se rappelle s'être élevé. Qui sait si ce n'est pas d'une irritation contre la pompe de discours électoraux qu'ont été écrits les plus délicats poèmes précieux ?

Un des rares à en avoir fait l'aveu est Stendhal : « C'est ainsi que, tant d'années après, les phrases nombreuses et prétentieuses de MM. Chateaubriand et Salvandy m'ont fait écrire *Le Rouge et le Noir* d'un style trop haché » (*Vie de Henry Brulard*).

Bien au-delà de l'agacement, de la jalousie, de la concurrence et de toute autre raison psychologique et peut-être partiellement exacte, la négation comporte quelque chose de général et de pur : elle manifeste le rejet par une pensée de ce qu'elle perçoit comme fondamentalement opposé à elle.

En art, la colère contre les personnes est parfois l'expression d'une indignation esthétique.

|| Manic Street Preachers, *Know Your Enemy* : 2001.

Surréalisme : Que le nom de cette école si sérieuse, si appliquée, si docile, ait été trouvé par un homme libre et jovial comme Apollinaire est le seul fait gai du surréalisme.

> Pierre Albert-Birot, tout neuf dans les arts, discute avec Guillaume le mot « surréaliste ». Guillaume avait proposé « surnaturaliste ». « Surnaturaliste, dit Birot, ne me paraît pas exact. Le surnaturel, c'est tout à fait autre chose. — Mettons surréaliste », dit Guillaume (Max Jacob, présentation de *Grabinoulor*).

Les surréalistes ont commencé par la provocation et fini par l'esprit de sérieux. La provocation se prend au sérieux. Si peu d'écoles littéraires ont eu d'humour (ce sont les solitaires, très bons élèves ou cancres, qui en ont) !

C'est une école qui a plu, non seulement parce que c'est une école, mais parce que c'est une école d'ordre, déclamatoire et rhétorique. Que son sujet ait été la révolution n'y change rien : la façon était sérieuse. « Le surréalisme *au service* de la révolution », n'est-ce pas. Les surréalistes ont inventé cette chose si française de la deuxième moitié du XXe siècle qui pourrait s'appeler, comme au Mexique, le Parti révolutionnaire institutionnel. Qu'est-ce qu'un surréaliste, sinon un symboliste avec de la politique ?

Le surréalisme fut au service de beaucoup de choses. De la révolution, du communisme, de la gloire de ses auteurs.

Comme toute école, elle a eu l'utilité d'ébranler l'académisme existant, avant d'en devenir un.

La France vit depuis longtemps sur les valeurs surréalistes, qui sont devenues nos images pieuses. On amène les enfants des écoles les adorer dans les musées, nos temples.

C'est l'Europe entière qui prie : en décembre 2004, un jury de cinq cents artistes, conservateurs, critiques et marchands d'art, réuni par le sponsor du prix Turner, a désigné l'urinoir de Marcel Duchamp « l'œuvre d'art la plus importante de l'art moderne ». Et pas question de blasphémer : en 1999, un « artiste » qui avait pissé dans l'urinoir a été condamné à 300 000 F de dommages et intérêts et un mois de prison avec sursis.

Et cette école confuse, produit de la confusion du temps et de la grenade jetée en 1914 dans le boudoir qu'était l'Europe, a aussi été un mouvement chevaleresque en faveur de l'art. Qui attaque s'intéresse.

SYMBOLISME : Mystères, encens, provocations à la religion, vocabulaire codé : le symbolisme a l'air d'une crise d'adolescence.

Il réagit contre le terre à terre et le pessimisme du naturalisme. Il se fournit chez Baudelaire du mot « mystique » et dans *Salammbô* de la quincaillerie orientale. Il est néanmoins d'origine et de décors nordiques : c'est la première grande éclosion des Belges dans la littérature française. Le symbolisme a eu la noble ambition de réintégrer l'esprit dans la littérature, dont il n'était jamais réellement sorti. Il est antiromanesque, car il ne considère pas des personnes, mais des types. En revanche, c'est une grande école de critique (Gourmont) et une bonne école de poésie, où aucun écrivain ne se dégage comme grand mais où la plupart sont estimables. Il faut qu'ils déraillent, comme Jarry, pour s'envoler, et cela produit les géniales *Minutes de sable mémorial*, un des plus grands livres du symbolisme, qui l'ouvre, tandis que les grands poèmes de Verhaeren le referment.

De tous les styles d'école, le style symboliste est le plus marqué. Antépositions. Verbes pronominaux réfléchis. Archaïsation des prépositions : « emmi » au lieu de « parmi ». Mots rares pris aux lexiques spécialisés, en particulier celui des pierres précieuses. L'un de ses plus extravagants utilisateurs est Villiers de l'Isle-Adam, qui fait de plus tomber les points d'exclamation en pluie et grossit la voix par des mots en majuscules à la fin des paragraphes. Quand il ne trouve pas le mot rare, il le fabrique, avec un petit air de chemise amidonnée : « ébriolé », « illécébrant ». Et c'est l'homme qui a écrit (avec une faute de français) : « Moins on parle français,/Plus on a du succès » (*Poèmes pour assassiner le temps*). Le style symboliste a eu une influence considérable qui a atteint des écrivains se trouvant parfois très loin de lui. « Que cherchait-il à travers ces pages toutes pareilles, où l'énorme ennui d'un prêtre oisif s'est à peu près délivré ? » Est-ce de Barrès ? Est-ce de Claudel ? C'est d'un écrivain sans affectation, quelquefois même sans recherche, Bernanos (*Sous le soleil de Satan*).

Le symbolisme manque d'humour. Le naturalisme n'avait pas beaucoup ri, ni le Parnasse. Une des seules écoles qui se l'était permis, c'est le romantisme : elle avait de si grands écrivains qu'elle ne croyait pas devoir se protéger par des mines graves.

> Auguste Villiers de l'Isle-Adam, *Poèmes pour assassiner le temps* : 1888.

T

Tailhade • Talent • Tallemant des Réaux • Télévision • Terreur (Victoire irrémédiable de la –) • Thérapie • Thomas • Titres • Tocqueville • Toulet • Tout ce que vous direz sera retenu contre vous • Tout le théâtre de Racine • Tradition • Tragédie • Trous.

TAILHADE (LAURENT) : Vers 1880, les écrivains ont commencé à invectiver avec ce que nous appelons aujourd'hui de la violence et qui n'était alors pas plus cru qu'un numéro de cirque. Sifflets de médisances, crocs-en-jambe d'injures, seaux d'eau de vitupérations. Il est curieux que la colère soit la seule des passions qui engendre une même façon d'écrire, quel que soit l'auteur. Même l'amour a plus de moyens. L'amusant est que les pamphlétaires s'entraccusaient de se plagier : Léon Bloy disait que Tailhade l'imitait (il a écrit un *Léon Bloy devant les cochons*, Tailhade un *A travers les grouins*), dans la préface aux « *Commérages* » *de Tybalt*, Tailhade le traite de « Belge par destination ».

L'un est un convaincu et l'autre un esthète. Un enivré de poses, un comédien de la stylisation. Le méchant est Bloy, le rêveur, Tailhade. A propos d'un attentat anarchiste contre l'Assemblée nationale, en 1893, il écrit : « Qu'importe quelques vagues humanités, si le geste est beau ! » Léon Bloy dut penser qu'il avait plagié ses rugissements de bonheur à la mort des 129 tués dans l'incendie du Bazar de la Charité. La différence est que Tailhade ne *raisonnait* pas le meurtre. Il n'est pas de bon goût, mais ne veut pas de mal. Le 4 avril 1894, il perd un œil dans un attentat anarchiste, une bombe lancée dans le restaurant Foyot, au coin de la rue de Tournon et de la rue de Vaugirard.

On pourrait dire que Tailhade est un pamphlétaire maniéré. Dans *La Touffe de sauge*, il vante le poète Pierre Dupont pour son « pæn insurrectionnel ». Pas péan, pæn. Il remplace souvent le mot simple par un synonyme. « Quelque opérateur facétieux leur avait décroché une molaire » va pour : « un dentiste leur avait arraché une dent ». En un mot, c'est un précieux. Et, comme tel, il a un grand sens de l'artifice, de ce qui est artifice pour les autres. Chez lui, le mot rare ne l'est pas, le néologisme a l'air ancien. « L'embasicète aux harnais trop collants/Cherche, par les carrefours, sa pâtée,/– Nourris, Vénus, les mornes icoglans ! – » (Ballade sur le propos de l'immanente syphilis », *Poèmes aristophanesques*).

Si, dans ses premiers poèmes, des *Vitraux*, on devinait du Montesquiou (« Fête-Dieu ! rêves blancs pavoisés d'églantines ! ») et du Verlaine (« Le doux rêve que tu nias/Je l'ai su trouver parmi/Les lis et les pétunias,/Fleurs de mon automne accalmi »), il prend son ampleur dans les poèmes satiriques plus tard rassemblés dans les *Poèmes aristophanesques* : « Les femmes laides qui déchiffrent des sonates/Sortent de chez Erard, le concert terminé,/[...] Et, tout en disant du mal de leur servante,/Elles tranchent un cas douteux de contrepoint » (« Place des victoires »). Autre sarcasme à la Goya dans le « Musée du Louvre », où une « antique pucelle au turban de vizir » coiffée d'« anglaises où des lichens viennent moisir » reproduit un tableau à la loupe. Le grand Tailhade, à mon sens, se trouve dans les *Poèmes élégiaques*, qui n'ont rien du plaintif que pourrait laisser supposer leur nom. On y trouve, d'une prosodie parfaite, des ballades nobles et

> Vieux pèlerin aux jambes mutilées,
> Courbe la tête et vois grandir le soir.
> Le crépuscule obombre les allées
> Où ta jeunesse, en riant, vint s'asseoir
> En des bosquets de myrte et d'azalées,
> Près des grands lis aux parfums d'encensoir.
> Les lis sont morts. [...] (« Ballade pour l'exaltation de la sainte pitié »)

Quoique éborgné par un anarchiste, Tailhade resta anarchiste. Ayant appelé à l'assassinat de l'empereur Nicolas II, il fut mis en prison (il y est resté six mois, je vous prie), où il traduisit le *Satiricon* ; sa traduction est vive et ornementée, l'air d'avoir été faite en 1580. Un duel avec Maurice Barrès lui laisse la main droite mutilée. Comme tant, Tailhade devient patriote en 14, les Allemands dévastant la Belgique et les premiers villages du Nord de la France donnant plus d'un motif à ses conférences sur leur barbarie. Rabelais lui-même, après avoir flétri les guerres, « cette imitation des anciens Hercules », dans le *Gargantua*, chante dans *Le Tiers Livre* celui qui « part à la fortification de sa patrie et la défendre, part au repoussement des ennemis et les offendre ». Tailhade se trouvait dans le Sud-Ouest (il est natif de Tarbes), où il avait fait la connaissance, et peut-être un peu plus, du jeune poète anglais Wilfred Owen, lequel s'engagea et fut tué au front, à l'âge de vingt-cinq ans, le 4 novembre 1918, plus désillusionné que son vieil ami. « Ami, tu ne diras pas avec verve / A l'enfant avide de gloire à tout prix / Le vieux mensonge : *Dulce et decorum est / Pro patria mori.* »

Ses souvenirs sont excellents, loin de la gelée de sensiblerie que sont parfois ces livres-là. « Et cela faisait un groupe incohérent, plein de mélanges bigarrés et d'éléments contradictoires, où Bibi-la-Purée, avec un abandon évangélique, tutoyait, vers deux heures du matin, Monsieur Robert de Montesquiou » (*Quelques fantômes de jadis*). Si, dans *Les « Commérages » de Tybalt*, chronique qu'il a tenue entre 1903 et 1913, il ne pense que contre, au moins n'est-ce pas ce que tout le monde pense. Les sarcasmes sur la célébration du 14 juillet seraient scandaleux dans nos temps redevenus bienséants. Et il est bien drôle de lire, à propos du vol de *La Joconde*, en 1911 :

📖 « Cette dame, sous cadre, puis sous verre, que les conservateurs de musée, avec un zèle soutenu, peignent, lavent, décapent, repeignent et vernissent, tantôt au jus d'oignon, tantôt à la gomme adragante, ne faisait partie – au moins est-il permis de le supposer – ni de leur famille ni de leur héritage, ce qui ne les empêche, d'ailleurs, point de frapper leurs estomacs, de se lamenter comme si quelque opérateur facétieux leur avait décroché une molaire : *"Eppopoï ! popoï ! popoï !"*

s'exclameraient-ils avec les héros d'Euripide, si leur ignorance du grec ne les préservait de tels épiphénomènes. »

> 1854-1919.
>
> ◆
>
> *Vitraux* : 1894. *A travers les grouins* : 1899. *La Touffe de sauge* : 1901. *Satyricon* : 1902. *Poèmes aristophanesques* : 1904. *Poèmes élégiaques* : 1907. *Quelques fantômes de jadis* : 1913. *Les « Commérages » de Tybalt* : 1914.

TALENT : Comment savoir si un écrivain a du talent ? Il en a s'il nous donne envie de lire les autres livres du même auteur. Le génie donne plutôt envie d'écrire.

Le talent ne tient pas seulement à des règles qu'on applique avec habileté. Peut-être est-il une aptitude à combiner d'une manière inédite les faits ou les sentiments (qui sont d'ailleurs des faits). Aptitude à peine voulue, car elle provient de la sorte de maniaquerie qui fait voir à l'écrivain des choses que les autres ne voient pas. On l'en qualifie parfois pompeusement de « voyant ». Nous dirons : attentif.

Un homme de talent parle de ses amis, que personne ne connaît : cent ans après tout le monde parle d'eux, en ayant oublié les importants du moment. Le talent déplace les centres de gravité.

TALLEMANT DES RÉAUX (GÉDÉON) : Tallemant est allègre, vif, se moquant du désordre et des répétitions. Souvent les *Historiettes* commencent brusquement, par une anecdote, un détail, et cela nous donne l'impression d'avoir poussé la porte d'une pièce, nous faisant prendre en cours la conversation de cette pipelette, là, que tout le monde écoute. Une des meilleures *Historiettes* est celle d'Henri IV ; cela tient en partie à l'heureux caractère de ce roi (qui devait d'autre part être d'un égoïsme prodigieux). Toute l'époque Henri IV est joviale, tandis que Tallemant, ultérieur, peut être cassant. Il a l'exagération amusante. On présente une tête de perdrix au cardinal de Retz, grand distrait, il la mange : « la plume lui sortait de tous les côtés. » Sur la grande-duchesse de Toscane et son mari : « Quand il couchait avec elle, tout l'Etat de Toscane était en prière ; cela n'arrivait pas souvent. »

J'aime beaucoup l'historiette de Mesdames de Rohan, qui contient tout un arrière-arrière-plan pour un roman, de la même façon que la phrase de Voltaire dans *Le Siècle de Louis XIV*, « ces quatre personnages plaisaient universellement par un tour singulier de conversation mêlée de plaisanterie, de naïveté, et de finesse, qu'on appelait l'esprit des Mortemart », fit tant rêver Proust qu'elle servit d'engrais à « l'esprit des Guermantes ». A ce sujet, quelqu'un a écrit avant Voltaire sur cet esprit des Mortemart, Madame de Caylus, dans ses *Souvenirs*, dont les notes sont d'ailleurs attribuées à Voltaire : « On s'accoutume à la beauté ; mais on ne s'accoutume point à la sottise tournée du côté du faux, surtout lorsqu'on vit en même temps avec des gens de l'esprit et du caractère de Madame de Montespan, à qui les moindres ridicules n'échappaient pas, et qui savait si bien les faire sentir aux autres, par ce tour unique à la maison de Mortemart. » Tallemant, j'y arrive, écrit des dames de Rohan : « Toutes les fois que M. de Nevers, M. de Breves et elle se trouvaient ensemble, ils conquêtaient tout l'empire du Turc. » Débutent ainsi les aventures de quatre sœurs tempétueuses, intenables, pas très intelligentes, pittoresques et c'est leur limite, tout à fait comme les sœurs Mitford. Tallemant a ce réjouissant moment d'indépendance d'esprit : « Elle était fière, elle était riche, elle était d'une maison alliée avec toutes les maisons souveraines de l'Europe. Cela éblouissait les gens. »

On peut dire beaucoup de choses sur son livre. C'est fait n'importe comment. C'est un accordéon. Vingt ans de vie en deux lignes et une anecdote en trente. Eh bien, ça en fait, des qualités.

L'intéressant, parce qu'il n'est pas exactement un écrivain, qu'il ne réfléchit pas beaucoup à ce qu'il écrit, est ce qu'il laisse passer l'esprit de son temps. Le côté bon enfant de ces batailleurs. Au bord du puéril. Dans une historiette, une femme « du plus grand monde », donne à un soupirant une prétendue liqueur d'amour : c'est un diarrhéique, l'homme se tord de douleur, chie partout, et la femme de se bidonner, se bidonner, se bidonner, et toute la cour de se bidonner avec elle. La cour de France. On y trouve étrange le duc de Bellegarde : « Jamais il n'y eut un homme plus propre ; il l'était même pour les paroles. Il ne pouvait entendre nommer un pet. »

Ce que Tallemant ne dit pas est encore plus frappant. On ne rencontre pas un seul enfant dans ses quinze cents pages. Les enfants sont une invention de Jean-Jacques Rousseau. Et la mort ! On nous dit : la mort, pensée fondatrice, etc. Et nous y pensons. Et nous nous disons que c'est une conception civilisée et éternelle. Eh bien, dans Tallemant, quand quelqu'un meurt, c'est annoncé, puis hop ! on passe à autre chose, sans pleurer, sans même philosopher. La mort était un fait, nous l'avons transformé en objet de réflexion. Nous avons bien fait. Cela donne un plus grand prix à la vie.

📖 « La plus belle chose qu'il *[Gaston d'Orléans]* ait faite en sa vie c'est d'avoir gardé la foi à sa seconde femme, et n'avoir jamais voulu l'abandonner. C'est une pauvre idiote [1].

1. Et qui pourtant a de l'esprit. » (*Historiettes*, « Monsieur d'Orléans »)

> 1619-1692.
>
> ◆
>
> *Historiettes* : posth., 1834-1835 ; première édition non expurgée : 1960-1961.
>
> ◆
>
> Madame de Caylus (1673-1729), *Souvenirs* : 1770.

Télévision : L'homme est si vaniteux qu'il croit à chaque génération qu'il vient d'inventer la vulgarité. Au XXIe siècle, il peste contre la télévision. Il avait pesté contre le cinéma. Avant cela, contre le roman. Etc. La télévision est une chose dégueulasse où l'ignorance s'esclaffe à l'énoncé de bassesses. Certaines émissions, pour se rembourser de n'être que promotionnelles, sont devenues des entreprises d'humiliation publique. Et des péronnelles qui n'ont rien fait de caqueter des impertinences à de vieilles chanteuses émouvantes, à des écrivains qui sacrifient leur vie depuis vingt ans. Elle est aussi un instrument très moral qui apprend aux gens le respect d'autrui, la crainte de la force et l'amour du groupe : rien qui contribue au développement artistique.

A force de dramatiser les informations, qui sont regardées comme des séries, elle a entraîné une confusion entre la fiction et la vie, tandis que le réalisme des séries fait qu'on y cherche de la connaissance. Et tout le monde de guetter la nouvelle malversation des méchants à 20 h et de suivre le cours sur les urgences médicales à 20 h 50. En cinquante ans d'existence, a-t-elle créé une œuvre d'art, c'est-à-dire quelque chose de bon à partir de ses moyens ?

Mais oui. Les séries américaines. Certaines ont inventé une façon de raconter les choses en fonction du medium, par exemple la petitesse du cadre, et des contraintes de programmation, par exemple les coupures publicitaires. L'une des meilleures est *Les Soprano*, avec son utilisation de la lenteur et de la réitération, et ses truands mal habillés de marron, couleur résultant du mélange de toutes les autres qui est peut-être la couleur symbolique de cet étroit écran où elles tournoient.

Comme il faut remplir la bête vingt-quatre heures sur vingt-quatre, il reste quantité de séries qui sont la pesanteur même. Quand un personnage ouvre une porte, on le voit tendre sa main vers la porte, saisir la poignée, l'abaisser, tirer la porte vers lui, et enfin passer ; que dis-je ? on le voit même refermer la porte. Dans les dialogues, on se coupe la parole, non pour accélérer, comme dans la vie et dans l'art, mais pour retarder l'énoncé du fait, avec une utilisation des vocatifs qui fait se demander si les personnages ne sont pas amnésiques, à s'appeler sans cesse par leur nom. « —— Dis-moi, Denis... —— Non, Clara, attends ! est-ce que tu voudrais ?... » Ainsi, les grands progrès de l'art du xxe siècle qu'ont été le raccourci, l'ellipse et la rapidité auront été combattus par la télévision.

Les arts nouveaux ont pour effet de décharger les arts existants des parties d'eux-mêmes les plus communes, celles qui s'adressaient à un public. C'est peut-être grâce à la télévision que les descriptions se sont raréfiées dans le roman : elles n'y restent que si elles ont une justification par rapport à l'histoire ou aux personnages.

Grâce aux émissions animalières, la littérature a pu créer de nouvelles comparaisons comprises par tout le monde. Je travaille depuis quelques années sur un poème intitulé *Mémoires de l'Océan*, il n'existerait pas sans les émissions d'exploration sous-marine : plusieurs images viennent des réalités nouvelles que ces émissions m'ont montrées, et, si elles sont comprises, elles le seront grâce à elles. Je peux parler du heaume du varan de Komodo. Nous avons dans la mémoire sa crête hérissée, vue dans le cadre gris d'un poste de télévision.

Qui sait si ces émissions n'ont pas habitué le grand public à l'art « abstrait » ? Rien ne ressemble plus à un tableau de Klee qu'un plan fixe de mer où passe, dans un coin, une méduse microscopique.

La littérature a inventé le zapping dans les dictionnaires, mais aussi dans la fiction : dans *42e parallèle*, John Dos Passos, vingt ans avant l'invention de la télévision, fait alterner de brefs fragments d'actualités et les aventures de ses personnages.

Nouvelles de l'explorateur Peary. DEMANDE AUX ORGANISATIONS OUVRIÈRES DE CESSER LA GRÈVE. Mort d'Oscar Wilde. L'écrivain autrefois célèbre meurt de pauvreté à Paris.

[...] Quand le vent soufflait des usines d'argenterie, de l'autre côté de la rivière, la maison de bois pour quatre ménages où Fainy McCreary était né était empuantie toute la journée par l'odeur du savon de baleine.

(Wilde n'est pas mort de pauvreté, il est mort de chagrin.)

|| John Dos Passos, *42ᵉ parallèle* : 1930 (trad. française : 1951).

TERREUR (VICTOIRE IRRÉMÉDIABLE DE LA –) : *La Flûte enchantée*, créée en 1791 à Vienne, ne fut représentée qu'en 1801 à Paris. Pendant les révolutions, qui sont l'invasion de tout par une nouvelle classe prenant le pouvoir, l'art doit se taire. C'est qu'il est l'esprit libéré du pratique.

Pendant les révolutions, pas de musique, pas de fiction non plus (ou alors de la musique martiale, du théâtre éducatif, etc.). Et par la suite il y a rarement de fiction à leur sujet. Et c'est très curieux. Prenons Balzac, qui n'a peur de rien : à part *Un épisode sous la Terreur*, dix-sept pages qui décrivent des persécutés, c'est-à-dire la Terreur vue du dehors, où sont les scènes où il décrive la société sous les terroristes et de leur point de vue ? Vigny l'a brièvement fait dans *Stello*, où l'on voit Saint-Just, « le béat cruel », signer l'exécution d'André Chénier. Pendant la Terreur, il est impossible de publier un livre où la Terreur soit montrée ; dix ans après, de la réalité s'est accumulée, et il y a d'autres soucis. Les hommes n'ont pas envie qu'on les replace dans l'affreux passé. Les écrivains non plus, sans parler des risques, car les Terreurs ne disparaissent jamais sans avoir laissé des habiles au ministère de la Police. Le privilège des Terreurs est que, somme toute, elles ne sont jamais décrites. Ah, tranquillité du crime.

THÉRAPIE : La littérature n'est pas une thérapie. C'est une idée pour faire plaisir à ceux qui voudraient que les écrivains soient des malades. Et, au-delà, une conception funèbre de l'art. Il y a bien assez de malheur pour ne pas lui faire offrande de ce qui, précisément, peut nous élever vers la plus grande joie possible par le spectacle de la réussite artistique.

THOMAS (HENRI) : « Il a de l'avenir, ce mort. » C'est un vers d'Henri Thomas dans son dernier recueil, *Les Maisons brûlées*. Essayons, après lui, de contribuer à cet avenir.

Il est meilleur poète que ses titres (*Signe de vie, Le Monde absent, Travaux d'aveugle*), mais peut-être sont-ils bons, au contraire, en ce qu'ils laissent deviner leur indifférence, leur détachement, leur « je m'en fous ». On devrait les réunir en un volume. Il aurait, quoi, cinq cents pages, elles montreraient une vie, puisque Thomas n'a jamais versifié que lui-même.

> Ce que j'écris ?
> Quelques poèmes
> Ayant pour thèmes
> Ce que je vis.
>
> Pur alibi. (*Joueur surpris*)

S'il utilise des souvenirs (« C'était Londres, c'était ma vie », *A quoi tu penses*), ce qu'il montre, et qu'il l'ait éprouvé ou non importe peu, est un sentiment. « Le monde entier m'est étranger » (*Signe de vie*, l'un de ses meilleurs recueils). « Le jeu de la vie/me trouve distrait » (*Le Monde absent*). « Moi je me suis trouvé vivre un peu hors de tout » (*Sous le lien du temps*). Le titre d'un de ses romans est *Un détour par la vie*.

« Tout le bonheur que je n'ai pas/Tournait dans l'air, menait mes pas » (« Bastille », dans *Nul désordre*). Enlevez les virgules au vers : « Je descendais la rue Soufflot, quel âge avais-je, vingt-deux ans », vous obtenez de l'Apollinaire (« Nul désordre », même livre). Les virgules y sont, et l'amorti sentimental qui les accompagne.

« Ah, je suis un très vieux. » Thomas n'est pas un simple plaintif : ses élégies s'accompagnent souvent de la raillerie de l'élégie. (Ses titres sont donc incomplets.) Après un attendrissement sur des jeunes filles à la campagne, il se redresse : « Pouah ! jeunes filles, laissez-moi,/Mon cœur déteste ces vergers [...] » (« Ode facile », *Signe de vie*). Bonjour, Laforgue ! Il lui a régulièrement adressé des signes, comme dans *A quoi tu penses* : « Saint-Sulpice des soirs, Cinéma Bonaparte ! » Moquerie lasse, parfois humour sec, il sait également très bien faire les riens jolis.

Dans ses vers, le plus souvent réguliers et rimés, il dépasse rarement dix pieds, en fait généralement huit et réussit très bien ceux de six : d'où s'ensuivent des pièces légères, polies, pirouetteuses, je préfère ça aux tripes jetées sur la table. La poésie d'Henri Thomas ressemble à une feuille qui va, portée par un fleuve lent, et bondissant quelquefois sous l'effet d'un remous.

Dans ses romans, il tend à la morosité. Ce sont moins des objets de fiction que des photographies sorties d'une boîte aux souvenirs. L'inconvénient du réalisme est qu'il n'est pas mis en ordre, et finit par être toujours un peu mou.

Dans *Les Maisons brûlées*, un poète de quatre-vingts ans va mourir, et il le regarde sans peur, avec une sorte de paix, même. Et il fait son adieu : « Je meurs, souviens-toi de nous. »

Si j'ai correspondu avec Henri Thomas, je ne l'ai pas connu, car je n'ai jamais cherché à voir des écrivains. Un écrivain est autre chose que ses livres. Un peu moins bien, nécessairement, parce qu'en écrivant nous rassemblons toutes nos forces pour chasser le moi obèse et polir le petit caillou intérieur. (Plus ma timidité.) Il avait répondu à l'envoi de mon premier livre de poèmes, j'en avais été heureux. Un livre, au fond, ça ne veut rien dire de plus que : aimez-moi.

📖 « Mon existence monte en graine,
　　et c'est la graine du malheur,
　　pourquoi la mûrir, est-ce la peine,
　　si le fruit répète la fleur ? » (*Le Monde absent.*)

> 1912-1993.
> ♦
> *Travaux d'aveugle* : 1941. *Signe de vie* : 1944. *Le Monde absent* : 1947. *Nul désordre* : 1950. *A quoi tu penses* : 1980. *Joueur surpris* : 1982. *Sous le lien du temps* : 1963. *Un détour par la vie* : 1988. *Les Maisons brûlées* : posth., 1994.

TITRES : Il existe de plus ou moins bons titres : *A la recherche du temps perdu* est assez banal et pourrait convenir à des mémoires de duchesses. *Mon cœur au ralenti*, du romancier populaire Maurice Dekobra, est bien meilleur. Dekobra a beaucoup de bons titres : *Flammes de velours*, *Sérénade au bourreau*, *La Pavane des poisons*. On pourrait même dire qu'il est un auteur de titres. Dès qu'on passe au contenu, en effet, grands dieux, n'en parlons plus. Ce qui fait que, ses titres, on les a à peu près oubliés. En revanche, le contenu d'*A la recherche du temps perdu* est si bon qu'il contamine le titre et le rend bon. Nous ne le voyons plus, tout occupés du contenu. A la longue, le titre d'un bon livre devient invisible. *A la recherche du temps perdu* pourrait s'intituler *Les Intermittences du cœur*, titre auquel avait songé Proust, le livre n'aurait pas été moins bon, et ce titre, par capillarité, serait devenu meilleur. Un vêtement ne prend toutes ses qualités que porté.

ÉCRIVAINS À BONS TITRES

Thomas Hardy : *Un groupe de nobles dames* (*A Group of Noble Dames*), *Loin de la foule déchaînée* (*Far from the Madding Crowd*), *Les Petites Ironies de la vie* (*Life's little Ironies*).

Tennessee Williams : *Pas sur des rossignols* (*Not About Nightingales*), *Doux oiseau de la jeunesse* (*Sweet Bird of Youth*), *Les Excentricités d'un rossignol* (*The Eccentricities of a Nightingale*).

BONS TITRES DE BONS ÉCRIVAINS

Adieu Gary Cooper (Romain Gary).

Féerie pour une autre fois et *Ballets sans musique, sans personne, sans rien* (Louis-Ferdinand Céline ; quand, de ces titres ironiquement nihilistes, il enlève l'ironie, comme dans *Voyage au bout de la nuit*, il est solennel).

Une vie (Maupassant, repris par Italo Svevo, aurait pu l'être par Beckett).

Les invités se retrouvaient à la villa (nouvelle de Pouchkine).

The Dancers Inherit the Party (*Les danseurs héritent la fête*, du poète écossais Ian Hamilton Finlay, 1960).

BONS TITRES D'ÉCRIVAINS MOYENS

Terrains à vendre au bord de la mer (Henry Céard, 1881).

Les oiseaux s'envolent et les fleurs tombent (Elémir Bourges, 1893).

Jérôme Paturot à la recherche d'une position sociale (Louis Reybaud, 1842).

La joie fait peur (Delphine de Girardin, 1854 ; je crois que « la joie fait peur » était une expression proverbiale).

Mort dans l'après-midi (*Death in The Afternoon*, Ernest Hemingway).

BONS TITRES DE MAUVAIS ÉCRIVAINS

Les Ramblas finissent à la mer (José-Luis de Villalonga, 1953).
La Vérité sur Bébé Donge (Georges Simenon, 1942).

Certains écrivains sont des artistes des titres de parties : ainsi Jules Romains qui, dans son roman *Le 6 octobre*, donne à un chapitre le merveilleux titre de « Présentation de Paris à cinq heures du soir », que j'ai longtemps rêvé d'utiliser pour un livre. Ou Victor Hugo, dans *Les Misérables* : « L'éternel petit roman » (c'est l'amour ; il lui a tellement plu que, exprès ou non, il s'en est resservi dans *Les Chansons des rues et des bois*). Dans *Notre-Dame de Paris*, « Ceci tuera cela » (le livre, qui remplacera l'architecture). Dans *Toute la lyre*, « Comédies non jouables qui se jouent sans cesse ». Titre d'un poème des *Chansons des rues et des bois* : « Ordre du jour de Floréal. » Certains de ses titres ont un air de calme et tranquille évidence, comme des panneaux de village : « Ce qui se passait aux Feuillantines vers 1813 » (*Les Rayons et les Ombres*). Fin et spirituel dans les parties, il donnait des titres best-sellers aux touts : *Les Travailleurs de la mer, Quatre-vingt-treize, L'Homme qui rit*.

Une des parties d'*Igitur*, poème en prose inachevé de Mallarmé, s'intitule : « Il quitte la chambre et se perd dans les escaliers (au lieu de descendre à cheval sur la rampe). » Un autre poète doué de cette sorte d'imagination qu'on nomme humour est Jules Laforgue : « Complainte des pianos qu'on entend dans les quartiers aisés » ; « Complainte des grands pins dans une villa abandonnée » est un des plus beaux.

Théophile de Viau, comme beaucoup de poètes de son temps, ne donnait pas de titres à ses poèmes. De là que, si je veux mentionner l'un de mes préférés, je dois dire : « Les stances qui commencent : "La frayeur de la mort ébranle le plus ferme", dans la Première partie des *Œuvres*. » S'il l'avait intitulé « Le criminel », ce serait plus facile, et je le citerais peut-être plus souvent. Les titres sont des tiroirs où notre mémoire va plus ou moins volontiers fouiller.

Rapport du titre avec le contenu. Dans la préface à *Rodogune*, Corneille dit qu'il a préféré ce titre à *Cléopâtre*, nom du personnage principal, de crainte que le public ne confonde cette reine de Syrie avec la Cléopâtre maîtresse de Jules César. Valery

Larbaud a intitulé un livre *Jaune bleu blanc* parce que c'était la couleur de la sangle servant à fermer la chemise du manuscrit.

En lisant un article d'écrivain dans la presse, soyez indulgents : dans la plupart des cas, le titre a été inventé par la rédaction. Cela fait partie des choses non littéraires accrochées aux écrivains, comme les quatrièmes de couverture.

Une mode datant de la deuxième moitié du XXe siècle consiste à donner des titres malins aux livres. C'est supposé conférer un petit air détaché à leurs auteurs. Ils ont tort. Les critiques et le public n'attendent que des motifs de ne pas aimer les livres, il y en a tant.

S'il vous plaît, citez les titres des livres en entier : les écrivains ne se sont pas tués à les trouver pour qu'ils soient tronqués. Vous aimeriez qu'on vous appelle Riton ?

|| Maurice Dekobra : 1885-1973.

TOCQUEVILLE (ALEXIS DE) : Ça n'est pas Chateaubriand, mais c'est Tocqueville. Un homme de lettres de la meilleure qualité, qui croit aux institutions (député, académicien français, ministre des Affaires étrangères) et les sert avec plus de loyauté que Chateaubriand, qui ne sert que lui-même. Ce n'est pas un écrivain avec tout ce que cela peut entraîner d'égoïsme, de vanité, d'approximation et de génie, mais un esprit honnête et, s'il écrit sans personnalité, c'est qu'il se met au service de la recherche. Quand il écrit pour lui, sans intention de publier, comme dans ses *Souvenirs*, il devient écrivain ; cela fait regretter qu'il n'ait pas eu plus de défauts.

De la démocratie en Amérique, c'est passionnant. L'archéologie d'une nation. Sur quelle autre dispose-t-on de cela ? C'est l'avantage de la jeunesse qu'on reproche à ce pays. Tocqueville ne dit pas combien la France et les Etats-Unis se ressemblent : prétention à l'universalisme, révolution brandie comme un modèle envié par le reste du monde, leçons toujours données, jamais reçues, goût du vocabulaire abstrait. Et bien des qualités aussi. Le livre français le plus populaire en Amérique eut peu de succès public en France : la *Démocratie en Amérique* ne se vendit pas à plus de 10 000 exemplaires du vivant de Tocqueville.

Chateaubriand l'avait précédé, qui avait publié *Atala* (*ou les Amours de deux sauvages dans le désert*) en 1801, extrait des *Natchez*, récit de sa rencontre avec la tribu indienne du même nom, qui parut en 1826, un an avant son *Voyage en Amérique*. L'Europe ne recouvra de la tranquillité permettant de s'intéresser aux autres qu'à la fin du XIXe siècle : l'Amérique fut littérairement redécouverte par la pièce de Villiers de l'Isle-Adam, *Le Nouveau Monde*, en 1883. Trois ans plus tard, Villiers écrivait un roman dont le personnage principal est Thomas Edison, *L'Eve future* ; Edison et non Charles Cros, qu'il fréquentait et dont il devait pourtant connaître la priorité dans l'invention du phonographe : les Etats-Unis étaient exotiques. Les années 1880 sont décidément américaines, puisque 1886 est l'année où, dans *La Vogue*, Jules Laforgue traduisit, le premier, Walt Whitman. Le premier écrivain français à avoir découvert l'Amérique est Saint-Amant, au XVIe siècle. Il n'a rien laissé de ce voyage, sauf les vers : « J'ai vu l'un et l'autre hémisphère,/ De mes voyages on discourt », et peut-être, qui sait, une sensation dans un poème.

Dans *L'Ancien Régime et la Révolution*, Tocqueville montre que la seconde a accéléré un mouvement commencé par le premier. Conception scandaleuse aux ultras et aux républicains : les rois préparant cette vulgarité ? la Révolution n'étant pas une nouveauté absolue, et sainte ? Tocqueville énonce cette loi des révolutions, qu'elles se produisent au moment où il est le plus illogique qu'elles se produisent : celui où les catégories défavorisées, jadis si éloignées des catégories dirigeantes qu'elles ne pouvaient même pas concevoir de les envier, se sont assez rapprochées d'elles, grâce à l'amélioration de leur condition et à l'assouplissement de la société, pour *voir* la distance qui les sépare, et juger que la condition des classes dirigeantes, jadis naturelle, est maintenant un privilège.

Tocqueville a écrit ses *Souvenirs* dans l'intention de les publier posthumes, ce qui donne à ce député, ce ministre, cet homme du monde, une liberté qu'on n'a généralement pas dans ce triple état où l'on doit courber la tête sous le joug doré de la bienséance, obéir à son administration et montrer le minimum d'intelligence possible afin de ne pas choquer les membres influents son parti. La période est brève : la révolution de 1848 et les cinq mois de Tocqueville au ministère des Affaires étrangères en 1849. On y trouve de fines analyses d'hommes et des jugements de situations délicieux. Sur les jours qui suivirent la révolution de 1848 : « C'était le moment où l'on cherchait à tirer parti de tous les mauvais sujets qu'on possédait dans sa famille. » Sur Louis-Philippe, « le plus perspicace de tous », et qui tombe néanmoins, en quelques jours, distrait par ses petites ruses.

Tocqueville fait partie de la grande famille de la modération politique, que dis je, grande ? « Je hais, pour ma part, ces systèmes absolus, qui font dépendre tous les événements de l'histoire de grandes causes premières se liant les unes aux autres par une chaîne fatale, et qui suppriment, pour ainsi dire, les hommes de l'histoire du genre humain » (*Souvenirs*). Il est déjà débordé sur sa gauche quand il écrit cela : les philosophies de fer sont en train de forger les menottes qu'on passera aux hommes durant les cent années suivantes. Si Marx et lui méprisent les socialistes de 1848, ce n'est pas pour les mêmes raisons. « J'ai toujours pensé que, quel que soit le mode suivi dans une élection générale, la plupart des hommes rares que la nation possède arrivent en définitive à être élus » : ce n'est pas parce qu'il l'a toujours pensé que c'est exact, ni parce que lui-même a été élu, mais c'est intéressant. Pour moi, il me semble que les hommes rares d'une nation font d'autre métier que des tournées de maisons de retraite en vue de voter des budgets d'adduction d'eau : généticien, ébéniste, peintre, poète. Tocqueville révèle par sa phrase un trait des politiciens de métier : s'ils sont élus, c'est qu'ils savent mieux que les autres.

📖 « La chose qu'un peuple change le moins après ses usages c'est sa législation civile. Les lois civiles ne sont familières qu'aux légistes, c'est-à-dire à ceux qui ont un intérêt direct à les maintenir telles qu'elles sont, bonnes ou mauvaises, par la raison qu'ils les savent. Le gros de la nation les connaît à peine ; il ne les voit agir que dans des cas particuliers, n'en saisit que difficilement la tendance, et s'y soumet sans songer. » (*De la démocratie en Amérique*.)

> 1805-1859.
> ♦
> *De la démocratie en Amérique* : première partie, 1835, deuxième partie, 1840. *L'Ancien Régime et la Révolution* : 1856. *Souvenirs* : posth., 1893 ; éd. complétée, 1942.

TOULET (PAUL-JEAN) : Tout le monde sait quel grand poète est Toulet, maniant la langue avec autant d'art, et plus de souplesse, que Mallarmé.

> Nous bûmes tout le jour, un autre – et, le suivant,
> Dans l'ombre un luth chanta qui disait que l'on m'aime.
> Hélas, vous varierez, ô Badoure. Moi-même
> Ne suis-je las d'aimer ? Poussière, et toi du vent ? (*Contrerimes*)

Dans le déplacement des mots à l'intérieur de la phrase, il a quelque chose de latin, car la langue française n'a pas la rigidité que Rivarol et les puristes voudraient nous faire accroire. « La vie est plus vaine une image/Que l'ombre sur le mur. » Toulet est un excellent poète maniériste, dans la mesure où, tout en étant maniériste, il fait passer du sentiment. Autrement dit, il n'est pas maniériste. Tact japonais, très belles choses *ténues*, sentiments *retenus* quoiqu'il n'ait pas infiniment à retenir, car il n'est pas un généreux, un expansif, un dilaté, mais toujours de la *tenue*, c'est peut-être ce qu'il est avant tout : un écrivain qui a de la tenue.

Il aborde le sexuel par allégorie, comme dans le premier des poèmes des *Contrerimes* : « Pour moi d'une rose anémone/ S'ouvre le noir pistil. » La libération sexuelle, qui fut surtout la libération du parler sexuel, nous a délivrés de ces *clins d'œil*. Il est parfois au bord du graveleux : « Va, nous dormirons tous. Mais les lits, c'est plus bas. » Une méfiance du piège de la galanterie et un penchant moraliste le font ricaner des femmes et affecter la gouaille. Combien sont plus osés les aveux (même s'ils sont inventés) : « Ce jour brûlant, où tu m'aimas parmi les tombes », plus tendres les poèmes où il se ressouvient des putes : « Perce l'oubli, fille de joie », plus délicats les vers : « Ah, mon frère aux beaux yeux, ce n'est pas sans douceur,/ Ce n'est pas sans péril, que tu serais ma sœur. » C'est enfin un poète qui écrit : « Ce n'est que songe et fleurs dont nos âmes ont faim. » Toulet est un poète de l'élégie étranglée par la blague.

On retrouve dans les *Contrerimes* deux exemples de ce qui confère tant de particularité aux dialogues de Toulet dans ses romans, les points de suspension *au début* des vers : « ... Le temps était couleur de pêche. » Avec leur façon de faire rimer le vers de huit pieds avec le vers de six, les contrerimes empêchent la scie sentimentale de s'installer. Petits coups secs de la laisse à la mélancolie. On éprouve, mais on ne l'exhibe pas. Que c'est embêtant d'être poète ! La discrétion y perd. Raffinons les moyens de dire sans dire. Les contrerimes sont le rythme même de sa sensibilité dressée par son intelligence.

Il n'est pas le premier à en avoir fait. On trouve dans Leconte de Lisle :

> Sous un nuage frais de claire mousseline,
> Tous les dimanches au matin,
> Tu venais à la ville en manchy de rotin,
> Par les rampes de la colline.

(« Le Manchy », dans les *Poèmes barbares*. Un manchy est une chaise à porteurs à la Réunion.)

Toulet qualifie beaucoup par les couleurs, en général primaires, comme Charles Cros. Il n'est pas impossible que le titre du roman de Toulet, *La Jeune Fille verte*, vienne d'un vers du *Collier de griffes*, « Vous voici pointer, jeunes filles vertes ». Toulet : « Les carreaux noir et citron » (*La Jeune Fille verte*) ; « Nicaëli, ce Portugais vert » (*Les Tendres Ménages*) ; « les rues jaunes et bleues » (*Béhanzigue*). Sans doute juge-t-il inutile d'ajouter de l'image à ce qui sert à en former une en donnant un qualificatif à la couleur. C'est quelque chose, l'image, pour Toulet. A propos d'un personnage fade, il dit : « c'était un pauvre cerveau sans images » (*Mon amie Nane*).

Il a souvent l'épithète homérique, c'est-à-dire hugolienne. « Les sapins aux noires chevelures » (*La Jeune Fille verte*), « la Marne aux lentes eaux » (*Les Demoiselles La Mortagne*), l'« Océan couleur de fer » (*Contrerimes*).

Au moins autant qu'avec les couleurs, il a un rapport singulier avec les sons. Quantité de *Contrerimes* s'achèvent sur des choses entendues, comme Hugo notait des choses vues : un seau qui grince (V), un cri de cigale (XXX), un tigre « qui miaule » (XLIII), des essieux qui grincent (LXVII). En général, il n'aime pas les bruits forts : « Parle tout bas, si c'est d'amour,/Au bord des tombes. » Cela donne à sa poésie l'air d'une conversation à voix basse sur la terrasse d'une maison du Midi à l'heure de la sieste (odeur de figue).

Ses romans ont quelque chose de Zola réécrit par Nathalie Sarraute, mais enfin je ne voudrais pas décourager les lecteurs : obscurcissons. Avec son air de romancier d'intimités, Toulet décrit la société et ses bourbiers ; seulement, quand Zola fonce,

Toulet se place de côté. Il vrille où Zola malaxe. (Ce dernier point n'est pas en faveur de l'un ou de l'autre.) *Monsieur du Paur, homme public*, est un professeur qui se fait élire député républicain en 1848 puis change de parti. Napoléon III le nomme ministre plénipotentiaire en Souabe ; coucheries, divorce, M. du Paur est élu académicien français. C'est un de ses admirateurs qui raconte son histoire. Quand il est question d'une maison de passe, cela nous est suggéré par des points de suspension : « Les gens trouvaient que l'aspect en était triste, ... certains prétendaient .... entendu.................. » Et c'est plus vif qu'une description. Si Monsieur du Paur est qualifié d'homme public, c'est aussi par allusion probable aux filles publiques : c'est un politicien, et Toulet était Action française. Nane, de *Mon amie Nane*, son meilleur roman avec *La Jeune Fille verte*, est l'histoire d'une fille entretenue : quand elle couche avec son beau-frère (points de suspension), la vulgarité de l'homme, au moment où il l'entraîne dans la chambre, est indiquée par une simple remarque qu'il fait : « — Il faudra emporter la fine. » Dans *Les Demoiselles La Mortagne*, des parents prostituent leur fille aînée à un financier. Cette pauvre petite que la corruption a rendue cynique et impudente finit par s'adresser à sa mère comme une fille perdue : seule brutalité de paroles du livre. Le reste, comme les perversions de Madame d'Erèse, est suggéré.

Dans son art du sous-entendu, ce que Toulet réussit le mieux, ce sont les dialogues. Il y inclut :

— des interruptions : « — Alors la petite me dit... — Ecoutez, mon vieux, interrompt Nane, vous ne comptez pas me conter toutes vos amours, depuis le premier et avec le décor encore » (*Mon amie Nane*).

— des parenthèses de distraction : « — Mais vous ne voudriez pas, je pense... (Ah ! un éclair... avez-vous vu ?) » (*Les Demoiselles La Mortagne*).

— des allusions inexpliquées : « — Est-ce que vous ne seriez plus avec ? — Mais si. Ou avec, ou dessus, comme le Spartiate. — C'était un avantageux, ce Spartiate-là. — Et à quoi, dis-je, pensez-vous donc que je lui aide ? » (*Mon amie Nane*).

Toulet mélange du parler raffiné avec du patois pyrénéen ou du parigot, utilise des points-virgules, et cela donne à ses dialogues une musicalité extraordinaire, avec pauses, demi-tons, changements de mode. Et c'est bien plus *naturel* et *clair* que les dialogues complets et pédagogiques des romans courants. Que de temps gagné en ayant l'air d'en perdre, que de finesse, là, vraiment, il a du génie. Comme il repose des explicatifs !

Toulet est un écrivain de scènes. La visite à la mère de Nane dans *Mon amie Nane* ; la description du village de Larigo (près de Melun), où se sont retirés d'anciens acteurs ratés, dans *Les Demoiselles La Mortagne* ; dans *Béhanzigue*, les *Esquisses de Boz* de Toulet, la scène d'Eulalie l'entauleuse, si drôle, de la poésie parigote comme on l'a rarement réussie. S'il ne cherche jamais à être drôle, Toulet, écrivain sérieux au ton âpre, l'est souvent. D'un humour pinçant. « — Les moules ne sont pas des poissons, répond la jeune femme. Et elle ajoute d'un air profond : Les vraies moules, c'est les hommes » (*Béhanzigue*). L'une de ses meilleures scènes est celle où le cercueil de l'Onagre, l'homme juste et haï de *La Jeune Fille verte*, est lapidé par la plèbe. Vus de loin, les romans de Toulet ressemblent à une toile de Jouy.

Le mot le plus fréquent de *La Jeune Fille verte* est « rire ». Ils rient tous. Pourtant, il ne se passe pas que des choses gaies. On dirait les sculptures de Carpeaux où les personnages rient des dents. Le drame est proche. Certaines phrases me font me demander si Toulet n'a pas écrit son livre pendant une lecture de Racine, ou plutôt d'un penseur janséniste, d'ailleurs le prêtre se nomme Nicolle, comme le théoricien de Port-Royal. « Les dérèglements d'une piété qui ne s'accordait plus aux lois de sa religion la ramenaient sans cesse auprès des autels. »

Mais oui, vous avez raison, c'est parodique. Il y a de grands romans parfaits, mais les grands romans élégants sont ceux qui croisent un instant les jambes, laissant pendre le bras le long de l'accoudoir, la manchette de la chemise dépassant de la veste. Le négligé requiert un talent extrêmement attentif. Et les postmodernes n'ont pas inventé de montrer qu'on n'est pas dupe de la fiction qu'on raconte.

La Jeune Fille verte a le meilleur début des romans de Toulet :

> L'averse sonore battit le feuillage un moment, décrut, s'évapora ; et, peu à peu, tout redevint un éclatant silence.

Il pourrait servir à un roman tropical de Graham Greene. Et la fin est la meilleure de ses fins de roman. Lubriquet lit un discours pompeux à son mariage ; il s'interrompt :

> — Dioü mé daoü ! éclata, au milieu du silence, Lubriquet-Pilou qui retournait ses poches après ses feuillets, j'ai perdu la fin.

Toulet est un manuel de grammaire en plus exaltant. On apprendra grâce à lui que Choiseul se prononce *Choiseuil* (rime avec « œil » dans les *Contrerimes*) ; qu'il est plus raisonnable d'écrire « entre tant » qu'« entre-temps » (*Notes de littérature*) ; que les conjonctions brèves, comme « dont » et « où », sont préférables aux « auxquels » et « desquels » d'un lourd latin ; le chic que peuvent avoir les archaïsmes, surtout quand on sait que les demi-cultivés les croiront fautifs (« la contrainte [...] qu'elle sentait bien qu'il ne lui fallait plus compter de mettre en usage », *La Jeune Fille verte*). Ou encore : « ce rencontre » pour « cette rencontre » (nous l'avons probablement appris dans Saint-Simon). Là est aussi la limite de Toulet, qui utilise trop ces choses pour choquer la demi-culture. Elle ne pourrait pas lui répondre qu'il emploie « cependant » au sens de « pendant ce temps » alors qu'un des maîtres du bon usage *à l'ancienne* (qui à l'époque était le moderne), Vaugelas, le réprouve. Quant à écrire « mélancholie » et « aujourd'huy », cela me semble facétieux. A ces moments-là, on voit trop Toulet en train d'écrire.

Il y a beaucoup de lesbiennes chez lui. Madame du Paur l'a été à Londres (il y avait un cottage avec des lits de fer, « .... des liens de cuir........... »). Madame d'Erèse l'est dans *Les Demoiselles La Mortagne* (est-ce une parente des d'Erèse des *Tendres Ménages*?), Aurèle et Iris dans *Le Souper interrompu*. La perverse Noctiluce, dans *Mon amie Nane*, l'est peut-être ; Nane couche avec Primavérile de Ver quand ça lui chante, et dans *Nane* encore, on va à un bal de travestis.

Qui sait s'il n'est pas à l'origine de la fameuse réplique de Claudel sur la tolérance, « il y a des maisons pour ça » ? « — Mon cher, lui disait-elle, gardez ça pour vous, la tolérance : c'est des choses qu'on tient à la maison » (*Les Demoiselles La Mortagne*). Gide a sans doute été influencé par lui. Les lignes de points des *Nourritures terrestres*, les ellipses, les dénominations comme celle de Profitendieu dans *Les Faux-Monnayeurs*, et quelques puérilités rhétoriques. « Son parti pris — et son fiacre [...] » (*Les Demoiselles La Mortagne*). Comment la rhétorique, qui, nous prêtant des intentions savantes et donnant des noms à nos sensations, appelle-t-elle cela, déjà ? des zeptes ? des catopyres ?

Il existe quatre vers inachevés de Toulet qu'on a retrouvés écrits sur le signet du dernier livre qu'il lisait : « Ce n'est pas drôle de mourir/Et d'aimer tant de choses/La nuit bleue et les matins roses/.../Les fruits lents à mûrir » (Jacques Dyssord, *L'Aventure de Paul-Jean Toulet*). Une fois tous les deux ou trois ans, quand je me trouve au Pays Basque, je vais me recueillir sur sa tombe. Elle se trouve à Guéthary, charmant village, et si vous demandez aux gens du pays dont le pas sur le gravier du cimetière fait un bruit de neige écrasée, ils ne savent pas où elle se trouve. C'est à gauche après la grille. Un enclos l'entoure, avec une autre tombe dont l'inscription est effacée. De même, en partie, les titres des livres de Toulet gravés sur la pierre, et dans cinq ans on ne lira plus *Monsieur du Paur*. Au-dessus, un médaillon en bronze dont le profil ne lui ressemble pas. La dernière fois, j'ai arraché un œillet rose au bouquet de la tombe voisine, que j'ai déposé contre sa joue. Au loin, on aperçoit la mer.

📖 « Si seulement, vous faisiez semblant de m'aimer. Vous n'avez qu'à dire : je vous aime, le cœur suivra. Ça suit toujours, le cœur : c'est comme les chiens. » (Dyonise dans *Le Souper interrompu*.)

> 1867-1920.
>
> ◆
>
> *Monsieur du Paur, homme public* : 1898. *Les Tendres Ménages* : 1904. *Mon amie Nane* : 1905 (précédemment en feuilleton dans *La Vie parisienne*). *La Jeune Fille verte* : 1920. *Les Contes de Béhanzigue* : posth., 1920 (nouvelle édition complétée en 1921 sous le titre de Béhanzigue). *Les Contrerimes* : posth., 1921 (première publication dans *Les Marges*, été 1913). *Le Souper interrompu* et *Les Trois Impostures* : posth., 1922. *Les Demoiselles La Mortagne* : posth., 1923 (précédemment en feuilleton dans *La Vie parisienne*). *Notes de littérature* : posth., 1926.
>
> ◆
>
> Jacques Dyssord, *L'Aventure de Paul-Jean Toulet, gentilhomme des lettres* : 1928.

TOUT CE QUE VOUS DIREZ SERA RETENU CONTRE VOUS : Tenez, les poux. Dans un récent ouvrage, un essayiste écrit sur Montherlant, avec une satisfaction rentrée : « Le 10 juin [*1940*] il arrive à Marseille, tout couvert de poux. » Ah ah, des poux ! Montherlant, le buste en faux marbre, couvert de poux ! Or, il me semblait, je vérifie... C'est ça : loin d'être une découverte consécutive à une enquête, c'est un fait que Montherlant a lui-même rapporté (« Rêve des guerriers », dans les *Textes sous une Occupation* – à condition que le narrateur en soit bien lui, qui a prévenu que ces pages sont « partie roman, partie journal de route »). Cela me rappela un livre que j'avais acheté sur les quais, *Stendhal épicier*. L'auteur se foutait de Stendhal parce qu'il avait eu pour maîtresse une épicière de Marseille. Une épicière, ouarf, ouarf! Je découvris plus tard que Stendhal l'avait raconté. Ne soyez pas honnête : les malveillants se serviront de ce que vous avez dit contre vous.

TOUT LE THÉÂTRE DE RACINE (*dans l'ordre des représentations*) :

La Thébaïde est une pièce où un jeune homme de vingt-quatre ans dégorge ses influences. C'est principalement celle de la tragédie Louis XIII, sanglante et agitée. Racine étant déjà presque Racine, il a abandonné l'agitation, quoique gardé le sang. C'est une pile de cadavres, cette pièce : Ménécée, Jocaste, Antigone, Créon (suicide), Hémon, Etéocle, Polynice (au combat). Notez l'ironie du titre : l'histoire se passe à Thèbes où tout ce monde se hait et se tue. On trouve le premier sarcasme amer d'un personnage de Racine : « Dieux ! qu'est-ce qu'Etéocle a de plus inhumain ? » demande Polynice à Antigone qu'il juge méchante. Avec une certaine imprudence, Racine révèle des faits sur le pouvoir. Etéocle avait promis de céder le trône après un an de royauté ? « Il est vrai, je promis [...]/Pour un trône est-il rien qu'on refuse de faire ?/On promet tout, madame, afin d'y parvenir,/Mais on ne songe après qu'à s'y bien maintenir » (I, 3). Créon expose sa perversité de façon trop ouverte à son confident Attale, mais il n'a pas lu Racine.

📖 « Quand je devrais au ciel rencontrer le tonnerre,
   J'y monterais plutôt que de ramper à terre. » (Polynice)

Alexandre le Grand est une pièce scolaire, ou disons qu'elle ne me touche pas. Nous connaissons à peu près la vie et le caractère d'Alexandre : j'ai de la peine à croire que, comme dans ce produit en croix de deux rois hindous et de deux femmes formant une paire pro-Alexandre et une paire anti, il puisse faire le conseiller matrimonial tout en étant amoureux d'une des deux femmes. On dirait un feuilleton télévisé du matin, d'ailleurs c'est la seule pièce de Racine qui ait à proprement parler un sujet. Et lequel : l'amour ! On le trouve dans d'autres de ses pièces, mais comme élément d'anarchie. Axiane, la femme la moins racinienne de tout le théâtre de Racine, n'a ici que le mot « gloire » à la bouche : au moins elle nous extirpe de ce miel. Il n'y a pas de très grands vers dans *Alexandre le Grand*, les meilleures tirades sont celles des deux femmes à Alexandre. Elles disent la même chose ? Il n'y a qu'une chose à lui dire, qu'il casse les pieds de l'Univers.

📖 « N'entendrons-nous jamais que des cris de victoire
   Qui de mes ennemis me reprochent la gloire ?
   Et ne pourrai-je au moins en de si grands malheurs
   M'entretenir moi seule avecque mes douleurs ? » (Axiane)

Andromaque est sa pièce brillante. Le brillant d'un jeune homme insupportable qui écrivait naguère à ses parents qui l'avaient envoyé compléter ses études à Uzès : croyez bien que je m'en venge, « et mes nuits sont plus belles que vos jours ». Il se lance au galop en jetant de l'or à poignées. La tirade d'Oreste (II, 3) ; celle d'Hermione (IV, 5), si sarcastique envers Pyrrhus (« Est-il juste après tout qu'un conquérant s'abaisse / Sous la servile loi de garder sa promesse ? ») ; celle de Pyrrhus (IV, 5) ; Hermione qui trépigne (V, 1) ; la scène de chats qui se disputent entre Pyrrhus, Andromaque, Phœnix et Céphise (III, 6). C'est la pièce des changements d'avis. Shakespeare a intitulé une de ses pièces *La Comédie des erreurs*, *Andromaque* pourrait s'appeler *La Tragédie des erreurs*. Ou *Hermione*, dont le rôle est le plus long, et le plus fin. Andromaque est une égocentrique qui n'arrête pas de déplorer des malheurs, non en tant que tels, mais en ce qu'ils lui sont arrivés à elle. On pourrait compter le nombre de fois où elle dit « je » et « moi ».

📖 « Sous tant de morts, sous Troie, il fallait l'accabler.
   Tout était juste alors : la vieillesse et l'enfance
   En vain sur leur faiblesse appuyaient leur défense ;
   La victoire et la nuit, plus cruelles que nous,
   Nous excitaient au meurtre, et confondaient nos coups.
   Mon courroux aux vaincus ne fut que trop sévère.
   Mais que ma cruauté survive à ma colère ? » (Pyrrhus)

Les Plaideurs est une comédie qui n'est pas très drôle. Elle a des qualités, principalement les excès de Dandin. « — Où courez-vous la nuit ? — Je veux aller juger. » Racine fait dans sa préface une sagace observation, qu'on pardonne les vérités à cause des outrances. « Pour moi, je trouve qu'Aristophane *[qu'il adapte dans cette pièce]* a eu raison de pousser les choses au-delà du vraisemblable. Les juges de l'Aréopage n'auraient pas peut-être trouvé bon qu'il eût marqué au naturel leur avidité de gagner, les bons tours de leurs secrétaires, et les forfanteries de leurs avocats. » J'oubliais sa qualité principale : c'est une pièce qui se moque d'un juge.

📖 « Crois-tu qu'un juge n'ait qu'à faire bonne chère,
   Qu'à battre le pavé, comme un tas de galants,
   Courir le bal la nuit, et le jour les brelans ?
   L'argent ne nous vient pas si vite que l'on pense. »
(Dandin)

Britannicus est sa pièce shakespearienne dans le sens où elle est une description des conséquences dramatiques de l'enfantillage. Les conséquences sont le crime : l'auteur des enfantillages est Néron. Dans une ridicule mise en scène au Vieux-Colombier en 2004, Alexandre Pavloff en donnait une interprétation remarquable : capricieux, railleur, bouffonnant, il faisait sentir combien l'enfantillage peut être assassin. Le public, par moments, riait. Il avait tort. Il avait raison : il voyait la partie de comédie que la France a décidé de ne plus voir en Racine. Il est pourtant un grand révélateur de postures. Néron est monstrueux avec mélancolie et intelligence, plus intéressant que les monstres frustes à la Caligula. Quel nuancier de cruautés, de menaces et d'horreurs ! Néron : « Vous vous troublez, madame, et changez de visage./Lisez-vous dans mes yeux quelque triste présage ? » (II, 3). Et ce prodige de méchanceté, Néron interrompant l'entretien de Britannicus et de Junie : « Prince, continuez des transports si charmants » (III, 8). Suit un pas de trois où, avec une politesse effrayante, Néron jette des ironies. Quand le pouvoir, et non la faiblesse, dont c'est la défense, est ironique, l'homme peut tout craindre. Si Néron est comme il est, c'est en partie à cause de sa mère. Racine ne montre pas Agrippine si odieuse : ses crimes sont anciens, elle est maintenant une réaliste préoccupée de consolider le pouvoir de sa famille. Pour cela, il faut refréner ce casseur d'assiettes de Néron. Leurs rencontres sont admirables. Elle, cynique, sèche, courageuse, intelligente, le craint mais l'affronte, comme un dompteur. « Je le craindrais bientôt, s'il ne me craignait plus » (I, 1). Et Néron, l'empereur Néron, est prisonnier de sa mère. « Et c'est pour m'affranchir de cette dépendance/Que je la fuis partout, que même je l'offense » (II, 2). Castré par elle, il découvre son drame : « Il faut que j'aime enfin. » (S'il avait été du XXIe siècle, il aurait dit : « Il faut qu'on m'aime enfin. ») Quoiqu'il s'en persuade (« Ma gloire, mon amour, ma sûreté, ma vie », IV, 3), il est incapable d'aimer. Il ne lui reste qu'à suivre sa pente (« Je n'ai que trop de pente à punir son audace », IV, 4), d'y glisser, de tomber dans le sang.

📖 « Hélas, si je vous aime ? » (Junie)

Bérénice est une pièce à laquelle je trouve je ne sais quoi de laqué. C'est sans doute à cause du personnage de Bérénice, car les hommes y sont réussis : Antiochus d'une sentimentalité de cocu mais droit, Titus, intelligent, honnête, coincé par son statut d'empereur. Tout le monde est noble, jusqu'aux suivantes, qui conseillent à leur maîtresse : « Il faut montrer la grandeur de votre âme » (III,3). Voilà, tout le monde est trop sur le même plan moral, ce qui crée une certaine neutralité esthétique. Bérénice, un martyre de la bonté ? Elle est sèche, hautaine, sans pardon, ne pense qu'à son rang (« Vous voyez devant vous une reine éperdue », III, 3 : une reine, n'est-ce pas, pas une femme). Et puis ce spécieux qu'ont certaines femmes de pousser un homme à se confier, et, une fois qu'il l'a fait, de le traiter de salaud : « Pour jamais à mes yeux gardez-vous de paraître » (III, 3). Que Racine ait écrit *Bérénice* juste après (et peut-être en partie pendant) *Britannicus* est intéressant, car on peut dire que *Bérénice* est la même pièce que *Britannicus*, mais vue de derrière : même conflit du penchant privé contre l'organisation publique, mais façon opposée de le prendre.

📖 « Tout cela (qu'un amant sait mal ce qu'il désire !)
    Dans l'espoir d'élever Bérénice à l'Empire. » (Titus)

Bajazet est sa *Chartreuse de Parme* : une affaire d'amour contrariée par un tyran lointain. Acomat, ministre aussi cynique que Mosca, utilise la religion pour tenir le peuple, comme dans *Iphigénie* (et comme dans *Iphigénie* on change souvent d'avis), et fait une déclaration de vieux galant calme à Atalide : je ne vous aimerai pas de passion, mais vous trouverez chez moi du respect et de la paix (III, 2). C'est la pièce qui contient un des plus beaux enjambements de Racine, qui en fait peu : « Ainsi de toutes parts les plaisirs et la joie/M'abandonnent […] » (III, 1). Elle est aussi une démonstration que l'espace, c'est du temps. Les tragédies prenaient leurs sujets dans l'histoire la plus ancienne, non par convenance (c'est la nécessité qui, oubliant ses origines, s'est donné le nom de convenance), mais parce que la description d'événements récents peut réveiller des irritations chez les spectateurs : pensez aux cris qu'engendrent encore les livres sur la guerre d'Algérie. Or Bajazet, ou Beyazid, est un homme que son frère le sultan Murat IV avait ordonné de tuer « il n'y a pas plus de trente ans », dit Racine dans sa préface. S'il a pu écrire une pièce pour ainsi dire d'actualité qui soit pour ainsi dire d'antiquité, c'est que très peu de gens savaient à Versailles ce qui s'était passé à la cour de Constantinople. L'éloignement dans l'espace crée un éloignement quasi temporel par refroidissement des passions.

📖 « Bajazet, écoutez, je sens que je vous aime. » (Roxane)

Mithridate est une pièce aux 2/5es cornélienne. Aux deux premiers actes, on n'entend que des conceptions de Corneille énoncées à la façon de Corneille. Il est emphatiquement question d'assassinats. Cela tient-il au fait que c'est la seule pièce où Racine montre un Barbare, ce que Corneille aimait tant (Attila, Agésilas, Suréna) ? Dans *Bajazet* le cruel Amurat n'est jamais là, et c'est sa force, les autres personnages se hâtant vers l'action sous l'ombre planante de son possible retour. Racine se serait-il dit : je vais faire une pièce à la Corneille pour l'écraser ? (Le vers « Et Rome unique objet d'un désespoir si beau » combine « Rome, unique objet de mon ressentiment » et « Qu'il mourût/Ou qu'un beau désespoir alors le secourût » d'*Horace*.) Quoi qu'il en soit, sa personnalité reprend le dessus et impose son rythme aux actes suivants, et la pièce embellit. Mithridate n'est apparu qu'au deuxième acte ; et, après tant de déclarations *sur l'honneur*, on a vu un Mithridate amoureux. C'est peut-être de l'humour de la part de Racine. Ce Barbare est un politicien consommé. Selon un mouvement rhétorique propre aux tyrans, il dit à ses fils : c'est à Rome que je me rends; vous pensez que c'est par désespoir, mais j'excuse votre erreur. *Or, ils n'ont rien dit* (III, 1). Cette pièce qui pourrait s'appeler *Orgueil et Préjugés* est plus enthousiasmante, sur un motif semblable, qu'*Alexandre*. Cela tient aux personnages : Alexandre est un fils de parvenu qui se tient mal, même s'il a du génie, tandis qu'il y a dans Mithridate, malgré sa condition de Barbare, une noblesse qui peut faire dire à son confident, en un vers splendide : « Mais la mort fuit encor sa grande âme trompée » (V, 4).

📖 « Qui suis-je ? Est-ce Monime ? Et suis-je Mithridate ?
  Non, non, plus de pardon, plus d'amour pour l'ingrate,
  Ma colère revient, et je me reconnais. » (Mithridate)

Iphigénie est une tragédie qui finit bien. Avec son côté sportif, Achille s'écrie : « C'est à Troie, et j'y cours » (I, 2) Tout cela pour se dire : « Et que m'a fait à moi cette Troie où je cours ? » (IV, 6) Racine ose décrire une certaine sottise de l'honneur. *Iphigénie* est en partie une réponse à *Horace* : « Montrez en expirant, de qui vous êtes née », dit Agamemnon, mais Clytemnestre ne se laisse pas intimider par ce cornélien : « Vous ne démentez point une race funeste », répond-elle (IV, 4). Le cornélien a un doute, puis cède à l'ordre ; le racinien a quantité de doutes successifs, quelquefois l'ordre l'écrase, d'autres pas. *Iphigénie* laisse apparaître des prémices de rousseauisme. « Est-ce donc être père ? » demande Clytemnestre à Agamemnon (IV, 4). Non content d'évoquer ce sentiment étonnant pour le XVIIe siècle, l'amour des parents pour les enfants, Racine double Rousseau et aborde au continent Freud, par la culpabilité des enfants envers les parents. Iphigénie a des réactions de fierté : « Ce même Agamemnon à qui vous insultez,/Il commande à la Grèce, il est mon père, il m'aime » (II, 5), qui finissent en un fatal : « Songez, quoi qu'il ait fait, songez qu'il est mon père » (III, 6). Ce père ordonne sa mort.

📖 « Mourrai-je tant de fois, sans sortir de la vie ? » (Clytemnestre)

Phèdre est sa pièce *gore*. On y trouve des exagérations qu'on reprocherait à Corneille (le monstre marin de la fin, qui pue, c'est écrit, le mot « horreur », « le flot qui l'apporta recule épouvanté »). C'est d'ailleurs la pièce où l'on peut trouver le seul vers risible de Racine : « Aricie a son cœur ! Aricie a sa foi ! » (IV, 5) D'autre part : 1) cela reste très modéré, surtout quand on se rappelle que ces exagérations étaient le propre du temps. Siècle de Louis XIV, mais pas 100 % raffiné ; il veut du siège, du canon, de la chamade. 2) N'y aurait-il pas une part d'ironie ? Lytton Strachey, dans *Characters and Commentaries*, raconte que Sarah Bernhardt, quand elle prononçait le vers : « Chaque mot sur mon front fait dresser mes cheveux » (IV, 6), « c'était avec une hystérique ironie, un rire terrible et moqueur ». 3) 10 vers sur 1 654, à côté de bien des merveilles, et parmi un charme extrêmement calculé. Dans cette pièce de conversation, l'action est la plupart du temps racontée. Cela a dû reposer, après soixante ans de tragédies où les actions étaient *montrées*. (Rare exception, Atalide, qui se suicide sur scène à la fin de *Bajazet*.) Et quel magnifique portrait de folle. Racine, qui réussit remarquablement les entrées, nous le suggère dès celle de Phèdre : elle est agacée par ses coiffures qu'elle chasse comme des mouches. « Que ces vains ornements, que ces voiles me pèsent ! » Et son dernier mot, après tant d'extravagances, est « pureté ». Quant à Hippolyte, une de ses phrases pourrait servir de devise à la candeur : « Mais l'innocence enfin n'a rien à redouter. » Lors de sa première rencontre avec sa belle-mère Phèdre à qui la mort annoncée de Thésée fait perdre du pouvoir, il me semble voir en elle, toute troublée qu'elle soit par son amour pour lui, les effluves d'un grand mépris. La façon qu'elle a de lui donner du « seigneur » en permanence, d'autant plus ostensible que, à trois reprises, c'est à l'enjambement. « On ne voit point deux fois le rivage des morts,/Seigneur. » C'est comme si elle le lui refusait. A la façon de certains opéras, *Phèdre* est remplie de tubes. Essayons de citer un passage qui ne soit pas trop rebattu :

📖 « Quelquefois, pour flatter ses secrètes douleurs,
Elle prend ses enfants et les baigne de pleurs ;
Et soudain, renonçant à l'amour maternelle,
Sa main avec horreur les repousse loin d'elle. » (Panope)

Esther est la pièce du triomphe des juifs. On imagine un des Valeureux d'Albert Cohen citer avec allégresse le vers « Et le Persan superbe est aux pieds d'une juive » (I, 1), tout en déplorant tant de réussite, ça va nous attirer des ennuis, toute cette ostentation. D'ailleurs, ce Persan superbe, cet Assuérus marié à Esther dont il ignore la judaïté, ordonne l'extermination des juifs pour la simple raison que son favori Aman a été exaspéré par le fier Mardochée, oncle d'Esther. La fierté triomphe de l'humilité, car Aman est confondu ; et, quoiqu'il inverse sa politique avec une prestesse prodigieuse (« Les intérêts des juifs déjà me sont sacrés », III, 5), sa perfidie est punie de mort. La défaite des méchants (mot le plus fréquent de la pièce) est très rapide, presque puérile : Racine parle à des enfants, les pensionnaires de Saint-Cyr pour qui Madame de Maintenon lui a demandé une pièce édifiante. Elles n'ont peut-être pas saisi la finesse d'un passage très adulte : dans un de ces moments où Racine ose dévoiler le fonctionnement du pouvoir, il fait dire à Aman que l'empereur lui doit tout (ce qui est faux) et (ce qui est vrai) qu'il a « foulé sous les pieds remords, crainte, pudeur » pour le servir, mieux, « chéri, cherché la malédiction ». Tel est le destin des vizirs et des Premiers ministres, ces femmes de ménage de luxe des califes, des présidents et des rois. En grande partie apologétique, ce n'est pas une pièce de Racine à plein titre.

📖 « J'inventai des couleurs. J'armai la calomnie. » (Aman)

Madame de Maintenon a également commandé *Athalie* à Racine pour les jeunes filles de Saint-Cyr, mais *Athalie* a cinq actes quand *Esther*, la seule de ses tragédies dans ce cas, en avait trois : il le prend au sérieux. La préface le montre, qui ne dit pas que celle-ci doit servir à *instruire en divertissant*. A cause de la commande, il reste légèrement taché d'utilitaire, et l'on pourrait dire qu'*Athalie* est sa pièce sartrienne. Elle comprend un personnage chargé de montrer où est le bien. Enfin, Racine n'avait pas assez perdu le sens artistique pour abaisser sa pièce à une représentation syndicale de la vertu, et c'est aux chœurs qu'il attribue cette tâche. Ils commentent et interrompent l'action, mais, étant extérieurs, ils ne la contaminent pas ; ils sont au demeurant très beaux. La pièce s'élève par le personnage de monstre d'audace qu'est Athalie, équipée de Mathan *étincelant de rage* (V, 3). En un de ces gestes arrêtés comme dans un tableau que Racine sait si bien faire lorsqu'un personnage décrit une chose passée, elle dit, à la fin du récit du songe où elle a vu sa mère : « Et moi, je lui tendais les mains pour l'embrasser » (II, 5). Racine reprend dans *Athalie* des phrases de la Bible qu'il améliore. Si la Bible avait été écrite par Racine, elle serait bien meilleure. Elle ne serait pas devenue aussi populaire.

📖 « J'étudiai leur cœur, je flattai leurs caprices,
Je leur semai de fleurs le bord des précipices. » (Mathan)

> *La Thébaïde* : 1664 (même année de publication ; elle intervenait peu de temps après la représentation). *Alexandre le Grand* : 1666. *Andromaque* : 1668. *Les Plaideurs* : 1669. *Britannicus* : 1670. *Bérénice* : 1671. *Bajazet* : 1672. *Mithridate* : 1673. *Iphigénie* : 1675. *Phèdre et Hippolyte* : 1677 (devenue *Phèdre* lors de la deuxième édition de 1687). *Esther* : 1689. *Athalie* : 1691.

> Lytton Strachey (1880-1932), *Characters and Commentaries* : posth.,1933.

TRADITION : Je ne crois pas à la tradition, je crois à la transmission. Nous transmettons à nos cadets une littérature qu'ils utiliseront comme ils le voudront, de même que nous avons utilisé comme nous le voulions une littérature que nous avons reçue. Voilà pourquoi j'ai créé une collection où des écrivains vivants parlent littérairement d'écrivains de l'Antiquité. Un écrivain, mort comme vivant, illustre comme obscur, est un homme, qu'en tant que tel on a le droit de contester, qu'on a le droit d'aimer. Il faut être familier avec les auteurs parce que leurs œuvres sont notre plus proche famille. Le temps de la littérature n'est pas le même que celui de la vie. Catulle date d'il y a deux mille cinquante ans, et il suffit que je le lise pour qu'il soit d'aujourd'hui. Les lecteurs sont des princes charmants. Ils réveillent les princesses endormies que sont les écrivains. « Est-ce vous mon prince ? Vous vous êtes fait bien attendre. » Le lecteur et l'auteur se marièrent et eurent beaucoup de talent.

> Catulle : v. 84 - v. 54 av. J-C.

TRAGÉDIE : La tragédie est une façon excusable de s'intéresser aux rois et aux reines. « La passion du monde est de voir. Si les hommes pouvaient tous voir ce que fait chacun, s'ils pouvaient se construire un théâtre assez vaste pour y voir agir les *grandeurs* et les *célébrités*, ils seraient heureux et transportés chaque jour. – C'est pour cela qu'ils ont créé le théâtre [...] » (Alfred de Vigny, *Journal d'un poète*).

Dans une de ses préfaces, Anouilh établit une différence entre la tragédie et le drame. La tragédie, dit-il, est une fatalité à laquelle nous ne pouvons rien, l'intervention des forces supérieures dans les affaires humaines, tandis que le drame est une fatalité que les hommes se créent, par sottise, par maladresse, par négligence.

La tragédie a dégénéré en France avec la disparition des alexandrins rimés. A partir du moment où un roi parle en prose, la tragédie devient comique. Cette langue a disparu en même temps que les rois de France, pour revenir aussi momentanément qu'eux : sous la Restauration, les romantiques, pour la plupart monarchistes, réécrivirent des tragédies en vers. L'alexandrin était-il si loin de la façon d'être, sinon de parler des rois, extrêmement formelle ? Dans ce sens, les pièces de Racine étaient en style parlé.

On peut comparer la tragédie et les péplums de cinéma, mais c'est hasardeux. La tragédie est une tentative d'imposer rétrospectivement la grande découverte de la Renaissance qu'est l'humanisme aux Romains sans pitié et aux cupides Grecs ; le péplum est l'adaptation des mythes aux physiques nouveaux. Il justifie le type de corps à la mode à un moment donné : en 1959, on donne au héros le torse en V de Charlton Heston dans *Ben Hur*, et, en 2004, l'épaisseur de charolais de Brad Pitt dans *Troie*. Le véritable physique d'Hélène de Troie indignerait les hommes du XXIe siècle, car la beauté est mouvante et elle avait peut-être un nez rond et des hanches de banjo.

TROUS : Que le premier roman occidental soit le *Satiricon*, incomplet, elliptique, et moqueur, et libre, n'a pas fini de me plaire. C'est en partie à cause de lui que j'ai mis dans un de mes romans des lignes de points signalant des manques, comme si on en avait retrouvé des passages après quelque grande caducité.

Et, bien sûr, rien d'ostensible. On nous dirait, comme Socrate à Antisthène le cynique, qui se promenait dans un manteau troué : « C'est ta vanité que je vois à travers ton manteau. » (Diogène Laërce, *Vies et doctrines des philosophes illustres*.)

|| Pétrone : peut-être du Ier siècle ap. J.-C.

U

Un barbare en Asie • Un des romans célèbres les plus mal écrits de la littérature française • Un romancier est un traître • Un seul livre suffit • *Une baraque rouge et moche comme tout, à Venice, Amérique* • Une œuvre est un vers • Une phrase de Proust, une phrase de Swann ? • Universel • Usage • Utilisation des noms d'écrivains à des fins mercantiles ou militaires • Utilité.

Un barbare en Asie : C'est un excellent début de livre :

> Je connais une vingtaine de capitales. Peuh !
> Mais il y a *Calcutta* ! *Calcutta*, la ville la plus pleine de l'Univers.

Henri Michaux ne se laisse pas éblouir parce qu'il a parcouru cinq mille kilomètres. Il a la sagesse de ne pas croire la sagesse ailleurs, en particulier l'ailleurs nommé Asie, où on la présuppose souvent. S'il la trouve, elle ne l'empêche pas de relever « l'air fat de l'Hindou » et son goût pour le hideux. Il n'aime pas les Japonais. Où ai-je lu cette phrase d'Arthur Kœstler, je cite de mémoire : « On ne peut pas dire que le courage soit une vertu, sans quoi il faudrait traiter les Japonais de grand peuple » ? Nous éliminons les peuples comme des mouches, nous autres penseurs. Michaux a fait ses excuses dans une édition ultérieure, tout en rappelant qu'il se trouvait au Japon dans les années 1930, pays allié de l'Allemagne et qui s'apprêtait à se tenir si bien en Corée et en Chine.

Les généralités valent ce que valent les généralités, sauf quand elles sont dites au milieu de choses de talent. Quand Michaux écrit : « Le désert est la nature de l'Arabe », c'est moins banal que si c'était écrit par un explorateur, car c'est pris dans la masse d'un style.

Ce n'est pas tant ce qu'il dit de l'Asie que sa façon d'en parler qui nous intéresse. « [...] et si l'Hindou était broutable, aucun doute qu'il serait brouté ». Vialatte sculptera cet humour pendant vingt ans dans ses chroniques. On dirait qu'il a pris à Michaux son usage de l'adjectif : « Puissé-je ne pas renaître Hindou plat. » Et sa feinte naïveté. Tout est feinte chez Michaux. La mauvaise humeur gaie, la posture de pincé. Il la prend probablement parce qu'il écrit en partie contre les livres de voyages de Paul Morand qui paraissaient depuis quelques années. C'est la part de contre dans les écrits littéraires, que les auteurs oublient par la suite. Vous auriez dit à Euripide qu'il avait écrit son *Electre* par irritation contre l'élégante *Electre* de Sophocle, faisant de la noble princesse de son aîné l'épouse d'un brave paysan, il aurait hurlé. (Il n'avait pas bon caractère. Deux fois marié, deux fois à des harpies.)

La sécheresse de Michaux, au bord de la brusquerie, provient de coupes dans l'humide. Certaines suppressions de sujets, des phrases sans verbes, des virgules absentes, font supposer qu'il a tranché dans une prose plus alanguie. Ou vient-elle de la crainte d'être dupe ? Cela le rend étriqué. Cet étriqué est sa marque.

Ses récits de voyages authentiques sont meilleurs que ses récits inventés, par exemple le *Voyage en Grande Garabagne*. Les derniers tiennent de l'apologue sans être des contes, et me semblent manquer de sérieux tout en étant, sous leur allure baroque, raisonnables.

📖 « Et ni eux, ni nous n'avons raison. Nous avons évidemment tous tort. »

> 1933.
> ◆
> Euripide (485 av. J.-C. - 406 av. J.-C.), *Electre* : 413 av. J.-C. Sophocle (497 av. J.-C. - 405 av. J.-C.), *Electre* : 415 av. J.-C.

UN DES ROMANS CÉLÈBRES LES PLUS MAL ÉCRITS DE LA LITTÉRATURE FRANÇAISE : La littérature ne manque pas de gloires ridicules, où le plus ridicule n'est pas le livre, mais l'excitation des crédules. Celui que je vais citer est un exemple de ce qu'on ne peut pas parler d'un livre de façon pure : ce qu'on en oublie accroît nos éloges, ce qu'on lui ajoute diminue notre indulgence. Ce roman du XVIIIe, durant le siècle et demi où il fut oublié, pouvait être jugé amusant, révélateur de la maniaquerie imbécile de son auteur ; depuis qu'il est devenu une gloire, dans les années 1960, on ne peut que relever ses défauts.

Ce roman est écrit en style d'époque, combinaison de la dégénérescence du style Racine (« j'essayais de faire passer ses douceurs dans l'âme de ce pervers, à peu près sûre de la captiver par de tels liens [...] ») et de l'influence du genre Rousseau (« – Douce solitude, me dis-je, que ton séjour me fait envie ! »). Un style noble, marqué par des cadences latines et des relatives se succédant comme des rails de chemin de fer, ce qui donne lieu à une des premières phrases de roman les plus mal écrites qui soient :

> Le triomphe de la philosophie serait de démêler l'obscurité des voies dont la providence se sert pour parvenir aux fins qu'elle se propose sur l'homme, et de tracer d'après cela quelque plan de conduite qui pût faire connaître à ce malheureux individu bipède, perpétuellement ballotté par les caprices de cet être qui, dit-on, le dirige aussi despotiquement, la manière dont il faut qu'il interprète les décrets de cette providence sur lui, la route qu'il faut qu'il tienne pour prévenir les caprices bizarres de cette fatalité à laquelle on donne vingt noms différents, sans être encore parvenu à la définir.

Si vous ne vous êtes pas enfui en vous bouchant les oreilles, j'ajouterai que ce livre comprend au moins trois clichés à la page : « s'abandonner au torrent » ; « la plume à la main » ; « prêtresses de Vénus » ; « essuyer les pleurs » ; « la route fut épineuse » ; « le torrent de larmes » ; etc., etc. Tournant la manivelle d'un orgue de Barbarie, l'auteur n'a pas besoin de surveiller ce qu'il écrit. Il se vante d'avoir « fini au bout de quinze jours, le 8 juillet 1787 ». Ça se voit. En un simple paragraphe, il répète deux fois le mot « odieux », deux fois le mot « frémir », et je passe sur le rabâchage, tout au long du livre, des mots « corruption », « perversion », « crime », « scélérat ».

Mots outranciers, dont il a besoin, car il ne *voit* pas. Ses personnages sont des pantins qu'il ne peut mouvoir qu'à coups de superlatifs : celle-ci a un regard « d'une expression prodigieuse », cette autre est « d'une tendresse, d'une sensibilité surprenantes », enfin, c'est du Greuze, à ceci près que la vertu chez lui est fessée. Ce roman, du marquis de Sade, ce sont *Les Infortunes de la vertu*.

> 1787. (*Les Infortunes de la vertu* sont la première version du comparable *Justine ou les Malheurs de la vertu*, 1791.)
> ◆
> Donatien, marquis de Sade : 1740-1814.

UN ROMANCIER EST UN TRAÎTRE : Quelqu'un qui a connu la comtesse Greffulhe, à qui Proust a pris quelques traits pour le personnage d'Oriane de Guermantes, m'a raconté qu'elle lui avait dit, avec le dédain le plus marqué : « Il me faisait l'effet d'un mal blanc. » O malheureuse qui ne se rendait pas compte que, si on s'intéressait vaguement à elle, c'était parce que Proust l'avait connue ! Peut-être ne s'en rendait-elle que trop compte. Proust n'avait pas recopié le conte de fées du monde considéré comme « grand monde » et de ses femmes comme femmes d'esprit. C'étaient des êtres humains, avec leurs défauts, leurs banalités et leurs qualités, mais pas des fées. Il n'avait donc pas été un snob ! Il passa pour un traître. Il en était un. Il avait montré ce qu'il savait, et ce qui est su n'aime pas être montré. Il n'aime que sa légende. Il l'a créée, il y croit. Tout bon romancier, tout bon nouvelliste, tout bon auteur de fiction est un traître, de ce point de vue-là. Un traître à la légende.

Proust a également exaspéré des romanciers : il avait réussi à faire de la littérature à partir de sujets jusque-là considérés comme futiles, pas même des sujets.

Ecrire ravage la bienséance. C'est la condition de l'authenticité. Pour le faire sans blesser d'amis, l'écrivain devrait ne connaître personne. D'autre part, ne connaissant personne, il ne peut rien savoir. Entre la délicatesse et la prudence, certaines choses ne sont jamais montrées par les auteurs de fiction.

UN SEUL LIVRE SUFFIT : Un bon livre, un seul, et on est sauvé. Mathurin Régnier laisse un recueil de dix-neuf satires et vingt et un poèmes, et il a son couvert au paradis ; d'autres se sont épuisés à écrire trente recueils d'odes de mille vers qui sont mortes le même jour qu'eux. Beaumarchais a écrit une seule pièce géniale, et *Le Mariage de Figaro* fait que nous nous intéressons aux autres. Non seulement cela, mais *Le Mariage* les élève. (Je suis injuste envers *Le Barbier de Séville*. C'est pour la gloire de son maître.) Evidemment c'est encore mieux si c'est dix, quinze, vingt très bons livres qu'on a écrits, mais là, on vous le reproche. Balzac, Hugo.

Un mauvais livre ne suffit pas à anéantir le bon écrivain. Le *Journal inutile* ne porte tort à Morand que comme homme. Comme écrivain, ses bons livres font fermer les yeux sur celui-là. Le meilleur sauve.

Un seul poème suffit parfois, comme le sonnet de Félix Arvers que toutes les anthologies répètent (« Mon âme a son secret, ma vie a son mystère,/Un amour éternel en un instant conçu :/Le mal est sans espoir, aussi j'ai dû me taire,/ Et celle qui l'a fait n'en a jamais rien su »), et même un seul vers, comme « Mon âme est une infante en robe de parade ». Il permet à Albert Samain d'être cité sur TF1 : le 20 novembre 2003, le professeur de chant de la Star Academy donnait à réciter le poème d'où il est extrait, « Au jardin de l'infante ». Le chanteur Serge Gainsbourg, qui avait une connaissance honorablement convenue de la poésie, Verlaine, Rimbaud, tout ça, avait écrit une chanson intitulée « Amours défuntes » qui en est un écho. Samain s'était très bien vendu, et il y avait dans Gainsbourg un brillant pasticheur et un rusé fabricant qui visaient le succès avec méthode, tandis que ses chansons « sincères » ne se vendaient pas. Ça doit nourrir le cynisme, sinon le désespoir.

> Félix Arvers (1806-1850), *Mes heures perdues* : 1833. Albert Samain (1858-1900), *Au jardin de l'infante* : 1893.

Une baraque rouge et moche comme tout, à Venice, Amérique : J'avais treize, quatorze ans, et j'avalais plusieurs livres par semaine. J'en avalais et de toute sorte. Comme si j'avais à me reconstituer, à remplacer le sang de mes veines (« Tu as une mine de papier mâché ! »), par de l'encre, de l'encre, de l'encre, de l'encre (« Va plutôt jouer au ballon ! »), de l'encre, peu importait la qualité. Pour décider quoi lire je faisais confiance aux critiques. Etait-ce moi qui me trompais en ne trouvant rien de bon à certains livres qu'ils disaient géniaux ? Cela m'inquiétait. Je ne me souviens plus s'ils avaient critiqué le roman de cette femme que je vis à la télévision, de cela je me souviens (mais pas de sa tête, ni de ce qu'elle dit) ; le titre de son livre me plaisait beaucoup. Il était long, son nom aussi, tout cela contribuait à un charme de banderole d'avion publicitaire au-dessus d'une plage, l'été. Comment était-ce, déjà ? Je n'ai pas lu ce livre. [*Ici se trouvait une confidence. A la niche, bassesses !*] Ce n'est qu'il y a peu de temps que, heurté par un poisson-pilote mis en route par la mauvaise prononciation d'un mot anglais à la télévision, ma mémoire a vu son projecteur brusquement orienté vers le tréfonds où était resté ce titre, qui m'est apparu, clair et lumineux, et j'ai acheté *Une baraque rouge et moche comme tout, à Venice, Amérique*.

1982. Première édition toujours pas épuisée. Auteur, Marie-Gisèle Landes-Fuss. Odette, la petite-fille de Gilberte, et qui recréait certains défauts de son arrière-grand-mère Madame de Forcheville (plus connue sous son nom de Madame Swann), se tenait sur le balcon du bureau du ministre, c'était au temps d'avant la pyramide où les Finances se trouvaient encore au Louvre, et disait au baron de Charlus pour la Légion d'honneur de qui on donnait ce verre (et, si son grand-oncle avait été un parlant fort et un insolent, ce successeur de son nom écoutait en penchant timidement une tête de lune à gros yeux apeurés qui n'était pas très dissemblable de celle de Peter Lorre dans *Beat the Devil*), Odette Chemla lui disait donc qu'elle revenait de Californie où elle avait assisté à « un *"gig"* des Jefferson Airplane sur la plage de *"Vinaïce"* ». Le ministre passa, délicieux, chuintant, Passy, un stéréotype de son milieu à un point étonnant, suivi par un grand gros homme jovial aux petits yeux en saphir qui brillaient comme des boutons de manchette dans une tête rose comme du cochon, et ils avaient l'air de deux petits garçons vieillis qui vont faire une mauvaise blague, le premier de la classe et le moyen qui l'admire, ce ministre des Finances et ce prince au nom illustre dont on disait qu'il était une canaille. Mais peut-être n'était-il qu'un complexé prêt à accomplir des turpitudes pour l'amour de son Fantasio, qui les justifierait, sans le savoir, s'il devenait président de la République. Je les regardai, le gros, le maigre, Giscard, Ponia, tous les deux grands, rayés au passage par les ombres de cyprès des statues des grands hommes dressés sur la balustre (c'était en juin, vers huit heures du soir), et je me dis : elle n'est pas allée en Californie, Odette, ou elle est vraiment fermée à tout ce qui n'est pas elle, car sans cela elle saurait qu'on prononce « *Vinice* » ; et, si je mentionne ceci dans le livre sur la littérature que je me promets d'écrire depuis longtemps, mais si des livres attendent, c'est leur nécessité, bien des années plus tard, peut-être, un annotateur viendra mettre une note dès le mot de « *Vinaïce* » pour saboter ma progression. Où êtes-vous, Marie-Gisèle ? J'ai lu votre livre et j'en ai trouvé la première partie excellente, récit d'une journaliste qui se drogue au moyen de pilules qu'elle appelle ses petites chéries, et moins bonne la suite où elle entre en cure de désintoxication : la conquête de la vertu est rarement romanesque. Evidemment c'est trop proche de Céline sans en avoir l'énergie et de Burroughs en plus raisonnable, mais il y a quelque chose de senti dans la description d'un petit milieu à une période précise, les camés de la plage de Venice, non loin de Hollywood. On pourrait établir le catalogue d'une bibliothèque parallèle de ces livres imparfaits dont le charme persistant tient à ce qu'ils le sont : non seulement ils tarabustent notre désir sincère et vaniteux d'être chevaleresques (« Quelle injustice de te laisser de côté ! Grimpe sur ma selle, pauvre petit unijambiste ! »), mais l'imparfait est de la vie qui réclame d'être achevée. Et, oui, « achevée » aussi dans le sens « tuée », car la perfection, c'est la mort.

> Alexis Curvers, *Tempo di Roma*
> Copi, *La Femme assise*
> Monique Lange, *Une petite fille sous une moustiquaire*

C'est faux, ce que je disais sur Canova : il y a une folie dans sa recherche de la perfection, une forme de génie ; et le banal dans ces livres vient de ce qu'ils se contentent d'à-peu-près. Je ne sais pas si Marie-Gisèle Landes-Fuss est toujours vivante, si oui je viens de contrevenir à la règle que je m'étais faite de ne parler que de morts, mais les morts ont assez d'avantages. « Et ces lois faites par lui-même, il les avait abrogées à tout moment » (Thomas Bernhard et son excellente traductrice Gilberte Lambrichs, *Extinction*).

📖 « Me faire dormir, mais, ça aussi, ça prenait du temps, puisque, dans un sens, je dormais tout le temps. Me réveiller, mais ça prenait du temps aussi pour les mêmes raisons. Ce qui en prenait surtout, du temps, c'était les défonces. Les défonces, c'était ma joie. »

1982.
◆
Thomas Bernhard, Extinction (*Auslöschung*) : 1986 (trad. française : 1990). Copi (1939-1987), *La Femme assise* : 1979. Alexis

Curvers (1906-1992), *Tempo di Roma* : 1957. Monique Lange (1926-1996), *Une petite fille sous une moustiquaire* : 1972.

UNE ŒUVRE EST UN VERS : S'inspirant peut-être du magnifique « Crise de vers » de Mallarmé dans *Divagations*, Remy de Gourmont a écrit qu'un poème est un vers, entendant par là que tous les vers d'un poème, quand il est réussi, sont si nécessairement liés les uns aux autres qu'on ne peut les séparer. Je le compléterais en disant qu'un livre entier de poèmes est un vers. Qu'une œuvre même est un vers. En prose comme en poésie. *La Comédie humaine* est un vers. Les pièces de Musset sont un vers. L'œuvre de Sénèque est un vers. A la fin, chaque œuvre se résume à une phrase musicale, et toutes réunies forment la grande mélodie de l'univers.

UNE PHRASE DE PROUST, UNE PHRASE DE SWANN ? : J'y pense en lisant ceci dans un essai : « Je pense à lui et à cette phrase de Proust : "Dire que j'ai gâché des années de ma vie, que j'ai voulu mourir, que j'ai eu mon plus grand amour, pour une femme qui ne me plaisait pas, qui n'était pas mon genre." » Oui, c'est une phrase de Proust, dans le sens où elle est extraite d'*A la recherche du temps perdu*, mais c'est plus exactement une phrase qui a été écrite par Proust ; car c'est une phrase que prononce Swann. Proust n'aimait pas les femmes, n'a pas gâché ou gâté sa vie pour l'une d'elles, et cela montre que l'on ne peut pas dire sans inexactitude que les phrases d'un narrateur de fiction sont « de » leur auteur.

Corneille écrit : « Rome n'est plus dans Rome, elle est toute où je suis. » Il l'écrit, mais c'est son personnage Sertorius qui le dit. Aussi bien Corneille s'en foutait, de Rome, il était rouennais, disons de la cour. On veut toujours qu'un écrivain n'ait décrit que les sentiments qu'il a éprouvés. C'est-à-dire qu'il n'ait pas eu d'imagination.

« Hors de Paris, il n'y a point de salut pour les honnêtes gens », dit Molière. Non seulement c'est un personnage de Molière qui le dit, mais la citation est incomplète. « Pour moi, je tiens que hors de Paris, il n'y a point de salut pour les honnêtes gens », dit exactement Mascarille, le valet envoyé par ses maîtres pour singer le bel esprit à la mode. On peut supposer que la conception de Molière est exactement inverse, puisqu'un sot joué dénigre indirectement la province (*Les Précieuses ridicules*).

Même qu'en poésie, même si l'auteur dit « je », une chose décrite n'a pas nécessairement été éprouvée par l'auteur. Quand Apollinaire parle du voyou de Londres, lui qui n'était pas homosexuel, quand Verlaine parle des femmes qu'il aurait si nombreuses baisées, ils se mettent dans une situation d'auteurs de fiction.

UNIVERSEL : Pour être universels, soyons village. C'est ce que montrent Marcel Pagnol, Woody Allen ou Damon Runyon. Le premier en mythifiant quelques clients d'un bistrot du Vieux Port de Marseille, le deuxième en filmant des juifs démocrates de Greenwich Village à l'Upper West Side, le dernier en raillant des petits voyous de Broadway dans les années 1920. Et le monde entier lit ou regarde cela. C'est que, villageois, ils ne sont pas provinciaux. Ils ne cherchent pas à flatter une couleur locale, ils montrent des sentiments éternels. Leurs comédies sont nobles comme des tragédies grecques. Les Grecs étaient des villageois, Thèbes, Sparte, Athènes, qui ont captivé l'Europe et montré que l'esprit de village s'oppose au provincialisme.

La tragédie est du village. Un Disneyland mythologique où, tous les soirs à 20 h 30 (dimanche en matinée), on montre des héros et des mythes aux spectateurs.

Est-ce qu'*A la recherche du temps perdu* n'est pas un village ? Est-ce que le Paris de Balzac n'est pas un village ? Est-ce que le moi de Montaigne n'est pas un village ? Avec certains moi, nous tombons dans les excès : ils font rêver de cosmopolitisme, c'est-à-dire d'intérêt pour autrui. (Dites internationalisme, si vous considérez que le cosmopolitisme n'est que la transhumance luxueuse de l'égoïsme.) Nous idéalisons les Grecs. Villageois, ils se haïssaient, se faisaient continûment la guerre et se trouvèrent tout étonnés quand ils furent mangés par le royaume de Macédoine. Préférons-nous le branlant empire d'Autriche, ou vingt Etats séparés de Serbes, Kosovars, Croates, Albanais et Hongrois, prêts à faire sauter l'Europe pour se faire prendre en photo le pied sur la gorge de leur voisin ?

Sans le talent, village ou empire ne sont rien, ne sont que du sujet : vingt mille écrivains ont écrit des histoires marseillaises, new-yorkaises, mondaines ou narcissiques avec un destin nul, car ils ne savaient pas les raconter. Le village est une feinte.

|| Damon Runyon : 1884-1946.

USAGE : Racan dit de Malherbe : « Quand on lui demandait son avis de quelque mot français, il renvoyait ordinairement aux crocheteurs du port au Foin, et disait que c'était ses maîtres pour le langage » (*Vie de M. de Malherbe*). Ainsi, parce que le plus grand nombre de gens emploie une façon de parler, elle est la bonne ? L'usage actuel fait employer le subjonctif après « après que » : rien ne le justifie, puisque le subjonctif est le mode du doute et que, « après que », la chose a indubitablement eu lieu. Expliquez-le, on froncera les sourcils, on vous dira « je n'ai pas l'habitude », on vous demandera si vous êtes vraiment sûr, et on continuera à parler comme avant. La coutume persuade qu'elle est la nature. Et, comme l'idée commune est que nature est raison, la coutume est persuadée d'être elle aussi la raison.

L'usage est si ignorant qu'il ne sait pas qu'il change. Du temps de Malherbe, et même bien après, l'usage employait l'indicatif après « après que ».

L'usage a tort. Seulement, on est parfois obligé de faire semblant de le suivre. Si l'on employait absolument les tournures exactes, on deviendrait archaïque et incompris. « Enrager » dans le sens de « faire enrager », par exemple, qui est la façon de dire la plus ancienne. « Cette mauvaise foi m'enrageait. » Et la plus légère, mais son ancienneté ne lui donne pas raison. Un lecteur serait gêné de la rencontrer, et diverti dans sa lecture. Inutile d'ajouter un niveau de complication au langage littéraire, qui est lui-même une sorte de langue étrangère.

Si l'usage l'emporte contre le tact, que faire ? Se taire. Quand, dans *Le Roman de la momie*, de Théophile Gautier, le personnage de Tahoser dit à la joueuse de harpe : « ton chant m'énerve, m'alanguit », les deux verbes expriment une sensation proche : « énerver » est employé dans le sens le plus proche de sa construction, « ôter les nerfs » ; l'usage lui a donné un nouveau sens qui est un contresens : « tu m'énerves » veut aujourd'hui dire « tu m'agaces ». Afin d'éviter d'être mal compris, les bons auteurs n'emploient plus ce verbe.

Quoi que l'on fasse, on écrit selon le parler de son temps. Cela ne tient pas à la syntaxe, mais au vocabulaire. Les peuples changent de mots comme les enfants de jeux, comme les femmes de jupe, par jeu, par joie.

UTILISATION DES NOMS D'ÉCRIVAINS À DES FINS MERCANTILES OU MILITAIRES : Lors de la première guerre des Balkans, j'ai reçu une pétition de poètes s'indignant de ce qu'on eût donné le nom de Baudelaire à un plan d'attaque militaire. C'est coutumier. « Je nous vois encore rêvant tous deux aux images qui forçaient de notre temps l'entrée des cerveaux : les premiers cyclistes militaires, le lancement des cuirassés *Diderot* et *Condorcet* [...] », note Léon-Paul Fargue, sans s'étonner (*Portraits de famille*). Pendant le siège de Paris, Victor Hugo avait accepté que fût organisée une lecture publique des *Châtiments* pour lancer une souscription en vue de fondre des canons : les canons furent nommés *Les Châtiments* et *Le Victor-Hugo*. Plaignons-nous que, sous l'Occupation, les Allemands aient fondu (avec tant d'autres) la statue de Victor Hugo qui se trouvait place Victor-Hugo pour en récupérer le métal à des fins militaires ! Si l'un des premiers poètes du monde occidental n'avait pas été un Spartiate nommé Tyrtée qui louangeait la guerre, notre corporation pourrait protester plus légitimement.

Ce n'est pas parce qu'une chose a été faite qu'elle doit continuer. On pourrait demander plus de décence aux entreprises qui remplacent leur nom de Thomson-CSF par celui du philosophe Thalès (décembre 2000) ou donnent à leur groupe de bâtiment et travaux publics celui de Vinci (septembre 2002). Le prestige du spirituel le rend pratique.

UTILITÉ : La littérature ne sert à rien. Quand elle sert, elle meurt aussitôt après l'usage. Au lieu d'élever l'esprit, elle s'était occupée de réformer les mœurs. Voyez les romans de mœurs de Loti, si audacieux en ce qu'ils recommandaient les mariages mixtes : ils ont été utiles, on ne les lit plus. Leur victoire est leur défaite.

Valéry • Variations sur des thèmes de Molière • Vautrin • Vengeance • Verbes • Verhaeren • Vérité • Verlaine • Vers libre • Vialatte • Viau • Vie • *Vie de Rancé* • Vigny • Villon • Vingt et unième siècle • Voix • Voltaire • Vraies causes des attaques, vraies causes des éloges • Vulgarité.

Valéry (Paul) : « Valéry naguère, à propos des romans, m'assurait qu'en ce qui le concerne, il se refuserait toujours à écrire : La marquise sortit à cinq heures » (André Breton, *Manifeste du surréalisme*). Pour moi, je ne commencerais pas un essai par : « Nous autres, civilisations, nous savons maintenant que nous sommes mortelles », comme Valéry dans *Variété*. « Maintenant. » C'est écrit en 1919 : avons-nous attendu la guerre de 14 pour savoir que les civilisations sont mortelles ? « Nous autres, civilisations. » Pourquoi pas : moi, génie ? Quand il s'occupe de grandes notions, Valéry peut être hasardeux.

Quand il s'occupe d'anecdotes, il peut être périphrastique, comme dans *Degas danse dessin*, qui avec moins d'apprêt serait une merveille. La première phrase est un résumé de ses défauts : « Comme il arrive qu'un lecteur à demi distrait crayonne aux marges d'un ouvrage et produise, au gré de l'absence et de la pointe, de petits êtres ou de vagues ramures, en regard des masses lisibles, ainsi ferai-je, selon le caprice de l'esprit, aux environs de ces quelques études d'Edgar Degas. » Comment, moqueur, peut-on écrire avec des minauderies de vieille dame qui sert le thé ; comment, esprit net, peut-on mettre cinquante-quatre mots avant d'énoncer son sujet ; comment...

Et ces précautions qui ne correspondent pas à la très sympathique forme d'esprit de Valéry, intelligent, railleur, pas dupe, voltairien, viennent de l'admiration de Mallarmé, bien sûr. D'une manie de la précision, peut-être. « Ma nature a horreur du vague » (*Lettres à quelques-uns*). Sa nature a raison, mais il arrive au vague par excès de précision. Valéry connaît le risque de son tempérament : « Je n'aime pas les fantômes d'idées, les pensées toutes perspectives, les termes dont le sens se dérobe devant le regard de l'esprit. C'est là une sorte de mal, une irritation particulière, qui se dirige enfin contre la vie, car la vie serait impossible sans à-peu-près » (*Regards sur le monde actuel*). Dans les *Cahiers*, il écrit : « Archaïsmes — Me sont parfois reprochés [...]. Je préfère se peut comparer à peut se comparer. [...] Et puis je n'ai pas la superstition de l'usage. » C'est un grand argument. Un écrivain écrit comme il veut. Ce qui importe, c'est que ce qu'il écrit soit bon.

Méfions-nous d'ailleurs, et c'est ma propre évolution que je dissimule sous cette divine impartialité, avant de nous croire plus fins que l'homme qui a écrit ce réjouissant « Résumé de la critique connue » :

— Ceci me plaît. Cela ne me plaît pas. J'aime la tête de veau. Je n'aime pas l'oseille.

— Ce poète est énorme, je vais trouver qu'il est bête. Cet homme a de l'esprit. Il doit donc être léger. Celui-ci est profond, donc obscur.

— Je vais admirer en égratignant pour ne pas avoir l'air d'un imbécile. (*Cahiers II*, « Littérature ».)

Loin de chercher à être hermétique, Valéry se moque des mots poseurs :

LE DOCTEUR : — On pourrait dire : Monoïdéisme.
MOI : — Ce serait un malheur public (*L'Idée fixe*).

Fi des mots « qui ont plus de valeur que de sens ; qui chantent plus qu'ils ne parlent ; qui demandent plus qu'ils ne répondent ; de ces mots qui ont fait tous les métiers, et desquels la mémoire est barbouillée de Théologie, de Métaphysique, de Morale et de Politique » (*Regards sur le monde actuel*) ! Valéry est un antimoraliste. Le mot à propos duquel il écrit cela représente quelque chose que nous aimons, qu'il aime : la liberté. Il l'aime, mais voilà, il veut précisément être libre, et ne l'aimera que mieux raclée des couches de scoutisme dont certains l'épaississent. Valéry, cherchant les conditions de la liberté de l'esprit (titre d'une de ses conférences recueillie dans

Regards sur le monde actuel), est l'auteur d'une des deux phrases dont, à la fin de ma vie, je voudrais pouvoir me dire que je les aurai mises en pratique : « Ayant passé ma vie à rendre mon esprit le plus libre […] » (*Lettres à quelques-uns*). L'autre est de Montesquieu faisant le point, à la fin d'une année, dans ses *Pensées* : « Je n'ai rien écrit contre ma conscience. » Oui, ce seraient de grandes choses. Et pour procéder à cette démolition des palissades dont nous nous entourons nous-mêmes, il s'agit de « fournir du désordre à l'esprit » (*L'Idée fixe*). Au sien. De quelle façon ? En commençant par refuser le convoi d'idées reçues (les lieux communs) et d'images reçues (les clichés) qui accompagne souvent les mots. Celui de « profondeur », par exemple. Ou « pensée ». Voire « esprit ».

> […] ce familier chaos, que le vulgaire appelle pensée […] (*Variété I*).

> Ce qu'il y a de plus vil au monde, n'est-ce point l'Esprit ? C'est le corps qui recule devant l'immondice et le crime. Pareil à la mouche, l'esprit touche à tout. La nausée, les dégoûts, ni les regrets, ni les remords ne sont de lui ; ils ne lui sont que des objets de curiosité. Le danger l'intéresse, et si la chair n'était si puissante, il la conduirait dans le feu, avec une sorte de sottise et une avidité absurde et urgente de reconnaissance (*Tel quel*).

Après lecture des Claudel, une cuillerée de Valéry.

Il écrit de splendides moments de prose en y mettant souvent une nuance de pastiche, car, non content d'être très fin, Valéry ne s'engage jamais complètement. Le voici décrivant le *Joseph et Putiphar* de Rembrandt (*Variété V*) :

> La femelle biblique, tout le ventre exposé, nu, gras, éclatant de blancheur, se cramponne au manteau de Joseph qui s'arrache à cette démente grande ouverte, dont le mouvement d'emportement entraîne, avec la lourde chair, toute la masse molle de son lit dévasté, déversant le désordre de ses linges. Ce bas-ventre en délire […].

Passage qui aurait enchanté Zola.

Son œuvre se compose de bouts, de morceaux, d'effilochages. Ses *Cahiers* sont peut-être son chef-d'œuvre, avec les *Variétés* et *L'Idée fixe*, l'excellente *Idée fixe* et sa drôlerie méridionale, un peu farceuse, fine, de causeur à la terrasse du café, si souvent incompréhensible aux Nordiques. C'est un Français de la Narbonnaise, plus lié à Rome et à son scepticisme qu'à l'épouvantable esprit de sérieux des tribus des bois qui peuplent les bords extérieurs de la Loire. En tant que Méridional, c'est-à-dire d'une région devenue humaine et littéraire avant le reste du pays, il était anti-Louis XIV. Il aurait plus équitablement été anti-Saint Louis, lequel, par le traité de Paris, mit fin à la croisade contre les Albigeois en mangeant les terres des comtes de Toulouse. La haine contre son envoyé Simon de Montfort et son fils Amaury fut telle que mon oncle Dardenne a encore pu entendre, dans sa jeunesse, des paysans de l'Aude employer comme cri de rage, sans même savoir ce que cela voulait dire, le prénom d'Amaury, accent sur l'avant-dernière syllabe et « o » ouvert : « am*o*ri » ! Une injure datant de 1229 : nous sommes un vieux pays, quoique fort jeune au regard de la Chine. Comme Valéry n'était pas borné, il a écrit l'un des plus beaux écrits sur Paris que je connaisse, comme seuls les natifs de province peuvent en écrire, reconnaissants d'avoir été sauvés par cette ville : « Fonction de Paris » (*Regards sur le monde actuel*). Titre qu'il a peut-être tiré de Hugo : « La fonction de Paris, c'est la dispersion de l'idée » (Préface au *Paris-Guide*). Et en réalité il s'est sauvé tout seul en se sauvant de Sète. On n'est jamais sauvé que par soi-même.

> On n'avait pas encore inventé cette tardive amour des petites patries, des clochers et des choses mortes qui s'est curieusement combinée de nos jours avec un excès de nouveautés. Le culte des localités et des ancêtres n'était point encore restitué, car les chemins de fer et les effets désordonnés de l'économie moderne n'avaient point encore fait sentir à quelques-uns le besoin plus ou moins profond de racines plus ou moins réelles, et la nostalgie

d'un état quasi végétal que ceux qui l'ont subi n'ont pas toujours excessivement goûté (*Variété II*).

Comme horreur de l'esprit de province, c'est encore mieux que Stendhal. S'il ne reste de Valéry, dans huit cents ans, quand notre monde et sa langue seront morts, qu'un volume de ses fragments, on pleurera le chef-d'œuvre d'où on les croira avoir été extraits, en disant qu'il était un des génies du monde. Et dans un mélange universel de tout on le publiera avec Démocrite, dans une anthologie des vifs, des gifleurs, des ayant horreur du bluff, des « qui ne respectent rien ». Qui ne les empêche de devenir remarquables dans les grandes notions. Le chapitre « La crise de l'esprit », d'où est extrait le « nous autres, civilisations » contient aussi : « Mais l'espoir n'est que la méfiance de l'être à l'égard des prévisions précises de son esprit. » Le bas n'est pas son fort.

C'est le même homme qui a accepté de graver des graffitis emphatiques sur les murs du palais de Chaillot (son ami Léautaud cessa de le voir). Valéry avait un mi-temps de parolier officiel de la Troisième République : discours à la Maison d'éducation de la Légion d'honneur, à la remise des prix du lycée Janson-de-Sailly, etc. Il ne devait pas y croire outre mesure. Quand, dans une conversation, il venait de dire sérieusement une chose sérieuse, il concluait : « Et d'ailleurs, on s'en fout » (Malraux, *Antimémoires*). On pourra offrir *Les Principes d'an-archie pure et appliquée* aux écrivains membres d'un parti politique :

> Mépris des opinions.
> Plus grand mépris des « Convictions ».

Il a écrit sa poésie sans se mêler aux sectes si nombreuses dans cet art. Comme c'est intéressant, ce balancement de Valéry, la vocation la plus impérieuse tout en disant que la poésie est fabrication, les vers les plus altiers en même temps qu'un air de gouailleur à clope dans la coulisse d'un théâtre.

Et c'est son entêtement à écrire dans l'indifférence à ce qui se faisait autour de lui, surréalisme, dada, à écrire des poèmes qui sont du Mallarmé détendu (ils ont d'ailleurs contribué à rapprocher le public de Mallarmé), qu'il s'est comme naturellement élevé, et que, poète on ne peut plus « classique », il a passé pour des plus singulier. C'est ce qui est arrivé à Baudelaire.

Il parle de la prosodie, alors dédaignée, de façon très fine ; un de ses arguments est que ses règles (la versification, par exemple) ne sont pas plus arbitraires que les règles du langage en prose (la syntaxe, par exemple). Il conclut : « Quant à moi, je pense que tout le monde a raison, et qu'il faut faire comme l'on veut. » (*Variété I*. « Et d'ailleurs, on m'en fout. ») Sur l'acte d'écrire de la poésie, personne ne me paraît plus exact, en tout cas j'ai éprouvé tout ce qu'il dit. On le trouvera dans les *Cahiers*, un choix en a été publié sous le titre d'*Ego scriptor*.

> Le poème est issu de la lutte entre les sensations et le langage [...].

> Le travail du poète d'ailleurs est en grande partie de brouiller et cacher les origines vraies – De les cacher à lui-même. Ce qu'on appelle la perfection d'un ouvrage n'est que la dissimulation de sa vraie génération.

La rime, dit-il, peut ramener à son hameçon des pensées inattendues. Elle peut aussi devenir perroquet. Dans les simples quatre premières strophes de l'« Ebauche d'un serpent » : berce/perce, aiguise/déguise, étourdie/dégourdie, connaître/Non-être, accompagnes/compagnes. C'est abuser de la rime riche, très riche, trop riche. Travail, travail, travail ! apparent, et il nous présente une boîte marquetée couverte d'une pellicule de sueur. Quand, avec tact, il refrène l'allitération et baisse le son de la musicalité, alors quels prodiges. Il repousse loin ce dont il parle. On se croirait presque dans un poème mystique. Et, soudain, une image. Dans *La Jeune Parque* :

> Et là, titubera sur la barque sensible
> A chaque épaule d'onde, un pêcheur éternel.

Ah, cette épaule d'onde, quel concentré d'image ! Dans *Charmes*, voici « Au platane » :

> Le tremble pur, le charme, et ce hêtre formé
> De quatre jeunes femmes,
> Ne cessent point de battre un ciel toujours fermé,
> Vêtus en vain de rames.

C'est peut-être en poésie que Valéry est le plus ce qu'il est, ou qu'il sait mieux nous le faire croire : un jouisseur de la mer, du soleil, des arbres aux feuilles qui bougent lentement, un Leconte de Lisle sans colère, qui aurait chanté les îles dont lui n'est pas natif, un bucolique grec d'un lyrisme maîtrisé.

📖 « La poésie n'a pas à exposer des idées. » (*Cahiers*.)

> 1871-1945.
> ◆
> *La Soirée avec Monsieur Teste* : 1896. *La Jeune Parque* : 1917. *Charmes* : 1922. *Variété* : 1924. *Variété II* : 1929. *L'Idée fixe* : 1932. *Variété III* : 1936. *Variété IV* et *Degas Danse Dessin* : 1938. *Tel Quel, I* : 1941. *Tel Quel, II* : 1943. *Variété V* : 1944. *Regards sur le monde actuel* : 1945. *Monsieur Teste* : posth., 1946 (*La Soirée avec Monsieur Teste* complétée d'inédits). *Lettres à quelques-uns* : posth., 1952. *Cahiers*, tome I : posth., 1973, tome II : posth., 1974. *Les Principes d'an-archie pure et appliquée* : posth., 1984. *Ego scriptor* : posth., 1992.
> ◆
> Démocrite : v. 470 - v. 380 av. J.-C.

VARIATIONS SUR DES THÈMES DE MOLIÈRE :

DON JUAN : Don Juan, qui défie Dieu, finit en misanthrope.

FRANCHISE : La franchise est la mauvaise humeur qui se croit vérité.

GRINCHEUX : Un grincheux est quelqu'un qui se crée volontairement de mauvais souvenirs. Son triste destin est de rester toujours derrière la grille du château, à pester en voyant passer les heureux, qu'il traite de niais, à la suite des marquises.

MAUVAISE HUMEUR : La mauvaise humeur est comique. Un exemple est le peintre Juan Gris mort après avoir dit : « Je sais que je vais mourir et je vous emmerde tous. »

MISANTHROPES : Il n'est pas vrai que les misanthropes n'aiment rien. Ils aiment ce qui ne leur fait pas plaisir.

NIAISERIE : La niaiserie est la bêtise qui voudrait être bonne.

VAUTRIN : Parmi les personnages de Balzac, j'aime bien les Voyageurs Rabelaisiens comme l'Illustre Gaudissart, représentant de commerce hâbleur et rusé qui finit roulé par un Tourangeau (loi chez Balzac : les Tourangeaux sont plus malins que les autres – Balzac était de Tours), j'ai de l'affection pour les Vieux Cons Sublimes qui maintiennent une Tradition, comme le marquis d'Esgrignon, avec leurs constellations de Labradors Dévoués comme le notaire Chesnel, eux-mêmes gravitant autour des Spirituels Débris comme le chevalier de Valois, le marquis de Chargebœuf ou la princesse de Blamont-Chauvry. Je me délecte à observer les Grands Parisiens et, plus encore, les Grandes Parisiennes. Reprenant dernièrement *Le Père Goriot*, je me suis relu à voix haute, deux fois, cette liste qui m'enchante, annonce de vingt romans et de mille tracas luxueux :

> Il *[Rastignac]* avait eu le bonheur de rencontrer un homme qui ne s'était pas moqué de son ignorance, défaut mortel au milieu des illustres impertinents de l'époque, les Maulincour, les Ronquerolles, les Maxime de Trailles, les de Marsay, les Ajuda-Pinto, les Vandenesse, qui étaient là dans la gloire de leurs fatuités et mêlés aux femmes les plus élégantes, lady Brandon, la duchesse

de Langeais, la comtesse de Kergarouët, madame de Sérizy, la duchesse de Carigliano, la comtesse Ferraud, madame de Lanty, la marquise d'Aiglemont, madame Firmiani, la marquise de Listomère et la marquise d'Espard, la duchesse de Maufrigneuse et les Grandlieu [...].

Il y manque, car cela se passe chez elle, Madame de Beauséant, la malchanceuse Madame de Beauséant dont la pitoyable fin nous est racontée dans *La Femme abandonnée*. Vous analyserez cette préférence en vingt lignes, sans oublier d'étudier les rapports entre Madame de Beauséant et Albertine.

Vautrin ! Jacques Collin, dit Trompe-la-Mort, forçat évadé du bagne de Toulon au torse de bête couvert de poils roux (Balzac se méfiait des roux), Vautrin le repris de justice rousseauiste, Vautrin le premier homosexuel avéré de la littérature française, Vautrin l'amoureux féroce de Lucien de Rubempré, Vautrin à la morale vulgaire et sentimentale, aux chansonnettes menaçantes, Vautrin je vais finir par le dire a ceci d'intéressant que son parler nous permet d'étudier la vie de certains mots. Il a le vocabulaire de Simone de Beauvoir avec des explosions à la Céline. Ainsi emploie-t-il le verbe *flouer*, tellement aimé par l'auteur du *Deuxième Sexe* et imité par ses suivantes : c'est un mot de l'argot des bagnes. Le voici parlant en Céline, lorsqu'il se rend compte que Mlle Michonneau l'a dénoncé à la police : « C'est toi, vieille cagnotte, tu m'as donné un faux coup de sang, curieuse ! [...] Que lui avez-vous donné, à cette Michonnette ? dit-il aux gens de la police, quelques milliers d'écus ? Je valais mieux que ça, Ninon cariée, Pompadour en loques, Vénus du Père-Lachaise. » C'est à la même Michonneau que, quelque temps auparavant, il a demandé : « Ai-je la figure qui vous déplaise, que vous me faites l'*œil américain* ? » Balzac met l'expression en italique, sans doute parce qu'elle est nouvelle ; elle semble vouloir dire : un regard fouineur ; elle a changé de sens, puisque, trente ans plus tard, Lheureux qui essaie de lui vendre du tissu pour une nouvelle robe dit à

Madame Bovary : « J'ai vu ça, moi, du premier coup d'œil, en entrant. J'ai l'œil américain », au sens : je suis perspicace ; aujourd'hui, l'expression est morte. (Depuis les années 1970, probablement. Je l'ai entendue une fois, parodiquement, dans la bouche d'un admirateur du style parigot d'après-guerre.) C'est au sujet de Vautrin que Balzac nous explique que *tronche* est un mot de mépris (la tête décapitée, quand la *sorbonne* est la tête vivante). Autre expression modifiée, car si *faire la tronche* signifiait bouder quand j'avais quinze ans, *c'est une tronche* signifiait : un savant ; je crois que le mot ne s'emploie plus. Voilà ce qu'est l'usage : une fantaisie. Voilà les expressions populaires : elles meurent plus vite que les autres.

VENGEANCE : Quel beau sujet. Se venger des imbéciles, se venger des méchants, venger un faible. Cela n'arrive pour ainsi dire jamais dans la vie. La seule réalité vivable, c'est la littérature.

Elle engendre des personnages enthousiasmants. La reine de Naples dans *A la recherche du temps perdu*. Adélaïde dans la nouvelle de Gobineau. Laurence de Cinq-Cygne dans la *Ténébreuse affaire* de Balzac. Je vous laisse découvrir les deux dernières : dans *La Prisonnière*, ayant oublié son éventail, la reine de Naples retourne à la soirée Verdurin, où elle entend qu'on ricane de son cousin le baron de Charlus rabroué par Morel à cause de Madame Verdurin ; elle s'avance :

> « Vous n'avez pas l'air bien, mon cher cousin, dit-elle à M. de Charlus. Appuyez-vous sur mon bras. Soyez sûr qu'il vous soutiendra toujours. Il est assez solide pour cela. » Puis, levant fièrement les yeux devant elle (en face de qui, me raconta Ski, se trouvaient Mme Verdurin et Morel) : « Vous savez qu'autrefois à Gaète il a déjà tenu en respect la canaille. Il saura vous servir de rempart. » Et c'est ainsi, emmenant à son bras le baron, sans s'être laissé présenter Morel, que sortit la glorieuse sœur de l'impératrice Elisabeth.

Dans Racine, le grand poète des vengeances ratées, Eriphile se dit : « Je saurai profiter de cette intelligence/Pour ne pas pleurer seule, et mourir sans vengeance » (*Iphigénie*, II, 8). Mourir sans vengeance est une des définitions du malheur.

L'un des meilleurs vengeurs de la littérature est Dickens. Avec quelle réjouissante absence d'indulgence il dévoile les hypocrites, leurs sournoiseries et leurs manigances, après les avoir laissés grandir jusqu'au bord du triomphe. Hélas, la vie n'imite la littérature que quand ça l'arrange.

La vengeance est plutôt un sujet pour personnages secondaires. Quand il s'agit de personnages principaux, le risque est que ce beau mouvement, celui même de la justice, ne finisse par apparaître mesquin. C'est ce que montre Alexandre Dumas qui, le comte de Monte-Cristo ayant assouvi 99 % de sa vengeance, l'arrête au dernier pour cent, et son pardon l'élève. La magnanimité mérite ici le mot « grand » qu'elle contient : grandeur non préexistante mais consécutive à l'acte.

VERBES : De Gaulle, dans *Les chênes qu'on abat...* fait une observation qu'on pourrait enseigner aux enfants, voire à leurs professeurs : « La langue française, ce sont les verbes. » En effet, plutôt qu'un qualificatif, mieux vaut choisir un verbe qui l'inclue. « Les branches et la pluie *se jettent* à la croisée de la bibliothèque », écrit Rimbaud dans les *Illuminations* (c'est moi qui souligne). Peut-être est-ce une remarque de Malraux que celui-ci attribue généreusement à de Gaulle, qui ne l'applique pas lorsqu'il écrit, lui si plein de qualificatifs et d'adverbes.

VERHAEREN (EMILE) : C'est un des inventeurs du XXe siècle. Il voit apparaître *Les Villes tentaculaires*, selon le titre de son livre de poèmes, dès 1895. Ce n'est pas une question d'urbanisme, le mot n'existait pas : ce qui change les choses est l'envie d'en changer, la force effrayante de l'idée, celle, encore plus puissante, du rêve : « Le rêve ancien est mort et le nouveau se forge » (« L'âme de la ville », dans *Les Villes tentaculaires*). L'Europe pompait le vieux monde rural par les chemins de fer, et des premiers trains descendaient les foules. Au bout de la ligne se trouvait ce Laforgue noir, ce naturaliste qui a lu Baudelaire, ce grand poète qui montre que l'imagination n'est pas fantasmagorie, mais spéculation.

> Dites, quoi donc s'entend venir
> Sur les chemins de l'avenir,
> De si tranquillement terrible ?
>
> La haine du monde est dans l'air
> Et des poings pour saisir l'éclair
> Sont tendus jusqu'aux nuées. (« La révolte », dans *Les Flambeaux noirs*.)

Zola est trop optimiste. Fataliste, certes, mais pour les individus : dans sa conception, les masses lèvent comme du bon pain. Verhaeren devine que l'antique haine circonscrite à des assassinats de voisinage allait se transformer en un holocauste mystérieux. Ce sera la guerre de 14, tentative de suicide collectif dont Jules Romains, dans des vers volontairement optimistes, lui, essaiera de conjurer la fatalité. Les campagnes étaient devenues une collection de *Villages illusoires*, titre du livre précédant *Les Villes tentaculaires*. Paysages hallucinés où, « Comme un troupeau de bœufs aveugles,/Avec effarement, là-bas, au fond des soirs,/L'ouragan beugle ». Pourtant, au commencement du monde verhaerenien, nous avions connu les restes de la très vieille Flandre, avec sa campagne grasse et goinfre comme dans les tableaux de Jordaens. « Dans les bouges fameux où pendent des jambons … » (*Les Flamandes*). On jouissait sans réfléchir. Et nous comprenons l'étrange sourire des personnages de Jordaens : c'était un sourire de panique. Leurs beuveries dévastatrices ont laissé un nouveau paysage, vaste plaine grise que glacent des vents qui se coupent en sifflant sur de grands crucifix noirs comme des allumettes brûlées. Avec génie, Verhaeren est devenu un écrivain de décor. Il a fait du décor la chose même. Un vide qui aspire l'homme.

Noir, vent, glacial, sont ses mots. Et morne. Qu'il répète, pour accentuer la tristesse :

> [...] — O vous qui les savez si mornes,
> Ces nuits mornes [...] (« Heures mornes », dans *Les Débâcles*).

Après des poèmes pamphlétaires dans le goût Huysmans (« dans ce siècle flasque et dans ce temps bâtard » – *Les Moines*), et non sans garder de l'excès dans les qualificatifs à la Leconte de Lisle, il s'est affiné. Une de ses plus grandes réussites est l'usage des mots courts. Ils donnent à ses alexandrins l'air d'avoir seize ou dix-huit pieds, tant ils sont pleins : « La mer choque ses blocs de flots contre les rocs » (*Les Flambeaux noirs*). Et ces belles sonorités rudes rappellent les très vieux poèmes de l'Angleterre saxonne.

C'est un créateur d'images comme il y en a peu : les vieux chênes aux branches « comme de grands bras fous qui veulent fuir leur corps » (*Les Soirs*), les chevaux las et « le vieux lattis de leur carcasse » (*Les Campagnes hallucinées*). Un portrait de la mort comme on n'en avait pas vu depuis Théophile Gautier :

> Elle portait une loque de manteau roux,
> Avec de grands boutons de veste militaire,
> Un bicorne piqué d'un plumet réfractaire
> Et des bottes jusqu'aux genoux.
> Son fantôme de cheval blanc
> Cassait un vieux petit trot lent
> De bête ayant la goutte
> Sur les pierres de la grand-route ;
> Et les foules suivaient vers n'importe où
> Le grand squelette aimable et soûl
> Qui souriait de leur panique
> Et qui sans crainte et sans horreur

Voyait se tordre, au creux de sa tunique,
Un trousseau de vers blanc qui lui tétaient le cœur. (« Le fléau », dans *Les Campagnes hallucinées*.)

Verhaeren est un excellent poète lourd.

📖 « Et rien, pas même Dieu, ne semble être témoin. » (*Les Débâcles*.)

> 1855-1916.
> ♦
> *Les Flamandes* : 1883. *Les Moines* : 1886. *Les Soirs* et *Les Débâcles* : 1888. *Les Flambeaux noirs* : 1891. *Les Campagnes hallucinées* : 1893. *Les Villages illusoires* et *Les Villes tentaculaires* : 1895.

VÉRITÉ : Dans le *Vanity Fair* de mars 2003, le chroniqueur mondain Dominick Dunne, père du Griffin Dunne si gai dans l'*After Hours* de Scorsese, écrit deux phrases très amusantes, la deuxième révélant, sans qu'il s'en rende compte, le mensonge de la première :

> Que Robert Kennedy Jr. me déteste intensément est un point qui m'est totalement indifférent. Le sentiment est réciproque.

Et il encadre la vérité (sa passion) d'un probable second mensonge :

> A ma connaissance, je n'ai jamais rencontré cet homme.

Même si on ment, on dit la vérité. Je dirais même que le mensonge est une expression de la vérité. Une expression déviée. Le hâbleur qui clame : « Je lui ai claqué son beignet, à ce cuistre ! », alors que, lâche, il ne l'a pas fait, répare sa lâcheté en rêve, signalant qu'il sait où est le bien et révélant par son exagération que ce qu'il dit est faux.

La littérature n'a pas plus à voir avec la vérité qu'avec aucun autre absolu. Dès qu'elle se mêle de vouloir être vérité elle cesse d'être littérature. Non qu'elle soit un relativisme lui-même absolu, mais l'éthique est une notion *parallèle* à l'esthétique.

|| Martin Scorsese, *After Hours* : 1985.

VERLAINE (PAUL) : Quand Verlaine apparut, nous n'étions plus habitués depuis très longtemps à l'intime en poésie, depuis Villon peut-être à qui il n'aimait pas être comparé (« Ma candidature »). Avec raison, car le sujet n'est pas ce qui apparente les écrivains : il y a des cocus dans Racine, cela n'en fait pas le frère de Feydeau. Ce par quoi les écrivains sont comparables, la personnalité, le chant, sont éloignés dans le cas de Verlaine et de Villon : Verlaine est élégiaque et Villon moqueur, Villon est savant et Verlaine distrait. Dans un de ses derniers poèmes, l'« Epilogue en manière d'adieux à la poésie "personnelle" » (Poèmes divers), Verlaine se moque de son penchant et des reproches qu'on lui a faits :

> Ainsi donc, adieu, cher moi-même
> Que d'honnêtes gens m'ont blâmé,
> Les pauvres ! d'avoir trop aimé,
> Trop flatté (dame, quand on aime !)
>
> Adieu, cher moi, chagrin et joie
> Dont j'ai, paraît-il, tant parlé
> Qu'on n'en veut plus, que c'est réglé !
> […]
>
> Adieu, le Cœur ! Il n'en faut plus.

Sentimental, mais railleur, on ne peut pas confondre Verlaine avec le dramaturge à succès Georges de Porto-Riche, sur la tombe de qui, à Varangeville, est gravé : « J'aurai peut-être un nom dans l'histoire du cœur. » (Cela pourrait être signé : « Un boucher. »)

Poésie personnelle, on dit aussi « lyrique » ? Mais combien de poèmes d'amour a-t-il écrits dont la destinataire n'existait pas ? Et cela donne des poèmes néanmoins *sentis*. Sentis par lui, car tout créateur est en partie un comédien qui se crée des sentiments que son talent communique ; sentis par le lecteur. Verlaine dit qu'un poète doit être sincère, mais n'a-t-il pas, en des sincérités successives, écrit *Sagesse* après les *Fêtes galantes, Amour* après *Sagesse*, *Bonheur* après *Amour*, les *Chansons pour Elle* après *Bonheur*, les *Liturgies intimes* après les *Chansons pour Elle* ? D'ailleurs : « A nous qui ciselons les mots comme des coupes/Et qui faisons des vers émus très froidement » (*Poèmes saturniens*).

On lui a moins reproché sa poésie religieuse. Il y exprimait du repentir, et la société adore ça : la littérature rentre dans la niche morale. Repentirs en allers-retours : « Je fus mystique et je ne le suis plus », écrit-il, après *Sagesse*, dans les *Chansons pour Elle*. Comme tous les alcooliques, il n'a aucune parole et, moins d'un an plus tard, dans les *Liturgies intimes* : « Moi qui ne suis qu'un brin d'hysope dans la main/du Seigneur […] » Moins d'un an plus tard encore : « Et maintenant, aux Fesses ! » (*Odes en son honneur.*) Moins d'un an plus tard à nouveau : « Or, je blasphémais Dieu, c'est le Père et le Maître » (*Dans les limbes*). Cette irrésolution a quelque chose de comique et de dégoûtant à la fois. En tout cas, ses livres pieux contiennent moins de bons poèmes que les autres, à l'exception des grands moments de *Sagesse* (« Parfums, couleurs, systèmes, lois !/Les mots ont peur comme des poules ») : dans *Bonheur*, les *Elégies* et les *Liturgies intimes*, on assiste à une décadence littéraire. Alors même que nous assistons à une résurrection morale. L'inconvénient de la dévotion est qu'elle conduit à employer des mots conceptuels, que Verlaine, de plus, commence par des majuscules (« le Devoir »), et la littérature n'est pas du domaine du concept. Ses longs mots en *tion* empêchent les vers de contenir le maximum de sens : « assomption », par exemple, occupe le tiers d'un alexandrin. Toute dévotion se paie de piétinement : celle d'Aragon avait les cinq pieds de « prolétariat ». Que de vers aussi mous que plats dans ces livres ! « L'amour de la Patrie est le premier amour » (*Bonheur*). Enfin ! ayant donné des gages à son remords, il peut recommencer à écrire de beaux livres.

Où nous retrouvons la ductilité, non, la souplesse, non, la fluidité inouïe de ses vers. Parfois si simples qu'on se demande si on ne lit pas les vers d'une jeune fille qui va dessiner une marguerite au bout de sa signature. Mais non. Comme Racine, avec un vocabulaire réduit et sur encore moins de sentiments (car il n'a pas la haine, car il n'a pas le pouvoir, car il n'a pas l'inceste), Verlaine séduit. La « Chanson d'automne », qui tombe en cascade de jardin : « Les sanglots longs/Des violons/De l'automne. » Le « Colloque sentimental » et sa marche à petits pas pincés de jeu d'échecs : « Ton cœur bat-il toujours à mon seul nom ?/Toujours vois-tu mon âme en rêve ? – Non. » Et l'on se retourne vers son titre, et on en constate l'ironie. Non, Verlaine n'est pas un scout. Au contraire d'Apollinaire, auteur d'un long serpent mélodieux dont on peut couper indifféremment un morceau ici ou là, il sait rassembler et écrire des pièces parfaites. A quoi tient sa séduction ? A son art du rythme ? Il ne le varie pas beaucoup : dans toute son œuvre, on trouve à peine trente poèmes comprenant des vers de mesure différente, comme le fait si souvent La Fontaine, autre grand artiste de la simplicité, pourtant. Lisons ses narquois débuts :

> C'est plutôt le sabbat du Second Faust que l'autre. (« Nuit du Walpurgis classique », *Poèmes saturniens*.)

Sa raillerie du sentiment :

> Ah ! vraiment c'est triste, ah ! vraiment ça finit trop mal [...] (« Sonnet boiteux », *Jadis et Naguère*).

Ses cocasseries descriptives :

> Voilà comment la machine à coudre
> S'amouracha du cerf-volant !

Ses haussements d'épaules :

> Bah ! nous aurons eu notre plaisir
> Qui n'est pas celui de tout le monde.

Ses rires :

> Sus aux Gomorrhes d'à côté !

Et le pastiche, chez lui un élément de la création, le pastiche de personne en particulier, le pastiche des genres, comme dans « Je suis l'Empire à la fin de la décadence » (*Jadis et Naguère*), si réussi qu'il a semblé la chose même et que les ennemis de cette sorte de poésie s'en sont servis pour nommer l'école décadente. C'est donc la ruse ! Cet élément du génie !

Elle ne suffit pas. « Voici des fruits, des fleurs, des feuilles et des branches/Et puis voici mon cœur qui ne bat que pour vous. » C'est simple, c'est enchanteur, et ce n'est pas *malin*. Qu'est-ce qui crée la différence entre ces vers-là et des vers niais ? L'imagination, sans doute. Cette grande essayeuse va chercher des mots que le talent combinera d'une certaine façon pour exprimer certaines émotions. Comparons avec *Eux et Nous*, best-seller de la poésie du XXe siècle : son auteur, Paul Géraldy, tourne la manivelle d'un orgue de Barbarie de clichés et ne penserait jamais à utiliser des mots supposément aussi peu poétiques que « feuilles » et « branches », lesquelles palpitent pourtant comme un pouls et annoncent le cœur que Verlaine offrira au vers suivant.

L'imagination crée des images. Les « lances de l'averse ». « Des bouts de fumée en forme de cinq. » « Mon désir rauque et muet. » « Les loups obliques. » Comme Cocteau, comme Genet, Verlaine a réussi à imposer une imagerie personnelle. C'est celle d'une Flandre pluvieuse où l'on se promène à deux entre des arbres vert-noir, avec pour ombre une péniche qui passe, là, sur un canal gras.

Dans son grand art de la rime, il utilise ce que j'appellerais des « antirimes », rimes croisées où les masculines sont féminisées, et vice versa :

> C'est le chien de Jean de Nivelle
> Qui mord sous l'œil même du Guet
> Le chat de la mère Michel.
> François-les-bas-bleus s'en égaie. (*Romances sans paroles*.)

Certains poèmes sont tout en féminines, qui leur donnent une démarche traînante et enjôleuse : « Les donneurs de sérénades/Et les belles écouteuses/Echangent des propos fades/Sous les ramures chanteuses » (*Fêtes galantes*). Véritable élégant, Verlaine se donne l'air négligé. Parfois paresseux, il se relâche, comme on le voit aux points de suspension, qui soulignent un bon mot ou une mélancolie, ou aux césures faibles, comme dans « Le dernier coup de vêpres a sonné : l'on tinte », avec son affreuse prononciation : « vêpre-z-a sonné » (*Liturgies intimes*). Une de ses grandes inventions consiste à placer à la rime des verbes à la troisième personne du singulier du passé simple. « Scaramouche et Pulcinella/Qu'un mauvais dessein rassembla » (*Fêtes galantes*). C'est un son curieux, nez en l'air, réveilleur. De même, les adverbes en ment, si décriés et dont il abuse exprès. Il les aime tellement qu'il intitule un recueil *Parallèlement* et que, dans les *Croquis de Belgique*, il écrit : « Je n'y ai pas eu assez le temps de me procurer quelque souvenir pour en parler compétemment ou simplement amusamment. » Hors rime, il crée des néologismes sur lesquels, en revanche, il n'appuie pas et qui par là deviennent naturels : les « écouteuses » les « impédiments ». Et voilà ce qu'est écrire verlainement.

Il a écrit un « Art poétique » dans *Jadis et Naguère* : « De la musique avant toute chose,/Et pour cela préfère l'impair. » L'art poétique d'un poète, ce sont ses poèmes ; ceux de Verlaine contredisent sa déclaration. J'ai fait le décompte des vers qu'il utilise dans l'ensemble des poèmes qu'il a publiés de son vivant à l'exception des *Dédicaces* : 89 poèmes sont sur des vers impairs, 387 sur des vers pairs. Il utilise le plus le vers classique français, l'alexandrin : 193 poèmes. Le suivent l'octosyllabe (131) et le décasyllabe (46). L'heptasyllabe (sept pieds) ne vient qu'en quatrième place avec 33 poèmes, et l'ennéasyllabe (neuf pieds) qui passe pour si verlainien, probablement à cause de cet « Art poétique » en vers de neuf pieds, n'a que 26 occurrences. Dans le dernier recueil publié de son vivant, les *Epigrammes*, il écrit : « J'admire l'ambition du Vers Libre/– Et moi-même que fais-je en ce moment/Que d'essayer d'émouvoir l'équilibre/D'un nombre ayant deux rhythmes seulement ? »

En prose, il écrit parfois à peine mieux que le style d'époque. Epithètes antéposées et adverbes postposés, tournures gouailleuses. La feinte corruption de sa poésie devient réelle en prose : il n'a plus la prosodie pour lui servir de tuteur, et on dirait une serpillière humide. Dans ses articles de critique, il se moque du cœur qui devient chez certains « un viscère qui tient lieu de tout », lui qui en a beaucoup usé, il aime un peu beaucoup n'importe qui, avec tout d'un coup, dans un livre cordial comme *Les Hommes d'aujourd'hui*, un déchiquetage de Maurice Rollinat, poète qui se donnait des airs terribles et écrivait du Baudelaire comique malgré lui. Il se range lui-même dans *Les Poètes maudits*, piteuse publicité qui le fait à la fois « juge et partie », comme il le reproche à Zola dans le *Voyage en France par un Français*; c'est là qu'il se surnomme « Pauvre Lelian », anagramme de son nom. A sa décharge, le titre dragueur de ce recueil d'éloges a été trouvé par son éditeur, Léon Vanier.

Lorsqu'il oublie de l'ouvrager et qu'il est plus soigneux, sa prose devient bonne : les *Confessions* (« Plus tard, beaucoup plus tard, quand j'eus grandi, à quoi bon ? vieilli, pourquoi ? [...] »), plusieurs de ses contes, comme « Charles Husson » (*Histoires comme ça*) : après un long portrait admiratif, ce personnage nous est présenté comme « le plus aimé des souteneurs de la place Maubert » ; ce qui ne l'empêche pas de monter avec un client de Marinette, qui se venge en couchant gratis avec un policier. « Et c'est ainsi qu'encore une fois la morale fut sauve, que force restait à la Loi. »

Verlaine écrit mieux dans l'attaque que dans l'éloge. Il n'était pas gentil. Etait-il bon ? Il a des moments aigres, il emploie le mot « méchant » dans un sens approbatif (l'« adorablement méchant » Barbey d'Aurevilly, « le terriblement et si savoureusement méchant Laurent Tailhade »). La légende du Verlaine gentil s'est faite par le transfert sur sa personne d'une idée qu'on se faisait de sa poésie. Vivants, on se fait une idée des écrivains. Morts, on se fait éventuellement une idée de leurs livres.

Verlaine est l'auteur d'un des vers les plus amicaux que je connaisse, adressé à Jules Tellier : « Quand je ne vous vois pas je me souviens de vous. » (*Dédicaces* ; l'absence de virgule après la circonstancielle est particulièrement délicate : Verlaine ne veut pas insister sur la tendresse.) Quand on est le dédicataire d'un vers comme celui-là, on peut mourir tranquille.

📖 « Recette : la poésie ne consisterait-elle point, par hasard, à ne jamais être dupe et à parfois le paraître ? » (« Charles Baudelaire »)

> 1845-1896.
> ♦
> « Charles Baudelaire » : *L'Art*, 1865, et *Œuvres en prose complètes*, posth. : 1972. *Poèmes saturniens* : 1866. *Fêtes galantes* : 1869. *Romances sans paroles* : 1874. *Sagesse* : 1881. *Les Poètes maudits* : 1884 et 1888. *Jadis et Naguère* : 1884. *Parallèlement* : 1889. *Bonheur* et *Chansons pour Elle* : 1891. *Liturgies intimes* : 1892. *Les Hommes d'aujourd'hui* : fascicules périodiques de 1885 à 1892. *Elégies* et *Odes en son honneur* : 1893. *Dans les limbes* et *Epigrammes* : 1894. *Poèmes divers* : posth., 1962 (éd. Le Dantec, dans les *Œuvres poétiques complètes*). « Ma candidature », *La Revue parisienne*, 25 octobre 1893 (dans les *Œuvres en prose complètes*). *Confessions* : posth., 1899. « Croquis de Belgique » : *La Revue périodique*, 1895 (dans les *Œuvres en prose complètes*).

Histoires comme ça : posth., 1903, dans les *Œuvres posthumes de Paul Verlaine*. *Voyage en France par un Français* : posth., 1907.

◆

Georges de Porto-Riche : 1849-1930. Maurice Rollinat : 1846-1903.

VERS LIBRE : Si on appelle vers libre le vers non rimé, il est apparu avec Jules Laforgue. Si on appelle vers libre le vers rimé mais qui ne suive aucune forme fixe (rondeau, sonnet, etc.), il est apparu avec La Fontaine.

Libre de quoi ? Des règles. Lesquelles ? Elles changent. Il est devenu une règle, vers Malherbe, de refuser l'hiatus, c'est-à-dire le rapprochement d'un mot finissant par une voyelle et d'un autre commençant aussi par une voyelle. Dans le « Testament », le vers : « Ce que j'ay escript est escript », ne heurtait pas l'oreille de Villon, puisqu'il l'a écrit. Tel est le mouvement des règles : après des dizaines d'années d'usage, une façon d'écrire devient fastidieuse ; on la chasse ; la nouvelle façon d'écrire devient fastidieuse à son tour ; après cent ans d'hiatus revenu dans le vers français, on pourrait l'envoyer prendre le frais pendant un siècle ou deux.

Dans la *Lettre à l'Académie*, Fénelon recommande le vers libre. Il n'arrive pas à la conclusion positive qu'il faudrait abolir la rime, quoiqu'il écrive : « Notre versification perd plus, si je ne me trompe, qu'elle ne gagne par les rimes […] » Ce n'est pas par prudence, mais parce qu'il ne le conçoit pas. « Tout le monde savait que c'est impossible. Il est venu un imbécile qui ne le savait pas et qui l'a fait », dit un personnage de Marcel Pagnol. Jusqu'au moment où trop d'imbéciles le font, ou disons trop d'incapables. Un jour, pour montrer combien c'était devenu un vers machinal, Henri de Régnier tint toute une conversation en alexandrins. Je trouve que cela montre surtout son sens du rythme, et nous pourrions tenir beaucoup plus longtemps en vers libres. Tout le monde parle en vers libres. Ou plutôt, trop de vers libres parlent comme tout le monde. Fabriqués sans le redoublement de soin nécessaire à un type de poésie si propice à l'informe, ils ont l'air de paquets de linge sale. Au demeurant, c'est l'absence de talent qui est critiquable, pas les « genres ».

La rime est une modestie du génie. Il met au bout des vers ces lampions enfantins pour faire pardonner tout l'art qu'il a mis à l'intérieur.

VIALATTE (ALEXANDRE) : J'ai trop écrit sur lui, je n'en peux plus, je serai bref. Vialatte est un très intéressant exemple de postérité qui s'est faite sous nos yeux. De son vivant, il était connu de nom par, mettons, quatre cents personnes, l'édition, un peu de presse, quelques lecteurs. Aujourd'hui, il l'est plus, sans être énormément lu, mais les écrivains sont toujours plus connus que lus.

Parfois trop. Il ne faut pas surcharger Vialatte de commentaires : c'est une bulle. Irisée, bondissante, capricieuse. Si on la faisait exploser, on trouverait plus d'acidité qu'il n'y semblait. Regardons-le. Goûtons-le par lampées. Sans écouter le discours du sommelier. Il s'est créé un boniment Vialatte. L'Auvergne. « Et c'est ainsi qu'Allah est grand. » Tous ces grelots qu'on attache aux écrivains plutôt que d'écouter leur chant.

La voix de Vialatte est souvent voilée dans ses romans : *Les Fruits du Congo* est un orgue de Barbarie qui ne sait pas s'arrêter, *Battling le Ténébreux* très découpé selon la partition de *Fermina Márquez*, à moins que ce ne soit celle du *Grand Meaulnes*. Pleines de suicides, d'ailleurs, les fictions de Vialatte. On se croirait chez Bernanos. Les écrivains allègres sifflent souvent pour oublier le désespoir. Vialatte se voyait comme un conteur des *Mille et Une Nuits*, c'était le chroniqueur des Mille et un jours. C'est d'ailleurs, à très peu près, le nombre de chroniques qu'il laisse. Il les a écrites après avoir abandonné le roman. Dans le dernier, *Les Fruits du Congo*, il était débordé par le pittoresque, car tout lui était pittoresque. D'un coupe-papier il faisait le cimeterre de Saladin. Or, s'il faut exclure pour écrire des romans, la chronique permet d'accumuler. Finie, la torture de devoir choisir entre toutes les séductions des objets ! Et il compose son chef-d'œuvre en l'éparpillant dans les journaux. On n'a recueilli ses chroniques en volume qu'après sa mort, au grand délice des gourmets et à l'incompréhension des sérieux.

Avec le goût chichiteux qui le caractérisait, Chardonne écrivit dans une lettre qu'il fallait publier un *petit* recueil qui renfermerait la *quintessence* des chroniques de Vialatte. Ce que c'est que d'avoir écrit des romans conjugaux, tout de même : on croit qu'il faut trier dans l'œuvre des autres comme dans la sienne. Chez Vialatte, la quantité est un élément de la qualité, et c'est en écrivant autant de chroniques qu'il a fini par nous léguer la tapisserie de Bayeux des temps modernes. Il décrit par le menu, avec leurs inventions, leurs inepties, leurs ridicules, leurs tics de langage, leurs marottes, les années qu'un sociologue a appelées les Trente Glorieuses. (1945-1973. *Les Chroniques de « La Montagne »* vont de 1952 à 1971.) Et qu'il existe autant de chroniques a fini par laisser croire qu'il les avait inventées. (C'est Fargue.)

Différence entre l'esprit sarcastique et l'esprit de fantaisie. Sarah Bernhardt était sans cesse malade. On lui ôte un poumon, puis un rein, puis une jambe. A soixante-seize ans, elle annonce son retour au théâtre. Comment va-t-elle arriver ? se demande-t-on. Avec une jambe de bois ? Le maréchal donne les trois coups. Dans la salle, le jeune écrivain Ernest La Jeunesse se penche sur son voisin : « La voici. » Vialatte : « Tant qu'il restait un morceau d'elle, ce morceau continuait de jouer la comédie » (*Chroniques de « La Montagne »*).

Son génie, c'est la prolongation. Là où tout écrivain, ayant procédé à une comparaison, s'arrête, Vialatte continue, et réussit à ne pas être lourd. Au contraire même, plus il ajoute, plus il devient léger. Il a cousu les morceaux d'une montgolfière.

📖 « Ce qui vous ressemble, c'est votre fille, ce n'est pas votre sosie du musée Grévin. » (« L'amour passe », *Chroniques de « La Montagne »*.)

> 1901-1971.
>
> ◆
>
> *Battling le Ténébreux* : 1928. *Les Fruits du Congo* : 1951. *Bananes de Kœnigsberg* : posth., 1985. *Chroniques de « La Montagne »* : posth., 2000.
>
> ◆
>
> Jacques Chardonne : 1884-1968.

VIAU (THÉOPHILE DE) : Comme le baron de Sigognac dans *Le Capitaine Fracasse* de Théophile Gautier, Théophile de Viau, quant à lui natif de l'Agenais, non des Landes, s'est engagé comme poète dans une troupe de comédiens ambulants qui se rendait à Paris. D'autre part cadet de Gascogne, et là comme d'Artagnan, il est moins royaliste que lui. C'est un libertin. C'est-à-dire, non pas un coucheur, mais un insolent qui ne croit en rien. Le roi Louis XIII s'en offense et l'exile en 1619 ; rentré en grâce en 1620, Théophile se convertit hypocritement, et raisonnablement. Les jésuites ne s'en contentent pas. Ils montent une cabale. Le Père Garasse, l'une des figures maudites de la littérature française avec l'avocat impérial Pinard, l'accuse d'avoir publié un poème blasphématoire dans un recueil collectif et anonyme intitulé *Le Parnasse satyrique*. Alors que Théophile tentait de fuir en Belgique, ce pays si accueillant aux écrivains français persécutés, il est arrêté et conduit à la Conciergerie, dans le cachot de Ravaillac. N'y cherchez pas de symbole de la part des geôliers : la plupart du temps, c'est la négligence qui décide de ces choses. Théophile passe deux ans en prison (1623-1625) où, malgré leurs efforts, ses ennemis sont incapables de réunir la moindre preuve contre lui. Sa première condamnation à être brûlé vif est commuée en bannissement à perpétuité : il est libéré. Epuisé, il meurt quelques mois plus tard, à l'âge de trente-six ans.

Pardon de tout cet anecdotique, mais ce n'est pas de ma faute, et c'est bien ce qu'on peut reprocher aux persécuteurs des écrivains : ils triomphent même s'ils ont perdu, en enfonçant à jamais les écrivains dans la biographie, au détriment de leur œuvre. D'une certaine façon, les persécuteurs gagnent toujours.

Théophile, le poète emprisonné. Et plus injustement que d'autres : Verlaine avait tiré sur Rimbaud. Qu'avait fait Théophile ? Comme Ovide exilé par l'empereur Auguste, probablement rien. Il avait peut-être suffi à Ovide d'entrer dans la salle du trône avec un mouvement d'épaules qui avait déplu. Quand on est tyran, un rien vous vexe. Théophile devait faire partie de l'espèce malchanceuse des hommes à qui l'on ne passe rien. On calomnia. Le Père Garasse, aidé de plusieurs amis, l'accusa d'ivrognerie et de sodomie. Dans les écrits de Théophile, il n'y a pourtant pas un mot contre la religion. La persécution n'a pas besoin de raisons, c'est son principe. Une fois qu'elle s'est enclenchée, elle se trouve légitime. Théophile se défendit, disant « Que si ma plume avait commis/Tout le mal qu'ils vous font entendre,/La fureur de mes ennemis/M'aurait déjà réduit en cendre. » La persécution se moque aussi de la logique. Et même elle s'en offense. Lui nier le *droit au soupçon* ? Ses persécuteurs finirent par se persuader qu'ils avaient raison, tant il est vrai que l'homme est bon : il refuse d'être un monstre par simple haine.

Théophile était un étourdi qui, malgré toutes les messes auxquelles il s'efforçait d'assister, n'accordait pas d'importance aux importants. « D'Audiguier, l'auteur de *Lisandre et Caliste*, disait à Théophile qu'il ne taillait sa plume qu'avec son épée : "Je ne m'étonne donc pas, lui dit Théophile, que vous écriviez si mal" » (Tallemant des Réaux, *Historiettes*). Et lui :

> Je sais bien que mes insolences
> Ont si fort chargé les balances
> Qu'elles penchent à la rigueur.

Ajoutez les courtisans aux jésuites, et la paresse hargneuse de Louis XIII. « Soixante archers m'ont amené/Par les bruits de la populace. » Proposition scandaleuse :

> Si j'étais du plus vil métier
> Qui s'exerce parmi les rues,
> Si j'étais fils de savetier
> Ou de vendeuse de morues,
> On craindrait qu'un peuple irrité,
> [...]
> Ne fît avec sédition
> Ce que sa fureur exécute
> En son aveugle émotion.

En prison, il y a les gardiens. Ils méprisent les poètes plus que les crapules, qui sont *compréhensibles*. « Je flattais des gueux arrogants/Qu'on m'avait ordonnés pour gardes. » Les amis ? Oh, vous savez ce que c'est !

> Mes amis changèrent de face :
> Ils furent tous muets et sourds,
> Et je ne vis en ma disgrâce
> Rien que moi-même à mon secours.

Les confrères ? Théophile *in carcere* écrivit une « Prière de Théophile aux poètes de ce temps » :

> S'il arrive que mon naufrage
> Soit la fin de ce grand orage
> Dont je vois mes jours menacés,
> Je vous conjure, ô troupe sainte,
> Par tout l'honneur des trépassés,
> De vouloir achever ma plainte.

Troupe sainte, mais muette. Guez de Balzac, un ami, chercha à lui nuire dans une de ses lettres *publiées*, alors que

Théophile était au secret, attendant son procès. Il lui répondit dédaigneusement dans une lettre *privée* : « Quand vous tenez quelque pensée de Sénèque ou de César, il vous semble que vous êtes censeur ou empereur romain. » Au XXe siècle, nous avons eu un exemple comparable en la personne d'un écrivain aujourd'hui mort qui fut influent, critique littéraire, membre d'un grand jury et de quantité d'autres, vindicatif, malveillant, envieux et qui se donnait des airs de fin railleur (un de ses recueils de poèmes s'intitule *Je ne suis pas un poète d'eau douce*). Le chevaleresque d'Alain Bosquet se remarquait à chaque rentrée littéraire où, dans *Le Quotidien des Livres* puis dans *Le Figaro littéraire*, il prenait une pleine page pour railler... les puissants, êtes-vous fous ? non, non, les premiers romans. Ah, qu'il avait la méchanceté preste pour griffer ces jeunes auteurs qui n'avaient aucun moyen de se faire défendre ! Je laisse quantité de petits exemples pour en venir au plus beau, au plus exaltant, au plus magnifique. Alexandre Soljenitsyne, pour avoir publié des livres montrant la tyrannie soviétique, avait été envoyé au goulag, où il écrivit son célèbre *Archipel du goulag*, qui désola tant le Parti communiste français. L'homme de droite Bosquet publia un pamphlet intitulé *Pas d'accord, Soljenitsyne !* Et cela *alors que Soljenitsyne se trouvait au goulag*. Il est plus sûr de frapper un homme à terre. Ainsi faisait Guez de Balzac, ainsi fit Louis Aragon. Dans son livre, Bosquet qualifiait Soljenitsyne de mauvais Russe : Bosquet était bon Russe, lui, ayant obtenu le prix Lénine et publiant des comptes rendus de courses hippiques françaises dans *La Pravda*. On peut espérer que tout s'oublie, mais rien n'est jamais sûr.

« Dorénavant plus sage à mes dépens », dit Théophile à la fin de son aventure. Oui, et quelle tristesse. « Et que sais-je si mon malheur/N'est pas la source de ma gloire ? » Sans doute, mais son talent devrait être suffisant pour acquérir la « gloire » à un écrivain. Le malheur ne devrait jamais devenir une consolation.

Théophile avait les imaginations noires. Pour de nombreuses rimes sur le mot « soie », combien de « funèbre », combien de « noir », combien de « serpents » ? Et cela avant son emprisonnement. On dirait qu'il a la prescience de ce qui va lui arriver. Un de ses plus beaux poèmes est, haletant et traqué, celui qui commence : « Un corbeau devant moi croasse » et où il imagine que, dans un grand craquement de tonnerre, le monde s'inverse et délire : « Ce ruisseau remonte en sa source/[…] Un aspic accouche d'une ourse. » Le moins inquiétant n'est pas le dernier vers, par la simplicité de ce qu'il décrit : « Cet arbre est sorti de sa place. »

Ne se plaignant pas, il n'a pas été plaint : « Et le malheur, fâché de ne me voir point triste […]. » Il apparaît toujours un éclat d'allégresse dans ses mélancolies. Et si, dans *La Maison de Sylvie*, son dernier grand poème, parti pour chanter des joies, il revient sur ses souffrances en prison, c'est qu'il a souffert. Il a écrit quantité de poèmes qui parlent d'autre chose. De beaux poèmes d'amour exagérés, comme les « Stances à Mlle D. M. », des élégies peu élégiaques, tant mieux. Il réussit particulièrement bien les fins. Je n'en donnerai qu'un exemple, le poème d'amour qui finit :

Laisse-moi, ne me parle plus.

Il a l'art de la répétition qui monte comme une vague et donne de l'ampleur au poème. « J'ai fait ce que j'ai pu pour m'arracher de l'âme/L'importune fureur de ma naissante flamme,/J'ai lu toute la nuit, j'ai joué tout le jour,/J'ai fait ce que j'ai pu pour me guérir d'amour,/J'ai lu deux ou trois fois tous les secrets d'Ovide […]. » Il découvre des expressions très imagées : « le porteur des Muses errantes » (c'est lui-même), certaines s'élevant jusqu'à la haute éloquence : « Pâles sujets des éternelles nuits/Etes-vous bien aussi morts que je suis ? » Il a de l'humour, il a de l'esprit.

> Heureux, tandis qu'il est vivant,
> Celui qui va toujours suivant
> Le grand maître de la nature
> Dont il se croit la créature.

Lui et Villon. Est-ce que le poème où il montre un criminel mené à l'échafaud n'est pas sa « Ballade des pendus » ? Lui et Verlaine. Est-ce que son : « Dans ce val solitaire et sombre » n'a pas pour écho le : « Dans le vieux parc solitaire et glacé » ?

Il y a des poètes-Cendrillon. On ne les lit plus, puis un confrère arrive, leur baise le front, et ils s'éveillent, tout frais. Théophile Gautier a été le prince charmant de Théophile de Viau, dans son recueil d'articles *Les Grotesques*, où le chapitre sur Théophile est le plus tendre, le plus charmant, le plus fin. « Avant d'avoir lu un seul de ses vers je lui portais déjà un tendre intérêt à cause de son nom de Théophile, qui est le mien comme vous le savez ou ne le savez pas. »

📖 « Dieu nous a donné tant de divertissements,
   Nos sens trouvent en eux tant de ravissements,
   Que c'est une fureur de chercher qu'en nous-même
   Quelqu'un que nous aimions et quelqu'un qui nous aime. » (Élégie « Cloris, lorsque je songe, en te voyant si belle... », Seconde partie des *Œuvres*.)

1590-1626.

◆

Œuvres (première partie) : 1621. *Œuvres* (deuxième partie) : 1623.

VIE : La vie n'est pas le critère à partir duquel on juge l'art. On juge l'art à partir de l'art, puisque c'est de l'art qu'il s'inspire. Il en naît, il en émerge, il en fleurit. Ce qui me donne envie d'écrire, c'est moins la vie que tel bon roman ou tel bon tableau : ils excitent mon imagination, lui disent qu'il vaut la peine qu'elle se mette en marche. Et si c'est une scène de la vie qui l'allume, ce que je veux n'est pas la reproduire, mais en tirer un objet parfait. L'art ne s'inspire pas de la vie : il s'y sert.

Dans ce grand supermarché, on prend une situation ici, un corps là, un paysage ailleurs, et l'ouvrier qui porte le nom d'imagination les combine selon les lois de la probabilité et les modifie selon les nécessités de l'objet qui apparaît au fur et à mesure.

La vie, c'est beaucoup moins bien fait que la littérature. Si la vie se présentait sur manuscrit chez un éditeur, il la refuserait.

VIE DE RANCÉ : Dictionnaire des noms propres, d'après la *Vie de Rancé*, par M. de Chateaubriand :

> CHAMBORD (CHATEAU DE) : « Une femme dont le vent aurait soufflé en l'air la chevelure. »
> LA GRANDE MADEMOISELLE : « Grand hurluberlu qui se trouvait partout avec son imagination. »
> LOUIS XIV (ET LA FRONDE) : « Lorsque Louis XIV eut jeté les baladins à la porte... »
> MADAME DE SÉVIGNÉ : « Légère d'esprit, inimitable de talent, positive de conduite, calculée dans ses affaires. »
> RETZ (CARDINAL DE) : « Vieil acrobate mitré. »

Dans cette extraordinaire galerie de tableaux, on reconnaît aussi l'hôtel de Rambouillet, le prédicateur Mabillon, Jean-Baptiste Thiers qui « se moquait de tout, même lorsqu'il était sérieux » (un Français, en somme), et Rancé, tout de même, on finirait par l'oublier, mais est-il si important? Son confesseur avait imposé à Chateaubriand d'écrire une hagiographie du prêtre de la Trappe, mais cela l'ennuya tellement qu'il préféra jeter sur la table ce jeu de cartes du XVIIe siècle, livre merveilleux et dérangé, manière de préface à une *Histoire du règne de Louis XIV*. Chateaubriand raconte l'avortement agité de la France des nobles rebelles, puis le noble calme autoritaire instauré par Louis XIV. Ne passez jamais de commande de livres édifiants aux écrivains qui ne sont pas faits pour cela : à la place, vous obtiendrez un chef-d'œuvre. Et quelles phrases enchanteresses contient celui-ci ! « Eh bien, peuple royal de fantômes, je me cite (je ne suis plus que le temps)... »

Tout m'enchante dans ce livre rapide, sans une liaison, parfois obscur, et hautain, d'autres fois brutal, et sec, légèrement agacé (le souvenir du devoir à remplir). Ses qualificatifs. Son gaspillage d'images et de néologismes : « Rancé avait repris les débris de l'incendie, et les avait retouchés ; une des copies postflammes [...] » ; « le duc de Saint-Simon convole au récit des liaisons de Rancé avec les personnages de la Fronde » (c'est dans ce livre que Chateaubriand dit de Saint-Simon qu'« il écrit à la diable pour l'éternité »). Dans la deuxième édition, il a eu le tort de changer ce « convole » en « s'occupe du récit ». Il avait écrit son livre à coups d'éperons, et surtout il avait soixante-quinze ans, ce qui était alors bien vieux : à cet âge, on s'en fout. A propos de Poussin, il dit : « Souvent, les hommes de génie ont annoncé leur fin par des chefs-d'œuvre : c'est leur âme qui s'envole. »

A la fin du livre, Chateaubriand assure que Rancé pourrait être canonisé, et pas une seule fois il ne nous a dit son prénom : il serait saint quoi de Rancé ? Chateaubriand ne vivait pas à une époque de prénoms, et il serait surpris de voir des Premiers ministres ou des présidents étrangers appelés par leur surnom de Tony ou de Bill. Ce n'est pas ça qui les empêche d'être des féroces du pouvoir, va.

D'appeler un personnage Jean Santeuil vint-il de la lecture par Proust de cette *Vie de Rancé* où il est deux fois question d'un M. de Santeuil qui « s'asseyait au chœur parmi les moines comme un petit sapajou » ? Il y a un Jean de Santeuil, 1630-1697, poète français en langue latine. Une phrase comme : « Le bourreau, en tranchant la tête à la reine d'Ecosse, lui enfonça d'un coup de hache sa coiffure dans la tête, comme un effroyable reproche à sa frivolité » a dû faire chavirer Cocteau, s'il l'a lue.

📖 C'est le livre entier que je voudrais citer. Je choisirai cette phrase qui aurait sans doute ravi Rabelais : « Des frères convers, appendus au haut du clocher, étaient ballottés par les vents et rassurés par leur foi. »

|| 1844.

VIGNY (ALFRED DE) : Vigny a tout fait avant tout le monde. Des

    Poèmes antiques et modernes, 1822-36 et 1837,

avant Hugo, *La Légende des siècles*, 1859-77. Un roman historique,

    Cinq-Mars, 1826,

avant Mérimée, la *Chronique du règne de Charles IX*, 1829. Un livre sur la condition de poète,

    Stello, 1832,

avant Musset, la *Confession d'un enfant du siècle*, 1836, laquelle s'apparente aussi, par le sentiment du grand trou qu'a laissé le départ de Napoléon, à ces espèces de mémoires désenchantés,

    Servitude et grandeur militaires, 1835,

qui précèdent Chateaubriand, les *Mémoires d'outre-tombe*, 1848 (posthume). Avant Musset encore (*On ne badine pas avec l'amour*, 1834), Vigny a écrit un « proverbe »,

    Quitte pour la peur, 1833.

Je ne vois guère que le théâtre sérieux où, avec

    La Maréchale d'Ancre, 1831,

il succède à Dumas, *Henri III et sa cour*, 1829. D'où vient donc qu'il me donne parfois l'impression d'arriver *après*? Il n'a insisté dans aucun « genre » et, homme bien élevé, il ne s'est jamais frappé le torse, à l'image de certains King-Kong du romantisme : « c'est moi le premier qui ! » « c'est moi d'abord dont ! » Et puis Vigny était boudeur.

Il écrit sa poésie en tenue de gala, et parfois, plutôt que de grands poèmes, il en dessine les contours à la craie sur un patron noir. Ce sont ceux où il veut être dantesque, comme « Paris » dans les *Poèmes antiques et modernes*. « — Prends ma main, voyageur, et montons sur la tour. » Du berçant ennui consécutif à des rimes parfois banales, surgissent de splendides moments, comme dans le même livre, le fameux « Cor » (« J'aime le son du cor, le soir, au fond des bois »), ou, dans *Les Destinées*, « La maison du berger », un de ses plus grands poèmes, ou encore « La Colère de Samson », qui serait meilleur sans la scène d'exposition et où, après le vers « Et plus ou moins la Femme est toujours DALILA », ce *plus ou moins* m'enchante, sans parler du prénom en capitales, on trouve le vers qu'utilisera Marcel Proust pour intituler le troisième volume d'*A la recherche du temps perdu* :

> Bientôt, se retirant dans un hideux royaume,
> La Femme aura Gomorrhe et l'homme aura Sodôme,
> Et, se jetant, de loin, un regard irrité,
> Les deux sexes mourront chacun de son côté.

(Avec l'accent circonflexe à Sodome.) Suivant notre humeur le jour où nous le lisons, le vers est splendide ou comique. Ou les deux. Splendides aussi, splendides et froids comme un bouclier de bronze : « Roncevaux ! Roncevaux ! dans ta sombre vallée/L'ombre du grand Roland n'est donc pas consolée ? » (« Le cor ».) Il remplace quelquefois le métal par le velours : « Une femme se lève,/Court au port et lui tend un mouchoir de la grève,/Et ne sent pas ses pieds enfoncés dans la mer » (« La bouteille à la mer », dans *Les Destinées*).

Il se peut que, dans sa création du Vigny idéal, ce moi meilleur dont certains écrivains ont besoin de projeter l'image dans leur esprit afin de surpasser leurs dons, Vigny ait été doublé par des écrivains d'une sensibilité proche de la sienne. Pour la flûte, Musset ; pour le tambour, Hugo ; pour le drapé, Chateaubriand ; pour... Il en a nettement précédé deux : par la pensée, Baudelaire, par l'attitude, Leconte de Lisle. « J'irai, seule et sereine, en un chaste silence,/Je fendrai l'air du front et de mes seins altiers » (« La maison du berger »), annonce l'impassibilité dont se prévaudront Leconte de Lisle et les Parnassiens. Dans le même poème, « J'aime la majesté des souffrances humaines » : on sait ce que des conceptions pareilles ont pu entraîner dans un cerveau orgueilleux et ébranlé comme celui de Baudelaire. Il ne s'agit pas chez Vigny d'une apologie de la souffrance, ni d'inhumanité : on devrait toujours citer le passage entier, et surtout les vers suivants :

> Vivez, froide Nature, et revivez sans cesse
> Sous nos pieds, sur nos fronts, puisque c'est votre loi :
> Vivez, et dédaignez, si vous êtes déesse,
> L'homme, humble passager, qui dut vous être un roi ;
> Plus que tout votre règne et que ses splendeurs vaines,
> J'aime la majesté des souffrances humaines ;
> Vous ne recevrez pas un cri d'amour de moi.

En prose, Vigny a écrit des chefs-d'œuvre hachés, *Servitude et grandeur militaires* et *Stello*. *Servitude et grandeur militaires* a été occupé par l'armée française, qui l'a enseigné dans ses écoles pendant cent ans et a ainsi donné l'idée fausse, sinon même contraire à la réalité, que c'est un livre militariste. La leçon de *Stello* est que les poètes ne doivent pas espérer : aucun pouvoir politique, qu'il soit parlementaire, monarchique ou despotique, ne peut les comprendre, et le peuple pas davantage. Le non-espoir les fera écrire en connaissance de cause : pour aucune cause. Sans se plaindre, sans se résigner. Le non-espoir résiste, maintient, fait. Vigny est un des écrivains français qui se soient fait la plus haute idée de la littérature.

Je consulte le Petit Robert, le Van Tieghem, le Bompiani : tous ces dictionnaires oublient *Quitte pour la peur*. Comme on s'arrange la vie, comme on s'arrange le Vigny. Il a écrit cette pièce, tout de même. Une comédie ! Du Musset en gelée : le sens est exposé par les personnages au lieu d'être inclus dans leurs actes et dans leurs paroles. D'autre part, elle expose un sentiment très Vigny : même si c'est inutile, il faut *maintenir*. Le duc : « Moi, je vous ai sauvée en sauvant les apparences. » C'est un sentiment très noble. Vigny est un grand civilisé, et l'hypocrisie la cousine pauvre de la civilisation, à qui l'on fait faire le ménage sans la payer. Le duc ajoute : « Dans une société qui se corrompt et se dissout chaque jour, tout ce qui reste encore de possible, c'est le respect des convenances. Il y a des occasions où la dissimulation est presque sainte et peut même ne pas manquer de grandeur. » Vous préférez la franchise de Cro-Magnon ?

En politique, Vigny représente la droite humaine, qui perd souvent contre la droite inhumaine. Il s'est élevé contre Joseph de Maistre, qui jugeait le sang salvateur et la guerre divine. Cette petite famille rassemble Vigny, Madame de Staël, Benjamin Constant, Tocqueville, Alfred de Musset, François Mauriac, Voltaire. Au cours d'une réunion où l'on vantait la politique du sénateur McCarthy, John Ford, l'auteur de westerns, de droite, se lève et dit : « Je m'appelle John Ford et je n'aime pas ce que vous faites. »

Le *Journal d'un poète*, le remarquable *Journal d'un poète* ou ce que nous en avons, car la seule édition de ces papiers posthumes de Vigny a été faite par son exécuteur testamentaire, Louis Ratisbonne, avec des coupes. Le fils de Marc Sangnier, le fondateur de ce Sillon dont on nous accabla tant à l'école avec son influence-sur-François-Mauriac, en publia une édition complémentaire, et depuis cinquante ans nous en attendons une autre, complète. En attendant, Vigny est injurié dans son édition critique de la collection de La Pléiade. On l'y traite de tocard, on l'y traite d'imbécile, on l'y traite de plagiaire. Dans

Les Grotesques, Théophile Gautier appuie sur deux fortes ressemblances entre des poèmes de Saint-Amant et des poèmes de Vigny. En tout cas, le *Journal d'un poète*, ce sont des moments de désenchantement arrêtés d'un coup de rênes : « La vue des Bourbons me donne toujours un sentiment mélancolique. » Fierté de sa famille tempérée par la raillerie : « Comme, dès que je sus lire, on me montra ma généalogie et mes parchemins que j'ai encore en portefeuille, j'appris que mes grands-pères avaient, longtemps avant Charles IX, un rang élevé dans l'Etat. [...] Cette première vue me donna assez d'amitié pour les Valois, dont je me crus personnellement l'obligé [...]. » Comme tous les bons livres, c'est un livre d'images. « Je me laissais dévorer par le vautour intérieur. » (Le, pas un. Baudelaire aurait pu l'écrire.) Et ceci : « Je voyais passer, en l'entendant, ces belles princesses aux yeux baissés et aux longues robes traînantes, se tenant droites et recevant des aveux d'amour avec réserve. » Ah le beau français.

Les à-côtés de Vigny sont extrêmement intéressants, et par exemple les notes qu'il publia dans les rééditions de *Cinq-Mars*. Il dit de Louis XI qu'il se crut « en droit de mépriser assez la France » pour prendre un édit encourageant la délation. Vigny assure que cela ne se reproduira plus. Quand on s'est débarrassé d'un mal, on croit que c'est pour toujours. Or, vient un temps où on en a oublié les conséquences, et donc qu'il est un mal. Un gouvernement aux abois n'oubliera jamais de réveiller les bas instincts des peuples.

Que se soient occupés de Shakespeare deux des hommes les plus polis de la littérature française, Voltaire et Vigny, est un fait curieux, d'où l'on peut sans doute déduire que ni l'un ni l'autre ne sont des sages. Avant Vigny, on jouait Shakespeare dans les traductions très classicisées, elles, de Ducis : Vigny est le premier à lui avoir arraché ses rubans, même s'il ne rétablit aucune de ses trivialités. Il traduit en alexandrins rimés des décasyllabes qui ne le sont pas toujours : Voltaire avait traduit en alexandrins blancs avec forte césure au sixième vers, ce qui lui est encore reproché dans un traité de métrique de 1923 que je possède. Ne faites jamais rien. Il y a toujours un pédant qui passe.

Vigny a été refusé cinq fois par l'Académie française, pourquoi ? à cause de ses cheveux longs. « Ses cheveux sont fort taquinants et lui font du tort, sans parler de son air sucré et plutôt gluant. » (L'académicien Prosper Mérimée, lettre à F. de Saulcy, 16 avril 1845.) Cela me rappelle ce que disait le philosophe Cornélius Castoriadis dans *Sur « Le Politique » de Platon* :

> Bon, le structuralisme étant essentiellement un procédé mnémotechnique, ça nous donne le schéma suivant :

V	F
□	□
π	?

V = vrai ; F = faux. Le savoir vrai, on l'a, enfin on aurait dû l'avoir, c'est *Le Philosophe* (□). Le savoir faux, on l'a aussi : c'est *Le Sophiste* (□). La praxis vraie, on l'a, c'est *Le Politique* (π). Mais il nous manque quelque chose, il y a un vide (?). Et c'est comme ça qu'on se fait élire à l'Académie française !

(C'est à Claude Lévi-Strauss qu'il fait allusion.) Vigny finit par être élu : on le lui fit payer par un discours de réception insolent de Mathieu Molé, comme c'était arrivé à celui qui avait contribué à le faire élire, Victor Hugo, mal reçu par l'immortel Salvandy. Vigny aurait obtenu un siège de pair de France si, dans son discours de réception, il avait accepté de faire l'éloge de la branche cadette.

📖 « La solitude est sainte. » (*Stello*.)

1797-1863.

♦

Poèmes antiques et modernes et *Cinq-Mars* : 1826. *Le More de Venise* : 1830 (première représentation en 1829). *La Maréchale d'Ancre* : 1831. *Stello* : 1832. *Quitte pour la peur* : 1833. *Servitude et grandeur militaires* et *Chatterton* : 1835. *Le Marchand de Venise* : 1839. *De Mlle Sedaine et de la propriété littéraire. Lettre à MM. les députés* : 1841. *Les Destinées* : posth., 1864. *Journal d'un poète* : posth., 1866-1867. *Mémoires inédits* : posth., 1959.

♦

Cornélius Castoriadis (1922-1997), *Sur « Le Politique » de Platon* : posth., 1999.

VILLON (FRANÇOIS) : Les poèmes de Villon sont pris pour des mémoires par les lecteurs qui croient que le « je » est nécessairement celui de l'auteur, mais qui sait s'il ne s'est pas produit pour lui, comme pour d'autres grands écrivains dont on connaît mal la vie, une confusion entre l'œuvre et l'homme ? Sachant très peu de choses sur la vie de Villon, nous en avons rempli les trous par *Le Testament* et quelques on-dit légendaires : rien ne nous assure qu'il ait tué un prêtre, cambriolé le collège de Navarre puis été condamné à mort. Il ne se prétend d'ailleurs jamais autobiographique, et son « je » peut d'autant plus être un personnage que Villon est un pseudonyme (son nom d'état civil était François de Montcorbier). Qu'importe que ses poèmes soient fictifs ! Il suffit qu'ils soient bons.

Villon est un grand poète humoristique. Il crée (ou décrit) un personnage de sale gosse moqueur. En littérature, c'est un grand avantage d'avoir été un mauvais garçon ou d'en jouer le rôle. L'immoralité est toujours gaie, quand on a le génie espiègle. Il badine de sa lâcheté : « Pour obvier à ces dangers, / Mon mieux est, ce crois, de partir » (*Le Petit Testament*). Fait un legs bouffon à ses amis : trois bottes de paille, les rognures de ses cheveux, « un canard attrapé, comme autrefois, sur les remparts », et à tel ami deux procès, pour éviter « que trop n'engraisse ». Il n'abuse pas de la pitié : il lègue « à chaque vagabond couché sous les étals/Un coup de poing sur l'œil,/Leur souhaitant de grelotter, le visage crispé,/Maigres, poilus et enrhumés » (*Le Petit Testament*), alors que, pour lui-même, il la mendie. De peur du châtiment, il en rajoute dans le plaintif, répétant qu'il est « un pauvre petit écolier » (« Epitaphe », *Le Testament*). Il est sentimental comme souvent les mauvais garçons, à moins qu'il ne nous ait persuadé que les mauvais garçons sont sentimentaux. On a voulu qu'il ait eu la vie de Christopher Marlowe, il écrit comme John Gay. Nous y avons gagné notre *Opéra du Gueux*.

Il use souvent des mots de bouche : fromage, persil, pois au lard, « tartes, flancs, œufs frits et pochés » ; et cela le rend très visuel. Il fait rimer « cuisses » avec « saucisses » (« Les regrets de la Belle Heaumière, *Le Testament*) et reste culinaire jusque dans la malédiction : « Soient frites ces langues ennuyeuses ! » (« Ballade », *Le Testament*). Pour lui-même ou son personnage, il se décrit « plus maigre que chimère » (« Ici Villon commence à tester », *Le Testament*) et « sec et noir comme écouvillon » (*Le Petit Testament*), qui me rappelle le nez de Panurge, « un peu aquilin fait à manche de rasoir » (*Pantagruel*). Il n'y a pas de mots poétiques ou antipoétiques par essence : est poétique ce que le poète rend tel.

Il a le goût des noms propres, comme du Bellay, comme Péguy celui des noms de lieux. Sans qu'il soit besoin de les définir, ces mots identifient fortement par leur seule sonorité. Elle indique souvent une région, parfois une classe sociale, jamais un temps. Dans Villon, Denis Richier, Robert Turgis, Chollet, le capitaine Jean Riou sont des noms immuables de la France ; on pourrait encore les rencontrer dans un bistrot de Paris. Et c'est cette éternité locale qui donne à ces poèmes un air d'hiéroglyphes égyptiens.

On oublie, car le génie a l'air d'aller de soi, une fois qu'il a gagné, la bonne idée qu'est d'écrire un testament en vers. Ce collier de poèmes apparemment fait de verroterie est très pré-

cieux. Villon a l'élégance d'appeler ses poèmes des sornettes
(« Le Testament »). Charmante posture de la désinvolture. Il
n'est pas fat comme tant.

Il s'amuse des femmes fortes en gueule, comme le fera
Molière, ces rieuses qui n'ont peur de rien et ridiculisent les
fanfarons. Ce qui me fait pencher pour un Villon pas du tout
mauvais garçon : les mauvais garçons fuient ces femmes-là
comme des chats fâchés.

Dans ce cas, c'est un snob. Un de ces lettrés qu'attire la
canaille, leur donnant un sentiment de supériorité ; et il aurait
écrit ses ballades en argot à la façon des aristos qui s'amusent
à parler popu. Cinq cent quarante ans de distance tendent à
nous faire regarder ces poèmes comme de l'érudition, mais
ils ne sont pas différents de Toulet écrivant : « Satan, notre
meg, a dit/Aux rupins embrassés des rombières [...] » (*Les
Contrerimes*). Après cela, il est possible que Villon ait été piégé
par son personnage et pris dans le langage, puis les mœurs
d'une bande. Et il serait devenu mauvais garçon après en avoir
décrit un. Je conclus pour un Villon faible, de l'espèce la plus
attachante : un Zelig.

📖 « Où sont les gracieux galants
　　Que je suivais au temps jadis,
　　Si bien chantants, si bien parlants,
　　Si plaisants en faits et en dits ?
　　Les aucuns sont morts et raidis :
　　D'eux il n'est plus rien maintenant.
　　Répit ils aient en paradis,
　　Et Dieu sauve le remenant ! »

> Vers 1431-après 1463.
> ◆
> *Le Grand Testament et le petit* : posth., 1489. *Les Œuvres de François Villon de Paris, revues et remises en leur entier par Clément Marot* : posth., 1533.
> ◆

> John Gay (1685-1732), *L'Opéra du Gueux* (*The Beggar's Opera*) : 1728. Christopher Marlowe : 1564-1593.

Vingt et unième siècle : Le XXᵉ siècle, après l'avoir intellectualisé au XIXᵉ, mit en pratique l'assassinat de l'humanisme. Quatre cents ans d'adoucissement des mœurs que les camps nazis et staliniens ont tenté d'anéantir par l'exemple. Leur échec n'a pas suffi : une fois le confort, la vitalité et la création revenus, de nouveaux penseurs les ont appelés ennui et se sont vautrés dans un autre dévergondage d'idées meurtrières. Dans ce sens, le XXᵉ siècle a duré de Frédéric Nietzsche à Michel Foucault. L'un est mort fou, l'autre était masochiste. S'il faut séparer les hommes, ce n'est pas entre droite et gauche, nordistes et sudistes, sucré et salé, chiens et chats, Atlantique et Méditerranée, hommes et femmes, mais humains et inhumains.

Le XXᵉ siècle a trop aimé les fous, fous de génie comme Nietzsche et Péguy, monomaniaques plus ou moins faisans comme Tzara ou Céline (le faisan est l'animal préféré du milieu littéraire), les schizophrènes, les… Le fou est un témoin. Il vient dire que quelque chose ne va pas *en nous*. Ce qu'il nous demande est de redresser notre façon de penser, pas d'adopter la sienne.

Le XXᵉ siècle a ouvert les vannes entre 1913 (*L'Argent suite*, où Péguy écrit qu'en temps de guerre il faudra envoyer Jaurès à la charrette) et 1938 (chute de Léon Blum et tentative de retour à l'« ordre »). Les idées les plus aberrantes jusque-là réservées aux conversations et aux correspondances privées ont pu s'imprimer, des hystéries de Maurras dans *L'Action française* à la bêtise insolente de *L'Humanité* et des agents de l'Union soviétique, avec une violence qui, apparemment, ne devait pas avoir de conséquence. Ces bassesses ont continué à s'imprimer dans la moitié de la France qui se trouvait dans un régime d'anarchie contrôlée par l'Allemagne : mémoires de Rebatet, pamphlets de Céline. Après la guerre, constatant qu'ils s'étaient copieusement trompés en matière française et européenne, les intellectuels ont pris le parti de pontifier sur l'U.R.S.S., la Chine et tout autre pays étranger dont l'éloignement fait qu'on risque moins d'être démenti.

Les parties délirantes d'œuvres d'écrivains, Sartre, Drieu, tant d'autres, tient en partie au fait qu'ils n'avaient pas de métier. Le commentaire, bien différent de la création en cela aussi, dérape quand il est isolé. Les grands bourgeois reclus du début du XXᵉ siècle, Gide, Schlumberger, Larbaud, ont dit beaucoup moins de sottises que les commentateurs ayant des journées à remplir. Ils n'en ont même dit aucune.

Le XXᵉ siècle a inventé les comédies sinistres. Il a dit que c'étaient les seules loisibles après les horreurs de la Deuxième Guerre mondiale, mais Kafka date d'*avant*. Il a simplement eu envie de facéties étriquées, de pouffer sans joie, choses auxquelles le monde a paru se conformer après lui.

Le XXᵉ siècle a inventé les dames anglaises qui écrivent des histoires de meurtre. C'était fantaisiste. L'est moins le polar, cette expression d'un monde peureux, dénonciateur et policier.

Le XIXᵉ avait vécu la niaiserie de l'optimisme, nous subissons la niaiserie du pessimisme. C'est une forme du narcissisme contemporain. Tous les siècles sont odieux. Les guerres de la Révolution et du Premier Empire ont tué des millions de personnes en Europe, la guerre de Sécession huit cent mille en Amérique, la guerre de Trente Ans avait dévasté l'Allemagne, les guerres de religion la France, etc., etc., jusqu'à l'Ancien Testament qui barbote dans le sang. Que dis-je ? Jusqu'aux grottes. Cent ans après le premier homme, il y en avait un pour chanter le paradis du siècle à venir et un autre pour déplorer l'enfer du siècle passé. Aucun ne songeait qu'il vivait et participait à faire du présent ce qu'il était. Pauvre, pauvre, pauvre présent, pauvres, pauvres, pauvres nous. A la fin, ça va, le XXᵉ siècle assassin ! Il a aussi été le siècle de Valéry, de Scott Fitzgerald, de W. H. Auden, etc.

Passant de la religion du progrès à la certitude de l'enfer, Bouvard et Pécuchet sont devenus des fondamentalistes anti-scientifiques, détruisant des plants de maïs comme leurs ancêtres en avaient planté, lisant les romans d'Elfriede Jelinek comme leurs ancêtres avaient lu ceux de Jules Verne.

Après le temps des constructeurs patients du XIXe, les Balzac, les Zola, sont venus au XXe les Valéry et les Gide, écrivains de fragments, meilleurs que ceux qui tentaient de continuer l'entreprise de papa, les auteurs de sagas familiales à la Roger Martin du Gard. Je pourrais, avec le faux brillant qui est pris pour le vrai par les gens de peu de lettres, démontrer que le XXe siècle a été celui de la mise en morceaux des œuvres, comme, en sculpture, celles de Joseph Beuys, qui avait été bombardier dans la Luftwaffe durant la guerre. Beuys, dirais-je, a été l'Arno Brecker d'*après*; un autre académisme s'est fondé sur les ruines. Montherlant lui-même, qui n'était pas un gauchiste, s'était donné pour devise *aedificabo et destruam*, j'édifierai et je détruirai. Ces malheureux avaient vu trop de guerres. Le XXe siècle, finissant par douter de la création même, a inventé le postmodernisme afin de pouvoir la perpétuer tout en ayant l'air de la narguer. Chaque période s'invente ses amours, et nous vivons depuis trop longtemps avec de vieilles maîtresses flapies à force d'avoir couché. Il y a la postmoderne, toute desséchée d'ironie, il y a la joycienne, toute vautrée d'aise, il y a la beckettienne, vieille fille sentant la cave, il y a la narcissique, au T-shirt jaune sous les bras qu'elle ne change jamais: Fuyons ces os piquants, ces marées de chair, ces odeurs complaisantes! Laissons reposer les vieilles idoles, pour leur plus grand bien, nous les retrouverons dans cent ans, grandies de ne plus être utiles. Le XXIe siècle sera nécessairement atroce, et il s'y créera des beautés. L'homme, quoi. Il ne nous reste qu'à écrire des chefs-d'œuvre.

|| Roger Martin du Gard : 1881-1958.

Voix : Ce qui reste d'un écrivain, à la fin de tout, ce n'est pas sa vie, qui s'efface totalement ou devient mythique, ce qui est une autre façon de la faire disparaître (voyez comme, régulièrement, on vient nous dire qu'Homère était une femme et Shakespeare deux charcutiers gallois) ; ce ne sont pas les idées, qui finissent, quand elles sont bonnes, par être volées et paraître, dans l'original, d'une banalité insigne ; ce ne sont pas les sujets, qui cessent rapidement d'avoir le moindre intérêt ; ce qui reste, c'est une voix. Traversant les temps, une personne nous appelle.

Voltaire : Voltaire est un des écrivains les plus mal jugés de notre littérature. On lit deux, trois contes, et les écrits sur l'affaire Calas, et on a un avis sur lui. Cet avis est : il n'y a rien d'autre à en lire. Son théâtre est nul, sa poésie illisible. Et voilà comment l'écrivain qui a le plus publié avec Victor Hugo est jugé sur 3,33 % de son œuvre, si je compte un volume de contes et celui du *Traité sur la tolérance* sur les soixante volumes de l'édition d'Oxford. Qu'un petit homme aussi frêle et inquiet ait vécu quatre-vingt-trois ans (au XVIIIe siècle) en produisant autant n'est pas le moindre de ses prodiges.

Voltaire est bon malgré les contes. Il les écrivait en vitesse pour la distraction d'amis et les qualifiait de *coyonnades*. Je sais que la postérité est supérieurement intelligente, puisque c'est nous, et peut trancher dans les auteurs, puisqu'ils ne comprennent pas la portée de ce qu'ils écrivent, mais c'est excessif. Les contes de Voltaire, considérés comme annexes, sont mieux que cela : très amusants, pris pour essentiels, moins que cela : les ancêtres du roman à thèse. En étant des romans à antithèse. Pédagogiques, même si c'est sur le mode moqueur. Pleins de choses rigolotes et de talent, bien sûr, Voltaire en avait tellement qu'il en aurait mis dans des recettes de cuisine, mais, dans l'ensemble, il est bien démonstratif, pour un léger.

J'excepte *Candide*, ce roman picaresque digeste (cent trente-cinq pages), avec sa folie de diligence cahotant à toute vitesse dont les passagers sont brinquebalés cul par-dessus tête. Et le chauffeur de ce festin d'ironie est un petit homme de soixante-cinq ans qui fouette et fouette ses chevaux, nous laissant haletants et souriant de plaisir.

Voltaire a perdu beaucoup de temps à répondre à ses ennemis, à épancher ses rancunes dans des dizaines de plaquettes sous pseudonyme, à mener un million de petits combats de guêpe. Jusque dans son grand poème sérieux sur Jeanne d'Arc, *La Pucelle d'Orléans*, il glisse : « Houdard a tort » : La Motte-Houdard, un auteur d'odes en prose. Qu'est-ce que ça peut faire, La Motte-Houdard, au milieu de Jeanne d'Arc ? Il ne peut pas s'en empêcher. C'est sa nature. Et peut-être a-t-il besoin de perdre ce temps-là. C'étaient des saignées d'excitation, laquelle sans cela l'aurait diverti de ses œuvres sérieuses. En même temps le mot « tort » révèle le sien : il veut avoir raison à tout prix, même celui de la fiction. Ainsi les contes, ainsi certaines pièces de théâtre où, au lieu de montrer la monstruosité d'*un homme*, il veut discréditer *un dogme* : *Le Fanatisme ou Mahomet le prophète*. Et pas : *Mahomet ou le Fanatisme*, ni, mieux : *Le Fanatique* (comme *L'Avare*). Cela l'aurait forcé à imaginer un peu plus, à s'éloigner de Mahomet pour créer un personnage de musulman fanatique quelconque, qui serait resté aussi frappant qu'Harpagon. La perpétuation de la littérature réside dans la fiction.

Je le préfère quand, n'utilisant pas le charme de la fiction pour la promotion de ses idées, il démontre franchement, dans des essais. Le *Traité sur la tolérance*, le *Dictionnaire philosophique*, l'*Essai sur les mœurs, La Philosophie de l'histoire*. Et là, quelle hauteur de pensée. Agacé par les lieux communs, il les révoque en peu de mots : « Quant aux pyramides, et aux autres antiquités, elles ne prouvent autre chose que l'orgueil et le mauvais goût des princes d'Egypte, et l'esclavage d'un peuple imbécile, employant ses bras qui étaient son seul bien, à satisfaire la grossière ostentation de ses maîtres. » Typique de son raisonnement, cette note prise en abrégé : « Magiciens soumis à l'inquisition, mais s'il y avait des magiciens ils extermineraient les inquisiteurs avec trois paroles » (*Carnets*). Voltaire ou : la pratique de la raison sèche.

Il est l'écrivain qui donne le mieux les fessées de France. On le voit bien descendant de Rabelais : un Rabelais sans pets, sans tapage sur les cuisses, sans rabâchage. Ses épigrammes me ravissent, comme dans sa série des *Pour*, des *Qui*, des *Que*, des *Quoi*, des *Oui* et des *Non* contre son vieil ennemi Lefranc de Pompignan : « QUI, bouffi d'ostentation,/Sur ses écrits est en extase ? » Il n'est pas un pessimiste. Quelqu'un qui donne une fessée pense qu'on peut réformer l'homme.

Voltaire est un tendre, un effusif (ça se dit, effusif ?). Lisant à quelques personnes le passage du *Siècle de Louis XIV* où il décrit les malheurs de Charles-Edouard, le fils du prétendant au trône d'Angleterre, un de ces derniers Stuarts que Montesquieu croisera à Rome, il pleure. Dans ses livres, il galope souvent pour éviter de pleurer. Il écrit à coup de nerfs, les siens. Il s'exalte. Exemple, Frédéric II de Prusse. Il lui envoie des lettres câlines, qui finissent de le persuader que le roi les mérite, va le voir, et leur brouille est une scène de ménage : Voltaire est un amoureux perpétuel. Déçu, il recommence à aimer. Il écrit des *Mémoires*, cinquante pages presque exclusivement consacrées à cette déception-là, où il appelle Frédéric « ce roi […] qui faisait semblant de m'aimer ». Voltaire veut être aimé. Homme tendre, tout raye sa sensibilité. C'est pour cela qu'il pique. Quand on est sensible, comment ne pas être déçu par la vie ? Et par les rois, ces super-mondains, ces mithridatisés qui réclament des distractions toujours nouvelles pour exciter un cœur qu'ils ont perdu, pour qui un écrivain n'est qu'un joujou ? Dix-huit ans avant sa brouille avec le roi de Prusse, en 1726, le jeune bourgeois Voltaire a du succès à la cour. Tellement plus intelligent que la plupart des nobles qu'il y rencontre, il oublie les rapports de force et se dispute avec un chevalier de Rohan, lequel le fait bâtonner par des hommes de main. Les courtisans trouvent cela très drôle. Voltaire veut provoquer le chevalier de Rohan en duel. Un Rohan! A la Bastille. Il y avait été une première fois à l'âge de vingt-deux ans pour une satire sur le duc d'Orléans, alors régent, et y était resté près d'un an. (Pour une fois sans rancune, il écrivit plus tard du Régent qu'il était « célèbre par le courage, par l'esprit et les plaisirs, et l'un des plus aimables hommes qui aient jamais été » (*Le Siècle de Louis XIV*)). Cette fois-là, il n'y passe que quelques jours. Quatre ans plus tard, la police interrompt l'impression de l'*Histoire de Charles XII*, qu'il fait imprimer clandestinement, puis une lettre de cachet suit les *Lettres philosophiques* : il se cache chez Madame du Châtelet en Champagne. Quelques pièces de théâtre ont beau avoir du succès, Louis XV refuse son élection à l'Académie française. Ses amis les frères d'Argenson le protègent au gouvernement mais, quoi qu'il en meure d'envie, et parce qu'il en meurt d'envie, le roi se garde de le nommer ambassadeur auprès de Frédéric II (il n'obtient que des missions officieuses). Il ne devient historiographe du roi qu'à l'usure, et moins pour son talent que pour interrompre ses perpétuelles propositions de service. Racine l'a été à trente-sept ans, Boileau à quarante et un, lui à cinquante. Sitôt nommé, il écrit *Le Temple de la gloire* en l'honneur de la victoire de Fontenoy, Rameau le met en musique. A la fin de la représentation, tout excité, il ne peut pas s'empêcher de demander à Louis XV : « Trajan est-il content ? » (allusion à la pièce, dont Trajan est le héros). Trajan fit comprendre que cette familiarité ne le rendait pas content. La maladresse de cet homme si fin me touche, parce que c'est une maladresse d'enthousiasme. Par moments, il me rappelle la description par Jean Cocteau d'Antoine Bibesco entrant dans un salon « ivre de gaffes » (*Correspondance* avec Max Jacob).

Certains disent qu'il a défendu Calas pour sa publicité, comme on l'a dit de Zola avec Dreyfus, mais qui, certains ?

Les calomniateurs. Il n'avait rien à y gagner dans un temps où de simples satires vous envoyaient à la Bastille. On a beau dire que ce n'était rien, la Bastille, allez-y vous-mêmes. Et Voltaire n'a pas eu une affaire Calas, il en a eu dix. Le chevalier de la Barre, Sirven, Montbailli, Lally-Tollendal. Il a la passion de la justice. Et de la générosité : il recueille à Ferney la nièce de Corneille qui était ruinée, s'entremet pour les horlogers du pays, etc., etc. Je vais énoncer une proposition scandaleuse : Voltaire était bon. Il suffit d'ailleurs de le lire pour s'en rendre compte. Sa bonté émane de ses phrases. Seulement, c'est une bonté nerveuse, et la nervosité se voit plus que la bonté. Voltaire est un écureuil. Il saute de branche en branche en faisant le bien à cinquante personnes, quand un autre écrivain n'en fait qu'à une et on en fait un saint Vincent de Paul.

Il pense que chacun a le droit de faire ce qui lui chante. « Enfin je ne crois pas qu'il y ait jamais eu aucune nation policée qui ait fait des lois contre les mœurs » (*Dictionnaire philosophique*). Il est contre le provincialisme de l'esprit, comme dans le *Sermon prêché devant les puces* : « Mes chères puces, vous êtes l'ouvrage chéri de Dieu, et tout cet univers a été fait pour vous. Dieu n'a créé l'homme que pour vous servir d'aliment, le soleil que pour vous éclairer, les étoiles que pour vous réjouir la vue, etc. » (*Sottisier*). Sa prose ressemble alors à un haussement d'épaules. « Charlemagne fut oint ; les autres empereurs seulement couronnés. Les rois d'Italie étaient oints par les archevêques de Milan. Des ducs de Bénévent se firent oindre aussi : se fait oindre qui veut » (*Carnet* dit Saint-Fargeau). Il ne croit rien d'avance. Il regarde. Dans ses carnets, il consigne des faits. « Qui le croirait ? les carrosses ont contribué à la tranquillité de Paris. Quand on allait à cheval, on était armé en guerre. Les querelles étaient plus aisées à faire et à vider. Le carrosse rend tranquille. » Agacé par les explications emphatiques, il se porte vers l'explication matérielle, qui est souvent exacte, la plupart des hommes étant matérialistes.

Il a un ton exclamatif qui lui vient de sentiments indignés, comme Léautaud : même s'il a écrit *Le Pyrrhonisme de l'histoire*, il n'est pas un sceptique complet (trop nerveux). Un procureur fiscal nommé Trinquet requérait contre Sirven : « Ce Trinquet sans doute était ivre quand il conclut ainsi *[calembour typique de Voltaire, qui n'est pas contre les attaques de mauvais goût, lui si prêcheur du bon]* ; mais les juges ! Et c'est de pareils imbéciles que dépend la vie des hommes ! » (Note à l'*Epître à Boileau*.) Il défend la modération avec un fouet.

Il vieillit le bien écrire en prose du moment. Le style moyen était violoncelle : périodes calculées, points-virgules, lent équilibre, oreiller, oreiller ! Lui, fébrile, écrit comme un violon. Pizzicato. Il caresse, puis scie, scie. Après tant de singes du supposé style classique, et avant Chateaubriand, il fait renaître la personnalité en littérature. Il n'y a avec lui que Montesquieu, aussi spirituel, moins nerveux, moderato, violoncelle.

On écrivait les imparfaits de l'indicatif en *oit*. On les prononçait *ait*. Que fait Voltaire ? Il les écrit en *ait*. C'est évident comme toutes les inventions. Tout le monde n'aime pourtant pas ça. Cinquante ans après, sous la Restauration, Stendhal dit que certains considèrent cette façon d'écrire comme *républicaine* (*Paris-Londres*). Les Voltaire osent montrer aux hommes l'ineptie de leurs coutumes. Souvent, les hommes jugent cela scandaleux.

Il a la comparaison rare. Un voilier « doré comme un autel de Rome » (*Histoire du règne de Charles XII*). Dans le même livre, la description du corps du roi mort, l'œil pendant : Mérimée approche. Cocteau aura la même ponctuation maigre.

On lui a reproché ses *Commentaires sur Corneille*, où il se permettait de critiquer ses erreurs de versification. Il en faut, du temps, pour pouvoir parler librement d'un écrivain ! Fontenelle, neveu de Corneille, s'indigna et agita ses amis. En réalité, dans ce livre, Voltaire n'attaque pas Corneille, il se gratte. Il était très sensible à la propriété des termes, et les emphases approximatives de Corneille l'irritent. Il est intéressant quand il le critique sur ce qu'il juge ses restes de grossièreté des temps barbares. La base du raisonnement, la base de presque toute l'esthétique de Voltaire, est qu'il y a progrès en art. Au fur et à mesure des siècles, l'art s'est poli, et il est plus raffiné en 1750 qu'en 1350. Qui le contesterait ? La chance d'être né à une époque raffinée fait penser Voltaire ainsi, tandis que nous, vivant à une époque qui s'est mise à aimer l'ignorance, sommes sûrs qu'il n'y a pas progrès. Nous avons tous tort : il y a progrès, régression, reconquête, etc.

C'est selon cette conception qu'il critique Rabelais et Shakespeare, génies qui n'ont pour défaut que la grossièreté de leur époque. Il les aime. Il a même été le premier importateur de Shakespeare en France, dans la valise des *Lettres philosophiques*, où il traduit un passage de *Hamlet*. L'Angleterre pense comme lui. C'est la jeunesse de Thomas Bowdler, écrivain qui adore Shakespeare tout en jugeant inexcusables « ses blasphèmes et son obscénité », et en publiera des éditions d'où il aura ôté les vers scandaleux ; l'Angleterre en a fait un verbe désignant la censure prude, *to bowdlerize*. Le premier traducteur complet de Shakespeare en France, Ducis, a tenté d'en faire un tragédien classique. Ni lui ni Bowdler n'ont empêché son succès, ni ne l'ont déshakespearisé : sans cet enfant sauvage poudré, paré de rubans et à qui on avait appris la révérence, on reconnaissait un génie fougueux et bon.

La versification est beaucoup moins une science que ne le croyait Voltaire. Voltaire était un poète, mais pas toujours en vers. Cela vient de ce que : « Parmi nos Français les esprits d'agrément sont peu solides, et nos raisonneurs sont presque tous sans grâce. Chez les Romains le raisonneur était poète. Lucrèce parlait à l'imagination et à l'esprit » (*Carnets*). Voltaire était pour la poésie didactique, que les siècles ultérieurs ont décidé de ne plus aimer. Nous avons un goût supérieur, jusqu'au moment où il paraîtra très mauvais et notre poésie avec. Ne méprisons pas avec trop d'assurance ce qui a plu à des hommes qui n'étaient pas moins intelligents que nous, ni moins bons écrivains. C'est lorsqu'il est trop poète et pas assez didactique que Voltaire rate ses vers. Lorsqu'il veut faire beau, c'est-à-dire, selon son idéal, racinien, il cède au poétique, au contraire de Racine ; lorsqu'il veut montrer, il devient dramatique et dramaturge ; et n'oublions pas ses satires. Voici des vers splendides qui feraient chanter au génie si le XXe siècle ne nous avait transmis le préjugé du XIXe contre la poésie de Voltaire : « Fuis ce pompeux ramas d'esclaves orgueilleux » (*Irène*) ; « Hurler d'une voix rauque au bruit de mes plaisirs » (*Epître à Horace*). Notre position envers Voltaire changera en même temps qu'expirera l'esthétique du XXe siècle.

Ses tragédies ont parfois moins d'ampleur que de désir d'être amples, ce qui n'est déjà pas mal, et permettent de constater le propre de l'alexandrin quand il n'est pas nécessaire : il a l'air de manches trop longues. Admirant Racine, Voltaire l'imite trop, et c'est la démonstration de l'aveuglement où nous enferment les règles qu'un homme aussi libre ait cru devoir obéir à celle, déjà vieille pourtant, selon laquelle les tragédies devaient être en cinq actes et en vers. La force de Racine tient à ses ambiguïtés, ses sous-entendus, ses explosions retardées, et Voltaire n'est pas un écrivain qui mette des couches de sens *sous* ses phrases : tout s'y trouve au premier plan. (Sauf quand il ironise, mais je parle de tragédies.) Cela n'empêche pas de beaux passages, comme la tirade de Memnon sur les révolutions de Byzance au deuxième acte d'*Irène* : « Nous avons vu happer ces ombres fugitives,/Fantômes d'empereurs élevés sur nos rives,/Tombant du haut du trône en l'éternel oubli [...] » L'une de ses meilleures tragédies, où il oublie le style pour retrouver le drame, est *Mérope*. Au lieu d'un sujet (extérieur), Voltaire y traite d'un sentiment (qu'il ressent) : combinaison de l'art et de l'émotion qui fait les meilleurs livres. Et quel est ce sentiment que Voltaire communique ? On ne le croirait pas, d'après l'idée reçue du vilain ricanant : le sentiment maternel. « Si je n'ai plus de fils, que m'importe un empire ! » *Mahomet*, autre de ses bonnes tragédies quand même, serait retirée à la deuxième représentation si l'on s'avisait de la monter aujourd'hui. Rappelez-vous la chanteuse Véronique Sanson menacée de mort par des islamistes, qui retira la chanson « Allah » de son tour de chant à l'Olympia en 1989 ; ce fut l'année où le gouvernement iranien lança une fatwa condamnant Salman Rushdie à mort pour avoir écrit *Les Versets sataniques* ; deux ans plus tard, un fanatique musulman poignardait son traducteur italien, Ettore Capriolo, tandis qu'était assassiné son traducteur japonais Hitoshi Igarashi, aux applaudissements d'une association pakistanaise. A moins que l'auteur ne soit tué, comme le cinéaste Théo Van Gogh, arrière-petit-neveu du peintre, qu'un fanatique musulman que ses critiques avaient irrité a poignardé à Amsterdam en novembre 2004. Portrait du prophète par Voltaire : « Sers-toi de ta raison, juge avec moi ton maître :/Tu verras de chameaux un grossier conducteur,/ Chez sa première épouse insolent imposteur,/Qui, sous le vain appât d'un songe ridicule,/Des plus vils humains tente la foi crédule [...]. » Rien de plus qu'il n'avait dit sur la religion catholique, à ceci près qu'il ne pourrait pas faire dire à Jésus, comme à Mahomet au dernier vers : « Mon empire est détruit si l'homme est reconnu. » La pièce exprime la position générale de Voltaire, qui n'est pas l'anticlérical que les radicaux de la Troisième République ont inventé : « Il faut un nouveau culte, il faut de nouveaux fers. »

Il a écrit de très bonnes comédies, comme *Le Comte de Boursoufle* ou *L'Ecossaise*, avec son personnage de Frélon, parasite du milieu littéraire qui dit : « Je ne le parierais pas, mais j'en jugerais. » Voltaire aurait pu s'intéresser davantage au personnage de Freeport, mais je lui demande l'impossible : Frélon est une charge de son ennemi Fréron, et Voltaire avait la passion de se venger. Fréron l'avait attaqué dans l'*Année littéraire* et son ami Palissot bombardé de comédies, notamment *Les Philosophes* (1760). C'est contre cette même pièce que Diderot a en partie écrit *Le Neveu de Rameau*, où il est dit : « Si vous rendez Voltaire moins sensible à la critique, il ne saura plus descendre dans l'âme de Mérope ; il ne vous touchera plus. »

Voltaire et les philosophes : il est de la génération Montesquieu, mais vit vingt ans de plus et, tout d'un coup, voit aborder cette bande de vingt ans de moins ; et il se débrouille pour s'imposer à elle. C'est comme si Barrès avait flairé la meute et était devenu le patron d'Aragon et de ses amis, qui étaient ses enfants de la même manière que les philosophes l'étaient de Voltaire, mais Voltaire ne vivant pas au siècle de la psychanalyse ne jugea pas que les pères devaient se laisser tuer par les fils. Et puis il savait qu'on gagne rarement tout seul. Ayant apprivoisé les philosophes, Voltaire dut supporter ces hommes parfois doctrinaires, souvent pompeux, moins littéraires que lui, qui avait voulu devoir et devait ses succès à des poèmes, à des pièces de théâtre, non pas à de la *philosophie*. Madame du Deffand lui écrit : que faites-vous donc avec des pédants pareils, il se récrie : mais non, ils ne sont pas si différents de moi. C'est exact, dans la mesure où il détestait les légendes. Il n'est pas, comme les plus fanatiques d'entre eux, un opposant borné à la monarchie : il soutient la réforme de Maupeou contre les parlements, qu'il a assez raillés pour leurs jugements aussi ridicules que prétentieux. Il juge que « les polissons qui de leur grenier gouvernent le monde avec leur écritoire sont la plus sotte espèce de toutes ». Voltaire est un solitaire entouré d'agitation.

Quand il défend le mondain, dans le poème du même nom, il faut entendre le mot dans le sens « homme qui vit dans la société » : Voltaire hait tout ce qui s'exclut de la compagnie des hommes, comme les moines, avec la supériorité de pureté qu'ils affichent par leurs robes de bure. C'est en cela que les signes ostensibles de religion sont haïssables : ce sont des signes de mépris.

« Voltaire, adroit plagiaire [...] écrivain scandaleux, qui pervertit la jeunesse par les leçons d'une fausse philosophie et dont le cœur fut le trône de l'envie, de l'avarice, de la malignité, de la vengeance, de la perfidie et de toutes les passions qui dégradent l'espèce humaine. » De qui est ce morceau de prose montrant dès les premiers mots la déplorable oreille de son auteur (Volt*aire*, adroit plag*iaire*)? De Mgr Dupanloup, évêque d'Orléans? Non, non, son *Contre Voltaire* (1878) est moins bête : c'est de Marat, le révolutionnaire, dans *L'Ami du peuple* du 6 avril 1791. Quand un écrivain est attaqué par les réacs de gauche et de droite, c'est bon signe.

Voltaire est devenu riche, ce qui s'explique par la phrase : « J'ai vu tant de gens de lettres pauvres et méprisés, que j'ai conclu dès longtemps que je ne devais pas en augmenter le nombre » (*Mémoires*). Où les mots importants sont : « et méprisés ». Voltaire, qui a défendu la dignité des écrivains comme personne jusqu'à lui, est l'un des premiers à s'être fait une conception élevée de leur état. C'est grâce à Louis XV, qui, ne s'intéressant pas aux gens de lettres, les laissait à Madame de Pompadour : elle aimait bien Voltaire, qui la servait en attaquant des écrivains du parti du dauphin comme Lefranc de Pompignan, mais elle n'était pas roi. Alors Voltaire décida de l'être. Dans un temps où la plus impitoyable des punitions était d'être exilé de la volière de Versailles, avec des raffinements de cruauté allant jusqu'à préciser à combien de lieues, Voltaire s'exile tout seul à Ferney. Dédain stupéfiant ! C'est le maquis ! Il snobe le roi de France ! Et, tout d'un coup, on regarde moins l'habitant de Versailles, et l'on se tourne vers le petit homme qui, au bord de la Suisse, hausse les épaules. Il est en train d'écrire des dizaines de milliers de lettres pour compenser son éloignement.

On explique souvent le pseudonyme « Voltaire » par le mélange des lettres « Arouet le Jeune » (AROVET L.I.). Je me demande si Voltaire, qui n'aimait pas son père, un notaire dont il a contesté la paternité, n'a pas voulu faire un calembour sarcastique de *notaire* à *vol-taire*, notaire voleur.

« Ils ôtent de l'histoire de Socrate qu'il ait dansé », dit La Bruyère des esprits bornés. Ils l'ôtent aussi de celle de Voltaire. Voltaire dansant, cela a pourtant existé, et c'est aussi *vrai* que l'édenté courbé dans un fauteuil à oreillettes. Voltaire gagne sans doute d'être mort à un âge de momie où l'on vous admire d'avoir survécu et où, à moins d'avoir fait de grosses sottises, on accède à un statut mi-kitsch, mi-vaudou, d'idole. Il est revenu à Paris qu'il avait longtemps boudé le 2 février 1778, donne *Irène*, qui triomphe, et le peuple de la ville, aussi gogo que goguenard, l'applaudit dans les rues. Il meurt le 30 mai, suivi le 2 juillet par Jean-Jacques Rousseau. Petit délai, grand symbole : pour le malheur de l'Europe, Rousseau lui a survécu politiquement. Voltaire paie sa gloire de vieillard de ce que nous ne le voyons plus qu'ainsi. Montrez-le-nous jeune, cambré, rieur !

📖 « Ah ! dit Madame de Parolignac, l'ennuyeux mortel ! comme il vous dit curieusement tout ce que le monde sait ! comme il discute pesamment de ce qui ne vaut pas la peine d'être remarqué légèrement ! comme il s'approprie sans esprit l'esprit des autres ! comme il gâte ce qu'il pille ! comme il me dégoûte ! » (*Candide*.)

1694-1778.

◆

Histoire de Charles XII : 1731. *Lettres philosophiques* et *Vie de Molière avec de petits sommaires de ses pièces* : 1734. *La Mort de César* : 1735 (écrit en 1731). *Le Fanatisme ou Mahomet le prophète* : 1741. *Mérope* : 1743. *Le Temple de la gloire* : 1745. *Zadig* : 1748. *Le Siècle de Louis XIV* : 1752. *La Pucelle d'Orléans* : 1755. *Essai sur les mœurs* : 1758. *Candide ou l'Optimisme* : 1759. *L'Ecossaise* : 1760. *Traité sur la tolérance* : 1763. *Dictionnaire philosophique portatif* : 1764. *La Philosophie de l'histoire* et les *Commentaires sur Corneille* : 1765. *Le Pyrrhonisme de l'histoire* : 1768. *Epître à Boileau ou Mon testament* : 1769. *Epître à Horace* : 1772. *Irène* : 1778. *Mémoires* : posth., 1784. *Le Sottisier* : posth.,

> 1883. *Le Sottisier* est un titre donné à un choix des notes de Voltaire recueillies dans les *Carnets* (*Notebooks* 1 et 2 ; le nom de *Notebook* vient de ce que l'édition est d'Oxford) : posth., 1952, puis intégralement, 1968.
>
> ♦
>
> Thomas Bowdler : 1754-1825 ; sa première traduction de Shakespeare, *Hamlet*, en 1769. Jean-François Ducis : 1733-1816. Félix Dupanloup : 1802-1878. Bernard de Fontenelle : 1657-1757. Elie Fréron : 1718-1776. Antoine de La Motte-Houdard : 1672-1731. Charles Palissot : 1730-1814. Salman Rushdie (1947-), *Les Versets sataniques* (*The Satanic Verses*) : 1988 (trad. française : 1989).

VRAIES CAUSES DES ATTAQUES, VRAIES CAUSES DES ÉLOGES : Elles sont rarement dites. Parmi ceux qui ont attaqué Vigny, il y a les agacés par sa mine dégoûtée et ceux qu'exaspéraient ses critiques de Joseph de Maistre. Ni les uns ni les autres ne l'avouèrent. *Ils attaquèrent à côté*. S'ils avaient énoncé la vraie cause, on aurait pu répondre.

La vraie cause des éloges est parfois cachée, elle aussi. Le complimenteur camoufle une approbation morale sous un compliment esthétique. Dans *La Chartreuse de Parme*, Stendhal loue Pigault-Lebrun. On le lit, il n'est pas bien bon, comment Stendhal peut-il bien... ah ! c'est parce qu'il est anticlérical.

> Charles-Antoine Pigault-Lebrun : 1753-1836.

VULGARITÉ : L'histoire de l'art est l'histoire de la conquête de la vulgarité par les artistes. Chaque fois que se présente une nouvelle forme d'expression, les artistes, qui ne l'ont pas inventée, la récupèrent. Il n'y a jamais eu d'art noble à sa naissance : les peintures étaient des comptes rendus de chasse sur les parois des grottes ; les sculptures, des gris-gris, puis des représentations publicitaires de politiciens (en Egypte) et d'athlètes (en Grèce) ; le théâtre servait de propagande religieuse par les représentations de mystères, de divertissement populaire par les farces ; le roman a d'abord été considéré comme une distraction pour domestiques ; le cinéma était un commerce de forains. A chaque fois, des artistes sont venus qui se sont emparés de ces vulgarités, y ont apporté leur art et les ont transfigurées. La télévision deviendra un art.

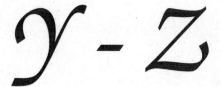

Yourcenar • Zapping • Zola • Zoo.

Yourcenar (Marguerite) : Le meilleur de Yourcenar, ce sont ses mémoires. Il y a là-dedans une sécheresse à côté de laquelle Léautaud est Lamartine. On peut aimer ou ne pas aimer, mais c'est quelque chose. Antiniais. Hautain. Sans flatterie envers le lecteur. On peut aussi discuter de la morgue comique avec laquelle elle parle de sa famille, les Crayencour, nobles belges qu'elle prend soin de présenter comme des faibles ou des imbéciles (d'ailleurs, le titre narquois du premier volume, *Souvenirs pieux*), mais dont elle se réclame quand même tout le temps. Tout indépendante qu'elle était, car après tout elle est devenue écrivain et a décidé de s'individualiser en prenant un nouveau nom, elle ne s'est jamais tout à fait libérée du bon ton de son milieu, qui consiste à parler sans arrêt de noblesse tout en se moquant de la manie nobiliaire. Marguerite Yourcenar, qui ne s'exclut pas de cette hauteur, elle, « l'être que j'appelle moi », est encore moins mécontente de sa personne que de sa famille. Cela la fait parfois ressembler à Magdelon quand, dans *Les Précieuses ridicules*, elle dit à son père : « Pour moi, un de mes étonnements, c'est que vous ayez pu faire une fille si spirituelle que moi. »

« Petit hobereau abruti. » « Vieille fille à peu près idiote. » Elle « roucoulait comme une vieille tourterelle malade ». Si l'on parlait d'elle comme elle de ses personnages, quel portrait ! (Ceux-ci sont ceux du *Coup de grâce*, un de ses meilleurs romans, si on aime le gris à la Julien Gracq et le style amidonné cassant aux pliures.) Elle avait sa beauté, à la fin de sa vie, reçue à l'Académie française avec son air de vieux labrador enroulé dans un torchon. Son verbe est « mépriser » ; parfois elle a mieux, un dédain des artifices : « Les cheveux de Conrad étaient d'un blond plus pâle, mais c'est sans importance. »

Cela la pousse à répéter : « Si je faisais de la littérature… » C'est la même banale affectation que de snober l'aristocratie tout en rappelant qu'on en fait partie. Je trouve cela frivole, de la part d'un écrivain. Quand on fait partie d'une chose, la conséquence est de l'assumer. Surtout quand on en accepte les honneurs, Académie française, Académie royale de Belgique, sans parler de la Légion d'honneur, du Mérite et de l'Ordre de Léopold.

Or, elle fait de la littérature, selon son acception : elle cherche l'effet. Pour cela, elle meuble ses livres en style XVIIIe. Antithèses, douche de points-virgules, imparfaits du subjonctif appliqués, phrases de liaison et de commentaire où elle explique en style emphatique, latinismes, *périodes*. Elle calcule ses personnages au lieu de les sentir. Pas question de s'amuser à jouer leur rôle pour deviner ce qu'ils éprouvent : Yourcenar est amidonnée dans la haute opinion qu'elle a de sa personne. Elle n'a pas d'imagination. On le voit à ses comparaisons en clichés : « la différence entre Conrad et moi était absolue et subtile, comme celle du marbre et de l'albâtre » (*Le Coup de grâce*). Ses romans sont froids comme une maison de campagne un vendredi soir de février.

Les *Mémoires d'Hadrien* sont caractéristiquement un roman historique par ce qu'ils ont d'idéalisé. On n'y rencontre que des gens importants dans des situations « historiques ». Livre inhumain, et candide ! Il se conforme aux choix préalablement effectués par les historiens. Si j'avais à mettre l'empereur Hadrien dans un roman, je ne le ferais pas philosopher sur Platon, comme Yourcenar : il aurait des conversations sur un mauvais écrivain à la mode de son temps, un Eristhétène que j'imaginerais. Et Platon ne serait que mentionné en passant. Yourcenar fait ses livres à partir de *sujets*, non pour la beauté du chant.

C'est dans *Denier du rêve* qu'elle s'en sort le mieux, tout compte fait. Elle a dû penser à Pirandello. Le roman avance par un intéressant système de rebonds, même si, à force de systématisme, il lui arrive de patiner. Elle relève son bien écrit par des sécheresses. Il y a beaucoup de phrases très bien, et beaucoup d'autres en trop. Elle n'allonge pas assez les moments qui pourraient donner lieu à de grandes scènes, comme celle de l'église : elle n'éprouve pas le plaisir d'inventer, de créer, d'écrire. Il se manifeste, dans la fiction, par des scènes disproportionnées. Elles finissent par devenir centrales. Le bal des Guermantes. Et je reviens aux mémoires de Yourcenar, si peu mémoires, finalement presque un roman : elle y imagine des scènes qu'elle n'a pas connues, et c'est non seulement son droit, mais sa réussite. Et de la littérature.

Si, en matière de style, elle se fournit en clichés par défaut d'imagination, en matière d'idées, elle débite des lieux communs par défaut de réflexion. Pour finir un paragraphe des *Souvenirs pieux* : « Et pendant ce temps, la terre tournait. » Ou ce truisme de style classique dans *Denier du rêve* : « Mais dire que l'action du temps avait ravagé Gemara, c'était oublier que le Temps, comme Janus, est un dieu à deux visages. » Dans *En pèlerin et en étranger*, elle ne nous épargne pas une banalité sur les poètes aveugles quand il est question de Borges. Sévère, sérieuse et sans humour, Marguerite Yourcenar marche d'un pas ferme vers le banal. Quelquefois, elle a une phrase moins convenue : quand son esprit irrité décide de contredire. Gide, dont elle est une continuation sans les saccades d'audace, disait : « Ne jugez pas. » Elle : « Ne juge pas… Juge au contraire […] Juge, pour n'être pas jugé le pire des êtres, le lâche esprit, paresseusement prêt à tout, qui se refuse à juger » (*En pèlerin et en étranger*). Cela ne manque pas de tenue, tout en étant une bien curieuse façon d'être sensible à la réputation qu'on vous fait.

On ne peut pas dire qu'elle manque totalement de cœur : comme la plupart des misanthropes, elle aime les animaux. Ils ne contredisent pas. Et puis ils se laissent caresser : les misanthropes sont souvent des sentimentaux qui voudraient aimer les humains mais ne savent comment faire. Lorsqu'elle décrit le chien de sa mère près de son lit de mort, il apparaît quelque chose qui ressemble à de la tendresse. Elle aurait pu en faire un personnage comme le dogue Bendicò qui traverse *Le Guépard* en donnant des coups de queue dans les meubles branlants du palais, dernier fidèle d'un monde qui va s'éventer, éperdu, balourd et sympathique.

📖 « J'aime à croire que le chien Trier, qu'on a chassé de sa bonne place habituelle sur la descente de lit de Fernande, trouve le moyen de se faufiler jusqu'au berceau, hume cette chose nouvelle dont on ne connaît pas encore l'odeur, remue sa longue queue pour montrer qu'il fait confiance, puis retourne sur ses pattes torses vers la cuisine où sont les bons morceaux. » (*Souvenirs pieux.*)

> 1903-1987.
>
> ◆
>
> *Denier du rêve* : 1934, nouvelle éd. 1959, éd. définitive 1971. *Le Coup de grâce* : 1939. *Mémoires d'Hadrien* : 1951. *Souvenirs pieux* : 1974. *En pèlerin et en étranger* : posth., 1989.

ZAPPING : Tout le monde est contre. Zapping brouille capacité attention, tue toute notion d'effort, j'ai acheté un livre à mon fils il a cherché pendant une demi-heure où on mettait les piles, zapping caca. Cela me rappelle l'adaptation d'un roman de Jerzy Kozynski, *Bienvenue Mr Chance*, où Peters Sellers intoxiqué de télévision sortait dans la rue et, assistant à une bagarre, sortait une télécommande de sa poche et essayait de l'annuler. Ça nous paraissait le comble de la pensée critique, à quatorze ans. Le drame est que les gens qui sont contre la télévision et le zapping le sont souvent avec quatorze ans d'âge mental. D'où leur popularité. Il y a des cochonneries à la télévision : récuse-t-on la littérature à cause de Marc Lévy ? Le zapping a ceci de très commode qu'il permet de sauter ce qui déplaît. En livres, cela se dit : parcourir.

Jerzy Kozynski (1933-1991), *Bienvenue Mr Chance* (*Being There*) : 1970 ; au cinéma, par Hal Ashby : 1979.

ZOLA (EMILE) : Un des meilleurs critiques littéraires du XIXᵉ siècle, Oriane de Guermantes, a dit : « Zola ? Mais c'est un poète ! » (*Le Côté de Guermantes*). Zola est un des écrivains français les plus injustement méprisés. Il avait le don d'exaspérer les gens. Il était vaniteux comme Hugo, mais sans la ruse. Il se vantait de ses succès. Il zozotait. Cela donne à la prétention une allure quelque peu grotefque. (Aristote aussi zozotait. On s'en moquait moins parce que la langue grecque était chuintante et qu'il avait été le précepteur d'Alexandre le Grand.) Son aplomb de chef d'école ne paraissait pas légitimé par une grande finesse artistique. Les Goncourt, persuadés qu'il les plagiait, s'allièrent à Alphonse Daudet pour organiser une cabale : secrètement inspirés par eux, cinq jeunes écrivains publièrent en 1887 un *Manifeste des Cinq* contre Zola dans *Le Figaro*, le journal même où il écrivait. Telles sont les bonnes manières de la presse. Toute injure plutôt que la loyauté, puis qu'il s'agit de vendre ! En 1892, Pierre Loti l'attaqua dans son discours de réception à l'Académie française. Zola s'est présenté huit fois à l'Académie et n'a jamais été élu. C'est une des erreurs de cette institution, qui leur survit. C'est le propre des institutions et leur utilité. Elles assument les erreurs. Les digèrent. Les annulent presque. Cela leur permet d'en faire de nouvelles.

La haine anti-Zola s'est étirée dans le temps : le *Journal* des Goncourt, plein de jalousie, parut à la fin de leur vie à tous, alors que c'est habituellement le moment où les vieilles inimitiés se calment, se transforment parfois même en affection. Léon Daudet, fils d'Alphonse, perpétua les déblatérations et se moqua de Zola dans plusieurs livres, ne mourant qu'en 1942 ; en 1956-1958, publication complète du *Journal* des Goncourt, qui ralluma le lance-flammes. Zola en a pris pour cent ans.

D'autre part, il avait sa bande de l'école naturaliste, lancée en 1877, notamment Céard, Hennique, Alexis, Huysmans et Maupassant, qu'on retrouvera dans le recueil des *Soirées de Médan*. Il fut président de la Société des Gens de Lettres. Ses cendres ont été transportées au Panthéon. Il a été attaqué, mais il a été soutenu. J'allais dire aimé. Eh non, et c'est la différence avec Balzac, Hugo, Proust, Flaubert : mieux que des suiveurs, ils ont engendré de l'amour.

Pour la phrase d'Oriane de Guermantes, il est vrai que Proust désigne par elle une audace mondaine, autrement dit un simple paradoxe opposé au lieu commun du milieu. Le monde haïssait Zola, Oriane manifeste l'excentricité Guermantes en le traitant de poète. Elle ne le pense pas. Elle a pourtant raison. Zola a du poète, moins par l'art que par la masse. Ce n'est pas un de ces écrivains qui nous font nous exclamer de surprise, d'enthousiasme et de plaisir par des phrases qui éclatent, mais il a quelque chose de lent et de sûr qui avance vers sa propre réalisation, une force. Elle emporte. Zola est un fleuve. Et c'est un des plus fins poètes du temps qu'on aurait dû écouter, Mallarmé, pourtant littérairement si loin de lui : « J'ai une grande admiration pour Zola » (Jules Huret, *Enquête sur l'évolution littéraire*).

La conception du Zola vulgaire date d'Alphonse Daudet, qui disait que Zola ne serait pas content tant qu'il n'aurait pas décrit le contenu d'un pot de chambre. Or, il est tout au contraire un obsédé de la pureté. Quel compliment est pour lui que le mot « propre » ! Il l'emploie sans cesse, et avec combien d'admiration ! « Il y avait là des marchandes très propres [...] » (*Le Ventre de Paris*). Chaque fois qu'il décrit la bassesse, c'est avec réprobation : « elle s'était fait une éducation fantasque, apprenant le vice [...] » (*La Curée*). Le simple fait qu'il emploie le mot, d'ailleurs. Ce n'est pas lui qui comme Proust écrirait qu'« on parle ainsi pour la commodité du langage » (*Sodome et Gomorrhe*). Ne prenant pourtant pas la posture du moraliste, il ne confond pas les désirs de l'auteur et la réalité du roman.

« *I am a camera.* » Cela a permis aux irréfléchis de ne pas voir et aux mal intentionnés de feindre de ne pas voir comme il est moral. On pourrait même lui reprocher de l'être trop.

La moitié du scandale Zola est venue de la bienséance offusquée. La bienséance n'est qu'un autre nom de l'habitude sociale de la bourgeoisie. Elle a horreur qu'on la dérange. « Je ne veux pas qu'on m'en parle. » Et elle n'a pas voulu qu'on lui parle de toute une partie de la population, les ouvriers, les prostituées, ni qu'on lui parle de sensations nouvelles, comme le désir. Baudelaire l'avait nommé, Zola le révèle. « De même qu'une marquise est remuée par le désir brutal d'un charretier qui passe [...] » (*Au bonheur des dames*) : pour ceux qui ont lu Pierre Louÿs et les autres qui ont vu *Le Charme discret de la bourgeoisie*, ces choses sont connues, mais avant Zola, qui les décrivait ? Quantité de ses personnages sont tenus par le désir.

> [...] les pointes de désirs dont les piqûres l'affolaient par instants. (Renée Saccard dans *La Curée*.)

> Toujours le désir l'avait rendu fou, il voyait rouge. (Jacques dans *La Bête humaine*.)

Même les objets peuvent être des signes du désir :

> On aurait dit un essai, le commencement d'un désir et d'une jouissance. (La chaise de soie rouge de Nana vue par Muffat.)

Et ce désir nous procure un élan mou ; mou et démolisseur. Les personnages de Zola sont souvent l'objet de ces passions lentes, avec leur sournoiserie. Ils sont désemparés par les complications, manquent de vocabulaire pour définir ce qui leur arrive et les assomme donc encore plus. Quant aux autres, les forts, qui dirigent leurs désirs, ils aiment bien les complications, d'amour ou d'argent. Rougon regarde Clorinde, et se dit avec gourmandise : « C'était, tout de même, une étrange mécanique qu'une femme. Jamais il n'avait eu l'idée d'étudier cela. Il commençait à entrevoir des complications extraordinaires » (*Son Excellence Eugène Rougon*). Les premiers se laissent porter, les seconds essaient de détourner le courant. Les uns mangent, les autres boivent. Plus que cela : les forts se goinfrent (d'argent, de pouvoir, ce sont les arrivistes arrivés du Second Empire), les faibles se saoulent (de vin, ce sont les exploités, les Gervaise). Et Zola ne fait pas des anges des faibles ni de la société l'unique responsable. La gauche révolutionnaire lui a d'ailleurs reproché de démoraliser la classe ouvrière, au lieu de lui donner de vrais romans *positifs*. Zola est plein de vendeurs fainéants, d'ouvrières hargneuses. Ce qu'il incrimine, c'est l'hérédité. Cela nous importe moins qu'à lui, à qui cela a servi de combustible pour écrire la série des *Rougon-Macquart*. Qu'il y ait un fond Rougon, Macquart ou Saccard dans tel ou tel personnage, c'est possible, mais Nana devient-elle Nana à cause de ses gènes (le mot n'existait pas) ou de son éducation (si l'on peut dire) ? Partant de sa théorie, Zola l'oublie parfois, emporté par sa création. C'est alors qu'il est le meilleur. On n'est plus dans le naturalisme, mais dans un Manège enchanté de la catastrophe.

Avec lui, tout finit mal. On le devine au bout d'une cinquantaine de pages. Déterminisme écrasant qui transforme certains de ses romans en machine à passer du bitume. Zola est inexorable, mot de la tragédie, car il fait de la tragédie dans le roman. *David Copperfield* contient de la lumière. Elle vient de la bonté de Dickens. Il ne pourrait pas supporter que ses personnages, ses bébés, ses amours, ne soient pas vengés d'une façon ou d'une autre. Zola n'est pas cruel, mais il observe les siens comme un chercheur, et, pour être combatif, ce fataliste ne peut pas faire autrement que de les regarder au fond du puits, se rendant incapable, la plupart du temps, de les en sortir. Angélique, dans *Le Rêve*, pour qui il avait prévu une fin heureuse, meurt. C'est la débâcle. Un de ses mots. Avec « débandade ». Il les utilise même quand ça ne va pas si mal. Dans le seul *Argent* :

[...] la grande débâcle finale des nuits de fête.

Deux larges fenêtres [...] éclairaient d'une lumière vive cette débandade de dessins [...].

Chaque écrivain est son propre lexique, et celui de Zola est souvent relatif à la blancheur. « Blanc », « pâle », « livide », « blême », qui s'appliquent aux gens (sans qu'ils soient nécessairement malades), mais aussi aux lieux. Chez les plus pauvres, la pâleur est contrastée par des noirs gras ou du marron glaiseux (la suie et de la houille de *La Bête humaine* et de *Germinal*, les labours de *La Terre*). Sortis des passages dans les maisons des riches, où l'on trouve fleurs et tissus, ses seuls romans colorés sont *Thérèse Raquin* et *L'Œuvre*, à cause de leurs personnages de peintres ; dans *L'Œuvre*, Claude Lantier, qui jette sur ses tableaux « une ardente vie de couleurs ». Zola aimait Manet, peintre de la pâleur sur fond brun, et il en donne une définition qui conviendrait très bien à lui-même : « ... il voit blond, et il voit par masses » (*Edouard Manet, étude biographique et critique*). « Blond » est un autre de ses mots, comme « chair », ou « brutal ». Cette brutalité, il la constate. Il constate plus qu'il ne juge. C'est un créateur.

Zola est un nez. Il flaire, il renifle, frémissant, inquiet, puis tranquille.

> Les fleurs fauves, tigrées de pourpre, exhalaient une senteur pénétrante, qui embaumait toute la chambre. (*Une page d'amour*.)

> [...] les odeurs eussent suffi à les jeter dans un éréthisme nerveux extraordinaire. (*La Curée*.)

> Le chat faisait le gros dos ; puis, après avoir flairé longuement la grande barbe blanche, répugné sans doute par l'odeur de colle, il retourna dormir en rond sur la banquette. (*Nana*.)

Il y a beaucoup de fleurs dans Zola. Il faudrait voir si ce n'est pas vers cette époque que les fleuristes se sont multipliés dans Paris, faisant d'elle, encore à ce jour, la ville la plus fleurie du monde.

Il a du plaisir à décrire les masses, leur mouvement ; l'éprouvant, il le communique. L'ouverture du grand magasin d'*Au bonheur des dames*, des marchés du *Ventre de Paris* et du théâtre de *Nana*, la grève de *Germinal*, l'extraordinaire scène du bal travesti de *La Curée*. Une poésie lève. C'est là que Zola écrit le mieux.

Là où il est moins bon, c'est quand il laisse apparaître la documentation. Lorsqu'on écrit, il faut admettre que tout ce qu'on a vu ou étudié ne servira pas, car il n'est pas vrai que *tout fait ventre*, conception vulgaire répandue par les arides. Vive le gaspillage !

Il aperçoit en décrivant des choses étonnantes dont je regrette que, dans sa marche lente et ferme, il ne s'arrête pas pour les étudier davantage. Dans *Au bonheur des dames*, par exemple, que l'excès de travail ou la passion financière fait disparaître la distinction des sexes. (« […] et, dans leur fatigue commune, toujours sur pied, la chair morte, les sexes disparaissaient […] » « Si la bataille continuelle de l'argent n'avait effacé les sexes […] »). Il a aperçu la désinvidualisation des hommes qui commençait en Europe.

Lui qui est assez extérieur, neutre et emportant tout sur son passage, a des moments sensibles assez étonnants : Nana enfant et ses petits amis qui remplissent un sabot de pelures de pomme et le traînent au bout d'une ficelle pour jouer aux funérailles dans *L'Assommoir*, ou, dans *Le Ventre de Paris*, Lisa et Quenu dont l'amour monte doucement :

> A onze heures, ils remontaient se coucher, lentement, comme la veille. Puis, en refermant leur porte, de leur voix calme :
> — Bonsoir, mademoiselle Lisa.
> — Bonsoir, monsieur Quenu.

Même si, chez lui, tout est au premier plan et qu'il ne dissimule aucun secret, il a écrit avec *La Conquête de Plassans* un roman qui n'est pas le plus Zola, mais est le plus étonnant de Zola. Il montre la soumission de Plassans la légitimiste par l'abbé Faujas, prêtre bonapartiste, et surtout sa lente et étonnante prise de possession de la famille Mouret, qui commence par l'envahissement de leur maison. Doux, menaçant, méchant, ambitieux, l'abbé Faujas a quelque chose de diabolique. Qu'en aurait pensé Bernanos ?

Il y a toujours eu chez Zola une part de *Rêve*. Ses premiers écrits furent des contes de fées, mais oui, et voici Séverine dans *La Bête humaine* : « Son désir inconscient était de prolonger à jamais cette sensation si délicieuse, de redevenir toute jeune, avant la souillure [...]. » Le *désir* de *pureté*. Deux mots mal appariés. Pauvre petite. C'est foutu. Et de là *Le Rêve*, de là le jardin-paradis de *La Faute de l'abbé Mouret*, qui d'ailleurs s'appelle le Paradou, où Albine se rend à la fin, allant de fleur en fleur, roses, violettes, œillets, qu'elle cueille, cueille, cueille, pour parer la chambre où elle va mourir, catalogue Vilmorin de la purification. Ce ne sont pas les meilleurs moments de Zola.

Il a écrit une note intitulée « Différences entre Balzac et moi » (annexe aux *Rougon-Macquart*) :

> Mon œuvre sera moins sociale que scientifique. [...] Je ne veux pas peindre la société contemporaine, mais une seule famille, en montrant le jeu de la race modifiée par les milieux. *Si j'accepte un cadre historique, c'est uniquement pour avoir un milieu qui réagisse [...].* Ma grande affaire est d'être purement naturaliste, purement physiologiste. Au lieu d'avoir des principes (la royauté, le catholicisme), j'aurai des lois (l'hérédité [...]). Je ne veux pas comme Balzac avoir une décision sur les affaires des hommes, être politique, philosophe, moraliste. Je me contenterai d'être savant, de dire ce qui est en cherchant les raisons intimes. Point de conclusion d'ailleurs.

La conception naturaliste est donc exactement la même que celle de Balzac, qui prétendait être impartial et se disait historien. Et c'est une illusion utile. Tout ce qui, même si nous nous trompons, nous éloigne de la partialité, est faste à la fiction. (L'illusion de la supériorité scientifique est un de ces défauts d'époque qui ne sauraient être entièrement reprochés aux individus.) La principale différence entre Balzac et Zola est que Balzac a découvert le principe de la « comédie humaine » *en l'écrivant* ; écrivant ses romans avec une intention, Zola est moins libre ; *Les Rougon-Macquart* ne restent pas moins, comme *La Comédie humaine*, du réel transfiguré, du symbole. Ni l'un ni l'autre ne chutent dans la facilité du roman historique, qui place les personnages dans des situations « historiques », c'est-à-dire prédéterminées comme importantes par les historiens. Zola ne s'en sert qu'à ses débuts ou à ses fins de livres comme décor d'opéra. Comme Balzac, il *change les noms* des personnes ayant existé. Déplaçant les hiérarchies, il crée son monde. Il réussit : il est probable que plus de gens connaissent Nana que l'impératrice Eugénie.

En dehors de la série des *Rougon-Macquart*, Zola a écrit quantité de pièces de théâtre (souvent adaptées de ses lettres), d'articles de journaux, de romans, parfois bons, comme *Thérèse Raquin*, parfois mauvais, comme la série des *Trois Villes* (*Rome, Lourdes, Paris*). Romans partisans écrits en style bestseller, c'est-à-dire une documentation orientée dans le sens du parti de l'auteur que des personnages représentent, par thèse (le bon), ou par antithèse (les méchants). S'il existe de bons romans sur le Vatican comme le *Hadrien VII* du baron Corvo (du moins à ce qu'il semble, car personne n'a jamais réellement su ce qui s'y passe), on n'a jamais écrit de fiction intéressante sur Lourdes : c'est un endroit où, pour ou contre, chacun est arrivé avec son préjugé.

En politique, il a été républicain encore plus que de gauche. A ses débuts, dans ses passionnantes chroniques parlementaires d'après la chute de l'Empire, il soutient Thiers qui réussit à amener le changement de régime. « Il y a ainsi dans un gouvernement républicain un grand soulagement, celui de ne plus sentir cette muette et sombre figure d'un roi, qui marche à pas de fantôme sur la patrie accroupie et terrifiée. » Il s'emballe jusqu'à dire que, grâce au paiement des réparations de guerre triomphalement organisé par Thiers, l'Allemagne « est enfermée dans sa victoire » (*La République en marche*). Avec « J'accuse » (*L'Aurore*,

1898), il a eu le courage de s'opposer aux institutions, aux puissances. Il l'a tout de même fait avec un journal dirigé par Clemenceau qui, lui, pensait à faire tomber un gouvernement. Et sa conception de l'hérédité, quand j'y pense. Quand j'étais adolescent, l'hérédité, ça passait pour une idée de droite. Droite ou gauche, elle est surtout bornée et soumise. Et elle ne m'intéresse pas beaucoup. Ce qui m'intéresse, c'est Manet. L'affaire Manet. Manet moqué, raillé, bafoué, et, dans une ville comme Paris, il n'a pas fallu moins de courage pour prendre sa défense comme Zola l'a fait face aux malins et aux rieurs. « Car le rire gagne de proche en proche, et Paris, un beau matin, s'éveille en ayant un jouet de plus » (*Edouard Manet*). « Mettre les rieurs de son côté », dit-on. Je préfère les mettre de l'autre côté. Ils ne sont pas si passionnants.

 « Mais en France, ce pays de légèreté et de courage, on a une peur effroyable du ridicule ; lorsque, dans une réunion, trois personnes se moquent de quelqu'un, tout le monde se met à rire, et s'il y a là des gens qui seraient portés à défendre les victimes des railleurs, ils baissent les yeux humblement, lâchement, rougissant eux-mêmes, mal à l'aise, souriant à demi. » (*Edouard Manet, étude biographique et critique*.)

> 1840-1902.
> ♦
> *Edouard Manet, étude biographique et critique* et *Thérèse Raquin* : 1867. *La Fortune des Rougon* : 1871. *La Curée* : 1872. *Le Ventre de Paris* : 1873. *La Conquête de Plassans* : 1874. *La Faute de l'abbé Mouret* : 1875. *Son Excellence Eugène Rougon* : 1876. *L'Assommoir* : 1877. *Une page d'amour* : 1878. *Nana* et *Les Soirées de Médan* : 1880. *Au bonheur des dames* : 1883. *Germinal* : 1885. *L'Œuvre* : 1886. *Le Rêve* : 1888. *La Bête humaine* : 1890. *L'Argent* : 1891. *La Débâcle* : 1892. *Lourdes* : 1894. *Rome* : 1896. *Paris* : 1898. *La République en marche* : posth., 1956.

Zoo : Eh bien, les enfants, c'est l'heure de la fermeture. Mon troupeau d'écrivains s'en va rentrer à l'étable, et mes lionnes d'idées rôder de nuit dans la savane. Elles égorgeront quelques innocents par erreur : pardonnez-les, l'esprit assouvit ses instincts sordides dès que notre brave corps endormi ne le surveille plus. Demain, elles sortiront du méchant territoire du rêve. Se redressant et essuyant le sang des lèvres, elles entreront, humaines, dans le gai domaine de la raison. Leurs empreintes dans la terre sèche formeront un poème, un roman, je ne sais quel gribouillage. Et comme j'ai assez parlé, depuis trop d'années que j'ai commencé ce livre, je vous laisserai choisir les derniers mots. J'hésite entre :

une belle phrase ;

et je peux me tromper ;

faisons semblant que tout est bien ;

la seule vie.

Table

Action – Adjectifs, adverbes – Admirateurs – *Adolphe* – Age des écrits – Age des lectures – Age plaqué or (l') – Air d'époque – *A la recherche du temps perdu* – Alembert (d') – Allégorie, apologue, déclamation – Ame – Amers et grincheux – Amour – Anciens et Modernes – Antériorité – *Antimémoires* – Apollinaire – Approximation – A quoi ressemblaient-ils ? – Aragon – Argent et fiction – Attachées de presse – Aubigné (d') – Auteurs – Aymé.

Ballades de Max Jacob – Balzac – Balzacien, proustien, etc. – Balzacismes – Barbey d'Aurevilly – Barrès – Baudelaire – Beau – Beaumarchais – Beauvoir – Beckett – *Bel-Ami* – Berl – Bernanos – Bernardin de Saint-Pierre – Berthet – Bêtise – Bibliothèques – Bibliothèques de maison de campagne – Bien élevé – Biographies – Blondin – Boileau – Bon sens – Bossuet – Bouilhet *et* Péladan – Boulle – Bourgeoisie – Bourges – Breton – Brillant – Brosses (de).

Cahiers d'Henri de Régnier – Calomnies – Camus – Caractéristique – *Carnets* de Montherlant – *Carnets* de Voltaire – Céline – Cendrars – Ce qu'il y a peu dans les romans – Ce qui a disparu des romans – Chamfort – Charlatanisme – *Chartreuse de Parme (La)* – *Chasse à courre (La)* – Chateaubriand – *Choses vues* – Cinéma – Citations – Clair, obscur, clair-obscur, obscur-clair – Claudel – Cliché – Cocteau – Cocteauïsmes – Cohen – Colette – Comédie – Comédie, tragédie – Commencer (Par quoi –) – Commentaire – Commérage – Confessions – Conjonctions – Consanguinité de rythmes

— Conseils aux vieux écrivains — Constant — Conversation — Conviction, convaincus, convicteurs — Coquilles — Corneille — Corneille et Racine, Voltaire et Rousseau, Sartre et Camus, Oasis et Blur *ou* Ajoutons un troisième terme au raisonnement — *Correspondance littéraire* de Grimm — Coupes — Courier *et* Laclos *ou* Les officiers supérieurs intenables dans la littérature française — Courtois — *Creative Writing* — Critères du bon écrivain ou du bon livre — Critique littéraire dans la création — Cros.

Dandysme — D'Annunzio — Dard — Début, milieu, fin — Décadence et mort d'un écrivain (Bloy, Huysmans, Villiers) — Défauts — Deffand (du) — Del Dongo (Gina) — Descriptions — Détails — Détruire — Dialogues dans les romans — Dictionnaires — Diderot — Digressions — Distance aux choses — Dix-neuvième siècle — *Don Quichotte* et autres bulles — Donc, il faut, parce que — Dumas.

Echec en politique — Ecoles littéraires — Ecrire comme on parle : parler comme on écrit — Ecrit (Bien écrit, mal écrit, pas écrit, écrit) — Ecrivains — Ecrivains de livres, écrivains de tranches — Ecrivains d'un seul livre — Ecrivains et élections — Ecrivains et voleurs *ou* Astolphe de Custine — Ellipse — Eloquence — Emotion — *Enfants terribles (Les)* — Ennui — Enthousiasme — Eponge, gong — Epoque — Erreurs peut-être utiles — Essais de Reverdy — Exagération.

Facile à lire — Facilité — Fantaisistes *ou* Les trois B — Fargue — Faux meilleur livre — Fénelon — *Fermina Márquez* — Fiction — Fils — Fins de vies — Flaubert — Foi — Français — France, pays littéraire.

Gary — Gautier — Genet — Génie — Genre — Gide — Giono — Gloire — Gobineau — Goncourt — Goscinny, Audiard, Jardin — Gourmont — Goût — Grammaire — Green — Guerre de 14 *ou* Le grand roman de — Guitry.

Halévy (Daniel *et* Ludovic) — Herbart — Héritiers — Héros *ou* Voici venu le temps des galopins — Hervieu — *Histoire sans nom (Une)* — Homme — Hugo.

Idées – Idiosyncrasies – Ignorance – Il y a un fil qui dépasse – Images – Imagination – Imposteurs – Incidentes – Inculte – Indicible – Influence – Influence de la littérature scout – Influence des bons écrivains – Influence des moins bons écrivains – Intelligence – Intérêt – Introduction, conclusion – Ionesco.

Jacob – Jarry – Je ne sais pas quoi lire – Joubert – Jourdain – *Journal d'un attaché d'ambassade* – *Journal* de Jules Renard – Journalisme – Journaux intimes – Joyce.

K

Labé – La Bruyère – La Fontaine – Laforgue – Lamiel – Langue française – *La Plus Mignonne des petites souris* – Larbaud – La Rochefoucauld – La Ville de Mirmont – Léautaud – Leconte de Lisle – Lecteurs – Lecture – Lecture (Haine de la –) – Lectures (bonnes, mauvaises) – Légendes – Légitimité – Lettres – Levet – *Lewis et Irène* – *Liaisons dangereuses (Les)* – Librairies à l'étranger – Lire – Lire le théâtre – Littéraire, littérature – Littérature (Tentation de définition de la –) – Littérature coloniale et d'espionnage – Littérature et société – Livre – Livres de chevet – Livres qui tuent – Long, court – Louis XIV et la littérature.

Machins – *Madame Bovary* (Qui est le narrateur de – ?) – Maistre (Xavier *et* Joseph de) – Malherbe – Mallarmé – Malraux – Mama Doloré – *Manon Lescaut* – Marivaux – Matière – Maupassant – Mauriac – Mauvais livres (Utilité des –) – Maximes, sentences, pensées et graffitis – *Méandres* – Mémoires, souvenirs – Mensonge – Mérimée – Métaphores et comparaisons – Michaux – *Misérables (Les)* – Modèles des personnages – Mœurs – Moi, je – Molière – Monologue intérieur – Montaigne – Montesquieu – Montesquiou – Montherlant – Morale – *Moralités légendaires* – Morand – Morceau de bravoure, tour de force, originalité – Morts inhabituelles d'écrivains – Morts, vivants – Mot (Qu'utiliser le –, c'est presque admettre la chose) – Mots (Aimer les –) – Mots (Magie des –) – Mots (Sens des –) – Mots à aérer, à créer – Mots calomniés, mots révérés – Mots courts – Mots de passe – Mots des écrivains – Mots poétiques – Musset (Alfred de) – Musset (Paul de) – Musset, l'institutrice et moi – Mystère.

Naissance – Nane – Napoléon (Influence de – sur la littérature française) – Narcissisme – Narrateur, Auteur – Nationalité – Nationaux pour étrangers *ou* Le moi idéal – Naturalisme – Naturel – Nécessité – *Ne délivrer que sur ordonnance* – Niaiserie – Niveaux de littérature – Noël – Nos livres nous tuent – Notes en bas de page – Nous et les autres et les autres et nous – Nouveau.

Observation – Œnone – Œuvre – On – « On publie trop » – Opposable à l'écrivain – Oubliés – Où sont les bons livres ?

Paradoxe – Pascal – Passé, présent – Pastiche, parodie – Pas un mot – Pédants, cuistres – Perfection – *Pernacchia* – Perrault – Personnages – Personnages truculents – Personnalité – Pessoa – Philosophie – Pinard – Pittoresque – Poèmes d'amour – Poèmes de Théophile Gautier – Poèmes en prose – Poésie – Poésie (Promotion et détestation de la –) – Poésie (Son de la –) – Poésie et chanson – Polar – Politique – Pompe, emphase – Ponctuation – Portrait – Position du moraliste – Positions du mémorialiste – Postérité – Postérité particulière des auteurs de théâtre – Posthumes (Influence des publications –) – Pouvoir politique et écrivains – Précieux – Préfaces – Préjugé – Premier – Premier livre, dernier livre – Prestige de la littérature – *Princesse de Clèves (La)* – Prononciation – Propriété littéraire – Proust – Public – Punk – Pyrénées.

Quantité – Quantité et type de diffusion – *Qu'est-ce que la littérature ?*

Rabelais – Racine – Raison – Réalisme – *Récit secret* – Redécouvertes – Réel – Règles – Régnier (Mathurin) – Relire – Répétitions – Ressemblance – Rêve, songe – Rimbaud – Rites et cérémonies – Rivarol – Romains – Roman – *Roman comique (Le)* – Romanesque – Roman français, anglais, américain – Roman, société – Romans à la deuxième personne du singulier – Romans d'amour – Romans d'anticipation – Romans historiques – Romantiques – Rostand et Dumas fils – *Rouge et le Noir (Le)* – Rousseau.

Sachs – Sagan – Saint-Amant – Saint-Simon – Sainte-Beuve – Sartre – Sauvé – Scandale – Scarron – Schwob – Sedaine – Ségur – *Servitude et grandeur militaires* – Shakespeare (Influence de – sur la littérature française) – Sincérité – Sorel (Julien) – Staël – Stendhal – Style – Styles (Les différents –) – Succès, échec – Sujet – Sujet apparent, sujet caché – Supprimer – Sur, avec, contre – Surréalisme – Symbolisme.

Tailhade – Talent – Tallemant des Réaux – Télévision – Terreur (Victoire irrémédiable de la –) – Thérapie – Thomas – Titres – Tocqueville – Toulet – Tout ce que vous direz sera retenu contre vous – Tout le théâtre de Racine – Tradition – Tragédie – Trous.

Un barbare en Asie – Un des romans célèbres les plus mal écrits de la littérature française – Un romancier est un traître – Un seul livre suffit – *Une baraque rouge et moche comme tout, à Venice, Amérique* – Une œuvre est un vers – Une phrase de Proust, une phrase de Swann ? – Universel – Usage – Utilisation des noms d'écrivains à des fins mercantiles ou militaires – Utilité.

Valéry – Variations sur des thèmes de Molière – Vautrin – Vengeance – Verbes – Verhaeren – Vérité – Verlaine – Vers libre – Vialatte – Viau – Vie – *Vie de Rancé* – Vigny – Villon – Vingt et unième siècle – Voix – Voltaire – Vraies causes des attaques, vraies causes des éloges – Vulgarité.

Yourcenar

Zapping – Zola – Zoo.

ENCYCLOPÉDIE CAPRICIEUSE DU TOUT ET DU RIEN*

Après le succès du Dictionnaire égoïste de la littérature française, Charles Dantzig nous emmène dans un tour du monde et de la vie en huit cents pages de listes. Rangées par thèmes (les lieux, les peuples, les gens, les corps et le sexe, les arts, les mots, l'histoire…), elles nous permettent de retrouver son érudition, son esprit, son humour, et même des confidences. On rit, on est caressé ou griffé, on l'écoute avec passion parler de littérature, d'art, de géographie, de futilités et de choses graves, de mode et de mort, de télévision et de Grèce ancienne… un livre sans équivalent.

LISTE DES LISTES

Les listes
Liste d'Élien, de Li Yi-Chan et de Sei Shônagon, mes dédicataires

Lieux
Liste de genre de lieux aimables ✦ Liste de beaux jardins ✦ Liste de lieux sublimes ✦ Liste des plus belles routes du monde ✦ Liste de lieux de recueillement… *en Iran… en Californie… en Irlande* ✦ Liste de l'horrible toc ✦ Liste des rues de Rivoli ✦ Liste d'endroits sinistres ✦ Liste des lieux de perdition

Villes
Liste incomplète de ce qu'est une capitale ✦ Liste des couleurs des villes ✦ Liste des odeurs des villes ✦ Liste des bruits des villes ✦ Liste des fleuves dans les villes ✦ Liste des très grandes villes au bord de l'eau

En avion
Liste de l'avion ✦ Liste d'aéroports charmants

Nos caressants ailleurs
Liste des voyages ✦ Liste des appellations de voies à Venise, à Londres et dans la Rome antique ✦ Liste des endroits d'où les spécialités culinaires ne semblent partir qu'en se détériorant ✦ Liste de Venise ✦ Liste de Rome ✦ Liste de New York ✦ Liste de Londres ✦ Liste de Gümüşlük

En France
Liste de mes adresses en France ✦ Liste de ce qu'on fait ou de ce qu'on ne fait pas en province ✦ Liste de Caresse ✦ Liste compacte de Paris en voiture

* Grasset, 2009.

Taxi !
Liste fuyante des taxis parisiens ♦ Liste des taxis d'ailleurs

Peuples
Liste sur les peuples ♦ Liste réfléchie des peuples ♦ Liste des Français ♦ Liste des Anglais ♦ Liste des Italiens ♦ Liste des Américains ♦ Liste de si les hommes

Le peuple d'à côté
Liste des animaux d'écrivains ♦ Liste d'animaux tragiques

Les arbres, les nuages et la pluie
Liste des arbres ♦ Liste des nuages ♦ Liste de la pluie

La douceur éventuelle de vivre
Liste de choses douces *le matin... le soir... la nuit* ♦ Liste des plages à sept heures ♦ Liste déplorable du désir ♦ Liste punissable du plaisir ♦ Liste critiquable du confort ♦ Liste imparable de la passion ♦ Liste mesquine des mœurs ♦ Liste ténue du tact ♦ Liste branlante du bonheur ♦ Liste tuante des qualités de tristesse ♦ Liste gracile des moments gracieux ♦ Liste vite du vice ♦ Liste espacée de l'espoir ♦ Liste des avantages et des désavantages de l'amour ♦ Liste de questions sans réponse assurée

Le beau, le timide & le chic
Liste du beau ♦ Liste de la beauté ♦ Liste de la timidité ♦ Liste du chic ♦ Liste de l'assorti ♦ Liste de la mode à Londres ♦ Liste du pays des hommes les mieux habillés du monde ♦ Liste des vêtements, des modes et de la mémoire ♦ Liste des hommes le plus ridiculement habillés du monde... *les mieux habillés... trop bien habillés* ♦ Liste d'ils ont été beaux huit jours ♦ Liste du dandysme ♦ Liste de dames so chic ♦ Liste de beaux gestes ♦ Liste de belles insolences

Les corps & le sexe
Liste des corps ♦ Liste des cous ♦ Liste de l'indifférenciation des sexes ♦ Liste du sexe ♦ Liste du sexy

Les gens
Liste de personnes... *émouvantes... touchantes... piteuses, voire pitoyables... comiques... rares... troublantes... effrayantes... affolantes... curieuses... étonnantes... surprenantes... gênantes... irritantes... risibles après avoir été un instant irritantes, pour devenir pathétiques et redevenir irritantes avant que, finalement, on s'en foute... méprisables... légèrement répugnantes... mesquines... ennuyeuses... pénibles... insupportables... accablantes... tuantes... scandaleuses... révoltantes... dégoûtantes... grossières... amusantes... astucieuses... sympathiques... charmantes... réjouissantes... enthousiasmantes... délicieuses... exaltantes* ♦ Liste de catégories de personnes peu intéressantes ♦ Liste des gens dont il vaut mieux se méfier ♦ Liste des grincheux et autres désinvoltes ♦ Liste des cons ♦ Liste de monstresses ♦ Liste de fessées perdues ♦ Liste de la

bonté des hommes ♦ Liste des guerres secrètes de l'humanité ♦ Liste de règles pour réussir ♦ Liste de ce à quoi on reconnaît... l'imbécile... le monstre... l'orgueilleux... le fat... le fat blessé... le susceptible... le novice... l'avare... l'homme à préjugés... qu'un siffleur n'est pas à l'aise... le non écrivain qui rêve d'en devenir un... l'actrice vieillissante qui souffre de la solitude... un Anglais... l'hypocrite... l'insincère... le politicien médiocre... le politicien avisé... qu'on a eu peur... l'hystérique... le mafieux... le corrompu... le mondain... le haineux... l'homme bas... l'homme qui n'a jamais souffert... l'homme à chérir... ♦ Liste des convives qui ont le plus de succès dans les dîners ♦ Liste des « il en reste des comme ça » ♦ Liste de femmes comme on en voudrait dans sa famille ♦ Liste du préférable ♦ Liste des minorités ♦ Liste de l'amitié et de l'inimitié ♦ Liste de la vengeance ♦ Liste de la sagacité des autres ♦ Liste de l'homme en général

Les choses

Liste de choses... rares... fugaces... tenaces... qui paraissent éternelles... piteuses, voire pitoyables... tristes... d'abord gaies, puis tristes... qui ne sont pas risibles... décevantes... faux chic... maladroites... ineptes... pesantes... déprimantes... démoralisantes... angoissantes... regrettables... désagréables... malheureuses... désolantes... tuantes... atroces... inquiétantes... affolantes... effrayantes... intrigantes... amusantes... étonnantes... aberrantes... fascinantes... invraisemblables qui ont pourtant eu lieu... gênantes... honteuses... agaçantes... irritantes... exaspérantes... légèrement répugnantes... fastidieuses... insupportables... scandaleuses... révoltantes... écœurantes... dégoûtantes... grossières... ignobles... immondes... ridicules... comiques... qui font légèrement plaisir... profitables... qui distraient d'un convive ennuyeux... pas antipathiques... sympathiques... naïves... gaies... gaies pour des enfants... gaies pour des jeunes filles... agréables... agréables qu'on ne remarque qu'a posteriori... douces... apaisantes... entraînant une rêverie aimable... délicieuses... délicieuses à l'adolescence... détestables entre vingt-cinq et quarante ans... délicieuses après quarante ans... délicieuses après cinquante ans... excitantes... enthousiasmantes... délicieusement moqueuses... graves... ardues... exaltantes... admirables... réjouissantes... inutiles ♦ Liste de faux risques ♦ Liste de comportements comiques ♦ Liste de combles ♦ Liste de si ♦ Liste de ce qu'on n'a jamais vu ♦ Liste de bruits... surprenants puis réjouissants... effrayants... apparus à la fin du XXe siècle... imaginés... faisant rêver ♦ Liste d'odeurs... surprenantes... humaines... disparues... faisant se pâmer ♦ Liste de spectacles... odieux... curieux... romanesques... charmants

Famille, enfants, frères, sœurs

Liste de la famille ♦ Liste de ma famille ♦ Liste des types de familles ♦ Liste des familles à stériliser ♦ Liste des mères ♦ Liste des pères ♦ Liste de l'enfance ♦ Liste de l'éducation des parents ♦ Liste de frères et de sœurs ♦ Liste de frères et de frères ♦ Liste de fils malheureux ♦ Liste des filles énergiques ♦ Liste des enfants Bourbon et des enfants Bonaparte ♦ Liste de ceux qui ont bien fait de ne pas naître ♦ Liste des conséquences des enfants ♦ Liste du célibat

Le carré d'as qui ne gagne jamais
   Liste de la solitude ♦ Liste de l'irrespect ♦ Liste de la faiblesse ♦ Liste de la nuit

Coutumes
   Liste des premières fois ♦ Liste du tu et du vous ♦ Liste de la gloire et de la célébrité ♦ Liste de l'ennui des fêtes ♦ Liste du sport et des femmes ♦ Liste de Sébastien Castella et autres anges qui s'ignorent ♦ Liste des raisons d'ériger une statue à l'inventeur des piscines ♦ Liste de questions

Arts
   Liste de quarante-deux artistes et de leur art ♦ Liste de comme les pays aiment leurs artistes ♦ Liste de peintres dégoûtants ♦ Liste de slogans imprimés sur des fanions dans une installation au New Museum de New York au printemps 2008 ♦ Liste de tableaux à peindre ♦ Liste de photos ♦ Liste de musées qu'on peut visiter sans faire la queue dans le brouhaha ni sentir les odeurs d'une cafétéria... *les Augustins de Toulouse... musée de Chenonceau... Beaux-Arts de Séville... Fondation Lázaron Galdiano de Madrid... Galerie d'art moderne de Milan à la villa Belgiojoso-Bonaparte... Accademia de Venise... entrée de la National Gallery de Londres... Musée national archéologique de Naples... musée de la via Giulia à Rome... musée copte du Caire... musée de Seldjouk (Turquie)... musées archéologiques d'Istanbul... nouvelle boutique Tom Ford à New York*

Musique
   Liste pour un CD... *sentimental... narquois... faisant bondir sur ses pieds... sublimement emphatique* ♦ Liste des chansons de variétés tragiques ♦ Liste de Madonna et du marketing

Spectacles
   Liste de l'opéra et de la transfiguration ♦ Liste des films pour lesquels je préserverais la dernière petite salle de cinéma du monde ♦ Liste sur les acteurs ♦ Liste de Sarah Bernhardt et du dépassement du ridicule ♦ Liste d'Orson Welles qui ne sert à rien

Littérature
   Liste des règles que je me suis faites ♦ Liste de la disparition du moi ♦ Liste des phrases ou des morceaux de phrases dont j'ai pensé faire ou fait des titres ♦ Liste de citations pouvant servir de titres ♦ Liste de titres de livres que j'ai voulu écrire ♦ Liste de titres de livres auxquels avait pensé Raymond Chandler ♦ Liste de beaux titres de livres *suivie de* Liste de beaux titres de livres quasi oubliés ♦ Liste de bons titres avec dimanche ♦ Liste des histoires que j'ai racontées à mon filleul Adrien entre 1997 et 2000 ♦ Liste de poèmes finissant par du noir ♦ Liste des choses qu'on dit et qui ne sont pas vraies ♦ Liste de phrases qu'entendent les écrivains ♦

Liste de réponses que font les écrivains ✦ Liste d'écrivains que d'autres écrivains n'aimaient pas ✦ Liste d'écrivains arrosés par leur amertume ✦ Liste de Joachim du Bellay, inventeur du romantisme ✦ Liste de Christofle de Beaujeu, ou ce qui reste d'un poète ✦ Liste de Blaise Pascal, désespéré pressé ✦ Liste de Marcel Proust, plongeur sous-marin ✦ Liste de Francis Scott Fitzgerald, qui n'a pu divorcer de la vie ✦ Liste de brèves définitions ✦ Liste de trois années (1595, 1925, 1957) ✦ Liste des livres que je sauverais du feu ✦ Liste du jour où certains écrivains sont morts ✦ Liste de ricochets de tombes

Personnages
Liste de *Gatsby le Magnifique* ✦ Liste de personnages (*Mon carnet d'adresses*)

Noms
Liste de la guerre des noms ✦ Liste de groupes de noms dont l'énoncé suffit à raconter une histoire ✦ Liste des invités à une soirée « 1926 », New York, 20 East Eighty-Eighth Street, le 26 janvier 1946 ✦ Liste d'un roman écrit par le journal *Sud-Ouest* en publiant son « agenda » de naissances et de décès le samedi 11 août 2007 ✦ Liste de noms de famille transformés en injures ✦ Liste des prénoms ✦ Listes de listes de morts

Mots
Liste de l'origine de certains mots et de certaines expressions ✦ Liste d'injures transformées en gloires ✦ Liste des mots des pays ✦ Liste d'expressions et de mots morts ✦ Liste de mots qui ne servent que dans une circonstance ✦ Liste de titres de noblesse ✦ Liste du flou autour des mots ✦ Liste des dénominations correctes ✦ Liste de propositions de qualificatifs de couleurs ✦ Liste de comparaisons

Phrases
Liste de la ponctuation ✦ Liste de la publicité ✦ Liste de phrases enchanteresses ✦ Liste des meilleurs « mots » que je connaisse ✦ Liste de la bougrerie insolente

La pensée et son éventuelle ennemie l'idée
Liste de la pensée ✦ Liste de l'idée

Presse
Liste de la presse ✦ Liste de la critique… *critiques littéraires… critiques de cinéma… critiques d'art… critiques politiques…* et du public ✦ Liste de ma lecture de la presse un certain jour ✦ Liste de délices peu connus en presse écrite et sur Internet

Télévision
Liste de trente et une minutes de télévision le 1er mars 1999 ✦ Liste des principaux vices et du génie de la télévision

Histoire

Liste des faits qui m'ont fait rêver un instant ✦ Liste du troisième triomphe de Pompée ✦ Liste des défauts de prononciation ✦ Liste des exils de Louis XVIII ✦ Liste de sentences comiques ✦ Liste de personnes qui, avec noblesse, n'ont jamais parlé ✦ Liste de l'année 1978 ✦ Liste des décennies du xxe siècle ✦ Liste d'ils ne tueront pas le souvenir de tous les morts ✦ Liste de l'ordre et du désordre ✦ Liste de la tyrannie moderne ✦ Liste de censures ✦ Liste de tartufferies ✦ Liste de la flagornerie ✦ Liste de la bêtise religieuse ✦ Liste de la bêtise populaire ✦ Liste d'imbécillités qui m'enchantent ✦ Liste du *nation-building*

Vague autoportrait en listes

Liste de comme j'ai été adoré adolescent ✦ Liste de choses qui m'ont indigné ✦ Liste de choses qui me font sourire ✦ Liste de choses qui me font rire ✦ Liste de ce que je n'ai pas voulu faire ✦ Liste de choses que je crois n'avoir jamais faites ✦ Liste de mes incapacités ✦ Liste de ce qu'il y eut sur mon bureau en 1999, 2002, 2006 ✦ Liste de mes locations ✦ Liste automatique du 15 janvier 2005, 21 h 12 – 22 h 35 ✦ Liste de nourritures supposément infâmes que j'aime ✦ Liste de ce que je voudrais le 29 juillet 2006 ✦ Liste de réponses au « questionnaire de Proust » ✦ Liste de ce que j'aimais le 29 juillet 2007 ✦ Liste du quand, quoi et comment, 28 septembre 2007 ✦ Liste exacte du brouhaha d'une conversation avec de vrais morceaux universitaires ✦ Liste de ce que je voudrais en février 2008 ✦ Liste autobiographique par effleurement d'écrivains ✦ Liste des livres que j'aurais pu écrire – ou non ✦ Liste du moi comme illustration (*Autoportrait par les autres*)

Passé, présent, futur

Liste de mon monde idéal à dix-huit ans ✦ Liste de choses que j'ai vues et qui ont disparu ✦ Liste de ce que je regretterais si j'avais un tempérament à regrets ✦ Liste des choses que l'on croyait disparues et qui réapparaissent ✦ Liste du passé ✦ Liste de ce que je ne savais pas

La vie, la mort

Liste de la vie ✦ Liste de la jeunesse ✦ Liste du vieillir ✦ Liste des conséquences de l'allongement de la durée de la vie ✦ Liste de la maladie ✦ Liste de l'hypocondrie ✦ Liste du suicide ✦ Liste de suaires ✦ Liste de ma vieille ennemie la mort

Demain

Liste de qui me connaît ? qui ne me connaît pas ? ✦ Listes des autres... *liste de ses poupées par la reine Victoria... listes du lexicographe Peter Roget à l'âge de huit ans... liste de ses amants par John Maynard Keynes... liste de ses passions dominantes par la romancière Edith Wharton à la fin de sa vie, selon son journal... liste de ses lectures par le chanteur Art Garfunkel* ✦ Liste de listes à établir

Du même auteur :

Essais

LA GUERRE DU CLICHÉ, Les Belles Lettres
IL N'Y A PAS D'INDOCHINE, Les Belles Lettres
REMY DE GOURMONT, CHER VIEUX DAIM !, Grasset
L'IMAGINATION EST UNE SCIENCE EXACTE, avec Félicien Marceau, Gallimard
ENCYCLOPÉDIE CAPRICIEUSE DU TOUT ET DU RIEN, Grasset

Romans

JE M'APPELLE FRANÇOIS, Grasset
UN FILM D'AMOUR, Grasset et Le Livre de Poche
NOS VIES HÂTIVES, Grasset et Le Livre de Poche, prix Jean Freustié, prix Roger Nimier
CONFITURES DE CRIMES, Les Belles Lettres

Poèmes

BESTIAIRE, avec des encres de Mino, Les Belles Lettres
EN SOUVENIR DES LONG-COURRIERS (poèmes 1991-2003), Les Belles Lettres
A QUOI SERVENT LES AVIONS ?, Les Belles Lettres
CE QUI SE PASSE VRAIMENT DANS LES TOILES DE JOUY, Les Belles Lettres
QUE LE SIÈCLE COMMENCE, Les Belles Lettres, prix Paul Verlaine
LE CHAUFFEUR EST TOUJOURS SEUL, La Différence

Traductions

Francis Scott Fitzgerald, UN LÉGUME, Les Belles Lettres
Oscar Wilde, ARISTOTE À L'HEURE DU THÉ, Les Belles Lettres

Composition réalisée par Asiatype

Achevé d'imprimer en décembre 2008, en France sur Presse Offset par
Maury-Imprimeur - 45330 Malesherbes
N° d'imprimeur : 142846
Dépôt légal 1re publication : janvier 2009
LIBRAIRIE GÉNÉRALE FRANÇAISE - 31, rue de Fleurus - 75278 Paris Cedex 06

31/2451/8